NEAL STEPHENSON

Corvus

GOLDMANN

Neal Stephenson

Corvus

Roman

Aus dem Amerikanischen
von Juliane Gräbener-Müller

GOLDMANN

Die amerikanische Originalausgabe erschien 2019 unter dem Titel
»Fall; or, Dodge In Hell« bei William Morrow, New York.

FSC
www.fsc.org
MIX
Papier | Fördert
gute Waldnutzung
FSC® C083411

Penguin Random House Verlagsgruppe FSC® N001967

1. Auflage
Taschenbuchausgabe Februar 2023

Umschlaggestaltung: UNO Werbeagentur, München
Umschlagmotiv: FinePic®, München
Redaktion: Nikolaus Stingl
KN · Herstellung: ik
Satz: Uhl + Massopust, Aalen
Druck und Einband: CPI books GmbH, Leck
Printed in the EU
ISBN: 978-3-442-49362-3

www.goldmann-verlag.de

Für O.L.

BUCH 1

TEIL 1

1

Dodge wurde wach. Auf dem Nachttisch rumorte sein Handy. Mit geschlossenen Augen griff er zielsicher danach, riss es vom Ladekabel und zog es zu sich ins Bett. Er tippte es ein Mal an, um die Schlummerfunktion zu aktivieren. Es verstummte. Er drehte sich auf die Seite und schob das Handy unters Kissen, damit er es, wenn der Wecker nach neun Minuten erneut losging, leichter wieder in den Schlummermodus würde versetzen können. Es war wie ein kleines Wunder, dass sein Gehirn über ein so ausgeprägtes 3D-Modell von seinem Bett und dessen Umgebung verfügte, dass er das, was er gerade getan hatte, mit geschlossenen Augen tun konnte. Allerdings bestand kein Anlass, sein Glück herauszufordern.

Er verspürte keine besondere Lust, noch einmal einzuschlafen, denn er hatte einen seltsam langweiligen Traum hinter sich, dessen zentraler Handlungsstrang anscheinend in der schwierigen Suche nach Kaffee bestanden hatte. In diesem Traum hatte er sich in der Kleinstadt in Iowa befunden, in der er aufgewachsen war. Deren Landschaft und handelnde Personen hatten sich vermischt mit Orten, an denen er gewesen, und Menschen, denen er begegnet war, seit er damals die Stadt im Rückspiegel seines Pick-ups hatte verschwinden sehen. Doch das Straßennetz dieser Stadt, das gerade mal ein paar quadratische Häuserblocks umfasste und von einem Jungen auf dem Fahrrad mühelos zu bewältigen war, stellte Jahrzehnte später das räumliche Gitterwerk dar, auf dem so gut wie alle seine Träume aufbauten. Es war das Millimeterpapier, das sein Verstand offenbar brauchte, um Dinge zu entwerfen.

In dem Traum hatte er sich auf die Suche nach Kaffee begeben, nur um sich ständig vor allen möglichen unglaublich prosaischen Hindernissen wiederzufinden. In der Erzählwelt des Traums war das merkwürdig frustrierend; es war einfach unrealistisch, dass so viele Eventualitäten ein so einfaches Vorhaben vereiteln konnten.

Aus Sicht des wachen oder zumindest nur noch dösenden Dodge gab es für all das jedoch eine einleuchtende Erklärung: Es war tatsächlich sehr schwer, an Kaffee zu kommen, solange man mit geschlossenen Augen im Bett lag.

Im Verlauf der folgenden Stunde tippte er noch mehrmals auf »Schlummern«. Dazwischen schlief er. Allerdings war es ein Dämmerschlaf, phasenweise mehrere Minuten am Stück halb bewusst und aufmerksam, bis seine Gedanken immer wieder zusammenhanglos wurden und sich in undeutlichen Fetzen verloren, die sich zu echten Träumen wie Spinnweben zu Spinnennetzen verhielten.

Er fragte sich, ob die Designer des Handys klinische Studien an Snoozern durchgeführt hatten, um zu dem Neunminutenintervall zu gelangen. Warum nicht acht Minuten oder zehn? Die Handyhersteller nahmen es mit dem Design bekanntlich sehr genau. Es dürfte datenbasiert gewesen sein. So war es kein Zufall, dass Dodge gerade genug Zeit zugestanden wurde, um den Bewusstseinsfaden zu verlieren, ehe der Wecker wieder klingelte. Wäre das Intervall viel kürzer gewesen, hätte er nicht die Zeit gehabt, wieder wegzudösen, weshalb man diese Funktion eigentlich nicht Schlummerfunktion hätte nennen dürfen. Bei einem viel längeren Intervall dagegen hätte sich der Schlummer zu echtem Schlaf vertieft. Dodge behielt immer noch grob den Überblick: *Ich habe die Schlummertaste dreimal angetippt. Fünfmal. So oft, dass ich rund eine Stunde länger geschlafen habe.*

Doch diese provisorischen Rechnungen wurden nicht von einem Gefühl der Schuld oder Dringlichkeit begleitet. Er wusste, dass es eigentlich keine Rolle spielte, denn während des kurzen Bewusstheitsintervalls, das auf das dritte Antippen der Snoozetaste folgte, war ihm eingefallen, dass er heute nicht im Büro erwartet wurde. Er sollte sich nämlich um elf Uhr, was noch Stunden hin war, einem ambulanten Routineeingriff unterziehen.

Neben dem Verlangen nach Kaffee ließ nur noch eins ihn einen gewissen Drang zum Aufstehen verspüren, und das war eigenartigerweise das vage Bewusstsein, dass dieser ganze zusätzliche Schlaf es ihm schwerer machen würde, sein Mittagsschläfchen zu halten. Das fand täglich um zwei oder halb drei statt. Daran hielt sich Dodge seit rund einem Jahrzehnt mit peinlicher Genauigkeit. Als er diese Gewohnheit angenommen hatte, hatte er sich gefragt, ob es mit dem Alter zusammenhing, denn die alten Knaben in seiner Familie waren bekannt dafür, dass sie in Kirchenbänken, Hollywoodschaukeln, ja sogar hinter dem Steuer einnickten. Er konnte sich jedoch erinnern, dass er, als er mit achtzehn in verschiedenen Schrottkarren durch den gesamten Westen der Vereinigten Staaten und Kanadas gefahren war, jeden Nachmittag von einem so starken Schlafdrang übermannt wurde, dass es schon fast wehtat. Er hatte immer versucht, dagegen anzukämpfen, oder schlicht vermieden, um diese Tageszeit Auto zu fahren. Wirklich verändert hatte sich seitdem nur, dass er jetzt reicher war, sodass er sich ein eigenes Büro mit Yogamatte und Kopfkissen in der Ecke leisten konnte, und weise genug, um sich nicht mehr gegen ein Schläfchen am Nachmittag zu wehren. Wenn er die Tür zumachte, seine elektronischen Geräte ausschaltete, die Matte ausrollte, sich hinlegte und für zwanzig Minuten dem Schlaf überließ, konnte er sich in einem Maße erholen, dass er danach für mehrere Stunden hellwach weiterarbeiten konnte.

Die Länge der Zeit, die er schlafend verbrachte, spielte letztlich keine Rolle. Er hatte beschlossen, dass der Schlüssel zu allem – das, was darüber bestimmte, ob der Mittagsschlaf ihn tatsächlich erfrischte – das Abreißen des Bewusstseinsfadens war: der Moment, wo er aufhörte, auf kohärente, fortlaufende, seiner selbst bewusste Weise zu denken, und wegdämmerte. Dieser war oft mit dem Zucken eines Arms oder Beins verbunden, dann nämlich, wenn er die Schwelle vom bewussten Denken zum Traum überschritt, wo er den Arm ausstrecken und einen Ball fangen oder eine Tür öffnen oder dergleichen tun musste. Wenn das Zucken ihn nicht weckte, hieß das, er hatte den Bewusstseinsfaden durchtrennt, und der Mittagsschlaf hatte seinen einzigen wahren Zweck erfüllt. Selbst wenn er zehn Sekunden später schon wieder aufwachte, war er genauso erholt – womöglich sogar noch erholter –, wie wenn er eine Stunde lang tief geschlafen hätte.

Er hatte das Zucken studiert. Wenn er, was immer seltener passierte, mit einer Frau schlief, zwang er sich zuweilen, wach zu bleiben, während sie einschlummerte; dann lauschte er auf ihre Atmung und spürte, wie sich ihr Körper an seinem entspannte, bis sie just im Augenblick des Wegdämmerns ruckartig eine ihrer Gliedmaßen bewegte.

Seine geschäftlichen Aktivitäten (er war Gründer und Vorstandsvorsitzender einer großen Computerspielefirma) erforderten mitunter, dass er in einem Privatjet zu der acht Zeitzonen entfernten Isle of Man flog, wo ein langjähriger Geschäftspartner – Autor und Privatier – in einem renovierten Schloss wohnte. Der Mann quartierte ihn jedes Mal in einem Zimmer oben in einem der Türme ein: einem runden Raum, der mit mittelalterlichem Krimskrams dekoriert war und mithilfe eines in die Wand eingebauten Kamins beheizt wurde. Darin stand ein Himmelbett mit einem schweren Baldachin. Vor zwei Jahren war Richard – so lautete nämlich Dodges richtiger Name –, nachdem er in dieses Bett gestiegen war und dort eine Weile schlaflos gelegen hatte, am Ende hinübergedämmert und in einen Albtraum geraten, in dem eine sehr gefährliche und unangenehme Person auftauchte, mit der er sich einige Jahre zuvor angelegt hatte. Er war mit dem halluzinatorischen Eindruck aufgewacht, dieser Mann stehe neben seinem Bett und schaue auf ihn herab. Was unmöglich war, da der Mann gar nicht mehr lebte – doch Richard hatte sich noch halb im Traum befunden, ein Zustand, in dem Logik außer Kraft gesetzt war und alles, was er wusste, das war, was er sah. Er versuchte, sich aufzusetzen. Nichts geschah. Er versuchte, die Arme zu heben. Sie bewegten sich keinen Millimeter. Er versuchte, Luft zu holen und zu schreien, doch sein Körper reagierte nicht auf den Befehl seines Gehirns. Er war ganz und gar hilflos, ja ihm fehlte sogar die Kraft des Gefangenen, der sich gegen seine Fesseln wehrt. Ihm blieb nichts anderes übrig, als diese schreckliche Angst und das Grauen seiner völligen Handlungsunfähigkeit zu durchleben, bis er irgendwie erneut wegdämmerte.

Kurz darauf war er aus dem Schlaf hochgeschreckt und hatte sich ruckartig aufgesetzt. Sein Körper funktionierte wieder. Dodge schlug die schwere Bettdecke zurück, schwang die Füße vom Bett und drehte sich dabei dem kaum einen Meter von ihm entfernten verglimmenden Feuer zu. Außer ihm befand sich niemand im Raum. Die massive, einer Festung würdige Tür war immer noch verriegelt. Der Eindruck eines Albtraums, der noch vor einer Minute so überzeugend gewesen war, wirkte jetzt lächerlich. Als Dodge sich probeweise wieder hinlegte und den Blick nach oben richtete, sah er, dass seine Nachttischlampe einen Flammenschatten auf den Baldachin über ihm warf und dass sich der Schatten hin und her bewegte, während das Feuer flackerte und die Holzscheite zusammensackten. Er musste beim Schlafen die Augen halb geöffnet und das für den Schatten eines Mannes gehalten haben.

Für den Albtraum gab es also eine Erklärung, nicht jedoch für die völlige Lähmung, die ihn dabei erfasst hatte. Später hatte Richard erfahren, dass es sich hierbei um ein allgemein anerkanntes und wissenschaftlich belegtes Phänomen namens Schlafstarre gehandelt hatte. Primitive Kulturen sahen darin eine Form der Verzauberung oder erfanden Geschichten über schauerliche Nachtmahren ähnliche Kreaturen, die sich dem Menschen auf die Brust setzten, ihn an sein Bett drückten und ihm die Luft aus der Lunge und die Schreie aus der Kehle sogen.

Es gab jedoch eine absolut einleuchtende Erklärung dafür. Wenn man wach war, konnte das Gehirn natürlich den Körper kontrollieren. Im Schlaf dagegen neigte man zum Träumen. Und im Traum konnte man rennen, kämpfen und sprechen. Würde der Körper aber weiterhin auf Befehle vom Gehirn reagieren, schlüge man im Bett wild um sich, gäbe Lautäußerungen von sich und so weiter. Daher hatte sich ein Mechanismus entwickelt, dank dem im Moment der Durchtrennung des Bewusstseinsfadens auch die Verbindung zwischen Gehirn und Körper unterbrochen wurde, so als legte man einen Schalter um. Beim Aufwachen wurde der Schalter dann wieder auf »An« gestellt, und man bewegte sich wieder so wie immer. Normalerweise funktionierte das System mit einem so erstaunlichen Grad an Perfektion, dass die meisten Menschen zeit ihres Lebens nicht einmal von seiner Existenz wussten. Doch jedes System unterlag Störungen. Dazu gehörte etwa das Zucken, das einen manchmal beim Hinüberdämmern durchfuhr – dann nämlich, wenn der Schalter einen Sekundenbruchteil zu spät reagierte. Eine andere, weitaus eindrucksvollere und furchterregendere Art von Störung zeigte sich hin und wieder vor allem bei Menschen, die – wie Richard auf der Isle of Man – außerhalb ihrer gewohnten Zeiten schliefen. Dann wurde man zwar wach, aber der Schalter ging nicht auf »An«, und man war weiterhin so vollkommen paralysiert wie kurz zuvor, als man sich noch im Tiefschlaf befand. Wie ein Mensch, der friedlich zu schlummern und zu atmen schien, tatsächlich aber einen schrecklichen Albtraum hatte, lag man dann mit offenen Augen in vollständiger unentrinnbarer Ruhe da, unfähig, irgendetwas gegen das imaginäre Monster auf der Brust, den Eindringling neben dem Bett, das alles verzehrende Feuer im Haus zu tun.

Jedenfalls waren für Dodge die einzigen dauerhaften Konsequenzen daraus weitere unsystematische Internetrecherchen über das Funktionieren von Schlaf und eine intensivere Selbstbeobachtung in Bezug auf seine eigenen Mittagsschlafpraktiken gewesen. Auf diese Weise hatte er seine – wissenschaftlich durch nichts belegte – Theorie entwickelt, dass der einzige Schlüssel zu einem gelingenden Mittagsschlaf darin lag, den Bewusstseinsfaden gerade so lange zu durchtrennen, dass der Schalter auf »Aus« gestellt werden konnte. Ging er dann wieder auf »An«, und sei es nur wenige Minuten später, führte das Gehirn-Körper-System einen Neustart durch, so wie bei einem abgestürzten Computer, den man nur für zehn Sekunden vom Netz nehmen und dann neu starten musste, damit er wieder voll funktionsfähig war.

Diese Vorstellung rund um die Fadendurchtrennung war das, was ihn schließlich munter machte, denn in seinem Kopf war irgendwie eine Verbindung geknüpft worden, und die würde ihn jetzt wach halten. Er hatte in seinem Leben den Punkt erreicht, an dem nur noch sehr wenige Dinge ihn zum Aufstehen zwingen konnten, doch zu den Rufen, denen er bereitwillig nachkam, gehörte der seiner eigenen umherschweifenden Gedanken und Überlegungen, der Drang seines Verstands, Verbindungen herzustellen.

Tatsächlich aus dem Bett brachte er ihn allerdings nicht. Das erledigte das Klingeln in seinen Ohren. Sein Tinnitus war heute besonders lästig – die Art und Weise, wie die Welt ihm sagte, dass er aufstehen und ein wenig Lärm machen solle. Lange Zeit hatte er unter einer milden Ausprägung gelitten, Folge von zu vielen Schusswaffen und Nägeln, die er in seiner Jugend abgefeuert respektive eingeschlagen hatte, und von zu vielen Nächten in Bikerbars von British Columbia. Vor ein paar Jahren war er dann ohne geeigneten Gehörschutz, genau genommen ohne jede Art von Schutz, aus nächster Nähe dem Lärm von anhaltendem Gewehrfeuer ausgesetzt gewesen. Seitdem hatte er kaum eine Phase ohne ein gewisses Maß an Klingeln in den Ohren – mal als hoher Ton, mal als Zischen – erlebt. Die Ursache dieses Leidens war einigermaßen rätselhaft. Es schien so etwas wie ein gut gemeinter Versuch des Gehirns zu sein, den Verlust an zuverlässigen Signalen von Ohren, die nicht mehr einwandfrei funktionierten, zu verarbeiten. Für diese Vorstellung sprach, dass es am allerschlimmsten war, wenn um ihn herum Stille herrschte; die Umgebung lieferte seinem Hörsystem keine guten Daten, an die es sich halten konnte. Die Lösung bestand darin, aufzustehen und Lärm zu machen. Nicht unbedingt viel. Nur die normalen Geräusche von Schritten und einem laufenden Wasserhahn, die dem Gehirn versicherten, dass da draußen eine kohärente Welt existierte, und ihm ein paar einfache Hinweise lieferten, was tatsächlich was war.

Er stand auf, zog eine Schlafanzughose an, ging Wasser lassen, nahm die Pillen, die er vor dem Frühstück nehmen sollte, und betrat das sogenannte große Zimmer seiner Penthousewohnung, die sich in der obersten Etage eines Gebäudes mit zweiunddreißig Stockwerken im Zentrum von Seattle befand. Es handelte sich um eine sehr teure Immobilie, die auf eine für Technologieunternehmer aus dem Nordwesten typische Weise so einfach, minimalistisch und informell ausgebaut und dekoriert war, dass es irgendwie schon wieder protzig wirkte. Einen Großteil ihrer westlichen Außenwand bildeten Glastüren, und die hatte er die ganze Nacht offen gelassen und so die Größe des Wohnbereichs verdoppelt, indem er ihn mit der Terrasse verband. Diese besaß ein Glasdach mit Infrarotstrahlern, wie man sie über dem Kassenbereich im Home Depot angebracht hatte, um die somalischen und philippinischen Kassiererinnen vor einer Unterkühlung zu bewahren. Sie machten es selbst dann behaglich, wenn 10 Grad Celsius herrschten und es regnete, was ungefähr die

Hälfte des Jahres der Fall war. Im Spätsommer und (wie jetzt) frühen Herbst wurden die Heizstrahler nicht gebraucht, und so diente die Terrasse einfach als übergangslose Erweiterung des großen Zimmers. Die Terrasse ging auf die Elliott Bay und die dahinter liegenden Olympic Mountains hinaus.

Ungewöhnliche Spritzer in Pink und Lila leuchteten auf dem Holz, Leder und Stein. Richard hatte eine Großnichte, Sophia, die für ihn im Grunde wie eine Enkeltochter war und ihn oft besuchen kam. Letztes Wochenende hatten ihre Eltern – Richards Nichte Zula und ihr Mann Csongor – sie für zwei Nächte bei ihm gelassen, um sich einen kleinen Ausflug nach Port Townsend auf der anderen Seite des Puget Sound zu gönnen. Von Richards Terrasse aus konnte man direkt hinunter aufs Fährterminal schauen. Am Geländer hatte er ein riesengroßes, aus sowjetischen Militärbeständen ausgemustertes Fernglas auf ein Stativ montiert. Während die Fähre sich schwerfällig vom Terminal wegbewegte, hatte Richard Sophia auf einen Schemel gehoben und ihr geholfen, das Glas hinunter auf die Fähre zu richten, auf der Zula und Csongor, nachdem sie ihr Auto unter Deck geparkt hatten, aufs oberste Deck gestiegen waren und sich dort ans Heck gestellt hatten, um zu ihr hinaufzuwinken. Die ganze Angelegenheit war per SMS koordiniert worden und sehr zur Freude der kleinen Sophia mit der Präzision eines Drohnenangriffs vonstattengegangen. Richard hatte es auf unerklärliche Weise deprimiert, oder vielleicht war »nachdenklich melancholisch« gestimmt eine bessere Formulierung.

Darauf waren achtundvierzig Stunden intensiven Bondings zwischen Großnichte und Großonkel gefolgt. Innerhalb dieser kurzen Zeitspanne hatte sich Sophias Instrumentarium des modernen Kindseins überall in Richards Wohnung ausgebreitet. Selbst wenn sie nie wieder einen Fuß hier hineinsetzte, würde er noch in zwanzig Jahren Cheerios, Glitter, klebrige Fingerabdrücke und Haarspangen finden.

Am Sonntagabend, als die Eltern wieder in den Hafen einliefen, hatten sie das mit dem Fernglas wiederholt. Zula hatte erklärt, wie gut es psychologisch gesehen für ein Kind von Sophias Alter sei, seine Eltern fortfahren, dann aber auch zurückkommen zu sehen. Im allgemeinen Trubel der Verabschiedung hatten sie eine Einkaufstüte von Whole Foods mit einigen von Sophias Büchern stehen lassen. Richard hatte sie schon an die Tür gestellt, sodass es beim nächsten Mal schwieriger sein würde, sie zu übersehen. Doch während seine Kaffeemaschine lief, holte er sie wieder her. Zusammen mit seinem Kaffee nahm er sie mit zu dem niedrigen Tisch auf der Terrasse und zog zwei großformatige Bücher heraus, die er am Samstag für Sophia gekauft hatte. Beide zeichneten sich durch denselben Stil farbenfroher pseudonaiver Kunst aus, denn sie stammten beide vom selben Autorenpaar, Ingri und Edgar Parin D'Aulaire Das eine trug den Titel *D'Aulaires Buch der griechischen Mythologie* und das andere *D'Aulaires Buch der nordischen Mythologie*. Richard hatte sie spontan in die Hand genommen, als er und Sophia in einer Buchhandlung herumstöberten. Das Umschlagbild auf der *Griechischen Mythologie*, das er nur undeutlich aus dem Augenwinkel wahrgenommen hatte, war über seinen Sehnerv zum Gehirn gesprungen und hatte dafür gesorgt, dass sein Körper fast genauso erstarrte wie bei seiner Schlaflähmung auf der Isle of Man. Oder, näher am Kontext, so als hätte er einen Gorgonen geschaut (und könnte es nicht sogar sein, dass alte Mythen rund um Gorgonen und Basilisken vorwissenschaftliche Erklärungen für das Phänomen der Schlafparalyse waren?).

Die D'Aulaire-Bücher waren erschienen, als Richard jung gewesen war. Er hatte seine Kindheitsexemplare zerlesen, hatte sie immer wieder durchgeblättert, sich die Abstammungslinien der Titanen, der Götter und was nicht noch alles gemerkt, vor allem aber einfach die Bilder betrachtet, sie in sein Gehirn eindringen und es formen lassen. In ihrem allgemeinen Stil hatten sie viel von Illustrationen für kleine Kinder, was vermutlich genau der Grund dafür war, dass sie sich wie Herpes an kindliche Neuronen hefteten. Und wie Herpes hatten sich diese Bilder bis in sein Erwachsenenleben hinein still und inaktiv verhalten. Getriggert und virulent gemacht hatte sie die Tatsache, dass er, als er sie erspäht hatte, nicht darauf gefasst gewesen war. In der Buchhandlung letztes Wochenende hatte er sich der Auslage genähert wie ein antiker Hellene, der die Stufen zum Tempel des Zeus emporstieg, und das Buch betrachtet, genau wie er es in Erinnerung hatte, aber brandneu und ungelesen, mit einem neuen Vorwort eines berühmten modernen Romanautors, auf den die Bücher offenbar dieselbe betörende Wirkung gehabt hatten wie auf Richard. Sophia, die er den ganzen Weg über hatte mitziehen müssen, denn sie hielt seinen Oberschenkel umklammert und benutzte sein Hosenbein als Taschentuch, hatte etwas von dem Numinosen in der Reaktion ihres Großonkels gespürt; sie hatte aufgeblickt und sich angesteckt. Richard hatte die *Griechische Mythologie* und deren Begleitband *Nordische Mythologie* gekauft, war dann mit Sophia zurück in sein Penthouse gegangen, wo sie für den Rest des Tages vollkommen in die Geschichten eintauchten, und hatte sie ihren Eltern als besessenen Wechselbalg zurückgegeben, der über Wiederherstellungstaktiken der Hydra und die hausgroßen Fausthandschuhe des Utgardloki brabbelte und seine Altvorderen dafür tadelte, dass sie die griechischen und die nordischen Götternamen durcheinanderbrachten. Groß war Sophias Zorn gewesen, als sich herausgestellt hatte, dass die Whole-Foods-Tüte mit den Büchern stehen geblieben war. Weithin berühmt würde Onkel Richards Tat an diesem Nachmittag sein, wenn er nach seinem ambulanten Eingriff mit einem D'Aulaire unter jedem Arm im Bungalow der jungen Familie auftauchen würde.

In der Zwischenzeit musste er einen kleinen Aspekt mythologischer Verwirrung auflösen, damit Sophia nicht herausfand, dass er in diesem Punkt nicht hundertprozentig firm war, und ihn tadelte. Es hatte mit den Moiren und den Nornen zu tun. Kaum hatte Richard in der Buchhandlung die *Griechische Mythologie* in die Hand genommen, da hatte er auch schon das Stichwortverzeichnis aufgeschlagen und dort nach »Furien« gesucht. Das hatte er in einer verstohlenen, irgendwie schuldbewussten Haltung getan. Zu Richards Eigenheiten gehörte, dass ihm ein Gewissen oder Über-Ich im herkömmlichen Sinn dieser Begriffe fehlte. Er war eine Person ohne eingebaute erwachsene Kontrolle. Allerdings hatte er im Laufe seines Lebens neun oder zehn ernstzunehmende Freundinnen gehabt. Alle diese Beziehungen waren nach und nach den Bach hinuntergegangen, als diese Freundinnen ihn näher kennengelernt und Listen mit all dem erstellt hatten, was ihnen an Richard fehlte. Manche von ihnen hatten ihre Meinung bis zu einem die Beziehung beendenden kathartischen Ausbruch für sich behalten. Andere hatten ihre Vorhaltungen in Echtzeit frei geäußert. Doch als sie ihn vermutlich längst vergessen hatten, erinnerte sich Richard noch an jedes Wort davon. Ja mehr noch, sein Gehirn hatte irgendwie völlig autonome Simulakren dieser Ex-Freundinnen ersonnen, die für immer zwischen seinen Ohren lebten, zu den absonderlichsten Zeiten mit ihm sprachen und tatsächlich sein Denken und Verhalten beeinflussten; bevor er einen Angestellten feuerte oder irgendjemandes Geburtstag ignorierte, hielt er inne, um zu bedenken, welche Auswirkungen es haben würde, wenn eine oder mehrere der Furiosen Musen – wie er sie nannte – lange genug aus seinen Gehirndämpfen auftauchten, um ein paar beißende Kommentare von sich zu geben, die ihm ein schlechtes Gewissen machen würden. Diese Verschmelzung von Furien und Musen war natürlich seine eigene Erfindung und eine Abweichung von mythologischer Korrektheit, für die Sophia (die bereits in eine Art Nachwuchsliga der Furiosen Musen aufstieg) ihn zur Rechenschaft ziehen würde. Diese Vorstellung hatte er so lange mit sich herumgetragen, dass die Trennlinie zwischen den beiden Kategorien von Untergöttinnen inzwischen verschwommen war, und so dachte er, es könne erhellend sein, sie jetzt, wo er das Urbuch in Händen hielt, einmal nachzuschlagen.

Der Buchstabe F im Stichwortverzeichnis enthielt nur zwei Einträge: »Fata scribunda« und »Furien«, wobei letzterer lediglich einen Querverweis zu dem korrekteren Begriff »Erinnyen« darstellte. Die Erstgenannten wurden beschrieben als »drei alte Göttinnen, die die Lebensspanne des Menschen bestimmten«. Diese Worte hatte Richard nur überflogen, denn sein Interesse galt eigentlich den Furien. Dem Querverweis zu »Erinnyen« folgend schlug er Seite 60 auf, ihr erstes Erscheinen in dem Buch, und las von Seelen, die (immerhin auf einer Fähre) den Styx überquerten und unter »dunklen Pappeln« aus der Quelle des Lethe tranken, was sie dazu veranlasste zu vergessen, wer sie waren und was sie im Verlauf ihres Erdenlebens getan hatten. Gut. Aber dann hieß es, »große Sünder« würden dazu verurteilt, für immer unter den Peitschenhieben der Furien zu leiden. Dieser Teil passte also recht gut zu Richards Konzept von den Furiosen Musen. Allerdings war es beunruhigend, sich vorzustellen, dass man für immer ausgepeitscht werden konnte für Sünden, die man unter den dunklen Pappeln vergessen hatte. In der christlichen Höllenversion konnten sich die Sünder wenigstens erinnern, warum sie im ewigen Feuer schmorten; diese armen dummen Griechen dagegen konnten nur leiden, ohne zu wissen, warum; und übrigens sogar, ohne sich zu erinnern, wie es war, zu leben und nicht zu leiden. Richard war nicht einmal klar, ob eine Post-Lethe-Seele überhaupt noch als dasselbe Wesen betrachtet werden konnte, denn waren die eigenen Erinnerungen nicht ein Teil von einem?

Und doch hörte sich das alles in gewisser Hinsicht wahr an. Tatsächlich hatte er manchmal den Eindruck, nach wie vor unter Schuldgefühlen für Taten zu leiden, die er längst vergessen hatte – Dinge, die er getan hatte, als er noch nicht dieselbe Person gewesen war. Und wer hat nicht schon irgendein armes Schwein, einen Pechvogel erlebt, der ohne besonderen Grund einer ewigen Bestrafung unterzogen wird?

Die nächste Erinnyen-Stelle befand sich zufälligerweise genau vor einer Doppelseite über das heiterere Thema der Musen, gutes Material, weitaus Sophia-geeigneter und für Richard überdies eine Erinnerung daran, dass seine eigenen Furiosen Musen mindestens so kreativ wie rachgierig waren, denn manche seiner besten Arbeiten waren aus imaginären Dialogen mit diesen schätzenswerten Damen hervorgegangen. »Furien« war also der Text gewesen, den er gesucht hatte, und »Fata subscriba« ein zufälliger Subtext – doch irgendetwas daran machte ihm an diesem Morgen zu schaffen.

Es hatte mit den Fäden zu tun. Vor Kurzem, im Bett, hatte er über den Bewusstseinsfaden nachgedacht und darüber, dass ihn zu zertrennen – die Verbindung zwischen Gehirn und Körper zu unterbrechen – der Schlüssel zu einem ordentlichen Mittagsschlaf war. Und er wusste, dass es irgendwo in dem D'Aulaire ein Bild von den Fata subscriba gab, wie sie Fäden sponnen, abmaßen und durchtrennten. Während er seinen Kaffee trank, schaute er die ganze *Griechische Mythologie* danach durch, fand es aber nicht.

Der Kaffee war schlichtweg fantastisch. Die Maschine hatte mehr gekostet als Richards erstes Auto, und es gab nichts an Kaffeetechnologie, was nicht in ihre Hardware und ihre Algorithmen eingeflossen war. Die Bohnen stammten von einem handwerklichen Röster in knapp hundert Metern Entfernung – einem agilen Kaffee-Start-up, das von Spitzenbaristas gegründet worden war, die zunächst bei Starbucks gearbeitet und sich gleich nach Ende der Sperrfrist für ihre Mitarbeiteroptionen ausgegründet hatten. Der Geschmack des Kaffees war allerdings nicht nur deshalb so wunderbar, weil die Maschine und die Röster ihre

Arbeit so gut gemacht hatten, sondern in dem grundsätzlichen Sinne, dass Dodge wach war, dass er lebte, dass er dieses Zeug tatsächlich mit seinem Körper auf eine Weise schmeckte, wie es der schlafende Dodge in einem Traum nie hätte tun können. In diesem Sinne war der wache Dodge dem schlafenden so überlegen wie eine lebendige Person einem Geist. Der von Kaffee träumende Dodge verhielt sich zum Kaffee trinkenden Dodge wie einer der Schatten des Hades – bei D'Aulaire mit trockenem Laub verglichen, das im kalten Herbstwind umherwirbelt – zu einem lebendigen Menschen aus Fleisch und Blut.

Er trank die erste Tasse leer, während er nach dem Bild mit dem Durchschneiden des Fadens suchte. Was er fand, war eine Beschreibung der Spinn-, Mess- und Schneidevorgänge, die von Klotho, Lachesis beziehungsweise Atropos durchgeführt wurden, aber nicht die bildliche Darstellung, die er, wie er sich ganz deutlich erinnerte, erst vor ein paar Tagen Sophia gezeigt hatte.

Bei seiner zweiten Tasse Kaffee kam ihm der Gedanke, in der *Nordischen Mythologie* nachzuschauen. Und da war sie: eine Halbseite im Vollfarbdruck mit drei Blondinen – hier hießen sie Nornen –, die die Fäden des Lebens am Fuß des Weltenbaums spannen. Urd, Verdande und Skuld. Sah man von Namen und Haarfarbe ab, schienen sie ein hundertprozentiger Ersatz für ihre griechischen Entsprechungen zu sein.

Nun hatte sich Richard, ehe er ein Studium hätte aufnehmen können, nach Kanada verdrückt und seitdem nie wieder einen Fuß in ein Klassenzimmer gesetzt, jedoch genug gelesen, um zu verstehen, dass Mythologie sich in Sedimentschichten herausbildete. Dies hier musste einer dieser Fälle sein, in dem es irgendeine frühe, der griechischen wie der nordischen vorausgehende Kultur gegeben hatte, die die Nornen / Fata scribunda ersonnen und in einer Grundschicht niedergelegt hatte, der ihre verschiedenen Nachfahren dann Weiteres hinzugefügt hatten. Folglich lasen sie sich immer wie ein Zusatz zu der stärker ausgestalteten

Mythologie. Vielleicht aber auch umgekehrt. Man konnte sie zu leicht durcheinanderbringen. Richard, der in der Hightechindustrie zu Wohlstand gelangt war, sah in den Nornen oder Fata scribunda oder wie immer man sie nannte ein Grundelement des Betriebssystems. Zeus hatte keine Macht über sie. Sie kannten die Vergangenheit und die Zukunft. In diesen Geschichten wurden sie nur heraufbeschworen, wenn auf metaphysischer/kosmologischer Ebene irgendetwas kolossal danebengegangen war oder aber um Handlungslücken zu füllen. In der griechischen Fassung war Klotho die Spinnerin – die Urheberin dieser Fäden. Lachesis war die Abmessende. Das wäre also die Snoozetaste – während Dodge im Bett lag, hatte sie die ganze Zeit ihr Neun-Minuten-Maßband gezückt. Und Atropos war die Abschneiderin. Die griechische Version des Sensenmanns. Auch wenn nach der Theorie, die Dodge gerade entwickelte, der Bewusstseinsverlust beim Einschlafen prinzipiell derselbe war wie beim Sterben, außer dass man davon wieder erwachen konnte.

Er frühstückte nicht, weil ihn die Arzthelferin, die ihm den Termin für den Eingriff gegeben hatte, darauf hingewiesen hatte, dass er möglichst nüchtern erscheinen sollte. Stattdessen ging er duschen. Als er aus der Dusche trat, stellte er fasziniert fest, dass das Badezimmer durch ein seltsames Licht erleuchtet wurde, kühl und gesprenkelt, nicht künstlich, aber auch kein Sonnenlicht. Die Wirkung war surreal, so als käme man in eine Traumsequenz in einem Film, dessen Regisseur nicht über das nötige Kleingeld verfügt hatte, um etwas wirklich Traumartiges zu produzieren, und es so lediglich mit Lichteffekten simulierte. Das sonderbare Licht strömte durch ein nach Norden ausgerichtetes Fenster ein. Schweißte draußen jemand? Schließlich fand Richard heraus, dass die Sonne, die über dem Kaskadengebirge im Osten aufging, ihn quasi über Bande von den mit Silberbeschichtung versehenen Fenstern eines Büroturms einige Häuserblocks weiter traf. Dodge lebte nun schon seit fünf Jahren hier, aber gelegentlich überraschte es ihn immer noch, wie Sonnenlicht, von umliegender Architektur abgestrahlt, hier hereinfiel. Er glaubte, dass ein Astronom seine helle Freude daran haben könnte, die Winkel zu berechnen: wie sie von Stunde zu Stunde und von Jahreszeit zu Jahreszeit variierten.

Aufgrund des bizarren Lichts sah sein Gesicht im Spiegel irgendwie merkwürdig aus, anders als sonst. Auf der Suche nach Muttermalen drehte er den Kopf erst in die eine, dann in die andere Richtung. Richard, der eine rosige Haut hatte und zu Sommersprossen neigte, hatte sich über Jahrzehnte mental auf einen immer härter werdenden Kampf gegen Hautkrebs vorbereitet, der ihm laut den düsteren Prophezeiungen verschiedener Dermatologen mit ziemlicher Sicherheit bevorstand. Schon früh war er mit einer an klinische Paranoia grenzenden Angst zu seinen monatlichen Hautkontrollen gegangen. Aber dann waren Jahre vergangen, ohne dass irgendetwas passierte. Allmählich verspürte er sogar so etwas wie Enttäuschung darüber, dass dieser schreckliche Feind, gegen den er sich so gewappnet hatte, ihn zu übergehen schien.

Gerade fing er an sich zu rasieren, denn er hatte ein paar rötliche Stoppeln entdeckt. Bald würde medizinisches Personal sich an seinem Körper zu schaffen machen, während er selbst bewusstlos sein würde. Sie würden ihn nach Herzenslust anstarren und feststellen können, wo er es mit der Körperpflege nicht so genau nahm. Er war einigermaßen berühmt und sollte eigentlich auf solche Dinge achten. Womöglich hätte das Auswirkungen auf den Aktienpreis seiner Firma oder so etwas.

Er hatte angenommen, dass das seltsame Licht ein Phänomen von kurzer Dauer sein würde, und war daher angenehm überrascht, dass es mit jeder Minute stärker wurde. Die sonderbare Blässe reifte zu etwas Wärmerem, etwas Feuerartigem. Ein Strahl davon fiel durchs Fenster herein und beleuchtete das kleine

Waschbecken und dessen Fliesenspiegel. Zum Rasieren hatte Richard gewohnheitsgemäß ein Stück Rasierseife benutzt – eine spezielle Art, die er von einer Firma in Südfrankreich bezog. Sie hatte einen angenehmen Duft, nicht parfümiert und nicht zu aufdringlich. Da er die Seife gerade erst in die Schale zurückgelegt hatte, befanden sich noch Blasen daran. In ein paar Minuten würden sie trocknen und zerplatzen, doch jetzt fingen sie das von dem gewaltigen thermonuklearen Inferno im Zentrum des Sonnensystems ausgehende Licht ein, das nach seiner Reise durch hundertfünfzig Millionen Kilometer Weltraum von den Fenstern des Büroturms reflektiert wurde. Jede Blase erzeugte einen überaus hell leuchtenden Lichtfunken, nicht weiß, sondern bunt schillernd, während irgendein prismenähnliches Phänomen innerhalb des Seifenfilms (mit den Details haperte es etwas bei ihm) das Licht in reine brillante Farben brach. Ein schönes, aber völlig alltägliches Phänomen, das ihm keinen besonderen Anlass zum Nachdenken gegeben hätte, wäre da nicht der Umstand gewesen, dass seine Computerspielefirma eine Menge Geld und Ingenieursjahre in den schwierigen Versuch gesteckt hatte, unter Verwendung von Maschinensprache eine imaginäre Welt vollkommener abzubilden, und genau das zu den Dingen gehörte, die am schwersten zu digitalisieren waren. Gewiss, es gab verschiedene Möglichkeiten, es nachzuahmen, zum Beispiel durch das Anwenden spezieller Shaderprogramme auf Seifenstücke während der sechzig Sekunden, nachdem sie benutzt worden und deshalb mit Schaum überzogen waren. Aber das alles waren einfach nur technische Tricks. Die Physik von Seife, Blasen, Luft, Wasser etc. tatsächlich zu simulieren war unglaublich teuer und zu seinen Lebzeiten nicht mehr zu realisieren.

Es war sogar dann schwierig, wenn man das Ganze vereinfachte, indem man jede Seifenblase nicht als ein kleines Wunder der Fluiddynamik, sondern als eine einfache reflektierende Kugel behandelte. Einige Jahre zuvor hatte einmal einer der Ingenieure von Corporation 9592 – ein typischer Geisteswissenschaftler, der zum Programmierer geworden war, um seinen Lebensunterhalt bestreiten zu können – dies als das Problem der *Hand met spiegelende bol* erkannt und viele Vollblutingenieure aus der Fassung gebracht, indem er bei einem Meeting eine Grafik der Escher-Lithografie gleichen Namens öffnete. Es war ein Selbstporträt, auf dem der Künstler sich in einer reflektierenden Kugel, die er in der linken Hand hielt, widerspiegelte. Eschers Gesicht befand sich in der Mitte, doch um es herum konnte man eine geometrisch verzerrte Wiedergabe seines Arbeitszimmers sehen. Und in dessen Hintergrund ein Fenster. Dieses ließ natürlich Licht aus mindestens hundertfünfzig Millionen Kilometer Entfernung herein. Der Punkt war, dass man, um eine originalgetreue 3D-Computergrafik von einem so einfachen Objekt wie einer glänzenden Kugel zu rendern, theoretisch sämtliche Objekte im Universum berücksichtigen müsste. Der Programmierer – ein Neuzugang namens Corvallis Kawasaki – versah seine eigenen Ausführungen mit einer Fußnote, indem er erwähnte, dass das Problem der spiegelnden Kugel mindestens bis zu dem deutschen Genie und Universalgelehrten G.W. Leibniz zurückreichte, der darin, wie er schrieb, eine Möglichkeit sah, über Monaden nachzudenken. An diesem Punkt in dem Meeting hatten die etablierten Programmierer ihn ausgebuht, und Dodge hatte sich vorgenommen, den Knaben aus egal welchem Zweig im Org.-Plan, in dem er gelandet war, herauszuziehen und in Schräges Zeug, Dodges persönlicher Domäne, zu beschäftigen. Der Punkt hier war jedenfalls, dass jede einzelne Blase an der Oberfläche des Seifenstücks mindestens so kompliziert war wie Eschers Kugel. Eine solche Szene realistisch wiederzugeben war völlig indiskutabel. Darüber war Richard keineswegs enttäuscht, nein, es tröstete ihn, und er war froh – vielleicht sogar ein wenig selbstzufrieden –, dass er in einem Universum lebte, dessen Komplexität sich algorithmischer Simulation widersetzte.

Er schloss die Augen, während er sich Wasser ins Gesicht spritzte, und blickte dann wieder in den Spiegel. Jetzt war da in der Mitte, wo er von den hell leuchtenden Lichtfunken der Blasen geblendet worden war, ein kleiner Fleck. Dieser blinde Fleck würde schon bald schrumpfen und einer korrekten Ansicht dessen, was tatsächlich da war, weichen.

Doch in diesem Fall geschah das nicht. Als Richard erneut die Augen zumachte, um sich das Gesicht abzutrocknen, konnte er immer noch einen kleinen Flecken Nichts in seinem Gesichtsfeld sehen. Das war eine andere Art von Nichts als das Feld aus rotstichigem Schwarz, das seine Augen einfach aufgrund der Tatsache sahen, dass seine Lider sich über ihnen geschlossen hatten. Er wusste, was das war. Das Aufblitzen des reflektierten Sonnenlichts vor einer Minute hatte in seinem Gehirn ein Ding namens ophthalmische Migräne ausgelöst. Sie war schmerzlos und ungefährlich. Er bekam sie ein paarmal im Jahr. Es war eine visuelle Erscheinung – »Aura« –, verursacht durch eine vorübergehende Unterbrechung des Blutzuflusses zur Sehrinde. So fing es immer an, mit einem winzigen blinden Fleck, der nicht verschwinden wollte. Im Verlauf der nächsten halben Stunde wurde er größer und machte ihm das Lesen unmöglich. Dann wanderte er allmählich nach rechts und störte eine Zeit lang sein peripheres Sehen auf dieser Seite, bevor er, ohne eine Spur zu hinterlassen, verschwand.

Die betroffene Region – der Punkt, wo er absolut blind war – war nicht schwarz, wie man vielleicht hätte meinen können. Das ließ sich einfach dadurch beweisen, dass er die Augen schloss, sodass er tatsächlich nur Schwarz sah. Der blinde Fleck stellte sich dann als eine Region mit schwach umrissenen gelben und schwarzen Streifen dar, ähnlich den Mustern, die zur Kennzeichnung von Gefahrenzonen auf Fabrikböden gemalt wurden, nur dass diese hier blitzten und sich ständig veränderten, als wenn bei einem altmodischen Fernseher der vertikale Bildfang verrücktspielt.

Noch während er diese Bezüge herstellte, wappnete er sich gegen einen anzunehmenden Flankenangriff von Polycultia, einer der Furiosen Musen, die stets betonte, alles, was Richard sich nur ausdenken könne, sei kulturspezifisch. In diesem Fall dürfte sie womöglich mit Schützenhilfe von Cerebra rechnen, einer unfreiwillig beleidigenden FM, die gern darauf hinwies, dass jede Idee, die Richard hatte und die ihm klug erschien, in Wirklichkeit lediglich die unvollkommene Wiedergabe einer pfiffigeren Idee war, die ihr selbst schon vor langer Zeit gekommen war. Die erwartete Angriffslinie der Polycultia-Cerebra-Achse sah ungefähr so aus: Okay, da ein Teil von Richards visuellem Kortex nicht funktionierte, sah er in dieser Region »nichts«. Sein Gehirn war damit beschäftigt, fortwährend die Art von dreidimensionalem Modell des Universums zu konstruieren, das ihn zum Beispiel befähigte, mit geschlossenen Augen sein Handy vom Nachttisch zu nehmen. Von daher konnte es den Anblick eines Fleckes »Nichts« inmitten einer ansonsten kohärenten Realität nicht tolerieren. Also versuchte es, das Nichts mit etwas auszufüllen. Es war einfach die visuelle Entsprechung des Tinnitus.

Aber warum genau dieses Etwas? Er legte es sich zurecht als schwarze und gelbe Gefahrenstreifen, kaputte Fernseher etc., aber das lag nur daran, dass er ein nicht mehr ganz junger weißer Mann aus Iowa war. Eine Maori-Hebamme, ein schwuler römischer Zenturio oder ein Shinto-Buddhist im elften Jahrhundert hätte, von demselben zugrunde liegenden neurologischen Phänomen ereilt, das »Nichts« mit einer anderen Art von Schreckgespenst ausgefüllt, die sich aus dem jeweiligen Bestand an kulturellen Bezügen ergeben hätte – zum Beispiel dem magischen kalten Feuerwall, der (der *Nordischen Mythologie* zufolge) Gymirs Haus in Jotunheim umgab.

Seine vorübergehende Blindheit lieferte ihm eine Entschuldigung dafür, sich nicht dem Getöse auszusetzen. In früheren Zeiten hätte er gesagt, »nicht seine E-Mails zu checken«, dabei waren E-Mails heute die am wenigsten aufdringliche von allen Techniken, die das Miasma – wie Richard das Internet nannte – ersonnen hatte, um die Aufmerksamkeit seiner Nutzer zu erheischen. Richard fasste sie alle unter der allgemeinen Überschrift »Getöse« zusammen. Er hielt es für unwahrscheinlich, dass es im morgendlichen Getöse viel gäbe, das von Bedeutung wäre, denn er hatte seine persönliche Assistentin ein System von Zauber- und Abwehrsprüchen weben lassen: automatisch generierte »Out-of-Office«-Meldungen und dergleichen.

Folglich blieb ihm bis zu seinem Termin noch Zeit, die er sich vertreiben musste. Er steckte die *D'Aulaires* wieder in die Tüte. So gut er es als vorübergehend Halbblinder vermochte, durchkämmte er seine Wohnung nach weiteren Sachen von Sophia. Dann fuhr er mit dem Aufzug in die Eingangshalle des Gebäudes. Zwischen ihr und dem Gehweg lag eine Bäckerei mit Café. Dort wollte er sich die *New York Times* kaufen und, sobald seine Sicht sich wieder geklärt hatte, das Kreuzworträtsel machen. Nicht dass er unbedingt ein großer Kreuzworträtselfan war, aber schon die Tatsache, dass er Zeit hatte, sie damit zu verbringen, war in gewisser Weise ein Gradmesser dafür, dass er ein freier Mann war.

Vo, der Bäckereibesitzer, kam heraus, um ihn mit Namen zu begrüßen. Er war ein Vietnamese in den Sechzigern oder Siebzigern, der, wie Dodge annahm, infolge der französischen Kolonialherrschaft in seinem Heimatland Backfertigkeiten auf Weltklasseniveau erlangt hatte. Dieser Betrieb war eine ernstzunehmende Sache: nicht nur ein Tischbackofen unter einer Theke, sondern ein ganzer Komplex aus ausladenden Knetbrettern und Marmorplatten, Standmixern, so groß wie Außenbordmotoren, und begehbaren Backöfen, die weit in das Gebäude hineinreichten. Älteren Asiaten und mit Haarnetzen versehenen Hipstern konnte man dabei zusehen, wie sie Teig ausrollten und von Hand

Croissants formten. Vo würde das Unternehmen erst dann als erfolgreich bezeichnen, wenn am Abend jedermann im Radius von einem halben Kilometer mit einem Baguette unterm Arm nach Hause ging.

Zur Vorderseite des Hauses hin stand ein halbes Dutzend kleine Tische, und direkt an der Fensterfront zum Gehweg befand sich eine lange Theke. Ein Nebeneingang stellte die Verbindung zur Eingangshalle des Gebäudes her. Auf diesem Weg kam Richard herein und nahm noch einen Kaffee und eine *New York Times*. Vo wollte ihm vermitteln, dass er tags zuvor von einem Bekannten am Pike Place Market einen Karton reife Äpfel aus dem Yakima Valley erworben hatte – gerade genug, um ein paar Tartes Tatin zu backen, die er für besondere Kunden in Reserve hielt. Was allerdings kein großes Geheimnis war, hatte der Apfelduft doch das ganze Erdgeschoss durchzogen. Vo pflegte seine verbale Kommunikation durch physische Demonstrationen zu unterstützen, eine Gewohnheit, die er vielleicht während der Jahrzehnte angenommen hatte, in denen er auf die harte Tour Englisch lernte. Einen von Richards Ellbogen behutsam mit der Hand umschließend führte er ihn hinter die Theke, um ihm einen dort verstauten Pappkarton zu zeigen, der zur Hälfte mit Äpfeln gefüllt war. Er bückte sich und durchwühlte sie, bis er ein passendes Exemplar gefunden hatte, das er herausnahm und Richard vors Gesicht hielt, wobei er es in einer Pose auf seinen Fingerspitzen thronen ließ, die stark an Eschers *Hand met spiegelende bol* erinnerte, nur handelte es sich hier natürlich um einen Apfel. Einen Apfel, vor dem frühere Generationen amerikanischer Lebensmittelkäuferinnen oder -käufer entsetzt zurückgeschreckt wären, hätten sie ihn in der Obst- und Gemüseabteilung ihres örtlichen Safeway gesehen. Er war halb so groß wie die kräftigen weichen Red Delicious, die man normalerweise in solchen Auslagen fand, hatte eine Farbe, die von einem fast purpurnen Rotton bis zu einem fast gelben Grünton reichte, ein paar kleinere Flecken und

Vertiefungen und am Stiel noch immer ein Paar richtige Blätter. Doch er war so rund und fest, dass er aussah, als würde er jeden Moment explodieren. Vo hob ihn immer höher in die Luft und blickte dabei zwischen ihm und Richard hin und her.

»Na, *das* ist mal ein richtiger Apfel!«, sagte Richard schließlich. Das war keine besonders kluge Bemerkung, aber er wusste, dass es die einzige war, die Vo beruhigen würde. Dieser dankte es ihm damit, dass er darauf bestand, ihm den Apfel »zum Mittagessen« mitgeben zu dürfen. Richard nahm ihn mit der gebotenen Feierlichkeit entgegen, so wie ein japanischer Geschäftsmann eine Visitenkarte annahm, indem er mit den Fingern über die Rundungen der Frucht fuhr und sie in alle Richtungen drehte, um ihre Farbe zu bewundern, und legte sie dann vorsichtig in die Tasche, die er sich über die Schulter geworfen hatte. Bald fand er sich mit seinem Kaffee, dem Kreuzworträtsel und einem Stück Tarte an seinem angestammten Platz wieder.

Das hatte er zu mindestens zwei Dritteln verspeist, als ihm schlagartig bewusst wurde, dass er laut ärztlicher Anweisung vor dem medizinischen Eingriff nichts zu sich nehmen durfte. Bis eben hatte er sich auch daran gehalten, sich jedoch vergessen, als sich die Gelegenheit bot, ein Stück frisch gebackene Tarte Tatin zu essen.

Er betrachtete den restlichen Teil – den besten, denn er enthielt den knusprigen Rand, und Richard war als Kind immer dazu angehalten worden, das Beste bis zum Schluss aufzuheben – mit einer Mischung aus Schuld und Verlegenheit. Am Ende beschloss er, das Stück aufzuessen. Er bezweifelte, dass Essen im Magen zu haben *wirklich* eine erhebliche Gefahr darstellte. Es war einfach eine jener allgemeinen Empfehlungen, so wie die, beim Tanken sein Handy auszuschalten, die von Rechtsanwälten zu einer hysterischen Warnung hochstilisiert worden waren. Und sollte es tatsächlich gefährlich sein, war das Kind bereits in den Brunnen gefallen. Drei Drittel eines Kuchenstücks im Magen zu haben konnte nicht viel schlimmer sein, als es bei zwei Dritteln der Fall wäre. Und wenn er den Rest auf dem Teller ließe, würde Vo es bemerken, in den falschen Hals kriegen und ihm womöglich seinen Sonderkundenstatus aberkennen.

Wichtiger als die mögliche medizinische Komplikation war die Frage, die ihm prompt in den Sinn kam, ob dieser Aussetzer ein frühes Anzeichen für Senilität war. Die Geschwindigkeit, mit der er das Kreuzworträtsel erledigt hatte, schien dagegenzusprechen. Aber dabei ging es nur um das Langzeitgedächtnis, oder? Er war sich nicht sicher. Als Junge hatte er sich die Existenz von so etwas wie Senilität gar nicht bewusst gemacht, bis ein älterer Cousin ihn während eines Familientreffens darauf hingewiesen und ihm eine kurze (und im Rückblick zum Schreien unpräzise) Zusammenfassung ihrer Symptome geliefert und währenddessen vielsagende Blicke auf Grandma geworfen hatte. Danach hatte der junge Richard seine frühere Naivität überkompensiert, indem er übertrieben wachsam auf ihren Ausbruch bei Familienmitgliedern geachtet hatte, die auch nur die geringsten Anzeichen von Altersschwäche zeigten.

2

Die Arzthelferinnen hatten mit Nachdruck darauf hingewiesen, dass er im Anschluss an den Eingriff wegen der starken Medikamente, die sie ihm geben würden, nicht fahrtüchtig sein, dass er praktisch ein wandelndes nervliches Wrack sein würde und dass sie gar nicht erst mit dem Eingriff beginnen würden, falls er keine Begleitperson nennen könne, die ihn hinterher abholen und die Verantwortung dafür übernehmen würde, dass er sich von schweren Maschinen fernhielt. Entsprechend ging Richard nun zwei Häuserblocks weit zu einer Haltestelle, bestieg einen Citybus, der ihn zu dem Hügel oberhalb des Stadtzentrums bringen würde, und machte es sich auf einem Sitz etwa in der Mitte des Fahrzeugs bequem.

Er holte sein Handy aus dem Ruhemodus. Dessen Startbildschirm war, als hätte er die Windpocken, von kleinen roten Punkten mit vorwurfsvollen Zahlen darin übersät, den Folgen der tauben Ohren, die er volle zwölf Stunden für das Getöse gehabt hatte. Er zwang sich, diese Punkte nicht zu sehen, und rief stattdessen sein Adressbuch auf. Dort scrollte er zum Abschnitt K und fand fünf verschiedene Einträge für Corvallis Kawasaki. Manchen von ihnen waren kleine Bildchen beigefügt, die Richard halfen zu erraten, wie veraltet sie waren. Die meisten davon hatten sich in den Jahren angesammelt, in denen Corvallis Hand in Hand mit Richard bei Corporation 9592 gearbeitet hatte, der Spielefirma, die Richard zu einem Milliardär und Corvallis, im Lexikon der

Hightechindustrie, zum Dezimillionär gemacht hatte. Die entsprechenden Fotos zeigten ihn meistens beim Biertrinken in Bars oder in verschiedenen Feierposen in Verbindung mit der wachsenden Berühmtheit der Firma in der Computerspielbranche. Eins davon war jedoch ein sehr konventionelles, offizielles Porträt von Corvallis in Anzug und Krawatte, mit ordentlich geschnittenem und gegeltem Haar. Diese Visitenkarte – die erst ein paar Monate alt war – wies ihn als technischen Direktor von Nubilant Industries aus, einer Firma, die Cloud-Computing betrieb. Entstanden war sie im vergangenen Jahr als Teil eines »Rollups«, im Jargon der Hightechbranche der Kauf und Zusammenschluss mehrerer Unternehmen, die alle im selben Bereich agierten. Mithilfe einer saftigen Aktienoption war Corvallis dazu bewegt worden, seine Stelle bei Corporation 9592 zu verlassen und in die neue Firma einzutreten. Richard hatte ihn ungern ziehen lassen, musste jedoch zugeben, dass es hervorragend passte – Corvallis hatte die Übertragung sämtlicher Operationen von Corporation 9592 von altmodischen Serverracks auf die Cloud überwacht, und er war nicht so großzügig entschädigt worden wie andere, die ein günstigeres Timing erwischt hatten. Seit Corvallis' Weggang zu Nubilant – deren Sitz sich in der Nähe des Zentrums von Seattle befand – hatten er und Richard sich verschiedentlich gegenseitig SMS geschickt und versucht, einen gemeinsamen Zeitpunkt zu finden, um sich mal auf einen Drink zu treffen. Bisher hatte es noch nicht geklappt. Doch als Dodge seinen SMS-Verlauf mit Corvallis aufrief, fand er an dessen Ende einen Wust von Nachrichten vom vergangenen Wochenende, in denen Corvallis sich bereit erklärte, den Nachmittag freizunehmen und als Richards Begleitperson zu fungieren, ihn in seinem durch die Narkose benebelten Zustand in der Klinik abzuholen und, wenn er wieder zu Sinnen käme, vielleicht mit ihm essen zu gehen.

Omw zur Klinik, tippte Richard mit den Daumen. Dann zog er einen klobigen Kopfhörer aus seiner Tasche und setzte ihn sich auf. Die Geräusche des Busses wurden gedämpft. Er steckte das Kabel ins Handy und schaltete den Kopfhörer ein. Es handelte sich nämlich um einen elektronischen Kopfhörer mit Geräuschunterdrückung. Sofort begann er Gegenschall in Richards Ohren zu leiten, was alles noch stiller machte.

Corvallis schrieb zurück: *OK.* Auslassungspunkte auf dem Handydisplay zeigten an, dass er noch weitertippte.

Dodge rief die Musicplayer-App auf und fing an, seine Playlists bis zum Abschnitt P durchzuscrollen. Aufgrund der gespenstischen Stille, die die Geräuschunterdrückungsfunktion produzierte, verstärkte sich sein Tinnitus.

Corvallis fügte hinzu: *Wenn d.d. danach fühlst gehen w.i. Büro vorbei – möchte d. zeigen was w. vorhaben – geile Sache!*

Richard beschloss, darauf nicht zu antworten. Sosehr er Corvallis mochte, ihm graute vor Führungen durch Hightechfirmen. Er tippte auf die Wörter »Pompitus Bombasticus«. Der üppige Klangcharakter eines kompletten Symphonieorchesters, unterstützt durch einen Chor und verstärkt durch eine treibende moderne Percussionsektion, füllte seine Ohren. Pompitus Bombasticus war Richards Lieblingsgruppe, die offenbar nur aus einem einzigen Typen bestand, der allein in einem Studio in Deutschland arbeitete; die Philharmonie, der Chor und alles Übrige waren mit Synthesizern nachgeahmt. Diesem Typen war vor ein paar Jahren aufgefallen, dass sämtliche billigen Horrorfilme in ihren Soundtracks dasselbe Musikstück – Carl Orffs *Carmina Burana* – verwendeten. Das Werk war zu einem Klischee geworden, das eher Aufstöhnen oder Gelächter hervorrief als Schrecken. Der Deutsche, der ein Leben als notleidender Künstler geführt hatte, während er versuchte, als DJ Fuß zu fassen, hatte einen Einfall gehabt, der seine Karriere veränderte: Die Filmemacher der Welt bekundeten einen unersättlichen Bedarf an einer Sorte Musik, von der die *Carmina Burana* das einzige existierende Exemplar war. Der Markt (sofern man sich die Welt der

Komponisten und Musiker als solchen vorstellen konnte) befriedigte diese Nachfrage nicht. Warum dann nicht Originalmusik machen, die klang wie der Soundtrack jener Art von Filmszene, in der unweigerlich die *Carmina Burana* ertönte? Sie musste ja nicht ganz genau so klingen, sollte aber schon dieselben Gefühle hervorrufen. Der Deutsche gab sich einen neuen Namen, nämlich Pompitus Bombasticus, und brachte ein namengebendes Album heraus, das von zahllosen aufstrebenden jungen Filmemachern, die das allgemeine Empfinden einte, dass sie sich, wenn sie die *Carmina Burana* noch ein einziges Mal hörten, Stifte in die Ohren stecken würden, mit Begeisterung gerippt, über Torrent-Dateien oder auch direkt heruntergeladen und gestohlen wurde. Seitdem hatte Pompitus Bombasticus fünf weitere Alben veröffentlicht, die Richard allesamt legal heruntergeladen und dieser einen langen Playlist einverleibt hatte. Die atemberaubende Schwungkraft und emotionale Bandbreite der Musik ließen das Spülmaschineausräumen so bedeutungsschwer erscheinen wie die Schlussszene von *2001: Odyssee im Weltraum*. In diesem Fall legte sie einen Schleier falscher Eindringlichkeit über den Text von C-plus (wie Dodge Corvallis nannte). Aus Angst, C-plus könnte das in den falschen Hals bekommen, wollte er es nicht zugeben und ihm ins Gesicht sagen, aber in den späteren Phasen ihrer professionellen Beziehung war C-plus' Rolle immer weniger die des technischen Allrounders und mehr die des allgemeinen intellektuellen Handlangers und Gefährten geworden. Wenn es um all das Zeug ging, das Richard in der extrem bewegten Zeit seines späten Teenager- und frühen Erwachsenenalters zu lernen versäumt hatte, war Corvallis Kawasaki seinem Dante der Vergil, seinem Sherman Mr Peabody.

Als zum Beispiel Richard vor ein paar Jahren erwähnt hatte, dass fast alle seine Träume in derselben Kleinstadt in Iowa angesiedelt waren, hatte C-plus ihm gesagt, das hänge mit einer berühmten Erkenntnis eines deutschen Philosophen namens Kant zusammen, der postuliert habe, dass der Verstand schlichtweg nicht in der Lage sei, über irgendetwas nachzudenken, ohne es in Raum und Zeit zu verorten. Das Gehirn sei nun mal so verdrahtet, daran könne man nichts ändern. In ihren Grundeigenschaften habe sich der junge Richard die Raumzeit angeeignet, indem er auf dem Fahrrad in einem bestimmten Straßenraster umherfuhr, in bestimmten Häuserblocks »Süßes oder Saures« verlangte und vor großen Jungs oder Konrektoren durch günstig gelegene Gärten davonrannte. Jetzt sei sie in sein »Konnektom«, den Schaltplan seines Gehirns, eingebrannt; sie sei das kantische Substrat jeglicher geistigen Aktivität im Zusammenhang mit Raum und Bewegung. Womöglich besorgt, dass Richard seiner Argumentation nicht folgen konnte, hatte C-plus sie zusammenfassend mit dem Hexagon-Grafikpapier verglichen, auf dem Nerds die Landschaften grafisch darstellten, in denen Kriegsspiele betrieben wurden. Genau dieses Detail hatte bei Richard den Verdacht aufkommen lassen, dass C-plus ihn gerade verarschte. Das alles war ohne besonderen Grund ganz kurz vor einer Aufsichtsratssitzung passiert: der wichtigsten Aufsichtsratssitzung in der Geschichte von Corporation 9592, in deren Verlauf sie verkündeten, dass der Jahresumsatz der Firma jetzt den des Römischen Reiches auf dem Höhepunkt des Augusteischen Zeitalters überstieg. Diese Aufgabe hatte Richard dem Finanzvorstand angedreht, der an so etwas seine helle Freude hatte. Während der Mann seine PowerPoint-Folien durchging, hatte Richard sein Handy hervorgeholt und in einem nur pro forma unternommenen Versuch zu verbergen, was er da tat, unter dem Konferenztisch Kant gegoogelt. Die Suchergebnisse deuteten auf schrecklich kompliziert zu lesende Seiten hin, genügten aber schon als Beweis dafür, dass es wirklich einen Menschen namens Kant gegeben und dieser sich tatsächlich mit solchen Themen befasst hatte.

Pompitus Bombasticus' Musik ließ Richards fünfzehnminütige Busfahrt so inspirierend und doch tragisch erscheinen wie die Schlacht von Stalingrad. Als das Fahrzeug in Richtung Stadtmitte um eine Kurve fuhr, wurde es von einem Mann mit einem Stoppschild angehalten, während ein langer Lastwagen voller Erde in die Straße einfuhr, um seine Ladung an irgendeinen Ort zu bringen, an dem man Erdaushub ablud. Der Soundtrack in Richards Kopfhörer ließ diese mühsame, aber grundsätzlich einfache Operation als ein ebenso großes technisches Wunder erscheinen wie den Start eines massiven und doch anmutigen Raumschiffs aus seinem erdumkreisenden Trockendock. Dodge brauchte ein paar Minuten, um sich zurechtzufinden. Er begriff, dass, während er mit anderen Dingen beschäftigt gewesen war, ein älterer Wolkenkratzer – ein Gebäude, das seit den Sechzigerjahren die Skyline der Stadt mitbestimmt hatte – abgerissen worden war. Auf einem Schild war ein viel größeres Gebäude abgebildet, das ihn ersetzen würde. So altmodisch das auch war, irgendwie fühlte er sich verraten und verkauft. Kaum passte man mal einen Moment nicht auf, schon war ein Gebäude weg.

Doch gleich im nächsten Block stand ein Gebäude, das, als es vor vielleicht fünf, nein zehn Jahren erbaut wurde, ein gefeiertes architektonisches Ereignis dargestellt hatte. Jetzt gehörte es einfach zur Landschaft. Er fragte sich, ob er wohl noch leben würde, wenn man es abriss. Übrigens wusste man von ihm auch, dass er sich fragte, ob sein derzeitiges Auto wohl das letzte war, das er sich je kaufen, ob die Lederjacke, die er trug, ihn überleben würde. Dabei neigte er keineswegs zu morbiden Gedanken. Er war nicht depressiv, grübelte nicht besonders viel über den Tod nach. Er ging lediglich davon aus, dass er sich auf einem sehr langen Gleitpfad befand, der in vielleicht dreißig bis fünfzig weiteren Jahren zum Tod führte, und dass er bis dahin noch jede Menge Muße haben würde, sich darüber Gedanken zu machen. Für ihn hatte das Leben etwas von einem Schützengraben im Ersten Weltkrieg, der an einem Ende sehr tief war, jedoch immer flacher wurde, je weiter man kam, und allmählich in der Oberfläche aufging. In frühen Jahren war man so tief in ihm drin, dass man nicht einmal wusste, dass über seinem Rand Granaten explodierten und Kugeln durch die Luft zischten. Mit der Zeit wurden diese wahrnehmbar, aber nicht unmittelbar relevant. Irgendwann sah man dann, wie die ersten Menschen um einen herum durch Granatsplitter verletzt oder gar getötet wurden, aber selbst wenn es sich um gute Freunde handelte, wusste man bei aller Trauer und Erschütterung, dass sie statistische Ausreißer darstellten. Je weiter man allerdings marschierte, desto schwieriger wurde es, die Tatsache zu ignorieren, dass man sich der Oberfläche näherte. Vor einem starben Menschen einzeln, dann gruppen-, dann scharenweise. Am Ende, wenn man ungefähr hundert Jahre alt war, tauchte man aus dem Graben ins Freie auf, wo die verbleibende Lebensdauer in Minuten gemessen wurde. Richard hatte, bevor es so weit sein würde, noch Jahrzehnte vor sich, aber er hatte ein paar Leute um sich herum ins Gras beißen sehen, und wenn er in diesem Graben nach oben blickte, erkannte er in großer Entfernung – aber dennoch nah genug, um ihn zu sehen – den Rand, über dem die Kugeln in grell blitzendem Hagel flogen. Vielleicht war es aber auch nur die Musik in seinem Kopfhörer, die ihn so denken ließ.

Sie fuhren an einem guten Restaurant vorbei – einem von Richards Lieblingslokalen, wenn er zu einem Geschäftsessen einladen musste. Aus der angrenzenden Gasse kam ein Kastenwagen heraus und fädelte sich direkt vor dem Bus in eine Verkehrslücke ein. Er trug das Logo einer Firma, die offensichtlich Tischwäsche an Restaurants lieferte, die nobel genug waren, sie zu benutzen. Und schon war der kleine Wagen fort, unterwegs zum nächsten Restaurant, das er beliefern würde. Der Busfahrer ärgerte sich über die Art, wie er die Lücke für sich in Anspruch genommen hatte. Richard, der gut in der Zeit lag und für nichts verantwortlich war, ließ seine Gedanken einfach zum Verkehrsfluss wandern. Als sie an der kleinen Gasse vorbeikamen, sah er, wie aus einem Biertransporter Fässer mit Bier aus einer lokalen Brauerei abgeladen wurden. Die Zweckbestimmung von Tischwäsche- und Bierlieferwagen war unübersehbar, weil direkt auf ihre Seitenwände gedruckt, aber natürlich hatte jedes andere Fahrzeug auf der Straße und jeder Fußgänger auf dem Gehweg ebenfalls eine Zweckbestimmung. Es war das Zusammenfließen und die Interaktion all dieser Absichten, die eine Stadt ausmachten. Das anfängliche Scheitern der Spieldesigner von Corporation 9592 beim Digitalisieren dieses Gefühls führte dazu, dass Richard mehrere Monate lang tat, was Richard üblicherweise tat, nämlich Probleme anzupacken, die so sonderbar waren, dass allein das Eingeständnis ihrer Existenz für jeden, der nicht der Firmengründer war, das Ende seiner Karriere bedeutet hätte. Das Spiel hieß, ebenso wie die imaginäre Welt, in der es angesiedelt war, T'Rain. Die Geologie dieser Welt war von einem Mann, der sich Pluto nannte und in derlei Dingen sehr begabt war, überzeugend simuliert worden. Die Stadtlandschaft war aus nicht unmittelbar ersichtlichen Gründen weit weniger überzeugend geraten. Das war eins jener vermeintlich trivialen Probleme, die sich als ausgesprochen schwierig erwiesen hatten. Worauf es, nachdem sie Millionen von Dollar ausgegeben hatten, um Leute zu Seminaren einzufliegen und städtische Verkehrsflüsse auf Hochleistungsrechenclustern zu simulieren, letztlich hinauslief, war, dass in einer echten Stadt jeder irgendetwas zu tun versuchte. Manchmal hatte jeder ein anderes Ziel, dann wieder hatten alle (wie unmittelbar vor einem Sportereignis) dasselbe Ziel. Die Art, wie Menschen und Fahrzeuge sich bewegten, spiegelte deren Art, diese Ziele zu verfolgen, wider. Wenn jemand einige Zeit in einer Stadt der realen Welt verbracht hatte, lernte sein Gehirn, diese Verhaltensweisen zu deuten und sie als stadtartig zu verarbeiten und zu verstehen. Besuchte man aber eine erfundene Stadt in einem Massen-Mehrspieler-Onlinespiel, sah man dort in der Regel Verhaltensweisen von Gruppen, die nicht denen entsprachen, bei denen das Gehirn davon überzeugt war, etwas Reales zu sehen, sodass die Illusion scheiterte.

»Pill Hill«, der über dem Stadtzentrum aufragte, war schon vor langer Zeit mit verschiedenen Krankenhäusern bestückt worden, die dann munter gewachsen waren und größere Einheiten gebildet hatten, während sich die Stadt krankheitsmäßig zu einem Füllhorn entwickelt hatte. Auf den wenigen Flächen, die nicht von den Kliniken selbst beansprucht wurden, schossen Ärztehäuser in die Höhe, zwanzig und dreißig Stockwerke hoch, alle durch Gebäudebrücken und Tunnel miteinander verbunden. In Kombination mit Fusionen und Zusammenschlüssen hatte das den Hügel in ein vollkommen verzahntes, großflächiges, dreidimensionales Labyrinth verwandelt, das sich ganz der medizinischen Versorgung widmete. Er besaß eine gute Anbindung an den öffentlichen Nahverkehr. So hätte Richard mit dem Bus bis unmittelbar vor den Eingang der Klinik fahren können. Stattdessen hatte er spontan beschlossen, einige Blocks vorher auszusteigen und sich einen Spaziergang die Cherry Street hinunter zu gönnen. Nach lokalen Maßstäben war das Viertel alt, seine ausgewachsenen Ahornbäume waren vermutlich von Siedlern eingeführt worden, die wollten, dass es einmal genau so aussah wie die grünen Städte im Nordosten und Mittleren Westen der Vereinigten Staaten. Die herbstliche Laubfärbung erreichte gerade ihren Höhepunkt. Richards vorherige Träumereien hatten ihn, wiederum auf eine entspannte und keineswegs düstere Weise, zu der Frage gebracht, wie viele Male in seinem Leben er die Verfärbung des Laubs noch sehen würde. Zwanzig oder dreißig? Keine ungeheuer große Zahl. Eine der Furiosen Musen wies ihn darauf hin, dass die geringe Größe dieser Zahl ihn dazu bewegen sollte, die Schönheit mehr zu schätzen, als er es tat. Das schien nicht zu funktionieren, aber er musste zugeben, dass die herrlichen Farben durch die laufende Pompitus-Bombasticus-Auswahl noch beeindruckender wurden.

Welche Pfade im Gehirn, fragte er sich, verbanden diese Klangmuster mit Vergnügen? Und gehörten sie wesensmäßig zum Funktionieren des Verstandes, oder waren sie bloß ein Unfall der Evolution? Oder, um dieselbe Frage auf andere Weise zu stellen: Falls es ein Leben nach dem Tod gab, ob nun nach alter Schule analog oder neumodisch digital – wir also als Geist weiterlebten oder als digitale Simulation unseres Gehirns wiederhergestellt wurden –, würden wir dann immer noch Musik mögen?

Obwohl es nicht geregnet hatte, war der Weg nass von Feuchtigkeit, die aus der Atmosphäre kondensiert war. Der Boden war mit roten Blättern zugepflastert, so als wäre dieser Ort von patriotischen Kanadiern überrannt worden. Die Blätter, auf die getreten worden war, waren etwas gedunkelt, doch als Richard die ganze Cherry Street entlangblickte, sah er, dass die Bäume, die sie säumten, eine an die kanadische Flagge erinnernde Reinheit und Intensität von Röte aufwiesen, die derjenigen der Ampeln, die über den großen Kreuzungen hingen, in nichts nachstand.

Corvallis Kawasaki hatte ihm gesagt, dafür gebe es ein Wort: »Qualia«. Das subjektive Erleben von (zum Beispiel) Röte. Oder von Musik oder einer Tarte Tatin. Neurologen wie Philosophen schrieben über Qualia, versuchten herauszufinden, was genau sie waren, wie man sie bekam, ob sie dem Bewusstsein wesensmäßig innewohnten. Erlebten Ameisen, die aus einer Pfütze vergossener Limonade tranken, deren Süße? Oder waren sie dafür zu schlicht und reagierten nur nach ihrem inneren Programm? Der Infrarotsensor an einer Aufzugtür erlebte nicht die Qualia von Menschen, die seinen Strahl unterbrachen; er war nichts als ein dummes technisches Bauteil. An welcher Stelle auf der evolutionären Leiter hörte das Gehirn auf, ein besserer Aufzugsensor zu sein, um fortan die Erfahrung von Qualia zu machen? Vor oder nach den Ameisen? Oder war es so, dass eine einzelne Ameise zu einfach für die Erfahrung von Qualia war, ein ganzer Schwarm von ihnen im Kollektiv jedoch *nicht*?

All diese hochtrabenden Überlegungen einmal beiseitegelassen, genoss Richard Qualia in einem Ausmaß, das schon ans Sexuelle grenzte. Nicht wenige erste Verabredungen hatte er sich dadurch verdorben, dass er auf einen Schluck Wein oder einen Bissen Steak in einer Weise reagierte, die der Frau auf der anderen Seite des Tisches etwas unheimlich vorzukommen schien. Vor ein paar Jahren hatte er eine längere Nahtoderfahrung durchgemacht, in deren Verlauf er viel zu viel Zeit gehabt hatte, darüber nachzudenken. Er hatte sogar eine Liste der guten Qualia aufgestellt, so als würde deren Katalogisierung dazu führen, dass man sie beherrschte oder zumindest verstand:

Der schwarze Glanz einer alten gusseisernen Grillplatte, deren öliger Geruch beim Erhitzen.

Die Falten im Rückenteil eines taubenblauen Anzughemds.

Der Geruch eines in Faserrichtung gebrochenen Bretts aus Zedernholz.

Sonnenlicht, das funkelnd von Wellen reflektiert wurde.

Die Form des Buchstabens P.

Den eigenen genauen Standort auf einer Landkarte finden. Den Schritt verkürzen, wenn man sich der Bordsteinkante näherte.

In einem Haus umhergehen – Mauern kann man nicht durchschreiten, Türen schon.

Aufrecht bleiben. Das Gleichgewicht halten. Auf einem Fuß stehen.

Blasen auf dem Boden eines Topfes, kurz bevor die Flüssigkeit kocht.

Appetit haben.

Soeben einen Schlag auf die Nase bekommen haben.

Die Eröffnungsklänge von »Comfortably Numb«.

So viel zum Poeten in ihm; der Hightechmagnat wunderte sich beiläufig über die gewaltige Rechenleistung, die von seinem Gehirn selbst in dessen inaktivsten Momenten gebraucht wurde, wenn es einfach Qualia aufnahm und sie zu einer zusammenhängenden Geschichte über die Welt und seinen Platz in ihr ordnete.

Direkt aus der Luft schnappte sich Richard ein besonders glänzendes rotes Ahornblatt, das sich mit seiner feuchten Anatomie in seine Handfläche schmiegte. Er betrachtete es auf dieselbe Weise, wie er vielleicht als Kind auf einer Farm in Iowa genau so ein Blatt betrachtet hatte. Aus einiger Entfernung mochte es so aussehen, als schaute er auf sein Handy. Die Symmetrie des Blattes, die keineswegs perfekt und doch offenkundig und unbestreitbar war, hatte fast etwas Sinistres an sich. Dunkle Adern zweigten schräg von seiner Mittelrippe ab. Auf seiner Rückseite standen sie wie Tragbalken unter einem Dach hervor. An der Vorderseite war jede Ader eine Rille, die in das rote Fleisch gekerbt war und es wie ein System von Rinnsalen, Bächen und Flüssen entwässerte oder wie Kapillaren in einem Organ ernährte. Es war ein kleiner Triumph räumlicher Organisation, wie der Staat Iowa, entlang der Cherry Street Millionen Mal reproduziert und im Begriff, im Rinnstein zu Mulch zu werden. Er beschloss, diesem einen ein so schmachvolles Schicksal zu ersparen, und ließ es in seine Tasche gleiten. Später würde er es Sophia zeigen.

Er bemerkte, dass jemand ihn ansah. Ein Junge von vielleicht zwölf Jahren kam die Cherry Street herauf. Er hatte Richard erkannt und näherte sich ihm, zur gelinden Bestürzung seines erwachsenen Aufpassers – vermutlich sein Vater. Am linken Unterarm trug er die Art neumodische Plastikschiene, die den Träger nicht wie einen verletzten Trottel, sondern wie einen bionischen Superkrieger aussehen ließ. Und tatsächlich verlieh die Musik von Pompitus Bombasticus den letzten Schritten des Jungen auf Richard zu etwas von dem triumphalen Einzug eines Helden in Walhalla. Mit seiner gesunden Hand fingerte er sein Handy hervor. Bestimmt wollte er ein Selfie mit Richard machen, damit er es posten und, zumindest für ein paar Stunden, die Miasma-Entsprechung für walhallaähnlichen Ruhm erlangen könnte. Richard nahm bereitwillig den Kopfhörer ab und legte ihn sich um den Hals. Er schüttelte dem Jungen die Hand – was wegen der Schiene und des Handys gar nicht so leicht war. In gebührendem Abstand von dem Erwachsenen gefolgt gingen die beiden Seite an Seite einen halben Häuserblock weit. Der Junge war ein leidenschaftlicher T'Rain-Spieler. Er war aufgeweckt und liebenswürdig und hatte wohlformulierte und völlig vernünftige Ideen darüber, wie man das Spiel noch besser machen konnte. Vor dem Klinikeingang blieben sie stehen. Der Junge setzte seinen Monolog fort, während Richard aufmerksam zuhörte und nickte, bis der Vater, der ahnte, was Richard hierherführte, sich einschaltete und den Jungen anwies, zum Ende zu kommen. Beim Sprechen hatte der Junge sein Handy für eine Selfie-Aufnahme eingestellt, die er jetzt machte. Dabei erzählte er weiter, und Dodge verstand, dass er kein unbewegtes Foto, sondern ein kurzes Video aufnahm, das schwerer zu fälschen war und damit, erst einmal gepostet, die Glaubwürdigkeit erhöhen würde. Er schüttelte dem Jungen die Hand und erwiderte das kurze Kopfnicken des Vaters: *Jetzt sind Sie wieder dran.* Der Junge sah etwas niedergeschlagen aus; ihm war aufgegangen, dass Richard Forthrast womöglich krank war.

Das war es, was Medizin für Kinder bedeutete: eine Reaktion auf eine akute Erkrankung. Mit zunehmendem Alter wurde einem klar, dass sie eher wie Zähneputzen war: ein System hoch entwickelter Strategien, mit denen man schlimmen Dingen zuvorkam, die einem widerfahren konnten, wenn man keine vorbeugenden Maßnahmen traf. Das wollte ein Teil von Richard dem Kind erklären, um dessen Anflug von Sorge zu lindern, doch die Unterhaltung hatte lange genug gedauert und war jetzt vorbei. Beim Betreten des Gebäudes sinnierte Richard über die sonderbare Rolle, die seine Gesellschaft ihm als einem Mann zugedacht hatte, der eine imaginäre Welt erschaffen beziehungsweise deren Erschaffung veranlasst hatte.

Was die Innenarchitektur betraf, hatte man keine Kosten gescheut, um das Gebäude so wenig wie möglich nach dem aussehen zu lassen, was es tatsächlich war. Sogar auf die übliche Tafel mit dem Klinikwegweiser war zugunsten eines Touchscreens verzichtet worden. Diesen nutzte Dodge, um sich in Erinnerung zu rufen, auf welchem Stockwerk er seinen Termin hatte. Das Ding las sich wie ein elektronisches Krankheitskompendium. Darin zu blättern machte ihn dankbar für all das, was in seinem Körper und Geist noch funktionierte. Fast so wunderbar wie das Leben selbst war die Zahl der Möglichkeiten, wie es enden oder sich zumindest in eine Hölle auf Erden verwandeln konnte. Und für jede davon gab es ein eigenes, ausgesprochen hoch entwickeltes Fachgebiet. Richard hatte beinahe das Gefühl, diese gewaltige Industrie damit, dass er unter keinem interessanten Gesichtspunkt krank war, zu enttäuschen. Der heutige Eingriff war absolute Routine, tausendmal am Tag durchgeführt. Dodge fand auf dem Bildschirm sein Ziel, und auf dem Weg zu den richtigen Aufzügen ging sein Blick kurz durch die Eingangstür zur Parkgarage, nur für den Fall, dass C-plus auftauchte. Das geschah jedoch nicht, und so hatte er den Aufzug anfangs für sich allein. Die für ihn zuständige Abteilung befand sich in einem der oberen Stockwerke. Unterwegs stiegen Menschen mit unterschiedlichen Beeinträchtigungen ein und aus. Sie hatten sich entweder verirrt oder wurden zwischen kooperierenden Fachbereichen verlegt. Die meisten von ihnen waren seltsam fröhlich. Ab einem bestimmten Punkt ging es nur noch darum, sich durch Trümmer zu kämpfen.

Auf einem deutlich sichtbaren Schild an der Anmeldung stand: LIEBE PATIENTEN, BITTE ESSEN ODER TRINKEN SIE VOR DEM EINGRIFF NICHTS. Handlungsanweisungen für den Fall, dass es schon zu spät war, gab es jedoch nicht, und so landete diese Aufforderung bei Richard ebenso in Ablage P wie die Krebswarnschilder, die jede glatte Oberfläche im Staat Kalifornien zierten. Die Krankenschwester, bei der er sich anmeldete, fragte, ob er irgendjemanden beauftragt habe, ihn nach Hause zu bringen. Richard zog sein Handy hervor, dessen Display zig Nachrichten von Corvallis Kawasaki zeigte, in denen er über Verkehrsbehinderungen schimpfte, und hielt es ihr als eine Art Beleg dafür hin, dass sein Fahrer, wenn man ihn brauchte, längst hier sein würde. Und schon hatte er das unausweichliche Patientenarmband an. Man führte ihn nach hinten und bat ihn, sich aus- und das obligatorische Flügelhemd anzuziehen. Ein übertriebenes Getue wurde um seine Brieftasche, sein Handy und andere Wertsachen gemacht, für die sie, wie sie betonten, selbstverständlich keine Verantwortung übernehmen könnten. Wieder einmal witterte Dodge Anwälte, die zu viel Zeit übrig hatten. Draußen hörte er C-plus' Stimme und erwog, ihm einen Gruß zuzurufen, wollte aber eigentlich nicht mit Patientenarmband und Flügelhemd gesehen oder angesprochen werden – sie machten ihn krank, was er gar nicht war. Das Tempo der Vorbereitungen steigerte sich nahezu exponentiell. In Dodges Vorstellung wurde der routinierte Facharzt zu einem derart umsatzträchtigen Goldesel, dass seine Zeit und seine Bewegungen ebenso sorgfältig geplant und abgerechnet werden mussten, wie eine Fluggesellschaft es mit jeder 737 machte. Dodge war als Nächster dran. Sie baten ihn auf eine fahrbare Krankentrage und rollten ihn in den OP-Bereich. Ein intravenöser Zugang wurde gelegt und mit Heftpflaster an seinem Arm fixiert. Clips wurden an seine Fingerspitzen geklemmt und eine Blutdruckmanschette um seinen Oberarm befestigt; Maschinen erwachten zum Leben und begannen seine Vitalparameter anzuzeigen. Er wusste, worauf das hinauslief. Mit verblüffenden Pharmaka würden sie ihn bewusstlos machen. In einer Minute würde Atropos seinen Bewusstseinsfaden durchschneiden, und er würde praktisch tot sein. Nach dem Ende der OP würde Klotho das Spinnen seines Fadens wiederaufnehmen, und er würde wieder ins Leben zurückkehren, als wäre das nie geschehen. Das war seltsames Zeug aus jener tieferen und älteren Schicht der Mythologie, prä*griechisch*, prä*nordisch*, definitiv nichts, was er Sophia später erzählen würde, wenn er mit den Büchern bei ihr vor der Tür stand.

Ein Mann kam herein, vermutlich der operierende Arzt, denn er stellte sich nicht vor und schien davon auszugehen, dass Richard wusste, wer er war. Er erwähnte, dass er einen Charakter in T'Rain habe, und fing an, ihm Fragen über ein bestimmtes unwichtiges Detail in den Regeln des Spiels zu stellen. Richard wurde bereits etwas benebelt, begriff aber, dass das hier gar keine richtige Unterhaltung war. Der Arzt wollte nur wissen, wann der Patient das Bewusstsein verloren hatte. Sie mussten ihm das Anästhetikum durch den Infusionsschlauch gegeben haben. Neue Qualia: eine Maske über der Nase, kaltes trockenes Gas, das seine Nasenlöcher flutete, ein Zischen. Atropos durchschnitt den Faden.

3

Lustigerweise hatte sich Corvallis Kawasaki auf die Aktivitäten des Tages beziehungsweise deren Fehlen gefreut. Er musste sich lediglich ins Wartezimmer eines bestimmten Facharztes begeben, darauf warten, dass Dodge ganz wacklig auf den Beinen herauskam, ihn in ein Auto verfrachten und dann zu irgendeiner Kombination aus Kinobesuch und Mittagessen fahren. Verglichen mit dem, was er normalerweise für seinen Lebensunterhalt tat, war das einfach. Und es war etwas Körperliches. Nicht so körperlich wie Skifahren oder Schweißen, aber viel körperlicher als sein Job, der daraus bestand, auf bestimmte, als äußerst lukrativ geltende Arten Pixel auf Bildschirmen herumzuschieben.

Einen Tag freizunehmen hatte ein gewisses professionelles Schuldgefühl zur Folge. Das linderte er im Wartezimmer, indem er seinen Laptop aufklappte, sich am WLAN-Gastzugang des Gebäudes anmeldete, eine sichere Verbindung zum Netzwerk seiner Firma herstellte und eine Reihe von E-Mails schrieb. Diese zielten alle mehr oder minder darauf ab, Kollegen mit Aufgaben zuzuschütten, was sie, wie er hoffte, lange genug beschäftigen würde, sodass sie ihn nicht vermissten, während er sich zusammen mit Dodge irgendeinen dämlichen Actionfilm reinzog. Wie immer, wenn er arbeitete, geriet er in eine Art Flow, der mindestens eine halbe Stunde angedauert haben musste. Anfangs war er sich seiner Umgebung noch bewusst: Patienten, die auf ihren Aufruf warteten, Sprechstundenhilfen, die Patientendaten aufnahmen, medizinisches Personal in OP-Kleidung, das in bequemen Schuhen hin und her lief. Und, nur für einen Moment, gedämpft aus dem Hintergrund, Dodges Stimme, die einen Witz riss, während man ihn zum Behandlungsraum rollte. Nichts, was ihn im Moment beunruhigen musste. Also verschwand er ins E-Mail-Universum und verweilte dort eine Zeit lang.

Er bekam vage mit, dass Leute mit einem Mal wegen irgendetwas in Hektik gerieten. Das zog ihn fast aus seiner Träumerei. Er wusste jedoch, dass er, was auch immer da vor sich ging, nichts daran ändern konnte. Es gab immer Menschen, die von der Arbeit gestresst waren. Das war nicht sein Problem.

Als die Eingangstür der Praxis von einem Team aus drei Feuerwehrmännern aufgestoßen wurde, hob er dann doch den Kopf und sah hin. Sie wurden von einer Frau in OP-Kleidung erwartet. Noch bevor die Feuerwehrmänner die Tür erreichten, hatte sie Blickkontakt zu ihnen hergestellt. Als sie hineinstürzten, drehte sie sich auf dem Absatz um und rannte nach hinten, was sie als Aufforderung verstanden, ihr zu folgen. Sie trugen weder Äxte noch Schläuche, sondern große Kisten, auf denen ein rotes Kreuz prangte.

Corvallis' erste Reaktion war, wie manch einer sagen würde, seltsam kühl und unbeteiligt. Offenbar war im hinteren Teil dieser Praxis jemand erkrankt. Vielleicht hatte ein älterer Arzt einen Herzinfarkt oder so etwas erlitten. Man sollte ja meinen, dass eine Arztpraxis in einem Gebäude, das von oben bis unten ausschließlich Arztpraxen beherbergte und in einer Umgebung lag, die sich ganz in der Hand der Gesundheitsbranche befand, für einen solchen Fall einen bestimmten Ablauf vorgesehen hatte. Doch wenn Corvallis Kawasaki das, was er sah, richtig interpretierte, traf das hier nicht zu. Wenn es hier ein Problem gab, wählten die Leute wie alle anderen auch die 911. Der Anruf wurde zur nächsten Feuerwache weitergeleitet, worauf man die Notfallsanitäter losschickte. Das war zwar ein bisschen verwunderlich, aber der technische Direktor in ihm fand es sogar ziemlich vernünftig und in gewisser Weise beruhigend. Die Rettungsfachkräfte in den Feuerwachen waren die besten in ihrem Metier, und sie reagierten am schnellsten. Das System funktionierte.

Nun, da seine Konzentration auf den Bildschirm seines Laptops unterbrochen war, setzte er sich aufrecht hin und begann, weitere Details wahrzunehmen. Eine Frau in rosafarbener OP-Kleidung, die in seinem Blickfeld stand, starrte, die ineinandergelegten Hände vor ihren geschürzten Lippen, einen Gang hinunter. Ihre Augen begannen zu glänzen. Die Notfallsanitäter feuerten knappe Wortsalven ab. Die Mitarbeiterinnen in der Patientenaufnahme hatten ihre Tätigkeit ganz eingestellt und saßen bloß wie erstarrt an ihrem Arbeitsplatz, Offizieren auf der Brücke eines Raumschiffs ähnlich, die sich darauf einstellten, von Photonentorpedos getroffen zu werden. Die Stimmen der Notfallsanitäter wurden lauter und deutlicher. Sie schienen ihre Arbeit an dem Patienten fortzusetzen, während sie ihn aus einem Raum heraus und den Gang entlang auf den Ausgang zurollten. Die Frau in rosafarbener OP-Kleidung sprang aus dem Weg. Eine der Frauen in der Patientenaufnahme, die einen besseren Blickwinkel hatte als Corvallis, rappelte sich hoch, rannte durch den Empfangsraum hinüber zur Tür und riss sie auf.

Die Notfallsanitäter rollten Richard Forthrast auf seiner Krankentrage heran und bugsierten ihn in waghalsigem Tempo durch die Tür und in Richtung der Aufzüge. Corvallis erhaschte nur einen ganz kurzen Blick auf ihn und brauchte deshalb einen Moment, um zu verarbeiten, was er gesehen hatte. Richards Oberkörper war unbekleidet, nachdem man ihm das hinten offene Flügelhemd ausgezogen hatte, und mit Elektroden bestückt. Ein Schlauch war zwischen seinen Zähnen hindurch und vermutlich in seine Luftröhre geschoben worden. Einer der Notfallsanitäter hielt eine Art Gummibeutel, den er in einem langsamen, regelmäßigen Rhythmus zusammendrückte, um Luft in Richards Brust zu pressen.

Corvallis Kawasakis erster, absurder Impuls war, sein Handy aus der Tasche zu ziehen und Richards Nummer zu wählen. Denn das, was hier vor sich ging, war offenkundig seltsam, war offenkundig eine Krise. Und in beiderlei Hinsicht ein typisches Richard-Problem. Für einen Großteil der Zeit seit dem College hatte Corvallis immer in dem beruhigenden Wissen gelebt, dass jede derartige Angelegenheit automatisch an Dodge übergeben werden konnte, der nicht nur willens, sondern sogar begierig sein würde, sie zu übernehmen. Ja, Dodge wäre sogar beleidigt, wenn seltsame Krisensituationen nicht augenblicklich bei ihm landeten. Das stand nun im Widerspruch zu der verstandesmäßigen Erkenntnis, dass Dodge im Sterben lag oder tot war.

Corvallis klappte seinen Laptop zu, schob ihn in seine Tasche, stand auf und folgte einer Spur aus medizinischen Verpackungen zum Aufzugvorraum, den er gerade rechtzeitig erreichte, um noch Richards graues Gesicht und verkabelten Oberkörper zu erspähen, während die Türen sich hinter ihm schlossen. Corvallis drückte auf »Abwärts« und wartete in einem sehr eigenartigen Gemütszustand auf den nächsten Aufzug. Noch war nichts gewiss. Im von Dodge so genannten Miasma war noch nichts darüber aufgetaucht. Die Aktien von Corporation 9592 hatten noch nicht zu fallen begonnen. Wie er so allein in diesem Aufzugvorraum stand, konnte er sich einreden, dass er sich das Ganze nur eingebildet, eine Art Albtraum im Wachzustand gehabt hatte. Müsste nicht, falls Dodge im Sterben lag, die Welt um ihn herum zusammengestürzt sein? Müssten die Straßen nicht voller wehklagender Gamer sein? Und doch war der Aufzugvorraum nur ein Aufzugvorraum, unwandelbar wie die Sterne.

Als er im Erdgeschoss ankam, konnte Corvallis den Blicken schockierter Zuschauer – Sicherheitsleute, ankommende Patienten, Mediziner in OP-Kleidung, die vor dem Kaffeeautomaten Schlange standen – gerade rechtzeitig zu einem Ausgang des Gebäudes folgen, um einen Krankenwagen ausscheren zu sehen. Schon waren dessen Lichter und Sirene eingeschaltet.

Corvallis rannte los. Ungefähr einen Häuserblock weit konnte er mit dem Krankenwagen Schritt halten, während dieser ein paar Kurven nahm, langsamer wurde, um in gerechtem Zorn einen dussligen Autofahrer anzuhupen, dann über sechs Fahrstreifen auf die andere Seite hinüberzog. Und obwohl das Fahrzeug jetzt um eine Ecke bog und hinter einem großen Krankenhausgebäude verschwand, konnte Corvallis es anhand der Sirene verfolgen und diese Eindrücke mit roten Schildern abgleichen, die den Weg zur NOTAUFNAHME wiesen. Dodges Fahrt mit dem Krankenwagen hatte ihn gerade mal drei Häuserblocks weit gebracht. Dorthin hätte man ihn fast auf der Krankentrage rollen können.

Corvallis widerstand dem Drang, einfach in den Verkehr hineinzulaufen, so wie Leute in Filmen es taten. Stattdessen schlug er auf Knöpfe, wartete gesetzestreu auf Grün und rannte los, sobald er durfte. Die Notaufnahme erreichte er vielleicht sechzig Sekunden nachdem der Krankenwagen angekommen war. Dodge war bereits an der Empfangsbarriere vorbeigerollt worden. Hier wurde das Aufnahmepersonal, so wie die Verkäufer in innerstädtischen Wein- und Spirituosengeschäften, hinter dicken Glasscheiben abgeschirmt; Kameras, die in schwarzen Glaskugeln an der Decke montiert waren, und ein Sicherheitsbediensteter aus Fleisch und Blut, der durch das, was da gerade an ihm vorbeigeschossen war, abgelenkt zu sein schien, wachten über sie. Corvallis fand sich vor der Glasschranke wieder, wo er den Wartebereich mit einem hispanischen Bauarbeiter, der sich die linke Hand verletzt hatte, und einer untersetzten, auf ihrem Handy tippenden Schwarzen teilte. Die Krankenschwester hinter der Scheibe fragte Corvallis, ob sie ihm helfen könne. Er spürte, dass sie ihn unter Anwendung ihres erlernten Wissens auf Anzeichen von Trauma oder psychischer Erkrankung taxierte. Unter einem schwarzen Regenmantel trug er eine khakifarbene Hose und ein altes T-Shirt. Er trat an die Scheibe und erklärte, er gehöre zu dem Mann, der gerade aus dem Krankenwagen hereingebracht worden sei.

An der Glasbarriere kam er jedoch nicht vorbei. Es war so etwas wie eine Grundsatzfrage, die Corvallis' tatsächliches Verhältnis zu dem Patienten betraf. Er und Richard waren nicht zusammen hereingekommen. Richard hatte Corvallis nicht ausdrücklich als seine Begleitperson benannt. Corvallis hätte sonst wer sein können. Womöglich war er ein psychisch Kranker, der gerade dem Krankenwagen aufs Gelände gefolgt war. Vielleicht waren Richard und Corvallis aber auch ein Liebespaar, und es handelte sich um einen Fall von häuslicher Gewalt. Woher sollte die Schwester an der Aufnahme das wissen? Sie hatte irgendetwas von wegen »nächster Angehöriger« erwähnt. Das ließ ihn verstummen und den nächstbesten Wartezimmerstuhl ansteuern, teils weil es eine verstörende Ausdrucksweise und teils weil, ja, in diesem Augenblick natürlich seine oberste Pflicht war: sich mit Zula Forthrast in Verbindung zu setzen und ihr mitzuteilen, dass sie zum Krankenhaus kommen müsse.

Zwanzig Minuten später war sie da, völlig außer Atem. Sie war von ihrer Eigentumswohnung, die knapp anderthalb Kilometer entfernt im angrenzenden Hügelviertel lag, einfach hierhergerannt. Sie arbeitete jetzt Teilzeit, überwiegend von zu Hause und somit in fußläufiger Entfernung von Sophias Kindergarten. Die Familie Forthrast hatte sie im Alter von sieben Jahren aus einem Waisenhaus in Eritrea adoptiert und in einer bäuerlichen Kleinstadt in Iowa großgezogen. Ihre Adoptivmutter war bei einem Unfall ums Leben gekommen, und Zula war zum Mündel der ganzen erweiterten Familie geworden. Wer nach dem Buchstaben des Gesetzes ihre Eltern waren, wusste Corvallis nicht genau, aber inzwischen stand sie ihrem Onkel Richard sehr nah. Corvallis sah sie den Gehweg entlanglaufen, während aus ihrem Mund in kleinen Wölkchen Dampf entwich. Zu Fuß hierherzukommen war eine ungewöhnliche Entscheidung, aber genau die Art von Berechnung, die Zula ähnlichsah; die Entfernung war so, dass sie sie in weniger Zeit überbrücken konnte, als sie gebraucht hätte, um ein Uber zu bestellen. Als sie sich dem Gebäude näherte, verlangsamte sie ihr Tempo zu einem schnellen Gehen. Die Glastür öffnete sich automatisch für sie. Sie trug einen Pullover und Jeans und den Rucksack, den sie oft anstelle einer Handtasche benutzte; Hut oder Regenmantel waren ihr gar nicht in den Sinn gekommen. Ihr ungebändigtes Haar hatte Feuchtigkeit aus der Luft gezogen und war eine benetzte, korkenzieherartig gelockte Pracht. Beim Hereinkommen erkannte sie Corvallis, der aufgestanden war. Sie machte einen Schritt auf ihn zu, korrigierte aber ihren Kurs in Richtung Anmeldung. »Zula Forthrast«, verkündete sie, während sie nach ihrer Brieftasche griff. »Ich möchte meinen Onkel Richard Forthrast sehen.« Sie schob ihren Führerschein über die Theke. »Man sagte mir, er sei hier.« Erst dann hob sie den Kopf und fing Corvallis' Blick auf. Sie sah aufmerksam und interessiert aus. Nach allem, was sie durchgemacht hatte, gab es nicht viel, was sie in Verzweiflung stürzen konnte. Nicht dass sie keine Gefühle hatte, aber sie hatte gelernt, sie abzukapseln. Die Ereignisse von vor einigen Jahren hatten sie eine Zeit lang ins öffentliche Scheinwerferlicht gerückt, sie gezwungen, das allen berühmten Menschen eigene Talent zu entwickeln, eine gewisse Fassade aufrechtzuerhalten, solange sie dem Blick von Fremden ausgesetzt war. Das kam ihr nun zugute. Sie hatte etwas leicht Abwesendes an sich, und Corvallis konnte nicht sagen, ob sie durch die Nachricht benommen war oder sie einfach mit grimmigem Sarkasmus trug. Was konnte in ihrem Leben noch alles schiefgehen?

»Nichts ist einfach mit meinem Onkel, was?«, sagte sie.

»Stimmt.« Etwas Besseres fiel Corvallis nicht ein.

»Wie schlimm ist es?«, fragte sie.

Er wusste nicht, was er sagen sollte.

»Ziemlich schlimm, was?«, sagte sie. Was einer Erlaubnis gleichkam.

»Ich hatte irgendwie das Gefühl, dass es superschlimm ist«, gab er zu.

Sie nickte und blinzelte.

Die Krankenschwester teilte ihnen mit, dass Richard bereits auf die Intensivstation gebracht worden sei, und erklärte ihnen den Weg dorthin.

Corvallis und Zula gingen den angegebenen Flur hinunter, stießen auf eine Reihe von Aufzügen und fingen an, durch das dreidimensionale Labyrinth des Krankenhauses zu navigieren. Immer wieder wurden sie durch andere Patienten oder medizinisches Personal gezwungen, auf Abstand zu gehen, sodass sie gar nicht erst versuchten, miteinander zu reden. Zula verschickte einige SMS und legte dann den Kopf in den Nacken, um ein paar Tränen zurückzuhalten.

Schließlich gelangten sie zum Eingang der Intensivstation. »Auf geht's«, sagte Zula.

»Gibt es irgendetwas ...«, hob Corvallis an, doch sie ging ihm voraus auf die Schwester am Empfang zu. »Zula Forthrast«, sagte sie. »Nächste Angehörige von Richard Forthrast, der, glaube ich, gerade hierhergebracht wurde. Kann uns vielleicht irgendjemand einen kurzen Überblick geben? Bis jetzt haben wir noch keinerlei Information über seinen Zustand.«

Kurz darauf saßen sie in einem kleinen Büro, das, wie Corvallis annahm, speziell für diese Art von Gesprächen hier eingerichtet worden war. Moderne Sofas bildeten ein rechtwinkliges U um einen Couchtisch mit Blumen in einer Vase. Den wenigen übrigen Platz teilten sich Papiertaschentuchspender und Handdesinfektionsmittel. Speisekarten von örtlichen Restaurants mit Straßenverkauf waren ordentlich in einer Heftmappe verstaut;

das WLAN-Passwort stand handgeschrieben auf dem unvermeidlichen Post-it. Ein großes Fenster bot einen von Regentropfen gesprenkelten Blick hügelabwärts auf das Hauptgeschäftsviertel, weißen Himmel darüber und graues Meer darunter.

Ein flüchtiges Klopfen an der Tür ging dem Eintreten eines Mittvierzigers in OP-Kleidung voraus. Amerikaner asiatischer Herkunft, Brille mit wuchtigem Gestell, passend zu einem eckigen Gesicht ausgesucht. Er stellte sich als Dr. Trinh vor und bat alle, wieder auf den vorhandenen Sitzgelegenheiten Platz zu nehmen.

»Während des Eingriffs kam es zu einer ungewöhnlichen Komplikation, die einen Atemstillstand bei ihm verursachte. Das Team war nicht in der Lage, das Problem zu beheben. Bis dann die Notfallsanitäter dort eintrafen und einen Beatmungsschlauch einführen konnten, hatte sein Herz zu schlagen aufgehört. Nur mit Mühe konnten sie es wiederbeleben. Zurzeit ist er an ein Beatmungsgerät angeschlossen, was bedeutet, dass eine Maschine für ihn atmet.«

»Er ist nicht imstande, selbst zu atmen?«, fragte Zula.

»Davon gehen wir aus.«

»Das heißt, sein Gehirn ist schwer geschädigt, oder?«

»Wir beobachten ein vollständiges Fehlen jeder Hirnfunktion. Meiner Einschätzung nach kommt er nicht zurück. Es tut mir leid, dass ich Ihnen nichts anderes sagen kann. Allerdings muss ich Sie fragen, ob Ihr Onkel eine Patientenverfügung besitzt. Hat er sich je darüber geäußert, wie er im Fall, dass lebenserhaltende Maßnahmen notwendig werden, behandelt werden möchte?«

Das darauf folgende lange Schweigen wurde schließlich von Corvallis unterbrochen, der sagte: »Das kann ich in Erfahrung bringen.«

Insgeheim wusste er, dass er den einfacheren Weg wählte. Er vermutete, dass Zula das auch wusste. Ihre Aufgabe war ein Albtraum: alle anderen Familienmitglieder kontaktieren, um ihnen zu berichten, was los war, und sich dabei für Sophia zusammenreißen. Und womöglich die einsame Entscheidung treffen, bei dem Mann, der für sie einem Vater am nächsten kam, den Stecker zu ziehen. Sich auch nur in der Nähe von jemandem aufzuhalten, der das alles durchmachte, ließ Corvallis in kalten Schweiß ausbrechen.

Ein Rechtsdokument aufzutreiben schien dagegen eine leichte Aufgabe zu sein.

Zula nickte und schenkte ihm ein kleines Lächeln. »Danke, C-plus.« Sie blickte Dr. Trinh an. »Ich würde ihn gern sehen, wenn das okay ist.«

In der Universitätsstadt, deren Namen er trug, war Corvallis von einem Vater, der eindeutig dem Autismusspektrum zuzuordnen, und einer Mutter, die nicht weit davon entfernt war, großgezogen worden. Er war ein Einzelkind, das Familienleben stabil und frei von Dramen gewesen. Sie lasen Bücher und spielten Brettspiele. Emotionale Angelegenheiten wurden zu Verwandten ausgelagert, die alle ziemlich weit weg wohnten. Von Zeit zu Zeit wurden Mom oder Dad ersucht, einem Verwandten oder Familienmitglied in Not Unterstützung zu gewähren, was sie in der Regel taten, indem sie telegrafisch Geld überwiesen, ein logistisches Problem lösten oder einer passenden Wohltätigkeitseinrichtung eine Spende zukommen ließen. Sie gingen nicht zur Kirche, wo – ungeachtet dessen, was man tatsächlich glaubte oder nicht – Kinder einer ständigen schwachen Einwirkung von Taufen, Bar Mizwas, Hochzeiten und Beerdigungen ausgesetzt waren. In seiner Mittelschulzeit war Corvallis allmählich bewusst geworden, dass er im Vergleich zu anderen Menschen in Situationen, in denen von ihm verlangt wurde, seine Emotionen zu zeigen, nicht besonders gut abschnitt. Wie die frühen Warnzeichen einer schweren Krankheit war das zum ersten Mal aufgetreten, als er sich auf einer Party wiedergefunden und entdeckt hatte, dass er nicht tanzen konnte. Bewegung an sich war durchaus eine

Stärke von ihm – er hatte damals schon den braunen Gürtel in Taekwondo –, aber Bewegung, die Gefühle ausdrückte, war ihm unmöglich. Das hatte sich seitdem nur noch verschlimmert.

Dieser Mangel an Souveränität erstreckte sich auf so einfache Dinge, wie mit Fremden zu telefonieren und Freundinnen ein Kompliment über ihre neue Frisur zu machen – zwei Dinge unter vielen, die zu vermeiden er die Straßenseite wechselte. Allein der Gedanke an all die Telefonate, die Zula würde führen müssen, das Weinen, die Umarmungen, das Verfassen von Mitteilungen, tränenreiche Abholungen am Flughafen, lange, schmerzlich offene Aussprachen mit Großneffen dritten Grades – sich auch nur in der Nähe von alledem zu befinden, ohne die geringsten Erwartungen oder Verpflichtungen erfüllen zu müssen, genügte fast schon, um Corvallis in Panik zu versetzen.

Es gab jedoch immer einen Ausweg. Corvallis' Vater war bei Familientreffen fürs Fotografieren zuständig. Er war kein Umarmer, verstand sich aber hervorragend darauf, Fotos von sich umarmenden Menschen zu machen; keine Umarmung vermochte dem rastlosen Blick seiner erstklassigen Nikon zu entgehen. Corvallis war unglaublich erleichtert darüber, dass er jetzt eine spezielle Aufgabe hatte, bei der das Ausdrücken von Gefühlen nicht nur unnötig, sondern sogar einigermaßen kontraproduktiv war. Er klappte seinen Laptop auf. Er fand heraus, wie man sich am WLAN-Gastzugang des Krankenhauses einloggte. Er zwang sich, all die E-Mails zu ignorieren, die sich während der Stunde seit seiner letzten Anmeldung angesammelt hatten, und ging auf die Homepage von Argenbright Vail. Das war eine Anwaltskanzlei mit Sitz in Seattle und Ablegern in San José und an einigen anderen wichtigen Hightechstandorten. Ursprünglich eine kleine namhafte Kanzlei, war sie in den Jahrzehnten, seit Microsoft sich in der Gegend niedergelassen hatte, so gewachsen, dass sie inzwischen rund tausend Anwälte beschäftigte. Argenbright Vail hatte Dodge geholfen, Corporation 9592 aufzubauen, und dabei Zahlungen in Form eines Umschlags mit Zwanzigdollarscheinen akzeptiert; seitdem hatte die Kanzlei ihn persönlich und sein Unternehmen vertreten. Corvallis wusste nicht, ob Dodge überhaupt eine Patientenverfügung hatte beziehungsweise falls ja, wo sie zu finden wäre, aber das hier war ein naheliegender Ort, um mit der Suche zu beginnen.

Argenbright Vail belegte zehn Stockwerke eines Büroturms, der von da, wo Corvallis sich gerade aufhielt, direkt zu sehen war. Als Corvallis die Nummer von Stan Peterson wählte, dem dortigen Sozius, von dem er annahm, dass er am ehesten die Antwort auf seine Frage wusste, hatte er fast den Eindruck, dass Stan durch eins dieser Fenster sichtbar war und die weiße Manschette seines Hemds aufblitzte, als er die Hand nach seinem Telefon ausstreckte. Ausnahmsweise waren die Telefongötter Corvallis gewogen, und er kam schon beim zweiten Klingeln durch. Vermutlich half ihm, dass er der technische Direktor eines heißen Start-ups war, sodass sein Name, Titel und Foto in dem genialen Hightechtelefonsystem von Argenbright Vail eingepflegt waren und beim ersten Klingelton auf dem Bildschirm von Stans Computer erschienen.

»Na so was, wenn das nicht Corvallis Kawasaki ist!«, rief Stan vergnügt.

»Stan, sind Sie in Ihrem Büro? Können wir vertraulich sprechen?«

»Ja, lassen Sie mich nur kurz die Tür zumachen.« Corvallis hörte, wie Stan das tat. »Was gibt's? Soll ich Laura holen?« Damit meinte er eine Sozia, die für Nubilant, die Firma, bei der Corvallis jetzt arbeitete, zuständig war. Stan dagegen war Dodges persönlicher Anwalt. Vielleicht nahm er an, dass Corvallis aus Versehen die falsche Durchwahl erwischt hatte. Passierte andauernd.

»Nein, es geht um Dodge.«

»Steckt er mal wieder in Schwierigkeiten?«, fragte Stan mit gespielter Ungehaltenheit, was witzig sein sollte und es auch gewesen wäre, wäre Dodge nicht hirntot gewesen.

Corvallis erklärte ihm, was gerade geschah. Beziehungsweise *geschehen war*, das war zutreffender, aber schmerzlicher, denn es gab die Tatsache wieder, dass es sich nicht ungeschehen machen ließ. Von Zeit zu Zeit hielt er inne für den Fall, dass Stan mit einer Frage dazwischengehen wollte. Doch der war völlig still, sah man von seiner Atmung ab, die etwas schneller und angestrengter klang als sonst.

»Natürlich!«, platzte es aus ihm heraus, als Corvallis endlich bei der Frage nach der Patientenverfügung angelangt war. »Ich meine: Ja! Wir haben sein Testament aufgesetzt. Vor Jahren. Das, wonach Sie fragen, ist auch dabei.«

»Eine Patientenverfügung?«

»Genau, eine Patientenverfügung«, bestätigte Stan. »Aber, C-plus, sind Sie sicher, dass …«

»Dass was?«

»Dass sein Zustand wirklich an dem Punkt angelangt ist, wo – wo wir dieses Dokument lesen müssen?«

»Sie meinen das Dokument, in dem steht, was nach Dodges Willen für den Fall passieren soll, dass er hirntot ist und künstlich am Leben erhalten wird?«, fragte Corvallis.

Nach einer langen Pause sagte Stan: »Ja.«

»Der Arzt war sehr deutlich. Er ist jetzt bei Zula. Wenn er zurückkommt, frage ich noch mal genau nach. In der Zwischenzeit wäre es, glaube ich, besser, Sie würden es herbringen lassen.«

Stan ließ sich mit der Antwort Zeit. Corvallis hakte nach: »Im schlimmsten Fall ist es falscher Alarm, und wir amüsieren uns hinterher darüber.«

Das war eine Lüge, aber sie wirkte. »Ich mach's«, sagte Stan sofort.

Zwanzig Minuten später traf Dodges Testament ein, überbracht von einem Fahrradkurier, der es aus einer über die Schulter geworfenen regennassen Tasche zog. *Homo Seattleus*, dachte Corvallis beim Anblick dieses schlaksigen jungen Mannes mit seinen Dreadlocks, seinem langen rötlichen Bart, seinem Utilikilt, seinem blendenden Spektrum an selbstständig blinkenden Fahrradsicherheitslichtern, seiner Wasserflasche aus Edelstahl. In einem gewissen Gegensatz zu seiner Erscheinung verhielt er sich sehr geschäftsmäßig und bestand darauf, dass Zula den Erhalt der Dokumente quittierte. Das tat sie, ohne das Telefongespräch zu unterbrechen, das sie gerade über ihre Ohrhörer führte. Corvallis nahm den Umschlag mit in den kleinen separaten Raum, den sie zu ihrer Einsatzzentrale umfunktioniert hatten, löste die Aktenschnur und zog einen Stapel Dokumente heraus. Es gab drei davon: ein dickes, das eigentliche Testament, und zwei dünnere, die Patientenverfügung und die Bestattungsverfügung. Das Angstgefühl, das Corvallis dabei beschlich, war so stark, dass es ein Prickeln in seinen Fingerspitzen auslöste. Er fürchtete, Dodges Stimme würde gleich aus der Patientenverfügung zu ihm sprechen und unverblümt erklären, man solle ihn, falls er an einem Beatmungsgerät lande, unverzüglich sterben lassen. In welchem Falle das genau jetzt passieren würde, sodass Corvallis nicht einmal Zeit hätte, die fünf Phasen der Trauer zu googeln. Er hegte ja immer noch eine gewisse Hoffnung, dass Dodge vielleicht nicht ganz so radikal gewesen war – oder, in Dodges Fall eher wahrscheinlich, dass er vom Prozess des Erstellens dieser Dokumente so gelangweilt gewesen war, dass er einfach unterzeichnete, was man ihm vorgelegt hatte, und dass das womöglich irgendein Hintertürchen offen ließ. Einen Vorwand, ihn zumindest noch ein paar Tage an der Maschine zu lassen – so lange, dass sich weitere Familienmitglieder einfinden, Corvallis aus dem Weg schubsen und dafür sorgen konnten, dass es nicht mehr sein Problem war.

Was er fand, war weder das eine noch das andere. Die Patientenverfügung war seltsam ausführlich. Und unter typografischen Gesichtspunkten etwas sonderbar. Der einführende Absatz und manches von dem verbindenden Text waren in der Palatino gehalten, die bei Argenbright Vail Standard war. Große Teile waren in Monaco geschrieben, einer serifenlosen Schriftart, die vor allem von Nerds benutzt wurde, um Maschinencode in Terminalfenstern wiederzugeben. Mit anderen Worten, es handelte sich um ein Dokument, das im Wesentlichen durch das Kopieren und Einfügen von Material aus anderen Quellen entstanden war – etwas, das aussah, als wäre es aus dem Internet vor dem World Wide Web heruntergeladen worden. Wahrscheinlich reiner Text, im Gegensatz zu einem durch Textverarbeitung entstandenen Dokument. Die Anführungsstriche und sonstigen Satzzeichen legten nahe, dass es ursprünglich in dem nerdfreundlichen Textverarbeitungsprogramm Emacs verfasst worden war. Stan oder wer immer dieses Ding aufgesetzt hatte, hatte sich nicht die Mühe gemacht, auf »Alles auswählen« zu gehen und die Formatierung in Ordnung zu bringen.

Diese Abschnitte des Dokuments enthielten Anweisungen. Detaillierte Anweisungen. Merkwürdige. Technisch präzise Anweisungen darüber, wie Dodge auf kontrollierte Weise getötet werden sollte, falls er je an einem Beatmungsgerät landete. Das Gerät sollte aber nicht einfach abgeschaltet werden. Stattdessen sollte es weiterlaufen, während Dodges Körper per Infusion eine bestimmte Medikamentenmischung verabreicht und seine Kerntemperatur mittels eines Eisbades abgesenkt werden sollte. Und dann, sobald Dodge aufhörte, ein lebendiger Mensch an der Schwelle zum Tod zu sein, und zu einem vor dem Gesetz Toten wurde, sollte der Leser die Patientenverfügung beiseitelegen und deren Begleitdokument zur Hand nehmen, die Bestattungsverfügung. Und diese wies genau dieselben typografischen Eigenheiten auf. Es war die nahtlose Fortsetzung der Ablaufvorschrift, die in der Patientenverfügung begonnen hatte. War das Beatmungsgerät erst einmal abgeschaltet, sollte Dodges Körper so schnell wie möglich mittels Verabreichung von Eiswasser per Infusion, Bad und Klistier schockgefrostet werden. Erst dann war es zulässig, die »sterblichen Überreste« zu bewegen, was auf eine minuziös beschriebene Weise geschehen sollte, indem der Leichnam direkt zu einer bestimmten Einrichtung in der Hochwüste außerhalb von Ephrata, Washington, gebracht wurde, wo er tiefgekühlt aufbewahrt werden sollte.

Der Nerd in Corvallis war fasziniert von der Detailgenauigkeit dieser Dokumente und hätte sich gern mit dem Team von Ärzten und Neurowissenschaftlern, die darüber gebrütet hatten, unterhalten. Und der sozial unbeholfene Außenseiter war in gewisser Weise erleichtert, etwas zu haben, das seine Gedanken von dem ablenkte, was gerade um ihn herum geschah. Solange er sich über diese Ablaufvorschriften beugte, war er von Verpflichtungen im emotionalen Bereich befreit. Es gab aber noch einen dritten Aspekt seiner Persönlichkeit, der sich allmählich Geltung verschaffte und den anderen gewissermaßen das Steuerrad entwand. Das war der technische Direktor, der verantwortliche Geschäftsführer, der sich zumindest oberflächlich in der Welt der Juristen auskannte. Und den technischen Direktor interessierte die Sache mit der Typografie. Argenbright Vail war eine erfahrene Kanzlei für Hightechunternehmen. Und Richard Forthrast einer ihrer wichtigsten Mandanten. Viele Tausend Dollar mussten darauf verwandt worden sein, an diesen Dokumenten zu feilen, ehe sie zur Unterzeichnung an Dodge geschickt worden waren. Sie alle in Palatino zu setzen und die Formatierung in Ordnung zu bringen wäre für einen Praktikanten eine Sache von wenigen Minuten gewesen. Die Dokumente in diesem Zustand zu belassen war seiner Einschätzung nach eine bewusste Entscheidung. Eine Möglichkeit für Argenbright Vail, die Ablaufvorschrift in Anführungszeichen zu setzen. Um jedem künftigen Leser klarzumachen, dass sie lediglich Anweisungen befolgt hatten. Dodges Anweisungen, vermutlich.

Dann hatte Corvallis einen »Ach du Scheiße!«-Moment. Eine deutliche Erinnerung und eine Eingebung. Er überprüfte das

Unterzeichnungsdatum auf den Dokumenten. Sie waren neun Jahre alt. Richard hatte sie aufsetzen lassen, als er reich geworden war. Dann hatte er sie unterzeichnet, abgeheftet und vergessen. Er war der Allerletzte auf der Welt, der sich die Mühe machen würde, sein Testament anzupassen und auf dem neuesten Stand zu halten.

»Trägt er ein Armband?«, fragte Corvallis Zula in einem der seltenen Momente, in denen sie nicht mit Iowa telefonierte.

»Ein was?«, fragte sie, nicht sicher, dass sie richtig gehört hatte. Es war eine seltsame Frage; ein Armband an Dodges Handgelenk war ungefähr so wahrscheinlich wie eine Bischofsmütze auf seinem Kopf.

»Ich meine, so eine Art Notfallarmband. Du weißt schon, wie Leute mit Arzneimittelallergien oder so was sie tragen.«

»Damit der Arzt in der Notaufnahme es lesen kann, falls du bewusstlos aufgefunden wirst.«

»Genau.«

»Ich weiß es nicht«, sagte sie, »aber ich glaube nicht. Soll ich nachschauen?«

»Warte mal«, sagte Corvallis, »ich glaube, die Mühe kann ich dir ersparen.« Er hatte die Foto-App auf seinem Laptop aufgerufen. Auf diesem Ding hatte er Tausende von Fotos archiviert. Sie in Alben zu sortieren gehörte zu den Aufgaben, für die ihm immer die Zeit zu fehlen schien. Die App besaß jedoch die eingebaute Fähigkeit, Gesichter zu erkennen und automatisch Sammlungen von Bildern zu erstellen, die ein bestimmtes Gesicht enthielten. Während längerer langweiliger Zeiten der Untätigkeit in Flugzeugen hatte Corvallis ihr beigebracht, ein paar Gesichter zu erkennen, die ihm wichtig waren, einschließlich dem von Richard Forthrast. Er klickte auf Dodge in der Benutzeroberfläche. Die App dachte eine Weile nach und bevölkerte das Fenster dann mit Thumbnails von Bildern mit Dodge oder mit Leuten, die Dodge ihrem Algorithmus zufolge ähnlich sahen. Mit einem weiteren Klick sortierte Corvallis sie nach Datum, dann begann er, sie von Anfang an durchzugehen. Sein frühestes persönliches Foto von Dodge war etwa acht Jahre alt, aber er hatte ein paar ältere Fotos, die entstanden waren, bevor er den Mann überhaupt kennengelernt hatte, und die als E-Mail-Anhang und Ähnliches ihren Weg auf seine Festplatte gefunden hatten. Manche davon zeigten einen sehr jungen Mann: die langhaarige Wehrdienstverweigerer-Version von Richard Forthrast aus den Siebzigern, die sich an wilden Orten entlang der Grenze zwischen Idaho und British Columbia herumtrieb und hier in den grellen Farbtönen von eingescanntem Kodachrome abgebildet war. Armbänder Fehlanzeige. Mit der »Pfeil nach rechts«-Taste arbeitete er sich durch die Jahre hindurch, bis er auf eine Reihe von Fotos stieß, die um die Zeit des Börsengangs von Corporation 9592 gemacht worden waren. Auf einem davon umfasste Dodge mit beiden Händen eine zwischen seinen Beinen abgestützte Magnumflasche Champagner, deren Öffnung er mit einem Daumen zuhielt, um dann Pluto mit ihrem Schaum zu besprühen. Die Szene war durch ein Blitzlicht hart ausgeleuchtet, sodass seine beiden Arme gut sichtbar waren. An seinem linken Handgelenk befand sich, mit einer billigen Digitaluhr um Platz konkurrierend, ein Notfallarmband: eine Metallplakette mit den Maßen einer großen Briefmarke an einer Kette, verziert mit einem roten Äskulapstab und ansonsten mit Gedrucktem bedeckt, das zum Lesen zu klein war. Weit mehr metallene Fläche, als für »Ich bin allergisch gegen Penicillin« nötig gewesen wäre.

Corvallis brauchte es gar nicht zu lesen, denn er wusste genau, was da stand. Nur um ganz sicher zu sein, überprüfte er das Datum des Fotos und stellte fest, dass es innerhalb von zwei Monaten nach Unterzeichnung des Testaments entstanden war.

Er öffnete ein neues Browserfenster und klickte auf das Suchfeld. Dann wandte er sich der Patientenverfügung zu und überflog einen der in Monaco geschriebenen Abschnitte, bis er auf eine ungewöhnliche Folge von Wörtern stieß. Diese tippte er ein, drückte die Eingabetaste und bekam sofort einen Bildschirm voller exakt übereinstimmender Ergebnisse. Derselbe Text war an vielen Stellen im Internet kopiert und eingefügt worden. Was seine Suche anging, waren die meisten von ihnen wohl »Rote Heringe«. Corvallis ging die Suchergebnisse durch, bis er endlich das Wort fand, das er schon die ganze Zeit aus seiner Erinnerung hatte hervorkramen wollen.

Er tippte »Eutropianer« in das Suchfeld ein. Eine Erinnerung aus den frühen Tagen des Internets, dem Hightechboom der Neunzigerjahre.

Die ursprüngliche Website war über zehn Jahre lang nicht aktualisiert worden. Die Organisation schien, falls sie da überhaupt noch existiert hatte, im Jahr 2002, der dunklen Zeit nach der Implosion der Hightechblase und dem 11. September, dichtgemacht zu haben.

Der Wikipedia-Eintrag war in mehrere Schichten von Warnungen eingeklammert; Leute hatten darüber gestritten.

Einige der grundlegenden Tatsachen ließen sich aber wohl nicht bestreiten. Die Eutropianer waren eine Bewegung, die sich im Laufe der frühen Neunzigerjahre gebildet hatte, als mithilfe der Technologie alles möglich erschienen war. Sie war nur eine informelle Diskussionsgruppe in Berkeley mit einem Ableger in der Gegend von Stanford. Die Eutropianer hatten sich früh das World Wide Web zunutze gemacht und eine für damalige Verhältnisse ungewöhnlich komplexe Website erstellt, die inzwischen natürlich so überholt war wie der Schwarz-Weiß-Fernseher. Eine gemeinnützige Organisation war gegründet worden, hatte später die Steuerbefreiung erhalten und 2004 aufgehört zu bestehen. Mehr als ein gewinnorientiertes Unternehmen war aus der Bewegung hervorgegangen. Der Wikipedia-Eintrag war übersät mit Fragezeichen und Beschwerden von verschiedenen Autoren. Corvallis brauchte sich mit dessen Historie gar nicht näher zu befassen, um zu wissen, dass er der Schauplatz vieler Flamewars gewesen war. Die Details spielten keine Rolle.

»Falls ich Dr. Trinh hierherlotsen kann«, sagte Corvallis, »hast du dann ein paar Minuten für mich?«

Genau genommen sagte er es nicht, sondern schrieb es per SMS an Zula, die auf der anderen Seite des Tisches versuchte, jemanden übers Telefon zu beruhigen. Nachdem sie einen Blick auf das Display ihres Handys geworfen hatte, sah sie ihn an und nickte.

Corvallis hatte einige Mühe, die Schwester an der Anmeldung davon zu überzeugen, dass das, was er Dr. Trinh zu sagen hatte, wirklich wichtiger war als das, was der Arzt gerade tat, doch bei der Erwähnung der Wörter »Patientenverfügung« und »rechtsgültig« wurde sie hellhörig. Ein paar Minuten später war der Arzt wieder in dem Raum bei Corvallis und Zula.

»In den Neunzigern gab es in der Bay Area eine Gruppe von Computerfreaks, die glaubten, in der Technologie einen Weg zur Unsterblichkeit gefunden zu haben«, erklärte Corvallis. »Sie wurden unter dem Namen Eutropianer bekannt. Das ist gewissermaßen ein fachsprachlicher Name. Wenn Entropie die Tendenz der Dinge ist, im Laufe der Zeit in Unordnung zu geraten, dann ist Eutropie ein Ausdruck von Optimismus. Wir können nicht nur die Entropie besiegen, sondern das Universum will in gewisser Weise, dass wir unsere Kräfte als bewusste Wesen nutzen, um die Dinge zu verbessern. Und dazu gehört der Sieg über den Tod.«

»Wie ist das für sie gelaufen?«, fragte Zula ausdruckslos.

»Diese Typen waren clever«, sagte Corvallis. »Keine Dünnbrettbohrer. In Bezug auf die Wissenschaft gab es nichts, was sie nicht wussten oder nicht lernen konnten. Sie wussten ganz genau, dass es sehr lange – mindestens Jahrzehnte – dauern würde, ehe eine praxistaugliche Methode der Lebensverlängerung zur Verfügung stehen würde. Und dass sie bis dahin jederzeit bei einem Autounfall oder wie auch immer sterben könnten. Deshalb dachten sie sich eine Zwischenlösung aus. Basierend auf den neuesten wissenschaftlichen Erkenntnissen der damaligen Zeit entwarfen sie einen Ablaufplan für die Konservierung sterblicher Überreste und deren unbegrenzte Aufbewahrung in Eis.«

»Damit sie später einmal …«, hob Zula an.

»Damit sie später einmal«, sagte Corvallis, »wenn die technischen Möglichkeiten tatsächlich vorhanden waren, wieder zum Leben erweckt werden konnten.«

»Wie Walt Disney«, sagte Dr. Trinh.

»Das zählt scheinbar zu den modernen Legenden«, sagte Corvallis, »aber ja, es ist derselbe Gedanke. Kryonik. Es ist eine große, lange, haarige Geschichte. Die Idee, die schon seit den Sechzigern herumgeisterte, kam und ging in Wellen. Was ihr beide nun wissen müsst, ist, dass Richard für kurze Zeit von einer dieser Wellen erfasst wurde.«

»Das sieht ihm gar nicht ähnlich«, sagte Zula.

»Ja und nein. Sicher, er ist – war – skeptisch. Ein Fatalist. Aber er war auch aufgeschlossen. Bereit, kalkulierte Risiken einzugehen.«

»Da gebe ich dir recht.«

»Um die Zeit, als seine Firma zu einem richtig großen Ding wurde, knüpfte er viele Kontakte in der Hightechwelt, nahm an Konferenzen teil, hing mit Risikogeldgebern herum. Einer von ihnen, der Corporation 9592 abgesichert hatte, hatte auch Geld in einem Start-up, das von einem Ableger der Eutropianer gegründet worden war. Um es kurz zu machen, das war eine Kryonikfirma. Sie baute eine Fabrik im Osten des Staates Washington, wo wegen des Grand Coulee Dam der Strom billig ist.«

»Und das war ihr größter Kostenpunkt«, mutmaßte Dr. Trinh. »Strom für den Betrieb der Kühlcontainer.«

»Genau. Sie kontaktierten viele Leute, die mit neuen Technologien Geld verdient hatten, und boten ihnen einen Deal nach Art der pascalschen Wette an.«

»Pascalsche Wette?«, fragte Dr. Trinh.

»Pascal sagte einmal, man solle an Gott glauben, denn wenn sich das als falsch herausstelle, habe man nichts verloren, wogegen der Lohn unendlich groß sei, sollte es sich als richtig erweisen«, sagte Corvallis.

Zula nickte. »Hier war es haargenau derselbe Deal.«

»Richtig«, sagte Corvallis. »Sollte die Kryokonservierung sich als sinnlos erweisen und es unmöglich sein, den tiefgekühlten Körper zu retten, na und? Tot ist man sowieso. Sollte sie aber doch funktionieren, könnte man vielleicht ewig leben.«

»Dass Richard darauf abgefahren ist, kann ich mir lebhaft vorstellen«, sagte Zula mit einem Nicken. »Nach ein paar Drinks.«

»Er ist darauf abgefahren, und er durchlief alle von ihnen empfohlenen Prozeduren«, sagte Corvallis. »Eine Zeit lang trug er ein spezielles medizinisches Armband mit Anweisungen darüber, wie sein Körper tiefgefroren werden sollte.« Er drehte seinen Laptop um und zeigte ihnen das Foto. »Etwa um dieselbe Zeit aktualisierte er seinen letzten Willen. Und das meiste davon dürfte ein ganz normales Testament sein.« Corvallis legte eine Hand auf das dickste der drei Dokumente. »Die Patientenverfügung und die Bestattungsverfügung dagegen bestehen im Wesentlichen aus vorgefertigten Anweisungen, die von den Eutropianern entwickelt worden waren. Darin steht im Grunde, dass sein schockgefrosteter Körper zu dieser Anlage im Osten Washingtons gebracht werden soll, wo ein Team aus Medizintechnikern ihn übernehmen und für dieses komplette Kryokonservierungsding vorbereiten wird.«

»Dieses Armband habe ich nie an ihm gesehen«, bemerkte Zula.

»Weil er aufgehört hatte, es zu tragen, bevor du nach Seattle kamst«, sagte Corvallis. »Es ist schon lange her, da hat er mir die Geschichte mal erzählt. Über die Eutropianer und die Risikokapitalgeber und das alles. Ich hatte es fast vergessen. Dodge hatte viele Geschichten, und das war nicht die interessanteste davon.«

»Nein, das war sie nicht«, bestätigte Zula mit einem bedächtigen Kopfnicken.

»An der Art, wie er die Geschichte erzählte, konnte man ziemlich deutlich erkennen, dass er beschlossen hatte, die ganze Sache lächerlich zu finden. So wie damals, als er loszog und diesen Escalade kaufte und ihn dann zu Schrott fuhr.«

»Eins von den albernen Dingen, die Jungs machen, wenn sie plötzlich zu viel Geld kommen«, sagte Zula.

»Genau. Es ist längst vergessen. Allerdings« – und jetzt legte Corvallis eine Hand auf die Patientenverfügung – »hat er sein Testament nie mehr geändert.«

»Das ist also immer noch rechtlich bindend?«, fragte Zula scharf und deutete mit dem Kopf auf die Dokumente.

»Ich bin kein Anwalt«, sagte Corvallis.

Beide sahen sie Dr. Trinh an, der die Hände hochnahm, als würde er verhaftet, und dabei den Kopf schüttelte.

Eine halbe Stunde später traf Stan Peterson, seines Zeichens Anwalt, ein. Er legte Wert auf die Feststellung, dass er alle seine Termine abgesagt hatte. Das sagte er jedoch nicht in selbstgefälliger Weise, sondern um Zula zu verdeutlichen, dass die gesamten Ressourcen von Argenbright Vail bis hin zu und einschließlich Drohnenflügen und privaten Raumschiffen ihr und ihrer Familie zur Verfügung stünden.

»Alice sitzt im Flugzeug«, sagte Zula zu ihm. »Sie wird spät nachts hier sein.«

Stan schaute etwas verlegen drein.

»Richards Schwägerin«, erklärte Zula.

»Wird sie die Testamentsvollstreckerin sein?«

Zula schüttelte den Kopf und warf einen kurzen Blick auf das Testament. »Sie ist nur die älteste nächste Angehörige von Richard, würden Sie vermutlich sagen. Ich weiß nicht, wie das alles abläuft. Aber falls wir irgendetwas machen – den Stecker ziehen oder was immer –, würde sie dabei sein wollen.« Sie verzog das Gesicht und vergoss ein paar Tränen.

»Es tut mir leid«, sagte Stan. Er schien nicht nur verlegen, sondern außerdem auch emotional ziemlich durcheinander zu sein. Es war deutlich, dass auch er geweint hatte, und zwar erst vor Kurzem, da er immer noch schniefen musste. Vermutlich hatte er auf dem Weg hierher einen Blick auf Richard geworfen. »Wer ist denn zum Testamentsvollstrecker bestellt?«

Zula blickte auf, schniefte, fasste sich. Dann ging ihr Blick zu Corvallis.

»Tut mir leid, ich habe das Testament nicht gelesen«, sagte dieser.

Zula unterbrach ihn. »Ich aber. Du bist der Testamentsvollstrecker, C-plus.«

»Oh«, sagte Corvallis. »Ach du Schande.«

»Dann haben Sie und ich eine Menge zu besprechen«, sagte Stan.

»Aber eigentlich ist er ja noch nicht tot, oder?«, fragte Corvallis. »Das Testament tritt also nicht in Kraft. Erst wenn …«

»Erst wenn ein Totenschein vorliegt«, sagte Stan mit einem Nicken. Sein Blick wanderte zu der Patientenverfügung. Er schniefte noch einmal und deutete mit dem Kopf darauf. »Das da wurde von Christopher Vail jr. persönlich aufgesetzt«, erklärte er. Und führte, als er merkte, dass das den anderen nichts sagte, weiter aus: »Dem Mitbegründer unserer Kanzlei. Er ging vor ungefähr fünf Jahren in den Vorruhestand. Frühmanifeste Alzheimer-Demenz. Jetzt lebt er in einem speziellen Hospiz. Er verspürt keine Schmerzen. Aber bei diesen Dokumenten wird er uns nicht helfen können.«

»Haben Sie sie gelesen?«, fragte Corvallis.

»Im Uber, auf dem Weg hierher.« Als stummen Kommentar zu dem, was er auf diesen Seiten gesehen hatte, zog Stan die

Augenbrauen hoch, und Corvallis konnte sich ein leises Lächeln nicht verkneifen.

»Ich habe mir erlaubt, ein Diff darüberlaufen zu lassen«, sagte Corvallis.

»Das ist wohl ein Fachbegriff, nehme ich an.«

»Ich habe eine Textanalysesoftware laufen lassen, die diese Dokumente mit denen im Internet verglichen hat, denen sie offensichtlich nachempfunden waren.«

»Wie sind Sie an eine elektronische Fassung gekommen? Die hier sind auf Papier«, merkte Stan an.

»Ich habe sie mit dem Handy fotografiert und einer optischen Zeichenerkennung unterzogen«, sagte Corvallis.

Stan schien das alles ein wenig eigenartig zu finden. »Welche Erkenntnisse hat es Ihnen gebracht, ein ›Diff darüberlaufen zu lassen‹?«

»Christopher Vail jr. hat nicht einfach blind die vorgefertigten Formulierungen kopiert«, sagte Corvallis. »Er hat Veränderungen vorgenommen.«

»Das will ich ja wohl hoffen!«, sagte Stan.

»Natürlich nicht an den technischen Anweisungen – das ist alles dasselbe, Wort für Wort. Aber den Text drum herum hat er durch weitere Bestimmungen ergänzt.«

»Sie müssen entschuldigen, C-plus, aber ich fühle mich offen gestanden ein bisschen unvorbereitet für das alles«, sagte Stan seufzend. »Ich gebe zu, dass ich mir Richards Testament oder diese anderen Dokumente nicht angeschaut hatte. Wäre mir deren ungewöhnlicher Inhalt präsent gewesen, hätte ich Richard vielleicht irgendwann auf die Möglichkeit angesprochen, sie zu aktualisieren, eine kleine routinemäßige Wartung vorzunehmen. So aber hinke ich ehrlich gesagt etwas hinterher. Vielleicht könnten Sie mir einfach erzählen, was genau Sie Ihrer Meinung nach gefunden haben, und ich gebe Ihnen mein Wort, dass ich, bis Alice ankommt, vollständig über alles im Bilde sein werde.«

»Für mich sieht es so aus, als wären die Urheber der ursprünglichen Formulierung von Ephrata Nerds gewesen.«

»Ephrata? Klingt biblisch.«

»Ist es auch. In diesem Fall spreche ich allerdings von Ephrata Cryonics Inc. Dem alten Kryokonservierungsort in der gleichnamigen Stadt. Er liegt in der Wüste östlich der Berge. Beziehungsweise lag.«

Es dauerte einen Moment, bis dieses letzte Wort in Stans Gehirn eingesickert war. »Ach du Scheiße.«

»Schon okay«, sagte Corvallis. »Schauen Sie, genau hier hat Christopher Vail sein Honorar verdient. Die Gründer von Ephrata waren wahrhaft Gläubige. Sie glaubten, sie hätten die ideale Methode zur Aufbewahrung sterblicher Überreste entwickelt. Und sie glaubten, dass es Ephrata Cryonics Inc. immer geben würde.«

»Weil so viele Leute diese Dienstleistung in Anspruch nehmen würden …«, sagte Zula.

»Und dass sie ein dickes Bankkonto, Skaleneffekte, das ganze Programm haben würden«, sagte Corvallis.

»Nun, als jemand, der Chris Vail gut kannte, als er noch im Vollbesitz seiner geistigen Kräfte war, nehme ich mal an, dass er keine dieser Vermutungen für gegeben hielt«, sagte Stan.

Corvallis nickte. »Wenn Sie das lesen, werden Sie ihn wohl im Wesentlichen sagen hören: Also, falls Ephrata Cryonics, wenn Richard Forthrast stirbt, überhaupt noch im Geschäft und solvent ist und falls in der Zwischenzeit keine bessere Methode zur Konservierung sterblicher Überreste erfunden wurde, dann folgt diesen Anweisungen und verfrachtet Dodge zu dem großen Tiefkühlschrank in Ephrata.«

»Falls aber irgendetwas davon nicht zutrifft …«, sagte Stan.

»Tja, dann wird's kompliziert«, sagte Corvallis.

»Als wäre es vorher einfach gewesen«, murmelte Zula.

Corvallis zog die Bestattungsverfügung zu sich heran und

durchblätterte die letzten paar Seiten, die alle in bündig ausgerichteter Palatino, der Standardschrift von Argenbright Vail, gehalten waren. »Auf eine Weise kompliziert, bei der mir der Kopf brummt – aber ich wette, Sie können sich einen Reim darauf machen.«

»Zu Ihren Diensten, Sir«, sagte Stan.

Kurz darauf gesellte sich zufällig eine Frau zu ihnen, die sich als Justitiarin des Krankenhauses vorstellte. Der Schluss lag nahe, dass man sie auf die Anwesenheit eines Patientenanwalts in der Intensivpflegestation aufmerksam gemacht hatte und sie jetzt herunterkam, um herauszufinden, was los war. Dass der Patient ein berühmter Milliardär und der Anwalt Seniorpartner bei Argenbright Vail war, hatte ihren Schritt wahrscheinlich noch etwas federnder werden lassen. Sie war jünger und weniger stark zurechtgemacht, als man erwartet hätte; laut Miasma eine katholische, feministische Fußballmama mit einem Bachelor von der Brown University. Esme Hurlbut, ob man's glaubte oder nicht. Liebte Stricken und Freeclimbing. Es kostete einige Minuten, sich gegenseitig vorzustellen und Esme auf den neuesten Stand zu bringen; Dr. Trinh wiederholte, was die anderen über Dodges Zustand bereits wussten. Corvallis durchforstete unterdessen das Internet nach weiteren Informationen über Ephrata Cryonics Inc.

Als das Gespräch wiederaufgenommen wurde, war er imstande, weitere Details zu nennen: »Von Leuten wie Dodge hat Ephrata einen Haufen Geld eingenommen und praktisch sofort ein paar Körper schockgefrostet – was damals vermutlich nach Fortschritt aussah –, aber das hat sie gezwungen, die Gefriergeräte fortan ständig laufen zu lassen. Von ein paar angepissten Eutropianern bekamen sie eine Klage an den Hals, die ihre Reserven aufbrauchte. Ihre finanziellen Zielvorgaben erreichten sie eigentlich nie. Der Zusammenbruch kam nach dem Dotcom-Crash. Im Jahr 2003 führten sie eine Sanierung durch. Ihr erster

Schritt bestand darin, die Köpfe abzutrennen und die Körper zu verbrennen.«

»Entschuldigung, könnten Sie das noch einmal sagen?«, bat Stan.

Esme Hurlbut, die sichtbar beklommen den Raum betreten hatte, war jetzt eher fasziniert.

»Zu dem Zeitpunkt hatten sie elf Leichen in Kryolagerung«, sagte Corvallis, während sein Blick auf den Laptop huschte, um die Zahl zu verifizieren. »Der Vertrag, den alle elf Personen unterschrieben hatten, als sie zu Lebzeiten Ephrata Cryonics ihr Geld gaben, hielt ein Hintertürchen offen. Es hieß, die Verwahrung der Überreste habe in Kryokonservierung zu erfolgen – oder mit sonstigen Methoden, die nach Ephratas Einschätzung am besten geeignet seien, die Verstorbenen letztlich wieder zum Leben zu erwecken.«

Wie die Streberin in der ersten Reihe hob Esme die Hand. »Einschätzung? Oder *alleinige* Einschätzung?«, fragte sie.

»Alleinige Einschätzung«, antwortete Corvallis, nachdem er die Worte auf seinem Bildschirm überflogen hatte. Aus dem Augenwinkel sah er, dass Esme und Stan angespannte Blicke wechselten.

»Und davon ausgehend«, fuhr Corvallis fort, »argumentierte Ephrata Cryonics jetzt, das Einzige, worauf es ankomme, sei der Kopf. Oder, bei genauerer Betrachtung, das Gehirn. Der Körper sei im Grunde entbehrlich. Jede künftige Gesellschaft, die die technologischen Möglichkeiten besitze, ein tiefgefrorenes Gehirn wieder zu vollständigem bewusstem Funktionieren zu bringen, würde imstande sein, aus DNA einen neuen Körper wachsen zu lassen. Um Geld zu sparen, enthauptete Ephrata Cryonics also die elf tiefgefrorenen Körper und packte die Köpfe in ein viel kleineres Tiefkühlgerät.«

»Was ihre Betriebsausgaben drastisch senkte!«, rief Stan beifällig aus. Wobei er womöglich für einen Moment aus den Augen verlor, auf wessen Seite er stand.

»Was heißt denn das für uns heute?«, fragte Zula.

Stan zog die Patientenverfügung zu sich heran und begann sie zu überfliegen. Er schien sich auf den Teil davon zu konzentrieren, der von seinem früheren Kollegen Christopher Vail stammte. Währenddessen sagte er in etwas zerstreutem Ton: »Ich glaube, Zula, das wird von den Fragen abhängen, die wir eben gerade besprochen haben … ob die Firma solvent ist … wie der gegenwärtige Stand der Technik aussieht …«

»Kommt drauf an, was Sie mit ›solvent‹ meinen«, sagte Corvallis. »Dem Internet zufolge …«

»Das sich bekanntlich nie irrt«, warf Esme ein.

»Stimmt. Dem Internet zufolge verschaffte der Schachzug mit der Enthauptung ihnen nur drei weitere Jahre. Dann kamen sie an einen Punkt …«

»Ach Gott, jetzt erinnere ich mich. Das ging mal kurz durch die Medien«, sagte Esme. »Das Energieunternehmen drohte, ihnen wegen Nichtzahlung den Strom abzustellen. Worauf die Firma dagegenhielt, dass das Auftauen der Gehirne ihrer Ermordung gleichkäme. Es war ein Patt.«

Stan schlug sich im wahrsten Sinne des Wortes an die Stirn. »Herrje, ich kann nicht glauben, dass Dodge mit diesen Leuten Geschäfte gemacht hat.« Womit er lediglich vielsagende Blicke sowohl von Zula als auch von Corvallis auf sich zog, die wortlos fragten: *Haben Sie auch nur den blassesten Schimmer, mit welcher Art von Leuten er* tatsächlich *Geschäfte gemacht hat?* Ohne das zu bemerken, schüttelte Stan den Kopf. »Zumindest haben wir die Frage geklärt, ob sie solvent sind.«

»Kommt drauf an, was Sie meinen«, sagte Corvallis. Seine Internetsuche hielt nach wie vor mit der Unterhaltung Schritt. »Es kam ein Deal zustande. Einer der ursprünglichen Eutropianer kam ins Boot. Elmo Shepherd.«

»Einer dieser angefressenen Eutropianer, die sie zuvor verklagt hatten?«, fragte Zula.

»Du hast's erfasst. Shepherd war der Hauptinitiator dieser Klage. Er behauptete, Ephrata Cryonics habe Anspruch auf geistiges Eigentum erhoben, das gemeinfrei hätte sein müssen – die quelloffene Arbeit der ursprünglichen Eutropianer.«

»Moment mal, ich weiß, wer El Shepherd ist. Mann, ich habe ihn sogar kennengelernt«, sagte Stan. »Ich glaube, er ist einer unserer Mandanten im Büro im Silicon Valley.«

»Er hat einiges Geld mit einem Börsengang verdient und wurde Risikokapitalgeber«, sagte Corvallis. »Als solcher war er, wie's aussieht, vor allem im Bereich konventioneller Technologien tätig – hat aber ein gewisses Nebeninteresse an der Lebensverlängerung behalten.«

»Und was passierte, als er ›ins Boot kam‹?«, fragte Esme.

»Er gründete eine neue Firma namens Ephrata Life Sciences and Health«, sagte Corvallis. Er war jetzt kein autonomer Gesprächsteilnehmer mehr, sondern war zum Kanal für alles geworden, was im Miasma zu finden war. »Und zwar mit seinem eigenen Geld. Und handelte einen Deal aus: Er kaufte Ephrata Cryonics mit allem Drum und Dran. Ephrata Cryonics ist jetzt eine hundertprozentige Tochtergesellschaft von ELSH mit Sitz im Presidio, San Francisco, Kalifornien.«

»Im Prinzip *ist* sie also solvent?«, fragte Zula. Minutenlang hatte sie mit SMS jongliert und Anrufe ignoriert, war aber jetzt dabei, den Kampf gegen elektronische Ablenkungen zu verlieren.

»Solange El Shepherd Geld hineinpumpt, kann man schwerlich etwas anderes behaupten«, sagte Stan. »Aber passen Sie auf, das ist nicht das einzige Hintertürchen in diesem Dokument. Vorausgesetzt, Sie suchen welche. Es ist nämlich auch fraglich, ob die von ELSH derzeit verwendete Methode wirklich die beste ist.«

»Nach *alleiniger Einschätzung* von ELSH?«, fragte Esme.

Stan konnte eine gewisse Befriedigung nicht verhehlen. »Nein. Die *Standardfassung* des Vertrags, die von den Ephrata-Elf – den

Leuten, deren Köpfe in dem Gefrierschrank landeten – unterschrieben wurde, enthält das Wort ›alleinig‹, aber in dem Exemplar, das Dodge unterschrieb, hatte Chris Vail, Gott segne ihn, es gestrichen.«

»Wir haben also ein Wörtchen mitzureden«, sagte Zula.

Esme sah aus, als wollte sie etwas sagen, besann sich aber eines Besseren und verschränkte die Arme.

»Nicht nur eins«, sagte Stan, »und ich wette, wir können argumentieren, dass es nicht mehr die bestmögliche Methode ist, Dodge den Kopf abzuschneiden und in einen Gefrierschrank zu stecken – wenn sie es überhaupt je war.«

Zula nickte beifällig, und Corvallis musste ein leichtes Unbehagen hinunterschlucken. Später würde er sich mit Zula und Alice Forthrast hinsetzen und sie daran erinnern, dass die Kanzlei Argenbright Vail einen Haufen Geld verdienen könnte, wenn dieser Fall vor Gericht ginge und sie ihn gegen El Shepherds Anwälte vertreten würde. Ohnedies hatte sein Googeln aber weitere Fakten zutage gefördert, die das vielleicht irrelevant machten. »Wie's aussieht«, verkündete er, »sind es nicht mehr Köpfe in einem Gefrierschrank. ELSH ist einen Schritt weitergegangen.«

»Ich bin bereit«, sagte Stan. Wieder fand Corvallis seinen Ton etwas daneben. Entscheidend war doch, dass Zula bereit war. Aber er konnte sehen, worauf das hinauslief. Stan nahm die Situation zusehends in die Hand. Bis Alice aus dem Flugzeug stieg, würde er hier das Sagen haben, bereit, sich als persönlicher Anwalt der Familie Forthrast vorzustellen.

Zula wechselte einen schwer zu deutenden Blick mit Esme. So was wie Frauensolidarität, vermutete er.

Corvallis wartete, bis er Zulas Blick aufgefangen und sie ihm mit dem Kopf ein Zeichen gegeben hatte. »Jetzt, wo wir das Cloud-Computing haben«, sagte er, »ist das Speichern von Bits weitaus günstiger als das Aufbewahren von Körperteilen in einem Gefrierschrank. Vor ein paar Jahren entschied ELSH nach alleiniger Einschätzung, dass das, was wirklich zählte, das Konnektom war – das Muster der neuronalen Verbindungen im Gehirn. Sie nahmen jedes der elf Gehirne und scannten es. Reduzierten es auf Datenstrukturen. Speicherten die Daten in der Cloud.«

»Und wo sind diese Gehirne jetzt?«, fragte Esme, aufs Schlimmste gefasst.

»Das Scannen«, sagte Corvallis, »ist ein destruktiver Vorgang.« Er las weiter, während er sprach. »Destruktiv« war gelinde ausgedrückt, aber er sah keine Notwendigkeit, sich zu drastisch auszudrücken. »An dessen Ende ist nichts mehr da, was man als Gehirn bezeichnen könnte. Was übrig bleibt, wird, so behaupten sie, auf respektvolle Weise entsorgt. Kremiert. Und die Asche den nächsten Angehörigen ausgehändigt.«

»Und gab es noch weitere, seit ELSH zu dieser Methode übergegangen ist?«, fragte Stan.

»Weitere was?«, fragte Corvallis zurück.

»Weitere wie Richard«, sagte Zula.

Stan nickte. »Leute, die einen Vertrag mit Ephrata Cryonics unterschrieben hatten und starben, nachdem die Firma in Schwierigkeiten geraten war.«

»Falls ja«, sagte Corvallis, »spricht im Internet niemand darüber.« Er scrollte zurück. »In einem dieser Artikel heißt es allerdings, dass ELSH manchen Kunden auf deren Wunsch hin Geld zurückerstattet und den Vertrag aufgelöst hat.«

»Aber nicht Richard«, sagte Zula.

»Ich weiß es einfach nicht«, sagte Corvallis.

Zula starrte ihn an. »Jetzt komm, C-plus. Wir reden von Richard. Glaubst du wirklich, diese Mühe hätte er sich gemacht?«

»Nein«, sagte Corvallis. »Dodge hätte sich nicht die Mühe gemacht. Falls er sich überhaupt daran erinnerte, den Vertrag unterzeichnet zu haben.«

»Gut, ich habe einen Aktionsplan mit mehreren Punkten«, verkündete Stan. »Wenn die Familie damit einverstanden ist, kann ich bei ELSH anfragen, ob der Vertrag noch in Kraft ist. Die Entscheidung über das weitere Vorgehen wird dann ganz bei Ihnen liegen. Einstweilen würde ich sagen, wir betreiben ein wenig Hintergrundrecherche über dieses – wie nennen Sie es noch? Dieses Konnektionsding?«

»Konnek… Konnektomik«, sagte Corvallis, auf eine Weise über dieses Wort stolpernd, die ihm verdutzte Blicke von den anderen einbrachte. Während er es sagte, hatte irgendein Teil seines Gehirns eine *Ach-du-Scheiße!*-Flagge gehisst.

»Alles okay, C-plus?«, fragte Zula. Was bei ihm eine gewisse Beschämung darüber auslöste, dass in einem solchen Moment ausgerechnet sie sich Sorgen um seine Gemütsverfassung machte.

»Ähm, tut mir leid. Es gibt bizarre Connections. Entschuldigt das Wortspiel.«

»Connections wohin?«, fragte Esme. Der Hauptgrund dafür, dass sie im Raum blieb, war inzwischen längst reine intellektuelle Neugier.

»Ich muss wohl etwas erklären«, sagte Corvallis. »Ich arbeite für eine… bin der technische Leiter einer… Cloud-Computing-Firma hier in Seattle. Und einer unserer Kunden ist… nun…«

»Ich glaub's nicht«, sagte Zula. »Ephrata Life Sciences and Health.«

»Nicht ganz. Aber Elmo Shepherd hat einen ganzen Stall von Firmen, die er aus dem Presidio heraus betreibt. Einige davon gewinnorientiert. Andere sind eher so was wie Thinktanks, Forschungsinstitute und Ähnliches. Er interessiert sich nämlich tatsächlich für die Singularität. Das ist…«

»Ich weiß, was das ist«, sagte Zula.

»Ich nicht. Würden Sie mich bitte aufklären?«, sagte Esme. Sie hatte sich ohne Worte mit Zula verbündet.

Zula nickte und sagte: »Das ist eine Art Glaubenssystem, dem zufolge wir künftig unsere Gehirne in Rechner hochladen und digital ewig leben werden.«

»Und wo ist da die ›Singularität‹?«

»Sie fügen das Moore'sche Gesetz hinzu«, sagte Corvallis.

»Das besagt, dass Computer immer schneller werden?«

»Exponentiell. Rechnen Sie es hoch, und es legt den Schluss nahe, dass die Seelen, die auf Rechner hochgeladen wurden, superschnell und superleistungsfähig sein und damit lebende biologische Gehirne irrelevant machen werden.«

»Ich verstehe immer noch nicht, inwiefern das mit ›Singularität‹ beschrieben sein soll – ist das nicht ein Begriff für ein schwarzes Loch?«

»Der Gedanke ist, dass es blitzartig passieren wird«, erklärte Zula.

»Und El Shepherd glaubt daran«, sagte Esme.

Stan saß nur da, die gewölbten Hände um die Augen gelegt. *Wann hört dieser Tag endlich auf, immer merkwürdiger zu werden?*

»Einige seiner anderen Firmen sind dazu da, die Erforschung verschiedener Phänomene im Zusammenhang mit der Singularität, zu denen auch das Konnektom des Gehirns gehört, zu finanzieren. Davon gibt es eine ganze Menge. Sehen Sie, ich befinde mich hier auf dünnem Eis, denn ich kann die Geheimhaltungspflicht von Nubilant gegenüber ihren Kunden nicht verletzen.«

»Ihr Gesichtsausdruck«, sagte Stan, »verrät aber, dass El Shepherd die Konnektome der Ephrata-Elf auf den Servern Ihrer Firma speichert.«

»Wenn Sie noch nicht genug davon haben, dass alles so paradox ist«, sagte Corvallis, »wird es Sie vielleicht freuen zu hören, dass unsere größte Serverfarm draußen im Osten Washingtons liegt. Nicht weit von Ephrata entfernt.«

»Wo der Strom billig und Kühlwasser im Überfluss vorhanden ist«, sagte Zula. Sie hatte einen Abschluss in Geologie.

»Ich glaube, jetzt verliere ich allmählich den Faden«, gab Esme zu.

»Hinsichtlich meiner Fähigkeit, von Nutzen zu sein, ist das

entweder richtig gut oder richtig schlecht«, sagte Corvallis. »Ich werde mich umhören und sehen, ob ich ein paar von Elmo Shepherds Leuten im Presidio erreichen kann.«

»Oder El selbst«, sagte Stan. »Das hier erfordert seine Aufmerksamkeit, finde ich.«

4

Als ihnen klar wurde, dass sie bei Richard nicht unmittelbar den Stecker ziehen würden, versiegte die Unterhaltung. Dr. Trinh verließ den Raum, um sich Patienten zu widmen, denen noch zu helfen war. Esme verteilte Visitenkarten und tauschte Handynummern aus, ehe sie sich entschuldigte. Da die Familien anderer Patienten den Raum brauchten, wechselten Stan, Zula und Corvallis in die Krankenhauscafeteria. Von dort aus gingen sie ihrer Wege: Stan in seine Kanzlei, um sich in die Dokumente zu vertiefen, Zula nach Hause, Corvallis in sein Büro.

Das Gespräch war für einen Nachmittag unterbrochen. Die Unterbrechung dehnte sich dann auf den Abend und die folgende Nacht aus. Erst nach vierundzwanzig Stunden wurde die Unterhaltung wieder aufgenommen. Diese Zeit verbrachte Corvallis in einer Art Schwebezustand. Solange es keinen Totenschein gab, war Dodge juristisch nicht tot und ein Testamentsvollstrecker nicht vonnöten. Die Rolle des Testamentsvollstreckers – oder in modernerem Sprachgebrauch des »Nachlassverwalters« – würde Corvallis zufallen. Er verwandte eine gewisse Mühe darauf, sich mit dieser Aufgabe vertraut zu machen, hatte dabei aber überwiegend mit einem Juristenjargon zu tun, der ihm Kopfschmerzen bereitete. Bei der Arbeit warteten Verpflichtungen auf ihn.

Und gegen zweiundzwanzig Uhr sickerte irgendwie die Nachricht ins Internet durch, Richard Forthrast liege mit schwerwiegenden medizinischen Problemen auf der Intensivstation. Dann explodierte seine Welt für ungefähr sechs Stunden und sorgte dafür, dass er nicht sehr viel Schlaf bekam. Das Miasma verhielt sich manchmal, als erwartete es von jedem Mann, jeder Frau und jedem Kind auf der Welt, ein rund um die Uhr verfügbares Social-Media- und PR-Team zu haben. Selbst wenn Corvallis die Freiheit gehabt hätte, etwas zu sagen, es wäre unmöglich gewesen.

Zu ihrer nächsten Zusammenkunft trafen sie sich in einer Suite in einem alten, aber gut erhaltenen Luxushotel zwei Häuserblocks vom Krankenhaus entfernt. Corvallis kannte Alice Forthrast ein wenig – gut genug, um zu erahnen, dass nicht sie diesen Ort ausgesucht hatte. Das hatte Zula für sie getan. Alice hätte ihre Anspruchslosigkeit und ihr fehlendes Interesse an den Gepflogenheiten großer Küstenstädte gewissermaßen vor sich hergetragen, indem sie sich im billigsten verfügbaren Motel in der Nähe des Flughafens eingemietet hätte. Um all dem zuvorzukommen, hatte Zula andere Vorkehrungen getroffen und sie am Abend zuvor einfach hierhergebracht. Von da, wo Zula, Csongor und Sophia wohnten, war das Hotel fußläufig erreichbar. Die Verwandten zu Hause würden sich fragen, warum Alice nicht einfach auf Zulas Couch schlief oder auch in Richards jetzt leer stehender Wohnung. Doch Corvallis konnte Zulas Gedanken nachvollziehen. Die Familie würde eine Kommandozentrale unweit des Krankenhauses brauchen, neutralen Boden, von wo aus sie operieren konnte. Ein Konferenzraum bei Argenbright Vail hätte sie zu sehr in den Einflussbereich der Kanzlei gebracht. Am Küchentisch in Zulas und Csongors Eigentumswohnung wären bestimmte Gespräche heikel geworden, wenn Sophia am Boden gesessen und zu allem und jedem Fragen gestellt hätte. Nun war es eben die Hotelsuite.

Als Corvallis mit Jake Forthrast – Richards jüngerem Bruder – im Schlepptau dort ankam, hatte Zula den Kühlschrank bereits mit Milch, Joghurt und ein paar anderen Grundnahrungsmitteln bestückt, damit sich Alice auf Facebook nicht weiter über die horrenden Kosten des Zimmerservice auslassen musste. Csongor hatte sich ein paar Tage freigenommen und war zu Hause im Vollzeit-Sophia-Dienst, damit Zula sich ganz auf das hier konzentrieren konnte. Corvallis hatte die Leute bei Nubilant informiert, dass er für ein paar Tage nicht erreichbar sein würde – eigentlich unnötigerweise, waren die meisten dort doch an diesem Morgen mit der orkanartigen Präsenz der Forthrast-Tragödie in allen sozialen Medien aufgewacht. Nummer eins auf Reddit war ein kurzes Video, das ein unbekannter Junge tags zuvor von sich und Dodge gemacht hatte, wie sie nebeneinander vor dem Klinikgebäude standen, in dem es Dodge nur wenige Minuten später erwischt hatte. Ein paarmal hatte Corvallis es erfolgreich ignoriert, dann war er eingeknickt und hatte sich das verdammte Ding angeschaut. Dodge wirkte durchaus erfreut darüber, dass sein junger Fan ihm aufgelauert hatte; um hören zu können, was der Junge sagte, hatte er sich den Kopfhörer abgenommen und um den Hals gelegt, und wenn auf der feuchten Straße nicht gerade Autos vorbeizischten, konnte man daraus blecherne Musik vernehmen. Corvallis hatte erwartet, dass das Video ihn fertigmachen würde, doch stattdessen fand er es seltsam tröstlich und schaute es sich mehrmals an. Zur Erinnerung daran, wer Dodge war, und zur Vorbereitung auf die Nach-Dodge-Welt.

Vor ein paar Minuten hatte Corvallis am Bahnhof in der Innenstadt Jake Forthrast abgeholt. Er war Ende vierzig – ein Nachzügler, wesentlich jünger als die drei anderen Forthrast-Geschwister. Jake lebte fernab im Norden von Idaho in einer Gemeinschaft von Gleichgesinnten, genauer gesagt von Extremlibertären mit religiösem Einschlag. Er hatte eine Frau und einen Stall voll Kinder. Außerhalb seiner direkten Umgebung konnte er nicht Auto fahren, weil er keinen Führerschein hatte, denn er war der Überzeugung, dass die Regierungsbehörden nicht die Autorität besaßen, sie auszustellen. Nachdem er tags zuvor die Nachricht gehört hatte, war er irgendwie zum Bahnhof in Coeur d'Alene gelangt und in den Amtrak Richtung Westen gestiegen, der sieben Stunden Verspätung hatte. Er und Corvallis waren sich früher schon begegnet, und sie verstanden sich besser, als man aufgrund der Unterschiede in ihren Milieus und ihren politischen und religiösen Ansichten erwartet hätte. Die Fahrt vom Bahnhof bis zum Parkdienst vor dem Hotel hatte nicht viel länger als fünf Minuten gedauert, sodass Corvallis ihm nicht viel hatte erzählen können, außer dass Richards Zustand unverändert war. Jake hatte einen etwas ungepflegten rötlich braunen Bart mit grauen Einsprengseln und war fast kahlköpfig. Er trug die zweckmäßige, mit Flanell gefütterte Arbeitskleidung, die er tagein, tagaus bei seinem Job, dem Bau von Blockhütten und Bauernmöbeln, anhatte. In der Hotellobby betrachtete er das opulente Mobiliar mit einem Ausdruck, den Corvallis nicht so recht deuten konnte. In der filigran gearbeiteten Hartholzvertäfelung des Aufzugs fand er etwas, worauf er sein Augenmerk richten konnte.

Alice Forthrast war die Witwe von Richards älterem Bruder John und fungierte als Matriarchin der erweiterten Familie von einer Farm im Nordwesten Iowas aus. Bereits in den Siebzigern hätte sie durchaus für jünger durchgehen können. Dabei hatte sie gar nicht erst den Versuch unternommen, ihre Haare zu färben, die jetzt völlig ergraut und kurz geschnitten waren. Als Corvallis sie an diesem Tag zum ersten Mal sah, lächelte sie gerade Zula zu, wobei sie ihre echten, jedoch etwas mitgenommenen Zähne zeigte. Die beiden hatten sich gerade an etwas Lustiges erinnert, das Richard getan hatte. Doch als Corvallis und Jake hereinkamen, wurden sie schlagartig ernst, als wären sie bei einer Ungezogenheit ertappt worden. Jake begrüßte Zula mit einer langen, herzlichen Umarmung und Alice mit einer eher flüchtigen; sie erhob sich nicht ganz von ihrem Stuhl, lächelte ihn aber, die Lippen zusammengepresst, die Augen gegen die Tränen zusammengekniffen, immerhin an.

Corvallis und Alice waren sich schon begegnet, doch für den Fall, dass Alice seinen Namen vergessen hatte, stellte Zula sie einander noch einmal vor. Vielleicht war Alice' Kurzzeitgedächtnis ja ein bisschen löchrig, oder es war ein Fall von »Diese Asiaten sehen alle gleich aus«. Alice nickte jedenfalls und sagte: »Natürlich, ich erinnere mich, wie Dodge über Sie und Ihre Rom-Aktivitäten gesprochen hat.« Womit sie ein exzentrisches Hobby meinte.

»Er ist aber auch …«, warf Zula ein.

»Selbstverständlich weiß ich, dass in C-plus mehr steckt als nur das«, sagte Alice und wandte sich Corvallis zu. »Andernfalls hätte Dodge Sie sicher nicht damit betraut, der Vollstrecker seines Testaments zu sein, oder?«

Gut. Jemand hatte ihr das also beigebogen.

Alice fuhr fort: »Sie sollen wissen, dass Richard, was immer die Leute über ihn sagen mögen, ein guter Menschenkenner war, und wenn er Ihnen vertraut hat, dann vertrauen wir Ihnen auch. Und ich sehe jede Menge vernünftiger Gründe dafür, als Testamentsvollstrecker jemanden außerhalb der Familie zu haben – jemand Unparteiisches.«

»Nun, ich bedaure nur, dass wir uns unter diesen Umständen wiedersehen«, sagte Corvallis. Das war eine Bemerkung, die er sich im Voraus zurechtgelegt hatte, und genau so klang sie auch. Also ergänzte er spontan: »Danke für das, was Sie gerade gesagt haben.« Zula und Alice hielten den Blick weiterhin auf ihn gerichtet, als erwarteten sie noch mehr. »Es bedeutet mir viel«, lautete sein nächster Versuch. Das schienen beide Frauen als Abschluss dessen, was immer er da vorzubringen versucht hatte, akzeptabel zu finden. »Ich werde mein Bestes tun«, redete er weiter, unfähig aufzuhören, und die beiden Frauen schauten allmählich etwas genervt drein.

Seine Rettung war Stan, der genau im richtigen Moment mit einem jüngeren Anwalt im Schlepptau auftauchte.

Die Gipfelkonferenz hatte jetzt eine Art Quorum erreicht. Alice, Zula und Jake kamen dem, was Richard an engsten Angehörigen hatte, am nächsten, bildeten also, um es ganz deutlich zu sagen, genug kritische Masse für die Entscheidung, Richards Beatmungsgerät abzuschalten. Corvallis' Anwesenheit erklärte sich aus seiner Rolle als Testamentsvollstrecker, die offiziell noch nicht begonnen hatte, und die Anwälte waren im Haus und wurden nach Zeitaufwand bezahlt. Ohne sich um die Gewohnheiten von Anwälten und deren Stundensätze zu scheren, bestand Alice darauf, bei frisch gekochtem Kaffee Small Talk zu machen, womit sie nach Corvallis' grober Schätzung abrechnungsfähige Stunden im Wert von rund tausend Dollar ansammelte, bevor die Unterhaltung sich Themen widmen durfte, die man als geschäftlich bezeichnen konnte. Abgelenkt von dem Zähler, der in seinem Kopf lief, schlürfte Corvallis seinen – schrecklich schmeckenden – Kaffee und blickte sich in dem Zimmer um, das wie das Domizil einer wohlhabenden alten Dame ausgestattet war. Gewiss, Alice Forthrast *war* eine wohlhabende alte Dame, aber er vermutete, dass ihr Haus in einem vollkommen anderen Stil eingerichtet war.

Der jüngere Anwalt hieß Marcus, stammte aus Shaker Heights und hatte die Universität von Pennsylvania besucht, wo er im Hauptfach Philosophie studiert und sich im Rudern hervorgetan hatte. Nachdem er für Teach for America als Lehrer auf Zeit in einer Stadt im ländlichen Missouri gearbeitet hatte, war er zum Weiterstudieren auf die Stanford Law School gegangen. Er hatte eine reizende Frau mit koreanischen Wurzeln und ein sechs Monate altes Baby und würde in wenigen Tagen den Kaufvertrag für ein Haus mit drei Schlafzimmern im Viertel Queen Anne abschließen – ein etwas renovierungsbedürftiges Gebäude im Neu-Tudorstil, jedoch mit guter Bausubstanz, hervorragend für eine Familie geeignet, wenn erst einmal die asbestverkleideten Heizungsrohre aus dem Keller herausgerissen waren, eine Arbeit, für die sie gerade Angebote einholten. All das bekam Alice aus ihm heraus und entlockte ihm dann fast beiläufig das Geständnis, dass sein Spezialgebiet die Strukturierung von Geschäftsabschlüssen in der Hightechbranche war, dass er sich im Familienrecht überhaupt nicht auskannte und nie ein Testament aufgesetzt hatte. Ehe Stan – der den größten Teil der Unterhaltung an seinem Handy verbracht hatte – sich völlig bewusst war, in welche Falle sein junger Mitarbeiter gerade getappt war, hatte er schon Ähnliches eingeräumt. Nun, da es zu spät war, versicherte er Alice, Christopher Vail sei in diesen Dingen sehr versiert gewesen.

Alice schüttelte den Kopf wie eine enttäuschte Mutter. Auf dem Herflug von Omaha am Abend zuvor hatte sie fünfzehn Dollar für WLAN verprasst und offenbar die ganzen drei Stunden damit zugebracht, sich über Chris Vails Hintergrund und Karriere zu informieren, ohne den geringsten Hinweis darauf zu finden, dass er etwas von Testamenten verstand. »Gestern habe ich Zula gebeten, eine eingescannte Kopie von Richards Testament an den Anwalt unserer Familie bei uns zu Hause zu mailen«, verkündete sie. »Er mag vielleicht ein Provinzanwalt sein, aber ich kann Ihnen sagen, dass er eine Menge Testamente erstellt hat, denn das macht einen großen Teil seiner beruflichen Tätigkeit aus, und schon *auf der ersten Seite* hat er drei Schnitzer gefunden. Anfängerfehler hat er sie genannt.« Sie schüttelte erneut den Kopf.

Stan hatte sein Handy eingesteckt und saß mit rotem Gesicht da. Marcus war gespannt.

»Wissen Sie, wonach das für mich aussieht? Es sieht aus, als hätte dieser Chris Vail einen Anruf von Dodge bekommen, dass Dodge ein Testament aufgesetzt haben wollte, und da hat er sich gesagt: ›Ich will meinen Milliardär nicht verlieren, deshalb werde ich mich selbst darum kümmern. So schwer kann es ja wohl nicht sein, ein Testament zu schreiben.‹ Worauf er das erste und vermutlich auch letzte Dokument dieser Art in seiner Laufbahn verfasste, und ich bin sicher, er tat es in bester Absicht, aber er hat es verpfuscht.«

»Alice …«, setzte Stan an.

»Verletzung der anwaltlichen Sorgfaltspflicht würden manche das nennen«, sagte Alice.

Diese Frau war eine Kobra. Corvallis merkte sich das.

Während er sich woandershin wünschte, schweifte sein Blick zu Zula, die ihn mit ausdrucksloser Miene erwiderte. *Willkommen bei der Familie, C-plus.*

»Nun ja, das ist jetzt Schnee von gestern«, seufzte Alice. »Das Testament ist, wie es ist, und Dodge hat es unterschrieben, weil er zu beschäftigt war, um sich näher damit zu befassen, und jetzt können wir nichts mehr ändern. Der Mann, der es aufsetzte, ist nun an einem anderen Ort, und es hat keinen Sinn, ihn mit Anschuldigungen und Drohungen zu quälen. Aber ich bin nicht Dodge. Ich passe auf, und ich werde an Argenbright Vail in Bezug auf *Kompetenz* und *Rechnungsstellung* höhere Maßstäbe anlegen.«

»Ja, Ma'am«, sagte Stan. Der Moment wurde durch ein Geräusch ruiniert: das Klingeln von Corvallis' Telefon. Stan, der vielleicht spürte, dass er gerade vom Gong gerettet worden war, stieß einen Seufzer aus und blickte zu ihm hinüber.

»Entschuldigung«, sagte Corvallis und zog das Handy aus der Hemdtasche. Bei dem Namen auf dem Display musste er ein zweites Mal hinschauen, ehe er es den anderen hinhielt, damit sie ihn auch lesen konnten: El Shepherd.

»Also ich würde den Anruf jetzt nicht annehmen«, blaffte Stan. Dann blickte er zu Alice, als suchte er bei ihr Bestätigung. Sie wandte ergeben den Blick ab, was Stan zu beruhigen schien. »Haben Sie schon mit Mr Shepherd gesprochen?«, fragte Stan.

»Nein«, sagte Corvallis, »nur mit einigen seiner Leute.«

»Was war der allgemeine Tenor?«

»Volle Fokussierung auf die Situation«, sagte Corvallis. »Nicht viel von dem, was man Herzlichkeit nennen würde. Der Eindruck von Anwälten, die stumm gestikulieren.«

»Nun, da wir uns alle ein wenig kennengelernt haben«, sagte Stan, »ist das ein guter Übergang zu unserem eigentlichen Anliegen. Wenn Sie gestatten.«

»Bitte, nur zu«, sagte Alice.

»Bevor ich richtig einsteige: Was hören wir von den Ärzten?«

»Keine Veränderung«, sagte Zula. »Wir müssen davon ausgehen, dass er hirntot ist und nicht mehr zurückkommt.«

Bei den letzten Worten sah sie flüchtig zu Jake hinüber, der das bemerkte und sofort die Hand hob. »Ich habe meine Ansichten dazu ja bereits kundgetan«, sagte er. »Nur Gott kann ein Leben nehmen. Bei Ihm ist alles möglich – einschließlich einer vollständigen Genesung von Dodge. Solange seine Seele mit seinem Körper verbunden bleibt, ist Richard so lebendig wie jeder an diesem Tisch.«

Stan ließ einige Augenblicke in Stille verstreichen, bevor er nickte und in seinem besten Anwaltsbariton sagte: »Danke, Jake. Zula hatte mir gegenüber erwähnt, dass das Ihr Standpunkt dazu sein könnte. Ich möchte auf eine Weise vorgehen, die Ihre Glaubensvorstellungen achtet.«

»Das weiß ich zu schätzen, Sir«, sagte Jake.

»Meine Aufgabe ist das Recht«, fuhr Stan fort, »und wie Alice' Anwalt zu Hause in Iowa Ihnen sicher sofort bestätigen würde, nimmt die Patientenverfügung nicht zwangsläufig Rücksicht auf die Überzeugungen und Ansichten von Familienmitgliedern.«

»Das ist mir bewusst«, sagte Jake. »Ich weiß, dass ich hier sowieso in der Minderheit bin.« Über den Tisch hinweg sah er Alice und Zula an, die seinen Blick offen erwiderten.

»Gemäß der von Ihrem Bruder unterzeichneten Patientenverfügung«, sagte Stan, »müssen lebenserhaltende Maßnahmen jetzt unverzüglich eingestellt werden. Allerdings muss dies nach einem speziellen technischen Ablaufplan erfolgen, der zum Ziel hat, das

Gehirn zu erhalten. Und wegen der zusätzlichen Bestimmungen, die Chris Vail mit *großer Sorgfalt* in das Dokument eingearbeitet hat« – und hier bedachte er Alice mit einem vielsagenden Blick, den sie schmählich ignorierte –, »gibt es für den Fall, dass Ephrata Cryonics insolvent ist oder in der Zwischenzeit eine bessere Technologie entwickelt wurde, ein Hintertürchen.«

Alice nickte. »Und meinem Anwalt zufolge besteht eins der Probleme bei dem Dokument darin, dass das Wesen dieses Hintertürchens gar nicht genauer beschrieben wird. Der Ausgang ist offen.«

»Es ist schwierig«, sagte Stan behutsam, »das exakte Wesen einer alternativen Methode der Gehirnkonservierung, die noch nicht erfunden, ja noch nicht einmal als Idee vorhanden ist, näher zu beschreiben. Die einzige Art, solch eine Patientenverfügung zu verfassen, besteht darin, der Absicht des Unterzeichners – hier Richard – den Vorrang zu gewähren. Und seine Absicht war offenbar die, sicherzustellen, dass, falls zur Zeit seines Todes irgendeine überzeugende Methode existierte, die ihn später ins Leben zurückbringen könnte, diese Methode Anwendung finden sollte. Und wenn dann mehr als eine existierte, wollte er vernünftigerweise die beste – nicht einfach das, was Ephrata Cryonics an diesem speziellen Tag zufällig im Angebot hätte.«

»Aber wer entscheidet das?«, fragte Zula.

»Letzten Endes treffen Sie – die nächsten Angehörigen – diese Entscheidung. Niemand kann dem widersprechen. Es gibt keine Strafe, wenn man es falsch macht.«

Jake rutschte auf dem Stuhl nach vorn. »Aber Sie haben doch gerade eben erst gesagt, dass das Testament die Vorstellungen von Familienmitgliedern nicht berücksichtigt.«

»Sie können das Testament nicht einfach rückgängig machen«, sagte Stan, »aber solange Sie sich bemühen, nach Treu und Glauben Richards zugrunde liegende Absicht zu realisieren, wird Ihnen ein gewisses Ermessen zugebilligt.«

»Mein Problem ist, glaube ich, dass wir keine Experten in Neurowissenschaft sind«, sagte Zula.

»Dann können Sie sich jemanden suchen, der es ist«, sagte Stan. »Seattle ist voll von hochkarätigen …«

Corvallis unterbrach ihn. »Schon erledigt.«

Alle sahen ihn an.

»Ich meine, die Sache läuft noch«, erklärte Corvallis. »Aber einige der wirklich erstklassigen Programmierer von Corporation 9592 wurden letztendlich vor ein paar Jahren vom Waterhouse Brain Sciences Institute abgeworben. Ich war so frei, mich mit einem von ihnen, Ben Compton, mit dem ich nach wie vor befreundet bin, in Verbindung zu setzen.«

»Ist das der Waterhouse von der komischen Cyberbank?«, fragte Alice. »*Der* Waterhouse?« Damit meinte sie einen der lokalen Hightechphilantropen, einen Unternehmer, der an einem der ersten Kryptowährungsprojekte beteiligt gewesen war, das es irgendwie geschafft hatte, sich zu einem ernst zu nehmenden Finanzinstitut zu mausern.

»Genau der.«

»Verzeihen Sie die dumme Frage, aber warum sollte ein Hirnforschungsinstitut Spieleprogrammierer einstellen?«

»Gamifizierung«, sagte Zula.

»Ja«, bestätigte Corvallis, »das ist eine ziemlich lange Geschichte, und ich erzähle sie gern irgendwann mal. Unterm Strich geht es darum, dass Wissenschaftler bestimmte Probleme identifiziert haben, die für Computer sehr schwer, für Menschen dagegen leicht zu lösen sind. Wenn man diese Probleme in ein Fun-Game verwandelt, findet man im Internet jede Menge Leute, die sie einem umsonst lösen. Über ein solches Problem stolperten die Leute von Waterhouse Brain Sciences und beschlossen, es zu gamifizieren – und dann kamen sie und holten sich unsere besten Programmierer.«

Alice verdrehte die Augen. »Hm. Sie haben also Freunde, die

an diesem hochkarätigen Hirnforschungsinstitut arbeiten. Hier in der Stadt, nehme ich an.«

Corvallis nickte. »Nicht einmal zwei Kilometer von hier. Ich habe sie also kontaktiert und ihnen von Richard erzählt, den sie übrigens verehren. Und sie gefragt, ob sie irgendetwas über dieses Thema wissen. Ich habe ihnen von dem Verfahren erzählt, mit dem bei ELSH vor einigen Jahren diese elf Gehirne, die sie eingefroren hatten, gescannt wurden. Worauf sie – die Leute von Waterhouse – sagten, das sei *definitiv* nicht der neueste Stand der Technik auf diesem Gebiet. Inzwischen seien weitaus fortschrittlichere Methoden entwickelt worden. Tag und Nacht.«

»Warum verwendet ELSH sie dann nicht?«, fragte Alice.

»Nun, ich könnte ja auf meinem Handy einfach Rückruf tippen und El Shepherd selbst fragen«, sagte Corvallis, »aber die Antwort ist vermutlich, dass sie bisher nie an menschlichen Gehirnen angewendet wurden. Nur an Mäusen.«

»Nur an Mäusen«, wiederholte Alice.

Die Reaktionen der Forthrasts waren unterschiedlich. Alice konnte es nicht glauben, fragte sich womöglich, warum Corvallis es überhaupt erwähnt hatte, wenn das zutraf. Jake schüttelte voller Verachtung den Kopf über die Dummheit dieser Nagerhirne scannenden Humanisten. Zula jedoch verstand es.

»Wie viele Jahre?«, fragte sie.

»Was?«, fragte Alice.

»Wie viele Jahre noch, bis sie eine Methode haben, die so dimensioniert ist, dass sie am Menschen angewendet werden kann?«

»Das«, sagte Corvallis, »ist genau das, was ich herausfinden will. Ich warte auf einen Rückruf von …«

»Jahre? Was soll uns das bringen?«, fragte Alice. »Wir müssen jetzt eine Entscheidung treffen. Richard liegt gleich gegenüber in einem Bett am Beatmungsgerät.«

»Wir könnten ihn jetzt einfrieren«, sagte Corvallis.

»Wer ist ›wir‹?«, wollte Jake wissen.

»Sorry«, sagte Corvallis. »Schon verstanden. Ihr, die Familie, könntet ihn jetzt einfrieren.«

»Ich will damit nichts zu tun haben«, erinnerte ihn Jake.

»Jake, unterbrich doch nicht dauernd«, sagte Alice. »Fahren Sie bitte fort, C-plus.«

»Wenn er jetzt eingefroren würde, und zwar mithilfe der neuesten Version des eutropianischen Ablaufplans – die vermutlich das Konnektom, das Muster der Neuronenverbindungen, konserviert –, und wenn er für ein paar Jahre tiefgekühlt bliebe, dann könnte sein Gehirn nach dieser Methode gescannt werden, sobald sie verfügbar wäre.«

»Mir hat man aber gesagt, dass die Firma, die Menschen einfriert, pleitegegangen ist«, sagte Alice.

»Richards Reinvermögen beläuft sich auf rund drei Milliarden Dollar«, gab Corvallis zu bedenken.

»Genug, um einen Gefrierschrank zu kaufen, wollen Sie damit sagen.«

»Ich sage, das ist eine Option.«

»Dann stellen wir jemanden an, der sich für ein paar Jahre neben den Gefrierschrank stellt und dafür sorgt, dass er immer funktioniert?«, fragte Jake.

»Ich weiß es nicht«, sagte Corvallis. »Das habe ich noch nicht ganz durchdacht.«

Marcus, der Nachwuchsanwalt, hatte geschwiegen, seit er in Alice' Falle gestolpert war. Jetzt ergriff er das Wort. »Unsere Kanzlei hat schon für die Waterhouse-und-Shaftoe-Familienstiftung – den größten Geldgeber von WABSI, dem Waterhouse Brain Sciences Institute – gearbeitet«, verkündete er.

»Natürlich hat sie das«, sagte Alice. »Argenbright Vail arbeitet für jeden.«

Marcus hob eine Hand, um ihr Einhalt zu bieten. »Es ist ein großes Unternehmen«, sagte er, »und wir sind sehr darauf bedacht, Interessenkonflikte zu vermeiden. Das müssen wir. Was ich damit sagen will, ist, dass solche Stiftungen hier in der Gegend durchaus üblich sind. Viele Leute verdienen einen Haufen Geld in der Hightechbranche, und wenn sie an einem bestimmten Punkt in ihrem Leben angelangt sind, fangen sie an, es wegzugeben. So kommen dann diese Stiftungen zustande. Sie greifen auf komplizierte Weise ineinander« – er verflocht demonstrativ seine Finger. »Nun wird, sobald ein Totenschein für Richard Forthrast ausgestellt wurde, in Übereinstimmung mit seinem Testament eine neue entstehen.«

»Die Forthrast-Familienstiftung«, sagte Alice, »zwangsläufig.«

»Sie müssen nicht Ihren eigenen Gefrierschrank kaufen, will ich damit sagen. Ich glaube, es besteht die Möglichkeit, dass Sie, wenn Sie mit Wabsy sprechen …«

»Wabsy?«

»… WABSI, das, wie Corvallis betont, nicht einmal zwei Kilometer entfernt ist, eine Übereinkunft finden können, der zufolge Richards Gehirn der Wissenschaft gespendet wird.«

»Aber dann können die doch damit machen, was sie wollen!«

Marcus schüttelte den Kopf. »Sie können einen Vertrag aufsetzen, wie er Ihrer Vorstellung entspricht. Seien Sie in Bezug auf das, was mit Richards Gehirn passieren soll, so konkret, wie Sie möchten.«

»Warum sollten sie einen solchen Vertrag unterschreiben?«, fragte Alice.

»Weil die Forthrast-Familienstiftung ihnen bergeweise Geld rüberschieben wird«, sagte Zula voraus, »und mit Geld geht alles.«

»Ich bin ja nur der Anwalt«, sagte Stan, »aber das hier gefällt mir. Wir können nicht plausibel argumentieren, Ephrata Cryonics sei insolvent, da das Unternehmen ja von El Shepherd aus seinen geradezu unerschöpflichen Quellen finanziert wird. Also. Falls die Familie nicht möchte, dass Dodges Gehirn vorzeitig dem zerstörerischen Scanverfahren unterzogen wird, das

ELSH propagiert, brauchen wir gemäß den Bestimmungen des Testaments nur das Argument anzuführen, dass ein besseres Verfahren verfügbar ist. Und wenn an dem, was Corvallis sagte, etwas dran ist, wird das einfach sein.«

»Einfach genug, um Elmo Shepherd zufriedenzustellen?«

»Wir müssen ihn ja nicht zufriedenstellen«, sagte Stan. »Wir müssen ihm nur in die Augen schauen können, wenn wir ihm sagen, dass er sich verpissen soll.«

5

Corvallis spürte, wie sein Handy in seiner Hemdtasche vibrierte, und schielte auf das Display. Es war eine lokale Nummer, die er nicht kannte. Sie endete mit zwei Nullen, was darauf hindeutete, dass der Anruf aus einer Telefonzentrale kam. Er entschuldigte sich, stand vom Tisch auf und ging zum Telefonieren in den Vorraum der Suite.

Eine Minute später war er wieder in deren Esszimmer. In seiner Abwesenheit waren Stühle zurückgeschoben, Teller zusammengestellt, Laptops in Taschen gesteckt worden. Zula suchte seinen Blick. »Sitzt El Shepherd dir immer noch im Nacken?«

»Es war die Stelle«, sagte Corvallis. Da er genau wusste, wie unklar er sich ausgedrückt hatte, blinzelte er, schüttelte den Kopf und versuchte es noch mal von vorn. »Die Praxis, in der Dodge gestern war. Wo es ihn, äh, ›erwischt‹ hat, sagt man wohl.«

»Die Leute, die ihn umgebracht haben?«, fragte Alice. »Was wollten sie?«

»Ich bin dort als sein Notfallkontakt verzeichnet – ich war da, als es passierte«, sagte Corvallis. »Sie haben bloß angerufen, um mir zu sagen, dass sie seine Tasche haben. Mit seinen Sachen. Und seine Kleider, seine Brieftasche und so weiter. Das ist alles dortgeblieben, als die Feuerwehrleute kamen und ihn mitnahmen. Ich werde also mal hingehen und das ganze Zeug abholen.« Die Forthrasts starrten ihn alle nur an. »Falls das, nun ja, die Dinge für Sie alle einfacher macht.«

»Bitte«, sagte Alice.

»Wir bringen Sie runter«, verkündete Stan, während er Corvallis in kameradschaftlicher Geste eine Hand auf die Schulter legte.

Im Aufzug fragte Corvallis ihn: »Ist mir irgendetwas entgangen?«

»Zula wird ein paar Beatmungsheime kontaktieren«, sagte Stan.

»Was ist ein Beatmungsheim?«

»Schrecklicher Begriff. Wenn Sie einen Patienten wie Richard haben, der grundsätzlich stabil ist, aber nicht vom Beatmungsgerät genommen werden kann, besteht keine Notwendigkeit, ihn auf der Intensivstation zu belassen. Das ist übertrieben. Es ist teuer und beansprucht Bettenkapazität, die das Krankenhaus für Menschen nutzen könnte, die wirklich Intensivpflege brauchen. Es gibt Unternehmen, die sich auf diesen Markt spezialisiert haben. Man kann sie sich wie ein Pflegeheim vorstellen, außer dass die Menschen dort alle …«

»… wie Richard sind?«

»Genau. Dafür gibt es einen politisch korrekten Begriff, aber Ärzte nennen sie Beatmungsheime.«

»Wir denken also daran, Dodge in ein Beatmungsheim zu verlegen?«

»Alice ist vehement dagegen«, sagte Marcus. Es gelang ihm, das auf eine Weise zu sagen, die, wenngleich völlig emotionslos, doch ein gewisses Gefühl für die intensiven Eindrücke vermittelte, die er während der soeben zu Ende gegangenen Unterhaltung von Alice Forthrast gesammelt hatte.

»Will sie, dass er auf der Intensivstation bleibt?«

»Die Alternative wäre, ihn wieder in seine Wohnung zu bringen und in sein eigenes Bett zu legen«, sagte Stan. »Das Beatmungsgerät müsste natürlich mit. Rund-um-die-Uhr-Pflege, das volle Programm.«

»Darauf drängt Esme Hurlbut«, fügte Marcus hinzu.

»Sie will ihn aus dem Haus haben«, sagte Stan.

Die Aufzugtüren öffneten sich, und sie gingen in die Hotelhalle. »Sie ist Juristin«, gab Corvallis zu bedenken.

»Sie sieht, worauf das hinausläuft – das ganze Verfahren. Das Eisbad, das Einfrieren der sterblichen Überreste. Sie will auf gar keinen Fall, dass das auf dem Krankenhausgelände passiert.«

»Verstehe.«

Sie traten hinaus in die Hotelauffahrt und blieben unter dem Vordach stehen, auf dem kleine Regentropfen schwaches weißes Rauschen erzeugten. »Sie gehen jetzt Dodges Habseligkeiten holen?«

»Habseligkeiten? Ja.« Corvallis fragte sich, an welchem Punkt Kleidung, Brieftasche etc. zu Habseligkeiten wurden.

»Ich würde mich sehr wundern, wenn die tricksen würden«, sagte Stan, »aber sagen Sie nichts, okay? Außer Hallo und Auf Wiedersehen.«

»Tricksen?«

»Sie werden einen Kunstfehlerprozess fürchten. Wenn die anfangen, Sie – über die reine Rückgabe der Tasche hinaus – auszuhorchen, gehen Sie einfach. Und rufen Sie mich an.«

Corvallis schüttelte Stan und Marcus die Hand, trat dann in den Regen hinaus und machte sich zu Fuß auf den Weg durch die Straßen von First Hill zu der Arztpraxis, in der es Dodge erwischt hatte. Es war ein kurzer Spaziergang, aber dringend nötig, um den Kopf freizubekommen.

Was so lange funktionierte, bis sein Handy wieder klingelte. Corvallis befand sich unmittelbar vor dem Ärztehaus und blickte eine von prächtigen roten Ahornbäumen gesäumte Straße entlang. Genau die Stelle, wo Dodge tags zuvor von dem jungen Fan mit dem gebrochenen Arm in ein Gespräch verwickelt wurde und, ohne es zu wissen, sein letztes Video drehte.

Es war wieder El Shepherd. Corvallis beschloss, diesmal dranzugehen.

»Corvallis Kawasaki. Stimmt es, dass Sie sich C-plus nennen?

Oder gilt das nur für enge Freunde? In einer Zeit wie dieser möchte ich nicht unangemessen vertraulich sein. Schlimm, was Sie da gerade durchmachen.«

»Auf einer mittleren Stufe der Förmlichkeit spricht man mich häufig einfach mit C an. Das fände ich nicht verkehrt. Und wie soll ich Sie ansprechen, Mr Shepherd?«

Elmo Shepherd verdankte seinen Namen einem Großvater, vielleicht auch Großonkel, der in einer Zeit und an einem Ort geboren worden war, wo Elmos, Elwoods, Delberts und Deways-nes dicht gesät gewesen und solche Namen normal und sogar ehrwürdig erschienen waren. Nach der Loslösung vom Mormonentum und dem Umzug in die Bay Area, wo er sein Glück suchen wollte, hatte er die Erfahrung gemacht, dass der Name leicht Heiterkeit hervorrief, und daher dessen Endsilbe fallen gelassen. Unter dem Namen El war er zu einem solchen Maß an Wohlstand und Einfluss gelangt, dass er, ohne prustendes Gelächter zu ernten, bei formellen Anlässen wie Empfängen im Weißen Haus und dem Durchschneiden des roten Bands bei der Einweihung hochmoderner Forschungseinrichtungen langsam anfangen konnte, seinen vollen Namen wieder zu verwenden. Corvallis war sich bewusst, dass er so etwas wie ein Losungswort darstellte. Die Verwendung von »El« im richtigen Ton konnte persönliche Bekanntschaft nahelegen.

»El passt, danke«, sagte die Stimme am anderen Ende der Leitung. Dann kam einen Moment lang nichts, bis auf den Lärm einer Propellermaschine beim Abheben. »Tut mir leid«, sagte er, als das Geräusch verebbt war, »ich befinde mich am Boeing Field. Lassen Sie mich mal eben hier ins Gebäude gehen.«

»Sie sind hergeflogen?«

»Ja, Sie haben vielleicht gesehen, dass ich vor zwei Stunden versucht habe, Sie anzurufen. Vom Rollfeld in San Rafael aus.« Dann richtete El ein gedämpftes Danke an jemanden, der ihm, den Geräuschen nach zu urteilen, die Tür aufgehalten hatte. Corvallis wusste genau, wo er war: im Privatjetterminal am östlichen Rand des Boeing Field.

»Ja, tut mir leid, ich war in einem Meeting. Mit der Familie.«

»Natürlich.«

»Ich hatte gehört, dass Sie nicht gern fliegen«, sagte Corvallis.

»Das stimmt sogar, im Gegensatz zu vielem, was sonst so über mich geschrieben wird«, sagte El, »aber manchmal ist es eben notwendig, kalkulierte Risiken einzugehen.«

Wie so oft, wenn er telefonierte, ließ Corvallis den Blick frei umherschweifen, um von Zeit zu Zeit an Dingen hängen zu bleiben, die seine Sehrinde erhellten: eine hübsche Studentin aus der benachbarten Universität, ein vorbeifahrender dunkelroter Tesla, ein schokoladenbrauner Labrador, der gerade im Gebüsch sein Geschäft erledigte, während sein Herrchen ihm, eine blaue Versandtüte der *New York Times* auf links über die freie Hand gestülpt, dabei zusah. Vor Corvallis auf dem Gehweg lag ein perfektes rotes Ahornblatt, vom Regen flach auf den Boden gepresst. Um das Blatt herum war der Beton in den Farben von Kinderspielzeug verfärbt: widerlich künstliche Lilas, Grüns und Pinks. Jemand war mit einem Karton Straßenkreide hergekommen und hatte ein Kunstwerk gemalt. Corvallis trat einen Schritt zurück und sah das vom Regen verschmierte Porträt eines Mannes mit weißem Haar und Bart. Ein Gott aus dem Alten Testament in einem blau-roten Gewand mit einem Regenbogen als Heiligenschein. Am unteren Rand des Gemäldes stand der Schriftzug: EGDOD. Der Name von Dodges mächtigstem Charakter in T'Rain. Irgendein Fan hatte wohl das Video auf Reddit gesehen, die GPS-Daten herausgezogen und war an diesen Ort gekommen, um als Huldigung eine Ikone zu malen. Vielleicht hatte er geglaubt, dass Dodges Krankenzimmer auf diesen Gehweg hinausging und sein Gesundheitszustand ihm irgendwie erlaubte, durchs Fenster zu schauen und das hier zu sehen.

»Sind Sie noch da?«, fragte El. »Ich habe mich in einen Konferenzraum verzogen.« Das Privatjetterminal war einer jener Orte, wo es schöne Konferenzräume gab, in die Leute wie El sich verziehen konnten.

»Wie wird sich denn der Tag für Sie gestalten?«, fragte Corvallis. El musste ja einen Grund gehabt haben, ein, wie er es nannte, kalkuliertes Risiko einzugehen. Grundsätzlich hatte El – nach allem, was über ihn geschrieben wurde – die Absicht, ewig zu leben, und begab sich daher nur ungern in Situationen, in denen sein Gehirn zerstört werden konnte. Er hatte ein mobiles, in einen Bus eingebautes Büro, in dem er lieber reiste als im Flugzeug. Gewiss, Busse konnten einen Unfall haben, aber wenn man nicht gerade mit hundertsechzig Sachen einem Tanklastzug in die Seite rauschte, würde die Zerstörung vermutlich kein so großes Ausmaß annehmen, dass das Gehirn komplett zerstört wäre. Während es nach einem Flugzeugabsturz für Rettungskräfte nichts mehr aufzukratzen und in den Gefrierschrank zu stecken gäbe.

»Ich könnte ein paar Dinge erledigen, wo ich schon hier oben bin«, erwiderte El, »aber den Hauptgrund für meinen Besuch werden Sie sicher erraten.«

»Ja.«

»Das Letzte, was ich möchte, ist, mich in einer Zeit wie dieser der Familie aufdrängen …«

»Keine Sorge«, sagte Corvallis und fragte sich, ob El das Lächeln in seiner Stimme hören konnte. Er hatte verstanden. Die trauernde Familie war tabu, der trauernde Freund dagegen Freiwild. »Ich muss noch kurz etwas erledigen. Das wird fünf Minuten dauern. Dann gehe ich zu meinem Auto und fahre nach Georgetown.« Das war das Viertel, das sich im Norden ans Boeing Field anschloss. »Wenn Sie ein passendes Restaurant oder so was aussuchen wollen, schicken Sie mir eine SMS mit den Koordinaten, und ich bin in einer halben Stunde dort.«

»Gut. Ende der Durchsage!«, sagte El.

Nachdem Corvallis das Straßengemälde fotografiert hatte, betrat er das Gebäude und wappnete sich für ein weiteres in der scheinbar endlosen Reihe unangenehmer Gespräche, von denen sein Leben seit zwei Tagen geprägt war. Es würde deshalb unangenehm werden, weil die Leute in der Praxis versuchen würden, nett zu ihm zu sein, Anteilnahme zu äußern. Dennoch durften sie nichts sagen, was ihnen zum Nachteil gereichen würde, wenn es im Verlauf eines Kunstfehlerprozesses vor Gericht zur Sprache käme, und so würde alles schrecklich unangenehm werden. Im Vergleich dazu freute er sich geradezu auf das Treffen in einer halben Stunde mit El Shepherd, von dem er sicher sein konnte, dass er blindlings über das emotionale Minenfeld hinwegstürzen und so schnell wie möglich in eine leidenschaftliche Fachsimpelei über Konnektomik einsteigen würde.

In der Arztpraxis gab es nicht weit vom Empfangstresen einen kleinen Konferenzraum, wie man ihn sich neutraler nicht vorstellen konnte. Die Sprechstundenhilfe am Empfang führte Corvallis hinein. Dort lagen einsam mitten auf dem Tisch Dodges Umhängetasche und ein Stoffbeutel, der – geradezu unweigerlich – das Logo des lokalen National-Public-Radio-Senders trug. Jemand hatte Dodges Kleidung, die er ganz bestimmt einfach auf den Boden der Umkleidekabine hatte fallen lassen, ordentlich gefaltet und in den Stoffbeutel gelegt. Dieses eine Detail machte mehr als alles andere deutlich, dass Dodge tot war. Corvallis zog einen der Stühle zurück, setzte sich, verschränkte auf dem Tisch die Arme, beugte sich vor und legte die Stirn darauf. Ein paar Minuten lang weinte er hemmungslos. Anfangs verharrte die Sprechstundenhilfe nervös im Raum, entschuldigte sich dann aber, kam kurz darauf mit einer Taschentuchbox zurück und entschuldigte sich erneut. Das alles schloss Corvallis aus Geräuschen; durch seine Tränen hindurch konnte er nichts als die imitierte Holzmaserung des Konferenztischs sehen. Als er sich wieder aufrichtete, sah er, dass sie, die Hände ringend, draußen stand. Er tupfte sich die Augen mit Papiertaschentüchern ab, die er anschließend dazu benutzte, Tränen von der Tischplatte abzuwischen. Die feuchten Taschentücher warf er in den entsprechenden Abfallbehälter, hängte sich dann Dodges Schultertasche um und klemmte sich den Stoffbeutel unter den Arm. Die Sprechstundenhilfe hielt ihm die Tür auf. Er nickte ihr zu und verließ die Praxis, ohne sich noch einmal umzublicken.

Draußen auf dem Gehweg hatte jemand während der letzten Minuten einen Blumenstrauß aus dem Supermarkt auf das Bild von Egdod gelegt. Der Strauß war zusätzlich mit einem Stück Draht umwickelt worden, das sich bei näherem Hinsehen als Controllerkabel einer Spielekonsole entpuppte, das ordentlich um die Blumenstängel geschlungen worden war.

6

Eine halbe Stunde später saß er in einer Nische im hinteren Teil einer Bar in Georgetown. Ihm gegenüber saß El Shepherd. El trug einen Anzug. Manche Hightechmultimilliardäre in der Bay Area verhielten sich gern gegen den Trend, indem sie maßgeschneiderte feine Anzüge trugen. Er war einer davon. »C«, sagte er, »mein Beileid zu Ihrem Verlust.«

»Schon gut«, sagte Corvallis, »ich habe getrauert. Das Nötige getan. Jetzt hab ich's hinter mir.« Sein Arm lag über den Sachen, die er in der Arztpraxis abgeholt hatte. Er hatte sie in die Bar mitgebracht. Georgetown war ein kompliziertes Viertel, in dem Autoeinbrüche an der Tagesordnung waren, und er wollte nicht, dass Dodges Habseligkeiten morgen im Miasma zum Kauf angeboten wurden. Das hätte Dodges Sinn für Humor entsprochen, aber für Alice wäre es schmerzlich gewesen.

»Okay«, sagte El leicht irritiert. »Sehen Sie, ich werde nicht lange um den heißen Brei herumreden. Sind Sie auf dem Laufenden mit den Dokumenten, die Richard Forthrast mit Ephrata Cryonics unterzeichnet hat? Wissen Sie davon?«

»Vollständig«, sagte Corvallis. »Ja.«

»Und Sie wissen …«

»Von ELSH und allem? Der Übernahme? Dem Scannen und dem Cloud-Speicher? Ja.«

»Das ist, nebenbei bemerkt, vermutlich völlig nebensächlich, aber Ihr Unternehmen …«

»Nubilant speichert diese Scans ab. Ja, auch das war mir bewusst.«

»Gut«, sagte El mit einem Nicken, »das klingt, als wären Sie über das, was ich die vergangenen und gegenwärtigen Aspekte der Situation nennen würde, informiert. Allerdings können Sie nicht wissen, was uns für die Zukunft vorschwebt.«

»Das stimmt.«

Die Kellnerin kam mit einem Bier, das Corvallis bestellt hatte. Unter den gegebenen Umständen sah er sich berechtigt, zum Mittagessen Alkohol zu trinken. El trank eine klare Flüssigkeit mit Zitrone, vermutlich alkoholfrei. Ging mit diesen Hirnzellen kein Risiko ein. Was war überhaupt das »kalkulierte Risiko« daran, fragte sich Corvallis, in einer Bar in Georgetown zu sitzen? Wie viele von den Leuten, die am Tresen saßen und mittags tranken, trugen ganz selbstverständlich eine verborgene Waffe? Das unbeabsichtigte oder auch das nicht so unbeabsichtigte Lösen eines Schusses könnte El eine Kugel durch den Schädel jagen und damit sein Gehirn und seine Unsterblichkeitspläne vernichten. Hatte El irgendwo eine Tabelle, anhand derer er diese Wahrscheinlichkeiten berechnete und gegeneinander abwog?

»Da nur Sie und ich hier sitzen und uns unterhalten, werde ich nicht Ihre Intelligenz beleidigen, C, und so tun, als wäre das Scanverfahren, das bei den Ephrata-Elf angewandt wurde, etwas, dessen Einsatz wir heute noch in Erwägung ziehen würden.«

»An Richard Forthrast, meinen Sie.«

»An ihm oder sonst jemandem.«

»Sonst jemandem?«

»An mir. Bitte verstehen Sie, C, dass ich mich selbst auf exakt derselben Ebene sehe wie Richard Forthrast. Falls mir heute etwas zustoßen und ich dadurch am Beatmungsgerät landen sollte, würde ich wollen, dass die denkbar fortschrittlichsten Maßnahmen ergriffen würden, um mein Konnektom zu erhalten. Keine Ausgabe wäre zu hoch, um es richtig zu machen. Und ich sage Ihnen, was das betrifft, gibt es zwischen mir und Richard Forthrast keinen Unterschied. So etwas wie eine Zwei-Klassen-Behandlungsoption gibt es für mich nicht.«

Corvallis nippte an seinem Bier. Es war gut. Er fragte sich, ob es in El Shepherds digitalem Himmel wohl Bier gab.

»Sie denken sicher an das Ionenstrahlscannen«, sagte El.

»Ja.« Das war die neue Methode, auf die Corvallis zuvor angespielt hatte. Die WABSI an Mäusehirnen anwandte. Die Familienkonferenz in der Hotelsuite war seinem Empfinden nach weder die Zeit noch der Ort gewesen, um in die technischen Details einzusteigen.

Wenn man an die These glaubte, was El Shepherd offenbar tat, dass das Konnektom das ganze Geheimnis des Gehirns enthielt – dass man, wenn man einen Datensatz des Nervenschaltplans erstellt und diesen in der Cloud gespeichert hatte, den ganzen übrigen Körper entsorgen konnte, ohne irgendetwas Wichtiges zu verlieren –, dann schien der Ionenstrahlscan die Antwort zu sein. Die ältere, von Ephrata Cryonics bei den elf Gehirnen angewandte Methode hatte darin bestanden, sie durch eine Art Hochpräzisions-Wurstschneidemaschine zu schicken, nacheinander die dünnstmöglichen Schichten davon abzuschneiden, das, was dadurch jeweils offengelegt wurde, zu fotografieren und den Vorgang dann zu wiederholen. Anschließend hatte man versucht, die Verbindungen auf ihren verwinkelten Wegen quer über die fotografischen Schichten zu verfolgen. Das war das große Problem, das WABSI ein paar Jahre zuvor zu gamifizieren versucht hatte. Die Qualität des Ergebnisses hing davon ab, wie dünn die Scheiben, wie hoch die Auflösung der Fotos und wie lang die Aufmerksamkeitsspanne der Spieler war.

Beim Ionenstrahlscannen zerstörte man das Gehirn, um es zu retten, in Einheiten von jeweils wenigen Molekülen. Ein bis auf subzelluläre Genauigkeit fokussierter Strahl geladener Teilchen brannte das Hirngewebe weg. Dabei sammelte er jedoch Informationen über das, was er zerstörte, und speicherte es in einer viel höheren Auflösung, als sie mit der älteren Methode hatte erreicht werden können. Im Wesentlichen war er nichts anderes als die Wurstschneidemaschine, nur arbeitete er mit höherer Präzision. Anstelle eines Haufens aus papierdünnen Hirnscheiben bestand der physische Überrest hier aus Rauch und Dampf. Eine höhere Form der Kremierung.

»Sehen Sie«, sagte Corvallis. »Ich persönlich, als ein Nerd, der im Internet davon gelesen hat: Ja. Natürlich. Viel besser, als es weiterhin durch eine Aufschnittmaschine laufen zu lassen und Bilder davon zu machen.«

»Ich würde noch weiter gehen«, sagte El, »und sagen, dass wir, wenn wir es erst einmal in Gang gebracht haben, hier fertig sind. Selbst wenn wir später tatsächlich ein noch höher auflösendes System erfinden, würde es keinen zusätzlichen Nutzen haben. Es wäre so, als zeichnete man eine Landkarte der Vereinigten Staaten mit einem Maßstab im Submillimeterbereich: keine Verbesserung gegenüber einem Kartenmaßstab im Zentimeterbereich.«

Corvallis unterbrach den Blickkontakt und trank einen Schluck Bier. In den letzten paar Minutenhatte sich bei ihm ein tiefer emotionaler Wandel vollzogen. Dieses ganze Gerede von Hirnscans betrachtete er mittlerweile lediglich als ein weiteres lästiges Detail, das, vorzugsweise von anderen Leuten, so schnell wie möglich geregelt werden musste. Zwei finanziell gut ausgestattete Thinktanks voller kluger Köpfe – WABSI und El Shepherds Ansammlung von Stiftungen und Start-ups – schienen unabhängig voneinander zu dem Schluss gelangt zu sein, dass das Ionenstrahlscannen das A und O war. Cloud-Computing-Firmen, so wie die, bei der Corvallis arbeitete, hatten die langfristige Speicherung der sich daraus ergebenden Daten so günstig und zuverlässig gemacht, dass sie schon trivial war.

Was gab es denn dann überhaupt zu besprechen? El hatte doch selbst gerade gesagt, sie seien hier fertig.

»Mit welchem Ziel sind Sie heute hier rauf nach Seattle gekommen?«, fragte Corvallis ihn.

»Mit dem Ziel dafür zu sorgen, dass Richard Forthrasts Testament – einschließlich seiner Patienten- und Bestattungsverfügung – vollstreckt wird«, sagte El.

»Sie betrachten das also als etwas, wofür Sie die moralische und ethische Legitimation besitzen?«

»Ich weiß überhaupt nichts über die Familie«, sagte El. »Bei *Ihnen* sieht das ganz anders aus, C. Auch wenn wir uns bisher nicht begegnet sind, kann ich aufgrund Ihrer Erfolgsbilanz und Ihres LinkedIn-Profils einschätzen, wer Sie sind. Als ich in diese Bar kam, wusste ich, dass Sie und ich in der Lage sein würden, eine ruhige, auf technischem Wissen basierende Unterhaltung zu führen.«

»Was hat das mit meiner Frage zu tun?«

El hob eine Hand, um ihn zu beschwichtigen. *Hör mir zu, Mann.* »Ein Gedankenexperiment. Ein Mann wird in einen primitiven Stamm hineingeboren, in dem die medizinische Versorgung in den Händen von Medizinmännern liegt. Deren fortschrittlichste Behandlungsmethode ist der Einsatz einer Rassel. Später gelangt der Mann zu Bildung. Er geht nach London und wird wohlhabend. Er möchte sicherstellen, dass er, wenn er krank wird, dieselbe medizinische Versorgung bekommt wie jeder andere in London. Also schreibt er eine Patientenverfügung, die – vergessen Sie die höfliche Sprache – dem Arzt im Wesentlichen Folgendes sagt: ›Wenn ich krank werde und nicht mehr selbst für mich sprechen kann, tauchen womöglich einige meiner Verwandten auf und versuchen, mich durch den Einsatz von Rasseln zu heilen. Sie könnten versuchen, Sie, die Ärzte, daran zu hindern, mir die medizinische Hilfe zukommen zu lassen, die ich haben will. Die können mir gestohlen bleiben. Halten Sie sie von meinem Zimmer fern. Sie können Tag und Nacht auf der Straße vor dem Hotel herumhängen und ihre Rasseln schütteln, aber die einzigen Personen, die in meinem Zimmer sein und Entscheidungen über meine Behandlung treffen dürfen, sind richtige Ärzte und Schwestern.‹ Das alles schreibt er in einer Form auf, die nach juristischen Maßstäben wasserdicht ist, setzt seine Unterschrift darunter, versiegelt das Ganze x-mal und verstaut es an einem sicheren Ort. Nun, sagen wir, der schlimmste Fall tritt ein, und dieser Mann wird tatsächlich so krank, dass er nicht mehr selbst für sich sprechen kann. Er landet im Krankenhaus und, wie könnte es anders sein, seine Angehörigen mit ihren Rasseln kreuzen auf. Und sie wollen nicht nur neben seinem Bett stehen und die Rasseln schütteln, sondern wollen die Ärzte und Schwestern außen vor lassen, die Infusionsschläuche ziehen, die Maschinen abschalten, die Medikamente absetzen. In dieser Situation, Corvallis, würden Sie da sagen, dass der Doktor die moralische und ethische Legitimation besitzt, die Rasselschüttler vom Sicherheitsdienst hinausbegleiten zu lassen?«

»Sie wollen also wissen, ob Richards nächste Angehörige Rasselschüttler sind?«

»Ja.«

»Und«, sagte Corvallis, »nur damit ich Ihre Analogie richtig einordne: Sie sind der Doktor. Und die medizinische Behandlung, von der Sie sprechen, ist nicht einfach das, was wir unter einer normalen medizinischen Behandlung verstehen würden, sondern …«

»… ein Ionenstrahlscan seines Gehirns. Ja.«

Wieder eine pascalsche Wette. El Shepherd war überzeugt, dass er Dodge mit der richtigen Technologie unsterblich machen konnte. Dass es das war, was Dodge wollte. Und er würde der Familie nicht erlauben, der Erfüllung von Dodges Wünschen im Weg zu stehen. Die Einsätze waren zu hoch.

»Lassen Sie uns noch einmal kurz zu Ihrem Vergleich zurückkehren«, sagte Corvallis. »Wenn es hart auf hart kommt, ruft der

Doktor den Sicherheitsdienst und lässt die Rasselschüttler aus dem Gebäude werfen. Was ist Ihr Plan, El, wenn es in unserem Fall hart auf hart kommt?«

»Ich würde nicht zögern, vor Gericht zu ziehen und eine gerichtliche Anordnung zu erwirken.«

»Wow.«

»Ich meine, sehen Sie doch mal. Die Familie Forthrast wird trauern und mich eine Zeit lang hassen. Das ist der Nachteil. Der Vorteil ist …«

»Sie retten Richards Leben. Oder sein Leben nach dem Tod – wie immer Sie es nennen wollen.«

»Und dann, in Zukunft? Womöglich auch das dieser wütenden Familienmitglieder. In einer Million Jahren danken sie mir dafür, dass ich die Schritte, die nötig waren, unternommen habe.«

»Noch mal wow.«

»Jetzt verstehen Sie vielleicht, warum ich mit Ihnen sprechen wollte. Nicht mit der Familie. Mit diesen Leuten könnte es persönlich werden.«

»Mit *mir* ist es auch persönlich.«

»Aber anders, stimmt's? Auch wenn Sie mich hassen, können Sie doch sehen, woher ich technisch gesehen komme.«

Corvallis dachte, es sei vielleicht das Beste, nichts zu sagen. Unbeirrt machte El Shepherd einen neuen Versuch aus einem anderen Blickwinkel. »Vor einer Minute haben Sie gesagt, Sie hätten sich das Ionenstrahlscannen als eine Option angeschaut.«

Er hatte recht. Das hatte Corvallis tatsächlich gesagt. Vielleicht war es ein Fehler gewesen.

»Also nehme ich an, dass Sie beschlossen haben, sich nach Alternativen zu den Dienstleistungen, die Ephrata Life Sciences and Health anbieten, umzusehen.«

Ja, eindeutig ein Fehler. »Wohin führt das hier?«

»Sie denken sicher an die Zeile, die in den Vertrag eingefügt wurde, der zufolge die Familie sich für eine andere Option als

ELSH entscheiden kann, wenn sie beschließt, dass etwas Besseres verfügbar ist.«

»Sie haben doch gerade gedroht, uns zu verklagen«, sagte Corvallis. »Warum sollte ich da …«

»Wir reden als zwei technisch erfahrene Männer miteinander«, sagte El. »Erlauben Sie mir deshalb, Ihnen zu versichern, dass es keine derartige Alternative gibt. ELSH ist unübertroffen auf diesem Gebiet. Und ich habe die Absicht, sehr aktiv Ihren Fall darzulegen. Sicherzustellen, dass es keine Missverständnisse gibt. Unsere Marke zu schützen.«

»Ich wünsche Ihnen viel Glück mit Ihrer Marke«, sagte Corvallis, schob sich aus der Nische, streckte den Arm, fast als wäre es ihm erst im Nachhinein eingefallen, nach Dodges Schultertasche und dem Stoffbeutel mit seinen Sachen aus und nahm beides an sich. Ohne El Shepherd die Hand zu schütteln, drehte er sich um und ging. Sein Weg zum Ausgang führte ihn geradewegs an der Reihe der Barhocker entlang. Auf vieren davon saßen Menschen. Für Mittagstrinker wirkten sie erstaunlich fit. Vielleicht weil sie alle Wasser tranken. Sie hoben den Kopf und verfolgten ihn aus dem Augenwinkel. Einer blickte dann nach hinten zu El. »Schon gut«, rief der, »lasst ihn gehen.«

Auf dem Schild, das an der Tür hing, las Corvallis GEÖFFNET, was bedeutete, dass es den Leuten draußen GESCHLOSSEN zeigte.

El hatte also nur für dieses Gespräch die ganze Bar gemietet und mit seinem privaten Sicherheitstrupp bestückt.

Lasst ihn gehen. Das waren die Worte, die bei Corvallis hängen blieben, als er schnellen Schrittes zu seinem Auto ging. War es eine ernst zu nehmende Möglichkeit, dass sie es *nicht täten*?

Dachten sie daran, ihn *festzuhalten*? Während er den Gang einlegte und begann, auf dem Airport Way Richtung Norden zu fahren, kam Corvallis zu dem Schluss, dass das unwahrscheinlich war. Sie mochten Schlägertypen sein, aber vermutlich waren sie *professionelle* Schlägertypen. Um jemanden festzuhalten, fehlte ihnen die rechtliche Befugnis, und das wussten sie. Innerlich mussten sie denken, was für ein Schwachkopf ihr Chef doch war, dass er so etwas überhaupt sagte.

Vielleicht versuchte Corvallis aber auch nur, sich mit einer aufmunternden Geschichte zu beruhigen.

7

Eigentlich hatte er auf direktem Weg zum Hotel fahren wollen, um Dodges Sachen dort abzugeben, wurde jedoch von Zula per SMS informiert, dass sie die nächsten zwei Stunden mit »der Überführung« beschäftigt sein würden. Dann kam noch eine Nachricht hinterher: *Sehen uns in zwei Stunden in Richards Wohnung.*

Also. Kein Beatmungsheim für Dodge. Er würde in seinem eigenen Bett sterben.

Er fuhr auf einen Parkplatz an der Seite und schrieb eine SMS an Stan: *Kann El eine gerichtliche Anordnung erwirken? Ist das eine reale Möglichkeit?*

Dann wählte er Ben Comptons Nummer. Von den Spieleprogrammierern, die von Corporation 9592 zum Waterhouse Brain Sciences Institute gewechselt waren, war Ben der erste gewesen, und der Anführer. Später hatten sich einige von ihnen wieder in die Welt der konventionellen Spieleprogrammierung zurücktreiben lassen, aber Ben war dortgeblieben.

»C-plus.« Ben sprach mit tonloser Stimme. Er hatte die Nachricht natürlich gehört. Seine Stimme kam aus dem Soundsystem des Autos, das über Bluetooth mit dem Handy verbunden war.

»Ben. Du weißt Bescheid.«

»Ja. Schlimmer hätte es ja kaum kommen können. Ich weiß nicht, was ich sagen soll. Wäre heute fast nicht zur Arbeit gegangen.«

»Vielleicht gut, dass du's getan hast.«

»Kann ich was für dich tun?«

»Buch mir für in einer halben Stunde einen Konferenzraum.«

»Werd's versuchen. Essen?«

»Klar. Ich hatte gerade ein richtig unbefriedigendes Mittagessen.«

»Was gab's denn?«

»Ein halbes Bier.«

»Klingt doch gar nicht schlecht. Bis auf das mit der Hälfte.«

»Es geht mehr um die Gesellschaft, die ich hatte.«

»Juristen?«

Aufs Stichwort begann Corvallis Handy unten im Tassenhalter zu vibrieren. Er warf einen Blick darauf. Stan rief ihn von der Kanzlei aus an. »Muss drangehen. Wir sehen uns gleich.«

Er tippte aufs Display und wechselte zu Stan. Dann fädelte er sich in eine Lücke im Verkehr und steuerte nach Norden in Richtung Innenstadt.

»Sie haben Els Anruf angenommen«, sagte Stan. »Ich wünschte, Sie hätten es nicht getan.«

»Was soll's, ich habe sogar mit ihm an einem Tisch gesessen.«

»*Was?!*«

»Ungelogen. Während wir beide im Hotel miteinander geredet haben, ist er von San Rafael hierhergeflogen. Mit seinem Sicherheitstrupp im Schlepptau.«

»Du meine Güte. Und er hat damit gedroht, eine gerichtliche Anordnung zu erwirken?«

»Ja. Ist das juristisch überhaupt möglich?«

»Es ist selten. So selten, dass ich erst mal ein bisschen recherchieren muss«, sagte Stan. »Aber prinzipiell ja. Falls die Familie sich anschickt, einen Schritt zu tun, der Richards Patientenverfügung unmittelbar widerspricht, kann sich der Generalstaatsanwalt einschalten, zu einem Richter gehen, eine gerichtliche Anordnung erwirken.«

»Und dann …?«

»Und wenn sich dann die Familie oder die Ärzte der gerichtlichen Anordnung widersetzen, werden sie wegen Missachtung des Gerichts belangt. Das ist also tatsächlich eine Keule, die er über Zula und Alice schwingen kann. Aber ich finde es schon empörend, dass er nur darüber nachdenkt.«

»Er schützt seine Marke, sagt er.«

»Nette Art, das zu tun.«

Die Organisation, die Alice als die Komische Cyber Bank kannte, hatte von einer althergebrachten, nicht komischen Nicht-Cyber-Bank, die um den Jahrtausendwechsel herum in einer Finanzkrise und dem anschließenden Chaos bankrottgegangen war, ein großes altes Gebäude gekauft.

In den 1930er-Jahren hatte dieses Gebäude vermutlich als riesig und futuristisch gegolten. Jetzt war es mittelgroß und mutete retromäßig kurios an. Die neuen Eigentümer hatten alle nötigen baulichen Ertüchtigungsmaßnahmen getroffen, damit es beim nächsten Erdbeben nicht zu einem riesigen Backsteinhaufen zusammenfiel, und es dann zur Verwendung durch verschiedene ihrer Untereinheiten in Stücke aufgeteilt.

Die Komische Cyber Bank selbst – das gewinnorientierte Finanzinstitut, das als Ableger aus einem früheren Start-up namens Epiphyte entstanden war und dem sich verschiedene mehr oder minder undurchsichtige Mitverschwörer angeschlossen hatten – nahm die oberen zwei Drittel des Gebäudes ein. In den unteren Etagen befanden sich die Waterhouse-und-Shaftoe-Familienstiftung und deren Nebenzweig, WABSI.

Das Gebäude stand an einem steilen Hang in der Innenstadt. Talseitig betrat man es zu ebener Erde, bergseitig dagegen lag der Eingang für Fußgänger im dritten Stock. Dazwischen befand sich ein keilförmiges Stück Raum, das für Menschen mit schlechter Orientierung eine Herausforderung darstellte, weshalb die

Architekten die vermutlich weise Entscheidung getroffen hatten, es weitgehend dekonstruiert zu lassen, sodass die ganze massive neue Stahlkonstruktion, die jetzt obendrein die pfefferkuchenartige Mischung aus Backstein und Marmor miteinander verband, freilag. Es gab einen Sicherheitsdienst, was bei einer Bank mit mutmaßlichen Kontakten zu allen möglichen mysteriösen und vielleicht skrupellosen Kunden nicht weiter erstaunte. Doch die Zwischenwände im Inneren waren überwiegend aus Glas, sodass man all die Räume, die man nicht betreten durfte, wenigstens sehen konnte.

Dass Corvallis Kawasaki einfach spontan dort hineinspazierte und die Standard-Geheimhaltungsverpflichtung unterzeichnete, die der Sicherheitsmann ihm hinhalten würde, war ausgeschlossen. Daher verstand es sich von selbst, dass er nur mit einem Klebeschild und nicht einem Ausweis versehen wurde und sich zu jeder Zeit in Bens Begleitung befinden musste. Sie würden sich auf Bereiche in den unteren Ebenen des Gebäudes, die für Besucher zugelassen waren, beschränken müssen. Für genau solche Anlässe gab es ein paar Besprechungsräume, aber ein Blick durch deren Glaswände zeigte, dass sie momentan alle belegt waren. Deshalb begannen Ben und C-plus in Ermangelung eines anderen unmittelbaren Ziels durch eine Dauerausstellung zu streifen, die sich über das Innere der unteren drei Etagen erstreckte.

Und die teuer aussah. Sie war nicht einfach von Praktikanten zusammengewürfelt worden. Man spürte, dass ernst zu nehmende Leute aus London hergekommen waren und über Jahre daran gearbeitet hatten. Die Ausstellung sollte lange hierbleiben. Tafeln aus einem geheimnisvollen, korrosionsbeständigen Metall, in das viel Text eingeätzt war, boten ausführliche Hintergrunderläuterungen, die C-plus überraschend interessant fand; er würde noch einmal herkommen müssen, um sie richtig zu lesen. Doch die rasche optische Erkenntnis, die, während er umherschlenderte und mit Ben Small Talk machte, in einen Hintergrundprozess in seinem Gehirn integriert wurde, bestand darin, dass die tiefe Geschichte dieser Institution bis in ein Zeitalter zurückreichte, in dem Männer ausladende Perücken trugen – nicht die weiß gepuderten nach Art von George Washington, sondern mit normalen Haarfarben –, und dass es Verbindungen gab: auf mathematisch-naturwissenschaftlicher Seite zu Pascal und Leibniz, auf der Geldseite zu einer alten Bankdynastie namens Hacklheber und politisch zu – konnte das wirklich Peter der Große sein? Irgendwie war das alles in einer Institution namens Leibniz-Archiv in Hannover zusammengekommen, die offen gestanden ein paar Hundert Jahre lang nicht gerade viel getan hatte.

Die Gestalter der Ausstellung hatten diese peinliche Lücke mit einigem Material über frühe mechanische Computer gefüllt, wozu auch eine funktionierende Nachbildung von Babbages Differenzmaschine (von einem anderen lokalen Hightechmagnaten in einem Anfall von Nerdenergie gebaut und später diesem Museum vermacht) gehörte. Es gab den unvermeidlichen Ada-Lovelace-Schrein, und dann ging's im Zeitraffer bis in die Mitte des zwanzigsten Jahrhunderts und zu einem Schwarz-Weiß-Foto mit Alan Turing, Lawrence Pritchard Waterhouse und Rudolf von Hacklheber als jungen Männern auf einer Radtour. Das war der Punkt, an dem C-plus allmählich das Gefühl beschlich, den Faden zu verlieren, denn die letzte Erwähnung irgendeines Hacklhebers datierte von vor zweihundertfünfzig Jahren – aber dieser Rudolf war offenbar einer jener hyperprivilegierten weißen Typen, die sich als wirklich begabte Mathematiker entpuppten. Jedenfalls zeigte ausgehend davon ein ganzer Flügel der Ausstellung einen ungewöhnlichen Mix aus Sachen, die C-plus aus zwanzig anderen Museen kannte (Enigma-Maschine, Foto der Turing-Bombe), und einzigartigen Exponaten wie einem Computer, den Lawrence Pritchard Waterhouse offenbar aus Orgelpfeifen und mit Quecksilber gefüllten U-Rohren gebaut hatte.

Eine große Weltkarte war verziert mit geschwungenen Linien aus LEDs und Flachbildschirmen, anhand derer eine komplizierte Folge von Ereignissen dargestellt werden sollte, in deren Verlauf der Inhalt des Leibniz-Archivs aus Hannover weggeschafft wurde – sei es, um diese unbezahlbaren Relikte vor den Bombenangriffen der Alliierten zu retten, sei es, weil Göring alles einschmelzen wollte – und irgendwie per U-Boot seinen Weg zu den Philippinen fand. Wo er versenkt und später von den Waterhouses und Shaftoes geborgen wurde.

Der Punkt war, dass der Schatz aus Goldplatten mit gestanzten Löchern bestand, einer frühen Version der IBM-Lochkarten ähnlich und dazu gedacht, in einem Logikmühle genannten mechanischen Computer Verwendung zu finden. Über die Logikmühle war von verschiedenen Gelehrten seit der Zeit Oliver Cromwells viel gesprochen worden, wirklich gebaut und richtig zum Laufen gebracht hatte sie jedoch niemand, bis Randy Waterhouse – einer der Gründer der Komischen Cyber Bank – einen Teil seines immensen Vermögens darauf verwandte, tatsächlich eine funktionierende Nachbildung zu bauen. Das hatte mehr als ein Jahrzehnt gedauert, da, um es kurz zu machen, das Design aus dem achtzehnten Jahrhundert unter maschinenbaulichen Aspekten wenig sinnvoll war und viel Manpower erforderte, um Dinge von hier nach da zu bewegen. Dennoch hatten sie es unter Verwendung der Originalplatten aus dem Leibniz-Archiv zum Funktionieren gebracht.

Und genau dieses Detail gewährte Ben und C-plus schließlich eine gewisse Ungestörtheit, in der sie eine echte Unterhaltung führen konnten. Eine innere Schicht aus noch höheren Sicherheitsstandards umgab nämlich die Kammer, die die Logikmühle beherbergte. Das oberflächlich interessierte Museumspublikum konnte sie durch ein schweres Glasfenster betrachten, doch wenn man wirklich hineingehen und das Ding arbeiten sehen wollte, musste man Tasche und Mantel abgeben, einen Metalldetektor passieren und sich abtasten lassen. Und das war ein so großes Hindernis, dass die meisten Besucher sich mit dem Anblick der Logikmühle durch die Glasscheibe begnügten. Ben und Corvallis dagegen gingen durch und befanden sich allein in einem tiefer gelegten Gewölbe (das über Nacht hermetisch verschlossen wurde) mit einer Vorrichtung, die langsam, aber unaufhaltsam Goldplatten umherschob und mit Metallstiften abtastete.

»Sie ist im Internet!«, sagte Ben und deutete auf einen Flachbildschirm, der an einem Gelenkarm hing. Textzeilen bewegten sich auf ihm so langsam nach oben, dass das Display die meiste Zeit wie eingefroren erschien. Corvallis erkannte sie als niedere Internetcodes.

»Natürlich ist sie das«, sagte er benommen.

»Nach ihrer Pensionierung fanden einige der eingefleischten Epiphyte-Freaks heraus, wie man die Logikmühle so programmierte, dass sie TCP sprach, und gaben ihr ihre eigene IP-Adresse – wenn du viel freie Zeit zur Verfügung hast, kannst du sie mal pingen.«

Ein oder zwei Minuten lang standen sie da, sahen der Logikmühle bei der Arbeit zu und zogen so etwas wie eine stille Zufriedenheit aus der Art und Weise, wie die Metallstifte in die Lochkarten griffen. Als der richtige Moment gekommen schien, sagte C-plus: »Also. Elmo Shepherd.«

»El ist ein wahrer Gläubiger«, erwiderte Ben.

Ben steckte in einem T-Shirt: ein Werbegeschenk von einem frühen T'Rain-Release, abgetragen und mit einem Mottenloch von der Größe eines 10-Cent-Stücks über der rechten Brustwarze. Corvallis wusste, auch ohne zu fragen, dass Ben sich an diesem Morgen bewusst dafür entschieden hatte, es als eine Form des Gedenkens an Richard Forthrast zu tragen, der ihm seinen ersten Job gegeben hatte, nachdem er aus Princeton rausgeflogen war. Ben hatte ein rundes Gesicht und lockiges braunes Haar, und er hatte sich seit einer Weile nicht rasiert.

»Du hast El kennengelernt?«

»Hab in einer Menge Meetings mit ihm gesessen.«

»Warum?«

»Vor zwei Jahren hing er hier rum und versuchte, zwischen uns und ELSH etwas anzuleiern. Nachdem das Flirtstadium vorbei war, erkannten die Entscheider bei WABSI, dass sie, um überhaupt zu verstehen, was er vorschlug, bei den Besprechungen einen Programmierer dabeihaben mussten.«

»Das überrascht mich etwas«, sagte Corvallis. »Ich dachte, El interessierte sich nur für Sachen wie das Ionenstrahlscannen. Das Konnektom. Wie man die Daten sammelt und wie man sie in der Cloud speichert.«

»Sachen, die nicht in meine Abteilung gehören, meinst du.«

»Genau.«

»Nun, er blickt darüber hinaus«, sagte Ben. »Das ist gewissermaßen der Teil, mit dem er sich am *wenigsten* wohlfühlt, stimmt's?«

»Weil er ein Bitfanatiker ist.«

»Ja. Um die Biologie zu kapieren, musste er sich schon ein bisschen anstrengen.«

»Wenn ich's recht bedenke, spiegelt sich das in seiner ganzen Herangehensweise wider«, sagte Corvallis.

»Sehe ich genauso. Die Typen von Ephrata Cryonics hatten nur die physische Konservierung des Körpers im Sinn. Dieses spezielle Stück Fleisch wieder zum Leben zu erwecken.« Indem er mit der Hand wedelte, ahmte Ben El Shepherd nach, wie er versuchte, diesen Gedanken der Vergessenheit zu überlassen. »Überhaupt nicht Els Ding. Nein. Ihn in Bits verwandeln. So schnell wie möglich. Das Fleisch wegwerfen.« Mit wirrem Blick gestikulierte er heftig in Richtung Logikmühle, die Parodie eines Menschen, der eine solche Maschine betrachten und sagen würde: *Na, das ist mal ein ordentliches Gehirn!*

»Und dann dieses Gehirn digital simulieren.«

»Ja. Du weißt, dass er ein Anhänger der Singularität ist?«

»Ja, das wusste ich über El.«

»Dann passt ja alles zusammen«, sagte Ben. Er grinste, allerdings ohne viel Humor.

»Und dass er sich mit euch zusammentun wollte, hatte mit diesem Aspekt zu tun.« Dem nächsten Schritt, mit anderen Worten. Der Wiederherstellung der Funktionsweise des Gehirns als Software. Der Reinkarnation eines eingescannten Konnektoms in einer digitalen Seele, die in der Cloud lebt.

»Ich habe eine Geheimhaltungsvereinbarung unterschrieben, muss mich also zurückhalten«, sagte Ben. »Aber ich habe dir ja schon erzählt, dass ich an den Meetings teilgenommen habe. Du kannst eins und eins zusammenzählen.«

»Es kam nichts dabei heraus.«

»Nee!«, spottete Ben. »Allerdings hat Elmo versucht, mich anzuheuern. Nachdem das alles nichts geworden war.«

»Aber du hast nicht …«, begann Corvallis.

Ben unterbrach ihn mit einer Geste, die Corvallis aus vielen Meetings bei Corporation 9592 noch kannte: beide Hände, die Handflächen schräg nach unten zeigend, gespreizt nach vorn strecken und rasch hin und her bewegen. Als wischte man eine schlechte Idee von einem imaginären Whiteboard. »C. Nein. Lass dir eins gesagt sein. Er ist komplett verrückt.«

»Mir erschien er durchaus zurechnungsfähig, nur, ich weiß auch nicht, unglaublich borniert in Bezug auf seine Überzeugungen.«

»Kommt aufs selbe raus. Das ist seine Religion, Mann. Und er benutzt sie so, wie die schlimmsten religiösen Fanatiker es tun.«

»Als Vorwand dafür, einfach zu machen, was er will, meinst du.«

»Genau!«

»Das hab ich über ihn verstanden.«

»Er wird scheitern«, sagte Ben.

»Du scheinst dir dessen ja ziemlich sicher zu sein.«

»Das hat mit Dodge zu tun.«

»Wie das?«

»Deswegen weiß ich Bescheid, C. Deswegen weiß ich, ob irgendein Unternehmen erfolgreich sein wird oder nicht. Es kommt auf die Führung an. Bei 9592 hatten wir in Richard Forthrast eine große Führungspersönlichkeit. Hier haben wir das mit dem Waterhouse-Clan auch. Obwohl der Unterschied zu ihm kaum größer sein könnte. Aber auf ihre Weise sind sie als Führungsmannschaft in Ordnung. El ist keine große Führungspersönlichkeit. Es spielt also keine Rolle, wie viel Geld er hat, wie klug seine Leute sind. Es spielt einfach überhaupt keine Rolle.«

Corvallis nickte. Eine Weile saßen sie schweigend da und sahen der Logikmühle beim Denken zu. Ben sagte: »Überlasst dem Scheißkerl nicht Dodges Gehirn, das wäre mein Fazit.«

8

Ein paar Stunden später war Corvallis in Richards Wohnung, wo er auf dem Sofa im großen Zimmer seines Freundes saß und nicht so recht etwas mit sich anzufangen wusste, während Zula und Alice mit verschiedenem medizinischem Personal sprachen. Die Forthrasts hatten an diesem Tag viel zu tun gehabt. Nachdem sie die Entscheidung getroffen hatten, Dodge nach Hause zu bringen, waren die folgenden paar Stunden in einem Logistikrausch vergangen: einen Krankenwagen zum Transport des Patienten bestellen, ein Beatmungsgerät und andere Hilfsmittel ausleihen, mit ambulanten Pflegediensten sprechen. Als Corvallis eintraf, war es erst ungefähr zehn Minuten her, dass die Begleiter im Krankenwagen Dodge von der Trage in das Bett gehievt hatten, in dem er am Morgen zuvor aufgewacht war und in dem man ihn bald sterben lassen würde. Um das Bett herum standen eine Pflegedienstleiterin und zwei Leute in einer Art Dienstkleidung für Pflegekräfte, wobei Corvallis gar nicht wusste, ob sie tatsächlich Pfleger waren oder in eine andere Kategorie von Gesundheitspersonal gehörten. Corvallis war nicht gern da. Er hatte sich allmählich mit dem Gedanken vertraut gemacht, dass sein Freund tot war, und deshalb war es für ihn schrecklich, ihn dort augenscheinlich lebendig liegen zu sehen, so als könnte er jeden Moment die Augen aufmachen, sich hinsetzen und verlangen, dass man ihm den Schlauch aus der Kehle herauszog.

Zwei Jahrzehnte lang hatte Alice den größten Teil der Verantwortung für die Betreuung von Grandpa Forthrast geschultert, dem Vater von Richard, Jake und John, Alice' Mann, nachdem Schlaganfälle und andere Beeinträchtigungen ihn von Beatmungsgeräten und Pflegepersonal abhängig gemacht hatten. Sie war hier in ihrem Element und überließ Zula nur noch die stumme Rolle, in einer Ecke zu stehen und Updates an Verwandte zu schicken. Corvallis war vollkommen nutzlos.

Wie ein Verbannter allein auf dem Sofa sitzend dachte er, er könnte sich den Inhalt von Richards Schultertasche einmal anschauen, und zog deren Reißverschluss auf. Ganz zuoberst war der Kopfhörer hineingestopft worden – natürlich derselbe wie in dem Video, das der Junge gepostet hatte. Das Kabel hatte Richard einfach obendrauf gepackt. Behutsam zog Corvallis den Kopfhörer heraus, wickelte das Kabel um ihn herum und legte ihn auf den Tisch.

Was in der Tasche zurückblieb, waren zwei großformatige Bilderbücher und ein Apfel. Er zog die Bücher heraus und legte sie ebenfalls auf den Tisch. Es waren Kinderbücher, in denen in leuchtenden Lithografien die griechische und die nordische Mythologie dargestellt wurden. Corvallis legte den Apfel auf den Tisch und betrachtete ihn eine Weile. Er war kleiner und nicht so perfekt symmetrisch wie die, die man in Lebensmittelgeschäften kaufte. Also direkt aus irgendeinem Obstgarten. Vielleicht hatte Dodge ihn als Snack da hineingeworfen.

Abgesehen davon enthielt die Tasche allerlei Kram, der in verschiedenen Innentaschen steckte: Ersatzbatterien, einen Schokoriegel, Ladekabel für elektronische Geräte, eine zwei Monate alte Ausgabe des *Economist*.

Er überlegte, ob die Familie es ihm wohl übel nehmen würde, wenn er auch Richards Hosentaschen durchsuchte und eine ähnliche Bestandsaufnahme machte. Er entschied sich dagegen.

Sein Handy vibrierte, und er sah eine Nachricht von Stan: *Zuckerbrot und Peitsche von El. Rufen Sie mich an.*

»Fangen wir mit der Peitsche an.« So begann Corvallis das Gespräch. »Ich nehme an, Sie haben von seinen Anwälten gehört?«

»Ja, das habe ich«, sagte Stan.

»Und sie drohen mit der gerichtlichen Anordnung?«

»Nicht nur das«, sagte Stan und klang dabei auf trockene Weise belustigt, »sie tönen sogar von Strafverfolgung.«

»Wollen Sie mich verarschen?«

»Die Gesetze enthalten merkwürdiges altes Zeug über Leichenschändung. Vermutlich vor Jahrhunderten ins Gesetzbuch geschrieben, um Leute zu bestrafen, die Leichen stahlen und sie zum Sezieren in Labore brachten. Komischerweise wollen die Forthrasts in diesem Fall ja tatsächlich den Leichnam nehmen und in einer speziellen Weise sezieren …«

»Mit einem Ionenstrahl.«

»Ja. Nehmen Sie das aber nicht allzu ernst. Das ist Blendwerk. Niemand wird deswegen im Gefängnis landen. Sie müssen das als Taktik sehen. Alice und Zula müssen eine Entscheidung treffen. Sie sind schon gestresst durch Jake und seine religiöse Herangehensweise. Jetzt kommt El und sucht nach irgendetwas, was er tun kann, um ihren Stress noch zu erhöhen. Redet über gerichtliche Anordnungen und sogar davon, Strafanzeige zu erstatten. Das ist alles Blödsinn.«

»Aber es fungiert als Peitsche.«

»Ja. Was mich zum Zuckerbrot bringt.«

»Gut. Was bieten sie uns?«

»Bisher sind es nur vage, versöhnliche Andeutungen. Es wurde aber das Argument geäußert, dass ja alles nur Bits seien.«

»Wenn Dodges Gehirn erst einmal gescannt wurde, meinen Sie.«

»Genau. Das Ergebnis dieses Prozesses ist ein bisschen Rauch im Schornstein und ein paar Daten, die in einer Datei gespeichert sind. Von diesen Daten wollen sie eine Kopie.«

»Nur eine Kopie.«

»Ja. Eine nicht exklusive Lizenz. Die Forthrast-Familienstiftung könnte also ihre eigene Kopie behalten und damit machen, was sie will.«

»Und dann halten sie den Mund und lassen uns in Ruhe.«

»Wenn ich ihre Strategie richtig interpretiere, ja.«

»Warum gibt El sich überhaupt damit ab?«, fragte Corvallis. »Warum benutzt er nicht irgendein anderes Gehirn? Es sterben doch viele Leute, oder?«

»Viele Leute sterben«, stimmte Stan zu, »aber die meisten von ihnen unterzeichnen keine Rechtsdokumente mit der Anweisung, dass ihr Gehirn konserviert werden soll.«

»Er könnte aber jemanden finden.«

»Schon. Nur ist es schwer, jemanden zu finden, der so reich ist, dass er sich ein solches Verfahren leisten kann.«

»Es geht also nur ums Geld? Warum leistet sich El nicht …«

»Vergessen Sie nicht, der Ionenstrahlscanner existiert noch gar nicht«, sagte Stan.

»Und bei WABSI arbeitet er nur mit Mäusehirnen.«

»Ja, und das nur in einer primitiven Form. Die richtige Art von Scanner zu bauen, die für ein ganzes menschliches Gehirn ausgelegt ist, wird Milliarden kosten. Das kann sich nicht mal Elmo Shepherd leisten. Aber mit den vereinigten Ressourcen von ELSH, WABSI und der Forthrast-Familienstiftung könnte es klappen. Und aus dieser Koalition möchte er nicht hinausgeekelt werden.«

»Er hat eine seltsame Art, das zu zeigen.«

»Ob es Ihnen gefällt oder nicht«, sagte Stan, »manche Leute machen so Geschäfte. Wie gesagt: Zuckerbrot und Peitsche.«

»Und was sollen wir Ihrer Meinung nach jetzt tun?«

»Genau das, was Sie tun«, sagte Stan. »Denken Sie dran, der Scanner wird noch für lange Zeit nicht existieren. Es bleibt also jede Menge Zeit, Optionen zu erwägen, eine Entscheidung zu treffen.«

»Das werde ich den Forthrasts gegenüber natürlich nicht erwähnen.«

»Nein. Lassen Sie sie trauern. Aber rufen Sie mich bitte an, wenn sie plötzlich beschließen, ihn kremieren zu lassen.«

Während des Telefonats war Corvallis' Blick umhergeschweift. An dem Buch über die griechische Mythologie war ihm etwas Merkwürdiges aufgefallen. Es sah nagelneu aus, war aber beschädigt. Die Kantenansicht zeigte, dass einige der vorderen Seiten gewellt waren, so als hätten sie Feuchtigkeit abbekommen. Er zog es zu sich heran. Es hieß *D'Aulaires Buch der griechischen Mythologie*. Corvallis schlug den Vorderdeckel auf und bemerkte zwei Dinge. Zunächst einmal trug es eine Widmung.

Sophia,

ich hoffe, du erfreust dich an diesen Geschichten genauso wie ich in deinem Alter! Wenn du möchtest, dass ich dir eine davon vorlese, sag deiner Mutter einfach, sie soll mich anrufen.

Alles Liebe
Onkel Dodge

Und dann war da noch ein Blatt – ein großes feuerwehrrotes Ahornblatt – zwischen den Vorderdeckel und die erste Seite gepresst. Es war noch feucht und biegsam. Dodge musste es tropfnass da hineingelegt haben, denn die nachfolgenden Seiten hatten so viel Wasser aufgesogen, dass sie die sinusförmige Wellung angenommen hatten, die Corvallis eben gerade aufgefallen war. Für ihn lag auf der Hand, was passiert war: Dodge hatte es vom Bürgersteig vor dem Ärztehaus aufgehoben, unmittelbar bevor er für seinen Eingriff hineingegangen war. Um das Blatt für seine Nichte aufzubewahren, hatte er es unter den Buchdeckel gelegt.

Er schämte sich dafür, in etwas hineingeschaut zu haben, was ihn nichts anging. Behutsam klappte er das Buch zu und legte es wieder auf den Tisch.

Keine fünfzehn Minuten später hörte er die Wohnungstür aufgehen und jemanden aus dem Aufzugvorraum hereinkommen. Offensichtlich jemand, der einen Wohnungsschlüssel hatte. Für einen kurzen Moment quälte er sich mit der Vorstellung, das sei Dodge und all das hier sei eine Art Traum oder Halluzination gewesen. Doch dann hörte er eine hell klingende Stimme rufen: »Onkel Richard? Onkel Richard? Hallo! Geht es dir wieder besser?«

Die Antwort kam von einer viel tieferen Stimme, die mit osteuropäischem Akzent sprach. »Schscht, du darfst Onkel Richard nicht stören, er schläft.« Das war Csongor, Zulas Mann. »Denk dran, er ist sehr krank.« Corvallis wurde schlagartig etwas klar: Das alles hier war eine Art Inszenierung, die die Familie unter großen Mühen und Kosten ausschließlich zu Sophias Wohl durchzog. Es war nicht leicht, einem Mädchen in ihrem Alter zu erklären, dass ihr Lieblingsonkel ohne ersichtlichen Grund einfach aufgehört hatte zu existieren. Eine kurze, schwere Krankheit, die zum Tod führte: So traurig es war, das war die beste Geschichte, mit der sie aufwarten konnten. Sophia war noch nicht so weit, dass sie die Umstände der Situation hätte aufnehmen, den Gedanken verstehen können, dass ein scheinbar normaler und gesunder Onkel Richard in Wirklichkeit ohne nennenswertes Gehirn dahinvegetierte. Sie würden ihr sagen, er sei krank, er schlafe. Und in ein paar Tagen würden sie ihr die schreckliche Nachricht eröffnen, dass er gestorben sei. Eine vollständige Erklärung der Abläufe, wie sie in der Patienten- und der Bestattungsverfügung festgehalten waren, würde noch viele Jahre warten müssen.

»Hallo, Corvallis Kawasaki!« So redete Sophia ihn immer an, mächtig stolz darauf, dass sie imstande war, den Namen auszusprechen. Sie war ein kleines Ding, reichte ihrem massigen Vater kaum bis zur Hälfte des Oberschenkels. Mit ihren prachtvollen

Locken war sie zum Glück für sie selbst mehr Zula als Csongor. Das ungarische Blut kam in ihren Augen durch, die blassblaugrün waren und eine leicht asiatische Schrägstellung hatten.

Zum ersten Mal, seit das alles angefangen hatte, konnte sich Corvallis ein breites Lächeln nicht verkneifen. »Hallo Sophia!«, sagte er. »Wie war's heute im Kindergarten?«

»Schön«, sagte sie unweigerlich.

Corvallis und Csongor nickten einander zu.

»Da sind sie ja!«, brüllte Sophia. Sie kam ins Zimmer gestürzt, sprang mit einem Satz auf den Couchtisch und rutschte bis an die Stelle, wo sie auf die Einbände der Bücher hinabblicken konnte. »*Doe-lairs Buch der griechischen Mythologie*«, sagte sie, »und *Doe-lairs Buch der nordischen Mythologie*. Mein Onkel Richard hat sie für mich gekauft.« Sie drehte den Kopf zu Csongor und warf ihm einen vorwurfsvollen Blick zu. »Mom und Dad haben sie vergessen!«

»Onkel Richard wollte, dass sie dir gehören«, sagte Corvallis. »In das hier hat er dir etwas reingeschrieben. Und eine Überraschung dringelassen.«

Sie packte die *Griechische Mythologie*, wirbelte sie herum und klappte den Vorderdeckel auf. Die abrupte Bewegung führte dazu, dass das rote Blatt sich von der Seite löste und durch die Luft flog. Vor Überraschung fiel Sophia mit einem Aufschrei auf den Hintern und sah dann zu, wie das Blatt auf der Tischplatte landete.

Mit ganz ernster Miene blickte sie Corvallis an. »Ist das die Überraschung?«

»Ja.«

»Es ist so schön!«, sagte sie.

»Ja, das ist es.«

»Hat er mir den Apfel da auch mitgebracht?«

Corvallis nahm den Apfel und sah Csongor an, der zustimmend nickte. »Ja, das hat er«, sagte Corvallis. »Das gehört alles dir.«

TEIL 2

9

Im Verlauf der folgenden drei Jahre expandierte Nubilant auf einigermaßen holprige Weise, während sein CEO von einer Finanzierungskrise in die nächste geriet, so wie der Charakter eines Computerspiels, der sich vor verschiedenen künstlichen fatalen Herausforderungen wiederfindet. Mit jeder Finanzierungsrunde stieg die Unternehmensbewertung, und Corvallis' theoretisches Reinvermögen wurde größer. Er fing an darüber nachzudenken, ob es vielleicht an der Zeit war, ein gesellschaftliches Leben zu beginnen. Allerdings wusste er nicht so recht, wie er vorgehen sollte. Ein großer Teil seiner Freizeit galt seinem Hobby: dem akribischen Nachstellen, in Parks und an Stränden rund um den pazifischen Nordwesten, der Aktivitäten einer römischen Legion in alter Zeit. Es war eine fast ausschließlich männliche Betätigung, was sehr günstig gewesen wäre, wenn er (wie anscheinend gemunkelt wurde) schwul wäre, aber er war ganz entschieden heterosexuell. Wenn er sich doch einmal auf normale gesellschaftliche Aktivitäten wie etwa essen gehen einließ, dann war es meistens mit Csongor, Zula und Sophia, die für ihn so etwas wie Familie geworden waren. Manchmal waren auch Frauen ohne Begleitung dabei, und dann wurde Corvallis einsilbig und verschlossen, weil er merkte, dass Zula versuchte, ihn mit potenziellen Partnerinnen zu verkuppeln. Sein Unvermögen, ein gesellschaftliches Leben zu führen, begründete er mit dem Argument, er sei im »Start-up-Modus«, und wenn man im Start-up-Modus sei, würden die normalen Regeln nicht gelten. Nach Insolvenz oder Exit, den beiden möglichen Endstadien eines Start-ups, bleibe genügend Zeit, die Dinge ins Lot zu bringen.

Der Exit – in dem Sinne, dass man plötzlich reicher wurde – ereignete sich, als Nubilant von Lyke aufgekauft wurde: einer Social-Media-Firma in der Bay Area, die wesentlich größer war. Lyke besaß Cloud-Computing-Systeme, die nach den meisten Kriterien leistungsfähiger waren als die von Nubilant. Doch dank einiger schlauer Entscheidungen, die Corvallis getroffen hatte, war Nubilant zufällig besonders gut in bestimmten Dingen, die sich für Social-Media-Firmen als wichtig erwiesen hatten, und damit doppelt begehrt – für sich betrachtet als Unternehmen wie auch wegen des Prestiges und des Rechts, damit zu prahlen, dass man es der Konkurrenz vor der Nase weggeschnappt hatte. So wurde Corvallis mit nicht ganz vierzig Jahren Vermögensmillionär. Er war jetzt Forschungsleiter bei Lyke: einem großen börsennotierten Unternehmen mit Sitz in Mountain View. Er hätte sich ohne Weiteres zur Ruhe setzen können, entschied sich jedoch zu bleiben, weil er seine Arbeit mochte und eine gewisse Loyalität gegenüber den Mitgliedern seines Teams empfand, die er in Seattle rekrutiert und gefördert hatte. Corvallis erwarb Eigentumsanteile an einem Privatjet, mit dem er so gut wie jede Woche die Küste hinunterflog.

Kaum hatte er sich in seinem neuen Leben eingerichtet, wurde er eines frühen Morgens von dem Klingelton geweckt, den er der Privatnummer seines neuen Chefs zugeordnet hatte: des CEO von Lyke.

In Wahrheit war sein Schlaf in der vergangenen Stunde ziemlich unruhig gewesen. Corvallis hatte sein Handy mit dem Display nach oben neben sich auf den Boden gelegt. Wenn Benachrichtigungen eintrudelten, schaltete das Gerät sein Display ein, was jedes Mal eine künstliche bläuliche Morgendämmerung erzeugte. Er hatte überlegt, ob es der Mühe wert war, die Hand auszustrecken und das Handy aufs Gesicht zu drehen, aber irgendein tief liegender Nerdbereich in seinem Gehirn sorgte sich, dass er das Display an einem Stein verkratzen könnte. Denn wie all die anderen Legionäre in dem Zelt schlief er, in seinen wollenen Mantel gehüllt, direkt auf dem Boden. Von den Benachrichtigungen hatte er sich noch keine angeschaut.

Sein Handy hatte er so eingerichtet, dass es nur unter ganz bestimmten seltenen Umständen wie einem persönlichen Anruf des CEO klingelte. Seine Legion befand sich in Manövern in den Bitterroot Mountains im Westen Montanas, die ihr als Ersatz für die Alpen dienten. Die Benutzung von Handys und anderen mobilen elektronischen Geräten sollte tagsüber und wenn man in seiner Rolle war, tunlichst unterbleiben; in den Nachtstunden und in privaten Zelten dagegen wurde sie toleriert, solange man nicht zu laut war.

Leute mit einem frühmorgendlichen Anruf zu wecken gehörte sich allerdings nirgendwo, und so schlug er nach dem Handy, als es klingelte, und stellte es, so schnell er konnte, auf stumm.

»*Salve*«, krächzte er über das Murren seiner Zeltgenossen hinweg in den Hörer.

»Ich brauche Sie hier unten«, sagte sein Chef. »Alle Mann an Deck.« Dann legte er ohne weitere Erklärung auf, was bei Corvallis das vage Gefühl hinterließ, dass ihm irgendetwas entgangen war.

»Zum Teufel, Corvus«, beschwerte sich ein Legionär im Nachbarzelt. »*Mutate.*« Mu-ta-te. Das war Küchenlatein, der Gebrauch des Imperativs, um ihm zu sagen, er solle sein Handy gefälligst auf *mute* stellen. »Corvus« war die latinisierte Version seines Namens. Er schaltete an seinem Gerät den Ton aus, damit es nicht weiterhin niedliche kleine Geräusche machte, während er weiter daran herumhantierte.

Die Chronik der Benachrichtigungen auf seinem Handy verriet ihm, was los war. Sie stammten von verschiedenen Leuten in unterschiedlichen sozialen Netzwerken, waren aber alle vom selben Ereignis ausgelöst worden: der überraschenden Vernichtung der Stadt Moab, Utah, durch etwas, das anscheinend eine taktische Atomwaffe war.

Es war vor Tagesanbruch passiert, ungefähr um 5.20 Uhr Ortszeit. Die frühesten Posts kamen von schlaflosen Passagieren und Crewmitgliedern auf Nachtflügen von Küste zu Küste, und sie berichteten von einem jähen Blitz, der so hell war, dass er sie über Hunderte von Kilometern hinweg blendete. Er war zu schnell wieder verschwunden, als dass man ihn hätte fotografieren können, aber Beschreibungen davon waren über das flugzeugeigene WLAN auf Twitter und Facebook gepostet und, bis Corvallis sie sah, millionenfach retweetet und erneut gepostet worden.

Ein gewisser Larry Proctor, ein Blogger, der sich in der Welt des Militärs und der Geheimdienste auskannte (jedenfalls bekam man den Eindruck beim Überfliegen eines Blogs, den er seit seinem letzten Einsatz in Katar unterhielt), hatte ein gewisses Datenaufkommen wahrgenommen, das von einer .mil-Website in das zivile Internet durchgesickert war und kryptische Hinweise auf ein mögliches atomares Ereignis im Südosten von Utah gegeben hatte. Im näheren Umkreis stationierte Armeeangehörige berichteten, dass Urlaubsgenehmigungen widerrufen und Einheiten mobilisiert würden. All das sollte vermutlich unter der Decke gehalten werden, doch nichts konnte Ehepartnerinnen oder Ehepartner und Kinder im Teenageralter hindern, sich darüber zu unterhalten. Jemand in DC postete einen Schnappschuss von einem Pizzalieferanten, der mit einem riesigen Stapel Pizzaschachteln, für den er sogar eine Sackkarre brauchte, in einer U-Bahn Richtung Pentagon fuhr. Selbst ernannte Experten im Kommentarverlauf überboten sich gegenseitig mit der vermeintlich exklusiven Erklärung, massive Pizzalieferungen ins Pentagon seien ein untrügliches Zeichen dafür, dass irgendetwas Großes im Gange war. Der mit Emojis übersäte Post eines vierzehnjährigen Mädchens aus Texas, der in unscharfen Aufnahmen ihre Mutter im Tarnanzug dabei zeigte, wie sie in der Einfahrt einen Seesack hinten auf einen Pick-up hievte und dann die Straße hinunterraste, verbreitete sich wie ein Lauffeuer und wurde, in Ermangelung von irgendetwas Konkreterem vom eigentlichen Schauplatz der Katastrophe, immer und immer wieder auf den Nachrichtenseiten gezeigt. Mit seiner Lage an einem X, das vom Colorado River und einer zweispurigen Schnellstraße gebildet wurde, war Moab von überall weit entfernt. Weder Internet noch Telefonverkehr drang von dort heraus.

Corvallis nahm das alles auf, während er seine *Caligae*, die sandalenartigen Soldatenstiefel der römischen Legion, anzog und sein Marschgepäck so effizient zusammenpackte wie möglich, obwohl seine Aufmerksamkeit hauptsächlich seinem Handy galt. Geschlafen hatte er in seiner Leinentunika mit dem Wollmantel als Decke. Hier oben in den Bergen war es kalt, und so zog er Letzteren jetzt fester um sich, bevor er aus dem Zelt trat. Das Treffen an diesem Wochenende war eine informelle, familienfreundliche Angelegenheit ohne große Anforderungen. Ihr Lager hatten sie auf einer Wiese aufgeschlagen, doch rund vierhundert Meter hügelabwärts auf einem Parkplatz am Ende der Straße war eine Phalanx aus modernen Wohnmobilen zu sehen. Dort unten surrten Generatoren und leuchteten elektrische Lampen. Corvallis stopfte seine Ausrüstung in seine Reisetasche, warf sie sich über die Schulter und trottete den Hang hinunter. Aus einem der Wohnmobile roch es nach Speck. Durch dessen Fenster sah er einen Fernsehbildschirm mit Liveberichterstattung – das Wohnmobil hatte eine Satellitenschüssel auf dem Dach. Er ging langsamer und blickte durchs Fenster hinein. Die Liveübertragung kam vom LAX, wo offenbar gerade die erste dieser Maschinen von ihrem Nachtflug gelandet war und ihre Passagiere ausgespuckt hatte. Nachrichtencrews warteten darauf, sich alle auf einmal auf die Augenzeugen zu stürzen, die aus dem Sicherheitsbereich auftauchten. Die meisten Leute auf diesem Flug hatten das Ereignis verschlafen, und viele wollten nicht reden, aber ein aufgeweckter Bursche – ein auf modische Weise schlampig gekleideter Schauspieler, der wegen eines Jobs von New York nach L.A. geflogen war – hatte den Blitz aus dem Augenwinkel gesehen, während er ein Spiel auf seinem Handy spielte, und dieses rechtzeitig in den Videokameramodus umgestellt, um den aufwallenden orangefarbenen Atompilz zu filmen. Das erste Fernsehvideo über die Zerstörung von Moab war also lediglich eine Großeinstellung vom Handy dieses Mannes, das er in seinen zitternden Händen gehalten hatte. Und was man da wahrnahm, sah tatsächlich aus wie ein Atompilz.

Corvallis überquerte den Parkplatz zu seinem Tesla, warf die Reisetasche in den Kofferraum und setzte sich hinters Steuer. Sein Handy verband sich mit den fahrzeugeigenen Systemen, und der große Touchscreen in der Mitte des Armaturenbretts schaltete sich ein. Corvallis wählte die 24-Stunden-Hotline seiner Privatfluggesellschaft und sagte ihnen, er brauche dringend einen Flug von Missoula – der nächstgelegenen größeren Stadt – nach San José. Sie hielten ihn in der Warteschleife. Er scrollte rasch durch seine E-Mails und sah eine Menge Zeug, aber nichts, was nicht warten konnte; das Wichtigste für ihn war, an Bord des Flugzeugs zu gelangen. Also legte er den Vorwärtsgang ein und ließ den Tesla lautlos über den Parkplatz auf die Straße zugleiten, die ihn den Berg hinunterbringen würde.

Als er die Schnellstraße erreicht hatte, war der Flugdisponent wieder in der Leitung und teilte ihm mit, dass ein Pilot auf dem Weg zum Boeing Field sei. Der Jet werde gerade aufgetankt. Er werde jeden Moment in der Luft sein und Missoula vermutlich noch vor Corvallis erreichen.

Während der folgenden einstündigen Fahrt durch das Bitterroot Valley widerstand er weitgehend der Versuchung, auf den Touchscreen zu schauen, und hörte stattdessen Radio. Die Sender waren voll mit Notfallberichterstattung, die so beunruhigend wie vage klang. Man hätte meinen können, es sei ein Leichtes, einfach nach Moab zu fahren, sich dort umzuschauen und davon zu berichten. Doch alle Helikopter im Umkreis einer Flugstunde um Ground Zero waren bereits an mysteriöse Instanzen vergeben, und Piloten wurden aus Sorge vor Verstrahlung davor gewarnt, auch nur in die Nähe von Moab zu fliegen. Ein großer Teil der Radioberichterstattung bestand einfach daraus, dass Reporter zusammenfassten, was im Miasma auftauchte. Bilder von Straßensperren des Militärs wurden in Diskussionsforen massenweise mit Likes versehen. Kommentarverlauf-Freaks zoomten Details heran und markierten verschiedene Ausrüstungsgegenstände: Strahlendetektoren, Dosimeter, Behälter mit Pillen, die im Fall radioaktiver Strahleneinwirkung geschluckt werden sollten. Hin und wieder schalteten sie zu einem Bericht über den unvermeidlichen Börsensturz in die Wirtschaftsredaktion. An der New Yorker Börse war der Handel für diesen Tag bereits ausgesetzt. Ausländische Staats- und Regierungschefs äußerten große Besorgnis und boten Unterstützung an. Eine dschihadistische Website hatte anscheinend ein Video gepostet, in dem die Vernichtung von Moab als Warnschuss bezeichnet und angekündigt wurde, dass man in einer größeren amerikanischen Stadt eine weitere derartige Waffe deponiert habe.

Als Corvallis die Ausläufer von Missoula erreichte, hatte der Passagier vom LAX seine Atompilzaufnahmen an den meistbietenden Sender verkauft. Während Corvallis an einer roten Ampel stand, sah er sich das Video auf dem Touchscreen-Display an. Es war aus einer Entfernung von mehreren Hundert Kilometern aufgenommen worden, im Original also ziemlich klein; der Sender hatte es herangezoomt (ein »Blow-up« gezeigt, wie eine Moderatorin es etwas unbeholfen nannte) und aufbereitet.

Die Freude dieses Senders über den Exklusivbericht währte allerdings nicht lange. Als Corvallis am Flughafen ankam, wartete ein anderer mit noch besserem Videomaterial von der Dashcam eines Lastwagenfahrers auf. Anscheinend hatte der Fahrer, nachdem er den Atompilz aus einer Entfernung von knapp dreißig Kilometern vor Moab beobachtet hatte, sein Fahrzeug gewendet und war zur nächstgelegenen Stadt zurückgefahren, wo er einen Internetzugang bekommen konnte.

Der Sicherheitsdienst winkte Corvallis auf einen privaten Parkplatz, und er saß in seinem Auto und sah sich das Video des Lastwagenfahrers an, während das Bordpersonal seine Sachen aus dem Kofferraum holte und im Gepäckraum des Flugzeugs verstaute. Dieses Filmmaterial war weitaus besser als das Handyvideo, ließ der Fantasie aber immer noch einen gewissen Spielraum. Der Lastwagen war nicht frontal auf Moab ausgerichtet gewesen, als die Bombe detoniert war, sodass die Hälfte des Atompilzes am rechten Rand des Bildes abgeschnitten war. Dennoch war es ganz offenkundig ein Atompilz, und man konnte seine Wechselwirkung mit verschiedenen Schichten der Atmosphäre sehen, als er über Moab aufstieg, und in ansonsten dunklen Bereichen des Bildes konnte man erkennen, wie die Moab zugewandten Hänge und Berge von ihm erleuchtet wurden.

Er überließ es einem Mitglied des Bodenpersonals, den Tesla zu parken, und ging die rund fünfzehn Meter zum Flugzeug zu Fuß. Einer der Piloten saß bereits im Cockpit und erledigte seinen Pilotenkram, während der andere die Gepäckraumklappe schloss. Eine Stewardess, die Corvallis vage als Bonnie erkannte, stand am oberen Ende der Treppe. Er wusste nicht, wo die Fluggesellschaft Menschen wie Bonnie herbekam, aber seine Arbeitshypothese lautete, dass sie ehemalige Models waren, die die dreißig überschritten hatten. Sie lebten in einer Welt, die der seinen ebenso fremd war wie das alte Ägypten, obwohl sie in derselben Zeit und am selben Ort existierten. In seltenen Momenten, wie etwa wenn Corvallis die Stufen zu seinem Flugzeug hinaufstieg und Bonnie oder eine ihrer Kolleginnen begrüßte, prallte seine Welt auf ihre, und wenn er nicht zu sehr abgelenkt war, konnte es passieren, dass er einen Blick auf sie erhaschte und über die völlige Verschiedenheit ihrer jeweiligen Existenzen nachsann.

Heute war ihr Passagier zufällig ein Hightechfreak, der streng genommen zwar kein Milliardär war, aber gut einer hätte sein können. Er trug zufällig die Tunika und den Mantel eines römischen Legionärs, hätte aber genauso gut Jeans, T-Shirt und einen Kapuzenpullover anhaben können.

Bonnies Willkommenslächeln schwächelte ein wenig, als sie sah, wie er gekleidet war, aber sie hielt sich tapfer unter dem Schock, und als seine *Caligae* die Schwelle des Flugzeugs überschritten, schien sie ihre von Berufs wegen gebotene Fassade wiederhergestellt zu haben. Die eisernen Schuhnägel klackten auf dem Fußboden aus exotischem Hartholz, bis der Passagier den mit Teppichboden ausgelegten Gang der Hauptkabine erreichte. Er zog sich den Wollmantel aus und reichte ihn Bonnie, die mit einer Hand prüfend darüberfuhr, ehe sie ihn nach vorn in das kleine Garderobenabteil brachte.

Vielleicht war ihr Blick von der Stickerei angezogen worden, die den Rand des Kleidungsstücks umlief: ein sich wiederholendes Muster aus Rabenköpfen. In Reenactment-Gruppen war es üblich, dass jedes Mitglied eine bestimmte Rolle oder als absolutes Minimum einen Spitznamen annahm, der, wenn er in der Hitze des Gefechts gerufen wurde, nicht allzu schrill anachronistisch klang. Corvallis war zu Corvus geworden, dem lateinischen Wort für »Rabe«. Das war teils eine naheliegende Zusammenziehung seines tatsächlichen Namens, teils eine Anspielung auf seine Hautfarbe. Er hatte japanische und südasiatische Wurzeln. Das zu bemerken und ihn mit einem entsprechenden Spitznamen zu belegen wäre nach heutigen Maßstäben unhöflich gewesen. Allerdings führte kein Weg an der Tatsache vorbei, dass er in einer römischen Legion als eine Art Exot aus den östlichen Provinzen herausgestochen hätte. Die anderen Römer hätten ihm irgendeinen derartigen Namen verpasst. Nun war es also Corvus. Anfangs hatte er sich damit etwas unwohl gefühlt, da er solche Vögel mit Edgar Allan Poe und der Gothic-Kultur im Allgemeinen assoziiert hatte. Zeit und Wiederholung hatten seine Einstellung dazu verändert. Jetzt betrachtete er den Namen als eine Mischform aus den Mythen der Ureinwohner des pazifischen Nordwestens und römischer Vogelschau. Die einzigen Vögel, die man in Seattle sah, waren Möwen, Krähen und Adler. Seemöwen waren allgegenwärtig und frönten hirnlosem Konsum. Adler waren spektakulär, gewaltig, knallhart, aber vergleichsweise selten; wenn ein Adler vorbeiflog, hielten die Leute sogar in dem, was sie gerade taten, inne und hoben den Blick. Krähen oder Raben (hier wurde kein Unterschied gemacht) taten sich durch ihre extreme Intelligenz, ihr Erinnerungsvermögen und ihren Einfallsreichtum hervor; doch egal wie gut sie diese feinen Züge verkörperten, sie wurden von niemandem geschätzt.

Krähen schrieben die Leute in der Regel dieselben Eigenschaften zu, die sie auch, wenn sie den politisch korrekten Sprachgebrauch vergessen oder sich überhaupt nie angeeignet hatten, Asiaten unterstellten. Krähen waren von vorbildlicher Intelligenz und unendlich fleißig, aber man konnte sie nicht unterscheiden, und ihre Motive waren unergründlich. Doch da Corvus in seinem eigenen Kopf lebte, kannte er seine Motive ganz genau. An ihnen war nichts verkehrt, und er brauchte sich vor niemandem dafür zu rechtfertigen.

Als Richard Forthrast noch gelebt hatte, war Corvallis' Beziehung zu ihm wie die eines Raben zu einem Adler gewesen. Jedenfalls war er im Rückblick zu dieser Überzeugung gelangt; und jedes Mal wenn er durchs Fenster schaute und einen Adler über den See gleiten sah, der ständig von einer Krähe im Sturzflug belästigt wurde, musste er an sich und Dodge denken. Er hatte sich mit dem Spitznamen Corvus angefreundet. Nachdem er tiefer in die Welt des Reenactment vorgedrungen war und mehr Geld für Kleidung, Rüstung und Waffen ausgegeben hatte, hatte er sich die Mühe gemacht, all diese Dinge mit Raben-Ikonografie zu personalisieren. Auf Craigslist hatte er einen Grafiker gefunden, der auf überzeugende Weise klassisch wirkende Lineart für ihn entworfen hatte, und dazu andere Künstler, die bereit waren, dieses Bildmaterial auf seine Kleidung zu sticken oder in seine Rüstung zu hämmern. Im Miasma konnte man alles bekommen, einschließlich einer kompletten alternativen historischen Identität.

»Corvus« drehte sich um, sank in seine gewohnte Position vorn rechts, legte sich den Gurt über die Tunika und schnallte sich an. Dann zog er den Laptop aus seiner Hülle, und während das Flugzeug an den Anfang der Startbahn rollte, ließ er ihn hochfahren. Das Gerät fiel in eine Art Stupor, als zig verschiedene Apps sich über eine überladene Drahtlosverbindung zu synchronisieren versuchten. Erst als der Düsenjet abgehoben hatte und auf eine Höhe gestiegen war, auf der sein bordeigenes WLAN sich einschaltete, bekam Corvallis ordentliches Internet. Auf der linken Seite seines Bildschirms öffnete er ein normales Browserfenster, damit er die Welt so sehen konnte, wie andere sie sahen, und auf der rechten startete er zwei andere Apps, die über eine verschlüsselte, sichere Verbindung direkten Zugang zu Lykes internen Systemen hatten. Die Erstgenannte war langsam. Letztere zeigte, warum: Lykes Systeme waren vollkommen überlastet, und dasselbe galt vermutlich für all die anderen Social-Media-Plattformen.

Meteorologen hatten begonnen, als Dienst an der Öffentlichkeit Landkarten zu posten, die auf gegenwärtigen und prognostizierten Windmustern beruhten und das Gebiet zeigten, das wahrscheinlich von der Fallout-Wolke kontaminiert werden würde. Ein Verkehrsstau hatte sich auf der Interstate 70 in der Nähe von Grand Junction, Colorado, gebildet, da Einwohner die Flucht ergriffen und anfingen ineinanderzukrachen. Eine andere Art von Verstopfung hatte sich auf dem Rollfeld in Aspen entwickelt, als die Piloten sämtlicher Privatflugzeuge gleichzeitig versuchten, die Starterlaubnis zu bekommen. In Ermangelung konkreten Bildmaterials aus Moab wurden solche Bilder von den Sendern immer wieder gezeigt.

Plötzlich schwenkte das lidlose Auge der Sondermeldungen nach Las Vegas um. Was wie das komplette Polizeiaufgebot von Las Vegas aussah, evakuierte gerade ein Casino-/Hotelhochhaus, ließ Helikopter auf dem Dach landen und führte (deutlich sichtbar für Kameras mit Teleobjektiven, die an Drohnen hingen oder einfach aus den Fenstern umliegender Hochhäuser gehalten wurden) unter Verwendung von Spürhunden und Geigerzählern eine Hausdurchsuchung in einer Penthouse-Suite durch. Militärexperten, die die Aktion live im Fernsehen verfolgten, wiesen darauf hin, dass das Dachgeschoss eines solchen Wohnturms der optimale Ort für die Zündung einer taktischen Atomwaffe sei – viel verheerender als eine Bodendetonation. Als offiziell die Evakuierung sämtlicher Gebäude im Umkreis von anderthalb Kilometern angeordnet wurde, waren die Straßen sowieso schon voll mit Touristen, die beschlossen hatten, nicht zu warten.

Aus Sicht von Corvallis – der in einem Fenster die Liveberichterstattung verfolgte und in einem anderen die Systeme von Lyke beobachtete – erzeugten die Ereignisse in Vegas das Social-Media-Pendant zu einer atomaren Kettenreaktion, da dort anscheinend alle zur gleichen Zeit versuchten, Bilder und Videos zu posten. Das Ergebnis war so etwas wie ein Blackout. Lykes Serverfarmen waren für die Abwicklung gewaltiger Datenverkehrsspitzen ausgelegt, und die von Nubilant erworbene Technologie hatte sie darin noch besser gemacht. Dieses ganze Zeug funktionierte. Es gab aber nun mal nur eine bestimmte Anzahl an Computern und nur eine bestimmte Bandbreite. Wenn das alles ausgereizt war, konnte man nichts anderes tun als warten, bis sich alles wieder beruhigt hatte.

Also wartete Corvallis, zusammen mit einer Milliarde weiterer Internetuser, die auf eingefrorene Bildschirme starrten. Seine Gedanken gingen zurück zu dem armen Moab. Weit draußen, schwer zu erreichen, durch Straßensperren abgeschnitten, verstrahlt, vermutlich zu Asche verbrannt, war es irgendwie zweitrangig geworden. Vor ein paar Jahren war er einmal zu einer Raftingtour dort gewesen und hatte es als nette kleine Stadt in Erinnerung, ein Mekka für junge, dynamische, unbeschwerte Typen in Cargoshorts und Mädchen mit Sport-BHs und Zöpfen.

Ihm fiel ein, dass jetzt vielleicht der beste Moment war, um seine Römischer-Legionär-Kleidung aus- und die Normaler-Typ-Sachen, die er mitgebracht hatte, anzuziehen. Als er gestern am Ort ihres Lagers angekommen war, hatte er sich auf dem Rücksitz des Tesla umgezogen und seine modernen Kleider in einer Reisetasche im Kofferraum seines Autos verstaut. Diese Reisetasche befand sich nun jedoch, bis nach der Landung unerreichbar, im Gepäckraum des Flugzeugs.

Es tauchte ein Meme auf, demzufolge Moab in Wirklichkeit zwei Tage zuvor von der Bildfläche verschwunden war, weil die meisten seiner Bewohner Opfer einer sich explosionsartig ausbreitenden Seuche geworden waren, deren Erreger vermutlich aus einer nahe gelegenen Fabrik für biologische Waffen entwichen waren, worauf der Präsident den Entschluss gefasst hatte, die ganze Stadt mit einer Atombombe zu sterilisieren. Die Straßensperren auf den umliegenden Fernstraßen dienten nicht dazu, Neugierige am Hineinfahren, sondern infizierte Überlebende am Hinausfahren zu hindern. An alle bewaffneten Bürger, die irgendwo im näheren Umkreis von Moab lebten, erging der Aufruf, Wachen auf Hügeln und Dächern zu postieren und flüchtende Zombies zu melden oder zu erschießen. Diese und andere alternative Versionen der Realität wurden von einem lautstarken Chor von Gegenstimmen niedergebrüllt, auch wenn sie auf kleinen Talkradio-Kanälen noch ausgeschmückt und in plötzlich zu Berühmtheit gelangten Sendern, die Fanatikern gehörten, mit Feuereifer aufgegriffen wurden.

Der Präsident, der auf Staatsbesuch im Fernen Osten weilte, mahnte zur Ruhe, sagte dann seine weiteren Verpflichtungen ab und bestieg die Air Force One mit Kurs auf Washington – obwohl ein geleaktes Dokument, das in großem Umfang rebloggt und repostet wurde, einen Flugplan mit dem nuklearen Befehlsbunker der USA in Colorado Springs als Ziel zeigte.

Da Corvallis einstweilen nichts Nützlicheres einfiel, was er hätte tun können, dachte er sich, er könnte zumindest die Widerlegung der Zombie-Hypothese vorantreiben. Über das VPN, das ihn mit den Servern von Lyke verband, konnte er die riesige Datenbank durchsuchen, in der jede noch so geringe Aktivität in sozialen Medien seit dem Onlinegang der Firma erfasst war. Das war die Art von Tätigkeit, in der er während seiner Anstellung bei Corporation 9592 eine ziemliche Fertigkeit erlangt hatte, denn das Verfolgen der Aktionen, die die Millionen von Spielern durchgeführt hatten, war essenziell gewesen, um T'Rain zu einem amüsanten, erfolgreichen und profitablen Spiel zu machen. Im Vergleich dazu war es ein Leichtes, auf Lyke eine Suche zu starten, die sämtliche von Usern in Moab, Utah, ausgehenden Aktivitäten während der letzten Woche auflistete.

Natürlich glaubte Corvallis nicht eine Sekunde lang, dass tatsächlich eine durch eine biologische Waffe ausgelöste Seuche die Stadt getroffen hatte. Das war eindeutig das Werk von Trollen. Noch offen war bloß die Frage, ob es nihilistische Trolle waren, die einfach nur gern die Welt brennen sehen wollten, oder klar motivierte mit dem eigennützigen Interesse, Millionen von Leichtgläubigen zu übertölpeln, damit sie dies oder jenes anklicken. Doch eine der Perversitäten des Miasmas war, dass es ansonsten gesunde Menschen wie ihn – Menschen, die Besseres zu tun gehabt hätten – veranlasste, Energie darauf zu verwenden, mit komplett unbekannten Vollidioten zu streiten, von denen viele vermutlich ihre eigenen Argumente nicht glaubten, ja von denen viele gar keine Menschen waren. Mit seiner Datenbanksuche sammelte Corvallis Beweise zur Verwendung in einer dieser sinnlosen Debatten. Wenn es tatsächlich stimmte, dass Moabiter plötzlich massenweise krank geworden waren, hätten sie sich in den sozialen Medien beklagt. Sie hätten sich krankgemeldet, Verabredungen abgesagt, sich gegenseitig bemitleidet, sich über schwachsinnige Hausmittel ausgetauscht und bestimmte Schlüsselwörter wie »hohes Fieber und Hautausschlag« gegoogelt. Selbst wenn eine Regierungsverschwörung später die Verbindungen der Stadt zur Außenwelt gekappt hätte, bliebe die gesamte vorherige Aktivität auf den Servern von Lyke archiviert, wo sie von jemandem wie Corvallis, der die erforderlichen Zugriffsrechte besaß, zusammengetragen und analysiert werden konnte.

Wie erwartet ergab die Suche den ganz normalen Social-Media-Verkehr der Leutchen von Moab für eine Woche. Absolut nichts über mysteriöse tödliche Seuchen. Das Narrativ der Biowaffe war also leicht zu widerlegen, jedenfalls wenn man zu der kleinen Minderheit der Miasma-User gehörte, die auf Logik und Evidenz Wert legten.

Weniger aus Neugier als aus einem geistlosen, ans Zwanghafte grenzenden Drang, Dinge zu ordnen, sortierte er die Ergebnisse seiner Suche nach ihren Zeitstempeln, und zwar so, dass die neuesten Posts oben auf der Liste standen. Jetzt konnte er jedes kleinste bisschen Social-Media-Verkehr sehen, das in den Tagen und Stunden unmittelbar vor der Detonation aus Moab, Utah, herausgekommen war.

Die meisten der Einträge, die nun auf seinem Bildschirm erschienen, waren letzte Nacht gekommen und in den frühen Morgenstunden, als die Leute zu Bett gegangen waren, immer weniger geworden. Es gab das Selfie eines Betrunkenen auf einer Party um 3:12 Uhr, dann fast zwei Stunden lang nichts.

Der Eintrag ganz oben auf der Liste – also der letzte Social-Media-Post, der es aus Moab, Utah, hinausgeschafft hatte, bevor die Stadt ausgelöscht worden war, stammte von einer Firma namens Canyonland Adventures. Ihr Profil ließ vermuten, dass sie ihren Sitz in Moab hatte und dass ihre Tätigkeit in der Durchführung von Wildwasserraftingtouren auf dem Colorado River bestand. Im Zeitverlauf waren ihre Einträge Sonderangebote, nette Informationshäppchen (die Katze in ihrem Büro hatte Zoff mit einem Hund gehabt), Fotos von glücklichen Raftern vor herrlicher Kulisse und logistische Aktualisierungen für ihre Kundschaft gewesen.

Der letzte pränukleare Post gehörte offenbar zu Letztgenannten. Er bestand nur aus Text, keine Bilder oder Links, und lautete: »Gruppe Jones: Hier ist euer freundlicher Rafting-Guide Maeve, seit dem Morgengrauen auf den Beinen, gespannt auf das heutige Abenteuer – freue mich, euch alle Punkt sechs Uhr an der Sandbank zu treffen – poste das von meinem Handy, mein WLAN ist gerade ausgefallen! Wenn ihr mich erreichen müsst, ruft mich auf dem Handy an. Und nicht vergessen: SONNENCREME UND HÜTE!!!«

Die angehängten Metadaten deuteten darauf hin, dass der Post tatsächlich von der mobilen App über den SMS-Dienst verschickt worden war. Der Zeitstempel besagte 5:05 Uhr Ortszeit, also rund fünfzehn Minuten bevor die Bombe explodiert war.

10

Einige Jahre zuvor war Corvallis im Stop-and-go-Verkehr in einen mittelschweren Autounfall verwickelt worden. Er hatte abgebremst. Das Auto hinter ihm nicht – dessen Fahrer schrieb gerade eine SMS –, und dann war es ihm so heftig hinten draufgefahren, dass Corvallis' Auto einen Totalschaden erlitt. Im Rückblick war das Merkwürdige daran gewesen, wie lange sein Gehirn gebraucht hatte, um auch nur entfernt so etwas wie ein korrektes Bild der Ereignisse zusammenzubringen. Das Erste, was sich in Bezug auf Corvallis' Körper-Geist-System ereignet hatte, war, dass die Kopfstütze seines Autos ihn so hart am Hinterkopf getroffen hatte, dass er die kleinen Nieten in ihrem Rahmen spüren konnte. Dann war noch eine Menge anderes Zeug passiert, und er war für eine Weile abgelenkt gewesen, aber es hatte vielleicht eine Stunde gedauert, bis er bemerkte, dass ihm der Kopf wehtat, und mit der Hand am Hinterkopf eine Beule ertastete.

So ungefähr war es jetzt auch. Den Zeitstempel an Maeves Nachricht und ihre Worte – *mein WLAN ist gerade ausgefallen* – zu lesen, entsprach dem Schlag auf seinen Hinterkopf, aber bis er tatsächlich sein Augenmerk darauf richtete, verging eine ganze Weile.

Maeves Nachnamen (Braden) ausfindig zu machen und ihre Adresse nachzuschauen war nicht schwer. Sie lebte mitten in Moab, nur ein paar Häuserblocks vom Büro von Canyonland Adventures entfernt. Ob sie diesen Text nun von zu Hause oder vom Büro aus geschickt hatte, sie hatte sich vermutlich in einem Umkreis von hundert bis hundertfünfzig Metern um Ground Zero befunden.

Eine Zeit lang klickte er sich ziellos durch Maeves verschiedene Social-Media-Aktivitäten. Auf Lyke und anderen Social-Media-Plattformen hatte sie sich unter Verwendung unterschiedlicher Schreibweisen ihres Vornamens (Mab, Mabh, Madbh) und ihres Nachnamens (Bradan, O Bradain) angemeldet. Offenbar waren beide Namen gälisch, sodass die Schreibweise überall zu finden war. Das war ein bekannter Trick von Leuten, die Konten in sozialen Medien nicht unter ihrem richtigen Namen anlegen wollten, denen aber klar war, dass der falsche Name überzeugend genug sein musste, um an irgendeiner Stelle das elementare Prüfraster eines Algorithmus zu passieren; »Micky Maus« oder »XY« würden zurückgewiesen werden, »Mabh O Bradain« dagegen war in Ordnung. »Mab« unterschied sich nur in einem Buchstaben von »Moab«, und er fragte sich, ob Maeve ihn aus diesem Grund gewählt hatte, als eine Art Wortspiel auf ihre Wahlheimat.

Sie war Australierin und lebte wegen familiärer Schwierigkeiten, die in den sozialen Medien nur vage angedeutet wurden, in den Vereinigten Staaten. Maeve war zweifach amputiert – einer der Menschen, die an einer angeborenen Missbildung der Unterschenkel litten, aufgrund derer die Beine im Laufe der Kindheit oberhalb des Knies hatten abgenommen werden müssen. Den Ruder- und Paddelsport hatte sie in den neunundzwanzig Jahren ihres Lebens über weite Strecken beibehalten. Verna, ihre ältere Schwester in Adelaide, hatte Hautkrebs im fortgeschrittenen Stadium; daher hatte Maeve viel über die Bedeutung von Sonnenschutz für Leute, die viel draußen waren, zu erzählen.

Corvallis hatte eine Zeit lang Links angeklickt, aber nicht gelesen. Dann hatte er sich in einem Detail verloren und fand sich auf einer Seite über moderne Hightechbeinprothesen wieder. Er kannte zwei Leute, die welche hatten, und war einmal als Investor an einem Start-up beteiligt gewesen, das versuchte, bessere herzustellen. Daher fühlte es sich, auch wenn es nach purem Zufall klang, wie eine Verbindung zwischen ihm und Maeve an.

Das Flugzeug befand sich über den Bitterroots mit Kurs Südsüdwest. Corvallis öffnete eine Landkarte und zoomte sie so heran, dass er San José unten links, Moab unten rechts und Missoula ganz oben sehen konnte.

Er schnallte sich ab und ging, vorbei an der kleinen Bordküche, in der Bonnie Kaffee kochte, nach vorn. Sie hatte ihre High Heels weggekickt und die bequemen Flugbegleiterschuhe angezogen. Bonnie blickte leicht verwundert zu ihm auf; die Toilette befand sich am hinteren Ende des Flugzeugs, er hatte also keinen besonderen Grund, hier vorn zu sein.

Die Abläufe in Privatjets waren ziemlich zwanglos. Cockpittüren waren nicht gepanzert und wurden häufig offen gelassen, sodass neugierige Passagiere vorn hinausschauen konnten. Diese hier war gerade geschlossen. Corvallis zögerte, bevor er klopfte. Er zögerte, weil er im Begriff war, eine Entscheidung zu treffen, die er nicht würde rückgängig machen können, und er wusste, dass alle davon irritiert sein würden, und er war in so etwas – sich selbst zum Mittelpunkt des Interesses zu machen – nicht so gut. Deshalb musste er, bevor er anklopfte, eine kurze mentale Vorbereitungssequenz absolvieren, die er sich in den letzten paar Jahren angewöhnt hatte. Vor seinem geistigen Auge stellte er sich Richard Forthrast vor, gesund und munter, wie er genau da stand, wo Corvallis jetzt stand, und selbstbewusst an die Tür klopfte. Ach was, Dodge hätte gar nicht geklopft, er hätte die Tür einfach aufgemacht. Er hätte Frank und Lenny, Pilot und Co-Pilot, begrüßt und dann gesagt, was er zu sagen hätte.

Bonnie blickte ihn seltsam an.

Er lächelte und nickte ihr zu, dann klopfte er an die Tür. Und öffnete sie.

»Frank und Lenny«, sagte er. »Meiner Landkarte nach liegt

Moab ungefähr in derselben Entfernung von unserer jetzigen Position wie San José. Wir müssten also genug Treibstoff an Bord haben, um Moab anzusteuern. Ich möchte einen neuen Flugplan aufgeben und nach Moab fliegen.«

Sie sahen ihn an, als wäre er verrückt. Wie erwartet. So schlimm, wie er befürchtet hatte, war es aber gar nicht. War es nie. Das Schlimmere war immer, es gedanklich vorwegzunehmen.

»Moab, wo die Bombe hochgegangen ist?«, fragte Frank, der Kapitän.

»Ja. Dieses Moab.«

»Ich glaube, das ist gesperrt«, sagte Lenny, der Co-Pilot. »Vermutlich wird die FAA uns gar nicht in die Nähe lassen.«

»Wissen Sie das ganz sicher, Lenny, oder ist es nur eine begründete Annahme auf der Basis von Nachrichten und Social-Media-Kram?«

Lenny sah Frank an.

»Na ja, wirklich kontaktiert haben wir die FAA nicht, wenn es das ist, was Sie meinen«, sagte Frank.

»Ich möchte gern, dass Sie den Kurs in Richtung Moab ändern, den neuen Flugplan aufgeben und dann sehen, was passiert«, sagte Corvallis. »Falls die FAA uns nicht erlaubt, dort zu landen, können wir vielleicht auf dem Weg zu einer weiter entfernten Destination über Moab hinwegfliegen und darauf runterschauen. Alles, was ich brauche, ist ein Blick von oben auf die Stadt.«

Frank und Lenny sahen einander an. Frank nickte.

»Wird erledigt, Chef«, sagte Lenny.

»Okay. Lassen Sie mich wissen, wie es läuft. Ich möchte wirklich ganz genau erfahren, wie sich die FAA verhält, wenn man ihr das vorlegt.«

Corvallis kehrte zu seinem Laptop und dessen miasmatischen Live-Newsfeeds zurück, gerade noch rechtzeitig, um einen großen Militärhubschrauber vom Dach des Casinos in Las Vegas abheben zu sehen. Von ihm baumelte etwas herab, das schwer aussah. Er flog in Richtung des nahe gelegenen Militärflugplatzes davon, der als eine streng geheime Anlage galt, die man früher für Atomwaffentests benutzt hatte. In Vegas wurde Entwarnung gegeben. Doch das wurde in den Newsfeeds bereits von Berichten über einen ganz ähnlichen Zwischenfall verdrängt, der sich im obersten Stockwerk eines schmalen, noch im Bau befindlichen Wohnhochhauses im Zentrum von Manhattan ereignete. Dieser wetteiferte um Sendezeit mit schockierendem neuem Bildmaterial, das gerade aus Moab kam, wo man jetzt zum ersten Mal, seit das alles angefangen hatte, Fotos von schrecklich verbrannten Opfern und ein wackliges Video davon ansehen konnte, wie sie aus Rettungshubschraubern ausgeladen wurden. Von außerhalb der Absperrung auf der windabgewandten Seite von Moab berichteten inzwischen Blogger zu Pferd und in Geländefahrzeugen über erhöhte Strahlenwerte. Von den Mainstreammedien wurden diese Berichte ignoriert oder aktiv unterdrückt, vermutlich weil die Regierung sie ermahnt hatte, keine Panik zu schüren. Da aber die sozialen Netzwerke im Verbreiten dessen, was als Nachricht galt, erfolgreicher waren, spielte das kaum eine Rolle.

Schließlich hatten sich Leute Moab so weit genähert, dass sie eine Drohne darüberfliegen lassen konnten. Wegen der Militäreinheiten, die alle Zufahrtswege abriegelten, und auch weil sie selbst sich nicht der Strahlung aussetzen wollten, kamen diese Leute nicht allzu nah heran, waren aber imstande, Filmmaterial von der zerstörten Stadt zu übermitteln. Die geringe Bildfrequenz, die riesigen Pixel, die Kompressionsartefakte im Bild, die Tendenz der Kamera, in die falsche Richtung zu zeigen, wenn sie durch Rauch und Staub flog, all das trug zu einem Gefühl von Cinéma Vérité bei, das Corvallis' zunehmend erschöpftes Auge allmählich als zu gut, um wahr zu sein, empfand.

Da er nebenbei auch den internen Mailverkehr von Lyke

verfolgte, fiel ihm auf, dass Jason Crabb online war. Jason war Systemadministrator bei Nubilant gewesen und war im Zuge der Firmenübernahme zu Lyke gewechselt. Das hatte ihm einen Vorwand geliefert, in die Bay Area umzuziehen, was er wegen einer komplizierten Liebesbeziehung sowieso hatte tun wollen. Corvallis klickte auf das kleine Videokamera-Icon neben Jasons Namen. Nach kurzem Herumklicken auf der Benutzeroberfläche hatte er plötzlich ein Bewegtbild von Jason vor sich, der, einen Haufen Kissen im Rücken, aufrecht im Bett seiner Freundin saß. Der nach oben gerichtete Aufnahmewinkel von Jasons Laptopkamera ließ seinen Bart in der rötlichen Morgensonne üppig und prächtig aussehen. Er grüßte Corvallis nicht, sondern fixierte ihn nur wachsam und abwartend. An einem Tag wie diesem hätte C-plus, wenn es nicht wichtig gewesen wäre, nie den ungewöhnlichen Schritt eines Videoanrufs unternommen.

»Nehmen wir mal an, in Moab gibt es eine Firma mit einer Website oder einer anderen wie auch immer gearteten Form von Internetpräsenz«, begann Corvallis.

»Und?«

»Angenommen, jetzt ist sie nicht erreichbar.«

»Sag bloß!«

»Ich sehe schon, aber lass uns trotzdem mal so tun, als wüssten wir nicht, warum. Es gibt zwei mögliche Erklärungen für ihre Unerreichbarkeit. Du musst jetzt Detektiv spielen und rauskriegen, welche von beiden wahr ist.«

»Okay …??«

»In Szenario eins wurde Moab atomar angegriffen, und die Kabel oder Glasfasern reichen nicht einmal mehr in die Stadt hinein, sondern baumeln von einem brennenden Telegrafenmast in der Wüste. In Szenario zwei ist Moab noch da, aber der Provider, der es bedient, wird durch eine DDoS-Attacke ausgeschaltet.« Was, wie Jason wissen würde, »distributed denial of service« oder »verteilte Dienstblockade« bedeutete. »Oder auch durch irgendeine andere Art von Remote-Hack, die ihn für eine Weile lahmlegt. Siehst du eine Möglichkeit, wie du, ohne aufstehen zu müssen, zwischen diesen beiden Szenarien unterscheiden könntest?«

»Ich muss pinkeln«, sagte Jason.

»Du weißt, was ich meine.«

»Vermutlich.«

»Gut, bitte mach das, und gib mir Bescheid«, sagte Corvallis und trennte die Verbindung.

Noch viel mehr passierte jetzt in Manhattan, auf Nachrichten- und Social-Media-Seiten, im Talkradio. Die Welle hatte ihren Scheitelpunkt noch nicht erreicht. Hätte Corvallis zu den Milliarden gehört, die tatsächlich glaubten, Moab sei ausgelöscht worden, hätte ihn das voll und ganz in Beschlag genommen. So aber befand er sich in einem seltsam friedlichen und ruhigen Zustand.

»Ich habe mich spontan umentschieden«, sagte Frank gerade zu ihm.

Corvallis schaute auf und sah den Piloten im Gang stehen und auf ihn herunterblicken. Sein Gehirn kam langsam in Fahrt. Frank hatte also selbstständig eine Entscheidung getroffen – und damit auf eine Weise improvisiert, von der er hoffte, dass Corvallis sie hinterher billigen würde.

»Ich habe einen Flugplan nach El Paso aufgegeben.«

»El Paso?«

»Das wird uns in die Nähe von Moab bringen. Nah genug, dass wir darauf runterschauen können, wie Sie sagten. Wir werden aber auf einer Flughöhe von vierzigtausend Fuß sein – über der Box.«

»Der Box?«

»Das ist das Flugbeschränkungsgebiet rund um Moab, in das die FAA uns nicht reinlassen will.«

»El Paso ist viel weiter entfernt«, gab Corvallis zu bedenken.

Frank nickte. »Das einzige etwas Riskante daran ist, dass wir nicht mehr so sehr viel Treibstoff haben. Ich meine, wir könnten es ausreizen, aber dann wären wir in der roten Zone. Deshalb werden wir irgendwo anders, kurz vor El Paso, landen müssen.«

»Das ist in Ordnung«, sagte Corvallis, »bis dahin wird alles anders sein.«

»Für Sie ist es in Ordnung«, sagte Frank, »aber ich stehe wie der letzte Idiot da, weil ich einen Flugplan aufgegeben habe, der treibstoffmäßig gar keinen Sinn ergibt.«

»Sagen Sie mir einfach, mit wem ich sprechen muss. Ich übernehme die Verantwortung.« Normalerweise sah Corvallis den Leuten nicht gern in die Augen, aber aus der Beobachtung von Dodge wusste er, dass es Zeiten gab, wo das ein Knackpunkt war. Also zwang er sich, Frank in die Augen zu blicken. »Ich werde persönlich die Verantwortung hierfür übernehmen und dafür sorgen, dass Sie aus dem Schneider sind.« Frank zuckte die Achseln, zog die Augenbrauen hoch und ging zurück ins Cockpit.

Corvallis hatte gerade über ein Detail nachgedacht, das während seiner Internetrecherche über Maeve Braden seine Aufmerksamkeit gestreift hatte. Um es wiederzufinden, musste er erstaunlich tief in seiner Browserchronik graben, was dadurch erschwert wurde, dass er sowohl im öffentlichen Miasma als auch im sicheren Dateisystem von Lyke nach Informationen über sie gesucht hatte. Schließlich stöberte er es im Letztgenannten auf. Es war ein personenbezogener Datensatz, der mit ihrem Benutzerkonto zusammenhing – die Folge davon, dass sie vor Jahren, als sie zu Lyke gekommen war, ein Formular ausgefüllt und den Button »Senden« angeklickt hatte. Damals hatte sie mehrere Telefonnummern aufgeführt, einschließlich einer, die mit »011«, der Verkehrsausscheidungsziffer für internationale Anrufe aus den Vereinigten Staaten, begann. Da er bereits von Maeves australischer Herkunft wusste, hatte er beim ersten Überfliegen den naheliegenden Schluss gezogen, dass es sich um eine Oz-Nummer handelte. Allerdings wäre es nicht besonders sinnvoll, sich die Mühe zu machen, eine solche Nummer ins persönliche Profil aufzunehmen, wenn Maeve sich nur selten in Australien aufhielt.

Auf den zweiten Blick stellte er fest, dass die Landesvorwahl 881 lautete, was nicht die von Australien war; es war eine spezielle Vorwahl, die von Satellitenhandys benutzt wurde.

Über Satellitentelefone wusste Corvallis nicht besonders viel, aber er kannte ein paar Leute, die welche besaßen, entweder weil sie einfach Freaks oder weil sie tatsächlich viel an Orten ohne Mobilfunknetz unterwegs waren. Maeve schien ziemlich eindeutig zu Letzteren zu gehören. Ihre Tätigkeit bestand vor allem darin, Touristengruppen auf Touren tief in die Schluchten des Colorado River mitzunehmen, wo die Nutzung normaler Handys ausgeschlossen war. Canyonland Adventures dürfte Satellitentelefone besitzen und natürlich seine Guides damit ausstatten.

Ob sie das Ding immer eingeschaltet hatte, noch dazu griffbereit, war eine andere Frage. Er stellte sich eher vor, dass es ausgeschaltet und in einem wasserdichten Beutel am Boden eines Schlauchboots verstaut war. Allerdings konnte es so über Bord gehen, wenn das Schlauchboot kenterte – was wiederum genau die Situation wäre, in der man es brauchen würde. Es wäre also sinnvoller, wenn der Rafting-Guide das Handy am Körper trüge.

Einen Versuch war es jedenfalls wert. Corvallis' Handy würde im Flugzeug nicht funktionieren, aber er hatte eine ziemlich gute Internetverbindung und konnte über seinen Laptop Sprachanrufe tätigen. Für eine bessere Audioqualität stöpselte er seinen Kopfhörer ein, startete die entsprechende App und tippte die Nummer ein. Es folgte eine lange Wartezeit – viel länger als bei normalen Anrufen.

»Hal-lo?!«, sagte eine Frau. Sie klang wie eine Australierin und war offenbar genervt, dass jemand sie anrief. Im Hintergrund konnte man Leute plaudern und lachen hören. Corvallis stellte sie sich auf dem Schlauchboot vor, auf einem ruhigen Abschnitt des Colorado. Er hörte ein Platschen und einen Plumps. Jemand war zum Schwimmen ins Wasser gesprungen.

Allein damit hatte Corvallis bereits erfahren, was er wissen musste: dass Moab nicht atomar ausgelöscht worden war. Dennoch gebot es die Höflichkeit, sich vorzustellen. »Maeve, es tut mir leid, dass ich Sie behellige, aber es ist wichtig. Sie kennen mich nicht. Ich heiße Corvallis Kawasaki.«

»Wie die Stadt Corvallis? Oregon?«

»Ja. Wenn Sie zu Hause sind, können Sie mich googeln, ich bin Manager bei Lyke. Der Social-Media-Firma.«

»Sie arbeiten bei Lyke?«

»Ja.«

»Stimmt mit meinem Account irgendwas nicht? Wurde ich gehackt oder so was?« Ihm gefiel die Art, wie sie das fragte. Ihr Ton war nicht besorgt, eher so, als fände sie es auf schräge Weise amüsant, gehackt worden zu sein.

»Nein. Ihr Account ist in Ordnung. Was Sie betrifft, ist alles in Ordnung.«

Sie lachte. »Warum rufen Sie mich dann an? Etwa um sich mit mir zu verabreden?«

»Das wäre eine Verletzung unserer Datenschutzbestimmungen«, antwortete Corvallis. »Es geht um etwas anderes, das Sie vermutlich wissen sollten.« Und dann erklärte er ihr, so gut er konnte, ohne den ganzen Tag dafür zu brauchen, was passiert war. Während dieser Zeit sagte Maeve nicht viel. Es gab eine Menge Informationen aufzunehmen. Und angesichts all der Komplexität, angesichts der Millionen von Menschen im Internet, die ernsthaft an deren Realität glaubten, musste es ihr lächerlich und wie ein Traum erscheinen, wie sie, ihren Sonnenhut nach hinten geschoben, das Paddel auf dem Schoß, den Colorado hinunterglitt, die uralten Felsen betrachtete oder der Familie Jones zusah, die im kühlen Wasser herumtollte.

»Gegen zwanzig nach fünf heute Morgen waren Sie immer noch in oder in der Nähe von Moab, stimmt's?«

»Ich war im Büro«, sagte sie, »hab den Lieferwagen beladen.«

»Im Zentrum von Moab.«

»Ja.«

»Haben Sie so etwas wie einen hellen Blitz am Himmel gesehen?« Er kannte die Antwort bereits, musste aber fragen.

»Nein, es gab nichts dergleichen.«

»Aber das Internet war ausgefallen.«

»Als ich um vier Uhr dreißig aufstand, ging es noch. Eine halbe Stunde später war es abgestürzt. Nichts.«

»Haben Sie überhaupt versucht, Ihr Handy zu benutzen?«

»Die Jones haben es versucht. Sie wollten mich anrufen, um halb sechs, zwanzig vor sechs, so was. Nichts ging.«

»Warum wollten sie Sie anrufen?«

»Um mir zu sagen, dass sie später kommen würden.«

»Aber Sie haben sich an der Sandbank getroffen und konnten ohne irgendein ungewöhnliches Ereignis starten.«

»Ja.«

»Und die Sandbank ist, na sagen wir, drei Kilometer außerhalb von Moab?«

»Das stimmt. Bleiben Sie dran.« Aus dem Handy kamen nur noch gedämpfte Geräusche, Wortfetzen. Corvallis vermutete, dass Maeve ihren Kunden, die genug mitbekommen hatten, um neugierig zu sein, die Dinge zu erklären versuchte.

»Ich bin da«, versicherte sie ihm.

»Maeve? Es gibt noch viel, worüber wir sprechen könnten«, sagte Corvallis, »aber ich wette, die Jones haben Freunde und Angehörige, die wiederum wissen, dass sie heute Morgen in Moab waren, und jetzt ganz verrückt vor Sorge sind. Sie sollten sie anrufen.«

»Warum haben die denn nicht schon selbst angerufen, frage ich mich.«

»Vermutlich kennen sie die Satellitennummer nicht. Um da heranzukommen, müssten sie Ihr Büro erreichen, und …«

»Und alle Verbindungen sind tot, ja. Also gut. Wie kann ich Sie zurückrufen, Corvallis?«

Er gab ihr seine Nummer, und sie wiederholte sie, wobei sie das quasimilitärische »zwo« anstelle von »zwei« benutzte, was er unerklärlicherweise vertrauenerweckend fand. Dann legte sie ohne weitere Förmlichkeiten auf.

Während das alles vor sich gegangen war, hatte Jason Crabb ihm etwas zurückgemailt, was er bereits wusste, nämlich dass der Verbindungsblackout in Moab allem Anschein nach die Folge einer konventionellen DDoS-Attacke war.

Corvallis wählte die Nummer von Laurynas, seinem Chef, dem neunundfünzigstreichsten Mann der Welt, der den Anruf mit dem Satz »Verkaufen Sie keine einzige Ihrer Aktien« entgegennahm.

»Was?«

»Wenn die Börse wieder öffnet, meine ich. Die Rechtsabteilung hat eine Brandmail an die ganze Belegschaft verschickt.«

Corvallis brauchte ein paar Sekunden, um die Logik zu erfassen. »Sie wissen, dass der Moab-Vorfall ein Hoax ist.«

»Ja. Das wird immer deutlicher sichtbar.«

»Sie machen sich Sorgen, dass das ein Blutbad für unsere Aktien wird. Weil so viel davon in unserem Netz passiert. Es sieht aus, als wären wir fahrlässig. Die Leute werden uns verklagen.«

»Bisher ist das aber Insiderwissen, C, und wenn Sie irgendwas von ihren Aktien verkaufen, treiben Sie Insiderhandel.«

»Verstanden.«

»Wo sind Sie denn, Mann? Außer in einem Flugzeug.«

»Unterwegs nach Moab.«

Laurynas lachte. Auf Corvallis wirkte es, als sei es das erste Mal an diesem Tag. »Echt jetzt?«

»Als ich Verdacht schöpfte, habe ich die Piloten gebeten, einen neuen Kurs zu planen.«

»Das ist ja der Hammer.« Laurynas war zehn Jahre jünger als Corvallis. »Versuchen Sie, in Moab zu landen?«

»Vermutlich nicht. Noch kein richtiger Plan.«

»Sie entscheiden einfach spontan. Das. Ist. Wahnsinn!«

»Danke.«

»Wann haben Sie Verdacht geschöpft, C?«

»Im Unterbewusstsein? Bei diesem ganzen Mist über die Moabiter.«

»Wovon reden Sie?«

»In dem Video von den Terroristen, in dem sie sich zu dem Angriff bekennen?«

»Ja. Es ist ein ziemlich langer Sermon«, sagte Laurynas etwas aus der Defensive. »Ich hatte keine Zeit, mir das ganze Ding anzuhören.«

»Darin wird ein Haufen alttestamentlicher Käse über die alten Moabiter zitiert, und dass sie anscheinend die Bösen waren. Aus Inzucht geboren oder so was.«

»Als ob das den Angriff auf Moab, Utah, rechtfertigte.«

»Ja, und in gewisser Hinsicht finde ich, es klingt wie die übliche verschwurbelte Dschihad-Denke, aber gleichzeitig ist da bei mir auch: ›Komm schon, Mann, du hättest jede beliebige Stadt auslöschen können, und die meisten wären leichter zu erreichen gewesen als Moab.‹ Ich meine, wozu sich überhaupt die Mühe mit einem Warnschuss machen?«

»Die haben sich zu sehr bemüht«, sagte Laurynas, dem ein Licht aufging. »Haben zu dick aufgetragen bei ihrer Erklärung, warum sie sich diese Stadt ausgesucht haben.«

»Ja. Als hätten sie Angst, die Leute könnten es durchschauen. Wo der wahre Grund ja auf der Hand liegt.«

»Genau. Würden sie einen solchen Atombomben-Hoax in Paterson, New Jersey, durchziehen, würden die Leute in der Nachbarstadt sofort mit ihren Ferngläsern nachschauen und feststellen: ›Nö, immer noch da.‹ Es musste ein abgelegenes Kaff sein.«

»Das ist der Schlüssel zu dem ganzen Plan«, sagte Corvallis.

»Ja, daraus ergeben sich dann der Nachtflug, der Lastwagenfahrer und alles Übrige. Diese Typen sind gut.«

»Deshalb würde ich mir, wenn ich Sie wäre, mit den Mitteln, die Sie haben, das gefälschte Filmmaterial mal ganz genau ansehen, die Verbrennungsopfer …«

»Wir haben ein paar Metadaten gefunden, die darauf hindeuten, dass es aus einem Nollywood-Studio für Spezialeffekte kommt.«

»Sie meinen Bollywood?«

»Nollywood. November. Nicht Bravo. Nigerianische Filmindustrie. Gigantisch.«

»Meine Güte, warum ist es immer Nigeria?«

»Ist es nicht«, sagte Laurynas rundweg. »Das ist klassische Irreführung. Wer immer dahintersteckt, weiß, dass die Leute sich, wenn es herauskommt, viel zu viel mit der Nigeria-Seite beschäftigen werden.«

»Gut, und was soll ich Ihrer Meinung nach jetzt tun?«, fragte Corvallis, nachdem sie beide ein Weilchen still dagesessen und über Nigeria nachgedacht hatten.

»Das Unternehmen retten.«

»Und wie könnte ich das Ihrer Ansicht nach bewerkstelligen?«

»Indem Sie Moab erreichen, bevor der Präsident der Vereinigten Staaten dort ankommt. Oder, falls das nicht klappt, dann doch bald.«

»Inwiefern wird dadurch die Firma gerettet?«

»Wenn den Leuten klar wird, dass das ein Hoax ist, werden brennende Fäkalien vom Himmel fallen und uns bis in eine Höhe von sechs Empire State Buildings zuschütten«, sagte Laurynas. »Das Beste, was wir tun können, ist, die Schuld dafür zu verteilen – betonen, dass alle anderen Netzwerke auf dieselbe Weise benutzt wurden. Das wird unendlich wirkungsvoller, wenn wir sagen können: ›Und schaut mal, unser Kumpel C war schon vor

Sonnenuntergang in Moab, um persönlich nachzusehen, was eigentlich Sache ist.«

Laurynas, ein litauisches Basketball-Ausnahmetalent, hatte mit einem Stipendium die Universität von Michigan besucht und dann alle Welt auf dem falschen Fuß erwischt, indem er sich als wirklich klug entpuppte. Er hörte auf den Namen Lawrence. Den Jargon der amerikanischen Hightechgemeinde hatte er ziemlich korrekt angenommen, aber wenn er sich etwas vorstellte, das seiner Meinung nach großartig sein würde, brach sein Akzent durch.

»Vor Sonnenuntergang?«, wiederholte Corvallis.

»Besser wäre es. Dunkelheit, Video, passt nicht gut zusammen.« Lachend legte Laurynas auf. Er besaß die Jovialität des großen Mannes, wenn es um die Taten kleiner Leute ging.

In einem Miasma-Feed gaben gerade eine paar Wissenschaftler in weißen Laborkitteln vor einer Interviewwand, die mit dem Logo und Namen des Los Alamos National Laboratory gepflastert war, eine Pressekonferenz. Corvallis hörte ihnen eine Weile zu. Es war perfekt. Die Schauspieler, die die Wissenschaftler mimten, waren eine ideale Besetzung: Es gab die graue Eminenz, die nicht viel sagte, aber, wenn sie es tat, große Würde und Autorität ausstrahlte; den sympathischen jungen Bartträger, der am meisten redete und einen an den Lieblingsbiologielehrer erinnerte, der auf einem Liegerad übers Schulgelände fuhr; die schüchterne, mittelalte, mütterliche, aber immer noch irgendwie attraktive Frau; den introvertierten Asiaten, bei dem hin und wieder ein trockener Humor aufblitzte. Wer immer diese Fälschung inszeniert hatte, hatte den Sound perfekt getroffen: Man konnte Stühle scharren, Kameraverschlüsse klicken, Finger auf Laptoptasten hämmern, Handys klingeln hören, und alles zusammen vermittelte den Eindruck, dass sich hundert Journalisten in dem Raum drängten. Die Nutzdaten – der informatorische Sprengkopf an der Spitze dieser Social-Media-Rakete – bestanden darin, dass man angeblich an radioaktivem Niederschlag, der von Freiwilligen auf der windabgewandten Seite von Moab gesammelt worden war, eine Isotopenuntersuchung vorgenommen hatte und nun bestätigen konnte, dass er mit dem Fingerabdruck von einem halben Dutzend Kofferatombomben aus der Sowjet-Ära, die einige Jahre zuvor in Usbekistan abhandengekommen waren, übereinstimmte.

Noch während C-plus die Qualität der pseudowissenschaftlichen Beiträge bewunderte, die diese Schauspieler von sich gaben, wurde die »Pressekonferenz« plötzlich »abgewürgt«, als eine Gruppe vierschrötiger Typen mit Bärten und Panoramasonnenbrillen, die aussahen, als kämen sie direkt vom Casting für einen SEAL-Team-Six-Film, in den Raum eindrangen. Das Gesicht ihres Anführers war nur wenige Einstellungen lang sichtbar, denn er schlug mit einer ausholenden Armbewegung nach dem Objektiv. Die Kamera fiel zu Boden, landete auf der Seite und übermittelte eine Nahaufnahme von einem umgestoßenen Starbucks-Becher und ein paar Stuhlbeinen und dazu das undeutliche Geräusch der protestierenden Wissenschaftler, während sie aus dem Raum gedrängt wurden.

Ein Logo am unteren Bildschirmrand wies das Material als Liveübertragung auf CNN aus. Was per definitionem falsch war, da Corvallis gerade gar nicht CNN *schaute*. Er hatte es auf YouTube gefunden, nachdem er einen Twitter-Link angeklickt hatte, in dem ein besorgter Laienjournalist behauptete, dieses sensationelle Filmmaterial habe er zuvor im CNN-Livestream mitbekommen und poste es jetzt einfach zum Wohl der Allgemeinbevölkerung, und jeder solle es herunterladen und kopieren und überall verbreiten, ehe die Regierung die Nachricht unterdrücke.

Aus Neugierde wechselte Corvallis zum Twitter-Feed von CNN und fand einen zwanzig Minuten alten Tweet, in dem versichert wurde, das Pressekonferenzvideo auf YouTube sei kein Originalinhalt von CNN, es sei nie auf CNN gesendet worden, und es handele sich dabei um einen Hoax. Der Tweet hatte bereits Tausende erboster und skeptischer Antworten von Leuten hervorgerufen, die meinten, CNN werde offenbar von Akteuren des »tiefen Staats« kontrolliert.

Da Corvallis einstweilen nichts anderes zu tun hatte, ließ er das Video mit der gefälschten Pressekonferenz noch einmal bis zu einer Nahaufnahme der Wissenschaftlerin laufen und machte einen Screenshot ihres Gesichts, den er in die Gesichtserkennungs-App von Lyke kopierte. Innerhalb von Sekunden las er das IMDb-Profil dieser Schauspielerin, einer altgedienten Darstellerin in zahlreichen Fernsehwerbespots und ein paar Indie-Filmen. Um dieses Experiment mit der übrigen Besetzung zu wiederholen, war ihm seine Zeit zu schade. Oder auch mit dem schlampig gekleideten jungen Schauspieler, der zuvor aus dem Nachtflieger gestiegen war und das Bildmaterial von dem Atompilz mit der Welt geteilt hatte. Oder mit dem Lastwagenfahrer in Utah. Oder mit Larry Proctor, dem Blogger. Mit allen wäre es dasselbe. Und wenn der Hoax entdeckt und widerlegt wäre, würden sie alle von rachsüchtigen Miasma-Spürhunden ausfindig gemacht, und sie alle würden vermutlich eine ähnliche Geschichte erzählen: Engagiert von einer Produktionsfirma, die an einem Low-Budget-Indie-Thriller arbeitete, seien sie in bestimmte Tonstudios gegangen und hätten bestimmte Rollentexte gesprochen. Sie seien ebenso wie das Produktionsteam auf nicht zurückzuverfolgende Weise, mittels Bitcoin oder was auch immer, bezahlt worden und dann zum nächsten Dreh übergegangen.

Eine SMS von Laurynas kam durch: *Haben die Urheber der Atompilz-Sim. gefunden – eine CGI-Firma auf den Philippinen.*

Er googelte *Moab Hoax* und fand eine im Grunde unendliche Menge an Zeug, das bereits gepostet wurde. Vieles davon war richtig, aber aus den falschen Gründen. Neunzig Prozent handelte von der Biowaffentheorie.

Diese Leute – diejenigen, die das getan hatten – waren beeindruckend. Sie wussten, dass manche Menschen den Hoax durchschauen und als solchen anprangern würden. Diese Skeptiker konnte man nicht zum Schweigen bringen. Aber man konnte sie niederbrüllen. Also hatten die Urheber des Hoax das Miasma mit einer vorgefertigten Hoax-Erzählung geimpft, die offenkundig lächerlich und exakt darauf zugeschnitten war, bei den lautstarken Bewohnern von Crazytown Anklang zu finden. Gerade jetzt tippte jedermanns Onkel Harry – der wütende Verschwörungstheoretiker beim Thanksgiving-Dinner –, so schnell er nur konnte, mit aktivierter Großschreibfunktion. War man Mitglied der faktenbasierten Community und hielt das Ganze für einen Hoax, musste man sich durch hundert Posts in Zombiemanier kämpfen, um einen einzigen zu finden, der Sinn ergab, und wo immer man im Internet hinging, um für eine skeptische und vernünftige Herangehensweise zu werben, wurde man mit den Zombiefanatikern in einen Topf geworfen, lächerlich gemacht und mit Daumen runter bewertet. So fand Corvallis beispielsweise einen Thread, in dem Zombiefanatiker von Leuten niedergebrüllt wurden, die gerade die gefälschte Pressekonferenz in Los Alamos auf YouTube gesehen hatten und das nun als Beweis für die Aussage nutzten, dass Moab von ausländischen Terroristen und nicht von der amerikanischen Regierung atomar vernichtet worden sei.

Franks Stimme kam durch die Gegensprechanlage. »Moab liegt unter einer Wolkendecke.«

Natürlich lag es unter einer Wolkendecke. Corvallis fragte sich, ob die Urheber dieses Hoax auf einen bewölkten Tag gewartet hatten, bevor sie den Knopf drückten.

Er ging nach vorn ins Cockpit, um über die Schultern der Piloten hinweg durch die Windschutzscheibe blicken zu können. Das Wetter war insgesamt klar, aber über niedrig gelegenen Teilen der Landschaft einschließlich eines markanten Flusstales, nach Corvallis Vermutung dem des Colorado, hatten sich Wolken watteartig festgesetzt. Gesperrter Luftraum oder nicht, man konnte den ganzen Tag über Moab hin und her fliegen und hatte am Ende dennoch keine eindeutige Antwort auf die Frage, ob es noch existierte.

»Wir müssen landen«, verkündete Corvallis.

»Der Flughafen Moab ist geschlossen«, erwiderte Frank.

Ohne nachzudenken, sagte Corvallis, was Dodge gesagt hätte: »Von einem Flughafen war nicht die Rede. Schauen Sie, ob es einen Behelfslandeplatz oder ein gerades Stück Schnellstraße gibt.«

»Schnellstraße!?«

»Vielleicht kann ich jemanden kontaktieren, der sich in der Gegend auskennt«, sagte Corvallis und verließ das Cockpit wieder. Sein Telefon klingelte. Oder besser, die App, die auf seinem Laptop lief, tat, was ein Handy tut, nur über Internet. Raschen Schrittes ging er den Gang hinauf und drehte sich so, dass er den Bildschirm sehen konnte. Ein Fenster war aufgepoppt und wies ihn auf einen eingehenden Anruf von einer internationalen Nummer mit der Vorwahl 881 hin.

Corvallis verliebte sich in Maeve.

Es war einer dieser Übergänge wie damals, als bei dem Auffahrunfall die Kopfstütze seinen Hinterkopf gerammt hatte. Zu behaupten, er sei sich dessen nicht bewusst, wäre falsch gewesen. Es war spürbar. Aber der Teil seines Nervensystems, der es wahrgenommen hatte, befand sich weit unten, im Heizraum sozusagen, und verschickte Warn-E-Mails, die lange brauchten, um durch die Spamfilter und mittleren Führungsebenen seines Gehirns hindurch nach oben zu gelangen. Es konnten Wochen vergehen bis zu dem Meeting, bei dem Corvallis Kawasaki im Sitzungssaal seiner Seele eine PowerPoint-Folie präsentiert bekam, die auf einer Breite von fast zweieinhalb Metern in einer nüchternen, serifenlosen Schrift verkündete »VERLIEBT IN MAEVE«. Was er gerade erlebt hatte, entsprach eher dem kaum merklichen Klicken eines technisch wirklich ausgereiften Mechanismus, der gerade zusammengesteckt wurde.

Er stöpselte seinen Kopfhörer ein und nahm den Anruf an. »Maeve?«

»Das ist alles ein bisschen surreal«, verkündete sie. »Die Jones haben mit ihren durchgeknallten Verwandten gesprochen. Davon haben sie eine ganze Menge. Neurotische Familie, nehme ich an.«

»Sie wissen also so ungefähr, was vor sich geht.«

»Ich weiß, was in ihren kleinen Hirnen vor sich geht«, sagte sie. Aus dem Mund eines Hightechfreaks hätten dieselben Worte unglaublich arrogant gewirkt, aus ihrem dagegen kamen sie eher liebevoll/verzweifelt.

Corvallis' vorrangige Emotion war hoffnungsvolle Genugtuung darüber, dass er im Moment der einzige Mensch auf der Welt war, mit dem Maeve sprechen konnte. Das war irrelevant und vermutlich unangemessen. Er war mit anderen Leuten, aber im Grunde genommen allein in einem Privatjet. Sie war mit anderen Leuten, aber im Grunde genommen allein auf einem Schlauchboot zehntausend Meter unter ihm (denn die Maschine hatte mit dem Sinkflug begonnen).

»Wollen die Jones aufhören?«, fragte er.

»Was fragen Sie da?«

»Wie lange sollte die Tour dauern?«

»Drei Tage. Zwei Übernachtungen. Wir kommen am anderen Ende des Parks raus.« Des Canyonlands National Park, wie er schlussfolgern konnte.

»Sind Sie schon im Park?«

»Noch nicht ganz. Wir haben an einem Kiesstreifen angehalten, um zu Mittag zu essen und endlose Telefongespräche zu führen.«

»Wenn sie jetzt abbrechen könnten, würden sie es tun? Und zu ihren ausgeflippten Angehörigen zurückkehren?«

»Ob es ihnen komplett verleidet ist, wollen Sie wissen. Ob sie die nächsten drei Tage wirklich noch genießen können.«

»Ja, und in diesem Sinne: Gibt es in Ihrer Nähe einen Behelfslandeplatz?«

Ihre Antworten lauteten Ja – die Jones wollten abbrechen – und Ja: In ihrer Nähe gab es einen Behelfslandeplatz, der zu einer an den Park angrenzenden Ranch gehörte. Eine halbe Stunde später war die Maschine dort am Boden. Anflug und Landung waren Corvallis normal erschienen, doch als das Flugzeug zum endgültigen Stillstand gekommen war, klatschten Frank und Lenny sich ab. Bonnie blickte durch das winzige Fenster in der Tür und nahm von dem Vorhaben, ihre High Heels wieder anzuziehen, Abstand. Sie öffnete die Tür, klappte die Treppe aus und nahm, Corvallis Wollmantel über dem Arm, Haltung an. Der Geruch von Wüsten-Beifuß strömte ins Innere der Maschine.

Corvallis hatte sich etwas authentisch Rustikales erhofft, doch die Ranch hatte sich in einen Tourismusbetrieb verwandelt, und so war das Erste, was er davon mitbekam, ihr cooler, im Moment jedoch nicht besetzter Kiosk. Ungläubig sah er zu, wie ein echter Steppenläufer daran vorbeiwehte. Der Behelfslandeplatz war auf dem Grund eines ausgetrockneten Sees angelegt worden und deshalb von niedrigen Schutthügeln umgeben, aus denen abweisend aussehende Felszungen hervorsprossen. Vielleicht erklärte sich daraus das Abklatschen der Piloten.

Da kam schon einer dieser besonders wuchtigen Pick-ups mit Doppelbereifung hinten und einer Doppelkabine herbeigefahren. Er schleuderte durch enge Kurven und wirbelte in hahnenschwanzförmiger Flugbahn dicke Wolken von Staub auf.

Corvallis war sich ziemlich sicher, dass er in diesem Moment näher (circa dreißig Kilometer) an Moab war als irgendwelche anderen Führungskräfte eines größeren Social-Media-Unternehmens. Er fand, dass er das mit einer SMS würdigen sollte. Doch sein Handy meldete keinen Empfang. Ein Satellitentelefon besaß er nicht. Er hatte nicht mehr Kommunikationstechnologie zur Verfügung als ein römischer Legionär. Vermutlich sogar weniger, denn diese Burschen hatten Boten und Brieftauben und so was.

Apropos, Lenny holte Corvallis' Reisetasche aus dem Gepäckraum, brachte sie schnell herüber und warf sie ihm auf eine Weise zu, die nahelegte, dass es vielleicht Zeit war, sich umzuziehen. Er fing die Tasche auf und hängte sie sich erst einmal über. Hier gab es keinen Ort zum Umziehen, es sei denn, er wollte die Tür des Kiosks eintreten.

Auf der Fahrertür des Pick-ups prangte das Logo der Angel Rock Ranch, das er wiedererkannte, weil er es eine halbe Stunde zuvor im Miasma gesehen hatte. Unter ästhetischen Gesichtspunkten besetzte es eine kuriose Nische, die bis vor relativ kurzer Zeit noch nicht existiert hatte: Auf der einen Seite war es für diesen Ort hier zu professionell und glatt, denn es waren Archivbilder und Schrifttypen verwendet worden. Andererseits war es handgestrickt und amateurhaft, weil sie es selbst zusammengeschustert hatten. Von Unterschneidung hatten sie keine Ahnung. Der Pick-up überquerte die Piste in einigem Abstand von dem Flugzeug, umfuhr es angemessen weiträumig in einem weiten U und kam mit knirschenden Reifen neben Corvallis und Lenny zum Stehen. Die Fahrertür ging auf, und heraus stieg ein schlanker Mann mit einem breiten Gesicht und einer Baseballkappe auf dem Kopf. Er trug Jeans, Arbeitsstiefel und ein kariertes Druckknopfhemd. Er hatte die Taille eines jungen Mannes und die Trifokalbrille eines älteren. Am Rand seines linken Ohrs schlängelte sich eine Linie aus Sonnencreme entlang. Er hielt den Blick auf Corvallis' Gesicht gerichtet, als zwänge er sich, nicht hinunter auf seine Tunika zu schielen; vielleicht hatte er seine Neugier bereits beim Starren durch das getönte Fenster seines Autos befriedigt. Corvallis seinerseits schaffte es, einen Anflug jungenhafter Enttäuschung darüber zu verbergen, dass dieser Mann keinen Cowboyhut trug.

»Mr Kawasaki, nehme ich an. Willkommen auf der Angel Rock Ranch. Ich heiße Bob Nordstrom und bin der Ranchmanager und ich bin hier, um Sie zu unterstützen.« Er streckte die Hand aus, und Corvallis schüttelte sie.

»Freut mich, Sie kennenzulernen. Vielleicht ist es für Sie praktischer, mich C zu nennen, was gewissermaßen mein Spitzname ist.«

»Ich hätte Sie ja gegoogelt, um mehr zu erfahren, aber …«

»Sie haben schon den ganzen Tag keine Internetverbindung. Ihr Provider ist wahrscheinlich in Moab, oder?«

»Richtig, C.«

»Nun, Sie werden sich freuen zu erfahren, dass Ihre Seite immer noch online ist – offensichtlich wird sie woanders gehostet.«

»Das ist beruhigend zu wissen«, sagte Bob. Nachdem er einen Moment darüber nachgedacht hatte, sagte er in verändertem Tonfall: »Sie hatten also vor Kurzem noch Internet. In dem Ding da, vermute ich.« Er blickte kurz zu dem Flugzeug.

Corvallis nickte.

Bob sagte: »Ich weiß, dass rund um Moab etwas Merkwürdiges passiert, kann mir aber keinen Reim darauf machen.«

»Es passiert überall auf der Welt *außer* in Moab«, sagte Corvallis. »Es ist ein Internet-Hoax. Ein sehr ausgeklügelter. Soweit ich weiß, ist in Moab niemand wirklich zu Schaden gekommen. Das ist eine lange Geschichte. Ich würde sie Ihnen gern im Auto erzählen – wir müssen ja noch ein Stückchen fahren, nehme ich an?«

Bob nickte. »Von hier aus ist es ungefähr eine halbe Stunde bis zur Anlegestelle am Fluss. Wie ich gehört habe, möchte die Familie zurück nach Moab gebracht werden? Das wird noch mal eine Stunde dauern.«

Corvallis sah auf die Uhr und stellte verwundert fest, dass es noch nicht einmal Mittag war. Am Nachmittag konnten sie in Moab sein. Vorausgesetzt, man ließ sie hinein. »Was wissen Sie über Straßensperren und so was?«

»Ich bin zuversichtlich«, sagte Bob, »dass ich nach Moab reinfinde.«

Näheres erklärte er Corvallis auf der Fahrt aus dem Seegrund hinaus. »Es gibt einige Wege in die Stadt«, erklärte er. »Wenn alle Stricke reißen, wechseln wir auf Quads und vermeiden Straßen überhaupt. Und wenn auch das nicht geht, haben wir ein kleines Boot mit Außenbordmotor. Damit können wir direkt den Fluss rauffahren.«

Sie erreichten die Wasserscheide zwischen dem ausgetrockneten See hinter ihnen und dem Tal des Colorado vor ihnen. Die Szenerie machte deutlich, warum die Besitzer dieser Ranch beschlossen hatten, die Viehwirtschaft aufzugeben und die Ranch in eine Touristenattraktion zu verwandeln. Bob deutete mit dem Finger entlang des Azimuts des Hauptranchgebäudes, das zu weit weg war, als dass man es mit bloßem Auge hätte sehen können. Dort betrieb immer noch jemand eine Amateurfunkstation, was sich an diesem Morgen als nützlich erwiesen hatte, da Corvallis' Unterstützungsteam die Funknachrichten mit E-Mails aus dem Flugzeug und Anrufen auf Maeves Satellitentelefon zusammengestückelt hatte, um diese ganzen Vorkehrungen zu treffen.

Die Fahrt hinunter zur Anlegestelle – dem letzten Ort, an dem man ein Schlauchboot aus dem Colorado River ziehen konnte, bevor man in den Nationalpark kam – erforderte Bobs ganze Aufmerksamkeit, sodass er nicht viel sagte, während Corvallis ihm eine Zusammenfassung dessen gab, was sich rund um den Hoax ereignet hatte. Unterwegs erhaschte C-plus hier und da einen Blick auf das braune Wasser des Flusses, aber bekanntermaßen war es nur ein sehr kleines Rinnsal, das in ein lächerlich großes System von Schluchten eingebettet war, und so boten sich seinem Auge hauptsächlich interessante Felsformationen. Das letzte Stück der Zufahrt erfolgte nicht auf einer richtigen Straße, sondern einen ausgetrockneten Arroyo hinunter, der geradewegs zum Colorado abfiel. In den Zeiten, in denen er tatsächlich Wasser führte, hatte er entlang des Flussufers Geröll abgelagert, und dort hatten Maeve und ihr Kollege Tom zwei Schlauchboote aus dem Wasser heraufgezogen und unter einem Faltpavillon ein kleines Tageslager aufgeschlagen. Ältere Jones saßen zusammengedrängt in dessen Schatten und wirkten mitgenommen. Jüngere planschten völlig unbekümmert im Fluss. Bob steuerte das Fahrzeug behutsam durch seichtes Altwasser und dann auf den Geröllstreifen hinauf, wo er ein paar Meter vor dem Lager anhielt. Schon beim Aussteigen wurde er von gestressten Müttern und Vätern, die glücklich waren, ihn zu sehen, in Beschlag genommen. Dadurch konnte sich Corvallis unbemerkt zur Beifahrertür hinausschleichen und hinten um den Pick-up herum zu den Schlauchbooten gehen, wo Maeve und Tom das Gepäck sortierten, indem sie die persönlichen Sachen der Jones herausholten und die firmeneigene Ausrüstung in den Schlauchbooten liegen ließen.

»Netter Aufzug«, lautete Maeves Urteil über das, was Corvallis am Leib trug. Sie hatte ihn von oben bis unten gemustert, mit Augen, die so hellblau waren, dass sie schon etwas seltsam aussahen.

»Gleichfalls«, erwiderte Corvallis. Maeve trug ein Hemd aus silbrigem Lycra. Es hatte lange Ärmel, die durch Daumenlöcher am Hochrutschen gehindert wurden. Ihre Hände steckten in Paddelhandschuhen aus Neopren. Das Oberteil hatte keinen Kragen; es ging in eine Kapuze über, die bis auf eine ovale Öffnung um das Gesicht herum, wo ein paar Strähnen sonnengebleichter Haare herauslugten, ihren gesamten Hals und Kopf bedeckte. Eine Beule am Hinterkopf verriet, dass sie lange Haare hatte, die zu einem Knoten zusammengesteckt waren. Darüber trug sie einen Sonnenschild. Eine Kollektion von Brillen baumelte vor ihrer Brust. Rote Hosenträger bewahrten ihre heillos überladenen Cargoshorts davor, einfach hinunterzurutschen. Aus den kurzen Hosenbeinen ragten die Schäfte, Kniegelenke, Carbonfaserunterschenkel und Plastikfüße ihrer Beinprothesen heraus.

»Danke fürs Abholen.« Mit einem Gangbild, das besser war,

als man gedacht hätte, aber nicht richtig gut, machte sie zwei Schritte auf ihn zu und schälte den Handschuh von ihrer rechten Hand, um sie ihm hinzustrecken. Die Hand war kalt, sandig und kräftig. Und der Händedruck flüchtig.

»Ich hab nicht viel anderes getan, als meine Kreditkartennummer am Telefon durchzugeben.« Blöder Spruch. Er versuchte bescheiden zu sein, kam aber reich und zickig rüber.

»Wir werden es Ihnen zurückzahlen.«

Es gab fünf freie Plätze im Fahrerhaus des Pick-ups und sechs Jones, von denen jedoch manche klein genug waren, um sich zu zweit auf einem Platz anzuschnallen. Am Ende saßen Corvallis und Maeve mit Gepäck und Isomatten als Polster auf der offenen Ladefläche des Fahrzeugs. Maeve lieh ihm einen Sonnenhut und blickte missbilligend auf seine nackten Arme. Die steile Fahrt den Arroyo hinauf war so holprig, dass sie schließlich aufstanden, sich am Überrollbügel festhielten und das Gerüttel mit der Beinmuskulatur abfingen. Sobald sie einen Untergrund erreicht hatten, der als richtige Straße durchgehen konnte, machten die beiden es sich wieder bequem, und Corvallis schmierte sich zu ihrer Beruhigung die Arme mit Sonnencreme ein.

»Haben Sie was dagegen?«, fragte sie und schnallte sich erst ein Bein, dann das andere ab und legte sie auf eine Seite, sodass ihre Stümpfe auslüften konnten. »Da kommt Sand rein.«

»Nicht im Traum würde ich etwas dagegen einzuwenden haben, dass Sie es sich bequem machen«, sagte Corvallis.

Die ausgefeilte Formulierung weckte ihre Aufmerksamkeit. Sie hatte eine dunkle Panoramasonnenbrille aufgesetzt, aber ihre Kopfhaltung verriet, dass sie ihn prüfend betrachtete. »Was ist das für ein Gewand, das sie da tragen?«

Corvallis verwandte einige Zeit darauf, ihr sein Hobby zu erklären und wie es kam, dass er jetzt hier war. Sie hörte zu, ohne irgendwelche äußeren Anzeichen von Abscheu zu zeigen, und stellte ein paar Fragen. Dann zuckte sie die Achseln. »Am Ende kommt es doch nur darauf an, dass es Sie gesünder macht. Und Sie sehen nicht aus wie ein Faulpelz, der sich in Mums Keller einnistet.«

»Danke.«

»Deltamuskeln wie die kriegt man nicht vom Tippen.«

Corvallis war es nicht gewöhnt, dass seine Deltamuskeln, ja überhaupt irgendeiner seiner Körperteile von einer Betrachterin auf so wohlwollende Weise gesehen und dann auch noch offen kommentiert wurden. Eine Zeit lang wusste er nichts zu sagen. Er spürte ein kurzes Kribbeln in den Eiern und zupfte seine Tunika zurecht.

Die schlichte Realität, eine Straße in den Canyonlands von Utah entlangzubrausen und dabei dieses Gespräch mit dieser Person zu führen, durchschlug irgendwie den gordischen Knoten, der an diesem Morgen durch Millionen sich irrender Leute im Internet in seinem Kopf geknüpft worden war.

»Sie heben Gewichte«, sagte sie. Ihr Ton lag irgendwo zwischen Frage und Feststellung. Sie hatte sich leicht säuerlich damit abgefunden, dass er wahrscheinlich zu einem Personaltrainer in ein angesagtes Fitnessstudio ging.

»Ich hebe Schaufeln mit Erde«, sagte er.

Das gefiel ihr. »Ist das eine neue Hipster-Übung?«

»Es ist eine alte römische Militärübung«, sagte er. »Wenn eine Legion ihr Lager aufschlug, hob sie rundherum einen Graben aus und schaufelte die Erde an dessen inneren Rand, um dort einen Schutzwall zu errichten. Beim Abbrechen des Lagers musste der Graben wieder aufgefüllt werden.«

»Ganz schön viel Gegrabe.«

»Die richtigen Legionäre waren wie Spitzenathleten, wenn Sie sich die ganzen körperlichen Tätigkeiten ansehen, die sie tagaus, tagein zu bewältigen hatten. Ich stelle mich nicht in eine Reihe mit ihnen, würde aber sagen, dass Reenactment das beste Trainingsprogramm ist, das ich je hatte.«

In dem Versuch, das zu begreifen, ließ sie den Blick in den blauen Himmel wandern. »Diese ganze Erde zu bewegen – nur um sie wieder zurückzuschaufeln – scheint mir, ich weiß nicht, …«

»Es ist dasselbe, wie ein Boot zu rudern«, hielt er ihr entgegen, »nur mit Erde.«

»Okay, stimmt.« Sie sah ihn an, was er etwas beängstigend fand und dennoch lieber hatte, als wenn sie ihn nicht anschauen würde. »Wann gedachten Sie denn, diesen Aufzug abzulegen?«

»Ursprünglich hatte ich vor, es jetzt zu tun, auf dem Rücksitz des Pick-ups. Die Rechnung ging nicht auf. Aber wissen Sie was? Tatsache ist, dass ich nur eine saubere Garnitur Alltagskleidung habe. Ein Jackett und ein Anzughemd. Lederschuhe. Es bringt ja nichts, wenn die hinterher voller Straßenstaub sind. Ich werde mich umziehen, wenn wir nach Moab kommen.«

»Falls«, berichtigte sie ihn.

»Bob ist ziemlich sicher, dass er uns irgendwie reinschmuggeln kann.«

Sie seufzte. »Ich frage mich, wie sich das hier auf unser Geschäft auswirken wird.«

»Langfristig wird das für Ihr Geschäft hervorragend sein. Es wird nämlich Aufmerksamkeit auf Moab lenken, und das wird sich in Klicks niederschlagen, und in Umsatz.«

»Klicks«, wiederholte sie. »Das ist es wohl, worauf es ankommt.«

»Wenn Sie das, was hier gerade passiert, aufschreiben und die Geschichte in Ihre Social-Media-Accounts einstellen, werden Sie Millionen von Aufrufen bekommen.« Das meinte Corvallis als Ermutigung, merkte aber, dass er damit nicht weiterkam. Er wurde den Eindruck nicht los, dass sie vieles im Kopf hatte, worüber sie nicht mit ihm sprechen wollte, und dass er mit den meisten seiner Gesprächseröffnungen danebenlag.

»Ich dachte, ihr Technikfreaks tragt Kapuzenjacken und T-Shirts«, sagte sie.

»Was?«

»Sie sagten, Sie hätten ein Jackett und ein Anzughemd.«

»Das ist das, was ich an dem Tag, als ich Seattle verließ, zur Arbeit getragen habe. Ich hatte eine Kuratoriumssitzung.«

»Warum hatten Sie zu Ihrer Kuratoriumssitzung kein T-Shirt an? Das tun Sie doch sonst, oder?«

»Ja, aber das war kein Hightechunternehmen, sondern eine private Stiftung, bei der ich im Vorstand tätig bin. Da herrscht ein etwas konservativerer Geist. Man sitzt mit Juristen und Finanzleuten in einem Raum.«

»Was für eine Art Stiftung?«

»Ein Freund von mir ist gestorben. Er war reich. Er hatte Milliarden in der Computerspielbranche verdient. Ein Teil seines Vermögens ging in diese Stiftung.«

»War es ein frühzeitiger Tod?«

»Absolut.«

»Das tut mir leid.«

»Danke. Jedenfalls sucht die Stiftung nach Wegen, wie die Computerspieltechnologie zur Lösung verschiedener gesellschaftlicher Probleme eingesetzt werden kann.«

Sie holperten über ein katastrophales Schlagloch, und Maeve griff nach ihren künstlichen Beinen, um zu verhindern, dass sie von der Ladefläche hüpften.

Corvallis versuchte fieberhaft, sich an einen Rat zu erinnern, den Zula ihm vor ein paar Jahren nach einem missglückten Date gegeben hatte.

»Sie haben mir mehrere Fragen in Bezug auf Kleidung gestellt«, merkte er an. »Ist das ein besonderes Interesse von Ihnen?«

»Sämtliche Kleidung ist Prothetik«, sagte sie. »So sehe ich das. Das da« – sie zupfte an ihrem silbernen Oberteil – »und das da« – dabei klopfte sie mit der flachen Hand auf eins der Carbonfaserbeine – »unterscheiden sich nur graduell.«

»Das Hemd ist eine Art Sonnenschutzding, oder?«

»Ja. Besser als Sonnenschutzmittel.« Sie seufzte. »Ich habe Design studiert«, sagte sie kleinlaut, als wäre das ein Versagen von einiger Bedeutung. »Hatte eine Pechsträhne. Habe einen Sommerjob als Rafting-Guide angenommen. Wurde abgelenkt.«

»Es ist doch ziemlich normal, ein Jahr auszusetzen. Oder zwei.«

»Ich bin gescheitert«, erklärte sie.

»Im Sinne von ›bin von der Designschule geflogen‹ oder …«

»Habe abgebrochen. Um ein Start-up zu gründen. Das pleiteging.« Sie seufzte. »Ich bin eine der Verliererinnen in dem Krieg, den Sie gewonnen haben.«

»Was ist passiert?«

»Meine Schwester Verna und ich. Wir haben etwas Geld von einem Unternehmensengel bekommen. Es erstaunlich schnell ausgegeben, indem wir einfach nur loslegten. Sie wurde krank.«

»Tja, das allein würde schon vielen Start-ups, die mit Geld von Unternehmensengeln finanziert sind, den Hals brechen.«

Maeve schüttelte den Kopf. »Das war's nicht. Ich meine, es half auch nicht. Aber was ihm tatsächlich den Hals gebrochen hat, war eine Erkenntnis, die mir mitten in der Nacht kam.«

»Eine Erkenntnis welcher Art?«

»Dass ich die Sache falsch angegangen war. Dass ich nicht groß genug gedacht hatte.«

»Die Größenordnung ist knifflig.«

»Und dass, wenn ich *anfangen* würde, groß genug zu denken, viel mehr Geld erforderlich wäre, als aufzubringen ich mir je erhoffen könnte. So habe ich festgesteckt. Bis heute.« Sie nahm die Sonnenbrille ab, sodass sie ihm in die Augen sehen konnte. »Was nicht heißt, dass ich mich an Sie ranschmeiße.«

»Wie bitte?«

»Ich bitte Sie nicht um Geld.«

»Den Eindruck hatte ich auch nicht.«

»Wollte nur, dass das klar ist.«

»Okay. Zur Kenntnis genommen. Da wir das nun aus dem Weg

geschafft haben, können Sie über das, was Sie da gemacht haben, auf eine etwas weniger abstrakte Weise sprechen?«

»Dann werden Sie sich dafür interessieren, und Sie werden Ideen entwickeln, wie man es zum Funktionieren bringen kann, und schon sind wir doch wieder beim Geld.«

»Es ist eine lange Fahrt bis nach Moab, und über irgendetwas müssen wir doch reden.«

»Gut, ich werde nur sagen, dass mich meine Vorstellung von Kleidern als Prothetik, als ich sie bis zum Ende durchdachte, aus meiner Komfortzone hinausbrachte. Denn was wir jetzt tragen, ist mehr als nur irgendeine Art von stofflichem Gewebe. Wir tragen Information. Mein Avatar, mein Profil in den sozialen Medien, die tun im Cyberspace das, was Kleider in der Welt tun. Und jetzt haben Sie Mischsituationen – physische Kleidung mit eingebauter Elektronik. Mit diesen Technologien kenne ich mich überhaupt nicht aus.«

»Andere Leute schon. Sie könnten Programmierer finden, Ingenieure …«

»Aber warum dann ich?«

Darauf hatte Corvallis keine Antwort.

Maeve fuhr fort: »Es ist, als wäre ich ein Zimmermann, der eine Idee für ein Holzboot entwickelt hat. Ich hätte angefangen, das Boot zu entwerfen, und wäre damit zur Hälfte durch, als mir einfiele, dass es viel besser wäre, wenn es aus Aluminium hergestellt würde. Da ich nicht den blassesten Schimmer von Aluminium hätte, würde ich mich an diesem Punkt nach einem Metallbauer umschauen müssen. Worauf ich meinen Investoren würde erklären müssen, warum es für sie sinnvoll wäre, mich zu bezahlen, damit ich einen Metallbauer bezahle.«

Corvallis nickte. »Sie hatten sich regelrecht arbeitslos gefühlt.«

»Ja.«

Er zuckte die Achseln. »Das passiert. Im Grunde ist es sogar genau das, was Unternehmensengel machen. Leute wie Sie dafür bezahlen, dass sie eine Menge Sachen ausprobieren. Um zu sehen, was funktioniert. Man kann jederzeit den nächsten Schritt machen.«

Sie zog eine Grimasse. »Nicht wenn einem eigentlich das technische Know-how fehlt.«

»Sie sind in Ihrem eigenen Interesse zu ehrlich. Wenn Sie eher eine Schaumschlägerin wären, könnten Sie sich ohne große Mühe durch eine Präsentation vor Investoren hindurchquatschen.«

»Na, vielen Dank!« Angewidert wandte sie den Blick ab. Verbannt auf die Ladefläche des Pick-ups, ausgestreckt auf anderer Leute Gepäck, die Beine abgeschnallt – buchstäblich zerlegt –, eine Million Kilometer von Silicon Valley entfernt, vom gesamten Miasma ebenso wie der Rest von Moab für tot gehalten – behindert bis zur völligen Verzweiflung – war sie der Archetyp gescheiterten Unternehmertums.

Er war fast beleidigt wegen der Mühelosigkeit, mit der sie nach Moab hineinkamen. Die Straßensperren – vorausgesetzt, es gab sie überhaupt – befanden sich wohl auf den Fernstraßen, die durch die Stadt führten und deren einzige Verbindung zu weiter entfernten Orten darstellten. Ihr Zweck war ja, Leute von außerhalb daran zu hindern hineinzukommen. Die meisten Straßen von Moab endeten als Sackgassen am Fuß der steinigen rötlichen Hügel, die die Stadt gegen den Fluss abgrenzten, oder verloren sich, je näher sie dem Wasserlauf kamen, in unkrautbewachsenen Fahrspuren. Doch zumindest eine von ihnen führte zu einer ramponierten zweispurigen Straße, die allmählich zum östlichen Ufer des Colorado aufstieg und weiter im Süden ein Labyrinth aus Ranch-Zufahrtswegen bediente. Da keine Verbindung von dort zur äußeren Welt hergestellt werden konnte, hatte auf ihr niemand eine Straßensperre errichtet. Auf dem Fluss selbst patrouillierte ein einsamer Sheriff in einem Motorboot, doch als er Bobs Pick-up erkannte, nahm er lediglich eine Hand vom Steuerrad, um Bob zu grüßen. Bob seinerseits reagierte, indem er zwei Finger vom Lenkrad hob, und damit durchdrangen sie den weltberühmten militärischen Sperrgürtel, der um die rauchenden Ruinen von Moab gelegt worden war, und wandten sich vom Fluss ab, um einem kleinen Nebenfluss knapp zwei Kilometer in die Stadt hinein zu folgen.

Entlang der Hauptstraße, wie sie den Teil der Fernstraße nannten, der durchs Geschäftsviertel der Stadt führte, herrschte eine fröhliche Atmosphäre. Durch die Sperrung der Straße war sie vorübergehend in eine Fußgängerzone verwandelt worden. Ortsansässige hatten das ausgenutzt, um ihre Wohnmobile und Pick-ups zu parken, wo immer es ihnen gefiel, und faltbare Pavillons gegen die Sonne aufzustellen, die sich inzwischen durch die Wolkendecke gebrannt hatte. Restaurants und Bars servierten im Freien. Ein Konvoi aus Fahrzeugen der Nationalgarde, hauptsächlich Humvees, war in der Mitte der Straße aufgefahren. Junge Männer in abgelegter Tarnkleidung aus dem Irakkrieg standen mit zu Boden gerichteten Sturmgewehren auf dem Asphalt herum und sonnten sich wortlos in der Bewunderung des zunehmend alkoholisierten Volkes. Ein Touristenhotel in der Haupteinkaufsstraße hatte draußen einen wetterfesten Fernseher aufgestellt, der eine Liveübertragung über Satellitenschüssel zeigte. Mittlerweile hatten alle Sender ihre Ausstattungsabteilungen zusammengetrommelt und bildschirmgroße Pop-ups und Banner produziert, die nach den Werbeunterbrechungen eingeblendet wurden. Ein typisches Beispiel war NUKLEARER TERROR IM HERZEN DER USA in einer beängstigend wirkenden Schriftart, über eine Montage gelegt, die einen Atompilz und eine Landkarte der Vereinigten Staaten mit rotem Fadenkreuz mitten im Südosten von Utah verband. Corvallis fragte sich, ob die Formulierung wohl mit den Justitiaren des Senders abgesprochen war. Von einem »Atomangriff« oder einer »atomaren Katastrophe« zu sprechen hätte darauf hingedeutet, dass es tatsächlich passiert war. »Nuklearer Terror« bedeutete lediglich, dass manche Leute in Schrecken versetzt waren. Der Sender ging auf Nummer sicher. In gewisser Hinsicht mussten die Verantwortlichen nämlich inzwischen herausgefunden haben, dass es ein Hoax war. Sich nun hinzustellen und das offen zu sagen, würde heißen, all ihre Zuschauer an Konkurrenten zu verlieren, die immer noch so taten, als wäre es wirklich passiert. Es »Terror« zu nennen war andererseits keine Lüge und erlaubte ihnen, weiterhin Mist in den Äther zu pumpen.

Bob, der jetzt deutlich unter dem emotionalen Eindruck des halben Dutzends Jones stand, mit denen er die Fahrerkabine teilte, fuhr direkt zum Büro des Raftingtour-Veranstalters, das nur einen Häuserblock von der Hauptstraße entfernt lag. Die Jones verließen fluchtartig das Fahrzeug. Ihr Patriarch trottete hinüber zum Familienauto, einem beigefarbenen Suburban, den sie auf dem Parkplatz zurückgelassen hatten. Er musterte ihn eine Weile, als suchte er nach Blasen im Lack, geschmolzenen Reifen oder anderen Indizien dafür, dass er eine Kernwaffenexplosion überstanden hatte. Als sie in die Stadt gekommen waren, hatte Maeve ihre Beine wieder festgeschnallt und stand jetzt auf der Ladefläche des Pick-ups auf, um den anderen Jones ihr Gepäck hinunterzuwerfen. Innerhalb der Familie entwickelte sich ein Schisma über die Frage, ob eine Eimerkette gebildet werden sollte, um all die Taschen zu dem Suburban zu transportieren, oder ob jeder Einzelne einfach eine oder mehrere Taschen dorthin tragen sollte. Corvallis als Einzelkind fand das Schauspiel ohne ersichtlichen Grund deprimierend. Er erbat einen Schlüssel von Maeve, sprang dann vom Wagen und ging zum Büro. Dass er es mit der überaus wichtigen Frage der Rehydrierung so genau nahm, hatte in Kombination mit der holprigen Fahrt bewirkt, dass er jetzt dringend pissen musste. Um es besser genießen zu können, schloss er sich in der Toilette ein, zog seine Tunika um die Taille hoch und setzte sich auf die Kloschüssel. Mit einem langen fließenden Gewand im Stehen zu pinkeln konnte zu diversen Unfällen führen.

Als er fertig war, stand er eine Zeit lang vor dem Waschbecken und spritzte sich Wasser auf Kopf, Hals und Arme, einfach um den Staub loszuwerden. Dabei kam ihm der Gedanke, dass er sich jetzt endlich an einem Ort befand, an dem er gut seine normalen Sachen wieder anziehen könnte, und so ging er hinaus, um seine Reisetasche zu holen. Der Suburban der Jones war schon längst weg. Bob und Maeve waren ins Büro gegangen, saßen, nachdem sie sich Getränke aus dem Bürokühlschrank geholt hatten, in dessen kleinem Wartebereich und sahen sich die Fernsehberichterstattung an. Eine Krankenschwester aus der Verbrennungsintensivstation eines nicht näher bezeichneten Krankenhauses wurde interviewt. Journalisten hatten sich auf sie gestürzt, als sie nur kurz zu Starbucks gehen wollte. Sie sah entsprechend traumatisiert aus, aber wiederum nicht so sehr, dass sie nicht eine gut formulierte und berührende Beschreibung der Schmerzen geben konnte, die Kinder erlitten, weil sie im Freien gestanden hatten, als der Blitz der Bombe ihre ganze Haut auf einer Körperseite verbrannt hatte. Der Geschichte zufolge waren diese Patienten nämlich aus einer Art Camp am Stadtrand gerettet worden. Maeve und Bob waren sich einig, dass ein solches Camp nicht existierte, und wollten, dass Corvallis das auch erfuhr. Doch dieser hatte sich schon längst mit der Raffinesse und schieren Dreistigkeit des Hoax abgefunden.

Corvallis ging hinaus zu Bobs Pick-up und sah auf der Ladefläche nach, die jedoch leer war. Dann suchte er in der Kabine.

Er ging zurück ins Büro. »Haben Sie zufällig den Jones eine blaue Reisetasche gegeben, die ungefähr so lang war?«, fragte er Maeve, während er die Hände vor sich ausstreckte.

»Vermutlich mehr als eine«, antwortete sie. »Warum?«

»Vergessen Sie's. Gibt es auf der Hauptstraße ein Geschäft, wo ich ein paar Klamotten kaufen könnte?«

»Ja. Falls sie geöffnet haben.«

»Kommando zurück. Gerade fällt es mir ein. Meine Brieftasche war in der Reisetasche.«

Sie warf ihm einen Seitenblick zu, während sie einen Schluck aus einer Bierflasche nahm. »Kommen Sie mal mit nach hinten«, sagte sie.

Wieder hellwach setzte Bob sich aufrecht hin. »Wenn Sie wollen, könnte ich versuchen, sie einzuholen.«

»Wissen Sie denn, welchen Weg sie gefahren sind?«

»Eigentlich nicht.«

»Hört sich so an, als würde Maeve mich mit etwas versorgen«, sagte Corvallis. »Danke trotzdem.«

Womöglich spürte Bob jetzt eine Veränderung in der emotionalen Tonlage, ähnlich dem Fallen des Luftdrucks vor einem Wolkenbruch, das für keinen der fünf Sinne des Menschen erkennbar war, aber in den arthritischen Gelenken mancher Leute oder in einer gewissen Art von Unbehagen wahrgenommen werden konnte. Und vielleicht konnte man die These aufstellen, dass Menschen, die unter der Art von emotionaler Arthritis litten, die vor allem unter Amerikanern mit nordeuropäischen Wurzeln, die auf Farmen und Ranches lebten, verbreitet war, dieses Unbehagen intensiver spürten und daher die empfindlichsten Barometer darstellten. »Ich glaube, ich mache mich jetzt sowieso mal vom Acker«, sagte er, »es sei denn, Sie brauchen mich noch für irgendwas?«

»Na ja, irgendwann muss ich noch mal da raus und mein Flugzeug holen«, sagte Corvallis, »aber …« Und er sah Maeve an, die nickte.

»Ich kann Sie hinfahren«, sagte sie. »Muss sowieso Tom und die Flöße abholen.«

Also verabschiedete sich Bob und ging hinaus zu seinem Pickup. Maeve schloss eine Tür hinter der Rezeption auf und winkte Corvallis nach hinten.

In Moab war alles weitläufig, und dieses Gebäude machte da keine Ausnahme – es war eine ältere Gewerbeimmobilie, der an manchen Stellen anzusehen war, dass sie in früheren Leben einmal als Bar, Bekleidungsgeschäft und Maklerbüro gedient hatte. Nur rund ein Viertel der Grundfläche wurde als Büro genutzt. Der Rest war Lagerplatz für Outdoorausrüstungen verschiedener Art, der ideale Ort für einen Überfall, wenn die Zivilisation zusammenbrach. Das Zeug war in ein Sammelsurium von Regalen gestopft, die jemand mit einer Kappsäge und einer Nagelpistole in aller Eile gezimmert hatte. »Das ist alles schweres Zeug, das wir nicht gern die Treppe rauf- und runterschleppen«, erklärte Maeve, während sie mit ihm zu eben dieser Treppe ging: Holzstufen, die in einen kühlen Keller führten. »Leichte Sachen wie Kleider sind hier unten.«

Irgendwie kam ihm das vor wie die Anfangsszene eines Horrorfilms, in dem Corvallis den Keller nie wieder verlassen würde, aber wo er jetzt schon einmal so weit war, folgte er ihr nach unten. Sie nahm die Stufen in einem guten Tempo, aber mit gewissen Vorsichtsmaßnahmen, eine Hand an jedem Geländer, wobei sie mehr als jemand mit normalen Beinen von einer Seite zur anderen schwankte, und durch ihr silbernes Elasthanoberteil konnte er sehen, wie ihre Rückenmuskulatur und ihr Trizeps arbeiteten. Sie erreichten den Estrichfußboden des Kellers, der, wie es schien, mehrmals von allerlei betrunkenen oder mittelmäßigen Handwerkern neu gegossen worden war. Durch Fenster im oberen Teil der Wände fiel Licht herein, sodass Maeve es nicht für nötig hielt, das Licht anzuschalten. »Passen Sie auf, wohin Sie treten«, mahnte sie ihn, was er angesichts der Tatsache, dass er doch Beine und Füße hatte, seltsam anrührend fand.

Pappkartons verschiedener Größen und Jahrgänge waren nach einem System, das sich ihm nicht unmittelbar erschloss, überall gestapelt. Manche von ihnen waren offen. Und voll mit T-Shirts, nicht gefaltet, sondern wahllos hineingeworfen. Die meisten davon waren mit Logos von Canyonland Adventures oder anderen touristischen Motiven mit Bezug auf Moab, Utah, oder den Colorado River bedruckt. Eine Ecke war mit einem Teppich ausgelegt worden, auf dem sich wild durcheinander alle möglichen T-Shirts türmten. Hier hing der saubere Geruch neuer Textilien.

»Was ist Thetix?«, fragte Corvallis und hielt ein schwarzes T-Shirt mit einer völlig anderen Art von Logo hoch, das in keinerlei Hinsicht, Gestalt oder Form touristisch wirkte.

»Meine tote Firma. Sehen Sie, wenn Sie ›Prothetik‹ oder ›Ästhetik‹ nehmen und den Anfang abschneiden …«

»Kapiert.«

»Es stammt von einem griechischen Wort«, beharrte sie, so als hätte er das angezweifelt. »›Prothetik‹ bedeutet ›Hinzufügung‹.«

Er nickte. »Cool! Das ist ein cooler Name.«

Für einen Moment hielt sie sich das Kompliment auf Armeslänge vor Augen, dann wischte sie es mit der flachen Hand weg. »Nicht leicht genug zu schreiben. In jedem. Einzelnen. Verdammten. Gespräch, das wir hatten, ging es darum, wie man ihn buchstabiert.«

»Das ist ein guter Codename«, sagte er. »Wenn man Marktreife erlangt hat, heuert man eine Namensagentur an, die einem hilft, beim Publikum gut anzukommen.« Das schien beruhigend auf sie zu wirken. »Kann ich eins von denen haben?«, fragte er und hielt ein Thetix-Hemd hoch.

»Warum?«

Er erklärte Maeve lieber nicht, dass das Sammeln von Einzelstücken unbekannter, toter Firmen ein Fetisch der Hightechbranche war.

»Mir gefällt der Name und was er bedeutet. Und es ist ein Andenken an diesen Tag.«

Sie schnaubte. »Den Tag, an dem Moab vernichtet wurde?«

Eingeschüchtert durch ihren heftigen Sarkasmus sagte er einen Moment lang nichts. Alles fühlte sich merkwürdig an. So als führe man in einem völlig intakten Auto auf einer schnurgeraden Straße und landete trotzdem im Straßengraben.

Bei dem, was dann passierte, war er von beiden Forthrasts, Richard und Zula, gleichermaßen inspiriert. »Nein«, sagte er, und seine Stimme klang durch kräftig durchblutete Ohren ganz seltsam für ihn. »An den Tag, an dem ich mit Ihnen auf der Ladefläche eines Pick-ups gefahren bin.«

Sie runzelte die Stirn und trat einen Schritt zurück. »Sie können eins haben. Achten Sie drauf, dass es passt.«

»Okay. Nicht gucken.« Er zog sich die Tunika über den Kopf und warf sie zur Seite.

»Sie aber auch nicht«, erwiderte sie. Er hörte ein Klirren und einen dumpfen Schlag, gefolgt von einem raschelnden, rutschenden Geräusch. Als er sich zu ihr umdrehte, schälte sie sich gerade aus ihrem Sonnenschutzhemd. Dazu hatte sie kurz zuvor ihre roten Hosenträger abstreifen müssen, woraufhin ihre Cargoshorts auf dem Estrich aufgeschlagen waren. Jetzt hatte sie nur noch etwas an, das er vage als Sport-BH identifizierte, und eine Oma-Unterhose.

»Oh, entschuldigen Sie bitte«, entfuhr es ihm.

»Haben Sie etwa geguckt?«, gab sie mit gespielter Empörung zurück. »Egal. Nichts, was Sie am Strand nicht auch sehen würden, oder?«

Er hatte ihr den Rücken zugekehrt und tat, als schaute er die T-Shirts durch. »Trotzdem … das war nicht meine Absicht.«

Er hörte bionische Schritte. »Soll ich Ihnen dabei helfen?«

»Geht schon, danke.«

Sie stellte sich ganz nah hinter ihn, griff um seinen Körper herum und zog ein T-Shirt heraus. »In dem hier würden Sie umwerfend aussehen. Drehen Sie sich mal um, dann schauen wir nach der Größe.«

Er wandte sich zu ihr um. Sie hielt das Hemd an ihn, drückte es mit den Daumen an seine Schultern und musterte ihn von oben bis unten. »Es ist nicht lang genug, um Ihren Schniedel zu verdecken«, bemerkte sie.

Was dieser Begriff bedeutete, konnte Corvallis sich zusammenreimen. »Schniedelunterbringung ist bei Boxershorts ein Thema«, räumte er ein.

»In einem von diesen Kartons sind ein paar Thetix-Herrenslips«, sagte sie. »Hübsch und *eng.*« Sie zog das T-Shirt zur Seite weg und warf es in den Karton.

Ein paar Augenblicke standen sie da und blickten sich aus ziemlich kurzer Distanz an. Beim Ausziehen des Kapuzenoberteils hatte ihr Haar sich gelöst und fiel nun wirr über ihren Rücken herab. Ein bisschen Zupfen und Schütteln hätten Wunder gewirkt, aber das war ihr scheißegal.

Langsam streckte Corvallis die Hände aus und legte sie auf ihre Hüften.

»Nachdem mein Freund gestorben war«, sagte er, »und ich den Schock überwunden hatte, wissen Sie, was da passiert ist? Etwa um die Beerdigung herum?«

»Sie wurden unangemessen geil und hatten das Gefühl, Sie müssten alles ficken, was sich bewegte?«

»Ja, ist Ihnen das auch schon passiert?«

»Ja. Als mein Vater starb. Als meine Firma starb. Und jetzt«, sagte sie. »Obwohl in diesem Fall niemand gestorben ist.« Sie machte einen Schritt vorwärts, womit sie vielleicht noch einen halben Zentimeter Abstand zwischen ihrem Bauch und der Spitze seines im Boxershortszelt befindlichen Schniedels ließ. »Kommt sicher vom Nachdenken über Sterblichkeit, oder? Daraus ergibt sich eine ›Das Leben ist kurz – lassen wir's krachen‹-Mentalität.«

Er zog sie fest an sich und drückte ihr seinen harten Schniedel gegen den Bauch. Für einen besseren Halt schlang sie ihm die Arme um den Hals und hielt dagegen. Im weiteren Verlauf schliefen sie miteinander auf dem großen Stapel aus T-Shirts. Diese konnte man bündelweise packen und zusammenballen und unter Körperteile stopfen, um diverse Positionen möglich zu machen. Sie sprach nicht viel, aber er verstand, dass sie gern in der Lage sein wollte, sich selbst zu berühren und ihm dabei in die Augen zu blicken. Dagegen war nichts einzuwenden. Sie brachten es zustande, indem sie taten, was man in einer PowerPoint-Präsentation als agilen Einsatz zur maximalen Ausnutzung der strukturellen Modularität von T-Shirts bezeichnet hätte. Corvallis kam als Erster, vielleicht unweigerlich, wenn man bedenkt, dass er seit drei Jahren mit niemandem Sex gehabt hatte. Er blieb aber in ihr, während sie, den Blick die ganze Zeit aus halb geschlossenen Augen auf ihn gerichtet, zum Höhepunkt kam.

Etwas später trug er sie auf ihren Vorschlag hin huckepack die Treppe hinauf und setzte sie in der Duschkabine ab, dann ging er zurück und holte ihre Beine. Während sie duschte, versuchte er, sauber zu machen. Als wäre sein Sperma blindlings dessen einzigem Gebot gefolgt, hatte es sich über die maximal vorstellbare Anzahl von T-Shirts und Stellen auf dem Teppich verteilt und befand sich am Ende überall. In einer Ecke des Kellers stand eine Waschmaschine; die stopfte er voll. Er schaltete die Maschine ein und hörte durch das Rauschen der Rohrleitungen oben hindurch, wie Maeve auf ihn fluchte. Er schaltete auf den Kaltwaschgang um.

Eine ganze Weile hatte nun der Teil von Corvallis, der ein verantwortungsbewusster Manager war, gewissermaßen gefesselt und geknebelt in einem Kabuff gesessen und mit dem Kopf Morsezeichen auf den Boden geklopft, um seine Aufmerksamkeit zu gewinnen. Angesichts dessen, was der Rest von ihm getrieben hatte, war das ziemlich hoffnungslos gewesen, aber jetzt, wo Corvallis in Thetix-T-Shirt und Thetix-Slip im Büro saß, ein postkoitales Bier trank und zuhörte, wie Maeve sich die Haare wusch, begann er, ein paar dieser weit entfernten dumpfen Schläge wahrzunehmen und über den größeren Zusammenhang des Tages nachzudenken. Laurynas wollte, dass er das Unternehmen rettete oder so was.

Er ließ sich hinter dem Bürocomputer nieder und entdeckte auf einem gelben Post-it an der Unterseite des Keyboards das Passwort. Corvallis machte mehrere Versuche, ins Internet zu kommen, und überzeugte sich, dass der einzige Server von Moab nach wie vor komplett gestört war. Sein Handy zeigte zwar drei Balken, tat aber trotzdem immer noch nichts. Corvallis hielt es daher für das Beste, seine Anwesenheit in der Stadt irgendwie zu dokumentieren und das Ergebnis, sobald er konnte, ins Internet zu schießen.

Maeve erschien, wieder komplett zusammengesetzt und unglaublich verwirrend. Er betrachtete sie eingehend, teils weil er es konnte und teils auf der Suche nach Hinweisen darauf, in welchem Maße er im Moment den Verliebten geben sollte. Sie wirkte ganz geschäftsmäßig, auch wenn sie sich die Freiheit nahm, ihm einen Klaps auf den Hintern zu geben, als er sich auf den Weg zur Dusche machte. Widersprüchliche Botschaften also. Als er wieder auftauchte, hatte sie den Firmenlieferwagen gewendet und einen Anhänger angekuppelt, der ganz offensichtlich zum Transport von Schlauchbooten bestimmt war.

Sie fuhr Corvallis in die Hauptstraße. Er blieb in seiner Unterwäsche im Lieferwagen sitzen, während sie in einen Laden ging und mit Jams-Shorts, die ihm passen würden, wieder herauskam. Diese Hose war eigentlich für Männer gedacht, die halb so alt waren wie er – vermutlich ein Ausdruck von Maeves Sinn für Humor. Sie machte ein paar Fotos von ihm, wie er mit Leuten aus Moab feierte, sich sehr ernsthaft mit Mitgliedern der Nationalgarde unterhielt und mit einheimischen Kindern herumalberte, alle so komponiert, dass so viel authentischer Moab-Hintergrund zu sehen war wie möglich. Dann ein Panorama des gesamten Straßenbilds.

Sie fuhren zur Angel Rock Ranch, um nach dem Flugzeug

und seiner Crew zu sehen. Bonnie war in der Ferienwohnung der Ranch untergekommen; die Piloten kampierten in der Maschine, während sie auf eine Treibstofflieferung warteten. Der nächste Halt war die Ranch selbst, wo Corvallis seinen Chef über Festnetz erreichen konnte. Laurynas wartete verzweifelt auf die Fotos, sodass Corvallis und Maeve sich für zwei Stunden aufteilten; sie fuhr hinunter an den Kiesstreifen, um Tom und die Schlauchboote abzuholen, während Bob ihn auf eine Hochebene brachte, von der er – zu Recht – voraussagte, es gebe dort Handyempfang von einer anderen Stadt, die viele Kilometer von Moab entfernt und nicht von der DDoS-Attacke betroffen war. Von dort aus konnte Corvallis die Fotos verschicken, auch wenn es langsam ging. Als alle Bilder durch die Leitung gesickert waren und Bob ihn zur Landebahn zurückgefahren hatte, waren Maeve und Tom mit den Schlauchbooten schon fertig und warteten auf ihn.

Maeve: Corvallis' Freundin. Während der kleinen Exkursion hatte er sich ein paarmal plötzlich daran erinnert und sich an der erfrischenden Neuheit des Ganzen erfreut.

Zwei Jahre zuvor hatte er sich während einer Waffenübung einen Knochen in der Hand gebrochen und daraufhin eine Zeit lang einen Gips tragen müssen. Während der ersten paar Tage vergaß er ihn zuweilen und wurde dann von irgendeiner neuen Einschränkung überrascht, wenn er entdeckte, dass er beim Tippen die Returntaste oder beim Autofahren den Schalthebel nicht mehr bedienen konnte. Plötzlich eine Freundin zu haben war das Gegenteil davon, und die Entdeckungen waren – bis jetzt – durchweg gute. Verbesserungen, keine Einschränkungen. Prothesen.

Auf der Rückfahrt nach Moab sagte Tom, der auf den Rücksitz verbannt worden war: »Ich glaub, ich spinne«, und blickte dabei bedeutungsvoll aus dem Fenster auf der linken Seite des Fahrzeugs. Maeve sagte: »Ach du heilige Scheiße!« Und Corvallis musste den Kopf fast in ihren Schoß legen, um zu sehen, was sie sahen: eine 747 mit blauer Nase, die einige Kilometer nordwestlich zum Endanflug einschwenkte.

»Die verdammte Air Force One«, sagte Tom.

Diesmal wurden sie am Stadtrand tatsächlich angehalten, doch nachdem Maeve Rede und Antwort gestanden hatte und die Geheimdiensttypen ihre Ausweise überprüft und den Lieferwagen mitsamt Anhänger flüchtig untersucht hatten, durften sie weiterfahren. Sie ließ das Fahrzeug mit Tom auf dem Parkplatz von Canyonland Adventures zurück und ging zusammen mit Corvallis zu Fuß in die Hauptstraße.

Als der Präsident in die Stadt eingefahren war, der Pressesprecher mit seinem Team alles fertig arrangiert hatte und die Medienvertreter ihre Ausrüstung aufgebaut hatten, blieb gerade noch eine Stunde Tageslicht. Was womöglich genau so berechnet war, denn das Licht hatte etwas Magisches, es beleuchtete auf perfekte Weise die roten Felsen östlich der Stadt und ließ alle Anwesenden zehn Jahre jünger und doppelt so gut aussehen. Man fand eine Stelle, wo der Präsident in dieses Licht hineinblicken konnte, mit Bergen und einem großen Schild mit der Aufschrift MOAB im Bildhintergrund. Das Rednerpult für den Präsidenten wurde aufgestellt, und rechts und links und hinter ihm platzierte man handverlesene Menschen: uniformierte Mitglieder der Nationalgarde; amerikanische Ureinwohner; rechtschaffene Farmer; Outdoortypen mit wuscheligem, sonnengebleichtem Haar; einen Pfarrer; und einen asiatisch-amerikanischen Hightechmanager mit einer körperbehinderten Freundin. Der Präsident ging auf Sendung und verkündete der Welt, dass Moab, die Staaten Utah und Colorado, die Vereinigten Staaten von Amerika, ja letztlich die ganze Welt Opfer einer Täuschung geworden seien, die sich fast ausschließlich im Internet abgespielt habe. Hier sei nichts passiert bis auf eine DDoS-Attacke aus dem Ausland, die den Internetzugang und die Funkmasten der Stadt lahmgelegt habe. Einen hellen Blitz habe es nicht gegeben – nur ein Muster aus falschen Nachrichten in den sozialen Medien. Der junge Schauspieler am LAX sei genau das gewesen: ein Darsteller, der unter dem Vorwand, es handele sich um eine Art Realityshow, für diese Rolle angeheuert worden sei. Polizeidienststellen vor Ort seien durch Anrufe, die aus dem Ausland gekommen, aber auf digitalem Weg zu Ortsgesprächen umgewandelt worden seien, dazu gebracht worden, Straßensperren zu errichten. Ein ähnlicher Anruf habe das Sondereinsatzkommando in Las Vegas alarmiert. Die Beamten hätten nichts als eine leere Suite gefunden, die über Internet gebucht und bezahlt worden sei. Eingecheckt habe niemand, aber aus dem Ausland sei Gepäck eingetroffen und vom Hotelpersonal in die Suite gebracht worden. Es habe sich als Radiumzifferblattuhren in einem unheimlich aussehenden Karton entpuppt: genug, um die Geigerzähler der Polizisten zum Knacken zu bringen, aber mitnichten gefährlich. Ein ähnlicher Schachzug sei in Manhattan angewandt worden. Sämtliche bestätigenden Posts, die in den darauf folgenden Stunden im Internet aufgetaucht waren – die Verbrennungsopfer, der radioaktive Niederschlag, die Pressekonferenz in Los Alamos –, seien gefälscht und über Social-Media-Accounts und Domains, die von nicht zurückverfolgbaren ausländischen Briefkastenfirmen unterhalten würden, ins Internet eingespeist worden.

Vieles davon war lediglich eine offizielle Bestätigung von Informationen, die seriöse Nachrichtenagenturen den ganzen Tag über zusammengestellt, aber noch nicht laut genug hatten äußern können, um sich über den allgemeinen Lärm hinweg Gehör zu verschaffen. Im versammelten Pressekorps des Weißen Hauses, das hier mitten in der Hauptstraße zusammengekommen war, erzeugte das eine Art Blutrausch. Während des Wartens hatten die Journalisten eine Menge Zeit gehabt, die beeindruckende Palette von Erzeugnissen aus Moabs Kleinbrauereien zu kosten. Nachdem sie den ganzen Tag damit zugebracht hatten, unglaublich deprimierende Nachrichtenberichte durchzugehen, kamen sie nun wieder in einen aufgedrehteren Gemütszustand, eine Auswirkung der Kombination aus völlig natürlicher und verständlicher Freude darüber, dass es Moab gut ging, Bier und Schadenfreude gegenüber den Social-Media-Firmen, die in den vergangenen zwei Jahrzehnten an ihrer Branche und ihrer Beschäftigungssicherheit genagt hatten. Es wurden gezielte Fragen dazu gestellt, wie unglaublich verantwortungslos diese Firmen am heutigen Tag gewesen waren und ob mit Skorpionen gefüllte Gruben, in die man ihre Führungsriegen jetzt versenken müsste, tausend oder zweitausend Meter tief sein sollten. Nach der dritten derartigen Frage wurde dem Präsidenten von seinem Pressesprecher ein Zettel gereicht. Nachdem er ihn gelesen hatte, hob er den Kopf und wandte den Blick nach rechts, wo er die Reihe von in der Nähe stehenden Moabitern absuchte, bis er die eine Person fand, deren Nachname möglicherweise Kawasaki sein konnte. »Warum richten Sie Ihre Fragen nicht direkt an jemanden, der Bescheid weiß? Mr Kawasaki von Lyke war den ganzen Tag hier vor Ort und hat hart daran gearbeitet, die Wahrheit herauszufinden.«

11

Weder wollte Maeve sich selbst als jemand sehen noch als jemand gesehen werden, die es nötig gehabt hatte, von einem Märchenprinzen in einem Flugzeug gerettet zu werden, was in ihrer Beziehung zu Corvallis ganz am Anfang eine große Rolle spielte. Zum Glück für die Beziehung, nicht aber für Maeve und ihre Familie in Australien, wurden diese Themen bald völlig von etwas anderem überlagert.

Sämtliche Leute im Verschwörungs-/Trollökosystem des Miasmas waren in den Strudel von Moab hineingesogen worden und fingen an, ein unerträgliches Maß an Aufmerksamkeit auf die gesamte Riege der Beteiligten zu richten: den Schauspieler aus der Nachtmaschine, alle Darsteller in den gefälschten Videos, die Polizisten, die die Penthouse-Suite in Vegas durchsucht, und die Hilfssheriffs, die Straßensperren besetzt hatten, und so weiter.

Und natürlich Corvallis Kawasaki und Maeve Braden. Denn er war vom Präsidenten der Vereinigten Staaten im öffentlichen Fernsehen namentlich genannt worden und hatte vorneweg schon einen gewissen Bekanntheitsgrad besessen. Und sie hatte neben ihm gestanden. So hatten die Bürgerinnen und Bürger von Crazytown innerhalb von vierundzwanzig Stunden ein gewaltiges Dossier aus zumeist falschem Material über ihn zusammengetragen und angefangen, auch an ihr Interesse zu zeigen; im Verlauf einer Woche war Maeve im kollektiven Bewusstsein von

Crazytown zu einer Person von größerer Bedeutung geworden als Corvallis selbst.

Von Fakten und Wissen fühlten sich die Bewohner von Crazytown abgestoßen, so wie Öl vom Wasser, waren aber fasziniert vom Fehlen harter Fakten, denn das ließ Raum für die Errichtung komplizierter Gebäude aus Spekulationen. Der Macht gegenüber empfanden sie eine Kombination aus Furcht und Bewunderung, und Corvallis war mächtig. Verwundbarkeit dagegen zog sie in derselben Weise an, wie Raubtiere sich den Isolierten und Zurückgelassenen näherten. Innerhalb einer Woche waren die personenbezogenen Daten von Maeve – die fatalerweise rätselhaft, verwundbar und weiblich zugleich war – ermittelt und im Internet veröffentlicht worden. Canyonland Adventures als Unternehmen war nach einer Flut gefälschter negativer Bewertungen und verschiedenen anderen Hacks vernichtet. Maeve suchte Zuflucht auf der Angel Rock Ranch, doch nach zwei Tagen fing Bobs Frau an, ein paar der ungeheuer verleumderischen Posts über Maeve in den sozialen Netzwerken zu glauben, und beschloss, dass sie jetzt besser gehen sollte. Tom, der nun, da die Firma vernichtet war, nichts mehr zu tun hatte, verfrachtete Maeve in ein Auto, drückte ihr eine Schrotflinte in die Hand und fuhr sie nach Salt Lake City, wo er sie (ohne die Schrotflinte) am Terminal für Privatjets absetzte, damit sie dort auf eine von Corvallis geschickte Maschine wartete. Die Lounge betrat Maeve nur, um zur Toilette zu gehen. Unter der Kabinentür waren ihre Beine sichtbar. Sie wurden im Spiegel von einer jungen Frau entdeckt, die vor einem Waschbecken stand und sich frisch machte. Sie war die beste Freundin einer anderen jungen Frau, der Tochter eines Hedgefonds-Managers und Besitzers eines Privatjets; zusammen mit anderen Freunden und Familienmitgliedern waren sie auf irgendeiner Art von Einprozenter-Urlaubsreise. Nachdem die beiden jungen Frauen Maeve erkannt hatten, machten sie Fotos von ihr, die sie anschließend auf ihren schlecht gesicherten Social-Media-Accounts posteten. Auf einem der Bilder war das Luftfahrzeugkennzeichen des Privatjets zu sehen, den Maeve für den Flug nach Seattle bestieg. Dessen Flugplan war aus dem Miasma beschafft worden. In Seattle erwarteten Maeve weitere Truther, wie man die Menschen nannte, die fanatisch an die Zerstörung Moabs glaubten; zum Terminal für Privatflugzeuge hatten sie keinen Zutritt, aber nichts hinderte sie daran, Corvallis' Ankunft in seinem Tesla mitzubekommen.

Und so nahm es seinen Lauf. Sie konnten nichts anderes tun, als es sich austoben zu lassen. Maeves Drangsalierung wurde zum Gegenstand empathischer Berichterstattung durch die Anständigen im Miasma, aber allein die Tatsache, dass Menschen sie verteidigten, trieb die Truther nur noch tiefer in ihren Wutrausch oder machte es umso amüsanter für Trolle, ihr nachzustellen. Die personenbezogenen Daten von Maeves ganzer Familie tauchten im Netz auf. Geschäftsunterlagen von Thetix wurden irgendwo ausgekramt und offengelegt. Dass sie jetzt unter Corvallis' Fittichen stand, dämpfte den Feuereifer der Truther, denn sie waren Sadisten und richteten ihre Energien lieber auf die Hilflosen. Es gelang ihnen jedoch, ihre Schwester Verna ausfindig zu machen, die in einer Schlafstadt außerhalb von Adelaide lebte. Nach einem ersten Durchgang aus OP und Chemo waren die Symptome für drei Jahre verschwunden, doch jetzt war der Krebs zurück. Sie machte erneut eine Chemo. Mithilfe einer Kombination aus sozialer Manipulation und mangelhaften Sicherheitsvorkehrungen spürte eine besonders eifrige Gruppe nihilistischer Hacker ihr bis zu einem Krankenhaus in Adelaide nach, gab telefonisch eine Bombendrohung durch und alarmierte auch noch selbst ein Sondereinsatzkommando der Polizei. Aus dem Gebäudetrakt, in dem Verna ihre Behandlung bekam, mussten alle Patienten evakuiert werden. Es waren nicht genug Tragen verfügbar, und da sie so kräftig war, dass sie mit Unterstützung gehen konnte, lag sie schließlich, nur mit dem Flügelhemd bekleidet und immer noch an das fahrbare Gerät angeschlossen, über das der Wirkstoff in ihre Vene tropfte, im Schatten eines Eukalyptusbaums auf dem Boden. Ein ortsansässiger Truther, der sich mit einer Teleobjektivkamera außerhalb des Geländes postiert hatte, schaffte es, ein Video von ihr zu machen, wie sie sich auf die Seite drehte, um zu erbrechen. Es erschien in dem von den Truthers bevorzugten Internetforum und wurde zu einem lustigen Meme. Die Mutter von Maeve und Verna wurde richtig wütend und wagte sich auf die Eingangstreppe vor ihrem Haus, um die Hacker anzuprangern; ein Standbild von ihrem zornigen, tränenüberströmten Gesicht wurde zu einem weiteren Meme.

Corvallis charterte ein größeres Langstreckenflugzeug, das ihn und Maeve nach Australien bringen sollte. Sie fuhren zum Boeing Field. Die Maschine war noch nicht ganz fertig, sodass sie eine halbe Stunde in der Lounge warten mussten.

Kurz vor dem Boarding tauchte Pluto auf.

Pluto war einer der Mitbegründer von Corporation 9592 gewesen und hatte entsprechend viel Geld damit verdient. Eine Zeit lang hatte Corvallis ihn jeden Tag gesehen, doch nach seinem Wechsel zu Nubilant hatten sie den Kontakt verloren und bis auf ein kurzes, verlegenes Gespräch bei Dodges Beisetzung überhaupt nicht mehr kommuniziert. Pluto, dem sein soziales Unvermögen durchaus bewusst war, hatte vor seinem Erscheinen offensichtlich ein Benimmbuch konsultiert und so während seiner einstudierten Interaktionen mit Zula und anderen Mitgliedern der engsten Familie seine Sache gut, wenn auch etwas seltsam gemacht, indem er sie mit hochviktorianischen Beileidsfloskeln ansprach, die direkt aus dem eingescannten, archivierten und auswendig gelernten Benimmbuch von Emily Post kamen.

Pluto spazierte in die Wartelounge, die möbliert war wie die Lobby eines Luxushotels, und setzte seine Reisetasche auf einem ledernen Clubsessel ab. Er schien für eine lange Reise gepackt zu haben. Er ließ sich gegenüber von Corvallis und Maeve nieder, die auf einem Zweiersofa saßen, ihren Gedanken nachhingen und sich nicht trauten, ins Internet zu gehen. Statt sie zu begrüßen oder gar Blickkontakt herzustellen, öffnete er seinen Laptop und setzte sich eine Lesebrille auf.

»Die Altersweitsichtigkeit hat dich eingeholt, wie ich sehe«, sagte Corvallis.

Maeve fuhr zusammen, und ihr Körper spannte sich an; sie hatte nicht mitbekommen, dass dieser neue Typ und Corvallis sich kannten.

»Es wäre ungewöhnlich für jemanden in meinem Alter, wenn es anders wäre!«, spottete Pluto.

Maeve hatte sich, den Kopf auf Corvallis' ausgestrecktem Arm, hingelümmelt, setzte sich aber nun auf, um den Eindringling genauer ins Auge zu fassen.

Corvallis fiel jetzt wieder ein, dass damals die Schlüsselpersonen bei Corporation 9592 eine iPhone-App benutzt hatten, die sie in die Lage versetzte, auf einer Landkarte die Standorte der jeweils anderen zu orten. Das ersparte ihnen eine Menge Herumgemurkse mit Textnachrichten, deren einziger Zweck darin bestand, den Aufenthaltsort von jemandem zu ermitteln. Corvallis hatte seinen jeweiligen Aufenthaltsort Dodge und Pluto anvertraut. Dodge war tot. An Pluto hatte er nicht mehr gedacht. Er nahm sich vor, diese Funktion auszuschalten. Nicht dass er Pluto misstraute. Aber es war eine schlechte Gewohnheit, dieses Ding einfach stumm weiterlaufen zu lassen.

»Dein Gepäck ist von beeindruckendem Umfang und Gewicht«, bemerkte Corvallis, »und ich stelle fest, dass du dir einen neuen Sonnenhut gekauft hast.« An Plutos Kopfbedeckung hingen nämlich noch das Preisschild und das Heftchen mit den Material- und Pflegehinweisen.

»Wegen des Ozonlochs«, begann Pluto in einem Tonfall, der vermuten ließ, dass er dazu noch viel zu sagen hatte.

Doch Maeve unterbrach ihn. »Kommt diese Person mit uns?«

»Sein Name ist Pluto«, sagte Corvallis. Dann, noch ehe Pluto den Irrtum korrigieren konnte, berichtigte er seine Aussage: »Sein Spitzname, wollte ich sagen.«

Pluto schien zu beenden, was immer er Geschäftliches auf seinem Laptop gemacht hatte, und schielte über seine Lesebrille hinweg auf Maeves Beine. Da er generell die Angewohnheit hatte, auf die Schuhe der Leute zu starren, mit denen er sprach, deutete Corvallis es so, dass Pluto sich anschickte, ein Gespräch zu beginnen. Für Maeve war es ein Begaffen ihrer Prothesen. Corvallis, der seinen Arm immer noch hinten um Maeve gelegt hatte, drückte und tätschelte ihr mit einer Hand kurz die Schulter.

»Ich wurde darauf aufmerksam, dass Sie im Internet beschimpft werden«, sagte Pluto, »und bin jetzt hier, um es zu zerstören.«

»Was zerstören?«, fragte Corvallis.

»Das Internet«, sagte Pluto. »Oder wie Dodge es nannte, das Miasma. Hat euer Flugzeug WLAN?«

»Ja, aber über dem Pazifik funktioniert es nicht.«

Pluto seufzte. »Dann wird das wohl warten müssen, bis wir in Australien sind.«

»Am Anfang habe ich deinen Freund ja nicht gemocht«, sagte Maeve, »aber so langsam kann ich mich für ihn erwärmen.«

»Das trifft sich gut, Maeve, falls ich mir die Freiheit nehmen darf, die Dame bei ihrem Taufnamen zu nennen, denn ich werde Ihre Erlaubnis brauchen. Ihre Komplizenschaft bei der kompletten Zerstörung Ihres Rufs.«

»Der ist bereits zerstört, haben Sie denn nichts mitbekommen?«

»Er ist noch nicht hinreichend zerstört«, sagte Pluto und warf einen kurzen Blick auf den Bildschirm seines Laptops. »Die Gesamtzahl beleidigender und diffamierender Originalaussagen, die in all den Blogs, Foren und sozialen Medien über Sie getroffen und von meinen Bots verfolgt wurden, beläuft sich zurzeit auf etwas über dreiundsiebzigtausend. Eine Spitzenbelastung gab es gestern, bei vier Komma fünf Kilo-Braden.«

»Was ist ein Kilo-Braden?«, fragte Maeve, die ein persönliches Interesse daran verspürte, da sie mit Nachnamen Braden hieß.

»Ein Braden ist eine Maßeinheit, die ich für meine eigenen Zwecke geschaffen habe und die der Zahl feindseliger Posts im Zeitraum von einer Stunde entspricht. Inzwischen ist sie auf knapp über hundert Braden gesunken, da der Fokus des Angriffs sich verlagert hat, von Ihnen zu Ihrer Mutter und …« Pluto runzelte die Stirn, während er etwas auf dem Bildschirm las. »Jemandem namens Lady?«

»Ihr Lhasa Apso«, seufzte Maeve. Den Hund hatte man nämlich bei der Eingangstreppenpressekonferenz von Maeves Mutter im Hintergrund unablässig kläffen hören, und jetzt erhielt er Todesdrohungen.

»Jedenfalls müssen wir das, um zu einer Sättigung zu gelangen, bis in die Mega-Braden oder am liebsten sogar Giga-Braden hochtreiben«, fuhr Pluto fort, »und wir brauchen eine viel weiter reichende ontische Abdeckung.«

»Ontisch?«, fragte Corvallis, damit Maeve es nicht tun musste.

Der Pilot des Jets betrat die Lounge durch die Tür, die zur Rollbahn hinausging, und blickte Corvallis erwartungsvoll an. »Einer mehr«, erklärte Corvallis, denn das bedeutete mehr Papierkram. Zu Pluto sagte er: »Reisepass?«, und bereute es noch im selben Moment.

»Ein Reisepass und ein Visum sind *erforderlich* für …«, begann Pluto, von der Frage etwas verwirrt.

»Schon gut. Er hat einen Reisepass und ein Visum«, rief Corvallis dem Piloten zu.

Nachdem sie zum Flugzeug gegangen waren und sich auf ihren Plätzen eingerichtet hatten, nahm Pluto den Gesprächsfaden wieder auf, als wäre nichts gewesen. »Solche Dinge müssen auf systematische Weise in Angriff genommen werden, damit man nichts übersieht«, sagte er, den Blick jetzt durchs Fenster auf einen Tanklaster gerichtet. »Teils durch das direkte Studium von Nachschlagewerken, Synonymwörterbüchern und so weiter und teils durch Anwendung der Brute-Force-Suche in Archiven mit verleumderischen Miasma-Postings habe ich etwas zusammengestellt, das meiner Ansicht nach eine ziemlich umfassende Ontologie der Exekration darstellt. Ein reines Lexikon bringt uns nicht weiter, weil es sprachspezifisch ist, sowohl in dem Sinne, dass es sich nur auf eine Sprache wie etwa Englisch bezieht, als auch, dass es darin nur um Diffamierung im Textformat geht. Heutzutage haben aber viele diffamierende Posts die Form von Bildern oder Videos. Wenn ihr zum Beispiel jemanden eine Schlampe nennen wollt …«

»Das müssen wir jetzt nicht durchkauen«, sagte Corvallis.

»›Schlampe‹, ›Miststück‹, ›Hexe‹, ›Dickerchen‹, wir müssen alles abdecken. Wenn wir Datenverkehr im Giga-Braden-Bereich generieren – was ich für machbar halte –, aber alles auf, sagen wir, ›Aggrofeministin‹ hinausläuft, wird bei vielen gelegentlichen Usern der Eindruck entstehen, das Subjekt sei tatsächlich eine Aggrofeministin. Wenn aber jeweils gleich große Datenmengen das Subjekt als Schlampe, Miststück, Hure, Selbstdarstellerin, eine, die nur aufs Geld aus ist, eine Idiotin denunzieren …«

»Ich glaube, wir wissen, was du meinst …«, sagte Corvallis.

»… nun, dann wird selbst der leichtgläubigste User mit so vielen unterschiedlichen (und vielfach widersprüchlichen) Charakterisierungen geimpft, dass bei ihm Zweifel an der Richtigkeit jeder einzelnen davon und somit an der Glaubwürdigkeit des Miasmas insgesamt aufkommen.«

»Pluto, irgendwie haben wir nicht ganz mitbekommen, auf welcher Prämisse das, was du da machst, aufbaut«, sagte Corvallis.

»Ich bin froh, dass du das sagst«, bemerkte Maeve, »ich fragte mich nämlich gerade, ob ich einen Blackout hatte.«

»Was ich verstehe, ist, dass du so etwas wie Bots entwickelt hast…«

»Autonome Proxys zur Exekration oder APEs«, sagte Pluto. »Ich habe mir erlaubt, ein Logo zu zeichnen…«

»Bitte verschone uns mit Programmer Art, Pluto, das ist nicht…« Aber es war zu spät, denn Pluto hatte seinen Laptop bereits herumgedreht, um eine unglaublich schauderhafte Zeichnung von einem Tier zu zeigen, das mit Müh und Not als irgendeine Form von Affe zu erkennen war. Ein zotteliger Arm stützte sich mit den Fingerknöcheln auf den Boden, der andere schwang durch die Luft, während er einen großen tropfenden Haufen Scheiße wegschleuderte. Gewellte Linien, die von dem Wurfgeschoss ausstrahlten, sollten andeuten, dass es stank. Das Bild war sogar noch schauderhafter, als es Plutos Programmer Art sonst meistens war, aber er lächelte breit und blickte sie dabei sogar gewissermaßen an, was schon etwas heißen wollte. Schlimmer noch, Maeve gefiel es, und sie lachte. Corvallis hatte sie lange nicht mehr lachen hören.

»Indem ich ein paar einfache Befehle eintippe, kann ich eine arbiträre Zahl von APEs in der Cloud entstehen lassen«, sagte Pluto.

»Wie meinen Sie das, arbiträr?«, fragte Maeve.

»So viele, wie er will«, sagte Corvallis.

»So viele, wie ich will.«

»Kosten sie denn kein Geld oder so?«

Einen Augenblick lang schaute Pluto verwundert drein, dann lachte er.

»Pluto hat zehnmal so viel Geld wie ich«, sagte Corvallis.

»Neunzehnmal«, korrigierte ihn Pluto. »Du weißt noch nichts von ein paar interessanten Handelsstrategien, die ich verfolgt habe.« Seine Aufmerksamkeit von Corvallis' Schuhen wieder auf Maeves Prothesen lenkend fuhr er fort: »Ich habe die inneren Schleifen so weit von Hand justiert, dass ein einziger Proxy mehr als ein Mega-Braden an Diffamierungen jeder Sorte generieren kann. Die Zahl wäre natürlich noch viel größer, wenn ich nicht diverse Strategien anwenden müsste, um Spamfilter, Captchas und andere Schutzmechanismen zu umgehen.«

»Hast du das schon ausprobiert?«, fragte Corvallis.

»Nicht gegen ein reales Subjekt«, sagte Pluto. »Ich habe ein fiktives Subjekt erfunden und ein paar APEs darauf angesetzt, nur um zu sehen, wie es in freier Wildbahn funktioniert. Das fiktive Subjekt hat bereits Tausende von Todesdrohungen auf sich gezogen«, fügte er mit einem Hauch von Stolz hinzu.

»Du meinst, von Leuten, die die von den APEs gesäten diffamierenden Posts gesehen haben und richtig wütend auf diese Person wurden, die es überhaupt nicht gibt.«

»Ja. Es hat überraschend gut funktioniert. Nun könnte ein weiterer Teil der Strategie darin bestehen, in großer Zahl nicht vorhandene Zielscheiben für Drangsalierung zu erzeugen und gegen sie ebenfalls APEs einzusetzen. Das ist mir gerade eingefallen.«

»Vorhin haben Sie gesagt, Sie bräuchten meine Komplizenschaft«, sagte Maeve. »Meine Erlaubnis.«

»Ja, ich würde nämlich gern zwei Wochen lang einen Trupp APEs mit etwa einem Giga-Braden gegen Sie als Zielscheibe laufen lassen.«

»Wenn ich die Rechnung richtig verstehe«, sagte Corvallis, »würden während dieser ganzen Zeit pro Stunde eine Milliarde diffamierende Posts persönlich gegen Maeve gerichtet werden. Und sie würden jede dieser Schmähungen enthalten, die du in deiner Ontologie der Exekration aufgeführt hast. In sämtlichen Sprachen, aber auch unter Verwendung von Bildern. Und auf sämtlichen Arten von Social-Media-Kanälen.«

»Allein ihr Wikipedia-Eintrag«, sagte Pluto, »würde innerhalb der ersten Zehntelsekunde tausendmal geändert. Neues Material mit der Beschreibung von Maeves Karriere als Piratin, Mörderin, Sexarbeiterin, Headhunterin, Terroristin und Koprophagin würde hinzugefügt. An diesem Punkt würde der Eintrag vermutlich von den Administratoren gesperrt werden, allerdings erst nach Speicherung des gesamten diffamierenden Materials in der Versionsgeschichte. Unterdessen hätten meine APEs auf Social-Media-Plattformen Hunderttausende neuer Accounts erzeugt, die sie nutzen würden, um Millionen von Posts in ähnlichem Stil zu veröffentlichen. Vorhandene Botnetze wird man nutzen, um eine gigantische Spamkampagne zu generieren. Der Twitter-Angriff wird in drei Phasen erfolgen. Phase 0 ist in gewisser Weise bereits angelaufen und besteht aus …«

»Warum brauchen Sie meine Komplizenschaft?«, fragte Maeve. »Verstehen Sie mich nicht falsch, es ist höflich von Ihnen zu fragen, aber …«

»Es ist eine offene Kampagne. Wir würden sie ankündigen. Statistiken über ihren Fortgang veröffentlichen. Wenn Sie wollten, könnten Sie Presseinterviews geben. Das schiere Ausmaß des Ganzen würde selbst dem leichtgläubigsten Miasma-Nutzer deutlich machen, dass das alles ein Haufen Unsinn war. Danach würde niemand, der noch recht bei Verstand ist, je wieder etwas Negatives, das einmal im Miasma über Sie gepostet wurde, glauben. Da das alles aber eigentlich ehrenrührig ist, müssten Sie versprechen, mich nicht zu verklagen.«

»Haben Sie, als Sie vorhin reinkamen, nicht gesagt, dass Sie das Internet zerstören würden? Das Miasma?«, frage Maeve.

»Ja.«

»Wie bewirkt denn das eine das andere?«

»Ich werde sämtliche Tools für die Erzeugung von APEs und den Betrieb ganzer Gruppen von ihnen quelloffen machen«, erklärte Pluto. »In Kombination mit einer benutzerfreundlichen Grafikschnittstelle wird das jedem Nutzer weltweit die Möglichkeit eröffnen, für wenig Geld einen APE-Trupp zu erzeugen und dessen Aktivitäten über eine App zu verwalten.«

Corvallis hob einen Finger. »Ich arbeite für Lyke«, bemerkte er. »Wenn deine APEs falsche Accounts einrichten und Lyke mit Dreck überhäufen, ist das ein Problem für mich.«

»Eine Gelegenheit«, beharrte Pluto. »Es ist eine Gelegenheit für Lyke, sich von den herkömmlichen Plattformen zu unterscheiden, denen man nach Moab nie wieder wird vertrauen können.«

»Bist du für den Moab-Hoax verantwortlich?«, fragte Corvallis ihn unverhohlen. Der Gedanke war ihm gerade erst gekommen.

»Nein.«

»Hattest du irgendwas damit zu tun?«

»Nein. Was komisch ist, denn wer immer tatsächlich dahintersteckt, denkt in vielerlei Hinsicht wie ich. Allerdings versuche ich überall da, wo Menschen sterben, die Grenze zu ziehen.«

»Sie haben eine ganze Weile daran gearbeitet«, sagte Maeve. »Niemand könnte all das, was Sie gerade beschrieben haben, in ein paar Tagen zustande bringen. Egal, was für ein guter Programmierer Sie sind.«

»Das ist korrekt. An verschiedenen Teilen davon arbeite ich seit meinem Rückzug aus der Corporation 9592.«

»Vor zwei Jahren«, sagte Corvallis zu Maeves Verständnis. »Und jetzt bist du einfach opportunistisch. Die Zeit der Nachwirkungen von Moab ist für dich der ideale Moment, den Startknopf zu drücken.«

»Und für deine Firma«, beharrte Pluto, »der ideale Moment, sich von der Konkurrenz abzusetzen.«

Maeve fand, dass sie das überschlafen sollte. Und in einem Geschäftsjet, der den Pazifik überquerte, war das sogar möglich. Neun Stunden lang schlief sie fest, was Corvallis die vage Ahnung vermittelte, dass sie Ja sagen würde. Folglich schlief er selbst ausgesprochen schlecht, während er neben ihr lag und im Geist Checklisten für sämtliche Aktionen erstellte, die er würde unternehmen müssen, sobald er irgendwo Zugang zum Internet hatte. Die technische Seite würde leicht zu bewerkstelligen sein; nach entsprechender Vorwarnung könnten die IT-Experten von Lyke ein paar

Prozesse zusammenhacken, die einen Großteil des APE-Verkehrs ausfiltern würden. Die rechtliche Seite war es, die ihn wach hielt, hauptsächlich weil sie außerhalb seines Kompetenzbereichs lag und er nichts dafür tun konnte, außer sich halb gare Albtraumszenarien auszudenken, mit denen er sich anschließend herumquälte.

Während er mit Pluto sprach, beruhigte er sich ein wenig. Pluto hatte, wie sich herausstellte, zwei Jahre lang in Vollzeit mehrere Anwälte beschäftigt, denn er suchte nach Möglichkeiten, die Sache so auf den Weg zu bringen, dass er mit keinem der Gesetze in Konflikt geriet, die für Personen, die als Hacker identifiziert wurden, drakonische Strafen vorsahen.

In gewissem Sinne hatte sich die Schaffung von APEs schon seit Jahrzehnten abgezeichnet. Auf sehr komprimierte, einem Schnellvorlauf ähnelnde Weise rief Pluto Corvallis viel Geschichte ins Gedächtnis, die er bereits vage kannte. Wie sich zeigte, gehörte Pluto zu einer losen Gruppierung Gleichgesinnter, die sich ENSU nannte: Ethisches Netzwerk für Sabotage-Unternehmen. Der APE war sein eigenes Baby, aber andere hatten auch daran gearbeitet und seinen Code mit Filter umgehenden, Captchas täuschenden Spambots gekreuzt, die dazu dienten, Wikipedia mit gefälschten Bearbeitungen und Amazon mit fingierten Produktbewertungen zu überschwemmen.

ENSUs langfristige Vision war nobel und schön: Sie wollten unter dem Namen Vertrauenswürdiges Internet etwas Neues schaffen. Kurzfristig bestand ihr Weg zu diesem Ziel darin, jeden herkömmlichen Blog mit fingierten Kommentaren zu überhäufen, jedem rechtmäßigen Twitter-Account mit tausend gefälschten zu folgen, jede Facebook-Seite mit digitalen Schergen zu klonen und zu täuschen und wochen- oder monatelang auf den richtigen Zeitpunkt zu warten, um ganz plötzlich die Feeds ihrer Opfer mit Müll zu überschütten.

»Ich kann verstehen, warum du Anwälte beschäftigt hast«, bemerkte Corvallis, nachdem er das gehört hatte.

Pluto kicherte. »Nur für den APE-Teil davon. Es gibt viele Mitglieder auf der ENSU-Liste. Manche extremer als andere.«

»Und alle anonym, nicht ausfindig zu machen und so weiter.«

»Nun, wir benutzen PURDAH.«

Corvallis seufzte. »Spuck's schon aus. Was ist PURDAH?«

Pluto war hocherfreut, dass er gefragt hatte. »Persönlicher Untrennbarer Registrierter Designator für Anonyme Holografie.«

Corvallis lehnte sich zurück und dachte ein wenig darüber nach. Manche Bestandteile lagen auf der Hand, andere weniger. »Wie kommt Holografie da rein? Das ist doch eine Art, dreidimensionale Bilder zu machen, oder?«

»Nach dem heutigen Sprachgebrauch, ja. Das ist ein sehr altes Wort. Wissenschaftlich bedeutet ›Holografon‹ ein von einer einzigen Hand geschriebenes Dokument.«

»Von einer Hand?«

»Manu. Skript. Hand. Schrift«, sagte Pluto, fassungslos angesichts solcher Begriffsstutzigkeit. »Woher weißt du, ob ein altes Manuskript ausschließlich von einer Person geschrieben wurde? Wenn die Handschrift von vorn bis hinten dieselbe ist, dann weißt du's. Der Name des Verfassers ist vielleicht gar nicht bekannt, aber man kann ihn in gewissem Sinne an seiner Handschrift erkennen – mit größerer Sicherheit, als allein sein Name sie bieten würde.«

»Das ist nachvollziehbar«, sagte Corvallis. »Einen Namen auf eine Titelseite zu schreiben ist einfach. Die Fälschung eines ganzen Dokuments, das in einer gleichbleibenden Handschrift geschrieben ist, dagegen schwer.«

»Es ist der nahezu fälschungssichere Beweis, dass eine bestimmte Person das ganze Manuskript geschrieben hat. Genau das ist ein Holografon – es ist das, was das Wort bezeichnete, bevor Holografie zur Benennung der 3D-Bildtechnologie verwandt und das Hologramm erfunden wurde.«

»›Holografie‹ – das H in PURDAH – ist also Kurzschrift für ›Dokumente erstellen, die sich nachweislich zu einem bestimmten Autor zurückverfolgen lassen‹.«

»Dokumente oder irgendeine andere Art von digitaler Aktivität«, berichtigte ihn Pluto.

»Und genau wie ein Holografon den Namen des Autors auf der Titelseite nicht braucht …«

»*Anonymes* Holografon«, erinnerte ihn Pluto mit einem zufriedenen Kopfnicken.

»Wie lautet noch mal das ganze Ding?«

»Persönlicher Untrennbarer Registrierter Designator für Anonyme Holografie.«

»Es ist einfach eine anonyme ID«, sagte Corvallis, »mit einem Fantasienamen aufgehübscht.«

»Nun, ja und nein. Anonyme IDs sind nirgendwo registriert. PURDAHs werden unter Verwendung eines Distributed Ledger registriert, sodass ihre Glaubwürdigkeit jederzeit von jedermann überprüft werden kann. ›Untrennbar‹ bedeutet, dass niemand es dir wegnehmen kann, solange du angemessene Vorsichtsmaßnahmen triffst.«

»Und ›persönlich‹?«

»Ist nur dazu da, dass das Akronym funktioniert, nehme ich an«, sagte Pluto. »Aber jeder PURDAH ist mit einer ›Person‹ im rechtlichen Sinne des Wortes verbunden, sei es nun ein Mensch oder eine juristische Person wie zum Beispiel eine Aktiengesellschaft.«

»Jedenfalls«, fuhr Corvallis fort, »läuft bei allen an diesem Ethischen Netzwerk für Sabotage-Unternehmen Beteiligten die Kommunikation untereinander ebenso wie das Posten von Dokumenten über irgendeine Art von PURDAH-System.«

»Sehr systematisch ist es nicht. Sehr schwerfällig in der Benutzung. Wir könnten etwas Hilfe von einem Investor gebrauchen, um es aufzuräumen, ihm eine Benutzeroberfläche zu verpassen.«

»Pluto, erst vor ein paar Stunden hast du mir erzählt, dass du neunzehnmal so viel Geld hast wie ich, warum zum Teufel investierst du da nicht selbst?«

»Das ist nicht mein Ding.«

Corvallis seufzte. »Worauf ich hinauswill, ist Folgendes, Pluto: dieses Ding, das da gerade passiert ist. Der Moab-Hoax. Das war wirklich gut gemacht. Geradezu unheimlich gut durchgezogen. Ich meine, wenn wir mit dem Durchkämmen des Trümmerhaufens fertig sind, werden wir vielleicht eine Stelle finden, wo sie einen Fehler gemacht haben, aber insgesamt war es ein Meisterwerk. Ich frage mich, wer so intelligent und gut organisiert ist, um so etwas hinzukriegen.«

»Ich habe dir schon gesagt, ich war es nicht.«

»Und ich glaube dir. Allerdings frage ich mich, ob du den Täter kennst. Nicht persönlich, aber durch seinen PURDAH. Ich frage mich, ob er zu deinem losen ethischen Netzwerk gehört.«

Pluto zuckte die Achseln. »Es herrscht großes Interesse am Thema der dezentralen Organisation. Das heißt eines Netzwerks von PURDAHs, das wie ein normales Unternehmen auf der Basis eines vereinbarten Regelwerks, aber ohne erkennbares Zentrum funktioniert.«

»Du meinst also, dass die Leute, die den Moab-Hoax in Umlauf gebracht haben, zu diesem Zweck heimlich eine dieser dezentralen Organisationen aufgebaut haben könnten. Und sie haben dich nicht eingeladen, weil du den geheimen Handschlag nicht gekannt oder in einem Diskussionsstrang etwas Falsches gesagt hast.«

»Das kann sein. Ich bezweifle es aber.«

»Wer war's denn deiner Meinung nach?«

»Wieder mal Russen?«

»Aber welchen Nutzen haben sie davon, ein so großes Ding zu drehen?«, fragte Corvallis. »Wer profitiert von Moab?«

»Was meinst du?«, fragte Pluto zurück.

»ENSU profitiert. Leute, die das Miasma hassen, weil es so unglaubwürdig ist, die davon geträumt haben, es durch etwas Besseres, Sichereres zu ersetzen.«

»Dagegen lässt sich nichts einwenden!«, bemerkte Pluto, vergnügt in sich hineinlachend. Und etwas an diesem kindlichen Ausdruck der Freude stieß Corvallis auf einen Fehler in seinem eigenen Argument. Pluto besaß zwar eine unendliche Menge Geld. Er hatte also Mittel. Aber hatte er auch ein Motiv? Na ja, mehr oder weniger schon. Er und Tausende andere Hacker einschließlich all seiner Kumpel von ENSU ärgerten sich permanent über die Sicherheitsmängel des Miasmas. Aber genügte das als Motiv, um einen so folgenschweren Hoax wie den von Moab zu verbreiten? Menschen waren *gestorben*. Einunddreißig, laut der letzten Zählung, waren auf der Flucht vor imaginären Bomben bei Verkehrsunfällen oder durch Herzinfarkte und Schlaganfälle ums Leben gekommen. Wer würde so etwas machen?

Das offensichtliche Motiv war Geld. Jemand hatte eine Möglichkeit herausgefunden, von dem Hoax zu profitieren, höchstwahrscheinlich durch den Leerverkauf von Aktien. Und ganz bestimmt ermittelte die Börsenaufsicht bereits in diese Richtung, indem sie die Daten des Börsenhandels in den Tagen vor dem Hoax nach verdächtigen Mustern durchkämmte. Vielleicht war es aber auch ein subtileres Spiel, etwas, das die Börsenaufsicht niemandem würde anhängen können.

Auf alle Fälle schien es eine umständliche und ungewöhnlich verantwortungslose Art zu sein, ein bisschen reicher zu werden. Einer, der das Köpfchen und die technischen Fähigkeiten für eine solche Nummer besaß, hätte auch andere Möglichkeiten.

Darüber dachte Corvallis nach, während das Flugzeug nach Süden und Westen flog, über den Äquator, über die internationale Datumsgrenze. Pluto schlief vor seinem Laptop ein, der sich pflichtgemäß selbst abschaltete und damit die Kabine in Dunkelheit tauchte. Corvallis blickte zum Fenster hinaus und sah nichts als Sterne und unten ein einziges isoliertes Licht, das ein Schiff gewesen sein musste.

Da begriff er, dass es Elmo Shepherd gewesen war.

Die Erkenntnis kam ihm mit einem Schlag. Kein Gedankengang führte zu ihr hin, und kein Beweis stützte sie, aber er wusste es mit einer Gewissheit, als hätte El ihm im Flugzeug gegenübergesessen und es ihm persönlich anvertraut. Wie ein Wissenschaftler, der in einer Bibliothek ein anonymes Holografon betrachtete, so hatte Corvallis einfach Els Handschrift erkannt.

Australien – zumindest das erste Stückchen, das in Sicht kam – war grüner, als Corvallis aufgrund von Erzählungen erwartet hatte. Gerade überlegte er, ob er Maeve wecken sollte, als in ihrem Kopf ein innerer Wecker geklingelt und sie auf die Ankunft im Luftraum ihres Heimatlandes aufmerksam gemacht zu haben schien. Er wagte nicht, sie zu fragen, ob sie in Bezug auf Plutos Vorschlag eine Entscheidung getroffen habe. Sie strahlte eine gelassene Zuversicht aus, die er bei ihr nicht erlebt hatte, seit sie ins Fadenkreuz der Moab-Truther geraten war. Nachdem sie sich ein von der Flugbegleiterin serviertes kräftiges Frühstück hatten schmecken lassen, nahm sie für eine halbe Stunde die Toilette in Beschlag, aus der sie mit einem triumphalen Make-up wieder herauskam. Beim Make-up verfuhr Maeve nach dem Alles-oder-nichts-Prinzip; die meiste Zeit verzichtete sie ganz darauf, machte jedoch, wenn sie die richtige Gelegenheit für gekommen hielt, eine beeindruckende Produktion daraus. Corvallis kannte sie noch nicht lange genug, um voraussagen zu können, was für Gelegenheiten das sein würden; es waren nicht immer die naheliegenden Auslöser wie etwa eine bevorstehende Verabredung. Ohne zu fragen, wusste er, dass das alles mit Thetix zu tun hatte; wenn er zu fragen wagte, würde sie ihm erklären, Make-up sei einfach eine weitere Prothese, und ihn daran erinnern, dass die Wurzel des Wortes etwas mit Hinzufügung zu tun hatte. Sie sah stark aus, als sie aus der Flugzeugtoilette kam, wenn auch nicht unbedingt auf eine Weise, die von den Legionen ihrer Verleumder im Miasma erkannt oder respektiert werden würde. Sie schickte sich an, ihrer Familie mithilfe ihres Gesichts eine Nachricht zu senden, deren unglaublich raffinierten Code er nie verstehen würde.

Zu diesem Zeitpunkt war Australien rot-beige geworden, sodass Utah daneben allmählich aussah wie ein Regenwald. Die letzte Stunde des Flugs verbrachte Maeve damit, Pluto über APEs auszufragen und darüber, wie das alles funktionieren würde, wenn er die APEs erst einmal losgelassen hätte. Sie kamen überein, dass es besser wäre, noch ein oder zwei Tage zu warten, damit sie ihrer Mutter und ihrer Schwester alles erklären konnte.

Nachdem sie gelandet waren und den Zoll passiert hatten, verfielen sie in einen Familienmodus, was aus der Sicht eines fundamentalistischen Nerds einer Daseinsform gleichkam, die zum Verschwinden von sehr viel Zeit führte, während die Leute Beschäftigungen nachgingen, die verhinderten, dass irgendeine produktive Arbeit erledigt wurde. Diese ersten paar Stunden waren ausschließlich dem Abholen von Mary Catherine, der Mutter, und Lady, dem gefährdeten Lhasa Apso, gewidmet. Lady wurde für ein paar Tage in einem Zwinger abgegeben. Von dort fuhren sie zum Krankenhaus, um Verna mitzunehmen, die ihre Chemorunde beendet hatte. Sie fuhren hinaus zum McLaren Vale, südlich der Stadt. Ein Bekannter von Corvallis – der Centurio einer südaustralischen Reenactmentgruppe »Römische Legion« – hatte ein bestimmtes Retreatzentrum inmitten eines Weinbergs empfohlen, und Corvallis' Assistentin hatte dort eine kleine Villa gebucht. Verna wurde, damit sie sich erholen konnte, mit ihrer ganzen technischen Hilfsausrüstung im besten Zimmer einquartiert. Noch nie war Corvallis jemandem, der eine Chemotherapie machte, so nah gewesen, dass er alle Einzelheiten mitbekam. Er erkannte, dass Krebsland eine ganze alternative Zivilisation war, genauso kompliziert wie alles, was er für seinen Lebensunterhalt tat.

Erst nach einigen Stunden, in denen er die Familie kennengelernt, mit ihr zusammen gegessen und sich an der Versorgung von Verna beteiligt hatte, fand Corvallis ein bisschen Zeit für sich und konnte seine Kollegen bei Lyke vor dem warnen, was geplant war. Der Großteil seines Nerdbewusstseins war jedoch immer noch auf Elmo Shepherd fixiert. Unklar war ihm, ob El wohl irgendwie spürte, dass Corvallis es herausbekommen hatte – vielleicht sogar, wie ein Lehrer von einem Musterschüler, von Corvallis enttäuscht wäre, falls dieser bei ihrer nächsten Begegnung nichts darüber sagte.

Und eine nächste Begegnung würde es geben. El und seine Sammlung von Non-, Not-for- und For-Profit-Unternehmen waren inzwischen unentwirrbar mit dem Schicksal von Dodge und Dodges Gehirn verwoben. Ein unverhältnismäßig großer Teil der Zeit, die Corvallis mit seiner eigenen Stiftungs- und Gemeinnützigkeitsarbeit verbrachte, galt der Aufgabe dahinterzukommen, worauf die neuesten Schachzüge von Els Anwälten abzielten. Tatsächlich war die letzte Kuratoriumssitzung, der er beigewohnt hatte – just an dem Tag, an dem er zu dem Lager der römischen Legion hinausgefahren war –, durch eine Diskussion über ein neues Manöver beherrscht gewesen, das El gerade erst initiiert hatte. Jetzt fragte er sich unwillkürlich, ob das in irgendeinem Zusammenhang mit der Inszenierung des Hoax stand – eine Verbindung, die ihm erst Jahre später offenbar werden sollte. Corvallis hatte nämlich immer das Gefühl, dass er selbst »Drei gewinnt«, El dagegen vierdimensionales Hyperschach spielte.

In dem Moment, in dem ein gewaltiger Ansturm von Verleumdungen gegen Maeve Braden im Miasma losgetreten wurde, erwies sich Australien im Allgemeinen und dieser Weinberg im Besonderen als angenehmer Aufenthaltsort. Erstaunliche Vogelstimmen waren eingewoben in seine trockene, stille Luft, die nach

Eukalyptus duftete und durch einen Schleier aus rötlichem Staub, der aus der großen Wüste im Norden herunterwehte, weicher wurde. Ausladende Blechdächer und schwere Edelstahlgewebe schützten sie vor Sonne und Insekten, gaben ihnen aber gleichzeitig irgendwie das Gefühl, inmitten der Bäume und Reben zu sein. Die Gestaltung des Hauses war einfach und komfortabel, ohne eine Spur dessen, was normalerweise als Luxus galt. Vernas Schlafzimmer ging auf eine Obergeschossveranda unter einem breiten Dachüberstand hinaus, die ein Baumhausgefühl vermittelte. Dort saß Maeve stundenlang mit ihr, plaudernd und Tee trinkend, während Mary Catherine geschäftig herumwuselte. Sie war irischer Abstammung, in Australien geboren, nach einer unschönen Scheidung getrennt von Maeves und Vernas Vater, der eine irgendwie kompliziert klingende Doppelstaatsbürgerschaft besaß, die es ihm ermöglichte, nach Amerika zu fliehen, wenn seine Verwandten in Australien die Nase von ihm voll hatten, und umgekehrt. Das Miasma hatte längst seine personenbezogenen Daten veröffentlicht und munter Verbrecherfotos gepostet, die seine Konflikte mit dem Gesetz zelebrierten, allerdings in so unwahrscheinlich weit auseinanderliegenden Gerichtsbezirken, dass sie nicht eines gewissen trocken-komödiantischen Potenzials entbehrten. Mary Catherines zwanghafte Vorliebe für das Kleine, Nahegelegene, Konkrete wie zum Beispiel Scones und das muntere Treiben der Vögel im Garten war das perfekte Gegenmittel zum Miasma.

Als Verna wieder zu Kräften kam, verbrachte Corvallis mehr Zeit mit ihr. Anfangs war Maeve immer dabei, um die Dinge im Blick zu haben und dem Gespräch, wenn es ins Stocken geriet, einen neuen Impuls zu geben, doch mit der Zeit wurde die Unterhaltung zwischen Corvallis und Verna immer computerjargonlastiger, und Maeve zog sich nach und nach zurück, indem sie erst noch lesend oder strickend in der Ecke saß und dann ganz draußen blieb. Wie sich herausstellte, hatte Verna es wirklich drauf: eine Programmiererin, weitgehend Autodidaktin, die, nachdem der Chemonebel sich gelichtet hatte, einem Gespräch mit C-plus durchaus gewachsen war. Wäre die Situation eine andere gewesen, hätte er darüber nachgedacht, sie einzustellen. Sie wäre zu Vorstellungsgesprächen gekommen. Andere Programmierer wären argwöhnisch um sie herumgestrichen. Sie wären zu dem Schluss gekommen, dass sie »spitze« sei, hätten aber Gründe gefunden, sie wegen mangelnder kultureller Übereinstimmung abzulehnen, und sie an kleinere, unkonventionellere Start-ups von Freunden weitergereicht. Was theoretisch noch alles möglich war. Krebs zu haben würde sie jedoch noch eine ganze Weile als Fulltime-Job beschäftigen.

Er wünschte, er hätte sie Dodge vorstellen können.

Corvallis meldete sich kurz bei Pluto, der sich in der teuersten Hotelsuite von ganz Adelaide eingenistet hatte. Alle paar Stunden kontaktierte er Corvallis auf einem Wegwerfhandy, das dieser gleich bei der Ankunft in Australien besorgt hatte, nachdem ihm aufgefallen war, dass seine normale Telefonnummer ins Netz gestellt und durch ein Festival maßlosen Hasses, das von einer Ansammlung rassistischer Verschwörungstheoretiker ausging, unbrauchbar gemacht worden war. Nach ihrer Landung in Australien dauerte es noch achtundvierzig Stunden, bis Pluto bereit war, seinen APE-Trupp zu erzeugen, und Lyke, ihn abzuwehren. Pluto rief Corvallis an, um ihm mitzuteilen, dass sein rechter kleiner Finger über der Eingabetaste seines Laptops schwebte und dass, wenn besagte Taste kurz gedrückt würde, alles seinen Lauf nehmen würde.

Während Corvallis telefonierte, ging er ziellos im Erdgeschoss der Villa umher. »Okay«, sagte er.

»Okay im Sinne von: ›Ich habe verstanden, was du gerade gesagt hast‹?«, fragte Pluto. »Oder okay im Sinne von: ›Leg los!‹?«

»Leg los.«

»Möchtest du Maeve noch ein letztes Mal fragen?«, erkundigte sich Pluto, womit er ein für ihn ungewöhnliches Maß an Einfühlungsvermögen zeigte.

»Wenn ich sie noch ein einziges Mal frage, langt sie mir vermutlich eine«, sagte Corvallis. »Hier ist es beschlossene Sache. Sie und ihre Schwester besprechen schon, was sie als Nächstes machen – hecken einen Plan aus.«

»Okay, dann mal los!«, sagte Pluto und ließ Corvallis hören, wie die Taste gedrückt wurde, bevor er auflegte.

Corvallis schickte seinen Kollegen bei Lyke eine SMS und schaltete dann sein Handy aus.

Wenn alles nach Plan lief, würde das Ethische Netzwerk für Sabotage-Unternehmen jetzt eine Pressemeldung herausgeben, in der es über seine Existenz informierte und sein unmittelbares Vorgehen erläuterte. Darin enthalten wäre eine unterschriebene Erklärung sowie ein Videoclip von Maeve Braden mit der Bestätigung, dass sie mit all dem voll und ganz einverstanden war. Des Weiteren wären Links zu Servern enthalten, auf denen der gesamte APE-relevante Code in Form eines sorgfältig dokumentierten Open-Source-Code-Pakets verfügbar wäre, komplett mit Musterprojekten, die Programmierer verwenden konnten, um es auf verschiedene Weise zu verändern und zu erweitern. Einer Idee folgend, die im Lauf des Gesprächs im Flugzeug aufgekommen war, würde ENSU auch eine Liste von mehreren Hundert vollkommen imaginären, nicht existenten Personen veröffentlichen, gegen die dann rücksichtslose Hetz- und Verleumdungskampagnen losgetreten werden könnten, außerdem ein benutzerfreundliches Tool, mit dem es jedermann möglich wäre, weitere solcher imaginärer Personen zu kreieren und einigermaßen überzeugende Shaming-Kampagnen in sozialen Medien zu starten, die diese erfundenen Personen zum Gegenstand realer, unverfälschter, ehrlicher Verleumdung auf Seiten von Millionen von Social-Media-Nutzern machen würden, die dumm genug waren, alles zu glauben, was über ihre Bildschirme scrollte. Nach einer kurzen Pause, in der sich das alles verbreiten sollte, würde der APE-Trupp mit einer Anfangsgeschwindigkeit von einem Giga-Braden online gehen. Pluto würde noch ein paar Stunden aufbleiben und über eine Control-Panel-Oberfläche, die er auf seinem Laptop laufen ließ und die ihm unter Verwendung eines umfassenden Pakets von Visualisierungstools in Echtzeit verschiedene Leistungsdaten grafisch darstellte, den Fortgang beobachten. Danach würde er acht Stunden schlafen. Dann würde er aufstehen, sich einen Überblick über alles verschaffen und ihm notwendig erscheinende Anpassungen wie die Steigerung der Geschwindigkeit auf zehn Giga-Braden vornehmen, falls ihm das sinnvoll erscheinen sollte.

Aus dem Wohnzimmerschrank holte sich Corvallis ein Kartendeck und spielte eine halbe Stunde lang Solitär. Dann machte er einen Spaziergang mit Maeve, die, zumindest für einen Tag, die berühmteste Frau der Welt war. Sie erzählte ihm von einer Idee, die sie und Verna ausgeheckt hatten, irgendwo zwischen Hightech-Start-up, Aktionskunst, Modeaccessoires und politischem Manifest. Die beiden würden den Schleier zurückbringen.

Sie warteten noch drei Tage, bis sie eine Pressekonferenz gaben. Diese kündigten sie erst eine Stunde vorher an, fuhren dann nach Adelaide und begaben sich in einen Tagungsraum in Plutos Hotel. Die kurzfristige Ankündigung stellte sicher, dass die Pressekonferenz von australischen Medien beherrscht war. Das funktionierte gut. Natürlich konnten sie ganz genau so oberflächlich und boulevardblattmäßig sein wie die Medien anderswo, aber an diesem Projekt war etwas, das ihren kollektiven Sinn für Humor anzusprechen schien. Die Atmosphäre im Raum war ebenso witzig wie feierlich und von dem allgemeinen Gefühl durchdrungen, dass die Aussies dem Rest der Welt ein Schnippchen geschlagen hatten und jede der hier anwesenden Personen eingeweiht war.

Nach einer Woche kehrten die Bradens annähernd zu so etwas

wie ihrem normalen Leben zurück. Da war Pluto bereits nach Hause geflogen. Corvallis trat den Heimweg im Flugzeug allein an, und Maeve folgte ihm zwei Wochen später. An diesem Punkt konnte man mit etwas Abstand die Zahlen von dem Moab-Hoax und dem ENSU-Projekt zusammenrechnen, die jetzt immer häufiger als zwei Phasen desselben grundlegenden Ereignisses betrachtet wurden – der Woche, in der das Miasma untergegangen war.

Während der folgenden zwei Jahre führten Corvallis und Maeve eine ungewöhnliche, farbenreiche Fernbeziehung. Als sie dann schwanger wurde, zog sie mit ihm in ein großes altes Haus in einem teuren Viertel von Seattle, das sie renovierten, um dort eine Familie zu gründen. Es war ein Junge; sie nannten ihn Vern, nach Verna, die an einem weiteren Rezidiv ihres Krebses einen Monat vor seiner Geburt gestorben war. Bis zum Schluss bei klarem Verstand spendete Verna ihr Gehirn der Wissenschaft. Und vertraute es ausdrücklich der Forthrast-Familienstiftung an. Die Rechtsdokumente, mit denen sie das tat, wurden immer komplexer, da die Anwälte sich immer hypothetischere Eventualitäten einfallen ließen. Da Verna für solche Sachen buchstäblich keine Zeit mehr hatte, durchschlug sie schließlich den gordischen Knoten, indem sie äußerte, sie wolle nach dem »Meistbegünstigungsprinzip« behandelt werden, was bedeutete, dass, was immer mit Richard Forthrasts Gehirn passierte, auch mit ihrem passieren sollte. Als Vernas Zustand sich zum Schlechteren wandte, holten Corvallis und Maeve sie nach Seattle, damit der Verbleib ihrer sterblichen Überreste nach ihrem Tod nicht durch irgendwelche Diskrepanzen zwischen australischem und amerikanischem Recht belastet würde.

Auf einer Ranch am Rand von Moab unterhielten sie einen Zweitwohnsitz. Dieser diente nebenbei als Hauptgeschäftsstelle des Moab-Projekts, einer von Corvallis und anderen – zumeist

Leuten, die viel Geld mit sozialen Medien verdient hatten – finanzierten gemeinnützigen Organisation mit dem Zweck, hoaxbezogene Daten zu sichten und sich bedeutende Gedanken darüber zu machen.

Das Moab-Projekt ermittelte und dokumentierte die operativen Details des Hoax mit kriminalistischer Genauigkeit bis zu dem Punkt, wo jeder einzelne Beweispfad in der Sackgasse perfekter kryptografischer Anonymität endete.

Das auf den Hoax verwandte Gesamtbudget wurde auf weniger als eine Million Dollar geschätzt. Die Sender hatten für das Privileg, das von den Hoaxern gelieferte gefälschte Filmmaterial zu senden, sogar mehr bezahlt. Diese in Bitcoin geleisteten Zahlungen waren auf anonyme, vermutlich von den Hoaxern verwaltete Auslandskonten gegangen. Nahm man dann noch die Leerverkäufe verschiedener betroffener Aktien an der Wall Street dazu, schien es, als hätten sie für diesen Coup ein Mehrfaches bezahlt.

Was nur ein Detail war, wenn man dagegen die einunddreißig Toten und die unmittelbaren wirtschaftlichen Verluste betrachtete, die sich auf zig Milliarden beliefen. Klagen, die gegen Social-Media-Firmen – darunter auch Lyke – eingereicht wurden, drückten deren Bewertungen, beschäftigten ihre Führungskräfte und nahmen bis zur endgültigen Klärung Jahre in Anspruch.

Anfangs hielt man einen Zweig des russischen oder chinesischen Geheimdienstes für den Schuldigen. Doch je weiter die Ermittlungen gingen, desto weniger wahrscheinlich war das. Ein Teil des falschen Bild- und Videomaterials stammte von einer chinesischen Computergrafikfirma, aber das bewies gar nichts. Die Skripte und anderes schriftliches Material wie etwa gefälschte Blogs und Einträge in sozialen Medien schienen von englischen Muttersprachlern geschrieben worden zu sein.

Nicht nur Corvallis, auch andere Leute fingen an, in Elmo

Shepherd das Superhirn dahinter zu vermuten. Er war Großaktionär oder Mitglied des Verwaltungsrats von mehr als einem Unternehmen, das aus dem, was als Nächstes kam, Profit schlagen würde. Er war ein Freidenker, ein Bitcoin-Befürworter. Und er stammte aus Utah, besaß also eine Menge praktisches Wissen über die Bedingungen vor Ort. Daher vertrat eine Strömung die Ansicht, er müsse es getan haben.

Die entgegengesetzte Strömung sagte einfach »Nö«. Einfach »Nö«. Das sei zu lächerlich – zu weit hergeholt. Die Verbindung zu Els Heimatstaat sei reiner Zufall oder ein wohlüberlegter Plan, um den Verdacht auf ihn zu lenken.

Da Vern großzuziehen das Leben zu Hause als das Beste auf der Welt erscheinen ließ, fuhren Corvallis und Maeve immer seltener nach Moab. Zwei Jahre später bekamen sie eine Tochter namens Catherine, und ein weiteres Jahr darauf adoptierten sie Eduardo aus Guatemala. Maeve beschloss, nicht Vollzeit zu arbeiten. Ein Kindermädchen, eine Haushälterin und die vielen weniger sichtbaren Privilegien des Reichtums ließen ihr genug freie Zeit, um nach eingehender Überlegung den Grundstein für das VEIL-Projekt zu legen, von dem sie hoffte, dass es eines Tages das vollenden würde, was sie und Verna mit Thetix begonnen hatten. Der Moab-Hoax rückte mit einer Geschwindigkeit in die Vergangenheit, die ungewöhnlich erschien, als Corvallis Jahre später hin und wieder daran erinnert wurde und Anlass hatte, die Ereignisse Revue passieren zu lassen. Er war, wie viele andere in der Hightechwelt, zu dem Schluss gekommen, dass der NSA und anderen Topgeheimdiensten, die über die nötigen Mittel und Fähigkeiten verfügten, den kryptografischen Schutzschirm zu durchdringen, der den Hoax so lückenlos umgab, die Lösung des Rätsels bekannt sein musste. Eines Tages, wenn ein unzufriedener Mitarbeiter abtrünnig oder ein Dokument freigegeben würde, käme sie ans Licht.

Als des Rätsels Lösung ihn erreichte, kam sie aus einer überraschenden Ecke. Corvallis nahm an einem Treffen am Sitz der Forthrast-Familienstiftung in South Lake Union in Seattle teil. Zweck des Treffens war es, mit Leuten, die Elmo Shepherds gemeinnützige Organisation vertraten, ein paar trockene, aber notwendige rechtliche Fragen durchzusprechen. Nach mehreren Jahren intensiver Forschung und Entwicklung und der Aufwendung von beinah zwei Milliarden Dollar, die von den durch Forthrast, Waterhouse und Shepherd finanzierten Organisationen zusammengelegt worden waren, hatten sie endlich ein Ionenstrahlscangerät konstruiert, das imstande war, das gesamte Konnektom eines menschlichen Gehirns zu erfassen, sowie das »hintere Ende« aus Hardware und Software, das nötig war, um die Daten, die aus einer solchen Maschine herausströmen würden, zu verarbeiten. Fünfzehnhundert Patentanträge waren gestellt worden: genug, um eine Phalanx aus Patentanwälten und Anwaltsgehilfen über Jahre zu beschäftigten. Zwölf verschiedene große Universitäten und Kliniken waren einbezogen. Brillante junge Juristen bauten ihre gesamte Karriere rund um die dazugehörigen Komplexitäten. Ein paar von ihnen nahmen an dieser Sitzung teil, wo sie unterschriftsreife Dokumente vorstellten, an denen sie jahrelang hart gearbeitet hatten. Corvallis, Zula und die anderen waren nur zum Unterzeichnen da.

Einer der Leute auf Elmo Shepherds Seite des Tisches war ziemlich ranghoch – überraschenderweise, da doch die großen Entscheidungen zu diesem Zeitpunkt bereits alle getroffen waren. Hin und wieder suchte er Corvallis' Blick und sah auf eine Weise, die bedeutsam zu sein schien, auf seine Uhr und dann durchs Fenster nach draußen, und als die Sitzung zu Ende war, kam er tatsächlich auf Corvallis zu und fragte ihn in ausgesprochen freundlicher und höflicher Manier, ob er ihn kurz unter vier Augen sprechen könne.

Er hieß Sinjin Kerr. Je nachdem, wer zählte, war er Elmo Shepherds wichtigster, zweitwichtigster oder drittwichtigster juristischer Handlanger. Seine Rolle war für gewöhnlich die des guten Bullen. Von seinem Auftreten und gepflegten Äußeren her war er das perfekte Harvard-/Yale-Produkt mit zurückgekämmtem Haar, randloser Brille und einem makellosen Anzug, der zu diesem Anlass durch einen Mantel geschützt wurde.

Letztendlich schlenderten sie ans Seeufer, wo sie scheinbar spontan bei einem auf Touristen ausgerichteten Bootsverleih ein kleines Motorboot mieteten. Das Geschäft lief schleppend, da sich der Frühling mit dem Übergang in den Sommer Zeit ließ. Es war kühl, und die Gläser von Sinjins Brille waren bereits mit Regentröpfchen bedeckt.

Sinjin setzte sich ans Steuer und fuhr das Boot hinaus in die Mitte des kleinen Sees. Dieser war im Osten und Westen schon immer von steilen Berghängen eingefasst, während der letzten zwei Jahrzehnte jedoch auch entlang seines südlichen Uferbereichs von Hochhäusern gesäumt worden, in denen Hightechfirmen ihre Büros hatten. Ein paar Überbleibsel des alten Seattle waren noch da, einschließlich eines Terminals für Wasserflugzeuge, das Touristen ebenso wie Computerfreaks, die gern mal einen Kurztrip nach Vancouver oder auf die San Juan Islands machten, das Leben verschönerte. Wer in Hörweite lebte und arbeitete, hatte sich an das gelegentliche Geräusch von Propellern gewöhnt, die auf Touren kamen, wenn eins dieser Flugzeuge seinen Startlauf über den See vollführte.

Das Wasser war leicht bewegt, denn ein Wind war aufgekommen und hatte einen feinen, aber hartnäckigen Regen mitgebracht. Sie zogen das gefaltete Segeltuchverdeck des Bootes hoch und ließen es am oberen Rand der Windschutzscheibe einschnappen. Sinjin drosselte die Geschwindigkeit so weit, wie es nötig war, um weiter geradeaus zu fahren, und hantierte vor sich hin, während er nach landenden und startenden Maschinen Ausschau hielt. Da dieses scheinbar sinnlose Idyll sich fortsetzte, gewann Corvallis den Eindruck, dass Sinjin manche seiner Äußerungen so timte, dass die wichtigsten Wörter genau dann gesprochen wurden, wenn ein Wasserflugzeug dröhnend über sie hinwegflog. Manchmal wandte Sinjin sich auch Corvallis zu, stützte beiläufig einen Ellbogen auf das Armaturenbrett und hielt sich eine Hand vor den Mund. Erst später in der Erinnerung verstand Corvallis, dass er das getan hatte, um seine Mitteilung vor etwaigen Lippenlesern zu verbergen, die sie womöglich durch Fernrohre beobachteten.

Sie hatten über ihre jeweiligen Familien geplaudert. Sich gegenseitig auf den neuesten Stand gebracht, wie Leute es taten, wenn sie solche langjährigen sporadischen Geschäftsbeziehungen unterhielten.

»Sie mögen es seltsam finden, Corvallis, dass Ihre Familie ein unbeabsichtigtes und glückliches Nebenprodukt von etwas ist, woran Mr Shepherd beteiligt war«, murmelte Sinjin durch seine Finger, während ein Flugzeug mit voller Geschwindigkeit an ihnen vorbeiflog.

Corvallis brauchte eine ganze Weile, um diese Information zu verarbeiten. Es gab nur eine Art, wie man das verstehen konnte: El steckte hinter dem Moab-Hoax, der Maeve und Corvallis zusammengebracht hatte.

Zu sehen, wie er darüber nachdachte, schien Sinjin eine gewisse Belustigung zu bereiten. »Ihre nächste Frage sollte lauten: Warum haben Sie mir das gerade erzählt?«

»Nicht weil Sie Spaß daran haben, Ihren Mandanten zu verpetzen, nehme ich an.«

Sinjin fand das lustig. »In der Tat. Andernfalls hätte ich eine sehr amüsante, sehr kurze Karriere. Nein, meine Aufgabe besteht darin, mich um Mr Shepherds Interessen zu kümmern. Ich verrate das Ihnen, und nur Ihnen, weil die Zeit gekommen ist, wo es seinen Interessen am meisten dient, wenn man Ihnen, Corvallis, ein umfassenderes Verständnis des Kontexts ermöglicht, in dem Mr Shepherd und seine Stiftungen und Firmen tätig waren.«

»Ich habe vom ersten Tag an gemutmaßt, dass El für Moab verantwortlich war«, sagte Corvallis. »Bis zu einem gewissen Grad ergab es einen Sinn. Das Internet – das Dodge immer das Miasma nannte – war gerade komplett auf Abwege geraten. Ganz unten auf der molekularen Ebene war es immer noch ein Hippiestudentenprojekt. Wie eine geodätische Kuppel, die ein Haufen Blumenkinder auf einem mit Termiten und Holzameisen verseuchten Boden aus Abfallholz zusammengebaut hatten. So verfault, dass die Fäulnis alles war, was das Ding zusammenhielt. Deshalb kann ich vollkommen verstehen, warum El oder sonst jemand mit einer Spur von Kryptowissen es am liebsten niederbrennen würde. Es so umzumodeln, dass ihm nie wieder jemand trauen würde. Moab war eine ziemlich effektive Art, das zu erreichen, und ENSU folgte auf dem Fuß und goss eine 747-Tankfüllung Benzin in dieses Feuer. Aber der logische zweite Schritt erfolgte nie.«

»Was meinen Sie denn, was der logische zweite Schritt in diesem Fall hätte sein können?«, fragte Sinjin.

Corvallis wollte gerade etwas antworten, verkniff es sich jedoch, da er spürte, wie absurd es war.

Sinjin gab ihm kurz Gelegenheit, es selbst herauszufinden, dann sagte er in sanftem Ton, der kaum lauter war als das Plätschern der Wellen am Bootsrumpf: »Eine Woche nach Moab gibt Elmo Shepherd eine Verlautbarung heraus, in der er beichtet. Den Schleier wegzieht. Vielleicht ein paar Videos mit einem Blick hinter die Kulissen der Hoax-Entstehung abspielt – ein Outtake mit den Schauspielern, ein bisschen ›Making-of‹ zum Schminken von Verbrennungen und zu computeranimierten Atompilzen. ›Das alles wurde mit einem Budget von einer Million Dollar bewerkstelligt‹, sagt er und hält dann eine Predigt darüber, dass, wenn er Menschen unter Aufwendung von einer Million Dollar dazu bringen könne zu glauben, dass Moab atomar vernichtet wurde, man sich doch einmal vorstellen möge, was die Russen und die Internetgiganten mit viel größeren Budgets Tag für Tag mit unserem Bewusstsein machten. Gefolgt von einer Art Verkaufspräsentation für einen kryptografisch sicheren Nachfolger des Internets.«

»Ja«, sagte Corvallis. »Das ist so ziemlich das, was ich als logischen zweiten Schritt im Sinn hatte.«

»Dieses Video wurde wirklich gedreht«, sagte Sinjin.

»Ohne Scheiß?!«

»Im Ernst. Ich war dabei, Corvallis. Ich habe das Manuskript überprüft und im Off gesessen, während er es vom Teleprompter ablas. Das ganze Video war im Kasten, sendefertig, bevor der Exploit ausgeführt wurde.«

»Aber er hat seine Meinung geändert.«

»Nach und nach.«

»Was?«

»El hat nach und nach seine Meinung geändert, über Wochen hinweg. Er hatte sich in Z-A verkrochen, um mögliche Probleme mit Ausweisung zu vermeiden.«

Wie Corvallis wusste, war Z-A Zelrijk-Aalberg, ein flämischer Nanostaat und ein Steuerparadies, wo El in den letzten Jahren die meiste Zeit verbracht hatte.

»Es gab also ein gewisses Maß an Schutz vor rechtlichen Konsequenzen – und dennoch war er irritiert darüber, wie effektiv das Ganze gewesen war. Angesichts der Tatsache, dass Menschen starben.«

»Ich verstehe, dass einem das zu denken geben kann«, sagte Corvallis ein wenig sarkastisch.

Sinjin hob ganz bewusst den Blick und weigerte sich anzubeißen. »Die Ausstrahlung des Videos wurde mehrmals verschoben, während er über seinen nächsten Schritt nachsann. ENSU passierte und schien ihm den Wind aus den Segeln zu nehmen. Damit hatte er ganz und gar nicht gerechnet.«

»Es hat eine Menge Arbeit für ihn erledigt«, sagte Corvallis mit einem Nicken. »Traf dieselbe Aussage.«

»Insoweit ENSU erfolgreich war, ließ es Moab unnötig erscheinen. Ungeschickt. Insoweit ENSU scheiterte, ergab sich daraus für ihn die Frage, ob seine Visionen von einem sicheren Internet überhaupt eine reale Zukunft hatten.«

»Wenn Sie sagen, dass ENSU scheiterte, meinen Sie die Tatsache, dass …«

»… dass Milliarden von Menschen trotzdem weiterhin alles glaubten, was sie im Internet sahen.«

»Das lässt sich nicht bestreiten«, sagte Corvallis.

»Dann muss es Ihnen ein bisschen so gehen, wie es Elmo Shepherd ging«, sagte Sinjin.

»Warum dagegen angehen?«

Sinjin nickte. »Was soll's? Die große Masse der Menschen ist so dumm, so leichtgläubig, weil sie getäuscht werden *will*. Es gibt keine Möglichkeit, sie dazu zu bringen, dass sie es nicht will. Wir müssen die menschliche Spezies nehmen, wie sie ist, mit all ihren Fehlern, und damit arbeiten. Sie zur Einsicht zu bewegen ist vergebliche Mühe.«

»Sieht ziemlich trostlos aus. Es gibt manches, was man in Sachen Bildung tun könnte …«

»Nicht wenn das Hauptaugenmerk auf der Vorbereitung für die nächste Welt liegt.«

»Sie meinen das, was nach dem Tod passiert.«

Sinjin nickte.

»Ich habe El in den sozialen Medien gesehen, wo er behauptete, Moab sei tatsächlich atomar vernichtet worden. So als würde er sich offen bei den Leuten anbiedern, die das immer noch glauben«, sagte Corvallis. »Ich sehe nicht, wie das helfen soll. *Das ist verrückt.*«

»Genau!«, sagte Sinjin, und seine Miene hellte sich auf. »Das bringt uns zu unserem Hauptgesprächsthema zurück.«

»Das wäre?«, fragte Corvallis, verwundert die Hände hebend.

»El ist dabei, verrückt zu werden.«

Corvallis drehte sich Sinjin zu, um ihm in die Augen zu sehen. Sinjin machte keine Witze.

»Elmo Shepherd leidet – und das schon immer – an einer unheilbaren genetischen Störung. Den medizinischen Namen werde ich Ihnen später sagen, und wenn Sie die grausamen Details wissen wollen, können Sie ihn googeln. Es liegt in der Familie. Er weiß seit seiner Collegezeit davon. Eine der unausweichlichen Folgen ist eine Degeneration des Gehirns, die typischerweise beginnt, wenn der Betroffene in den Vierzigern oder Fünfzigern ist. Mr Shepherd ist zweiundfünfzig.«

»Okay«, sagte Corvallis, nachdem er einen Moment über diese Neuigkeit nachgedacht hatte. »Jetzt verstehe ich, was Sie mit dem Hauptgesprächsthema meinten. Alles, was er mit Ephrata Life Sciences gemacht hat, die Konservierung und das Einscannen von Gehirnen – das hängt alles damit zusammen.«

»Wir sind alle sterblich«, sagte Sinjin salbungsvoll, »und unterscheiden uns nur in der Frage, wie sehr wir diese Tatsache ignorieren. Mr Shepherd war der Luxus, sie ignorieren zu können, nie vergönnt, und so hat er sich mit größerer Voraussicht darauf vorbereitet als die meisten.«

»Wie passt denn Moab da hinein?«

»Wenn ich das nur wüsste«, seufzte Sinjin. »Außer den Dingen, über die Sie und ich sprechen – dem Gehirnzeug –, gibt es noch eine große Palette anderer Aktivitäten. Er versteht es, einzelne Bereiche gegeneinander abzuschotten, sodass ich von diesen Projekten oft nichts weiß, bis er mich darauf aufmerksam macht. Im Verlauf des letzten Jahres oder so habe ich allerdings eine Beschleunigung festgestellt.«

»Meinen Sie, dass er schneller krank wird oder dass er bei diesen Projekten einen Gang höher schaltet?«

»Beides. Und da ›krank werden‹ hier ein Euphemismus für verrückt werden ist, verstehen Sie vermutlich, dass ich einen ziemlich interessanten Beruf habe. Wenn eins seiner faszinierenden Projekte zutage tritt, was von Zeit zu Zeit der Fall ist, kann ich ehrlich nicht sagen, ob Mr Shepherd damit eine wohldurchdachte Strategie verfolgt oder seiner Krankheit unterliegt.« Sinjin hielt für ein paar Augenblicke inne – ein seltener Moment, in dem er um Worte zu ringen schien. »Sie sollten verstehen, dass El Sie und Zula Forthrast hoch schätzt. Meiner Auffassung nach würde er nicht wissentlich Maßnahmen ergreifen, die einem von Ihnen schaden.«

»Wobei ›wissentlich‹ das Schlüsselwort in diesem Satz ist«, sagte Corvallis.

»Allerdings, Corvallis, so wie die Existenz Ihrer wunderbaren jungen Familie ein unvorhersehbarer Nebeneffekt eines der fantasievolleren Projekte meines Klienten ist, so wenig lässt sich vorhersagen, was die Zukunft bringen wird, wenn Mr Shepherds Erkrankung auf ihr unausweichliches Ende zusteuert und seine geschäftlichen Angelegenheiten nicht nur in meine Hände, sondern auch in die anderer übergehen wird, die mit der einen oder anderen Aufgabe zu betrauen er sich entschlossen hat. Solange er seine Meinung nicht ändert, bin ich aber bei allem, was mit dem Gehirn zu tun hat, Ihr Mann.«

»Wann will er es machen?«, fragte Corvallis.

Eine Weile schwieg Sinjin. Er tat, als widmete er seine Aufmerksamkeit einem größeren Bootsverkehr in der Nähe.

»Das ist sein Dilemma, nicht wahr?«, fuhr Corvallis fort. »Auf der einen Seite sollte er warten, bis die Technologie besser erprobt ist. Auf der anderen Seite verkümmert sein Gehirn zusehends, und das weiß er. Was nützt es, nach allen Regeln der Kunst ein Gehirn zu konservieren, das zerfallen ist?«

»Das ist eine Frage, die wir uns alle selbst stellen könnten«, sagte Sinjin. »Er muss sie sich nur jede Minute an jedem Tag stellen.«

TEIL 3

12

Siebzehn Jahre nach Richard Forthrasts Tod

Der Familiensitz der Forthrasts lag im nordwestlichen Quadranten von Iowa: einem circa dreihundert Kilometer breiten Viereck, das im Süden und Norden durch die Interstates 80 und 90 und im Westen und Osten durch die 29 und 35 definiert war. Er wurde gerade en miniature über einem Couchtisch in einem Eating Club an der Princeton University eingeblendet, sichtbar nur für Sophia und die Freunde, mit denen sie ihn geteilt hatte: Phil, Julian und Anne-Solenne. Sie konnten ihn sehen, solange sie ihre Datenbrille trugen.

Die vier waren dabei, für den Sommer eine Autoreise zu planen. Bis Des Moines hatten sie schon eine Route über Highways zusammengestellt. Jetzt schlug Sophia eine Fahrt auf einer Landstraße diagonal hinauf nach Sioux City vor. Schon die Vorstellung hatte zuerst ausdruckslose Blicke, dann Kopfkratzen und schließlich offene Bedenken hervorgerufen. Das Gespräch war vollkommen zum Erliegen gekommen, und der Plan für ihr Sommerabenteuer hatte auf der Kippe gestanden, bis sich im agilen Verstand von Sophias Freund Phil eine Lösung herausgebildet hatte und ihm über die perfekt geformten Lippen gekommen war: »Passt auf. Ich werde niemandem – und erst recht nicht meinen Eltern – erzählen, dass wir vorübergehend unter dem Radar sind.«

Das hatte eine Pause zur Folge, in der sie die Kühnheit seiner Aussage bewunderten. Sophia beschloss spontan, Phil wenigstens für die nächsten paar Wochen nicht abzuservieren. Julian und Anne-Solenne, die auf dem Sofa gegenüber geschmust hatten, lösten sich voneinander und schalteten ihr Gehirn ein. »Nun«, sagte Anne-Solenne, die Idee auf Schwächen testend, »du wirst es wohl deinem Editor erzählen müssen – es sei denn, du schaltest *wirklich* alles aus. Und stehst dann buchstäblich im Dunkeln.«

»Klar!«, stimmte Phil zu. »Ihr wisst, was ich meine.«

»Was das angeht, würden wir uns alle koordinieren müssen«, gab Julian zu bedenken, »denn alle werden wissen, dass wir als Gruppe reisen. Ich glaube, meine Editorin wäre zu einer Notlüge bereit – nur für wie lange?«

Sophia zuckte die Achseln. »Für ameristanische Verhältnisse sind die Straßen in gutem Zustand. Farmer brauchen Straßen, um Sachen herumzufahren, betrachten sie also nicht als ein Komplott der Regierung – reißen sie nicht aus Prinzip auf, sprengen keine Brücken. Es gibt nicht viele Straßensperren. Sagen wir also zwei Tage, mit einer Übernachtung auf der Farm – die sich in einer kleinen, zu den Demokraten tendierenden Enklave befindet.« Sophia beugte sich vor, sodass sie den Couchtisch berühren konnte, an dem sie die virtuelle Landkarte verankert hatte. Die vier Highways liefen mehr oder minder parallel zu den Tischkanten. Für sie und Phil lag Des Moines in der unteren rechten Ecke und Sioux City in der weiter entfernten oberen linken, neben Anne-Solennes Knie. »Wir fahren diagonal rüber«, sagte sie. »In Des Moines verabschieden wir uns von Phils Auto …«

Phil hatte seine Datenbrille auf die Stirn geschoben. So konnte er die Landkarte nicht mehr sehen. Statt Sophia zuzuhören, war er an dem hängen geblieben, was Julian zuletzt gesagt hatte. »Das ist die *Aufgabe* deiner Editorin«, betonte er und spreizte dazu die Finger der linken Hand in der Andeutung einer wegwerfenden Geste, die Sophia weiter innehalten ließ.

»Ich glaube eher«, sagte Julian, »dass ihre Aufgabe darin besteht zu tun, was meine Mom und mein Dad – *die sie dafür bezahlen, dass sie für unsere ganze Familie editiert* – von ihr wollen.«

Phil schüttelte den Kopf. »Wenn es so ist, könntest du genauso gut etwas Geld sparen und einen Editstream abonnieren.«

Julian war aufgebracht. »Solange Mom und Dad für meinen Anschluss zahlen …«

»Siehst du, genau deshalb brauchst du deinen eigenen Editor.«

Die beiden Frauen wechselten Blicke, die bedeuteten, dass Anne-Solenne von Sophia die Erlaubnis bekam, Sophias Freund anzubrüllen. Das tat sie: »Wach auf! Nicht jeder kann sich einen coolen Hipster-Editor in New York leisten.« Anne-Solenne äußerte es mit jener Mischung aus süß und unverblümt, aufgrund derer sich Sophia in ihrem ersten Studienjahr platonisch in sie verliebte hatte. Zusammen waren Sophia und Anne-Solenne Tokeninhaberinnen in drei verschiedenen gemeinschaftlichen PURDAHs, was bedeutete, dass ihre Identitäten jetzt auf eine Weise verwoben waren, die nie mehr rückgängig gemacht werden konnte. Einer von ihnen hatte eine Software geschrieben, der Anne-Solenne ihr Sommerpraktikum in San Francisco zu verdanken hatte. Sie dorthin zu bringen war der offizielle Grund der Fahrt, die sie gerade planten.

»Davon spreche ich ja gar nicht«, entgegnete Phil. »Manila, Kalkutta, Lagos, dort wimmelt es von total coolen Eds mit Englisch als Muttersprache, die weniger kosten würden als das, was du für *Kaffee* ausgibst.«

»In meiner Familie ist das ein heikles Thema«, erklärte Julian. »Es gibt einen ganzen Teilbaum von Cousins und Cousinen, die völlig aus der Bahn geworfen wurden, weil sie sich zusammen einen schlechten Editor genommen hatten, der am Ende weißrussische Propaganda in ihre Feeds eingespeist hat. Im Grunde genommen haben wir einen ganzen Familienzweig verloren. Daher ist vor allem meine Mutter ausgesprochen empfindlich, was das angeht.«

Das ließ sogar Phil für eine Weile verstummen, was Sophia ausnutzte, um mit einer raschen Bewegung nach vorn ihren Daumen auf Des Moines zu setzen. »Nehmen wir an, wir schaffen es, unsere Familien dazu zu bringen, dass sie sich nicht in die Hose machen, weil wir für zwei ganze Tage die Interstate verlassen«, sagte sie. »Wie schon erwähnt steigen wir hier aus Phils Auto aus, nehmen jeder nur eine kleine Reisetasche mit, lassen das meiste Gepäck drin und sagen ihm, es soll sich in Sioux City wieder mit uns treffen.« Für diejenigen, die die Geografie von Iowa nicht beherrschten, zeigte sie darauf, ungefähr da, wo Iowa, Nebraska und South Dakota zusammenkamen und wo Anne-Solenne zur Verdeutlichung nun ihre Espressotasse abstellte. Phil zog sich seine Brille wieder über die Augen, damit er es sehen konnte.

»Es wird nur wenige Stunden bis dorthin brauchen«, fuhr Sophia fort. »Dort kann es dann beliebig um Sioux City herumfahren oder auf einem Parkplatz stehen, bis wir es abholen. In der Zwischenzeit steigen wir auf ein Mietauto um, das für die örtlichen Gegebenheiten besser geeignet ist.«

Es folgte eine Gesprächspause, in der alle sich die örtlichen Gegebenheiten vorstellten.

»Und – was ich euphemistisch einheimische Führer nennen würde?«

»Ich glaube wirklich nicht, dass sie notwendig sind. Nicht da, wohin wir fahren. Aber auf eine Einwegmiete ohne sie wird sich die Firma nicht einlassen.«

13

»Hier ist es wie an jedem anderen Ort«, versicherte Phil, als sie drei Wochen später zusahen, wie sein Auto vom Parkplatz in den Verkehr auf dem Fleur Drive fuhr. Zwei fahrerlose Lastwagen passten höflich ihre Geschwindigkeit an, um ihm eine Lücke zum Einfädeln zu lassen. Die vier schwitzten im Treibhaussommer, der im Zentrum von Iowa herrschte. Reisetaschen waren nicht über Schultern geworfen worden, sondern hingen an Zeigefingern. Träge versuchten sie, den einen oder anderen Lufthauch zu erwischen. Über ihnen setzten Flugzeuge heulend zum Landeanflug an. Das war nicht der schattige und klimatisierte Komfort des Autovermietungscenters am Flughafen, sondern ein Parkplatz im Außenbezirk, wo im Grunde an jeden vermietet wurde, der vorhatte, sich weiter als drei Kilometer vom Highway zu entfernen.

»Ihr könnt eure Taschen ruhig absetzen, hier sind sie so sicher wie in einem Banktresor«, sagte Larry, der Diensttuende, während er mit einem Daumen den Gurt an seiner Schulter verschob und so einen von Schweiß dunkel gewordenen Streifen T-Shirt freilegte. An dem Gurt hing ein Sturmgewehr, und zwar so, dass seine Mündung normalerweise nach unten zeigte. Was gefährlich aussah; aber Larry war seinerseits entsetzt über den Widerwillen seiner vier jungen Kunden, ihre Taschen aus der Hand zu geben, und stellte sich offensichtlich vor, dass dort, wo sie herkamen, kein Besitz sicher war.

Sophia hatte ihre Datenbrille auf der Stirn. Sie war versucht, sie auf die Nase zu ziehen und zu sehen, ob sie diesen Larry per Gesichtserkennung identifizieren und herauskriegen könnte, wer *sein* Editor war – oder besser, welchen Editstream er abonniert hatte und welche Variante der Post-Reality dieser ihm ins Bewusstsein pumpte. Doch Larry selbst hatte seine Brille nicht unten, sodass es irgendwie unhöflich gewesen wäre.

Er drehte sich weg und führte sie über den von der Hitze aufgeweichten Asphalt zu einem alten Vehikel, das Sophia vage als einen Land Cruiser oder Land Rover oder etwas in dem Stil erkannte: kastenförmig, höhergelegt, insgesamt von einem Design, das vier oder fünf Jahrzehnte alt war. Aber es war sauber, gut gepflegt, beperlt mit den Resten des Spülwassers von der Autowäsche. Das Auto hatte verschiedene Modifikationen erfahren, von denen sich Larry wünschte, dass sie sie bemerkten und schätzten. Er stieg auf eins der Trittbretter, wobei er sorgsam den Winkel seines Sturmgewehrs anpasste, damit es nicht seitlich gegen das Fahrzeug knallte, und tätschelte das Dach, das mit einem hellgelben Verbundstoff bedeckt war.

»Kevlar«, verkündete er. »So. Entgegen der Schreckenspropaganda, die euch vermutlich eingeflößt wurde, werden Freudenschüsse in die Luft in ihrer Gefährlichkeit vollkommen überschätzt. Eine herabfallende Kugel hat ihre Energie weitgehend verloren. Endgeschwindigkeit ist viel geringer als Mündungsgeschwindigkeit. Deshalb braucht ihr auf dem Dach keine Vollpanzerung. Das wird euch genügen.«

»Gibt es da, wo wir hinfahren, *oft* Freudenschüsse?«, fragte Julian.

»Nein. In Iowa sind die Leute stoisch«, antwortete Phil im unangemessen selbstsicheren Ton von jemandem, der das gerade las.

»Darum geht es Larry gar nicht«, sagte Sophia. »Ihm geht es um die Frage, warum man Geld für eine Panzerung gegen eine Bedrohung ausgeben sollte, die gar nicht vorhanden ist.«

Larry nickte. »Türen und Fenster, das ist natürlich eine ganz andere Sache, aber die sind voll.«

»Voll?«, fragte Julian.

»Voll gepanzert. Als Vorsichtsmaßnahme. Für den Fall von verirrten Kugeln oder Schüssen, die sich versehentlich gelöst haben. Wär in einem Gefecht blöd für euch. Aber dafür sind ja Tom und Kevin da.« Mit abgespreiztem Daumen zeigte Larry über die Schulter auf einen Pick-up, der im Leerlauf am Rand des Hofes stand. Tom und Kevin aalten sich in dessen klimatisierter Fahrerkabine. Auf die leere Ladefläche des Pick-ups war ein Dreifuß montiert, im Moment ohne Apparatur. Eine Stahltruhe, die quer auf der Ladefläche stand und mit drei Vorhängeschlössern gesichert war, beherbergte das schwere Maschinengewehr, das sie herausholen und auf dem Dreifuß befestigen würden, wenn sie sich in Regionen vorwagten, wo eine beeindruckende Machtdemonstration als kluge Vorsichtsmaßnahme galt. Über das Kabinendach erstreckte sich ein stromlinienförmiges Gebilde, das man fälschlicherweise für den aerodynamischsten Dachgepäckträger der Welt hätte halten können, bis einem klar wurde, dass es in Wirklichkeit eine Starrflügeldrohne war.

Larry stieg vom Trittbrett herunter und öffnete die Fahrertür. »So, Leute«, sagte er, »wer von euch würde behaupten, dass er ein Auto fahren kann?«

Sophia hob die Hand, während die anderen drei sich im Hintergrund hielten.

Larry nickte kurz.

»Woher kommen Sie?«, fragte Sophia.

Larry blickte etwas verdutzt drein. »Ich bin von hier.«

»Aber wie weit zurück?«

»So weit zurück, wie Sie gucken wollen. Die Urgroßeltern sind aus Holland rübergekommen. Warum fragen Sie?«

»Sie haben so einen singenden Tonfall.«

Larry war verwirrt.

»Egal. Entschuldigen Sie«, sagte Sophia. »Ich bin die Fahrerin. Ich bin die Einzige, die Auto fahren kann.«

»Wenn Sie's mir mal kurz zeigen würden. Einfach eine Runde um den Parkplatz drehen«, sagte Larry.

»Ich verstehe. Auflage der Versicherung«, sagte Sophia, stieß sich am Trittbrett ab und schwang sich auf den Fahrersitz.

»Haben wir keine«, antwortete Larry. »Das ist eine Auflage von *uns.*«

»Was war denn *das* eben?«, fragte Anne-Solenne, kaum dass sie auf den Straßen von Des Moines in Richtung Westen fuhren. Sie saß auf dem Beifahrersitz. Phil und Julian saßen hinten und schauten sich die Vororte der Stadt an, die ganz genauso aussahen wie an jedem anderen Ort.

»Was?«, fragte Sophia. Es war schon ein Weilchen her, seit sie zuletzt am Steuer eines Autos gesessen hatte, und sie war angespannt: Blick fest auf die Ladeklappe von Toms und Kevins Pick-up gerichtet, Hände um das Lenkrad gekrampft. Die sie umgebenden Fahrzeuge waren zu mindestens fünfundneunzig Prozent selbstfahrend und hielten viel Abstand zu ihrer kleinen Karawane, denn man konnte ja nie wissen, was ein menschengesteuertes Auto im nächsten Moment machen würde.

»›Woher kommen Sie? Wie weit zurück?‹ Diese komischen Fragen, die du Larry gestellt hast.«

»Ach so. Etwas, das ich von meiner Mom gehört habe – und die hatte es von meinem Onkel.«

»Dodge?«, fragte Anne-Solenne mit der gezwungenen Beiläufigkeit, die jeder an den Tag legte, wenn er diesen Namen aussprach.

»Ja. Über Leute mit diesem singenden Tonfall.«

»Klingt für mich nach ländlichem Amerika.«

»*Südlichem* Amerika. Diese Art zu sprechen ist ganz typisch für den Süden. Iowa ist ein Staat im Norden. Hat im Sezessionskrieg auf der Seite der Union gekämpft. Hatte nie Sklaverei. Wurde von Skandinaviern besiedelt. Also ist Larry entweder ein Einwanderer aus dem Süden …«

»Was er, wie er gerade gesagt hat, *nicht* ist …«

»Oder er oder sein Vater hat die Art des Südens übernommen oder imitiert. Nordstaatler reden nicht so, haben nicht diesen Singsang …«

»Oder kleben sich die Südstaatenflagge auf ihre Stoßstange«, sagte Julian, der sich allmählich auf das Thema einschwang. Zwischen den Vordersitzen hindurch streckte er den Arm aus und zeigte auf einen Aufkleber mit der Konföderiertenflagge hinten auf Toms und Kevins Pick-up. Für Symmetrie sorgte auf der anderen Seite des Nummernschilds ein Sticker mit der Aufschrift »Erinnere dich an Moab«.

»Ich weiß ja nicht, Leute«, sagte Phil. »Ich sehe diesen Mist überall. Schon immer. Das ist eine konstante Größe.«

»Für *dich*«, stimmte Sophia ihm zu. »Aber nicht für meinen Onkel, der von Mitte der 1950er-Jahre bis vor ungefähr siebzehn Jahren lebte. Er hat die Veränderung zu seinen Lebzeiten gesehen. Bei seiner Geburt lag der Sezessionskrieg erst neunzig Jahre zurück – fast noch in lebendiger Erinnerung. Einem Nordstaatler wäre es merkwürdig erschienen, die Flagge der Verräter auf seine Stoßstange zu kleben oder einen Akzent von Alabama zu kopieren. Aber im Laufe seines Lebens …«

»… hat sich die kulturelle Grenze nach Norden verschoben«, ergänzte Anne-Solenne.

Die Grenze war natürlich keine Linie auf einer Landkarte; das konnte sie nicht sein, da sie nicht von Rechts wegen existierte, keine offizielle Realität besaß. Es war eine gemischte Zone, die sich über diesen Gürtel aus äußeren Vororten erstreckte, wo es häufig Walmarts gab. Auf ihrem Weg aus der Stadt hinaus hatten die nichtweißen Fahrzeuginsassen selbst Gründe, von der Straße auf die Parkplätze von Betrieben, Parks, Schulen oder Kirchen zu fahren. Nichts behinderte je den Verkehrsfluss nach außerhalb. Auch Fahrzeuge, die vom Land her stadteinwärts unterwegs waren, wurden, wenn überhaupt, nur selten nach Checkpoint-Charlie-Manier angehalten. Genauer unter die Lupe genommen wurden sie aber garantiert. Nichts kam aus dieser Richtung herein, ohne von hundert Kameras gesehen und überprüft zu werden. Fahrzeuge, in die man wegen abgedunkelter oder fehlender Fensterscheiben nur schwer hineinblicken konnte, wurden häufig von Gesetzeshütern herausgewunken, die dann höflich ihre Neugier darüber zum Ausdruck brachten, wie viele Menschen denn wohl hinten säßen und was sie mit sich führten. Das alles war so subtil, dass ein unaufmerksamer Beobachter es womöglich gar nicht bemerkt hätte. Wäre Onkel Dodge irgendwie wieder zum Leben erwacht und auf dieser Fahrt dabei gewesen, hätte er im Vergleich dazu, wie es zu seiner Zeit ausgesehen hatte, kaum eine offenkundige Veränderung wahrgenommen. Doch so grau und verschwommen sie auch sein mochte, die mit Walmarts und Fernfahrerkneipen abgesteckte Grenze war so real wie alles im Berlin des Kalten Krieges.

Obwohl eigentlich nichts *passierte*; es gab nicht den einen Moment, wo sie eindeutig nach Ameristan überwechselten. Einer förmlichen Zeremonie am nächsten kam der Moment, als Tom zwischen Maisfeldern auf den geschotterten Randstreifen einer zweispurigen Straße fuhr und seinen Warnblinker einschaltete. Sophia tat es ihm gleich. Kevin stieg auf der Beifahrerseite aus, schlenderte nach hinten und riss das Nummernschild des Pick-ups – offenbar von Magneten gehalten – ab. Dann ging er um den Land Cruiser herum, nahm auch dessen Nummernschild ab und gab dem Fahrzeug einen kameradschaftlichen Klaps auf die Heckklappe. Die beiden Nummernschilder – jetzt von den Magneten zusammengehalten – warf er auf die Ladefläche des Pick-ups. Dann war die Karawane wieder auf der Straße.

»Andere Länder …«, sagte Julian.

Auf einer ordentlich asphaltierten Landstraße beschleunigten sie und nahmen ein paar Kurven, die sie hinunter zu einer Brücke über einen fast unbewegten braunen Fluss brachten. Von dort ging es hinauf in flaches Ackerland. Für den Fall, dass Tom in die Bremsen stieg, ließ Sophia sich leicht zurückfallen, und Tom schien das nichts auszumachen. Die Unterhaltung stockte. Die anderen zogen ihre Datenbrillen herunter und verloren sich in Geschichten oder Spielen. Allein hinter dem Steuer ließ Sophia das Gespräch noch eine Weile in ihrem Kopf weitergehen. Doch es gab nichts, was es in Gang gehalten hätte. Dann und wann eine Glasfaserstatue eines politischen Führers, aufgestellt von einem Farmer im Vorgarten eines abgelegenen Hauses, oder eine behelfsmäßige Werbetafel, auf der gegen Empfängnisverhütung gewettert wurde. Kein großer Unterschied zu dem, was Dodge gesehen haben dürfte. Ungefähr eine Stunde hinter Des Moines fuhren sie dann doch an einem ganz kleinen Schild – Edding auf Sperrholz – vorbei, das etwas zeigte, bei dem es sich um das Flammendes-Kreuz-Logo der Levitikanischen Kirche gehandelt haben könnte. Ein Pfeil zeigte nach rechts in eine Schotterstraße, die nirgendwohin zu führen schien. Sophia bemerkte es erst einen Sekundenbruchteil, bevor sie vorbeirauschte, und fragte sich nun, ob es wirklich dagestanden hatte. Der einzige andere Mensch, der es bemerkt zu haben schien, war Kevin in dem Begleitfahrzeug, der eher neugierig als beunruhigt den Kopf nach rechts drehte und den Horizont absuchte. Dann drehte er sich um und wechselte ein paar Worte mit Tom, dem Fahrer. Für ein paar Sekunden beugte Kevin sich vor. Als er sich wieder aufrichtete, wurde der Lauf eines Sturmgewehrs sichtbar, das unmittelbar neben seinem Kopf zur Decke zeigte. Er machte irgendeine Bemerkung zu Tom, worauf beide lachten. Tom streckte die rechte Hand nach vorn und hantierte mit irgendwas an der Mittelkonsole des Fahrzeugs. Die Starrflügeldrohne erhob sich vom Dach des Pickups und stieg in den Himmel. Kevin zog sich die Brille über die

Augen – wobei »Schutzbrille« vielleicht ein besserer Begriff für das gewesen wäre, was er trug. Sie leistete genau dasselbe wie die Brillen von Sophia und ihren Freunden. Aber diese waren als normale Augengläser ausgelegt, klein und unauffällig, während die von Tom und Kevin einem völlig anderen ästhetischen Universum entstammten. Sophia war sich einigermaßen sicher, dass im entsprechenden Werbetext häufig die Wörter »gefechtsmäßig«, »robust«, »militärischer Standard« und »schwer« auftauchten. Was Kevin jetzt vermutlich durch seine Brille sah, war die Sicht eines Drohnenauges auf die umliegenden paar Quadratkilometer Landschaft, die hier mit ziemlicher Sicherheit aus einer Millimeterpapiermatrix aus Landstraßen bestand, manche asphaltiert und manche geschottert, die das flache grüne Land in Quadratkilometer große Produktionseinheiten aufteilten.

Ameristan hätte mit der Art, wie es in einem Film oder Computerspiel dargestellt worden wäre, nicht weniger gemein haben können. Tom und Kevin hatten irgendeine Bedrohung wahrgenommen oder sich eingebildet. Welcher Art sie war, darauf hatte das selbst gemachte Schild an der Abzweigung der Schotterstraße hingedeutet. Vielleicht hatten die beiden ja Zugang zu Editstreams mit Geodaten, die Gefahrenpunkte mit Schießereien und Verkehrsstaus als mögliche Hinweise auf Straßensperren oder Kontrollpunkte zeigten. Doch was immer sie beunruhigte, es wies sicherlich wenig bis gar keine sichtbaren Erkennungszeichen auf. Es gab keinen zentralen Stützpunkt, kein Nervenzentrum, an dem Straßen und Kabel zusammenliefen. In einer Scheune ließ sich alles verstauen.

Vielleicht hatte Kevin aber auch nur Langeweile und wollte den Einsatz der Drohne üben.

Ihr allgemeiner Reisekurs verlief diagonal, aber wegen der Gittermatrix fuhren sie immer entweder nach Norden oder nach Westen. Das leuchtete ein und funktionierte in dem fast obszön flachen mittleren Teil des Staates hervorragend. Die großen

Flüsse strömten jedoch aus einem leicht höher gelegenen Gebiet im Nordwesten in ein etwas tiefer gelegenes im Südosten. So musste die Karawane auf ihrer rechtwinkligen Zickzackroute immer wieder Flüsse in die eine oder andere Richtung überqueren, und um die Wasserläufe herum gab es eine interessante Topografie, ein paar richtige Täler zwischen echten Hügeln, bewaldete Gebiete als Flecken auf diesem Land, die untrüglich jeden Teil davon kennzeichneten, der zu steil war, um gewinnbringend bewirtschaftet zu werden. Aus den höher gelegenen Orten – ausgewaschenen Spuren von Gletschermoränen, mutmaßte Sophia – sprossen riesige Windräder. Je größer sie waren, desto langsamer drehten sie sich, was gut für die Vögel war. Manche drehten sich gar nicht, vermutlich weil sie entweder wegen Wartungsarbeiten außer Betrieb oder noch gar nicht fertiggestellt waren. Die Stunden vergingen, und Sophia gewöhnte sich an den Anblick.

Und so schlich sich das gigantische flammende Kreuz der Levitikaner gleichsam an sie heran, obwohl die Leute, die an ihm arbeiteten, es eher so empfunden haben dürften, dass die Karawane sich an sie heranschlich. Das Kreuz brannte in Wirklichkeit gar nicht. Es war noch nicht einmal *in der Lage* zu brennen, weil es noch nicht fertig war. Seine Größe und Form waren von denen eines Windrades gar nicht so schrecklich weit entfernt. Es stand ganz oben auf einer Anhöhe, die hier in der Gegend als kleiner Berg galt – nicht um den Wind einzufangen, sondern um aus der Ferne gesehen zu werden, wenn es nachts brannte. Jedenfalls war das Kreuz, als sie akzeptierte, dass sie es tatsächlich vor Augen hatte, nicht mal mehr zwei Kilometer weit weg. Um seinen Fuß herum sah sie eine Ansammlung von geparkten Pick-ups und ein paar Faltpavillons mit Tischen darunter, an denen Arbeiter Trinkpausen machen konnten. Eine Reihe von Dixi-Klos standen neben einem mobilen Bürocontainer Wache.

Einem Impuls folgend öffnete sie einen Sprachkanal zu Tom. Unter normalen Umständen wären sein und Sophias Editspace völlig voneinander getrennt gewesen; die beiden würden sich nie online begegnen, sich nie kennenlernen, nie dieselben Berichte sehen. Alles, was von Leuten wie Tom kam, würde durch die von Sophias Editor benutzten Algorithmen sorgfältig zurechtgestutzt, bevor überhaupt menschliche Blicke darauf fielen, und alles, was aus Princeton oder Seattle kam, würde Toms Feed erst erreichen, wenn es in Propaganda umgebogen worden wäre, deren einzige Funktion darin bestünde, Tom ängstlich und wütend zu machen. Für die heutigen Zwecke hatten sie jedoch einen direkten, ungefilterten, nicht editierten Kanal. »Hey«, sagte sie, »was meinen Sie, wie diese Leute es fänden, wenn wir bei ihnen vorbeischauen würden? Als Touristen sozusagen.«

»Verstanden. Bleiben Sie dran«, erwiderte Tom.

Der Klang von Sophias Stimme hatte ihre Gefährten aus ihrer Medienträumerei herausgerissen, und so folgten jetzt einige Momente, in denen sie ihre Brillen hochschoben, sich über den Anblick des Kreuzes wunderten, darüber sprachen und die Brillen wieder herunterzogen, um mehr Informationen zu bekommen.

»Es gibt ein Besucherzentrum«, berichtete Tom. »Mit Umkleideräumen. Vermutlich am einfachsten, es sei denn, Sie wollen, dass Ihre Klamotten alle untersucht werden.«

»Also, wenn es dort ein Besucherzentrum gibt, müssen sie Besuch okay finden«, sagte Sophia.

Phil, Julian und Anne-Solenne konnten Toms Audiostream nicht hören, sodass die Umkleideräume für sie überraschend kamen, zumal sie für Männer und Frauen in getrennten Containern untergebracht waren. Die Studenten aus Princeton wussten alle, dass es sinnlos und wahrscheinlich provokativ wäre nachzufragen, wie es denn für Menschen mit nicht binärer Geschlechtsidentität aussehe. Aber die *Vorstellung*, andere Kleider anziehen zu müssen, nur um ein bestimmtes Grundstück zu betreten, war neu für sie.

»Wenn wir es nicht tun, werden sie uns zu Tode steinigen müssen«, erklärte Sophia. »Und gemäß ihrer Interpretation des Buchs Levitikus ist die moderne Entsprechung des Steinigens von Menschen deren Erschießung.«

»Ah, ich verstehe«, sagte Phil. »Weil Kugeln wie kleine Steine sind.«

»Genau. Und eine Schusswaffe ist einfach ein modernes, arbeitssparendes Gerät, das es leichter macht, kleine Steine mit richtig großer Geschwindigkeit zu werfen. Im Grunde genommen ist für sie jede Erwähnung der Steinigung in der Bibel eine Art geheime Anspielung auf Feuerwaffen.«

Phil spann es noch weiter aus: »In seiner Allwissenheit wusste Gott, dass in der Zukunft Schusswaffen erfunden werden würden, aber in der Bibel konnte Er sie nicht direkt erwähnen, weil das für die Leserschaft im Bronzezeitalter ein Spoiler gewesen wäre. Also benutzte Er das Steinigen als Platzhalter.«

»Und unsere Kleidung ist unanständig oder so was?«, fragte Julian.

»Ganz und gar nicht.« Sophia streckte die Hand aus, als wollte sie Julian am Genick packen. Stattdessen drehte sie den Halsausschnitt seines T-Shirts um, sodass sie das Etikett lesen konnte. »Überwiegend Baumwolle mit etwas Elasthan. Vermutlich um es dehnbar zu machen. Wenn du damit da raufgehen würdest, müssten sie dich steinigen – das heißt erschießen.«

»Haben sie was gegen Elasthan?«

»Gegen die Vermischung von Fasern.« Sophia zeigte auf ein Schild, das an der Wand über einem Tisch hing, auf dem nach Größen geordnet eine Auswahl ordentlich gefalteter weißer Einwegoveralls lag. Auf dem Schild stand in Comic Sans ein Zitat aus der Bibel:

Meine Satzungen sollt ihr halten, dass du dein Vieh nicht lassest mit anderlei Tier zu schaffen haben und

dein Feld nicht besäest mit mancherlei Samen und
kein Kleid an dich komme, das
mit Leinen und Wolle gemengt ist.

Levitikus 19:19

Phil blieb schon am ersten Teil hängen. »Geht es da um das Verbot von *Sodomie zwischen verschiedenen Tierarten*?«

»Schsch«, sagte Anne-Solenne, denn ganz in der Nähe saß eine vielleicht sechzigjährige Dame an einem Tisch mit Gebäck und Kaffee, beides kostenlos, aber im typisch passiv-aggressiven Stil des Mittleren Westens mit einer Büchse für erwünschte Spenden daneben.

»Ich glaube, sie hatten was gegen Bastarde. Schaut mal, wir können uns entweder ausziehen und sie alle Etiketten an unseren Klamotten lesen lassen, was eklig ist, oder einfach die Overalls überziehen.«

»Und was ist mit ihm?«, fragte Julian, auf Tom zeigend, der gerade aus der Herrentoilette kam. Als er merkte, dass er etwas unhöflich gewesen war, wandte er sich direkt an Tom. »Ziehen Sie sich um, Tom?«

»Nicht nötig«, sagte Tom und fing an, sich nacheinander an verschiedenen Stellen abzuklopfen. Seine gesamte Kleidung einschließlich Hosenträgern und Socken war gefechtsmäßig, militärischer Standard, robust und schwer. Sämtliche Etiketten befanden sich außen – nicht wie sonst üblich in Kragen und Hosenbund verborgen. Was aber nicht ins Auge fiel, weil die Schildchen in Flecktarn, Olivgrün oder Ähnlichem gehalten waren, damit sie im Zielfernrohr eines weit entfernten Scharfschützen nicht wie Sterne am Nachthimmel hervorstachen.

Jetzt fühlten sich die jungen Leute aus Princeton frei, näher heranzugehen und genau hinzuschauen. Die Beschriftung und die Logos auf den Etiketten waren in gedämpften Farben gehalten und nur aus der Nähe gut zu lesen. Doch jedes der Etiketten trug – neben den Herstellerlogos und unverständlichen Waschhinweisen – ein Symbol, das aus einem gedruckten großen L mit einem Querbalken nahe der Spitze und daraus auflodernden Flammen bestand. »Es ist einfach leichter, levitikanergeprüftes Zeug zu tragen«, erklärte Tom, »wegen der Orte, die ich manchmal im Einsatz aufsuchen muss.«

»Sie glauben also nicht daran?«, fragte Phil.

»Ganz bestimmt nicht«, sagte Tom. »Aber sie. Und es ist richtig gute Kleidung. Gefechtsmäßig, eben.«

Sie zogen die Schutzoveralls über – allerdings nicht bevor die Gebäckwartin Sophia und Anne-Solenne zum Erfrischungstisch hinübergewunken und mit gedämpfter Stimme gefragt hatte, ob eine von ihnen ihre Tage habe. Beide verneinten das und wechselten einen vielsagenden Blick: *Darauf lassen wir uns erst gar nicht ein.* Sie könnten später noch bei Levitikus nachlesen, welche Einschränkungen und Strafen für Frauen galten, die ihre Tage hatten.

»Oh, die KKK-Verleumdung. Gute Frage. Bin froh, dass Sie sie gestellt haben. Das ist eins der größten Missverständnisse«, sagte Ted, Sohn des Aaron (wie auf dem Namensschild zu lesen war, das an seiner gefechtsmäßigen Latzhose aus 100% Baumwolle klemmte). Er nahm seinen glänzenden weißen Schutzhelm ab, als hätte allein die Erwähnung der KKK-Verleumdung ihn in die Gefahr gebracht, die Beherrschung zu verlieren. Die warme sommerliche Brise wehte durch sein schütter werdendes graues Haar und ließ vielleicht ein bisschen von dem Schweiß, der ihm über den Kopf rann, verdunsten. Einen Augenblick später hob er kurz den Blick, als suchte er den Himmel nach einem zornigen Jehova ab. Doch da war nichts außer dem mit aufgelockerten Wolken übersäten blauen Firmament und dem stählernen Querbalken des fünfzig oder sechzig Meter hohen Kreuzes. Das im

Moment nicht brannte. Die Rohrschlosser waren mit ihrer Arbeit noch nicht so weit, dass Erdgas zu dem Brennersystem geleitet werden konnte. »Meine Frau wird Hackfleisch aus mir machen«, bemerkte er, »wenn wir nicht in den Schatten gehen. Kommen Sie, wir stellen uns hier unter, dann werde ich Ihnen allen Klarheit verschaffen.«

»Warum wird sie Hackfleisch aus Ihnen machen?«, fragte Anne-Solenne neugierig, während sie Ted in den Schatten eines Faltpavillons folgten. Julian wurde unterwegs durch drei Lämmer abgelenkt, die in einem behelfsmäßigen Pferch aus Maschendraht herumtollten.

»Melanom«, antwortete Ted. »Und dann müsste ich nach Iowa City.« Diese Bemerkung murmelte er etwas zerstreut, da er gerade einen Anruf bekam, für die anderen schwach und blechern hörbar durch die klappbaren Ohrhörer, die aus den Bügeln seiner Sicherheitsbrille ragten. Er zog sie mit den Zeigefingern hinunter in die Ohren und nahm den Anruf an, während er sich mit einem Nicken entschuldigte, seinen Schutzhelm aufsetzte, wieder in die Sonne trat und auf den Pferch zuschlenderte. Seine Pflichten als Sohn des Aaron umfassten anscheinend nicht nur die Bauleitung, sondern auch die Überwachung der Opferlämmer.

Ein jüngeres Teammitglied kam herbeigeeilt, um sich der Besucher anzunehmen. Der Mann zog ein paar Klappstühle von einem Stapel, klappte sie auf und stellte sie an einen Klapptisch. Dieser war mit Druckschriften übersät, die mithilfe von Steinen und Patronenmagazinen am Davonwehen gehindert wurden. Um auf dem Tisch etwas Platz zu schaffen, legte der junge Mann sie neu zusammen. »Sie können sich alle an Wasser und Eistee bedienen«, sagte er und deutete mit dem Kopf auf zwei Kühltaschen auf einem kleineren Tisch in der Nähe. Bevor er sprach, hatte Sophia den Mann auf Ende zwanzig geschätzt, doch jetzt tippte sie auf achtzehn. »Ich würde es Ihnen ja selbst holen, aber meine Hände sind dreckig.« Zum Beweis hielt er sie hoch und ließ ein

Grinsen aufblitzen, das strahlend gewesen wäre, wären alle seine Zähne vorhanden und nicht braun gewesen.

»Besten Dank, wir werden uns bestimmt etwas nehmen!«, sagte Sophia laut und deutlich, da der junge Mann seine Ohrstöpsel in den Ohren hatte.

»Der Verweis auf Iowa City?«, fragte Anne-Solenne. Dort hatten sie zuletzt übernachtet, in einem Boutique-Hotel neben einer Tapasbar.

»Wo das große Krankenhaus ist. Für sie also ein anderes Land. Aber wenn sie krank werden, müssen sie da hin. Zum Beispiel um ein Melanom rausgeschnitten zu kriegen oder was auch immer. Aber da sie sich Hotelzimmer oder Essen in einer tendenziell demokratisch wählenden Enklave nicht leisten können, kampieren sie am Stadtrand und machen sich ihr Essen auf Gaskochern unter einer Plane. Lustig ist das nicht.«

Anne-Solenne nickte. »Zahnmedizin«, sagte sie.

»Ted hat Zähne wie ein normaler Mensch, weil er alt ist und in einer Zeit groß wurde, als dieser Teil der Welt noch nicht gefacebookt war. Danach sind Menschen mit Bildung in Orte wie Ames, Des Moines, Iowa City geflohen. Darunter auch Zahnärzte. Von ein paar Großkirchen unterstützt hielten sie früher noch gratis Zahnsprechstunden ab, wo man sich zum Beispiel einen schlechten Zahn ziehen lassen konnte, aber inzwischen werden sie von diesen Leuten weggejagt.« Da sie nicht weiter auffallen wollte, warf sie einen flüchtigen Blick auf das gigantische Kreuz. Dann nahm sie einen Schluck von dem Eistee und verzog das Gesicht.

»So schlimm?«, fragte Anne-Solenne.

»Süß. Ein weiteres kulturelles Merkmal. Wenn wir zu meiner Tante und meinem Onkel kommen, werden sie ihn ungesüßt servieren, so wie im Norden üblich.«

Während die beiden Frauen langsam zu dem Tisch zurückgingen, ließen sie die Szene auf sich wirken. Drüben an dem Pferch war Ted dabei, Julian etwas zu erklären, was bei diesem Bestürzung auszulösen schien. Das Gelände rund um diesen Ort war weitgehend zum Parkplatz für die Pick-ups von Arbeitern geworden. Nicht ein einziges der Fahrzeuge hatte ein Nummernschild, aber sie waren mit einer Palette von Stickern geschmückt: einem Mischmasch aus der Konföderiertenflagge, der für Patriotismus stehenden Gadsden-Flagge mit der Klapperschlange drauf und dem, was Phil den totalen Moab nannte: in der Mitte ERINNERE DICH oder ERINNERE DICH AN MOAB oder einfach MOAB, flankiert von einem Atompilz und der Silhouette eines Mannes im Profil mit gesenktem Kopf. Letztere stammte direkt aus der schwarzen »Remember POW/MIA«-Flagge, die hier ebenfalls allgegenwärtig war, obwohl es schon seit Jahrzehnten keine amerikanischen Kriegsgefangenen oder im Einsatz Vermisste mehr gegeben hatte.

»So, lassen Sie mich in Sachen KKK-Verleumdung den Stier gleich bei den Hörnern packen.« Ted war von der Inspektion der Lämmer zurück. Er ließ seine müden Knochen auf einen der Klappstühle sinken und bedeutete den Besuchern, es ihm gleichzutun. Phil blieb lieber stehen; er öffnete den Reißverschluss seines Overalls bis zum Nabel, zog ihn dann auseinander, um seine Brust zu entblößen, und stellte sich in der Absicht, etwas Wind abzubekommen, seitlich zu den anderen. Das wertete Sophia als Mikroaggression, die hundertste an diesem Tag, die jedoch neben der zwanzig Stockwerke hohen Makroaggression, die von Ted und seinem Team ausging, nicht einmal der Rede wert war. Unter dem Schutzoverall konnte man keine Unterwäsche tragen, denn das wäre an der Sache vorbeigegangen, es sei denn, man hätte Unterwäsche aus einer levitikanerzertifizierten unvermischten Faser angehabt, was auf Sophia nicht zutraf, weshalb ihr BH am Checkpoint unten in einem Spind lag und sie ihren Reißverschluss nicht so weit aufziehen konnte wie Phil. Sie setzte sich neben Anne-Solenne. Teds nervöse Hände sortierten und stapelten die Druckschriften – Verträge, wie es aussah –, während er ruhig die KKK-Verleumdung auseinandernahm. »Sie sind offenbar keine Weiße, jedenfalls nicht zu hundert Prozent«, sagte er, Sophia taxierend, »und bei *ihm* weiß ich's nicht.« Er warf einen kurzen Blick zu Julian hinüber, der auf ein Knie gegangen war und durch den Maschendraht hindurch mit einer Handvoll Gras ein Lamm fütterte. Julian war zu einem Teil Chinese. »Über die Levitikaner hat es alle möglichen Missverständnisse gegeben.« Das war die Kirche, in der er Priester war. »Irgendeinen eingebildeten Zusammenhang mit dem Ku-Klux-Klan.«

»Vielleicht wegen der brennenden Kreuze«, sagte Phil ausdruckslos, den Blick über die paar Meter Schotter hinweg auf das massive Betonfundament gerichtet, aus dem der senkrechte Stahlbalken des Kreuzes herausragte. Ordentlich an den Baugliedern befestigt waren die Röhren, durch die das Erdgas aus einer unterirdischen Rohrleitung heraufbefördert wurde. Die Brenner selbst begannen erst rund sechs Meter über dem Boden, vielleicht weil man keine parkenden Autos rösten wollte. Es gab aber eine Verbindung zu einem abseits stehenden Altar, der vom Blut schon dunkel verfärbt war und von Fliegen umschwirrt wurde, mitsamt einer Art offenem Krematorium, das aussah, als könnte es ganz schön heiß werden.

»*Angeblich* hat der KKK Kreuze verbrannt«, sagte Ted mit einem Augenrollen.

»Daran ist nichts ›angeblich‹«, warf Anne-Solenne ein. »Wie kommen Sie eigentlich … das ist, als sagten Sie, Muhammad Ali sei angeblich Boxer gewesen. Oder Ford baue angeblich Autos. Das ist …« Doch mit einer Hand auf Anne-Solennes Arm brachte Sophia sie zum Schweigen. Es hatte keinen Sinn.

»*Falls* das überhaupt stimmt, gibt es keinen Zusammenhang mit unseren brennenden Kreuzen, die eine vollkommen andere Bedeutung haben«, verkündete Ted.

Sophia sagte: »Aha. Und die wäre?«

»Das sogenannte Christentum, wie es bis vor Kurzem existierte, basiert auf einer großen Lüge«, erklärte Ted. »Die erfolgreichste Verschwörung aller Zeiten. Und ihren Ausdruck fand sie in der Symbolik des Kreuzes. Jedes Kreuz, das Sie auf einer der herkömmlichen Kirchen oder als Schmuckanhänger oder an einem Rosenkranz oder was auch immer sehen, ist eine weitere Wiederholung dieser Lüge.«

»Und wie genau lautet diese Lüge?«, fragte Phil. Er wusste es schon. Aber er und die anderen wollten alle hören, wie ein lebendiger Mensch es wirklich aussprach, einfach um des Spektakels willen.

»Dass Jesus gekreuzigt wurde.«

Da. Er hatte es gesagt. Keiner brachte ein Wort heraus. Ted verstand ihr Schweigen als Bitte um mehr von dieser Art. »Dass der Sohn Gottes, das mächtigste fleischgewordene Wesen in der Geschichte des Universums, sich geißeln und demütigen und auf die schmachvollste Weise, die man sich vorstellen kann, beseitigen ließ.«

»›Beseitigen‹ heißt ›töten‹?«, fragte Anne-Solenne. Das war eine rhetorische Frage, die Ted mit dem winzigsten Anflug eines Nickens beantwortete.

»Die Kirche, die auf der Lüge der Kreuzigung errichtet wurde«, fuhr Ted fort, »hatte zwei grundlegende Glaubenssätze. Einer war der zahme Jesus, der herumlief und nett zu den Leuten war – im Grunde genommen genau das Verhalten, das man von einem Waschlappen erwartet, der sich bespucken und an ein Stück Holz nageln lässt. Der zweite bestand in der Vorstellung, dass das Alte Testament nicht mehr zählte, dass die im Levitikus niedergelegten Gesetze Teil eines alten Bundes waren, den man einfach ignorieren konnte, nachdem und weil Jesus an dieses Kreuz genagelt worden war. Das alles haben wir als Müll enttarnt. Als Unsinn. Eine Verschwörung der Eliten, um das Volk unterwürfig und passiv zu machen. Die einzigen Kreuze, die Sie in unseren Kirchen sehen werden, brennen, und ihre Symbolik hat nichts mit dem KKK zu tun. Sie bedeuten, dass wir der falschen Kirche, die auf dem Kreuzigungsmythos basierte, eine Absage erteilen.«

»Also, damit ich das recht verstehe, das ganze Christentum – Katholiken, Protestanten, Orthodoxe, Evangelikale – hat sich die letzten zweitausend Jahre schlichtweg geirrt«, sagte Phil.

»So ist es.«

»Die vier Evangelien …«

Ted schüttelte den Kopf. »Das ist das Erste, was die Kirche getan hat, diese Evangelien zementieren. Die Geschichte erzählen, die sie erzählen wollte. Über den sanftmütigen liberalen Jesus, der den Armen zu essen gab, die Kranken heilte und so weiter.«

»Und gekreuzigt wurde«, sagte Sophia ihm vor.

Ted nickte.

»Und … auferstand?«, fragte Anne-Solenne.

»Sie brauchten irgendetwas, um die Tatsache zu erklären, dass Er immer noch am Leben war, also erfanden sie diesen ganzen Auferstehungskram.«

»Und wohin ging Jesus danach? Was machte Er?«

»Kämpfte gegen die Römer. Wanderte zwischen dieser Welt und dem Himmel hin und her. Er hat die Macht dazu.«

»Wo ist Er jetzt?«

»Das wissen wir nicht! Vielleicht hier. Zweitausend Jahre lang hat er sich im Hintergrund gehalten. Die Verschwörung der Kirche war mächtig. Sie haben eine falsche Reformation inszeniert, um den Menschen den Eindruck zu vermitteln, Reform sei möglich. Alles eine Show. Vom Vatikan eingefädelt.«

»Martin Luther hat also unter falscher Flagge eine Operation für den Papst durchgeführt«, sagte Phil. »In diesem Fall …« Doch er brach ab, als er spürte, dass Sophia ihm unter dem Tisch auf den Zeh trat.

Er blickte auf sie hinab. Nachdem sie seine Aufmerksamkeit erlangt hatte, ließ sie den Blick über das ganze Gelände schweifen und forderte Phil damit auf, das alles auf sich wirken zu lassen. Und erinnerte ihn daran, dass das hier nicht Princeton war. Das war Ameristan. Gefacebookt bis auf die molekulare Ebene. »Professor Lang«, murmelte sie, »die rote Karte.«

Es war eine Anspielung auf einen ihrer Professoren in Princeton, der so weit gegangen war, eine Merkkarte im Kreditkartenformat zu drucken, die Leute bei Gesprächen wie diesem vor sich halten konnten. Eine Seite der Karte war einfarbig rot, ohne Wörter oder Bilder, und dazu gedacht, als nonverbales Zeichen nach außen hin sichtbar zu machen, dass man nicht einverstanden war und sich nicht auf eine falsche Argumentation einlassen würde. Die andere Seite, die der Benutzer vor Augen hatte, enthielt eine Liste mit kleinen Gedächtnishilfen darüber, was wirklich vor sich ging:

1. Sprechen ist Aggression.
2. Jede Äußerung hat einen Gewinner und einen Verlierer.
3. Neugier ist vorgetäuscht.
4. Lügen ist performativ.
5. Dummheit ist Macht.

Eine weitere Viertelstunde verbrachten sie damit, über die Hügelkuppe zu schlendern, den Hals zu recken, um die ausgestreckten Arme des Kreuzes zu betrachten, die mit Düsen gespickt waren, aus denen bald von Sonnenuntergang bis Sonnenaufgang Flammen in den Himmel lodern würden. Um den Altar machten sie einen großen Bogen; dort war ein weiterer Sohn des Aaron damit beschäftigt, zur Vorbereitung des heutigen Blutopfers ein langes Messer zu wetzen. Julian, der dem Blick seiner neuen Lämmerfreunde jetzt, wo er wusste, dass sie nur zum Sterben hier waren, nicht standhalten konnte, blickte stattdessen hinaus über die sie umgebende Landschaft. Einige Kilometer nördlich von ihnen sah er einen blauen Wasserturm und in der Nähe davon ein Walmart-Schild

Die Landstraße war eine Rinne zwischen Mauern aus Mais, der Anfang Juni schon mannshoch stand. Nach vorn versperrte ihnen Toms und Kevins Pick-up die Sicht. Von hinten näherte sich drohend ein noch höherer Pick-up, dessen Fahrer ihnen unbedingt zu verstehen geben wollte, dass sie nicht schnell genug fuhren. Keiner von ihnen sagte ein Wort, bis sie auf dem Parkplatz des Walmart standen.

»Ich werde ein paar Blumen kaufen«, sagte Sophia, »um sie aufs Grab zu legen. Wir sind fast da. Innerhalb des Explosionsradius von dem da.« Sie deutete mit dem Kopf auf die Frontseite des Hypermarkts.

»Explosionsradius? Könntest du diese mysteriöse Aussage bitte näher erläutern?«, bat Anne-Solenne.

»Es sind nur noch etwas über fünfzehn Kilometer. Jedes Einzelhandelsgeschäft im Stadtinneren wird durch den da vernichtet worden sein. Wenn wir also *irgendetwas* kaufen wollen, müssen wir es hier kaufen.«

Sie kletterten aus dem SUV und versuchten, eine Gehgeschwindigkeit zu finden, die sie so schnell wie möglich in klimatisierte Raumluft bringen würde, ohne dass sie vor Anstrengung ins Schwitzen gerieten. Phil ging rückwärts, den Blick voller Neugier auf den Wasserturm gerichtet: ein Ding, das er vom Konzept her verstand, aber in einer solchen Größenordnung noch nie gesehen hatte, da er sein Leben in eher hügeligen Gegenden verbracht hatte.

Anscheinend durch Sophias Hinweis auf einen Friedhof angeregt hatte Julian sich die Brille über die Augen gezogen und fing an zu recherchieren. Ihre Großeltern waren vor hinreichend langer Zeit gestorben und unter die Erde gebracht worden, sodass die Einzelheiten darüber ihren Weg auf halbwegs glaubwürdige Seiten im alten Internet gefunden hatten – dem Miasma, wie viele Leute in Sophias Leben es nannten. Das Miasma als solches war zwar vor einigen Jahren zusammengebrochen, aber

Nachahmer liefen immer noch und konnten in dem, was es ersetzt hatte – und was so allgegenwärtig war, dass es nicht einmal einen Namen hatte – durchsucht werden. In alten Filmen konnte man manchmal scheinbar gebildete Personen Dinge sagen hören wie: »Ich gehe online« oder »Ich surfe im Internet«, was damals cool erschienen sein musste, jetzt aber aus dem Zusammenhang gerissen so wirkte, als verkündete jemand mitten in einer ansonsten normalen Unterhaltung plötzlich: »Ich atme Luft.«

»Du kannst dich unmöglich an … Patricia … oder John erinnern«, äußerte Julian vorsichtig, »aber an Alice musst du dich erinnern.«

»Grandma Alice ist gestorben, als ich zwölf war«, bestätigte Sophia.

»Und sie und John und Patricia sind alle dort begraben …«

»Wohin wir fahren«, sagte Sophia. »Ja.«

Schließlich hatten sie den Eingang zum Walmart erreicht – oder, um genau zu sein, einen seiner Eingänge, denn er war in eine Anzahl quasi eigenständiger Ladenfronten unterteilt worden. Sie gingen hinein und standen ein paar Augenblicke einfach da, sodass ihre Körper sich auf die klimatisierte Umgebung einstellen konnten. Dann teilten sie sich auf. Sophia und Anne-Solenne fanden heraus, wie man an Blumen kam. Phil und Julian plünderten das Regal mit den Snacks. Außerdem nahm Phil noch eine levitikanerkonforme Baseballkappe in Tarnfleck mit. Nachdem sie ihr Zeug bezahlt hatten, gingen sie hinaus und stiegen wieder in ihr Auto. Tom und Kevin waren ausgeschert und hatten in einem Motel auf der gegenüberliegenden Straßenseite eingecheckt, sodass die vier die letzten paar Kilometer ins Stadtinnere ohne Eskorte fuhren.

Anne-Solenne verlagerte die Blumen auf ihrem Schoß. »Wo wir schon von toten Forthrasts sprechen«, sagte sie, »wo ist eigentlich Du-weißt-schon-wer abgeblieben? In meiner Erinnerung ist sein Schicksal geheimnisumwoben.«

»Ist es nicht«, sagte Julian in dem etwas stockenden und gedehnten Ton, der auf gleichzeitiges Surfen und Sprechen schließen ließ, »er starb …«

»Ich weiß, wann er starb«, sagte Anne-Solenne. »Aber da Sophia aus der eigenartigsten Familie des ganzen Universums stammt, ist das was anderes als sein *Schicksal.*«

»Wir atmen ihn«, verkündete Sophia. Darauf wurde es im Land Cruiser für ein Weilchen still, und selbst Phil fühlte sich bemüßigt, seine Brille hochzuschieben.

»Seine Moleküle, meinst du?«, riet Phil.

»Wohl eher Atome«, sagte Julian, der langsam verstand, worauf sie hinauswollte.

»Am Ende wurde er also kremiert?«, mutmaßte Anne-Solenne.

»Er wurde Ion für Ion kremiert, mittels eines Teilchenstrahls, der seine kryokonservierten Überreste scannte.«

»Vermutlich eine gute Sache«, sinnierte Phil, »denn die Daten …«

»Könnten sonst irgendwo sein«, sagte Sophia mit einem Nicken und einem Blick in den Rückspiegel. »Ja. Ich glaube, manchmal ist es besser zu warten.«

Anne-Solenne hing noch an *Wir atmen ihn* fest. »Ich habe es mir nie so vorgestellt«, sagte sie, »aber ich nehme an, bei dem Scanvorgang bildet sich – ich weiß nicht …«

»Abgas«, sagte Sophia. »Wasser, Kohlendioxid, Stickstoff, Kalzium. Theoretisch könnte man die Feststoffe auffangen und der Familie in einem Plastikbeutel überreichen, aber wozu?«

»Also …«

»Blasen sie das Abgas durch ein Rohr in den Himmel«, bestätigte Sophia. »Und da es sich um Seattle handelte, war es vermutlich fünf Minuten später mit Regen vermischt und floss durch die Gullys in den Puget Sound.«

»Was sich nicht von der Kremierung unterscheidet«, beeilte sich Julian in seiner gewichtigen Ostküstenmanier hinzuzufügen.

»Krematorien haben Schornsteine. Wir denken nur lieber nicht über die Konsequenzen nach.«

Dieser Vorstoß in die Neue Eschatologie wurde abgebrochen durch ihre Ankunft in der kleinen Stadt im Nordwesten von Iowa, aus der die Forthrasts stammten. Und für Leute, die es gewohnt waren, von weit außerhalb gelegenen Flughäfen her allmählich in riesige Städte vorzudringen, war die Ankunft in dieser Art von Stadt irritierend unvermittelt. Plötzlich waren sie einfach da – so sehr da, wie sie nur sein konnten. Die Stadt hatte einen zentralen Platz: ein einzelner in Gras gesetzter Häuserblock, aus dessen Mitte sich ein irgendwie mittelalterlich anmutender Steinturm erhob, flankiert von jeweils einer Statue für die Gefallenen des Sezessionskriegs und der beiden Weltkriege. Zwei gewaltige Laubbäume warfen Schatten auf mehr oder minder kreisrunde Flächen, doch die vereinzelten Mütter, die sich trafen, um ihre Kinder hier herumrennen zu lassen, hielten sich lieber unter einem Schutzdach auf, wo sie an Picknicktischen sitzen konnten. Gegenüber stand auf einer Seite ein Gerichtsgebäude nebst Polizeirevier in rustikaler viktorianischer Sandsteinbauweise mit einer kaputten Uhr im mittleren Turm. Zwei Seiten bildeten ein L-förmiges Areal mit verschlafen wirkenden Geschäften. Die vierte Seite waren Wohngebäude. Dreißig Sekunden zuvor waren sie durch Maisfelder gefahren, und wenn Sophia den Land Cruiser nicht in eine der Parkbuchten in Schrägaufstellung längs des Platzes gesteuert hätte, wären sie dreißig Sekunden später wieder im Mais gewesen. »Füße vertreten«, verkündete sie, »und ich werde mal meine Tarnvorrichtung ausschalten, damit die Leute hier wissen, was sie von uns zu halten haben.«

Sie hatten neugierige Blicke von den Müttern im Park und ein paar Senioren in einem Friseurladen unweit ihres Parkplatzes auf sich gezogen. Grob geschätzt trugen jedoch die Hälfte der Einheimischen Brillen, und zwar nicht nur zur Korrektur von Fehlsichtigkeit, sondern um alles mit Daten zu untermauern.

Grandma Alice pflegte den alten Witz zu erzählen, dass man in einer Stadt wie dieser den Blinker nicht zu setzen brauchte, weil sowieso jedermann wusste, wohin man fuhr. Seit ihrem Tod traf das einerseits weniger, andererseits mehr zu. Weniger, weil Autos heutzutage selbst entschieden, wann der Blinker gesetzt werden sollte, und mehr, weil man heute tatsächlich jedermanns Angelegenheiten kennen konnte, auf eine Weise, von der die kleinstädtischen Wichtigtuer in Alice' Generation nur hatten träumen können. Die offene und vertrauensvolle Kultur von Gemeinschaften wie dieser hatte sich im digitalen Zeitalter fortgesetzt. Wenn jemand um zehn Uhr einen Termin beim Physiotherapeuten hatte, konnten alle in der Stadt das erfahren, wenn sie nur seinen Kalender konsultierten, also aufmerksam genug auf ein über dem Auto, das ihn hinfuhr, schwebendes Widget blickten. Durch Datenbrillen betrachtet sahen Autos in einer solchen Stadt folglich ein bisschen wie altertümliche Segelschiffe aus, die mit Signalflaggen verziert waren und auf denen Banner im Wind flatterten.

Das alles hing mit Editoren zusammen, von denen Leute, die in Princeton studierten, überwiegend so sprachen, als wären sie menschliche Individuen. Bei den Toms und Kevins der Welt und einem Großteil der Bevölkerung dieser Stadt konnte man eher davon ausgehen, dass sie sich zusammentaten und sich bei kollektiven Editstreams anmeldeten. Zwischen diesen Extremen gab es eine gleitende Skala. Nur wenige Leute waren reich genug, um buchstäblich eine Person einzustellen, deren einzige Aufgabe darin bestand, ein- und ausgehende Informationen zu filtern. Für weitaus weniger Geld konnte man sich in eine Bruchteilsgemeinschaft einkaufen, was insgesamt immer noch eher etwas für Reiche war, aber für das eine Prozent im Gegensatz zu den 0,001 Prozent ganz gut funktionierte. Ungefähr da befanden sich Sophia, Phil und Anne-Solenne. Julian hatte so lange die Editorin seiner Familie am Hals, bis er wegzog und einen Haufen Geld verdiente. Hätte er sich nicht einmal das leisten können – wäre er ein Student mit einem Vollstipendium gewesen –, hätte Princeton ihm als Bestandteil des ganzen Pakets, das ihm Unterkunft, Verpflegung und eine Bibliothekskarte gewährte, einen einigermaßen vernünftigen Editor zur Verfügung gestellt. Auf lange Sicht machte es sich für die Universität bezahlt, wenn ihre weniger gut betuchten Studenten nicht Unmengen sensibler Daten in die Öffentlichkeit spülten.

Den direkten, ungefilterten Kontakt mit besagten Unmengen – dem Sturzbach aus Pornos, Propaganda und Todesdrohungen, von denen 99,9 Prozent algorithmisch erzeugt und letztlich nie von menschlichen Augen gesehen wurden – überantwortete man einer Kombination aus KI-Programmen und Betrachterfarmen in der Dritten Welt, was so viel bedeutete wie riesige Lagerhäuser an heißen Orten, wo Leute auf Bänken saßen oder umherliefen und Zeug betrachteten, das die KI-Programme nicht einzuordnen vermocht hatten. Sie waren die informationelle Entsprechung der armen Kerle, die auf Müllbergen in Delhi oder Manila herumkletterten und nach Lumpen suchten. Alles, was es an ihnen vorbeischaffte – jeder Lumpen, den sie aus dem Müllhaufen zogen –, begann die editorische Hierarchieleiter hochzuklettern und wurde in seltenen Fällen sogar von der Art von Editoren – oder eher deren Juniorpartnern – angeschaut, die für Leute wie Sophia arbeiteten. Folglich bekam Sophia fast nie vollkommenen Blödsinn zu Gesicht.

Die wichtigere und gutes Urteilsvermögen erfordernde Rolle ihrer Editorin bestand darin, sämtliche Daten anzusehen, die aus entgegengesetzter Richtung kamen – zum Beispiel Klang und Bildersprache, die von ihrer Brille erfasst wurden –, und dafür zu sorgen, dass sie nie in falsche Hände gerieten. Was letztlich hieß, dass sie nirgendwohin gerieten.

Ein paarmal im Jahr sprach Sophia sogar mit ihrer Editorin. Dies war ein solcher Moment. »Ich autorisiere dich, mich für vierundzwanzig Stunden in den Familientreffenmodus zu versetzen«, sagte sie.

»Okay«, antwortete ihre Editorin in einem Tonfall von *Das ist deine Sache* mit einer dünnen Schicht von *Ich hoffe, deine Mutter bringt mich nicht um* darüber.

Anne-Solenne, Phil und Julian reagierten mit einer Mischung aus Gelächter und gespieltem Schrecken, als aus ihrer Sicht Sophia in eine lebhafte Zurschaustellung ihrer persönlichen Daten ausbrach, wie eine Zirkusclownin, die feierlich ihren Zylinder lüftete, um darunter, an ihrem Schädel befestigt, ein Blumengesteck, einen dressierten Seidenaffen und eine Konfettikanone zum Vorschein zu bringen.

Die Opas in dem Friseurladen und die Mütter an den Picknicktischen hatten den Land Cruiser einfach als einen altmodischen SUV wahrgenommen, ohne irgendwelche Erkennungszeichen, sah man von einem Wappenschild aus toten Insekten am Kühlergrill ab, dem Beweis dafür, dass er seit seiner letzten Wäsche einiges an Strecke zurückgelegt hatte. In diesem Augenblick jedoch leuchtete er gleichsam auf, ließ sie alle wissen, wer da gerade in die Stadt gekommen war, und gab ihnen einen eingeschränkten, vorübergehenden Zugang zu dem Kondensstreifen, den Sophia in den sozialen Medien hinterließ. All diese Daten wurden aber mit der Farbgebung, Texturpalette, Schriftart, den UI-Konventionen und akustischen Signalen – kurz gesagt der Ausstattung – ihrer persönlichen Marke gezeigt. Als sie die Autotür öffnete, um Frisur, Make-up, Kleidung und Accessoires zu offenbaren, die sie als nicht von hier auswiesen, waren diese von dem digitalen Halbschatten des Familientreffenmodus bereits jedem Brillenträger angekündigt worden.

»Kommt, wir sehen uns den Park an«, schlug sie vor, »das wird nicht lange dauern.«

»Ja – der ist winzig«, sagte Phil.

»Das meinte ich nicht«, sagte Sophia kichernd. »Ich wollte

sagen, dass meine Verwandtschaft hier sein wird, ehe ihr anfangen könnt, euch zu langweilen.«

Beim Überqueren der Straße in Richtung Park hätte das Quartett Blicke von neugierigen Einheimischen auf sich gezogen, wären die neugierigen Einheimischen nicht zu weiterentwickelter Technologie übergegangen, die sie befähigte, anders zu starren, indem sie nämlich all das scannten, was Sophia gerade öffentlich gemacht hatte. Ohne besondere Absprache gingen die vier geradewegs zu dem Turm in der Mitte. Er bestand aus demselben gelbbraunen Sandstein wie das nahe gelegene Gerichtsgebäude. Es war ein reiner Zierbau, kein echter Befestigungsturm – nur zwei Stockwerke hoch, mit einer oberen Plattform, die von einer zinnenartigen Brüstung umgeben war. Eine fensterlose Stahltür, im Grün der Parkverwaltung gestrichen, zeugte von den vergeblichen Versuchen von Generationen gelangweilter Teenager, sich mit Fußtritten Zugang zu verschaffen – und dem Bedürfnis, die Namen derer zu verewigen, die doof waren. Eine Tafel neben der Tür lieferte Informationen, die sie bereits in ihren Brillen gesehen hatten, nämlich dass der Turm unter Leitung der Arbeitsbeschaffungsbehörde WPA während der Weltwirtschaftskrise von ansonsten arbeitslosen Arbeitern errichtet worden war. Das schien eins der historisch-politischen Details zu sein, von denen Princetonzöglinge eigentlich gehört haben sollten, und so folgten sie alle dem unvermeidlichen Hyperlink und verbrachten die nächste Minute damit, im Stehen Näheres dazu zu lesen. Es gehörte zu den im Grunde toten und langweiligen Themen, die Wikipedia wirklich gut abgedeckt hatte, und es war genug Zeit vergangen, dass KI-Programme dieses ganze Material hatten durchsehen und auf Fehler überprüfen können.

Als sie das Wesentliche erfasst hatten, kehrte ihre Aufmerksamkeit wieder zum Hier und Jetzt zurück. Julian und Phil lasen abwechselnd die Graffiti auf der Tür, ein Palimpsest des Slutshaming, bei dem sie unangemessene Faszination und flüchtiges

Vergnügen empfanden – und eine soziale, fast schon moralische Zurückgebliebenheit offenbarten, für deren Wahrnehmung und Analyse Sophia in ihrem teuren Studium sämtliche Werkzeuge an die Hand bekommen hatte, allerdings keines für deren Veränderung.

»Was steht jetzt auf dem Plan?«, fragte Anne-Solenne laut genug, um die Jungs zum Schweigen zu bringen.

»Blumen auf Gräber«, antwortete Sophia.

»Dann lasst uns gehen«, sagte Phil. »Hier ist es nämlich ätzend.« Es sprach für sein soziales Geschick, dass er es schaffte, dies in einer trockenen und fast würdevollen Manier zu äußern, die dennoch deutlich machte, dass aus ihm die Stimmen all der Jungen sprachen, die da gestanden hatten, wo er stand, und mit Pickup-Schlüsseln Verwünschungen in die grüne Farbe gekratzt hatten.

»Es ist von größter Wichtigkeit«, sagte Sophia, »dass ich dabei gesehen werde, wie ich es tue.«

»Denn du weißt ja«, fügte Anne-Solenne zur Vervollständigung des Gedankens hinzu, »die Leute in diesen Gräbern …«

»… sind tot«, sagte Julian, während er sich die Brille auf die Stirn schob. »Sie werden es nicht erfahren.«

Etwas bewegte sich in Sophias peripherem Gesichtsfeld. Sie drehte den Kopf und sah, wie sich ein SUV der größten Kategorie, auf authentische Weise mit toten Insekten übersät und mit Straßenstaub überzogen, behutsam in einen von siebenundachtzig nebeneinanderliegenden freien Parkplätzen schob. Visuelle Merkmale, die an ihm klebten und über ihm schwebten, sagten ihr, dass sein einziger Insasse Pete Borglund war, sechsundfünfzig Jahre alt, zweiter und aktueller Ehemann von Karen Forthrast-Borglund, Alice' ältester Tochter.

»Einer von deiner Verwandtschaft?«, erkundigte sich Phil. Was nur höfliche Konversation war, denn die Privatsphäre-Einstellungen des Neuankömmlings waren so vorsintflutlich, dass Phil mit ein paar Handbewegungen Pete Borglunds mitochondriale DNA bis zum Rift Valley hätte zurückverfolgen können.

»Japp«, sagte Sophia.

»Onkel? Cousin?«, fragte Julian. Im Moment ohne Datenbrille auf der Nase.

»Das ist die Milliarden-Dollar-Frage«, sagte Sophia.

Phil gab die Andeutung eines Kicherns von sich. Keineswegs ein gemeines Kichern. Eher so etwas wie eine präverbale Markierung, um anzudeuten: *Ich habe mich mit deiner verworrenen Familiengeschichte vertraut gemacht.*

»Auf Anraten der Anwälte meiner Mutter«, sagte Sophia, »werde ich ihn nicht als Onkel, sondern als Cousin ansprechen.«

Die anderen drehten sich zu ihr um und versuchten an ihrem Gesicht abzulesen, ob sie das im Scherz sagte. Sie gab ihnen keinerlei Hinweise. Manchmal fielen Scherz und Realität zusammen.

»Sophia!«, rief Pete im Näherkommen, taktvoll die Verwendung irgendeines belasteten Begriffs vermeidend. Pete war ein Rechtsanwalt, der sich schließlich in das Unvermeidliche gefügt und seine Kanzlei in Sioux City aufgegeben hatte, um hierherzuziehen und sich um die Angelegenheiten von Johns und Alice' Nachlass zu kümmern – ein Fulltime-Job, wenn man bedachte, dass Alice als Milliardärin gestorben war.

»Peeet!«, rief Sophia zurück, wobei sie seinen Namen auf eine Weise dehnte, die mehr Vertrautheit nahelegte, als tatsächlich vorhanden war. Sie hatte ihn fünf Jahre nicht gesehen. Während sie auf ihn zuging, wappnete sie sich für die Peinlichkeit des Umarmen-oder-nicht-umarmen-Tanzes. Doch eine Kombination aus Steifheit des Mannes aus dem Mittleren Westen und anwaltlicher Förmlichkeit trug den Sieg davon; als sie noch zehn Schritte voneinander entfernt waren, streckte er bereits die rechte Hand aus. Er war silberblond mit rötlicher Gesichtsfarbe, korpulent und trug Anzug und Krawatte, obwohl er allein in einem Farmhaus arbeitete. »Wie behandelt Princeton dich?«, fragte er. Was als vollkommen normaler Gesprächseinstieg hätte durchgehen können, hörte Sophia als seine Formulierung für *Schau mal, Kleine, trotz allem, was passiert ist, lebst du doch in gesicherten Verhältnissen.*

»Gut«, antwortete sie und schüttelte ihm die Hand, »und wie behandelt dich der Nachlass?« Eine etwas bissige Antwort, die er mit einem gezwungenen Lächeln hinnahm.

»Er ist eine unerschöpfliche Quelle von Aufgaben. In dieser Hinsicht vermutlich mit der Arbeit eines Farmers vergleichbar.«

Sie lösten ihren Händedruck und betrachteten einander noch einen Moment. Sophia fand es unmöglich, ihn zu hassen. »Das ist ja eine angenehme Überraschung«, sagte Pete. »Einige deiner … Cousins und was weiß ich noch alles könnten ein paar Hinweise von dir zum besseren Schutz ihrer Privatsphäre brauchen. Ich mache mir Sorgen um sie, wenn sie von zu Hause weg aufs College gehen und die Leute herausfinden, wer sie sind.«

Sophia beschloss, es bei einem Nicken bewenden zu lassen. »Meine Freunde und ich hatten beschlossen, uns auf dem Weg zur Küste das Land anzuschauen. Ich dachte, das Mindeste, was ich tun könnte, wäre, Blumen auf das Grab meiner Großmutter zu legen – und auf das von Alice.«

Da. Sie hatte es gesagt. Der Anwalt ihrer Mutter in Seattle hätte es nicht besser formulieren können.

Pete nickte. »Es wäre mir eine Ehre, dich und deine Freunde dorthin zu fahren. Ihr könnt mir aber auch folgen. Es ist nur knapp zwei Kilometer von hier …«

»Eins Komma neun zwei.«

Etwas verlegen wandte Pete den Blick ab.

»Sehr gern fahren wir mit dir hin«, sagte Sophia.

Pete stieß einen leisen Seufzer aus. Es war ein Seufzer der Erleichterung.

14

Anne-Solenne, Phil, Sophia und Julian wussten alle und hätten jederzeit eingeräumt, dass sie aufgrund ihres Studiums an der Princeton University zu einer weltumspannenden elitären Kaste gehörten. Sie alle würden am Ende Millionen oder Milliarden verdienen, es sei denn, sie trafen die bewusste Entscheidung auszusteigen, und selbst wenn sie einmal zu Drogen konsumierenden, in Armenvierteln hausenden Künstlern würden, hätten sie immer noch ein unsichtbares Sicherheitsnetz unter sich. Daher waren Sophias Freunde fast schon unheimlich höflich zu den Einheimischen, angefangen bei Pete Borglund, und im Laufe des Nachmittags, über Karen, den mexikanisch-amerikanischen Friedhofswärter am Grab, verschiedene weitläufige Verwandte und auf dem Besitz Beschäftigte bis hin zu örtlichen Würdenträgern, die gekommen waren, um hallo zu sagen und sie auf einer Tour durchs Haus und zu der Senke an dem Bach zu begleiten, in der die Forthrast-Jungen mit echter Munition Cowboy und Indianer gespielt hatten.

Schließlich wurden die Besucher zu einem durchaus ironiefrei gemeinten Abendessen in einem Applebee's eingeladen. Am Tisch – genau genommen zwei zusammengeschobenen Tischen – ergab sich eine geschlechterspezifische Aufteilung. Sophia sah sie kommen, so wie der Pharao das Rote Meer sich teilen sah, vermochte sie aber nicht aufzuhalten. So erweckte sie zwar einigermaßen glaubhaft den Eindruck, sich für Frauenthemen zu interessieren, saß aber nah genug am Tischende der Männer, um eine Quasibeteiligte an deren Gespräch zu sein. Pete stellte ein paar Fragen, deren Antworten er offensichtlich nicht kannte, aber er tat das nicht in Verhörmanier, sondern einfach aus Neugier. Sie waren alle merkwürdig dankbar dafür, in Gegenwart von jemandem zu sein, der bereit war, sich zu exponieren. Phil und Julian tauten auf, und so bekam Pete eine allgemeine Vorstellung vermittelt, warum die vier sich hier in einem Applebee's im Nordwesten Iowas wiederfanden. Der offizielle Zweck der Reise bestand darin, Sophia in Seattle abzusetzen und dann einen Schwenk an der Küste entlang nach San Francisco zu machen, wo Anne-Solenne ein Praktikum in Aussicht hatte. Von dort würde Julian nach L.A. weiterziehen, und Phil würde nach New York zurückfliegen, um den Sommer über Programme für Hedgefonds an der Wall Street zu schreiben.

Auf diese Weise über den groben Plan der vier unterrichtet begann Pete Fragen von Phil und Julian darüber zu beantworten, wie die Dinge in diesem Teil der Welt funktionierten. Die Besucher waren inzwischen völlig verwirrt. Sie hatten kaum Zeit gehabt, ihren Schock über das fast sechzig Meter hohe – von dem Applebee's aus deutlich sichtbare – flammende Kreuz der Levitikaner zu verarbeiten, als sie sich in dieser kleinen und anscheinend stabilen Stadt wiederfanden, die zwar weit von Iowa City entfernt, aber eindeutig eine Demokraten-Enklave darstellte. Sie war vollständig von Ameristan umgeben, aber bewohnt von Leuten wie Pete, die einen Universitätsabschluss besaßen, Fragen stellten und normale und verantwortungsvolle Editstreams abonniert zu haben schienen. Pete versuchte das zu erklären. »Leute wie die da«, sagte er und deutete mit dem Kinn in Richtung des Levitikanerkreuzes, »behaupten, von bestimmten Dingen überzeugt zu sein. Wenn man allerdings nur einen Moment lang nach logischen Mängeln und Widersprüchen sucht, fällt alles auseinander. Das kümmert sie aber nicht.«

»Es kümmert sie nicht, dass ihr Glaubenssystem vollkommen inkohärent ist?«, fragte Phil. Eigentlich ohne zu fragen. Denn das war offensichtlich. Nur um sicherzugehen, dass er Petes Argumentation folgte.

»So ist es.«

»Erklärt eine Menge!«, sagte Julian.

»Sie kommen überraschend weit, ohne mit der Wirklichkeit konfrontiert zu werden«, sagte Pete, »aber wenn am Ende eine Schwangere einen Kaiserschnitt braucht oder jemand sein WLAN nicht zum Laufen bringt oder irgendetwas anderes Derartiges passiert, tja, dann kommt es tatsächlich drauf an, dass man jemanden in der Nähe hat, der einem weiterhelfen kann.«

»Sie haben also Fachärzte und Zahnärzte hier in der Stadt?«, fragte Phil.

»Nein, die sind vor Jahren alle weggezogen, aber wir haben praktische Ärzte, die Patienten helfen können, eine dringende Behandlung per Webcam, einen chirurgischen Eingriff per Telerobotik oder Ähnliches zu bekommen. Männliche und weibliche, da die Levitikaner Frauen nicht von männlichen Ärzten behandeln lassen. Ich könnte noch weitere Beispiele für dasselbe allgemeine Phänomen nennen. Ein gewisser Prozentsatz ihrer Kinder ist schwul. Ein gewisser Prozentsatz besitzt ein intellektuelles oder künstlerisches Naturell. Diese Kinder brauchen einen Ort, an den sie gehen können. Ames und Iowa City sind zu weit weg. So finden sie hierher in die Stadt, beziehen verlassene Häuser und leben ihr Leben. Fragen Sie aber die Typen, die da oben das Kreuz errichten, dann zitieren sie Ihnen, was über homosexuelle Menschen im Buch Levitikus steht. Dabei haben viele von ihnen ein Kind oder einen Neffen oder Cousin, der schwul ist und hier in der Stadt sein eigenes Leben führt.«

»Es ist also eine Übereinkunft. Unausgesprochen.«

Pete nickte. »Sie ist nicht nur unausgesprochen. Es ist so, dass sie nicht ausgesprochen werden *kann*.«

Auf Petes Einladung hin übernachteten sie schließlich im Farmhaus, jeweils zu zweit in den oberen Schlafzimmern. Diese trugen noch schwache Spuren von zahllosen Neumöblierungen, Neuverkabelungen, Neuverlegungen von Teppichboden und Neutapezierungen. Die jüngste Welle hatte anscheinend zum Ziel gehabt, das Haus in einen als unverfälscht empfundenen historischen Zustand zu bringen: wieder freigelegte und endbehandelte Hartholzböden, von sämtlichen Farbschichten befreite schwere Türrahmen, unter Lagen alter Tapeten zum Vorschein gekommener Originalrosshaarputz, Leuchtkörper und Türgriffe, die entweder einen Großteil des Jahrhunderts auf einem Heuboden gestapelt verbracht hatten oder in mühevoller Kleinarbeit so gefertigt worden waren, dass sie entsprechend aussahen. Sophia besaß weder die Begabungen noch das Fingerspitzengefühl einer Dekorateurin, aber sie beherrschte ihre Kritische Theorie, und als sie in dem eisernen Stockbett – jetzt aufgewertet durch eine extrafeste Gomer-Bolstrood-Matratze, auf der vermutlich nicht mehr als ein halbes Dutzend Mal geschlafen worden war – wach lag, wunderte sie sich über die Auffassung, nach der diese spezielle Ära in der Geschichte des Hauses irgendwie als Richtschnur galt: der logische Endzustand, in den es wieder zurückversetzt und in dem es dann mithilfe des mangelhaften Instruments von Richard Forthrasts Testament konserviert werden sollte. Zwischen dem Zeitpunkt, als es zum ersten Mal so ausgesehen hatte, und dem vor ein paar Jahren, als es wieder in diesen Zustand gebracht worden war, hatte es wer weiß wie viele Zwischenphasen der Innenausstattung erlebt. Und fast alle hatten zum Ziel gehabt, den schlichten, schmucklosen, rustikalen Charakter zu überdecken – buchstäblich zu übertünchen –, der jetzt unter hohem Kostenaufwand wiederhergestellt worden war. Vermutlich hatten diese Dekorateurinnen – verschiedene Generationen von Forthrast-Müttern – ihn als peinlich empfunden und sich bemüht, ihn aus ihrem sichtbaren Umfeld zu tilgen, dabei aber so wenig Geld auszugeben wie möglich.

Als Karen – Petes Frau und jetzige Schlossherrin – ihnen auf dem Heimweg vom Applebee's Betten zugeordnet hatte, war sie naturgemäß und vernünftigerweise davon ausgegangen, dass Sophia in Patricias ehemaligem Schlafzimmer würde übernachten wollen. Patricia war das einzige Mädchen in der Generation gewesen, zu der außer ihr Alice' Ehemann John, Sophias Onkel Richard und Jake, der Nachzügler, der als Einziger noch lebte, gehört hatten. Logischerweise waren John und Dodge damals in ein Zimmer gekommen, damit Patricia ihr eigenes haben konnte: eine kleine gemütliche Mansarde mit schrägen Wänden im zweiten Stock. Nachdem sie das Erwachsenenalter erreicht, geheiratet und festgestellt hatte, dass sie unfruchtbar war, hatten sie und ihr nichtsnutziger Ehemann Zula – Sophias Mutter – aus Eritrea adoptiert. Der Ehemann hatte sich davongemacht und fand keine Erwähnung mehr. Patricia hatte dann bei einem tragischen Unfall einen frühen Tod gefunden. Zula war von John und Alice großgezogen worden, und Richard als cooler, unangepasster Lieblingsonkel hatte sich immer irgendwo in der Nähe herumgetrieben. Schließlich war Zula als Mitarbeiterin in Richards Firma in Seattle gelandet. Seitdem hatten sie sich nahegestanden. Folglich war Richard, als Sophia noch klein war, ihr Onkel/Großvater gewesen. Sie erinnerte sich noch daran, wie sie auf seinem Schoß gesessen und er ihr Bücher vorgelesen hatte. Vor drei Jahren hatte sie beim Packen für ihren Umzug nach Princeton die zerfledderten Ausgaben von D'Aulaires griechischer und nordischer Mythologie wiedergefunden, die er ihr kurz vor seinem viel zu frühen Tod geschenkt hatte. Zwischen den Seiten der griechischen Mythologie war sie auf ein immer noch leicht rötliches getrocknetes Ahornblatt gestoßen und hatte von ihrem Vater Csongor zum wiederholten Mal erzählt bekommen, dass Richard es nur Minuten vor dem medizinischen Eingriff, bei dem er gestorben war, da hineingeschoben hatte. Dann waren sie damit in ein Geschäft für Künstlerbedarf gegangen, um es unter Glas rahmen zu lassen, und Sophia hatte es noch immer bei ihren Sachen. Soweit sie sich selbst als Teil eines erweiterten Forthrast-Clans verstand, ging es für sie nur um Richard und um ihre Sehnsucht – die nie befriedigt werden und nie aufhören würde – nach der Beziehung, die sie vielleicht zu ihm gehabt hätte.

Und so hatte sie darum gebeten, dass Karen Borglund sie und damit auch Phil in dem Zimmer unterbrachte, das Richard und John sich einst geteilt hatten. Karen – die sich bereit erklärt hatte zu fahren, denn Pete hatte sich zwei Flaschen Miller lite gegönnt – hatte Sophia im Rückspiegel des SUV einen amüsierten, wissenden Blick zugeworfen. »Dieses Zimmer hat noch die Originalstockbetten«, warnte sie mit einer kaum merklichen Augenbewegung zu Phil.

»Das kriegen wir schon hin, danke«, sagte Sophia. »Hat Richard oben oder unten geschlafen?«

»Nach dem Graffito zu urteilen, das in die Unterseite des oberen Bettes geschnitzt wurde, hat er unten geschlafen.«

»Wie es sich für den jüngeren Bruder gehört«, ließ sich Pete so spitzbübisch vernehmen, wie es einem dicklichen Fachanwalt für Erbrecht aus Iowa mit schwedischen Wurzeln möglich war.

»Ist das Graffito noch da?«, fragte Sophia.

Karen hielt einen Moment inne, ehe sie antwortete, und lief im Nacken rot an. »Nein«, gab sie zu, »es war auf einer – wie nennt ihr diese Platten?«

»Holzfaserplatte, Liebes«, sagte Pete.

»Und die lag auf dem …«

»… Lattenrost.«

»… und trug die Matratze. Aus reinem Schaumstoff. Das ganze Ding hing mit der Zeit durch. Ich glaube, wir haben es zur Mülldeponie gebracht. Ich kann Manuel hinschicken, es zu suchen.«

»Kein Problem«, sagte Sophia, »ich war nur neugierig.« Zuvor hatte ihre Stimme etwas zu viel Eifer verraten, den sie jetzt zurückzunehmen versuchte.

»Die Namen von Mädchen«, ließ Pete sie wissen. »Wie man mir sagte, verliebte er sich heftig in gewisse junge Damen, und dann gab es aus dem einen oder anderen Grund eine Trennung, aber sie beschäftigten ihn noch lange danach. Er hatte tiefe Gefühle, zeigte sie aber nicht immer, dein Onkel Richard.«

Nachdem Sophia eine Weile in dem unteren Bett wach gelegen und den Lattenrost über ihr knarren gehört hatte, solange Phil noch die richtige Einschlafposition suchte, streckte sie die Hand über die Bettkante hinaus, tastete nach ihrer Schultertasche und fand die kleine Taschenlampe, die sie in einem Außentäschchen aufbewahrte. Während sie sich auf den Rücken drehte, knipste sie die Lampe an und ließ den Lichtstrahl über die leere Sperrholzplatte wandern, die die durchgehangene Holzfaserplatte ersetzt hatte. Darauf gab es natürlich nichts anderes als eine Lackschicht. Der Lattenrost selbst trug Überreste eingeritzter Wörter, die jedoch überstrichen worden waren. Sämtliche Spuren von Richard und übrigens auch von Patricia oder John oder irgendjemandem sonst in dem Haus waren getilgt worden. In Karens ernsthaftem Bemühen, das Haus historisch zu gestalten, war seine ganze Geschichte ausradiert worden.

Später stand Sophia auf und tappte aus dem Zimmer. Zu Karens Beschämung war das Hauptbadezimmer – ursprünglich das einzige Bad im Haus – nicht benutzbar, da gerade neue Wasserleitungen verlegt wurden. So mussten die Besucher mit einer Art billig ausgestattetem Minibadezimmer vorliebnehmen, das der Vater von John, Richard, Patricia und Jake in einen keilartigen Freiraum unter der Mansardentreppe gequetscht hatte, um mit einer vernünftigen statistischen Wahrscheinlichkeit in der Lage zu sein, in aller Ruhe aufs Klo zu gehen. Es zu betreten war wie eine Zeitreise ins Jahr 1970. Seine in Herbsttönen gehaltene

Ablagefläche aus Resopal mit Gänseblümchenmuster, seine Op-Art-Tapete, selbst seine Duschhähne stammten direkt aus einem Sears-Roebuck-Katalog der Nixon-Ära. Sophia machte es sich auf dem gepolsterten Sitz der beigefarbenen Toilette bequem und sinnierte, dass vermutlich hier Onkel Richard zum letzten Mal gepinkelt hatte, bevor er 1972 zur Tür hinausging und sich, um der Einberufung zu entgehen, auf den Weg nach Kanada machte. Wobei er natürlich gestanden haben dürfte. Beim Hinsetzen war ihr Blick durch die offene Tür der Duschkabine gefallen. Deren Wände waren in einer Art Zufallsmuster mit zweieinhalb Quadratzentimeter großen Fliesen bedeckt. Den Boden schmückten selbstklebende Gänseblümchen aus einem rutschfesten, griffigen Kunststoff, die verhindern sollten, dass man ausglitt und hinfiel. Sechzig Jahre waren sie jetzt schon da, immer still darauf wartend, die ihnen zugedachte Aufgabe zu erfüllen. Die Farben waren wohl verblichen – es waren Gänseblümchen, wie sie von einem jener LSD konsumierenden Hippiekünstler, die Albumcover für die Beatles oder so etwas entworfen hatten, uminterpretiert und geometrisch abstrahiert worden waren. Aufgrund eines faszinierenden Vorgangs der ästhetischen Perkolation waren sie ausgerechnet *hier* gelandet. Die Farben waren jetzt pastellig, aber Sophia vermutete, dass es ursprünglich Grundfarben gewesen waren.

Sie hatte ihre Tasche mitgebracht. In einem der Endfächer war ein klappbares Multitool verstaut – ein Geschenk ihres Onkels Jake zum Studienbeginn. Dieses Detail autorisierte sie gewissermaßen dazu, das zu tun, was sie tat, nachdem sie auf der Toilette fertig war, nämlich auf allen vieren in die Duschkabine zu krabbeln und die Messerklinge unter den Rand eines rutschfesten Gänseblümchens zu schieben – dem am besten erhaltenen Exemplar von allen und dem einzigen von dreien, das noch alle Blütenblätter hatte und außerdem von der Toilette aus nicht unmittelbar zu sehen war, was Sophias Chancen verbesserte, unbemerkt davonzukommen. Mit aus Schlaflosigkeit geborener Vorsicht und Geduld löste sie die Blütenblätter eins nach dem anderen ab, womit sie entsprechend geformte Fiberglasbereiche freilegte, die seit dem Vietnamkrieg kein Licht mehr gesehen hatten. Dann hebelte sie die kreisrunde Mitte los. Schließlich lag das Gänseblümchen in ihrer Handfläche, und Sophia betrachtete es entzückt; es war von einer an Forthrast-Biomasse reichen, etwas schmierigen Schicht überzogen und roch leicht nach Reinigungsmittel. Der Rest von Onkel Richards DNA mochte von dem Ionenstrahlscanner auf Wasserdampf und Luft reduziert worden sein, aber in den rutschfesten Poren dieses Gegenstands befanden sich vielleicht noch Spuren davon. Sophia bezweifelte, dass sie ihn je zur Gewinnung genetischen Materials verwenden würde, aber ganz sicher stellte er ein schönes Andenken dar.

15

»Nette Leute, aber es war schon ganz schön seltsam dort«, äußerte Phil am nächsten Morgen, als sich die Stadt im Rückspiegel des Land Cruisers langsam entfernte. Er hatte mit Anne-Solenne den Platz getauscht und saß jetzt vorn, um den Pick-up von Tom und Kevin besser im Auge zu haben. In der Nacht hatten die beiden die Stahltruhe auf der Ladefläche geöffnet, das Maschinengewehr herausgeholt und es auf den Dreifuß montiert. Solange die Karawane die Stadt noch nicht verlassen hatte, hielten sie es unter einer blauen Plane verborgen; dann scherten sie aus und hielten so lange auf dem Randstreifen, bis Kevin herausgesprungen war, die Plane weggezogen und sich auf die Stahltruhe gesetzt hatte. Einstweilen war der Lauf noch senkrecht nach oben gerichtet, und Kevin hatte die Hände nicht am Abzug. Der Zweck des Ganzen bestand anscheinend nur darin, jedem in ihrer Umgebung klarzumachen, dass sie ein schwieriges Ziel waren.

»Mmm«, antwortete Sophia.

»Ist das ein passender Moment, um über die Feinheiten des Erbrechts zu sprechen?«, fragte Anne-Solenne, während sie sich nach hinten drehte, um einen bedeutungsvollen Blick durchs Rückfenster zu werfen. Nur zwei Autolängen hinter ihnen tauchte Petes SUV auf. Pete saß am Steuer. Die meisten übrigen Plätze waren mit Männern besetzt – einer Mischung aus erweiterter Familie und Hausangestellten –, die ganz offen zahlreiche Lang-

und Kurzwaffen bei sich hatten. »Einfach damit ich ein ungefähres Verständnis dieser Seltsamkeit bekomme. Diese Leute sind nämlich supernett und alles, aber ich merke, dass du da über ein Minenfeld läufst.«

»Nach Stämmen«, sagte Sophia und wiederholte es noch einmal deutlicher. »Schaut es nach. Lest es und weint. Wer schnell damit fertig ist, könnte sich vielleicht noch einmal mit der Handlung von *Bleak House* vertraut machen.«

»Nach Stämmen« erwies sich als ein Fachbegriff, der beim Verfassen von Testamenten benutzt wurde. Er bezeichnete im Wesentlichen ein System für die Aufteilung einer Erbmasse, bei dem das Geld gleichmäßig zwischen Geschwistern (oder jedenfalls Menschen in derselben Generation einer Familie) aufgeteilt wurde.

»Habt ihr's verstanden?«, fragte Sophia, nachdem sie ihnen etwas Zeit – ein Stück Iowa von ungefähr acht Kilometern Länge – gelassen hatte, um es zu verdauen. »Richards Testament besagte im Grunde genommen: ›Gründet zwei Dinge: eine Stiftung und einen Trust. Steckt einen Teil meines Geldes in die Stiftung und verwendet es für coole Sachen. Den Rest steckt in den Trust, der meiner erweiterten Familie ein Sicherheitsnetz bieten soll – damit ich nicht Großneffen habe, die sich den Besuch der Universität oder medizinische Versorgung oder was auch immer nicht leisten können. Gestaltet den Trust so, dass das Geld nach Stämmen unter den Mitgliedern meiner Generation verteilt wird.‹ Dieses Testament hat er unterzeichnet und anschließend vergessen. So weit, so gut. Nach und nach wurde er aber viel reicher, als er es sich je ausgemalt hatte. Der Geldbetrag, der dazu bestimmt war, in den Trust zu fließen, überstieg bei Weitem die Summe, die nur für ein Sicherheitsnetz eventuell nötig gewesen wäre. Für alle, die Richard einen Bruder, Onkel oder Großonkel nennen konnten, sah es allmählich nach einer Fahrkarte in ein angenehmes Leben aus.«

»Wurde der Betrag denn nicht gedeckelt?«, fragte Phil.

»Hätte sollen. Wurde aber nicht. Einer der vielen sprachlichen Mängel.«

»Und ich nehme an, er kam nie dazu, das Testament zu aktualisieren?«, fragte Anne-Solenne.

»War nicht seine Art.«

»Haben die Leute sich dann gewissermaßen schon die Lippen geleckt und darauf gewartet, dass er ins Gras beißt?«

»Nein, eigentlich nicht. Er hätte ja noch Jahrzehnte länger leben sollen. Und außerdem wusste sowieso niemand, was in dem Testament stand, bis Corvus es schließlich gelesen hatte.«

»Corvallis Kawasaki«, erklärte Phil. Wenigstens das hatte er dank seiner Beziehung zu Sophia erfahren.

»Im Ernst?«, fragte Julian. »Corvallis Kawasaki ist sozusagen euer Familienfaktotum?«

Sophia fing seinen Blick auf und hatte das Gefühl, dass er sie in neuem Licht betrachtete. Er hob beide Hände, Handflächen nach oben, und machte eine Salaam-Geste, jedenfalls so gut es angeschnallt ging. Einen Moment lang stellte Sophia sich mit ironischem Grinsen vor, wie C-plus reagieren würde, wenn er hörte, dass jemand ihn ein Faktotum nannte.

»Gut«, sagte Phil, begierig auf Drama. »C-plus liest also das Testament und fängt an zu rechnen. Die bevorstehende Gründung des Trusts spricht sich herum.«

»Die Gründung *durch ihn persönlich*, denn er entpuppte sich als ›persönlicher Vertreter‹ oder wie sie den Testamentsvollstrecker zu nennen pflegten«, sagte Sophia. »Und C-plus war verpflichtet, den Formulierungen im Testament zu folgen. ›Nach Stämmen‹ bedeutete, dass das Geld aus dem Trust gleichmäßig unter Richards Geschwistern – oder, falls ein Geschwister bereits gestorben war, unter dessen Erben – aufgeteilt werden sollte. So. Ein Drittel würde demnach John und Alice zufallen, ein Drittel Patricia und ein Drittel Jake. Das war jedenfalls seine Absicht, als er das Testament unterzeichnete.«

»Aber Patricia war bereits tot?«, fragte Anne-Solenne.

Sophia nickte. »Patricia – die Adoptivmutter meiner Mom – war schon tot.«

»Also hätte ihr Drittel an Zula, deine Mom, Patricias Erbin, gehen sollen?«

»Hätte sollen. Tat es aber nicht. Weil John und Alice meine Mom rechtskräftig adoptiert hatten. Und laut Gesetz kannst du, wenn du von neuen Eltern adoptiert wirst, nicht mehr die vorherigen beerben. Das Geld aus dem Trust wurde also durch zwei statt durch drei geteilt. Jake bekam die eine Hälfte. Alice – John war zu dem Zeitpunkt schon tot – die andere. Dann traf sie die Entscheidung, ihren Anteil des Trusts aufzusplitten, nicht unter ihren vier Kindern – oder fünf, wenn man Zula mitzählt –, sondern unter *deren* Kindern, und das sind jetzt insgesamt dreizehn. So blieb mir also am Ende ein Dreizehntel von einer Hälfte des Geldes.«

»Statt eines Drittels«, sagte Julian.

»Des Drittels, das Richard dir vermutlich zugedacht hatte«, fügte Anne-Solenne hinzu.

»Vermutlich ging er davon aus, dass *meine Mom* das eine Drittel bekommen würde«, sagte Sophia. »Ich war damals noch gar nicht geboren. Aber ja. Das ist im Wesentlichen die Geschichte.«

Ein neuer Gedanke war Julian durch den Kopf gegangen. »Ist auf diese Weise bei C-plus und Maeve das Interesse an PURDAH und VEILs entstanden? Wegen des ganzen Ärgers über dieses eine Papierdokument?«

Sophia schüttelte den Kopf. »Ich würde sagen, nein. Das war ja alles nach dem Blockchain-Wahn und den ganzen Problemen mit der Anonymität und Privatsphäre im alten Internet.«

»Mmm«, sagte Julian und klang ihr gegenüber leicht passiv-aggressiv.

»Nein, im Ernst«, beharrte sie. »Noch einmal, es hat mit der Sprache des Testaments zu tun. Eins der erklärten Ziele der Stiftung bestand darin, Anwendungen für Spieletechnologie außerhalb dessen zu erarbeiten, was gemeinhin als die Spiele-Industrie galt. Und soziale Probleme im Zusammenhang mit Spielen in Angriff zu nehmen. Und ein heißes Thema in jenen Tagen, noch vor dem Fall, war, dass Frauen in der Spiele-Industrie häufig unverhohlener Belästigung ausgesetzt waren. Und selbst wenn sie nicht direkt belästigt wurden, nahmen die Gamer-Bros ihre Beiträge einfach nicht ernst.«

»Verstanden«, sagte Anne-Solenne. »PURDAH war eine Möglichkeit, das zu umgehen – er konnte zur Signierung verwendet werden, wenn Einzelne oder Teams Code schrieben.«

»Code, der dann ausschließlich nach seiner Qualität beurteilt werden würde – so wie bei jeder Klassenarbeit oder Stellenbewerbung, die wir je abgegeben haben«, sagte Sophia.

Phil schwieg schon seit einer Weile, denn er hatte im Kopf gerechnet. »Die Differenz zwischen einem Drittel und einem Sechsundzwanzigstel ist eine Zahl mit einer Menge Nullen«, sagte er.

»Ja«, sagte Sophia. Sie starrte aus dem Fenster. Ein Lächeln huschte über ihr Gesicht. »Und schaut mal. Es ist doch so: In Princeton reden wir viel von Privilegiertheit, stimmt's? Nun, in Wahrheit war Richard so reich und die Summe, die fälschlicherweise in den Trust floss, so hoch, dass sogar ein Sechsundzwanzigstel davon – mein Anteil – noch gewaltig ist. Ich werde nie arbeiten müssen. Seinetwegen bin ich unglaublich privilegiert. Diese Nullen, von denen Phil gesprochen hat, sind mehr oder weniger bedeutungslos. Auch so ist es eine riesige Zahl.«

»Was ist mit der Stiftung?«, fragte Phil.

»Vollkommen von dem Trust getrennt«, sagte Sophia.

»Deine Mutter leitet sie«, erinnerte sie Julian.

»Der ausgleichende Aspekt an dem Testament«, sagte Sophia, »war, dass es John zum Geschäftsführer der Stiftung ernannte. Wenn er tot und meine Mom zu dem Zeitpunkt alt genug wäre, dann sollte sie Geschäftsführerin werden. Er war es. Sie wurde es. Seit fünfzehn Jahren leitet sie die Forthrast-Familienstiftung. Sie bezieht ein Gehalt. Nichts Großartiges. Es gibt alle möglichen Vorschriften mit Blick auf Interessenkonflikte und so weiter.«

»Welche Auswirkungen hat das auf deinen kleinen Plan?«, fragte Anne-Solenne.

»Du meinst, meinen kleinen Plan, den Sommer über bei der Forthrast-Familienstiftung zu arbeiten?«

»Ja. Ist das nicht so ein Interessenkonflikt?«

»So wie ich's mache, nicht.«

16

Tom schaltete seine Warnblinkanlage ein und ließ den Taktischen (wie sie den Pick-up mit dem Maschinengewehr inzwischen nannten) im Leerlauf auf dem Randstreifen auslaufen, genau auf der Kuppe einer leichten Erhebung. Die Topografie war hier eher sanft, aber eine lange Reihe von Windrädern, die ungefähr in Nord-Süd-Richtung verlief, deutete auf irgendeine Kammlinie hin. Die Landkarten in ihren Brillen gaben ihnen einen Hinweis darauf, was da los war, und die Bestätigung erhielten sie, als sie aus dem Land Cruiser ausstiegen und zu der Stelle hinaufgingen, wo Tom und Kevin parkten. Von dort aus hatte man nach Westen einen Ausblick über das Tal des Missouri River, der diesen Teil des Staates von Nebraska im Westen trennte.

Der SUV hatte hinter ihnen angehalten. Ursprünglich auf eine klotzige, massige SUVsche Weise glänzend und gepflegt war er jetzt ein vollgepacktes Lasttier mit zwei am Dachgepäckträger festgezurrten Leitern und einem Kleinanhänger, auf dessen offener Ladefläche sich unter einer Plane Konsumgüter stapelten. Während die meisten seiner Insassen auf ihren klimatisierten Sitzen verharrten, kam Pete auf einen Schwatz heraus. Er trug ein Holster, das weitgehend in seiner Khakihose verschwand, jedoch oberhalb der Taille den Griff einer halbautomatischen Pistole herausschauen ließ. Im Näherkommen bemerkte er Sophias Blick darauf. »Das ist wie ein Käsehut«, erklärte er.

»Was?«

»Die Fans der Packers tragen große alberne Hüte, die wie Käseecken aussehen. Warum? Um Verbundenheit zu zeigen. Das alles« – er machte eine vage Handbewegung in Richtung des Maschinengewehrs auf der Ladefläche des Taktischen und tätschelte dann den Griff seiner Pistole – »dient dazu, jedem, der von einer Drohne aus auf uns herabsieht, anzuzeigen, dass wir seine Sprache sprechen.«

»Dass ihr Mitglieder seines Stammes seid.«

»So weit würde ich nicht gehen, aber es ist eine Art zu sagen, dass man a) mit uns reden kann und b) sich besser nicht mit uns anlegen sollte.«

»Es ist also … entwaffnend, bewaffnet zu sein?«

»Ganz genau.«

Kevin hatte auf das von ihrer Drohne gesendete Material gestarrt, während Tom den Himmel um sie herum nach Drohnen anderer Leute abgesucht hatte. Eine davon fixierte er gerade. Sie war zu klein und zu weit entfernt, als dass man sie mit bloßem Auge hätte erkennen können. Anscheinend verfügte seine Brille jedoch über eine erweiterte Funktion, die es ihm ermöglichte, ihre Existenz wahrzunehmen und sie in gewisser Weise zu »sehen«.

Er schob sie nach oben auf seine umgedreht aufgesetzte Baseballkappe und wandte sich Pete zu. »Wie sieht's aus, Chef?«

Mikroaggression. Sophia hatte Tom und Kevin angeheuert, um sicheres Geleit nach Sioux City zu haben, doch kaum war ein mittelalter weißer Kerl auf der Bildfläche erschienen, war plötzlich er der »Chef«. Sophia wollte schon etwas sagen, als sie merkte, dass Pete mit ironischer Miene ihr Gesicht betrachtete. Beschwichtigend hob er die Hand. »Ich war so frei, diese Burschen für den Extrajob, der gemacht werden muss, zu engagieren«, erklärte er.

»Okay«, sagte Sophia. »Ich hatte mich schon gefragt, warum du uns in dem Kriegsfahrzeug folgst. Hatte angenommen, du wärst einfach über die familiären Pflichten hinaus höflich.«

»Wir versuchen tatsächlich, größtmögliche Höflichkeit an den Tag zu legen«, sagte Pete.

»Notiert. Gewürdigt.«

»Dann gibt es da aber noch diese andere Geschichte, die sich ereignet hat. Jenseits des Flusses. *Gleich* jenseits des Flusses.«

»Darf ich erfahren, worum es da geht? Ich bin total neugierig.«

Pete wollte offenbar Nein sagen, besann sich aber eines Besseren. »Du könntest über Jake davon erfahren. Ich weiß, du bist auf dem Weg nach Seattle und könntest ihm dort begegnen. Ich möchte nicht, dass du dich ausgeschlossen fühlst. Also, ja. Du darfst erfahren, worum es da geht.« Pete nickte Tom zu, der die Geste erwiderte, und fuhr fort: »Du weißt, dass Jake dieses ONE-Ding hat.«

»Die Organisation für Neue Eschatologie.«

»Ja. Seine gemeinnützige Organisation.« Unausgesprochen ließ Pete – denn Sophia war der letzte Mensch auf Erden, dem das hätte erklärt werden müssen –, dass das gesamte finanzielle Imperium, das Pete mit Alice' Nachlass verwaltete, so riesig es auch war, immer noch nicht an das von Jake beherrschte heranreichte. Dodges Nachlass war hälftig zwischen ihnen aufgeteilt worden. Doch während Pete seine Hälfte im Versorgungs- und Immobiliensektor investiert hatte, steckte Jake sein Geld in merkwürdige, botgesteuerte Anlageinstrumente, die angeblich eine höhere Rendite brachten. Von den Erträgen schien er viel in die gemeinnützige Organisation namens ONE zu stecken, was seine Art war, mit religiösen und spirituellen Dingen umzugehen. Bevor er plötzlich zum Milliardär wurde, hatte er in einer Gemeinschaft im Norden von Idaho gelebt und eine randständige Art von Christentum praktiziert; seitdem hatte er mit allen möglichen Leuten, deren Glaube sich irgendwo auf einer ansteigenden Skala der Merkwürdigkeit befand, Kontakt aufgenommen und gesprochen. Insgesamt hatte man den Eindruck, er würde mit der Zeit normaler, was so weit gut war. Doch die Art, wie Pete gesagt hatte: *Du weißt, dass Jake dieses ONE-Ding hat*, veranlasste Sophia, sich für irgendwelche schrecklich merkwürdigen, skurrilen Neuigkeiten von Jake zu wappnen.

»Ja. Sie unterhalten ein soziales Hilfsprogramm für die Levitikaner, so könnte man es wohl nennen. Er bemüht sich wirklich sehr, nicht das M-Wort zu benutzen.«

»M-Wort?«

»›Missionare‹. Er hat das Gefühl, dass er ein kleines bisschen ihre Sprache spricht, wegen Idaho.«

»Okay.«

»Und jetzt, wo Jake irgendwie aus der Wildnis zurückgekommen ist und ein, wie soll ich sagen, geordneteres und verantwortungsvolleres Leben führt, findet er, dass es für ONE eine legitime Aufgabe wäre, ein gewisses Maß an Kontakt mit einigen der seltsameren Sekten da draußen zu halten. Die Leute um uns herum, selbst die eingefleischten Levitikaner, kommen in die Stadt und lassen sich Zähne ziehen und so was, sodass wir ein gewisses Maß an alltäglichem Kontakt zu ihnen haben. Aber da drüben« – er gestikulierte vage in Richtung Nebraska – »gibt's ein paar richtig Durchgeknallte.«

»Du meinst, durchgeknallt *im Vergleich zu Leuten, die sechzig Meter hohe flammende Kreuze neben dem Applebee's errichten*?«, fragte Sophia.

»Ja«, sagte Pete, ausnahmsweise einmal lakonisch, und ließ in der darauf folgenden Stille Sophias Fantasie Raum, sich zu entfalten. »Ob du es glaubst oder nicht, durch ONE kennt er Leute, die tatsächlich bereit sind, an Orte wie den da drüben zu gehen und mit den Leuten Gespräche zu führen.«

»Oder wenigstens Worte mit ihnen zu wechseln«, sagte Sophia, die Rote Karte im Sinn.

»Die Sache ist nun so«, sagte Pete, »dass sich einer dieser Leute gerade nicht weit entfernt auf der anderen Seite des Flusses aufhält, und Jake hat mich gestern Abend angerufen, um mir zu sagen, dass sie den Kontakt zu dieser Person verloren haben und aufgrund eines Drohnenvideos befürchten, er könnte sich in ernsthaften Schwierigkeiten befinden. Er hat mich gefragt, ob ich mir vorstellen könnte, heute über den Fluss zu fahren und in friedvoller und nachbarschaftlicher Weise zu versuchen, die Sache in Ordnung zu bringen.«

»Du hast die Kontrolle über mehr Geld als das Römische Reich auf seinem Höhepunkt«, erinnerte ihn Sophia.

»Japp.«

»Hast du für so was keine Leute?«

»In Zeiten wie diesen wird aus der Bezeichnung ›Ameristan‹ mehr als nur ein kluges Wortspiel«, sagte Pete. »Denk an Afghanistan oder Pakistan. Wie läuft es da? Sie haben Warlords. Die Warlords sind bedeutende Männer, die nur deswegen respektiert werden, weil sie bedeutende Männer sind. Wenn der bedeutende Mann bei einer Friedensverhandlung auftaucht, ist das eine Geste des Respekts und hilft, die Dinge zu beruhigen. Schickt der bedeutende Mann aber einen Lakaien, dann kann das … den gegenteiligen Effekt haben.«

Pete Borglund, Warlord. Das war eine so bizarre Gegenüberstellung, dass Sophia für einen Moment die Worte fehlten. Er wandte seine Aufmerksamkeit wieder Tom zu. »Wir müssen letztlich ja sowieso nach Sioux City fahren, weil dort die Brücken sind.«

»Wir könnten jemanden bezahlen, der uns übersetzt«, gab Tom zu bedenken.

»Ich habe keine Lust, mich mit diesen Fährleuten abzugeben. Ist mir zu dubios. Ich bin ein Fan von Brücken.«

»Gut. Dann eben Brücken.«

»Für die vier ist das auch eine gute Lösung«, sagte Pete, während er mit dem Kinn auf Sophia und mit einer Handbewegung auf den Land Cruiser deutete. »Sophia und ihre Truppe können euch den LC übergeben und wieder in das Auto steigen, das sie vorausgeschickt haben. Wir können den LC dann als Teil unserer Karawane über den Fluss benutzen.«

Tom nickte. Sophia nicht. Petes Plan war absolut logisch. Aber sie hatte jetzt das Gefühl, dass Leute zu einem Abenteuer aufbrachen, zu dem sie offenbar nicht eingeladen war.

»Wenn es eine Geste des Respekts ist, dass der Warlord selbst erscheint«, sagte sie, »ist es dann nicht noch respektvoller, wenn auch eine Warlady dabei ist?«

Die Warlady bestand auf einem Platztausch mit einem der Lakaien in Petes SUV, der befähigt war, sie hinter dem Steuer des Land Cruisers zu ersetzen. Wie die Unterhaltung in diesem Fahrzeug sich gestaltete, wollte sie gar nicht wissen. Aber hier in Petes SUV ging es um die wilden Stämme jenseits des Flusses und ihre Bräuche.

Die Landstraße, auf der sie nach Westen gefahren waren, stieß auf den Interstate Highway, der am östlichen Ufer des Missouri River einige Kilometer weit nordwärts nach Sioux City führte. Im größten Teil des Landes bedeutete eine Fahrt auf dem Highway, dass man sich auf normalem, friedlichem Territorium befand – die Highways bildeten das Netzwerk, das die realitätsbasierten Knotenpunkte der Gesellschaft miteinander verband. Die Leerstellen dazwischen – die Zwischenräume zwischen den Schnittpunkten, wie Dr. Johnson es formuliert hätte – waren das Reich der Fantasten, die sich von einer berauschenden Mischung aus selbst gemachten Pharmazeutika und halluzinatorischen Memes ernährten.

Menschen waren Biologie. Sie lebten für den Dopaminrausch. Erreichen konnten sie ihn, indem sie entweder die entsprechenden Chemikalien direkt ihrem Körper zuführten oder sich an Clickbaiting-Prozessen beteiligten, die algorithmisch so perfektioniert worden waren, dass sie Gehirne dazu brachten, das Dopamin durch psychologische Alchemie zu erzeugen. Das war kein

Weg zu einem langen Leben oder zu Reichtum, aber es war ein Weg, so unausrottbar zu werden, wie es jetzt die Beifußblättrige Ambrosia war, die in Straßengräben gedieh. Die Leute in diesen Zwischenräumen hatten denselben freien Zugang zum System der Interstate Highways wie die realitätsbasierten Fahrer, die zwischen Omaha und Sioux City pendelten, und so dienten die schnittigen Elektroautos, die unter Autopilot genau am Tempolimit dahinglitten, als Pylone für die rasenden, menschengesteuerten, Äthanol verbrennenden Ungetüme der Ameristanis. Letztere neigten im Großen und Ganzen dazu, das Tempolimit entweder weit zu überschreiten (wenn sie auf den Verkehr achteten) oder zu unterschreiten (wenn sie auf Displays starrten oder sich in den Welten von AR-Brillen verloren hatten), sodass sie sich entweder im Slalomkurs um die Smart-Cars schlängelten oder den Algorithmen der Letzteren ein hartes Stück Arbeit aufgaben, indem sie sie zum Bremsen und zum Suchen von Wegen um abgelenkte Trödler herum nötigten. Ihre kleine Warlord-Karawane war weder das eine noch das andere; sie war menschengesteuert, aber von Menschen, die wirklich gute Fahrer waren.

Einen Taktischen auf einer Interstate zu sehen war nicht normal. Die übliche Vorgehensweise hätte darin bestanden, dass Tom und Kevin das Maschinengewehr von dem Dreifuß abmontierten oder wenigstens eine Plane darüberwarfen. Aber in Des Moines hatten sie ausdrücklich gesagt, dass es auf den letzten paar Kilometern ihrer Reise gebraucht werde – den Teil unmittelbar am Missouri River entlang, mit voller Sicht auf Nebraska zur Linken. So blickte Sophia auf dem Beifahrersitz unwillkürlich in diese Richtung, suchte das jenseitige Ufer des großen Flusses ab nach – ja, was? Was konnte da drüben sein, das solche Vorsichtsmaßnahmen notwendig machte? Sie befanden sich immer noch in der ebenen Landschaft des Mittleren Westens, der Fluss strömte größtenteils träge und braun zwischen flachen Ufern dahin, es gab keine dramatischen Schluchten, über die man hätte hinwegblicken können. Meistens konnte sie nichts sehen als Bäume zwischen der Straße und dem Flussufer. Und wenn sie hinüberschauen konnte, sah sie vor allem Wohnwagen, die in Gruppen oder einzeln auf eingezäunten Parzellen auf der gegenüberliegenden Schwemmwiese standen, und Boote unterschiedlichster Art, die auf dem schlammigen Ufer verstreut lagen. So etwas wie ein extrem auseinandergezogener linearer Slum also, der seinen Lebensunterhalt irgendwie vom Fluss bezog. Kähne fuhren darauf wie Autos auf der Interstate: eine Möglichkeit, zwischen wohlhabenderen Orten hin und her zu gelangen.

»Sie wären Flusspiraten, wenn sie waffentechnisch nicht so rettungslos unterlegen wären«, erklärte Pete, der Sophias Interesse bemerkte. »Sie können sich aber immer noch im hohen Gras verkriechen und aus achthundert Meter Entfernung auf den Flussverkehr schießen. Deshalb gibt es eine Übereinkunft. So was wie eine Schutzgeldvereinbarung. Als offensichtlichen Ausgleich kaufen die Fährleute Nippes oder Eier oder rücken einfach Geld raus. Dafür verzichten die Leute da drüben darauf, Hochgeschwindigkeitsprojektile in ihre Richtung zu schießen.«

»Überqueren sie je den Fluss?«

»Wenn sie der Verzweiflung nah sind oder irgendein Meme sie davon überzeugt, dass es eine gute Idee ist. Sie folgen diesen absonderlichen Editstreams. Niemand weiß, woher die kommen. Ich habe mir mal einen angeschaut. Ich dachte, es wäre so ein Verschwörungstheoriekram, aber nicht einmal dafür war er kohärent genug.«

»Hmm. Ja, ich glaube, Verschwörungstheorien sollen ja gerade eine Art falscher Kohärenz bieten.«

»Das stimmt, Sophia, aber was ich da gesehen habe, entsprach nicht einmal dieser Anforderung – ja *wusste* noch nicht einmal etwas von ihr. Es war – na ja, einfach total absonderlich. Ein algorithmisch erzeugtes Sammelsurium von Bildern, Klängen … ohne jeden Sinn. Einfach etwas, das *funktionierte*, ich meine so, dass es den Betrachter dazu veranlasste, sich noch ein bisschen mehr anzuschauen. Sie verwenden Eyetracking, man braucht also nicht einmal zu klicken. Aber gelegentlich wird, wer immer dahintersteckt – wer immer diese Editstreams erzeugt, vorausgesetzt, in dieser Schleife gibt es überhaupt irgendwo einen Menschen –, diesen Leuten irgendetwas in die Köpfe hämmern, und dann können schlimme Dinge passieren.« Pete warf einen flüchtigen Blick auf den Taktischen, als wollte er ergänzen: *Uns aber nicht.*

Sophia bekam jetzt endlich etwas spitz, nämlich dass sie und Pete die ganze Zeit über dieselbe Unterhaltung geführt hatten. Sie wollte ihn bei seinem Ausflug über den Fluss begleiten. Er war prinzipiell dagegen. Doch der Stil des Mittleren Westens war indirekt und passiv-aggressiv. Statt also Nein zu sagen, versuchten er und die anderen Männer im SUV, ihr eine Heidenangst einzujagen. Oder – anders formuliert – dafür zu sorgen, dass sie wusste, worauf sie sich einließ.

Dieser Abschnitt der Fahrt dauerte nicht lange, und schon bald waren sie im Grenzgürtel um Sioux City, wo die Fahrzeuge der Ameristanis allmählich ausscherten, so als ginge von der Stadt ein abstoßendes Kraftfeld aus, das nur sie spüren konnten. Die Karawane machte einen kurzen Umweg über den Parkplatz eines Walmarts, wo Kevin eine blaue Plane über das Maschinengewehr warf, sodass sie durch die Kernstadt fahren konnten, ohne gegen örtliche Normen zu verstoßen. Das gegenüberliegende Flussufer war hier sichtbar, da der Strom eine Reihe von Felsvorsprüngen umfloss. Auf diesen befand sich an Stellen, die Menschen auffielen, wenn sie wie Sophia über den Fluss blickten, die eine oder andere religiöse Stätte. Die Leute dort drüben hatten Kreuze errichtet, einzeln oder in kleinen Gruppen. Keine riesigen wie das flammende Kreuz der Levitikaner, sondern eher folkloristische Erzeugnisse, die aussahen, als wären sie innerhalb von zwei Stunden aus Baumstämmen oder Vierkanthölzern zusammengezimmert worden. Ihre einfachen Linien wurden durch irgendwelches Zeug, das an ihnen hing, gestört und verwischt. Sophia erklärte sich das so: Diese Leute glichen den Levitikanern, die sie am Vortag gesehen hatten, besaßen aber nicht das Geld oder die organisatorischen Fähigkeiten, um erdgasbefeuerte Kreuze aus Baustahl aufzurichten. Also bauten sie sie aus dem, was auch immer sie an Bauholz zusammenkratzen konnten, hüllten sie in Lumpen, die sie mit Benzin tränkten, und verbrannten sie in der Nacht.

Der Verkehr über die Brücke war auf jeweils nur ein Fahrzeug beschränkt, denn ihre Struktur hatte durch Zehntausende von Kugeleinschlägen an Stabilität verloren. Angetrieben von den unerklärlichen algorithmisch erzeugten Memes, die ihre Editstreams beherrschten, kamen die Einheimischen von Zeit zu Zeit am gegenüberliegenden Ufer zusammen, um ein Magazin mit 5,56-Millimeter-Geschossen nach dem anderen in den Unterbau der örtlichen Infrastruktur zu leeren. Wie Pete es formulierte, »glaubten ihre Väter wirklich, dass sie für die Leute in den Städten von so großem Interesse waren, dass diese irgendwann kommen und ihnen ihre Schusswaffen und anderen Besitz wegnehmen würden. Also gaben sie Geld, das sie eigentlich gar nicht besaßen, dafür aus, mehrere Billionen Schuss Munition zu bunkern, und versteckten sich in Erwartung der Eliten, die kommen würden, um ihr Zeug zu beschlagnahmen. Alles völlig sinnlos. Also kommen sie nun manchmal hierher und ›stimmen mit Blei ab‹.«

In manchen Abschnitten der Brücke konnten sie an der Stahlkonstruktion über ihnen kreisförmige Einschlagkrater sehen, die so dicht nebeneinanderlagen, dass sie miteinander verschmolzen und dem Stahl eine handgeschmiedete Patina verliehen, so als hätten Schmiede jeden Quadratzentimeter mit Kugelhämmern bearbeitet. Der meiste Stahl und der größte Schaden befanden sich allerdings unter der Brückenfahrbahn. Jedenfalls hatten die

Behörden auf dieser Seite des Flusses am Fuß der Rampe, die auf die Brücke führte, ein Wachhaus gebaut und dahinter Erde aufgehäuft, um über den Fluss kommende Kugeln aufzuhalten. Dort war ein Mann in einer kugelsicheren Weste postiert, dessen Aufgabe darin bestand, den Verkehr so zu verteilen, dass immer nur ein Fahrzeug auf einmal die Brücke befuhr. Allerdings schien er noch eine zweite Aufgabe zu erfüllen, nämlich die, mit den Insassen jedes Autos zu plaudern und sicherzustellen, dass sie wussten, womit sie es zu tun bekamen, und nicht bloß von Google Maps fürchterlich fehlgeleitete Touristen waren.

Das Auto, von dem sie sich in Des Moines getrennt hatten, hatte sie unten am Flussufer ausfindig gemacht, aber erst nachdem es selbstständig durch eine weitgehend automatische Waschstraße gefahren war und irgendwo seine Batterie aufgeladen hatte, und so war es Julian, Phil und Anne-Solenne jetzt möglich, ihre Reisetaschen in seinen Kofferraum umzuladen und in sein frisch gesaugtes und ausgewischtes Inneres einzusteigen. Auf dem Fahrersitz lag ein Zettel mit einer Nachricht von Achmed, dem Mitarbeiter der Waschanlage, der die als noch nicht automatisierbar erachteten Schritte der professionellen Autowäsche übernommen hatte und sie nun dringend bat, ihm ein Trinkgeld zu gewähren, falls die Qualität seiner Arbeit die Erwartungen übertroffen hatte. Phil erledigte das, indem er auf die Nachricht starrte und etwas murmelte. Die anderen stiegen ein und richteten erwartungsvoll den Blick auf Sophia, die ihnen nun die Neuigkeit beibrachte.

Sie hatten keine genaue Vorstellung von ihrem Ziel, als sie, ein Fahrzeug nach dem anderen, über die Brücke fuhren und auf der anderen Seite warteten, dass die Karawane sich wieder versammelte. Der Taktische war zuerst dran, und Kevin nutzte die Wartezeit, um sich mit Flakweste und Helm auszurüsten.

Sie warteten. Von zwei von Petes Lakaien flankiert schlenderte

Sophia durch eine Art Freiluftbasar, der sich um die westliche Brückenauffahrt gebildet hatte. Er umfasste rund ein halbes Dutzend ganz offensichtlich nicht mehr fahrtüchtige Wohnmobile, geschmückt mit Vordächern aus blauer Plane, die gegen Präriewinde mithilfe von Spannseilen an betongefüllten Reifen festgezurrt waren. Kugelsichere Platten bedeckten, mit kleinen Felsbrocken und Schlackenbetonsteinen beschwert, die Dächer oder lehnten an Flächen, die nach Osten zeigten. Auf Klapptischen aus Kunststoff hatten Verkäufer eine Auswahl an Gütern ausgelegt, die auf der Ostseite des Flusses produziert worden waren: Windeln, Haushaltswaren, Snacks, Motoröl. Der Handel schien nur in eine Richtung zu verlaufen; nichts von dem, was in Ameristan hergestellt wurde, stieß außerhalb davon auf Nachfrage. Zula, Sophias Mutter, hatte einmal über die Art gesprochen, wie Farmer im Mittleren Westen sich über Generationen hinweg selbst an den Bettelstab gebracht hatten, indem sie Handelsware produzierten. Sie und Jake hatten sich zu ein paar Geschäftsvorhaben zusammengetan, die darauf abzielten, eigenständige lokale Marken zu kreieren, die wie etwa die verschiedenen Käsesorten in Frankreich in Lebensmittelgeschäften an der Küste höhere Preise erzielen könnten: durch die Herstellung von Pancetta statt Bacon und so weiter. Aber Chemie war Chemie. Alkohol war Alkohol, Maissirup war Maissirup und so weiter. Daher war wirtschaftliche Konkurrenz hier ein Krieg aller gegen alle, und die einzigen Gewinner waren Menschen in Städten, die das Zeug für möglichst wenig Geld kaufen wollten.

Viele Leute hier verwendeten offenbar irgendwelche Apps zur frühzeitigen Entdeckung von Drohnen, denn wenn eine angeflogen kam – was alle paar Minuten passierte –, drehten sie sich, lange bevor Sophia die Drohne hören oder sehen konnte, in die entsprechende Richtung. Brillen konnten das nicht von allein bewerkstelligen, sodass die Apps wohl mit anderen Drohnen verbunden sein mussten, deren einziger Zweck im Aufspüren von

Drohnen bestand. Die meisten von ihnen waren leistungsstarke Frachtdrohnen, die in der Lage waren, ein paar Einkaufstaschen zu befördern, und anscheinend losgeschickt worden waren, um Bestellungen auf dem Basar abzuholen. Doch eine halbe Stunde nachdem die Karawane die Brücke passiert hatte, kam eine kleinere geflogen, drehte rasch zwei Runden über dem Gebiet und landete dann auf der Motorhaube von Petes SUV. An ihr war mit Kabelbindern ein Handy befestigt, wie es zur Zeit von Sophias Geburt allgegenwärtig gewesen war. Pete klappte ein Multifunktionswerkzeug auf und schnitt es los, worauf die Drohne davonflog. Im selben Moment kam ein Anruf, und Pete begann, während er zuhörte, zu nicken und auf eine Weise mit seiner freien Hand zu wedeln, die alle in Bewegung setzte. Weitere Flakwesten und Helme wurden aus dem Kofferraum des SUV geholt.

»Diese Vorsichtsmaßnahmen kommen mir zugleich übertrieben und untertrieben vor«, bemerkte Sophia, während sie sich eine der Westen überzog. »Ich meine, das ist super, solange jemand bloß mit einem Gewehr auf uns schießt. Aber was ist mit Sprengfallen? Mörsern?«

»Die würden uns ausradieren«, sagte Eric, ihr Cousin zweiten Grades. Er studierte Raumfahrttechnik an der Iowa State und war den Sommer über zu Hause.

»Ja …?« Sie kletterte auf einen Sitz in der zweiten Reihe des SUV.

»Die Drohnen- und Satellitenabdeckung reicht aus, um uns vor jeglichem Unfug mit Sprengfallen zu warnen. Und Artillerie haben die einfach nicht, abgesehen von irgendwelchem selbst gebastelten Kram.«

»Das ist kein richtiges Militär«, sagte ihr Großonkel Bob und drehte sich auf dem Beifahrersitz, wo er als bewaffneter Begleiter fungierte, nach hinten um. »Wenn du eine *echte* militärische Truppe aufstellen würdest, würdest du eins *nicht* tun: Du würdest nicht jedem einzelnen Mann seine eigene Sammlung von siebenundfünfzig verschiedenen Handfeuerwaffen mit unendlich viel Munition aushändigen *und sonst nichts.*«

»Verstehe«, sagte Sophia.

»Haltet mal die Luft an«, sagte Pete und ließ sich neben Sophia auf dem Platz nieder, der, wie sie vermutete, die offiziell anerkannte Warlord-Position war: mittlere Reihe rechts. Er war im Gespräch mit jemand Wichtigem und wünschte sich etwas mehr Ernst. So wurde es still in dem Fahrzeug, abgesehen von Petes sporadischen Äußerungen als Reaktion auf blecherne Schallabsonderungen, die die anderen vage mithören, aber nicht verstehen konnten.

»Nein. Nein. Ja. Ja, wir haben das ganze Zeug von der Liste – wie ich dem anderen Mann vor zehn Minuten schon gesagt habe, und dem davor auch. Jeff. Alles. Ja, wir haben alles. Die Feuchttücher. Inbusschlüssel, metrisch. Was ich von Ihnen brauche, ist ein Foto von unserem Mann, nur zur Bestätigung. Ja, ich verstehe, er hat schon bessere Tage gesehen. Ich weiß, was Sie mit ihm gemacht haben. Ich werde nicht ausflippen. Einfach etwas zur Bestätigung, dass er noch lebt. Hat mit Respekt zu tun, verstehen Sie? Das ist alles, worum ich Sie bitte. Wie Aretha Franklin. Wer das ist? Egal. Schlechter Scherz. Ich sagte, egal. Sie war eine Sängerin. Hat ein Lied über Respekt gesungen. Ja, genau das. Ja, ja. Ich verwende lieber den Begriff Afroamerikanerin, aber Sie können das halten, wie Sie wollen. Sie haben ein Bild geschickt? Ich hab noch nichts bekommen. Es war ein Video? Na, das wird eine Ewigkeit dauern. Solange ich darauf warte, dass es kommt, wo müssen wir das nächste Mal abbiegen? Wie es aussieht, ist die Straße hier durch einen Haufen verbrannte Autos blockiert. Wir fahren immer noch zu der Grundschule, stimmt's? Ja, ich verstehe, es ist keine Schule mehr. Okay, dann müsste Google Maps uns immer noch hinbringen. Bleiben Sie dran, ich werde das Telefon jetzt für ein paar Sekunden vom Ohr nehmen – ich glaube, das Video ist angekommen, und ich muss das Telefon vom Ohr nehmen, damit ich es anschauen kann. So lange kann ich Sie nicht hören. Legen Sie nicht auf. Bleiben Sie dran.«

Pete senkte das Handy vor den Sweet-Spot seiner Lesebrille und kämpfte erfolglos mit der Benutzeroberfläche, die schon zwanzig Jahre zuvor schrecklich gewesen war. Er ertappte Sophia dabei, wie sie versuchte, einen Blick darauf zu werfen, und zuckte sogar zurück, als er das Handy von ihr wegdrehte. Das Video hatte keinen Soundtrack, nur das Rauschen des Präriewinds, der am Mikrofon rüttelte. Sophia hatte einen kurzen Blick erhascht, aber es war nicht das gewesen, was sie erwartet hatte, und so versuchte sie immer noch, sich einen Reim darauf zu machen. Sie hatte einen unrasierten Methodisten erwartet, der mit Kabelbindern an einen Gartenstuhl gefesselt war, oder sonst etwas in dieser Art, stattdessen aber eine sonderbare Silhouette vor hellem Himmel gesehen, auf eine Weise perspektivisch verkürzt und gedehnt, die eine Erinnerung bei ihr weckte, ohne dass sie sie hätte konkretisieren können.

»Wir sind startklar«, verkündete Pete und hielt sich das Handy wieder ans Ohr. »Ja, Joseph, ich habe Ihnen schon gesagt, dass wir die Feuchttücher haben. Die ganzen hundert Pfund. Spring Breeze. Wie gewünscht. Okay. Okay. Bis nachher, Joseph.«

Pete legte auf und bemerkte, dass Sophia ihn merkwürdig ansah. »Joseph hat Hämorrhoiden«, erklärte er.

Ein Kernstück des Rituals war offenbar, dass Pete dorthin fahren musste, wo dieser Joseph sich gerade aufhielt, um die Feuchttücher abzuliefern und ein Bier mit ihm zu trinken. Wie sich herausstellte, war Josephs Operationsbasis eine ehemalige Schule am Rand einer verlassenen Stadt. Der Schulhof war zu einer Stellfläche für Wohnmobile geworden, umgeben von mobilen Toiletten, die aber insofern nicht mehr mobil waren, als man sie an ein System aus PVC-Rohren angeschlossen hatte, die ohne eindeutiges Ziel über den Boden verliefen; *irgendwohin* mussten sie führen, aber das Gelände war so flach, dass nicht klar war, welchen Weg die Schwerkraft sie führen würde. Das Schulgebäude selbst war von höhergestellten Leuten belegt. Joseph musste irgendwo dort drin sein. Doch so richtig würde Sophia das nie erfahren. Als Frau war sie nämlich nicht eingeladen. Bei der Ankunft wurde sie vorgeführt wie eine Homecoming-Queen beim Treffen eines Rotary Clubs und auf große Entfernung vorgestellt. Dann stieg sie wieder in den SUV, der bockte und dumpfe metallische Geräusche machte, während der Anhänger von ihm abgekoppelt und einfach auf einem Parkplatz abgestellt wurde, der immer noch in verwitterter Farbe als für die Schulkrankenschwester reserviert ausgewiesen war. Sophia bekam den hämorrhoidengeplagten Stammesführer ebenso wenig zu Gesicht wie seinen Unterschlupf. Als Pete eine halbe Stunde später herauskam, roch er schwach nach Zigarettenrauch und Bud light. In einer Hand hielt er einen Strauß vor Ort gepflückter Zweizähne, den er Sophia überreichte – offenbar ein Zeichen von Josephs Achtung vor der Warlady. Dann streifte er ein Paar blaue Nitrilhandschuhe ab, die er vor dem Aussteigen aus dem Auto angezogen hatte, denn »mit den Rückständen weiß man ja nie«. Mit peinlicher Sorgfalt wendete er sie von innen nach außen und benutzte sie dann dazu, aus seiner Hemdtasche ein neues Handy hervorzuholen, das eine Landkarte zeigte. »Auf geht's!«, sagte er. »Unser Mann ist neun Komma eins sechs acht Kilometer entfernt und war vor dreißig Minuten, als sie ihn aufgerichtet haben, am Leben und bei Bewusstsein.«

Es waren interessante neun Komma eins sechs acht Kilometer – vor allem die letzten eins Komma eins sieben, als sie auf die Kuppe einer Anhöhe fuhren, die nach den von Kugeln ramponierten Schildern zu urteilen einmal ein Park gewesen war. In jüngerer Zeit war sie zu einer jener Kultstätten geworden, wo die Leute Kreuze aufstellten, sie mit benzingetränkten Lumpen umwickelten und nachts verbrannten.

Das jedenfalls hatte Sophia sich die meiste Zeit des Tages eingeredet, seit sie eine Reihe von diesen Dingern auf der anderen Seite des Missouri gesehen hatte. Selbst da hatte eine skeptische Stimme in ihrem Hinterkopf ihr gesagt, die These gehe nicht ganz auf. Sophia war jedoch zu sehr mit den aktuellen Geschehnissen beschäftigt gewesen, um dem viel Aufmerksamkeit zu widmen.

Als die Karawane aus einem kleinen Wäldchen aus großen Eichen und Ahornbäumen heraus auf ein windgepeitschtes Stück Prärie nahe der Hügelkuppe kam, erblickte sie die Wahrheit, nämlich dass Menschen tatsächlich an diese Kreuze genagelt und dem Tod überlassen worden waren. Die plumpen Silhouetten, die sie gegen den westlichen Himmel gesehen hatte, waren das, was von diesen Menschen übrig war, nachdem Insekten, Vögel und Bakterien ihnen eine Zeit lang zugesetzt hatten. Knochen und synthetische Kleidung behaupteten sich ganz gut; Baumwolljeans verrotteten, während Unterwäsche aus Elasthan ewig hielt.

Ungefähr ein Dutzend dieser Dinger waren in Abständen entlang der Straße aufgestellt, die sich auf die Hügelkuppe hinaufwand. Beim Anblick des ersten erlitt Sophia einen Schock und gelangte erst wieder zu vollem Bewusstsein, als die Karawane über den aufgebrochenen Asphalt des Parkplatzes fuhr, der zu dem Aussichtspunkt ganz oben auf der Kuppe gehörte. Hier waren, entweder rein zufällig oder als Reverenz an den biblischen Kalvarienberg, drei Kreuze errichtet worden. Lose Knochen und Schädel lagen herum, vermischt mit leeren Bierdosen und Patronenhülsen. Diese Kreuze hatten offenbar eine besondere Bedeutung, und so gab es eine Warteliste oder dergleichen. Sie waren nicht für den Einmalgebrauch gedacht; von Zeit zu Zeit musste Platz für Neubesetzungen gemacht werden. Alle drei sahen aus, als wären sie zur selben Zeit (vielleicht vor ein oder zwei Jahren?) vom selben Arbeitstrupp gebaut worden. Der hatte stabile Leimholzbalken verwendet und sie am Kreuzungspunkt wie beim Holzrahmenbau in Vorstadthäusern mit verzinkten Winkelverbindern zusammengefügt. Das Kreuz in der Mitte und das zu seiner Rechten waren eine Zeit lang besetzt gewesen, und von den Gekreuzigten war nicht viel übrig geblieben. Es waren beides Männer. Einer war mit einem schwarzen Polyesteranzug bekleidet, der den Elementen getrotzt hatte. An seine rechte Hand war eine Bibel genagelt. Ein Kollar hing im Wind flatternd an einem Jackenaufschlag. Der Leichnam zu seiner Rechten trug ein ehemals weißes Hemd; ihm hatte man das Buch Mormon an die Hand genagelt.

Das dritte Kreuz war mit einem lebendigen Menschen besetzt. Als Sophia aus dem SUV stieg und zu ihm aufblickte, hatte sie ein Déjà-vu-Erlebnis. Zuvor hatten Josephs Leute Pete ein Video dieses Mannes geschickt, zum Beweis, dass er noch lebte. Von unten aufgenommen hatte es Sophia an ein Bild erinnert, dass sie einmal im Kunstunterricht gesehen hatte. Jetzt, wo sie an derselben Stelle stand, konnte sie es endlich einordnen: Die *Beweinung Christi*, eine Studie in Perspektive und Verkürzung von einem italienischen Renaissancemaler.

Das Opfer sah neugierig zu, wie Petes Männer sich daranmachten, die Leitern vom Dachgepäckträger des SUV herunterzuholen.

Noch hatte niemand mit ihm gesprochen. Pete war eifrig damit beschäftigt, Onkel Jake per Textnachricht einen Lagebericht zu schicken. Sophia sagte: »Hallo. Jake hat uns geschickt. Wir haben einen Deal ausgehandelt, Sie von hier wegzubringen.«

Die Atmung des Opfers war unregelmäßig und angestrengt. Er spannte seine Armmuskeln an, zog sich ein paar Zentimeter hoch und dehnte seinen Brustkorb so weit, dass er »Die Leiter! Unter meine Füße bitte« krächzen konnte.

»Er möchte etwas unter die Füße!«, rief Sophia den Männern zu, die die Leitern herunterholten. Die Füße des Opfers befanden sich etwa in Höhe ihres Gesichts, und in Erwartung des Schlimmsten zwang sie sich, sie anzuschauen, aber sie waren nicht angenagelt worden, sondern baumelten bloß herab. Die Männer knallten die Leiter unten an den senkrechten Balken und schoben sie hoch, bis das Opfer die Füße daraufstellen konnte. Dann richtete sich der Gekreuzigte auf, holte tief Luft und ließ einen lauten Seufzer der Erleichterung entweichen.

»**I**mhandumdrehen **N**agel-**R**esektion **I**nitiieren«, sagte er. »'tschuldigung. Schlechter Scherz.«

»Wir arbeiten dran!«, sagte Cousin Eric, der eine brandneue hellgelbe Brechstange zum Vorschein brachte, die mit Sicherheitswarnungen und rechtlichen Hinweisen überzogen war.

»Im Zusammenhang mit der Kreuzigung gibt es eine Menge Details und Nuancen, die vermutlich niemand mehr kannte, bis sie diese Praxis wieder eingeführt und von Neuem gelernt haben, wie sie funktioniert. Wie sich zeigt, tritt der Tod durch Erstickung ein«, sagte das Opfer.

»Tatsächlich?! Was Sie nicht sagen!«, bemerkte Pete, offenbar wirklich fasziniert.

»Doch, das sage ich«, erwiderte das Opfer. Der Mann hatte einen schwer zu lokalisierenden Akzent. »Wenn sie also die Füße festnageln, stirbt man tatsächlich langsamer.«

»Weil man etwas hat, woran man sich abdrücken kann?«, fragte Sophia.

»Hundert Punkte«, sagte das Opfer. »Sie sind die, die in Princeton ist. Jake spricht von Ihnen.«

»Und Ihre Füße haben sie nicht festgenagelt, weil sie …«, nahm Pete den Gedanken auf.

»Mich schonen wollten, nehme ich an. Rascher Tod durch Erstickung. Oder die Nägel waren ihnen ausgegangen.«

Die Aufmerksamkeit verlagerte sich nun eine Zeit lang auf die konkreten Handgriffe bei der Kreuzabnahme dieses Mitarbeiters von Jake. Das Kreuz war in einen oberirdischen Sockel gesetzt worden, der mithilfe von Winkelprofilen verschraubt war und Sophia bis zur Mitte des Oberschenkels reichte. Nur die

Schwerkraft hielt es dort fest, und so beschlossen sie, es alle miteinander nach oben herauszuheben. Dann setzten sie es, immer noch senkrecht, auf dem Parkplatz ab, und während Sophia mit einem Fuß das untere Ende am Wegrutschen hinderte, senkten die Männer das Kreuz Schritt für Schritt zu Boden. Schließlich befand sich der Gekreuzigte in Rückenlage, wo er viel leichter atmen konnte. Sophia ging an sein Ende des Kreuzes und neben ihm in die Hocke, während die Männer hin und her überlegten, wie sie die Nägel entfernen könnten, ohne ihm mit der Brechstange die Handgelenke zu zerquetschen. Die Nägel waren nämlich nicht durch seine Handflächen getrieben worden, sondern durch den Knochenkomplex, der den Unterarm mit der Hand verband.

»Falls Sie eine Metallsäge haben oder noch besser so was wie eine Schleifscheibe, könnten Sie einfach die Nagelköpfe absägen, und ich könnte direkt die Arme heben. Ich heiße Enoch. Sie dürften Sophia sein. Ich würde Ihnen ja die Hand geben, aber …«

»Vielleicht später«, sagte Sophia. »Was ist denn da an Ihrer Hand festgenagelt? Sieht nicht nach einer Bibel aus.«

»Ach, es könnte so ziemlich jedes Buch sein«, sagte Enoch verächtlich. »Ich hatte keins bei mir – ungewöhnlich für einen Missionar und verwirrend für sie –, also haben sie irgendeins aus der Bibliothek dieser Schule genommen.«

»Es ist *Das erste Radio- und Elektronikbuch für Jungen* von Alfred Morgan«, sagte Sophia.

»Na, der ist gut!«, sagte er. Er drehte den Kopf, um sein linkes Handgelenk zu betrachten. »Sehen Sie, was ich meine?«, sagte er zu Eric. »Sie waren sich uneins über die richtige Druckeinstellung am Kompressor.«

»Haben sie etwa eine Nagelpistole benutzt?«, fragte Pete ungläubig. »Ganz schön bequem.«

»Natürlich haben sie das! Einen neun Zentimeter langen Nagel von Hand in Leimholz zu treiben ist ganz schön anstrengend. Sie mögen Pistolen. Tock, tock. Fertig. Was ich sagen will, ist, dass der Nagel, wenn die Einstellung zu hoch ist, ganz hineingeht, und das verdirbt alles. Sie werden bemerken, dass sie – erfahrene Kreuziger, die sie sind – die Einstellung zurückgedreht haben, sodass der Nagel nur noch ein Stück weit hineinging. Viel Spielraum für Sie, um unter dem Kopf eine Metallsäge anzusetzen.«

Eine Stunde später waren sie nach einer erneuten Fahrt über die Brücke wieder in Sioux City. Sophia hatte sich einen Rettungshubschrauber oder Ähnliches vorgestellt, aber so schwer verletzt war Enoch im Grunde genommen gar nicht. Natürlich hatte jedes Handgelenk eine durchgehende Stichwunde, aber anscheinend hatten die Nägel einen Weg zwischen den kleinen Knochen hindurch gefunden, sodass es alles nur ein Weichteilschaden war. Die Schwellungen sahen fürchterlich aus und hatten beide Hände in steife, violette Fäustlinge verwandelt – als sie ihm eine Flasche Dasani gaben, musste er sie wie ein Bär zwischen den Handflächen halten –, aber medizinisch gab es einfach nicht viel zu *tun*. Jake hatte dafür gesorgt, dass Ärzte da waren, und sie brachten ihn der Form halber in die örtliche Unfallklinik. Von den Handgelenken abgesehen ging es ihm jedoch gut.

»Wohin als Nächstes?«, fragte Enoch Sophia, als sie in einem Wartezimmer der Röntgenabteilung saßen. »Ach ja, Jake erwähnte, Sie seien auf einem Überlandtrip. Was aber, auch wenn er es nicht erwähnt hätte, ziemlich offensichtlich wäre.«

»Äh, ja, bevor das alles passierte, wollten wir einfach immer weiter nach Westen fahren. South Dakota, Colorado, Wyoming …«

»Ich nehme nicht an, dass ich Sie dazu überreden könnte, einen kleinen Umweg südwärts zu machen?«, fragte Enoch. »Nach Moab.« Er zuckte die Achseln. »Geschäftlich zu tun dort.«

Der Umweg würde die Reise zwei Tage länger machen. Sie stellten und verwarfen anschließend die naheliegenden Fragen:

Konnte Jake Enoch nicht einfach ein Flugticket besorgen? Oder gleich ein ganzes Flugzeug? Was hatte er bei den Ameristanis Merkwürdiges im Schilde geführt, und würde er sich während der zwei Tage, die sie mit ihm würden im Auto verbringen müssen, als unerträglicher Spinner erweisen?

Sie gingen Kaffee trinken. Während sie im Starbucks anstanden, fragte Phil Enoch rundheraus: »Was sind Sie? Ein ganz gewöhnlicher Sterblicher anscheinend nicht.«

Sophia warf ihm einen Seitenblick zu. Enoch bemerkte das und zog auf belustigte Weise die Augenbrauen hoch. »Es ist *vollkommen* in Ordnung!«, versicherte er ihr. »Man bekommt so selten direkte Fragen gestellt.« Dann sagte er an Phil gewandt: »Soweit ich selbst erkennen kann, bin ich eine Art Abgesandter von einer anderen Ebene der Existenz.«

Alle lachten.

»Erzählen Sie uns von dieser anderen Ebene, klingt faszinierend!«, sagte Anne-Solenne, die voll auf den Witz eingestiegen war.

»Das Problem ist, dass ich mich anscheinend nicht mehr so recht daran erinnern kann.«

»Oooh!«

»Schmollen Sie nicht! Es ist nicht meine Schuld. Diese Ebene besteht aus anderem Stoff, ist anders organisiert, sodass keine meiner Erinnerungen sich direkt überträgt.«

»Wie wenn man Programme von Python in C++ übertragen muss«, meinte Julian, den Gedanken aufnehmend.

»Da wüssten Sie besser Bescheid als ich, Julian«, sagte Enoch, »aber letztendlich läuft es darauf hinaus, dass ich im Grunde nur versuchen kann, nach Kräften dabei zu helfen, die Dinge auf *dieser* Ebene hier in Ordnung zu bringen. Oh, ich bekomme einen großen Flat White, Vollmilch bitte – ich lebe gern gefährlich.« Dann blickte er auf seine Hände hinunter, die in Eisbeuteln mumifiziert waren. »Und einen Strohhalm.«

Nachdem sie beschlossen hatten, dass er kein totaler Spinner – oder wenigstens nicht die falsche Sorte von totalem Spinner – war, erklärten sie sich damit einverstanden, ihn mitzunehmen, ausgehend von der Überlegung, dass sie auf einem sorglosen Abenteuertrip von Küste zu Küste waren und es sich von daher nicht gehörte, diesem recht liebenswürdigen Burschen, der noch vor ein paar Stunden an einem Leimholzkreuz gehangen hatte, seinen Wunsch abzuschlagen. Also quetschten sie sich in das Auto – in dem es jetzt ein bisschen eng war – und gaben eine Strecke nach Moab ein. Was nicht schwieriger hätte sein dürfen, als eine Strecke zu irgendeinem anderen Ort einzugeben. Doch auf Sophias Benutzeroberfläche poppte eine kleine Warnung auf, die ihr sagte, dass die Existenz von Moab strittig sei. Es gebe geteilte Meinungen hinsichtlich der Frage, ob es vor zwölf Jahren durch eine Nuklearexplosion von der Erdoberfläche weggebrannt worden sei oder nicht.

Das ärgerte Sophia maßlos, und so unternahm sie, nachdem sie die Warnung in den Wind geschlagen und das Ziel bestätigt hatte, den ungewöhnlichen Schritt, eine Sprachverbindung mit ihrer Editorin Janine herzustellen. Janine arbeitete von Orcas Island im Puget Sound aus und war eine jüngere Assistentin von Lisa, der Editorin von Sophias Mutter Zula. Das hatte seinen Grund. Wenn man eine gute Beziehung zu einem Editor hatte, blieb man nach Möglichkeit sein ganzes Leben lang bei ihm, und Lisa würde aufgrund ihres Alters vermutlich in Rente gehen, wenn Sophia Mitte dreißig war. Janine dagegen war nur zwei Jahre älter als Sophia. »Wie war Nebraska?«, sagte sie zur Eröffnung ihres Gesprächs.

»Superschräg. Ich rufe aber gerade an, um eine Anomalie zu melden.«

»Ich bin ganz Ohr!«, sagte Janine. »Lass mich eben deinen Feed zurückspulen, damit ich ihn vor mir habe …«

»Okay, sag Bescheid, wenn du …«

»Ach du je!«

»Siehst du's?«

»Ja! Verdammter Mist, wie ist denn das da reingekommen?«

»Meiner Theorie nach …«

»Wegen der Orte, an denen du die letzten zwei Tage warst, der Leute, für die du Interesse gezeigt hast …«

»Die Levitikaner … vielleicht sogar ein paar von den Forthrasts, wer weiß …«

»… irgendein Algo hat einen falschen Eindruck von dir bekommen.«

»Man vergisst leicht«, bemerkte Sophia, »dass es Millionen von Menschen gibt, die tatsächlich glauben, dass Moab nicht mehr existiert. Aber hier in der Gegend sieht man an jeder Ecke ERINNERE-DICH-AN-MOAB-Sticker.«

»Das ist allgegenwärtig – total klebrig –, irgendwie hat es sich in deinen Feed eingeschlichen. Verrückt!«, sagte Janine auf eine etwas zerstreute Art, die nahelegte, dass sie, während sie sich weiter unterhielt, durch Wolken visualisierter Daten schwamm.

»Ich dachte gerade, dass es so lustig war«, sagte Sophia, »angesichts der Tatsache …«

»… dass du Corvallis und Maeve persönlich kennst, sie gehören ja zur Familie!«

»Genau.«

»Also, das ist ein total nützliches Feedback!«, sagte Janine. »Und ich bin froh, dass du dir die Mühe gemacht hast, es mich wissen zu lassen.«

»Ich wusste, dass es dir so gehen würde«, sagte Sophia.

»Ich werde mich mal der Diagnostik widmen und mich melden, wenn ich sehe, dass noch mehr solches Material in deinen Feed einzudringen versucht.«

»Super!«

»Außerdem war ich so frei, den Familientreffenmodus auszuschalten.«

»Oh, danke. Hatte ich völlig vergessen.«

»Ich dachte mir, dass diese Kreuzigungsfreaks nicht alles über dich wissen müssten.«

»Da ist was dran. Ein Punkt für dich. Danke noch mal.«

»Habt eine gute Fahrt nach Moab! Unwetter ist angesagt – werde dich warnen!«

»Danke!«

»Ciao!«

»Ciao.«

»Was haben Sie denn bei diesen Leuten *gemacht*?«, wollte Phil wissen, als so viel Zeit verstrichen war, dass er das Gefühl hatte, Enoch in seiner gewohnt direkten und ungezwungenen Art ansprechen zu können.

Die Hände zum Abschwellen in Eisbeuteln verpackt saß Enoch aus dem einfachen Grund, dass er weder die Türgriffe noch den Sicherheitsgurt bedienen konnte und daher auf Hilfe von Sitznachbarn angewiesen war, in der Mitte der Rückbank.

»Sind Sie Missionar?«, fragte Phil. Im Moment saß er auf dem Fahrersitz, und obwohl er eigentlich nicht fuhr, schien ihm das eine gewisse Fahrerautorität zu verleihen.

»Oh, ich glaube nicht, dass missionsartige Aktivitäten bei diesen Leuten besonders gut verfangen würden«, gab Enoch zurück.

Für die anderen mochte das nach fundierter Spekulation geklungen haben, aber auf Sophia, die früher am Tag die Überreste von zwei richtigen, an Kreuze genagelten Missionaren gesehen hatte, wirkte es wie das denkbar trockenste Bonmot. Links von Enoch sitzend versuchte sie in seinem Gesicht zu lesen, ob er sie veräppelte. Doch es hätte nicht undurchdringlicher sein können. Er hatte einen roten Bart in einem Gesicht, in dem sich einiges an Geschichte abzeichnete, und graues, von der Stirn aus nach hinten gestrichenes Haar. »Wenn man versuchen will, Menschen zu einer Veränderung ihres Denkens zu bringen, muss man ihnen eine Art Wertversprechen geben, und das ist bei diesen Leuten schwierig.«

»Warum gerade bei diesen Leuten?«

»Na ja, sagen wir, nur mal als Beispiel, ihr versucht einem Stamm bronzezeitlicher Hirten Monotheismus zu verkaufen ... Ihr fangt an mit: ›Okay, Leute, es gibt eine Menge unterschiedlicher Götter, aber wenn ihr alles auf diesen speziellen Gott setzt, verpflichtet ihr euch bei einem Gewinnerteam, ihr werdet die anderen Stämme besiegen und mehr Weideland unter eurer Kontrolle haben.‹ Was funktioniert, weil sie eine ordentliche, auf Schafen basierende Wirtschaft haben, in der die Spielregeln klar sind und jeder solchen Grundgedanken wie ›Wenn unsere Tiere mehr Gras fressen, geht es uns besser‹ zustimmen kann. Aber *diese* Leute, die Leute jenseits des Flusses, befinden sich in einem sehr instabilen Zustand, und nichts ergibt wirklich Sinn für sie, sodass der Versuch, sie für ein kohärentes Weltbild gleich welcher Art zu erwärmen, schwachsinnig ist.«

Julian übersetzte: »Bronzezeitliche Hirten mögen gerade mal eine Stufe über dem Höhlenmenschen gestanden haben, aber sie waren zumindest realitätsbasiert.«

»Sehr sogar«, stimmte Enoch zu. »Auch danach trifft das noch eine ganze Zeit lang mehr oder weniger zu. Und dann bringen uns das Theater und später das Kino schließlich ins Reich der gemeinsamen Halluzinationen. Diese sind jedoch räumlich und zeitlich sauber eingegrenzt, und etwas Zeremonielles haben sie auch an sich. Man kauft eine Eintrittskarte, man betritt das Theater, man setzt sich, es wird dunkel, alle im Raum teilen zur selben Zeit dieselben Halluzinationen, es wird wieder hell, man geht hinaus. Sogar der althergebrachte Fernseher hatte noch etwas davon.«

»Der Fernseher war dieses große Möbelstück im Wohnzimmer«, sagte Anne-Solenne, die langsam in Fahrt kam. »Man setzte sich abends um acht Uhr hin, um *I Love Lucy* oder irgendwas anderes anzuschauen.«

»Ja. Tatsächlich änderte sich alles erst, als drahtlose Netzwerke schnell genug wurden, um Bilder an mobile Endgeräte zu streamen«, sagte Enoch, »und damit jede einzelne Person in die Lage versetzten, rund um die Uhr in ihrem eigenen personalisierten Halluzinationsstream zu leben. Wenn man in seinem Alltag durch Familie oder sonst einen regulierenden Einfluss wie etwa einen Job an die Realität gebunden ist, dann hat man noch eine reelle Chance. Aber diese Leute …« Da es schwierig war, mit Eisbeutelhandschuhen auf etwas zu zeigen, deutete er mit dem Kinn durchs Seitenfenster. »Du meine Güte! Religion als solche – wie sie über Jahrtausende existiert und geblüht hat – ist da chancenlos.«

»Warum ist sie chancenlos?«, fragte Sophia. »Können Sie das näher ausführen? Vergessen Sie nicht, meine Freunde haben nicht … gesehen, was ich gesehen habe.«

»Nun, die meisten Religionen fügen der physischen Realität, die für jeden Menschen sichtbar ist, ein übernatürliches Moment hinzu, etwas Fantastisches oder Imaginäres. Ein Blitz ist für jeden sichtbar; die Religion fügt Zeus hinzu, der auf einem Berg steht und ihn schleudert. Und wenn man ein Hirte der Bronzezeit mit schwachem bis mittelmäßigem Verstand und wenig Vorstellungsvermögen ist, dann haut einen das auf der Stelle um – der charismatische Priester, der einem eine solche Geschichte voller Elan erzählen kann, hat eine große Zukunft, karrieremäßig gesprochen. Das Gleiche gilt mutatis mutandis für andere Religionen. Sie hatten ein Monopol auf das Fantastische. Science-Fiction und Fantasy in Kombination mit einem Einkommensmodell.«

»Einkommensmodell?«, fragte Julian scharf.

»Opfer, Zehntabgaben, absetzbare Spenden an gemeinnützige Organisationen.«

»Kapiert.«

»Aber jeder Mensch da draußen« – Enoch wiederholte die Geste mit dem Kinn – »bekommt seinen eigenen personalisierten Stream algorithmisch erzeugter alternativer Realität, der in eine Feedbackschleife mit seinem Puls, seiner Lidschlagrate etc. eingeschlossen ist. Man wird nicht sehr weit kommen, wenn man versucht, so jemanden dazu zu bewegen, seine Aufmerksamkeit davon loszureißen, damit man ihm eine Geschichte über einen Typen erzählen kann, der vor zweitausend Jahren eine große Menschenmenge mit ein paar Broten und Fischen speiste.«

»Aber sie kreuzigen doch Menschen!«, protestierte Phil.

»Daran müssen Sie *mich* nicht erinnern«, sagte Enoch sehr erheitert.

»Das ist ein Bibelding.«

»Es ist die Crème de la Crème, die das macht«, sagte Enoch. »Das eine Prozent. Joseph und ein paar Dutzend, die zu seiner handverlesenen Elite gehören. Leute, mit denen man sich sogar unterhalten könnte. Die anderen neunundneunzig Prozent haben keine Ahnung von Levitikus, und die Theologie – die Ablehnung der Lehre des Neuen Bundes und die Vorstellung von einem taktischen Jesus – verstehen sie nicht oder scheren sich nicht darum. Sie wissen bloß, dass man besser tut, was Joseph sagt, sonst gibt's was. Und Joseph seinerseits kann gegenüber jedem, der es hören will, mit unbewegter Miene behaupten, dass seinem Konzept von Recht und Ordnung eine Art göttliche Autorität innewohnt.«

»Und wer sind nun Sie in all dem? Warum bezahlt Jake Sie dafür, dass Sie Ihr Leben riskieren?«, fragte Anne-Solenne.

»Genau, ich habe Ihren Nachnamen gar nicht mitbekommen«, fügte Julian hinzu.

»Ach, machen Sie sich nicht die Mühe, ihn zu googeln. Ich heiße Root mit Nachnamen. Aber auf Google ist es ein Albtraum, denn es ist ein alter Name, der schon immer in der Familie war, und deshalb werden Sie Zeug zutage fördern, das Jahrhunderte zurückreicht.«

»Graf von Zelrijk-Aalberg«, murmelte Julian, der Enochs Mahnung, ihn nicht zu googeln, bereits ignoriert hatte.

»Ja, es gibt eine alte familiäre Verbindung zu diesem Ort.«

»Einer Ihrer Vorfahren …«

»… war Mathematiker. Ja«, sagte Enoch, zunehmend wortkarg und ungeduldig, während Julian fortfuhr, alte Tote-Enoch-Root-Treffer durchzugehen.

»Julian!«, blaffte Sophia und begegnete Anne-Solennes Blick.

»Ja, Julian! Lass es! Das ist unhöflich, langweilig.«

»Schon gut, schon gut …«

»Ich hatte damals mit den Waterhouses und den Shaftoes zu tun und in jüngerer Zeit mit Elmo Shepherd«, erklärte Enoch, »und durch Elmo lernte ich Jake Forthrast kennen, der meinte, ich könnte ihm für seine spirituelle Forschung von Nutzen oder zumindest von Interesse sein. Nun bin ich also Berater für ONE und interpretiere meine Verpflichtungen recht weit, manche würden auch sagen kreativ.«

»Ein bisschen *gefährlich,* würden wieder andere sagen!«, warf Sophia ein.

Enoch zog das in Betracht, als wäre es ein neuer Gedanke, und zuckte kaum merklich die Achseln.

»Oh, cool! Fraktale«, murmelte Julian.

»*Julian!* Verdammt noch mal«, sagte Anne-Solenne.

»Hauptfach Mathematik?«, fragte ihn Enoch.

»Informatik und Mathematik«, erwiderte Julian.

»Dann lass schon hören«, sagte Sophia. »Wie ist der Zusammenhang mit Fraktalen?«

»Einer von Enochs Vorfahren war so was wie der Ururgroßvater der fraktalen Geometrie«, berichtete Julian. »1791 …«

»Oh Gott, *bitte* lesen Sie nicht den ganzen Wikipedia-Eintrag vor«, sagte Enoch, der jetzt mehr Emotion zeigte als in dem Moment, wo er buchstäblich gekreuzigt worden war.

»Ich habe ein Edit-Overlay, das den meisten Müll ausfiltert«, sagte Julian, leicht verschnupft darüber, dass Enoch ihn für jemanden gehalten hatte, der Wikipedia tatsächlich unbesehen glauben würde.

»Aber Julian, *ich sitze hier direkt neben Ihnen, da brauchen Sie doch keine Onlinequelle zu konsultieren.*«

»Stimmt«, räumte Julian ein und schob sich endlich die Brille auf die Stirn, ehe Anne-Solenne, die vom Vordersitz aus fuchtelnd danach griff, sie ihm weggrapschen konnte.

»Also, dieses Zelrijk-Aalberg überspannt die Grenze zwischen Belgien und den Niederlanden, hat aber nie richtig zum einen oder anderen gehört«, berichtete Enoch. »Daneben sieht Andorra wie Sibirien aus. Die Gesamtfläche reicht kaum aus, um ein reguläres Cricketspiel darauf zu spielen – vorausgesetzt, sein ganzes Territorium ließe sich zu einem durchgehenden Oval zusammenlegen. Lässt es aber nicht. Die Länge seiner Grenzen ist, verglichen mit seiner Fläche, enorm. Jemand hat seine Landkarte einmal als ein Zierdeckchen nach dem Angriff einer Mottenarmee beschrieben. Es umfasst elf separate Enklaven, die nicht Teil von Zelrijk-Aalberg sind. Vier davon sind belgisch und sieben holländisch. Eine der belgischen Enklaven enthält eine holländische Unterenklave und eine der holländischen Enklaven sogar vier Unterenklaven, von denen eine belgisch ist und die übrigen drei alle zu Zelrijk-Aalberg gehören. Die größte von diesen enthält eine belgische Unterunterenklave, die aus einem einzigen zwei Quadratmeter großen Rübenkeller besteht.«

»Verkaufen sie dort viele Feuerwerkskörper?«, fragte Phil. »Mir ist nämlich gerade eingefallen, wie ich mit meiner Familie mal in Flandern herumgefahren bin und wir mitten in einer Stadt plötzlich auf diesen vollkommen illegal aussehenden Stand mit Feuerwerkskörpern stießen.«

»Der größte Teil der Einnahmen von Zelrijk-Aalberg stammte bis vor Kurzem aus dem Verkauf von Feuerwerkskörpern, die in den Nachbarländern verboten waren«, stimmte Enoch zu. »Worauf Julian hier Bezug nimmt, das mit den Fraktalen, ist etwas, das sich zutrug, als der frühere Graf von Zelrijk-Aalberg dem Territorium einen Besuch abstattete, um sich an dem alten Brauch des Grenzenschlagens zu beteiligen.«

»Grenzenschlagen?«, fragte Phil.

»Oh, davon habe ich schon gehört«, sagte Anne-Solenne. »In London machen sie das und an anderen Orten mit komplizierten Grenzverläufen. Einmal im Jahr geht ein ganzer Tross von hohen Tieren an der Territoriumsgrenze entlang und schlägt mit Stöcken darauf.«

»Seit den Zeiten der Römer«, sagte Enoch, »war die Grenze von Zelrijk-Aalberg Gegenstand der Auseinandersetzung in Dokumenten, die, wären sie alle an einem Ort gelagert, mehr als den gesamten im Land vorhandenen Platz einnehmen würden. Viele davon verwiesen auf Grenzmarkierungen wie Bäume, die schon vor Jahrhunderten abgestorben waren, Bäche, die mit der Zeit ihren Lauf verändert hatten, oder Gebäude, die schon seit den Tagen Karls des Großen nicht mehr existierten. Mangels moderner Annehmlichkeiten wie GPS hatten die Einheimischen sich angewöhnt, anhand vorhandener Markierungen die Grenze zu bestimmen. Hin und wieder schritt der Graf von Zelrijk-Aalberg diese Grenze ab und schlug als Erinnerungshilfe mit einem Stock auf besagte Markierungen, wie Anne-Solenne sagt. Bei einer solchen Gelegenheit begab sich der Graf – der zufällig einen Hang zur Mathematik hatte – durch eine Schenke, die mitten auf der Grenze stand. Sie hatte einen Fliesenboden, über den ein langer Riss verlief. Es war eine anerkannte Tatsache, dass dieser Riss einen Teil der Grenze bildete. Die Schenke datiert eigentlich aus den Siebzigerjahren des zwölften Jahrhunderts, und der Riss wird in einem Rechtsdokument erwähnt, das im Jahr des Herrn 1219 auf Pergament geschrieben wurde. Der Graf ging also, um nicht auf ihn zu treten, mit vielen Ausweichschritten an dem Riss entlang und schlug unter den Augen seiner Advokaten und Diener mit seinem Zeremonienstab darauf, als ihm plötzlich auffiel, dass der Riss sich hierhin und dorthin wand, wie Risse es für gewöhnlich tun, und dass man, wenn man sich bückte und einen kleinen Abschnitt davon durch seine Lorgnette betrachtete, kleinere Windungen sehen konnte, die die größeren überlagerten, und so weiter und so fort. Als eine Art Schabernack wies er einen Landmesser an, unter Berücksichtigung sämtlicher Windungen in die eine oder andere Richtung die exakte Länge dieses Teils der Grenze zu berechnen. In weniger Zeit, als der Graf brauchte, um einen Krug Bier zu trinken, hatte der Vermesser eine Antwort parat. Der Graf bestritt die Zahl, drohte dem Landmesser Schläge mit seinem Grenzenschlagstab an und befahl ihm, die Länge noch einmal zu berechnen, diesmal auf allen vieren und mithilfe eines Lineals. In der Zwischenzeit führte der Graf sich ein weiteres Bier zu Gemüte. Der Vermesser lieferte eine revidierte Zahl, die etwas höher lag. Darauf erneuerte der Graf seine Drohung und ließ den Mann die Messung ein drittes Mal vornehmen, jetzt unter Verwendung eines Vergrößerungsglases und eines Feinmessschiebers.«

»Womit wir im Prinzip Fraktale hätten«, sagte Julian. »Worum es geht, ist, dass die Länge des Risses …«

»… und damit der Grenze von Zelrijk-Aalberg …«, fügte Enoch hinzu.

»… im Grunde genommen keinen festen Wert hat, den man kennen kann. Das Ergebnis der Messung hängt von der Auflösung des verwendeten Messgeräts ab.«

»Dieser spezielle Vorfahre lebte eigentlich gar nicht in Z-A und besuchte es auch nicht besonders oft. Er hatte ein Anwesen in Deutschland, das tausendmal so groß war. Nach dem geschilderten Erlebnis fuhr er dorthin zurück und schrieb eine Abhandlung darüber, die in Vergessenheit geriet, bis sie in den 1960er-Jahren im Verlauf eines Streits darüber, wer gewisse Konzepte aus der fraktalen Geometrie als Erster erfunden hatte, wieder zum Vorschein kam.«

Und damit sah es so aus, als wären die vier aus Princeton zu dem kollektiven Beschluss gelangt, dass Enoch cool war. Weitaus älter als sie, das war klar, und mit wenig Gemeinsamkeiten, aber für die nächsten anderthalb Tage definitiv einer von ihnen.

Natürlich konnte man diesem Mann noch jede Menge weiterer Fragen stellen: woher er gekommen war, was er beruflich so gemacht hatte und so fort. Und tatsächlich wurden ihm, während die Sonne langsam in Richtung Westen wanderte, ihre Strahlen geradewegs durch die Windschutzscheibe schickte und sich alle Zeit der Welt ließ, auf den ebenen Horizont zuzurutschen, ehe sie kurzerhand hinter einer Reihe schwarzer Gewitterwolken untertauchte, einige solche Fragen gestellt. Enochs Antworten waren tendenziell eher ungenau, kurz und selbstironisch. Er verstand es, zu irgendeinem anderen Thema überzuleiten, das jedes Mal interessanter war als das, wonach auch immer er gerade gefragt worden war. Folglich konnte man ihm den ganzen Tag Fragen stellen. Doch am Ende dieses Tages hätte man insgesamt nur drei Minuten lang Antworten bekommen und viele Stunden über andere Dinge gesprochen – und das fände man genau richtig.

Das Auto war ohne Weiteres imstande, durch die Nacht zu fahren, während seine Insassen schlummerten, aber da es beengt war, fuhren sie von der Interstate ab auf eine kleine Raststätte und drängten sich gerade in dem Moment in die Lobby eines Motels, das zu einer Kette gehörte, als dicke Regentropfen, von nach Salbei duftenden Winden getrieben, herunterzuprasseln und wie Wasserballons zu zerplatzen begannen. Das Motel war zu einer Zeit, als Lastwagen noch mit Flüssigbrennstoff fuhren und von Menschen gesteuert wurden, als Fernfahrerraststätte gebaut worden. Inzwischen hatte man es angepasst, indem man es in eine automatisierte Anlage für Leute verwandelt hatte, die so reisten wie sie. Die Räume selbst hatten sich ein Vierteljahrhundert lang nicht geändert, aber die Benutzerschnittstellen zum Einchecken und Bezahlen waren herausgerissen und durch neuere und glänzendere Systeme ersetzt worden. Auf dem Weg hinein sah also alles gut aus, wurde aber schrecklich düster, sobald man tatsächlich in die Zimmer kam. Es war im Grunde die Art von Zimmer, die man nur mit geschlossenen Augen ertragen konnte.

Sophia würde die Augen nicht so bald schließen, teils weil sie gar nicht so müde war, teils aber auch, weil sie sich vor dem fürchtete, was sie in den Albträumen sehen würde, mit denen sie fest rechnete. Sie ging durch den langen Korridor zurück zur Vorderseite des Gebäudes, wo es statt Lobby, Restaurant und Bar einen Gemeinschaftsbereich gab. Und statt menschlichen Personals Warenautomaten. Enoch Root war dort; er hatte sich bereits einen Hotdog und ein Heineken gezogen. »Ich habe ja nach dem Szechuan-Nudeltopf geschielt«, bemerkte er, »konnte mir aber nicht vorstellen, wie ich mit den Stäbchen zurechtkommen sollte.«

Sophia holte sich den Nudeltopf und eine Flasche Selters mit Geschmack und setzte sich ihm gegenüber an den Tisch. Er hatte sich von den Eisbeuteln befreit, sodass seine Finger jetzt alle aus Verbandtunneln und diese ihrerseits aus den Ärmeln eines schwarzen Kapuzenpullovers lugten. Die Kapuze hatte er aufgesetzt, vielleicht um seinen Kopf gegen die Klimaanlage abzuschirmen, die noch auf vollen Touren lief, obwohl ein Gewittersturm die Fensterbänke mit Brillis aus weißem Eis überzog. Das verlieh ihm etwas Mönchisches und ließ, zusammen mit dem sonderbaren violett-grünen Licht des Gewittersturms und den häufigen Blitzen, die Lobby wie eine dieser etwas düsteren Kneipen am Straßenrand erscheinen, in denen ständig Dungeons-&-Dragons-Kampagnen losgingen.

»Genug über mich«, sagte Enoch, obwohl sie gar nicht über ihn gesprochen hatten. »Was ist Ihr Plan? Ich habe mitbekommen, dass die meisten von Ihnen ein Praktikum an der Westküste in Aussicht haben.«

»Ja, und ich bin eine davon«, sagte Sophia. »Ich steige in Seattle aus. Die anderen fahren in den Süden zur Bay Area.«

»Seattle. Ihre Heimatstadt?«, fragte er, nur aus Höflichkeit, denn das wusste er bereits.

»Ja.«

»Ihre Eltern freuen sich sicher darauf, Sie zu sehen.«

»Sie wissen gar nicht, dass ich komme.«

»Dann steht ihnen ja eine erfreuliche Überraschung bevor.«

»Das hoffe ich. Ich habe meiner Mutter etwas vorgemacht.«

»Aha? Wie das?«

»Nun ja, meine erste Wahl für ein Praktikum war die Forthrast-Familienstiftung. Ich wollte aber nicht, dass man denkt, ich hätte die Stelle meiner familiären Verbindung wegen bekommen. Also habe ich mich anonym beworben.«

»Über einen PURDAH.«

»Genau.«

»Aber für eine so fortschrittliche Organisation wie die FFS muss das doch ein Routineverfahren sein.«

»Natürlich. Nur habe ich meiner Mom gar nichts davon erzählt.«

»Wie bemerkenswert«, sagte Enoch, »dass Sie von allen Interessen, die eine brillante junge Frau wie Sie verfolgen könnte, bei dem einen landen, das sich am *besten* bei der Forthrast-Familienstiftung verfolgen lässt.«

»Ihr Tonfall lässt vermuten, Enoch, dass Sie das letztlich nicht als Zufall betrachten«, sagte Sophia lachend.

»Mein Ton sollte nur Neugier vermitteln.«

»Tja, es ist natürlich kein Zufall«, gab sie zu. »Enoch, wie viele Erinnerungen haben Sie noch aus der Zeit, als Sie vier Jahre alt waren?«

Er lächelte. »Das ist schon lange her.«

»Nun, das ist alles, was ich von meinem Onkel Dodge habe. Richard Forthrast. Diese Art von ungeformten Erinnerungen. Bloß ein paar Bilder. Momente.«

»Sie sprechen«, sagte Enoch, »von dem Mann, dessen Gehirn

als Erstes mithilfe eines hochmodernen Verfahrens gescannt wurde.« Was Sophia natürlich ganz genau wusste. Deshalb hätten dieselben Worte als Mansplaining wirken können. Doch Enoch gelang es, sie in einem sanften Ton und mit respektvollen, fragenden Blicken auf Sophia zu äußern und damit klarzumachen, dass er tatsächlich nur mit ihr am Fortgang des Gesprächs arbeitete. »Ein Verfahren, dass von der FFS durchgeführt wurde und einen Datenbestand ergab …«

»Das DG. Dodges Gehirn.«

»… der seitdem zum Leitstern für Hirnforscher wurde. Ich nehme an, Sie sind eine davon.«

»Eine Hirnforscherin? Nicht ganz. Ich komme wohl eher von der digitalen als von der analogen Schrägstrich biologischen Seite.«

Enoch nickte. »Sie wollen mithilfe von Rechenwerkzeugen in Dodges Gehirn gehen, um … was zu tun?«

»Jetzt ist bereits Mitte Juni. In zwei Monaten werde ich vor einem leeren Bildschirm sitzen, bereit, meine Ergebnisse einzutippen. Vorausgesetzt, es *gibt* welche.«

»Nicht viel Zeit, um tief einzutauchen.«

»Offen gesagt Zeitverschwendung, wenn das *alles* ist, was ich mache«, gab Sophia zu.

»Auch nicht mehr als bei den meisten Sommerpraktika«, vertraute er ihr an.

»Was ich in Wirklichkeit anpeile, ist, den Grundstein für eine Masterarbeit zu legen.«

»Ah.«

»Und falls ich in einem Jahr, wenn ich Examen mache, zeigen kann, dass es hier Fortschritte gibt, wird vielleicht ein Promotionsstudium oder ein Job daraus.«

»Sie sind dabei, eine Karriere anzustoßen.«

»Irgendwo muss man ja anfangen.«

Sie wurden unterbrochen von einem hell leuchtenden Blitz

und einem langsamen rollenden Donnerschlag, der sich erst nach einer ganzen Weile legte. Enoch schien das zum Anlass zu nehmen, das Thema zu wechseln. »Nehmen wir an, all das tritt ein, Sophia, Sie bekommen diesen Job und starten diese Karriere. Woher werden Sie in zwanzig Jahren wissen, ob Sie erfolgreich waren?«

Das war eine Frage, die sie sich noch nie gestellt hatte und die sie prompt auf dem falschen Fuß erwischte. Zum einen, weil sie keine Antwort darauf wusste, und zum anderen, weil sich ein leichtes Unbehagen in ihr breitmachte. Sie hätte darüber nachdenken müssen. Hatte es aber nie getan.

»Das ist in Ordnung«, versicherte ihr Enoch, nachdem ihr Schweigen peinlich geworden war. »Nur wenige Menschen treffen tatsächlich Entscheidungen auf dieser Basis. Ich habe mich in allgemeinerer Hinsicht für die große Fragen interessiert. Worauf das alles hinausläuft.«

»Die Hirnforschung, meinen Sie?«

»Oh, die läuft ja schon seit mindestens Tom Willis. Ich meine den Zweig davon, der anscheinend anstrebt, ein Konsumgut zu werden.«

»Gehirne in der Cloud wieder zum Leben zu erwecken«, mutmaßte Sophia.

Enoch nickte, drehte den Kopf zum Fenster und richtete den Blick auf das stürmische Wetter draußen. »Ich bin ein Mittler. Auf der einen Seite steht Elmo Shepherd, der zutiefst davon überzeugt ist, dass Gehirne simuliert werden können – und dass man, wenn die Simulation einmal eingeschaltet ist, in genau dem Zustand rebootet, in dem man war, als man zum letzten Mal das Bewusstsein verloren hat. Wie wenn man aus einem Nickerchen erwacht. Auf der anderen Seite steht Jake, der an die Existenz eines unaussprechlichen Geistes glaubt, der nicht in Maschinensprache wiedererschaffen werden kann.«

»Was glauben Sie, Enoch?«

»Jakes Auffassung beruht auf einer Theologie, mit der ich nicht übereinstimme. Wie viele andere Theologien kann sie aber als gesprungener Spiegel oder als ein schmutziges Brillenglas dienen, durch das wir vielleicht Dinge sehen, die informativ sind. Ich weiß nichts von einem unaussprechlichen Geist, habe aber tatsächlich den Verdacht, dass einige Merkmale von dem, was uns ausmacht, nicht zurückkommen, wenn unsere Gehirne von Leuten wie Elmo gescannt und simuliert worden sind. Für mich steht zum Beispiel nicht fest, dass Erinnerung funktionieren wird, wenn die physischen Bezugspunkte nicht mehr da sind. Es steht nicht fest, dass das Gehirn wissen wird, was es in Abwesenheit eines Körpers mit sich anfangen soll. Zumal eines Körpers mit Sinnesorganen, die ihm ein kohärentes Bild von der Welt liefern.«

»Das Bild muss einen Sinn ergeben«, sagte Sophia, die einfach laut dachte. »Es muss eine kohärente und folgerichtige Darstellung der Welt sein.«

»Einer Welt zumindest«, sagte Enoch.

Irgendwann in der Nacht zog der Sturm vorüber, und sie erwachten an einem klaren, sonnigen Morgen, an dem es viel kühler war als tags zuvor. Nach einem Frühstück aus dem Automaten und einem von Roboterhand aufgebrühten Kaffee stiegen sie wieder in das voll aufgeladene Auto und machten sich auf den Weg nach Westen. Sie würden nur auf Interstates fahren, den ganzen Tag über, bis sie an die Abzweigung nach Moab kämen. Verglichen mit dem Verkehr, den sie am Vortag auf der Straße nach Sioux City erlebt hatten, gab es hier, je weiter sie nach Westen gelangten, immer weniger Fahrzeuge vom Ameristani-Typ. Die westlichen Ebenen waren sogar in der kühleren, regnerischeren Blütezeit der weißen Besiedlung eine raue Gegend zum Leben gewesen und befanden sich inzwischen auf dem besten Weg zur Verwüstung. Sie konnten einfach nicht so viele Menschen ernähren, und das flache Land und die trägen Flüsse boten keine

Anreize für Outdoorfreaks oder den Bau von Ferienhaussiedlungen. Es war ein Land für die Durchreise. Windräder machten mit fortschreitendem Tag allmählich Photovoltaikanlagen Platz, und die Rocky Mountains begannen den Horizont zu knittern. Den Morgen über, während sie mit der Spitzengeschwindigkeit des Autos über die Ebene surrten, »arbeiteten« die vier aus Princeton, das heißt, sie verloren sich in einem Durcheinander aus Wissenschaft, Praktikumsvorbereitung und was immer ihre Editoren ihnen in Sachen Nachrichten, soziale Medien und Unterhaltung entgegenwarfen. Sophia »fuhr«, und Enoch war Beifahrer. Da er keine Datenbrille besaß und nichts anderes zu tun hatte, als durch die Windschutzscheibe zu starren, erschien es nur höflich, ihm diesen Platz zu überlassen. Im kosmopolitischen Zentrum von Denver aßen sie edel zu Mittag und überquerten in den darauf folgenden zwei Stunden die Rockies: ein Mosaik aus teuren Freizeitangeboten, gesprenkelt mit dicht bebauten Siedlungen, wo die Dienstbotenklasse in Mobilhomes wohnte. Dann wieder hinunter in die raue Wüste der Intermountain Region, die nicht weniger unwirtlich war als das, was im Osten der Rockies lag, fürs Auge jedoch weitaus mehr zu bieten hatte.

»Typisches Beispiel«, sagte Enoch zu Sophia, womit er offenbar den Gesprächsfaden der vergangenen Nacht da wieder aufnahm, wo er abgerissen war. »Sie und ich sitzen, sagen wir, rund einen Meter auseinander und blicken auf *das* da.« Und er brauchte nicht zu erklären, dass *das* da das landschaftlich außerordentlich reizvolle Panorama des Glenwood Canyons war. Ein menschlicher Fahrer hätte das Tempo verlangsamt, um es zu genießen, aber die Algorithmen des Autos schienen die Strecke als Herausforderung zu betrachten und behandelten sie wie einen Slalomkurs. »Wir *sehen* es nicht nur, wir *fühlen* es!«, sagte er halb im Spaß, als alle durch eine abrupte Rechtskurve nach links geschleudert wurden. »Fühlen es buchstäblich in unseren Knochen. Seine Geometrie davon und die unserer Bewegungsbahn durch die Raumzeit, die sich in unserem Innenohr manifestiert, und zwar auf eine Weise, die nie von virtueller oder erweiterter Realität imitiert werden könnte. Und alles ist in sich völlig widerspruchsfrei, was Sie erleben und was ich erlebe, sodass unsere Auffassungen von der Welt übereinstimmen. Ich versuche immer wieder, Elmo klarzumachen, dass unser Gehirn das braucht – dass, wenn diese Art von kohärenter Welt nicht zur Verfügung steht, nicht nur *ich* nicht mit *Ihnen*, sondern mein eigenes Gehirn von einem Moment auf den anderen nicht einmal mit *sich selbst* sprechen kann.«

»Uuuund noch ein passendes Beispiel«, sagte Phil, der hinten in der Mitte saß. Er schob sich die Brille ruckartig auf die Stirn, um etwas, das vor ihnen über der Straße hing, besser sehen zu können.

Sie hatten den Glenwood Canyon unvermittelt und endgültig verlassen und waren in ein offeneres Tal gelangt, in dem an einem Fernstraßendreieck Colorado Springs lag. Eine Schnellstraße machte hier eine Kehrtwende in südöstliche Richtung zu dem Eliteparadies Aspen. Reisende, die wie sie weiter nach Westen in Richtung Utah fahren wollten, fanden sich vor einem animierten Atompilz wieder, der vom Mittelstreifen der Interstate aufstieg.

Werbetafeln im herkömmlichen Sinne waren denselben Weg wie Tankstellen und Aschenbecher gegangen. Wesentlich billiger und effizienter war es, die Menschen mit personalisierten Botschaften anzusprechen, die in ihrer Datenbrille auftauchten, und diese Botschaften waren tunlichst interessant und passend, weil sie andernfalls noch von den letzten Billig-Editstreams ausgefiltert wurden. Wenn man wirklich etwas am Straßenrand installieren wollte, das *jeder* mit bloßem Auge sehen konnte, dann war ein stationäres holografisches Projektionssystem in jeder Hinsicht eine bessere Wahl als das Aufstellen eines materiellen Objekts. Zwar konnte es für menschliche Fahrer eine fatale Ablenkung darstellen, aber Menschen fuhren kaum noch, sodass der einzige wirkliche Einwand, den man noch gegen holografische Werbeflächen vorbringen konnte, darin bestand, dass sie geschmacklos und ärgerlich waren. Was das betraf, variierten die Standards. Man konnte davon ausgehen, dass im eigentlichen Stadtbezirk von Glenwood Springs guter Geschmack vorherrschte, damit sich nicht Einprozenter auf dem Weg nach Aspen an vulgären Darstellungen stießen und beschlossen, rasch weiterzufahren und ihren Kaffee an einem fürs Auge angenehmeren Ort zu trinken. Im Westen der Stadt dagegen verlief eine Art unsichtbare Grenze, auf deren anderer Seite alles erlaubt war. Und jemand hatte das ausgenutzt, indem er dieses Multi-Megawatt-Hologramm von einem animierten Atompilz installierte, das in einer Endlosschleife lief und von gelben Großbuchstaben gekrönt war, die DIE WAHRHEIT ÜBER MOAB! verkündeten.

Dies war, wie sich herausstellte, die erste von mehreren derartigen Reklameflächen, die in Abständen entlang der gut zweihundertfünfzig Kilometer bis zum Abzweig nach Moab auftauchten. Es wurde deutlich, dass es wenigstens zwei verschiedene Moab-Truther-Stätten gab, die um ihre Blicke und ihre Aufmerksamkeit buhlten: ein »Besucherzentrum« und ein »Museum«. Beide gründeten auf der Prämisse, dass Moab ausgelöscht und seine Auslöschung durch eine gewaltige globale Verschwörung vertuscht worden war. Beides schienen ausgesprochen gewinnorientierte Touristenfallen in der fadenscheinigen Aufmachung althergebrachter gemeinnütziger Institutionen zu sein. Außerdem schien die Besucher noch eine dritte Attraktion zu erwarten; diese wurde viel weniger stark beworben, und ihr Markenimage war für Sophias Empfinden ähnlich dezent wie das des National Public Radio. Sie wurde entweder »Offizielles Willkommens- und Informationszentrum von Moab« oder aber »Nest der Lügen« genannt, je nachdem, welchen Editstream man abonniert hatte. Es lag nahe, dass es von Mitgliedern der realitätsbasierten Community eingerichtet worden war, unterstützt vielleicht durch Finanzspritzen einer desolaten Handelskammer von Moab.

Je näher sie der Abzweigung kamen, desto lockerer wurden die lokalen Vorschriften – vorausgesetzt, es gab *überhaupt welche* – in Bezug auf Schilder und umso verzweifelter wurde der Konkurrenzkampf. Das letzte Stück sah aus wie eine Sequenz aus einem effektlastigen Kinofilm oder Computerspiel, die einen totalen, kompromisslosen thermonuklearen Schlagabtausch im Weltmaßstab schilderte. Sie bogen ab auf die Landstraße, die sie die letzten rund fünfzig Kilometer nach Moab hineinbringen würde, und fuhren fast augenblicklich zwischen den beiden konkurrierenden Einrichtungen der Truther hindurch, die, verglichen mit ihrer Werbung, jämmerlich und verlassen dastanden, verloren auf dünn mit Wohnmobilen und Schulbussen gesprenkelten Kiesparkplätzen.

Knapp einen Kilometer weiter lag das Nest der Lügen, ein neueres, aus Fertigbauteilen erstelltes Gebäude, das eine Menge Einschusslöcher aufwies. Oder Dellen, um genauer zu sein, denn bei näherem Hinsehen schien es, als wäre es aus einem Material mit vielen Schichten zusammengeschraubt worden, eine Glanzleistung der Baustoffkunde, die die meisten allgemein gebräuchlichen Geschosse stoppen konnte. Ein einziges Auto, ein zweckmäßiger Geländewagen, parkte an einer Stelle, wo ihm während der heißesten Stunden des Tages ein Photovoltaikmodul Schatten spendete. Im Moment war es allerdings den Strahlen der niedrig stehenden Spätnachmittagssonne ausgesetzt. Aus einem Gefühl heraus, dass dieser Ort ihre Unterstützung verdiente, setzte sich Sophia über das Navigationsprogramm des Autos hinweg und lenkte das Fahrzeug in eine Parklücke in der Nähe des Geländewagens. Dessen Nummernschilder waren nicht von Utah, sondern von der städtischen Behörde von Moab ausgestellt worden. Und Sophia – die darüber gelesen hatte – wusste bereits, warum.

Die Legislative von Utah war von Moab-Truthern übernommen worden, die darauf beharrten, dass Moab zwölf Jahre zuvor durch nuklearen Terrorismus ausgelöscht worden war. Woraus folgte, dass jeder, der behauptete, tatsächlich dort zu leben, ein Troll war, ein Krisenschauspieler im Sold oder ein armer Betrogener im Bann von Weltverschwörern, die versuchten, anständigen Leuten eine monströse Leugnung der Wahrheit aufzudrängen. Vor diesem Hintergrund hatten sie in heller Empörung ein Gesetz verabschiedet, demzufolge die staatliche Zulassungsbehörde keine Kfz-Zulassungsanträge aus Moab mehr annehmen durfte. Da es den Leuten von Moab somit unmöglich gemacht wurde, Fahrzeuge in Utah anzumelden, hatten sie begonnen, ihre eigenen Nummernschilder zu prägen, die sogar an weit entfernten Orten zu einem Statussymbol und coolen Objekt geworden waren und der Stadt Geld eingebracht hatten, bis sie unter Raubkopien begraben wurden. Jedenfalls lebte der Besitzer dieses Geländewagens in Moab.

Sie stiegen aus dem Auto, streckten sich, tappten auf steifen Beinen umher, benutzten die mobile Toilettenkabine. Sophia ging auf die Eingangstür des Hauptgebäudes zu und hörte, wie sie sich mit einem Summen öffnete.

»Willkommen im Nest der Lügen!«, sagte die einzige anwesende Person, eine Frau in den – Vierzigern? Nein, vermutlich Mitte bis Ende dreißig und einfach nicht interessiert an einer der verfügbaren Techniken rund um Haare, Kleidung, Haut und Make-up, mit deren Hilfe sie vielleicht jünger ausgesehen hätte. Sie hatte eine Kurzhaarfrisur, die sie sich vielleicht selbst geschnitten hatte. Sie trug eine Brille alter Schule, was bedeutete, dass sie nichts als Korrekturgläser hatte. Durch sie las die Frau in einem auf Papier gedruckten Roman.

»Danke«, sagte Sophia.

»Haben Sie die Absicht, nach Süden in die Stadt zu fahren?«

»Sie meinen Moab? Ja.«

»Dann wissen Sie, dass es existiert.«

»Ja, ich war sogar schon ein paarmal dort.«

»Sind sie damals geflogen oder gefahren?«

»Geflogen.«

»Gut. Also, auf Ihrem Weg in die Stadt werden sie Straßensperren sehen. Eine oder zwei, je nach Tageszeit. Sie sind nicht real. Sie brauchen nicht anzuhalten. Schalten Sie einfach Ihren Autopiloten aus, fahren Sie langsam durch und schenken Sie den bewaffneten Männern, die da mit den Armen fuchteln, keine Beachtung.« Das alles sagte die Frau im intelligenten, sachlichen Ton einer Parkrangerin, die erklärte, was man im Fall einer Begegnung mit einem Bären machen sollte. »Die werden Ihnen aus dem Weg gehen und nicht wirklich auf Sie schießen oder so was. Sollte es doch irgendwelche Schwierigkeiten geben, können Sie auf diesem Weg um Hilfe bitten.« Worauf die Frau einen Finger anleckte und von einem Stapel Ausdrucke ein Blatt Papier zog, von dem sie dann mit einer Schere einen etwa fünf Zentimeter breiten Streifen abschnitt. Diesen schob sie Sophia über die Theke zu. Folgen von Ziffern und Buchstaben waren darauf aufgelistet. Außer diesen Ausdrucken und dem Buch in der Hand der Frau – eine neuere Übersetzung des *Beowulf* – gab es in dem Raum kein Papier. Die Wände waren mit Regalen für Prospekte versehen, und zwei Drehständer ragten wie zerbrochene Säulen mitten im Raum auf, aber alle waren leer.

Als könnte sie Sophias Gedanken lesen, sagte die Frau: »Mit Ihrer Datenbrille würden Sie das Äquivalent von Prospekten für Touristen sehen.«

»Verstehe«, sagte Sophia. »Wir setzen allerdings nur einen unserer Mitfahrer hier ab.«

»Nun, willkommen in Moab«, sagte die Frau, »und haben Sie eine sichere Fahrt.«

»Spricht irgendetwas dagegen?«

»Nein, das ist nur eine Höflichkeitsformel.«

Es kam genau, wie die Frau gesagt hatte: Acht Kilometer weiter waren am Ende einer langen Geraden ein paar staubige Pickups und altmodische SUVs so abgestellt, dass sie die Straße fast, aber nicht ganz blockierten. Auf beiden Seiten davon hatte man mit annähernd parallel gespannten gelben Kunststoffbändern behelfsmäßige Zaunpfähle zu einer Absperrung verbunden, die sich ein Stück in die Wüste hineinzog, bis die Zaunmacher das Interesse an ihrer Aufgabe verloren hatten. Über der Straße hatte jemand einen groben Holzbogen aufgerichtet und an dessen Scheitelpunkt eine im Grün der Interstate-Schilder angestrichene Sperrholzplatte festgenagelt, auf der in handgeschriebenen weißen Lettern stand:

GEFAHR
STRALUNG
ZUFAHRT FERBOTEN

Ungefähr in dem Moment, als sie nah genug waren, um diese Worte lesen zu können, und ihnen gerade die Rechtschreibfehler auffielen, begann sich der Autopilot wegen des Chaos vor ihnen auf der Straße zu sorgen, gab einen Warnton von sich und verlangsamte das Tempo. Sophia schaltete ihn aus, übernahm die Steuerung von Hand und unterdrückte zur Sicherheit auch etwaige weitere Warnpiepsignale.

An einem Wohnmobil, das am Straßenrand parkte, flog eine Tür auf, und ein Mann kam, während er noch dabei war, sich ein Sturmgewehr am Riemen über die Schulter zu hängen, eine äußere Treppe heruntergestampft und wandte sich ihnen zu. Von der anderen Seite blickte ein älterer Mann, der vor einer rauchenden Blechtonne stand und mit einer Zange heiße Würstchen umdrehte, mit mäßiger Neugier herüber. Der mit dem Gewehr stolzierte mitten auf die Straße und fing an, mit beiden Armen in der Luft herumzufuchteln. Den Anweisungen der Frau in dem

Informationszentrum folgend ließ Sophia das Auto mit knapp zehn Stundenkilometern weiterrollen und lenkte es einfach um den Mann herum, indem sie im Slalom um eine Reihe von Absperrungen, die die Straße nicht ganz blockierten, und dann in das unbewohnbare radioaktive Ödland jenseits davon fuhr. Sie folgten der Straße durch einige Kurven und Bodensenken, die eine Zeit lang ihre Sichtweite einschränkten, bis plötzlich ein Starbucks vor ihnen auftauchte.

»Wie war es früher?«, fragte Sophia Enoch ein paar Minuten später, nachdem sie im Drive-in alle etwas zu trinken bekommen hatten. Der Autopilot war wieder eingeschaltet, und sie fuhren auf die relativ hellen Lichter von Moab zu, die immer noch drei Kilometer entfernt waren. Sophia dachte über die Frau nach, die in dem Informationszentrum saß und ein Buch las. Über das ganze Konzept von Informationszentren. Über Information.

»Kommt drauf an, wie weit Sie zurückgehen wollen«, bemerkte Enoch.

»Ich meine ja nur, dass für uns andere in diesem Auto die Nach-Moab-Welt im Grunde alles ist, was wir je kennengelernt haben. Wo Leute sich nicht einmal darauf einigen können, dass die Stadt existiert.«

»Wie es war, als Leute sich auf Fakten einigten, meinen Sie?«, fragte Enoch. Er schien sich über die Frage ein wenig zu amüsieren. Nicht auf herablassende Weise. Eher fasziniert.

»Ja. Das taten sie doch, oder? Walter Cronkite und das alles?«

Enoch dachte einen Moment darüber nach. »Ich würde sagen, die Fähigkeit von Menschen, sich auf nicht ohne Weiteres sichtbare Tatsachen – Sachverhalte, die räumlich und zeitlich von ihnen entfernt lagen – zu einigen, steigerte sich von einer Basis von ungefähr null bis zu einem ziemlich hohen Niveau um die Zeit der wissenschaftlichen Revolution und dergleichen, fand bei gleichbleibender Höhe durch die ganze Cronkite-Ära hindurch global weitere Verbreitung und fiel dann, als das Internet daherkam, unglaublich schnell auf null. Und ich glaube, das Wichtigste, was es den Menschen brachte, war soziale Mobilität, das heißt, als aufgewecktes Kind, das auf einer Farm in Kansas oder in einem indischen Slum aufwuchs, hatte man eine Chance, etwas Interessantes mit seinem Leben anzufangen. Davor – vor der dreihundertjährigen Phase, in der Menschen eine Möglichkeit hatten, sich auf Fakten zu einigen – hatten wir Könige und Warlords und eine starre soziale Hierarchie. Währenddessen wurde eine Menge intellektuelles Potenzial freigesetzt, und materiell wurde alles viel besser. *Viel* besser. Jetzt sind wir wieder in einer Situation, in der die Leute, die die Macht und das Geld haben, bekommen können, was sie wollen, indem sie diktieren, was die Masse der Menschen glauben soll.«

»Aber damit die Reichen bekommen, was sie wollen, brauchen sie auch eine funktionierende Hightechwirtschaft, nicht wahr? Ihr Reichtum gründet ja nicht, wie in alter Zeit, auf Landbesitz. Er basiert auf Aktien.«

Enoch nickte. »Das System ist jetzt selektiv genug, um diejenigen, die einen Beitrag zur Hightechwirtschaft leisten können, zu identifizieren und an Orte wie diesen zu bringen.« Mit einer Handbewegung deutete er durch die Windschutzscheibe auf Moab, das mit seinen eher niedrigen Gebäuden und seiner entspannten Atmosphäre für diejenigen, die wussten, worauf sie achten mussten, zu erkennen gab, dass es zu den Orten gehörte, wo kluge Menschen lebten. Sie waren über dreitausend Kilometer gefahren, um in Princeton zu landen. Und nachdem sie es in ihrer Heckkamera zurückgelassen hatten, fuhren sie noch einmal tausendfünfhundert, um wieder am selben Ort zu landen.

»Wird er wohl je wiederkommen?«

»Der Stand der Dinge, wie er während dieser dreihundert Jahre war?«

»Ja.«

»Ich weiß es nicht. Das ist die Art von großen esomäßigen

Themen, über die Ihr Onkel Jake nachdenkt. Natürlich dürfen Sie auch darüber nachdenken. Oder sich auf die bevorstehende Aufgabe konzentrieren. Vielleicht hängt beides miteinander zusammen.«

Um das zu verstehen, brauchte sie einen Moment. »Sie sprechen von dem, was Sie vorhin erwähnt haben«, sagte sie, »dass ein Gehirn oder seine digitale Simulation in eine Welt eingebettet sein muss, die mit ihm darin einiggeht, was was ist.«

»*Ja.* Und es muss mit jedem anderen Gehirn, das zufällig in derselben Welt herumhängt, einiggehen.«

»Kein Thema für mich«, sagte Sophia. »Es gibt nur das eine. Dodges.«

»Nicht mehr lange«, sagte Enoch.

Ob Zufall oder nicht, sie hatten das Stadtzentrum erreicht und hielten vor einem der größeren Gebäude, ehemals eine Bank, jetzt das örtliche Büro von ONE, der Organisation für Neue Eschatologie. Sophia hatte ihren Standort mit Familienmitgliedern geteilt, worauf Jake offensichtlich das Team vor Ort informiert hatte, und so kamen ein paar Leute, von denen Sophia nur vermuten konnte, dass sie professionelle Eschatologen oder vielleicht auch eschatologisches Hilfspersonal waren, durch die großen alten Türen des Gebäudes heraus, um ihren Kollegen zu begrüßen. »Hier verlasse ich Sie nun«, sagte Enoch. »Vielen Dank, dass Sie geholfen haben, mich von diesem Kreuz zu holen, und mich den weiten Weg hierhergebracht haben.«

TEIL 4

17

Zusammen mit ihrem Mann Csongor lebte Zula immer noch in derselben Eigentumswohnung wie zur Zeit von Richards Tod. Dort hatten sie Sophia großgezogen. Nachdem sie sie nach Princeton geschickt hatten, hatten sie sich eine Zeit lang nach einem neuen Domizil umgeschaut, dann aber beschlossen, dass die Eigentumswohnung – rund 185 Quadratmeter im achtzehnten Stock eines zwanzig Stockwerke hohen Gebäudes in Seattle, im Stadtteil Capitol Hill – ihren Bedürfnissen immer noch entsprach.

Richard hatte sie ihnen vor langer Zeit gekauft, im Anschluss an Ereignisse, die sie kurzzeitig berühmt gemacht und der Gefahr heftiger Vergeltungsmaßnahmen ausgesetzt hatten. In ihre Wohnungen, die leicht aufzuspüren waren, konnten sie nicht ohne Risiko zurück, und nennenswerte finanzielle Mittel besaßen sie auch nicht. Richard hatte das Problem dadurch behoben, dass er eine nicht zurückverfolgbare Briefkastenfirma gründete und über sie die Wohnung kaufte. Bis das Miasma den Schachzug mitbekommen und herausgefunden hatte, wo sie lebten, waren sie nicht mehr ganz so berühmt, und die vorhandene Sicherheit in dem Gebäude hatte sich als ihren Bedürfnissen entsprechend erwiesen.

Dennoch war die Sicherheit ein immerwährendes Schere-Stein-Papier-Spiel zwischen Technologien, die alle unterschiedliche Dinge zu wollen schienen. Die Lobby des Gebäudes, seine

Aufzüge und Treppenhäuser und seine äußeren Gürtel aus Gehwegen und Gärten waren schon zur Zeit des Einzugs von Zula und Csongor alle mit Sicherheitskameras abgedeckt worden. Damals saß ein Wachmann den ganzen Tag hinter einer Empfangstheke in der Lobby, behielt den Haupteingang im Auge und blickte hin und wieder auf eine Anordnung von Flachbildschirmen, die ihm die Aufnahmen dieser Kameras zeigten. Vor ein paar Jahren war diese Theke jedoch herausgerissen und durch ein großes Salzwasseraquarium ersetzt worden. Die Gebäudeinhaber beschäftigten nach wie vor eine Sicherheitsfirma. Doch soweit die Bewachung von Menschen erledigt wurde, die sich tatsächlich vor Ort befanden, waren sie die meiste Zeit des Tages auf dem Gelände unterwegs, während sie auf tragbaren Geräten im Blick behielten, was vor sich ging. Manche der »Wächter« waren auch nur Algorithmen, die Video- und Audiofeeds auf verdächtiges Verhalten hin analysierten, die Erkennung von Gesichtern betrieben und sie mit einer weißen Liste von Hausbewohnern, Freunden und Nachbarn und einer schwarzen von Schurken, Stalkern und Ex-Ehemännern abglichen. Alles Uneindeutige wurde an eine südostasiatische Betrachterfarm weitergeleitet.

An einem bestimmten Morgen im Juni trat Zula aus dem Fahrstuhl in die Lobby des Gebäudes und setzte ihre Sonnenbrille auf. Ein gelber Ball – die mildeste der Warnungen – flimmerte in der Ecke ihres Sichtfelds. Sie richtete flüchtig den Blick darauf. Die Brille bemerkte ihre Augenbewegung und reagierte darauf, indem sie ihr mitteilte, dass gerade zufällig drei geVEILte Fußgänger draußen vorbeigingen.

Zula ignorierte das, schob die Tür auf und sah sie sofort: drei Mädchen im Highschoolalter, mit Kaffeebechern in der Hand und fröhlich lachend und plaudernd.

Alle drei trugen Wearables mit großen verspiegelten Gläsern, die ihre Augen verdeckten. Von den Wangenknochen abwärts waren ihre Gesichter zu sehen. Doch Lichtpunkte und -flecken, projiziert von Lasern im unteren Rand der Gläser, blitzten und glitten in einer Weise über ihre Gesichter, die so programmiert war, dass sie Gesichtserkennungsalgorithmen störte.

Zula benutzte keinen VEIL. So verriet sie, indem sie ihr Gesicht in einem öffentlichen Bereich zeigte, jeder Kamera, die imstande war, sie zu sehen und ihre Gesichtszüge mit einer Datenbank abzugleichen, ihren Standort. Die meisten Leute hatten sich längst an so etwas gewöhnt und kümmerten sich nicht besonders darum. Viele wollten dabei jedoch nicht mehr mitmachen. Man konnte vermeiden, erkannt zu werden, indem man einen physischen Schleier und eine Sonnenbrille trug, aber in der industrialisierten Welt entschieden sich die meisten für das dem Informationszeitalter gemäße Äquivalent.

Zu behaupten, dass Verna und Maeve Braden den Virtuellen Epiphanischen Identitäts-Lüster, kurz VEIL, komplett erfunden hätten, entspräche nicht ganz der Wahrheit, da er eine Anzahl separater Technologien in sich vereinte. Es war eher so etwas wie eine Systemintegration und Markenbildung als eine Erfindung gewesen. Aber sie hatten diesen virtuellen Schleier erdacht, mit einem Namen versehen und zu einem Ding gemacht.

Der VEIL wurde häufiger von Personen in der Venn-Diagramm-Schnittmenge von »jung«, »netzaffin« und »subkulturell« getragen. In Capitol Hill auf solche Leute zu stoßen überraschte nicht weiter. Zula war ziemlich sicher, dass diese drei jungen Damen auf dem Weg zu der Prep School ein paar Häuserblocks weiter waren. Im Laufe der nächsten halben Stunde, in der sie selbst den Hügel hinunter in den Stadtteil South Lake Union ging, würde die allgemeine Kultur sich verändern; sie würde immer noch unglaublich netzaffin sein, aber das Durchschnittsalter würde tendenziell steigen, und die subkulturellen Instinkte der Leute würden stummgeschaltet oder gar nicht vorhanden sein. Hier oben dagegen war das Tragen eines VEILs nicht bemerkenswerter als das eines Nasensteckers. Das Sicherheitssystem des Gebäudes bemerkte geVEILte Passanten und kennzeichnete sie als mittelmäßig interessant – daher das gelbe Signal in Zulas Brille –, aber Leute mit einer schwarzen Sturmhaube waren etwas ganz anderes.

»Epiphanische Identität« war nicht nur eingefügt worden, damit das Akronym funktionierte. Die Wörter hatten jeweils eine besondere Bedeutung.

»Epiphanie« war ein starker, verrückter metaphysischer/religiöser Begriff. Die letzten beiden Silben stammten von einem griechischen Wort mit der Bedeutung »offenbaren« oder »erscheinen«. Es war die Vorsilbe, die es interessant machte. »Epi-« bedeutete »auf«, »über« oder »zusätzlich zu« und legte damit nahe, dass Epiphanie nicht einfach Erscheinung in einem nackten, unverhüllten Sinn bedeutete, sondern etwas eher Indirektes, Geschichtetes bezeichnete. Wenn in der Bibel jemand eine Epiphanie hatte, sah er nicht unmittelbar Gott, sondern eine Art Avatar oder Manifestation davon.

»Identität« war vom Internet für immer verändert worden; früher hatte es »wer man wirklich ist« bedeutet, jetzt dagegen bedeutete es »jedes aus einer Anzahl bleibender Gesichter, die man dem digitalen Universum präsentieren kann«.

Der VEIL war als zweischneidige Waffe entwickelt worden. Ja, er blockierte die Gesichtserkennungsalgorithmen, die jede Kamera an jedem Ort in die Lage versetzen würden, den wahren Namen der erkannten Person zu erfahren. Aber das Lichtmuster, das ein VEIL auf das Gesicht des Nutzers projizierte, war nicht bloße Störung. Es war ein Signal, dazu bestimmt, Daten an jedes Computer-Vision-System zu übermitteln, das intelligent genug war, sie zu lesen. Das Protokoll war von ENSU veröffentlicht worden und in seiner Differenziertheit beeindruckend, aber am Ende lief es darauf hinaus, dass ein VEIL, wenn der Nutzer es wollte, das Äquivalent eines Barcodes projizieren konnte: eine Zahl, die den Nutzer mit einem PURDAH verknüpfte.

Das alles war vollkommen optional und unnötig, was durchaus zum Sinn der Sache gehörte; die meisten Leute wussten nichts von alledem oder kümmerten sich nicht darum und taten einfach offen Dinge unter ihrem richtigen Namen. Dabei war es ein einfacher, kostenloser und empfohlener Schritt, wenn man ins eigenständige Leben startete, zumindest einen PURDAH einzurichten, damit man anfangen konnte, ein Verzeichnis von Dingen zu erstellen, die man gemacht hatte. Das konnte der Nutzer, wenn er wollte, mit seinem richtigen Namen und seinem Gesicht verbinden oder auch nicht. So oder so konnte er es in sein VEIL-System eingeben, sodass, wenn er die Straße entlangging, Computer-Vision-Systeme zwar nicht sein Gesicht erkennen, aber seinen PURDAH heraussuchen und von da aus jede in einer Blockchain damit verbundene Aktivität sehen konnten.

Die lachenden, Kaffee trinkenden, VEILs tragenden Schülerinnen hatten das selbstverständlich alle drei gemacht. Vermutlich war es ein kostenloser und obligatorischer Service, der ihnen von ihrer Prep School zur Verfügung gestellt wurde. Die Sicherheitskameras an der Fassade von Zulas Wohngebäude hatten sie ausfindig gemacht. Übrigens besaß Zulas Brille nach außen gerichtete Kameras, die dasselbe hätten tun können, wenn sie Interesse daran gehabt hätte. Was sie nicht hatte. Aller Wahrscheinlichkeit nach waren aber die PURDAH-Aufzeichnungen der Mädchen ohnehin in einem gemeinsamen Vorgehen von Eltern und ihrer Schule sorgfältig überarbeitet und zensiert worden. Ihre Namen und Gesichter dürften verborgen gewesen sein. Vermutlich gab es aber genug öffentlich zugängliche Daten, die nahelegten, dass sie genau das waren, wonach sie aussahen: normale Schülerinnen, geVEILt und in PURDAH, nicht weil sie böse Absichten verbergen wollten, sondern einfach um sich Widerlinge vom Leib zu halten und sicherzustellen, dass sie bei ihren Hochschulzulassungs- und -eignungstests gerecht beurteilt würden.

18

Zula wandte sich hügelabwärts und ging forschen Schrittes los. Im Wesentlichen war das ihre Art, sich fit zu halten. Dort, wo sie arbeitete – im Hauptsitz der Forthrast-Familienstiftung –, gab es einen Fitnessbereich für Angestellte. Und wo sie wohnte, ein Fitnessstudio für Bewohnerinnen und Bewohner und deren Gäste. Auf ihrem Weg den Hügel hinunter nach South Lake Union kam sie an einem fensterlosen pinkfarbenen Gebäude mit einem winzigen Schild an der Tür vorbei, das Gerüchten zufolge ein Boutique-Studio und so exklusiv war, dass man sich für eine Mitgliedschaft bewerben und anstrengende Tests bestehen musste. Ein anderes Fitnessstudio ein paar Häuserblocks weiter nahm das ganze Erdgeschoss eines Wolkenkratzers ein; mehrere Dutzend Crosstrainer waren am Fenster entlang aufgereiht und von schwer atmenden Frühaufsteher-Nerds besetzt, die sich Filme anschauten oder in Datenhelmen Arbeit erledigten. Sie kam an einem Steampunkstudio vorbei, wo geschichtsbewusste Nerds mit gewachsten Schnurrbärten ihr Training mit Gymnastikkeulen aus poliertem Mahagoni absolvierten, das aus ökologisch nachhaltigen Plantagen stammte; an einem verglasten Kletterfelsen aus künstlichem Stein, an dem Nerds in Klettergurten mit kreidigen Fingern nach computergestützt entworfenen und gefertigten Griffen tasteten; an einer aufgepeppten Lagerhalle, wo in lange Gewänder gekleidete Nerds mit simulierten Lichtschwertern feierliche Duelle ausfochten; an einem gestreiften Zelt, in dem Nerds kopfüber mit den Kniekehlen an einem schwingenden Trapez hingen; an einer Freilufthindernisstrecke, auf der Parkour-Ninjas über Zäune sprangen und senkrecht an Betonwänden hochrannten; an einem Park, wo Gruppen von Nerds sich auf den Boden warfen und unter dem gespielt strengen Blick eines Mannes, der den Ausbilder mimte, Liegestütze machten; an einem wummernden Tanzstudio, in dem weibliche Nerds ihren Poledance trainierten. Was diese Einrichtungen ebenso zusammenhielt wie Mörtel Backsteine, war eine nicht weniger bizarre Auswahl an Ess- und Trinklokalen, in denen diejenigen, die gerade eine Menge Kalorien abtrainiert und ihren Körper gestählt hatten, Gelegenheit bekamen, ihre Gesundheit noch weiter zu verbessern, indem sie Smoothies aus pulverisierten botanischen Kuriositäten tranken, oder die Waage auszugleichen, indem sie Dinge zu sich nahmen, die garantiert nicht gut für sie waren.

Zula hatte sogar einige von diesen coolen neuen Trainingsarten ausprobiert und würde das wahrscheinlich auch weiter tun, nicht zuletzt wegen der sozialen Komponente. Csongor spielte in einer Hockeyliga, die neunzig Prozent seiner Bedürfnisse in Bezug auf Fitness wie auf Gemeinschaft zu befriedigen schien. Auch Zula hatte ihr soziales Leben dadurch gestaltet, dass sie sich mit Freundinnen zu neuen Sportkursen anmeldete. Sie war jedoch bei keinem davon geblieben. Ihre einzige beständige Trainingsform war der Fußweg zur und von der Arbeit, den sie, immer allein, fast täglich zurücklegte.

Der Spießrutenlauf zwischen all diesen Optionen für körperliche Fitness brachte sie oft zum Nachdenken. Diese sauberen, wohlhabenden, gut informierten Technikfreaks wussten sicher, wie man seinen Körper genoss. Bei der Arbeit lebten sie in ihrem Kopf. In der Freizeit dagegen erfreuten sie sich an sportlicher Betätigung, einer heißen Dusche danach, an Essen und Trinken und daran, nach Hause zu gehen und Sex zu haben oder wenigstens gut zu schlafen – auf festen, mit sauberen, hochwertigen Laken bezogenen Matratzen. Dagegen war eigentlich nichts einzuwenden. Aber Zula hatte ihre Kindheit in Flüchtlingslagern verbracht, wo Quellen von körperlichem Genuss oder auch nur Annehmlichkeit rar gewesen waren. Etwas später in ihrem Leben war sie ein paar Wochen lang gegen ihren Willen mit Dschihadisten unterwegs gewesen, die entweder aus einigen der härtesten Gegenden der Welt gestammt oder sich bewusst für ein Leben dort entschieden hatten. Und obwohl sie alles an ihnen verabscheute, betrachtete sie doch unwillkürlich alles durch deren Augen. Dschihadisten, die von einer bestimmten Art von Religion besessen waren, würden die Fitnessstudios und Restaurants als Tempel für einen falschen Gott sehen, in den die Menschen gingen, um sich von der Realität abzulenken, dass sie alle früher oder später krank werden und sterben würden. Wonach man, wenn man glaubte, was sie glaubten, vor seinen Schöpfer treten und gebührend dafür bestraft werden würde, dass man so viel Zeit seines Lebens damit verbracht hatte, in Vergnügungen zu schwelgen.

Nichts davon war besonders originell – jeder empfindsame Mensch musste ein gewisses Mindestmaß an Grübelei über diese Dinge erledigen –, aber in Zulas Fall stand das alles komplett auf dem Kopf, ausgehend von dem, was siebzehn Jahre zuvor mit Onkel Richard passiert war. Das war zu ihrem Beruf geworden.

Sie hatte einige dieser Jahre gebraucht, um überhaupt zu verstehen und zu akzeptieren, dass ihre Identität – das Hologramm, an dem sie jeden Tag ihres Lebens schrieb – dadurch verändert worden war. Nicht so sehr durch den Tod selbst, sondern durch die daraus folgenden juristischen und finanziellen Komplikationen. Der Streit um Dodges letzten Willen hatte, soweit es um dessen praktische Auswirkungen auf ihr Leben ging, keinerlei Bedeutung; so oder so war sie reich, und ihrem Nachwuchs würde es materiell nie an etwas fehlen. In Geld ausgedrückt war der Unterschied allerdings ziemlich groß. Und wenn Geldbeträge so groß wurden, nahmen sie einen eigenen Willen an. Was vielleicht erklärte, warum das Dokument, von dem das alles ausging, »letzter Wille« genannt wurde.

Der Anteil der Familie an dem Geld war längst nach Iowa überwiesen worden und nicht mehr ihre Angelegenheit, sah man von den immer seltener werdenden Anlässen ab, wenn sie ersucht wurde, in Verbindung mit der halbautonomen Unterabteilung der Anwaltschaft, die aus dem Ökosystem von Gerichtsverfahren als Folge von ein paar unüberlegten Worten alimentiert wurde, eine Aussage zu Protokoll zu geben oder eine eidesstattliche Erklärung zu unterzeichnen. Der Restbetrag von Richards Vermögen – das meiste davon, genau genommen – war an die Forthrast-Familienstiftung gegangen. Zula war seit dem ersten Tag deren Vorstandsvorsitzende und Geschäftsführerin, und es wurde immer offensichtlicher, dass sie nie irgendeinen anderen Job haben würde. Sie zahlte sich selbst ein angemessenes Gehalt – nichts, was beim Stiftungsrat für hochgezogene Augenbrauen sorgte – und machte es zu ihrer beruflichen Aufgabe, dafür Sorge zu tragen, dass das Vermögen ihres Onkels auf die Dinge verwandt wurde, die ihm wichtig gewesen wären. Sein Geld hatte weitere Spenden angezogen, vorwiegend von alten Freunden von ihm, die an etwas Gutem beteiligt sein wollten.

Während der ersten zehn Jahre hatte das Problem darin bestanden, verantwortbare Möglichkeiten zu finden, das Geld schneller auszugeben, als es sich ansammelte. Das war, als schaufelte man mitten in einem Schneesturm seine Einfahrt frei. Wenn Stiftungsgeld geparkt werden musste, hatte sie es anfangs in einfache Indexfonds gesteckt. Das vermittelte ihr das beruhigende Gefühl, keine Marktbewegungen zu verpassen, ohne dabei viel Geld für teure Berater auszugeben. Langsam hatte sie begonnen, Geld in Finanzbots zu verschieben, deren Algorithmen so kompliziert waren, dass kein Mensch sie verstehen konnte. Deren Performance war besser gewesen als die der Menschen. In einem Fall hatte ein einzelner Bot über einen Zeitraum von mehreren aufeinanderfolgenden Jahren so viel Geld gemacht, dass er das Stiftungsvermögen mehr als verdoppelt hatte. Als Folge davon geriet der Anteil am Stiftungsvermögen, der von undurchschaubaren künstlichen Intelligenzen kontrolliert wurde, in ein Missverhältnis zu dem, der in althergebrachten Fonds und Aktien steckte.

Bei der Definition der Zwecke, für die die Stiftung das Geld verwenden sollte, hatte sich Onkel Richard nicht gerade ein Bein ausgerissen. Der Spielraum, den Zula damit hatte, war für sie eher einschüchternd gewesen. Sie hatte mehr Geld, als ratsam war, für den Rat von Experten ausgegeben und die Experten dann gefeuert. Die Stiftung zu leiten wäre einfach gewesen, hätte diese etwa die Erhaltung einer seltenen Gattung der Baumschnecke zum alleinigen Zweck gehabt. Stattdessen hatte die Formulierung des Testaments Zula als allgemeine Richtung die Unterstützung von Forschungsarbeiten vorgegeben, die irgendwie nutzbringend für die Menschheit, aber irgendwie auch mit der Spieletechnologie verbunden waren. Was so gut wie alles bedeuten konnte.

Der Hauptsitz der Stiftung war auf einer Pier erbaut, die vom südlichen Ufer des Lake Union aus ein kurzes Stück in den See hinausragte. Das war das einzig Bemerkenswerte daran; ansonsten war das Gebäude denkbar unspezifisch. In der Anfangszeit hatte Zula über Vorschläge von weltberühmten Architekten nachgedacht, die den Job als Gelegenheit betrachteten, ein Statement abzugeben. Sie hatten es hochgestochener formuliert, aber worauf es hinauslief, war, dass sie gern etwas richtig Cooles bauen wollten. Zulas Sympathien hatten sie gehabt, doch letztlich entschied sie sich für eine langweilige Lösung. Denn als neue und unerfahrene Geschäftsführerin, der man zu Recht vorwerfen konnte, dass sie durch Vetternwirtschaft an den Job gekommen war, musste sie nach außen deutlich machen, dass sie nicht einfach mit dem Geld ihres Onkels herumspielte. Die anderen Milliardäre, die Selfmademen, die niemand danach fragen würde, die konnten ihr Geld in die Errichtung eigenwilliger Bauten stecken. Doch das, was Zula hatte bauen lassen, war einfach ein weiteres Bürogebäude Handelsklasse A, das zusammen mit all den anderen derartigen Gebäuden im Wert steigen würde und das man auf dem Markt so leicht würde liquidieren können wie Schweinebauch. Die oberen zwei Etagen waren der Forthrast-Familienstiftung vorbehalten und die unteren vier an andere Organisationen vermietet worden.

Als sie näher kam, verlangsamte sie ihren Schritt. Das Netzwerk des Gebäudes erkannte sie auf einen Häuserblock Entfernung und ließ in der Ecke ihres Sichtfelds einen kleinen Statusanzeiger erscheinen. Nachdem die Türen sich automatisch für sie geöffnet hatten, trat sie in die Lobby. Auch hier gab es einen Sicherheitsmann, der ständig im Gebäude unterwegs war; er hatte sie kommen sehen und ging zum Eingang hinüber, um sie mit einem Kopfnicken und einem Lächeln begrüßen zu können. Das Gebäude wusste, dass sie angekommen war und einen Fahrstuhl in den fünften Stock brauchen würde, teilte ihr jedoch mit, dass es eine Wartezeit von dreißig bis sechzig Sekunden gebe; für die Aufzüge war das die geschäftigste Zeit des Tages. Sie erwog, stattdessen die Treppe zu nehmen, entschied sich aber dagegen, weil ihr Knie sich gerade meldete. Sie wartete vor den Aufzügen, zusammen mit einigen der Angestellten, die sie jeden Tag sah, und ein paar Besuchern, die wegen eines Meetings oder Bewerbungsgesprächs da waren. Letztere erkannte man daran, dass sie sich althergebrachter Orientierungsmethoden wie dem Lesen des Gebäudewegweisers bedienen und Aufzugknöpfe physisch drücken mussten.

Einer von ihnen, ein grauhaariger, rotbärtiger Mann mit einer etwas zerzausten akademischen Anmutung, warf ihr, während er das tat, einen schrägen Seitenblick zu. Er war wahrscheinlich unterwegs zu ONE, der Organisation für Neue Eschatologie, die sich im ersten Stock befand. Sehr wahrscheinlich hatte er dort mit Zulas einzigem noch lebenden Onkel, Jake Forthrast, zu tun. Zula sah diesen Mann nicht zum ersten Mal. Als er die Hand ausstreckte, um den Fahrstuhlknopf zu drücken, schoss diese aus dem ausgefransten Ärmel seines Kapuzenpullovers hervor und offenbarte außen am Handgelenk ein Pflaster. Als die Hand wieder an seine Seite zurückkehrte, fiel Zula ein entsprechendes Pflaster an der Innenseite auf. Abgesehen davon wirkten seine Hände normal. An diesem Detail erkannte Zula jedoch, dass er der Mann sein musste, Enoch Sowieso, der kürzlich in Nebraska gekreuzigt worden war, während er dort irgendetwas für Jake erledigte. Sie erwog, Hallo zu sagen und sich vorzustellen, war aber unsicher, wie sie ein Gespräch mit jemandem anfangen sollte, der gerade so etwas durchgemacht hatte. Er seinerseits wusste genau, wer sie war, und nickte ihr höflich zu. Es schien aber, als wollte er ihre Privatsphäre nicht stören.

Jake persönlich hatte am Ende denselben Geldbetrag bekommen wie alle Nachkommen von John und Alice zusammengenommen. Jakes Familie war kleiner und weniger kompliziert – er hatte drei Söhne, die fast eine Generation jünger waren als die Kinder von John und Alice, und bisher noch keine Enkelkinder. Im Gegensatz zu Alice hatte er beschlossen, die Kontrolle über seinen Anteil selbst zu behalten, statt ihn unter seinen Nachkommen aufzuteilen. Als Anhänger der Survivalistbewegung lebte er in einer Hütte in den nördlichen Wäldern und hatte keine Ahnung, was er mit dem ganzen Geld machen sollte. Im Großen und Ganzen war er Zulas Beispiel gefolgt und hatte in dasselbe Portfolio aus Aktien, Fonds und Finanzbots investiert wie die Stiftung. Soweit er überhaupt etwas davon ausgegeben hatte, hatte es dazu gedient, Zula beim Regeln der sonderbaren Situation behilflich zu sein, die in Bezug auf die Frage entstanden war, was mit Richards Gehirn passieren sollte.

Die Organisation für Neue Eschatologie war eine Folge davon. Sie besetzte die Venn-Diagramm-Schnittmenge von allem, was das Internet hasste, und hatte nahezu unendlich viel Spott auf sich gezogen. Manches davon war verdient gewesen; Jake hatte zwei Jahre und ein paar Millionen Dollar an verschwendeten Geldern gebraucht, bis er wirklich gelernt hatte, wie man eine gemeinnützige Organisation führt.

Genau genommen war Jake dadurch gezwungen worden, erwachsen zu werden und seinen Kram auf die Reihe zu bekommen – nicht nur finanziell, sondern auch philosophisch. Wie Zula und Alice gleichermaßen befürchteten, hatte Jake anfangs einen Teil des Geldes in einige der verrückteren Dinge gesteckt, an die zu glauben er sich angewöhnt und um die herum er sein Familienleben in Idaho gebaut hatte. Doch reich zu werden hatte verändert, was er glaubte, allerdings nicht auf dem eher akademischen Weg des Anzweifelns seiner Beweise und Erörterns seiner Logik, sondern dadurch, dass sich die Dinge änderten, die er gern glauben wollte. Die Verfügung über Richards Gehirn hatte nicht nur ONE hervorgebracht, sondern auch die Forthrast-Familienstiftung mit der sogar noch größeren Waterhouse-und-Shaftoe-Familienstiftung zusammengespannt und sie alle in einer auf Dauer schwierigen Beziehung mit El Shepherds Netz aus Firmen und gemeinnützigen Organisationen gehalten. Deren Aktivitäten betrafen alle unmittelbar die Themen Sterblichkeit, Bewusstsein und was es bedeutete, ein Mensch zu sein. Eine Seele zu haben. ONE war zum Thinktank-Zweig des Forthrast/Waterhouse/Shepherd-Hirnforschungskomplexes geworden.

Manchmal machte die Technologie Fortschritte, indem sie sich allmählich an Dinge heranpirschte. Dann wieder: durch plötzliche Sprünge vorwärts. Zula hatte gehört, dass man die beiden in Wirklichkeit nicht getrennt betrachten konnte, da im Fall eines exponentiellen Anpirschens wie beim Moore'schen Gesetz die Krümmung in der Kurve, wenn man den Blick im falschen Moment vom Ball nahm, wie ein Sprung aussehen konnte.

Jedenfalls hatte sie, wenn sie ihren täglichen Spießrutenlauf zwischen den Studios und Restaurants absolvierte, allmählich das Gefühl, dass sich die Hightechbranche, die sich rühmte, für so viele Disruptionen gesorgt zu haben, jetzt an den Moment heranpirschte, wo sie den Versuch einer Disruption des Todes unternehmen würde. Wenn man nämlich jeden Feind bezwungen und unterwegs unendlich viel Geld verdient hatte und sich dabei ertappte, wie man einen Happen Sushi oder ein Schlückchen dreißig Jahre alten Single Malt genoss, warum sollte man sich dann nicht fragen, was der Möglichkeit, solche Dinge auf ewig zu genießen, grundsätzlich im Weg stand. Und wenn man – wie die meisten Leute – nicht daran glaubte, dass da auf der anderen Seite dieser Grenze, von der kein Reisender zurückkehrte, ein höherer Lohn auf einen wartete, warum sollte man sich dann nicht entschließen, auf dieser Seite zu bleiben, solange die Technologie es erlaubte?

Zula hätte, sich selbst überlassen, niemals geglaubt, dass sie sich so frontal dem Tod nähern würde, als wäre er einfach einer von diesen Buhmännern der Alten Ökonomie auf einer Weißwandtafel im Silicon Valley, der auf seine Disruption wartete. Doch die unabwendbare Katastrophe, die in dem Augenblick begonnen hatte, als Dodges Herz aufgehört hatte zu schlagen, hatte sie gezwungen, daraus einen erheblichen Teil der Arbeit ihres Lebens zu machen. Nicht so sehr als eigenständige Wissenschaftlerin (sie war Geologin), sondern als eine Herbergsmutter für solche, die es waren.

19

In der Architektendarstellung des Empfangsbereichs der Suite im fünften Stock, die für die Forthrast-Familienstiftung vorgesehen war, hatten Gäste in Rock und Anzug in bequemen Sitzmöbeln um einen Couchtisch herumgesessen und unter dem wachsamen, aber freundlichen Blick einer Rezeptionistin, die hinter einer stylish geschwungenen Theke platziert war, Latte geschlürft und sich mit ihren Handys beschäftigt, während sie darauf warteten, dass ihre Ansprechpartner erschienen und sie mit ihrer Schlüsselkarte hineinließen.

Die Realität an diesem wie an jedem anderen Tag seit ihrem Einzug war, dass es sich hier um verschwendeten Platz handelte. Sie waren nie dazu gekommen, eine Rezeptionistin anzustellen, folglich hatte nie jemand hinter der stylishen Theke gesessen. Den dazugehörigen Bürostuhl hatte sich längst jemand unter den Nagel gerissen, sodass es jetzt mehr Platz für Kisten mit Bürobedarf gab, die die Tendenz hatten, sich dort zu stapeln. Gäste saßen nicht wartend um den Couchtisch, bis sie mit einem Summen eingelassen wurden; ihre Ansprechpartner wussten, wo sie waren, und umgekehrt. Die Tür, die nach hinten in die Büros führte, wurde automatisch offen gehalten. Daneben befanden sich, in eine Wandsteckdose eingestöpselt, Ladestationen für zwei verschiedene Fabrikate von Telepräsenzrobotern: fahrbare Vorrichtungen mit Flachbildschirmen etwa in Kopfhöhe eines Menschen, die summend im ganzen Bürobereich umherfahren konnten, unter der Kontrolle von körperlich nicht anwesenden Personen, die aber die entsprechenden Passwörter besaßen und die richtige Software auf ihren Systemen installiert hatten. Und selbst die hatten Staub angesetzt. Die Stiftung hatte sie ein paar Jahre zuvor angeschafft, und Jake hatte sie häufig benutzt, um von zu Hause in Idaho aus an Meetings »teilzunehmen«, doch sie waren virtuellen Entsprechungen gewichen oder besseren Robotern, die auf zwei Beinen Treppen hinauf- und hinuntersteigen konnten. Daher kam man sich beim Gang durch den Empfangsbereich, dessen angenehme Gestaltung den Architekten ein so großes Anliegen gewesen war, heute so vor, als beträte man das Gebäude durch die Ladezone und den Postabfertigungsraum.

Sie steuerte auf ihr Büro zu, das in der dem See zugewandten Ecke lag. Unterwegs kam sie am kleineren ihrer beiden Konferenzräume vorbei. In einem lockeren Halbkreis saßen dort mit dem Rücken zu ihr ein halbes Dutzend Leute, die sie anhand von Kleidung, Haltung und Körperbau als jung einschätzte. Zu ihnen sprach Marcus Hobbs, ein Stiftungsmanager, der unter anderem für das Sommer-Praktikantenprogramm verantwortlich zeichnete. Dieses war früher in einem Maße informell und spontan gewesen, dass es, wie Marcus damals angemerkt hatte, die Stiftung sogar dem Risiko von Klagen oder zumindest schlechter Publicity ausgesetzt hatte. Er hatte hier für Ordnung gesorgt und die üblichen Verfahren für die öffentliche Ankündigung des Programms, das Sammeln und Prüfen von Bewerbungen, die Auswahl der Bewerberinnen und Bewerber und die Überwachung der Prozesskennzahlen eingeführt. Die sechs jungen Leute, die in dem Raum saßen, waren also nicht einfach eine zufällige Ansammlung von Neffen, Nachbarn und Freunden von Freunden, sondern die Überlebenden eines Auswahlprozesses, der, am Tag nachdem die Praktikantinnen und Praktikanten vom letzten Jahr wieder an ihre Hochschulen gegangen waren, seinen Anfang genommen hatte.

Auch ohne einen Blick in ihren Kalender zu werfen, wusste Zula, dass der größte Teil dieses Tages für Bewerbungsgespräche mit diesen Kandidatinnen und Kandidaten geblockt war. Da die Stiftung ihre Auswahl bereits getroffen und sich in Unkosten gestürzt hatte, um diese Leute nach Seattle zu holen, waren die Gespräche weitgehend symbolischer Natur. Das hieß allerdings nicht, dass sie unwichtig waren.

Das dritte dieser Gespräche – in ihrem Kalender der letzte Termin vor dem Mittagessen – erwies sich als eins mit ihrer Tochter. Das war eine Überraschung.

Sophia trug einen Kapuzenpullover und Jeans, was erklärte, warum Zula sie von hinten nicht erkannt hatte, als sie an dem Konferenzraum vorbeiging. Sophia hatte die VEIL-Funktionalität ihrer Brille eingeschaltet. Möglicherweise hätte Marcus sie wiedererkannt, als sie morgens in der Stiftung ankam, aber die beiden hatten sich vermutlich nie zusammen in einem Raum aufgehalten, und es gab keinen besonderen Grund, warum er sie hätte kennen sollen.

Zula hatte die Bewerbung dieses anonymen Kandidaten in den vergangenen paar Monaten mehr als einmal durchgesehen, ein letztes Mal im Schnelldurchlauf, bevor sie in ihr Büro ging, aber es war kein Name damit verknüpft. Nur ein PURDAH. Was nicht ungewöhnlich war. Marcus hatte es sogar beinahe zur Pflicht gemacht. Wenn Name, Geschlecht und dergleichen hinter einem PURDAH verborgen waren, reduzierte das die Möglichkeit, dass Kandidatinnen oder Kandidaten bevorzugt oder diskriminiert wurden. So hatte Zula zwar ein paar Ähnlichkeiten zwischen diesem Bewerber und ihrer Tochter festgestellt, war aber trotzdem überrascht, als Sophia in ihr Büro spazierte, sich die Kapuze vom Kopf zog, die Brille abnahm und sich setzte.

»Hi, Mom.«

»Hi, Liebes.«

Danach schwiegen sie beide einen Moment lang. Sophia

blickte durchs Fenster auf die Olympic Mountains und gab Zula Zeit, das Ganze für sich zu sortieren. Dann fragte sie: »Wusstest du's? Oder hattest zumindest eine Vermutung?«

»Nein«, sagte Zula. Mit leicht erhobener Stimme fügte sie hinzu: »Ich hatte mir wohl vorgestellt, dass du einfach mit mir redest, wenn du den Sommer über hier arbeiten willst, und wir uns dann gemeinsam etwas überlegen.«

»Bist du sauer, weil ich's anders gemacht habe?«

»Nein.« Zula dachte einen Moment darüber nach und ihre Stimme senkte sich wieder. »Ich glaube, ich verstehe deinen Standpunkt. Wenn du und ich uns, Zitat, gemeinsam etwas überlegt hätten …«

»… wäre es kein richtiges Praktikum. Alles, was ich getan hätte, wäre irgendwie fragwürdig gewesen«, sagte Sophia. »Ja, das ist so ziemlich das, was ich dachte.« Ihr Gesicht hellte sich auf. »Ich freue mich wirklich, dass ich den Auswahlprozess überstanden habe.«

»Nahezu.«

»Hä?«

»Das hier fehlt noch. Das Abschlussgespräch.«

»Ach so, ja. Also, mir ist nichts eingefallen, wie ich *da* durchkommen sollte, ohne zu verraten, dass ich die Tochter der Chefin bin.«

»Willkommen zu Hause übrigens.« Zula war unschlüssig, ob »willkommen zu Hause« oder »willkommen zurück« der richtige Ausdruck für jemanden war, der drei Jahre lang auf der anderen Seite des Staates gelebt hatte, aber eine Andeutung wollte sie wenigstens machen. Sie stand auf und lächelte. Sophia tat dasselbe. Die beiden gingen aufeinander zu, umarmten sich und standen eine Weile so da. Als Zula schließlich die Augen öffnete, erblickte sie zufällig draußen im Gang, durch die Glastür ihres Büros gut sichtbar, Marcus Hobbs. Er hatte mitten im Gehen innegehalten, erstaunt und etwas bestürzt über den Anblick der Chefin bei einer öffentlichen Liebesbekundung gegenüber einer Praktikumskandidatin, die gerade erst die Schwelle ihres Büros überschritten hatte. Zula zwinkerte ihm zu und bedeutete ihm mit einer Handbewegung hereinzukommen.

Sophia, die das alles nicht bemerkt hatte, löste die Umarmung und trat einen halben Schritt zurück. »Ich bin auf dem Weg hierher durch Iowa gefahren«, sagte sie. »War auf der Farm. Hab mit der Verwandtschaft Zäune repariert.«

»Ich freue mich schon darauf, mehr von dir zu hören«, sagte Zula. »Jetzt gibt es aber erst noch was zu erklären.« Mit einem Nicken deutete sie auf die Tür, durch die Marcus hereinkam.

»Mr Hobbs! Hallo, noch mal«, sagte Sophia und wechselte sofort in ein höfliches, geschäftsmäßiges Verhalten, das Zula das Gefühl vermittelte, mit ihrer Erziehung doch etwas richtig gemacht zu haben.

»Sophia? Wollen Sie immer noch lieber so angesprochen werden?«, fragte Marcus.

»Ja, das ist mein richtiger Name«, sagte Sophia. Es war üblich, dass jemand, der PURDAH nutzte, mit seinem Spitznamen verbunden wurde. »Mom und Dad haben ihn ausgesucht. Ich benutze ihn hier gern.«

Marcus blickte Zula an. »Dann habe ich also das Vergnügen, mit Ihrer Tochter zu sprechen.«

»Freut mich, Sie in echt kennenzulernen«, sagte Sophia und streckte ihm die Hand hin. Marcus schüttelte sie, während er die junge Frau in neuem Licht betrachtete.

»Sie wollten den Sommer über hier arbeiten«, mutmaßte er, »wollten aber nicht als jemand gesehen werden, der die Stelle durch familiäre Beziehungen bekommen hat, und haben deshalb alles anonym gemacht.«

»Genau. Hat auch alles prima funktioniert, bis diese Dame hier meine Tarnung auffliegen ließ«, sagte Sophia und nickte ihrer Mutter zu.

»Also ich kann Ihnen in aller Aufrichtigkeit sagen, dass ich vollkommen überrascht bin.«

Zula lachte. »Das habe ich Ihrem Gesicht angesehen, Marcus.«

»Also, nur für den Fall, dass noch immer Zweifel bestehen, Sophia hat die Stelle auf anständige und ehrliche Weise bekommen, und das sage ich gern jedem, der es infrage stellt.« Marcus benutzte die für Anwälte typische Ausdrucksweise. Mit anderen Worten, er tat seine Arbeit. Zula war mittlerweile auf ihn angewiesen. Kennengelernt hatte sie ihn an dem Tag, nachdem es Dodge erwischt hatte. Er war der Rechtsreferendar, der als Stan Petersons rechte Hand in Alice' Hotelsuite aufgetaucht war. Nach seiner Zeit bei Argenbright Vail hatte er begonnen, seine juristischen Kompetenzen in den Dienst von gemeinnützigen Organisationen zu stellen, und war hier gelandet.

»Zur Kenntnis genommen«, sagte Zula.

»Eins zu null für Sie«, sagte Marcus mit einem Kopfnicken zu Sophia.

»Falls Sie noch eine Minute erübrigen können«, sagte Zula, »diese junge Praktikantin und ich wollten gerade darüber sprechen, wie sie ihre Zeit hier in der Stiftung zu nutzen gedenkt.«

»Natürlich. Aber nur falls ich damit nicht in Familienangelegenheiten eindringe«, sagte Marcus, während er sich auf einen freien Stuhl zubewegte.

»Marcus, es ist die Forthrast-Familienstiftung«, erinnerte ihn Zula.

Marcus lachte. Und alle setzten sich.

»Praktikanten haben hier eine Menge Freiraum«, sagte Zula. »Marcus hat mich vor langer Zeit darauf hingewiesen, dass jeder, der es durch unseren Bewerbungsprozess schafft, schon per Definition überqualifiziert und unterbezahlt ist. Niemand gibt sich Illusionen darüber hin, warum Ivy-League-Studentinnen und -Studenten Praktika machen. Es geht nur darum, sich eine Vita aufzubauen. Wir könnten unsere Praktikanten Kaffee für uns holen lassen, aber das würde ihren Zwecken nicht dienen und außerdem Leuten in der Umgebung, die diese Art von Arbeit brauchen könnten, den Job wegnehmen.«

»Hauptsache«, sagte Marcus, »wir wählen erst einmal die besten Leute aus, die wir finden können, und verschaffen ihnen Zutritt. Die Wahl eines Sommerprojekts kommt dann in der Regel ganz von selbst.«

Sophia hatte ihm lächelnd und nickend zugehört und sah ganz und gar wie die strahlende junge Praktikantin aus.

»So«, sagte Zula, »und jetzt kommt der Teil, wo du uns eigentlich erzählen solltest, woran du den Sommer über arbeiten möchtest.«

»Da Sie alles andere so sorgsam geplant hatten, nehme ich an, Sie haben einen Vorschlag.«

Sophia nickte. »Ich würde gern mit Ihr-wisst-schon-was arbeiten.« Nach einer Pause, damit das ankommen konnte, fügte sie hinzu: »Oder, je nachdem wie ihr über diese Dinge denkt, mit Ihr-wisst-schon-wem.«

»Du möchtest das Passwort zu DG«, sagte Zula.

20

DG war Dodges Gehirn. Corvallis Kawasaki hatte den Begriff geprägt.

Es handelte sich nicht um ein einziges einheitliches Gebilde, sondern um ein ausgedehntes Netz von Verzeichnissen, in dem sämtliche Informationen steckten, die aus dem gewaltigen Projekt zur Erfüllung der Anforderungen in der Bestattungsverfügung, die Richard lange vor seinem Tod unterzeichnet hatte, hervorgegangen waren.

Die eigentlichen Daten begannen mit dem vollkommen rohen und unverarbeiteten Ausstoß des Ionenstrahlscanners, der Richards tiefgefrorenes Gehirn Axon für Axon kremiert hatte. Damit allein war schon mehr Speicherplatz belegt, als zum Zeitpunkt der Testamentsunterzeichnung finanziell tragbar gewesen wäre. In dieser Form war der Datenbestand im Grunde genommen unbrauchbar. Wenn man sich Richards Gehirn als ein Dokument vorstellte, das durch einen Scanner geschickt wurde, dann waren die Rohdaten eine Liste von Voltzahlen, die aus der Scanoptik hervorgingen. Um diese in ein sinnvolles Bild zu verwandeln, mussten sie in großem Umfang gesichtet und verarbeitet werden. Allein die Rechenvorgänge zur Erzeugung von etwas, das einem Konnektom – einem Schaltplan der Art und Weise, wie die Neuronen vernetzt waren – ähnelte, hatten es notwendig gemacht, dass die Waterhouse-und-Shaftoe-Familienstiftung eins der weltweit größten Rechenzentren erstellte. Das war eine halbwegs natürliche Erweiterung dessen, was sie als Betreiber eines gewaltigen elektronischen Bankensystems ohnehin gut konnten. Dort war jahrelang an DG gerechnet worden.

Was nicht heißen sollte, dass das Konnektom in jeder Hinsicht vollständig bekannt war. Zwanzig verschiedene Forscher hatten zwanzig verschiedene Doktorarbeiten darüber geschrieben, wie die Rohdaten verarbeitet und interpretiert werden könnten; jeder ihrer Algorithmen kam zu anderen Resultaten. Daraufhin waren Metaanalysen durchgeführt worden, die die von diesen konkurrierenden Algorithmen erzeugten Ergebnisse verglichen und einander gegenüberstellten. Damit enthielt DG nicht ein einziges feststehendes und allgemein akzeptiertes Konnektom, sondern Dutzende möglicher Versionen davon, jede in ihrem eigenen nicht kompatiblen Datenformat abgespeichert und jede der Code für eine andere Reihe von Annahmen darüber, wie das Gehirn tatsächlich funktionierte.

Was DG *nicht* war, war eine funktionierende Simulation von Dodges echtem Gehirn. Man hatte verschiedene Versuche unternommen, den Inhalt der Datenbank in ein System einzugeben, das dazu bestimmt war, die Funktionen menschlicher Neuronen nachzuahmen, und den »Ein«-Knopf zu drücken. Im Großen und Ganzen war DG jedoch ein inaktives Datendepot. Ein Substantiv, kein Verb. Die digitale Entsprechung zum Einfrieren von Richard Forthrasts Körper, während man darauf wartete, dass irgendeine zukünftige Technologie daherkäme, die ihn reanimieren könnte.

»Als Onkel Richard die Bestattungsverfügung unterzeichnete, steckte man im Kryokonservierungsdenken fest«, sagte Sophia. »Das spiegelt sich in dem Dokument wider.«

»Da machen Sie mich neugierig«, sagte Marcus. »Wer ist ›man‹? Und können Sie mehr über dieses Denken sagen?«

»›Man‹ sind die Eutropianer. Die Nerdclique, deren Mitglieder damals in den 1990ern beschlossen, dass sie ewig leben wollten. Die Onkel Richard dazu überredeten, die entsprechenden Textbausteine per Kopieren & Einfügen in seine Bestattungsverfügung zu übernehmen. Und vergessen Sie nicht, dass die ursprüngliche Formulierung ein digitales Scannen gar nicht in Betracht zog. Die Vorstellung war rein analog: seinen Leichnam schockfrosten, einfrieren und in der Kryokonservierungseinrichtung in Ephrata aufbewahren. Einen tiefgefrorenen Körper zu reanimieren und wieder zum Leben zu erwecken war für sie wie der Bau eines Raumschiffs, das innerhalb von zehn Minuten die Galaxie zu durchqueren vermochte: etwas, worüber sie abstrakt nachdenken konnten. Es tatsächlich zu tun lag ebenso unfassbar wie lächerlich weit in der Zukunft. Daher findet sich in Onkel Richards Testament auch nichts darüber. Dort steht nur ›friert mich ein‹, mit der stillschweigenden Folgerung, dass ›in tausend oder zehntausend Jahren, wenn sie tatsächlich wissen, wie das geht, schon jemand klären wird, welche Konsequenzen das hat‹. Das eigentliche Wiederbelebungsverfahren wird nirgendwo erläutert. Es wird einfach angenommen, dass die Mentalität von Leuten, die eine solche Technologie kontrollieren könnten, im Vergleich zu unserem Höhlenbewohnerverständnis so fortgeschritten sein würde, dass der Versuch sinnlos wäre, vorwegzunehmen, wie dieser Prozess aussehen würde, und spezielle Anweisungen zu geben, unter welchen Bedingungen er in Angriff genommen werden sollte. Aber das ist alles analog«, fuhr sie fort. »Dabei geht es nur um dieses eine Stück eingefrorenes Fleisch. Es wird nur eine einzige Chance geben, es zu reanimieren. Da wartet man am besten, bis man sicher weiß, dass es funktionieren wird. Stattdessen haben wir nun eine Gelegenheit, das auf digitale Weise zu tun. Und diese Gelegenheit ergibt sich zu einer Zeit, wo Onkel Richard noch in lebendiger Erinnerung ist.« Hier wurde Sophias Stimme ein wenig belegt, denn offensichtlich war ihr die vage Kleinmädchenerinnerung, wie sie auf Dodges Schoß saß, in den Sinn gekommen. Sie räusperte sich.

»Deshalb möchte ich daran arbeiten. Und ich behaupte nicht, dass ich nach nur einem Sommer Arbeit eine Lösung für das alles werde präsentieren können, aber für mich fühlt es sich so an, als wäre es ein lohnenswertes Projekt, und die Tatsache, dass ich ein Mitglied der Familie bin – eins, das ihn kannte, als es ein kleines Mädchen war –, verleiht mir einen Status, den sonst niemand hat.«

Zulas Augen leuchteten in einer Mischung von mütterlichem Stolz auf ihre Tochter und Trauer um ihren Onkel. »Sophia«, sagte sie, »ich muss dich etwas fragen. Als du aufs College gegangen bist, stand dein Hauptfach noch nicht fest. Du warst aber ziemlich sicher, dass es vergleichende Religionswissenschaften, Altphilologie oder so etwas werden würde. Das hast du in deinem ersten Jahr dann auch überwiegend studiert. Danach hast du dich jedoch ziemlich entschieden in Richtung Kognitionswissenschaft, Neurologie, Informatik gewandt.«

Sophia nickte etwas ungeduldig. »Das sind alles eher fachspezifische Wege, sich mit denselben Fragen auseinanderzusetzen.«

»Das verstehe ich, mein Schatz. Aus rein persönlicher Neugier muss ich aber wissen: Wie lange denkst du schon darüber nach? Das Gespräch, das wir gerade hier in meinem Büro führen: Ist das etwas, was du seit Jahren geplant hast?«

Sophia schüttelte den Kopf. »Seit Monaten vielleicht. Ich meine, natürlich wurde mein Interesse an Neurowissenschaften dadurch geweckt, dass ich meine ganze Kindheit und Jugend hindurch Tischgespräche darüber mitbekommen habe, was ihr, du, C-plus und die anderen, in Bezug auf DG vorhattet. Aber der Gedanke, mich ernsthaft damit zu befassen und entsprechende Programme laufen zu lassen? Der kam mir, streng genommen, erst als Hole in the Wall online ging.«

»Ich weiß so ungefähr, was das ist«, sagte Marcus. »Die neueste und größte Serverfarm. Sie werden mir aber ein bisschen auf die Sprünge helfen müssen.«

»Das ist ein Ort, etwa hundertfünfzig Kilometer von hier entfernt, namens Hole in the Wall Coulee – eine schmale Bucht am Columbia River. Zufälligerweise nur ein kleines Stück flussabwärts von Ephrata. Sie haben die Farm am Standort eines alten Aluminiumwerks errichtet, wo sie billigen Strom und kaltes Wasser hat.«

»Rechenzentren gibt es überall in dem Teil des Staates«, bemerkte Marcus. »Seit Jahrzehnten schon. Was macht Hole in the Wall denn zu einem Durchbruch für DG?«

»Es ist das erste, das ausschließlich auf Quantencomputer setzt.«

»Und Sie glauben, dass Quantencomputer besser dazu geeignet sind, Hirnprozesse zu simulieren?« Die Skepsis in Marcus' Stimme war dezent, aber unüberhörbar.

»Das kann ich nicht genau sagen. Ich weiß aber – und das wird durch genügend wissenschaftlich geprüfte Forschungsergebnisse belegt –, dass sie besser dazu geeignet sind, die Rechenvorgänge durchzuführen, die für sicheres verteiltes Rechnen notwendig sind.«

»Verteilt … in der Cloud«, murmelte Zula.

Es genügte, um ihrer Tochter einen leisen Seufzer zu entlocken.

Das war ein Generationending. Zula war alt genug, um den Wandel von zumeist lokal, das hieß in ihrem PC oder Laptop, durchgeführten Rechenvorgängen hin zu deren Verteilung auf entfernte Server, die irgendwo auf der Welt sein konnten, mitbekommen zu haben. »In der Cloud« war damals, als die Idee noch neu war, das Schlagwort dafür gewesen, mit dessen Erwähnung man heute nur noch sein Alter verriet.

»Und mit ›sicher‹ meinst du …«

»Das bedeutet, dass die Prozesse – Millionen separate Programmdateien, die auf Gott weiß wie vielen verschiedenen realen oder virtuellen Rechnern laufen – einander nicht vertrauen müssen. Sie brauchen sich nicht zu kennen. Wenn sie kommunizieren, müssen sie das …« Sophia schloss für einen Moment die Augen, vielleicht um ein Augenrollen zu verbergen. »Sie tun es so, wie heute jede Kommunikation funktioniert, nämlich mithilfe der Distributed-Ledger-Technik.«

»Blockchain?«, fragte Zula.

Aktiv ein weiteres Augenrollen unterdrückend antwortete Sophia: »Weitaus effizientere Algorithmen, die das tun, was die Blockchain eigentlich vor zwanzig Jahren schon hätte tun sollen. Erfordern allerdings immer noch eine Menge schnelle Rechenleistung.«

»Wenn wir es also betrachten als …« – und hier hielt Zula eine Hand hoch, als wollte sie jeden Einwand abschmettern. »Wenn wir uns vorstellen, mal rein theoretisch, wir hätten einen Prozess, früher ein Computerprogramm genannt, der nur eine Sache macht, nämlich die Funktionsweise eines einzigen Neurons im Gehirn simulieren. Das ist alles, was er tut.«

Sophia nickte und machte eine kreisende Handbewegung, mit der sie ihre Mutter ermuntern wollte weiterzusprechen – vielleicht ein bisschen schneller.

»Und er läuft auf einem Chip in einer Farm in Ephrata. Macht so ziemlich, was er will. Aber reale Neuronen im Gehirn sind mit anderen Neuronen verbunden – und das ist eben genau der Punkt. Deswegen haben wir eine Milliarde Dollar für das Einscannen von Onkel Richards Konnektom ausgegeben.«

»Richtig«, sagte Sophia. »Deshalb gibt es woanders – vielleicht auf einem anderen Thread, der auf demselben Chip läuft, vielleicht auf einem anderen Chip in derselben Serverfarm, vielleicht in einer ganz anderen Farm auf einem Frachtkahn vor der Küste Kaliforniens oder was auch immer – andere Prozesse, alles Klone, alle damit beschäftigt, die Arbeitsweise anderer Neuronen zu simulieren. Neuronen, die mit dem ersten verbunden sind. Und hin und wieder muss eine Nachricht von einem dieser Prozesse zu einem anderen geschickt werden.«

»Ein Neuron feuert, oder so was«, sagte Marcus, der dabei war, sich in das Thema hineinzudenken.

Sophia hielt für eine Sekunde inne, vielleicht um den Impuls zu unterdrücken, dem, was Marcus gerade gesagt hatte, eine fachlich etwas präzisere Formulierung hinterherzuschieben.

»Oder was immer«, fügte Marcus hinzu. »Axone. Synapsen. Dendriten.«

»Signale müssen zwischen Neuronen ausgetauscht werden, sonst haben wir kein Gehirn«, sagte Zula.

»Wir kommen ziemlich weit davon ab, wie es tatsächlich funktioniert«, sagte Sophia, »aber ganz gleich, wie man ein Gehirn simuliert, ausschlaggebend ist, dass man viele separate, unabhängig laufende Prozesse hat, die über einen Schaltplan kommunizieren müssen, der im Wesentlichen das Konnektom repräsentiert. Und jedes Signal – jede separate Kommunikation – ist mit Kosten verbunden, die man für Rechenleistung und Datenübertragungsrate zahlen muss. Wenn man es so macht, wie man es machen sollte, kryptomäßig gesprochen …«

»So wie heute jegliche Kommunikation verläuft«, sagte Zula und zitierte damit Sophias eigene Worte. Sie zwinkerte Marcus zu.

»… ja, die Kosten sind enorm, und alles ist eine Kombination aus langsam und teuer. Herauszufinden, wie diese Rechenvorgänge beschleunigt werden könnten, war so etwas wie das nächstliegende große Ziel für Unternehmen, die Quantencomputer bauten. Statt darauf zu warten, dass das Moore'sche Gesetz irgendwann liefern würde, was gebraucht wurde, gelang es ihnen, ihm zuvorzukommen und uns Geräte zu bescheren, die in Bezug auf ihre Fähigkeit, diese Aufgaben zu erledigen, der Kurve um Jahrzehnte oder Jahrhunderte voraus waren.«

»Verteiltes sicheres Rechnen«, sagte Marcus, nur um sich zu vergewissern, dass er ihr folgte.

Sophia nickte. Beim Sprechen hatte sie angefangen, die Hände so zu bewegen, als arbeitete sie an einer Benutzeroberfläche. Marcus und Zula verstanden den Hinweis und setzten ihre Datenbrillen auf. Mitten im Büro begann, in der Luft schwebend, eine Diashow mit ein paar Tausend Bildern, die Sophia und ihre Freunde offenbar während ihrer Überlandfahrt gemacht hatten. Zula erkannte ein paar Außenaufnahmen des Farmhauses der Forthrasts in Iowa. Dann ließ Sophia die Diashow schneller laufen und verharrte schließlich bei einigen neueren Fotos.

Die Landschaft in der Mitte des Staates Washington war unverwechselbar mit ihrem rotbraunen Basalt, dem violetten Schleier aus Salbei und dem tiefblauen Wasser des Columbia River. Am Ufer dieses Flusses stand auf einem flachen Dreieck aus Schwemmboden am Eingang zu einem Slot Canyon ein großes staubiges Gebäude, das in ein Netz von Starkstromleitungen eingewoben war. Dazu gehörte ein großer Parkplatz, der für eine Arbeiterschaft angelegt worden war, die es nicht mehr gab, und auf dem Foto mit gerade mal drei Fahrzeugen besetzt war. Eins davon war ein Pick-up mit der Aufschrift SECURITY, und neben ihm stand ein kräftig gebauter Mann mit verspiegelter Sonnenbrille, der Sophia – oder denjenigen ihrer Freunde, der das Foto gemacht hatte – beobachtete und ganz bestimmt datenmäßig erfasste.

»Und das ist es, was in Hole in the Wall Coulee passiert«, sagte Sophia. »Von außen sieht es genauso aus wie jede andere Serverfarm. Strom und kaltes Wasser gehen hinein, Bits und warmes Wasser kommen heraus. Aber die Menge an sinnvollen Rechenprozessen, die hinter den Mauern dieser alten Fabrik vor sich gehen, ist tausend oder vielleicht sogar Millionen Mal höher als das, was man in herkömmlichen Serverfarmen ein Stück flussaufwärts sehen würde.«

»Verstehe«, sagte Marcus. »Jetzt ist mir klar, was Sie damit meinten, dass das für die Fähigkeit, eine umfangreiche neurologische Simulation durchzuführen, einen Durchbruch bedeutet.«

»Nicht meine Erkenntnis«, gab Sophia zu. »Solly – einer meiner Professoren in Princeton – hat das vor ein paar Monaten aufgebracht, als dieses Ding online ging, und im Kern gesagt: ›Sehen Sie, jetzt könnten wir es wirklich schaffen.‹«

»Will sagen, eine Simulation von etwas Anspruchsvollerem als einem Kubikmillimeter Mäusehirn laufen zu lassen«, sagte Zula.

»Ja. Und als ich das hörte, dachte ich: ›Hey. DG ist Teil meines Geburtsrechts. Das Schicksal winkt.‹ Und da habe ich mich für das Praktikum beworben.«

Marcus nickte. »Weiß Ihr Professor davon? Ist er mit von der Partie?«

»Auf jeden Fall. Es ist Solly.« Was in vielen Hightech-Nerd-Kreisen schon genügt hätte. Er war einer von den Leuten, die schon immer da gewesen waren, und hatte, angefangen bei Hewlett-Packard, in verschiedenen Hightechfirmen eine Rolle gespielt.

Doch Zula gehörte einfach nicht zu dieser Kultur. »Da klingelt was«, sagte sie.

»Solly Pesador. Ehemaliger Computerfreak alter Schule und jetziger Neurohacker.«

»Sie sind ihm schon mal über den Weg gelaufen«, versicherte Marcus Zula. »Er ist derjenige, der aus der ganzen Hightechszene in der Bay Area ausgestiegen ist, um in mittlerem Alter noch mal zu studieren und einen Abschluss in Neurowissenschaft zu machen.«

»Jetzt erinnere ich mich an ihn«, sagte Zula.

»Er dürfte für die Stiftung eine bekannte Größe sein«, sagte Sophia. »Ich glaube, er hat an einigen ONE-Kolloquien teilgenommen und war in manchen DG-relevanten Angelegenheiten beratend tätig.« Was, wie sie alle wussten, nicht viel heißen musste – jeder in seinem Fach nicht ganz unbedeutende Neurowissenschaftler hatte wahrscheinlich an irgendeinem Punkt seiner Karriere mit den Forthrast- und Waterhouse-Stiftungen zu tun gehabt.

»Berät er Sie dabei?«

»Er weiß, dass ich es versuchen werde. Ich habe seine Unterstützung. Und, was genauso wichtig ist, ich habe Programme, die aus seiner Forschungsgruppe stammen.«

»Programme zum Simulieren dessen, was Gehirne machen.«

»Was *Neuronen* machen.« Sophia zuckte die Achseln. »Ich meine, das ist keine große Sache. Sie könnten sie auch haben – sie sind quelloffen. Ausschlaggebend ist aber, dass ich leicht mit den Fachleuten, die diese Programme geschrieben haben, in Kontakt kommen, ihren Rat einholen, mit ihnen an der Behebung von Fehlern arbeiten kann. Und in der wenigen Zeit, die ich hier haben werde, tatsächlich etwas zum Laufen bringen kann.« Sie hielt einen Moment inne und kniff die Lippen zusammen, ehe sie fortfuhr: »Das heißt, falls ihr mich haben wollt.«

Zula lehnte sich auf ihrem Stuhl zurück und blickte zum Fenster hinaus. Über den Ausgang hatte es eigentlich nie irgendwelche Zweifel gegeben. Doch die Geschäftsführerin einer Stiftung zu sein hatte sie einiges gelehrt. Erstens: Vieles von dem, womit sie ihr Geld verdiente, war symbolischer Natur. Aber zweitens: Nur weil es symbolisch war, hieß das nicht, dass es unwichtig war. Sie musste wenigstens so tun, als dächte sie darüber nach.

»Vor dem Hintergrund dessen, was du in diesem Gespräch gesagt hast, glaube ich, dass selbst der kritischste Beobachter nicht behaupten könnte, du seist nicht qualifiziert. Und die Schritte, die du unternommen hast, um deine Identität während des Bewerbungsprozesses hinter einem PURDAH zu verbergen, sollten alle ernsthaften Zweifel über eine mögliche Bevorzugung zerstreuen. Du bist also drin. Aber …« Sie hob warnend den Zeigefinger, da Sophia sich schon anschickte, von ihrem Stuhl aufzuspringen. »Wir müssen darüber sprechen, was das bedeutet. Ob es nur ein akademisches Forschungsprojekt ist, gewissermaßen eine Spritztour mit ein paar neuen Programmen in das Hole-in-the-Wall-System, oder ein ernsthafter Versuch, Dodges Gehirn einzuschalten. Denn egal, wie wir es drehen, manche Leute werden es als Letzteres betrachten.« Zula wandte ihre Aufmerksamkeit Marcus zu. »Wir sollten uns mit Laetitia zusammensetzen.« Laetitia war die PR-Managerin der Stiftung.

Marcus nickte.

»Aber darüber brauchst du dir nicht den Kopf zu zerbrechen. Das ist mein Problem«, sagte Zula, während sie sich wieder Sophia zuwandte. »Dein Problem besteht darin zu sehen, wie viel davon du in zwei kurzen Monaten tatsächlich zustande bringen kannst.«

21

»Irgendwie ist es erstaunlich, dass wir nach so langer Zeit immer noch für alles Passwörter benutzen«, rief Sophia aus.

Es war drei Stunden später. Sie saß in einem Restaurant am Lake Union, zusammen mit dem Mann, den sie als Onkel C kannte.

Corvallis Kawasaki war jetzt Ende vierzig. Wie viele Männer, deren Haaransatz in einem bestimmten Alter einfach auf Abwege geraten war, hatte er sich angewöhnt, sich den Kopf zu rasieren. Infolgedessen sah er jetzt vollkommen anders aus als der junge asiatisch-amerikanische Pilzkopf auf einigen von Richards alten Fotos aus den Tagen der Corporation 9592. Eine weitere neue Angewohnheit bestand darin, dass er Anzüge trug. Mit Krawatten hatte er sich allerdings nie so recht anfreunden können und ließ sich deshalb Hemden mit Stehkragen schneidern, bei denen man den oberen Knopf offen ließ. Das hatte ihn, zusammen mit seiner Bekanntheit in der Hightechwelt, zu jemand leicht Erkennbarem gemacht; als er mit zehn Minuten Verspätung in das Restaurant gekommen war, hatte ihn die Inhaberin mit Namen begrüßt, und Gäste hatten sich nach ihm umgedreht und seinen Gang quer durch den Raum zu der privaten Nische verfolgt, in der Sophia auf ihn gewartet hatte.

In diesem Teil der Stadt war ein Mittagessen immer ein Geschäftsessen, und bei jedem Gespräch über Speisen und Getränke hinweg ging es um die Offenlegung sensibler IPs. Die Restaurants waren entsprechend ausgelegt worden; Tische standen weit auseinander, schalldämmende Wände waren, wo immer möglich, eingezogen worden, und wenn es zu leise wurde, stieg Zufallsrauschen aus diskret platzierten Lautsprechern und füllte heikle Geräuschlücken. Hier reihten sich im Erdgeschoss private Speiseräume verschiedener Größe aneinander. Manche waren lediglich mit Türen versehene Nischen, für zwei bis vier Personen gedacht. In einer davon war es C-plus und Sophia gelungen, den Teil des Treffens, der mit Umarmungen und Küsschen auf die Wangen einherging, ohne allzu viele Blicke von außen hinter sich zu bringen. Dann hatten sie zusammen ein leichtes Mittagessen genossen und eine Weile einfach mit Erzählen verbracht. Ihm ging es gut. Er und Maeve hatten mittlerweile eine Nachkommenschaft von drei Kindern, die alle – in einer Weise fotografisch erschöpfend dokumentiert, die mit Sophia geteilt werden musste – dabei waren, ihr Programm aus Schule, Fußball und Robotik zu durchlaufen.

Erst nachdem das Geschirr abgeräumt und Kaffee serviert worden war, hatte C-plus sich an das ernsthafte Geschäft begeben, Sophia zu einer Tokeninhaberin – oder, in der unvermeidlichen Abkürzung der Hightechbranche, einer Tokin – mit Zugangsprivilegien zu Dodges Gehirn zu machen.

Genau genommen war das nichts anderes, als jemandem den Schlüssel zu einer Wohnung oder die Ziffernkombination eines Zahlenschlosses zu geben. In der Cloud gab es eine Entität namens Dodges Gehirn. Sie war im Großen und Ganzen nur ein passives, inaktives Datendepot. Allerdings enthielt sie ein paar Programmdateien – also tatsächlich laufende Programme –, die die ganze Zeit über aktiv waren, ähnlich einem Wachposten, der vor einer verschlossenen Bibliothekstür auf und ab ging. Diese Programme waren so sicher und unhackbar, wie nur irgendetwas auf dieser Welt es sein konnte, und sie würden die Tür nur für Entitäten öffnen, die beweisen konnten – und das immer von

Neuem –, dass ihnen die dazu nötige Autorität verliehen worden war.

Corvallis Kawasaki besaß die Macht, anderen diese Token zuzuerkennen. In der realen Welt bedeutete »andere« »Menschen«. Doch der digitale Wachposten vor der Tür war nur ein Computerprogramm, das irgendwo auf einem Server lief, oder eher auf eine Reihe von Servern verteilt. Die Fähigkeit, Menschen zu erkennen oder zuverlässig einen Menschen von einem anderen zu unterscheiden, besaß es nicht.

»Wir könnten Biometrik verwenden«, gab C-plus zu. Womit er Geräte wie Fingerabdruckleser oder Irisscanner meinte. »Aber das verschiebt die Verwundbarkeit nur woandershin. Nehmen wir an, ich hätte ein Gerät, das deinen Fingerabdruck mit hundertprozentiger Genauigkeit lesen könnte. Gut. Das Gerät weiß, dass es Sophia ist. Damit das aber von irgendeinem Nutzen ist, muss das Lesegerät eine Nachricht an irgendeinen anderen Prozess irgendwo in der Welt schicken, die lautet: ›Ich habe ihren Fingerabdruck geprüft, und es ist eindeutig Sophia.‹«

»Und die könnte gehackt werden.«

»Ja. Vermutlich immer noch gut genug. Ich versuche aber, mich hier an die höchstmöglichen Standards zu halten.«

»Um eine Aussage zu treffen. Ein Zeichen zu setzen«, sagte Sophia.

»Und um zu vermeiden, dass ich wie ein Idiot dastehe«, sagte er. »Wenn sich herausstellen würde, dass ich fünf habe gerade sein lassen, den kürzesten Weg gegangen und in Schwierigkeiten geraten bin, wäre das blamabel.«

»Verständlich.«

»Nun sind Passwörter zwar lächerlich altmodisch, aber als Notlösung funktionieren sie. Ich möchte, dass du dir eins ausdenkst, hier und jetzt. Eins, das du noch nie für irgendeinen anderen Zweck benutzt hast oder jemals benutzen wirst. Nimm dir Zeit. Und wenn du fertig bist, tipp es ein.« Onkel C schob ihr über den Tisch ein Tablet zu, dessen Tastatur zur Texteingabe bereit war.

»Gut. Ich denke nach«, sagte Sophia.

»Weil das dein Schlüssel zu DG ist, erwägst du wahrscheinlich, ein Passwort oder eine Formulierung zu verwenden, die so etwas wie eine sentimentale Verbindung zu deinem Onkel Richard darstellt. Tu's nicht. Das ist nicht magisch. Das hier ist keine Gelegenheit für dich, deine Gefühle zum Ausdruck zu bringen.«

Sophia nickte und spürte, wie ihr Gesicht leicht zu glühen begann, denn sie hatte sich tatsächlich Namen aus den *D'Aulaires* als geeignete Passwörter vorgestellt. Stattdessen tippte sie: »Ikv-13TeDGadFFFiI!« für »Ich klaute vor 13 Tagen eine Duschkabinen-Gänseblume aus dem Forthrast-Familienfarmhaus in Iowa!«. Während sie das tat, wandte Onkel C betont zurückhaltend den Blick ab. Die App forderte sie auf, das Passwort zur Sicherheit noch einmal einzugeben, was sie tat. Dann schob sie das Tablet über den Tisch zurück, wobei sie es vorsichtig zwischen Kaffeetassen und Sahnekännchen hindurchmanövrierte. »Erledigt«, sagte sie.

»Super.« C-plus verbrachte ein paar Augenblicke damit, in dem virtuellen Raum zu arbeiten, den er durch die Gläser seiner Brille sehen konnte. Er überflog die Ergebnisse und nickte dann. »Okay. Glückwunsch. Jetzt hast du uneingeschränkten Nur-Lese-Zugriff auf Dodges Gehirn. Solange du dieses Passwort nicht vergisst – und niemand es klaut.« Das hieß, sie konnte alles lesen, was sie wollte, und Programme schreiben, die Daten aus den Dateien herauszogen, sie aber nicht veränderten.

»Und werden wir bei altmodischen Passwörtern bleiben?«, fragte Sophia.

»Nein, werden wir nicht«, sagte C-plus. »Mit der Zeit wirst du zum DiD-Prinzip übergehen wollen.« Sophia wusste, was das hieß: Defense in Depth. Statt eines Alles-oder-nichts-Zugangs zum gesamten System musste man sich gewissermaßen hineinarbeiten, indem man unter Verwendung verschiedener Faktoren immer wieder seine Identität nachwies. Kurz gesagt kein sehr sinnvolles Verfahren, es sei denn, es war mit einem PURDAH-basierten System gekoppelt. Darin bestand nämlich der ganze Sinn der anonymen Holografie: Die Identität des Nutzers war nicht deswegen verifizierbar, weil er zufällig ein Passwort wusste, sondern wegen seiner »Handschrift« – womit hier so gut wie jeder Eindruck gemeint war, den er in der Welt hinterließ.

»Das Passwort wird also in ein paar Wochen seine Gültigkeit verlieren. Bevor das geschieht, musst du dieses Ding auf deinen PURDAH umstellen. Was automatisch passieren sollte, wenn du es benutzt und es Gelegenheit hat, dich zu erkennen. Was du danach machst, liegt natürlich ganz an dir. Hast du einen Plan?«

»Lernen, mich in den Konnektomdateien zurechtzufinden. Einige der Tools anwenden, die die Gruppe meines Professors erfunden hat, um sie zu parsen – oder ›auszuläuten‹, wie er es gern formuliert.«

»Allein das ist vermutlich Arbeit für ein paar Wochen.«

»Höchstwahrscheinlich«, stimmte sie zu. »Falls das funktioniert – und dahinter steht ein großes Fragezeichen –, dann tatsächlich versuchen, neurale Simulationen an einer Teilmenge dieses Konnektoms durchzuführen. Sehen, was passiert.«

22

Zehn Monate später

Als sie den Flur zu Sollys Büro entlangging, konnte sie durch die halb offene Tür zwei Männer lachen und sich unterhalten hören. Nicht das geräuschvolle Ambiente eines Großraumbüros, das hier. Solly hatte genug Einfluss, um sich mit einem interdisziplinären, aus Stiftungsgeldern finanzierten vorübergehenden Job hier niederzulassen, ohne an irgendeine Abteilung gebunden zu sein. Er arbeitete, in unmittelbarer Nähe sowohl der Neurowissenschaftler als auch der Computerfreaks, in einem alten pseudogotischen Gebäude auf dem Campus der Princeton University. Sein Büro ging auf eine der vielen quadratischen Grünflächen des Campus hinaus. Es war groß, mit Bücherwänden gesäumt und ruhig.

Sie schob die offene Tür noch ein bisschen weiter auf und sah Solly, der dasaß und sich mit Corvallis Kawasaki und Enoch Root unterhielt, die sich beide per Videokonferenz auf einem Flachbildschirm zugeschaltet hatten. Diese Art zu kommunizieren kam allmählich aus der Mode, aber die Leute nutzten sie immer noch. »Hi Sophia«, rief C-plus, als er sie im Türrahmen sah.

»Bin ich zu spät?«

»Sie sind früh dran«, sagte Solly. Er war ein kleiner Mann, wie eine Maus in einem Baseballhandschuh tief in einem Ledersessel versunken.

»Okay. Puh!«

»Wir sind schon etwas früher eingestiegen«, erklärte C-plus. »Hatten noch andere Dinge zu bereden.«

»Auf Lateinisch?«

Es folgte eine unangenehme Pause, und dann mussten sie alle lachen. »Tut mir leid, dass du mein verhunztes Latein gehört hast«, sagte C-plus. »Wie peinlich.«

»Ich könnte verhunztes nicht von unverhunztem unterscheiden«, sagte Sophia. »Aber warum?«

»Das ist ein Running Gag zwischen mir und Enoch«, erklärte C-plus. »Er kam mal in einer Bar in der Nähe der Stiftung auf mich zu und begrüßte mich in Umgangslatein.«

»Weil er wusste, dass du es sprichst«, mutmaßte Sophia. »Wegen deiner Geschichte mit der römischen Legion.«

»Ja. Es machte ordentlich Eindruck auf die ganzen Amazon-Beschäftigten, die da herumhingen.«

»Und auf *dich*«, sagte Enoch. Sein Gesicht teilte sich den Bildschirm mit einem Glas, das eine bernsteinfarbene, von Schaum gekrönte Flüssigkeit enthielt.

»Damals kannte ich Enoch noch nicht. Also, ja! Es war eine ziemliche Überraschung«, gab C-plus zu. »Jedenfalls üben wir manchmal unser Latein. Wobei seins viel besser ist als meins.«

»Hi, Enoch!«, sagte Sophia. »Wo sind Sie?«

Enoch streckte die Hand, die nicht das Bier hielt, aus und bewegte die Kamera, die ihnen ein verschwommenes Panorama von etwas zeigte, das ein sehr charmanter Club zu sein schien.

»England?«, riet Sophia. »Irland?«

»Nein«, antwortete Enoch. »Die unabhängige, souveräne Nation … wartet mal …« Todernst fuhr er mit der Hand in seine Jackentasche, zog einen Pass hervor und hielt ihn in die Kamera. Er sah frisch gedruckt aus. In goldenen Lettern auf die Vorderseite geprägt beanspruchte er auf Französisch, Holländisch und Englisch, ein offizielles Dokument von Zelrijk-Aalberg zu sein.

»Ihr druckt jetzt Pässe?!«, entfuhr es C-plus.

»Das ist nur ein Stück Papier«, erwiderte Enoch achselzuckend. »Du kennst doch El. Er ist fasziniert von Nationalstaaten. Hackt immer das System.«

»Nun, da wir schon vom Hacken eines Systems sprechen«, sagte Solly. »Wir sind jetzt alle da, oder?« Damit meinte er, wie alle wussten, Sophias Betreuungsausschuss. Für eine Masterarbeit war das ein großer und seltsam vielfältiger Ausschuss. Es war jedoch alles etwas kompliziert geworden, sodass es Gründe dafür gab, dass diese Männer alle drei dazugehörten.

»Ja, fangen wir an«, sagte C-plus. Enoch signalisierte seine Zustimmung, indem er sein Glas hob und nickte.

»Sie waren fleißig«, sagte Solly, während er sich mit seinem Stuhl zu Sophia drehte.

Sophia seufzte. »Schön, dass Sie es so sehen.«

»Warum sollte ich nicht?«

»Meine Kurse … meine Noten …«

»Das sind Formalitäten, mit deren Hilfe die Universität verhindern will, dass Studenten aus Unachtsamkeit oder Faulheit oder Ähnlichem aus dem Gleis geraten.«

»Ein Sicherheitsnetz?«

Er lachte. »Ein Sicherheitsnetz für die Universität. Ein Gefahrennetz für die Studenten. Als diejenige Person bei diesem Meeting, die auf solche Dinge achten sollte, möchte ich Ihnen sagen, dass Sie meiner Einschätzung nach all diese Hürden schon letztes Jahr genommen haben. Ihr Abschlussjahr war praktisch schon ein Masterstudium. Und dass Sie fleißig waren, kann ich deshalb mit Sicherheit sagen, weil Corvallis mir von Ihren Bemühungen erzählt hat. Und Enoch. Und meine Doktoranden und Postdocs.«

»Meinen Bemühungen«, schnaubte Sophia. »Ich habe ihnen ja vor allem Fragen gestellt.«

»Das ist ein genauso guter Leistungsgradmesser wie jeder andere. Besser als Tests und Noten auf jeden Fall.«

»Schön, dass Sie das so sehen. Die Noten, die ich im vergangenen Jahr bekommen habe, waren die schlechtesten meines Lebens.«

»Worauf es jetzt ankommt, ist, dass Sie die bürokratischen Hürden nehmen, die Ihrem Abschluss noch im Weg stehen«, bemerkte Solly. »Niemand interessiert sich für Ihre Noten, Sophia. Die wird sich nie wieder jemand anschauen.«

Sie sah auf den Bildschirm. Enoch und C-plus hatten beide höflich den Blick abgewandt. »Irgendwie ist das irre«, sagte sie.

»Weil Sie Ihr ganzes Leben in der akademischen Tretmühle verbracht haben. Damit ist jetzt Schluss. Von jetzt an zählt nur noch Ihre Arbeit. Ihr Holografon. Nicht mir einem Hologramm zu verwechseln.«

Sie zuckte die Achseln. »Okay, sollen wir mal darüber reden?«

»Ja. Das ist Ihr sogenanntes Schlüsselprojekt. Ihre Abschlussarbeit. Wie immer Sie es nennen wollen.« Solly blickte einen Moment zum Fenster seines Büros hinaus, bemüht, die entsprechende Erinnerung aus dem winzigen Abteil seines Gehirns abzurufen, wo er administrative Details abgelegt hatte.

»Ich glaube, Masterarbeit ist der Ausdruck, den sie werden hören wollen«, äußerte Sophia vorsichtig, da Sollys Blick in Richtung Dekanat zu gehen schien.

»Sehr gut. Ausgebrütet haben Sie sie letzten Sommer während Ihres Praktikums in Seattle.« Mit einem Blick auf den Bildschirm entlockte Solly C-plus ein Nicken.

»Das ist hübsch ausgedrückt. Was wirklich passierte, ist, dass das Ganze mir vollkommen über den Kopf wuchs. Ich hatte keine Ahnung, was für ein großes Ding das war, wie viel Zeit es brauchen würde. Ich hatte ja kaum angefangen, als ich schon wieder hierher zurückkehren musste.«

»Ausgebrütet haben Sie sie letzten Sommer«, wiederholte Solly, während er mit den Fingern Anführungszeichen in die Luft setzte und erneut in Richtung Dekanat blickte. »Aufbauend auf dem Grundlagenwissen und der Codebasis, die Sie im Laufe dieser Monate erstellten, kehrten Sie im Herbst mit einer klaren Vorstellung davon, wie Sie weiter vorgehen würden, nach Princeton zurück.« Wieder der Blick zum Bildschirm. C-plus und Enoch hatten beide eine unbewegte Miene. Keine Einwände.

»Ja. Absolut. Wie auch immer.«

Solly deutete mit einer Kopfbewegung auf den Notizblock, der vor Sophia auf dem Tisch lag, und hielt ein paar Augenblicke inne, während sie das schnell aufschrieb. Zum Bildschirm gewandt hatte er lauter gesprochen, damit sie ihn auch verstand, verfiel aber jetzt wieder in seine gewöhnliche entspannte Tonlage. »Ich bin DG selbst mehrfach durchgegangen, und ich weiß, dass es ein Augiasstall ist.«

»Oooh, danke, Solly!«

»Was?«, fragte C-plus.

»Wir *D'Aulaires*-Fans müssen zusammenhalten«, erklärte Solly und zwinkerte Sophia zu. Die beiden hatten nämlich schon vor einiger Zeit ihre gemeinsame Begeisterung für diese Bücher entdeckt. »Wie auch immer. Dodges Gehirn. Mein Gott. All diese verschiedenen Datenformate, die sich gegenseitig bekriegen. Und jedes von ihnen repräsentiert die Lieblingstheorie von irgendjemandem über die Funktionsweise des Gehirns. Da verwundert es nicht, dass Sie den ganzen Sommer gebraucht haben, um sich erst mal zurechtzufinden. Wichtig ist nur, dass die Forthrast-Familienstiftung sie nicht vor die Tür gesetzt hat. Sie sind hierher zurückgekommen. Sie waren imstande, hier in dieser Abteilung ein paar neue Dinge zu machen. Nun, erzählen Sie mir doch bitte mit Ihren eigenen Worten, was Sie gemacht haben, und dann bringen wir das in eine Form, die als Masterarbeit akzeptabel ist. Und« – an diesem Punkt blickte er auf seine Uhr – »fällig ist sie …«

»In einer Woche. Ich weiß.« Verlegen warf Sophia den Kopf in den Nacken. »Ich weiß einfach nicht, wo ich anfangen soll.«

»Liebe Mom«, schlug Solly vor.

»Was?«

»So fängt's an.« Mit einer ziemlich übertriebenen Handbewegung schien Solly ihre Aufmerksamkeit auf den Notizblock lenken zu wollen. »›Liebe Mom‹. Schreiben Sie das hin.«

Sie schrieb es hin.

»›Ich habe daran gearbeitet, das Gehirn meines Großonkels digital zu simulieren‹«, fuhr Solly fort.

»Ich habe daran gearbeitet …«, murmelte sie und schrieb, so schnell sie konnte, »… zu simulieren.« Dann blickte sie erwartungsvoll auf.

Solly zuckte die Achseln. »Ich habe keine Ahnung, was Sie als Nächstes sagen. Sie kennen Ihre Mutter und Ihr Projekt besser als ich.«

Sie schrieb einen Satz.

»Jetzt kommen wir voran«, sagte C-plus. »Der Plan gefällt mir. Lies es uns vor.«

»›Als ich im September nach Princeton zurückkam, hatte ich *dank all der Hilfe von C-plus* das Gefühl, mich ganz gut in DG auszukennen‹«, las sie.

»Mit Schmeichelei erreichst du alles«, sagte Corvallis.

»Ich mache Ihnen einen Vorschlag«, sagte Solly, der währenddessen mit einer Benutzeroberfläche hantierte. »Warum diktieren Sie es nicht einfach? Spart Zeit. Ich habe gerade die Spracherkennung eingeschaltet.«

»Das Konnektom war ein Turmbau zu Babel«, sagte Sophia, die anfangs noch zögerlich sprach, sich aber zusehends für die Aufgabe erwärmte. »Dieselbe Menge an Verknüpfungen, auf Dutzende verschiedener Arten interpretiert und ausgedrückt. Um überhaupt erst einmal loszulegen, musste ich Code schreiben, der alle diese Dateien durchgehen und am Ende ein Konnektom ausspucken würde, mit dem ich wenigstens würde arbeiten können. Den Sommer über hatte ich viele Grundlagen gelegt, aber der Code war langsam und fehlerhaft. Ich bereinigte ihn und brachte ihn dazu, schneller zu laufen. Bis zu den Thanksgiving-Ferien hatte ich etwas, das ich verwenden konnte.«

»Wie verwenden?«, fragte Solly.

»Ich meine damit lediglich, dass es mit den Algorithmen zur Neuronensimulation, zu denen ich hier in Princeton Zugang hatte, kompatibel war. Bis dahin hatte es ganz so ausgesehen, als müsste ich einen quadratischen Dübel in ein rundes Loch hämmern.«

»Und an Thanksgiving passte der Dübel dann problemlos hinein.«

»Ja, sodass ich es im Laufe des Dezembers in kleinem Umfang anwerfen konnte. Will heißen, dass ich die Simulationsalgorithmen an einer winzigen Teilmenge des Konnektoms zum Laufen brachte.«

»Machbarkeitsnachweis um Weihnachten herum. Sehr gut.«

»Genau, so werde ich's nennen. Machbarkeitsnachweis.« Das notierte sie sich rasch. »Die Winterferien über fühlte ich mich wegen der ganzen Sache ziemlich deprimiert.«

»Kein Mensch interessiert sich für Ihre Gefühle«, bemerkte Enoch in heiterem Ton. Ohne jede Spur von Gemeinheit. Trockener Humor.

Sophia fasste es auch so auf, hielt aber ein wenig dagegen. »Stimmt, aber diese persönlichen Gefühle hatten eine fachliche Grundlage.«

»Nämlich?«, fragte C-plus.

»Mir fiel einfach nicht ein, welche Zwischenschritte ich als Nächstes machen könnte. Ein Neuron zu simulieren ergibt Sinn. Zwei Neuronen, die miteinander sprechen. Schön. Darüber hinaus ist es ein Netzwerk. Und auf Netzwerkeffekte kommt es an. Die Simulation von, sagen wir, tausend Neuronen eröffnet keine neuen Wege. Das wird schon seit Jahrzehnten gemacht. Die Tatsache, dass das Konnektom dieser tausend Neuronen willkürlich aus DG herauskopiert und eingefügt wurde, ist vollkommen bedeutungslos – es hätte genauso gut aus einem Mäusehirn kommen können.«

»Stimmt«, sagte Solly.

»Der einzige bedeutungsvolle nächste Schritt war der, das ganze Konnektom auf einmal anzuknipsen.«

»Tatsächlich? Warum hatte das dann noch niemand gemacht?«

»Nun, zunächst einmal hatten die Daten gefehlt. Das komplette Konnektom eines menschlichen Gehirns ist erst in den letzten zwei Jahren zustande gekommen. Und dann mangelt es an Ressourcen – wer würde die ganze erforderliche Rechenleistung bezahlen? Es war also undenkbar, bis Hole in the Wall online ging.«

»Das ist gut«, sagte Solly. »Womöglich aus diplomatischen Erwägungen haben Sie gerade einen weiteren Faktor ausgelassen, nämlich die akademische Denkweise. Akademische Wissenschaft schreitet in vielen Mikroschritten voran, eine Publikation nach der anderen. Einer Peer-Review unterzogene Veröffentlichungen sind unsere Art, Punkte zu sammeln. Je mehr Veröffentlichungen, desto besser. Wenn man ein Projekt so wie Prosciutto in dünne Scheiben schneiden kann, veröffentlicht man mehr Artikel, und die eigene Punktzahl steigt an. Sie haben sich aber verhalten wie jemand, der das nicht wusste oder dem das egal war.«

Sophia lief rot an. »Vielleicht bin ich naiv. Okay.«

»Sie sind reich«, verkündete Enoch.

»Wie bitte?«

»Sie sind reich«, wiederholte er. »Daran ist ja nichts verkehrt. Das ist keine Kritik.«

»In welcher Hinsicht spielt das eine Rolle?«

»In zweierlei Hinsicht. Erstens interessiert es Sie einfach nicht, das Spiel mitzuspielen – so viele Artikel wie möglich zu veröffentlichen«, erklärte Enoch mit einem Nicken in Sollys Richtung. »Zweitens hatten Sie Zugang zu den erforderlichen Mitteln.«

Darauf folgte eine lange Stille, in der nicht viel gefehlt hätte und Sophia wäre in Tränen ausgebrochen.

»Hören Sie«, sagte Enoch, »es gibt eine lange, ehrwürdige, bis zur Royal Society zurückreichende Geschichte des Gentleman Scientist. Und jetzt der Lady Scientist. Das nehmen wir nicht gern zur Kenntnis, weil wir eine höfliche Fassade des Egalitarismus aufrechterhalten möchten. Es gibt aber durchaus einen Grund, warum so viele wichtige Theoreme nach Mitgliedern des titulierten europäischen Adels benannt wurden.«

Sophia antwortete nicht, schien sich aber etwas zu beruhigen.

»Natürlich müssen Sie Enochs Bemerkungen nicht in Ihre Arbeit aufnehmen«, sagte Solly. »Aber Sie sollten darauf vorbereitet sein, dass Leute diese Frage stellen.«

»Wenn das passiert«, sagte sie, »habe ich vielleicht keine befriedigenden Antworten.«

»Wie das?«

»Ich weiß immer noch nicht genau, woher das Geld kam.« Das sagte sie laut mit einem Seitenblick auf den Bildschirm.

»Eine anonyme Spende«, sagte Enoch. »Kommt andauernd vor.«

»Soll ich das so sagen? In meiner Arbeit?«

»Ich bitte Sie, Sophia, fassen Sie sich so kurz wie möglich«, sagte Solly. »Es macht mich ganz kirre, wenn ich versuche, die Forthrasts und die Waterhouses und die Shepherds mit ihren ganzen Verflechtungen aufzudröseln. Das ist, als würde man alle Folgen einer mexikanischen Seifenoper hintereinander anschauen.«

»Also«, sagte Sophia, »ganz im Vertrauen ...«

Solly schaltete die Aufnahme aus.

»Über Weihnachten habe ich ein wenig Zeit mit meinem Onkel Jake und seiner Familie verbracht. Er fragte mich, was ich so mache, und ich erzählte es ihm. Als ich nach den Ferien nach Princeton zurückkam ...«

»... hatten Sie einen Account bei Hole in the Wall«, sagte Solly.

»Ja.«

»Von einem mysteriösen Wohltäter auf Ihren Namen eingerichtet.«

»Ja. Und als ich mich dort anmeldete, konnte ich das verfügbare Guthaben sehen – den Geldbetrag, den ich ausgeben konnte. Es war eine ziemlich beeindruckende Zahl.« Sie betrachtete Enochs Gesicht auf dem Bildschirm, aber er schien gerade von etwas anderem in dem netten Club in Anspruch genommen zu sein – vielleicht einer bezaubernden Kellnerin, vielleicht einer Fußballübertragung im Fernsehen.

»Wir werden das sprachlich bereinigen«, äußerte Solly.

»Wie bitte?«

»Ich werde Ihnen helfen, das Ganze sprachlich so auszuformulieren, dass es einer Abschlussarbeit an der Princeton University eher angemessen ist.«

»Gut. Vielen Dank.« Sie wusste, was er in Wirklichkeit meinte: Sie sollte es mal lieber selbst sprachlich ausformulieren und dann kurz mit ihm besprechen. »Jedenfalls war genug Geld auf diesem Account, sodass ich sämtliche Dateien von unseren Servern hier, auf denen sie sich befunden hatten, in lokale Speicher in Hole in the Wall transferieren konnte.«

»Viel schneller«, übersetzte C-plus, »eine solidere Plattform als Grundlage für weitere Arbeit.«

»Ja«, stimmte Sophia zu und schrieb das auf. »In den darauf folgenden zwei Monaten wurden der Code und die Algorithmen für die dortige Hardware angepasst.«

»Ursprünglich hatten wir den Code geschrieben, um ihn auf konventionellen Rechnern laufen zu lassen«, umschrieb Solly ihre Aussage. »Quantencomputer dagegen erfordern andere Strategien, andere Optimierungen.«

»Das ist übrigens weitgehend noch in Arbeit.«

»Natürlich. Verdammt noch mal, Sophia, das ist nur eine Masterarbeit. Ein einfacher, aber praktikabler Port ist alles, was ein vernünftiger Mensch erwarten würde.«

»Gut, das habe ich ja gemacht. Das absolute Minimum, das laufen würde. Mit viel Hilfe von Ihren Postdocs.«

»Die selbstverständlich reichlichen Dank ernten werden.«

»Das ist der einzige Teil der Arbeit, der sogar schon geschrieben ist!«, erwiderte sie strahlend. »Die Danksagung.«

»Gut, jetzt sind wir also – wo?«

»Mitte April.«

»Ungefähr vor einem Monat. Sie haben es zum Laufen gebracht.«

»Ich habe auf dem System von Hole in the Wall eine neuronale Simulation mit einem Neuron zum Laufen gebracht. Dann mit zweien, die sich gegenseitig Botschaften schickten.«

»Wobei jedes ein separater, unabhängiger Prozess war – das ist wichtig zu erwähnen.«

»Stimmt.«

»Und alles ordentlich gesichert – die Botschaften werden alle durch moderne Cloudprotokolle übertragen, entsprechend verschlüsselt und verifiziert«, erinnerte C-plus Sophia.

»Natürlich. So, dass es skalierbar würde.«

»Sehr gut. Und dann?«

»Dann habe ich es skaliert.«

»Sie haben den Schalter umgelegt.«

»Ja.«

»Den großen Lamellenschalter mit dem roten Griff im Labor des verrückten Wissenschaftlers.«

Den Ball aufnehmend sagte sie: »Ja. Ich habe das Starterkabel an die Pole geklemmt.«

»Sie haben das gesamte DG auf einmal angeschaltet«, sagte Solly, »worauf sich in Ephrata die Lichter verdunkelten oder so was.«

»Möglich. Ganz sicher bin ich mir aber nicht, dass die Lichter sich verdunkelten.«

»Was passierte dann?«

»Kleine Ausschläge.«

»Hmm. Ich fürchte, das wird nicht reichen, Sophia.«

»Okay … eine Schwingungserscheinung?«

»Und was genau befand sich in Schwingung?«, fragte C-plus.

»Die Burn Rate.«

»Das ist ein Begriff aus dem Silicon Valley, der in einer Abschlussarbeit vielleicht nicht so gut ankommen würde, junge Dame«, sagte Solly gespielt ernst. Aber ernst.

Sie schaute verlegen drein und holte ein paarmal Luft, als wollte sie sprechen. Überlegte es sich aber immer anders.

»›Liebe Mom‹«, soufflierte Enoch und nahm einen Schluck Bier.

»Ja«, sagte sie. »Sieh mal, Mom, ein Gehirn zu simulieren ist eine Sache, mit ihm zu sprechen eine ganz andere. Wir vergessen das, weil unsere Gehirne an Körper mit praktischen Peripheriegeräten wie Zungen, die sprechen, und Fingern, die tippen können, angeschlossen sind. Solange die funktionieren, kann man immer eine gewisse Vorstellung davon bekommen, was in einem Gehirn vor sich geht. Ein Gehirn in einer Kiste hat so etwas jedoch nicht. Was wahrscheinlich ein weiterer Grund dafür ist, dass bisher niemand das hier versucht hat.«

»Nämlich dass es keinen Zweck hat, es zu tun, wenn man keine sinnvolle Information herausbekommt.«

»Ja, es ist, als würde man bei einem Komapatienten ein EEG machen«, sagte Sophia.

»Das ist ein hilfreicher Vergleich.«

»Das EEG ist ein legitimes wissenschaftliches Instrument. Es verrät einem auf jeden Fall etwas über die Gehirnaktivität. Darüber besteht kein Zweifel. Aber man kann den ganzen Tag dastehen und die Ausschläge auf dem Papierstreifen, der aus dem EEG herauskommt, anstarren, ohne die geringste Ahnung zu haben, ob in diesem Gehirn irgendetwas Nützliches vor sich geht. Ob dieser Mensch bei Bewusstsein ist. Was er denkt.«

»Und wofür genau ist das EEG hier eine Analogie?«, fragte C-plus. Er wusste es natürlich und soufflierte ihr lediglich.

»Die Burn Rate. Die Kosten. Die monetären Kosten für die Durchführung der Simulation. Wenn viele Neuronen beteiligt sind und viele Signale über das Konnektom verschickt werden, sind die Quantenprozessoren in Hole in the Wall beschäftigt, und damit stellen sie uns mehr Geld in Rechnung und ziehen es von dem Account ab. Ich kann mich einloggen und zusehen, wie der Betrag auf dem Account weniger wird, was manchmal schnell geht und manchmal langsam. Wenn ich die Burn Rate grafisch darstelle, sieht das so aus.« Sie riss das oberste Blatt von dem Block ab, sodass sie eine leere Seite vor sich hatte, und zog mit kräftigem Strich eine lange waagerechte Linie, die vermutlich die Zeitachse darstellte. Eine kürzere senkrechte Linie war die Burn Rate. Ausgehend vom Nullpunkt der beiden Achsen zeichnete sie quer über die Seite eine Linie, wobei sie den Stift willkürlich leicht nach oben und unten wackeln ließ. »Am Anfang viel, was nach Rauschen aussieht. Aktivität kommt und geht sprunghaft. Ich habe versucht, statistische Pakete einzusetzen, aber es fehlt nicht viel zum totalen Chaos. Später sehen wir jedoch, dass sich eine gewisse Periodizität einstellt.« Sie fing an, den Stift in stetigem Rhythmus nach oben und nach unten, nach oben und nach unten ausschlagen zu lassen. »Wie ein Herzschlag. Für eine kleine Weile. Dann wieder zurück zum Willkürlichen.« Weiteres Stiftwackeln. Sie näherte sich dem Rand des Papiers. »Gerade letzte Woche hat sie sich aber richtig eingependelt.« Sophia verlangsamte die Vorwärtsbewegung des Stiftes und zeichnete eine ordentliche, regelmäßige Abfolge von Rampen, wobei jede mit einem plötzlichen Abfall auf null endete. Die letzte von ihnen ging über den Rand der Seite hinaus. Sophia drehte den Block um und hielt ihn so hoch, dass Enoch und C-plus ihr Werk sehen konnten.

»Und hier sind wir jetzt«, schloss sie. »Stand von vor einer Stunde.«

»Als hinge es in einer Art Wiederholungszyklus fest«, sagte C-plus. »Das ist die Erkenntnis, die ich aus deiner Kurve gewinne.«

»Genau das macht mir Sorgen«, sagte Sophia. »Vielleicht erwacht es ja auch, entwickelt ein gewisses Maß an Aktivität und schläft dann wieder ein.«

»Ich würde Ihnen nicht raten, in Ihrer Arbeit eine so anthropomorphe Sprache zu verwenden«, sagte Solly.

»Natürlich.«

»Eine ganz grundlegende Frage: Kann das Konnektom sich selbst modifizieren?«, fragte Enoch.

»Selbstmodifikation ist ein riesiges Ding und etwas ganz anderes als das, was ich in diesem Stadium zu tun versuche!«, rief Sophia aus. Ein flüchtiger Blick in die Gesichter von Solly und C-plus sagte ihr, dass die beiden über Enochs Frage ebenso verblüfft waren wie sie selbst. Sicher, ein faszinierendes Thema, über das man sich Gedanken machen konnte, war es allemal, aber es würde bei Weitem den Rahmen dieses Projekts sprengen.

»›Liebe Mom‹«, wiederholte Enoch.

»Okay, okay. Vergiss nicht, Mom, dass zwischen dieser Simulation und einem echten Gehirn ein Riesenunterschied besteht. Ein echtes Gehirn ist ein heraklitisches Feuer. Es gibt nie zweimal dasselbe Gehirn. Man kann zwar ein Foto von dem Konnektom im Augenblick des Todes machen – was wir ja im Fall von DG getan haben –, aber das verhält sich zu einem echten Gehirn wie ein Standbild zu einem Film. In einem echten Gehirn verändert sich jedes Mal, wenn ein Neuron feuert, als Reaktion darauf die gesamte Verdrahtung ein wenig. Häufig benutzte Verbindungen werden gestärkt, vernachlässigte atrophieren. Neuronen werden umfunktioniert. Dinge werden in Erinnerung gerufen – oder vergessen. Und nichts davon passiert in meiner Simulation.«

»Warum nicht?«, fragte Solly. Die Antwort kannte er ganz genau, aber er agierte immer noch als Advocatus Diaboli. Und half außerdem ein wenig, sie vor Enochs seltsamer und grenzüberschreitender Frageweise abzuschirmen.

»Nun, zunächst einmal, weil ich einfach nicht das Gefühl hatte, schon so weit zu sein. Ich musste es erst zum Laufen bringen. Um zu sehen, was passierte. Ob es überhaupt funktionieren würde. Und dann, weil das teurer ist – es würde mehr Speicherplatz verbrauchen, mehr Rechenleistung, und ich hatte Angst, es würde mir ausgehen.«

»Die Algorithmen, die Sie verwenden, besitzen eine eingebaute Fähigkeit zur Selbstmodifikation«, bemerkte Enoch. »Es sei denn, Sie hätten sich die Mühe gemacht, sie herauszureißen.«

»Nein, ich habe sie nicht herausgerissen. Ich habe sie abgeschaltet. Erst einmal unterdrückt.«

»Ich glaube nicht, dass irgendjemand hier etwas gegen diese Entscheidung einzuwenden hat«, sagte Solly mit einem etwas zweifelnden Blick zu Enoch. »Sie haben recht damit, dass Sie es erst einmal zum Laufen bringen mussten – um zu sehen, was passieren würde. Und niemand wird Ihnen verübeln, dass Sie sich beim Ressourcenverbrauch zurückgehalten haben.«

Enoch sagte: »Aber es ist doch kein Wunder, dass man ein sich wiederholendes, zyklisches Verhalten sieht. Dass es in einer Art Schleife feststeckt.«

»Einem Standbild«, sagte Sophia.

»Kann ich es sehen?«, fragte Solly. »Können Sie sich für mich einloggen? Ich möchte einfach gern sehen, wie das alles aussieht. Sie haben meine Neugier geweckt.«

»Auf jeden Fall. Es ist ein althergebrachtes, ziemlich einfaches Interface. Können wir die da benutzen?« Sie zeigte auf eine leere Fläche an einer Wand seines Büros und setzte sich rasch ihre Brille auf.

»Genau dafür ist sie da«, sagte Solly. Er stand auf, ging zu seinem Schreibtisch hinüber und fand, halb unter irgendwelchem Kram vergraben, ein Wearable. Bis er es aufgesetzt und hochgefahren hatte, hatte Sophia einen virtuellen Bildschirm an seiner Wand platziert und loggte sich gerade in ihren Account bei Hole in the Wall ein. Dieser sah peinlich altmodisch aus, wie eine Internetseite von etwa 1995, aufgelockert durch ein Hintergrundfoto von der gleichnamigen Schlucht. In der Zwischenzeit bootete sie das Programm, mit dessen Hilfe sie die Daten der Burn Rate grafisch dargestellt und analysiert hatte. Das Erste, was erschien, war eine Kurve, die weitgehend derjenigen ähnelte, die sie gerade auf Papier gezeichnet hatte, allerdings mit mehr Rauschen und Komplexität. Das Muster einer Sägezahnschwingung war deutlich erkennbar.

»Können Sie mir eine grafische Darstellung des Integrals davon zeigen?«, fragte Solly. »Kontostand versus Zeit?«

»Klar.« Sophia tippte einen Befehl ein, behob einen Fehler, räumte ein bisschen auf und erzeugte eine neue Grafik. Diese zeigte eine Rampe, die bei einem hohen Wert im Februar begann und aktuell auf einen niedrigeren sank. Manchmal fiel sie steil ab, dann wurde sie wieder flacher und folgte insgesamt einem Muster, das mit der Kurve der Burn Rate übereinstimmte.

»Das war alles, was ich sehen musste«, sagte Solly. »Innerhalb von vier Monaten haben Sie etwa drei Viertel der Mittel, die Sie an Weihnachten – oder Chanukka – von ihrem mysteriösen Wohltäter geschenkt bekommen hatten, aufgebraucht.« Er blickte flüchtig zu Enoch. »Ihnen bleibt noch eine Woche, bis Sie unter allen Umständen Ihre Arbeit abgeben müssen. Wenn Sie die Simulation so weiterlaufen lassen wie bisher, werden Sie diese Woche mit viel nicht ausgegebenem Geld beenden. Allerdings werden Sie während dieser Woche auch nichts Neues sehen.«

»Stimmt. Sie steckt fest.«

»Daher lautet meine Empfehlung, dass Sie die Selbstmodifikationsfunktion einschalten«, sagte Solly.

Das ließ Sophia für ein paar Augenblicke verstummen. Sie hatte es nicht kommen sehen. Das war eins von den Dingen, die Enoch hätte vorschlagen können. Nicht Solly.

»Das würde ich ja nur zu gern tun«, gab sie zu, nachdem sie die Fassung wiedererlangt hatte. »Aber irgendwie ist es doch – ich weiß nicht – unwissenschaftlich, oder? Ich verstehe ja *das da* noch nicht. Und jetzt soll ich weitergehen und es noch viel, viel komplizierter machen.«

»Wissenschaft beginnt mit dem Sammeln von Daten«, sagte Solly. »Alle Wissenschaftler hätten gern bessere Daten. Lassen Sie sich davon nicht bremsen.«

»Ich will nicht als vermessen dastehen.«

»Als Studentin in der letzten Woche«, sagte Solly, »werden Sie sich zum letzten Mal in Ihrem Leben erlauben können, vermessen zu sein. Ich empfehle Ihnen, das Beste daraus zu machen.«

Diese Typen führen etwas im Schilde. Die Erkenntnis kam ihr allmählich im Verlauf der folgenden paar Tage, nicht als Gedankenblitz oder in jähem Schwall, sondern wie Grundwasser, das unter dem Fundament eines Hauses ansteigt. Es gab verschiedene Hinweise und Spuren, die man für sich genommen vielleicht hätte ignorieren oder wegerklären können. Das eine Detail jedoch, das es ganz deutlich machte, war C-plus' Gesichtsausdruck und sein Tonfall genau in dem Moment, als sie durch die Tür in Sollys Büro getreten war. Wäre C-plus tatsächlich in Princeton gewesen, wäre es vielleicht anders gewesen. Er hätte ihre Schritte sich nähern hören, hätte die Tür langsam aufgehen sehen. Gedankenschnell hätten seine Gesichtsmuskeln sich angepasst. Doch die Latenz des Netzes hatte ihr einen Vorsprung gegeben. Sollys Verbindung war so gut, wie es die Technik erlaubte. An der Lichtgeschwindigkeit konnte aber auch sie nichts ändern. So wie das Bild von Sophias Eintritt in das Büro Zeit brauchte, um dorthin zu gelangen, wo C-plus sich zu dem Zeitpunkt aufhielt, so brauchte auch seine Reaktion darauf Zeit für den Weg zu ihr zurück, und in dieser Zeitspanne, während sie im Türrahmen stand und auf den großen Bildschirm blickte, war sie wie ein Geist. Nicht der

Geist der vergangenen Weihnacht. Eher andersherum. Sie war es, die sich in der Gegenwart befand und C-plus und Enoch sah, wie sie in der Vergangenheit gewesen waren: in dem Moment, bevor sie eintrat. Und was sie da erblickte, in dreifacher Lebensgröße auf dem großen, hochauflösenden Bildschirm, war Corvallis Kawasaki mit einem Gesichtsausdruck, den sie zuvor nie bei ihm gesehen hatte. Er sah aus wie ein kleines Kind. Der Ausdruck »Kind im Süßwarenladen« erfasste es allerdings nicht ganz.

Aus zweiter Hand hatte sie von ihrer Mutter einmal die Anekdote gehört, wie John und Dodge im Alter von vielleicht zehn und acht herausgefunden hatten, wie man das Schloss zu einem Luftschutzkeller knackte, den ihr Vater während der dunkelsten und verstörendsten Zeit des Kalten Krieges unter dem Garten hinter ihrem Haus in Iowa gebaut hatte, und wie sie mit Taschenlampen dort hineingegangen waren und Dinge entdeckt hatten, die sie fasziniert und zugleich in Schrecken versetzt hatten: Waffen und Munition und K-Rationen, ja aber auch Kriegstrophäen, Dinge, die ihr Vater den Leichen von Nazis abgenommen hatte, Bilder, die er bei der Befreiung von Konzentrationslagern gemacht hatte, geheime Vorräte an europäischer Pornografie, Phiolen mit Morphin, alte Bordeaux- und Cognacflaschen, Briefe von Damen, die nicht seine Ehefrau waren. Dodge und John waren sehr vorsichtig wieder aus diesem Luftschutzkeller hinausgegangen, hatten die Tür geschlossen und verriegelt und ihrem Vater nie verraten, dass sie drin gewesen waren, und nachdem der Patriarch gestorben war, hatten sie das meiste von dem, was da unten lag, vernichtet.

Der Gesichtsausdruck von Corvallis Kawasaki während der kurzen Zeit, die es brauchte, bis die Bits ihn erreicht hatten, er auf Sophias Anwesenheit in dem Büro reagiert hatte und neue Bits zurückgekommen waren und den Bildschirm aktualisiert hatten, war ziemlich genau so, wie sie sich John und Dodge vorstellte, als sie mit ihren Taschenlampen im Luftschutzkeller ihres Vaters umherleuchteten. Zum Teil war es eine kindliche Unverstelltheit, die sie in C-plus' Miene zuvor nur bei Dodges Beisetzung und bei seiner eigenen Hochzeit mit Maeve, als sie den Mittelgang heraufkam, gesehen hatte. Doch was noch dazukam, war Faszination. Sophia wusste – und das sagte ihr etwas schwer Fassbares an der Körperhaltung und den Gesichtern von Solly, Enoch und C-plus –, dass ihr Konferenzgespräch schon eine Weile andauerte. Dass sie es für etliche Zeit vor dem Beginn, der ihr genannt worden war, angesetzt hatten. Dafür jedenfalls fand sie später eine Bestätigung in Sollys Kalender, zu dem sie und andere Studenten Zugang hatten. Und sie hatten über Dinge geredet, die C-plus wohl in einen sehr ungewöhnlichen Gemütszustand versetzt hatten, und das hatten sie auf Latein getan.

Zu einem anderen Zeitpunkt in ihrem Leben hätte sie das nicht aus dem Kopf bekommen. Sie wäre wie Nancy Drew zur jungen Detektivin geworden. So aber hatte sie ein Masterprojekt abzuschließen und eine Präsentation vorzubereiten. Deshalb speicherte sie das als etwas ab, wozu sie C-plus bei ihrer nächsten Begegnung würde befragen müssen.

Und so verteidigte Sophia eine Woche später vor Solly und zwei weiteren Mitgliedern der Fakultät ihre Masterarbeit. Diesmal waren C-plus und Enoch nicht dabei. Zweck dieses Vortrags war ja, den akademischen Segen zu bekommen, und die beiden arbeiteten nicht für die Universität.

Sie kamen in einem alten Raum zusammen, der mit Holzvertäfelungen und Bücherregalen ausgekleidet war. Über dem Tischende befand sich ein Stück Wand, dem man ansah, dass es über die Jahrhunderte hinweg für viele verschiedene Zwecke benutzt worden war. Mindestens hundert Jahre lang musste das Porträt eines großen Mannes dort gehangen haben. Dann war eine Ausziehleinwand für Diavorträge und Overheadprojektoren an der Decke installiert worden. Diese war wenigstens zwei Generationen von Flachbildschirmen und mehreren Neuverkabelungen gewichen. Perfektioniert hatten sie die Verkabelung wahrscheinlich genau zu dem Zeitpunkt, als alles drahtlos wurde. Innerhalb der letzten paar Jahre hatten sie schließlich die letzten Monitore auf den Schrottplatz gekarrt und die nutzlos gewordenen Kabel unsichtbar in den Wänden eingeschlossen. Jetzt war es nur noch eine holzverkleidete Fläche, deren einziges besonderes Merkmal ihre feine, kaum sichtbare Maserung war. Alle Anwesenden hatten Wearables der einen oder anderen Art, die gemeinsame Halluzinationen auf diese Fläche projizieren würden. Da die Verteidigung hauptsächlich aus Sophias Vortrag bestand, nutzten sie diese Möglichkeit erst ganz am Ende, als eine Veränderung in Haltung und Tonfall die Botschaft vermittelte, dass es vorbei war und Sophia diese Hürde genommen hatte. Von jetzt an war es nur noch Geplauder – intelligente Menschen, die ihre Neugier über dies und das zum Ausdruck brachten.

Einer von ihnen äußerte Interesse daran, die grafische Darstellung der Daten zu sehen. Sophia lud sie auf dem virtuellen Bildschirm hoch, so wie sie es eine Woche zuvor in Sollys Büro getan hatte. Die Burn Rate sah weitgehend noch genauso aus, bis zu dem Punkt vor ein paar Tagen, als Sophia die Fähigkeit des Konnektoms zur Selbstmodifikation eingeschaltet hatte. Die Folgen zeigten sich prompt und deutlich: Die Burn Rate schoss nach oben. Das sich wiederholende Muster der Sägezahnschwingung verschwand und wurde durch etwas Chaotischeres ersetzt. Allerdings mit gerade so viel Struktur, dass es die Aufmerksamkeit des Betrachters erregte und ihn zu der Annahme verlockte, es stecke doch eine gewisse Ordnung dahinter.

»Lassen Sie mich kurz die Daten aktualisieren, damit sie auf dem allerneusten Stand sind«, murmelte Sophia und rief einen Menüpunkt auf. Darauf erschien eine Nachricht, in der es hieß, Informationen würden von Hole in the Wall heruntergeladen und das könne einen Moment dauern.

Dann aktualisierte sich die Grafik automatisch. Aber sie war völlig aus dem Ruder gelaufen.

Einer der Prüfer schmunzelte – aber nicht unfreundlich. Es war das zeitlose Schicksal aller Vorführungen, dass sie in Momenten wie diesem danebengingen, und jeder im Raum wusste das.

»Was zum …?«, rief Sophia. »Wie kommt diese Abwärtsspitze da rein?« Die Grafik der Burn Rate sah nämlich im Wesentlichen noch so aus wie vorher, nur dass ganz am Ende die Kurve plötzlich schnurgerade nach unten zu einer gewaltigen negativen Zahl abstürzte und dann genauso rasch wieder nach oben sprang und das vorherige Sägezahnmuster wieder aufnahm. »Vielleicht einfach ein schlechter Datenpunkt. Ein Ausreißer.«

»Tun Sie mir einen Gefallen, Sophia, und überprüfen Sie den Kontostand«, sagte Solly.

»Er wird verdammt nah an null sein«, sagte Sophia. »Ich hatte damit gerechnet, dass die Mittel heute Morgen erschöpft sein würden, war aber zu sehr abgelenkt, um nachzuschauen.«

Sie wandte ihre Aufmerksamkeit wieder dem Fenster mit ihrem Kontostatus bei Hole in the Wall zu und öffnete »Kontostand und Abrechnung«. Dort stand deutlich sichtbar eine riesige Zahl.

»Das kann nicht stimmen«, sagte sie. »Die ist viel zu hoch.«

»Prüfen Sie mal ›Letzte Aktivitäten‹«, schlug Solly vor.

Das tat sie. Eine kleine Tabelle erschien. Der jüngste Eintrag war drei Stunden alt.

Jemand hatte eine Einzahlung auf den Account vorgenommen. Eine sehr große Einzahlung. Zehnmal so viel, wie im Februar eingezahlt worden war.

»Sieht aus, als würde Ihr anonymer Wohltäter Ihre Arbeit für gut befinden«, sagte Solly.

»Was meinen Sie, was ich tun sollte?«

»Lassen Sie es leben«, sagte Solly.

23

Was als Nächstes kam, ließ sich natürlich nicht beschreiben, ohne Wörter zu verwenden. Doch das war in gewisser Weise abwegig, da er keine Wörter mehr hatte. Ebenso wenig wie Erinnerungen oder zusammenhängende Gedanken oder irgendeine andere Möglichkeit, die Qualia, die er erfuhr, zu beschreiben oder über sie nachzudenken. Und diese Qualia waren von miserabler Qualität. Soweit er überhaupt sehen konnte, sah er unzusammenhängende Muster aus schwankendem Licht. Für Menschen in einem bestimmten Alter war »Rauschen« die nächstliegende Bezeichnung dafür: die Rauschflächen, -wellen und -bänder, die einst die Bildschirme nicht richtig funktionierender Fernsehapparate bedeckt hatten. Rauschen war in gewisser Hinsicht nicht real. Es war einfach das, was man aus einem System bekam, wenn es nicht in der Lage war, sich mit irgendeinem starken Signal zu verbinden – wobei »stark« bedeutete, dass es tatsächlich nützliche oder zumindest verständliche Informationen transportierte. Moderne Computerbildschirme waren smart genug, sich beim Ausbleiben eines Signals einfach auszuschalten oder eine Fehlernachricht anzuzeigen. Alte analoge Geräte hatten keine andere Wahl als *irgendetwas* anzuzeigen. Der Elektronenstrahl tastete ständig ab, ein hirnloses Funkfeuer, und wenn man ihn mit nichts anderem fütterte, erzeugte er eine visuelle Landkarte von allem, was in seinem Schaltkreis umhertobte: eine verstümmelte Mischung aus elektrischem Rauschen von Moms Staubsauger, Dads Rasierer,

Sonneneruptionen, an der Ionosphäre abprallenden Störübertragungen und dem, was passierte, wenn kleine Rückkopplungsschleifen auf der Leiterplatte überhandnahmen.

Ebenso gab es, soweit er überhaupt hörte, nur ein unspezifisches Zischen.

Es war, als hätte eine seiner visuellen Migränen sich ausgedehnt, um seinen gesamten visuellen Kortex einzunehmen, und gleichzeitig wäre sein Tinnitus vollkommen außer Rand und Band geraten, weil er sich in einem absolut stillen Raum befand. Mit anderen Worten, diese Qualia waren nicht real, wohl aber die Phantome, die mangels irgendeines Inputs von seinem neuronalen Schaltkreis heraufbeschworen wurden.

Das war die Geschichte, die er sich erzählt hätte, wenn sein denkendes, verstehendes, Geschichten erzählendes Gehirn funktionstüchtig gewesen wäre und er die Fähigkeit besessen hätte, sich an Dinge wie Staubsauger, die Ionosphäre und Migränen zu erinnern. In Wirklichkeit waren diese Systeme jedoch alle außer Betrieb. Das war der Zustand, in dem er sich befand: gerade mal genug mentales Funktionieren, um diese schrecklichen, minderwertigen Qualia zu erfahren, aber keine wie auch immer geartete Fähigkeit, Abstand zu nehmen und über sie nachzudenken.

In diesem Zustand war er in überhaupt keiner oder in einer unendlich langen Zeit gewesen. Dazwischen gab es für ihn keinen Unterschied. Zehn Minuten, zehn Jahre, zehn Jahrhunderte: Alles war gleichermaßen falsch, da alles eine Möglichkeit, die Zeit zu messen, voraussetzte. Das Einzige, was der Zeit Bedeutung verleihen konnte, war Veränderung, und nichts veränderte sich. Diese Qualia waren in ihm. Außerhalb von ihm gab es nichts, dessen Veränderungen er hätte beobachten und benennen können. Nur das visuelle und akustische Rauschen, das mit solcher Beliebigkeit kam und ging, dass er darin kein Muster erkennen konnte.

Schließlich fing er an, dessen Kommen zu fürchten und Erleichterung zu verspüren, wenn es nachließ.

Als es zum dritten oder fünfundsiebzigsten oder millionsten Mal kam und ging, hatte er die vage Erkenntnis, dass das schon einmal passiert war. Nicht dass er eine Erinnerung daran gehabt hätte – auf das Rauschen hatte die Erinnerung keinen Zugriff –, aber jetzt erkannte er in seinem eigenen Sein ein Reaktionsmuster: die Furcht, wenn er sich zunehmend sicher war, dass es kam; die panische Angst, während es auf seinem Höhepunkt war, dass es vielleicht nie mehr aufhören würde; ein anderer Teil von ihm, der versuchte, gegen diese Angst anzugehen, indem er vorhersagte, dass es nachlassen würde; wachsende Gewissheit, dass es weniger wurde; Erleichterung darüber, dass es sich gelegt hatte, zusammen mit der Furcht vor seinem erneuten Einsetzen. Die Abfolge dieser Gefühle verlief nach einem bestimmten Muster.

Schließlich kannte er das Muster.

Die Tatsache, dass er es wiedererkannte, legte nahe, dass es zuvor schon passiert sein musste, auch wenn er nicht imstande war, sich an konkrete Umstände zu erinnern. Soweit er wusste, war es immer und immer wieder dasselbe, und er war in einem Kreislauf, einer Endlosschleife gefangen.

Äonen vergingen.

Endlosschleife. Kreislauf. Das waren Vorstellungen, keine Qualia oder Gefühle. Woher kamen Vorstellungen, und wie konnte er sie haben? Und wie konnte er Vorstellungen von Vorstellungen haben?

Diese Gedanken kamen ihm nicht etwa alle auf einmal, in einem bestimmten Augenblick, den er hätte definieren oder an den er sich hätte erinnern können. Sie entstanden eher mit der Zeit, während seine Denkwege begannen, Falten, Rillen und Furchen zu folgen. Und sie mit jeder Tour entlang demselben Weg zu vertiefen, zu verstärken.

Nicht dass er irgendeine Vorstellung von Falten oder Rillen gehabt hätte. Er konnte sich nicht an solche Dinge erinnern –

oder an sonst irgendetwas. Er konnte sie nicht vor seinem geistigen Auge sehen, denn er hatte ja kein geistiges Auge und keine Erinnerung daran, was es zu sehen gab. Alles, was er über die Qualia des Augenblicks hinaus hatte, war eine wachsende Gewissheit, dass seine Gedanken Wege beschritten, die sie vordem schon beschritten hatten, vielleicht Tausende oder Millionen von Malen. Schließlich wusste er, was als Nächstes passieren würde, wohin seine Denkwege führten. Er wusste, dass es Zeit gab, dass er in der Vergangenheit existiert hatte, dass er in der Zukunft existieren würde und dass es in den Windungen, die seine Gedanken vollführten, eine Art von Beständigkeit gab, die ihn zu etwas machte. Etwas, das fortbestand und das festgelegte und vorhersagbare Weisen hatte.

Er erlangte Bewusstsein.

24

Ihm war aufgefallen, dass in den Wellen dessen, was er, hätte er Wörter oder Erinnerungen gehabt, mit denen er Dinge hätte vergleichen können, Rauschen genannt hätte, manche Teile anders waren als andere. Das war ein vergleichsweise faszinierendes neues Phänomen. Darüber nachzudenken führte zu nichts; es war einfach eine Realität, der er passiv ausgesetzt war. Er konnte sich nicht vorbeugen, um es genauer anzuschauen. Er konnte nicht um es herumgehen, um es aus verschiedenen Blickwinkeln zu betrachten. Wie jemand, der in einer Schlafparalyse gefangen war, konnte er nichts anderes tun, als auf den nächsten Ansturm zu warten und sich ihm dann zu widmen und zu versuchen, eine Bestätigung für diese sich entwickelnde Vorstellung zu finden, dass nicht alle Teile davon gleich waren, dass es Muster gab oder zumindest Variationen, an denen seine Aufmerksamkeit sich festhalten konnte.

Seine Emotionen veränderten sich. Über lange Zeit (jetzt, da er so etwas wie Zeit erfuhr, schien es ihm jedenfalls so) hatte er das Einsetzen des Rauschens gefürchtet und sich nach dessen Abklingen gesehnt. Es hatte ihm eine Art Schmerz verursacht. Das änderte sich mit seiner eigenen wachsenden Fähigkeit, Schwankungen darin zu sehen. Wenn die zischende, funkelnde Welle nachließ, war er begierig darauf, dass sie wiederkam, und besorgt, sie könnte ausbleiben.

Dann passierte etwas mit einer Geschwindigkeit, die verglichen mit allem Vorausgegangenen außergewöhnlich war, nämlich dass sich in den Windungen seines Gehirns seine Gedanken an Falten und Rillen und ausgetretene Pfade mit manchen der irgendwie andersartigen Partikel zusammentaten, um ein Ding zu bilden, das er stabil in seiner Aufmerksamkeit halten und für eine Weile wahrnehmen und studieren konnte, ehe es unter dem zu großen Druck seines verzweifelten gedanklichen Zugriffs auseinanderbrach und sich inmitten der flimmernden Teilchen verlor, aus denen es sich selbst zusammengesetzt hatte. Doch wenn die Welle wieder zurückkam, konnte er erneut nach ihm suchen und es manchmal finden oder zumindest flüchtig erblicken. Vielleicht rekonstruierte er es aber auch jedes Mal von Neuem. Falls ja, musste er es mit der unendlichen Geduld, die er im Laufe der Äonen aufgebaut hatte, zum Sein verlocken.

Das spielte keine Rolle. Er sah es einige, dann viele Male. Das Ding hatte Eigenschaften. Da ihm selbst Wörter, ja sogar die Vorstellung von Wörtern fehlten, konnte er diese Eigenschaften betrachten, aber nicht in seinem Denken behalten, sobald sich das Ding nicht mehr vor ihm befand. Es war, als hätten seine Denkwege, die er über Minuten, Jahrhunderte oder Ewigkeiten hinweg als Falten oder Rillen identifiziert hatte, eine Form angenommen, die er betrachten konnte. Es war das erste und einzige Ding mit einer Form; alles andere war Rauschen. Wenn er sich verschiedene Elemente davon ansah oder seinen Blick von einem Element zu einem benachbarten bewegte, nahm er Biegungen und Eigenschaften wahr, die ein Ausdruck der Falten und Rillen waren, die sein Denken in sich selbst hineingegraben hatte und die sich manchmal in die eine, manchmal in die andere Richtung verzweigten. Dass es Elemente hatte, die auf die und die Weise verteilt waren – einen Stiel hier, gezackte Kanten dort, Adern, die sich hierhin und dorthin verzweigten –, traf ihn mit Wucht als eine gewaltige Offenbarung und zugleich als etwas so Altes und Offensichtliches, dass es eine zweite Natur war.

Das Ding war nicht immer dasselbe – die Verzweigungen änderten sich von einer Rekonstruktion zur nächsten –, aber es war immer dieselbe Art von Ding. Eines Tages (oder Jahres oder Jahrhunderts) betrachtete er dieses Ding zum hundertsten (oder tausendsten oder millionsten) Mal und wusste irgendwie, was es war. Und eine Weile später begann das Tosen und Zischen seltsam nach ihm zu rufen. In derselben Weise, wie er gelernt hatte, in den Wellen des flimmernden visuellen Rauschens etwas zu sehen, fing er an, Momente im akustischen Rauschen miteinander zu verbinden und zu Mustern aneinanderzureihen, die er wiedererkennen konnte. Die Art, wie sie hintereinander angeordnet waren, unterschied sich davon, wie die Rauschpartikel eins neben dem anderen zu etwas verschmolzen, das er betrachten konnte, aber als er erst einmal den Dreh heraushatte, war er in der Lage, den Kunstgriff des Aneinanderreihens zu wiederholen. Die aufgereihten Signale waren als ebenso sinnvolles Ding wiederzuerkennen wie das Ding, das er angeschaut hatte.

Es war ein Blatt.

Diese Arten, Rauschpartikel zu Mustern zusammenzufügen, die er in seiner Aufmerksamkeit halten, und Bruchstücke akustischen Rauschens zu Sequenzen aufzureihen, die er wiedererkennen konnte, verbreiteten sich erst langsam und dann mit zu großer Geschwindigkeit, als dass er sie hätte in sich aufnehmen können. Hätte er Zugang zu einem größeren Pool von Erinnerungen gehabt, hätte er sie mit einer Flamme verglichen, die sich über eine Benzinpfütze ausbreitet, oder einem Riss, der sich durch einen Felsblock fortpflanzt.

Dass jedes Blatt ein bisschen anders war, stellte keinen Anlass zur Verwirrung mehr dar, sobald er erkannt hatte, wie man Dinge verteilte; er konnte so viele Blätter hervorrufen, wie er wollte, und eins neben das andere legen. Der Raum, den sie einnahmen, dehnte sich aus. Indem er das eine oder andere Blatt mit größerer Sorgfalt betrachtete, vermochte er es ins Zentrum seiner Aufmerksamkeit zu rücken. Er ordnete die Blätter auf größeren Strukturen an, die ihrerseits auf eine Weise blattartig waren. Das waren Äste, und Äste konnten auf Bäumen angeordnet werden, und er konnte beliebig viele Bäume machen und sie ganz nach seinen Wünschen arrangieren: entweder wahllos, was ein Ding namens Wald ergab, in Sprenkeln hier und da, was ein Park, oder in ordentlichen Reihen, was eine Straße wurde. Von allen schuf er ein Exemplar, eine von rot belaubten Bäumen gesäumte Straße, die zu einem Park mit einem Wald dahinter führte.

Wenn er den einen oder anderen Baum anblickte, bewegte dieser sich mit allem Drum und Dran auf ihn zu. Als er sich daran gewöhnt hatte, vollzog sich jedoch ein Wandel in seinem Denken, und er fand es passender, sich vorzustellen, dass die Bäume und die anderen Dinge fest an einem Ort blieben, während er zwischen ihnen hindurchging. Um sie an ihren Standorten zu fixieren, schuf er den Boden.

Einmal erschaffen veränderte der Boden naturgemäß seine Form nicht mehr. Seine Aufgabe bestand nämlich darin, die Bäume und anderen Dinge in einem festgelegten Verhältnis zueinander zu bewahren. Um diesen Zweck zu erfüllen, musste er viel größer sein als die Bäume und die anderen Dinge, die er enthielt. Daher bedurfte es der Umwandlung einer riesigen Fläche visuellen Rauschens in etwas von vollkommen anderer Natur. Das Rauschen war nicht leicht zu zähmen, aber mit der Zeit lernte er, es in ein dunkles, starres und hartes Ding umzuwandeln, und das war Adamant. Einmal erzeugt änderte es seine Form oder Position nur, wenn er es wieder in das Rauschen zerbrach, aus dem er es geformt hatte, und gewünschte Änderungen vornahm. Der Wald, die Straße und der Park befanden sich somit auf einer Insel aus Adamant, die ihre Form und Position in dem Meer von Rauschen beibehielt.

In der Anfangszeit hatte er das Blatt jedes Mal neu aufbauen müssen, doch inzwischen entstanden neue Dinge ohne sein Zutun, und wenn er auf sie stieß, waren sie schon fertig. Jetzt entdeckte er Dinge – und wurde sich ihrer bewusst –, die von ihm hervorgerufen und angeordnet worden waren, ohne dass er besonders darauf geachtet hätte. Er wusste zum Beispiel, dass die Blätter rot waren. Tatsächlich waren sie anfangs aus ihrer Röte hervorgegangen; er hatte Partikel gesehen, die andersartig waren, und sie zu einem Blatt zusammengefügt.

Im ersten Äon hatte er unter einer Art ständiger Folter gelitten, denn er hatte das Rauschen, wenn es ihn umschloss, unerträglich gefunden und gefürchtet, es würde nie mehr aufhören, dann aber, wenn es vorbei war, die Möglichkeit erahnt, dass es nie wiederkehren und ihn vielleicht in Dunkelheit und Stille zurücklassen würde. Inzwischen war es aber so viele Millionen Mal gekommen und gegangen, dass er diese Ängste vollkommen beiseitegeschoben hatte. Dinge mit Namen zu versehen verlieh ihm Macht. Das Rauschen nannte er Chaos. Chaos war fürchterlich, aber er hatte gelernt, wie man daraus Dinge hervorrief und es damit beherrschte. Die Wellen kamen und gingen immer noch, aber der Rhythmus dieser Bewegungen war jetzt zu einem Teil von ihm geworden. Er nannte sie Tag und Nacht und wusste, dass sie zu verschiedenen Zwecken gut waren. Tag war, wenn neue Dinge aus dem Chaos herausgeholt, vervollständigt und betrachtet wurden. Die Nacht war zum Ausruhen da und für das Benennen dessen, was während des Tages herausgeholt worden war.

Die Straße, der Park und der Wald waren anfangs zwischen Existenz und Nichtexistenz hin und her getaumelt und hatten ihre Formen verändert, doch als er es sich zur Gewohnheit machte, sie zu bewohnen – die Straße auf und ab zu gehen, durch den Park zu spazieren und in den Wald zu schauen –, wurden sie beständig und hörten auf, sich dauernd zu verändern. Blätter fielen zu Boden. Er hatte keine bestimmte Vorstellung, warum das passierte. Ein Blatt zu sein bedeutete zu fallen. Am Anfang hatte es keinen Boden gegeben, um sie aufzuhalten. Im Grunde hatte es auch kein Oben oder Unten gegeben, nur Unendlichkeiten aus flimmerndem Chaos. Die Bäume wollten jedoch, wie es schien, alle gleich ausgerichtet werden, die Stämme unten und die Blätter oben, und die Stämme mussten irgendwo aufhören, und die Blätter mussten irgendwo landen. In diesem Irgendwo fing er an, Partikel zu sehen, die von anderer Natur waren, aber auch nicht rot. Unter den sich ausbreitenden Ästen der Bäume machte er den Boden ganz von einer Farbe, die nicht rot, sondern grün war. Oben nahmen die Stämme und Äste eine andere Farbe an, nämlich braun.

Waren die Blätter einmal herabgefallen und lagen still auf dem Boden, starrte er sie an und sah, dass ihre Röte nicht überall dieselbe war, sondern von einem Bereich zum nächsten variierte – verschiedene Rotabstufungen, ja im Grunde ganz andere Farben: purpurn zu den Spitzen hin, gelb in den Falten. Unter ihnen nahm der Boden Konturen an. Er war keine eigenschaftslose Adamantplatte mehr, sondern bestand selbst aus winzigen kleinen Blättern. Manche waren lang und dünn, andere kurz und rund. In unendlicher Zahl zusammengedrängt bildeten sie ein gemischtfarbenes Kissen, auf dem die Blätter ruhten, um von ihm in Augenschein genommen zu werden. Er schaute sich eins an und nahm die Abweichungen in Farbe und Form wahr, die es von anderen Blättern unterschieden, dann wandte er seine Aufmerksamkeit einem anderen zu, das daneben auf den Boden gefallen war. Als er mit dem Blick zum ersten Blatt zurückkehrte, erwartete er, es an derselben Stelle liegen zu sehen. Dass es sich bewegt hatte oder verschwunden war oder seine Farbe oder Form verändert hatte, während er woandershin schaute, war verkehrt. Mit der Zeit verbesserte er die Mechanismen der Blätter und des Bodens, sodass die Blätter blieben, wohin sie gefallen waren, und sich, wenn sie eine Farbe und Form gefunden hatten, nicht mehr änderten.

Das Festhalten der Blätter am Boden verwandelte die Straße

und den Park auf eine Weise, die er nicht vorausgesehen hatte, indem die Blätter nämlich auf andere Blätter fielen und sie bedeckten. Der grüne Boden verschwand völlig unter ihnen, und die oberste Blätterschicht begann an den Stämmen hochzusteigen. Er blickte hinauf in die Äste und verstand das Problem, nämlich dass sich das Aussehen der Bäume, obwohl unaufhörlich Blätter von ihnen abfielen, nie veränderte und die Zahl der Blätter an ihnen immer dieselbe blieb. Auch das war eine Art von Verkehrtheit, die zu verbessern er die Macht hatte. Solche Dinge zu verbessern war das, was er tat; das war jetzt der Grund für seine Existenz. Er machte es so, dass jedes abfallende Blatt einen leeren Platz an dem Ast hinterließ, an dem es gehangen hatte.

Daraufhin änderte sich zum ersten Mal in all den Tagen, die er sich im Park aufgehalten hatte und die Straße entlanggegangen war, das Erscheinungsbild der Bäume. Ihre Röte ließ nach, und ihre Form wurde unausgewogen. Nachdem eine Reihe von Tagen vergangen waren, hingen nur noch ein paar Blätter an den Ästen, die kahl und braun geworden waren, und der Boden unten war ein tiefer See aus Röte. Er vermisste die Schönheit der roten Bäume und wollte sie wieder so sehen, wie sie zu Anfang gewesen waren, aber er verstand jetzt, dass, wenn er die Blätter an die Äste zurückhängte und wieder von vorn anfinge, nur wieder mehr Blätter auf dem Boden liegen würden.

Er vermisste das Grün. Wenn die Straße, der Park und der Wald je wieder zu ihrer ursprünglichen Form zurückkehren sollten, mussten die herabgefallenen Blätter beseitigt werden. Allerdings besagten die Regeln des Ortes – die Regeln, die er selbst durch sein unablässiges Bauen und Verbessern hervorgebracht hatte –, dass abgefallene Blätter sich nicht bewegten. Viele Tage und Nächte brütete er über diesem Problem, und es schien ihm, dass vielleicht all seine Bemühungen umsonst gewesen waren und er alles sich wieder im Chaos auflösen lassen und ganz von vorn anfangen oder andernfalls seine törichten Versuche aufgeben sollte, unveränderliche und angenehme Dinge aus dem toten Schrecken des Chaos herauszuholen.

Eines Tages jedoch fiel ihm ein Blatt auf, das anders aussah als die anderen, denn es war von dunklerer Farbe und nicht mehr flach, sondern an den Spitzen eingerollt und in der Mitte schrumpelig. Es war nicht so schön wie die roten Blätter um es herum, und doch erschien es ihm neu und für das Problem, das ihn beunruhigt hatte, von Bedeutung. Er beobachtete das Blatt über Tage hinweg, während es dunkler und dunkler wurde und sich vollkommen einrollte.

Einen Tag nachdem es fast unkenntlich geworden war, bemerkte er dann, dass es sich bewegt hatte. Er starrte es fasziniert an, hatte er doch einst die Regel aufgestellt, dass einmal herabgefallene Blätter sich nicht mehr bewegten. Einige Zeit später bewegte es sich von Neuem, wie aus eigenem Antrieb. Es verschwand nicht an einer Stelle, um an einer anderen wiederaufzutauchen, sondern erhob sich aus dem Teich aus roten Blättern, bewegte sich durch den Raum und ließ sich wieder nieder, manchmal in einem etwas anderen Winkel. Es bewegte sich wieder und wieder und schwang sich schließlich in die Luft, wirbelte davon und war weg.

Es gab also einen Weg, abgefallene Blätter loszuwerden, der allerdings voraussetzte, dass sie ihre Schönheit verloren und umherwirbeln durften. Nachdem er sich so viele Äonen lang abgemüht hatte, die Schönheit des Parks und der Straße zu erschaffen, hatte er jetzt Angst, all die Blätter gehen zu lassen. Er hatte jedoch gelernt, auf dieses Gefühl von Richtigkeit zu vertrauen, das ihn bis hierhin gebracht hatte. Es zu ignorieren führte, manchmal schnell und manchmal über langsam verstreichende Äonen hinweg, erst zu beunruhigenden Emotionen und dann zu der dauerhaften und unerbittlichen Dekohärenz all dessen, was er so mühsam in seine Aufmerksamkeit gerufen hatte. Ihm zu folgen – auch wenn es nicht immer schnell oder überhaupt zu Ergebnissen führte – machte die Dinge in den meisten Fällen besser, als sie gewesen waren. Und Dinge, die besser waren, blieben bestehen und entwickelten sich selbst weiter. Schlecht gemachte dagegen zerfielen, manchmal, während er nicht hinschaute, zuweilen aber sogar unter seinem Blick, während er hilflos zusah, wie sie sich ins Chaos hinein auflösten.

Da er keine andere Möglichkeit sah, die Schönheit der Blätter zurückzuholen, ließ er es wohl oder übel geschehen. Über viele Tage hinweg, in denen die Blätter alle den Weg dieses ersten gingen, wurde der rote See braun. Sie setzten sich allmählich in Bewegung, anfangs noch ruckweise und jedes in die von ihm gewählte Richtung, doch er spürte, dass das falsch war, gebot dem Einhalt und gestaltete es auf eine neue Weise, die sich richtig anfühlte. Danach bewegten sie sich nicht mehr einzeln und selbstständig, sondern in Gruppen, so, dass alle Blätter in einem bestimmten Bereich plötzlich aufflogen und über eine gewisse Entfernung hinweg dieselbe Richtung beibehielten, ehe sie sich wieder niederließen. Anfangs war es eine Bewegung in geraden Linien, aber als die Veränderung sich vertiefte und die meisten Blätter auf Nimmerwiedersehen verschwanden, begannen die verbliebenen, in lockeren Wirbeln dahinzusausen, die ein ganzes Stück weit über das grüne Gras strichen und taumelten, ehe sie auseinanderfielen und für eine Weile auf dem Boden landeten.

TEIL 5

25

»Töten, einfrieren oder leben lassen? Das sind die Optionen, wenn man ein Monster erschaffen hat.« Damit begann der Vortrag des Hauptreferenten.

In der Halle sorgte das für eine Erregung, die Enoch ein paar Augenblicke lang genoss, ehe er die Wogen glättete.

»Dieses Wort. Das Wörterbuch sagt uns erst einmal, dass ein Monster etwas Außergewöhnliches oder Unnatürliches ist; etwas Wunderbares, Geheimnisvolles. Dann verdirbt es gewissermaßen alles, indem es uns mitteilt, dass diese schöne Definition obsolet ist. Schlagen Sie einmal ›wunderbar‹ nach, und Sie werden Ähnliches feststellen; in seiner alten Bedeutung heißt das Wort ›einem Wunder entsprechend, übernatürlich‹.«

Der Schauplatz war eine lange Halle mit einem Steildach aus Rotzeder, das von Säulen aus demselben Holz getragen wurde: ganze Baumstämme, geschlagen im umliegenden Wald. Sie befanden sich in einem Resort am Desolation Sound, zwischen Vancouver Island und dem Festland von British Columbia. Die Architektur sollte an die Langhäuser erinnern, die Ureinwohner einst hier gebaut hatten, war dabei aber hochmodern, energieeffizient, perfekt durchdacht. Der Kamin arbeitete mit Erdgas, und auf einer kleinen Tafel daneben wurde erläutert, dass die Desolation Lodge, wie die Anlage genannt wurde, für ihre Sünden gegen das Klima büßte, indem sie anderswo Bäume pflanzte, die der Atmosphäre mehr CO_2 entzogen, als diese Vorrichtung hier hineinblies. Ein Herbststurm peitschte Regen gegen die wärmeschutzverglasten Fenster und ließ das Ständerwerk knarren, aber die drei Dutzend Leute im Saal fühlten sich in ihren Fleecewesten, handgestrickten Pullovern und sündhaft teuren Kapuzenpullis wohl. Die meisten waren morgens in Wohnungen oder Hotelzimmern in Seattle aufgewacht. Einige hatten sich für frühe Flüge von der Bay Area oder Nachtflüge von der Ostküste aus entschieden. Alle waren ans Ufer des Lake Union gekommen, wo Wasserflugzeuge im Halbstundentakt Passagiere an Bord nahmen und abflogen. Ein neunzig Minuten langer Flug brachte sie über die Staatsgrenze und die Straße von Georgia hinauf zum Desolation Sound. Die Flugzeuge landeten an einer weitläufigen Kaianlage, die auf massiven, die Hochwassermarke überragenden Felsen errichtet war. Von dort führte ein Steg über einen Kiesstrand mit zahlreichen, im Laufe der Zeit silbrig gewordenen Stümpfen und Wurzeln alter Bäume. Ausladende Serpentinen brachten die Ankömmlinge zu dem Konferenzzentrum – einem Erholungsort aus früheren Zeiten, der mit einer unheiligen Kombination aus Hightechgeld und Investitionen aus der Kreuzfahrtbranche renoviert worden war. Sie hatten in ihren Apartments und Hütten eingecheckt, die über ein paar Morgen Regenwald verstreut lagen, und dann zwei Stunden Zeit gehabt, sich frisch zu machen, bevor die Eröffnungsveranstaltung um dreizehn Uhr begonnen hatte.

Zula hatte schon mehr Tagungen organisiert, als sie zählen konnte. Der scheinbar informelle Charakter dieses Veranstaltungsorts täuschte über die vielen Überlegungen, die in seine Wahl eingeflossen waren, und die lange Erfahrung ihres Mitarbeiterstabs hinweg. Der Weg aus der Stadt hierher war gerade lang genug, um einem den Kopf frei zu machen und das Gefühl zu vermitteln, man sei unterwegs an einen besonderen Ort, aber wiederum nicht so lang, dass er die Leute vom Kommen abhielt. Der Tagungsbeginn zur Mittagszeit ermöglichte den Teilnehmenden eine stressfreie Anreise. Die Einladung der Teilnehmer hatte Zula nach föderalistischem Prinzip so organisiert, dass freie Plätze an die Leute von Waterhouse und weitere an ONE gegangen waren. Einige hatte sie an Sinjin Kerr weitergegeben, dem sie zutraute, den gordischen Knoten von Elmo Shepherds Netzwerk zu durchtrennen. Dann waren welche an Solly Pesador gegangen, und für die Forthrast-Familienstiftung hatte sie natürlich auch einen Block zurückbehalten. Ihre eigenen Einladungen hatte sie erst verschickt, als die anderen alle ihre Entscheidungen getroffen hatten und sie selbst mit ihrer Auswahl, falls notwendig, die Einladungsliste noch hätte ausbalancieren können.

Doch die Notwendigkeit hatte sich nicht ergeben. Die anderen Organisationen hatten klug gewählt. Nach den Maßstäben der Hightechbranche waren die Waterhouses zu diesem Zeitpunkt alter Geldadel – der unglamouröse Ballast, der dafür sorgen würde, dass die Tagung nicht zu sehr zur einen oder anderen Seite kippte. Ein Gegengewicht zu den Libertären mit den leuchtenden Augen aus El Shepherds Welt bildeten die eingeladenen Teilnehmer von ONE, einer Organisation, die sich im Laufe der Jahre zu einer weitgehend harmlosen Stiftung entwickelt hatte, die versuchte, eine Brücke zwischen Wissenschaft und Religion zu schlagen. Topwissenschaftler standen auf der Liste von Solly Pesador, der sich, was man ihm hoch anrechnen musste, außerhalb seiner eigenen Abteilung umgetan und Kollegen eingeladen hatte, die man zu seinen Konkurrenten zählen konnte. Die Namensliste war Zula dort etwas schwach erschienen, wo es um derzeit aktive Mitglieder der betroffenen Technologiebranche ging. Daher hatte sie, als sichergestellt war, dass Corvallis und Maeve teilnehmen konnten, ihre verbleibenden Einladungen an Geschäftsführer und technische Direktoren von Unternehmen geschickt, die an Dingen wie Quantencomputern und Distributed Ledgers arbeiteten. Die Teilnehmerliste umfasste jetzt siebenundzwanzig Menschen, einen Roboter und ein Monster.

Das Wort Monster war, soweit sie wusste, bis zu diesem Augenblick nicht gefallen, aber sie war in gewisser Weise erleichtert, dass es nun an die Oberfläche gelangt war.

Die Nachmittagsveranstaltungen waren alle einführender Natur gewesen. Sie gingen die Grundregeln durch: Alles hier war vertraulich, privat, durfte nicht fotografiert oder gepostet werden. Die üblichen Konflikte und Rivalitäten hatten am Kai zu bleiben. Bei manchen Tagesordnungspunkten ging es ganz konkret um die rechtlichen und politischen Irrungen und Wirrungen, die von dem Moment an, als Richard Forthrast sein Testament unterzeichnet hatte, Teil dieser Geschichte gewesen waren.

Sophia hatte ihnen von ihrem Praktikum und ihrer Masterarbeit berichtet und sie damit auf den Stand von Mai dieses Jahres gebracht. Jetzt war Oktober. Solly hatte den Stab übernommen und mit dem Augenblick im Verlauf von Sophias Verteidigung ihrer Arbeit begonnen, als dem Account das Geld ausgegangen war, er dann aber eine riesige, unerwartete Finanzspritze erhalten hatte, »vermutlich von jemandem hier im Saal«, und er hatte über den Sommer und den Herbst berichtet, als die von dem *Prozess* (wie sie das von Sophia angestoßene Ding nannten) verlangten Mittel angewachsen waren, manchmal in kleinen Abstufungen und manchmal – wie in der vergangenen Woche geschehen – in riesigen Quantensprüngen.

Die Veranstaltung am späten Nachmittag hatte Gedankenlesen zum Thema. Die Miniaturvorschau war ein Standbild aus *Star Trek* gewesen, auf dem Spock mit den Händen vor Captain Kirks Gesicht die Methode der vulkanischen Gedankenverschmelzung anwandte, um zu erfahren, was in Kirks Gehirn vor sich ging. Anfangs hatten Els Leute den Vortrag regelrecht boykottiert und sich stattdessen im gemütlichen Sitzbereich um den Kamin versammelt, wo der Roboter sich einen Platz gesucht hatte. Aufgrund des Titels hatten sie angenommen, die Thematik sei reiner Blödsinn. Tatsächlich hatte die Rednerin – eine von Solly eingeladene Hirnforscherin von der USC – den Saal mit ein paar derartigen Bezügen zur Popkultur in Stimmung gebracht. Dann aber hatte sie in aller Ernsthaftigkeit gefragt, wie wir denn wirklich wissen könnten, was in einem anderen Gehirn vor sich gehe – sei es nun biologischer oder digital simulierter Natur. Wir nähmen Sprache und andere Formen der Kommunikation als gegeben an. Computerfreaks würden diese tendenziell als vom Gehirn getrennte Zusatzmodule betrachten – Peripheriegeräte, die wie ein Mikrofon oder ein Drucker eingestöpselt werden könnten, wenn irgendein Input oder Output gewünscht würde. Für Hirnforscher seien In- und Output elementarer, eingewoben in das Nervengewebe des Gehirns. Niemand wisse so recht, was von dem *Prozess* zu halten sei, der den Anschein erwecke, Aktivität im Gehirn zu simulieren, jedoch außer mit einem Bankkonto mit nichts anderem verknüpft sei.

Der Vortrag blieb mit Absicht ohne Ergebnis. Die Rednerin gab keine Antworten, sondern stellte Fragen. Und ihr Vortrag stand unter dem üblichen Vorbehalt, dass Sophia als dumme Studentin, die sie war, alles falsch gemacht hatte. Sie hätte nicht ein ganzes Gehirn einschalten dürfen, nur um zu sehen, was es machen würde. Sie hätte es schrittweise aufbauen und einen Weg finden müssen, bei jedem Schritt Input-Output-Systeme mit ihm zu verbinden.

Nach etwa der Hälfte des Vortrags jedoch trat der Roboter vor und durchschritt den Saal der Länge nach bis zu einer Position, von der aus er eine bessere Sicht hatte. Els Jungs wurden wach und nahmen es zur Kenntnis. Niemand wusste es mit Sicherheit, aber allgemein ging man davon aus, dass der Roboter – ein Telepräsenzgerät, das als Sensorium für eine physisch nicht anwesende Person dienen sollte – von Elmo Shepherd von Europa aus gesteuert wurde.

Die ersten Telepräsenzroboter hatten, wenn sie sich nicht fortbewegten, einfach reglos dagestanden, wie Statuen; dieser hier war eleganter. Auch wenn er gerade nirgendwohin unterwegs war, hörte er nie auf, minimale Veränderungen in seiner Haltung vorzunehmen, indem er sein Gewicht von einem Fuß auf den anderen verlagerte und den Kopf zu Geräusch und Bewegung hindrehte. Sein Kopf war ein Rotationsellipsoid, mattgrau und ohne besondere Merkmale, außer ein paar winzigen Löchern für Kameras und Mikrofone. Theoretisch sah man, wenn man ihn durch ein Wearable betrachtete, das Gesicht des Bedieners auf ihn projiziert, sodass es fast so war, als würde man sich mit diesem in einem Raum befinden. Doch El oder wer auch immer dieses Ding steuerte, hatte die entsprechende Funktion ausgeschaltet, und so war der Roboter anonym. Was nur ein weiterer Hinweis darauf war, dass es sich tatsächlich um El handelte, oder vielleicht einen Assistenten, der neben ihm saß. Er war schon eine Weile nicht mehr in der Öffentlichkeit erschienen, und man nahm an, dass seine Krankheit – die inzwischen allgemein bekannt war – allmählich die Oberhand über ihn gewann.

In der letzten Nachmittagsveranstaltung war es um Testamente, Bestattungsverfügungen und andere rechtliche Fragen gegangen. Wegen der trockenen Thematik war sie nur spärlich besucht gewesen; zu dieser Tageszeit hatten viele Teilnehmer es vorgezogen, sich für spontane Gespräche auf den Gängen und an der Bar abzusetzen. Zula hatte durchgehalten. Das wurde von ihr erwartet. Der Referent – ein frisch examinierter Jurist von der Yale University – hatte seinen Fokus auf die Meistbegünstigungsklauseln gelegt, die in solchen Dokumenten, angefangen bei dem von Verna, immer häufiger auftauchten. Seit Vernas Tod hatten drei Dutzend weitere Personen ähnliche Verträge mit der Forthrast-Familienstiftung abgeschlossen. Von diesen waren acht – darunter Randall Waterhouse, seine Frau Amy Shaftoe und mehrere ihrer Geschäftspartner – gestorben und genau den Konservierungs- und Scanningprozeduren unterzogen worden, die sie für Dodge erfunden hatten. Neben DG gab es jetzt also neun weitere vollständige Konnektome, die im Prinzip auf dieselbe Weise angeschaltet werden konnten und, wenn man es so sehen wollte, neun weitere Monster kreieren würden. Anwälte, die die Nachlässe dieser neun Leute vertraten, hatten sich vor Kurzem an die Forthrast-Familienstiftung gewandt und um Informationen über den Prozess gebeten: wie er funktionierte und was er machte. Noch war nichts offen bekundet worden, aber es war klar, wohin das führte. Insofern als das Simulieren von Dodges Gehirn die Bedingungen in seinem Testament und seiner Bestattungsverfügung erfüllte, sollte es – das Simulieren, Anschalten, Laufenlassen – unter die Meistbegünstigungsklausel fallen. Diese neun Konnektome – und übrigens auch die der Ephrata-Elf – sollten eigenständige Prozesse werden.

Für die meisten Neurologen und IT-Techniker auf dieser Tagung war das ein trockenes und abstraktes Thema. Zula brannte es unter den Nägeln. Bis zu einem gewissen Punkt konnte ihre Stiftung – wie sie es auch bisher getan hatte – argumentieren, dass der *Prozess* lediglich ein Experiment war, dessen Ergebnisse man nicht vorhersagen konnte. Als solches fiel er unter die Überschrift F&E. Es war noch nicht die Art von geprüftem Verfahren, die von der Meistbegünstigungsklausel abgedeckt werden sollte. Doch je interessanter der *Prozess* wurde – je länger er lief, ohne zu einer Verschwendung von Rechenleistung zu verkommen –, desto schwächer wirkte dieses Argument.

Nach dieser Veranstaltung hatten sie eine Pause mit etwas Zeit zur freien Verfügung gemacht, gefolgt von Cocktails in der Lodge, die durch einen gewundenen, überdachten Fußweg mit der Halle verbunden war. In der Zwischenzeit hatte Personal vom Resort Tische in den Saal gerollt und ihn fürs Abendessen umgeräumt. Die Teilnehmer waren, entspannt und von Bier aus lokalen Kleinbrauereien und frisch gemixten Cocktails in gehobene Stimmung versetzt, nacheinander wieder in den Saal gekommen, um das Beleuchtungssystem neu programmiert vorzufinden: Verborgene LEDs ließen gedämpftes, warmes Licht von den Rotzeder-Deckenpaneelen auf zwei Tischreihen abstrahlen, die mit weißen Tischtüchern, Kristallgläsern und Kerzen gedeckt waren. Event-Servicekräfte in schicken Kleidern und Wearables hatten sie zu den für sie vorgesehenen Plätzen geführt, und bei einem einfachen Abendessen mit auf Zedernholz gegrilltem Lachs hatten sie sich alle angeregt unterhalten.

Doch jetzt schien Enoch – der Redner des Abends – da weiterzumachen, wo die Hirnforscherin von der USC aufgehört hatte.

»Als junger Mann wurde der hannoverische Genius und Universalgelehrte Gottfried Wilhelm Leibniz – in vielerlei Hinsicht der Stammvater der symbolischen Logik, des maschinengestützten Rechnens und der Kybernetik – von ehrfürchtigen Kollegen in den Pariser Intellektuellenzirkeln als Monster beschrieben. Als solches wurde er zunächst auch den Gelehrten der Royal Society bekannt. In diesem Sinne und nicht in dem des Frankenstein'schen Monsters möchte ich behaupten, dass wir jetzt ein Monster vor uns haben. Wir alle tragen eine gewisse Verantwortung dafür, aber ich trage mehr als viele andere. Ich arbeite seit sieben Jahren für ONE, die Organisation für Neue Eschatologie. Meine Aufgabe war es, den Gründer, Jake Forthrast, darin zu beraten, wie er die Stiftungsgelder einsetzen soll. Vor neun Monaten erzählte er mir von einem Gespräch, das er über die Ferien mit seiner Großnichte geführt hatte. Es hatte sich eine Gelegenheit geboten, sie bei ihrem Projekt zu unterstützen, das in einer Sackgasse steckte. Sophia war so weit gekommen, wie sie mit der Simulation von lediglich einzelnen Neuronen oder allenfalls Ansammlungen davon hatte kommen können. Der einzige sinnvolle nächste Schritt war, aufs Ganze zu gehen und den Schalter für die Simulation eines vollständigen Gehirns umzulegen. Dafür hatte sie geduldig und gewissenhaft die Grundlagen geschaffen. Eine komplette Simulation würde allerdings einen erheblichen Teil der Rechnerkapazitäten von Hole in the Wall verbrauchen, und das würde teuer werden. Jake bat darum, dass einige von uns Sophias Arbeit prüfen und ohne Rücksicht auf verwandtschaftliche Beziehung eine Einschätzung darüber abgeben, ob das Projekt unterstützt werden sollte. Ich sprach mich für eine Finanzierung aus. Sophia startete den *Prozess* mit den überraschenden und faszinierenden Ergebnissen, von denen wir alle in den einleitenden Vorträgen gehört haben.

Ein paar Monate später schien der *Prozess* in so etwas wie einer Endlosschleife festzustecken. Die Ergebnisse waren verblüffend, aber angesichts der Tatsache, dass dem *Prozess* die Fähigkeit zur Selbstmodifikation fehlte, uneindeutig. Sophia aktivierte diese Funktion – mit dramatischen Ergebnissen. Ein sprunghafter Anstieg seiner Aktivität entzog dem Account des *Prozesses* so viele Mittel, dass er Gefahr lief, abgeschaltet zu werden. Ich empfahl Jake, ihm eine Finanzspritze zu verpassen, nur um ihn am Laufen zu halten. Das tat er. Aber er hat mehr Geld als Zeit. Da er eine lange, lästige Serie solcher Cashflow-Engpässe voraussah, die jedes Mal seine Aufmerksamkeit binden würden, gab er dem *Prozess* eine Menge Geld. Anders gesagt, er stellte ihm einen viel größeren Vorrat an Ressourcen zur Verfügung: mehr Speicherplatz, höhere Datenübertragungsrate und größere Rechenleistung. Als Folge – und ich glaube, sie war unbeabsichtigt – ist der *Prozess* jetzt mehr oder minder das Einzige, was auf dem Hole-in-the-Wall-System läuft, und er hat auch anderswo auf Rechnerkapazitäten zugegriffen.

Nun ist das alles sehr interessant, nimmt aber noch nicht die Dimension eines Monsters an. Wir haben bis jetzt keine Möglichkeit, in den *Prozess* hineinzuschauen und seine Gedanken zu lesen, wissen also nicht, ob das, was er tut, interessant ist. Skeptische Beobachter mögen argumentieren, sein Verhalten sei degeneriert, trivial, nichts als eine Menge Endlosschleifen, die sinnlos Strom verbrauchen und Geld verschwenden. Ihm das Geld ausgehen zu lassen – die moderne Entsprechung dessen, was wir früher ›den Stecker ziehen‹ nannten – sei ethisch gesehen nichts anderes als das erzwungene Beenden einer hängengebliebenen App.

Die entgegengesetzte Auffassung sieht hier ein sehr reales ethisches Problem. Der *Prozess* ist jetzt seit fünf Monaten selbstmodifizierend. Er verbraucht weitaus mehr Ressourcen als das ursprüngliche System. Das scheint er in einer organisierten Weise zu tun – bei der Burn Rate können wir Hochfrequenzschwingungen beobachten, die eine langsamere Schwingung überlagern. Die Ressourcenanforderungen des *Prozesses* nehmen nicht stetig zu, sondern sprunghaft. So lief er im September die meiste Zeit munter vor sich hin, aber gerade in den letzten paar Tagen stieg seine Aktivität plötzlich steil an, was gewaltige Rechnerkapazitäten zu erfordern scheint. Morgen werden wir Dr. Cho von der National University of Singapore hören, der an den verschlüsselten Paketen, die Hole in the Wall mit anderen Serverfarmen verbinden, Netzverkehrsanalysen vorgenommen hat; er entwickelt die Hypothese, dass die jüngste Aktivität die Merkmale nicht eines neuronalen Netzwerks, sondern einer Physiksimulation trägt. Warum simuliert der *Prozess* physikalische Prozesse, und wie hat er gelernt, das zu tun? Das können wir unmöglich wissen. Und genau das führt zu dem ethischen Dilemma, vor dem wir nun stehen. Der *Prozess* hat einzigartige und nicht austauschbare Eigenschaften entwickelt. Ihn zu zerstören würde im besten Fall dem Verbrennen einer Bibliothek gleichkommen. Im schlimmsten Fall wäre es vielleicht Mord.

Insofern – in dem ethischen Problem – haben wir unser Monster. Den *Prozess* abzuschalten wäre inakzeptabel. Wir könnten versuchen, ihn einzufrieren, so wie Dodges Gehirn einst eingefroren war. Aber um ehrlich zu sein, wir wissen gar nicht, wie man einen solchen Prozess ohne Informationsverlust abschaltet und speichert. Selbst wenn man Hole in the Wall anhalten und seinen Zustand aufzeichnen könnte – was man übrigens nicht kann –, hätten wir enorme Schwierigkeiten, die Unterprozesse ausfindig zu machen, die der Prozess auf anderen Systemen etabliert hat, mit denen er unter Verwendung von verschlüsselten Paketen kommuniziert, die aus dem ganzen übrigen Netzverkehr herauszufischen so gut wie unmöglich ist.

Wir haben den *Prozess* nun mal am Hals. Wir müssen Wege finden, ihn weiterlaufen zu lassen, während wir lernen, ihn zu untersuchen, zu evaluieren und – wenn er wirklich wie ein Gehirn funktioniert – mit ihm zu sprechen.«

Zula blickte sich im Saal um. Den meisten Zuhörern – sogar denen, die anderer Meinung waren – schien der Vortrag zu gefallen. Etwas in ihr wünschte, sie könnte eine von ihnen sein. Eine Wissenschaftlerin oder IT-Expertin, die sich mit einem Weinglas in der Hand zurücklehnen und das alles aufsaugen und als das nehmen würde, was es war.

Dieser Luxus war ihr nicht vergönnt. Aus dem Augenwinkel konnte sie ein oder zwei ihr zugewandte Gesichter sehen, vernichtende Blicke, denen sie lieber nicht begegnen wollte. Das waren Leute, die zuvor aggressive Standpunkte in Bezug auf die neun MBK- (oder Meistbegünstigungsklausel-)Spender und die Ephrata-Elf geäußert hatten. Sie neigten alle zu der Überzeugung, dass der menschliche Verstand, nachdem der Körper gestorben war, als digitale Simulation hochgeladen und wieder eingeschaltet werden konnte. Sie glaubten, dass das mit dem *Prozess* zum ersten Mal tatsächlich durchgeführt worden war. Dass es wieder durchgeführt werden konnte, sooft die Mittel es erlaubten. Und dass die Formulierungen in den Verträgen, mit denen Verna Braden und die anderen neun MBK-Spender ihre Gehirne der Wissenschaft überlassen hatten, bei strenger Auslegung der Forthrast-Familienstiftung die Verpflichtung auferlegten, neue Instanziierungen des Prozesses zur Simulation dieser Gehirne zu schaffen.

Als Geschäftsführerin dieser Stiftung hatte Zula mehrere

Möglichkeiten. Sie konnte ins Feld führen, dass der *Prozess* nur ein Experiment und als solches keineswegs durch die MBK-Formulierungen abgedeckt sei. Sie könnte den *Prozess* abschalten und die Diskussion so zu einem abrupten Ende bringen.

An dieser Front hatte Enoch Root sie gerade ausgebremst. Sie konnte ihren Onkel nicht umbringen.

Ein anderer Ausweg war, einen Mangel an Ressourcen geltend zu machen. Die Vereinbarung konnte die Stiftung nicht verpflichten, Geld auszugeben, das sie nicht hatte. Doch die Zahlen sprachen nicht für dieses Argument. Ihre umsichtige Verwaltung des Stiftungsvermögens fiel ihr jetzt auf die Füße. Sie hatten jede Menge Geld – mehr als genug, um nicht nur den *Prozess*, sondern mehrere Klone davon zu finanzieren. Sie brauchten nicht einmal mehr großen Aufwand zu treiben, um das Vermögen anwachsen zu lassen. Den größten Teil davon verwalteten jetzt Finanzbots, die ohne menschliches Zutun einfach weiter Geld verdienten. Die Sache war die, dass Zula morgen ein Dokument unterzeichnen konnte, das Gelder direkt von diesen Bots zu Hole in the Wall und ähnlichen Einrichtungen, die in letzter Zeit online gegangen waren, leitete. Sie könnte die Lichter ausmachen, die Türen verriegeln, die Forthrast-Familienstiftung verlassen und vorzeitig in den Ruhestand gehen, und die ganze Sache liefe einfach endlos weiter, indem Finanzbots Gewinne aus den gemeinsamen Bemühungen der Lebenden für die ewige Simulation der Toten einstrichen. Und selbst wenn irgendein Crash oder Programmfehler diese Bots vernichtete, würde die Waterhouse-und-Shaftoe-Stiftung – die wenigstens zehnmal so groß wie die der Forthrasts und in noch stärkerem Maße in alle möglichen Handelsalgorithmen involviert war – in die Bresche springen, um den *Prozess* am Laufen zu halten. Und wenn dann alles zu ihrer Zufriedenheit funktionierte, würden sie neue Prozesse für die MBK-Truppe booten. Falls sie es nicht schon getan hatten.

Sie und ihre Tochter waren reingelegt worden. Nach Strich

und Faden. Von Leuten, die vermutlich glaubten, einem höheren Zweck zu dienen. Vielleicht würde sie den Rest ihres Lebens damit zubringen, sich zu fragen, wer hinter all dem steckte – ob Enoch der Drahtzieher war oder Solly Pesador oder El Shepherd oder sogar – das war ein verstörender Gedanke – Corvallis Kawasaki. Vielleicht war es aber auch Pluto, der ein unglaublich vielschichtiges Spiel spielte. Aber es war egal. Das Ergebnis war dasselbe. Der *Prozess* lief. Und Enoch hatte gerade vor all den Leuten, auf die es ankam, öffentlich das ausgesprochen, was viele bereits gedacht hatten: Ihn zu diesem Zeitpunkt abzuschalten käme einem Mord gleich.

26

Das Umherwirbeln der trockenen Blätter wirkte tief in ihn hinein und fesselte seine Aufmerksamkeit, solange es anhielt – nämlich bis das letzte der Blätter fortgeweht war und nichts als braune Äste und den grünen Boden hinterlassen hatte. Seine Gedanken konnten sich nicht davon lösen. Trocken und tot waren Vorstellungen, die ihm kamen, obwohl er kaum erfasste, was es für ein Ding hieß, trocken zu sein, und überhaupt kein Gefühl dafür hatte, was »tot« bedeutete.

Während er im Park grübelte oder sich die Straße auf und ab bewegte und dabei in sich selbst nach einem stärkeren Signal tastete, begannen neue Dinge genau wie Blätter zu Boden zu fallen. Sie kamen aber nicht von den Bäumen. Sie waren nicht rot. Und sie waren viel kleiner. Zum ersten Mal seit vielen Tagen richtete er seine Aufmerksamkeit nach oben in den Raum über den Bäumen, der bei seinem letzten Blick dorthin einfach nur weiteres Chaos gewesen war. Jetzt herrschte dort ein mattes Weiß. Aus dem kleine Blätter in leuchtenderem Weiß herausfielen. Anfangs nur ein paar, dann solche Mengen, dass sie die Zahl der großen Blätter winzig erscheinen ließen. Sie sammelten sich zwischen den grünen Blättchen, die den Boden ausmachten, und begannen, um diese winzigen Stängel herum Haufen zu bilden, so wie die roten Blätter zuvor um die Baumstämme. Mit der Zeit waren so viele von ihnen herabgefallen, dass sie das Grün vollkommen bedeckten und den ganzen Boden weiß machten. Der

Park war jetzt ein völlig anderer Ort als vorher, aber er überwand die Angst, dass die rote Schönheit nie wiederkommen würde.

Viele Tage lang blickte er die Straße hinunter auf die Umrisse der Äste vor dem weißen Boden. Nachts blickte er hinauf in den Himmel, der manchmal nur ein grauer Nebel war, aus dem noch mehr weiße Flocken herabfielen. Zu anderen Zeiten dagegen war der Himmel schwarz und mit funkelnden Lichtpunkten verziert. Als er diese zum ersten Mal bemerkte, waren sie auf unspezifische Weise überall verstreut, was ihn an Chaos erinnerte und ihm deshalb missfiel. Bei längerer Betrachtung jedoch begann er in den Sternen Formen zu entdecken, genau wie er Äonen zuvor ein Blatt aus dem Chaos hatte hervorgehen sehen. Je mehr er sich mit diesen Formen befasste, umso klarer und perfekter wurden sie gestaltet, während die Sterne sich auf eine Weise, die besser zu ihnen passte, durch die Dunkelheit verschoben und ordneten. Er wusste jedoch nicht, was die Formen, die sie beschrieben, waren. Die einzigen Formen in seiner Welt waren Blätter und Bäume. Die Figuren aus Sternen, so schön sie waren, konnten nicht mit jenen verglichen werden.

Manchmal blieb eine weiße Flocke an dem dunklen Stamm eines Baumes hängen, und er betrachtete sie genauer. Am Anfang waren der Baumstamm und die Flocke beide schlicht und nichtssagend, aber er wusste, dass auch das etwas war, das nach Verbesserung verlangte. Indem er sich näher damit beschäftigte, holte er aus beiden größere Komplexität heraus. Der glatte Stamm entwickelte Furchen und Rippen. Der weißen Flocke wuchsen sechs Arme, alle in derselben Form, die sich wie das Geäst eines Baumes oder wie Blattadern verzweigten.

Die herumwirbelnden trockenen Blätter waren nicht mehr seine Hauptbeschäftigung und wurden zu einer bloßen Erinnerung. Die Kargheit des Ortes machte die Einfachheit ihrer Form offensichtlich, und das erschien ihm falsch. Am Anfang, als so viel rote Schönheit ihn entzückt hatte, hatte ihm das nichts ausgemacht, doch jetzt, da er die Komplexität von Formen gesehen hatte, die aus den gemeinsamen Bewegungen der trockenen Blätter entstanden waren oder von den Sternen im Nachthimmel beschrieben wurden, fand er es falsch, dass der Boden selbst eine so unscheinbare Form haben sollte. Daher löste er Adamant für kurze Zeit in Chaos auf und hob währenddessen den Park an, ließ die Straße zu ihm aufsteigen und den Wald auf der anderen Seite wieder abfallen. Die Straße war zu gerade, weshalb er sie hierhin und dorthin mäandern ließ. Den bewaldeten Hang machte er komplizierter und vollkommener, indem er ihn sich an manchen Stellen nach oben oder unten neigen ließ, wie die Oberfläche eines Blattes, wenn es begonnen hat, braun zu werden, und nicht mehr flach ist. In gleicher Weise zerklüftete er die Oberfläche des Bodens mit Rinnen und verband sie auf eine Weise, die an die Verzweigungen der Adern bei einem Blatt erinnerte. Als alles nach seinem Geschmack gestaltet war, machte er den Boden, um ihn zu fixieren, wieder zu Adamant. Wenn er nun vom Park aus in die eine Richtung blickte, konnte er sehen, wie die Straße sich hangabwärts hierhin und dahin wand, und in der anderen Richtung konnte er den weißen Boden des Waldes sehen, der sich, von den zahllosen braunen Ästen der Bäume zerkratzt, an manchen Stellen hob und an anderen die Abhänge hinabstürzte, die ihn durchzogen.

Etwas sagte ihm, dass die Zeit gekommen war, die Straße, den Park und den Wald wieder in ihre ursprüngliche Gestalt zu bringen (wenn auch mit größerer Perfektion). Wie zuvor, als die Blätter nicht weggehen wollten, hatte er keine Ahnung, was er mit dem tiefen Schnee (wie er das weiße Zeug genannt hatte) tun sollte, doch dann fiel ihm eines Tages auf, dass schon eine Zeit lang keine Flocken mehr vom Himmel gefallen waren und die Schneehöhe an den Baumstämmen sank. Der Boden zeigte sich an einzelnen Stellen, und diese wurden größer, bis nur noch wenig und dann kein Schnee mehr übrig war.

Als er in den Wald hinunterblickte, hörte er ein Geräusch, das wie das Chaos klang, und fürchtete einen Moment lang, alles, was er aufgebaut hatte, sei im Begriff, sich aufzulösen. Doch als er durch den Wald abstieg, um nachzuforschen, stellte er fest, dass die Adern im Land den geschmolzenen Schnee abtransportierten. Anfangs floss dieser geradeaus und zischte ihn an. Ahnend, dass das falsch war, beschäftigte er sich eine Weile damit und ließ ihn wirbeln, strömen und springen, wie der Wind, der die Blätter fortgetragen hatte, aber sichtbarer und lauter. Nachdem er den geschmolzenen Schnee verbessert hatte, war dessen Lautheit nicht mehr das dumme Zischen des Chaos, sondern ein angenehmes Rauschen und Plätschern.

Der Boden war ganz und gar schwarzer Adamant, so als wäre die Erinnerung an Grün verblichen, doch jetzt kehrte er zu seiner richtigen Farbe zurück, da die winzigen Blättchen sich selbst wiederherstellten. Größere Blätter erschienen an den Ästen der Bäume, anfangs rot, bis er spürte, dass das ein Fehler war und sie erst einmal grün sein müssten. So wich die Zeit von Weiß und Schwarz einer Zeit, in der fast alles grün war. An einem Tag, an dem alles ungewöhnlich hell erschien, blickte er hinauf in den Himmel und sah ein strahlendes Ding von dort herabscheinen, und später fiel ihm auf, dass es sich in einem gleichmäßigen Bogen über den Himmel bewegte. Irgendwie wusste er, dass das korrekt war, und entdeckte bald darauf »Sonne« in seinen Erinnerungen. Zu gegebener Zeit folgte »Mond«.

Die Grün-Zeit führte zu einem Farbwechsel der Blätter, sodass er eines Tages mit einem Gefühl der Befriedigung und sogar des Triumphs vom Park aus die ganze Straße hinunterblicken und das ganze Gebiet genau so sehen konnte, wie er es am Anfang gesehen hatte, außer dass alles daran viel perfekter gestaltet war als zu Beginn. »Jahreszeiten« waren diese schrittweisen Veränderungen in der Farbe und Gestalt des Ortes, und da er durch einen Zyklus hindurchgegangen war, wusste er, dass es wieder passieren würde, ohne dass er alles austüfteln und Probleme würde beheben müssen. Nur um sich davon zu überzeugen, sah er ohne viel Korrigieren zu, wie die Blätter wieder fielen und den roten See bildeten und braun wurden und im Wind umherflatterten und vom Schnee und dann vom Grün ersetzt wurden. Von den Jahreszeiten gab es vier, und zusammen bildeten sie ein Jahr.

Er ließ mehrere Jahreszyklen vergehen, in deren Verlauf er die Dinge überprüfte und verbesserte. Alle Jahreszeiten waren auf unterschiedliche Weise schön und angenehm und alle Veränderungen mehr oder weniger interessant, aber der Teil des Jahres, der ihn am meisten beunruhigte – als etwas, das auf eine Weise, der er nicht Genüge tun konnte, an seinem Denken zerrte –, war das Davonsausen der trockenen Blätter zu Beginn des Winters.

In einem Jahr, als die Bäume alle rot geworden waren, bemerkte er, wie das erste Herbstblatt zu Boden schwebte. Es glitt dahin und drehte sich auf einer unsichtbaren Brise, die gleichzeitig an den Ästen der Bäume rüttelte. Er stieg aus dem Park hinab und näherte sich auf der Straße dem Blatt, um es zu untersuchen. Es war ein besonders prächtiges Exemplar, das noch nicht vom Alter dunkelrot geworden war und Adern von strahlendem Gelb hatte.

Dann widerfuhr ihm etwas Schlimmes: Ein flüchtiger Blick auf wiedererstehendes Chaos, so als wäre das Gewebe, das er so mühsam gewirkt und perfektioniert hatte, an einer Stelle aufgerissen worden, und er blickte nun durch das Loch auf eine viel ältere und nicht so wohlgestaltete Version davon, in der er nicht ein schönes Blatt, sondern ein Stück Chaos mit lediglich ein paar roten Partikeln wahrnahm. Es war ein Maß an Missgestalt, das er für sehr viele Tage und Jahre nicht mehr hatte ertragen müssen, und das erinnerte ihn an die Zeit ganz am Anfang, als er durch die Äonen des Chaos hindurch hatte leiden müssen und verzweifelt nach einem einzigen Partikelchen Rot gegriffen hatte. Das beunruhigte ihn. Er wich davor zurück und ging die Straße hinauf zurück in den Park. Von dieser Warte aus konnte er auf dieses eine einzelne Blatt blicken, das da allein auf dem grünen Gras lag, und darüber nachsinnen, was gerade passiert war. Er schreckte davor zurück, sich ihm noch einmal zu nähern. Mit der Zeit allerdings nahm er es sich selbst übel, dass er solche Angst vor diesem einen Blatt hatte. Hatte er nicht all das aus dem Chaos heraus erschaffen? Würde er das nicht wieder tun können? Konnte es sein, dass das ein Zeichen war, eine Warnung, dass mit dem, was er geschaffen hatte, etwas nicht stimmte, und dass er es würde korrigieren müssen? Also ging er wieder hinunter, um das Blatt erneut zu untersuchen. Es war nur ein Blatt. Nichts Falsches daran. Und dennoch spürte er in dessen unmittelbarer Nähe etwas, das von einem viel niedrigeren Maß an Vollkommenheit war, so grob und niedrig, dass ihm sogar eine sichtbare Form fehlte, etwas, das das Blatt ganz falsch sah und versuchte, es auf seine eigene Ebene herunterzuziehen – die Ebene, auf der er selbst einst existiert hatte.

Das verwirrte und beunruhigte ihn für lange Zeit, bis er plötzlich verstand, dass da noch so jemand war wie er. Oder besser, wie er einst gewesen war.

Er war nicht allein.

Andere konnten existieren – existierten –, die unabhängig von ihm zu erfahren vermochten, was er in lang vergangenen Zeiten erfahren hatte. Einer davon hatte seinen Weg hierhergefunden.

Das – die Vorstellung, dass andere seiner Art existieren und seine Welt teilen könnten – war während der ganzen Zeit, seit er Bewusstsein erlangt hatte, nicht ein einziges Mal in sein Denken gedrungen und hatte langes Grübeln oben im Park zur Folge. Wie andere Erkenntnisse, die er im Laufe der Äonen gehabt hatte, war diese sehr erstaunlich und zugleich seltsam vertraut. *Natürlich* gab es da andere. Wie konnte es anders sein? So wie sich das erste Blatt, das er aus dem Chaos hervorgebracht hatte, im Laufe der Zeit als nur eins von vielen entpuppte – vielen, die so waren wie es, aber anders – und so wie es sich auch bei Bäumen und Schneeflocken als wahr erwiesen hatte, so war auch er selbst nur ein Exemplar von etwas – ein Muster, von dem womöglich noch weitere existierten. Vielleicht so unzählig viele wie die Blätter oder die Schneeflocken.

Das alles verstand er, aber es behagte ihm nicht. Ihm missfiel, dass, wenn er aus dem Park hinunterging, um sein perfektes Blatt zu betrachten, seine Erfahrung davon gestört, beeinträchtigt war durch die Rohheit, mit der das andere es sah. Er wollte dieses jämmerliche Etwas hinauswerfen, es zum Verschwinden bringen. Doch der bloße Gedanke daran, das zu tun, führte sein Denken auf seltsame Pfade. Sich selbst mit einem Blatt oder einer Schneeflocke zu vergleichen hieß, beunruhigende Fragen anzuschneiden – verstörender als alles, was er erlebt hatte, seit er paralysiert dagelegen hatte, während das Chaos Äonen lang über ihn hinweggespült war. Für viele Jahre waren nun Blätter entstanden, nur um abzufallen, zu vertrocknen und fortzuwehen, wenn ihre Zeit zu Ende war. In ähnlicher Weise hatten Schneeflocken den Boden bedeckt, nur um zu schmelzen, ineinanderzufließen und durch die Vertiefungen im Wald davonzurauschen. Eine Schneeflocke wurde weich und verschmolz mit einer anderen, und Unmengen von ihnen wurden oben am Scheitelpunkt des Parks zu Rinnsalen. An den Verzweigungen verschmolzen Rinnsale miteinander zu Bächen, Bäche wurden zu Flüssen, Flüsse zu einem Strom. Alles verschwand, damit die nächste Jahreszeit ihrem Rhythmus gemäß kommen konnte. Mit der Frage danach, wohin die Blätter flogen und was aus ihnen wurde oder wohin der geschmolzene Schnee floss, hatte er sich nie belastet. Solche Gedanken waren müßig und tangierten ihn überhaupt nicht. Doch wenn er sich nun als nur ein Blatt an einem Baum oder einen Baum im Wald vorstellen und die Möglichkeit zulassen sollte, dass andere wie er daherkämen, um am selben Ort zu wohnen, dann musste er, um den Gedanken so vollständig und perfekt und fehlerfrei zu denken, wie er sein sollte, darüber sinnieren, ob er und andere seiner Art dazu bestimmt waren, herabzufallen und von einem Wind davongetragen zu werden oder zu schmelzen und mit anderen zusammenzufließen und zu unbekannten Gefilden davonzurauschen.

Solche Gedanken führten zwar zu keinem sicheren Ergebnis, aber im Laufe von langen Tagen und Nächten des Grübelns verstand er allmählich, dass er um sich selbst eine Gestalt formen und diese Gestalt so mit einer Begrenzung einfassen musste, dass auf einer Seite davon er und auf der anderen Seite nicht er war. Ein bisschen so, wie die Bäume mit Rinde bedeckt waren. Er fing damit an, zunächst allerdings ohne eine konkrete Idee, wie diese Gestalt aussehen sollte. Er konnte die Form eines Baums annehmen, ahnte aber, dass das verkehrt war. Bäume waren etwas, das er betrachtete, nicht etwas, das er war.

Eines Nachts blickte er hinauf zu den Sternen. Vor einiger Zeit hatten diese, teils von sich aus, teils durch seine müßigen Träumereien, Formen angenommen, die nicht wie die von Bäumen waren, deren Wesen er aber nicht so ganz verstehen konnte. Dann ging ihm auf, dass sie eine Art Botschaft waren. In ihren Formen gab es Anregungen, wie er für sich eine Gestalt bilden könnte. Er probierte verschiedene Möglichkeiten aus: eine lange und biegsame Gestalt, eine gedrungene mit mehreren Beinen und eine, die aufrecht stand, mit einem Kopf oben an der Spitze, wo sich das Sehen und Hören vollzog, und Gliedmaßen unterhalb davon, die zu verschiedenen Zwecken gebraucht werden konnten. Diese letzte Gestalt war für sein Empfinden korrekt. An ihr arbeitete er all die Tage hindurch, an denen die Blätter fielen. Er sah jetzt, dass diese Gestalt in der Art, wie er sich umherbewegt und Dinge erfahren hatte, schon immer stillschweigend inbegriffen gewesen war. Was war eine Straße anderes als eine Fläche, über die er gehen konnte? Dafür waren Beine erforderlich. Seine lang gehegte Gewohnheit, herabgefallene Blätter anzuschauen, legte nahe, dass er Dinge von einer Stelle aus betrachtete, die sich über dem Boden, aber unterhalb der Höhe der Äste befand, von denen die Blätter fielen. Das passte, wie ihm jetzt klar wurde, gut dazu, einen Kopf zu haben, der sich in maßvoller Entfernung von seinen Beinen befand. Durch separate Gliedmaßen, die gleich unterhalb des Kopfes befestigt waren, ließen sich Blätter aus der Luft greifen und zur genauen Betrachtung festhalten. An ihrem Ende hatten diese Gliedmaßen kleine Flächen zum Tragen von Blättern. Aus den Rändern dieser Flächen sprossen kleinere, feinere Fortsätze, die sich zum Anstupsen von Schneeflocken eigneten. Er konnte sie sich nach innen einrollen lassen, so wie die Seitenrippen eines Blattes es taten, wenn es vertrocknete. Doch im Gegensatz zu einem trockenen Blatt verschrumpelten und starben diese, einmal eingerollt, nicht, sondern konnten sich nach Belieben wieder strecken.

Die Herbstwinde kamen und ließen die trockenen Blätter umherwirbeln. Er spürte, dass es gut wäre, zu einer solchen Bewegung imstande zu sein, und so änderte er seine Gestalt, indem er ein weiteres Paar Fortsätze hinzufügte, die von ihrer Kontur her an Blätter erinnerten. Diese besaßen die Fähigkeit, den Wind einzufangen, und gaben ihm die Freiheit, vom Boden abzuheben und sich zu den wirbelnden und durch die Luft rasenden Blättern zu gesellen. Während er das tat, spürte er, dass andere um ihn waren und wie die vertrockneten Blätter daherwirbelten, hilflos im trockenen kalten Wind gefangen und unfähig, so wie er ihre eigenen Bewegungen zu beherrschen.

Nun verstand er, warum das Wirbeln der trockenen Blätter, seit er es zum ersten Mal wahrgenommen hatte, eine solche Faszination auf ihn ausgeübt hatte: Es war das, was andere seiner Art taten, wenn ihnen die Fähigkeit fehlte, es anders zu machen.

Wenn sie gerade erst hierhergekommen waren.

Wenn sie gerade erst gestorben waren.

Er war tot.

27

Mochte Zelrijk-Aalberg unter Mathematikern wegen des fraktalen Risses im Boden der Schenke berühmt gewesen sein, so war es für Juristen wegen seines rechtlichen Status und seiner Souveränität interessant. Um eine ausgesprochen lange Geschichte kurz zu machen, Z-A unterschied sich von den umliegenden Fürstentümern durch die besonders eigentümliche Art, wie sich in ein paar Schlüsselmomenten im Verlauf der letzten rund tausend Jahre die Eigentümerwechsel vollzogen hatten. Am Ende war es eins dieser Gebiete wie Jersey, Guernsey und die Isle of Man, das von zwei Dingen weder das eine noch das andere war: Es war nie offiziell und ausdrücklich zu einem Teil der Niederlande oder Belgiens geworden. Was eher ein Versehen als ein politisches Statement war. Es war nie in einem Vertrag aufgetaucht, weil den Amtsschreibern das Pergament ausgegangen war und sie beschlossen hatten, es einfach beim Alten zu belassen. Bis vor Kurzem hatte niemand das bemerkt oder sich darum gekümmert. Im Laufe eines Gesprächs mit Enoch Root, der anscheinend irgendeine alte familiäre Verbindung dorthin hatte und sämtliche Details kannte, war El Shepherd irgendwie Z-As besonderer Status bewusst geworden, und er hatte eine ganze Horde von Mediävisten und Juristen damit beauftragt, die Einzelheiten herauszuarbeiten. Er hatte sämtlichen Grundbesitz innerhalb der Grenze aufgekauft und seine Position so weit gefestigt, dass es ihm opportun erschien, seine eigene Währung (nur digital) zu prägen und Pässe auszustellen.

Vor zehn Jahren hatte er in einer Ecknische der Schenke auf der Zelrijk-Aalberg-Seite des Risses gesessen, als die belgische Polizei in Absprache mit Interpol hereinkam, um ihn wegen des Verdachts der federführenden Planung des Moab-Hoax zu verhaften.

Schulter an Schulter entlang des gesamten Risses hatten Mitglieder der Sicherheitskräfte von Zelrijk-Aalberg gestanden: mit Sturmgewehren bewaffnete amerikanische Söldner. Hinter ihnen war das Lokal gerammelt voll mit Juristen, Freunden von El und Medienvertretern gewesen. Sie alle hatten in einer als fröhlich beschriebenen Atmosphäre zugesehen, wie Sinjin Kerr, der Justizminister von Zelrijk-Aalberg, die belgischen Polizisten daran erinnert hatte, dass sie auf dieser Seite des Risses keinerlei Machtbefugnis besaßen und dass man die Unversehrtheit der Grenze notfalls unter Anwendung von Gewalt erhalten würde.

Die Belgier hatten sich zurückgezogen. Sowohl sie als auch die holländischen Behörden hatten jedoch klargestellt, dass man El, sobald er den Riss übertrat, verhaften würde.

Seit diesem Tag hatte El sein Land von der Größe eines Cricketspielfelds nicht mehr verlassen. Jemand anderes hätte es vielleicht gnadenlos zu Geld gemacht, indem er Wolkenkratzer darauf gebaut und die fraktale Grenze mit Läden gesäumt hätte, die Feuerwerkskörper, Cannabis und Hehlerware verkauften, doch El hatte nur sehr wenige Veränderungen vorgenommen. Es war immer noch dieselbe heimelige Ansammlung von Fachwerkhäusern und Gemüsegärten. Die Sicherheitskräfte hatte er verringert, sodass an der Grenze jetzt ein turnusmäßig wechselnder Trupp aus einem halben Dutzend mittelalter Männer Streife ging, die ihre Waffen, wenn sie überhaupt welche hatten, diskret verborgen hielten. Hinter den Lehmfachwerkmauern wurde jeder einzelne Raum von Els Personal bewohnt. Es gab Gerüchte über Tunnel. Inzwischen bestand sein Personal allerdings hauptsächlich aus den medizinischen Fachkräften, die sich um ihn, und den Juristen und Buchhaltern, die sich um seine Geschäfte kümmerten. Die rechtliche Situation war festgefahren. Bei den meisten Tatvorwürfen, die man in Verbindung mit Moab gegen ihn erheben konnte, war die Verjährungsfrist längst abgelaufen. Er hatte signalisiert, dass er jeden verfügbaren Cent ausgeben würde, um sich vor Gericht zu verteidigen. Und allen war klar, dass El, bis er vor Gericht gestellt, überführt und verurteilt werden könnte, tot oder geistig so schwer behindert sein würde, dass jede Strafe aus Gründen der Menschlichkeit umgewandelt werden müsste. Er blieb zu Hause und »reiste« mithilfe von Telepräsenzrobotern, deren Gesichter er deaktivierte, damit niemand ihn »sehen« konnte, um die Welt. Er war eine Art Mann mit der eisernen Maske geworden.

Etwas weniger als ein Jahr nach der Tagung auf San Juan Islands mietete Corvallis Kawasaki – der in anderen geschäftlichen Angelegenheiten in Amsterdam war – ein Auto, von dem er sich hinunter an die Grenze fahren ließ. Zelrijk-Aalberg hatte sich kaum verändert, aber die holländischen und belgischen Ortschaften, die es umgaben, hatten sich zu florierenden Städten entwickelt, in denen Els Angestellte lebten, einkauften, ausgingen und ihre Kinder großzogen. Das Auto setzte ihn auf einer belgischen Straße vor der berühmten Schenke ab. Corvallis ging hinein, bestellte an der Theke ein belgisches Bier und begab sich in den hinteren Teil. Der Riss im Boden war nicht zu übersehen. Corvallis überschritt ihn. In einer Nische gleich daneben saß, ein Sodawasser vor sich, ein Mann mit einer Ausbeulung unter dem Blazer und einem Wearable im Gesicht, der vermutlich damit beschäftigt war, Corvallis' Identität zu überprüfen. Er ließ ihn ohne Zwischenfälle passieren. Die Schenke hatte einen Hinterausgang, der zu einem kleinen Biergarten führte, in dem er El, durch einen großen Leinenschirm vor einem leichten Sprühregen geschützt, an einem Tisch sitzend vorfand.

El hatte sich nicht so sehr verändert, wie Corvallis erwartet hatte. Mit einer Kopfbewegung deutete er auf einen Stuhl, machte aber keine Anstalten, aufzustehen oder ihm die Hand zu schütteln. Corvallis setzte sich, nippte an seinem Bier und betrachtete Elmo Shepherd zum ersten Mal seit vielen Jahren. Er wirkte fit. Sein Gesicht war wie bei jedem alternden Menschen größer und fleischiger geworden. Es hatte eine eigentümliche Starrheit an sich. Die winzigen Muskeln, die für die Mimik zuständig waren, mussten direkt mit dem Gehirn verbunden sein, vermutete Corvallis. Er war kein Anatomiestudent, aber es erschien ihm unwahrscheinlich, dass das Rückenmark am Zucken der Augenbrauen, Blinzeln und Ähnlichem beteiligt war. Selbst Menschen mit kompletten Rückenmarkverletzungen im Halswirbelbereich konnten sprechen und Rollstühle mit dem Mund steuern. Die Nerven mussten durch kleine Löcher direkt aus dem Schädel kommen. Jedenfalls musste bei El irgendetwas diese Verbindungen gestört haben, denn sein Gesicht bewegte sich einfach nicht so, wie Gesichter sich normalerweise bewegten. Und da Menschen so gebaut waren, dass sie auf Gesichtsausdrücke extrem aufmerksam und empfindlich reagierten, war das für Corvallis ganz offensichtlich – viel offensichtlicher, als andere Formen von neurologischer Störung es vielleicht gewesen wären. Er hatte ein wenig über Els Krankheit recherchiert und war sich ziemlich sicher, dass dies nicht von der Krankheit selbst, sondern von den Medikamenten herrührte, die El einnahm, um deren Symptome in Schach zu halten.

»Gerüchte über meine Geisteskrankheit sind stark übertrieben«, erklärte El. »Manche der neuen Arzneimittel, die aus meiner Stiftung kommen, sind bemerkenswert erfolgreich darin, die Weiterentwicklung von Symptomen zu verlangsamen. Ohne sie wäre ich schon vor einem Jahr auf ziemlich unschöne Art und Weise gestorben.«

»Gut.« Corvallis nickte. Für Elmo Shepherds Verhältnisse war das eine Menge Small Talk, aber der diente einem Zweck, nämlich dem, den Besucher wissen zu lassen, womit er es zu tun hatte, um so die Unterhaltung zu bestimmen.

»Wenn die offenkundigen Nachteile nicht wären, würde ich dafür plädieren, dass jeder wenigstens ein Mal im Leben verrückt wird«, sagte El. »Es ist das Faszinierendste, was ich je erlebt habe. Dabei ganz bewusst zu Werke zu gehen erfordert ein intensives Bemühen. Eine Art spirituelle Übung. Ich bin ziemlich sicher, dass viele der alten Mystiker – Eremiten und Propheten, die von primitiven Kulturen als Menschen mit besonderer Verbindung zum Göttlichen verehrt wurden – in Wirklichkeit unter einer diagnostizierbaren geistigen Störung litten, sich jedoch alle Mühe gaben, ihr ganz bewusst zu erliegen. Hätten sie Zugang zu modernen diagnostischen Handbüchern psychischer Störungen gehabt, wären sie in der Lage gewesen zu sagen: ›Ah, hier auf Seite siebenhundertdreiundvierzig steht, dass ich unter paranoider Schizophrenie leide‹, aber in Ermangelung solcher Hilfsmittel mussten sie Selbstbeobachtung betreiben. Wenn bestimmte Vorgänge im Denken außer Kontrolle geraten oder, am anderen Ende des Spektrums, aufhören, auf dem Niveau abzulaufen, das notwendig ist, um eine Art psychiatrische Selbstregulierung aufrechtzuerhalten, sind die Auswirkungen für einen introspektiven Patienten beobachtbar. Als Säulenheiliger beispielsweise wären Sie ziemlich aufgeschmissen und müssten sich eine andere Lösung einfallen lassen. Doch heutzutage gibt es die verschiedensten therapeutischen Optionen – Titrieren von Dosen unterschiedlicher psychoaktiver Medikamente auf interaktive Weise, Kommunizieren über die Blut-Hirn-Schranke hinweg oder die direkte Stimulation bestimmter Ganglien mithilfe von Techniken, die ins Gehirn vordringen und auf betroffene Bereiche einwirken können. Wir haben Geräte hier, die das können. Ich kann den Kopf in einen Magneten stecken und ein nicht richtig funktionierendes Neuron anpingen. Das habe ich vor zehn Minuten gemacht und werde es, zehn Minuten nachdem Sie gegangen sind, wieder machen.«

»Wie viel Zeit haben Sie?«, fragte Corvallis.

»Zu leben? Oder mit Ihnen zu sprechen?« Ehe Corvallis antworten konnte, fuhr El fort: »Vermutlich drei Jahre zu leben. Zwanzig Minuten, mit Ihnen zu reden.«

»Ich wollte mich mit Ihnen treffen, um zwei Dinge zu besprechen.«

»Ja, ich bin davon ausgegangen, dass Ihr Besuch einen Grund hat, C.«

»Ich spreche mit Sophia. Wie Sie sicher wissen, ist sie jetzt wissenschaftliche Mitarbeiterin. Auf dem Papier eine Doktorandin. Sich um den *Prozess* zu kümmern ist aber mehr als ein Vollzeitjob.«

»Normalerweise delegieren Leute, die mehr Arbeit haben, als ihnen Zeit zur Verfügung steht, Aufgaben an andere«, bemerkte El. »Ich habe meine Ansichten dazu klargemacht, C. Vielleicht werde ich ignoriert, weil man mich für verrückt hält.«

»Sie werden nicht von mir ignoriert und von anderen bei unseren Kuratoriumssitzungen auch nicht. Sie werden von Sophia ignoriert. Aber das tut sie nicht, weil sie Sie für verrückt hält. Sie ignoriert Sie, weil sie stur ist.«

»Ich verstehe nicht, was Sturheit in diesem Fall bringt. Der *Prozess* ist ein einzigartiges, noch nie dagewesenes Phänomen. Er ist eine Goldmine voller Daten über das Funktionieren des menschlichen Verstands. Sie ist seine einzige Tokeninhaberin. Sie sollte ihn öffnen, anderen Zugang gewähren.«

»Das ist eine Familienangelegenheit«, sagte Corvallis, »eine persönliche Sache. Dodge ist ganz plötzlich gestorben, als sie noch ein kleines Mädchen war.«

»Ich kenne die Geschichte.«

»Sie vermisst ihn. Möchte sich mit dem verbinden, was sie verloren hat.«

»Glaubt sie denn wirklich, dass der *Prozess* die Reinkarnation von Richard Forthrast ist?«

»Glauben Sie das denn, El?«

»Ich weiß nicht, was ich glauben soll, da sie ja die einzige Tokin ist und die Daten nicht teilen will.«

»Sie kennen ihre – und unsere – Position dazu. Es gibt gar nicht viel zu teilen. Die Aktivitäten des *Prozesses* zu verfolgen gleicht dem Problem, vor dem die Alliierten während des Zweiten Weltkriegs standen, bevor sie den Enigma-Code knackten. Botschaften können abgefangen und kopiert, aber nicht entschlüsselt werden, sodass wir derzeit nicht wissen, was sie bedeuten. Eine Verkehrsanalyse durchzuführen ist das höchste der Gefühle. Sie ist nicht sinnlos, aber …«

»Aber es ist nicht die vulkanische Gedankenverschmelzung. Ich habe diesen Vortrag gehört. Und stimme damit überein.«

»Genau zu diesem Punkt«, sagte Corvallis, »erwähnte Sophia mir gegenüber, sie habe neuen Verkehr beobachtet, der ihr nicht vertraut sei. Um es kurz zu machen, sie glaubt, dass Sie andere eingescannte Konnektome hochladen und sie auf denselben Systemen booten.«

»Systeme, die ich gebaut und bezahlt habe«, sagte El. »Sophia hat im ersten Jahr von Hole in the Wall dessen gesamte Rechnerleistung in Anspruch genommen. Das Projekt wäre damals in der Versenkung verschwunden, hätte ich nicht …«

»Hätten Sie nicht mehr davon gebaut. Ja.«

»Hole in the Wall war quasi handgefertigt. Ich habe es für die Massenproduktion tauglich gemacht. Nächstes Jahr um diese Zeit werden wir mit einer Geschwindigkeit von einer pro Woche neue Anlagen eröffnen.«

»Was zu der Frage nach dem Warum führt.«

»Es klingt, als hätte Sophia bereits eine Theorie«, sagte El. Corvallis mutmaßte, dass er, wenn seine Gesichtsmuskeln funktionieren würden, gerade jetzt eine verschmitzte Miene gezeigt hätte. Womöglich hätte er gezwinkert.

»Sie haben kein Geheimnis aus der Tatsache gemacht, dass Sie weitere Gehirne gescannt haben.«

»Ich wundere mich über Sie, C-plus. Einen so altmodischen Begriff zu verwenden. ›Gehirne‹? Allen Ernstes?«

Corvallis beschloss, das als Humorversuch zu deuten. El konnte nicht zwinkern. Nicht einmal ein Blinzeln gab es in diesem Auge.

El spielte auf ein heißes Thema bei der Tagung an: das Körper-Geist-Problem.

Jedenfalls war es manchen dort, die nie einen Einführungskurs in Philosophie besucht hatten, als heißes Thema erschienen. Neurologen des ausgehenden zwanzigsten und frühen einundzwanzigsten Jahrhunderts, die darüber nachgedacht und empirisch geforscht hatten, wie das Gehirn tatsächlich funktionierte, neigten zu dem Schluss, es gebe *gar kein* Körper-Geist-Problem. Der ganze Begriff sei bedeutungsleer. Der Geist könne nicht vom Körper getrennt werden. Das gesamte Nervensystem bis hinunter zu den Zehen müsse als Ganzes analysiert und verstanden werden – und das sei noch nicht alles, denn die Funktionen dieses Systems würden durch chemische Stoffe reguliert, die beispielsweise im Darm produziert und durchs Blut übermittelt würden. Die Bakterien, die im Bauch eines Menschen lebten – die nicht einmal ein *Teil* von ihm, sondern völlig separate biologische Organismen seien –, seien faktisch Teile seines Gehirns. Diesen Neurologen zufolge war die ganze Vorstellung vom Scannen von Gehirnen aus abgetrennten Köpfen von vornherein – in Ermangelung eines besseren Begriffs – hirnverbrannt gewesen.

Was zu interessanten Fragen darüber führte, was tatsächlich passierte, wenn diese Gehirne als Prozesse rebootet wurden. Entsprechend diesem Modell wären solche »Gehirne« nicht fähig, irgendetwas zu verstehen – sie könnten gar nicht funktionieren –, bis und nur wenn sie die fehlenden Teile des Systems von null an wieder aufgebaut hätten.

All das war so lange unwägbar und unbegreiflich, bis man bessere Werkzeuge zum Verständnis des *Prozesses* besaß – was erklärte, warum Elmo Shepherd stocksauer über Sophias Weigerung war, den Zugang zu teilen. Eine Sache allerdings, bei der sie in der Zwischenzeit alle möglichen Fortschritte würden machen *können*, war eine Qualitätsverbesserung des Scanvorgangs selbst. Zwischen den Wissenschaftlern des Waterhouse/Forthrast-Lagers und denen, die für El arbeiteten, herrschte völlige Einigkeit darüber, dass das Wort »Gehirn« aus dem fachlichen Diskurs verbannt werden oder in Anführungszeichen gesetzt werden müsse. Über die Methode, den Verstorbenen den Kopf abzutrennen und den Rest wegzuwerfen, galt es hinauszugehen. Fortan würde jeder Kunde in toto, von Kopf bis Fuß, gescannt werden, und man würde sich bemühen, Daten über sein Mikrobiom und andere nicht neurologische Phänomene zu sammeln, die von einem Ionenstrahlscanner, der sich nur um Neuronen kümmerte, übersehen würden.

»Verzeihen Sie«, sagte C-plus. »Sie haben Kunden. Manche von ihnen weilen nicht mehr unter den Lebenden. Ihre Überreste haben Sie den fortschrittlichsten Verfahren unterzogen, die es derzeit gibt.«

»So wie Sie auch.«

»Natürlich.«

»Menschen sterben«, sagte El. »Manche von ihnen wollen, was Richard Forthrast wollte.«

»Wie viele?«

El zuckte die Achseln. »Über tausend.«

Corvallis glaubte das nicht so recht. »Sie meinen, so viele haben unterschrieben?«

»Nein, ich meine, dass wir so viele tatsächlich gescannt und archiviert haben.«

»Davon hatte ich keine Ahnung.«

»Das kann ich, ehrlich gesagt, kaum glauben«, sagte El, »wenn man bedenkt, dass Sie in South Lake Union genau dasselbe gemacht haben mit – wie vielen?«

C-plus zuckte die Achseln. »Ich habe in der letzten Zeit nicht nachgesehen. Ein paar Hundert?«

»Dreihundertsiebenundvierzig«, korrigierte ihn El.

»Ich wusste einfach nicht, dass Sie so viele Scanlabore haben.«

»Die Anlagen können jetzt in die Massenfertigung gehen. Wir haben rund fünfzig davon. Viele in China, Indien, wo sich das Programm in einem Maße etabliert hat, das im Westen gar nicht richtig wahrgenommen wird. Zwei davon in dem Gebäude gleich da drüben.« El wies mit dem Kinn auf ein achthundert Jahre altes Fachwerkhaus einen Steinwurf weit entfernt. »Andere in Städten, wo viele reiche Leute leben.«

»Sie sagten ›gescannt und archiviert‹, aber Sie sagten nicht, Sie hätten welche gebootet.«

»Wir haben vor einer Woche damit angefangen, sie zu booten«, verkündete El, »was zu einem Aktivitätsmuster geführt hat, das Sophia auffiel und das vermutlich der Grund dafür ist, dass Sie hier in meinem Biergarten sitzen und mit mir sprechen. Uns ist völlig klar, dass Sie das Gleiche gemacht haben.«

Corvallis nickte, vielleicht etwas vorschnell – womöglich zu sehr bemüht zu zeigen, dass er mit nichts hinterm Berg hielt? »Ich bin zum Teil aus diesem Grund hier«, sagte er, »und zum Teil, um Ihnen mitzuteilen, dass wir unseren Verpflichtungen entsprechend die Ephrata-Elf und die MBK-Neun gebootet haben.«

»Und Verna.«

»Verna war die Erste, nach Dodge.«

»Sie werden nie dieselben sein wie die anderen«, sagte El. »Sie hätten warten sollen.«

28

Er war tot, folglich musste er vorher nicht tot gewesen sein. Über das Nicht-tot-Sein hatte er kein unmittelbares Wissen, konnte aber erahnen, dass er sich an einem Ort mit Blättern, Bäumen, Schnee, Flüssen, Wind und Sternen aufgehalten hatte. Er hatte in irgendeiner physischen Form existiert, die sich vermutlich nicht sehr von der unterschied, die er hier um sich herum gebildet hatte. Diese Existenz hatte er mit anderen geteilt. Anderen, die ebenfalls Tote wurden und nun hierherfanden. Angezogen vielleicht durch das Vorhandensein kohärenter Dinge wie roter Blätter. Sich danach sehnend etwas anderes als Chaos zu erleben, aber nicht wissend, wie sie solche Erfahrungen aus dem Rauschen entstehen lassen sollen.

Warum gingen sie dann nicht fort und litten Äonen lang, wie er gelitten hatte, und bekamen dann selbst heraus, wie man aus Chaos vollständige und schöne Dinge machte?

Weil sie es nicht mussten. Wenn es ihm ganz am Anfang möglich gewesen wäre, die fertige Welt einer anderen toten Person zu finden und dort zu bleiben, hätte er das getan und sich glücklich geschätzt. Doch so etwas hatte für ihn nicht in greifbarer Nähe gelegen, und so hatte er keine andere Wahl gehabt, als zu leiden und zu lernen.

Er fragte sich, wie viele der anderen Toten wohl hierhergefunden hatten. In seinem neuen Körper segelte er über den Park, getragen von den blattartigen Fortsätzen, die ihm aus dem Rücken wuchsen. Für den dicht mit Bäumen bestandenen Wald waren sie ungünstig geformt, für Bewegung im leeren Raum dagegen gut. Er verbesserte sie, indem er sie weniger blattähnlich machte und ihnen eine neue Form gab, in der sie sich, wenn sie nicht gebraucht wurden, an seinen Rücken falten, sich aber weit öffnen konnten, wenn er in die Luft steigen wollte. Faltete er sie, seine Flügel, dann landete er auf dem Boden und ging auf seinen Füßen durch den Wald, wo er jeden Baum untersuchte und an jedem kleinen Fluss stand, das Fließen des Wassers beobachtete und dessen Geräuschen lauschte.

Aus den aufeinandertreffenden Wassern heraus hörte er »Egdod« und erinnerte sich, dass das sein Name war.

Insgesamt hatte sich wenig verändert, aber von Zeit zu Zeit spürte er, wenn er nah an einem Baum vorbeikam oder an einem Fluss kauerte, einen kleinen Riss in der Welt, einen Knoten aus Beinahechaos, der über dem Ort schwebte, und wusste so, dass ein weiterer Toter hierhergefunden hatte. Manche von ihnen kamen und gingen wie Schneeflocken, andere schienen sich in Bäumen oder Flüssen niederzulassen, als sehnten sie sich nach Körpern, besäßen aber nicht die geistige Fähigkeit oder das Geschick, ihren eigenen zu gestalten. Sie hängten sich verzweifelt an Formen, die Egdod gemacht hatte, mochten sie für Wesen-vom-Typ-Egdod auch noch so ungeeignet sein.

Mal mit ausgebreiteten Flügeln in der Luft, mal zu Fuß auf dem Boden bewegte er sich die Straße auf und ab, durchstreifte den Wald, zog im Park umher und fand heraus, wie viele andere in sein Gebiet gelangt waren. Er kam zu dem Schluss, dass die Zahl der Seelen nicht viel größer war als die Zahl der kleinen Fortsätze, die aus den Blattflächen am Ende seiner oberen Gliedmaßen sprossen. Fast so schnell, wie er das Bedürfnis danach verspürte, kamen ihm die Begriffe zu Bewusstsein: Finger, Hände, Arme. Zehn und andere Zahlen. Alles in allem gab es zwischen zehn und zwanzig Seelen, von denen manche wie vertrocknete

Blätter umherflatterten, andere in Bäumen oder Flüssen wohnten. Verglichen mit dem Maß an Bestürzung, die sie bei ihm ausgelöst hatten, war ihre Zahl eigentlich ziemlich klein.

Es kamen noch mehr. Ihre Zahl nahm nicht plötzlich zu, aber auch nicht mehr ab. Es schien, als ob der Ort, von dem sie kamen, ständig weitere Tote abgäbe, aber keine Möglichkeit hätte, sie wieder zurückzunehmen. Warum das so war und ob es irgendeinen Sinn ergab, damit wollte er seine Gedanken erst gar nicht belasten. Worauf es für den Moment ankam, war, dass sie nicht viele und außerdem so schwach waren, dass sie für ihn kaum ins Gewicht fielen, jedenfalls jetzt, da er eine dicke Haut um sich gezogen hatte. So fand er nichts dabei, den Ort, den er erbaut und wo er sich aufgehalten hatte, seit er gestorben war, für eine Weile zu verlassen. Mit großen Schritten ging er die Straße zum Park oben auf dem Hügel hinauf. Sein Körper sprach auf eine neue Weise mit ihm, die weder Sehen noch Hören war; er konnte jetzt den Boden unter den Füßen spüren. Und als er den Park erreichte, wo der Wind blies, und zu einer mit Gras bedeckten Fläche kam, wo reichlich Platz war, um seine Flügel zu entfalten, spürte er unter ihnen auf ähnliche Weise die Luft. Die Winde, die er einst erzeugt hatte, um die toten Blätter fortzutragen, hoben ihn jetzt vom Boden ab und hinauf in den Himmel. Er veränderte das Verhältnis der Flügel zur Luft, sodass er in Richtung Wald abschwenkte und anfing darüberzusegeln. Der Boden fiel ab. Er sah, wie die Adern in der Erde zusammenkamen, um den Fluss zu bilden. Der Fluss lief bergab. Er folgte ihm. Der Fluss lief in ein Gebiet, das ihn ans Chaos erinnerte, da er sich dort noch nicht hineingewagt hatte, um ihm eine Form zu geben. Doch er hatte sich schon vor langer Zeit die Kunst angeeignet, aus dem Chaos soliden Adamant zu machen, so wie Wasser zu Eis gefror. Daher war es eine Kleinigkeit, diesem Gebiet jetzt eine Form zu verleihen, indem er einfach eine Erweiterung des bereits von ihm erzeugten Waldes daraus machte. Die Form war anders, die

Bäume und Blätter waren alle unverwechselbar; die Äderung der Flüsse hatte ein ähnliches, aber doch anderes Muster als bei denen an den Hängen unterhalb seines Parks.

So dehnte er das Land und den Wald in jegliche Richtung, in die er zu fliegen beschloss, eine Zeit lang gewaltig aus. Das wurde jedoch monoton, und der Fluss, der das Wasser wegführte, wurde so breit, dass Egdod, wenn er sich an einem seiner Ufer niederließ, die andere Seite nicht sehen konnte. Indem er weitere vage Erinnerungen daran, wie die Dinge sein sollten, heraufbeschwor, legte er ans Ende des Flusses einen Ozean. Da ein Wald, der sich bis unmittelbar an den Rand des Wassers erstreckte, ihm auf undefinierbare Weise falsch erschien, fügte er zwischen beiden einen Streifen blanken Adamant ein. Dessen Monotonie missfiel ihm, und so zerteilte er ihn in viele Stücke, die er Felsen nannte. Seine ersten Felsen waren alle von gleicher Form und Größe, doch er korrigierte sie, indem er manche kleiner machte und zahlreicher als Schneeflocken, andere dagegen größer als den Hügel des Parks, dafür aber seltener. Entlang der Grenze zwischen dem Wald und dem Ozean verteilt bildeten sie Strände und Klippen, die die Bäume vor dem Ansturm der Wellen schützten, mit denen die Meeresoberfläche zu bevölkern er für das Beste befunden hatte. Er segelte und kreiste über dem größten all dieser Felsen, den er nur für sein eigenes Vergnügen so groß gemacht hatte, dass die Straße und der Park und ein beachtlicher Teil des Waldes mit Leichtigkeit darauf Platz gehabt hätten. Von dessen höchstem Punkt aus beobachtete er, auf welche Weise seine Wellen dagegen schlugen.

In den Bewegungen des Wassers sah er vielerlei Unvollkommenheiten. Die Wellen und die Art, wie sie gegen die Felsen schlugen, schrien förmlich nach Verbesserung. Damit verbrachte Egdod einige Tage, bis die Wellen beim Aufschlagen auf die Felsen Gischt in die Luft schleuderten. Wenn er herabstieß, konnte er spüren, wie feiner Nebel die Haut besprühte, die er erzeugt hatte, um sich von Dingen, die nicht Egdod waren, zu trennen, und das Dröhnen der Wellen umhüllte ihn fast so vollständig, wie das Zischen des Chaos es vor Äonen getan hatte. Die Gischt bestand aus winzigen wirbelnden Wasserkügelchen, die vor dem Himmel nahezu unsichtbar waren. Er wusste, dass das falsch war und dass jedes Wasserkügelchen das Sonnenlicht einfangen und reflektieren und damit die Gischt hell glitzern lassen sollte. Ja mehr noch, jedes Kügelchen sollte ein Spiegelbild der Welt um sie herum – einschließlich Egdod – bieten. Bis sie das taten, war das Wasser weit von seiner richtigen Form entfernt und bedurfte deshalb weiterer Verfeinerung.

Diese zu bewerkstelligen würde seiner Einschätzung nach mindestens so viele Jahre dauern, wie er bereits auf die Erzeugung der Straße, des Parks und des Waldes verwandt hatte. Früher hätte er sich mit Freuden auf einen großen Felsen gesetzt und Jahre mit der geduldigen Korrektur der Form und des Anbrandens der Wellen zugebracht, doch weil er wusste, dass Seelen hierherkamen, wollte er jetzt nur sehr ungern mehr Zeit als nötig hier verbringen. Er schlug mit den Flügeln gegen die Gischt, erhob sich über dem großen Felsen und warf einen letzten Blick hinab in den reinen Nebel, der noch nicht glänzte oder spiegelte, wie er es hätte tun sollen. Dann segelte er die Küste aufwärts.

Dieses Bild von der spiegelnden Kugel konnte er fast so sehen, als schwebte es vor ihm im Raum – als hielte er ein solches Objekt mit den Fingerspitzen und schaute hinein.

Angenommen, er könnte jetzt eine spiegelnde Kugel – oder sonst ein spiegelndes Etwas – heraufbeschwören und hineinblicken, was würde er sehen? Wie sah er aus? Solange er allein gewesen war, hatte sich ihm die Frage nie gestellt. Ein Baum konnte seinen Blick nicht erwidern. Den Seelen, die kürzlich begonnen hatten, scharenweise an seinen Aufenthaltsort zu kommen, fehlte vermutlich die Fähigkeit, irgendetwas klar zu sehen. Mit der Zeit könnten jedoch auch sie solche Fähigkeiten erlangen, so wie

Egdod es getan hatte, und dann würden sie ihn betrachten, so wie sie Bäume und Felsen betrachteten, und sie würden etwas sehen. Wie würde das aussehen, welchen Eindruck würde es auf sie machen?

Die Antwort würde ihm so lange nicht klar sein, bis er wusste, wie er in seinen eigenen Augen aussah, und daher fasste er den Entschluss, eines Tages einen Spiegel herzustellen und hineinzublicken. Doch das war jetzt von geringer Bedeutung, sodass er es sich erst einmal aus dem Kopf schlug. Er überflog die Welt, die er gerade schuf.

Ein weiterer voll ausgebildeter Gedanke kam ihm in den Sinn: Das war es, was er tat. Es war passend und richtig, dass er aus dem Chaos die Welt machte und dann verbesserte, was er gemacht hatte, und darin Platz für neu ankommende Seelen schuf, denn er – nicht der tote Egdod, der über den Wald flog, sondern der lebende Egdod, der einst Blätter in der Hand gehalten und spiegelnde Kugeln angeschaut hatte – hatte das vorher schon getan. Er verstand sich darauf. Und die anderen Seelen, die er in seinem Gebiet bemerkt hatte, waren vielleicht weniger Eindringlinge, als dass sie seinen Schutz suchten.

Der Bereich, wo das Land dem Ozean wich, bot eine erfreuliche Abwechslung zu seinem bisherigen Aufenthaltsort. Mit gemächlichem Flügelschlag flog er die Küste entlang, machte oft eine Kehrtwende, um Eigenschaften, die seine Aufmerksamkeit erregt hatten, zu untersuchen und zu verbessern, doch insgesamt behielt er das Land auf seiner linken und das Wasser auf der rechten Seite. Manche Küstenabschnitte belegte er mit einem Teppich aus unzähligen winzigen Steinen namens Sand, andere befestigte er mit großen Felsblöcken. An manchen Stellen ließ er den Wald unmittelbar bis an die Kante reichen, gefolgt von einem steilen, Klippen genannten Gefälle ins Wasser unterhalb davon. An anderen Stellen krönte er die Klippen nicht mit Bäumen, sondern mit ausgedehnten grasbewachsenen Flächen. Die

Küstengestaltung versetzte ihn in einen solchen Rausch, dass er darüber das Land, das dahinter lag, fast vergaß.

Nach einer Weile empfand er es als irgendwie unstimmig, so viel Küste zu gestalten, ohne den Landflächen, deren Begrenzung sie bildete, die gebührende Aufmerksamkeit zu schenken. Nun flog er zwar weiterhin über das Gebiet, wo der Ozean ans Ufer schlug, machte es sich aber zur Gewohnheit, danach immer in eine Richtung abzuschwenken, wenn auch, je nach Lust und Laune, mit Exkursionen hin und zurück. In Gedanken sah er eine Figur, die in sich geschlossen war, wie ein im Fallen innehaltender Wassertropfen. Das Land sollte etwas Umgrenztes werden, so wie sein Körper jetzt durch seine Haut umgrenzt war. Auf ihrer ganzen Länge würde diese Grenze – die Küste – sich auf die eine oder andere Weise verändern, manchmal in ausladenden Figuren, dann wieder in kurzen Biegungen nach außen oder innen.

Sein Flug war lang, aber er umkurvte im richtigen Moment eine neu geformte Landzunge, um in der Ferne den großen Felsen zu sehen, den er an der Stelle gebildet hatte, wo sein Fluss von seinem Park herunterkam. Dort flog er hin und umkreiste ihn ein paarmal, um zu prüfen, ob er immer noch so war, wie er ihn verlassen hatte. Und das war er, denn Adamant änderte seine Form nur, wenn Egdod ihn dazu veranlasste. Das Land war nun vollständig umgrenzt und eingeschlossen. Zufrieden damit nahm er Kurs auf das Hinterland und begann den Fluss dorthin zurückzuverfolgen, wo er losgeflogen war. Wegen dessen vielen Verzweigungen hätte das eine schwierige Aufgabe sein können, wäre der Weg, den er vom Park zum Ozean genommen hatte, nicht ein Teppich aus rotem Wald gewesen. Links und rechts davon befand sich bloßer Adamant, durchzogen von Flüssen, aber ohne Bäume oder sonst irgendetwas Lebendiges.

Ohne Mühe hätte er weitere Bäume erzeugen und die nackten Flächen mit roter Schönheit bedecken können, doch während seines Aufenthalts an der Küste hatte er Geschmack an Vielfalt gefunden und sah nun etwas Falsches darin, dass die Bäume alle von derselben Art waren. Vollkommener wäre eine Welt gewesen, in der auf den Hügeln und in den Tälern Bäume verschiedener Art wuchsen. Einer plötzlichen Regung folgend flog er in ein felsiges Tal hinein, das einen Zufluss ungewöhnlichen Ausmaßes enthielt. Solch ein großer Strom, fand er, müsste an einem entsprechend großen Ort entspringen. An ihm entlang flog Egdod eine Weile aufwärts, bis an einer Stelle gewaltige Felsen aus dem Boden aufragten, Berge, wie er wusste. An ihren Hängen ließ er neue Baumarten entstehen, die für immer grün waren, allerdings von einem dunkleren Grün als die Bäume im Park. Als er in geringer Höhe über diesem neuen Wald dahinflog, um ihn zu inspizieren, drängte sich ihm eine neue Wahrnehmung auf: Dieser Wald hatte einen Duft, der ihm von solchen Wäldern an dem Ort zu erzählen schien, wo er sich aufgehalten hatte, bevor er gestorben war. Egdod atmete ihn tief ein und wusste, dass sein immer noch ungesehenes Gesicht spezielle Organe besaß, die den Wind einziehen und riechen konnten, woraus er gemacht war.

Nach ein paar Runden um diese Berge folgte er dem großen Zufluss abwärts zurück zum Hauptgerinne des Flusses, an dem entlang er nun durch den roten Wald auf die Kuppe seines Hügels flog. Auch hier nahm er jetzt einen Duft wahr, weniger stark als den der dunkelgrünen Bergwälder, aber dennoch angenehm.

Er landete im Park, wo gegenüber dem Zeitpunkt, als er ihn verlassen hatte, alles kaum verändert schien, abgesehen von der Tatsache, dass viel mehr Blätter zu Boden gefallen und manche trocken geworden waren und begannen, im Wind umherzufliegen. In vielen davon spürte er die unausgereiften Wirrnisse grober Wahrnehmungen, die er als Seelen identifizierte. Während er in den nächsten Tagen die Straße auf und ab ging, durch den Park spazierte und den Wald durchstreifte, zählte er vielleicht zehn mal zehn von ihnen. Ihre Anwesenheit beunruhigte ihn nicht mehr wie am Anfang. Dennoch fand er die Zeit gekommen, für sich selbst einen Ort zu schaffen, an den sie nicht gehen konnten, damit er, wenn ihm danach war, allein sein konnte, so wie er es in den ersten Äonen seit seinem Tod gewohnt gewesen war.

Am Anfang war der Park flach gewesen. Später hatte er ihn in einen Hügel verwandelt. Jetzt veränderte er seine Form erneut, indem er den Adamant, der unter dem Gras lag, dazu veranlasste, an bestimmten Stellen aus ihm herauszuwachsen und Mauern zu bilden. Genau wie er zuvor das ganze Land mit einer Küste umgrenzt hatte, um es vom Ozean zu trennen, umgrenzte er jetzt den Hügel mit einer Mauer. Doch während die Schönheit der Küste von ihrer Rauheit herrührte, spürte er, dass eine richtige Mauer glatt und gerade sein sollte. Er machte sie so, schob sie an manchen Stellen zurück und zog sie an anderen weiter heraus, bis die Mauer überall eine gefällige Gleichförmigkeit angenommen hatte. Auf der Seite, die zur Straße ging, schuf er eine Öffnung. Wie er mittlerweile schon erwartete, kam ihm der Name dafür sofort in den Sinn: Tor. Und in der gegenüberliegenden Mauer, die zum Wald ging, schuf er ein kleineres Tor.

Zwischen dem kleinen Tor und dem Wald lag immer noch ein beträchtlicher Teil des Parks. Auch diesen umgrenzte er, allerdings nicht mit Mauern, sondern mit Hecken aus Bäumen, deren Beschaffenheit er so veränderte, dass sie viele Zweige bildeten, deren dicht wachsende kleine Blätter nie rot wurden oder abfielen, sodass zu allen Jahreszeiten eine Mauer aus Grün diesen Bereich umschließen würde. Dieser hieß Garten. Egdod verbrachte viele Tage damit, über die Formen von Bäumen und kleineren Pflanzen nachzusinnen. Sein langer Flug entlang der Küste hatte ihm bewusst gemacht, dass neben dem ersten Fluss viele weitere in den Ozean mündeten, dass jeder Fluss viele Verzweigungen hatte und dass jede Verzweigung hinauf in Gebiete führte, die jetzt noch nackt waren, für ein richtiges Land aber mit Bäumen und Pflanzen aller Art ausgestattet werden müssten. Im Fall der hohen Berge, die er mit duftenden immergrünen Bäumen eingefasst hatte, war ihm das bereits gelungen, aber es blieb noch viel zu tun. Egdod wollte den Garten dazu nutzen, viele verschiedene Baumarten hervorzubringen, alle zusammen auf kleiner Fläche, wo er ihre Veränderungen durch die Jahreszeiten hindurch beobachten und sie korrigieren konnte. Wenn sie fertig wären, würde er sie in all den noch kahlen Gebieten vermehren.

Der Winter kam, während er seinen Garten bevölkerte. Diese Jahreszeit war dem vorgesehenen Zweck nicht zuträglich, und so ließ er den Winter dort nicht Einzug halten. Sein Körper hatte ihn für Bedingungen empfänglich gemacht, die er zuvor nicht gekannt hatte, darunter Wärme und Kälte. Er sorgte dafür, dass der Garten jederzeit warm war und Licht auch dann über ihm leuchtete, wenn die Sonne am Himmel nicht sichtbar war. Er brachte Tage dort zu, indem er Bäume verschiedenster Art erzeugte und vervollkommnete. Wenn er dessen müde wurde, ging er auf der kalten Straße hin und her oder hob ab und flog hinaus über das Land.

Zu gegebener Zeit begann der Schnee auf der Straße und im Wald zu schmelzen, und an den Bäumen sprossen die ersten Blätter. Egdod wandte seine Aufmerksamkeit von der Verfeinerung des Gartens ab und ging durch das kleine Tor in die Einfriedung, die er geschaffen hatte. Den Boden innerhalb der Mauern hatte er mit mehr Stein bedeckt und ihn geglättet, was nun Fußboden hieß. Über den Fußboden ging er auf das große Tor zu, denn er hatte die Absicht, die Straße hinunterzugehen und sich die neuen Blattknospen anzuschauen.

Dort, genau auf der Torschwelle, stand ein Ding, das nach Art von Egdod geformt war: Füße am Ende von zwei Beinen, die einen Körper trugen; als Fortsätze an verschiedenen Stellen dieses Körpers ein Paar Arme mit Händen an den Enden, Flügel und ein Kopf. Die Flügel hatten noch das Aussehen vertrockneter Blätter; sie waren nicht so sehr gefaltet als vielmehr verschrumpelt. Der Kopf war missgestaltet, eine Kugel aus sich ständig veränderndem Chaos. Das Ding war kleiner als Egdod; seine Flügel hatten zwar die zum Körper passenden Maße, waren letztlich aber nicht viel größer als herabgefallene Blätter.

Egdod betrachtete dieses Wesen eine Zeit lang und spürte, dass es seinen Blick, so gut es konnte, erwiderte. Wenn Egdod sich hin und her bewegte, schien es seine Position zu verlagern. Nachdem eine kleine Weile verstrichen war, hatte Egdod das Gefühl, dass das Wesen in dieser Zeit, die sie einander angesehen hatten, seine Gestalt verändert hatte; die Flügel, fand er, wurden ordentlicher. Eher wie die von Egdod.

Das Erscheinen dieses Wesens war nicht unbedingt eine Überraschung. Mit fortschreitendem Herbst hatte er auf seinen gelegentlichen Ausflügen die Straße hinunter gespürt, dass einige der Seelen eine größere Kohärenz annahmen, dass sie dauerhaft wurden. Sie gestatteten sich nicht, in Bäumen oder Flüssen zu verschwinden, sondern versuchten, sich zu eigenständigen Gestalten zu verdichten. Diese hier war einfach die stärkste von allen, die fortgeschrittenste. Bisher war ihm noch nicht in den Sinn gekommen, dass eine solche Kreatur sich entschließen könnte, eine Gestalt nach Egdod-Art anzunehmen, aber verwunderlich war das auch nicht. Vielleicht hatten diese Seele und Egdod vor ihrem Tod beide so ausgesehen und versuchten jetzt natürlich, die Körper, die sie im Leben bewohnt hatten, neu zu erschaffen. Vielleicht imitierte diese Gestalt Egdod auch nur. So wie jedes Blatt an jedem Baum eine ähnliche, aber andere Version des ersten Blattes war, würde das Land jetzt vielleicht mit ähnlichen, aber anderen Kreaturen bevölkert, die wie Egdod auf Beinen herumliefen oder mit Flügeln durch die Luft schwebten.

Egdod hatte immer noch vor, einen Spaziergang die Straße hinunter zu machen. Er ging auf das Tor zu. Die andere Seele stand immer noch unverrückt mitten in der Öffnung. Im Näherkommen empfand Egdod es als falsch, dass zwei Seelen denselben Platz einnähmen, und wich zu einer Seite aus. Die Aura aus geformtem Chaos, die bei der anderen Seele den Platz des Kopfes einnahm, veränderte ihre Form, indem sie wie ein Armvoll Blätter im Kreis wirbelte. Sie streckte eine goldene Ranke aus, die Egdods Knie streifte. Egdod spürte ihre Berührung.

Vor einer Weile hatte er sich in eine Haut gekleidet, deren Daseinszweck darin bestand, den Stoff, aus dem er gemacht war, von dem zu trennen, der zu anderen Seelen gehörte. Seither war sie von steifen Winden, kalten wie heißen, angeweht und von der Gischt der Ozeanwellen bespritzt worden. Die Blätter und Zweige der Bäume hatten seine Haut auf die Probe gestellt, und unter den Sohlen seiner Füße und der Haut seiner Handflächen hatte er Steine unterschiedlicher Struktur gespürt. Gegen all das war seine Haut gefeit gewesen. Nie war er jedoch in Berührung gekommen mit einem Körper, den eine andere Seele geschaffen hatte, oder – wie jetzt – einer sich verändernden sichtbaren Aura, die die Anwesenheit einer Seele verriet, die noch nicht lange genug hier war, um sich eine passende dauerhafte Form gegeben oder sich in eine eigene Haut eingefasst zu haben. Er schreckte vor ihrer Berührung zurück und empfand sie als ein Kribbeln auf der Haut seines Knies. Dieses Gefühl war für seinen Tastsinn, was Bildrauschen für das Sehvermögen oder das Zischen von weißem Rauschen für das Gehör war. Es tat nicht weh und verursachte auch keine merkliche Veränderung an ihm. Ein Aurafetzen sonderte sich vom Ende der Ranke ab, wirbelte, als Egdod davonging, für einen Moment um sein Bein und löste sich dann auf. Egdod spürte den Kontakt nicht mehr und war froh darüber, denn die Berührung war zwar nicht schmerzhaft gewesen, hatte ihn aber an einen früheren Seinszustand erinnert, den er gern hinter sich gelassen hatte.

Nachdem er einige Schritte weitergegangen und in den oberen Teil der Straße gelangt war, blickte er sich über die Schulter um und sah, dass die andere Seele – etwas geschwächt vielleicht durch den Verlust der Ranke – ihm zu folgen versuchte. Sie besaß nicht die Fertigkeit, sich gleichmäßig oder in einer halbwegs geraden Linie zu bewegen, bekam es aber zumeist ganz gut hin. Immer weiter zurückfallend lief sie Egdod hinterher und verbesserte, während sie sich vorwärtskämpfte, die Qualität ihrer Bewegung.

Egdod nannte die Seele Follower. Er fragte sich, woher Follower den Stoff bekommen hatte, aus dem er sich selbst formte. Egdod war in der Lage gewesen, sich einer unendlichen Menge an Chaos zu bedienen, aus dem er nicht nur eine äußere Hülle für sich selbst, sondern eine ganze Welt geformt hatte. Follower versuchte sich in einer Welt zu erschaffen, aus der das Chaos, soweit Egdod wusste, weitgehend getilgt worden war. Vielleicht hatte er einen Fuß in jedem Universum und versuchte, sich durch eine kleine Lücke oder Schwachstelle in Egdods hineinzudrängen, während der Großteil von ihm im Chaos auf der anderen Seite gefangen blieb. Oder er zog Stoff aus der Welt, die Egdod gemacht hatte, so wie aus deren Erdboden Bäume herauswuchsen.

Die Bäume, die die Straße säumten, waren alle in Ordnung. Nachdem Egdod sie erst einmal auf die eine oder andere Weise geschaffen hatte, besaßen sie weder die Neigung noch die Fähigkeit, sich selbst zu verändern, außer dass sie jedes Jahr etwas ausladender wurden und weiteres Geäst hervorbrachten. In manchen von ihnen lebten jetzt Seelen, sodass er sich, während er vorbeiging, von ihnen beobachtet fühlte. Ihre äußere Form jedoch war unverändert.

In der mittlerweile viele Jahre zurückliegenden Zeit, als Egdod all das geschaffen hatte, war er von einer Abneigung gegen Chaos und einer entsprechenden Liebe zu allem, was seinem Wesen nach gleichförmig und ordentlich war, angetrieben worden. Seitdem hatte er im Großen und Ganzen versucht, die Welt vielfältiger zu gestalten. Die Wellen, die gegen die Felsküste geschlagen waren – die, wie er vermutete, auch jetzt gegen sie schlugen, obwohl er nicht dort war, um zuzusehen –, bargen eine Art von

Chaos in sich und erschienen Egdod tatsächlich umso mehr wie richtige Wellen, je wilder sie gegen die Steine klatschten und sich in die Luft warfen. Die Unordnung, die dabei zutage trat, vermittelte einen anderen Eindruck als das schreckliche Chaos, aus dem heraus Egdod erst sich selbst hervorgebracht und dann alles andere geformt hatte. Und so schien es, als könnte die Welt eine Art von Wildheit und Unregelmäßigkeit an sich haben, ohne deshalb in Stücke zu brechen und wieder ins Chaos zurückzufallen, wie er es am Anfang immer befürchtet hatte. Während er nun die Straße entlangging, sah er ihre Regelmäßigkeit als das Werk eines frühen, eines ängstlichen Egdod. Er empfand es keineswegs als falsch, die Straße so gestaltet zu haben, und war jetzt auch nicht gesonnen, sie in eine chaotische Wildnis zurückzustoßen. Den Bäumen, die inzwischen die ältesten im Land waren, würde er gestatten, in größerer Vielfalt zu wachsen und ihre Formen zu verändern, sodass jeder sich in der Verzweigung und Verdrehung seiner Äste von seinen Nachbarn unterscheiden würde. Die Straße an sich würde er jedoch nicht verändern, sondern sie, als Relikt seiner ersten Bemühungen und als Ort, der die neuen Toten vielleicht anzog und ihnen eine Zufluchtsstätte bot, so belassen.

Egdod hatte der Straße nie ein eindeutiges Ende gegeben oder darüber nachgedacht, was passieren würde, wenn er auf ihr über einen bestimmten Punkt hinausgehen würde. In einer angemessenen Entfernung von der Hügelkuppe, da, wo der Baumbestand zu Ende war, machte er den Erdboden flach und versah ihn mit Gras. Aus dem toten Boden unter dem Gras zog er Steine heraus und häufte sie zu Mauern auf, und die Mauern ließ er gerade verlaufen, aber nur so weit, bis sie mit anderen Mauern zu exakten Ecken zusammentrafen und auf diese Weise Einfriedungen bildeten. Diese waren kleiner als die, die er auf der Hügelkuppe für sich gemacht hatte, aber groß genug, dass ein paar Seelen in jeder wohnen könnten, vorausgesetzt, die Körper, die sie für sich erzeugten, waren von vernünftiger Größe. Es erschien ihm falsch, dass die Einfriedungen nach oben offen waren, und so schuf er auch Dächer für sie. Die Straße veranlasste er, sich zwischen den Häusern hierhin und dorthin zu verzweigen, so wie man es von den Adern eines Blattes oder den Zuflüssen eines Stroms gewohnt war, abgesehen davon, dass die Verzweigungen der Straße eher regelmäßiger Natur waren, mit geraden Linien und rechten Winkeln, die im Einklang mit den vertikalen Mauern und scharfen Ecken der leeren Unterkünfte standen. Zur Straße hin ließ er Öffnungen entstehen, von denen er mutmaßte, dass sie wandernden Seelen einladend erscheinen würden, so wie die in seiner großen Einfriedung oben auf dem Hügel offenbar Follower angelockt hatte. Beim Anordnen der Häuser und Anlegen der Straßen folgte er seinen Launen und seinem Gefühl dafür, wie ein solcher Ort gestaltet sein sollte; Stadt, wie er ihn nannte, hatte eine Art von Regelmäßigkeit, aber nicht das vollkommen monotone Muster, das er der ursprünglichen Straße verliehen hatte. Manche der neuen Straßen waren länger als andere, und nicht alle Häuser hatten dieselbe Größe oder Form.

Nachdem er die Straßen und Häuser von Stadt so angeordnet hatte, wie es ihm sinnvoll erschien, beließ er sie in einem unspezifischen und unvollendeten Zustand, gleichsam als Einladung an andere Seelen, deren Formen so zu verändern, wie sie es für angebracht hielten. Er umrahmte Stadt mit offenem Grasland, das er auch mit verschiedenen kleinen Pflanzen besäte, die er in seinem Garten kultiviert hatte. Im Zentrum von Stadt schuf er einen Platz, der frei von Häusern und nur mit Gras bewachsen war.

Jetzt war ihm danach, an den Ort zurückzukehren, den er auf der Hügelkuppe für sich selbst geschaffen hatte, und auf dessen Mauern ein Dach zu bauen – etwas, das ihm erst in den Sinn gekommen war, als er sich die kleineren Einfriedungen von Stadt angeschaut und das Gefühl gehabt hatte, dass sie ohne Dächer unvollständig waren. Er ging in den kleinen Park, den er mitten in Stadt angelegt hatte, breitete die Flügel aus und schwang sich in die Luft. In einem weiten Bogen flog er um Stadt herum, betrachtete von oben deren gitterartig verlaufende Straßen und überzeugte sich davon, dass das die korrekte Form war. Dann flog er die ursprüngliche Straße hinauf zu dem Bereich oben auf dem Hügel und dem großen Haus, das er dort geschaffen hatte, und dem Garten dahinter. Er umflog das Ganze ein paarmal, während er überlegte, welche Art von Dach sein Domizil am besten vervollständigen würde. Der Name Palast fiel ihm ein. Er landete auf dem glatten Steinfußboden des Palastes, ging darin umher und betrachtete ihn aus verschiedenen Blickwinkeln. Dabei kam er auch an dessen vorderes Tor, von wo aus er den Hügel hinabblickte und eine kleine Gestalt entdeckte, die sich die Straße herauf in seine Richtung bewegte. Es war Follower, der überwiegend zu Fuß ging, sich hin und wieder aber auch mit seinen Flügeln in der Luft abmühte.

Bis Follower auf der Hügelkuppe eintraf, hatte Egdod unmittelbar an der vorderen Front des Palastes ein kleineres Haus für ihn gebaut. Er wollte Follower zu verstehen geben, dass dieses neue Ding, das Torhaus, für ihn, der Palast dagegen nur für Egdod gedacht war. Er wusste nicht, wie er eine andere Seele am besten etwas, das seinem Kopf entstammte, wissen und verstehen lassen konnte. Wieder hatte er das Gefühl, dass so etwas dort, wo er und Follower sich bis zu ihrem Tod mutmaßlich aufgehalten hatten, eine alltägliche Angelegenheit gewesen war.

Egdod spürte, dass er die Macht besaß, die Gestalt, die Follower sich gab, zu vernichten, sollte dieser zu einer wesentlichen Ursache von Problemen werden. In seine Gedanken schoss das Bild von einer Faust, die einen grellen Blitz umklammerte, bereit, ihn von der Spitze des Hügels hinabzuschleudern. Woher das Bild gekommen war, wusste er nicht. Es war der natürliche Lauf der Dinge, ins Chaos auseinanderzufliegen, aber manche

Ordnungen hatten die Eigenschaft, das nicht zu tun und fortzubestehen, auch wenn sie am Anfang keineswegs vollkommen waren oder im späteren Verlauf beschädigt wurden. Jetzt aber, wo Egdod das wusste, dachte er aus demselben Grund darüber nach, wie solche Dinge so sehr durcheinandergebracht werden könnten, dass eine Besserung nicht mehr möglich wäre. Vorzuziehen wäre allerdings, Followers wirrem und wirbelndem Kopf seine Absichten kundzutun, ohne ihn zu zerstören.

Vor dem Torhaus hatte Egdod eine Öffnung zur Straße hin gelassen. Darin stand er, als die andere Seele sich näherte. Sie bewegte sich jetzt stetiger, wurde größer und schärfer umrissen, und ihre Flügel hatten mehr Ähnlichkeit mit denen von Egdod und weniger mit Blättern. Als Follower noch näher kam, zog sich Egdod ins Torhaus zurück, allerdings nur bis zur nächsten Schwelle, der Verbindung zum Palast. Follower schien seine Absicht zu verstehen. Er trat durch die Öffnung ins Torhaus und schien sich dort umzusehen. Egdod kehrte ihm den Rücken zu und ging ein paar Schritte in den Palast, ehe er sich wieder umdrehte, um zu sehen, ob die andere Seele ihm weiterhin folgte. Tatsächlich näherte sich Follower der Öffnung, die seine neue Bleibe mit Egdods verband. Doch wie schon zuvor blieb er an der Schwelle stehen. Egdod streckte einen Arm in Followers Richtung und zeigte ihm die Handfläche, als schöbe er ihn zurück. Das wirkte; Follower machte zwei Schritte rückwärts ins Torhaus, dann beugte er den oberen Teil seines Körpers in einer Geste, die Egdod irgendwie bekannt vorkam, nach vorn.

Zufrieden widmete sich Egdod eine Zeit lang dem Bau eines Daches auf seinem Palast. Seine ersten Versuche waren nicht unbedingt befriedigend, und er wusste, dass er noch eine Weile damit beschäftigt sein würde, es zu verfeinern. Als er dessen überdrüssig war, ließ er den Stein unter dem Garten an einer Stelle durch das Gras hochkommen und eine kleine Insel bilden. Deren Spitze schob er in der Mitte wieder nach unten, damit

Wasser darin Platz hatte. Er ließ welches aus dem Boden heraufquellen und die entstandene Vertiefung füllen und wartete, bis es sich nicht mehr bewegte und das Geäst über ihm widerspiegelte. Dann näherte sich Egdod diesem kleinen Teich und beugte sich darüber, um sich selbst zu betrachten.

Als er das nächste Mal den Palast betrat, hatte Egdod ein Gesicht. Das Gesicht hatte vorn Augen, sodass andere Seelen, wenn sie ihn ansahen, erkennen konnten, worauf sein Blick gerichtet war. Es hatte Nasenlöcher, durch die er die Luft einziehen und riechen konnte. Darunter befand sich eine weitere, bislang noch missgestaltete Öffnung; er hatte das Gefühl, dass sie da sein sollte, war sich aber über ihren Zweck nicht schlüssig. Einstweilen war es ein Oval aus leuchtender Aura. Sein Kopf war in dasselbe Zeug gehüllt. Er war noch nicht fertig, erfüllte aber einstweilen seine Zwecke, und als Egdod sich Follower zeigte, schien dieser ihn genau zu betrachten, ehe er anfing, seinen Kopf in ähnlicher Weise zu gestalten.

In Stadt entwickelten sich die Dinge mehr oder weniger so, wie Egdod es sich vorgestellt hatte. Seelen traten weiterhin in Erscheinung, vielleicht eine oder zwei pro Tag, und bildeten Formen aus, anhand derer sie unterschieden und gesehen werden konnten. Manche zogen es immer noch vor, Dingen wie Bäumen innezuwohnen, die sich nicht fortbewegen konnten, aber die meisten nahmen sich Follower zum Vorbild, der sich wiederum an Egdod orientierte. Zwar gab es auch kuriose Varianten, aber in der Mehrzahl schienen die Seelen aus einer gewissen Gleichheit mit anderen Trost zu schöpfen. Vom Palast aus konnte Egdod hinunterschauen und sehen, wie sie auf ihren Beinen zu gehen oder mit ihren Flügeln zu fliegen versuchten. Manche wanderten den Hügel hinauf, doch an der Schwelle zum Torhaus wehrte Follower sie ab, so wie Egdod Follower abgewehrt hatte, sodass per Ausschlussverfahren am Ende mehr oder weniger alle in Stadt landeten. Die Häuser dort boten keine Annehmlichkeiten, die Seelen tatsächlich brauchten, aber anscheinend wollten sie gern einen Ort für sich haben, so wie Egdod einen Palast und einen Garten für sich haben wollte.

Zufrieden, dass hier alles geordnet war, und eingedenk des nahenden Frühlings lenkte er seine Gedanken auf die Vervollkommnung der neuen Arten von Bäumen und anderen Pflanzen. Er begann weit weg in Gegenden des Landes zu fliegen, von denen er wusste, dass sie existieren mussten, da er sie mit einer Küste umgeben und diese an Stellen durchbrochen hatte, wo Flüsse, die das Landesinnere entwässerten, münden könnten. Hügel und Berge sah er (etwas zu sehen hieß jetzt, es zu erschaffen), und diese wuchsen von der Küste aus und säumten die Flusstäler, wie es sich gehörte. Doch die Schaffung einer ausreichenden Zahl an Hügeln und Bergen zum Schmücken der Küste mit Flussmündungen füllte bei Weitem noch nicht das ganze Land, das er umschlossen hatte. Dessen Zentrum war weitläufig und leer, und so machte er eine ebene Landschaft daraus, an manchem Stellen mit grünem Gras bewachsen, an anderen dagegen eine Fläche aus Felsen und Sand. Um die Monotonie aufzubrechen, schuf er hier und da einzelne Berge oder ganze Gebirge, die er durch Flussnetze und Seenketten entwässerte, wobei er das Wasser seinen Weg zur Küste letztlich allein finden ließ, was manchmal zu amüsanten Ergebnissen führte, da es sich oft auf Umwegen dahinschlängeln musste, ehe es Tiefpunkte entdeckte, an denen es sich sammeln, und Abflussmöglichkeiten, durch die es austreten konnte.

Während sich das Wasser seine Wege suchte, beschäftigte sich Egdod mit dem Aussäen von Bäumen, Pflanzen und Gräsern in den Gegenden des Landes, die ihm für die jeweilige Art passend erschienen. Die fließenden Gewässer sprachen zu ihm, wie sie es vor langer Zeit im Wald getan hatten, als sie ihn an seinen Namen erinnerten. Sie nannten ihm die Namen der verschiedenen Baumarten: Kiefer, Tanne, Eiche, Ahorn.

Auf dem Flug zurück zum Palast verspürte er den Wunsch, solche Laute mit seinem eigenen Körper hervorbringen zu können, statt darauf zu bauen, dass lärmende Flüsse es für ihn taten. Als er im Garten gelandet war, um sein Spiegelbild im Teich zu sehen, hatte er etwas Neues namens Mund im Gesicht. Wenn er seinen Mund weit aufriss, war darin immer noch leuchtendes Rauschen zu sehen, und was ihm entwich, war nur ein Zischgeräusch, doch indem er die Bestandteile seines Mundes auf verschiedene Arten bewegte, konnte er dieses Geräusch so modulieren, dass es die Namen der Dinge nachahmte, die er im rauschenden und plätschernden Wasser gehört hatte. Als er die Erzeugung der Laute für Bäume und bestimmte andere Dinge, deren Namen er kannte, erst einmal beherrschte, ging er durch den Palast zum Torhaus, zeigte Follower das neue Element in seinem Gesicht und produzierte ein paar Laute, um dessen Gebrauch zu demonstrieren, indem er, auf sich selbst zeigend, »Egdod« und dann, auf ihn deutend, »Ward« hervorstieß. Er hatte nämlich beschlossen, Follower einen neuen Namen zu geben, der seiner Beschäftigung besser entsprach. Follower – jetzt und hinfort Ward – war noch größer geworden und hatte weiter an der Vervollkommnung seiner Gestalt gearbeitet; sein Kopf reichte Egdod inzwischen bis zur Schulter, und seine Flügel waren symmetrisch und wohlgegliedert. Er nickte und machte sich an die Aufgabe, einen Mund nach Art von Egdods zu formen und zu lernen, wie er ihn gebrauchen musste, um verschiedene Wörter hervorzubringen. Egdod wusste, dass zu gegebener Zeit andere Seelen das sehen und beginnen würden, ihre eigene Gestalt entsprechend zu formen.

Er fragte sich, wie es wohl in Stadt aussehen würde, wenn ihre Häuser und Straßen voller Seelen wären, die sich gegenseitig mit Lauten bedachten. Es würde ganz anders aussehen als jetzt. Er spürte aber, dass es da, wo viele Seelen zusammen waren, die natürliche Ordnung der Dinge war. Das Wesentliche daran, eine

Seele und eben nicht ein Fels oder ein Blatt zu sein, bestand in der Fähigkeit, ein Verhalten an den Tag zu legen, das Egdod nicht vorhersagen konnte. An der Tatsache, dass ständig neue Seelen hier ankamen, von denen jede handelte, wie sie es für richtig hielt, konnte er nichts ändern. Er konnte ihnen ein Beispiel geben, wie er es mit Ward tat, und er konnte ihnen eine Stadt zum Wohnen bauen, aber letztlich würden sie tun, was ihnen gefiel, und es hatte wenig Sinn, sich große Sorgen darüber zu machen.

Das Hervorbringen und Verbessern der Gebiete jenseits davon schien von größerer Bedeutung zu sein. Dort konnte er alles nach seiner Vorstellung gestalten. Also richtete er sein Bemühen auf diese Arbeit, verbrachte manchmal Tage in seinem Garten, wo er neue Pflanzenarten entdeckte, die dort offenbar von selbst gesprossen waren. Verschiedene Arten passten zu verschiedenen Teilen des Landes. Mit einer Sammlung davon schwang er sich in die Luft und begab sich weit hinaus in Gegenden, die der Gestaltung und Bepflanzung bedurften. Er schuf Wüsten und bevölkerte sie mit duftenden dornigen Kleingewächsen. Das Tiefland rund um die zentrale Meeresbucht war dort, wo sich das Wasser staute, sumpfig; diese Stellen bedeckte er mal mit Schilf, mal mit ausladenden Bäumen. Berge gehörten für ihn in dunkle, immergrüne Pflanzen gehüllt, wenngleich er an ihren höher gelegenen Hängen lieber kleine robuste Pflanzen von der Sorte ansiedelte, mit der er auch den Boden an einem Ende des Landes überzogen hatte, das er sich als Norden vorstellte. Am entgegengesetzten Ende, im Süden, herrschten andere Bedingungen, und die Bäume waren größer. An jedem Ort, an dem er glaubte, ein Ende der Komplexität des Landes gefunden zu haben, entdeckte er stattdessen weitere kleine Dinge, die in Ordnung gebracht werden mussten.

Hierbei begann er, auf die Hilfe derer zu setzen, die er sich inzwischen als wilde Seelen vorstellte: solche, die sich im Land auf dieselbe Weise entwickelt hatten wie die Seelen in Stadt, sich aber nicht dort hatten niederlassen wollen, sondern weit umhergestreift waren und dabei Flüssen in Richtung Ozean gefolgt oder mit den hohen kräftigen Winden gesegelt waren, die über den Bergen wehten. Ihren Platz fanden viele von ihnen in kleinen Dingen, die Egdod geschaffen hatte, wie Felsen, Flüssen und Bäumen. Andere wurden zu Gebilden, die keine besondere Bedeutung hatten. Ein paar nahmen allerdings Formen an, die in ihrer Größe und Verästelung bemerkenswert waren, was ihre Affinität zu den Winden und Wellen zum Ausdruck brachte. Als Egdod an einen weiter entfernten Küstenabschnitt reiste und feststellte, dass der Ozean mit größerer Vollkommenheit dagegen schlug als bei seinem vorherigen Besuch, wusste er, dass einige solche Seelen sich darangemachthatten, die Bewegung des Wassers zu korrigieren.

Bei mehr als einer Gelegenheit war Egdod den größeren Teil einer Jahreszeit abwesend. Wenn er dann zurückkehrte, flog er hoch über der Stadt und sah auf sie hinab. Auffallend war für ihn dann ihre Kombination aus regelmäßigen Mustern – dem Gitter aus Straßen, den rechteckigen Häusern, dem quadratischen Park in der Mitte – und dem ungeplanten, wuchernden Charakter einer jener Gegenden im Land, wo er vor Jahren Pflanzen gesät und ihnen seitdem erlaubt hatte, sich ihrem eigenen Wesen nach zu entwickeln. Und dennoch wusste er, dass die Anlage von Stadt so, wie sie war, korrekt war. Jedes Haus gehörte genau dahin, wohin er es gestellt hatte. Jede Straße endete genau da, wo sie enden sollte.

Von oben betrachtet wimmelte es in Stadt von den Regungen kleiner Seelen. Aus der Ferne sah sie aus wie ein Ort voller trockener Blätter, die im Wind umherwehten, aber als Egdod auf eine geringere Höhe hinabstieß, konnte er natürlich sehen, dass das keine Blätter, sondern kleinere Gestalten waren. Manche davon hatten Flügel, die meisten jedoch nicht. Und Ersteren fehlten in der Regel nennenswerte Fertigkeiten im Fliegen, sodass die unbenutzten Flügel mit der Zeit schrumpelten. Egdod sah, dass die Bewohner von Stadt Veränderungen an ihren Häusern und an den Grasflächen zwischen ihrem und dem jeweils nächsten Haus vorgenommen hatten. Er hatte erwartet, dass sie das tun würden, und fand es dennoch auf eine undefinierbare Weise beunruhigend. Er wollte, dass sie die Kunst erlernten, die Welt zu gestalten, so wie er sie auch erlernt hatte, aber er wollte nicht, dass sie so viel Macht erlangten, dass sie die Formen, die er für passend hielt, zerstören konnten. Während er flügelschlagend über dem Park in der Mitte von Stadt schwebte, sah er, wie sich die Gesichter der Seelen – inzwischen alle mit Mündern ausgestattet – nach oben zu ihm hoben. Das hatte er erwartet und übrigens auch erhofft, denn er wollte ihnen ein sinnvolles Vorbild zeigen, nach dem eine Seele sich formen sollte. Im Großen und Ganzen hatte er das durch die Vermittlung von Ward getan, und er konnte sehen, dass es gut funktioniert hatte, aber es war auch nichts Verkehrtes daran, wenn sie ihn von Zeit zu Zeit direkt sahen.

Was er nicht erwartet hatte, war, dass die Seelen von Stadt, nachdem sie ihn erblickt hatten, ihre Münder benutzten, um sich gegenseitig Dinge zuzurufen, wobei sie seinen Namen ebenso äußerten wie andere Wörter, die er so leicht nicht erkennen konnte. Außerdem scharten sie sich zu zweit, zu dritt und in größeren Gruppen zusammen, um besser Wörter austauschen zu können, während sie aufblickten und Egdod betrachteten, der am Himmel über ihnen schwebte. Ihm fiel auf, dass, wenn sie dicht beisammenstanden, die Auren, die ihre Köpfe einhüllten, manchmal zusammenflossen wie Bäche zu größeren Gewässern. Die Auren wirbelten umher und kreisten gleichzeitig um die Köpfe mehrerer Seelen, als hätten sie sich zu einer zusammengetan.

29

MonsterCon 3, so nannten alle in der Forthrast-Familienstiftung die Veranstaltung, denn ihr offizieller Name war zu sperrig. Die Bezeichnung sickerte über die verschiedenen Mail- und Nachrichtensysteme durch, die sie benutzten, um die Organisation mit der Waterhouse-und-Shaftoe-Familienstiftung, mit El Shepherds Netzwerk und anderen Interessierten zu koordinieren, was Zula zwang, eine Fatwa auszusenden, um den Gebrauch zu unterbinden, sämtliche Frankenstein-Symbolik auszumerzen und jedermann daran zu erinnern, dass die Veranstaltung »Dritte Jahrestagung zu Entwicklungen in Erweiterter Simulation des Nervensystems« hieß. Oder, wem das zu viel Wortgeklingel war, JEESN 3. Sie hielten sie immer noch in demselben Resort in British Columbia ab, wo die erste stattgefunden hatte. Was bedeutete, die Zahl der Teilnehmer auf fünfzig zu beschränken, dazu fünfundzwanzig Betreuer, die, über das Gelände verstreut, in Wohnmobilen oder sogar Zelten übernachteten. Von Weißen »entdeckt« und auf Landkarten festgehalten, lange bevor Brand-Management-Berater und Fokusgruppen dort Einzug hielten, war die Gegend an der Westküste reich an sonderbaren und Furcht einflößenden geografischen Bezeichnungen. Schon der Name »California« war aus einem fantastischen spanischen Roman über enthemmte dunkelhäutige Amazonen abgeleitet. Das Gebiet um den Desolation Sound, etwa auf halber Höhe der zum Festland weisenden Küste von Vancouver Island, konfrontierte Karten lesende Besucher mit einer Vielfalt an Besonderheiten, die wechselweise danach benannt wurden, was die ersten englischen oder spanischen Entdecker als inspirierend (Tugenden der Aufklärung wie Entdeckergeist, *Discovery*), fromm (diverse Heilige und theologische Streitpunkte), Katzbuckelei erheischend (Mitglieder der königlichen Familien, Helden, die Admiralität) oder gefährlich genug erachteten, um mit deutlichen Anspielungen künftige Siedler davor zu warnen, diese Orte aufzusuchen. In die letzte Kategorie gehörte die Straße der Verwüstung, eine Meerenge, die das Brandungsriff mit der Bucht der Strudel verband und sich zwischen – kein Scherz – Scylla-Klippe und Charybdis-Kopf erstreckte. Diese außergewöhnliche Konzentration von Schreckenswörtern folgte aus dem Zusammenspiel von geografischen und kulturellen Faktoren. Die gesamte Region des Desolation Sound war, wenn man weit genug herauszoomte, der Ellbogen des fünfhundert Kilometer langen Meeresarms, der Vancouver Island vom Festland trennte. Von diesem Ellbogen aus verlief die Königin-Charlotte-Straße breit und weitgehend unbehindert nach Westen zum Pazifischen Ozean. Nach Süden hin führte die Straße von Georgia, ein ähnlicher Tiefwasserschnellweg, zum Zusammenfluss von Juan-de-Fuca-Straße und Puget Sound. All diese Wasserflächen unterlagen dem Wechsel von Ebbe und Flut. In weniger komplizierten Gewässern konnte man die Richtung der Wasserbewegung leicht erahnen, wenn man erst den Gezeitenkalender und dann, um die Richtung des offenen Pazifiks zu bestimmen, die Landkarte konsultierte. Doch das Steigen und Fallen des größten Gewässers der Welt konnte den Desolation Sound von Westen her ebenso leicht erreichen wie von Süden. Dieser Umstand sorgte zusammen mit der außergewöhnlich hohen Zahl von Inseln, dem Labyrinth aus durch Gletscher geformten Kanälen zwischen ihnen und den überwiegend senkrecht abfallenden Küsten für Wasserbewegungen, die ebenso rasant wie chaotisch waren. Strudel, bizarre stehende Wellen, Soge, Boren und abrupte Umschwünge der Strömungsrichtung waren die Norm.

Im Jahr 1792 hatte sich eine Barkasse mit einer gemischten Mannschaft aus Engländern und Spaniern in ein scheinbar friedliches Gewässer vorgewagt, das die Männer für eine geschlossene Meeresbucht hielten, nur um sich im Griff einer jähen und heftigen Flutwelle wiederzufinden, die ihre Ruderer überwältigt und sie auf so etwas wie ein Wildwasserrafting-Abenteuer geschickt hatte. Als sie zwischen einem zerklüfteten Inselchen und dem vorspringenden Felsausläufer einer größeren Insel hindurchschossen, streiften sie erstere so hart, dass eine Seite der Barkasse eingedrückt wurde, worauf sie vollzulaufen begann, in einen Strudel geriet und unterging. Die Leichen der längst an Unterkühlung gestorbenen Männer waren zusammen mit dem Wrack ein paar Kilometer weiter an einem mit Treibholz übersäten Strand angeschwemmt worden, der Heimat einer Gruppe jener Menschen, die im heutigen Kanada als First Nations oder Ureinwohner bezeichnet werden. Für die Offiziere des europäischen Schiffs, die das ganze Geschehen durch ihre Ferngläser beobachtet hatten, waren sie Indianer. Und für die weniger abenteuerlustigen Weißen, die Jahre später Berichte über die Tragödie gelesen und dabei auf Seekarten mit dem Finger den Kurs des Unglücksboots nachgezeichnet hatten, waren sie Kannibalen, Sklavenhändler und dergleichen. Auch wenn es inzwischen sensiblere Beschreibungen dieser Stämme und ihrer Kulturtechniken gab, waren die Namen auf den Landkarten größtenteils haften geblieben. Die einzige Ausnahme bildete der Strand, an dem die Leichen angespült worden waren, denn in den Karten des achtzehnten Jahrhunderts war er als Kannibalenstrand verzeichnet worden, hieß mittlerweile jedoch Strand der Zerstörung.

Kein vernünftiger Geschäftsmann würde gern viel Geld in ein danach benanntes Resort stecken. »Verwüstung« war nur unwesentlich weniger entmutigend, aber »Desolation«, »Trostlosigkeit«, hatte etwas, womit ein cleveres Marketingteam einen ziemlichen Reibach machen konnte. Desolation Lodge lautete also der Name des Resorts, das auf der Insel gebaut worden war, direkt über dem Brandungsriff und in Sichtweite der Scylla-Klippe (das Hindernis, das die Seite der Barkasse eingedrückt hatte) und des Charybdis-Kopfes. Es war ein altes Holzfällerlager, das offensichtlich schon vor langer Zeit verlassen worden war, denn die Bäume an den umliegenden Hängen waren inzwischen so gewachsen, dass die meisten Touristen die Umgebung für unberührte Wildnis hielten. Flaches Land gab es hier nicht viel, aber auf manche Felsen nur einen Steinwurf vom Ufer entfernt waren Betonfundamente gegossen und durch ein Netz von Balken und Trägern verbunden worden. Darauf ruhten Plattformen aus Tausenden von Quadratmetern Zedernholzbohlen, auf denen Hafenanlagen, Fußwege, Rampen, ein Hubschrauberlandeplatz, ein Wasserflugplatz und andere Einrichtungen gebaut worden waren, die der eigentlichen Lodge dienten.

Eintreffende Teilnehmer – ob mit Boot, Flugzeug oder Helikopter angekommen – wurden in eine behagliche Empfangshalle aus Rotzeder geschleust, wo sie an einem Kaminfeuer saßen, mit einem Begrüßungsgetränk in der Hand vage, aber gruselige Verzichtserklärungen ausfüllten und von einem stämmigen Chefguide eine energische Ansprache zu hören bekamen. Ausgewählt worden war dieser Guide wegen seiner beeindruckenden körperlichen Präsenz, seiner Respekt einflößenden Stimme und einer gewissen Tausend-Meter-Blick-Qualität in seinen blauen Augen, die nahelegte, dass er Sachen gesehen hatte, die man niemals glauben würde. Er hatte wichtige Dinge zu sagen, ja, über Grizzlybären und glitschigen Untergrund, aber seine Ansprache begann und endete mit Bemerkungen über Sicherheit im und am Wasser. Diese wurden durch Statistiken untermauert und mit Anekdoten ausgeschmückt, aber im Grunde genommen wollte er damit nur vermitteln, dass man sterben würde, wenn man in dieses Wasser da draußen ging. Selbst dort, wo es nur knöcheltief sei, werde die Flutwelle einem mit der unerbittlichen Präzision eines Jiu-Jitsu-Champions die Beine unterm Körper wegstoßen. Komme der Oberkörper dann mit dem Wasser in Berührung, erleide man aufgrund der intensiven Kälte einen Schock. Man schnappe eher nach Luft, als dass man die letzte Gelegenheit nutze, um Hilfe zu rufen. Innerhalb von Sekunden würden die Hände nutzlos. Die Muskeln der Arme verkrampften in weniger als einer Minute. Manche Leute gingen einfach unter und kämen nicht mehr hoch, andere kämpften eine oder zwei Minuten lang gegen die Strömung an, ehe die Unterkühlung ihre Gliedmaßen außer Gefecht setze. Das Resort verfüge über eine ganze Reihe von Warmwasserbecken und Swimmingpools. Gäste, die unbedingt in richtigem Meerwasser baden wollten, würden zu einer fünf Gehminuten entfernten geschützten und überwachten Bucht gebracht. Doch ohne Überlebensanzug und ein Rettungsteam solle niemand auch nur in die Nähe des Hauptkanals gehen.

Nachdem er das unmissverständlich klargemacht und jedem ankommenden Gast in die Augen geblickt hatte, fügte der Chefguide noch zwei Fußnoten über Bären an und entschuldigte sich dann. Ein jüngeres, quirligeres Teammitglied ließ sich nun munter über den Wellnessbereich und die Hallentennisplätze aus, während der alte Seebär höchstwahrscheinlich in eine dunkle Ecke der Bar wankte, um Whiskey pur zu trinken, dabei über die eisigen und stürmischen Wasser der Meerenge zu blicken und über den Tod zu sinnieren.

Der einzige Teilnehmer, der es schaffte, dieser einführenden Veranstaltung zu entgehen, war El Shepherd. Wie immer war er zu Hause in Zelrijk-Aalberg geblieben und hatte einen Telepräsenzroboter zu der Tagungsstätte geschickt. Dieser war einen Tag zuvor angekommen und zusammen mit dem üblichen Vorrat an Bier, Brokkoli und Waschmittel für das Resort aus dem Bauch des Lieferboots gehievt worden. Er befand sich in einer Art Embryonalstellung mit einem Versandaufkleber auf dem Rücken, der den Namen METATRON trug. El hatte nämlich, da er diese Vorrichtungen nützlich fand, eine Übernahme vollzogen, indem er ein paar Unternehmen, die im Bereich der Telepräsenz miteinander konkurriert hatten, aufgekauft, zu einem verschmolzen und mit einem einprägsamen neuen Markennamen versehen hatte.

Das Personal rollte den Metatron auf einer Sackkarre zum Haupthaus der Lodge hinauf und setzte ihn dort ab. Er gab einen Warnton von sich, empfahl allen zurückzutreten und stand auf. Dabei bewegte er sich im Großen und Ganzen auf menschenähnliche Weise. Da er allerdings vorerst nur mit einem automatisierten Programm lief, war er unendlich geduldig und hielt häufig inne, um seine Umgebung abzusuchen und seinen nächsten Schritt zu erwägen. Für Leute, die so ein Ding noch nie gesehen hatten, waren die ersten dreißig Sekunden seines Auftauchens faszinierend; danach verloren die meisten jedoch allmählich das Interesse, denn es wurde klar, dass das hier ungefähr so interessant zu werden versprach wie der Blick durch das Fenster einer Frontlader-Waschmaschine, die Bettlaken wusch. Das allgemeine Programm des Metatrons sorgte dafür, dass er sich in dem Resort zurechtfand, indem er sich so langsam fortbewegte, dass er niemanden verletzen konnte, und dabei mithilfe von sichtbaren Infrarotkameras seine Umgebung absuchte. Sein Schritt war so bedächtig, dass die Leute instinktiv um ihn herumgingen, als wäre er ein Standbild. Saß man aber an einer Stelle und blickte nur gelegentlich auf, während man ein Buch las oder ein Glas Bier trank, sah man ihn jedes Mal an einem anderen Punkt. Im Dunkeln schaltete er Fahrlichter ein, damit niemand mit ihm zusammenstieß. Dank dieser Vorbereitungen musste El den Metatron nicht mit dem Joystick um jede Ecke lenken, sondern brauchte ihm nur zu sagen »Folge dem Mann« oder »Bleib bei dieser Gruppe« oder »Geh ins Tagungszentrum«, und er tat es.

So bekamen weder El noch sein Metatron je die Sicherheitsunterweisung mit, was aber vielleicht nicht so schlimm war, weil der Roboter, falls er ins Wasser stolperte, ersetzt werden konnte. Das war nur ein Beispiel für eine ganze Reihe von zusammenhängenden Fragen, die die Organisatoren der Tagung unter der allgemeinen Überschrift, ob Elmo Shepherd als Teilnehmer gezählt werden sollte oder nicht, zu bedenken hatten. Im Saal nahm der Metatron denselben Raum ein wie ein Mensch. Bei der feuerpolizeilich maximal zugelassenen Personenbelegung dagegen zählte er nicht mit. Er brauchte nichts zu essen, kein Bett, ja nicht einmal ein Zimmer; jeden Abend, wenn die Tischrede vorbei war und die meisten Teilnehmer zu Bett gingen, kehrte der Metatron ihnen den Rücken, begab sich in eine dunkle Ecke, suchte sich eine Steckdose in der Wand, zog ein Verlängerungskabel aus seinem Bauch, beugte sich vor und stöpselte sich selbst zum Laden ein. Dann stand er einfach da, bis die Tagung am nächsten Morgen weiterging.

Im Übrigen war das eine weitgehend theoretische Frage, denn El würde teilnehmen, ob sie ihn mitzählten oder nicht. Vorausgesetzt, er war wirklich derjenige, der den Roboter steuerte, kam er zu sämtlichen Veranstaltungen und stand still im hinteren Teil des Raums. Der Metatron hatte einen eingebauten Lautsprecher, sodass El jederzeit seine Stimme hätte erheben können, aber davon machte er keinen Gebrauch; in den seltenen Fällen, in denen er eine Frage stellen wollte, übersandte er sie in Form eines kurzen Textes. Manchmal allerdings sah man den Roboter in einer stillen Ecke stehen und offenbar ein Gespräch mit Sinjin Kerr, Enoch Root oder einem von Els anderen Beratern führen.

Ihren Vortrag auf der JEESN 3 präsentierte Sophia zusammen mit ihrer Mitarbeiterin Dr. Matilda Napolitano, einer mathematischen Physikerin von der Universität Bologna. Sein Titel lautete: »Mannigfaltigkeitsbasierte Verkehrsanalyse kartografiert im virtuellen Raum«. Die Präsentation fand auf einem der Tennisplätze des Resorts statt, der durch eine Traglufthalle vor Kälte und Feuchtigkeit geschützt wurde. Sie hatten die Zeit unmittelbar vor dem Abendessen gewählt, in der das Licht draußen nachließ, schalteten aber bewusst nicht das leistungsstarke Beleuchtungssystem der Halle ein, da es mit dem, was sie zeigen wollten, konkurriert hätte. Angestellte des Resorts hatten das Tennisnetz abgenommen und ein paar schwache, indirekt leuchtende Lichtquellen auf dem Platz verteilt, damit die Leute nicht zusammenstießen. Noch vor zehn Jahren hätte man das als einen seltsamen Rahmen für eine technische Präsentation empfunden, doch jetzt war allen klar, was das bedeutete: Sophia und Matilda würden Bild- und Filmmaterial präsentieren, und zwar mithilfe von erweiterter Realität, und das würde einfacher sein, wenn die Teilnehmer sich durch die dreidimensionale Bilderwelt, die in diesen Raum projiziert würde, frei bewegen könnten.

Die ersten Grafiken, die gezeigt wurden, waren allerdings zweidimensional. Sophia ließ sie auf einem virtuellen Bildschirm an einem Ende des Tennisplatzes erscheinen, sodass zunächst das gesamte Publikum in dieselbe Richtung blickte.

Sie begann mit einer Landkarte von Europa, dessen nationale Grenzen merkwürdig falsch verliefen, bis ein Bildtext es als das Europa von 1941 auswies.

»Um diese Thematik Menschen vorzustellen, die wie ich nicht in der mathematischen Physik zu Hause sind, möchte ich eine Analogie dazu herstellen, wie für die Alliierten die Welt im frühen Stadium des Zweiten Weltkriegs aussah, bevor sie die Geheimcodes der Deutschen geknackt hatten«, begann Sophia ihren Vortrag.

Die Landkarte fing an sich zu bewegen, und nach einigem Schwenken und Zoomen lag der Fokus auf Großbritannien. An verschiedenen Stellen auf der Insel poppten nach und nach eingebaute Cartoons auf: kleine Icons, von denen jedes aus einem kleinen Gebäude mit einer Antenne auf dem Dach bestand, die sich hierhin und dorthin drehte, meistens aber nach Osten und Süden auf das von den Achsenmächten beherrschte Europa gerichtet war.

»Die Alliierten konnten den eigentlichen Inhalt der Nachrichten zwar nicht lesen, sie aber immerhin aufschreiben. Und mithilfe einer Technik, die man High-Frequency Direction Finding oder Huffduff nannte, konnten sie lokalisieren, woher die einzelnen Funksprüche kamen.«

Diese Methode der Kurzwellen-Funkpeilung wurde nun in animierter Form auf dem Bildschirm demonstriert. Jenseits des Ärmelkanals im deutsch besetzten Frankreich poppte ein Hakenkreuz auf, und wie kleine Wellen auf der Oberfläche eines Teichs begannen rote Kreise von ihm auszustrahlen. Die roten Bögen überquerten den Kanal und ließen zwei der Huffduff-Stationen aufleuchten, von denen daraufhin gepunktete Linien ausgingen, die den feindlichen Funkspruch an seine Quelle zurückverfolgten. Eine Glocke ertönte, und eine Fernschreiber-Geräuschschleife setzte ein, während Daten zu dem Funkspruch auf dem Bildschirm erschienen.

Sophia fuhr fort: »Die technischen Details darüber, wie das alles funktionierte, sind ziemlich cool, und viele hier würden sie interessant finden, aber das wäre ein Thema für einen anderen Vortrag. Worum es mir geht, ist, dass die alliierten Geheimdienste durch den ununterbrochenen Betrieb des Huffduff-Netzwerks in der Lage waren, etwas aufzubauen, was wir heute eine Datenbank nennen würden und was ihnen Informationen darüber lieferte, wer wann mit wem sprach. Darauf, was sie sagten, gab es immer noch keine Hinweise – die Nachrichten waren nicht zu entschlüsseln –, aber man konnte sich immerhin ein Bild davon machen, wie die Verbindungen innerhalb der Kommandokette der Achse aussahen und welche Teile der Front am aktivsten waren.«

Während sie sprach, zoomte die Europakarte zurück und schwenkte ostwärts, um die Ostfront mehr in den Fokus zu rücken. Kleine Hakenkreuze poppten dort überall auf und kommunizierten miteinander, während auf dem Boden leuchtende Linien erschienen, die Berlin mit verschiedenen besetzten Hauptstädten und Brennpunkten an der Front verbanden. Plötzlich schien in der Ukraine eine Schlacht zu entbrennen; es wurden keine Kampfhandlungen dargestellt, aber ein gewaltiges Aufkommen an Funkverkehr brach aus dicht beieinanderliegenden Standorten hervor, die sich alle entlang einer mäandernden Linie quer durch dieses Gebiet befanden. Langsam kriechend und dann wieder in abrupten Sprüngen veränderte sich der Verlauf dieser Linie, und man konnte wahrnehmen, dass die Deutschen die Schlacht gewannen, indem sie eingekesselte Truppen der Roten Armee vernichteten, ihre Geländegewinne konsolidierten und ihre Funkstationen weiter nach vorn verlagerten.

»Das nennt man Verkehrsanalyse, und sie ist erstaunlich effektiv. In dieser Animation beispielsweise hatte niemand von uns Zugang zum Inhalt der deutschen Nachrichten, die von diesem Teil der Front ausgingen. Dennoch bin ich ziemlich sicher, dass wir alle verstanden haben, dass eine Schlacht stattfand, dass die Deutschen die Schlacht gewannen und dass sie zu neuen Standorten auf der Karte vorrückten.«

Das Netz aus Linien wurde immer heller, und die darunterliegende Geografie verschwand allmählich im Dunkeln, bis sie alle nur noch auf eine schwarze Wand blickten, die netzartig mit einem komplizierten Muster aus leuchtenden Linien überzogen war.

»Inwiefern lässt sich das auf das Thema dieser Tagung anwenden? Nun, der Nachrichtenverkehr innerhalb des *Prozesses* hat eine weitaus höhere Datenübertragungsrate als alles, was im Zweiten Weltkrieg existierte. Allerdings haben wir auch Computer, die weitaus fähiger sind, ihn zu analysieren.«

Der schwarze Hintergrund wurde heller, ging in ein blasses Grau über und gewann zunehmend an Komplexität und Kontur. Das Muster aus hellen Linien war noch dasselbe, aber jetzt überzog es eine andere Landschaft: die Falten und Furchen eines menschlichen Gehirns. Neue Linien blitzten auf, und alte gingen aus.

»Wohin bringt uns das letztlich? Nun, das ist eine ziemlich tiefgreifende Frage in Bezug auf Bewusstsein und Epistemologie, wie uns einige unserer Kollegen bei dieser und früheren MonsterCons – pardon, JEESNs – vermittelt haben. Ich werde Ihnen jedoch kurz und knapp darauf antworten: Es bringt uns nirgendwohin. Stellen wir uns einmal rein hypothetisch vor, wir hätten eine Möglichkeit, jedes einzelne Axon innerhalb eines lebendigen menschlichen Gehirns abzuhören, sodass wir jedes Feuern jeder einzelnen Nervenzelle aufzeichnen könnten.«

Die Animation zoomte eine Nervenzelle immer näher heran, bis diese den ganzen Bildschirm ausfüllte. Von ihr ging ihr Hauptausgabekanal ab, ein Axon, an dem mit einer Krokodilklemme ein zu einem Fernschreiber führender Draht befestigt war. Immer wenn die Nervenzelle feuerte, lief ein Lichtpuls das Axon entlang, ein Signal schoss den Draht hinauf, und der Fernschreiber warf eine Datenzeile aus.

Dann zoomte die Animation wieder weg, zunächst langsam, wobei offenbar wurde, dass jede einzelne Nervenzelle im Gehirn ihre eigene Krokodilklemme und ihren eigenen Fernschreiber hatte. Dann beschleunigte sich der Zoom, bis auf dem Bildschirm das ganze Gehirn abgebildet war. Unterhalb davon zeigte ein Fenster sämtliche Datenzeilen, die gleichzeitig aus sämtlichen Fernschreibern kamen; die Informationen zogen so schnell vorbei, dass sie nur verschwommen wahrzunehmen waren.

»Wir hätten wahnsinnig viele Daten. Aber wüssten wir wirklich, was das Gehirn denkt? Wüssten wir, dass es rot sieht oder rechnet oder traurig ist? Trotz jüngster Fortschritte bei der Mustererkennung an neuronalen Netzwerken lautet die Antwort im Wesentlichen: Nein. Immerhin können wir aber eine Verkehrsanalyse durchführen und versuchen, Rückschlüsse auf die *Arten* von Aktivitäten zu ziehen, die innerhalb des *Prozesses* vor sich gehen. So wie die Alliierten Berge von Datensalat durchforsten konnten, um eine Vorstellung davon zu bekommen, was die Deutschen machten und wo, könnten wir analysieren, was wir über prozessbezogenen Nachrichtenverkehr wissen, um Annahmen darüber zu treffen, was der *Prozess* tut. Dieses Problem kann man auf verschiedenen Wegen angehen. Matilda wird über einen davon sprechen. Dabei greift sie auf einige der grundlegenden mathematischen Techniken der Physik zurück, um zu ermitteln, was innerhalb des *Prozesses* räumliches Denken zu sein scheint. Matilda?«

Dr. Matilda Napolitano trat vor und wartete, dass aufgekommenes Stimmengewirr sich legte. Viele der Zuhörer waren sich nicht ganz sicher, Sophia richtig verstanden zu haben. Räumliches Denken? Schon das Wort »denken« war hier umstritten und wurde normalerweise in Anführungszeichen gesetzt, da viele Skeptiker bezweifelten, dass die Aktivitäten des *Prozesses* als solches eingestuft werden konnten. Von einem bestimmten *Typ* des Denkens zu sprechen war ein kühner Schritt.

Matilda war fünfundvierzig, stylish gekleidet und etwas nervös. Ihr Englisch war perfekt, wenngleich mit Akzent – sie hatte ihr halbes Leben an den großen englischen Universitäten verbracht, bevor sie einen prestigeträchtigen Posten in Bologna an Land gezogen hatte.

»Physik zu betreiben«, begann sie ihren Teil des Vortrags, »heißt, sich mit Raum und Zeit zu beschäftigen. Ich bin hier, um über den Raum zu sprechen. Früher hielten wir die Existenz des Raums für selbstverständlich und machten uns keine großen Gedanken über seine Struktur. Darüber, was Raum wirklich war. Wie er sich verhielt. Als Einstein auf der Bildfläche erschien, hatten Minkowski und Lorentz bereits die Basis für eine Neueinschätzung der grundlegenden Natur des Raums vorgenommen, und neue mathematische Notationen und Techniken waren vorhanden, die er nur noch auf das Problem der Raumzeitkrümmung anzuwenden brauchte.« Während sie sprach, erschienen Porträts von Newton und anderen auf dem Bildschirm, dazwischen Bilder von geometrischen Beweisen des Euklid und mathematischen Formeln, und zum Schluss Einstein als Überblendung einer Grafik von einem schwarzen Loch, das den Raum krümmte wie ein Kugellager auf einer Gummiunterlage.

»Ich bin nicht hier, um ein Seminar in moderner Physik zu halten«, sagte Matilda. »Was ich aber vermitteln möchte, ist, dass wir jetzt Möglichkeiten haben, den Raum darzustellen und in Begriffen der Mathematik über ihn nachzudenken. Ich fange an mit einer Idee, die so einfach ist, dass die meisten von Ihnen sie nicht einmal als Idee betrachten würden. Nämlich dass jeder Punkt im Raum etwas mit den anderen Punkten in seiner Umgebung zu tun hat, aber immer *weniger*, je *weiter* sie von ihm weg sind.« Das untermauerte sie mit einem bemerkenswert einfachen Bild, bestehend aus einem Stück Millimeterpapier mit Tintenpunkten an manchen Stellen, wo Linien sich schnitten. »Wenn wir die Situation sehr stark vereinfachen, indem wir den Raum mit einem Blatt Millimeterpapier vergleichen, dann ist jeder Punkt unmittelbar mit vier Nachbarn verbunden, nördlich, südlich, östlich und westlich von ihm. Etwas weiter entfernt liegen die Eckpunkte im Nordwesten, Südosten und so weiter.« Langsam zoomte das Bild zurück, um immer mehr von diesem Millimeterpapier-Universum zu zeigen. »Stellen wir uns vor, ein Wesen geht auf dem Millimeterpapier umher.« Ein Comic-Pinguin tauchte am Mittelpunkt auf. »Der Pinguin bewegt sich nach Norden, dann nach Nordosten, dann ein Stückchen zurück nach Osten und so weiter.« Der Pinguin hatte sich in Bewegung gesetzt und watschelte, wie sie es beschrieben hatte, über das Millimeterpapier. »In einem Moment ist er hier, im nächsten dort und so weiter. Das ist alles so offensichtlich, dass wir nicht einmal darüber nachdenken. Aber was, wenn wir die Punkte durcheinandermischen?«

In der Animation kamen die Punkte in Gang und bewegten sich durch den ganzen Raum, jeder auf eine neue Position, wie Spielkarten beim Mischen.

»Wir haben die Landkarte chiffriert – den Überblick darüber verloren, welcher Punkt wohin gehört. Katastrophe! Zuerst ist der Pinguin hier.« Die Figur poppte in der oberen rechten Ecke auf. »Dann teleportiert er sich zu diesem anderen scheinbar zufällig gewählten Punkt.« Der Pinguin erschien oben am linken Rand. »Dann ist er hier.« Er sprang in den mittleren Bereich der Grafik. »Auf Anhieb ergibt das für uns keinen Sinn. Wir müssen Daten sammeln – eine Verkehrsanalyse durchführen. Und wenn wir das ausführlich genug tun, können wir Tendenzen erkennen. Wir sehen deutliche Anzeichen dafür, dass dieser Punkt und der da sehr eng beieinanderliegen – vielleicht direkt benachbart sein – müssen, denn sie scheinen viel miteinander zu tun zu haben; wenn der eine aufleuchtet, neigt der andere dazu, es gleichzeitig oder kurz davor oder danach zu tun. So können wir nach und nach dieses gesamte Verkehrsmuster verstehen, als wäre es eine dreidimensionale Mannigfaltigkeit. Wogegen andere Geometrien nicht so viel Sinn zu ergeben scheinen. Und wenn diese Muster bestehen bleiben, können wir uns sehr sicher sein, dass wir etwas Reales sehen.«

»Matilda, machen Sie das mit allen Daten, die aus dem *Prozess* herauskommen?«, fragte jemand.

»Nicht mit allen. Nein«, sagte sie. »Die älteren Daten – aus den ersten zwei oder drei Jahren, in denen der *Prozess* lief – kann man recht deutlich als Verkehr in einem neuronalen Netzwerk verstehen. Wir wissen nicht, was er ›denkt‹«, fügte sie rasch hinzu, wobei sie Anführungszeichen in die Luft setzte, »aber wir können sehen, dass die Verkehrsmuster das sind, was wir von einem neuronalen Netzwerk erwarten würden.«

Sophia fiel ihr ins Wort: »Ja, mit dieser Forschungsrichtung haben wir angefangen, nachdem die Neuen Allokationen enorm zugenommen hatten.«

»Neue Allokationen« war der, wie sie zugeben musste, vage Begriff für ein Phänomen, das im Zusammenhang mit dem *Prozess* gegen Ende seines ersten Jahres allmählich zutage getreten und seitdem exponentiell gewachsen war. Der *Prozess* hatte mit genügend Speicherplatz für sein eigenes neuronales Netzwerk begonnen. Und schien damit für den Anfang auch zufrieden gewesen zu sein. Doch dann hatte er von den Systemen, zu denen er Zugang hatte, allmählich immer mehr Ressourcen verlangt.

»NAS oder NAR?«, fragte jemand.

»S«, sagte Sophia. Der *Prozess* hatte sich selbst nämlich mit der Zeit zwei Arten von Ressourcen zugeteilt: zuerst Speicherplatz (daher »NAS« oder »Neue Allokationen von Speicherplatz«) und später Rechenleistung (deshalb »NAR«). Diese neigten dazu, sich gegenseitig zu überholen; so schnappte sich der *Prozess* unvermittelt eine Menge Speicherplatz, in den er eine Zeit lang hineinwuchs, um dann ein neues Niveau an Rechnerleistung zu verlangen.

»Wir wissen schon seit einiger Zeit, dass die Verwendung von Speicherplatz bei den NAS nicht denselben Mustern folgt wie bei dem ursprünglichen *Prozess*«, betonte ein anderer Fragender. »Wenn ich ihm einmal menschliche Eigenschaften zusprechen darf, so verwendet der *Prozess* die NAS für einen anderen Zweck als die Simulation seines neuronalen Netzes.«

»Stimmt! Und genau das war die Motivation für diese Forschungsarbeit«, antwortete Sophia. »Wir haben uns gefragt: Wenn der Speicherplatz bei den NAS nicht so organisiert – nicht so verwendet – wird wie ein neuronaler Speicher, wie wird er dann verwendet? Wie sieht er aus?«

»Und unsere Antwort«, sagte Matilda, »lautet, dass er auf eine raumbezogene Weise verwendet wird. Er wird verwendet, um den Überblick über einen fiktionalen oder virtuellen Raum mit permanenten Eigenschaften zu behalten.«

»Wie Millimeterpapier?«, fragte jemand, der weniger skeptisch als vielmehr verwirrt klang.

»Wie eine räumliche Mannigfaltigkeit. Für die das Millimeterpapier eine Metapher ist«, antwortete Matilda. »Da wir Zugang zu einer riesigen Menge Daten haben, können wir viel mehr über die Struktur dieses Raumes sagen. Darüber, was sich darin befindet. Sophia und ich haben Sie alle hierhergebracht, um Ihnen die Ergebnisse zu zeigen. Wenn Sie jetzt bitte zurücktreten und die Fläche in der Mitte dieses Raums hier freimachen würden, dann werde ich die räumliche Simulation einschalten, damit Sie sie sehen können.«

Ziemlich geräuschvoll setzten die Anwesenden sich in Bewegung, hoben ihre Taschen vom Boden auf, und während sie auseinanderschlurften, entstand eine freie Fläche, die immer größer wurde, bis sie alle in einem unregelmäßigen Oval am Rand des Platzes standen. Sophia und Matilda waren ungefähr in der Mitte des Courts stehen geblieben. Matildas Hände bewegten sich vor ihrem Körper, während sie an einer Art virtueller Benutzeroberfläche arbeitete, die nur für sie sichtbar war.

Dann erschien ein Millimeterpapiermuster, das den Boden überlagerte. »Nur ein Testmuster«, sagte Matilda. »Und jetzt die Wolke.«

Im nächsten Augenblick erschienen in der Luft über dem Tennisplatz mehrere Millionen Pünktchen aus grünem Licht.

Obwohl die Punkte alle dieselbe Farbe und keine direkten Verbindungen zueinander hatten, war sofort zu erkennen, dass sie zusammen eine Landschaft darstellten. An manchen Stellen, vorwiegend an den Rändern, befanden sich die grünen Punkte auf dem Boden. Im Inneren der Wolke schwebten sie etwa in Höhe der Hüfte eines normal großen Menschen. Somit war der allgemeine Eindruck – nachdem alle für ein paar Minuten die Gelegenheit gehabt hatten, herumzulaufen und das Gebilde aus verschiedenen Blickwinkeln anzuschauen –, dass sie eine dreidimensionale topografische Karte einer Insel oder eines Kontinents, rundherum von Meer umschlossen und mit Hochland in der Mitte, vor sich hatten.

»Irland«, erklärte jemand.

»Viel zu bergig!«, spottete jemand anderes. »Die Isle of Man vielleicht? Die hat einen Berg in der Mitte.«

»Das hier ist viel größer, sehen Sie sich doch nur all die Flüsse an, die Bergketten«, sagte ein Dritter. »Ich würde auf die Nordinsel von Neuseeland tippen. Ist aber schwer zu sagen, es sei denn, man gibt uns eine Leiter, damit wir direkt von oben darauf blicken können.«

»Das ist kein Ort, der auf der Erde existiert«, sagte ein Mann, der in sanftem Tonfall, aber mit ruhiger Autorität sprach, die keinen Widerspruch duldete. Alle drehten sich zu einem kahlköpfigen Mann mit struppigem Bart um, der wie Mitte sechzig aussah. Fast die ganze JEESN 3 über hatte er still und ohne Wearable im hinteren Teil des Raums gesessen, wo er manchmal aufmerksam zuhörte und manchmal vor sich hin summte, während seine Gedanken offenbar abschweiften. Bei der gerade laufenden Präsentation hatte er größtenteils eine leicht belustigte Langeweile an den Tag gelegt, so als fände er das Thema unsäglich kindisch, doch das Erscheinen der Landschaft mitten im Raum hatte ihn wachgerüttelt, und er hätte fast einen Teilnehmer umgestoßen, als er mit großen Schritten durch die Punktwolke ging, um sich ein interessantes Detail genau anzusehen.

»Pluto hat recht«, verkündete Sophia. »Das entspricht keinem bekannten …«

»Das könnte es gar nicht. Bei näherem Hinsehen ist das offensichtlich«, erklärte Pluto.

Sophia warf einen Blick über die Schulter zu der verwirrten Matilda und zwinkerte ihr zu, als wollte sie sagen: *Hab ich's nicht gesagt?* Dann wandte sie sich an Pluto: »Würden Sie uns vielleicht erläutern, was Sie damit meinen?«

»Das ist impressionistisch. Keine physikbasierte Landkarte. Die alluvialen Formationen sind alle falsch. Diese Gebirgstäler sind v-förmig und nicht u-förmig, wie sie sein müssten – offenbar kein Schimmer davon, wie die Eiszeit sie formt. Die Berge sind nichts als Erhebungen in der Landschaft – sie haben keine Geschichte. Keine aufgeschlossenen Sedimentschichten, keine Anzeichen von Vulkanismus.« Pluto schnaubte. »Das ist Programmer Art. Es erinnert mich an die ersten Landkarten von T'Rain, die Dodge entworfen hat, als er mich anzuheuern versuchte.«

»*Das* ist eine überzeugende Aussage«, sagte Sophia.

Pluto merkte, dass alle ihm lauschten, und verstummte augenblicklich. Er fing an, sich für eine bestimmte Flussmündung zu interessieren, und folgte dem Gewässer flussaufwärts. Der Raum war mehrere Minuten lang nahezu still, während die Teilnehmer sich am Anblick des neuen Kontinents weideten. Kleine Grüppchen bildeten sich, um sich flüsternd zu unterhalten und einander auf interessante Einzelheiten aufmerksam zu machen. Die grünen Punkte blinkten und verlagerten sich. »Bewegen die sich?«, fragte jemand. »Oder bin das nur ich?«

»Das ist eine Livedarstellung«, versicherte Matilda. »Mit kleinen Veränderungen ist zu rechnen, da neue Daten hereinkommen. Die Gesamtform hat sich jedoch im Laufe der vergangenen paar Monate kaum verändert.«

Manche der Anwesenden traten vorsichtig hinein, um sich Besonderheiten im Inneren des Kontinents anzusehen. Diese Leute sahen aus, als wären ihre Körper unterhalb der Knie oder Oberschenkel abgeschnitten worden. Aus unmittelbarer Nähe betrachtet wirkten die Punkte jedoch wie eine amorphe grüne Milchstraße. »Das ist die höchste Auflösung, die wir mit der Zeit und der Rechenleistung, die wir zur Verfügung hatten, erreichen konnten«, bemerkte Sophia. »So ist es eben wie ein pointillistisches Gemälde. Treten Sie ein Stück zurück, dann ist es gut.«

Eine fremdartige, elektronisch verzerrte Stimme ertönte ungefähr aus der Mitte des Kontinents. Köpfe wandten sich Elmo Shepherds Metatron zu. Die von der anderen Seite der Welt übertragene Stimme war aus dem Lautsprecher-Array gekommen, das in sein leeres Gesicht montiert war. »Was ist das?«, hatte er gefragt.

Sophia erwiderte: »Der helle Fleck in der Mitte?«

»Ja.«

»Er ist hell, weil in dieser Zone die Konzentration von Punkten viel höher ist.«

»Das sehe ich.«

»Das liegt daran, dass wir von diesem Fleck hundertmal mehr Daten haben als von irgendwo anders«, erklärte Sophia. »Dort bündelt sich fast die gesamte Rechenaktivität.«

»Kann man es denn heranzoomen?«

»Wir sind davon ausgegangen, dass jemand fragen würde«, sagte Sophia. »Ich schlage vor, dass Sie alle für einen Moment die Augen schließen oder ihre Wearables aufsetzen. Die Darstellung wird sich verändern, und das könnte für den einen oder anderen verwirrend sein.« Sie nickte Matilda zu.

Matilda zählte bis drei und fing dann wieder an, die Benutzeroberfläche zu bedienen. Diejenigen, die Sophias Warnung ignoriert hatten, erlebten ein plötzliches, schwindelerregendes Rasen, bei dem der winzige helle Fleck im Zentrum der Darstellung immer größer wurde und die meisten der weiter außen liegenden Punkte in die sie umgebende Dunkelheit verbannte. Als die Darstellung sich wieder beruhigte, brauchten alle Anwesenden ein paar Minuten, um den neuen Anblick aufzunehmen.

Es war eine Wolke aus grünen Punkten, genau wie vorher, aber diese bildeten eine andere Landschaft ab: einen Hügel, der sich aus einer Ebene erhob. Oben auf dem Hügel gab es ein Gebilde aus geraden Linien und senkrechten Wänden, dem Anschein nach menschengemacht. Auf der Ebene darunter war ein funkelndes Gittermuster zu sehen, das an eine Stadtansicht bei Nacht aus einem Flugzeugfenster erinnerte: klar gerastert, mit ordentlichen Kästen, die sich aus dem Gitter erhoben.

»Meine Verwirrung über das, was wir da gerade vor uns haben, könnte nicht größer sein«, verkündete Gloria Waterhouse. Sie war eine Philanthropin, mit der Stiftung ihrer Familie verbunden, nicht technikaffin und immer die Erste, die aufstand und allgemein verständliche Erklärungen verlangte, wenn der Diskurs zu akademisch wurde. Diese Rolle hatte sie sich selbst zugeteilt, und sie füllte sie gut aus. »Wir haben etwas gesehen, das wie eine imaginäre Insel erschien, mit Stränden und Flüssen und Bergen, nehme ich an. Das hier ist nun ein kleiner Teil der Insel mit einer Stadt darauf. Das verstehe ich. Aber was zum Teufel ist das? Es sieht aus, als entstammte es einem Computergrafikexperiment von vor vier oder fünf Jahrzehnten, als alles noch primitiv war.«

»Diese Anordnung von Punkten ist die einzige Möglichkeit, die Daten zu erklären, die aus den Neuen Allokationen hervorgehen«, sagte Matilda.

»Ist sie denn beständig?«, fragte Gloria.

»Sie hat sich über Monate hinweg aufgebaut«, antwortete Sophia. »Sie verändert sich ein wenig von einem Moment zum anderen, aber insgesamt ist sie stabil.«

»Was sind die roten Funken?«, fragte der Metatron. Hier und da war die grüne Punktwolke gesprenkelt mit flüchtigen roten Funken, winzigen Blitzen gleich.

»Wir benutzen Rot als Debugger, um neu ankommende Daten zu markieren«, erläuterte Sophia. »Echtzeitkram.«

»Dann gibt es vielleicht einen Fehler im Modell«, sagte der Metatron und zeigte mit seiner offenen Hand auf die schwarze Leere über dem Stadtgitter. Eine Wolke aus roten Funken hing dort, ein bisschen wie eine Feuerwerksexplosion, bei der kein Funke länger als für den Bruchteil einer Sekunde anhielt. Doch die Wolke als Ganzes blieb bestehen, und während sie zusahen, begann die Wolke sich durch den Raum auf das große Gebilde oben auf dem Hügel zuzubewegen.

30

Bald wurde Egdod es leid, angestarrt zu werden, und flog zurück zum Palast. Der war immer noch leer, was ihm irgendwie falsch vorkam, aber er hatte eigentlich keine Notwendigkeit gesehen, hier Änderungen vorzunehmen. Die Seelen von Stadt, die im Vergleich zu ihm so wenig Macht besaßen, Dinge zu verändern, hatten Gegenstände in ihre Häuser gestellt, deren Namen er kannte: Stuhl, Tisch. Dasselbe hatte Ward in seinem Torhaus gemacht. Nur um der Abwechslung willen formte Egdod nun den Adamant des Bodens zu einem Stuhl und setzte sich versuchsweise darauf. Da sein Körper nie müde wurde, war das kein Unterschied zum Stehen oder Fliegen, außer dass es eine Abwechslung darstellte. Er schuf noch einen Stuhl, auf dem irgendeine andere Seele sitzen könnte. Da die anderen Seelen kleiner waren, machte er auch diesen Stuhl kleiner. Zwischen den beiden Stühlen ließ er einen Tisch emporkommen. Das alles hatte keinen wirklichen Sinn und befriedigte ihn nicht so wie das Pflanzenzüchten in seinem Garten oder die Schaffung von Bergen, Wüsten und Sümpfen. Deshalb gab er es bald auf und ging hinaus in den Garten, um zu sehen, welche neuen Pflanzen gesprossen waren. Manche hatten nicht grüne, sondern andersfarbige Blätter, und oft waren sie in Grüppchen angeordnet, die man Blumen nannte. Außer dass sie mehr Vielfalt brachten und denjenigen, der sie betrachtete, erfreuten, war ihr Zweck ihm noch nicht klar. Doch in den vielen Jahren, seit Egdod Bewusstsein erlangt und seine Seele dem Chaos entrissen hatte, hatte er unzählige Dinge gesehen, die keinen eindeutigen Zweck erfüllten. Das hatte ihn jedes Mal in seiner Überzeugung bestätigt, dass alle Dinge, die er schuf, ihm dort, wo er sich zu seinen Lebzeiten aufgehalten haben musste, vertraut gewesen waren. Er musste an einem Ort gelebt haben, der wie Stadt angelegt war. Andere Seelen mussten dort auch gelebt haben. Seine Welt musste Blätter, Bäume und Blumen enthalten haben. Jahreszeit war auf Jahreszeit gefolgt, und Wasser war an Felsen geschlagen. Das Erscheinen dieser Dinge war kein Akt des Erschaffens aus dem Nichts, sondern eine Art allmähliche Erinnerung. Die Seelen, die in ihren Häusern in Stadt Stühle bauten, versuchten ebenfalls, sich an Dinge zu erinnern, die sie einmal gekannt hatten.

Später kam Ward von der Straße her in sein Torhaus, sodass Egdod ihn durch die Öffnung, die es mit seinem Palast verband, sehen konnte. Er bemerkte, dass der andere die neuen Möbel mit Neugier betrachtete. Egdod setzte sich auf seinen großen Stuhl und machte eine Handbewegung, als versuchte er, Ward mit einem Luftzug hereinschweben zu lassen. Er erinnerte sich an die Wörter und formte sie mit dem Mund: »Komm herein.«

Ward ging durch die Öffnung und über die Steinfläche und nahm auf dem Stuhl Platz, der eine ihm geziemende Größe hatte. Während Egdod weg gewesen war und die fernen Lande gestaltet hatte, war Wards Körper breiter geworden, und sein Gesicht hatte schärfere Konturen angenommen. Lippen und andere Dinge, deren Namen ihm jetzt einfielen – Zähne, Zunge –, waren offenbar von Nutzen, um aus dem zischenden Chaos des Atems Töne perfekter formen zu können. »Blumen schön«, sagte er, deutlicher, als Egdod es hätte tun können. Jedenfalls waren das die beiden Wörter, die Egdod erkannte; sie waren eingebettet in einen Satz von größerer Komplexität, verbunden durch kleine Wörter, die sie offenbar besser funktionieren ließen. Egdod verstand, dass Ward Zeit in Stadt mit anderen Seelen verbracht hatte und dass sie zusammen die Kunst des Sprechens über das hinaus weiterentwickelt hatten, was Egdod, der die ganze Zeit allein war, bis jetzt erreicht hatte.

Ihm kam der Gedanke, dass weder Ward noch irgendjemand von den anderen die Gegenden gesehen hatte, die von Egdod gestaltet worden waren. Sie verstanden nichts von dem, was er gemacht hatte. Eines Tages würden sie ihre Beine oder in manchen Fällen ihre Flügel so weit entwickeln, dass sie große Entfernungen überwinden und das alles mit eigenen Augen würden sehen können. Bis dahin, so stellte Egdod sich vor, könnte er versuchen, unter Verwendung von Wörtern zu erklären, was er getan hatte. Er nahm dieses Projekt in Angriff, spürte aber bald, wie eingeschränkt er durch sein rudimentäres Sprechvermögen war, das es ihm nicht einmal erlaubte, wenigstens eine Andeutung der Größe und Komplexität seiner Schöpfungen zu vermitteln. Bald griff er auf Gesten und unzusammenhängende Wörter zurück, indem er in eine Richtung zeigte und »Berge«, dann in eine andere und »Meer« murmelte, und so weiter. Dann verfiel er in Schweigen, denn er verstand, wie sinnlos das, was er da versuchte, war.

In dieses Schweigen hinein drang ein Schwall chaotischen Lärms von Ward. Egdod blickte ihn an und sah, dass seine Aura größer wurde und eine Ranke in Egdods Richtung schickte. Das war etwas, was Seelen in Stadt machten, wenn sie dicht beieinanderstanden. Egdod probierte das auch, indem er die Aura um seinen Kopf sich über den Tisch ausstrecken ließ. Als sie die von Ward berührte und mit ihr verschmolz, fühlte, sah, hörte und roch er neue Dinge.

Vor langer Zeit, als Ward auf der Schwelle des Palastes erschienen war, hatte er mit einer Ranke aus seiner Aura Egdods Knie berührt und damit ein kribbelndes Gefühl hervorgerufen. Etwas davon spürte Egdod auch jetzt, aber insgesamt war das Gefühl umfassender als damals. Eine solche Berührung zwischen Auren herzustellen bedeutete, wie Egdod jetzt sah, zu fühlen, was der andere fühlte, und sogar zu denken, was er dachte, ohne es notwendigerweise in Worte zu fassen. Er sah jetzt Dinge, wie Ward sie sah, nicht nur im Hier und Jetzt, sondern auch in seiner Erinnerung. Ward entsann sich gerade eines Besuchs beim Turm früher am Tag. Durch sein inneres Auge betrachtete Egdod die Gesichter der Seelen, denen Ward dort begegnet war. Alles war gut erkennbar, wenn auch seltsam verblasst und gesprenkelt, als wäre es von Chaos kontaminiert. Vielleicht war das ein Fehler in der Art, wie Ideen zwischen Auren übermittelt wurden, vielleicht sah Ward aber auch alles so.

Egdod strengte sich an, eine Erinnerung an hohe, von oben betrachtete Berge heraufzubeschwören, an den Schnee, der sich auf ihnen sammelte, und an dunkle Wälder, die ihre tiefer gelegenen Hänge einhüllten. Er spürte, dass das Ward erreichte, und so holte er sich andere Erinnerungen von den Gegenden her, die er vor einer Minute noch vergeblich in Worten zu beschreiben versucht hatte.

Für Ward war das alles ein bisschen viel. Wenn dessen Wahrnehmungen Egdod klein, blass und undeutlich erschienen waren, wie musste es dann für ihn sein, die ganze Pracht der fernen Gegenden mit der Klarheit und Kraft von Egdods Auge zu sehen? Ward war allmählich überwältigt oder erschöpft. Die Aurenbrücke verschmälerte sich, wurde schwächer und schnappte an seinen Kopf zurück. Danach war seine Aura klein und eng begrenzt. Er zog sich in sein Torhaus zurück, legte sich auf ein Ding, das er dort gemacht hatte – ein »Bett« –, und regte sich für eine Weile nicht.

Egdod seinerseits sinnierte über einige der Bilder nach, die über die Aurenbrücke in sein Bewusstsein gelangt waren. Unter anderem hatte er den Park mitten in Stadt gesehen. Es war eine flache rechteckige Grasfläche, auf der es weder Seelen noch Gebäude oder Bäume gab. So hatte er ihn vor langer Zeit gemacht, seiner üblichen Praxis entsprechend, die darin bestand, das Land zunächst einmal grob zu gestalten, indem er einen Berg hier und einen Fluss dort platzierte und später zurückkehrte, um Verbesserungen vorzunehmen. Der kurze Blick auf den Park, den er durch Wards Augen erhascht hatte, sagte ihm, dass dessen Verbesserung überfällig war. Außerdem sagte ihm sein eigener Mangel an Wortbildungsfähigkeiten, dass er vielleicht von mehr Kontakt mit Seelen in Stadt profitieren würde.

So ging er hinaus in den Garten und prägte sich die Gestalt von manchen der Blumen ein, die zuletzt dort erschienen waren. Dann schwang er sich in die Luft, flog die Straße entlang und landete mitten auf dem nichtssagenden Grasviereck. Während er darauf umherging, begann er, hier und da Blumen wachsen zu lassen, nicht wie Gras überall verstreut, sondern in Grüppchen, die angenehmer fürs Auge waren. Dabei beeindruckte ihn erneut das – sichere, unscheinbare – Wissen, dass er nicht etwas Neues schuf, sondern eher eine Erinnerung an sein vorheriges Leben heraufbeschwor. Er spürte, dass, wenn der Park fertig wäre, Pfade aus so etwas wie Stein sich durch ihn hindurchschlängeln und nah an jedem der Blumenbeete vorbeiführen würden. In seinem Zentrum würde sich ein Gebilde aus Stein erheben. Kein großes. Nicht so etwas wie der Palast. Kaum groß genug, um ein paar Seelen aufzunehmen. Nichts zum Wohnen, sondern eher ein Schmuckstück zum Anschauen.

In seinem Bemühen, diese Erinnerungen heraufzubeschwören und zu schärfen, hatte er nicht mehr auf das Geschehen um ihn herum geachtet. Als er für einen Moment ins Hier und Jetzt zurückkam, blickte er sich um und sah, dass sich Seelen um den Park herum versammelt hatten. Egdod war erstaunt über ihre Menge: mehr, als er ohne Mühe zählen konnte. Tausende. Sie standen nicht in gleichförmigen Reihen, sondern nach einem Muster, das ihnen offensichtlich behagte, eher in kleinen Gruppen beisammen. Wie zuvor sprachen manche von ihnen mit ihren Nachbarn, indem sie Wörter formten, während andere ihre Auren miteinander verbanden, sodass sie Wahrnehmungen und Gedanken direkt miteinander teilen konnten. Diejenigen, die sprachen, benutzten eine größere Vielfalt an Wörtern, als Egdod erwartet hatte. Dabei schien »Egdod« universell zu sein, »Blume« dagegen nicht. Verschiedene Gruppen von Seelen schienen unterschiedlicher Ansicht darüber zu sein, welche Lautmuster welche Dinge bezeichneten. Das war auch eine der Einsichten, die Egdod wie etwas ganz Neues in den Sinn kamen, von denen er aber spürte, dass sie da, woher er gekommen war, zum Alltag gehört hatten. Seelen waren nicht alle gleich, fanden sich aber je nach Grad der Ähnlichkeit, die zwischen ihnen herrschte, zu Gruppen zusammen, und ein Gradmesser dafür war ihr Gebrauch von Wörtern.

Alle bis auf eine schienen jedoch davor zurückzuschrecken, das Gras des Parks zu betreten. Die Ausnahme war eine relativ große und wohlgeformte Seele, die sich, mehr fliegend als gehend, frei im Park umherbewegte und dabei ein Blumenbeet nach dem anderen betrachtete, als prüfte sie Egdods Werk. Egdod nannte sie Freewander. Mittels Gesten und ein paar Wörtern versuchte er ihr zu vermitteln, dass sie im Park willkommen war, doch das hätte er sich sparen können, denn Freewander schien das bereits zu wissen – oder kümmerte sich vielleicht auch nicht darum.

Mit Augen und Ohren ganz bei diesem Austausch war eine weitere eigenständige und entwickelte Seele, die Egdod aufgefallen war, weil sie sich zwischen den verschiedenen Gruppen von Seelen umherbewegt hatte. Diese Seele nannte Egdod Speaksall.

Nun beorderte Egdod Freewander und Speaksall zu sich her und betrachtete die unterschiedlichen Gestalten, die sie sich gegeben hatten. Freewanders Körper war schlank und stark wie ein frischer grüner Ast. Sie schien überwiegend aus Flügeln zu bestehen, die sie geschickter einsetzte als irgendeine der anderen Seelen. Ihre Aura war ein Wasserfall aus weißem Rauschen, in den sie bereits Blumen von denen, die Egdod gerade erst in dem Park eingeführt hatte, geflochten hatte. Das ärgerte Egdod, aber als er seinen Blick über die Blumenbeete schweifen ließ, sah er, dass sie durch Freewanders Ernte nicht weniger geworden waren, sondern sich schon wieder aufgefüllt hatten.

Speaksall war robuster als Freewander, allerdings nicht so robust wie Ward. Er hatte den ungewöhnlichen Schritt unternommen, zusätzlich zu dem üblichen Paar Flügel auf dem Rücken weitere kleine Exemplare an verschiedenen Stellen seines Körpers – Knöchel, Hüften, Ellbogen – anzubringen. Seine Aura war klein und dicht um seinen Kopf gelegt, was womöglich eine Vorliebe für den Gebrauch von Wörtern widerspiegelte, worin er alle anderen Seelen zu übertreffen schien. Entsprechend war sein Gesicht – vor allem die Nasen- und Mundpartie – vollkommener geformt als bei irgendjemand anderem und in der Tat ein ausgesprochen wohltuender Anblick.

Egdod misstraute seiner Fähigkeit, mit diesem Wesen zu kommunizieren. Seine Wörter würden vergleichsweise grob erscheinen. Der Brückenschlag zwischen den Auren war effektiver, aber er wollte diese nicht wieder so überfordern, wie er es mit dem armen Ward getan hatte. Eine kurze Verbindung mit Freewanders duftender Aura vermittelte ihm allerdings, dass ihre Wahrnehmungen besser ausgebildet waren und sie durch eine direkte derartige Verbindung nicht so leicht aus dem Gleichgewicht zu bringen war. Sie konnte daraufhin wirksamer mit Speaksall reden, der offenbar die richtigen Wörter beherrschte, um dann mit all den unterschiedlichen Typen von Seelen zu kommunizieren. So schaffte es Egdod mithilfe dieser beiden, deutlich zu machen, dass alle diese Seelen sich gerne frei im Park bewegen konnten.

Mit dem Gedanken, dass er jetzt auch den kleinen Turm gestalten könnte, auf den er in seiner Erinnerung einen kurzen Blick geworfen hatte, ging Egdod zur Mitte des Parks und beschwor den Adamant herauf, der, wie er wusste, unter dem Gras lag. Unter seinen Füßen spürte er, dass der Adamant bemüht war, durchzubrechen und sich nach Egdods Willen zu formen, doch als Egdod hinabblickte, sah er nichts als Gras. An einer Stelle wölbte sich der Fels langsam hoch, und der Boden teilte sich und brachte einen Stumpf davon zum Vorschein, der bestrebt war, höher zu wachsen, doch mit wenig Erfolg. Je weiter er sich hob, desto langsamer ging es. Als Egdod spürte, dass etwas schiefgegangen war, gab er den Versuch auf, ihm eine Form aufzuzwingen, und der Adamant erstarrte als unförmiger, gerade mal kniehoher Höcker.

Das beunruhigte Egdod ziemlich, und so schwang er sich in die Luft und kehrte zum Palast zurück. Freewander folgte ihm in einer gewissen Entfernung, aber Egdod, den ihre Vermessenheit bereits verstimmte, wirbelte herum und schlug mit den Flügeln, um gewaltige Luftstöße zu erzeugen, die sie nach Stadt zurückschleudern sollten. Diesen wich sie mit einer Gewandtheit aus, die ihn ärgerte, obwohl er zugleich Bewunderung dafür empfand. Doch Freewander verstand die Botschaft und ließ ihn allein.

Die Vorstellung von dem einzelnen Turm im Park hatte in ihm eine andere Erinnerung wachgerufen, nämlich die, dass Paläste manchmal dort Türme hatten, wo ihre Mauern zu Ecken zusammenkamen. Er landete auf der Rückseite, die zum Garten und zum Wald hinausging, wo er von den Stadtseelen unbemerkt seine Arbeit verrichten konnte. Dabei beobachtet zu werden hatte nämlich etwas Irritierendes für ihn. An der Palastecke versuchte er einen Turm zu formen, genau wie er es ein paar Minuten zuvor im Park gemacht hatte. Fast so schnell, wie er es denken konnte, war der Adamant aus dem Untergrund heraufgewachsen und hatte die Form eines Rundturms angenommen. Egdod ging zu der anderen hinteren Ecke und machte es dort genauso. Und wieder funktionierte es. Dann ging er um den Palast herum zu dessen Vorderseite, die zur Straße hin lag, und versuchte es ein drittes Mal. Das war viel schwieriger. Bei der vierten Ecke versuchte er es erst gar nicht.

Die »Entdeckung« und Bekanntgabe der Landform warf die Agenda der JEESN 3 komplett über den Haufen. Niemand wollte mehr über irgendetwas anderes reden. Die Leute blieben die ganze Nacht auf und wanderten auf dem Tennisplatz umher, gewissermaßen auf Besichtigungstour. Die Landform-Visualisierungs-Utility, so der Name von Matildas und Sophias Software, wurde auf Servern gespiegelt, von denen Kollegen sie herunterladen konnten, um nach dem Ende der Tagung bequem von zu Hause oder ihrem Büro aus weiterhin diesen Ort zu erkunden.

In den darauffolgenden Wochen tauchten nach und nach Berichte auf, die sich weniger wie moderne wissenschaftliche Arbeiten als vielmehr wie Reisetagebücher von Entdeckern aus dem achtzehnten Jahrhundert lasen. Manche dieser virtuellen Käpt'n Cooks, so wie Pluto, waren mehr an der Landform selbst interessiert, während andere sich auf den Hauptanziehungspunkt in der Mitte konzentrierten. Selbst für die skeptischsten Beobachter sah er verdammt nach einer Stadt mit Straßen und Häusern aus. Sophia fiel etwas auf, was man, nachdem sie es erwähnt hatte, nicht mehr übersehen konnte: Die gesamte Anlage der »Stadt« sah derjenigen in Iowa, in der Richard und die anderen Forthrasts aufgewachsen waren, merkwürdig ähnlich.

Als man mehr Programmiertalent und Rechenleistung auf die Verbesserung der LVU verwandte, wurde es möglich, die virtuellen Körper, die den einzelnen Prozessen entsprachen, darzustellen – wenn auch in geisterhafter und pointillistischer Form. Die meisten schienen streng – fast enttäuschend – humanoid zu sein. Manche waren allerdings mit Flügeln und anderen Fortsätzen ausgestattet worden, und ein paar hatten Formen, die tatsächlich sehr seltsam waren.

Nachdem man das festgestellt hatte, dauerte es nur wenige Tage, bis eine Statistik erstellt war. Die Ergebnisse waren zu offenkundig, als dass man sie bestreiten konnte. Je früher ein Prozess gestartet worden war – je älter der Scan, auf dem er beruhte –, desto weniger wahrscheinlich war es, dass er eine herkömmliche menschenähnliche Gestalt hatte. Am eigentümlichsten von allen waren Dodge, die MBKs und die Ephrata-Elf. Von ihnen war Dodge als Erster gebootet worden, und die anderen, zunächst Verna und schon bald insgesamt ein paar Dutzend, waren erst hochgefahren worden, als Dodge schon eine Weile in der Bitwelt existiert hatte.

Und es war nicht einfach so, dass ihre Körper anfangs alle menschenähnlich waren und mit der Zeit seltsamer wurden. Aus den Statistiken ließ sich eine scharfe Bruchlinie ersehen, die mit dem Beginn des Ganzkörperscans zusammenfiel. Prozesse, die mit einer vollständigen Information über die Körper, von denen sie herrührten, in der Bitwelt ankamen, lebten am Ende in digitalen Simulakren dieser Körper. Diejenigen dagegen, die von abgeschnittenen Köpfen her in diese Welt gekommen waren, zeigten eine größere Palette an Morphologien. Allerdings hatten sie auch eine viel höhere Versagenshäufigkeit, und manche hinterließen überhaupt keine Spur im System. Falls sie lebendig waren, konnte man sie nicht wahrnehmen.

31

»Tut mir leid, dich hier unter diesen, äh, Umständen zu treffen«, sagte Corvallis.

»Schon okay«, erwiderte Zula. »Inzwischen ist es ja gewissermaßen mein Job, den Todesengel zu spielen.«

Zusammen mit zwei Krankenwagenteams, einem Feuerwehrauto, mehreren Hilfssheriffs, drei Anwälten, einem Bestatter und einem Arzt waren Zula und Corvallis im Verlauf der letzten fünfundvierzig Minuten zwischen einem Haus und einer Garage, die fast so groß war wie das Haus, auf dem Land nordöstlich von Seattle zusammengekommen. Die Gebäude standen am Ende einer Zufahrt von vierhundert Metern Länge – der privaten Fortsetzung einer Landstraße, die sich aus einem mit Milchfarmen und Pferdeställen gesprenkelten Flusstal in die Ausläufer des Kaskadengebirges hinaufschlängelte. Nur wenige Kilometer entfernt ragten schneebedeckte Berggipfel in den Nebel. Von dort strömte kalte Luft herbei, was die Leute veranlasste, sich in den Schutz von Plutos Garage zu stellen.

Was man auch als Ironie hätte betrachten können, denn Plutos Garage war noch viel, viel kälter, jedenfalls im Inneren.

Pluto hatte das Anwesen vor einer Ewigkeit gekauft und in dem Haus gewohnt – einem ziemlich langweiligen Stück Architektur der 1970er-Jahre, in dem es zu schimmeln begonnen hatte –, während er die Garage über einen Zeitraum von Jahrzehnten nach und nach in ein voll ausgestattetes wissenschaftliches Labor mit Maschinenwerkstatt umgewandelt hatte. Nachbarn hatten konsterniert zugesehen, wie schwere Lastwagen tonnenschwere Werkzeugmaschinen auf Tiefladern die mit Pfützen übersäte Zufahrt heraufbugsiert hatten. Lieferungen von Gasflaschen und Kryoflüssigkeiten waren alltäglich geworden. Niemand wusste wirklich, was er da machte. Die Antwort schien zu lauten, wonach ihm zu dem jeweiligen Zeitpunkt der Sinn stand. Er hatte eine Phase durchgemacht, in der er verschiedene Arten von Lava erzeugte, indem er mit gewaltigen, selbst entworfenen Autogenbrennern Steine schmolz. Er hatte Raketentriebwerke gebaut und in seinem Hinterhof getestet.

Heute war eine der Garagentüren aufgezogen worden, um sein jüngstes Projekt zu offenbaren: eine außergewöhnlich komplizierte Suizidmaschine, hermetisch verschlossen hinter einer Wand aus kugelsicherem Glas, die mit Hinweisschildern und juristischen Dokumenten bepflastert war.

Auf der einstündigen Fahrt hier herauf hatte Zula per Telefon schon einige Details erfahren, sodass sie in etwa wusste, was sie erwartete. Auf der anderen Seite dieser Glaswand lag Pluto auf einer Bahre ausgestreckt in der Mitte des Labors. Alles war vom kalten weißen Licht von LED-Birnen hell erleuchtet. So konnte man eine große Anzahl Schläuche sehen. Sein Körper und sein ganzer Kopf bis aufs Gesicht steckten in einem Ding, das aussah wie ein Expeditionsschlafsack, und der größte Teil seines Gesichts war mit einem Virtual-Reality-Helm bedeckt, der mit seinem eigenen Computer verbunden war. Der Schlafsack – oder vielleicht war »Sterbesack« ein besserer Begriff dafür – war von einem Netz von Schläuchen durchzogen. Was immer sich in diesen Schläuchen befand, war, nach dem Frostbelag zu urteilen, der sich auf ihnen gebildet hatte, kalt. Die Schläuche führten von ihm weg zu einer kastenförmigen Vorrichtung in der Ecke, die vermutlich einen Kühlapparat darstellte. Viele kleinere Schläuche führten in das Ding hinein, schlängelten sich um Plutos Kieferbogen herum und hinunter in den Schlafsack, wo sie vermutlich an intravenöse Zugänge angeschlossen waren. Es gab auch ein Kontrollsystem, ein Gewirr aus Kabeln, das mindestens so kompliziert war wie das Schlauchsystem; sämtliche Kabel endeten auf der Rückseite einer Workstation, eines PC-Turms alter Schule mit einem Flachbildschirm. Manche der Kabel führten zu dem Kühlapparat, andere zu vielen kleineren Geräten, die an den IV-Zugängen montiert waren. Und eins endete in einem Festnetztelefon.

»Wo kriegt man solche Dinger denn heutzutage überhaupt noch?«, fragte Zula.

»China. Manche Unternehmen benutzen sie noch für spezielle Zwecke. So wie es ja auch noch ewig Faxgeräte gab.«

»Wurde damit die Polizei gerufen?«

»Erst sein Anwalt. Der Anruf war so getimt, dass Plutos Herz bereits zu schlagen aufgehört hatte, bevor irgendjemand eintraf. Das Testament, die Bestattungsverfügung, das ganze Zeug lag ordentlich ausgebreitet da. Fünfzehn Minuten später waren die Sanis da, sahen die Nulllinie auf dem EKG-Monitor und beschlossen, sich nicht gewaltsam Zutritt zu verschaffen. Jetzt ist es eine Art Pattsituation. Sie warten auf den Coroner.«

»Er ist schon tot, darauf kommt es an. Die Sanis werden hier nicht mehr gebraucht«, sagte Zula. »Es ist genau wie bei Onkel Richard, nur besser organisiert.«

»Hm, das tut jetzt eigentlich nichts zur Sache, aber wie sich herausgestellt hat, hatte er Krebs«, sagte Corvallis. »Das steht in einem der Dokumente, die er uns deutlich sichtbar hinterlassen hat.« Er hob eine Mappe und klapperte damit. »Dickdarm. Hat in die Leber gestreut. Er wusste es seit ungefähr einem Jahr.«

»Lang genug, um das hier zu bauen?«

»Ich glaube schon. Anscheinend ist das aber ein Projekt aus jüngerer Zeit. Der Typ da drüben ist sein Arzt.« Corvallis zeigte auf einen Mann im weißen Kittel, der angeregt mit einem korpulenten, bäuerlich wirkenden Feuerwehrmann diskutierte. »Er sagt, dass Pluto eine aggressive Behandlung wollte, dass er alles in seiner Macht Stehende tat, um gegen die Krankheit anzukämpfen, bis vor ein paar Monaten.«

»JEESN«, sagte Zula.

»Ja. Kann Zufall sein, aber …«

»Aber vermutlich nicht. Ich würde zu gerne wissen, was auf diesem VR-Gerät zu sehen ist.«

»Pluto hatte Ideen«, sagte Corvallis. »Bei der JEESN hat er sie mir in groben Zügen in einer Bar skizziert. Er denkt – dachte – über den Bewusstseinsfaden nach. Nimmt man seine Erinnerungen mit in die Bitwelt? Erinnern sich die Leute, die da in dieser Stadt herumspazieren, woher sie gekommen sind?«

»Oder sind sie wie Seelen im Hades, die vom Wasser der Lethe getrunken und alles vergessen haben?«, sagte Zula. »Ich vermute, Letzteres.«

»Na, jedenfalls zeigen sie kein großes Interesse daran, mit uns zu sprechen.«

»Nein, das tun sie nicht!«

»Was also passiert bei der Überquerung …«

»Des Styx?«

»Gibt es so etwas wie einen durchgehenden Faden des Bewusstseins, so, dass man einfach da weitermacht, wo man aufgehört hat?«

»Nun, was wir bei der JEESN gesehen haben, sagt uns immerhin eins«, erwiderte Zula. »Die Landform ist offensichtlich eine Neuerschaffung der allgemeinen Art von Umgebung, mit der diese Leute hier in der Realwelt vertraut waren.«

»Nicht nach Plutos Maßstäben«, warf C-plus ein.

»Da würdest du *gar nichts* finden«, beendete Zula den Gedanken.

»Daher glaube ich, dass Pluto mit dem VR-Gerät den Ausgang beeinflussen wollte. Er wollte mit Ideen, Bildern in seinem Kurzzeitgedächtnis einschlafen, die irgendwie von dem Scan erfasst und in seinem Geist frisch rebootet würden. Er wollte nicht vom Wasser der Lethe trinken.«

»Na, ich nehme an, wir werden es schon bald wissen«, sagte Zula, »wenn wir ihn da rausholen und feststellen, was auf diesem Ding zu sehen ist.«

Corvallis griff in die Mappe und zog einen verschlossenen Briefumschlag heraus. »Der ist für dich.«

Vorn auf dem Umschlag klebte ein Sticker mit der gedruckten Aufschrift DARF NUR VON ZULA FORTHRAST (ODER DEM AKTUELLEN GESCHÄFTSFÜHRER DER FORTHRAST-FAMILIENSTIFTUNG) GEÖFFNET WERDEN.

»Muss ich das überhaupt öffnen?«

»Ich glaube, du kannst das als eine weitere deiner symbolischen Pflichten betrachten«, sagte Corvallis. »Aber wenn da nicht drinsteht, dass Pluto sein Gehirn der Wissenschaft spendet, gehe ich da runter und lege mich selbst auf diese Vorrichtung.«

32

Egdod schwang sich in die Luft und flog weit fort in die Berge, wo er einen merkwürdigen Ort aufsuchte, an den er sich von früheren Besuchen erinnerte. Die Windungen von vier verschiedenen Flüssen, die in der Mitte des Landes dicht beieinander ihren Anfang nahmen, auch wenn ihre Mündungen an der Küste weit auseinanderlagen, hatten es notwendig gemacht, mehrere Bergketten hochzuziehen, um sie in getrennten Flussbetten zu führen und ihre jeweilige Fließrichtung zu bestimmen. Damit hatte Egdod sich Schwierigkeiten eingehandelt, und am Ende war eine Art Knoten an der Stelle entstanden, wo all diese Ketten zusammengekommen waren und sich nun auf eine Weise, die ihm falsch erschien, gegenseitig beeinträchtigten. Zwischen ihnen gab es seltsame Lücken, wo das Wasser nicht wusste, welchen Lauf es nehmen sollte. Eine Bergkette passte nicht zu einer anderen, was ihn zwang, an manchen Stellen senkrechte Wände und an anderen bodenlose Schluchten zu belassen. Es war das einzige derartige Gebiet im ganzen Land: das Gebiet, in dem sich die gesamte Falschheit zusammengezogen und gebündelt hatte, während sie aus allen anderen verbannt worden war. Jetzt hatte er sie auf einer Fläche komprimiert, die nicht viel größer war als Stadt, Straße und Palast, aber je kleiner er sie machte, umso größer wurden ihre Absurditäten. Er hatte die Hoffnung aufgegeben, den Knoten je in Ordnung zu bringen, und sogar darüber nachgedacht, ihn in seinem derzeitigen Stadium zu belassen und einfach eine hohe Mauer darum zu errichten, damit keine Seele je hereinkommen und die Summe von Egdods Irrtümern sehen könnte. Doch das tat er jetzt nicht, sondern flog stattdessen zu einer besonders missratenen Stelle im Land. Hier umgab eine Bergkette einen Erdschlund, der keinen Boden hatte. In seinen Tiefen konnte man immer noch ursprüngliches Chaos sehen: soweit er wusste, der einzige Ort auf der ganzen Welt, an dem noch irgendein Überbleibsel davon existierte.

Zu Fuß konnte man nicht hierherkommen. Herzufliegen war schwierig, und das verstärkte Egdod nach und nach, indem er den Ort in Eiswasserkaskaden hüllte und den Wind mit fast derselben Wucht dort auftreffen ließ, mit der die Wellen des Meeres gegen die Felsen an der Küste schlugen.

So hatte Egdod Zuflucht vor den Blicken anderer gefunden, indem er einen Ort aufsuchte, wo keine andere Seele ihn betrachten konnte.

Nachdem er auf diese Weise die Einsamkeit gefunden hatte, die er brauchte, hockte Egdod auf einem Felsvorsprung unterhalb der sich überwölbenden Bergkette. Er bereitete ihn vor, machte ihn breiter und flacher. Darauf versuchte er dann ein weiteres Bauwerk zu errichten. In mancher Hinsicht ähnelte es dem Palast, aber er hatte vor, das hier komplexer anzulegen. Es würde hohe Mauern und viele Türme haben. Namen wie Burg und Festung kamen ihm, während er es schuf, in den Sinn, aber letztendlich entschied er sich für Feste. Lange grübelte er darüber nach, welche Form es haben sollte, ehe er anfing, sein Fundament aus dem lebenden Gestein des Felsvorsprungs herauszuziehen. Mit Zeit und Geduld kehrte Adamant zum Chaos zurück, wurde formbar und bewegte sich ganz nach seinem Wunsch. Als das Fundament fertig war, bemühte er sich, die erste Mauer hochzuziehen. Wieder tat der Adamant zuerst nicht, was Egdod wollte, und wieder fügte er sich kurz darauf Egdods Vorstellung davon, wie es sein sollte.

Egdod begriff, dass er in Wirklichkeit doch nicht allein war. Es war noch jemand hier, der ihn beobachtete. In der Erwartung, Freewander oder eine andere Seele aus Stadt in der Nähe schweben zu sehen, blickte er sich um. Er sah niemanden, nahm auch keine Spur von Aura wahr, an der man oft die Anwesenheit einer frisch angekommenen Seele erkennen konnte.

Dann blickte er zufällig hinunter zu dem Chaos, das die Lücke unterhalb des Knotens füllte, und sah den anderen. Ein großes Gesicht war es, das aus dem Chaos auftauchte, als bräche es aus dem Meer hervor. Der Kopf war größer als Egdods und missgestaltet, eingehüllt in wildes Rauschen, das wie kräftige Tentakel hinter ihm herbaumelte und nicht eindeutig von seinem Körper zu unterscheiden war. Als der andere sich zu Egdod hin erhob, fokussierte und verschmolz er zu einer Form, die in ihrer Größe und allgemeinen Anordnung genau mit Egdods übereinstimmte, aber immer noch durchsetzt war von der wilden dunklen Aura des Chaos, von der er sich mit aller Macht vollständiger zu trennen versuchte. Seine unausgeformten Gliedmaßen streckten sich nach oben aus, um den Fels zu packen, auf dem Egdod gerade das Fundament der Feste legte, und er zog sich auf dessen Ebene hoch und starrte ihn an. Egdod starrte zurück. Das war nicht die merkwürdigste Form, die er eine wilde Seele je hatte annehmen sehen. Sie hatte zumindest ein Gesicht, und je länger Egdod das Gesicht anstarrte, desto sicherer wurde er, dass er diese Seele kannte.

»Wie lange hast du so ausgeharrt?«, fragte Egdod und deutete auf die Chaosgrube unter ihnen.

»Nicht lange«, antwortete der andere. »Vor ein paar Tagen bin ich herausgestiegen und habe die sonderbare Beschaffenheit des Gesteins in dieser Gegend erforscht, und von einer erhöhten Stelle aus habe ich über die Lande geschaut, die von hier zu überblicken sind. Dann überkam mich Müdigkeit, und ich kehrte für eine Weile zurück. Das habe ich, glaube ich, mehrmals getan.

Aber meine Erinnerungen sind von einer Gleichheit, die mich verwirrt.«

»So ergeht es Seelen, die neu im Totsein sind«, erklärte Egdod.

»Wir haben uns gekannt.«

»Ich bin geneigt zuzustimmen«, sagte Egdod, »schon allein deshalb, weil deine Sprache mir klarer vorkommt als die irgendeiner anderen Seele.«

»Es gibt also noch andere?«

»Viele.«

»Aber nicht hier.«

»Nein. Das hier ist ein Ort, an dem ich in Einsamkeit verweile oder in Gesellschaft besonderer Seelen, zu denen ich eine Affinität habe. Du kannst dich hier aufhalten, denn du und ich waren uns im Leben vertraut; ich bitte dich aber eindringlich, dich hinauszuwagen und die umliegenden Gegenden kennenzulernen, denn dort gibt es noch vieles, was der Gestaltung und Vollendung harrt.«

Die andere Seele tat, wie von Egdod vorgeschlagen, und nahm schneller, als dieser es bei sämtlichen Seelen bisher erlebt hatte, Geisteskraft und eine kohärente Form an. Dann fiel dieser Seele ein, dass sie Pluto hieß.

Eine besondere Faszination übte die Gestalt des Landes auf Pluto aus. Sobald er die Fähigkeit dazu erlangt hatte, begann er auf dem Land umherzugehen – Flügel hatte er nämlich nicht – und es umzugestalten. Dabei veränderte er nicht das Wesen oder die grobe Form dessen, was Egdod gemacht hatte, sondern verbesserte bestimmte Einzelheiten und versah es mit größerer Komplexität und Vielfalt. Reine Adamantoberflächen wurden rissig und verfältelt und von Adern und Schichten verschiedener Gesteine durchzogen, die man bisher nicht gesehen hatte. Die Arten von Fels und anderen harten Materialien, die Pluto schuf, begannen in ihrer Vielfalt und Schönheit mit den Pflanzen des Gartens zu wetteifern. Egdod wusste, dass Pluto unter der

Häufung von Irrtümern litt, die zu der Entstehung des Knotens geführt hatte, und vermutete, dass er ihn, sich selbst überlassen, glätten und völlig beseitigen würde. Deshalb verfügte er, dass der Knoten bleiben sollte, wie er war.

Nicht mehr durch Plutos Blicke behindert verdoppelte Egdod seine Anstrengungen beim Bau der Feste und machte sie größer und komplizierter, als es zu irgendeinem Zweck notwendig war. Sein Versagen im Park hatte nämlich Zweifel in ihm geweckt. Um diesen Zweifel zu zerstreuen, musste er sich selbst davon überzeugen, dass seine Fähigkeiten, die Welt nach seinen Vorstellungen zu gestalten, noch so groß waren wie eh und je. Dessen wurde er bald gewiss, und er ahnte, dass die nahe gelegene Präsenz des Chaos unten in der Tiefe seinen Bemühungen eher zu- als abträglich war. Einst sein gefürchteter Feind war es zu etwas geworden, woraus er, wenn nötig, schöpfen konnte. Während er aus dem Schutz des großen Felsüberhangs, wo eine Bergkette eine andere überwölbte, hinausflog, nutzte er erneut die Macht des Chaos, um die Feste in Wirbelstürme zu hüllen, und die Wirbelstürme stahlen Sprühnebel von den überall in der Gegend angeordneten Wasserfällen und wurden zu ewigen Stürmen, die nur von ihm und Pluto durchdrungen werden konnten.

Dennoch fand Egdod es nach seiner Rückkehr zum Palast schwierig, an der vorderen Ecke, die nach Stadt hinausging, den vierten Turm zu errichten. Ward, der sich erholt zu haben schien, sah verwundert zu. Aus geringer Entfernung schauten auch Speaksall und Freewander zu, und Egdod war sich bewusst, dass aus Stadt in der Ferne Blicke weiterer Seelen auf ihn gerichtet waren.

Als er später in seinem Garten über all das nachgrübelte, kam er zu der plötzlichen Erkenntnis, dass es mit anderen Seelen und deren Fähigkeit zu tun hatte, die Änderungen zu erkennen, die er an der Welt vornahm. Allein hatte er die Freiheit, nach Belieben und mit so wenig Anstrengung, wie es bedurfte, um sich das gewünschte Ergebnis vorzustellen, Veränderungen zu bewirken. Wenn jedoch andere Seelen zuschauten, wurde es viel schwieriger. Er vermutete, dass mit sämtlichen Veränderungen, die er – zum Beispiel bei der Errichtung eines Turms – vornahm, Veränderungen in der Vorstellung all der Seelen, die das wahrnahmen, einhergingen. Und Seelen waren, wie es schien, selbst kraftvolle Dinge, die eine gewisse Trägheit an sich hatten und nicht leicht zu bewegen waren. Besonders wenn sie alle in einer Art Einklang bewegt werden mussten, um beispielsweise alle der Form von etwas Neugestaltetem zuzustimmen, obwohl sie es aus vielen unterschiedlichen Blickwinkeln sahen. So als wären alle Dinge auf der Welt durch Bande miteinander verflochten, die sich dehnen oder reißen mussten, damit Veränderung stattfand, und diese Bande wären gewoben aus den Wahrnehmungen von Seelen.

Er schickte Ward, Freewander und Speaksall fort und ließ dann Nebel sich um die Hügelkuppe zusammenziehen. Wetter verschiedener Art war nämlich ein durchaus alltägliches Geschehen in den Himmeln über dem Land. Während der Palast in starken Nebel gehüllt war, ging er zu der vierten Ecke, versuchte erneut, dort einen Turm zu errichten, und fand es leichter. Außerdem fügte er an der Vorderseite des Palastes zwei weitere Räume an: einen Vorraum zwischen dem Tor- und dem Haupthaus, in dem seiner Vorstellung nach Speaksall wohnen und die Arbeit des Sprechens mit anderen Seelen verrichten könnte, und einen Turm über dem Torhaus, wo Freewander, wenn ihr das gefiele, sitzen könnte.

Als der Nebel sich verzog und die Leute in Stadt hinauf zum neu gestalteten Palast blicken konnten, wurden dadurch Veränderungen in ihren Vorstellungen vollzogen, aber auf diese Weise war es irgendwie leichter; Egdod brauchte diese Arbeit nicht zu erledigen, denn die Welt sagte ihnen, was alles da war und was nicht. Um diese Idee ein weiteres Mal auszuprobieren, wartete er, bis es Nacht war und die Leute in Stadt sich wie gewohnt in ihre Häuser begaben. Egdod ging hinunter in den Park und fand niemanden, der hätte zusehen können. Um ganz sicherzugehen, ließ er rund um den Ort Nebel aufkommen und kehrte zu dem missgestalteten Felsstumpf zurück, den er dort zurückgelassen hatte. Mit Leichtigkeit konnte er nun den Stein aus dem Gras ziehen und zu einem kleinen Turm formen, der die Gestalt der vier Ecktürme seines Palasts widerspiegelte.

Danach gerieten diese Dinge in Stadt und Palast für eine Weile in ein ruhigeres Fahrwasser. Speaksall ließ sich in seinem Vorraum nieder, und Freewander bezog den neuen Turm über dem Torhaus.

Der Sommer wich dem Herbst. Egdod machte es sich zur Gewohnheit, hin und wieder die Straße hinunter und durch den Park zu spazieren, um das Treiben der Seelen zu beobachten, die jetzt dort ein und aus gingen, aber auch, um von ihnen beobachtet zu werden. Inzwischen erkannte er mehr Seelen, die sich in irgendeiner Weise hervorgetan hatten. Eine gab es, die gerne oben auf dem kleinen Turm in der Mitte des Parks hockte und einfach tagelang nur umherschaute; Egdod nannte sie Longregard und bereitete ihr ein Zimmer oben im vierten Palastturm, von dem aus man den direktesten Blick auf Stadt hatte. Eine andere Seele hatte ihr Haus ausgesprochen komplex und ansehnlich gestaltet; Egdod nannte sie Thingor. Ihm bot er einen Anbau an einer der seitlichen Wände des Palastes an, wo er fern der lähmenden Blicke anderer Seelen an der Herstellung neuer Dinge arbeiten konnte.

Egdod lehrte Freewander die Kunst, über große Entfernungen hinwegzufliegen, und brachte ihr bei, den Sturmwall um die Feste zu durchstoßen. Dieser tobte mit Einsetzen des Winters außergewöhnlich heftig, aber Freewanders geschmeidiger Körper und bewegliche Flügel waren ihm gewachsen. Dagegen war Thingor ein schlechter Flieger, dessen Flügel immer kleiner wurden, je weniger er sie benutzte. Zuweilen trug Egdod ihn zur Feste und ließ ihn über Wochen dort, damit er sie verbesserte. Dort erlernte Thingor neue Methoden, um Dinge aus verschiedenen Metallen, durchsichtigen Felsplatten und neuen Gesteinsarten zu fertigen, die er alle in dem missratenen Unterbau des Knotens gefunden hatte, der Pluto als geeignete Lagerstätte dafür erschienen war. Beim Fördern dieser Mineralien aus der Tiefe erhielt Thingor Hilfe von anderen Seelen, die Longregard in Stadt wegen ihres Interesses an der Erforschung und Formung der Erde aufgefallen waren.

Egdod seinerseits verbrachte viele Tage im Garten, wo er bestrebt war, etwas zu erreichen, das schwieriger war als alles, was er je probiert hatte, seit er sich selbst aus dem Chaos hervorgebracht hatte.

Von hoch oben aus die Seelen im Park umhergehen zu sehen hatte eine weitere Beinahe-Erinnerung in ihm geweckt. Er war sich zunehmend sicherer, dass die Welt, in der er vor seinem Tod gelebt hatte, von Wesen bewohnt gewesen war, die sich aus eigenem Antrieb umherbewegt hatten. Darin unterschieden sie sich von Bäumen und Gras und Blumen, denen die Fähigkeit der Bewegung fehlte, es sei denn, der Wind schüttelte sie. Aber wie Seelen waren sie auch nicht. Sie gehörten zu einer Ordnung, die irgendwo dazwischenlag. Die Ahnung hatte er schon lange im Kopf gehabt und gespürt, dass das Land ohne solche Wesen nicht vollständig war. Doch sie hatte so wenig Konturen gehabt, dass er damit nicht vorangekommen war, bis er auf den Gedanken kam, Blumen in Beeten zusammenzufassen – ein Projekt, das Freewander sich zu eigen gemacht hatte, nachdem Egdod die ungefähre Vorstellung davon gesät hatte. Ihr war zu verdanken, dass jetzt überall Blumen wuchsen – sogar an Stellen, wo sie gar nicht hingehörten, wie an den Ästen von Bäumen. Longregard starrte sie stundenlang an, eine leichte Besorgnis im Gesicht, die schwer in Worte zu fassen, aber ganz leicht durch einen Brückenschlag zwischen den Auren zu vermitteln war: So schön die Blumen waren, so waren sie doch irgendwie allein, und das würde sich ändern, wenn es dort von winzigen Seelen-die-eigentlich-keine-Seelen-waren wimmelte. Diese würden mit kleinen Flügeln herumschwirren und die Blumen besuchen und die Luft mit einem leisen Summen füllen.

Als Egdod diese Vorstellung erst einmal im Kopf hatte, konnte er nicht ruhen, bis er herausgefunden hatte, wie man solche Dinge entwarf und hervorbrachte. Im Garten mühte er sich mit dieser Aufgabe ab, bis die Schönheit und der Duft der einsamen Blumen eine zu große Ablenkung geworden waren, und dann flog er zur Feste, wo er versuchen konnte, sie aus dem Chaos hervorzuholen. Ein noch nicht ausgestaltetes Bild davon setzte er Thingor in den Kopf, der versuchte, aus neuen Materialien wie Metall und Glas, deren Herstellung er sich beigebracht hatte, Flügel zu erzeugen. Diese waren schön und schienen etwas von dem einzufangen, was gewünscht war, aber von sich aus fliegen konnten sie nicht. Dafür war eine belebende Kraft erforderlich, und so etwas zu erzeugen lag nicht in Egdods Macht. Bei seiner Rückkehr von der Feste hatte er Thingors neueste Kreationen bei sich und legte sie in den Garten, wo die kalte Wintersonne im Glas funkelte und auf die polierten metallenen Adern, die es fixierten, schien, aber so klein und filigran Thingor sie auch gemacht hatte, sie rührten sich nicht.

Eines Tages saß Egdod neben einem Blumenbeet und betrachtete eingehend ein Paar Flügel aus Glas und Metall, die so klein waren, dass sie kaum eine Fingerspitze bedeckten, als er wahrnahm, dass eine andere Seele sich näherte, und im Aufblicken Longregard sah, die ihn betrachtete. »Komm mit hinunter in den Wald«, sagte sie. »Dort rühren sich Dinge, denen du Beachtung schenken solltest.«

Egdod war sich bewusst, dass Longregard in letzter Zeit ihre Aufmerksamkeit vom Geschehen in Stadt hin zum Wald verlagert hatte, der den Hang auf der entgegengesetzten Seite des Palastes bedeckte. Was dort ihren Blick angezogen hatte, wusste er nicht. Der Schnee schmolz, wie er es jedes Jahr tat, seit er sich zum ersten Mal in Strömungen und Rinnsale und Bäche aufgelöst hatte, um den ersten Fluss zu bilden. Pflanzen sprossen aus dem nackten Boden zwischen den Bäumen hervor; viele davon hatten sich im Lauf der Jahre vom Garten aus hier herunter ausgebreitet, sodass ihre Vielfalt hier größer war als irgendwo sonst im Land. So gesehen war der Ort natürlich von Interesse für Longregard, die stetige und geduldige Beobachterin. Es waren aber viele Dinge für sie von Interesse, auf die sie Egdod nicht eigens aufmerksam machte. Sie war eine Einzelgängerseele, die nicht leichthin andere bei ihrem Tun unterbrach. Also erhob sich Egdod jetzt und ging mit Longregard zum hinteren Gartentor hinaus. Sie traten in den knospenden Wald und gingen zwischen dem austreibenden Grün auf einen Ort zu, den Egdod gut kannte, war es doch der höchstgelegene von allen, wo Wasser aus dem Boden hervorsprudelte; es war das Quellgebiet des ersten Flusses, den Egdod vor vielen Jahren bei der Schmelze des ersten Schnees entdeckt hatte. Als er damals in der Ferne umherstreifte und alle Zuflüsse dieses einen Flusses bis an ihre Quellen verfolgte, fand er hoch oben in den Bergen noch weitere dieser Art. Manche lagen höher oder erzeugten eine breitere Strömung. Doch in Egdods Denken war trotz allem dieser Ort, den er die Quelle nannte, der Ort, an dem der Fluss seinen Anfang nahm. Im Plätschern seines Wassers hatte er zum ersten Mal seinen Namen ausgesprochen gehört und danach gewusst, wie er hieß.

Sehr früh – vielleicht schon bevor Egdod auf Ward aufmerksam geworden war – hatte sich eine Seele in der Quelle niedergelassen. Als er ihr jetzt zusammen mit Longregard näher kam, spürte er, dass viele der Bäume, die um die Quelle herum gewachsen waren, inzwischen auch von Seelen bewohnt wurden. Die Anwesenheit einer einzigen zog weitere an. Das Wasser im Boden ließ die Bäume kräftig wachsen; hier waren sie höher und kunstvoller entwickelt als überall sonst im Land. Das Wort »Hain« kam ihm in den Sinn, und er spürte, dass der Ort sich durch sein hohes Alter, die Größe seiner Bäume und die Anzahl der anwesenden Seelen von jedem anderen Ort unterschied. In seiner Mitte befand sich die dunkle, feuchte Falte in der Erde, aus der die Quelle sprudelte.

Als sie den innersten Kreis von Bäumen durchschritten, verlangsamte Longregard ihren Schritt und hielt Abstand, während Egdod weiter auf die Quelle zuging.

»Willkommen, Egdod«, sagte die Stimme aus der Quelle. »Was ist es, was du mit Leben versehen möchtest?«

Egdod, der seiner Sprachfähigkeit misstraute, streckte die Hand mit dem winzigen Paar Glas- und Metallflügel auf einer Fingerspitze aus.

Das Rauschen der Quelle schwoll an und erfüllte den Hain mit einem Geräusch, das Egdod an das Zischen des Chaos erinnerte, aber er wusste, dass darin eine viel größere Ordnung herrschte, das Ergebnis einer Schläue, die schon fast so lange, wie Egdod hier war, geduldig an diesem Ort verharrt hatte. Er wusste jetzt, dass die Seele, die in der Quelle wohnte, bereits ebenso lange an Kräften zunahm wie er. Nur waren ihre Kräfte von anderer Art.

Seine Fingerspitze kribbelte. Er betrachtete sie und sah von allen Seiten eine Aura hineinströmen. Die Empfindung war ähnlich wie die nach der Berührung seines Knies mit Wards Aura, allerdings auch hier mit weniger Chaos und mehr von einer Art Ordnung, die zu verstehen nicht in seiner Macht lag. Sie konzentrierte und verschärfte sich, und er sah, dass sie jetzt von einer raschen Vibration der Flügel verursacht wurde, die sich nun von selbst bewegten. Bei näherer Betrachtung sah er, dass sie verwandelt worden und nicht mehr die Konstruktionen aus Glas und Metall waren, die Thingor mühevoll angefertigt hatte, sondern sogar noch feiner und leichter und aus anderem Material. Zusammengefügt wurden sie durch einen schmalen Körper, dem vor Egdods Augen Beine sprossen und dazu an einem Ende ein winziger Kopf und am anderen ein spitzer Schwanz, der sich nach unten krümmte.

Er fühlte, dass dieses Etwas sich anschickte fortzufliegen, und so legte er, um es festhalten und genauer betrachten zu können, seinen Daumen obendrauf. Doch genau in dem Moment drang der spitze Schwanz in seine Fingerspitze und erzeugte ein Gefühl, das ihn die Hand zurückziehen ließ. Die Kreatur schwang sich in die Luft und schwebte einen Moment lang vor seinem Gesicht, ehe sie davonglitt und sich auf der violetten Blüte einer Blume niederließ, die neben der Quellmündung aus dem Boden gekommen war.

Im Wasser war eine Gestalt, ähnlich der, wie Egdod und die anderen Seelen sie angenommen hatten, nur ohne Flügel. Sie schien in der Strömung des Flusses gelegen zu haben, richtete sich aber jetzt zum Sitzen auf, ließ das Wasser um ihr Hinterteil und ihre Beine fließen, hatte aber Oberkörper, Kopf und Arme außerhalb, wo Egdod sie sehen konnte.

»Sein Name ist Schmerz«, sagte Spring mit einem flüchtigen Blick auf Egdods Hand, die er immer noch von seinem Körper weghielt, als wollte er Abstand von ihr nehmen.

»Ich fange an, mich daran zu erinnern«, sagte Egdod.

»Wenn du es dir zur Gewohnheit werden lässt, neue Arten von Wesen heraufzubeschwören, die von sich aus handeln können, wirst du mehr davon erleiden, ebenso schlimm und schlimmer«, sagte Spring, die Egdod jetzt direkt in die Augen sah, voraus.

»Dennoch ist es das wert«, sagte Egdod, »auch wenn mir die Fähigkeit fehlt, das selbst zu tun.«

»Diese Fähigkeit zu entwickeln war meine Arbeit hier«, sagte Spring. »Ich beherrsche aber nicht die Kunst, kluge Formen zu ersinnen, denen Leben eingehaucht werden kann.«

»Dann werden wir es zusammen tun«, schlug Egdod vor.

»Du kannst in deinem Palast einen Platz für mich schaffen, und von Zeit zu Zeit werde ich dort wohnen«, sagte Spring, »wenn es mir passt, eine Gestalt wie deine anzunehmen. Aber wenn du dich umsiehst und mich dort nicht findest, dann deshalb, weil ich hier bin.« Während sie die letzten Worte sagte, wurde ihre Stimme zu einem nassen Rauschen, und ihre Gestalt löste sich zu einer Wassersäule auf, die in sich zusammenfiel und abwärts aus dem Hain hinausstürzte. Dann war sie von dem Ort verschwunden, aber Spring, das wusste er, blieb da.

TEIL 6

33

»Das ist keine normale Geschäftsbesprechung«, verkündete Elmo Shepherd durch das reglose Gesicht seines Metatrons. »Lassen Sie sich durch ihren profanen Rahmen – den Konferenztisch, den Wasserkrug, die anwesenden Frauen und Männer in Geschäftskleidung – nicht täuschen. Wir werden hier Eschatologie betreiben. So wie manche Leute Yoga machen.«

Corvallis fand es gar nicht so profan. Ja, es war ein ziemlich konventioneller Sitzungsraum im Büro von ONE. Beherrscht wurde der Tisch jedoch von einer sich automatisch aktualisierenden Darstellung der Landform.

Eineinhalb Jahre waren seit der JEESN 3 vergangen, bei der die LVU oder Landform-Visualisierungs-Utility zum ersten Mal enthüllt worden war. Ihre allgemeine Form hatte sie seitdem nur wenig verändert. Allerdings hatten sich die Algorithmen verbessert. Es flossen mehr Daten in sie ein. Die Landform konnte jetzt mit höherer Präzision und größerer Sicherheit abgebildet werden. Ihre feineren Konturen hatten Veränderungen erfahren. Und es führte kein Weg an der Tatsache vorbei, dass es sich hier um genau die Art von Verbesserungen handelte, die sie von Pluto erwartet hätten. Er war dorthin gegangen – hatte sich das Leben genommen –, um diesen Ort zu korrigieren. Und er war dabei, es zu tun.

Dennoch hatte Corvallis seiner eigenen Wahrnehmung nicht getraut, bis Sophia seine Aufmerksamkeit auf den Turm in der

Mitte des Parks gelenkt hatte. Dafür benutzten die Leute mittlerweile keine Anführungszeichen mehr. Es hieß nicht mehr ein »Turm« in einem »Park«, sondern ein Turm im Park, wie jedermann unschwer erkennen konnte. Sophia hatte Corvallis ein Foto gezeigt, das sie einige Jahre zuvor von dem Park im Zentrum der Stadt in Iowa gemacht hatte, in der Richard aufgewachsen war. In dessen Mitte stand ein ähnlicher Turm.

Es ließ sich einfach nicht leugnen, dass die Prozesse, die erzeugt worden waren, um die Gehirne von Egdod und Pluto zu simulieren, jetzt eine Welt *bewohnten*, die sie getreu ihrer Vorstellung davon, wie eine Welt aussehen sollte, geschaffen hatten. Sie hatten gelernt, sich Speicherplatz in der Cloud zuzuweisen, um die Landkarte dieser Welt dort abzulegen. Es gab sogar Hinweise darauf, dass sie andere Arten von Ressourcen – Cluster von Hochleistungsrechnern – nutzten, um deren Winde und Wellen zu simulieren.

Und wenn das für diese beiden Prozesse galt, galt es vermutlich auch für die anderen, die inzwischen in die Tausende gingen.

»Was da passiert, gefällt mir nicht«, sagte der Metatron. »Das ist nicht die Entwicklung, die es nehmen sollte.«

»Was genau meinen Sie mit ›es‹, El?«, fragte Zula.

»Das wissen Sie ganz genau.«

»Ja, ich glaube, das tue ich. Aber wenn Sie über ›es‹ reden, als hätten wir alle eine gemeinsame Vorstellung davon, was ›es‹ beinhalten soll, arbeiten Sie mit einem Trick. Wir müssen dieses ›es‹, von dem Sie sprechen, erst einmal entpacken.«

Hier hätte El sie unterbrochen, wäre er körperlich anwesend gewesen. Doch der Zeitunterschied zwischen Flandern und Seattle störte seinen Sprechrhythmus. Zula fuhr fort: »Das erste Mal bin ich Ihnen in den Tagen nach dem Tod meines Onkels begegnet, als ich gegen meinen Willen einen Crashkurs über Eutropianer und Kryonik und dieses ganze Zeug absolvieren musste. Vom Konzept der Singularität hatte ich gehört, hatte Artikel darüber gelesen, aber nie jemanden getroffen, der wirklich ernsthaft genug daran glaubte, um sich darauf einzustellen. Seitdem haben Sie und ich, Corvallis, Sophia, Sinjin Kerr, Jake und viele andere erhebliche Teile ihrer Berufslaufbahn darauf verwandt, an den Grundlagen dafür zu arbeiten. Über das große Ganze haben wir dabei nicht viel gesprochen: warum wir das überhaupt machten und was das Ziel war. Wenn Sie nun sagen: ›Das ist nicht die Entwicklung, die es nehmen sollte‹, gehe ich davon aus, dass Sie einen Gesamtzusammenhang vor Augen haben, den wir Übrigen vielleicht nicht teilen. Vielleicht sollten Sie uns ›es‹ vorstellen.«

»Das habe ich in gewisser Hinsicht bereits getan«, sagte der Metatron. »Als ich erwähnte, dass wir hier Eschatologie betreiben.«

»So eine Art Ende-der-Welt-Zeug?«, fragte Corvallis.

»Was ist die endgültige Bestimmung der Menschheit? Diese Frage ist meine bevorzugte Definition«, erwiderte El. »Die zeitlose Hauptbeschäftigung der großen Religionen. Nur dass Propheten und Theologen keinerlei faktische Information haben, mit der sie arbeiten können. Wir haben Fakten. Wir können das wirklich tun. Wir können beschließen, was unsere endgültige Bestimmung ist, und sie verwirklichen. Wir sind die ersten Menschen in der Geschichte, denen diese Wahl, diese Fähigkeit gegeben wurde. Und ich werde nicht zusehen, wie wir diese Gelegenheit vermasseln.«

»Wer sagt, dass wir sie ›vermasseln‹?«, fragte Zula. »Wir wissen nicht, was in der Landform vor sich geht. Vielleicht ist sie ja der Garten Eden. Vielleicht ist es fantastisch dort.«

»Vielleicht ist sie ein digitales Nordkorea«, hielt El dagegen. »Was auch immer sie ist, sie sieht aus wie eine Simulation einer erdähnlichen Umgebung. Wir können einfach nicht sagen, was da passiert. Leute – Prozesse – scheinen in etwas konzentriert zu sein, was wie eine Stadt aussieht. Sie kommunizieren miteinander, so scheint es jedenfalls. Andere Prozesse siedeln sich in anderen Teilen der Landform an. Wenn Sie mir den Tisch überlassen, würde ich Ihnen gerne die Ergebnisse einer Netzwerkanalyse zeigen, die eins meiner Teams durchgeführt hat.«

»Nehmen Sie sie weg«, sagte Zula.

Die Landform verblasste. Einer von Els Technikern, der physisch im Raum anwesend war, bewegte die Hände in der Luft und ließ eine abstrakte Darstellung entstehen: eine Konstellation von farbigen Objekten, die in unterschiedlicher Höhe über dem Tisch schwebten. In den untersten paar Zentimetern der Darstellung, knapp über der Tischplatte, drängten sich Tausende kleine weiße Klümpchen, Aspirintabletten ähnlich. Diese waren durch zahllose Spinnfäden miteinander verwoben. Über ihnen schwebten vielleicht zwei Dutzend größere Kugeln, die nach einem von El noch nicht erläuterten Schema farbcodiert waren. Über all dem hing eine große gelbe Kugel etwa von der Größe einer Grapefruit. Von ihr strahlten viele feine goldene Fäden nach unten ab und verbanden sie mit einigen der großen Objekte, die unmittelbar unter ihr schwebten.

»Den tatsächlichen Inhalt der Botschaften, die zwischen Prozessen ausgetauscht werden, können wir nicht abhören«, sagte El, »aber wir können eine allgemeine Vorstellung davon gewinnen, welche mit welchen sprechen. Was Sie da vor sich haben, ist die Auswertung eines Netzwerkanalysesystems. Sie zeigt, wer mit wem spricht und wie oft. Und manche Tendenzen sind offensichtlich.«

»Verzeihen Sie mir eine grundlegende Frage«, sagte Corvallis, »aber jedes dieser Objekte repräsentiert einen eigenen Prozess, oder? Eine Seele gewissermaßen?«

»Ja, und die Linien zwischen ihnen stehen unserer Meinung nach für Kommunikation.«

»Warum sind manche so viel größer als andere?«

»Ihre Größe verhält sich proportional zur Menge an Ressourcen, die sie verbrauchen – wie viel Speicherplatz, wie viel Rechenleistung.«

»Okay. Wir haben also eindeutig eine ganze Menge winzig kleine, die unablässig miteinander sprechen«, sagte Corvallis, während er mit den Händen durch die untere Schicht fuhr, die aussah, als wären Aspirintabletten in einem Spinnennetz gefangen.

»Ja. Die überwiegende Mehrzahl individueller Prozesse entspricht diesem Profil. Darüber sehen Sie aber die Bonzen. Die Ressourcenfresser. Der gewaltige Gelbe an der Spitze ist der erste Prozess, den Sophia damals in Princeton erzeugte.«

»Dodges Gehirn«, sagte Zula.

»Ja – obwohl sein Konnektom sich seitdem so sehr verändert hat, dass es zum jetzigen Zeitpunkt möglicherweise nur noch sehr wenig mit Dodge zu tun haben dürfte.«

»Aber es hat den Park mit dem Turm gebaut…«, gab Zula zu bedenken, bevor sie ungeduldig den Kopf schüttelte. »Entschuldigen Sie. Fahren Sie fort.«

»Dazwischen haben Sie das Pantheon.«

»Wie bitte?«

»Das ist mein Begriff für eine Gruppe von ungefähr zwanzig Prozessen, die das System unverhältnismäßig stark belasten – sie verbrauchen sehr viele Ressourcen. Darunter sind die meisten der neuen MBK-Prozesse, einschließlich dem, der Verna Bradens Konnektom simuliert, das zweitwichtigste gleich nach Dodges Gehirn. Sie und ein paar von den Ephrata-Elf haben früh begonnen. Sie sind rasant gewachsen.«

»Pluto?«

»Der große Violette«, sagte El. »Und von meinen sind zugegebenermaßen auch ein paar dabei.«

»Von *Ihren*?!«

»Sie wissen, was ich meine. Kunden meiner Organisation, gescannt mit meinen Geräten, hochgeladen durch mein Netzwerk.«

Zula stand auf, ging um den Tisch und betrachtete die Darstellung aus verschiedenen Blickwinkeln. »Falls das stimmt, sehen wir hier, dass Dodge mit Verna, Pluto und den anderen Mitgliedern des Pantheons, wie Sie es nennen, spricht. Aber fast nie mit den kleinen Leuten.«

»Die kleinen Leute sprechen *viel* miteinander«, bemerkte Corvallis, »und sie haben ein bisschen Kontakt zu Mitgliedern des Pantheons.«

»Manche mehr als andere«, stellte Jake fest. »Verna spricht überhaupt nicht mit den kleinen Leuten, aber manche der anderen Engel haben viel Kontakt.«

»Engel?«, fragte El scharf.

Jake lächelte. »Mein bevorzugter Begriff für diejenigen, die Sie Mitglieder des Pantheons nennen.«

Zula streckte eine Hand in Jakes Richtung aus, als hielte sie ihn zurück – flehte ihn an, sich nicht in eine Diskussion über Engel versus Götter zu stürzen. Doch El unterbrach sie: »Zula, ich sehe, dass Sie jetzt ziemlich nah bei der grünen Form stehen.«

»Die Sie mit Verna identifizieren, wenn ich mich nicht irre«, sagte Zula mit einem Nicken. »Was ist mit ihr?«

»Schauen Sie mal genau hin und sagen Sie mir, was Sie sehen.«

Zula beugte sich vor und rümpfte die Nase. »Um Verna herum sehe ich einen Haufen winzig kleine Stäubchen. Nadelspitzen in Grün. Wie Fruchtfliegen, die um eine Wassermelone schwirren. Blasse Linien verbinden sie mit der Verna-Kugel. Was stellen sie dar?«

»Ich weiß es nicht«, sagte El, »und genau das beunruhigt mich. Genau genommen ist das eins von vielen Dingen, die an der Gesamtsituation beunruhigend sind. Aber es ist ein neues und streng auf Verna beschränktes Phänomen.«

»Verna war eine Hackerin. Eine unterschätzte. Konnte nie richtig Fuß fassen, bevor der Krebs ihr Leben beherrschte. Vielleicht praktiziert sie ihre alten Tricks noch«, sagte Corvallis.

»Das heißt?«, fragte Jake.

»Diese winzigen Stäubchen – die Fruchtfliegen – sind unabhängige Prozesse, die kürzlich erzeugt wurden«, sagte El. »Sie sind, wohlgemerkt, bei Weitem nicht so komplex oder leistungsfähig wie die Prozesse, die wir auf der Grundlage vollständiger menschlicher Konnektome in Gang gesetzt haben. Aber sie funktionieren selbstständig, und wir haben sie nicht gemacht. Indizien deuten darauf hin, dass es Verna war.«

»Ganz unverblümt gefragt: Wer zahlt denn für die Rechnerkapazität, die diese neuen Prozesse verbrauchen?«, fragte Zula.

»Sie«, antwortete El. »Weil Ihre Stiftung den Verna-Prozess gestartet hat. Und diese Unterprozesse, die sie erzeugt hat, tragen alle dieselbe holografische Signatur. Die Rechnung geht also an Sie. Dabei unterstütze ich das Ganze ja im weiteren Sinne dadurch, dass ich jeden Tag neue Rechenzentren ans Netz bringe. Die F&E finanziere, die Fixkosten trage.«

»Tja, das ist faszinierendes Datenmaterial, falls es sich so verhält, wie Sie sagen«, bemerkte Zula. »Danke, dass Sie es uns gezeigt haben, El. Welche Schlüsse ziehen Sie denn daraus?«

»Zunächst einmal ist es eindeutig eine hierarchische Struktur.«

»Jedenfalls erwecken Sie mit Ihrer hierarchischen Anordnung diesen Eindruck«, sagte Zula trocken.

»Der sich statistisch untermauern lässt. Das bin nicht einfach ich, der mit Bildern spielt«, blaffte El. »Das Gesamtbild zeigt, dass der Ressourcenverbrauch ganz und gar von ein paar Megaprozessen dominiert wird. Sie haben die Landform aufgebaut. Alle leben darauf. Es ist … es ist einfach …«

»Es ist genau wie die Welt, in der wir jetzt leben, ist es das, was Sie sagen wollen?«, fragte Corvallis. »Nichts hat sich geändert.«

»Das ist meine Sorge«, sagte El. »Wir hatten eine Gelegenheit, ganz von vorn anzufangen. Ein neues Universum zu errichten, in dem Bewusstseine – auf menschlichem Denkvermögen beruhende Einheiten, aber größer, besser, unsterblich – wohnen und tun können, was immer sie wollen, frei von den Zwängen, die die materielle Welt mit sich bringt. Stattdessen bekam der *Pro-*

zess – der erste Prozess – einen Vorsprung und erschuf einfach blindlings und auf törichte Weise etwas ganz Ähnliches wie die Welt, in der wir jetzt leben. Eine Welt, deren geografische und physikalische Bedingungen auf denen zu beruhen scheinen, die uns gefangen halten.«

»Vielleicht brauchen wir sie«, sagte Zula. »Vielleicht begreifen unsere Gehirne die Dinge sonst nicht.«

»Jetzt geht's mit dem Kant-Ding wieder von vorn los«, murmelte Corvallis.

»Sie müssen lauter sprechen, C«, sagte El, »die Mikrofone an diesem Ding sind immer noch nicht so gut wie menschliche Ohren.«

»Ach, vor vielen, vielen Jahren hatte ich einmal ein Gespräch mit Dodge über Kant. Von dem er bis zu diesem Zeitpunkt nie gehört hatte. Es ging um Kants Vorstellung, dass Raum und Zeit für den menschlichen Verstand unabdingbar sind – dass wir schlichtweg nicht denken könnten, ohne alles auf ein Raum-Zeit-Gitter zu beziehen. Dass jeder Versuch, außerhalb dieses Rahmens zu denken, Unsinn produzieren würde. Er hat diese Vorstellung dazu benutzt, Leibniz niederzumachen.«

»Glauben Sie, dass das bei ihm ankam?«, fragte Jake.

»Es hat ihn veranlasst, Kant zu googeln«, gestand Corvallis ein.

»Menschen, die über die Vorstellung vom Himmel nachdenken, setzen sich sehr häufig mit diesem Problem auseinander«, sagte Jake. »Wie genau wird es sein, für immer in einem Reich zu leben, wo physische Zwänge nicht gelten? Wo das Böse, der Schmerz, der Mangel nicht existieren? Ein Engel zu sein, auf einer Wolke zu leben, tagaus, tagein auf einer Harfe zu klimpern – das könnte sterbenslangweilig werden. So langweilig, dass es nicht mehr von der Hölle zu unterscheiden wäre.«

Jake machte keine Witze. Er hatte ganze Tagungen zu dieser Art von Themen veranstaltet. Dafür gesorgt, dass Bücher darüber veröffentlicht wurden. Führende Wissenschaftler dazu gebracht, öffentlich mit Theologen darüber zu diskutieren.

»Faszinierend«, sagte El, war aber ganz offenkundig nicht fasziniert. »Vielleicht können Sie diese Diskussion fortsetzen, wenn ich mich abgemeldet habe. Fliegen Sie in ein Retreatzentrum in den Bergen, laden Sie ein paar Erzbischöfe und einige Hacker ein, servieren Sie Wein, beeindrucken Sie einander mit ihren großen Ideen. Das ist mir scheißegal. Mir geht die Zeit aus. Ich habe das hier großzügiger unterstützt, als irgendjemand von Ihnen auch nur annähernd einschätzen kann. Von Anfang an habe ich Geld da hineingesteckt. Ich habe mehr *vergeudet*, als irgendjemand sonst *ausgegeben* hat. Aber ich habe die Vergeudung akzeptiert – die Tatsache, dass ich nicht wusste, welche zwanzig Prozent davon uns tatsächlich weiterbringen würden –, denn ich wusste, dass ich sterblich bin, und wollte einfach nicht als Trottel von der Bühne abtreten. Wie jeder andere, der je gestorben ist oder sterben wird. Ich habe mich in einem Maße, das überhaupt nicht gewürdigt wird, aus allem herausgehalten. Ich habe die Nutznießer meiner Großzügigkeit mit Ideen experimentieren lassen, die in vielen Fällen offen gesagt unsolide waren. Schön. Aber diese Ergebnisse sind beunruhigend für mich. Jetzt haben wir etwas, das für mich der letzte Strohhalm ist: Einer dieser Prozesse – Verna – erzeugt neue Prozesse.«

»Das ist ein Zauberlehrlingsproblem«, sagte Corvallis nickend.

»Wenn Verna es kann, können andere es genauso lernen, und dann wächst die Nachfrage nach Kapazitäten exponentiell, das ganze Ding bläht sich auf, und ihm geht das Geld aus. Wenn ich den Löffel abgebe, kann ich nicht mal meinen eigenen Prozess booten lassen, denn sämtliche Computer der Welt sind damit beschäftigt, das am Laufen zu halten, was Zula mit Fruchtfliegen verglichen hat. Daher glaube ich, dass es an der Zeit ist, dass ich eine aktivere Rolle einnehme. Eine leitendere Rolle.«

»Wie wollen Sie es denn leiten?«, fragte Zula.

Man konnte El seufzen hören. Sein Metatron besaß nicht die Fähigkeit, die Luft aus seiner Brust entweichen und die Schultern sinken zu lassen. Der Hauch von weißem Rauschen kam jedoch deutlich durch. »Ich glaube, die Prozesse sind festgefahren«, sagte er. »Schauen Sie. Das Beste und das Schlimmste, was je passierte, war, dass Sophia Dodges Gehirn verfrüht angeschaltet hat. Sie hat es einfach getan. Hätten wir es in der Hand der Wissenschaftler gelassen, wären vielleicht hundert Jahre vergangen, bevor das passiert wäre – und es wäre falsch gemacht worden. Aufs Ganze gesehen ist es also gut, dass sie die Initiative ergriffen hat. Der *Prozess* muss jedoch in einem verwirrten, desorientierten, schlecht informierten Zustand aufgewacht sein. Ich glaube, er fing einfach an, herumzutasten, Sachen auszuprobieren, ohne an das Gesamtbild zu denken, einfach die Qualia zu reproduzieren, die ihm Trost schenkten. Mit den Ergebnissen, die wir gesehen haben. Das System steckt in einer Art Attraktor-Falle – einer Reproduktion der alten Welt –, die *so viel weniger* ist, als sie *sein könnte*. Das liegt daran, dass die neuen Prozesse, die im Gefolge des ersten dazukamen, einfach an dem kleben blieben, was DG machte, und eine Feedbackschleife erzeugten, die das noch verstärkte.«

»Sie möchten daraus ausbrechen«, sagte Zula. »Die Karten neu mischen, mit einem größeren Handlungsspielraum noch einmal von vorn anfangen.«

»Zumindest mit einer Offenheit für die Möglichkeit, dass diese Seelen – ich werde sie Seelen nennen – etwas anderes tun könnten, als zu reproduzieren, was sie in ihrem früheren Leben erfahren, getan und gedacht haben.«

Corvallis sagte: »Was ist es denn nun, was Sie von uns wollen, El?«

»Worauf ich schon am Anfang hätte bestehen sollen«, sagte El, »nämlich einem vollständigen, gleichrangigen Tokinstatus. Ich will ein Tokeninhaber mit unbegrenzten Administratorrechten über alle Aspekte dieser Prozesse sein.«

Das war eigentlich kein unvernünftiges Ansinnen von einem

Mann, der – zugegebenermaßen – mehr als irgendjemand sonst dafür getan hatte, dass das alles passierte. Was die lange Stille erklärte, die darauf folgte. Hätte er um etwas Lächerliches, etwas Unredliches gebeten, hätten sie sich darüber lustig machen können.

Corvallis sprach als Erster. »Damit wir uns richtig verstehen, El: Im Moment ist aus historischen Gründen Sophia die einzige Tokin mit dieser Machtbefugnis. Sie hat sie dazu benutzt, den *Prozess* anzustoßen, der, wie Sie angemerkt haben, jetzt alles andere beherrscht. Sie hat die Macht, diesen *Prozess* abzuschalten. Ihn zu töten. Wenn Sie die gleichen Rechte hätten wie Sophia, könnten Sie dasselbe tun.«

»Schauen Sie, C, denken Sie doch nur mal eine Sekunde daran, was sich gerade mit Verna und den kleinen Prozessen ereignet, die sie hervorbringt. Und was demnächst zu Ihrem Problem wird, da die Forthrast-Familienstiftung die Zeche für sie alle zahlt. Was passiert, wenn eine Billion davon erzeugt werden und Ihnen das Geld ausgeht?«

»Wie Sie wissen, wird das nicht passieren. Wir würden einfach die Geschwindigkeit, mit der die Simulation läuft, reduzieren, sodass wir all diese Prozesse bei genau der Burn Rate laufen lassen könnten, die wir jeweils aufrechterhalten können.«

»Eine PR-Katastrophe«, sagte El. »Die LVU war anfangs ein Forschungsinstrument, wird aber jetzt von Millionen von Menschen als eine Form von Unterhaltung konsumiert. Sie sind fasziniert von dem, was sich in der Welt der Toten abspielt. Wenn Sie das auf ein Kriechtempo verlangsamen, entsteht der Eindruck, dass sich gar nichts ereignet. Sie verlieren das Interesse. Niemand unterzeichnet mehr einen Vertrag. Es fließt kein Geld mehr ins System. Wir können unsere Rechnerinfrastruktur nicht so erweitern, wie es nötig wäre. Die ganze Unternehmung gerät in eine Todesspirale.«

»Ich bin nicht so pessimistisch wie Sie«, sagte Corvallis.

»Nennen Sie es Pessimismus, wenn Sie wollen. Zahlen lügen nicht. Diese neuen ›Fruchtfliegen‹-Prozesse müssen beendet werden.«

»Schauen Sie, ich bin froh, dass Sie uns auf Vernas ›Fruchtfliegen‹ aufmerksam gemacht haben. Wir werden sie im Auge behalten. Aber darum geht es hier nicht – und das wissen Sie, glaube ich, ganz genau. Hier geht es um die großen Prozesse, die auf menschlichen Konnektomen beruhen. Prozesse, denen wir jetzt Namen gegeben haben und über die wir inzwischen sprechen und nachdenken, als wären sie menschliche Seelen. Ein Tokin mit administrativen Rechten könnte jeden von ihnen töten.«

»Sie kennen meine Gedanken dazu, C«, erwiderte El. »Mehr als irgendjemand in diesem Raum bin ich davon überzeugt, dass alle diese Prozesse lebendig sind. So lebendig wie Sie oder ich. Von daher käme ihre Abschaltung für mein Empfinden in jeder Hinsicht einem Mord gleich. Sie haben also recht, wenn Sie zu bedenken geben, dass ich jeden dieser Prozesse töten könnte. Und dennoch hätten Sie genauso gut sagen können, dass ich in der Realwelt Killer anheuern könnte, um einen Menschen zu töten – beides wäre gleichermaßen irrelevant gewesen.«

Es dauerte einen Moment, bis das ankam. Jake fragte: »Treffen Sie hier eine abstrakte philosophische Aussage, El, oder äußern Sie Drohungen?«

Corvallis richtete seinen Blick über den Tisch hinweg auf Zula, die ihn erwiderte. Auf der Seite ihres Kopfes, die nicht im Sichtfeld des Metatrons lag, hob sie die Hand, streckte ihren Zeigefinger in Richtung Ohr und ließ ihn rasch kleine Kreise beschreiben.

34

Nachdem Spring mehreren Bienen Leben eingehaucht hatte, war es nicht notwendig, noch mehr von ihnen zu erzeugen, denn Bienen besaßen die Fähigkeit, das selbst zu tun. Im Laufe des Sommers vermehrten sie sich zu Schwärmen, die wie Wolken die Luft erfüllten. Freewander führte einen Schwarm die Straße hinunter nach Stadt, wo die Bienen im Park die Blumenbeete fanden, die Egdod geschaffen und die Freewander seither verbessert hatte. Bei seinen Besuchen in Stadt beobachtete Egdod, dass die Seelen von den Bienen fasziniert waren und gerne durch den Park spazierten, um sie so genau zu betrachten, wie sie konnten, ohne schmerzhafte Stiche zu riskieren. Eine einzelne Biene machte ein so schwaches Geräusch, dass man es nicht ohne Weiteres hörte, aber ein ganzer Schwarm summte deutlich vernehmbar. Speaksall war bezaubert von dem Klang und stand einen Großteil des Tages im Garten, um ihm zu lauschen und herauszufinden, ob das eine Art von Sprache war. Seelen in Stadt konnte man dabei zuhören, wie sie das Summen der Bienen in ihre Sätze einbauten, und wenn zwei oder mehr zusammenkamen, um ihre Auren miteinander zu verbinden, gaben sie ein so überzeugendes Summen von sich, dass die Bienen selbst davon angezogen und neugierig gemacht wurden. Egdod, immer noch nicht die sprachgewandteste aller Seelen, achtete nicht besonders auf das Summen und Brummen, denn er wollte lieber das Funktionieren seiner Mundwerkzeuge und seine Fähigkeit, ganze Sätze zu bilden, verbessern. Wenn Speaksall nicht gerade versuchte, die Bienensprache zu verstehen, half er Egdod manchmal dabei, setzte sich mit ihm an den Tisch im Palast und verwickelte ihn in ein Gespräch über die jüngsten Neuerungen im Land und das Treiben in Stadt. Zusammen riefen sie sich Wörter ins Gedächtnis und übten deren Gebrauch. Gedanken in Wörter und Sätze zu fassen erforderte Anstrengung, aber Egdod sah, dass sie sich lohnte.

Ein paar Nächte nachdem die erste Biene zum Leben erweckt worden war, zog Egdod einen Nebel um den Garten und veränderte die Form des Spiegelteichs, den er vor langer Zeit gestaltet hatte, weil in ihm der Wunsch erwacht war, sich selbst zu sehen und sich ein Gesicht zu geben. Er erweiterte den Teich und ließ in dessen Mitte einen kleinen Turm sich erheben, den er anschließend so gestaltete, dass aus seinem oberen Ende Wasser heraussprudelte und in den Teich rann. Das überschüssige Wasser fand seinen Weg in einen kleinen Bach, der durch den Garten floss, bevor er in den Wald hinabstürzte, um seine Wasser mit denen zu vereinen, die aus der Quelle herausgekommen waren. Den Rand des Teichs verbreiterte Egdod zu einer ebenen Fläche, auf der eine Seele sitzen oder liegen könnte. Er hoffte, Spring würde zu diesem Springbrunnen hinauffinden und ihn als eine Art Domizil nutzen, das innerhalb des Palastgeländes lag und dennoch von seiner Natur her zu ihr passte. Denn jetzt verstand er endlich, dass sie die Urheberin der vielen verschiedenen Pflanzenarten gewesen war, die seit den frühen Tagen des Landes im Garten gesprossen waren. Er wünschte sich, dass sie sich an dem Ort, den sie geschaffen hatte, niederließ.

Anfangs schien Spring dem Springbrunnen kaum Beachtung zu schenken, aber eines Morgens teilte Longregard Egdod mit, sie habe am Vorabend, als sie von ihrem Turm hinabblickte, Spring im Mondlicht aus dem Teich auftauchen, sich in eine Gestalt mit Armen und Beinen verwandeln und an den Rand setzen sehen, genau wie Egdod es sich wünscht habe. Danach begann

Spring den Ort in dieser Gestalt häufig aufzusuchen und sogar im Garten und im Palast umherzuspazieren.

Der Anblick von Bienen, die zwischen den Blumen umherschwirrten, bestätigte Egdod darin, dass seine Gedanken über Seelen-die-keine-Seelen-sind richtig gewesen waren, und ermutigte ihn, über weitere kleine Formen nachzudenken, denen Leben eingehaucht werden könnte, vorausgesetzt, Spring wäre bereit, ihre Fähigkeiten dafür einzusetzen. Er holte Thingor und dessen Teams von Stöberern, beladen mit vielerlei Materialien, die sie in den Tiefen unter der Feste abgebaut und gereinigt hatten, von dort zurück. Gemeinsam entwarfen sie andere Formen, die denen der Bienen ähnlich, aber mal größer, mal kleiner und mit Körpern unterschiedlicher Art versehen waren. Nur wenige von ihnen konnten, wie sich herausstellte, mit Leben erfüllt werden, und von diesen lebten viele nur für kurze Zeit. Keine vermehrte sich von selbst. Weder Egdod noch Spring konnte sich den Grund für diese Misserfolge vorstellen, bis Longregard ihn eines Abends erklärte.

Die Seelen, die im Palast wohnten, hatten es sich zur Gewohnheit gemacht, sich, wenn die Sonne niedrig stand, um den Tisch zu versammeln und die Kunst des Miteinandersprechens zu praktizieren. Zu der anfänglichen Gruppe aus Egdod, Ward, Freewander, Speaksall, Longregard und Thingor waren Spring sowie Seelen aus Stadt hinzugekommen, denen Egdod die Namen Greyhame und Knotweave gegeben hatte. An Ersterem schätzte er die Befähigung, über abstruse Dinge nachzudenken, was er gemeinhin tat, während er an einem Wirbel farbloser Aura zupfte, die den unteren Teil seines Gesichts umschloss und seinen Mund einfasste. Knotweave war eine Seele wie Thingor, die Freude daran hatte, bleibende Dinge aus Material zu machen, das sie sich von den Erzeugnissen des Landes ausgeborgt hatte, aber während Thingors bevorzugte Materialien Stein und Metall waren, neigte sie eher dazu, Material zu verwenden, das sie aus Pflanzen unterschiedlicher Art gewonnen hatte. Zusammen hatten sie und Thingor versucht, eine Kreatur zu schaffen, die acht Beine, aber keine Flügel besaß, denn Knotweave hatte die von verschiedenen anderen unterstützte Idee gehabt, dass ein solches Wesen in der Lage sein sollte, aus der Luft selbst eine Art Gewebe zu spinnen. Das war eine der wenigen neuen Arten von Geschöpf, denen Spring hatte Leben schenken können, doch bald danach war es gestorben, ohne je die Gabe, Luft zu Knoten zu spinnen, erlangt zu haben.

In letzter Zeit hatte Longregard die Bienen genau beobachtet, indem sie sich, um nicht gestochen zu werden, den Blumenbeeten mit Geduld und Vorsicht näherte, und inzwischen war sie der Meinung, dass sie den Stoff von den Blumen in ihre Körper aufnahmen und zu den Orten trugen, wo sie sich nächtens aufhielten: gelbweißen Wucherungen, wie kleine Nachbildungen von Stadt, die sie für gewöhnlich in Astgabeln oder an ähnlichen Orten bauten. Sie wurden Bienenstock genannt. Im Frühsommer hatte Longregard in die Bäume fliegen oder klettern müssen, um die Bienen beim Bau zu beobachten, doch in letzter Zeit hatten sie angefangen, den größten Bienenstock von allen in dem kleinen Steinturm zu bauen, den Egdod als Zierde mitten in den Park gestellt hatte. Dieser war als Unterkunft für Seelen zu klein, konnte aber Tausende von Bienen beherbergen, und die Schlitze, die Egdod in den Mauern hinterlassen hatte, dienten als Öffnungen, durch die sie ein und aus schwärmen konnten. Bei einem Blick ins Innere des Turms hatte Longregard gesehen, wie sie den gelbweißen Stoff, aus dem Bienenstöcke gemacht wurden, unmittelbar aus ihrem Körper ausschieden.

Greyhame hatte begonnen, an seinem Kinn zu zupfen. Er äußerte die Meinung, dass das Wachs aus genau dem Stoff gemacht sein musste, den die Bienen von den Blumen nahmen. Thingor äußerte die Überlegung, dass, wenn er aus irgendwelchem Material ein irgendwie geartetes Ding mache, die verbrauchte Materialmenge der Größe dieses Dings entspreche; wie also könnten Bienen einen Bienenstock bauen, ohne dessen Material irgendwoher zu bekommen? Freewander pflichtete ihm sofort mit der Bemerkung bei, sie sei viele Male nah genug an Bienenstöcken vorbeigeschwirrt, um das Wachs zu riechen und zweifelsfrei festzustellen, dass es nach Blumen duftete.

»Die Lösung dieses Rätsels – wenn es überhaupt eins ist – befindet sich hier mitten unter uns«, sagte Egdod.

Die anderen Seelen blickten sich neugierig um, so als würde die Antwort wie ein Bienenschwarm zwischen ihnen hereinfliegen, doch stattdessen schlug Egdod mit der flachen Hand auf die Tischoberfläche. »Seit wir uns angewöhnt haben, abends um diesen Tisch herumzusitzen, habe ich das Gefühl, das etwas fehlt, so wie die Blumenbeete allein zu sein schienen, als noch keine Bienen in ihnen summten. Dieser Tisch ist allein. Nicht nur das, ihm fehlt jeglicher Zweck, da wir nie irgendetwas auf ihn legen, außer hin und wieder die Werke von Thingor und Knotweave, wenn sie hier etwas herstellen.« Egdod wollte diesen Zusammenhang weiter ausführen, als er sah, dass das gar nicht nötig war, da die anderen überwiegend Zustimmung signalisierten, indem sie mit dem Kopf nickten oder die Form ihrer Aura veränderten.

»›Essen‹ heißt das, oder ›Nahrung‹«, sagte Speaksall. »Und ›Trinken‹.«

»An beides erinnere ich mich allmählich«, verkündete Ward. »Und sich an sie zu erinnern heißt, sie zu vermissen, denn ich bin mir ziemlich sicher, dass sie mir einstmals großes Vergnügen bereiteten.«

»Sie sind für die Lebenden«, verkündete Spring. »Bienen müssen essen, um Wachs für ihre Bienenstöcke zu machen, und damit sie mehr von ihrer Art erzeugen können. Wir machen kein Wachs. Und mehr von unserer Art zu erzeugen übersteigt bei Weitem unsere Fähigkeiten, haben wir doch schon bei dem Versuch, selbst kleine Geschöpfe wie das zu schaffen, das Knotweave ersonnen hat, mit so vielen Schwierigkeiten zu kämpfen.«

»Der Grund, weshalb es nicht aus der Luft heraus Fäden spinnen konnte, war vielleicht, dass es nichts zu essen hatte.«

Thingor nickte. »Irgendwoher hätte es das Material für die Fäden bekommen müssen.«

»Wie dem auch sei«, sagte Greyhame, »das berührt nicht Springs Hauptargument, nämlich dass wir nichts aus unseren Formen machen und deshalb auch keine Verwendung für Essen und Trinken haben.«

»Das bezweifle ich gar nicht«, sagte Longregard. »Aber Seelen in Stadt haben vor Kurzem eine eigentümliche Gewohnheit angenommen, die darin besteht, sich zusammen in ein Haus zu setzen und gemeinsam Geräusche zu machen. Geräusche, die keinem anderen Zweck dienen, als denen, die sie machen, und denen, die ihnen lauschen, zu gefallen.«

»Ich habe es gehört«, sagte Speaksall. »Die Idee haben sie vom Summen der Bienen, aber ihre Geräusche sind viel komplexer und schöner geworden.«

»Ich habe es auch gehört«, gab Egdod zu, »und ich lechze danach, mehr zu hören.«

»Das ist sonderbar«, sagte Greyhame, »aber ich verstehe den Bezug zu dem nicht, worüber ich gerade eben erst sprach.«

»Für mich ist der Bezug vollkommen klar«, sagte Ward, »was aber vielleicht nur daran liegt, dass ich jetzt etwas fühle, das so ähnlich ist wie Schmerz, nur nicht so unangenehm. Ich glaube, man nennt es Hunger. Ich hungere nach Essen und Trinken. Aber nicht, weil ich aus etwas, das mein Körper ausscheidet, einen Bienenstock machen *muss*. Auch nicht, weil ich versuche, weitere Exemplare von mir selbst zu erzeugen. Ich hungere aus demselben Grund danach, aus dem Egdod danach lechzt, bestimmte Geräusche zu hören: einfach weil es mir Freude machen würde, es zu haben.«

»Deine Erklärung ist zufriedenstellend«, sagte Greyhame, »aber das ist ohne Belang, weil es schlicht keine Nahrung gibt. Und ich für mein Teil habe nicht die geringste Ahnung, woher wir welche bekommen könnten.«

»Ich könnte versuchen, welche zu machen«, sagte Thingor, »aber ich kenne ihre Form nicht, und die Vorstellung, etwas zu essen, das aus Eisen gemacht wurde, erweckt nicht gerade Vorfreude in mir.«

»Ich habe einen Gedanken dazu«, verkündete Freewander, »leichter zu zeigen, als zu erklären.«

»Sollen wir unsere Auren verbinden?«, fragte Ward.

»Nein«, sagte Freewander, »ich hatte gedacht, ihr würdet mich stattdessen zu einem bestimmten Ort begleiten, den ich im Garten kenne.« Und sie erhob sich in einer raschen Bewegung von ihrem Stuhl und in die Luft. Die anderen, weniger flinken Seelen folgten ihr zu Fuß. Draußen war es fast dunkel, aber in den Garten fielen durch Lücken in der ihn umgebenden Hecke immer noch ein paar flache Sonnenstrahlen.

Freewander führte sie zu einem kleinen knorrigen Baum, der in der Nähe des Springbrunnens wuchs. Egdod hatte ihn vor vielen Jahren in der Absicht geschaffen, viele dieser Art in einem Teil des Landes zu säen, der ihm für hohe Bäume ungeeignet erschien. Bislang hatte er davon jedoch wenig Gebrauch gemacht, und Freewander, die diesen Baum als einen einsamen und vernachlässigten Teil der Schöpfung betrachtete, hatte ihn mit weißen Blüten geschmückt. Egdod hatte das lächerlich gefunden, denn für ihn waren Blumen kleine Pflanzen, die nah am Boden wuchsen, aber wie so oft bei Freewanders wunderlichen Einfällen hatte er sich daran gewöhnt und musste jetzt zugeben, dass der Baum im Frühling, als seine Blüten so dicht gewachsen waren, dass sie seine grünen Blätter verbargen, und ganze Bienenschwärme angelockt hatten, angenehm anzuschauen und zu riechen gewesen war. Jetzt war Spätsommer und die Blütenpracht längst vergangen. »Die Blütenblätter sind vor Monaten abgefallen«, bemerkte Freewander, »und haben nur kleine trockene Öffnungen an den Enden der Zweige hinterlassen, an denen sie gehangen hatten. Die Bienen, die diesen Baum so geliebt hatten, haben ihn verlassen, und ich fand, dass er einsam aussah. Doch siehe da, die Enden der Zweige sind angeschwollen. Die Knospen, die einst weiße Blüten getragen hatten, entwickelten sich nicht zu Blättern, sondern eher zu den runden Dingern, die man jetzt überall an ihm sehen kann.« Dabei umschloss sie eins der runden Dinger – einen kleinen grünen Vollmond – mit der Hand. Und tatsächlich, als die anderen hinschauten, sahen sie überall an dem Baum noch mehr davon – so viele, wie es im Frühling Blüten gegeben hatte. »Ich gehe davon aus«, verkündete Freewander, »dass die Bienen durch ihren Besuch dieses Baums irgendwie …«

Und hier verließ sie ihre Fähigkeit, Gedanken in Worte zu fassen. Doch Spring wusste Bescheid. »Die Bienen, die Leben besitzen, haben eine neue Art von Leben auf diesen Baum übertragen und seine Natur verändert, damit er diese da erzeugt.«

»Äpfel«, sagte Ward. »So heißen sie. Wir sollten sie essen.«

Freewander fand diesen Vorschlag nicht gut. Bevor sie Einspruch erheben konnte, verkündete Egdod: »Sie sind noch nicht fertig gewachsen.«

»Woran siehst du das?«, fragte Greyhame.

»Ich weiß es«, antwortete Egdod. »An Äpfel habe ich eine sonderbar starke Erinnerung – jetzt, da sie erwacht ist, beinah so stark wie die Erinnerung an Blätter, die mich in der Anfangszeit des Landes dazu bewog, diesen Ort hier zu gestalten. Und ich sage euch, ein Apfel ist so lange keine Nahrung, bis er so groß wie ein Handteller und außerdem rot geworden ist.«

»Rot?!«, rief Ward aus.

»Das wird der Fall sein«, sagte Egdod voraus, »wenn die Blätter die Farbe wechseln. Dann werden wir die Äpfel pflücken und sie zum Tisch tragen und mit Vergnügen essen.«

Schließlich kam der Herbst. Die ersten Blätter färbten sich rot. Die Bienen widmeten sich jeden Tag mit größerem Eifer ihrer Arbeit, so als träfen sie Vorbereitungen für den Winter, und aus ihren Stöcken drang ein neuer Duft, dem der Blumen nicht unähnlich, aber süßer. Ward wagte die Vermutung, dass in ihren Stöcken ja vielleicht eine andere Art von Nahrung zu finden sei, die sich von Äpfeln unterscheide. Er schien geneigt, sich etwas davon zu holen, bis Freewander zu bedenken gab, dass die Bienen das ja sicher aus einem bestimmten Grund machten. Greyhame äußerte die Vermutung, dass es sich hierbei um Nahrung handelte, die die Bienen während der Monate brauchten, in denen es keine Blumen gab. Speaksall erinnerte sich, dass diese Nahrung Honig hieß, und Egdod verbot Ward, etwas davon aus den Stöcken zu stehlen.

Später im Herbst jedoch, als Blätter und Äpfel gleichermaßen von Grün zu Rot wechselten, meldete Longregard, sie habe in Stadt gesehen, wie Seelen aus manchen der leichter erreichbaren Bienenstöcke Honig herausgeholt und sich in den Mund gesteckt hätten. Der Preis dafür seien viele schmerzhafte Stiche gewesen, und manche hätten festgestellt, dass man eine Biene töten könne, indem man mit der Handfläche auf sie schlage. Etliche Bienen seien auf diese Weise ums Leben gebracht worden, aber wiederum nicht so viele, dass ihre Zahl stark reduziert worden sei.

Diese Nachricht wirkte in unterschiedlicher Weise auf die um den Tisch sitzenden Seelen. Freewander war wütend und vertrat entschieden die Meinung, dass diejenigen Seelen, die Bienen getötet hatten, »bestraft« werden sollten. Das Wort war allen Anwesenden vage vertraut, seine Bedeutung jedoch nicht hinreichend klar.

»Würdest du ihnen Schmerz zufügen?«, fragte Spring. »Oder ihnen Vergnügen vorenthalten?«

»Oder ihre Gestalt insgesamt zerstören?«, fragte Ward mit einem Blick zu Egdod. Dieser hatte nämlich schon vor einiger

Zeit mit Ward über gewisse Ideen gesprochen, die ihm damals gekommen waren: das Bild von der Seele auf dem Berg, die einen grellen Blitz in der Hand hielt, und die Vorstellung, dass es möglich sein könnte, ein Ding so gründlich zu verwirren, dass ihm jede Kraft fehlte, sich davon wieder zu erholen.

Freewander hatte keine feste Meinung darüber, welche Form die Bestrafung annehmen sollte. Greyhame zweifelte überhaupt an deren Notwendigkeit und betonte, es gebe doch jede Menge Bienen.

»Selbst wenn wir annehmen, dass sie unrecht getan haben«, sagte Egdod, »und Strafe verdienen, ist es dann an uns, zu urteilen und zu bestrafen?«

»Es ist an *dir*«, rief Freewander aus, »denn du bist es, der das Land gemacht hat. Und genau wie du umherfliegst und die falsch gebildeten Formen von Bergen, Flüssen und Bäumen korrigierst, so solltest du die Handlungen von Seelen korrigieren, deren Tun sich gegen die Schönheit dieses Ortes richtet.«

»An dem Tag, als ich Blumen aus dem Garten in den Park hinunterbrachte, hätte ich dich fast bestraft«, sagte Egdod, »denn du hattest einige von ihnen gepflückt und sie in deine Aura geflochten, was mich erzürnte.«

»Du hast mich mit der Kraft deiner Flügel zurückgeschlagen«, erinnerte sie sich.

»Das ist aber etwas anderes als die Art von Bestrafung, die du für die Bienentöter im Sinn hast«, sagte Egdod. »Ich habe noch rechtzeitig begriffen, dass du den Ort auf eine Weise verbessert hast, die mir bis dahin gar nicht aufgegangen war. Weil du nicht bestraft wurdest, ist das Land jetzt viel besser.«

»Mir will nicht einleuchten, inwiefern die mutwillige Zerstörung von Bienen den Ort besser macht.«

»Mich beunruhigt das auch«, gab Egdod zu, »obwohl ich mir noch nicht erklären kann, warum.«

»Vielleicht liegt es an etwas, das jemand erwähnte, als wir zum ersten Mal über Nahrung und das Essen von Äpfeln sprachen«, sagte Ward. »Die Unterhaltung erinnerte mich stark ans Essen, und ich erlebte zum ersten Mal Hunger. Doch dank der Weisheit von anderen an diesem Tisch verstand ich bald, dass das Essen von Nahrung für Seelen wie uns keinerlei Zweck erfüllt. Bienen brauchen Nahrung, um Bienen zu sein. Seelen wie wir brauchen sie nicht, und daher essen wir, wenn wir es tun, nur zu unserem Vergnügen.«

Greyhame nickte. »Die Seelen, die die Bienen töteten«, sagte er, »haben Kreaturen Nahrung weggenommen, die diese brauchten, und das nur zur Befriedigung ihrer Gelüste.«

»Nun, da du es so formuliert hast«, sagte Egdod, »schätze ich ihre Handlungen als unrechtmäßig ein und sehe, dass Freewander mich erneut mit der Geschwindigkeit ihres Denkens übertroffen hat. Jemanden tatsächlich zu bestrafen ist aber etwas ganz anderes. Ich werde darüber nachdenken. Zuerst möchte ich allerdings auf Springs Weisheit in einer näherliegenden Sache verweisen.«

Bis zu diesem Zeitpunkt hatte Spring geschwiegen, wenngleich das Verhalten ihrer Aura darauf hindeutete, dass sie aufmerksam gelauscht hatte und diese Dinge mit großer Sorgfalt abwog. Sie richtete den Blick auf Egdod. So betrachtet zu werden bereitete ihm Vergnügen, denn er sah große Schönheit in Spring und hatte in Bezug auf sie begonnen, Gelüste zu verspüren, die sich von Hunger unterschieden. Derlei Dinge verbannte er jedoch einstweilen aus seinem Sinn und fragte sie: »Brauchen Bäume Äpfel, so wie Bienen Honig brauchen? Ist es so, dass man einem Baum Nahrung stiehlt, wenn man einen Apfel pflückt?«

Darüber dachte Spring nicht lange nach, ehe sie den Kopf schüttelte. »Bäume erhalten ihre Nahrung aus dem Boden und von der Sonne. Die Äpfel sind so ähnlich wie Blätter. Sie werden auf den Boden fallen und verdorren, und die Bäume werden sie nicht vermissen.«

»Wenn das so ist«, sagte Egdod, »schlage ich vor, dass wir, bevor ein Urteil oder eine Bestrafung in der Angelegenheit des Bienentötens und des Honigdiebstahls erfolgen, unser Festmahl abhalten, damit auch wir wissen, was es bedeutet, etwas zu essen und seine Gelüste zu befriedigen.«

Knotweave hatte zusammengedrehte Grasbüschel geschickt zu Behältern verwoben, die sie Körbe nannten. Damit gingen die Seelen des Tischs hinaus in den Garten und füllten mehrere von ihnen mit Äpfeln. Diese waren jetzt gemäß Egdods Voraussage so groß, dass sie einen Handteller ausfüllten, und überwiegend rot. Die Seelen trugen die Körbe in den Palast und leerten sie auf dem Tisch aus, den Knotweave mit einem gewebten Tuch in der Farbe des Herbstlaubs bedeckt hatte. Thingor hatte ein Werkzeug namens »Messer« angefertigt, dessen Gebrauch er demonstrierte, indem er die Äpfel in kleinere Stücke schnitt. Im Inneren jeder Frucht fanden sie kleine harte Teilchen, die Spring einen Moment lang mit einer Fingerspitze streichelte, ehe sie erklärte, dass sich in ihnen das Leben befinde und sie die Anfänge von neuen Bäumen derselben Art seien und deshalb nicht gegessen werden dürften. Dann begannen sie endlich, damit zu experimentieren, die Apfelstücke in ihre Münder zu schieben, die sie bis dahin nur dazu benutzt hatten, Wörter zu formen.

So entdeckte Egdod noch eine neue Möglichkeit, wie das Land zu ihm sprechen konnte. Begonnen hatte er mit Sehen und Hören, dann gelernt, den Boden unter seinen Füßen zu fühlen und mit der Nase den Duft der Kiefern in den Bergen zu riechen. Jetzt schmeckte er zum ersten Mal, seit er gestorben war, Nahrung. Wie immer, wenn er einen neuen Sinn entdeckte oder wiederentdeckte, hielt die Verwunderung darüber eine Weile an. Doch als er seine Fähigkeit, über diese Dinge nachzudenken, wiedererlangt hatte, begann er sich zu fragen, wohin diese Apfelstücke, nachdem er sie hinuntergeschluckt hatte, gegangen waren. Sie befanden sich jetzt in ihm. Neue Formen mussten im Inneren seines Körpers entstehen, um den Apfel zu verdauen und die Teile davon, die für ihn nutzlos waren, auszuscheiden. Vielleicht waren diese Formen aber auch latent schon in ihm vorhanden gewesen und jetzt lediglich wachgerufen.

Ähnliches musste sich in den Körpern aller Seelen in Stadt, die Honig konsumiert hatten, abgespielt haben.

Er trug den anderen auf, die übrigen Äpfel zu pflücken und in Körben hinter ihm herzubringen. Dann flog er die Straße hinunter nach Stadt. Während er sich ihr näherte, drang ein neuer Geruch in seine Nasenlöcher. Es war keiner, den er gerne roch, und seinen Ursprung konnte er auch nicht ausmachen. Egdod flog eine Schleife rund um den Park und sah, dass sich viele Seelen um den Turm in dessen Mitte scharten und hineinzukommen versuchten. Ihre Absicht war klar: Von den Bienentötern hatten sie gehört, wie wohlschmeckend der Honig war, und lechzten jetzt danach. Die Bienen, die merkten, dass sie angegriffen wurden, waren durch die kleinen Öffnungen in den seitlichen Turmmauern ausgeschwärmt; viele von ihnen stachen Seelen, und viele wurden zerquetscht.

Mit mächtigen Flügelschlägen ließ sich Egdod oben auf dem Turm nieder. Der Luftstoß trieb die Bienenschwärme auseinander und ließ viele Seelen taumeln oder warf sie flach auf den Boden. Der Geruch, den er bemerkt hatte, war hier stärker. Nicht weit entfernt sah er eine Seele, die eine merkwürdige Haltung eingenommen hatte: Sie saß mit dem Hinterteil knapp über dem Gras tief in der Hocke. Braune Flüssigkeit schoss in einem Strahl aus ihr heraus und befleckte den Boden unter ihr, und Egdod wusste, dass das der Ursprung des schlechten Geruchs war. Und er verstand, woher er gekommen war.

»Von welchen, die Honig gegessen hatten, erfuhren manche unter euch, welche Freuden das mit sich bringt«, verkündete Egdod, der seine Stimme sehr laut ertönen ließ. »Ich sage euch, es liegt Wahrheit darin, und solche Freuden genießen zu wollen steckt in uns allen. Den Honig von den Bienen zu stehlen bedeutet aber, eine Art von Verkehrtheit in das Land einzuschleppen, die all den Anstrengungen zuwiderläuft, die ich bisher unternommen habe, um es besser zu machen. Honig zu brauchen liegt in der Natur der Bienen, in eurer hingegen nicht. Es gibt jedoch eine andere Möglichkeit, an Nahrung zu kommen, die nicht damit einhergeht, dass man Bienen zerquetscht oder denen Nahrung wegnimmt, die sie über den reinen eigenen Genuss hinaus wirklich brauchen. Die entsprechenden Früchte fliegen jetzt gerade vom Garten her zu euch.« Und er streckte eine Hand in Richtung Palast aus. Die Seelen drehten ihre Köpfe in diese Richtung und sahen Ward, Freewander, Speaksall, Thingor, Longregard, Greyhame und Knotweave, mit Körben schwer beladen, auf sie zufliegen.

»Von dem Apfelbaum in meinem Garten sollt ihr essen, wenn ihr essen müsst«, verkündete Egdod. »Die Bienen sollt ihr nicht belästigen. Nehmt euch stattdessen die Bienen zum Vorbild, an dem ihr eure Art, Dinge zu tun, in Zukunft ausrichtet.«

So wurden die Bienen des Turms durch Egdods Eingreifen gerettet, und die Seelen von Stadt genossen ein Apfelfestmahl und wussten danach, was es hieß, zu schmecken und zu essen. Später wussten sie auch, was es hieß, Kot auszuscheiden. Die Seelen, die starke Arme zum Graben hatten, machten sich daran, Löcher für diesen Zweck auszuheben, und oben auf der Hügelkuppe fertigte Egdod Löcher, die wirklich sehr tief waren, damit der Geruch von Kot seine Nasenlöcher nicht störte, während er sich an der Schönheit des Gartens erfreute.

35

Dann kam der Winter. Egdod spürte die Kälte wie noch nie zuvor und begann, mehr Zeit im Inneren des Palasts zu verbringen. Als er über die still unter dem Schnee liegende Stadt flog, sah er ringsherum nur sehr wenige Seelen und wusste, dass auch sie die Kälte spürten. Das, so verstand er inzwischen, lag daran, dass sie gegessen hatten. Nahrung aufzunehmen brachte Vergnügen, machte den Körper aber auch anfällig für weniger angenehme Empfindungen. Egdod, der imstande war, die Welt auf jegliche ihm dienlich erscheinende Weise zu verändern, konnte sich, wenn er wollte, in einen Umhang aus warmer Luft hüllen und sich so vor der Kälte schützen, was die anderen Seelen nicht vermochten. Er hatte Stadt ganz für sich allein, während ihre Seelen sich in ihren Häusern zusammendrängten. Knotweave hatte ihnen gezeigt, wie man Decken machte, die sie, um es wärmer zu haben, um sich ziehen konnten.

Als Egdod an einem kleinen Haus vorbeiging, hörte er drinnen zwei Seelen Laute von sich geben, die keine richtigen Wörter waren. Er blickte durchs Fenster und sah zwei Seelen, eine in die Aura der anderen gehüllt.

»Sie schenken einander Vergnügen«, sagte eine Stimme.

Egdod hob den Blick und sah eine Seele auf dem Dach des kleinen Hauses sitzen. Sie hatte weiche Flügel, üppig mit vielen dicken schneeweißen Federn versehen. Die Flügel waren gefaltet und um sie gehüllt, um sie zu wärmen.

»Das ist eine Untertreibung«, erwiderte Egdod. »Jedenfalls für mein Gefühl, soweit ich solche Dinge überhaupt beurteilen kann.«

»Es gibt eine Kunst dabei, die, wenn beide sie erst einmal beherrschen, das Vergnügen über alle Maßen wachsen lässt.« Nachdem sie diese Auskunft gegeben hatte, genügte es der anderen Seele, in ihrem warmen Flügelzelt dazusitzen und eine Weile schweigend auf ihn hinabzublicken.

»Es gibt viele Möglichkeiten«, sagte Egdod, »wie eine Seele einer anderen Vergnügen bereiten kann. Indem sie Dinge von großer Schönheit macht. Gefällige Wörter äußert. Musik erklingen lässt. Oder indem sie einfach …« Er betrachtete die Seele auf dem Dach, und das noch eine ganze Zeit lang. »… Schönheit verkörpert, die angenehm anzuschauen ist, so wie du. Was diese beiden da tun, ist aber tatsächlich von völlig anderer Art.«

Er verstand, dass die beiden Gelüste derselben Art, wie er sie kürzlich Spring gegenüber empfunden hatte, verspürt und sich ihnen hingegeben hatten.

»Warum sehnen sich Seelen so danach, Empfindungen wiederzuerlangen, die zu einer anderen Welt gehören?«, sinnierte er. »Angefangen hat es mit dem Aufnehmen von Nahrung. Und jetzt das.«

»Erinnerst du dich daran?«, fragte die Seele, die Egdod Warm Wings genannt hatte.

»Jetzt, wo ich es gesehen habe«, sagte Egdod, »bin ich ganz sicher, dass ich es genauso gemacht habe, bevor ich hierherkam.«

»Wir alle haben es gemacht«, sagte Warm Wings. »Es liegt im Wesen von Seelen, es zu wollen, so wie Bienen zu Blumen fliegen.«

»Warum sitzt du auf ihrem Dach?«, fragte Egdod. »Bist du es, die sie zusammengebracht hat?«

Warm Wings lächelte. »Dafür brauchten sie keine Unterstützung.«

»Wenn ich morgen Nacht wieder herunterkäme und zu einem anderen Haus ginge, wo zwei Seelen sich auf diese Weise paarten, würde ich dich da auch finden?«

»Würdest du mich gerne dort finden?«

Egdod spürte das Verlangen jetzt stark, und ihm war klar, dass es, ebenso wie das Verlangen nach Nahrung und Wärme, für die Zukunft von Stadt von großer Bedeutung war, da sie sich immer weiter mit neuen Seelen füllte. Und nicht nur Stadt, sondern das ganze Land; Longregard hatte ihm nämlich erzählt, dass in letzter Zeit viele weitere Seelen gekommen waren. Und nachdem sie festgestellt hatten, dass Stadt in ihren Häusern keinen Platz mehr hatte, hatten sie sich, als ihre Formen robust genug geworden waren, um ihnen Bewegungsfreiheit zu gewähren, jenseits davon vorgewagt.

»Ich möchte gerne, dass du im Palast wohnst«, sagte Egdod. Und er beschloss, dort für Warm Wings eine Bleibe zu schaffen, die weit von den Bereichen entfernt war, in denen er sich aufhielt, denn ihre Schönheit und ihre Art, über Vergnügen zu sprechen, war keineswegs unangenehm, aber in gewisser Weise beunruhigend. »Wenn du es dir zur Gewohnheit machst, auf deinen schönen weißen Schwingen nach Stadt zu fliegen und mehr über solche Dinge zu erfahren« – und dabei deutete er mit dem Kopf auf das Fenster, hinter dem die beiden Seelen fortfuhren, einander Vergnügen zu bereiten – »dann würde ich mich freuen, wenn du dich mit den anderen Seelen des Palastes an den Tisch setzen und darüber berichten würdest, denn ich glaube, dass es von einiger Bedeutung ist.«

Warm Wings war durchaus nicht ungehalten darüber, eine solche Einladung erhalten zu haben, doch lag es nicht in ihrem Wesen, sofort zuzugreifen. »Wer sind diese Seelen, und was ist dieser Tisch?«, fragte sie nach. »Darüber wird in Stadt viel spekuliert.«

Egdod war nicht in den Sinn gekommen, dass sich die Seelen

von Stadt mit solchen Fragen befassen würden. Jetzt verstand er, dass es unweigerlich so sein musste, lag es doch in der Natur von Seelen, dass sie nicht nur Nahrung haben wollten und nach anderen Arten von Vergnügen lechzten, sondern auch neugierig waren.

»Es ist das Pantheon«, erzählte ihr Egdod. »Dieser Name fiel Speaksall ein. Du wirst bemerkt haben, dass es im Wesen mancher Seelen liegt, umfassendere Fähigkeiten als üblich zu entwickeln. Du zum Beispiel hast für dich selbst eine Gestalt geschaffen, die sich von allen anderen unterscheidet. Ich möchte behaupten, dass andere Seelen in Stadt beim Anblick deiner Schönheit versuchten, sich nach deinem Vorbild zu verändern, es aber nicht geschafft haben. Vielleicht fehlt ihnen die nötige Kontrolle über ihre eigene Gestalt. Wahrscheinlicher ist, dass ihnen deine geistigen Fähigkeiten abgehen. Die Vollkommenheit deiner Form täuscht über die lange mühevolle Arbeit hinweg, die in deren Entwurf geflossen sein muss; diese ist ja durchaus Teil ihrer Makellosigkeit. Über wie viele Jahreszeiten hinweg hast du daran gearbeitet, dich so zu formen, verborgen vielleicht in einem Haus, in dem keine andere Seele beobachten konnte, was du tatest? In dieser Zeit magst du dich gefragt haben, wozu all diese Mühe gut sein sollte. Ich aber sage dir jetzt, dass du dich gerade durch dein Bemühen von diesen anderen abgesetzt hast, die gar nicht daran dachten, sich so anzustrengen, oder wenn sie es taten, nicht den Willen oder die geistige Fähigkeit besaßen durchzuhalten. Aus diesem Grund ist dein Platz an meinem Tisch und nicht hier unten unter diesen Seelen. Denn hier in Stadt wirst du auf ewig die sein, die auf dem Dach hockt.«

Warm Wings antwortete nicht, hörte aber mit höchster Aufmerksamkeit zu.

Egdod fuhr fort: »Ich sehe, dass du meine Worte verstehst und genau weißt, wovon ich spreche. Seelen wie du werden in meinem Pantheon gebraucht, und der Grund dafür ist leicht zu erklären: Du siehst Dinge, für die ich blind bin und die meine Fähigkeiten in mehrfacher Hinsicht übersteigen. Komm mit mir in den Palast, Warm Wings.« Und das tat sie.

Die Kälte des Winters zwang die Seelen von Stadt, neue Sitten anzunehmen. Einige wenige, die die Fähigkeit besaßen, erhebliche Veränderungen an ihrer Gestalt vorzunehmen, bedeckten ihre Haut mit Federn oder Haar und schützten sich so vor der Kälte. Andere Seelen eigneten sich Knotweaves Handwerkskünste an und fertigten Decken und dann Gewänder aus grobem Gewebe, wie man es aus den Fasern von herabgefallenen Blättern und welkem Gras gewinnen konnte. Dass man dieselben Stoffe auch verbrennen konnte, um Wärme zu erzeugen, lernten sie von Thingor, der, um Metall besser bearbeiten zu können, Fertigkeiten im Feuermachen erworben hatte.

Vor einiger Zeit hatte Egdod es für richtig erachtet, Bäume mit der Eigenschaft zu versehen, von Zeit zu Zeit Äste abzuwerfen, etwa wenn starker Wind sie erfasste; folglich lagen sie jetzt an bestimmten Stellen im Wald schwer auf dem Boden. Auch diese brannten, wie Thingor den frierenden Seelen von Stadt zeigte, die daraufhin die Gewohnheit annahmen, sich in den Wald hineinzuwagen und Äste zu sammeln, die nach Hause zu tragen sie kräftig genug waren. Andere Erfindungen von Thingor wurden für nützlich befunden, um das Holz weiter zu zerkleinern, sodass es gegen Ende des Winters üblich war, in Stadt Seelen mit Messern und Äxten herumlaufen zu sehen.

Dennoch litten viele von ihnen unter heftigen Gelüsten, die zu befriedigen das Land nicht die Möglichkeiten bot. Eines Tages, als der Schnee zu schmelzen begann, flog Ward über den Park und bemerkte eine Seele, die vor dem kleinen Turm dort stand und mit einer Axt auf dessen Wände einschlug. Er flog eine Kehre, landete oben auf dem Turm und beobachtete die Seele eine Zeit lang. Wieder und wieder schlug sie mit dem metallenen Werkzeug, das Thingor die Stadt herzustellen gelehrt hatte, auf den Stein des Turms ein, doch dieser war hartnäckig und das Ergebnis nichts als kleine Funkenschauer. So erfolglos waren die Anstrengungen dieser Seele, dass Ward sich fragte, zu welchem Zweck sie sie mit einer solchen Wildheit fortsetzte. Mit einem Flügelschlag landete er in ihrer Nähe auf dem Boden. Seine Anwesenheit spürend drehte die Seele sich nach ihm um und hörte auf, den Turm mit der Axt zu bearbeiten. »Was willst du damit erreichen, Swat?«, fragte Ward. Er hatte die Seele nämlich als denjenigen wiedererkannt, der sich im Laufe des Herbstes als großer Bienenstockzerstörer und Honigesser gezeigt hatte. Nachdem Swat häufig gestochen worden war, hatte er gelernt, sich gegen die wütenden Bienen zu wehren, indem er sie totschlug, und die Vorgehensweise anderen hungrigen Seelen beigebracht.

Swat antwortete: »Als ich sah, wie die Axt ins Holz von Bäumen beißt, dachte ich, sie könnte an dem Turm dieselbe Wirkung haben.«

»Egdod schuf den Turm hier als etwas Schönes, damit alle Seelen sich an seinem Anblick erfreuen«, betonte Ward. »Seine Form in irgendeiner Weise zu verändern steht dir nicht zu.«

»Er ist voller Honig«, sagte Swat.

»Honig, der den Bienen gehört – wie Egdod schon vor vielen Monaten vor dem Apfelfestmahl sagte.«

»Äpfel haben wir seit diesem Tag nicht mehr gegessen, ja nicht einmal gesehen«, gab Swat zurück. »In der Zwischenzeit ist unser Verlangen mächtig geworden, und wir würden es jetzt befriedigen, indem wir den Honig verzehren, der in diesem Turm ist.«

»Das darfst du nicht«, sagte Ward und streckte seine Hand in einer Geste aus, die von Anbeginn des Landes sein Zeichen für andere Seelen gewesen war, abzulassen und zurückzuweichen.

»Immer warst du die Seele, die uns anderen sagte, wohin wir gehen durften und wohin nicht, die uns den Weg in den Palast versperrte und uns verbot, den Park zu betreten«, beschwerte sich Swat. »Jetzt ist es wieder so – nur dass ich eine Axt habe und du nicht. Und mag die Axt auch zu schwach sein, um die Adamantform dieses Turms zu verändern, so sei doch gesagt, dass die Gestalt, die du dir gegeben hast, o stolzer Ward, aus weicherem Stoff ist – weicher sogar als die Äste der Bäume, die dem Biss der Axt so leicht nachgeben. Falls du nicht schwerwiegende Veränderungen deiner Gestalt erleiden willst, tätest du gut daran, zur Seite zu treten.«

Kaum dass Ward gewahr wurde, dass er gerade bedroht worden war, trat er vor, um die Axt zu packen; doch Swat schwang deren glänzenden Kopf hinunter auf Wards ausgestreckten Arm, was in der Haut, die bis zu diesem Augenblick immer zwischen ihm und der Welt gestanden hatte, eine Scharte hervorrief. Aus der Scharte quoll rotes Blut, das auf den Boden troff. Eher aus Verwunderung als aus Angst trat Ward zurück und sah zu, wie er blutete. Schmerz stellte sich ein.

»Das ist der neue Lauf der Dinge«, sagte Swat.

Plötzliche Wärme schien Ward ins Gesicht, und er hörte von überall her einen explosionsartigen Lärm und wurde geblendet, als er zufällig den Blick zur Sonne hob. Als seine Sicht sich geklärt hatte, sah er die andere Seele nicht mehr. Vor ihm befand sich ein runder Fleck mit totem Gras, von dem der Schnee vollkommen weggeschmolzen war. Rauch stieg davon auf, ebenso wie vom Griff der Axt, die jetzt im Zentrum der kahlen Stelle lag; ihr Eisenkopf war unverändert, ihr Holzgriff jedoch in glühende Asche verwandelt. Als Ward in seinem Rücken einen kräftigen Wind verspürte, drehte er sich um und sah Egdod oben auf dem Turm landen. Seine Gestalt war wie zuvor, aber breiter, von größerer Herrlichkeit und jetzt mit Federn wie denen von Warm Wings versehen.

»Wahrlich, das ist er«, sagte Egdod. In einer Hand hielt er ein Bündel gezackter Stöcke, die zum Ansehen zu hell waren. Mit der anderen griff er hinab, packte Ward an seinem unverletzten Arm, zog ihn in die Luft und flog mit ihm davon zum Palast.

36

Spring hauchte einer neuen Kreatur Leben ein, einer Kreatur, die in wesentlichen Zügen einer Biene ähnelte, aber größer war, besser für das Zufügen von Schmerzen ausgestattet und unfähig zur Honigproduktion; sie nannte sie Hornisse und schickte sie hinaus ins Land, damit sie aus Matsch Nester baute und Schmerz verursachte. Doch sie war überflüssig, denn die Seelen von Stadt unternahmen keine weiteren Versuche, die Bienen zu belästigen. Im Gegenteil begannen sie, den Bienenstöcken große Achtung zu erweisen, insbesondere dem großen Stock im Turm. Als das Wetter wärmer wurde und der Bedarf an Feuerholz sank, benutzten sie ihre Äxte dazu, ein neues Bauwerk zu errichten: vier Mauern, die den Turm und die verbrannte Stelle am Boden, wo Egdods Blitz eingeschlagen hatte, umschlossen. An diesem Platz entzündeten sie ein Feuer und machten es sich zur Gewohnheit, es Tag und Nacht brennen zu lassen.

Auf den Frühlingswinden hoch über dem Palast schwebend oder oben auf Longregards Wachturm stehend grübelte Egdod über den Rauch, der aus dem Park aufstieg, und die lange Reihe von Seelen, die mit ihren Feuerholzlasten kamen und dann wieder gingen. Speaksall hatte ihm erklärt, dass sie diese als Gaben für Egdod auffassten: Gesten der Entschuldigung für den Fehler von Swat und Bitten, dass Egdod nicht noch einen von ihnen mit grellen Blitzen niederstrecken möge. Die hölzernen Mauern ersetzten sie allmählich durch Mauern aus Stein. Zuerst rissen sie die Häuser ein, die Egdod für sie gemacht hatte, und schichteten die Trümmer zu Fundamenten und Mauern auf. Da sie nicht Egdods Fähigkeit besaßen, aus Chaos Adamant zu bilden, suchten sie stattdessen Orte auf, an denen Pluto das Land mit neuen Arten von Felsen verbessert hatte, brachten diese herbei und schichteten sie auf. Bestimmte Seelen richteten dort ihre Wohnstätte ein, um das Nähren der Flammen und die Erweiterung des Bauwerks besser überwachen zu können. Sie erlernten die Kunst, mit den Bienen zu sprechen, jedenfalls behaupteten sie das, und von Zeit zu Zeit verbanden sie ihre Auren zu einer einzigen und erzeugten ein Summen, das an ruhigen Abenden im Palast zu hören war. Speaksall ging häufig dorthin, um sich unter ihnen zu bewegen und ihrer Sprache zu lauschen, aus der er jedoch nicht mehr Bedeutung heraushören konnte als aus der der Bienen selbst.

Durch dieses merkwürdige Treiben war Egdod zutiefst verstört. Offene Auflehnung, darauf hatte er sich vorbereitet, indem er mit Thingor an der Gestaltung greller Blitze arbeitete. Doch das Schleudern eines einzigen hatte genügt, um alle Seelen in einen Zustand ängstlichen Gehorsams zu versetzen. Aus diesem heraus hatten sie neue Möglichkeiten ersonnen, sich zu beschäftigen, die Egdod beunruhigender erschienen als Swats Dreistigkeit.

Nach Warm Wings Ankunft im Palast hatten die anderen Seelen des Pantheons nicht lange gebraucht, um die Künste zu erlernen, durch die sie einander ein Vergnügen schenken konnten, das jedes Maß sprengte. Sie selbst lehrte es Ward und tat es mit ihm, während sie seine Wunde versorgte. Dann kamen andere Paarungen zustande: Thingor und Knotweave, Speaksall und Freewander. Greyhame paarte sich mit niemandem aus dem Pantheon, aber es war bekannt, dass er hin und wieder nach Stadt ging und sich dort in bestimmten Häusern der lustvollen Paarung mit verschiedenen Seelen hingab. Weder an Egdod noch an Spring trat eine der anderen Seelen mit einer solchen Absicht heran, denn ohne dass ein Wort darüber verloren werden musste, war allen klar, dass diese beiden von allen übrigen gesondert und einander zugedacht waren.

Wegen Warm Wings verstand Egdod jetzt die Gelüste, die er in Bezug auf Spring seit dem ersten Mal empfand, als er sie in ihrem kleinen Fluss gesehen hatte, der aus der dunklen Spalte hoch oben im Wald entsprang. Bald nachdem Warm Wings im Palast eingezogen war, ging Egdod eines Abends, als der Mond auf den Springbrunnen schien, hinaus und sah Spring in seinen Wassern baden. Er näherte sich ihr und überwand sich, ihr von seinen Gefühlen und Absichten zu erzählen. Spring lauschte seinen Worten, bis er genug geredet hatte, dann sagte sie zu ihm, sie müsse über seine Werbung nachdenken und er solle am nächsten Tag in den Wald kommen und sich dort mit ihr treffen.

Am nächsten Tag, als die Sonne warm auf den Wald schien, ging Egdod mit Blumen, die er im Garten gepflückt hatte, zu der Quelle, setzte sich in die dunkle Spalte und wartete darauf, dass Spring sich für die Art von Vergnügen, an die Warm Wings ihn erinnert hatte, eine geeignete Form schuf. Das tat sie irgendwann, allerdings war es eine Form, die vollkommen aus Wasser bestand, das kalt und klar floss. »Du und ich sind von anderer Art als der Rest«, erinnerte sie ihn.

»Das ist wahr«, sagte Egdod, »und dennoch haben wir dieselben Gelüste und Empfindungen wie sie.«

»Wir können uns auf dieselbe Weise paaren wie diese«, stimmte sie zu, »und in der Tat würde ich dabei großes Vergnügen empfinden und hatte es oft im Sinn, schon bevor Warm Wings kam und darüber sprach.«

»Dann lass uns doch …«, begann Egdod, aber Spring unterbrach ihn:

»Auch wenn unsere Paarung in ihrer allgemeinen Form wie ihre sein mag, werden ihre Folgen von ganz anderer Art sein.

Denn du bist es, der die Fähigkeit besitzt, alle Dinge, die das Land umfasst, zu schaffen und zu gestalten, und mir ist es gegeben, bestimmte Dinge mit Leben zu erfüllen. Unsere Paarung wird zur Erschaffung neuer Seelen führen.«

»Darin sehe ich kein Hindernis«, sagte Egdod, denn sein Verlangen war sehr stark, und er war nicht in der inneren Verfassung, Springs Weisheit einer sorgfältigen Betrachtung zu unterziehen.

»Ich spreche nicht von Bienen oder Vögeln«, fuhr Spring fort, »sondern von Seelen wie uns, der Sprache mächtig.«

»Jeden Tag kommen neue Seelen ins Land«, hielt Egdod dagegen.

»Ja«, stimmte Spring ihm zu, »und zwar dadurch, dass sie an dem Ort, an dem sie sich aufgehalten haben, sterben und hier erwachen. Du musst verstehen, Egdod, dass die Seelen, die aus unserer Paarung hervorgehen, Neuschöpfungen sein werden, die nie zuvor gelebt haben und nie gestorben sind. Ich weiß weder, was das bedeutet, noch, welche Folgen es haben könnte. Vielleicht wären sie anderen aus dem Pantheon ähnlich und würden glücklich mit uns leben. Vielleicht wären sie aber auch mächtiger als wir und in der Lage, mit Blitzen unsere Gestalten zu zerstören, wie du es im Fall von Swat getan hast.«

»Wieder einmal übertriffst du mich an Weisheit und Scharfsinn«, sagte Egdod. »Aus diesem Grund – und nicht, das sei betont, aus einem Mangel an Begierde – werde ich mich zurückziehen und überdenken, was du gesagt hast.« So ließ er die Blumen am Fluss liegen, ging fort zum Palast und dachte lange über die Sache nach.

Am folgenden Tag kehrte er mit weiteren Blumen und frischer Leidenschaft zurück. Doch es endete auf dieselbe Weise, worauf er sich in die Luft schwang und eine große Strecke über das Land flog, um gewisse weitere Argumente, die Spring vorgebracht hatte, abzuwägen. Doch am nächsten Tag kehrte er zum dritten Mal zurück und sagte zu ihr: »So sei es denn.« Und er drang in sie ein und wurde von ihr umfangen, wie ein Fels von den Wassern eines Flusses umhüllt wird, geschmeidig und doch stark, und ihre Auren vermischten sich, wie wenn zwei Flüsse tief in einem Wald zusammenkommen und als ein einziger weiterfließen, um sich viel später in den Ozean zu ergießen.

Danach vergingen Wochen, ohne dass Spring in irgendeiner Form in Erscheinung trat. Egdod begab sich zur Feste, um über das, was zwischen ihnen passiert war, nachzudenken. Dort arbeitete er fern der Ablenkungen, die nicht nur Spring, sondern auch das merkwürdige Verhalten der Seelen in Stadt darstellten, zusammen mit Thingor an neuen Erfindungen, eine komplexer als die andere. Warm Wings' Federn hatten das Pantheon an fliegende Wesen erinnert, die – größer als Bienen – mit eben diesen bedeckt waren und in den Zweigen der Bäume ihre Nester bauten. Die Konstruktion ihrer Flügel musste sich zwangsläufig von der der Bienenflügel unterscheiden, und so floss viel Anstrengung in deren Entwicklung.

Der Erdschlund klaffte wie immer unterhalb des Knotens, und die Werkstätten und Wachtürme der Feste überragten ihn. Die anderen Seelen, die herkamen, um den Ort zu besichtigen, empfanden den Schlund als einen Defekt. Namentlich Pluto war der Meinung, er sei ein Fehler, der behoben werden müsse, und hatte Vorstellungen dazu, wie dieser Riss im Gewebe des Landes verschlossen werden könnte. Aber Egdod verbot es und erinnerte Pluto daran, dass er selbst eben dieser Grube entstiegen war.

»Was wird denn wohl sonst noch aus ihm hervorkriechen, frage ich mich?«, lautete Plutos Antwort.

»Was auch immer«, sagte Egdod, »und das ist das Verheißungsvolle und das Gefährliche daran. Denn das Chaos, das du da unten erblickst, ist die Quelle all dessen, was du siehst und was du bist.« In seinem Inneren jedoch wägte Egdod die Worte von Pluto und den anderen. In Zeiten der Muße hockte er sich an den Rand der Mauer, die er um die Feste herum hochgezogen hatte, blickte in das Chaos unterhalb davon und prüfte sich selbst, indem er schaute, welche neuen Formen er aus dem Chaos herausziehen konnte. Bunte Partikel sah er in dem Rauschen, so wie jene, die er ganz am Anfang mit größter Sorgfalt zu Blättern geformt hatte, und diese versuchte er nun in neue Formen zu bringen, mit denen die fliegenden Kreaturen, die er und Thingor gerade herstellten, bekleidet werden könnten. Und in dem lauten Getöse, das aus der Grube drang, hörte er zuweilen Klänge, die gewisse Merkmale von Melodie oder einen rhythmischen Puls an sich hatten. Diese verfolgte er durch die Windungen seines Geistes und verlor sie in den meisten Fällen wieder. Wenn sie ihm einmal nicht entschlüpften, konnte er sie aus dem Getöse herausziehen und Musik in ihnen entdecken. Er erschuf die Musik nicht, sondern er befreite sie, indem er den schrillen und formlosen Lärm, in dem sie sich irgendwie verfangen hatte, von ihr abstreifte. Klangvolle Musik begann die Feste zu erfüllen. Alle, die den Ort besuchten, ließen sich über ihre Schönheit aus, und Thingor, der eine gewisse Fertigkeit zu besitzen schien, Klänge in neue Gegenstände voller Schönheit und Genialität zu verwandeln, die man im Land zuvor noch nicht gesehen hatte, schöpfte aus ihr frischen Elan.

Jedoch war er nicht der Einzige, der in der Feste mit dem Anfertigen neuer Wunderdinge befasst war. Die Decken und der Gewandstoff von Knotweave hatten das Pantheon an die Herstellung von kleineren und feineren Geweben erinnert, auf die man mithilfe loser Flügelfedern, die man zuvor in schwarze, aus Früchten und der Rinde bestimmter Bäume gebrauten Flüssigkeiten getaucht hatte, Zeichen auftragen konnte. So entstanden aus dem Zusammenspiel von Knotweaves Genialität mit Warm Wings' Federn und Freewanders Wissen über Bäume und Blumen am Ende Papier und Tinte. Longregard und Freewander streiften durchs Land und zeichneten Landkarten und Bilder von Bergen und Bäumen. Speaksall und Greyhame entwarfen ihrerseits ein Schriftsystem, mit dessen Hilfe sie, so gut sie sich erinnern konnten, Berichte über das schrieben, was im Land passiert war. Diese Fertigkeiten brachten sie bestimmten Seelen von Stadt bei, allen voran einer, die als Pestle bekannt wurde.

Als der Sommer sich seinem Höhepunkt näherte, verließ Egdod die Feste mit der Gestalt eines Vogels, die Thingor entwickelt hatte und der Spring, wie er hoffte, Leben einhauchen würde. Doch bevor er sich zu ihr begab, flog er in einem großen Bogen über das Land, stieg hoch in die Luft, um die wilden Seelen aufzusuchen, die dessen Winde und Witterungen machten, und umrundete die Küste, um mit den wilden Seelen des Ozeans zu sprechen. Jeder einzelnen tat er kund, dass es in ein paar Monaten, wenn die Äpfel im Garten geerntet würden, ein Festmahl geben würde und dass jede von ihnen eingeladen sei, daran teilzunehmen.

Nachdem er auch die letzten der wilden Seelen, die das östliche Meer bewohnten, wo es an den großen Felsen schlug, mit dieser Einladung bedacht hatte, flog er den Lauf des Flusses hinauf und folgte dessen Verzweigungen aufwärts bis zum Wald und dann weiter zu Springs Wohnstatt. Dort fand er Spring weitgehend so, wie er sie zuvor gesehen hatte, und doch auf merkwürdige Weise anders. Und bald erschloss sich ihm die Art dieser Veränderung, und er wusste, dass Spring, genau wie sie vorhergesagt hatte, zwei neue Seelen schuf. Wegen der Größe des Werkes war es etwas, dessen Entstehung viel länger dauern würde: eine Sache nicht von ein paar Augenblicken wie bei der ersten Biene, der sie Leben eingehaucht hatte, sondern von mehreren Jahreszeiten.

Verlegen zeigte er ihr die Vogelgestalt, die er und Thingor geformt hatten, und legte sie ihr in die Hände. Während sie sie betrachtete und ihre Federn streichelte, sagte Egdod zu ihr: »Ich sehe jetzt, dass du mit einer viel größeren Aufgabe beschäftigt bist als der, einem Vogel Leben einzuhauchen, und deshalb bedaure ich, dass ich dich mit etwas belästigt habe, was mir jetzt wie eine unbedeutende Angelegenheit erscheint.«

»Im Gegenteil«, antwortete Spring, »die Anstrengung, eine neue Seele zu erzeugen, hat mir Kraft verliehen, die mir vorher fehlte, und es zu einer leichten Arbeit werden lassen.« Und die Flügel des Vogels begannen von selbst zu schlagen, und er schwang sich in die Luft, anfangs noch unbeholfen, doch bald mit derselben Geschicklichkeit und Anmut wie Freewander.

»Nun also Vögel«, sagte Spring. »Gut, dass du das gemacht hast. Du musst allerdings wissen, dass die Seelen der Stadt, während du abgeschieden in der Feste daran gearbeitet hast, ebenfalls fleißig waren, und ich glaube, du tätest gut daran, deine Flügel auszubreiten, höher hinaufzufliegen und deinen Blick dorthin zu richten.«

Von Springs Worten beunruhigt flog Egdod zu Longregards Wachturm und hockte sich auf dessen Dach, von wo aus er sehen konnte, was in Stadt im Gange war. Und er war erstaunt über die Veränderung, die der Ort während seiner Abwesenheit erfahren hatte. Ehedem hatte sich das neue Gebäude, das die Seelen im Park errichtet hatten, dicht an den Boden gekauert, kaum höher als der kleine Turm in seiner Mitte. Nur ein geringer Teil des Parks war davon bedeckt gewesen. Jetzt dagegen erstreckte sich sein Fundament über den gesamten Park, sodass kein einziger Grashalm und kein Blumenbeet mehr zu sehen waren, und in manchen Richtungen hatte das Gebäude sich über die Straßen hinaus ausgedehnt und Flächen miteinbezogen, auf denen einmal Häuser gestanden hatten. Ein solches Fundament war notwendig, um all das zu tragen, was darauf erbaut worden war: ein Turm, der Egdod wie eine Art Verhöhnung des Türmchens erschien, das er selbst am Anfang dort errichtet hatte. Denn auch wenn er noch unvollständig war, hatte er doch eine ähnliche Form. Und wie Egdod bei näherer Betrachtung feststellte, diente er einem ähnlichen Zweck, wobei statt Bienen Seelen um ihn herumschwärmten und -summten.

Das Material, aus dem der Turm hergestellt wurde, war verschiedenartig und wandelbar. Sein Fundament bestand aus Trümmern und Holz. Als der Vorrat daran aufgebraucht war, hatten die Erbauer des Turms die Bauweise übernommen, die die Hornissen beim Anfertigen ihrer Nester anwandten, indem sie Lehm auf ein Gerüst aufstrichen und ihn trocknen ließen. Auf diese Weise zogen sie viele weitere Stockwerke hoch, sodass sich die Spitze ihres Werks fast auf einer Höhe mit dem Palast befand. Ebenso hatten sie sich die von den Bienen und Hornissen bevorzugte Konstruktionsweise zu eigen gemacht; während die unteren Lagen des Turms aus übereinandergelegten horizontalen Schichten bestanden, hatten sie ihr Bauwerk, je höher es wurde, umso mehr dem Stil einer Bienenwabe oder eines in einem Baum errichteten Lehmnests angeglichen, mit gewundenen inneren Gängen und Ansammlungen von Zellen, in denen Seelen leben konnten. Selbst aus dieser Distanz konnte Egdod mit dem Wind ein leises Summen vernehmen, das von vielen dieser Seelen erzeugt wurde, indem sie im Gleichklang sprachen. Es schien, als hätte ihnen ihre Gewohnheit, die Sprache der Bienen nachzuahmen, die Speaksall so verblüfft hatte, die Wörter aus den Mündern getrieben und sie für die alten Ausdrucksweisen stumm und taub gemacht. Kein einziger Ton einer Melodie und kein Puls eines Rhythmus war in dem Summen zu hören, denn die Musik hatten sie ebenfalls vergessen.

»Das sind ganz erhebliche Veränderungen«, sagte Egdod, »und ich finde es seltsam, dass niemand vom Palast zur Feste gekommen ist, um mich davon zu unterrichten, dass solche Dinge im Gange sind.«

»Es fing langsam an und nahm in den letzten paar Tagen plötzlich Fahrt auf«, sagte Longregard. »Freewander hat dich dort gesucht, erhielt aber die Auskunft, du seist auf eine lange Reise gegangen. Seitdem hat sich die Höhe des Turms mehr als verdoppelt. Das Summen ist zu jeder Tages- und Nachtzeit zu hören, denn diese Seelen gehen abends nicht mehr in ihre Häuser, sondern bleiben zusammen in den unzähligen Zellen des Turms, wo sie ihre Stimmen zu diesem eigentümlichen Lied vereinen und auch ihre Auren miteinander verbinden.«

»Ich werde darüber nachdenken, was ich dagegen tun kann«, sagte Egdod, »aber erst einmal steht mir der Sinn danach, diesen Hügel und diesen Palast höher zu machen. Ich möchte nämlich nicht, dass jener Turm von gleicher Höhe ist wie meine Wohnstatt, denn ich brauche Stille und Ungestörtheit, um meiner Arbeit der Verbesserung des Landes nachgehen zu können.«

Darauf flog Egdod davon und suchte die wilde Seele auf, deren Form der Westwind war, der oft Wolken und Regen mit sich führte. Auf Egdods Bitten hin löste diese ein schweres Unwetter aus, das den Hügel und den Palast einhüllte. Darin verborgen hob Egdod den Hügel zum Zweifachen seiner vorherigen Höhe an und ließ auch die Mauern und Türme des Palastes höher wachsen. Als sich das Unwetter am Morgen verzog, sah er jedoch, dass die Situation sich nicht nach seiner Vorstellung verbessert hatte; das Unwetter hatte keineswegs den oberen Teil des Turms weggespült, ja in den Stunden der Dunkelheit hatten die Seelen ihn sogar noch höher gebaut.

»Wie kann es sein, dass ein Ding aus Lehm sich zu einer solchen Höhe erheben und der Wucht des Unwetters standhalten kann?«, fragte Egdod Greyhame am Morgen.

Greyhame antwortete: »Nicht nur aus Lehm ist es gemacht, sondern aus den Seelen selbst. So wie die Bienen Wachs für den Bau ihres Bienenstocks ausscheiden, stecken diese Seelen etwas von sich selbst in das Material des Turms, ja weben sogar ihre Auren hinein. Solange sie dort durch dieses Vermischen ihrer Seelen und den Singsang der Bienensprache vereinigt bleiben, wird der Turm stehen bleiben und wachsen.«

»Was treibt sie dazu, das zu tun?«, fragte Egdod. »Gewiss, ich habe ihnen letztes Jahr beim Apfelfestmahl gesagt, sie sollten den

Bienen lieber nacheifern, als sie totzuschlagen, aber sie können mich doch nicht so verstanden haben, als hätte ich damit derart falsche Veränderungen ihrer Lebensweise gemeint.«

»Sie alle sind Seelen wie du, Egdod«, erwiderte Greyhame, »und als solche haben sie die Langeweile und Frustration geerbt, die dich einst dazu brachten, das Land zu machen. Sie sind dir aber nicht ebenbürtig in den Fähigkeiten, die Welt zu gestalten, und so behelfen sie sich mit dem, was sie haben, nämlich mit ihrer eigenen Denkfähigkeit und den dürftigen Möglichkeiten ihrer Gestalt.«

Egdod schwang sich in die Luft, flog die Straße hinunter und eine Zeit lang um den Turm, wobei er dort, wo der Blick auf sie frei war, in die gewundenen Gänge aus gestampftem Lehm spähte und das Summen der Seelen durch die grauen Wände hindurch wahrnahm. Dessen Klang schwoll an und ab, und Störungen darin setzten sich nach oben und unten fort. Darin spürte Egdod eine Reminiszenz an die Art und Weise, sich gegenseitig Vergnügen zu bereiten, die Warm Wings ihnen nahegebracht hatte und die die meisten Mitglieder des Pantheons inzwischen kennengelernt hatten. Während sie es jedoch zu zweit gemacht hatten, schien es so, als täten es jetzt alle Seelen auf einmal miteinander.

In dieser Nacht beschwor Egdod nicht nur den Westwind, sondern auch die anderen drei Winde und rief ein überaus heftiges Unwetter herab. Inmitten davon baute er den Hügel und den Palast noch höher, denn er glaubte, das verschaffe ihm einen noch besseren Ausblick auf das, was am nächsten Morgen von dem Turm noch übrig sein würde. Doch als das Unwetter nachließ, konnte er das Summen genauso laut hören wie zuvor, und als die Sonne morgens aufging, sah er, dass der Turm unbeeinträchtigt dastand, größer noch als bei Sonnenuntergang.

37

Manchmal dachte Corvallis an den Tag vor drei Jahrzehnten zurück, als Richard Forthrast seinen langen Arm ausgestreckt und ihn aus seinem Programmierjob bei Corporation 9592 herausgepflückt hatte, um ihm eine neue, Richard direkt unterstellte Position zu geben. Corvallis hatte die üblichen Fragen mit Blick auf Stellenbezeichnung und Stellenbeschreibung gestellt. Richard hatte schlicht geantwortet: »Seltsame Sachen.« Als sich diese Angabe für die ISO-konforme Personalabteilung der Firma als unbefriedigend erwies, war Richard gezwungen gewesen, die obere Etage zu verlassen und das Ganze unten näher zu erläutern. In einer denkwürdigen, spontanen Aktionskunstnummer mitten im Großraumbüro der Abteilung hatte er erklärt, dass Arbeit von routinemäßiger, vorhersagbarer Art in Computerprogrammen dargestellt werden könne und solle. Falls sich das als zu schwierig herausstelle, solle sie zu weit entfernt arbeitenden Menschen outgesourct werden. Wenn sie für das Outsourcing irgendwie zu heikel oder zu kompliziert sei, müssten »ihr Leute« (gemeint waren die Angestellten der Personalabteilung) sie in Aufgabenhäppchen aufteilen, die in Stellenbeschreibungen zusammengefasst und auf dem offenen Stellenmarkt beworben werden könnten. Über all dem schwebe jedoch in einem Reich, das außerhalb des Kompetenzrahmens von »euch Leuten« liege, »seltsame Sachen«. Für die Firma sei es wichtig, Leute zu haben, die an »seltsamen Sachen« arbeiteten. Genau genommen sei es wichtiger als alles andere. »Euch Leuten« die Bedeutung von »seltsamen Sachen« zu erklären sei jedoch so, als erklärte man jemandem, der von Geburt an blind sei, die Farbe Blau, was schon den Versuch sinnlos mache. Ungefähr an diesem Punkt war Dodge durch eine Flut von Textnachrichten unterbrochen worden, die von einem der Autoren der Firma kam, der an irgendeinem einsamen erzählerischen Gestade auf Grund gelaufen war und moralische Unterstützung brauchte, und so war die Diskussion nicht weitergegangen. Irgendjemand hatte dann für Corvallis eine hinreichend vage Tätigkeitsbeschreibung formuliert und sich eine Stellenbezeichnung ausgedacht, die es ihm möglich machen würde, in die von ihm erwartete Vergütungsstufe zu kommen. Es war also alles gut gelaufen. Und hatte für eine lustige Geschichte gesorgt, die er bei den immer selteneren Gelegenheiten erzählen konnte, wenn Leute sich in Erinnerungen an Dodge in den guten alten Zeiten ergingen. Allerdings war die Geschichte uneindeutig in dem Sinne, dass Dodge unterbrochen worden war, bevor er tatsächlich zum Wesentlichen dessen kommen konnte, was »seltsame Sachen« bedeutete und warum es so wichtig war. Im Laufe der Zeit verstand Corvallis jedoch, dass gerade diese Uneindeutigkeit ein absolut angemessener und schlüssiger Teil der Geschichte war.

Seine eigene berufliche Reise seit diesem Zeitpunkt ließ sich beschreiben als die unbeirrbare Beschäftigung mit seltsamen Sachen und das Bestreben, sich bei jeder Gelegenheit sämtlicher Aufgaben zu entledigen, die nicht in diese Rubrik fielen. Das hatte ihn in so manche gefährliche Situation gebracht, ihn gezwungen, ein paar knifflige Karriereentscheidungen zu treffen, aber immer wenn ihm Zweifel daran kamen, beschwor er die Erinnerung an Richard herauf und versuchte zu tun, was Richard getan hätte.

Und das erklärte, warum er jetzt im teuersten Restaurant von Seattle Gerta Stock gegenübersaß, ihr und der Vollzeitpflegerin, die Gerta offenbar am Leben erhielt, indem sie die Schläuche und Kabel überwachte, die an ihren Körper angeschlossen waren. Gerta schien eine Transgenderfrau zu sein. Sie war noch gar nicht so alt, körperlich jedoch ein Wrack. Damals in seiner Zeit bei Corporation 9592 hätte das, was Corvallis hier sah, großes Entsetzen bei ihm ausgelöst, aber der zufällige Umstand von Dodges Testament in Verbindung mit seiner laserscharfen Fokussierung auf seltsame Dinge hatte nach und nach eine Art Hightech-Charon aus ihm gemacht, der toten oder sterbenden Menschen über den digitalen Styx half, indem er sie am anderen Ufer absetzte, ohne aber je wirklich zu sehen, was jenseits davon lag. So hatte er viele Begegnungen mit Schwerkranken gehabt, von Dodge bis zu Verna und anderen, die ihren Weg ins cloudbasierte Jenseits gefunden hatten. An Gerta Stocks körperlicher Verfassung überraschte ihn nichts.

Bass erstaunt war er allerdings, als Gerta Stock erwähnte, womit sie ihren Lebensunterhalt verdiente. »Ich bin Musikerin«, sagte sie. »Meinen richtigen Namen haben Sie nie gehört, aber ich weiß, dass Sie meine Musik gehört haben. Ich habe damit Karriere gemacht, dass ich unter dem Namen Pompitus Bombasticus Musik aufnahm.«

Corvallis war sofort im Bild. »Die letzte Musik, die Richard Forthrast je hörte«, sagte er.

»Es sei denn, im Aufzug gab es irgendein Gedudel«, antwortete Gerta.

»Sie haben das Video gesehen?«

»Der Junge mit dem gebrochenen Arm? Auf dem Gehweg?« Gerta grinste, wobei sie vergilbte Zähne und schreckliches Zahnfleisch entblößte, und nickte. Corvallis wandte den Blick ab und brauchte einen Moment, um es vor seinem inneren Auge aufzurufen: ein GIF, nur ein paar Sekunden lang, aufgenommen vom Vater des Jungen. Richard, der neben dem Kind auf dem Gehweg stand, Augenblicke bevor er in das Gebäude ging, um zu sterben. Der dicke, teure Kopfhörer mit Geräuschunterdrückung, der um Richards Hals lag und die Musik in die kalte, feuchte Herbstluft strömen ließ. Und eindeutig die Musik von Pompitus Bombasticus.

»Er hatte alles von Ihnen«, sagte Corvallis.

»Machte mich für eine gewisse Zeit berühmt«, sagte Gerta. »Ich habe deswegen einen Gig bekommen – habe die Musik für ein großes Triple-A-Spiel gemacht. Hat mir genug Geld für die Umwandlung eingebracht.«

»Was passierte dann? Ich meine mich zu erinnern, dass Sie noch ein paar weitere Alben veröffentlicht haben.«

»Keine Hits. Das war mein Durchbruch. Ich hab ihn vergeigt.«

Corvallis nahm einen Schluck von dem teuren Wein, den Gerta bei dem Sommelier bestellt hatte. »Aber laut dem Flugreiseplan, den Ihr Assistent mir übermittelt hat, sind Sie mit einem Privatjet direkt von Berlin hierhergeflogen. Sie sind im besten Hotel von Seattle abgestiegen, speisen im besten Restaurant, bestellen den besten Wein. Geht das Abendessen hier auf meine Rechnung?«

Gerta lachte und schüttelte den Kopf. »Ich bin mit einem Mal reich«, sagte sie. »Vor zwei Wochen habe ich noch von staatlicher Fürsorge gelebt und in einer billigen Pension gewohnt. Jetzt fließt das Geld auf mein Bankkonto. Hunderttausende Dollars am Tag.«

»Woher?«

»Von Ihnen, mein Freund. Prüfen Sie denn nie Ihre Bücher?«

»Von mir persönlich oder …«

»Nein, nein, von Ihren Stiftungen und so.«

»Warum leisten wir Zahlungen auf Ihr Konto?«

»Das geht alles automatisch«, sagte Gerta. »Es ist das System, das das Downloaden von Musik verfolgt. Das Künstler wie mich immer dann bezahlt, wenn jemand sich meine Songs anhört. Jemand oder etwas in Ihrer Cloud lädt wie verrückt mein Zeug herunter. Ich bin mit einem Mal reich. Und so …« Pompitus

Bombasticus hob die Arme, wobei sie Elektrokabel und Infusionsschläuche mit hochriss. »Ich habe die Absicht, wie eine reiche Frau zu sterben, mit einem feinen Abendessen im Bauch. Und ich will, dass mein Körper gescannt wird, wie bei Ihren anderen reichen Kunden. Und ich will an diesen Wahnsinnsort, wo anscheinend alle Welt meine Musik hört.«

Ein paar Tage später fand Corvallis Zeit, die Bücher zu prüfen, und stellte fest, dass Gerta mit den Downloads und dem Geld recht gehabt hatte. Innerhalb der letzten fünf Wochen hatte Pompitus Bombasticus mehr Einnahmen gehabt als während des gesamten vorhergehenden Jahrzehnts. Für die Lebenden war sie immer noch eine obskure ehemalige Größe, für die Toten dagegen war sie bedeutender als die Beatles.

Unter normalen Umständen hätte eine Watchdog-Funktion, die auf ihrem System lief, den Rechnungsprüfer der Forthrast-Familienstiftung auf diesen steilen Anstieg des Geldabflusses aufmerksam gemacht. Dieser war jedoch von größeren Entwicklungstendenzen überschwemmt und kaschiert worden. Das Ökosystem der Rechenaktivität, das fünf Jahre zuvor damit begonnen hatte, dass Sophia Dodges Gehirn in Hole in the Wall eingeschaltet hatte, und dann auf viele Tausende solcher Prozesse angewachsen war, die auf Quantencomputern in einer unbekannten Zahl von Serverfarmen liefen, mit denen El wie ein digitaler Johnny Appleseed die Welt gesprenkelt hatte, war in letzter Zeit in einen Modus umgeschwenkt, den sie noch nie zuvor gesehen hatten. Über diese neue Betriebsart wussten sie im Grunde nur, dass sie teuer war. Und sie war auf eine neue und andere Weise teuer. Zu erfassen, was diese Prozesse dachten und taten, war, wie immer, wahnsinnig schwierig. Sie konnten lediglich auf einige der Tools zurückgreifen, die verschiedene JEESN-Teilnehmer entwickelt und über die Jahre der Forschergemeinde zur Verfügung gestellt hatten: Tools, die das, was man dem Nachrichtenverkehr und den Serverlasten an Daten abgewinnen konnte, einsogen und auf intelligente Weise analysierten, um die Ergebnisse dann in dreidimensionalen Visualisierungen darzustellen. Diese traten jetzt in vielen Varianten auf, am häufigsten wurden jedoch die Original-LVU – die Landform-Visualisierungs-Utility – und das Netzwerk-Abbildungssystem, das aus einem von Elmo Shepherds Forschungsinstituten stammte, benutzt. Corvallis und jeder andere berechtigte Tokeninhaber konnte diese zu jeder Zeit hochziehen und über Wearables anschauen. Die Apps waren sozial, das heißt, man konnte, wenn man wollte, eine Funktion einschalten, die die Avatare all der Leute zeigte, die in dem Moment die Visualisierung betrachteten. Man konnte sich vor der Nutzergemeinde verstecken oder sie wissen lassen, dass man dabei war. Diese Gemeinde war ein exklusiver Club aus knapp hundert über die Welt verteilten Tokeninhabern. Die einzigen Menschen, die sich diese Dinge anschauen durften, waren Wissenschaftler und Administratoren, die zu den großen drei Stiftungsgruppen gehörten: Waterhouse, Forthrast und Shepherd.

Zwei Wochen zuvor hatte der Rechnungsprüfer der Forthrasts die Kuratoriumsmitglieder und Spitzenadministratoren darauf hingewiesen, dass sich da etwas zusammenbraute und sie aufpassen müssten. Seitdem hatte Corvallis die Visualisierungen die ganze Zeit in seinem peripheren Gesichtsfeld laufen lassen und sie mehrmals täglich überprüft.

Ein Bereich der Landform war immer problematisch gewesen: Oben in den Bergen, in einiger Entfernung nördlich von Stadt, lag ein Ort, der irgendwie keine nachvollziehbare kohärente dreidimensionale Form aufwies. Manche Forscher nannten ihn inzwischen Escherville, nach dem Künstler M.C. Escher, der es verstanden hatte, Figuren darzustellen, die unmöglich existieren konnten. Escherville gab es schon mindestens so lang, wie die LVU lief, und dort schien sich kaum etwas zu verändern. Verkehrsanalysen machten ziemlich deutlich, dass Dodge und Pluto und einige der anderen »Pantheon«-Prozesse viel damit zu tun hatten.

Escherville war seltsam, aber wenigstens stabil. Die andere kritische Zone in der Landform war das, was sie immer den Stadtpark genannt hatten, nachdem Sophia auf dessen Ähnlichkeit mit dem Park im Zentrum von Richard Forthrasts Heimatstadt hingewiesen hatte. Der Name war jedoch hinfällig geworden, da diese Ähnlichkeit seit Kurzem nicht mehr bestand. In den letzten paar Wochen war dieser Bereich zu hell geworden, als dass man noch etwas erkennen konnte, es sei denn, man drehte die Leistung an seinem Wearable so weit zurück, dass der Rest der Landform im Dunkel verschwand. Die kleinen grünen Punkte, die von der LVU grafisch dargestellt wurden, hatten alle dasselbe Helligkeitsniveau, woraus folgte, dass, wenn eine Region der Landform so viel Licht erzeugte, dort eine gewaltige Anzahl von Punkten konzentriert war. Wenn man sich die Landform als einen Schwarm Glühwürmchen vorstellte, dann war der Stadtpark ein Gefäß, in dem aus irgendeinem Grund nahezu alle Glühwürmchen sich zu versammeln beschlossen hatten. Die LVU tat ihr Bestes, all die Daten zu verfolgen und in dreidimensionaler Form darzustellen, doch ihr dafür zuständiges System verstand die darin einfließende Information nicht, oder vielleicht hatten Betrachter wie Corvallis einfach Probleme, das, was sie da sahen, mit Formen und Mustern abzugleichen, die sie aufgrund ihres Lebens in einem kohärenten dreidimensionalen Universum wiederzuerkennen vermochten. Vielleicht hatten diese Toten ein anderes Verständnis von Geometrie, vielleicht war das aber auch gar nicht zu verstehen.

Das andere von Corvallis bevorzugte Tool war Els System zur Darstellung von Netzwerkverkehr als dreidimensionales Universum aus farbigen Klümpchen, die verschiedene Prozesse repräsentierten und durch dünne Linien verbunden waren, die zwischen ihnen hin und her gehende Nachrichten symbolisierten. Als er diese Darstellung zum ersten Mal gesehen hatte, war sie von einer großen gelben Kugel an der Spitze, die Dodges Gehirn repräsentierte, beherrscht worden; darunter hatte sich das Pantheon verteilt, und ganz unten waren Tausende winziger weißer Kügelchen in Spinnennetze eingewoben gewesen. Als er es jetzt betrachtete, waren viele Elemente von damals noch da, doch die unterste Schicht sah aus wie ein Wattebausch von der Größe eines Autos. Wenn er ihn heranzoomte, konnte er einzelne Konzentrationen ausmachen, aber die Nachrichten flogen so dicht und so schnell zwischen ihnen hin und her, dass sie deren Identitäten verschleierten.

»Jetzt kommen wir voran.«

Corvallis kannte die Stimme mittlerweile. Seit ihrer letzten persönlichen Begegnung in Zelrijk-Aalberg war es die einzige Stimme, mit der er Elmo Shepherd hatte sprechen hören.

Die Leute hatten sich längst angewöhnt, sich in virtuellen Räumen von Avataren repräsentieren zu lassen. Audiorepräsentation – die Stimme, mit der der Avatar sprach – hatte etwas hinterhergehinkt. Große Bedeutung hatte sie in T'Rain angenommen, dem Spiel, dem Richard, Pluto, Corvallis und andere bei Corporation 9592 den Weg bereitet hatten. Sie war ein teuflisches Problem, das sich kein Programmierteam, das bei klarem Verstand war, freiwillig aufhalste, und so war sie in die Kategorie »seltsame Sachen« gefallen oder aber aufgestiegen. Es war schön und gut, sich vorzustellen, wie cool es wäre, wenn die Zauberer, Zwerge, Elfen und dergleichen aus dem eigenen Dungeon-Raiding-Team allesamt frei mit Stimmen und Akzenten kommunizieren könnten, die Filmqualität besäßen und ebenso fein ausgearbeitet wären wie die Avatare, Waffen und Umgebungen. Wenn aber einer der Spieler Chinese war und nicht viel Englisch sprach und ein anderer aus dem ländlichen Arkansas stammte und keinen Hehl aus seinem Akzent machte und ein weiterer aus Boston kam, aber versuchte, den schottischen Akzent nachzuahmen, mit dem ein Zwerg seiner Meinung nach sprechen würde, und wenn einer in London war und höchst empfindlich darauf reagierte, wie grottenfalsch der Typ aus Boston es machte, und einer von ihnen eine Frau war, die einen männlichen Charakter spielte, und ein anderer ständig mit seiner Mutter stritt, weil er den Müll rausbringen sollte – wenn all das gleichzeitig passierte, in Echtzeit, dann war es unmöglich, diese Charaktere so gut klingen zu lassen wie im Film. Gewisse Fortschritte hatten die Leute von »seltsame Sachen« mit dem Teile-und-herrsche-Ansatz erzielt. Sie hatten Möglichkeiten eruiert, wie männliche Stimmen weiblich klingen konnten und umgekehrt. Sie hatten Sprache-zu-Text-Systeme benutzt, um zu decodieren, was die Spieler sagten, und dann mithilfe von KI-Algorithmen das »Bring *sofort* den Müll raus oder du kriegst Hausarrest«-Geschimpfe herausgefiltert, dann Text-zu-Sprache-Technologie genutzt, um ihnen wieder die richtigen Akzente zu geben, und so weiter. Diese Technologie hatte Eingang in Verwendungen jenseits der Spielewelt gefunden.

El nutzte sie jetzt zum Sprechen. Als er einige Jahre zuvor begonnen hatte, den Metatron zu verwenden, um auf Konferenzen und bei Sitzungen in Erscheinung zu treten, hatte er sein eigenes Gesicht auf dessen leerem Gliederpuppenkopf abgebildet und seine eigene Stimme direkt hindurchgeschickt, den Roboter also im Wesentlichen als mobile Freisprechanlage benutzt. Seither hatte er seine Gewohnheiten nach und nach geändert. Er hatte die Gesichtsdarstellung ausgeschaltet, sodass niemand ihn sehen konnte, und begonnen, mit Sprachsynthese zu arbeiten. Zunächst hatte der Metatron mit einer unspezifischen, serienmäßig erzeugten Stimme und Sprachfärbung gesprochen, aber El oder seine Mitarbeiter hatten beides individuell angepasst. Die Stimme war jetzt als die von El zu erkennen. Sie klang nicht exakt so wie El, wenn er einem persönlich am Tisch gegenübersaß und Luft zwischen seinen Stimmbändern hindurchdrückte, aber doch so ähnlich, dass Leute, die ihn kannten, die Ohren spitzten, nickten und sie recht gelungen fanden. Wie genau die Sprache generiert wurde, war unklar und hatte im Mittelpunkt vieler Diskussionen gestanden, die in Bars und Cafés von Leuten geführt wurden, die gerade ein »Gespräch« mit Els Metatron beendet hatten. Manchmal hatte die Stimme einen natürlichen Tonfall, was den Schluss nahelegte, dass El gerade in ein Mikrofon sprach und seine Sprache bearbeitet wurde. Zu anderen Zeiten klang sie wie die Ergebnisse eines Text-zu-Sprache-Algorithmus. Da diese Algorithmen inzwischen ziemlich gut waren, gab es eine beträchtliche Grauzone zwischen diesen Theorien – weshalb sich dieses Thema auch so gut für Auseinandersetzungen in Bars eignete. Die meisten davon hätten sich beigelegen lassen, wenn irgendjemand Elmo Shepherd unlängst leibhaftig gesehen hätte. Seit über einem Jahr hatte ihn jedoch niemand mehr zu Gesicht bekommen, und die Meinungen darüber, in welchem Zustand er sich befand, gingen auseinander. Manche sagten, er sei bereits tot. Von diesen glaubte ein Teil, dass der Redebeitrag, dem sie gerade lauschten, in Wahrheit von Sinjin Kerr kam oder von Enoch Root oder vielleicht einer Clique von Tokeninhabern, die in einem Raum zusammensaßen. Eine andere Gruppe meinte, Els Gehirn sei bereits gescannt worden und laufe in der Cloud als Prozess, der sich direkt mit dem Stimmerzeugungssytem verbinden könne. Die meisten Leute gingen jedoch davon aus, dass El noch lebte.

Etwas unheimlicher wurde die Sache dadurch, dass die Stimme von El zu unterschiedlichen Zeiten aus unterschiedlichen Geräten ertönen konnte, je nachdem, wie er sich gerade präsentieren wollte. In der Anfangszeit hatten sie sich alle angewöhnt, sie mit seinem Metatron zu assoziieren. Davon hatte er in allen möglichen Städten Exemplare deponiert, und sie waren pfiffig genug, sich mit öffentlichen Verkehrsmitteln zu einer FedEx-Station zu begeben und sich dahin zu verschicken, wo sie gerade gebraucht wurden, wobei sie manchmal schneller reisten als Menschen mit Flugzeugtickets. Er benutzte dieselbe Stimme für normale Anrufe und für Telekonferenzen. Und sie war die Stimme seines Avatars, wenn er in der virtuellen oder erweiterten Realität in Erscheinung treten wollte.

So wie jetzt. Als Corvallis die Stimme hörte, drehte er den Kopf und sah Els Avatar in einem Abstand von zwei Metern neben sich stehen. Dieser starrte ebenfalls auf den Bausch, wie die dichte watteartige unterste Schicht dieser Darstellung inzwischen genannt wurde. El drehte den Kopf, um Corvallis anzublicken. Der Avatar sah Elmo Shepherd nicht besonders ähnlich. Wer immer ihn entworfen hatte, war anscheinend von einem 3D-Scan des Metatrons ausgegangen, den er mit der Zeit weiter optimiert hatte. Dabei hatte der Avatar eine Zeit lang gefährliche Ähnlichkeit mit der Statuette eines Academy-Award gehabt, woraufhin die Leute anfingen, ihn Oscar zu nennen. Doch dann musste El einen Künstler oder Designer beauftragt haben, denn der Metatron hatte menschlichere Züge angenommen und auf eine glänzend metallische Weise eine vage Übereinstimmung mit dem Foto von El im Highschooljahrbuch erlangt. Für einen Avatar war er nicht gut. Inzwischen konnte man für wenig Geld viel ausdrucksvollere erstehen. Was die meisten Leute auch taten. Dass El diesen hier benutzte, war eine ganz bewusste Entscheidung von ihm, vermutlich vor demselben Hintergrund, vor dem er beschlossen hatte, eine algorithmisch erzeugte Stimme zu verwenden: Er wollte nicht, dass die Leute seinen wahren Zustand kannten, ja nicht einmal, dass sie wussten, ob das Ding einen einzelnen Menschen oder ein Gremium von Betreuern verkörperte.

»Wenn in alten Fernsehsendungen«, sagte Els Stimme, »und damit meine ich wirklich alte wie die geschmacklosen Sitcoms der 1960er-Jahre, eine Traumsequenz oder eine Szene im Himmel vorkam, steckte man die Schauspieler in ein Gewand aus

Bettlaken, klebte ihnen Flügel an und gab ihnen Harfen und Heiligenscheine. Und so was war immer dabei.« Der Avatar streckte die Hand aus und fuhr mit ihr durch den Bausch. »Man konnte sehen, dass außerhalb des Bildes Eimer mit Wasser stehen mussten, in dem Trockeneis sprudelte. Und den Studioboden mit dichtem weißem Nebel bedeckte.«

»Damit es so aussah, als befänden sie sich in den Wolken«, sagte Corvallis. »Ja, solche Filme habe ich auch gesehen.«

»Daran erinnert mich das«, sagte Els Avatar, während er die Hand zurückzog.

»Eine bewusste Entscheidung?«, fragte Corvallis.

»Natürlich nicht!«, spottete El. Corvallis war sich jetzt sicher, dass er wirklich mit Elmo Shepherd sprach. Dass El am Leben war, zumindest lichte Momente hatte und so direkt durch diesen Avatar sprach, wie sein hinfälliger Körper es ihm erlaubte. »Der Visualisierungsalgorithmus ist, wie er ist. Die räumliche Anordnung ergab sich ganz von selbst – es war die beste Art zu sortieren, was da vor sich ging. Weiß war die Standardfarbe – es wird eingesetzt, wenn wir kein eindeutiges Gefühl für die Identität oder Rolle eines Prozesses haben. Was für nahezu alle von ihnen gilt, wie Sie sehen können. Erst seit sich in den letzten paar Wochen die Dinge verändert haben, erinnert es mich an den Himmel aus den Sechzigerjahre-Sitcoms.«

»Was hat sich denn verändert, Elmo? Warum sieht es jetzt so anders aus? In welchem Zusammenhang steht das zu dem, was im Stadtpark vor sich geht?«

»Ich glaube, es ist ein Phasenübergang.«

Corvallis lächelte. »Wissen Sie, was Richard immer darüber sagte?«

»Nein.«

»Wir hatten Mathematiker, die an seltsamen Sachen arbeiteten. Wenn sie sich unterhielten, verstand Richard meistens Bahnhof. Er lernte aber, dass sie, wenn sie bestimmte Ausdrücke von sich gaben, ausgesprochen aufgeregt waren. Und ›Phasenübergang‹ stand ganz oben auf der Liste.«

»Es gibt dieses sehr komplizierte System mit vielen Bestandteilen. Viel zu vielen, um den Überblick zu behalten. Man kann es nur statistisch verstehen. Die meiste Zeit tut es einfach das, was es tut – verfällt in bestimmte Gewohnheiten. Doch dann passiert ganz plötzlich etwas. Es findet eine komplette, grundlegende Veränderung statt, die jeder sehen kann. Genau das ist hier der Fall«, sagte El.

»Was sehen Sie darin? Vorhin haben Sie gesagt: ›Jetzt kommen wir voran.‹ Was haben Sie damit gemeint?«

»Ich hatte ein ungutes Gefühl dabei, wie es sich vorher gestaltete. Das wissen Sie«, sagte El. »Die frühen Prozesse hatten einen Vorsprung bekommen, der prohibitiv wirkte. Sie konstruierten eine primitive räumliche Matrix, die ihre bruchstückhaften und verschwommenen Erinnerungen an Landformen widerspiegelte, und bauten Umgebungen. Die neuen Prozesse strömten, statt ganz von vorn anzufangen, aus irgendeinem Grund dorthin. Es wurde zu einer Zwangsjacke – einem Gefängnis. Nicht in ausreichendem Maß anders als die Welt, die sie zurückgelassen hatten – die Welt, in der Sie und ich leben. Was nützt es, zu sterben und in eine digitale Einheit umgemodelt zu werden, wenn man die ganze Rechenleistung dazu benutzt, die analoge Welt nachzubilden, der zu entkommen einem gerade gelungen ist? Schlimmer noch, in einer hierarchischen gesellschaftlichen Struktur zu existieren, in der ein paar Leute an der Spitze mit gottgleicher Macht über die Ressourcen herrschen? Ich machte mir größte Sorgen, dass Dodge und sein Pantheon ein stabiles System geschaffen hatten.«

»Stabil ist doch gut, oder?«

»Außer wenn es schlecht ist. Totalitäre Regime, korrupte Systeme sind stabil. Ich befürchtete, das hier wäre ein solches. Und vielleicht war es das auch – aber jetzt sehen wir unter den später ankommenden Prozessen, die die überwiegende Mehrheit der arbeitenden Seelen ausmachen, einen Zuwachs an Macht und Ressourcen, der mit dem der alten Garde konkurriert. Auf dem besten Weg zur Titanomachie, glaube ich.«

»Das Wort sagt mir etwas, aber Sie müssen mir auf die Sprünge helfen«, sagte Corvallis.

»Als die Götter des Olymps die Titanen besiegten. Sie durch etwas Neues, Glänzenderes, Vollkommenes ersetzten.«

»Die Titanen an Felsen ketteten, sie in die Grube des Hades warfen oder was auch immer«, sagte Corvallis.

»Ich bin nicht so ein Mythologiefreak wie Sophia«, räumte El ein. »Entscheidend ist nur, dass eine Veränderung im Gange ist. Zum ersten Mal sehe ich einen Ausweg. Ich bin optimistisch, dass, wenn ich mich uploade – was jetzt nicht mehr lange dauern wird –, wenn ich mich also uploade, ich an einen Ort gehen werde, an dem ich tatsächlich zu wirken hoffen kann. Einen besseren Ort.«

»Was meinen Sie mit ›es wird nicht mehr lange dauern‹?«, fragte Corvallis. Er hatte nicht auf den Bausch gestarrt, sondern auf die großen farbigen Kugeln, die darüber schwebten, und sich gefragt, wie diese Darstellung wohl aussehen würde, wenn Els Prophezeiung sich erfüllte und sie alle in einer Art Titanomachie gestürzt würden. Waren sie schön, diese Seelen? Waren sie genial und gut? Oder waren sie schreckliche Ungeheuer, die man ihrer Macht berauben und in den untersten Höllenkreisen an Felsen ketten musste?

Er drehte sich zu Elmo Shepherds Avatar um, doch der war ausgeknipst. Als hätte er selbst oder jemand, der in Zelrijk-Aalberg dafür zuständig war, sich um ihn zu kümmern, den Stecker gezogen.

38

Sinjin Kerr war ein verdammt guter Anwalt. Heute startete er eine Offensive gegen die Forthrast-Familienstiftung. Er war ein verdammt guter Anwalt. Er und seine Mitarbeiter hatten diesen Angriff zweifelsohne seit Jahren geplant. Er war ein verdammt guter Anwalt. Zula als Verantwortliche für alles, was die Stiftung tat, war das Hauptziel der Attacke. Sinjin Kerr war ein verdammt guter Anwalt. Sie würde alles andere in ihrem Leben zurückstellen müssen und vermutlich die nächsten paar Jahre nichts anderes tun, als sich zu verteidigen, oder aber von ihrem Posten zurücktreten und die Stiftung einem professionellen Kämpfer übergeben.

Sinjin Kerr war ein verdammt guter Anwalt.

So ging Zulas innerer Monolog während der drei Stunden, in denen Sinjin geduldig seinen Fall darlegte. Sie trafen sich auf neutralem Terrain, im Tagungsraum eines Hotels in der Stadtmitte von Seattle. Kaum wurden Umfang und Tragweite des Angriffs klar, fing Zulas Reptiliengehirn an, nach einer Kampf-oder-Flucht-Reaktion zu rufen. Doch ihre Stiftung hatte eigene Anwälte, fast so gut wie Sinjin, die das schon lange hatten kommen sehen und miteinander verzahnte, vielschichtige Verteidigungsanlagen errichtet hatten. Jahre würden ins Land gehen, ehe Zulas Reptiliengehirn zu irgendetwas nütze sein würde. Es würden nacheinander Außengräben genommen, Festungsgräben ausgetrocknet, Mauern untertunnelt, Tore niedergerammt, Festungswälle erklommen, Wachtürme niedergebrannt und Verteidiger erschossen werden müssen, ehe Zula sich in der obersten Kammer des höchsten Turms verbarrikadiert wiederfände, auf dessen verschlossene Tür Sinjins Soldaten mit Vorschlaghämmern einschlügen, während sie selbst mit ihrer schweißnassen Hand einen Dolch umklammert hielte. Daher war wieder einmal, wie so oft während ihrer Zeit an der Spitze der Stiftung, ihre Anwesenheit im Raum weitgehend symbolischer Natur, sodass ihre Gedanken unwillkürlich abschweiften. Sie war fasziniert von Sinjin, denn er hatte etwas grundlegend Menschliches an sich, das sich von seiner außerordentlichen Kompetenz als Anwalt nicht trennen ließ. Er eröffnete seine sorgfältig geplante juristische Offensive mit einem einzigen ununterbrochenen Monolog, in dem er eine Stunde lang frei über grafische Darstellungen sprach. Und zwar nicht dreidimensionale Erweiterte-Realität-Schaubilder mit leuchtenden Linien und Ähnlichem. Auch keine Animationen. Einfach nur zweidimensionale Diagramme, die genauso gut auf einer Flipchart hätten gezeigt werden können. Aus Gefälligkeit gegenüber den Leuten, die er angriff, hatte er sie auf Papier ausgedruckt und verteilt, als handelte es sich um ein geschäftliches Treffen im Jahr 1995 oder etwas dergleichen. Und dabei ließen gerade diese bemüht unzeitgemäßen physischen Artefakte das Ganze seriöser und realer erscheinen. Sinjin machte es nach alter Schule! Im Lauf der zweiten Stunde schweiften Zulas Gedanken noch weiter ab, und sie ertappte sich dabei, wie sie über den seltsam kraftvollen Talismancharakter von Papierausdrucken nachdachte. Ihr fielen mittelalterliche Dokumente ein, die sie in Museen in Europa gesehen hatte, Handschriften auf Schafshaut mit riesigen Wachssiegeln daran. Die physikalische Realität der Objekte war der Beweis, dass Menschen deren Inhalte mit einer bestimmten Absicht niedergelegt hatten und dass das real und nicht ein mit Pixeln gespieltes Spiel war.

Die fantastischen Verwicklungen von Sinjins Fall waren sämtlich von seinem Mitarbeiterstab, der zu diesem Zeitpunkt vermutlich mehrere neue Bürogebäude unmittelbar an Zelrijk-Aalbergs verschlungener Grenze füllte, bis zum letzten i-Tüpfelchen recherchiert und in Anmerkungen erläutert worden. So war er selbst von der Last der Detailgenauigkeit befreit und konnte tun, wozu seine Untergebenen nicht in der Lage waren: das Ganze auf eine Weise erzählen, die fesselnd, kohärent und gefährlich nah an einer absolut überzeugenden Geschichte war. Es handelte sich, wie jedem bewusst war, um eine Art Generalprobe für künftige Plädoyers vor Richtern oder Geschworenen. Elmo Shepherd demonstrierte vor einer handverlesenen Delegation seiner Feinde die Macht seiner neuen Superwaffe. Die Botschaft war klar: Ergebt euch augenblicklich, oder ich sehe mich gezwungen, diese Waffe im Zorn gegen euch zu richten. Stellt euch vor, wie schlimm das wäre. Sinjin hatte nur zwei Mitarbeiter mitgebracht, doch man musste davon ausgehen, dass sie lediglich der Kopf einer langen Schlange von juristischen Schergen waren, die sich hinter ihm bis über den Horizont erstrecken würde, wenn sie alle da wären. Da die beiden die Belegdokumente in ihren modischen Umhängetaschen hatten, besaß er die Freiheit, einfach Sinjin zu sein. Er zeigte auf Schnörkel in Diagrammen, und seine Anmerkungen über deren Bedeutung waren ausführlich genug, um zu vermitteln, dass er sich sämtliche Details angeeignet hatte, doch kaum dass er zu den Einzelheiten kam, zog er den anklagenden Finger zurück, tat die Besonderheiten mit einer sanften Handbewegung ab, blickte jemandem in die Augen und traf eine Aussage von eher allgemeiner Natur, und das nicht in aggressiver Weise, die eine heftige Abwehrreaktion hätte hervorrufen können, sondern eher mit einem Gestus von *Da wir hier doch alle intelligente erwachsene Menschen sind und zudem Mitarbeiter haben, die sich später durch die Besonderheiten ackern können, dachte ich, Sie würden in den folgenden pointierten Ausführungen vielleicht ein paar Augenblicke der Zerstreuung finden.* Und dann konnte er philosophisch werden, oder ironisch, und er konnte sogar alle im Raum zum Lachen bringen. Nicht das falsche gezwungene Lachen, das Leute von sich gaben, wenn ihnen klar wurde, dass jemand erfolglos versuchte, witzig zu sein, sondern ein scharfes, überraschendes Lachen, gefolgt von einem Nachschimmer der Anerkennung für Sinjin. Sogar der Zuneigung zu Sinjin. Der Freude darüber, sich in seiner Gesellschaft zu befinden. Das alles natürlich mit der unausgesprochenen Botschaft: *Stellt euch vor, was dieser Mann vor einem Geschworenengericht zuwege brächte.*

Gerade sagte er, Elmo Shepherd sei bei all diesen Bemühungen von Anfang an ein mehr als ebenbürtiger Partner gewesen – Jahre bevor Richard Forthrast oder Corvallis Kawasaki oder einer der anderen überhaupt von Kryonik oder der Singularität gehört hatten. Mr Shepherd habe die vorgefertigten Anweisungen, die in Dodges Bestattungsverfügung eingeflossen seien, recherchiert und mitverfasst. Er sei sofort zur Stelle gewesen, habe nur Stunden nach den tragischen Ereignissen persönlich mit C-plus gesprochen. Das gewaltige Gefüge aus Forschungslaboren, geistigem Eigentum und Humankapital, das in dem Jahrzehnt seither um diese Industrie herum gewachsen sei, hätte ohne Mr Shepherds uneingeschränkte Großzügigkeit nicht entstehen können. Von Bedeutung sei er aber nicht nur als Geldsack; mehr als irgendein anderer einzelner Mensch umspanne Mr Shepherd mit seinem ungeheuren Intellekt alles, was über das Konnektom und über die Art und Weise, es zu scannen, zu speichern, zu simulieren, bekannt sei. In dem Wissen, dass bestehende Computersysteme der Aufgabe nicht gewachsen seien, habe er fast im Alleingang aus dem Nichts die Quantencomputerindustrie geschaffen. Allein damit hätte er noch sagenhaftere Reichtümer anhäufen können, habe stattdessen jedoch beschlossen, das Geld in sein Lebenswerk zu reinvestieren.

Der vorzeitige Start des *Prozesses* durch Sophia habe Folgen gehabt, die Mr Shepherd offen gestanden nicht vorhergesehen habe, und dennoch habe er sich anstandslos angepasst und weitere Entwicklungen mit seiner üblichen Großzügigkeit gefördert. Dabei verfolge er keine geschäftliche Absicht. Alles, was die Wissenschaft voranbringe, habe Mr Shepherds rückhaltlose Unterstützung. Er trachte nicht nach Ehre oder Beifall. Ja nicht einmal nach Verständnis. All das werde sich zu gegebener Zeit einstellen. Sein Reichtum gewähre ihm das nur wenigen zuteilwerdende Privileg, so weit und visionär wie möglich vorauszudenken. Die Ziele der großen Weltreligionen ließen sich nicht von denen Mr Shepherds unterscheiden, nur nähere er sich ihnen auf einem anderen Weg, einem verborgenen auf der Rückseite des Berges, den das Christentum, der Islam und die anderen über Tausende von Jahren von vorn bestürmt hätten. Es sei ein langer Weg durch dunkle Wälder, für die meisten schwer, wenn nicht unmöglich zu begehen, doch sei es ein Weg, der am Ende mit größerer Sicherheit zum Gipfel führe. Eines Tages werde das alles verstanden und anerkannt werden. In der langen Zeit bis dahin trage Mr Shepherd bereitwillig die Last, missverstanden zu werden.

Zum Ausgleich für seine unerschütterliche Großzügigkeit verlange Mr Shepherd nicht viel, aber er verfolge seine Ziele ernsthaft und sei kein Tölpel, kein geistesabwesender Philanthrop, der blindlings Schecks ausschreibe, damit er Steuerabschläge geltend machen oder Gebäude nach sich benennen lassen könne. In seinen geschäftlichen Transaktionen sei er peinlich genau. Fairness sei keine Einbahnstraße. Die anderen großen Institutionen, an die er sich gebunden habe – Waterhouse und Forthrast –, könnten von Mr Shepherd Großmut und Aufrichtigkeit erwarten. Im Gegenzug erwarte er – nein verlange er –, von ihnen ebenso behandelt zu werden. Nichts könne vernünftiger sein.

Im Prinzip alles gut und schön. Die Einzelheiten seien natürlich kompliziert. Niemand habe Schuld; solche Dinge passierten, wenn hochintelligente, tatkräftige Menschen sich ins Getümmel stürzten. Allerdings könnten auch so großartige Köpfe keine Fortschritte erzielen, wenn sie auf Schritt und Tritt an sich zweifelten, genau auf juristische Feinheiten achteten, sich mit Gedanken an mögliche künftige Verwicklungen, Widersprüche, Konflikte marterten. Unbedeutendere Menschen wie Sinjin könnten in ihrem Kielwasser folgen und aufräumen.

Allerdings sei es nun Zeit aufzuräumen. Keine große Sache, eigentlich. Manche Dinge seien in ein Missverhältnis, eine Schieflage geraten, der gegenwärtige Stand der Dinge stimme nicht ganz mit Verträgen überein, die sämtliche Auftraggeber vor Jahren bereitwillig geschlossen hätten. Unvorhergesehene Entwicklungen erforderten jetzt ein gewisses Beschneiden, ein Umlenken der Geldströme, ein paar Zusätze und Nachträge zu den Vereinbarungen, die bereits getroffen seien. Kein Grund, das Ganze dem schrecklich ineffizienten Justizwesen zu übergeben.

Das wolle doch niemand.

39

Egdod sah, dass der Turm eine Abscheulichkeit war, nicht nur wegen seiner Größe und Lage, sondern auch weil die Seelen ihre Auren zusammenfügten.

Er ließ Thingor aus der Feste herkommen und schmiedete mit ihm zusammen einen Blitz, der viel größer war als jeder zuvor. Als er fertig war, flog Egdod mit dem Blitz in der rechten Hand hoch über den Palast. Von seiner Hitze wurde er versengt und von seiner Helligkeit geblendet. Er schleuderte ihn auf den Turm und traf dessen mittleren Teil, der sofort zerstört wurde, worauf der obere Teil auf den unteren stürzte und ihn bis aufs Steinfundament pulverisierte, das danach nicht mehr zu sehen war, weil es unter einem Haufen zu Staub gewordenem Lehm verschwand.

Beim Flug darüber konnte Egdod sehen, dass sich der Staub bewegte, während Seelen versuchten, daraus hervorzukommen. Durch die Vernichtung des Turms, in den sie so viel von sich selbst eingewoben hatten, waren sie stark dezimiert worden, aber sie lebten noch, und als sie zu rufen begannen, taten sie das nicht in dem Summen, das sie von den Bienen gestohlen hatten, sondern in den verschiedenen Arten von Sprache, die sie zuvor benutzt hatten. »Baut keine weiteren Türme«, sagte Egdod zu ihnen, »und wohnt nicht in Bienenstöcken, sondern in Häusern, wie ihr es anfangs getan habt. Ihr werdet sie jetzt selbst bauen müssen, denn die, die ich für euch gebaut hatte, habt ihr ja törichterweise zerstört. Und fügt nicht eure Auren zusammen, statt zu sprechen, sondern formt eure Gedanken zu Wörtern, wie es sich für Seelen gehört.«

»Natürlich sprechen sie nicht alle in derselben Sprache«, gab Speaksall ihm später zu bedenken. »Je nach Sprache werden sie sich in Gruppen zusammenfinden; und die neuen Häuser für sich dürften sie eher weit über das Land verstreut als in einer einzigen Stadt bauen, die innerhalb deiner Sichtweite liegt und von deinen schrecklichen Waffen bedroht wird.«

»So sei es«, sagte Egdod. Und so war es, denn Seelen hatten bereits begonnen, sich in der von Speaksall vorausgesagten Weise in Gruppen zusammenzufinden, die sich in verschiedene Richtungen aus Stadt hinausschleppten. Es war zu vermuten, dass jede von ihnen vorhatte, ihre eigene Stadt zu bauen, weit entfernt von den anderen, die in verschiedenen Sprachen redeten, und weit entfernt von Egdods Wohnstatt. Egdod unternahm nichts, um das zu verhindern.

Doch auch nachdem Stadt sich geleert hatte und keine Seelen mehr sein Werk betrachteten, hielt er an seiner Gewohnheit fest, den Hügel noch höher zu bauen, bis der Palast selbst ein hoch aufstrebender Turm für sich war, der auf der Spitze eines über die Wolken ragenden Pfeilers thronte. Das Summen des Bienenstocks störte seine Ohren nicht mehr. Stattdessen wurde seine Arbeit begleitet von süßen Klängen, die eine neue, erst kürzlich ins Land gekommene Seele erzeugte. Longregard hatte sie unten inmitten der Ruine des Bienenstocks auf einem Trümmerhaufen hocken sehen, wo sie eine Melodie spielte, indem sie über die Spitze eines hohlen Knochens blies. Sie – oder vielleicht er, denn diese Seele schien sich in Bezug auf ihr Geschlecht nicht entscheiden zu können – war von den Bewohnern des Palasts adoptiert worden und zu einem Liebling von Thingor und Knotweave avanciert, die ihr oder ihm dabei geholfen hatten, vielerlei neue Geräte zur Erzeugung aller möglichen Klänge zu fertigen. Egdod hatte diese Seele Paneuphonium genannt und ihr die Erlaubnis erteilt, sich niederzulassen, wo immer es ihr gefiel. Dafür hatte Paneuphonium sich bei Egdod revanchiert, indem sie lernte, genau die Art von Musik zu machen, die ihm behagte, wenn er in der Stimmung war, die Teile des Landes zu bauen und zu verändern, die noch der Verbesserung bedurften.

So hoch ließ Egdod die Felsnadel werden, dass er, wenn er aus seiner abgeschiedenen Kammer ganz oben hinabblickte, alle Teile des Landes sehen konnte, vorausgesetzt, das Wetter bescherte ihm eine klare Sicht. Und wenn er den Blick hob, konnte er natürlich die Sterne sehen. Wenn er aber die Intensität und das Durchdringungsvermögen seines Blickes verdoppelte, konnte er ihn durch den Schleier der Nacht in das unendliche Meer aus Chaos richten, das jenseits davon lag. Der Anblick über ihm beunruhigte ihn ebenso wenig wie der unter ihm, im bodenlosen Erdschlund unterhalb der Feste, hatte er doch das Chaos nun gemeistert und zu seinem Diener gemacht.

In einer solchen Höhe war die Luft kalt, aber Egdod sorgte dafür, dass sie wie zuvor um den Palast herum und im Garten warm war. Den Wald unmittelbar außerhalb des Gartentors machte er ebenfalls zu allen Jahreszeiten warm und angenehm, sodass dessen Bäche nicht zufroren, sondern zusammen in einen Fluss mündeten, der in einem langen Wasserfall in den Abgrund fiel. Springs Wohnstätte blieb, wie sie zuvor gewesen war, und dort hielt Spring sich auf, wagte sich nur selten aus ihrem Hain heraus, während sie in sich die neue Seele reifen ließ, die sie und Egdod gezeugt hatten.

Als dann der Sommer zu Ende ging und dem Herbst wich und die Blätter und die Äpfel gleichermaßen anfingen, rot zu werden, und all die Seelen, die Egdod eingeladen hatte, sich auf den Weg zum Palast machten, um sich an dem Festmahl zu erfreuen, kehrte ein Anschein von Ruhe in den Palast und das Land zurück.

Es gab einen Grund, warum Zula keine Anwältin war. Irgendwann um die Zweistundenmarke herum schaltete sie innerlich ab. Das lag daran, dass sie von Sinjin Kerr verführt worden war. Natürlich nicht in einem sexuellen Sinn. Eher auf emotionale Weise. Alles, was er sagte, war so vernünftig. Er war so ein intelligenter Mensch. So geistreich. Aber nicht auf selbstgefällige Art. Eher so, als überraschte er sich selbst immer wieder mit seiner Fähigkeit, über das gelegentliche Goldkörnchen von trockenem Humor zu stolpern, der allen Vorgängen, an denen Menschen beteiligt sind, innewohnt. Wie könnte ein intelligenter Mensch gegen Sinjins Grundaussage argumentieren, vieles habe sich geändert und es sei an der Zeit, ein wenig für Ordnung zu sorgen? In der dritten Stunde gab es eine Menge Einzelheiten darüber, wohin das Geld gegangen war. Gewaltige virtuelle Geldflüsse, alle in modernen Kryptowährungen ausgewiesen, die zwischen Forthrast und Waterhouse und Mr Shepherds Unternehmen, kommerziellen und nicht kommerziellen, hin und her schwappten. Die Transfers waren beobachtbar für Menschen, die die erforderlichen Token besaßen und sich tatsächlich die Mühe machten, sich durch die Zahlen zu kämpfen, aber oft verliefen sie im Dunkeln, da die Einzelheiten zu vielschichtig waren, als dass irgendeine einzelne Person sie vollständig hätte erfassen können. Sogar in ihrem geistesabwesenden Zustand ahnte Zula, worauf Sinjin mit all dem hinauswollte: Er würde geltend machen, dass Geld am falschen Ort gelandet war. Vermutlich nur ein Versehen. Verständlich. Aber wichtig, dass es behoben wurde. Womöglich eine Menge Geld.

Erst um zehn vor zwölf, als sie den Namen ihrer Tochter hörte, kam sie wieder zu sich. Hätte jemand ihr gegenüber am Tisch gesessen, hätte er kaum eine Veränderung in ihrer Miene wahrgenommen, aber sie spürte, dass ihr Herz schneller schlug und ihr Gesicht warm wurde. Letzteres war reine Verlegenheit. Sie hatte nicht aufgepasst und deshalb im entscheidenden Moment den

Argumentationsfaden verloren. Sie wusste, dass Sinjin Sophia erwähnt hatte, hinkte aber hinterher, versuchte aufzuholen, war sich nicht ganz sicher, was er gesagt hatte.

Allerdings war es nicht schwer zu erraten.

Die Bestätigung bekam sie eine halbe Stunde später während der Mittagspause von Marcus Hobbs, dem Chefjustitiar der Forthrast-Familienstiftung, der es tatsächlich geschafft hatte, Sinjins Argumentation bis zum Schluss zu folgen.

»Das ist nicht kompliziert. El Shepherd war nie glücklich mit der Situation, die ihren Anfang nahm, als Corvallis Sophia zu einer Tokeninhaberin für Dodges Gehirn machte und sie diese Befugnis nutzte, um den *Prozess* zum Laufen zu bringen. Über die Jahre hat er auf vielerlei Weise deutlich gemacht, dass er dasselbe Maß an Befugnis für sich verlangt.«

Über den Tisch hinweg blickte Zula ihre Tochter an. Sophia und Maeve hatten sich zum Mittagessen zu Zula, Marcus und C-plus gesellt. Sie saßen um einen Ecktisch in einem äthiopischen Restaurant in der Cherry Street, das ungefähr drei Häuserblocks unterhalb des Ärztehauses lag, in dem es Richard erwischt hatte. Es war Anfang Oktober. Einer unausgesprochenen Familientradition folgend suchten sie diesen Teil der Stadt auf, wenn die Ahornblätter rot waren. Und »Familie« war ein kompliziertes Wort für sie geworden. C-plus galt schon lange mehr oder minder als ein Forthrast. Sophia war inzwischen eine heiß geliebte Tante für Corvallis' und Maeves Kinder im Teenageralter.

Und sie alle zusammen wurden heimgesucht von abgeschiedenen Geistern. Sie waren verantwortlich für die Schaffung des Systems, in dem Dodge, Verna und Pluto jetzt in gewisser Weise lebendig waren.

»Er beschwert sich ständig darüber, dass die Singularität sich nicht so auswirkt, wie er es sich erhofft hatte«, sagte Zula. »Ich glaube, ihn enttäuscht unter anderem, wie verdammt *bürokratisch* das Ganze ist. So viele Anwälte. So viele Besprechungen.«

»Aber das tut sie doch«, sagte Sophia. »Ich glaube, sie fängt an, sich in seine Richtung zu entwickeln.«

»Mit dem Bausch, meinst du?«, fragte Corvallis. Er hatte allen am Tisch von seiner Begegnung mit Elmo Shepherds Avatar erzählt.

»Ja«, sagte Sophia.

»Er liebt den Bausch«, gestand Corvallis ihr zu.

»Gut«, sagte Zula, »aber selbst wenn sich damit alle seine Hoffnungen erfüllen, wer wird es dann am Laufen halten, wenn er geht und sich dazugesellt? Eine Gruppe von Stiftungen mit Verflechtungen in den Vorständen. Deren jeweilige Vermögen über Gott weiß wie viele verschiedene Anlageinstrumente quer über sämtliche Finanzinstitutionen der Welt verteilt sind.«

»Vieles davon verwaltet sich inzwischen selbst«, erinnerte sie Marcus. »Die meisten *unserer* Investitionen werden jetzt von Bots verwaltet, die wir nicht einmal verstehen. In seinem Fall ist dieser Anteil sicher noch viel höher.«

»Aber Materielles muss doch trotzdem noch vorhanden sein. Die Computer, auf denen das Ganze läuft, brauchen allesamt Strom und Dächer, die sie vor Regen schützen. Menschen können es, wenn sie wollen, jederzeit abschalten.«

»Das ist es ja, was ihn beunruhigt«, sagte Sophia. »Und *mich* in Bezug auf das, was er verlangt.«

»Können Sie mehr dazu sagen?«, fragte Marcus. »Es wird nämlich immer deutlicher, dass Sinjin letztlich aus genau diesem Grund hier ist.«

»Der *Prozess*, den ich in Princeton gestartet habe, mag sehr kompliziert und leistungsstark und teuer im Betrieb sein«, sagte Sophia, »aber er ist immer noch ein Computerprogramm, das auf ein paar sehr einfache Befehle reagiert. Und einer dieser Befehle lautet ›Verlassen‹. Oder vielleicht auch ›Beenden‹ oder ›Herunterfahren‹. Ich weiß es gar nicht, weil ich in Bezug auf ihn natürlich noch nie einen solchen Befehl eingegeben habe.

Oder in Bezug auf Verna oder Pluto oder irgendeinen von den anderen.«

»Sie als die Tokeninhaberin haben die Macht, den *Prozess* – oder irgendeinen Unterprozess – jederzeit zu beenden«, sagte Marcus.

»So sieht es im Prinzip aus«, antwortete Sophia mit einem Blick zu Corvallis, der bestätigend nickte.

»Verfügen Sie auch über diese Macht, C?«, fragte Marcus. »Immerhin waren Sie derjenige, der Sophia den Token zugeteilt hat.«

Corvallis schüttelte den Kopf. »Sie meinen, ich wäre so etwas wie der Superuser oder der Sysadmin. Das hier ist etwas anderes. Der Token, den ich Sophia zugeteilt habe, hat ihr den Zugang und die Befugnis für die Einrichtung eines völlig neuen Systems gegeben. In diesem System ist sie Root – sie hat die vollständige Macht über sämtliche Prozesse und ich nicht die geringste. Und«, so fügte er hinzu, »ich will auch gar keine.«

Maeve hatte das alles aufmerksam verfolgt, was nahelegte, dass sie schon seit einer Weile neugierig darauf war, aber nie den richtigen Moment zum Fragen gefunden hatte. »Ganz offen gefragt, Liebes, was passiert eigentlich, wenn dich ein Bus überfährt?«

»Nichts«, sagte Sophia.

»Mit anderen Worten«, sagte Marcus, »Sie haben keine Vorkehrungen dafür getroffen, dass der Token im Falle Ihres Ablebens auf jemand anderen übertragen wird.«

»Ich wüsste nicht einmal, wie«, sagte Sophia. »Darüber habe ich nie nachgedacht. Werde es aber jetzt tun.«

»Um dieselbe Frage auf nicht ganz so negativ besetzte Weise zu stellen«, sagte Zula, »immerhin sprechen wir hier von meiner Tochter: Was passiert, wenn du das Passwort vergisst?«

»Wir verwenden keine Passwörter.«

»Ich weiß. Es ist mit deinem PURDAH verbunden. Das hab ich kapiert. Du weißt doch, was ich meine.«

»Es gibt kein ›es‹. Das Konzept von Passwörtern bringt dich

hier nicht weiter. Passwörter haben wir *genau deshalb* abgeschafft, weil sie diese Mängel hatten: Wenn du deins vergisst, bist du aufgeschmissen. Und wenn es dir jemand klaut, wird er *du* und hat plötzlich deine ganze Macht, deine ganzen Rechte. Der Sinn des H in PURDAH – ›Holografie‹ – ist, dass du deine Identität von einem Augenblick auf den nächsten beweisen musst …«

»Mit deinem Gesicht, deiner Stimme, deiner Art zu tippen, deiner Art zu gehen …«, sagte Zula. Sie wusste das alles.

»Damals, ja. Da war es eindeutig auf Gesichtserkennung oder was auch immer zurückzuführen. Heute *wissen wir nicht einmal*, wie es funktioniert. Wir haben es KI-Systemen überlassen, die *einfach wissen*, wenn du es bist, aufgrund von – keine Ahnung, was.«

»Dann lass uns zum Kern meiner Frage zurückkehren«, sagte Zula, leicht erhitzt, »und einmal annehmen, dieses mysteriöse KI-System, der Türhüter, könnte dich nicht mehr erkennen. Was ich mit dem archaischen Begriff ›das Passwort vergessen‹ auszudrücken versuchte.«

»Wenn ich die Fähigkeit verliere, meine Identität – meine Inhaberschaft des PURDAH – nachzuweisen, wenn die mysteriösen KI-Systeme mich nicht mehr als mich erkennen, dann ist die mit diesem Token verliehene Befugnis für immer verloren.«

»Und was umfasst diese Befugnis überhaupt, praktisch gesehen?«, fragte Maeve.

»Erstaunlich wenig«, sagte Sophia. »Ich bin Atropos.«

»Könntest du das für diejenigen von uns, die in der letzten Zeit ihren *D'Aulaires* nicht gebüffelt haben, etwas erläutern?«, fragte Zula trocken.

»Atropos war die Schicksalsgöttin, die die Macht besaß, die Lebensfäden durchzuschneiden. Ich habe die Macht, Prozessen ein Ende zu setzen, indem ich ›Beenden‹ oder ›Löschen‹ oder was immer in ein Terminalfenster eintippe – den genauen Befehl müsste ich auf der Manpage nachsehen. Würde ich von dem betreffenden PURDAH getrennt, hätte niemand sonst diese Befugnis.«

»Aber neue Prozesse zu schaffen, ist eine andere Geschichte«, sagte Maeve, halb Feststellung, halb Frage.

»Da es ein offenes Protokoll für den Austausch von Nachrichten ist«, sagte Corvallis, »kann jeder einen Prozess starten, der dann auch teilhat. Das Know-how, um einen wirklich *interessanten* Prozess zu starten, besitzen allerdings nur ein paar Leute. Diese Fähigkeit ist im Wesentlichen auf uns und El Shepherd beschränkt.«

»Das lässt Sinjins Forderungen in einem anderen Licht erscheinen«, sagte Marcus. »Wenn man ihn so hört, verlangt El eigentlich nichts anderes als denselben Zugriff auf der Root-Ebene, den Sophia von Anfang an gehabt hat. Gemeinsame Befugnis. Wenn jedoch die einzige besondere Fähigkeit, die Sophia hat, die der Atropos ist, wozu will er diesen Zugriff dann?«

»Er will Dodge und Verna und die anderen töten«, sagte Maeve.

Sophia zuckte die Achseln. »Vielleicht habe ich es zu sehr vereinfacht. Es gibt noch ein paar andere administrative Funktionen, die ich ausführen kann, El aber nicht. Sie haben im Wesentlichen mit Ressourcenbeschränkungen zu tun. Im Nachhinein betrachtet hätte ich, wenn ich am Anfang gründlich über all das nachgedacht hätte, dem *Prozess* in Bezug darauf, wie viel Speicherplatz er sich selbst zuteilen, wie viel Rechenleistung er nutzen darf etc., einige Beschränkungen auferlegt.«

»Genau das würde ein Systemadministrator normalerweise ganz selbstverständlich tun«, erklärte Corvallis an Zula gewandt. »So wie ich früher beim Installieren einer Software auf einem Computer mit einer Ein-Terabyte-Festplatte eine Speicherplatzbegrenzung festgelegt habe, aufgrund derer die Software nicht mehr als vielleicht ein halbes Terabyte für sich in Anspruch nehmen durfte – damit sie nicht alle anderen Prozesse verdrängte und abstürzte.«

»Das habe ich nie gemacht«, sagte Sophia, »weil Jake und später El dem *Prozess* schneller Ressourcen nachgeworfen haben, als er sie verbrauchen konnte. Alle waren so fasziniert von seinem Wachstum, dass sie ihn einfach unbehindert laufen lassen wollten, als Experiment.«

»Verstehe«, sagte Zula, »und später bereute El diese Entscheidung wegen der Dominanz, die der *Prozess* erlangt hatte.«

»Es kam überraschend, dass es die anderen aus Els Netzwerk heraus gestarteten Prozesse zu dem ersten hinzog und dass sie eher an ihm klebten, als sich unabhängig zu entwickeln«, sagte Corvallis nickend.

»Okay«, sagte Marcus. Die Skepsis in seiner Stimme war deutlich. »Sinjin wird also behaupten, dass El lediglich die Befugnis haben will, außer Kontrolle geratene Prozesse an die Kandare zu nehmen. Ein paar Zäune um sie herumzubauen. Die normalen Speicherplatzbegrenzungen einzuführen und so fort, Dinge, die Sophia versäumt hat.«

»Es gibt noch andere Sachen, die er machen könnte, wie etwa Barrieren rund um ›unsere‹ Prozesse zu errichten, um ihre Interaktion mit ›seinen‹ Prozessen zu beschränken«, sagte Sophia und schrieb dabei Gänsefüßchen in die Luft.

»Was erst mal vernünftig klingt. Wir können ihm aber nicht die Befugnis geben, diese Dinge zu tun, ohne ihm gleichzeitig die Macht der Atropos zu verleihen«, sagte Marcus, hob zwei Finger und mimte ein *Schnipp*.

»Dazu müsste ich ein bisschen recherchieren«, sagte Sophia.

»Wie sieht das nun, ausgehend von heute Morgen, für Sie aus?«, fragte Zula Marcus.

»Sinjin hat uns da eine ziemlich harte Nuss zu knacken gegeben«, räumte Marcus ein. »Bis der Bausch auftrat, gab es keine Ressourcenbeschränkung. Der weltweite Bestand an Quantencomputerclustern, Bandbreite und Speicherplatz war imstande, mit dem Wachstum mitzuhalten.«

»Was kein Zufall ist«, warf Corvallis ein. »El hat das alles ja eigens zur Unterstützung der von ihm gestarteten Prozesse gebaut.«

»Natürlich«, sagte Marcus. »Er ging aber von der Annahme aus, dass jeder neue Prozess dem System nur eine bestimmte Last hinzufügen würde. Alle diese Annahmen lösten sich in Luft auf, als der Bausch Form anzunehmen begann. Die Menge an Rechenleistung in diesem Ding ist um das Zehnfache höher als das, was wir in dem alten Diagramm gesehen haben, wo die Prozesse nicht so eng miteinander verbunden waren. Das System droht sich völlig zu verausgaben.«

»Sie kennen meine Meinung dazu«, sagte Corvallis. »Das sind degenerative Vorgänge. Viele dieser Dinge sind einfach in Endlosschleifen geraten. Wettlaufsituationen. Im Bausch findet kein sinnvolles Rechnen statt.«

»Das ist aber nur Ihre Meinung«, erinnerte ihn Marcus. »Stellen Sie sich vor, Sie stehen in einem Zivilprozess vor Geschworenen, die Sie davon überzeugen wollen. Dann müssen Sie in der Lage sein, mit unbewegter Miene zu behaupten, alle mit Dodge und den Pantheon-Prozessen verbundenen Berechnungen seien legitim, alles im Bausch dagegen ›degenerativ‹.«

Sophia nickte. »Es wäre etwas anderes, wenn wir tatsächlich wüssten, was diese Prozesse denken. Aber alles, worauf wir uns stützen können, ist Verkehrsanalyse und Burn Rate.«

»Da bin ich anderer Meinung«, sagte Corvallis. »Wir haben eine Menge Belege dafür, dass aus der Rechenleistung für das Pantheon die Landform hervorging. Was ist das Ergebnis des vielen Rechnens im Bausch? Nichts, was wir erkennen könnten.«

»Auch hier: Geschworene«, sagte Marcus.

»Können wir nicht die *Kritik der reinen Vernunft* als Beweis anführen?«, witzelte Maeve.

»Tatsache ist«, sagte Marcus, »dass der Bausch El direkt in die Hände spielt, indem er einen bis dahin nicht gekannten Mangel an

Rechenleistung verursacht. Und diesen Mangel kann er als Hebel gegen uns verwenden. Was könnte vernünftiger klingen als die Forderung, es sei an der Zeit, ein paar Begrenzungen festzulegen?«

»Er hat doch nicht den ganzen Morgen gebraucht, um nur das zu sagen«, hielt Zula ihm entgegen.

»Alles andere ist einfach Sinjin, der zu verstehen gibt, dass er uns, wenn wir Els Forderung nicht nachkommen, so große Schwierigkeiten bereiten kann, dass es einfacher wäre, wir änderten unsere Meinung.«

Das Essen kam, und die Unterhaltung verebbte für eine Weile, während alle sich in der Mitte des Tisches Stücke von dem *Injera*-Brot abrissen, um damit mundgerechte Portionen von dem stark gewürzten Essen aufzunehmen. Nachdem aber Maeve ihren ersten Hunger gestillt hatte, wischte sie sich die Hände an der Serviette ab und sagte: »Ich ziehe die Grenze da, wo El oder irgendjemand sonst die Macht bekommt, einen Prozess zu beenden. Ich habe meine Schwester schon einmal verloren. Falls der Prozess, den wir Verna nennen, in irgendeiner Hinsicht Verna ist, dann will ich, dass sie beschützt wird. Und dasselbe gilt für alle kleinen Nichten und Neffen.«

Die anderen brauchten einen Moment, um das zu verarbeiten. Verna, Maeves einziges Geschwister, war kinderlos gestorben. Corvallis war ein Einzelkind. Es war also ein Ding der Unmöglichkeit, dass Maeve Nichten oder Neffen hatte. Auf den Gesichtern der anderen machte sich zunehmend Ratlosigkeit breit, bis Corvallis sich Maeve zuwandte und sagte: »Vielleicht erklärst du ihnen das, Liebling.«

»Wir sehen Anzeichen dafür, dass gerade ein neuer Prozess zusammengestellt wird. Der mit Verna verbunden ist.«

»Das geht doch jetzt schon eine ganze Weile, oder?«, fragte Marcus. »Das unterscheidet Vernas Verhalten von dem aller anderen: Sie hat herausgefunden, wie man Prozesse erzeugt, die selbstständig laufen.«

Maeve deutete mit Daumen- und Zeigefinger eine verschwindend geringe Größe an. »Ganz winzige. Kleine ›Hallo Welt!‹-Dinger, die selbstständig laufen. Sie machen nicht viel. Verbrauchen nicht viel Kapazität.«

»Sie werden allesamt unseren Konten berechnet«, fügte Corvallis hinzu, »wir können sie also verfolgen. Sie sind zu klein, um eine Rolle zu spielen.«

»Bis jetzt«, sagte Maeve. »Nun arbeitet Verna nämlich daran, zwei Große zu erzeugen.« Ihr Blick ging zu Corvallis, der bestätigend nickte. »Die neuen Prozesse sehen aus, als befänden sie sich in einer ähnlichen Größenordnung wie ein gescanntes menschliches Konnektom. Seit ein paar Monaten sind sie im Entstehen begriffen.«

Marcus verstand und nickte. »Das meinten Sie also, als sie von Nichten und Neffen sprachen.«

»Vielleicht ist das ein weiterer Grund dafür, dass El so unleidlich wurde«, sagte Zula. »Wenn unsere Prozesse herauskriegen, wie man Kopien von sich selbst erzeugt, könnte sich das wie ein Lauffeuer ausbreiten und seine Prozesse verdrängen.«

Vor einer Minute hatte Marcus' Armbanduhr gesummt, und er hatte sich irgendeine neue Information in seinem Wearable angeschaut – was daran zu erkennen gewesen war, dass er aus einem unerfindlichen Grund einen leeren Fleck an der Wand angestarrt hatte. Er wischte sich die Hand an einer Serviette ab und schob sich das Gerät auf die Stirn. »Bald wird er noch um einiges unleidlicher sein«, kündigte Marcus an.

»Was ist passiert?«, fragte Zula. »Was haben Sie Neues erfahren?« Sie hatte ebenfalls Mitteilungen bekommen, sie jedoch ignoriert.

Marcus schüttelte den Kopf. Sein Gesichtsausdruck sagte: *Wer zum Teufel weiß das schon?* Er verkündete: »Gerade ist der Bausch umgekippt.«

»Umgekippt?«, fragte Maeve scharf.

»Abgestürzt. Die Menge an Rechenaktivität im Bausch ist mit einem Mal um drei Magnituden oder Zehnerpotenzen abgefallen. Und dieses grüne Ding über dem Stadtpark? Ist weg. Im Stadtpark ist wieder alles beim Alten: ein kleiner Turm in einem Park.«

Rund um den Tisch wurden Wearables aus Taschen gezogen oder von Stirnen heruntergeklappt. Alle gingen zuerst zu der Landform-Darstellung und stellten fest, dass Marcus recht hatte: Der turmhohe Lichtschein, der sich während der letzten paar Wochen wie ein Feuer über einer Ölquelle über dem Stadtpark erhoben hatte, war jetzt vollkommen verschwunden. Das Gebäude auf dem nahe gelegenen Hügel dagegen stand noch genauso da wie zuvor, mit dem einzigen Unterschied, dass der Hügel immer höher und steiler wurde.

»Können wir sicher sein, dass es nicht nur eine Störung der LVU ist?«, fragte Maeve.

Marcus schüttelte den Kopf. »Das geht ganz deutlich aus der Burn Rate hervor. Den Finanzwerten. Und wenn Sie zu der anderen Visualisierung umschalten, können Sie sehen, was mit dem Bausch los ist.«

Sie alle sahen sich das abstraktere Visualisierungssystem an, das über die letzten Wochen hinweg von der amorphen Wolke aus dichten weißen Linien beherrscht worden war. Der Dodge-Prozess und das Pantheon schwebten immer noch über allem anderen, so hell und dominierend wie immer. Doch den Bausch gab es nicht mehr. An seiner Stelle befand sich eine dünne weiße Schicht, die aussah wie die Nachwirkungen eines Hagelsturms: Tausende hart aussehende weiße Teilchen. Jedes von ihnen stellte einen eigenständigen Prozess dar. Sie waren immer im Bausch eingebettet gewesen, bis vor ein paar Minuten allerdings unter einer dichten Matte aus weißen Linien verborgen, die für die zwischen ihnen hin und her gehenden Nachrichten gestanden hatten. Wenn man sich näher hinbeugte und eins dieser Teilchen anstarrte, konnte man, während Nachrichten verschickt wurden, weiße Fasern hinein- und heraussausen sehen. Doch Marcus hatte recht: Der Grad der Aktivität war auf nahe null gesunken.

Sie alle bekamen gleichzeitig dieselbe Mitteilung. Es war eine lapidare Nachricht von Sinjin Kerr, der sie wissen ließ, dass er das Treffen am Nachmittag leider absagen müsse und sich dafür entschuldige, dass die Absage so kurzfristig erfolge. Wenig später sandte er noch eine, in der er sein großes Bedauern darüber äußerte, dass er sie bei der JEESN 5 in der folgenden Woche nicht sehen werde.

40

Anstelle einer Handtasche trug Sophia ihr Gänseblümchen: eine Art jackenlose Jackentasche, deren Zweck darin bestand, die Sünden der Damenbekleidungsindustrie auszubügeln. Es war ein flacher Beutel, den sie sich an einem dünnen Riemen über die Schulter hängte. Er war groß genug, um ihren Ausweis, Tampons, Stifte, ein Multifunktionswerkzeug in Kleinformat, einen Ersatzhausschlüssel und einen improvisierten Rosenkranz aus elektronischen Schlüsselanhängern, Dongles und Minitaschenlampen aufzunehmen. Ab und zu wurde er so prall, dass er ihr beim Gehen an die Hüfte schlug, und dann durchforstete sie ihn und nahm alle Papierfetzen heraus, die sie hineingestopft hatte. Wenn sie sich für die Arbeit oder eine Übernachtung außer Haus fertig machte, konnte sie ihn in eine größere Tasche stecken. Bei der JEESN 5 enthielt er einen Chipschlüssel zu ihrem Zimmer und eines der Taschennotizbücher, die die Organisatoren als kleines Präsent ausgegeben hatten. Auf einer Seite hatte der Beutel außen eine rechteckige Hülle aus fester Klarsichtfolie, die mit einem Reißverschluss versehen war. Vor einer Weile war Sophia, als sie auf der Suche nach ihrem Reisepass eine Schublade durchwühlt hatte, auf das selbstklebende Op-Art-Gänseblümchen gestoßen, das sie aus dem Familienfarmhaus der Forthrasts hatte mitgehen lassen. Kurzentschlossen hatte sie es in die transparente Hülle geschoben, damit sie es häufiger sehen konnte. Seitdem war es wie ein unverwechselbares Schmuckstück oder eine gefärbte

Haarsträhne zu einem Hingucker geworden, den Freundinnen und Freunde mit ihr assoziierten und Fremde als Gesprächsaufhänger benutzten. Ihre eher modebewussten Freundinnen verdrehten inzwischen die Augen über den zunehmend zerfransten und schäbigen Beutel und fingen an, ihn Gänseblümchen zu nennen.

Wenn sie den ganzen Tag still in einer Konferenz gesessen hatte, entspannte sie sich in der Regel im Wellnessbereich, wo sie für eine halbe Stunde aufs Laufband ging, um einfach die Muskeln zu wecken und den Kreislauf anzukurbeln. Das Gerät hatte eine Ablage für Lesestoff, die allerdings nicht mehr von allzu großem Nutzen war, denn wenn man mit voller Kraft vor sich hin trabte, war das Lesen übers Wearable bequemer. Sie legte Gänseblümchen darauf und schaltete das Laufband auf ein strammes Tempo hoch. Dann zog sie ihr Wearable von der Stirn auf den Nasenrücken herunter und begann, sich durch die ganzen Nachrichten zu arbeiten, die sich den Tag über angesammelt hatten. Ihre Editorin hatte mit Unterstützung verschiedener Bots ihr Bestes getan, um diesen Wust in verschiedene Buckets zu sortieren. Ein großer Bucket diente dazu, alle Mitteilungen in Bezug auf den Komplex von Klagen, die Sinjin Kerr und seine Lakaien kürzlich im Auftrag von Elmo Shepherd eingereicht hatten, unter Isolation zu stellen. Sie waren eine seltsame Mischung aus sehr langweilig und sehr aufreibend. Mit den Forthrast-Anwälten hatte Sophia vereinbart, dass sie diese Nachrichten allesamt ignorieren konnte und man sie verständigen würde, wenn ihre Aufmerksamkeit tatsächlich vonnöten wäre.

Wesentlich interessanter war der Inhalt des Enoch-Root-Buckets, der überquoll von Diskussionsbeiträgen zu einem Vortrag, den er früher an diesem Tag über das Thema der Nichtsterblichkeit gehalten hatte. Nicht damit zufrieden, ihm einen einzigen klugen Titel zu geben, hatte Enoch ihn: »Nichtsterblichkeit. Oder: Tod nach dem Tod« überschrieben.

Seine jüngste Arbeit zu diesem Thema hatte sich infolge einer sonderbaren Interaktion ergeben, die einige Monate zuvor zwischen dem Dodge-Prozess und einer anderen Seele stattgefunden und offenbar zur vollständigen Auslöschung von Letzterer geführt hatte. In der LVU konnten sie Wiederholungen des Vorfalls sehen, wenn auch in körniger, abgehackter Darstellung und ohne Ton. Er ereignete sich im »Stadtpark« und begann mit etwas, das wie ein Streit zwischen einem Mitglied des Pantheons und einem Stadtbewohner aussah. Dieser war mit einer Art Werkzeug oder Waffe ausgerüstet, mit der er den anderen traf und ihm Schaden zufügte. Dann tauchte Dodge auf und tat etwas, das viel Rechenkapazität kostete und an dessen Ende der Angreifer nicht mehr existierte.

Natürlich besaßen die Systemadministratoren eine Sicherungskopie der Daten. Bestimmte Tokeninhaber hatten die erforderlichen Rechte, um den beendeten Prozess neu zu starten. Allerdings mussten zuvor einige Fragen beantwortet werden, mit denen sich Sophia als eine dieser Tokins beschäftigen musste.

Beim Aufbau des Ganzen hatten sie nämlich überhaupt nicht bedacht, dass Seelen sterben, und noch viel weniger, dass sie einen Mord begehen könnten.

(Das war nicht ganz die richtige Art, es auszudrücken, denn es gab *so viele* Dinge, die sie nicht bedacht hatten – eine Unmenge an unbeabsichtigten Folgen. Aber es hatte wenig Sinn, sich darüber zu ärgern. So fingen die Dinge eben an. Entweder man hielt inne, um sämtliche Stakeholder zu konsultieren und sämtliche möglichen Auswirkungen zu durchdenken – in diesem Fall würde man wahrscheinlich am Ende gar nichts tun, da komplexe Systeme Auswirkungen hatten, die unendlich und unkalkulierbar waren –, oder man legte einfach los und drückte die Eingabetaste.)

(Auch weil »Seele« so sehr mit unerwünschtem philosophischem und religiösem Ballast befrachtet war. Die Realität war jedoch, dass eingescannte Gehirne, die als neue Prozesse mit der Fähigkeit, Rechnerkapazitäten zu verwenden und mit den anderen Prozessen zu interagieren, gebootet wurden, scheinbar personenähnliche Eigenschaften annahmen: Sie existierten an einem Ort, nicht überall; ihre Art, sich zu bewegen, erschien physisch, die Art, wie sie mit anderen Prozessen verkehrten, sozial. Man konnte zwar versuchen, sich um die unbequemen Fragen herumzudrücken, indem man an neutralen Begriffen wie »Prozess« festhielt. Die Dienstleistung wurde den Kunden jedoch nicht als Angebot verkauft, Prozesse zu erzeugen. Jeder Kunde, der zu Lebzeiten in den Plan einzahlte, damit seine sterblichen Überreste nach seinem Tod gescannt würden, tat das in dem Glauben, dass der daraus hervorgehende Prozess in gewisser Weise eine Fortsetzung seiner Existenz in einer Art Jenseits sein würde. Auch wenn man sich noch so sehr bemühte, kam man um die Tatsache nicht herum, dass hier eigentlich von der Seele die Rede war. Und der Deal – die Erwartung – beinhaltete, sie unbegrenzt fortdauern zu lassen.)

Es war klar, dass es in dem System erzeugte Prozesse gab, die Fuß gefasst hatten, gewachsen und gediehen waren, Dinge getan, Beziehungen zu anderen ihrer Art hergestellt, Löcher gegraben, Bäume gefällt, Häuser gebaut und Zeit verbracht hatten und die dann aus dem einen oder anderen Grund (von Dodge umgebracht zu werden war nur ein Beispiel) aufhörten. »Zu existieren aufhörten« würde man nicht sagen wollen, weil die Daten auf ewig irgendwo verborgen waren. Doch der Prozess selbst hörte auf, sich zu verändern, und überließ seine Ressourcen der Cloud. Und dazu gehörten die Ressourcen, die nötig waren, um einen virtuellen Körper zu unterhalten.

Das warf eine Reihe von Fragen auf, die in der realen Alltagswelt in die Kategorie »Leben und Tod« fielen, in der Geschäftswelt jedoch unter der Überschrift »Kundendienst« liefen. Wenn ein Dienstleister von einem Kunden Geld genommen und ihm versprochen hatte, er werde ewig leben (vielleicht nicht ausdrücklich – aber die meisten Kunden verstanden es so und nahmen es als gegeben an), dann darauf wartete, dass der Kunde starb, seine sterblichen Überreste scannte und ihn damit verdampfte, den Scan in die Cloud hochlud, ihn zu einer Art von Leben erweckte, ihm Qualia, Erfahrungen, ein soziales Leben, Erinnerungen, all die anderen Dinge gab, die Seelen in der Realwelt hatten, und dann zuließ, dass das, aus welchem Grund auch immer, vernichtet wurde, war diesem Dienstleister dann nicht vorzuwerfen, dass er seine Kunden im Stich gelassen hatte? Freunde und Angehörige des Toten würden merken, dass er jetzt wieder tot war, würden Stunk machen und Genugtuung verlangen. Vielleicht würden sie ihren Vertrag kündigen und ihre Gehirne und Seelen anderen Wettbewerbern anvertrauen, die behaupteten, sie hätten den Programmfehler Tod aus ihrem System beseitigt.

In der alten Welt hatte der Tod zu endlosen philosophischen Grübeleien geführt und Religionen hervorgebracht, in der Bitwelt dagegen führte er zu Ein-Stern-Bewertungen von erbosten Hinterbliebenen und Androhungen von Gruppenklagen.

Promovierte Informatiker und, ja, Philosophen und Theologen hatten sich nun auf der JEESN 5 versammelt, um über das Wesen dieses Problems zu sprechen. Heute hatte sich Enoch Root entschlossen, zu diesem ganzen Komplex Stellung zu nehmen. Gerade versuchte er, Leuten, die sagten: »Zum Glück gibt es dafür eine einfache Lösung – gescheiterte Prozesse können problemlos neu gestartet werden!«, einen Schritt voraus zu sein. Er wollte ihre Aufmerksamkeit auf gewisse Komplikationen lenken, die verblüffend, ja nahezu fatal waren. Angesichts des Respekts, den er sowohl in South Lake Union als auch in Zelrijk-Aalberg in zunehmendem Maße genoss, war seine Position jetzt die vorherrschende oder zumindest als Standard geltende – diejenige, die alle konkurrierenden Dienstleister letztlich wohl in ihre Endbenutzer-Lizenzvereinbarungen schreiben würden. Sie war bedeutend und kompliziert, ließ sich aber zusammenfassen unter dem Begriff »Nichtsterblichkeit«.

»Wenn ein Baum auf einen Förster fällt, tut das weh?« Das war der Eröffnungssatz seines heutigen Vortrags gewesen. Die Antwort lautete: »Ja, weil sonst das System auseinanderfällt.«

Der Dodge-Prozess hatte, aus welchen Gründen auch immer, die Landform mit Bäumen bedeckt. In neuerer Zeit angekommene Seelen hatten begonnen, sie zu fällen und für Dinge wie Behausungen zu nutzen. Baumteile waren nutzlos – man konnte keine Häuser daraus bauen –, wenn sie nicht über physikalische Eigenschaften wie Gewicht, Härte und Steifheit verfügten. So weit, so gut. Wenn ein Baum nun aber zufällig auf eine Person fiel, konnte er sich nicht plötzlich in ein Kissen verwandeln. Das heißt, er *konnte* es schon – mit einem Computerprogramm konnte man schließlich alles machen –, aber was für eine Welt war das dann? Unsere Gehirne – jene in der realen Welt aus Fleisch und Blut ebenso wie deren umsichtig gehandhabte digitale Simulationen in der Bitwelt – waren nicht dafür ausgestattet, ein Universum zu begreifen, in dem sich Bäume, sobald sie gefährlich wurden, in Kissen verwandelten. Würde man erst einmal eine Ausnahme für fallende Bäume machen, ginge das endlos so weiter; sehr bald würde das ganze Universum keinen Sinn mehr ergeben, es würde »dekohärent«.

Daraus gab es nur einen Ausweg, nämlich die Nichtsterblichkeit. Nicht Unsterblichkeit – denn wenn ein Baum auf einen Förster fiel, musste dieser Förster verletzt werden und vielleicht auch sterben. »Sterben« bedeutete hier jedoch nicht, für immer ausgemerzt zu sein. Die Form – der Körper –, in die die Seele sich bis zu dem Moment, in dem der Baum sie traf, gekleidet hatte, sie musste Schaden nehmen, und der Schaden musste reale Folgen haben. War er schwerwiegend genug, war es für die betreffende Seele das Beste, diesen Körper zu verlassen und einen neuen zu bekommen.

Theoretisch kein Problem. Es gab – wie immer – einen Haken, der darin bestand, dass man nicht einfach eine frische Kopie des Originalscans neu starten konnte. Oder gar des virtuellen Körpers unmittelbar vor dem Auftreffen des Baums. Während die technikphilosophischen Argumente ausgesprochen schwer zugänglich waren, bestand eine einfache, jedem Kunden, der jemals ein aus dem Tritt geratenes Gerät rebooten musste, vertraute Analogie darin, dass diese Dinge unbegreiflich kompliziert waren, mit einer Million Subsystemen, die auf bestimmte Weise miteinander verbunden sein mussten. Wenn nur eine dieser Verbindungen nicht stimmte, funktionierte das ganze Ding nicht. In der Theorie konnte alles debuggt und wieder ins Lot gebracht werden, in der Praxis dagegen ging es schneller und zeitigte bessere Ergebnisse, wenn man einfach das ganze Ding herunterfuhr und ganz von vorn neu startete.

Und Enoch gab nicht vor, alle Antworten auf diese Fragen zu haben. Das war nicht der Sinn seines Vortrags. Der Sinn war, sie zu stellen.

Ein paar Leute, die Sophia kannte und mochte, hingen in dem großen Warmwasserbecken draußen auf der Terrasse ab, und so schaltete sie, nachdem sie ihren Bedarf an Nichtsterblichkeit gedeckt hatte, das Laufband aus, setzte ihr Wearable ab und stopfte es in eine Außentasche von Gänseblümchen, das sie mit hinausnahm, um es auf ein in der Nähe stehendes Regal zu legen, das zur Aufbewahrung von Frotteebademänteln benutzt wurde. Sie zog sich aus und genoss für ungefähr eine Viertelstunde das warme Wasser, lehnte jedoch das Angebot ab, einen Zug von einer Haschischpfeife zu nehmen, die die Runde machte. Da die Gesellschaft ausdünnte und Sophia müde war, stieg sie aus dem Becken und schnappte sich einen der dicken Bademäntel vom Regal. Nachdem sie ihn angezogen hatte, wickelte sie Gänseblümchen in ihre Sportsachen. Damit trottete sie über das zum

Resort gehörende Netz aus Pfaden, Stegen und überdachten Fußwegen zu dem Häuschen, das man ihr als Unterkunft zugewiesen hatte. Es umfasste ein kleines Wohn-/Arbeits-/Esszimmer mit Kochnische und ein Schlafzimmer, beide mit Glastüren, durch die man eine Aussicht über den Desolation Sound hatte. Direkt davor befand sich eine mit Platten ausgelegte Terrasse, die gerade groß genug war, um zwei Liegestühle und einen Beistelltisch aufzunehmen. Das Häuschen stand dicht an der Kante des steilen Abhangs zum Ufer, sodass man eine hüfthohe Glasbarriere errichtet hatte, um zu verhindern, dass alkoholisierte oder schlaftrunkene Gäste hinunterstürzten. Eine Öffnung darin führte zu einer Holztreppe, die sich zu der Kaianlage und den Stegen etwa zehn Meter weiter unten wand. Die markanteste landschaftliche Besonderheit dort unten war das Helipad des Resorts, eine erstaunlich kleine Plattform, die über die stürmische Meerenge hinausragte.

Sophia wusste nicht, warum man ihr dieses Häuschen zugewiesen hatte. Es war eine der feineren Unterkünfte des Resorts. Die meisten anderen Tagungsteilnehmer waren in Hotelzimmern untergebracht, die zwar sehr schön, aber eben Hotelzimmer waren. Normalerweise legten ihre Mutter und andere, die unmittelbar mit der Stiftung zu tun hatten, Wert darauf, ebenfalls in solchen zu wohnen, um nicht ein falsches Signal zu senden. Für Sophia – nicht gerade eine, die für gewöhnlich mit Hubschraubern unterwegs war – stellte das Helipad eher eine Belästigung dar; immer wenn eins dieser Dinger landete oder abhob, wurde jegliche Unterhaltung für ein paar Minuten übertönt. Allerdings verstand sie durchaus, dass eine gewisse Art von Luxusreisenden vielleicht ihre Freude an der Möglichkeit hatten, aus einem gecharterten Heli zu hüpfen und ein paar Stufen zu einem abseitsgelegenen Häuschen hinaufzuspringen.

Im hinteren Teil des Häuschens befand sich genau die Sorte Bad, die ein solcher Reisender erwarten würde. Sophia ging geradewegs hinein, warf ihre Sportsachen auf den Boden, hängte Gänseblümchen an den Türhaken und legte, während das Duschwasser wärmer wurde, ihr Wearable auf die Ablage. Sie streifte den Bademantel ab und kickte ihn in die Ecke, dann trat sie unter die Dusche und fing an, sich das Chlor aus den Haaren zu spülen. Sie seifte sich ein und wusch sich den Schaum ab.

Als sie wieder aus der Dusche herauskam, bemerkte sie ein zischendes Geräusch, das noch nicht da gewesen war, als sie das Wasser aufgedreht hatte. Sie fühlte sich benommen und stützte sich für einen Moment an der Badezimmerablage ab, bis sie ihr Gleichgewicht einigermaßen wiedererlangt hatte. Das war eigenartig. Das Bad hatte einen eingebauten Dampfgenerator mit schwer verständlichen Bedienelementen. Sie vermutete, dass sie ihn versehentlich angeschaltet haben musste. Vielleicht hatte er die ganze Zeit vor sich hin gezischt und die Hitze so hoch getrieben, dass ihr schwindlig wurde. Sie sah sich das Bedienfeld an, konnte sich jedoch keinen Reim darauf machen. Dampf schien nicht auszutreten. Das Zischen musste aus den Wasserleitungen oder aus einem der anderen Systeme des Häuschens gekommen sein. Auf dem Weg zur Tür fiel ihr auf, dass die Klarsichtfolie von Gänseblümchen beschlagen war. Sie nahm die Tasche vom Haken und hängte sie sich um den Hals. Dann riss sie die Tür auf, um kühlere Luft vom Schlafzimmer hereinzulassen. Noch immer war sie kurzatmig und fühlte sich nicht ganz fit. Sie verspürte einen starken Drang, nach draußen auf die Terrasse zu gehen und frische kalte Luft einzuatmen.

Das Zischen wurde immer deutlicher vernehmbar. Der Raum war dunkel, nur in einer Ecke des Schlafzimmers an der Terrassentür fiel Sophia ein merkwürdiges Muster aus Lichtern – farbigen LEDs – auf. Das Licht aus dem Bad, das ihr von hinten über die Schulter fiel, zeigte einen Gegenstand am Fußende ihres Betts, der noch nicht da gestanden hatte, als sie vor ein paar Minuten hereingekommen war. Es handelte sich um einen schweren Werkstattwagen mit dicken Reifen. Darauf lag ein niedriger blauer Stahlkasten mit einem Bedienfeld, das jetzt dunkel war, und dicken Schlaufen aus Kabel und Schlauch. Dahinter befand sich ein Zylinder, etwa so groß wie sie und leicht als eine der Flaschen zu erkennen, in der Industriegase vertrieben wurden.

Das war ein Schweißwagen. Der Stahlkasten war das Schweißgerät selbst. Der Zylinder lieferte das inerte Gas, das nötig war, um das glühende Metall vor dem Oxidieren zu schützen. Und von ihm ging das zischende Geräusch aus. Denn das oben befindliche Ventil war geöffnet und der Regler abgeschraubt worden. Was nun zischend herauskam und sich im Raum ausbreitete, war Gas.

Gas, das sich vor allem durch das Fehlen von Sauerstoff auszeichnete.

Sophia war nicht wegen der Hitze benebelt und benommen, sondern weil sie nicht genug Luft bekam. Sie wurde erstickt.

Da der Schweißwagen ihr den Weg zur Terrassentür versperrte, steuerte sie stattdessen auf die Eingangstür des Häuschens zu. Doch gleich darauf hielt sie inne, denn der Weg nach draußen war durch mehrere schwere Möbelstücke verstellt, die vor die Tür geschoben und dort aufgetürmt worden waren.

Sie wirbelte wieder zu der Glastür herum, die auf die Terrasse führte, und sah erneut das Lichtmuster, das ihr schon vorher aufgefallen war. Diesmal bewegte es sich. Es bewegte sich wie ein Mensch. Es war der Metatron. Seine Nachtfahrlichter waren automatisch angegangen. Er hatte in der Nähe der Glastür gestanden. Jetzt bewegte er sich auf sie zu. Draußen bewegte sich noch einer wie er. Nein, das war nur das Spiegelbild des ersten in der Scheibe. Das räumliche Einmaleins – innen und außen, oben und unten, senkrecht und waagerecht –, sonst intuitiv klar, war unfassbar schwierig geworden. Sophia verspürte Druck auf den Knien und begriff, dass sie tatsächlich kniete. Weiterer Druck auf ihrer Schulter hatte vermutlich damit zu tun, dass sie an einer Wand zusammengesackt war. Der Metatron kam auf sie zu. Sie holte Luft aus 75 Prozent CO_2/25 Prozent Argon (so stand es auf dem Etikett, das an der zischenden Flasche klebte) und rief mit seltsam tiefer, honigsüßer Stimme: »Hilfe.« Doch das Zischen war von einem dumpfen, pochenden Geräusch verstärkt worden, das alles übertönte. Sie dachte, es sei vielleicht ihr pochendes Herz, erkannte dann aber, dass es ein Helikopter war.

Etwas Hartes umschloss wie eine Handschelle ihr Handgelenk. Es war die Hand des Metatrons. Er fing an, auf die Glastür zuzugehen. Und zog Sophia hinter sich her. Sie war fast vollständig erschlafft und konnte nicht gut sehen, aber als ihre freie Hand über den Teppich schleifte, fühlte sie etwas Vertrautes, das sie reflexartig umfasste: den dünnen Nylonriemen von Gänseblümchen. Von da an schleifte die Tasche hinter ihr her. Sophia hörte, wie Glas zersprang.

Als sie erwachte, schien es viel später zu sein. Was es aber nicht war. Ihr Zeitempfinden war aus dem Lot geraten. Hastig sog sie kalte Luft ein – reine Luft. Die Beine taten ihr weh. Sie öffnete die Augen und blickte zu den Fahrlichtern des Roboters vor dem dunstigen Nachthimmel auf. Der Metatron zog sie die Holztreppe hinunter, und ihre Beine schmerzten, weil sie durch zerbrochenes Glas gezerrt worden und über Stein und Holz geschrammt waren und jetzt Stufen hinunterpolterten. Das Geräusch des Helis war ganz nah; sie hatten das Helipad fast erreicht. Etwas berührte sie an den Fingern ihrer freien Hand: der Nylonriemen von Gänseblümchen. Sie drehte abrupt den Kopf und sah fast von Bodenhöhe aus die Aluminiumfüße des Metatrons, die, mit schwarzem Neopren beschuht, in gleichmäßigem Rhythmus auf dem Asphalt des Helipads ankamen.

Sie schwang ihren freien Arm in weitem Bogen herum. Gänseblümchen folgte am Ende seines Nylonriemens, der sich komplett um die Fußgelenke des Metatrons wickelte. Der gemessene

Schritt war dahin. Der Roboter taumelte für ein paar Augenblicke, während gewaltige Berechnungen diese unerwartete Wendung der Ereignisse zu kompensieren versuchten. Dann kippte er einfach um, wobei er sich den Kopf so fest an einer Kufe des Helikopters stieß, dass er diesen ein wenig zur Seite schubste. Der Rotor drehte fast auf Startgeschwindigkeit hoch, sodass er nahezu das gesamte Gewicht des Hubschraubers trug und die Kufen kaum das Helipad berührten.

Sophias Füße fanden Halt, und sie rappelte sich hoch, so gut es ihr mit dem Metatron, der sich noch immer um ihr Handgelenk klammerte, und dem sie niederdrückenden Abwind der Rotoren möglich war. Während sie das tat, schrammte der hingefallene Roboter ein Stück auf sie zu, und ihr wurde bewusst, dass er eigentlich gar nicht so viel wog; er war sehr stark, aber seine Masse war die eines Kindes. Er zog an ihr, konnte aber nicht viel ausrichten, bis er die Füße wieder auf den Boden gestellt hatte. Sophia wusste, dass er sie zur Seitentür des Helikopters hineinziehen wollte.

Sie bewegte sich von dieser Tür weg, was aber bedeutete, dass sie dem Heck des Hubschraubers näher kam. Eine warnende Stimme in ihrem Kopf erinnerte sie an den sich drehenden Heckrotor, der sie in Stücke hacken konnte, wenn sie ihn berührte.

Schließlich hatte sich der Metatron vom Riemen des Gänseblümchens befreit. Zu Sophias Überraschung kam er mit der Geschwindigkeit eines Insekts in den Stand. Kaum hatte er die Füße auf den Asphalt gestellt, konnte er mit übermenschlicher Kraft an ihrem Arm zerren. Als sie selbst mit einem Ruck zog, zog er zehnmal fester; es fühlte sich an, als wäre ihr Handgelenk im Washington Monument einbetoniert. Inzwischen wusste sie aber, dass der Roboter nicht so schwer war. Seine Kraft bezog er nur aus dem Kontakt mit dem Boden.

Sie gab nach, ließ zu, dass er sie an seinen harten Körper heranzog, und fuhr ihm mit ihrer freien Hand zwischen die Beine. Sie hakte ihren Arm so unter sein Becken, dass die Ellenbeuge da lag, wo sich bei einem Menschen die Genitalien befinden würden, und richtete sich zu ihrer ganzen Größe auf. So wie der gewaltige Herakles den Antaios von dessen Verbindung mit der Erde abschnitt. Die Kraft, gegen die sie angekämpft hatte, verflüchtigte sich, was sie aus dem Gleichgewicht brachte. Seitlich am Helikopter entlang taumelte sie rückwärts. Als sie das Brummen des Heckrotors schon gefährlich nah spürte, drehte sie sich von der Gefahr weg und hielt dabei ungewollt die ausgestreckten Beine des Metatrons in die surrenden Rotorblätter.

Was dann geschah, war zu schnell und zu heftig, als dass irgendwelche menschlichen Sinne es hätten aufnehmen können. Es war wie ein Schockschnitt in einem Film; es gab nur ein Davor und Danach. Sie wusste, dass es schlimm war und dass sie Verletzungen erlitten hatte. Der Heckrotor war zerstört, der Helikopter nicht mehr getrimmt. Sein Heck schwang herum, nahm sie und das, was von dem Metatron übrig war, mit und stieß sie über die Kante des Helipads.

Das Wasser darunter war so kalt wie angekündigt. Sie versuchte, die Arme zum Schwimmen zu heben, doch der Metatron hielt noch immer eins ihrer Handgelenke in einem tödlichen Griff umklammert. Ihre freie Hand kam hoch. Gänseblümchen auch, sodass die verblichenen Plastikblütenblätter vor ihrem Gesicht trieben, jedoch, während sie unterging, allmählich aus ihrem Blick verschwanden.

41

Der höchste Turm des Palasts war Longregards Wohnstatt. Unmittelbar darunter erstreckte sich ein Stück Brüstungsmauer, an der entlang Egdod ruhelos hin und her zu gehen pflegte. Früher hatte sie einen angenehmen Ausblick auf Stadt geboten, die sich in jenen Tagen in geringer Entfernung dort unten ausgedehnt hatte. Jetzt war Stadt nur noch eine Ruine, die so weit unterhalb der Felsnadelspitze lag, dass häufig Wolkenschichten Egdod die Sicht darauf versperrten. Sie war ein Schmutzfleck auf der Oberfläche des Landes, ohne jede Farbe, da sämtliche Bäume gefällt worden waren.

In einiger Entfernung setzte sich der Wald fort. Dort waren die roten Blätter in unendlicher Zahl herabgefallen, so wie es ganz zu Anfang, als Egdod allein im Land gewohnt hatte, dem Lauf der Dinge entsprochen hatte. Von ganz oben in dieses rote Meer blickend erinnerte er sich liebevoll an jene Tage, als alle Dinge so gewesen waren, wie er sie gemacht hatte, im Guten wie im Schlechten. Mit dem Wechsel der Jahreszeiten wurde der rote Wald dort unten, wenn die Blätter vertrockneten und davonwehten, braun und kahl, dann weiß, dann grün und immer so fort über Tausende von Jahren hinweg, ohne dass Egdod die Hand hätte ausstrecken müssen. Jetzt, von diesem hohen Punkt aus, sah der Wald so aus wie in jenen Tagen, aber Egdod wusste, dass unter seinem roten Blätterdach die Leute, die vorher in Stadt gewohnt hatten, in alle Richtungen ausschwärmten, Bäume fällten und sich, wo immer sie gingen, auf dem Boden entleerten.

Manche gingen nach Westen in das weite Meer aus Gras, das sich zu den Gebirgen hin erstreckte, die Pluto entlang der westlichen Küste des Landes hochgezogen hatte. Manche wandten sich gen Süden, bogen dann aber, um der Felswüste im südwestlichen Quadranten des Landes auszuweichen, nach Osten ab und strebten zu den grünen warmen Niederungen des zentralen Golfs. Andere machten kehrt, gingen um den Fuß der Felsnadel herum und folgten dem Verlauf des großen Flusses gen Osten, wo sie in dessen breitem Tal nach Plätzen suchten, an denen sie sich niederlassen könnten.

Wenige suchten dagegen bislang den Weg nach Norden, denn dort stellte sich der Winter früher und heftiger ein, und das Fortkommen war beschwerlich. Bis hin zum Knoten wechselten sich Bergketten mit tiefen Schluchten ab. Und selbst wenn die Leute aus Stadt Flügel gehabt hätten, um diese zu überfliegen, hätten sie es vermieden, in dieses Gebiet vorzustoßen, denn es war allgemein bekannt, dass es sich hier um das unantastbare Territorium von Egdod und bestimmten Lieblingsmitgliedern des Pantheons handelte.

Vielleicht spürte Longregard, dass Egdods Gedanken zur Feste gingen, denn sie segelte von ihrem Ausguck in dem hohen Turm hinunter und landete in geringem Abstand rechts von ihm, den Blick wie er nach Norden auf die Säule aus dunklen Wolken gerichtet, die den ewigen Sturm kennzeichnete.

»Etwas sehr Merkwürdiges ist in jenen Gegenden im Gange«, verkündete sie. »Und hier bist du nicht vonnöten.«

Sie deutete auf den Garten, wo Vorbereitungen für das Festmahl getroffen wurden. Bestimmte Stadtbewohner waren auf die Spitze der Felsnadel gebracht worden, wo sie in kleinen Behausungen rund um die Ringmauer wohnen durften, innerhalb der Sphäre warmen und goldenen Lichts, das den Gipfel des Hügels krönte. Von geringerer Statur und Kraft waren sie als die Seelen des Pantheons, aber zufrieden damit, an diesem bescheideneren

Ort zu wohnen und sich in der ihrem jeweiligen Wesen gemäßen Form nützlich zu machen. So suchten manche von ihnen die Berge nach Mineralien und Kristallen ab, die Thingor für seine Schmiede brauchte, während andere weit umherschweiften und Kräuter und Früchte für den Tisch sammelten. Longregard hatte Helfer, die ihre Aufgabe darin fanden, im Land umherzufliegen, zu schwimmen und zu wandern, sich alles zu merken, was im Gange war, und ihr Nachrichten über Ereignisse zu bringen, von denen sie sonst vielleicht nichts gewusst hätte. Ward hatte, jeweils einzeln oder zu zweit, rund zwanzig Seelen um sich geschart, die Befriedigung darin fanden, an den Grenzen dieses gesegneten Ortes oben auf dem Berg zu patrouillieren und an dessen Tor zu stehen. Auch wilde Seelen waren in einer Zahl gekommen, die Egdods Erwartungen übertroffen hatte. Denn bei seinen Streifzügen landauf und landab war er einigen solchen begegnet und hatte sie kennengelernt. Wenn er irgendein Stück Meeresküste oder Flusseinmündung erspähte, wo die Wasser in einer größeren Komplexität wirbelten als üblich, oder ähnliche Muster im Wind beobachtete oder wenn sich in einer Bergsilhouette ein großer Baum über alle anderen erhob oder eine Felsspitze auf einem Höhenrücken sich durch ihre Schönheit und erlesene Form auszeichnete, hatte er sich angewöhnt, dorthin zu gehen und so lange geduldig auszuharren, bis die Seele des Ortes sich ihm vorstellte. Manche der wilden Seelen waren in völliger Einsamkeit erwacht, hatten sich niedergelassen und diese Erscheinungsformen angenommen, ohne von der Existenz anderer Seelen zu wissen, bis sie Egdod erblickten. Andere waren in Stadt erwacht, dann aber allein losgezogen, nachdem sie festgestellt hatten, dass die Gesellschaft an diesem Ort nicht nach ihrem Geschmack war. Manche wohnten einzelnen Grashalmen inne, andere waren Gebirgszüge, eine war der Westwind und eine das östliche Meer. Es lag nahe, dass es für jede, von deren Existenz Egdod wusste, viele weitere gab, die er nicht entdeckt hatte. Irgendwie hatte dennoch die

Nachricht von dem Festmahl unter ihnen die Runde gemacht. In diesen Tagen kamen viele an, die Egdod und dem Pantheon neu waren, und der Garten wurde vom Lärm ihrer ungesitteten Gesellschaft erfüllt.

»Nun gut«, stimmte Egdod zu, »was gibt's im Norden Neues?«

»Das ist leichter zu zeigen, als zu erläutern«, sagte Longregard, »und wenn du mich durch die gefährlichen Strömungen des Sturms geleitest, können wir schneller dort sein, als ich es in Worte zu fassen vermöchte.« Ohne eine Antwort abzuwarten, schwang sie sich in die Luft und nötigte Egdod damit, ihr zu folgen.

Nachdem sie eine gewisse Strecke in nördliche Richtung zurückgelegt hatten, preschte Egdod an ihr vorbei und flog voraus in das sich verdichtende Labyrinth aus Strömungen und Wolkenbänken entlang des südlichen Sturmausläufers. Während sie weiter vordrangen, duckten sie sich zwischen Stellen hindurch, wo sich Blitze von Wolke zu Wolke schlängelten und gabelten, als vergnügten sich Hunderte Egdods mit Thingors grellen Waffen. Einmal, zweimal und dann ein drittes Mal verspürte Egdod eine Veränderung in der Luft und schoss sofort an Longregards Seite, um sie unter seinen Fittichen vor einem zischend heißen Strahl zu schützen.

Schließlich gelangten sie in das Auge des Sturms. Das war etwas, das kam und ging und das wie eine wilde Seele über dem Knoten und den sich nordwärts davon erstreckenden Sturmlanden umherstreifte. Die meiste Zeit lag sein Zentrum jedoch über der Feste, und genau da fanden sie es heute.

Die Lage der Feste selbst – der Burg, die Egdod im Herzen des Knotens gebaut hatte – war ausgesprochen einfach. Ließ man all ihre Türme und Verschachtelungen außer Acht, war sie ein ummauerter, auf einem Felsvorsprung angelegter Platz. Darüber wölbte sich eine Bergkette, die sich dabei verwand. Was keinen Sinn ergab; wegen der Fehler, die Egdod Äonen zuvor mit der

Form des Landes und dem Verlauf seiner Flüsse gemacht hatte, musste es aber so sein.

Der Felsvorsprung ging nach unten in eine Felswand über, die steil ins Chaos abfiel und an deren Rand die Feste erbaut war. Die Festungsmauer auf dieser Seite verschmolz nahtlos mit der Felswand, sodass Egdod, wenn er auf seiner Brustwehr stand, direkt hinab ins Leere blicken konnte.

Die Grube voller Chaos war kein isoliertes Loch im Boden, sondern eine Erweiterung in einem langen, gewundenen Spalt, der durch den gesamten Unterbau des Knotens verlief. An manchen Stellen war er so schmal, dass man ihn mit einem großen Schritt überqueren konnte, an anderen war er breit wie ein großer Strom. Insgesamt wurde er aber umso schmaler, je weiter man sich von der Feste entfernte, bis sich irgendwann einfach der Boden über dem Spalt schloss. Jenseits davon, so vermutete Egdod, verlief er vielleicht mit Verzweigungen unter anderen Teilen des Landes hindurch. Aber das war nur für Pluto von Belang, der es verstand, durch ihn hindurchzunavigieren, und ihn nutzen konnte, um sogar schneller als Freewander mit ihren flinken Flügeln von einem Teil des Landes zu einem anderen zu gelangen.

Der Berge – nicht nur ihrer großen Höhe, sondern ihrer unsinnigen Faltungen – wegen war es nicht möglich, diesen Ort von Süden her zu Fuß zu erreichen. Wer von Osten oder Westen käme, wäre gezwungen, einen Bogen zu machen und das letzte Stück von Norden her zurückzulegen, wo eine Route über Land existierte, vorausgesetzt, man war bereit, über viele Meilen hinweg ein hoch gelegenes, schwieriges, sturmumtostes Gelände zu durchqueren. Das hatte Egdod immer als Fehler betrachtet – als einzigen Makel in dem ansonsten perfekten System aus Sicherheitsmaßnahmen rund um die Feste. Jetzt war es zu spät, das zu ändern. Aber der Erdschlund – die Spalte voller Chaos unmittelbar unter dem Felsvorsprung – bildete in geringer Entfernung im Norden eine willkommene Schleife, die grob in ostwestliche

Richtung verlief, sodass jeder unerwünschte Besucher, der versuchte, sich auf dem Landweg zu nähern, keine andere Wahl hatte, als ihn zu überqueren. Egdod hatte ihn zu einer Schlucht mit nahezu senkrechten Wänden geweitet. Keine Seele ohne Flügel konnte ihn überspringen, kein Baumeister ihn überbrücken.

Jedenfalls hatte Egdod sich das immer eingeredet, bis der Erdschlund jetzt vor ihm lag und er sah, dass er überbrückt worden war.

Nördlich der Feste wuchsen aus den einander gegenüberliegenden Seiten des Erdschlunds an einer Stelle Doppelwiderlager aus solidem Stein. In dieser Gegend hatte Pluto sich nie die Mühe gemacht, Adamant in neue Arten von Stein umzuwandeln, wusste er doch, dass Egdod sie ohnehin nur zerstören und seine Arbeit noch einmal machen würde, und so bestanden diese neuen Auswüchse ebenfalls aus solidem Adamant, glatt und anmutig gebogen. Dort, wo sie sich über dem Erdschlund einander näherten, wurden sie schmaler, ohne sich jedoch in der Mitte zu berühren. Die Lücke zwischen ihren Enden war mit einer Holzfaschine gefüllt: ganzen Baumstämmen, die offenbar in den Wäldern des Sturmlands im Norden gefällt und hierhergeschleppt, dann fixiert und miteinander verzurrt worden waren.

Auf diese Weise waren die Sturmlande im Norden mit dem Vorhof verbunden worden, Egdods Bezeichnung für das Stückchen flachen Steinbodens, das zwischen der nach Norden weisenden Frontseite der Feste und der Kante des Erdschlunds lag. Er wusste nicht, warum es Vorhof hieß; die Bezeichnung war ihm eingefallen, als er einmal auf der Veranda (wie er die nördlichen Stufen der Feste nannte) gesessen und seinen Blick über ihn hatte schweifen lassen.

In jedem Fall war der Vorhof bisher ein privater und unverletzlicher Teil des Landes gewesen. Daher war Egdod eher perplex als erbost darüber, dass Seelen, die über die Brücke strömten, in ihn eingedrungen waren. Sie bewegten sich in beide Richtungen, hin und her. Diejenigen, die nach Süden auf die Feste zugingen, schleppten Steine. Die anderen waren mit leeren Händen auf dem Weg zurück nach Norden. Sobald die Steinschlepper über die Brücke in Egdods Reich kamen, schwärmten sie über den ganzen Vorhof aus und kamen bald an eine Stelle, wo in einem Bogen ein niedriger Wall aus Bruchsteinen entstand. Mit jedem Gesteinsbrocken, der auf ihn geworfen wurde, wuchs der Bogen leicht an. Kaum dass die Steinschlepper ihre Last losgeworden waren, kehrten sie um und machten sich, so schnell ihre Beine sie trugen, auf den Rückweg, um weitere Steine zu holen.

Es war der erstaunlichste Anblick, den Egdod je gehabt hatte, seit er in dem Meer aus Chaos, das dem Land vorausging, Bewusstsein erlangt hatte. Und vielleicht war es gut, dass er so vollkommen perplex war, denn sonst wäre er mit einem Schwenk in den offenen Hof der Feste hinabgestoßen, hätte so viele Blitze gepackt, wie er tragen konnte, und angefangen, sie auf alles zu schleudern, was er sah. So aber ließ das Erstaunen ihn kurz innehalten, und während des Innehaltens dachte er nach, und im Nachdenken entwarf er einen subtileren Plan.

Er drehte scharf ab in eine Gewitterwolkenbank hinein. Longregard folgte ihm, und so gerieten beide außer Sicht. »Finde zurück zum Palast«, wies er sie an, »du hast gut daran getan, mir diese Dinge zur Kenntnis zu bringen.« Und sie verabschiedete sich, eilte ostwärts davon und suchte zu Fuß den langen Weg um den Sturm herum.

Egdod blieb in der Verborgenheit der Wolken und flog zur Nordseite des Erdschlunds, ließ sich an einem abgesonderten Ort nieder und verwandelte sich so, dass er wie eine der flügellosen Seelen von Stadt aussah. So getarnt wanderte er über die schneebedeckten Felsen dieser Anhöhe, bis er auf einen Strom aus anderen solchen Seelen traf, die alle auf dem Weg gen Süden zu der Brücke unterwegs waren. Die meisten waren für diese Bedingungen schlecht beschuht und bekleidet. Er wunderte sich über ihre Leidensbereitschaft, wo doch die einzige Belohnung, auf die sie hoffen konnten, darin bestand, einen Stein über eine Brücke zu schleppen.

»Oh, das ist aber mühsam«, sagte er zu einer Seele, die in einer Dreiergruppe unterwegs war. »Ich bin geneigt umzukehren, und ihr?«

»Der Engel hat uns gesagt, wir seien fast da!«, erwiderte die Seele. Dann zeigte sie als Reaktion auf Egdods Verblüffung – das Wort »Engel« hatte er nämlich noch nie gehört – in den Himmel etwas hinter ihnen auf eine geflügelte Seele, die über der Karawane schwebte und gelegentlich herabsegelte, um strauchelnden und erschöpften Wanderern Hilfe und Ermutigung anzubieten. Egdod hatte diesen »Engel« oder eine Seele wie ihn noch nie gesehen; er war kein Mitglied des Pantheons.

»Der Eine, der kommen wird, wird uns belohnen«, fügte eine andere Seele aus der kleinen Gruppe hinzu, »sobald er uns von Egdods Tyrannei befreit hat.«

Neugierig darauf, mehr in dieser Art zu hören, nahm Egdod ihre Einladung an, als Teil ihrer Gruppe mit ihnen zu gehen. Von diesem Punkt aus war es – wie der Engel versprochen hatte – nicht mehr weit bis zur Brücke. Unterwegs löcherte Egdod seine neuen Weggefährten mit Fragen über den Einen, der kommen wird, über die Engel und die Brücke, aber wie es schien, wussten sie kaum etwas.

Von einem bestimmten Punkt an schien erwartet zu werden, dass sie Gesteinsbrocken aufhoben, und so taten sie es und reihten sich ein in den Strom anderer Steinträger, die sich alle auf das diesseitige Widerlager der Brücke zubewegten. Dort verlangsamte sich der Verkehr, was Egdod Zeit gab, diesen seltsamen Auswuchs zu begutachten, der sich so unerwartet aus der Wand des Erdschlunds herausgeschoben hatte. Tatsächlich bestand er aus solidem Adamant, ein nahtloses Ganzes mit dem Untergrund des Landes, kein Unterschied in Stärke und Dauerhaftigkeit gegenüber allem, was Egdod selbst auf der Höhe seiner Macht zu formen vermocht hätte. Nicht einmal Pluto hätte das zustande bringen können. Egdod kam auf den Gedanken, sich zu fragen, ob er das vielleicht selbst in einer Art Traum gemacht und dann vergessen haben könnte. Oder gab es draußen im Land eine andere Seele wie Egdod? Eine, die so mächtig wie – oder womöglich sogar mächtiger als – Egdod selbst war?

Und dennoch war die Macht des Brückenbauers anscheinend nicht unendlich. Denn wie Egdod jetzt erkannte, konnte man die Feste selbst von der Brücke aus nicht sehen. Sogar ihre höchsten Türme wurden durch einen Vorbau, den eine der sich überwölbenden Bergketten dorthin geschoben hatte, vor Blicken verborgen. Klugheit hatte der Brückenbauer, wer immer es war, bewiesen, indem er einen Ort ausgewählt hatte, wo seine oder ihre Arbeit weder von Egdod noch von irgendeiner anderen Seele, die von den hohen Aussichtspunkten der Feste gen Norden blickte, gesehen werden konnte.

An der Stelle, wo das Widerlager sich auf Straßenbreite verschmälerte und der Holzfaschine wich, war ein Bogen aus Adamant über den Weg geworfen – oder gewachsen – und mit einem kleinen schlossähnlichen Turm gekrönt worden, der Egdod an den erinnerte, den er in der Mitte des Stadtparks geformt hatte. An dessen Brustwehr standen, die Flügel gefaltet an ihrem weiß gewandeten Rücken, zwei der Seelen, die die anderen als Engel bezeichnet hatten. In entgegengesetzte Richtungen blickend wachten sie über die Brücke. Während Egdod unter dem Bogen hindurchging und sich auf die grobe Holzfaschine vorwagte, wurde ihm klar, dass, wer immer das hier gebaut hatte, es genauso gut hätte so anlegen können, dass es den ganzen Erdschlund mit einem durchgehenden Stück soliden Adamants überspannte. Stattdessen hatte er beschlossen, es so zu bauen, dass man es leicht durchtrennen konnte, wenn eine Durchtrennung seinen Zwecken eher diente.

Aber was waren seine Zwecke?

Hundert langsame, schleppende Schritte brachten Egdod zu einem zweiten Torhaus, das ein Spiegelbild des ersten war, einschließlich zweier weiterer Engel, die obendrauf standen. Von da bis an den Rand des Vorhofs hatte er soliden Adamant unter den Füßen.

Auf diesem Boden fühlte er sich sofort stärker und eher im Besitz seiner Kraft. Schon nach wenigen Schritten kamen nach und nach die hohen Türme der Feste in Sicht. Auf die Steinträger schien das die gegenteilige Wirkung zu haben, denn jetzt, wo sie in die unberechenbaren Lande des Knotens und den direkten Anblick der Feste übergewechselt waren, verteilten sie sich und begannen, umherzuirren und mit anderen zusammenzustoßen. Sie schienen hin- und hergerissen zwischen der Pflicht, ihre Steine an dem gewünschten Ort abzulegen, und dem dringenden Bedürfnis, sich von ihrer Last zu befreien und, so schnell sie konnten, über die Brücke zurückzuhasten. Engel wollten anscheinend nicht in Egdods Vorhof eindringen. Für Disziplin, soweit sie überhaupt existierte, sorgten daher flügellose Seelen, die umherstolzierten und dabei Stöcke schwangen und den versprengten Steinträgern, die auf dem Vorhofstreifen zwischen dem Rand des Erdschlunds und dem Wall aus Bruchsteinen unterwegs waren, Befehle zubrüllten. In diesem Bereich hatten verwirrte oder in Panik geratene Seelen viele Gesteinsbrocken fallen gelassen, und manche, die bloß schnell auf die Brücke zurückwollten, wurden von diesen Stockschwingern – sie erinnerten Egdod an die Seele namens Swat, die er umgebracht hatte – zurückgetrieben und gezwungen, die fallen gelassenen Steine aufzuheben und dahin zu bringen, wo der Wall gebaut wurde.

Dieser war ein lang gestreckter Steinhaufen, den man problemlos besteigen konnte, und genau das tat Egdod und ließ seinen Stein ganz oben fallen. Damit machte er sich ungewollt zu einer Art Held, denn zwei der Stockschwinger, die diese Leistung bemerkt hatten, zeigten nun mit ihren Stöcken auf ihn und hielten andere an, es ihm gleichzutun und so das Bauwerk höher statt breiter zu machen.

Von diesem Punkt aus konnte Egdod sehen, dass sich der Wall in weitem Bogen vom Vorbau eines Berges zu dem eines anderen zog und einen Teil des Vorhofs absperrte, der ungefähr die Fläche von Stadt in alten Zeiten umfasste. Hätte Egdod die Absicht gehabt, eine Befestigungsanlage zu bauen, um die Feste vor einer Invasion von Norden her über die Brücke zu schützen (nicht dass ihm so etwas je in den Sinn gekommen wäre), hätte er die Vormauer genau an dieser Stelle errichtet und ihre Enden an den beiden Bergen verankert.

Das war jedoch das Gegenteil von dem, was die Leute hier machten. Dieser Wall war dazu da, jegliche Bewegung *von* der Feste *zu* der Brücke zu verhindern.

Was keinen Sinn ergab, da Egdod und das übrige Pantheon einfach darüber hinwegfliegen konnten.

Es sei denn, diese Seelen hatten vor, den Wall bis zu dem Überhang darüber hochzuziehen und das ganze Ding hermetisch abzuriegeln.

Was ebenso wenig Sinn ergab, da Egdod, wie im Übrigen auch Pluto, ihn einfach zerstören konnte.

Das Land war aus den Fugen geraten. Egdod fühlte sich verwirrt und erschöpft. Nur einen kurzen Weg über den Vorhof entfernt lockte die Feste – sein Zuhause, mehr noch als der Palast. Er ging weiter, trottete die Rückseite des Walls hinunter und steuerte auf den Vordereingang seiner Wohnstätte zu.

In diesem Moment hörte er auf, für die anderen ein Held zu sein, und wurde zu einem Musterbeispiel für das, was man nicht tun sollte. »Halt!«, rief ein Stockschwinger, der auf den Wall hinaufrannte, um auf Egdod hinabzublicken, und leicht schauderte, als er die Feste in ihrer ganzen Größe vor sich sah. »Im Namen des Einen, der kommen wird, dreh um und komm zurück!«

»Warum?«, rief Egdod. »Das scheint mir doch ein netter Ort zu sein.«

»Es ist die Wohnstatt des Todes!«

»Was ist der Tod für mich?«, fragte Egdod. Er kannte ihn besser als die meisten, da er Swat getötet hatte, aber es amüsierte ihn, das Gespräch in Gang zu halten. Er trottete die letzten paar Meter über das Bruchgestein hinunter und landete auf dem vertrauten Boden seines Vorhofs. Als er sich umdrehte, um zu seinem Gesprächspartner hinaufzublicken, fand er, dass der Wall für einen, der keine Flügel hatte und die Kunst des Gehens noch nicht lange beherrschte, von hier aus recht beeindruckend aussah.

Der Stockschwinger war erst einmal sprachlos. »Tod? Das ist das Ende aller Dinge«, sagte er dann und zuckte hilflos die Schultern. »Sie vermehrt sich, gleich da drüben. Nicht einmal die Engel wagen sich so nah heran, wie du es getan hast.«

»Ich freue mich darauf, die Bekanntschaft der Dame zu machen«, sagte Egdod. »Vielleicht kannst du sie eines Tages kennenlernen.«

Das genügte: Fluchtartig rannte der Stockschwinger die andere Seite des Walls wieder hinunter. Jetzt unbeobachtet nahm Egdod seine gewöhnliche Gestalt wieder an, während er durch die Mitte des Vorhofs auf die Feste zuschlenderte. Hierbei handelte es sich nicht um ein ordentliches Rechteck wie bei Stadt. Der Vorhof wurde dort schmaler, wo er sich in den Schutz des Berggewölbes schmiegte und eine leichte Kurve nach links beschrieb, sodass mit jedem Schritt mehr von der Feste sichtbar wurde. Am Anfang war es blanker steiniger Boden unter einer Schneedecke, doch als Egdod den Schutz des Felsüberhangs erreichte, erwärmte sich die Luft, und der Boden wurde weich und verwandelte sich in richtige Erde. Und in dieser Erde wuchsen Pflanzen verschiedener Art, darunter, je näher Egdod der Veranda kam, auch große alte Bäume.

Der Teil des Vorhofs, der der Veranda am nächsten war, lag,

jetzt still und feucht, unter einem Meer aus leuchtendem Rot. Doch darunter nahm Egdod in dieser Stille mit seinem scharfen Gehör Verschiebungen wahr. Mit einem Flügelschlag machte er einen Windstoß, der bis auf einige wenige alle Blätter wegwehte und den Boden freilegte.

Zum Vorschein kam eine Blume, die dort unter dem Schutz der Blätter gesprossen und gewachsen war. Unter dem Wind von Egdods Flügeln neigte sie sich und schien regelrecht zu verzagen. Ihr schlanker Stiel brach aber nicht, sondern sprang zurück und blieb leicht gebeugt, als blickte sie nach oben in Egdods Gesicht. Ein Gesicht als solches hatte sie nicht, aber eine Scheibe in der Mitte, rund wie die Sonne, umgeben von Blütenblättern, die auf eine seltsam symmetrische und regelmäßige Weise angeordnet waren. Darunter spross aus jeder Seite ihres dünnes Stiels ein langes grünes Blatt, das irgendwie an die Form eines Arms erinnerte. Egdod erkannte die Blume, wusste aber mit Sicherheit, dass sie nicht aus dem Land kam; weder er noch Spring noch eins der anderen Mitglieder des Pantheons hatte solche Formen entworfen und sie so angeordnet. Irgendwie wusste er, dass sie Gänseblümchen hieß und dass sie ein Ding aus der anderen Welt war, wo er und all die anderen Seelen vor ihrem Tod gewohnt hatten. Dort hatte er sie gesehen, und dort hatte sie ihm etwas bedeutet. Mit ebenso großer Sicherheit wusste er, dass Gänseblümchen von einer eigenen Seele erfüllt war; die Ränder ihrer Blütenblätter und die Mitte ihres runden Gesichts hatten keine gleichbleibende Farbe, sondern reagierten auf seinen prüfenden Blick in der sich ständig verändernden Art des modulierten Chaos, das Aura war. »Eine Seele ist in dir«, sagte Egdod, »und trotz der Unzeit deines Kommens jetzt im Herbst sehe ich keinen Grund, warum du nicht würdig sein solltest, in meinem Vorhof zu wohnen; ich werde dich allein lassen und zu gegebener Zeit sehen, ob du dich in etwas verwandelst.«

Dann zog er eine Mauer aus Adamant aus dem Boden, um

diesen Flecken des Vorhofs als eine Art Vorgarten zu umfrieden, und fügte noch ein Tor ein, das er gegen etwaige Stockschwinger, die sich womöglich so weit vorwagten, verriegelte. Von Gänseblümchens Sicherheit überzeugt stieg er anschließend die Stufen zu seiner Veranda hinauf und betrat sein Zuhause. Währenddessen neigte sich der Stiel der neuen Blume, wie magisch angezogen, ihm zu, und ihr Gesicht drehte sich, als blickte sie ihm hinterher.

Einst war die Feste genauso schlicht und leer gewesen wie der Palast, doch weil sie zur Werkstatt von Thingor, Knotweave und den begabten Seelen geworden war, die von ihnen gelernt hatten, war sie mittlerweile mit sinnvollen und schönen Gegenständen aus deren Produktion gefüllt. Auch Greyhame und Pestle, die bei ihm in die Lehre ging, hatten hier ihren Bereich gefunden. Sie hatten viele Seiten mit Schrift bedeckt und in einem Raum, der für solche Dinge vorgesehen war, auf Regalen gelagert. Pluto hatte die Kunst der Tinten- und Papierherstellung von ihnen erlernt und Darstellungen von verschiedenen Gegenden des Landes gezeichnet, die er wiederum in einem anderen Raum aufbewahrte. Diese und noch viele andere Verbesserungen hatten die Feste nach und nach in eine Wohnstätte verwandelt, die für Egdod in vielerlei Hinsicht angenehmer war als der Palast. Alles, was ihr fehlte, waren Spring, ihr Hain und ihr Garten. Ein Teil von ihm wünschte sich, zu bleiben und hier zu wohnen. Doch er hatte ein Festmahl zu organisieren, und gleich jenseits des Vorhofs seiner hiesigen Wohnstatt lag ein großes und beunruhigendes Rätsel. Daher suchte er den Raum auf, in dem die Schüler von Greyhame und Pestle Wörter auf Papier kratzten, und bat sie, all ihre Dokumente durchzugehen und ihn auf jede Stelle aufmerksam zu machen, in der von Engeln oder dem Einen, der kommen wird, oder Gänseblümchen oder Tod die Rede war. Solche Informationen sollten sie dann zum Festmahl mitbringen, zu dem sie alle in drei Tagen abgeholt würden; und schließlich sollten sie dafür sorgen, dass das Gänseblümchen, das im Vorgarten wuchs, gut gegossen wurde.

Nachdem das erledigt war, flog er durch den Sturm hindurch zurück zum Palast. Dort fand er alles so vor, wie er es verlassen hatte, außer dass die Vorbereitungen vorangingen. Aus abgelegenen Gebieten des Landes waren noch mehr sonderbare wilde Seelen hergekommen. Manche lauerten als wilde Tiere im Wald, andere schwebten als Wirbelwinde über der Felsnase, wieder andere waren nicht von Steinhaufen oder Erdhügeln zu unterscheiden. Die meisten waren nicht dafür ausgestattet, denen zu helfen, die alles fürs Festmahl vorbereiteten, und beschränkten sich daher aufs Zuschauen.

Thingor hatte eine Möglichkeit ersonnen, aus dem Holz von Bäumen Tische zu bauen, und Knotweave, Stühle aus geflochtenen Streifen bestimmter Rankgewächse herzustellen. Diese Fertigkeiten hatten sie an andere Seelen weitergegeben, die für ein paar Wochen hart daran gearbeitet hatten, beides in großer Zahl zu produzieren. Als sie fertig waren, wurden Tische und Stühle für das Festmahl an die vorgesehenen Plätze im großen Saal und in angrenzende Teile des Gartens gebracht. Kaum waren sie dort aufgestellt, wurden die Tische von anderen dienstbaren Seelen mit den Erzeugnissen des Landes bedeckt: angefangen mit einer Schicht aus leuchtend roten Blättern, um das blanke Holz der Tischplatten zu bekleiden, dann geflochtene Körbe mit Äpfeln und weiteren Früchten, die jüngst in anderen Regionen gediehen waren. In kühlen Räumen, die Pluto unter dem Palast ausgehöhlt hatte, wurde in Töpfen Honig aufbewahrt, zusammen mit aus Beeren gepresstem Saft und Aufgüssen aus Gewürzkräutern.

Am Tag vor dem Festmahl machten sich geflügelte Seelen des Pantheons auf den Weg gen Norden zur Feste, um diejenigen abzuholen, die dort wohnten und arbeiteten, jedoch des Fliegens nicht mächtig waren. Diese kamen nacheinander in Grüppchen an und brachten kleine sinnvolle Dinge mit, die sie in den Schmieden und Ateliers der Feste gemacht hatten, um die Tische zu schmücken und die Gäste zu erfreuen. Sie und andere, die gerade eingetroffen waren, packten beim Tischdecken mit an, damit das Festmahl umso früher am nächsten Morgen beginnen konnte.

Diese letzten Vorbereitungen fanden direkt vor Gänseblümchens Augen statt. Sie war vorsichtig aus dem Vorgarten, in dem sie gesprossen war, ausgegraben und in einen von Knotweave geformten Tontopf umgesetzt worden. Pestle hatte sie zum Palast gebracht, indem sie mit einem Arm den Topf an ihre Brust gedrückt und mit dem anderen Gänseblümchens zarten Stiel gestützt hatte, während Ward sie durch den Sturm hindurchgeflogen hatte. Von einem Platz an Egdods besonderem Tisch innerhalb des Palastes aus sah sie zu, wie die anderen die ganze Nacht hindurch arbeiteten. Gleichzeitig beobachteten die anderen Seelen mit Stolz und Faszination im Blick, wie Gänseblümchen schneller als alle bisher im Land gekannten Seelen aus dem Chaos heraus ihre Gestalt und ihr Wesen verfeinerte. Unten, wo ihr Stiel sich zu Wurzeln verzweigte, entwickelte sie jetzt Beine, und es war klar, dass sie sich bald aus der Erde, in der sie gesprossen war, entwurzeln und anfangen würde umherzuwandeln. Oberhalb davon bildete sie ihre Form nach dem von den meisten Mitgliedern des Pantheons bevorzugten Muster aus, mit der üblichen Zahl und Anordnung von Gliedmaßen und einer Gestalt, die gut für das Gespräch mit den anderen geeignet war. Von einigen der wilden Seelen dagegen nahm sie die Sitten des Landes an. Die langen grünen Blätter, die aus ihrem Stiel gewachsen waren, wurden zu lang gestreckten Flügeln. Die Blütenblätter, die ihr Gesicht eingefasst hatten, gaben ihre Gleichheit auf und nahmen unterschiedliche Formen an, die nun ihr Gesicht umrahmten, und Gänseblümchen fing an, die Organe für Sehen, Hören und Sprechen zu entwickeln, die fast alle anderen Seelen mit ihr gemeinsam hatten. Wenn sie einer schönen Sache ansichtig wurde oder wenn Paneuphonium, oben auf der Mauer hockend, eine lebhafte Weise spielte, drehte sie ihr Gesicht dorthin.

Wie bei den meisten anderen Seelen ließ die Sprechfertigkeit bei Gänseblümchen länger auf sich warten als die Fähigkeit zu hören, was andere sagten, aber Letztere entwickelte sich schnell. Denn sobald Gänseblümchen sich bewegen konnte, gewöhnte sie sich an, ihre Aufmerksamkeit auf Speaksall zu richten und seiner Stimme zu lauschen, die immer die geschmeidigste und ausdrucksvollste gewesen war.

Dennoch war Gänseblümchen nicht die neueste Seele, die am Festmahl teilnahm. Denn in den dunklen Stunden vor der Dämmerung des Tages, an dem es stattfinden sollte, kam ein Licht über den Horizont, nicht im Osten, wo die Sonne später aufgehen würde, sondern im Norden. Schneller als die Sonne ging es auf, so hell, dass es Schatten warf, die kürzer und tiefer wurden, während es heraufzog und eine Zeit lang über dem Garten schwebte. Man konnte es als ein Knäuel aus Chaos wahrnehmen, fast ohne Form oder Kontur, aber außergewöhnlich in seiner Leuchtkraft. Gerade senkte es sich in den Garten herab, zog sich zusammen und konzentrierte sich zu einer Form, die kompakt genug war, um sich zwischen den anderen Seelen zu bewegen und durch die Türen des Palastes hindurchzugehen. Diejenigen, die es direkt anzuschauen wagten, bildeten sich ein, in seinem Leuchten die Anfänge eines Gesichts, schön und streng, sehen zu können.

»Ich habe lieber nicht lang oder eingehend hingeschaut«, sagte Longregard zu Egdod, nachdem die echte Sonne aufgegangen war und das Pantheon sich um seinen Tisch versammelt hatte, um über die letzten Vorbereitungen für das Festmahl zu beraten. »Chaos ist nichts Neues für mich, aber diese Seele hat eine Intensität an sich, in der ich fürchtete, aufgelöst und auf weniger reduziert zu werden, als ich bin.«

»Ich habe diesen Neuankömmling nicht gesehen«, sagte Egdod, »aber nach deiner Beschreibung zu urteilen, würde ich annehmen, dass er zu den wilden Seelen gehört, die sich uns in letzter Zeit bekannt gemacht haben. So wie andere dieser Art Berge bewohnen oder Meere oder Winde und ihre Formen entsprechend ausbilden, so ist diese vielleicht eine Kreatur der himmlischen Reiche, die von Licht spendenden Himmelskörpern bewohnt sind.«

»Diese neue erinnert mich eher an die Grellheit von Blitzen, die blenden und zerstören«, warf Greyhame ein, der sich in den Garten gewagt hatte, um einen Blick auf den Neuankömmling zu werfen.

»Viele Jahre vergingen, ehe ich die Kunst des Anfertigens von Blitzen erlangt hatte, und auch dann nur mit Thingors Hilfe«, gab Egdod zu bedenken. »Mir kam der Gedanke daran überhaupt erst, nachdem ich lange über jene Anstrengungen nachgedacht hatte, durch die wir uns alle vom Chaos abhoben und unser Bewusstsein von einem Moment zum nächsten bewahren. Aber ihr alle, die ihr des Neuankömmlings ansichtig wurdet, stimmt darin überein, dass er, so hell leuchtend er auch sein mag, gerade erst begonnen hat, Gesicht und Form auszubilden, und dass er, falls seine Sprachfertigkeit überhaupt schon entwickelt ist, sie noch nicht zum Einsatz gebracht hat. Ich erachte es für nicht sonderlich besorgniserregend, dass er eine gewisse flüchtige Ähnlichkeit mit den grellen Blitzen aufweist, die Thingor in den Tiefen des Knotens schmiedet.«

Das schien die Gemüter jener Mitglieder des Pantheons zu beruhigen, die den Neuankömmling nicht mit eigenen Augen gesehen hatten. Doch gerade als die Unterhaltung kurz davor schien, sich einem anderen Thema zuzuwenden, wurde sie durch eine neue, unbekannte Stimme unterbrochen, die von einer Seele ganz in der Nähe ausging. »Der Neuankömmling ist eine Seele, wie sie im Land noch nie zuvor gesehen wurde, und wenn er in deinem Garten auf und ab geht, o Egdod, tätet ihr gut daran, Blitze zur Hand zu haben!«

Die Musik verstummte. Egdod und die anderen vom Pantheon drehten sich um und sahen, dass diese Worte von Gänseblümchen gekommen waren. Sie bewegte sich unbehaglich in ihrem Topf, wühlte die Erde auf und bemühte sich nach Kräften freizukommen, damit sie gehen konnte. Ihre langen schlanken grünen Flügel flatterten.

»Dies ist eine Zeit der Wunder«, bemerkte Greyhame, »wenn jemand so Neues so schnell reifen kann.«

»Ich bin nur eine Vorbotin dessen, was jetzt gekommen ist und was so dicht auf mich folgt, dass ich gerade noch rechtzeitig die Sprachfähigkeit erlangt habe, um euch zu warnen«, sagte sie.

»Wovor möchtest du uns denn warnen, Gänseblümchen? Vor dem Neuankömmling?«

»Ich heiße Sophia, das bedeutet Weisheit«, erwiderte sie, »und der Name des Neuankömmlings ist El, und wir sind beide vor Kurzem aus der Welt gekommen, in der wir alle einst lebten, damals, bevor wir starben. Einige von euch kannte ich dort. Die Einzelheiten sind dem Gedächtnis entfallen, aber du, Egdod, warst mir wohlbekannt.«

»Daran oder an irgendetwas anderes habe ich keine Erinnerung, außer ein paar Gestalten und Formen, die meine Seele bewegen, wenn ich sie sehe«, sagte Egdod. »Allerdings will ich zugeben, dass die Form, die du angenommen hast, als du in meinem Vorgarten gesprossen bist, eine war, die ich kannte.«

»Ich kannte Sophia«, bestätigte Pluto. »Das spüre ich, obwohl ich keine Geschichten von ihr heraufbeschwören kann.«

»Gibt es jemanden unter euch namens Verna oder Spring?«, fragte Sophia. »Ich habe sie gestern von Weitem gesehen und hatte plötzlich ein Gefühl von Verwandtschaft.«

»Spring ist mit dem Reifeprozess neuer Seelen beschäftigt und an den meisten Tagen lieber allein an ihrem Ort im Wald«, sagte

Ward. »Aber ich würde gerne mehr von El wissen, auch wenn die meisten Einzelheiten deinem Gedächtnis abhandengekommen sind.«

»In meiner kurzen Zeit hier habe ich genug gesehen, um zu wissen, dass die Macht, Veränderungen an der Welt vorzunehmen, bei manchen Seelen stärker ausgebildet ist als bei anderen. Ich sage euch, El kommt mit einer Macht, die größer ist als die von irgendjemandem sonst, sogar größer als die Egdods.«

Von den meisten im Pantheon wurden Sophias Worte skeptisch aufgenommen. »Es ist unvorstellbar, dass jemand, der so neu ist, in einem Maße, das wir uns über viele Jahre hinweg mühsam angeeignet haben, Macht ausüben kann«, sagte Warm Wings. Dabei zog sie sich jedoch die Flügel um die Schultern wie eine bescheidene Seele in Stadt, die sich vor einem eiskalten Wind schützte.

»Die Antwort liegt in Dingen, die außerhalb unseres Wissens liegen und mit dem zu tun haben, woraus das Universum letztlich besteht und wie es von Augenblick zu Augenblick erzeugt wird. Das geht allen Arten von Macht, über die du sprachst, voraus und lässt sie zu reinem äußerem Schein werden«, beharrte Sophia.

»Wenn das der Fall ist, dann ist es müßig, darüber zu diskutieren«, sagte Egdod. Dennoch richtete er seinen Blick zuerst auf Ward und dann auf Thingor. Ersterer erhob sich und ging raschen Schrittes zu dem Teil des Palastes davon, wo er inmitten unbedeutenderer Seelen wohnte, die ihn bei der Erfüllung seiner Pflichten unterstützten. Thingor seinerseits begab sich zu einem bestimmten Ort im Palast, wo er Blitze aufbewahrte, die er in der Feste geschmiedet und dann von dort mitgebracht hatte. Selten wurde dieser Ort aufgesucht, und die Tür war mit raffinierten, von Thingor entwickelten Mechanismen verriegelt, die nur von jemandem, der im Besitz verborgener Geheimnisse war, geöffnet werden konnten.

»Lasst uns die Tore aufreißen und das Festmahl beginnen!«, verfügte Egdod.

Und dann waren El und Sophia eine Zeit lang vergessen, während alle in Palast und Garten strömten. Lange bevor die Sonne ihren Zenit erreicht hatte, hatten alle Seelen einen Platz gefunden und begonnen, sich an den Früchten der Ernte zu bedienen. Nachdem alle den ersten Hunger gestillt hatten, stand Speaksall von seinem Stuhl auf und schwang sich mit ein paar Flügelschlägen hoch in die Luft über dem besonderen Tisch des Pantheons, wo alle ihn sehen konnten. »Hört mir zu!«, rief er mit einer Stimme von solcher Klarheit und Kraft, dass selbst diejenigen, die draußen im Garten saßen, aufmerksam wurden und sich ihm zuwandten. Paneuphonium spielte auf einem metallenen Horn einen Fanfarenstoß. Speaksall fuhr fort: »Egdod, euer Gastgeber, möchte ein paar Begrüßungsworte sprechen.«

Egdod stand jetzt am Kopf des besonderen Tischs. »Alle, die aus entlegenen Regionen des Landes hierhergefunden haben, heiße ich willkommen. Möget ihr nie wieder Fremde an diesem Ort sein. Wir stehen euch zu Diensten, wir alle, die hier wohnen: ich und Ward; Longregard; Freewander; Greyhame; Speaksall, dessen helle Stimme ihr gerade gehört habt; Warm Wings, die euch viel beizubringen hat; Pluto, den viele von euch wilden Seelen von seinen Wanderungen über das Land und seinen Verbesserungen desselben kennen werden; Knotweave; Spring, die in Hörweite meiner Stimme ist, sich aber nicht zu uns gesellen konnte; und …« Hier stockte Egdod, denn sein Auge fiel auf den Thingor zugedachten Stuhl, der leer war. »Und Thingor, der, wie mir scheinen will, die mühevolle Arbeit in seiner Schmiede der angenehmen Gesellschaft anderer Seelen vorzieht.«

Eine Gestalt betrat den Saal aus der Richtung des Lagerraums, in dem die Blitze aufbewahrt wurden. Egdod richtete den Blick auf sie, erkannte sie aber zunächst nicht, denn sie war jetzt merkwürdig klein und gebeugt und bewegte sich, als wären ihre Beine nicht gleich lang. Doch als diese Seele ihm ihr Gesicht zuwandte, erkannte Egdod sie als Thingor. Nicht der kräftige und stolze Thingor, der vor Kurzem fortgegangen, sondern einer, der versehrt und gegenüber vorher weniger geworden war. Er war losgegangen, um Blitze zu holen, und mit leeren Händen zurückgekehrt.

»Was ist geschehen?«, fragte Egdod.

»Die Vorrichtungen, mit denen ich die Tür zur Waffenkammer gesichert hatte, waren alle geöffnet«, sagte Thingor, dessen Stimme undeutlich war, da das rohe Chaos an seiner Gestalt nagte. »Ich zog die Tür auf und sah Licht, das mich blendete, und einen Augenblick später war ich so, wie ihr mich jetzt seht!«

Ward hatte sich in die Luft über dem Tisch des Pantheons erhoben, um Thingor besser zu sehen. »Was ist mit den Blitzen?«

»Sie sind weg«, antwortete Thingor.

»Nicht weg!«, sagte eine andere Stimme. So tief und laut war diese Stimme, dass sie das Wesen all derer durchdrang, die sie hörten, und die Grundfesten des Palastes zum Erzittern brachte, gerade so, als besäße alles, was Egdod hier oben erbaut hatte, nicht mehr Substanz als ein Blatt, das sich in den herbstlichen Windböen an einen Zweig klammerte. Risse breiteten sich vom Boden bis ins Dach aus, und Klingen aus Licht schienen durch sie hindurch und stießen zwischen den Tischen des Festmahls herab, wo Seelen ihre Augen hinter Armen oder Flügeln schützen mussten. Das Licht erleuchtete nicht nur, sondern zerschnitt und verbrannte, was es berührte. Jetzt konnte man sehen, dass das Dach des Palasts gerade durch einen von oben kommenden Angriff zerstört wurde.

Egdods erster Gedanke galt Spring, und so machte er einen Satz in die Luft und schlug mit den Flügeln, um sich zum Tor zu bewegen, das in den Garten hinausführte. Doch er war kaum in die Luft gestiegen, als ein schweres Gewicht ihn im Rücken traf, seinen rechten Flügel zu Boden stieß und dort festhielt. Egdod empfand das, was Spring als Schmerz bezeichnet hatte, wenngleich das hier weitaus schlimmer war als ein Wespenstich.

Der Stein, der auf seinen Flügel gefallen war, war ein Bruchstück vom Dach des Palasts. Da Egdod dieses Dach viele Jahre zuvor selbst aus dem Chaos heraufbeschworen hatte, hätte er eigentlich die Fähigkeit besitzen müssen, es zu entfernen. Da aber aller Augen auf ihm lagen, war er aus demselben Grund, aus dem er den Turm im Park nicht hatte hochziehen können, solange die Seelen von Stadt alle zusahen, nicht imstande, den Stein ohne Weiteres zu beseitigen. Er versuchte, einen Nebel um sich herumzuziehen, doch in der Hitze und dem Licht, die jetzt durch die sich erweiternde Öffnung im Dach auf seinen Rücken herniederbrannten, kam keiner zustande. Staub und Rauch gab es allerdings reichlich, und so hüllte er sich in diese und verbarg seine Gestalt in Dunkelheit, um in ihrem Schutz den Stein ins Chaos zu stürzen. Doch kaum hatte er damit begonnen, wurde die Hülle von einem Windstoß, der von Els Lippen ausging, weggeblasen. Er brachte Worte mit: »Seht, wie dieser Falsche seine Taten in Rauch und Schmutz hüllt!«

Egdod hob das Gesicht zum Licht und sah eine mächtige Gestalt den Palast überspannen, der jetzt ganz ohne Dach dastand. Um sie herum verteilten sich geringere Seelen – Engel! – mit gestohlenen Blitzen, die sie jedoch nicht wie Wurfspeere schleuderten, sondern wie feurige Schwerter schwangen.

Die große Gestalt war El, und er erschien als riesiges Wesen, hell und schön, aber ohne Flügel. Hände hatte er jedoch und streckte nun eine davon zu dem Engel aus, der ihm am nächsten flog. Der Engel gab ihm einen Blitz, mit dem El über die Schulter ausholte. Auf der Suche nach seinem nächsten Ziel ließ er den Blick über den dachlosen Palast schweifen. Egdod lag ungeschützt genau vor seinen Augen. Doch El nahm kaum Notiz von ihm. Stattdessen heftete er den Blick auf einen in der Nähe stehenden Tisch, wo Gänseblümchen – Sophia – verwurzelt in einem Tontopf stand, immer noch unfähig, sich aus der Erde zu befreien.

Egdod erinnerte sich nun an die seltsame Szenerie an der Brücke: die Engel, die Angst hatten, in den Vorhof einzudringen, die Stockschwinger, die ihn warnten, dies sei die Wohnstatt des Todes, der Wall, den sie hochzogen, um sich vor dem zu schützen, was von der Feste herkommen mochte.

Der Grund für all das war Gänseblümchen gewesen. Ihr – nicht Egdod, nicht Ward oder irgendeinem anderen Mitglied des Pantheons – galt ihre Furcht.

Immer noch unter dem Stein festgehalten konnte sich Egdod nicht bewegen. Er blickte zu Ward auf, der über ihm in der Luft schwebte. Egdods gebrochener Flügel löste sich in Chaos auf. Eine kleine Ranke davon streckte er nach oben, genau wie die andere Seele sich einst nach ihm ausgestreckt hatte, und berührte Wards Knöchel. In diesem Augenblick tauschten sie einen Strom von Eindrücken aus, und Ward verstand. Mitten im Flug schwenkte er ab und stieß genau in dem Moment auf den Tisch zu, als El seinen Blitz auf Gänseblümchen schleuderte. Der Stoß traf Ward in der Taille und hätte ihn fast vernichtet. Er wurde an den Tisch geschleudert, wo einer seiner rudernden Arme den Tontopf traf. Dieser flog rückwärts und zerbrach auf dem Boden. Longregard, die auf dieser Seite des Tischs in Deckung gegangen war, sprang vor und warf sich zu Boden, um die zerbrechliche neue Seele zu schützen. Egdod konnte sie nicht sehen, wusste aber, dass Gänseblümchen jetzt aus der Erde herausgerissen war. Ein weiterer Blitz würde sie umbringen, und vermutlich einige andere Seelen auch. Er riss sich die Fetzen seines Flügels ab, stand auf und begann, quer durch das Wrack des Palastes auf El zuzugehen.

El schien seine Aufmerksamkeit nur sehr ungern von Gänseblümchen abzuwenden, konnte aber das Herannahen seines mächtigsten Feindes nicht ignorieren. Statt nach einem weiteren Blitz zu greifen, zeigte er auf Egdod. »Lange hat dieser da unverdienterweise über das Land geherrscht. Gestaltet hat er es nach seinen verkümmerten und fehlerhaften Erinnerungen an die Welt, der wir alle entsprangen. Mit klareren Erinnerungen als irgendeine andere Seele bin ich gerade von dort gekommen, und ich sage euch, es ist keine Welt, in die wir uns zurücksehnen sollten oder die in irgendeiner Weise als Muster für das dienen sollte, was wir aufbauen, um fürderhin darin zu leben. Eine solche Welt wiederzuerrichten heißt, die Belastungen und Begrenzungen der alten zu übernehmen. Seht Egdod an mit seinem gebrochenen Flügel. Seht Thingor an mit seinem verkrüppelten Bein und den Palast mit seinem zerschmetterten Dach. Warum sollten solche Übel hier zugelassen werden? Und doch ist das die Welt, die Egdod geschaffen hat, zunächst aus Unwissenheit und dann aus Stolz. Alle anderen Seelen hat er genötigt, ihm zu gehorchen und die Grenzen dessen, was gedacht und getan werden darf, und die Art, in der Seelen sich verständigen können, zu akzeptieren. Mit Zerstörung hat er die bestraft, die es wagten, sich andere Zustände auszumalen. Hiermit verbanne ich Egdod und sein Pantheon und alle, die ihm treu ergeben sind. Ich schicke sie an einen Ort, wo sie die Qualen erleiden und die Einschränkungen erdulden können, die sie selbst gewählt haben!«

Ein Lichtblitz von unendlicher Leuchtkraft blendete Egdod für einen Moment. Er spürte, dass seine Gestalt von einer erdrückenden Kraft umfasst wurde, gegen die zu kämpfen sinnlos war, und dass er von dem mit Trümmern übersäten Boden des Palastes hochgehoben wurde. Als er wieder sehen konnte, stellte er fest, dass er direkt in das Gesicht von El blickte, der mit einer Hand nach unten gelangt und Egdod aufgehoben hatte, als hätte dieser nicht mehr Substanz als ein abgefallenes Blatt. Die Strahlkraft von Els Gesicht hatte sich nicht vermindert, aber Egdods Sehvermögen hatte sich an seine Kraft gewöhnt und war nicht mehr überwältigt; er konnte jetzt Dinge sehen, die er zuvor nicht gesehen hatte: nicht nur Einzelheiten in Els Gesicht und in der näheren Umgebung, sondern tatsächlich Dinge, die in der ganzen Zeit, seit er im Land wohnte, seiner Wahrnehmung verborgen geblieben waren.

Ihm war schon lange bewusst, dass das helle Licht der Sonne, wenn es in der Tagesmitte herabschien, kleine Besonderheiten und Fehler in seiner Schöpfung aufdeckte, die er während der Nacht übersehen hatte. Als er es sich zur Gewohnheit machte, das Land oder den Bau des Palastes zu inspizieren und zu überlegen, wie sie verbessert werden könnten, tat er das, wenn die Sonne im Zenit stand, denn sie zeigte ihm Dinge, die seiner Aufmerksamkeit im schwächeren Licht der Sterne und des Monds entgangen waren. Ohne zu wissen, warum, hatte er immer gespürt, dass der Wechsel dieser zwei Arten von Licht so war, wie er sein sollte. Die schwächere Beleuchtung der Nacht brachte Erholung davon, so viel zu sehen und zu wissen, und sorgte dafür, dass selbst die tüchtigsten Seelen ein paar Stunden der Entspannung von der Intensität ihrer Wahrnehmungen und den dadurch entstehenden Belastungen finden konnten.

Die Mittagshelligkeit war Egdod immer hinreichend erschienen. Nie hatte er in all den Jahren, die er im Land verbracht hatte, die Notwendigkeit empfunden, eine zweite oder dritte Sonne am Himmel zu platzieren, um die Welt mit größerer Intensität zu erleuchten; kein Detail, so hatte er jedenfalls angenommen, entging seiner Aufmerksamkeit im Licht der einen Sonne, die er ans Firmament gehängt hatte. Jetzt aber, in Els festem Griff, war er einem Licht ausgesetzt, wie es von hundert Sonnen gleichzeitig hätte ausgehen können. Und so wie das Licht der einen Sonne ihn befähigte, Dinge zu sehen und zu wissen, die im Mondlicht verborgen waren, offenbarte ihm das Licht von Hunderten vieles, was in den tiefen Schatten seines Geistes unsichtbar geblieben war, seit er nach seinem Tod das Bewusstsein erlangt hatte.

Er wusste, dass er Dodge und dass Egdod ein Gebilde von Dodges Einbildungskraft gewesen war. Er wusste, dass er aus

Iowa stammte, wo es eine Stadt mit einem steinernen Turm im Park gab, ähnlich dem, den Egdod hier geschaffen hatte. Er wusste, dass er in Seattle gelebt hatte, wo es Bäume gab, deren Blätter sich im Herbst rot färbten, und Äpfel und Freunde und Familienangehörige. Er wusste, dass Pluto zu Ersteren gehörte und Sophia eine von Letzteren war und dass er sie als kleines Mädchen gekannt hatte.

In diesen Momenten, in denen er El ins Gesicht starrte, kamen ihm viele andere flüchtige Erinnerungen, und er wusste, dass sie alle von Anfang an in den Schatten seines Geistes gewohnt hatten, dass er sie während der ganzen Zeit, die er im Land verbracht hatte, ganz allmählich in willkürlicher und verminderter Form wiederhergestellt hatte und dass all die Dinge, die er hier gemacht hatte, ursprünglich von ihnen stammten.

Er sah aber auch Erinnerungen und Wahrnehmungen, die aus Els Geist zu ihm gelangten. Diese waren von ganz anderer Art, und er konnte spüren, dass sie einem Geist entsprangen, der in gewisser Hinsicht gestört war. Dodge nahm Gebäude, Gesichter, Fahrzeuge wahr, die seine Augen nie gesehen hatten.

Ein Augenblick der Verbindung zwischen Els und Dodges Gedanken trat ein, als El klar wurde, dass Dodge sah, was nur El gehörte. Davor schreckte El in einer Art Grauen oder Abscheu zurück und schleuderte Dodge fort, wie man eine glühende Kohle wegwerfen würde.

Dodge sah den Palast von sich weg fallen. Vielleicht fiel aber auch er von ihm weg, fiel er in den Himmel, da oben und unten ihren Sinn verloren hatten. Ehe der Palast sich entfernte, sah er ihn: das Dach aufgerissen, verängstigte Seelen, die durch seine Tore in den Garten strömten oder einfach in die kalte Luft rund um den Gipfel des Hügels flüchteten, davoneilend auf der Suche nach der Zuflucht, die sie am weitesten von El entfernt wähnten. Manche wurden von Els Lakaien mit den weißen Flügeln und den Flammenschwertern gehetzt, doch von denen gab es nicht genug, um die Flüchtenden zu verfolgen. Andere Gäste des Festmahls entkamen nicht, und Dodges erster Gedanke war, dass sie zurückgehalten wurden; doch dann beschlich ihn eine Ahnung, die er beunruhigender fand, nämlich dass sie aus freien Stücken beschlossen hatten, zu bleiben und gemeinsame Sache mit dem Neuankömmling zu machen. Noch drängender war jedoch der Gedanke an Spring, und er richtete den Blick auf das feuchte grüne Tal im Wald, wo sie immer ihre Wohnstatt gehabt hatte. Dort war ein Ring aus Sternen zu sehen, von denen er wusste, dass sie Engel von El waren, die im Kreis um sie herumstanden und ihre Blitze gegen jeden schwangen, der sich näherte – oder zu entkommen versuchte. Mittendrin, das wusste er, befand sich Spring, beschützt und gefangen zugleich.

Diese Dinge waren immer schwerer zu erkennen, da er rückwärts durch kalten Raum raste, im Fallen brennend und einen Feuerschweif hinter sich herziehend. Um ihn herum sah er in unterschiedlicher Entfernung Sternschnuppen, von denen er wusste, dass es andere Mitglieder des Pantheons, aber auch geringere Seelen waren, die ebenfalls in die Verbannung geschleudert worden waren. Das Land stürzte von ihm weg. Er sah die Straße, die, von roten Bäumen gesäumt, spiralförmig die Felsnadel abwärts zu den Ruinen der verlassenen Stadt führte. Über die Landschaft verstreut lagen die neugebauten Behausungen der verschiedenartigen Seelen, die ins Land hinausgegangen waren, nachdem Dodge den Turm zerstört hatte. Ihre Gesichter hatten sich jetzt sicher alle zu dem leuchtenden Wunder gehoben, das El oben auf dem Hügel darstellte. Manche blickten aber vielleicht auch höher hinaus und sahen die Feuerstreifen, die von Dodge und den anderen über das Firmament gezogen wurden. Jetzt erblickte Dodge das gesamte Land: die weißen Ufer, gegen die die Wellen des Meeres schlugen, und das schneebedeckte Gebirge in der Mitte, das an der Stelle, wo der Knoten lag, von ewigen Wolken und Gewitterstürmen verschleiert wurde.

Um Dodge herum war der Himmel dem Chaos gewichen. Daraus zog er Kraft, und er wusste, dass er eine Tiefe erreicht hatte, in der er so allein war, dass die Spanne seiner Fähigkeiten zurückgekehrt war. Er wollte nicht so weit fallen, dass er das Land nicht mehr sehen konnte, und so verwandelte er mit einem Schwung seines Flügels den Bogen aus Chaos unter ihm in ein riesiges schwarzes Becken aus Adamant. In dieses fiel er mit einem so starken Aufprall hinein, dass es einen feurigen Krater in dessen Oberfläche schlug.

Dodge erlangte Bewusstsein.

In der Mitte des Feuersees lag er für eine Weile, blickte auf zum Land als fernem Mond am Himmel und zählte die Aufschläge der anderen, wie er sie spürte: Gänseblümchen, Thingor, Knotweave, Pluto, Warm Wings, Paneuphonium, Speaksall, Freewander, Greyhame, Ward und Longregard. Sie alle, ebenso wie viele kleinere Seelen, krachten in größerer oder geringerer Entfernung auf das schwarze Firmament, und Dodge wusste, dass Seelen im Land, die zum Nachthimmel aufblickten, in dieser Nacht eine neue Konstellation von roten Sternen sehen würden.

Das Feuer verursachte ihm keine Schmerzen. Gestern hätte er sich daran verbrannt und wäre davor zurückgeschreckt. Es hätte seine Gestalt da, wo es sie berührte, zerstört, sie zu Chaos reduziert und ihn dazu gezwungen, sich wieder zu einem Ganzen zu machen und von Neuem die Grenze zu formen, die Dodge von Nicht-Dodge trennte. Heute verstand er, dass das alles – die Welt, die er gemacht, die Gestalt, die er für sich geschaffen, und der Feuerkessel, den er in das harte schwarze Firmament gegraben hatte – Fantasiegebilde waren.

In Wahrheit hatte er schon lange so etwas geahnt. Im Grunde ergab es sich aus der Art, wie es ihm gelungen war, all diese Erscheinungen aus seinem eigenen Geist hervorzurufen. Doch diese Erscheinungen hatten ihm Trost und Freude und die Gesellschaft anderer beschert, weshalb er nicht so genau hingeschaut oder allzu tiefgründig über das Wesen der Dinge nachgedacht hatte. Von El hatte er nun eine Lektion gelernt, die er nicht vergessen durfte. Wenn man Erscheinungen behandelte, als wären sie real, verhielt man sich unklug und wurde zum Spielball in der Hand von jemandem wie El, der die Kräfte, auf denen diese Erscheinungen beruhten, kannte und meisterlich zu nutzen wusste. Entsprechend schenkte Dodge dem Schmerz durch das Feuer keine Beachtung, wollte sich nicht von ihm verbrennen lassen und wurde nicht verbrannt. Ebenso wenig machte er einen Versuch, die Flammen zu löschen oder sie gar durch grüne Wiesen, blaue Seen und andere ähnlich angenehme Traumbilder zu ersetzen. Denn er verstand jetzt, dass er sich, wenn er solchen selbst geschaffenen Freuden nachgab, selbst in Els Hände begab.

Vielleicht hätte er jahrelang dort im Becken seines Kraters gelegen und über all das nachgesonnen, was er in jenen Momenten gesehen hatte, als sein Geist sich mit Els Geist verbunden und das Licht die Schatten, in denen die Erinnerungen seines früheren Lebens so lange verborgen gewesen waren, weggebrannt hatte. Doch er wusste, dass die anderen Mitglieder seines Pantheons wie auch Hunderte geringerer Seelen überall um ihn herum in dem schwarzen Becken des Firmaments verstreut waren, das er erschaffen hatte, um ihren Fall zu unterbrechen. Sie hatten nicht gesehen, was Dodge gesehen hatte. Folglich fehlte ihnen das Verständnis, das ihnen die Fähigkeit verleihen würde, Schmerz zu überwinden und die Verheerungen von Feuer, Kälte und Chaos zu ignorieren. Um ihretwillen richtete er sich auf und machte sich auf den Weg aus dem brennenden See hinaus. Seinen beschädigten Flügel, der hinter ihm herschleifte, formte er im Gehen so, wie er sein sollte, sodass er wieder intakt war, als Dodge den schwarzen Kraterrand erklomm. In Ermangelung von Luft vermochten seine Flügel ihn nicht zu tragen, weshalb er Luft entstehen ließ. Wo Luft war, waren jetzt auch Geräusche: das Prasseln von Flammen, das Donnern von Felsbrocken und das Klackern von kleineren Steinen, die kaskadenartig von höher gelegenen Stellen auf tiefer gelegene stürzten, dazu die Schreie von Seelen, die nicht weit von ihm ihren Schmerz und ihre Verzweiflung beklagten. Dodge breitete seine Flügel aus und erhob sich in die Luft, die er über das Firmament gespannt hatte, schätzte die Größe des Ortes ab, schlug dessen Grenzen und zählte die größeren und kleineren Krater, die verschiedene Seelen bei ihrem Aufprall in dessen Oberfläche erzeugt hatten. Es erschien ihm nicht viel kleiner als das Land, das im Himmel über ihnen schwebte, blau und grün und weiß und jetzt so klein, dass er es hinter seiner ausgestreckten Hand verschwinden lassen konnte. Entsprechend mussten auch die Seelen vom Land, wenn sie in ihren Nachthimmel blickten, eine Konstellation von derselben Größe wahrnehmen. So würde es nun für lange Zeit sein, glaubte Dodge. Da er in dieser Himmelsgegend nicht gesehen werden wollte, zog er einen Vorhang aus Rauch und Chaos quer über das Firmament, um jegliches Licht, das davon ausgehen könnte, diffus werden zu lassen. Dann machte er eine Bestandsaufnahme von allem, was unter dieser Rauchglocke lag: seine neue Wirkungsstätte. Das Firmament war eine glatte Fläche aus Stein gewesen, einer Tonscherbe ähnlich, bis Dodge und die anderen sie in ein Kraterfeld verwandelt hatten. Jetzt verfügte sie über größere Formenvielfalt, wenn auch nicht in dem Maße wie das Land.

Dodges erster Impuls war, diesen Ort besser zu machen, so wie er es mit dem Land getan hatte: eine Anhöhe zu erschaffen und darauf einen schönen Palast zu bauen, um darin zu wohnen und sich zu vergnügen. Da er sich jedoch der Lektion besann, die er gerade gelernt hatte, entschied er sich anders und nahm das Firmament so, wie es war. Angetrieben von der Hitze der Feuer, die in den Kratern brannten, war mithilfe der Luft eine Art Wetter entstanden, und stellenweise bildeten sich Wirbelwinde, manche kleiner und manche größer. Etliche verschmolzen zu einem großen, der, von unten durch die verschiedenen Kraterfeuer beleuchtet, hoch über diesem Gebiet aufragte. Für Dodges Empfinden eignete sich dieser Ort so gut wie jeder andere dafür, all die Seelen, die von El hierhergeschleudert worden waren, zusammenzurufen, und so flog er von einem Ende des Firmaments zum anderen und bat sie dringend zu kommen. Jede von ihnen hatte eine mehr oder weniger beschädigte Gestalt, und keine besaß die Erkenntnis, die Dodge in Bezug auf Fantasiegebilde und Erscheinungen gewonnen hatte. Sie waren also alle verkrüppelt und bis zur Unkenntlichkeit verändert, und ihre Bewegung auf den Wirbelwind zu war alles andere als schnell. Dodge aber harrte geduldig dort aus, bis sie alle eingetroffen waren und sich um ihn versammelt hatten.

»Sei gegrüßt, Egdod, der du unversehrt durch das Feuer gegangen bist!«, rief einer von ihnen, den er mit einiger Mühe als Ward erkannte.

»Hier bin ich Dodge«, verkündete Dodge. »Auch ihr verdient einen neuen Namen, der zu eurer veränderten Gestalt und eurer neuen Wohnstatt passt. Dich werde ich fürderhin War nennen, denn der Krieg wird wahrscheinlich deine Aufgabe sein.«

Verwirrtes Gemurmel verbreitete sich bis an den Rand zu den verschiedenen Nachzüglern, die immer noch hinzukamen. »Egdod war nur eine Laune von mir«, erklärte Dodge ihnen und ließ seine Stimme lauter werden, damit sie von allen gehört werden konnte. »Er war eine Fiktion, die zur Unterhaltung geschaffen worden war. Eine Erscheinung, die auf etwas von völlig anderer Art beruhte.« Er wusste, dass es diesen Seelen, die nicht so tief in ihre Erinnerungen geblickt hatten wie Dodge, als Els Licht ihn durchbohrte, nichts sagen würde, wenn er ihnen Egdod als Charakter in einem Computerspiel beschrieb. »An dem Ort, von dem wir alle gekommen sind, war solcherlei Unterhaltung üblich und nahm bisweilen schon fast Züge der Realität an. Diejenigen, die daran teilnahmen, hießen Gamer und gingen mit diesen Fantasiegebilden und Erscheinungen um, als ob sie wirklich existierten. Sie erschufen imaginäre eigene Identitäten mit Gesichtern, Körpern und Fähigkeiten, die reisten und kämpften und Abenteuer erlebten. Wenn aber eines dieser Fantasiegebilde durch das Schwert eines Feindes niedergestreckt wurde, siehe, dann war der Gamer in keiner Weise verletzt außer in seinem Stolz. Alles, was für die Gamer und ihre erdachten Identitäten galt, gilt auch für euch. Ich bin nicht unbeschadet durch das Feuer gegangen. Ihr alle wart bei dem Festmahl. Ihr alle habt meinen Flügel von einem Stein zerquetscht und meinen Körper hilflos im Griff von Els Faust gesehen. Jetzt sind meine Flügel ganz, und ich fliege frei, denn ich habe die falsche Gestalt, die Egdod war, abgelegt und damit sowohl die Freuden als auch die Schmerzen, für die sie naturgemäß empfänglich war.«

»Könnten wir die Fähigkeit erlangen, dasselbe zu tun, o Dodge?«, fragte eine halb aufgelöste und unförmige Kreatur, die Dodge an ihrem Ton als Warm Wings erkannte.

»Nichts kann das verhindern außer deinem Festhalten an den Erscheinungen und Fantasiegebilden, aus denen dieser Ort besteht«, sagte Dodge, während er die Hand hochstreckte, um ihren Blick auf das Land zu lenken.

»Das ist eine schlimme Nachricht für mich«, sagte Warm Wings.

»Für dich ganz besonders, Love«, stimmte Dodge zu, »die du so sehr in den Freuden des Leibes geschwelgt hast. Ich sage nicht, dass wir uns an diesen Dingen nie wieder werden erfreuen können. Nur, dass wir Schmerz mit Freude akzeptieren müssen und dass wir das eine wie das andere nie mehr auf die einfache und kindliche Weise wie zuvor wahrnehmen werden.«

Dann hielt er inne. Das Wort »kindlich« war ihm ganz selbstverständlich als etwas eingefallen, das er aus seinen Lebenserinnerungen kannte. Bis dahin war es jedoch nie von ihm oder irgendeiner anderen Seele des Landes ausgesprochen worden, denn Kinder hatte es keine gegeben. Das traf ihn jetzt mit Macht, da Spring neue Seelen in sich reifen ließ, die sie bald zur Welt bringen würde. Und er wusste, wenn sie ihr entsprangen, würden sie es als Kinder tun, die ein einfaches Verständnis der Dinge und keine Erinnerungen aus vergangenen Leben haben würden, die sie zur Bildung – oder Missbildung – ihres Denkens nutzen könnten.

Dodge kam zu dem Schluss, dass er ins Land zurückkehren musste, um Spring aus ihrer Gefangenschaft zu befreien und sich den neuen Seelen bekannt zu machen, die sie zum Leben erwecken würde. Denn diese würden ohne natürliche Kenntnis ihres Vaters ins Dasein kommen und als Els Mündel aufwachsen.

Er machte viele Versuche, ins Land zurückzukehren. Alle wurden vereitelt, nicht nur durch die wachsamen Engel, sondern auch durch die Schutz- und Abwehrzauber, die El als unsichtbare Hindernisse für Dodge und alle anderen, die vertrieben worden waren, gewirkt hatte.

Manchmal ging Dodge allein, in eine Tarnung gehüllt. Manchmal wagte er sich mit einer kleinen Gruppe vor. Dreimal im Laufe der Jahrhunderte ging er an der Spitze einer Armee, bewaffnet und gepanzert mit Neuschöpfungen aus den großen Schmieden, die Thingor auf den brennenden Kratern des Firmaments gebaut hatte.

Wieder und wieder geschlagen und zurückgeschleudert wurden er und seine Waffenbrüder von Blicken, die sich im Land zum Nachthimmel erhoben, als Sternschnuppen gesehen. Ihre Flugbahnen endeten jedes Mal in frischen Kratern, die wie Pocken die schwarze Oberfläche des Firmaments überzogen.

Bei einem seiner allein unternommenem Vorstöße drang er so nah an den Palast vor, dass er sehen konnte, wie dessen Bewohner sich an den Früchten des Gartens gütlich taten; doch dann stand El selbst wutentbrannt auf und schleuderte Dodge mit solcher

Wucht zurück, dass dieser das Firmament zerschmetterte und ein Stück auf die andere Seite durchbrach, auf der das Chaos sich ins Unendliche erstreckte. War hatte Dodge wie einen Kometen kommen sehen und die anderen Mitglieder des Pantheons herbeigerufen, um ihn aus dem eingeschlagenen Loch herauszuziehen. An dessen Rand hielt Dodge inne, um sich auszuruhen und wieder zu Kräften zu kommen. Knotweave schlug vor, dass sie alle zu dem dunklen Schloss zurückkehrten, das sie unweit dieser Stelle aus dem Auswurfmaterial vieler Krater gebaut hatten, denn in dessen Mauern warteten ein paar schlichte Annehmlichkeiten. Aber Dodge, der noch dabei war, seine Sprachfähigkeit wiederzuerlangen, hob eine Hand, um sie zum Bleiben zu veranlassen. Sein Blick war nicht auf das Land gerichtet, sondern hinab in die Grube voller Chaos, die er mit der Heftigkeit seines Aufpralls gegraben hatte. Oder vielleicht musste man richtigerweise sagen, die El gegraben hatte, indem er Dodge mit solcher Wucht hinwegschleuderte.

»Erinnert euch das an etwas im Land?«, fragte Dodge, als ihm wieder Worte kamen.

»Es ist nicht mehr und nicht weniger als das Chaos, aus dem wir alle uns bei unserer Entstehung auf unterschiedliche Weise herausentwickeln mussten«, sagte Greyhame.

»Als Pluto entstand, habe ich ihn aus einem Ort herauskommen sehen, der bemerkenswerte Ähnlichkeiten mit dem aufweist, was wir da unten sehen«, sagte Dodge.

Freewander war die Erste, die Dodges Rätsel verstand, denn ihre Neugier und ihre Geschicklichkeit beim Fliegen hatten sie zu einem regelmäßigen Gast an dem Ort gemacht, von dem Dodge sprach. »Das ähnelt sehr dem Riss in der Welt, der ganz tief unten liegt …«

»Der Knoten!«, rief Thingor aus, der ebenfalls viel Zeit dort verbracht hatte. »Mir ist fast, als blickte ich aus einem Fenster der Feste hinunter.«

Dodge nickte. »Chaos ist weder eine Form noch ein Ort, sondern alles Chaos ist wie anderes Chaos. Das wird nun der Weg für meine Rückkehr ins Land sein. Seht her!«

Er richtete seine Aufmerksamkeit auf die Grube und das Rauschen, das darunter wirbelte und stürmte, und vertiefte und erweiterte das Loch. Es schien nirgendwohin zu führen außer in eine Unendlichkeit aus Nichts. So blieb es über Stunden und Tage hinweg, während Dodge darüber brütete und jeden kleinsten Fetzen der Kraft, die er im Verlauf seiner langen Jahre im Land aufgebaut hatte, mobilisierte. Von Zeit zu Zeit wurde dort unten das eine oder andere Fantasiegebilde sichtbar, und diejenigen vom Pantheon, die die Geduld zum Zuschauen aufbrachten, schrien auf und blickten einander an, als wollten sie fragen: *Hast du gesehen, was ich gesehen habe?* Doch wenn sie dann wieder hineinschauten, war es davongeflackert. Die Veränderung, an der Dodge arbeitete, ging so langsam vor sich, dass sie von denen, die dabeisaßen und zuschauten, nicht wahrgenommen werden konnte. Andere, die eine Weile fortgingen und dann zurückkehrten, behaupteten beharrlich, dass sie Veränderungen sähen: Licht scheine jetzt aus der Grube, und es sei nicht das rote Licht des Feuers, sondern das weiße des Landes. In diesem Licht manifestierten sich allmählich Gestalten, flüchtig und fließend zu Beginn, aber später durchaus beständig. Was es mit ihnen auf sich hatte, war zunächst schwer zu verstehen.

Doch dann kam eines Tages Pluto, um sich den Ort von Dodges Mühen anzuschauen. Da er gerade den dunklen Turm baute, den das Pantheon zu seiner neuen Wohnstätte machte, war er über lange Zeit nicht da gewesen. Als er nun am Rand der Grube stand und hinunterblickte, wusste er sofort, was er sah. Pluto hatte das nämlich schon einmal gesehen. »Als ich damals aus dem Loch voller Chaos unterhalb des Knotens auftauchte, war es genauso«, sagte er. »So wie wir hier stehen, scheinen wir nach unten zu blicken. Doch der Blick ist derselbe wie der, den man hat, wenn man aus den Tiefen unterhalb des Knotens nach oben schaut. Worauf wir hier blicken, ist die Feste, wenngleich sie auf dem Kopf zu stehen scheint. Uns am nächsten liegt ihr massives Fundament, aus dem Fels geformt von der Hand dessen, der in jenen Tagen Egdod genannt wurde, und von uns fort erstrecken sich die Mauern. Noch weiter weg sind ihre hohen Türme, und ganz in der Tiefe, so wie wir die Dinge von hier aus sehen, befinden sich die verschlungenen Formen des Knotens.«

Die anderen versammelten sich, um es auch zu sehen, und stimmten ihm bereitwillig zu. Sie sahen es alle durch einen wirbelnden Vorhang aus Rauschen, der sich manchmal zu einem dunklen Wolkenschleier zusammenzog und manchmal so blass und dünn wurde, dass es war, als blickte man durch klares Wasser nach oben. Der Blick darüber hinaus war jedoch immer derselbe und entsprach eindeutig ihren Erinnerungen an die Feste. »Wenn das ein getreues Porträt des Ortes in seinem jetzigen Zustand ist und nicht nur eine Erinnerung daran, wie er einmal war, dann ist er von El noch nicht entdeckt und heimgesucht worden«, sagte Freewander.

»Ich glaube, dass dem so ist«, sagte Longregard. Thingor hatte nämlich in den Ruinen verschiedener Krater Scherben aus klarem Kristall gefunden, die er poliert hatte, um Linsen daraus zu machen, und ganz oben in den Türmen der dunklen Burg hatte er sie in Instrumente eingebaut, die nach oben gerichtet wurden, und Longregard verbrachte nun viele Stunden damit, durch diese Vorrichtungen zu spähen und die Machenschaften von El und seinen Lakaien und den Tausenden über das Land verstreuten Seelen zu beobachten. »El hat die Feste nicht niedergerissen. Ignoriert hat er sie allerdings auch nicht; denn seine Lakaien haben in dem, was einmal der Vorhof war, mächtige Festungswerke errichtet und diesen Ort so eingemauert, dass nichts mehr aus ihm herausdringen kann.«

Thingor kam auf die Beine, das gute und das lädierte, und

schwankte am Rand der Grube. »Ich hätte gute Lust, direkt hineinzutauchen«, sagte er, »und zu meinen Werkstätten zurückzukehren, die jetzt so nahe sind. Mit dem Wissen, das ich inzwischen habe, könnte ich sie besser bauen.«

Pan – die früher Paneuphonium genannte Seele – fing an, auf einen Satz Kriegstrommeln aus Schädeln, Holzstücken und Hautfetzen zu schlagen, die aus verlorenen Schlachten stammten. Heute hatte er einen sehr großen Penis, aber morgen könnte sie beschließen, Brüste zu haben. Etwas im Klang der Trommeln rief das Pantheon zum Handeln auf. Sie alle drängten an den Rand der Grube.

Dodge jedoch breitete einen Flügel aus, um Thingor die Sicht zu nehmen und ihn wegzuschubsen. Pans Trommeln verstummten. »Ich muss sorgfältig darüber nachdenken, wie es zu bewerkstelligen ist«, verkündete Dodge. »El und seine Lakaien sehen mich nämlich kommen, sobald ich mich nähere. Ich weiß nicht, wie, denn meine Verkleidungen waren gut gemacht und meine Vorstöße getarnt.«

Thingor sagte: »Aus dem Land der Lebenden hat El eine Fülle an Wissen und Handlungsmöglichkeiten mitgebracht, die unsere übersteigen. Oder vielleicht wäre es richtiger zu sagen, dass sie zu einem anderen, uns nicht vertrauten System gehören.«

»Woher willst du das wissen?«, fragte Love, während sie unmittelbar an die Kante des Kraters trat, wo das weiße Licht, das vom Land heraufschien, ihr Gesicht erleuchtete. Dieses hatte sie wieder in seine frühere Schönheit zurückversetzt, auch wenn es jetzt von anderer Art war, denn es spiegelte alles wider, was sie erlitten und gelernt hatte.

Mit einem Blick und einer Geste bedeutete Longregard ihr zu schweigen. »Auch ich habe Belege für das gesehen, was Thingor beschreibt.«

»Deine Frage ist nicht unberechtigt, Love«, sagte Thingor, »denn die Ereignisse beim Festmahl waren so schnell vorbei und für die meisten von uns mit Schock und Verwirrung verbunden. Als ich aber zu dem Lagerraum mit den Blitzen ging, konnte ich leicht erkennen, dass die Öffnung der Schlösser mit Mitteln erfolgt war, die unseresgleichen nicht bekannt sind.«

»Und ich«, sagte Longregard, »habe herausgefunden, dass jede Annäherung ans Land beobachtet wird, aber nicht von Augen und einem Geist wie bei uns. Das Sehen wird von Instrumenten bewerkstelligt, die in keiner Weise körperlich sind – oder, wenn sie es doch sind, keinen Eindruck in unseren Sehorgangen hinterlassen und genauso gut unkörperlich sein könnten. Der Geist hinter diesen Augen ist kein Geist wie unserer, sondern eher dem der Bienen ähnlich, die ihre Intelligenz aus den vielfältigen Interaktionen eines Bienenschwarms beziehen.«

»Solche Wachposten zu verzaubern ist kein leichtes Unterfangen«, sagte Dodge, »aber in meinen Erinnerungen aus der Zeit der Lebenden sind ein paar Vorstellungen hinterlegt, die hier von Interesse sein könnten. Die wichtigste ist die Hintertür. Ich behaupte, dass der Knoten eine Hintertür des Landes ist und dass El darin wahrscheinlich nichts anderes als einen Makel sieht, den ein ungeschickter Erbauer in dessen Verschlingungen hinterlassen hat. Womöglich befriedigt es sogar seinen Stolz, ihn als Beweis für Egdods Unzulänglichkeiten unverändert zu belassen. Jetzt bleibt mir nur noch, eine Möglichkeit zu ersinnen, durch dieses Tor zu gelangen und in der Feste zu wohnen, ohne von den unsichtbaren Augen wahrgenommen oder von dem wimmelnden Geist erkannt zu werden, den El im Land darauf angesetzt hat, ihm meine Ankunft zu melden. Lasst mich deshalb hier allein, damit ich über das Problem nachdenken kann.«

Darauf zogen sich die anderen Mitglieder des Pantheons zurück und ließen ihn am Rand der Grube allein. Davon ging er jedenfalls eine Zeit lang aus, bis er merkte, dass sich jemand anderes in seiner Nähe aufhielt. Als er den Kopf hob, sah er Gänseblümchen oder Sophia, die über und vor ihm schwebte.

Von all jenen, die auf das harte Firmament geschleudert worden waren, war sie am wenigsten verändert worden, da etwas in der Leichtigkeit ihrer Form und der Beweglichkeit ihres Geistes sie befähigt hatte, sich während des langen Falls zu sammeln und geschickt in dem schwarzen Steinbecken zu landen. Daher schien sie an diesem Ort so etwas wie ein Engel zu sein. Nicht ein hell leuchtender, sondern, wie die anderen, ein dunkler. Ob durch Zufall oder mit Absicht, sie trat genau in der Luft auf der Stelle, wo das helle und ferne Land über ihrem Kopf erschien.

Dodge tadelte Sophia dafür, dass sie ihn nicht in Frieden ließ, aber aus seinen Worten klang weder Verärgerung noch Überzeugung, und Sophia ließ sie an sich vorbeifliegen, als wären sie tote braune Blätter, die von einem Windstoß davongetragen wurden.

»Aus dem Land der Lebenden bringe ich Wissen mit, das in deinen Plan einzubeziehen du gut beraten wärst«, verkündete sie. »Außerdem bringe ich eine furchtbare Macht, in deren Besitz zu sein, nicht einmal für El gilt.«

»Dann sprich von deinem Wissen und deiner Macht«, forderte Dodge sie auf. »Meine Niederlage von Els Hand hat mir den Stolz genommen und meine Ohren für Ratschläge geöffnet.«

»Dein Plan, durch die Hintertür ins Land zu gelangen, ist wohldurchdacht«, sagte Sophia, »wird aber ebenso scheitern wie deine Versuche, dich aus anderen Gebieten zu nähern. Die Augen, die den Himmel beobachten, und der surrende Geist, der nach dem kleinsten Hinweis auf deine Rückkehr sucht, arbeiten nicht so, wie es die unseren tun. Blind und dumm in mancher Hinsicht besitzen sie ein verblüffendes Wahrnehmungs- und Erkennungsvermögen, das dich, so fürchte ich, entdecken wird, sobald du irgendwo im Land auftauchst, und sei es in den Tiefen unter der Feste, wo El deiner Meinung nach nicht daran dachte, Wachen zu postieren.«

»Aus diesem Grund will ich ja meine Form verschleiern«, sagte Dodge.

Sophia schüttelte den Kopf. »Els Wachposten schauen nicht nach Form; die können sie gar nicht wahrnehmen. Sie können deine Identität jedoch sehr gut sehen und dich erkennen anhand des Bewusstseinsfadens, der gesponnen wird, seit du vor vielen Jahren angefangen hast, dich aus dem Chaos heraus zu sammeln.«

Darüber dachte Dodge nach. »Falls Wahrheit in deinem Wissen liegt, ist es eine schlechte Nachricht. Ich werde bedenken, was du gesagt hast. Auf den ersten Blick legt es nahe, dass mein Aufenthalt hier im Firmament ein langer sein wird, vielleicht ein ewiger. Wenn das so ist, sollten wir alle Hoffnung aufgeben, ins Land zurückzukehren, und uns stattdessen dem Bau eines neuen Landes hier widmen, das aus schwarzen Mineralien geschmiedet ist und vom Feuer erleuchtet wird. Vielleicht wird es eines Tages so weit sein, dass es mit der Schönheit des Landes, das wir zuerst gebaut haben und aus dem wir hinausgeworfen wurden, wetteifern oder sie sogar übertreffen wird.«

»Bevor du dich aufs Exil festlegst, Dodge, gibt es da noch etwas anderes, wovon ich dir erzählen möchte«, sagte Sophia. Doch sie hatte den Blick gesenkt, und ihr Ton verhieß nichts Gutes.

»Vorhin sprachst du vom Besitz einer Macht, die selbst die von El übersteigt«, sagte Dodge.

»Ich habe die Macht«, sagte Sophia, »jenen Bewusstseinsfaden, der dich zu dir macht, zu durchtrennen.«

Lange währte Dodges Schweigen. »Du hast die Macht über Leben und Tod«, sagte er schließlich. »Kein Wunder, dass El dich fürchtete.«

»Allen Seelen, die im Land wohnen, kann jederzeit der Faden durchtrennt werden, und mir wurde die Macht dazu gegeben.«

»Warum tötest du El dann nicht?«

»Vielleicht hätte ich das tun sollen, als sich die Gelegenheit bot, im Palast. Aber in diesen frühen Tagen verstand ich noch nicht, dass ich über diese Macht verfügte. Und jetzt, wo ich es weiß, bin ich zu weit weg. Um diese Macht nutzen zu können, muss ich nahe bei der anderen Seele sein, so nah, dass ich ihr in die Augen blicken kann.«

»Ist Spring dieser Macht unterworfen?«

»Ja. Und alle Bienen und Wespen und andere Leben, die sie hervorbringt.«

»Einst hätte ich das Tod genannt und hätte Angst davor gehabt und dich gefürchtet«, sagte Dodge. »Aber als ich unter den Lebenden wandelte, sinnierte ich schon über diesen Faden, darüber, dass er uns zu dem machte, was wir sind, und dass er immer, wenn wir schliefen, durchtrennt war und sich doch beim Aufwachen von Neuem weiterspann. Zu schlafen bedeutete nicht, zu sterben, sondern nur, eine Unterbrechung zu erleiden, die einen Moment oder auch fast einen Tag dauern konnte. Aufzuwachen hieß weiterzumachen, als hätte es nie eine Unterbrechung gegeben. Ebenso verhält es sich mit dem Tod, der meinen Faden einmal durchschnitten hat, den ich jetzt aber nicht anders wahrnehme als den Schlaf. Entscheidend ist nämlich nicht die Fortdauer, sondern die Stimmigkeit dieses Fadens und die Geschichte, die er erzählt. El mag Wachposten und Abwehrformeln haben, um Dodge fernzuhalten. Da sich aber Dodge schon einmal aus Chaos geformt hat, kann er es auch wieder tun. Und wie ich bloß geschlafen habe, um aufzuwachen, und bloß gestorben bin, um von Neuem zu leben, ergebe ich mich jetzt ohne Furcht dem Schicksal, über das zu bestimmten du allein die Macht hast. Ich bedaure nur, dass unsere erneute Vertrautheit von so kurzer Dauer war.«

Wasser entquoll Sophias Gesicht. Im Land hatte Dodge eine solche Manifestation nie gesehen, erinnerte sich jetzt aber aus dem Land der Lebenden daran. Er erhob sich und umfing Sophia mit seinen Flügeln.

Sophia sagte: »Wir wurden schon einmal getrennt, und ich habe dich gefunden und die Erinnerung an mich in dir geweckt.«

»Und die Liebe zu dir«, fügte Dodge hinzu. Er gab sie aus der Geborgenheit seiner Flügel frei und trat zurück, sodass er ihr Gesicht betrachten und sie bewundern konnte.

»So wird es wieder sein, das verspreche ich«, sagte sie. In einer raschen Bewegung nach vorn küsste sie ihn auf die Wange. Dann wich sie zurück und schwang ihren Flügel wie ein Sensenblatt. Er traf Dodge am Hals und trennte seinen Kopf sauber ab. Langsam kippte erst Dodges Kopf, dann sein Körper in die Grube. Einen Moment lang sah es so aus, als würden sie bis zur Feste durchfallen; doch bevor sie die Hintertür passieren konnten, wurden sie vom Chaos infiziert, das die Überreste auflöste, sodass sie weder im Firmament noch im Land eine Spur hinterließen.

TEIL 7

42

Sophia starb oder wurde ermordet.

El starb oder beging Selbstmord.

Beide tauchten in der Bitwelt auf.

Im selben Moment schaltete jemand in Els Hauptquartier in der Realwelt metaphorisch gesprochen einen riesigen, an Frankenstein erinnernden Messerschalter in die Position EIN und aktivierte damit ein gewaltiges Arsenal an Computern, das offenbar im Voraus angelegt worden war. Was auch mehr oder minder *notwendig* gewesen war, da Els Prozess ähnlich viel Strom verbrauchte wie der von Dodge und außerdem eine Gefolgschaft von eingescannten und gecachten Seelen mitbrachte, die alle zur gleichen Zeit hochgefahren wurden. Jede von ihnen war eine eigenständige Seele der Pantheon-Klasse. El tauchte also nicht allein auf, schwach und zaghaft wie die meisten neuen Prozesse; er war vom ersten Tag an ein großes Ding, er hatte Hilfe, und er hatte riesige Mengen neuer Rechnerleistung und Speicherkapazität zur Verfügung, aus denen er schöpfen konnte.

Als El von der Real- in die Bitwelt wechselte, schien die ganze sonderbare Dramatik mit ihm zu gehen. Zelrijk-Aalberg (Z-A) kam zur Ruhe und begann, auf konstruktivere Weise mit South Lake Union (SLU) zusammenzuarbeiten.

Ihnen blieb nichts anderes übrig, als miteinander auszukommen, wenn sie das Jenseits am Laufen halten wollten. Zehntausende von Prozessen waren bereits gebootet worden. Im Land der Lebenden hatten Millionen von Menschen Anzahlungen geleistet und Papiere unterzeichnet, die Z-A oder SLU verpflichteten, sie nach Eintreten des Todes zu scannen und neu zu starten. Sie hatten also ein Geschäft zu führen.

In der Realwelt verstrich ein Jahrzehnt. Noch mehr Rechnerkapazität ging online. Von Eingeweihten wurde sie halb im Scherz Mana genannt: ein Begriff, den »Dungeons & Dragons«-Typen sich Jahrzehnte zuvor aus der polynesischen Religion angeeignet hatten. In D & D und davon abgeleiteten Spielen stellte Mana eine Art magischen Treibstoff dar, den Charaktere ansammelten, speicherten und dann beim Ausführen von Zaubern verbrannten. In seinem neuen Gebrauch bezeichnete der Begriff die gesamte Rechnerinfrastruktur, die nötig war, um die Bitwelt am Laufen zu halten: die CPUs, die inzwischen allesamt Quantenkomponenten waren; die Speichersysteme; die Netzwerkausrüstung für das Hin- und Herschicken von Nachrichten zwischen verschiedenen Unterprozessen und all die Anlagen zur Stromerzeugung und Kühlung, die für den Betrieb dieser Dinge nötig waren. Je mehr online ging, desto schneller und besser lief die Bitwelt. Investitionen, die sie Jahre zuvor getätigt hatten, begannen sich allmählich auszuzahlen. Die Menge an Mana stieg mit einer Geschwindigkeit, die ein paar Jahre zuvor undenkbar erschienen wäre. Mühelos übertraf sie die Geschwindigkeit, mit der Menschen in der Realwelt starben und eingescannt wurden.

Entsprechend wuchs auch die Zeitdichte-Relation rapide an. Womit gemeint war, dass die Simulation schneller lief als die Realzeit. Jahre, wie sie von den Toten wahrgenommen und gezählt wurden, vergingen in der Bitwelt schneller als für die Lebenden in der Realwelt.

Sophia, das Pantheon und der Dodge-Prozess verließen Stadt. Genau genommen verließen sie die ganze Landform. Sie machten sich daran, einen völlig neuen Ort zu schaffen. Diesen verhüllten sie mit einer Art von Störalgorithmus, der dafür sorgte, dass die Landform-Visualisierungs-Utility dort nicht funktionierte. Daher war nicht klar, was genau dort vor sich ging. Manchmal kamen sie in kleineren oder größeren Gruppen zurück in die Landform, und es geschahen Dinge, die, verlangsamt und in der LVU betrachtet, wie heftige Streitereien aussahen.

Eine Weile – ungefähr vier Jahre in der realen, aber Hunderte von Jahren in der Bitwelt – später wurde der Dodge-Prozess abrupt von niemand anderem als Sophia abgeschaltet. Sie hatte offenbar die Macht, solche Dinge zu tun, denn dieselben KI-Systeme, die sie zu ihren Lebzeiten erkannt hatten, erkannten sie jetzt auch in der Bitwelt.

Die Landform war, mit allen Vor- und Nachteilen, ein einziges zusammenhängendes Ding. Eine Gruppe von Unternehmen, die Forthrast und Waterhouse gegründet hatten und von SLU aus kontrollierten, stellten die Hardware, auf der manche Bewohner der Landform »lebten« und einige ihrer geografischen Merkmale simuliert wurden. Andere liefen auf Rechnern, die Els Unternehmensnetzwerk mit Sitz in Z-A gehörten. Sie konnten jedoch nicht voneinander getrennt werden. Daher mussten sie koexistieren wie siamesische Zwillinge, die nur ein einziges Herz haben.

Sie bildeten ein Konsortium mit einem offiziellen Namen, der jedoch nur in Rechtsdokumenten Verwendung fand. Die Leute nannten es SLUZA. Corvallis wurde zum großen alten Mann in SLU. Und Sinjin Kerr zu seinem Gegenpart in Z-A – obwohl es immer schwierig war herauszufinden, was dort eigentlich vor sich ging. Enoch Root war der freundliche Professor, den sie bei Auseinandersetzungen und undurchsichtigen technikphilosophischen Problemen um Rat fragten. Die vor Kummer runzlig gewordene Zula verschwand nach Sophias Tod für zwei Jahre komplett von der Bildfläche und kehrte dann in einer schwammig definierten Rolle als Ehrenvorsitzende in die Forthrast-Familienstiftung zurück.

Die JEESN setzten sie nach dem Vorfall für ein Jahr aus, dann fand sie wieder statt. Sie war nicht mehr dieselbe. Sie zog in größere, besser erreichbare Tagungsorte. Sie entwickelte sich zu so etwas wie einer »Computerfachmesse des Todes«, bei der Untertöne von Erweckungsversammlung und wissenschaftlicher Tagung mitschwangen. Selbst die größten Veranstaltungsorte hatten kleine, in stillen Ecken verborgene Räume, und in solchen Räumen nutzten C-plus, Sinjin, Enoch und Zula JEESN als jährliches Spitzentreffen, wo sie über praktische Lösungen für die großen Fragen, die ihre Arbeit in den nächsten Jahrzehnten bestimmen würden, diskutierten und Einvernehmen erzielten.

Oder in für Planer nützlicheren Begriffen: Magnituden 5 bis 8.

Aufgrund der Art, wie die Zeitdichte-Relation schwankte, war die Verwendung von Jahren als Maßeinheit heikel. Ein besserer Maßstab war die Anzahl unabhängiger Seelen oder Prozesse, die gerade auf dem System liefen, und dafür war es zweckmäßig, anstelle von absoluten Zahlen ein System ähnlich einer Richterskala zu verwenden, das auf Magnituden beruhte.

Zehn hoch null, 100, war gleich eins. Für die gesamte Dauer der Zeit, in der der Dodge-Prozess allein gelaufen war, hatte das System mit einer Magnitude 0 existiert.

Unausweichlich verkürzten sie »Magnitude« zu »Mag«. Zehn hoch eins, 10^1, war einfach gleich zehn, und 10^2 gleich hundert. Die Mag 1/2-Version der Bitwelt – die Epoche, in der sie zwischen zehn und hundert eigenständige Seelen beherbergte – war das Zeitalter wirklich abenteuerlichen Experimentierens durch frisch gebootete Prozesse gewesen, die, zumeist mitten im Nirgendwo, in einer Welt entstanden waren, deren grundlegende Form und Ausstattung in groben Zügen von Dodge umrissen worden war, in der aber die Regeln fließend und erhebliche Ressourcen frei verfügbar waren. In jenen Tagen waren die Scanverfahren und die Simulationssoftware noch im Versuchsstadium gewesen, nicht so gut wie spätere Versionen, und man hatte nur Gehirne gescannt – keine

Körper. Diese Seelen waren häufig isoliert von anderen groß geworden. Viele von denen, die in Dodges Nähe entstanden waren, hatten am Ende zum Pantheon gehört, viele hatten sich aber eigenständig zu Kreaturen entwickelt, die in Form, Fähigkeiten und Psychologie letztlich nicht als menschlich erkennbar waren.

Die Epoche von Mag 3/4 – tausend bis zehntausend aktive Seelen – war das Zeitalter, in dem sich um Dodge das stadtartige Ding gebildet und sich dann in etwas verwandelt hatte, was C-plus als degeneriertes Chaos bezeichnet und El so vielversprechend gefunden hatte: den watteartigen Bausch. Zu diesem Zeitpunkt hatte SLUZA das Scannen zur Wissenschaft perfektioniert. Es war so gut, dass es nicht mehr besser werden konnte. Künftige Upgrades würden es vielleicht schneller oder billiger machen, aber die Qualität der Daten hatte ihre theoretische Grenze erreicht und würde sich nicht mehr steigern.

Die aus diesen Scans hervorgegangenen Seelen waren in ihrer Erscheinungsform und ihren Fähigkeiten weitaus einheitlicher. Sie stellten die Bevölkerung der »Stadt«. Sie wussten von Dodge – dem einzigen Mag-0-Prozess – und interagierten mit manchen der sozialer eingestellten, aber immer noch seltsamen Seelen von Mag 1 und 2. Aber es war einfach ein vorgegebenes Merkmal ihres Universums, dass diese Seelen zu einer anderen Ordnung gehörten. Später hatten sie alle Welt damit überrascht, dass sie eine Art Phasenübergang in den Bausch vollzogen. Nach dessen Umsturz waren sie auseinandergelaufen und hatten fortan wieder normale menschenähnliche Körper und – soweit man es beurteilen konnte – ein soziales Leben.

Diese Vorkommnisse trafen mehr oder minder mit der Grenze zwischen Mag 3/4 und Mag 5/6 zusammen, dem Zeitalter also, in dem die Bevölkerung sich von rund zehntausend auf über hunderttausend Seelen vermehrt hatte, auf einer Wachstumskurve, die sie ziemlich bald auf eine Million bringen würde. So war es vielleicht ein glücklicher Zufall, dass, nachdem der Bausch sich aufgelöst hatte, die Bevölkerung sich ausbreitete, um mehr von der Landform zu besiedeln. In einer bauschartigen Anordnung konnte die Bevölkerungsdichte sehr hoch sein. Die meisten Kunden jedoch, die all das in der LVU beobachteten, hatten keine Lust, ihr Leben nach dem Tod in einer Art Insektenkolonie zu verbringen. Himmel hieß für sie Gras, Bäume, frisches Wasser und Sonnenuntergänge. Projizierte man die Zahlen in die Zukunft, war die Landform bei Weitem groß genug, um solche Annehmlichkeiten für 10^7 (zehn Millionen) Seelen zu gewährleisten – vielleicht sogar 10^8 (hundert Millionen), wenn sie sich weiterhin in Städten sammelten, wie es entlang der Ufer des großen Flusses im Osten der Trend zu sein schien.

Bei Anwendung dieses Maßstabs waren sie jedenfalls ungefähr bei Mag 5 (Hunderttausende Seelen), als die Gründungspapiere für das allgemein SLUZA genannte Konsortium unterzeichnet wurden. Dessen Ingenieure krempelten die Ärmel hoch und begannen an den großen, schwierigen Problemen zu arbeiten, die sie würden lösen müssen, wenn das System noch weiter auf Mag 8, 9 und darüber hinaus anwuchs. Irgendwann würden sie es auf mindestens Mag 10 bringen müssen: zehn Milliarden Seelen, vorausgesetzt, jeder Mensch, der Mitte des einundzwanzigsten Jahrhunderts auf der Erde lebte, würde nach seinem Tod gescannt und hochgeladen werden wollen.

Darüber hinaus würde die Zahl wahrscheinlich nicht wachsen. Dafür gab es zum einen technische Gründe: Der Planet Erde konnte nur ein gewisses Maß an Rechenaktivität tragen. Zum anderen hatte sich das Bevölkerungswachstum umgekehrt und bereits die Nullmarke unterschritten.

Was das Management von alldem wesentlich schwieriger machte, als es hätte sein müssen, war die extreme Andersartigkeit vieler Seelen. Daher nahmen die Führungskräfte von SLUZA nach zwei Jahren ergebnisloser Rangelei und viel Bartgezupfe eine enorme Vereinfachung am Gesamtbild vor: Sie kamen überein, ein paar Hundert Prozesse aus der Anfangszeit, als es noch keine Standards gegeben hatte und alles im Fluss gewesen war, einfach zu ignorieren.

Auf ihrem Höhepunkt hatten der Dodge- und der Verna-Prozess mehr Rechnerkapazität beansprucht – mehr Geld verbraucht, eine höhere Burn Rate gehabt, wie immer man es formulieren wollte – als beliebige tausend normale Seelen zusammengenommen. Wenn man die Landform selbst als einen Teil des Dodge-Prozesses betrachtete, war die Zahl sogar noch viel höher. Da es aber eigentlich nicht so aussah, als kümmerte sich Dodge persönlich um jeden Wellenkamm im Meer und jeden Baum im Wald, beschloss SLUZAs hoher Ältestenrat, solche Dinge getrennt zu verbuchen, als Unterprozesse, die Dodge erzeugt hatte, die ihm aber nicht mehr angerechnet werden sollten. Daher wurden sie ebenso wie Vernas Myriaden von Unterprozessen durch das abgedeckt, was am Ende als Gebäude- und Grundstücksbudget bekannt und nach einer komplizierten und sich ständig verändernden Formel unter den SLUZA-Partnern aufgeteilt wurde.

Was nichts an der Tatsache änderte, dass Dodge und eine Reihe der anderen alten Seelen auf so vielerlei Weise *einfach anders* waren, dass allein die Katalogisierung der Unterschiede für einen Wissenschaftler eine Lebensaufgabe dargestellt hätte. Bei ihnen war alles möglich. Allerdings waren sie so wenige, dass es wie eine falsche Zuweisung von Ressourcen erschien, diesen Seelen besonders viel Aufmerksamkeit zu schenken. Mit ihnen musste man fallweise verfahren.

Nun war das zugegebenermaßen dadurch ein wenig einfacher geworden, dass Dodge, die weitaus mächtigste von ihnen, gestorben war, um es in Ermangelung eines besseren Begriffs einmal so zu formulieren. Man konnte zwar keine Leiche vorweisen, aber er hatte alle seine Kapazitäten zurückgegeben, und seitdem war keine weitere abrechenbare Aktivität auf seinem Konto aufgetaucht. Sophia ihrerseits schien wechselweise da und nicht da zu sein. Es war schwer zu sagen, denn offenbar verfügte sie über trickreiche Möglichkeiten, ihre Aktivitäten zu verschleiern.

Unterdessen brachte der – mit Verna assoziierte – Mag-0-bis-2-Prozess, der in Sachen Ressourcenhunger an zweiter Stelle stand, zwei vollständig neue Prozesse von menschenähnlicher Komplexität hervor und verschwand dann vom Radar, wobei er sein Aktivitätsniveau auf kaum mehr als das einer typischen Seele reduzierte.

Vielleicht würde Verna ihren Verbrauch später wieder hochfahren. Und vielleicht würden ihre »Kinder« noch mehr Kinder erzeugen und so weiter, und diese würden eines Tages eine nicht mehr zu bewältigende Belastung für die Rechnerinfrastruktur in der Realwelt bedeuten. *Jetzt* aber stellte noch keins davon ein Problem dar. Der Verna-Prozess hatte so viele Interaktionen mit Gebäude und Grundstücken – dem gemeinsamen Konto für Simulation und Erhaltung der Geografie, Meteorologie und Biologie der Landform –, dass es sinnlos war, sie voneinander zu trennen. Aus buchhalterischer Sicht ließ sich Verna also am besten managen, indem man die Burn Rate von G & G im Blick behielt und auf seltsame Anstiege achtete. Was auch geschah. Und tatsächlich gab es seltsame Anstiege. Allerdings kamen und gingen sie schneller, als Menschen Meetings einberufen konnten, um darüber zu beraten, und sie schufen nie ein so großes Problem, dass eine Reaktion erforderlich gewesen wäre.

Von den ressourcenhungrigsten Prozessen waren also El und seine Crew gewissermaßen für sich selbst aufgekommen, indem parallel zu ihnen neues Mana auftauchte, das genau zu diesem Zweck von Els Unterstützungssystem in der Realwelt online gestellt worden war. Dodge gab es nicht mehr. Das Pantheon blieb unter sich und hatte keine problematischen Interaktionen mit anderen Seelen. Verna war dem üppigen Konto der G & G einverleibt worden. Sie war wie ein Buschfeuer, das mitten im Niemandsland verglomm.

Damit blieben noch verschiedene Mag-0-bis-2-Prozesse, rund hundert an der Zahl, die im Großen und Ganzen isoliert entstanden und gewachsen waren und sich am Ende in Körpern befanden, die eigenartige Formen, Größen und Fähigkeiten besaßen. Idiomorphe. Sie blieben auf der eigentlichen Landform, wo sie im Prinzip höchst problematisch werden konnten, wenn sie all die Fähigkeiten einsetzten, die sie in den wilden und verworrenen ersten Äonen erworben hatten. Doch das taten sie fast nie. Und als in der Realwelt Jahre, dann ein Jahrzehnt und in der Bitwelt erst Jahrzehnte, dann Jahrhunderte verstrichen waren, schälte sich unter den Ingenieuren von SLUZA ein Konsens heraus, der im JEESN-Konferenzbericht bestätigt wurde, aber nicht als offizielles Statut oder Regelwerk, sondern als Liste optimaler Vorgehensweisen. Soweit die Mag-0-bis-2-Idiomorphe betroffen waren, enthielt sie zwei Grundsätze.

Das *Algernon-Prinzip* alias das Oberste Gebot war lose an den hippokratischen Eid (»Erstens nicht schaden«) angelehnt, aber mehr noch an eine tragische/belehrende Science-Fiction-Geschichte von Daniel Keyes mit dem Titel »Blumen für Algernon«, in der ein geistig zurückgebliebener Mann zu Versuchszwecken am Gehirn operiert und dadurch vorübergehend in ein Genie verwandelt wird – die Wirkung des Eingriffs lässt jedoch nach, und man erkennt anhand seiner täglichen Tagebucheinträge den unausweichlichen Verfall seines Geistes: einen langsamen, qualvollen intellektuellen Tod. Niemand wollte Seelen, die in den frühen Tagen der Bitwelt umfangreiche Fähigkeiten und eine einzigartige Form von Intelligenz erworben hatten, so etwas antun. Die bloße Tatsache, dass sie kostspielig waren, rechtfertigte nicht, eine algernonartige Grausamkeit an ihnen zu begehen. So viele Idiomorphe gab es gar nicht, ihr gesamter Ressourcenverbrauch war eigentlich kein Problem, und es hatte sowieso den Anschein, dass sie gerade ihrer Seltsamkeit wegen nicht geneigt waren, viel mit »normalen« Seelen der Zeitalter von Mag 3 und höher zu tun zu haben.

Allerdings:

Das *Fenris-Prinzip* alias die Regel des Verrückten Gottes (auf die sich letztlich nie jemand berufen hatte) stellte sich einen Verrückten Gott vor und legte ein paar Faustregeln für den Umgang mit diesem fest (Fenris war ein Riesenwolf aus der nordischen Mythologie, der, so wurde prophezeit, eines Tages zurückkehren würde, um alles kaputtzumachen, und die Grundregel dieses Mythos lautete, dass die Götter daran nichts ändern konnten). Einem Verrückter-Gott-Szenario am nächsten gekommen waren sie, als Dodge den Bienenstock zerstörte und El ihn und das Pantheon hinauswarf. Die klassische hypothetische Frage zum Verrückten Gott lautete: Was, wenn El versuchte, das Gesetz der Schwerkraft aufzuheben? Das würde alles in der Bitwelt auf einmal betreffen: nicht nur G & G (Flüsse würden aufhören, bergab zu fließen etc.), sondern mit einem Schlag jede einzelne Seele (sie alle würden Felsen und sich selbst schweben sehen, ihre Wahrnehmungen und ihr Denken würden sich radikal verändern, sie würden miteinander darüber sprechen). Innerhalb weniger Sekunden würde der Ressourcenverbrauch um ein Vielfaches in die Höhe schnellen. Kühlsysteme würden überhitzen, Sicherungen herausfliegen; bis dahin unentdeckte Fehler würden sich bemerkbar machen. Das ganze System würde wahrscheinlich zusammenbrechen. Theoretisch könnte es wieder hochgefahren werden; praktisch würde niemand sich auch nur vorstellen wollen, was ein kalter Wiederanlauf zur Folge haben und ob er überhaupt funktionieren würde.

Daher bestand allgemeines Einverständnis darüber, dass Verrückte Götter daraufhin überprüft werden mussten, ob ihr Verhalten solche existenziellen Risiken erzeugte, und es gab Gremien und Arbeitsgruppen und vorläufige Positionspapiere, die bei der JEESN immer ein paar Zeitfenster im Programm und dazu Besprechungszimmer belegten. Sprach man aber Stunden später an der Bar mit einer der vermeintlich zuständigen Personen, gab sie unumwunden zu, dass sie von dem, was in einem solchen Fall passieren würde, so wenig wusste wie Vertreter der Zivilschutzbehörde im Kalten Krieg, die versuchten, für einen atomaren Weltkrieg zu planen.

So viel zu den problematischen Mag-0-bis-2-Prozessen. Als Enoch, die graue Eminenz unter den Leuten, deren Aufgabe es war, über diese Dinge nachzudenken, vorschlug, einfach die Hoffnung zu begraben, dass man diese seltsamen alten Seelen in ein systematisches Bild einfügen konnte, waren die meisten von ihnen überaus erleichtert und begeistert von der Aussicht, sich wieder in ein Projekt hineinzuknien, das wirklich eine gewisse Hoffnung auf Erfolg oder wenigstens erkennbaren Fortschritt barg: nämlich den Versuch, die weitaus zahlreicheren in letzter Zeit hochgeladenen Seelen und ihre Beziehung zu »Leben und Tod« oder, wie Enoch es genannt hatte, »Tod nach dem Tod« zu verstehen. Diese Seelen hatten so viel miteinander gemein, dass man zumindest einmal anfangen konnte, systematisch über sie nachzudenken. Sie alle verbrauchten ungefähr dieselbe Menge an Ressourcen. Ihre virtuellen Körper hatten etwa dieselbe Gestalt und Größe, und sie alle wirkten durch dieselben Arten von Interaktionen aufeinander und auf die unbelebten Dinge um sie herum ein.

Sie waren, wenn man es recht bedachte, getreue Abbilder – Reproduktionen – Ausführungen – der Körper, die Menschen in der Realwelt hatten, und der Art, wie diese Körper miteinander und mit der Welt in Beziehung traten.

Und das gab es nicht ohne Mortalität – oder wenigstens Morbidität. So bedeutete Nichtsterblichkeit – als philosophische Abstraktion wie auch als Leistungsmerkmal, das Dienstleister ihren Kunden anpriesen –, dass die eigene Seele, wenn etwas richtig schiefging, immer neu gestartet werden würde. Und es würde kein völliger Neuanfang sein. Erinnerungen, die im soeben zu

Ende gegangenen Leben im Jenseits angesammelt worden waren, würden nicht ausgelöscht werden. Man würde sich bemühen, einen kontinuierlichen Identitätsfaden zu bewahren, der das neue, gerade rebootete Leben mit dem verbinden würde, das durch den herabstürzenden Baum oder was auch immer abgeschnitten worden war.

Neben der Nichtsterblichkeit gehörten zu den weiteren großen Themen, mit denen die Weisen von SLUZA sich beschäftigten, die Morpho-Teleologie und die stufenweise Verkörperung.

»Morpho« bedeutete Form, und der Begriff »Teleologie« bezeichnete etwas, das vorherbestimmt, im Voraus festgelegt war, und wurde von Leuten, die glaubten, Dinge müssten sich von selbst und ohne Zwänge entwickeln, oft als Schreckenswort benutzt. In diesem Fall war damit gemeint, dass die Industrie im Grunde einen falschen Kurs eingeschlagen hatte, als sie anfing, den Rat der Neurologen zu befolgen, und zum Ganzkörperscan überging. Denn wenn man Nerven bis hinunter zu den Zehen scannte und Interaktionen der Darmflora mit den Zellen der Darmschleimhaut simulierte, dann würden sich die daraus resultierenden Prozesse in der Bitwelt *natürlich* erst vollständig fühlen, wenn sie digitale Zehen und digitale Mägen und alles dazwischen entwickelt hätten. Digitales Leben hatte das Potenzial, so viel mehr zu sein als das echte Leben, und dennoch gingen die Morpho-Teleologen es auf grundsätzlich fehlerhafte Weise an, die dafür sorgte, dass die Seelen der Bitwelt in einer kleinen, überfüllten und nicht sehr interessanten Ecke des Raums aller Möglichkeiten gefangen blieben. Sie konnten keine Götter oder Engel mehr werden.

Stufenweise Verkörperung war ein Lösungsvorschlag sowohl für (a) die Morpho-Teleologie als auch (b) die Tatsache, dass sich auf der Erde nicht schnell genug eine tragfähige Infrastruktur aufbauen ließ, um *auf der Stelle* jedem einzelnen toten Menschen einen vollständigen menschenähnlichen Körper und ein hübsches Stückchen Land in der Bitwelt zu geben. Den klaren Bach zu simulieren, der, fröhlich über Steine plätschernd, am eigenen Wohnsitz vorbeifloss, ganz zu schweigen vom Rauch, der aus dem eigenen Schornstein kam, war kostspielig. Bei Mag 7 war das machbar, ließ sich aber nicht schnell genug steigern, um mit der Sterberate Schritt zu halten. Tote konnten nach wie vor gescannt und die Scans natürlich auch archiviert – womöglich sogar als neue Prozesse hochgefahren – werden, aber ihnen dann noble Orte zum Wohnen mit hochwertigen Qualia zu geben war physisch nicht möglich und würde es vielleicht auf Jahrzehnte hinaus nicht sein – was, da Rechenzentren unter dieser ganzen Last in die Knie gingen, in der Bitwelt Jahrhunderten entsprechen könnte.

Oder man hätte einfach mit der Ausstattung, die man hatte, alles bei voller Auflösung booten können. Rein technisch würde das funktionieren. Allerdings würde die Zeitdichte-Relation sich auf ein Kriechen verlangsamen. In der Realwelt könnten sich die Berechnungen, die notwendig waren, um in Bitwelt-Zeit nur für ein paar Sekunden den plätschernden Bach und den wirbelnden Schornsteinrauch zu simulieren, über Jahre hinziehen. Was für eine Seele in der Bitwelt *überhaupt keinen Unterschied* ausmachen würde, da ihr Bewusstsein ja ebenfalls verlangsamt wäre. Und so würde sie die Qualia des Bachs, Rauchs etc. auf genau dieselbe Weise erleben, als wäre alles tausendmal schneller gelaufen. Aber für die Zuschauer, die mithilfe immer ausgefeilterer Versionen der Landform-Visualisierungs-Utility *von der Realwelt* aus die Bitwelt beobachteten, wäre es langweilig und frustrierend, so als versuchte man, über eine langsame Verbindung, die alle paar Sekunden stockte, um weitere Daten zu puffern, einen Film zu schauen. Die Folge davon wäre ein PR- und Marketingproblem, denn im Marketing-Sprech formuliert war das Zuschauen der ausschlaggebende Faktor für die Kundenakquisition. Und über diese nahm SLUZA Geld ein – mit dem man für mehr und schnellere Geräte zahlte.

Nach Meinung von Leuten auf Els Seite des großen Teichs war stufenweise Verkörperung die Lösung. Seelen konnten sofort in einer weitaus ressourcensparenderen Form gebootet werden, die in vielerlei Hinsicht Ähnlichkeit mit dem Bausch hatte. Der Originalbausch, der sich selbstständig entwickelt hatte, war sehr teuer gewesen und hatte viele unnötige Arbeitsabläufe mit sich gebracht. Els Ingenieure hatten jedoch eine Möglichkeit gefunden, ein ähnliches System zu schaffen, das weitaus effizienter war; so konnten die Seelen, statt die biologischen Vorgänge des Sprechens und Hörens zu simulieren, direkt kommunizieren. Eine vereinfachte Gestalt, die mittels Datenpaketen kommunizierte, entsprach vielleicht nicht der Vorstellung, die die meisten Kunden von sich selbst über die gesamte Ewigkeit hinweg hatten, aber es war besser, als tot zu sein, und es würde ihnen Gelegenheit geben, eine Zeit lang in einer Art fließendem, embryonalem, weniger als vollständig verkörpertem Schwebezustand zu existieren, in dem sie vielleicht schöpferische Alternativen zu dem Plan einer menschenähnlichen Einheitsgröße erforschen könnten, den die morpho-teleologischen Eliten ihnen aufzwangen. Der in Fruchtwasser schwimmende menschliche Fötus war noch kein gänzlich verwirklichter Mensch. Aber es war keine *schlechte* Existenz.

Groß war das Interesse von Maeve an Morpho-Teleologie und dem damit verbundenen Thema der Idiomorphe – Seelen, zumeist aus der Mag-0-bis-2-Ära, die nicht menschliche Formen hatten. Corvallis brauchte eine Weile, bis er verstand, *wie* groß, und zu dem Zeitpunkt war ihre Beziehung schon mehr oder minder zum Scheitern verurteilt, jedenfalls wenn man »Beziehung« als »alles, was auch nur entfernte Ähnlichkeit mit einer traditionellen Ehe hat«, definierte.

Maeve war immer verschlossen gewesen. Das einzige Mal, dass sie in jungen Jahren ihre Leidenschaft dem prüfenden Blick der Welt offenbart hatte, war anlässlich der Gründung von Thetix gewesen, die jedoch nicht gut gelaufen war und sie in ein zurückgezogenes Leben im Canyonlands Nationalpark rund um Moab getrieben hatte. Nachdem sie Corvallis kennengelernt hatte, hatte sie mehrere Jahre damit verbracht, als Blitzableiter für Hatespeech im Internet zu dienen, was in gewisser Weise faszinierend gewesen war – aber im Grunde war es eine passive Rolle gewesen, ein Stück Aktionskunst, deren ganzer Sinn darin bestand, ihre wahre Identität zu verwischen und eine Million Kilometer tief unter Fake News zu begraben. Jeder denkende Mensch, der sich mit diesem Spektakel beschäftigte, landete unwillkürlich bei der Frage: »Aber wer ist diese Person *wirklich*?« Insoweit als das Projekt erfolgreich gewesen war, hatte es ihre wahre Identität nur noch viel rätselhafter gemacht.

Unter diesem Schutz hatte sie mit Corvallis in einem seltsam normalen Vorstadt-Fußballmutter-Stil drei Kinder großgezogen. Sie hatten nie bewusst entschieden, dass er Vollzeit arbeiten würde und sie nicht; es hatte sich einfach in diese Richtung entwickelt. Unter Pseudonym hatte sie drei Jahre lang einen Blog mit dem Titel »Luxus-SUVs als Prothese« betrieben, in dem sie den Lebensstil der Elite-Mom kreativ in eine zentaurenartige Existenz uminterpretierte, bei der der eigene Körper und damit die Identität richtiggehend mit dem Fahrzeug verschmolz, in dem man mehrere Stunden am Tag zwischen verschiedenen kinderbezogenen Terminen im Verkehrsstau steckte oder in riesigen mehrgeschossigen Parkhäusern hinauf- oder hinunterkurvte und sich dabei in Podcasts vertiefte oder per bluetoothvermittelter Telepathie mit gleichgesinnten Personen in Kontakt stand. Sie war einem Erzählstrang aus der griechischen Mythologie nachgegangen, demzufolge Zentauren in manchen Fällen gütige, mit den Heilkünsten in Verbindung gebrachte Ernährer waren. Der Blog war geistreich, aber etwas zu schonungslos und scharfsinnig, um ein breites Publikum anzusprechen – zu ihrer besten Zeit hatte sie vielleicht zehntausend Follower, die allerdings, wenn ihre Kinder das Teenageralter erreichten, meistens wieder ausstiegen. Im Übrigen näherte sich die Ära der beeindruckend großen, glänzenden Luxus-SUVs ihrem Ende. So wie Tolkiens Elben vergingen und sich nach Westen aufmachten, so verschwanden sie in den Gebrauchtwarenmärkten, als viele Familien ihren Wagenpark verkleinerten, um auf Carsharing und dann auf vollkommen autonome Fahrzeuge, die allen und niemandem gehörten, zurückzugreifen. Daher hatte Maeve, als ihre und Corvallis' Kinder zwischen neun und zwölf Jahre alt waren, das Schreiben des Blogs eingestellt und war ein Jahrzehnt lang intellektuell/künstlerisch ins Dunkel abgetaucht.

Und dann waren die Kinder plötzlich aus dem Haus, und Maeve hatte wie ein sich entpuppender Schmetterling angefangen, etwas von dem zu entfalten, was sie in dieser Dunkelheit insgeheim aus sich gemacht hatte. Und vieles davon war selbst für Corvallis schwer zu erkennen. Seinen Ausgang nahm es in ihrer Identität als Amputierte und Benutzerin künstlicher Beine. Es wäre jedoch grob vereinfachend und herablassend zu behaupten, das wäre alles gewesen. Das Amputiertending war nur ein dünner Spalt, in den sie Jahrzehnte zuvor die Spitze einer intellektuellen Brechstange eingeführt hatte. Seither hatte sie sich damit abgemüht, hatte Podcasts gehört, Dissertationen heruntergeladen, verschiedene wissenschaftliche Tagungen besucht und bei der JEESN immer hinten im Raum gesessen, aufgepasst und Notizbücher mit kleiner ordentlicher Schrift gefüllt. Sie hatte jedoch noch keinen richtigen Angriffspunkt gehabt – ihr hatte die Hebelkraft gefehlt, die sie brauchte, um den Spalt mithilfe dieser Brechstange weit zu öffnen –, bis bei der JEESN die ersten Leute über Morpho-Teleologie, über Ganzkörperscannen »bis runter zu den Zehen« gesprochen hatten. Woraufhin sie angefangen hatte, die Beine hin und her zu schwenken und zu fragen: »Und was ist mit denen von uns, die keine Zehen haben?«

Viel später, als Maeve nicht mehr da war, versetzte sich C-plus in jene Zeit zurück und schaute Videos von Maeve an, in denen sie bei JEESN-Veranstaltungen während der Frage-und-Antwort-Zeit für Unruhe gesorgt hatte.

»Ich *verstehe*, worauf Sie hinauswollen«, beharrt sie bei der JEESN 4 gegenüber einem angesehenen, allerdings etwas begriffsstutzigen Neurologen, »aber wenn sich Ihr Denken durchsetzt und das System es erwartet, heißt das dann, dass ich in der Bitwelt keine Beine haben werde? Denn wenn Sie meinen Körper scannen, werden meine Zehen fehlen, oder? Mein Avatar wird keine haben, nehme ich an. Einmal amputiert, immer amputiert.«

»Verstanden«, sagt der Neurologe, »aber die Nerven, die zu Ihren Zehen führten, sind noch da. Sie sind an den Knien abgeschnitten, das schon. Aber oberhalb davon, wo sie mit den für die Motorik etc. zuständigen Teilen Ihres Gehirns zusammenhängen, bestehen die Verbindungen nach wie vor. Etwas atrophiert, vielleicht …«

»›Atrophie‹ ist ein Wort, das mir nicht gefällt«, unterbricht Maeve ihn. »Schauen Sie, unser Gehirn passt sich an. Meins hat sich daran angepasst, keine Unterschenkel mehr zu haben. Als Kind hatte ich noch Phantomschmerzen; jetzt habe ich keine mehr. Nennen Sie es Atrophie, wenn Sie wollen. Für mich ist es Plastizität. Anpassung. Wachstum. *Eutrophie.*«

»Nennen Sie es, wie Sie wollen«, sagt der Neurologe. »Diese Anpassung wird sich selbstverständlich in einem Scan Ihres Gehirns niederschlagen. Und als solche wird sie exakt simuliert werden, wenn ein auf diesem Scan basierender Prozess hochgeladen wird. Jenseits davon wissen wir, ehrlich gesagt, nicht viel. Weil wir immer noch nicht wissen, warum Seelen in der Bitwelt die Formen annehmen, die sie annehmen. Daher kann ich Ihnen einfach nicht sagen, was für eine Form Ihr simulierter Körper haben wird. Meine Hoffnung wäre, dass er zwei normale Unterschenkel entwickelt und lernt, sie zu benutzen.«

An dieser Stelle wendet sich Corvallis fast zusammenzuckend ab, denn er weiß, dass der Neurologe voll ins Fettnäpfchen getreten ist. Doch statt ihn fertigzumachen, reißt Maeve sich sichtlich zusammen und beschließt, ihn aufzuklären. Oder auch nicht. Vielleicht denkt sie nur laut – formuliert zum ersten Mal eine Reihe von Gedanken, die mindestens seit ihrem ersten gescheiterten Start-up in ihr reiften.

»Meine wäre es *nicht*«, sagt sie. Dann schlägt sie, vielleicht in der Erkenntnis, dass sie Gefahr läuft, als großmäulige Unruhestifterin abgeschrieben zu werden, einen anderen Kurs ein. »Oder sagen wir, ich würde mir mehr erhoffen als das, womit Sie sich wohlzufühlen scheinen. Und genau da möchte ich ansetzen. An Ihrem Wohlfühlbedürfnis. Warum es ist, wie es ist. Wie die Grenzen verwischt werden könnten. Dodge hat Flügel.«

»Was?!« Er gerät aus dem Gleichgewicht, kann den Gedankensprüngen nicht folgen.

»Dodge hat Flügel«, wiederholt sie. »Wir wissen nicht, wann er sie bekommen hat, denn als die LVU zum ersten Mal online gestellt wurde, hatte er sie bereits. Er und die anderen Mag-0-bis-2-Prozesse haben seltsame idiomorphe Körper. Manche haben gar keine. Sie wurden alle von Scans gebootet, deren Auflösung wir inzwischen als gering betrachten. Nur-Kopf-Scans – sie wurden alle richtiggehend geköpft, nicht wahr? *Das* nenne ich amputiert! Also mussten sie sich neue Körper wachsen lassen, die sie sich nach und nach ausdachten. Die neuen Prozesse dagegen beruhen auf besseren Scans – bis hinunter zu den Stümpfen –, und gleichzeitig sehen wir bei den Mag-3-bis-4-Prozessen in der Gestaltung ihrer Körper viel weniger Freiheit, viel weniger Kreativität, wenn Sie so wollen. Wie können wir diese Freiheit zurückgewinnen?«

»Die Freiheit … einen nicht menschlichen Körper zu haben?«

»Ja, ich will Flügel.«

Unruhig schielt der Neurologe von der Kamera weg. Jahre

später, beim Betrachten des Videos, weiß Corvallis genau, wem sein Blick gilt: zwei von Els Leuten, die schweigend dastehen und diese Unterhaltung mitverfolgen. Das macht ihn nervös, denn zu diesem Zeitpunkt weiß alle Welt, dass El in der Bitwelt geflügelte Seelen – Engel? – geschaffen hat. Das ist eins der Dinge, die unter regelmäßigen JEESN-Teilnehmern weithin bekannt sind. Die meisten dieser Leute reden darüber jedoch lieber hinter vorgehaltener Hand in Bars. Nur Maeve ist bereit, so indiskret zu sein.

»Auch das können wir nicht mit Gewissheit sagen. Ich stimme Ihnen zu, dass wir eine Korrelation zwischen Scans mit höherer Wiedergabetreue und einer eher konventionellen menschenähnlichen Morphologie beobachten. Bedeutet das aber, dass wir *bewusst* die Qualität der Scans herabsetzen sollten? Ich hätte große Bedenken, die sterblichen Überreste eines Kunden mit weniger als der besten uns möglichen Qualität zu scannen. Und wenn Sie diese Daten dann einmal haben? Sie müssen dem Prozess sämtliche Daten zur Verfügung stellen, Sie können nicht Informationen zurückhalten, nur weil Sie die vage Vermutung haben, dass dies dem Prozess die Freiheit geben würde, sich Flügel wachsen zu lassen.«

»Vergessen Sie das Wachsenlassen. Was, wenn die Flügel bereits da sind?«, fragt Maeve.

»Ich verstehe nicht, was Sie damit meinen.«

»*Neurologisch.* Was, wenn das Gehirn bereits so verschaltet ist, dass es ›weiß‹, es hat Flügel?«

»Fahren Sie fort. Denn, um ehrlich zu sein, dieses Gespräch macht Spaß und ist interessant, aber ich habe keine Ahnung, wohin es uns führt.«

»Mein Gehirn fing genauso an wie Ihres. Es dachte, es hätte Zehen. Dann wurden mir die Beine abgenommen. Anfangs litt ich unter Phantomschmerzen, aber dann kam mein Gehirn zu dem Schluss, dass ich keine Zehen hatte. Wenn ich morgen sterbe und gescannt und gebootet werde, ist es immer noch das, was mein simuliertes Gehirn erwarten wird.«

»Bis hierher folge ich Ihnen.«

»Was, wenn mein Gehirn nun aber Flügel erwartet?«

Dem Neurologen bleibt nichts anderes übrig, als resigniert die Hände zu heben und sich ein Lächeln abzuringen. Womit die Unterhaltung endet.

Danach fing Maeve jedoch an, ihr Gehirn darauf zu trainieren, Flügel zu erwarten.

Dass sie viel freie Zeit und viel Geld hatte, machte ihr die Sache leichter. VR-Systeme waren inzwischen ausgesprochen überzeugend geworden. Maeve heuerte ein Team von Programmierern sowie einen Aerodynamiker an, der sich auf den Vogelflug spezialisiert hatte, und in einer Zirkusschule unten am Boeing Field bauten sie ein System auf, in dem Maeve in einem Gurtgeschirr an einem Netz aus Kabeln hängen konnte, die sie einholten oder abrollen ließen, sodass Maeve durch den dreidimensionalen Raum bewegt wurde. Eine VR-Vorrichtung bedeckte ihre Augen und versorgte sie mit den entsprechenden Bildern – vor allem bewegten Bildern von imaginären Flügeln, die sie sehen konnte, wenn sie den Kopf zur einen oder anderen Seite drehte. In dieselbe Vorrichtung integriert waren Sensoren, die schwache Signale von ihrem Gehirn lasen. Jahre zuvor waren solche Systeme so weit vorangebracht worden, dass Tetraplegiker sie verwenden konnten, um nur über das Denken Rollstühle oder Robotergliedmaßen zu steuern, und natürlich hatte Maeve sämtliche vorhandenen Arbeiten über die Veränderungen gelesen, die im Gehirn der Patienten vor sich gingen, während sie diese Systeme immer besser beherrschten. Es gab Medikamente, die man nehmen, und Eingriffe, denen man sich unterziehen konnte, um die Neuroplastizität zu steigern. Sie probierte sie alle aus, was Auswirkungen auf ihre Persönlichkeit und auf ihre Ehe hatte, die für Corvallis, gelinde gesagt, eine Gelegenheit zu persönlichem

Wachstum darstellten. Als er sich beklagte, dass sie ein anderer Mensch würde, erinnerte sie ihn nicht sonderlich behutsam daran, dass genau das der Sinn dessen war, was sie da machte. Und dann sprudelte noch mehr in dieser Art aus ihr heraus. Er bekam einiges zu hören über ihre erste Begegnung in Moab, das erste Mal, dass sie Sex hatten, ihren lange unausgesprochenen Verdacht, dass etwas an dieser Begegnung ein bisschen merkwürdig gewesen war. Stand C-plus auf Amputierte? Das konnte er in aller Aufrichtigkeit verneinen. Aber auf eine hilflose Frau, die gerettet werden musste? Vielleicht.

Also zog er sich zurück und hörte auf, ihr seine Ansichten und Bedenken in Bezug auf das, was sie da tat, mitzuteilen. Es *war* faszinierend. Weit außerhalb der Grenzen sauberer, wissenschaftlich begutachteter Forschung. Eher so etwas wie ein Aktionskunstprojekt. Aber es gab ja durchaus ehrenwerte Beispiele dafür, dass die Kunst die Richtung wies und die Wissenschaft in ihrem Kielwasser segelte. Unter dem Deckmantel der Kunst konnte Maeve es so weit voranbringen, dass Wissenschaftler zumindest bereit waren, Demonstrationen bei den JEESN beizuwohnen, Maeve durch eine simulierte Umgebung »fliegen« zu sehen und sich die Datenvisualisierungen anzuschauen, in denen sie und ihr Team Daten zu dem präsentierten, was in ihrem Gehirn vor sich ging.

Els Leute schenkten dem Ganzen von Anfang an besondere Aufmerksamkeit. Mehr als einmal fand Maeve, wenn sie bei ihrer Recherche einen neuen Zweig eröffnete, Hinweise darauf, dass in Zelrijk-Aalberg ansässige Wissenschaftler dort bereits hingekommen waren. Was kaum verwunderte. Im Leben war Elmo Shepherd kein Freund von Morpho-Teleologie gewesen. Und im Tod war er umgeben von einer Heerschar von Engeln.

BUCH 2

TEIL 8

43

Im Garten lebten ein Junge und ein Mädchen. Außerdem Bäume und Blumen, Kräuter, Rankengewächse, Bienen, Vögel und allerlei sonstige Tiere. Andere ihrer Art gab es dort jedoch nicht. Auf drei Seiten wurde der Garten von einer senkrechten Steinmauer und auf der vierten von dem Palast begrenzt. Darüber war Himmel, wo tagsüber Wolken tanzten und in der Nacht Sterne ihre Kreise zogen. Unten war Erdreich, in das viele Arten von Pflanzen ihre Wurzeln trieben.

Tore und Türen in der Palastmauer öffneten sich von Zeit zu Zeit. Durch sie und durch Fenster, die in dieselbe Mauer eingelassen waren, konnten der Junge und das Mädchen manchmal in den Palast blicken. El lebte dort, ebenso wie Els Heerschar. Els Gestalt war wie die des Jungen und des Mädchens, nur größer und heller. Diejenigen, die zu Els Heerschar gehörten, waren ebenfalls hell, besaßen aber außerdem Flügel, die sie befähigten, wie Vögel über die Mauer zu fliegen.

Manchmal tauchte El oder einer von seiner Heerschar aus dem Palast im Garten auf und spazierte mit dem Jungen und dem Mädchen im Licht von Sonne oder Mond umher, und dann sprachen sie über die verschiedenen Dinge, die dort zu sehen waren: die vielen Arten von Pflanzen und Tieren, die verschiedenen Typen von Stein, Kristall und Metall, die Bewegungen der Himmelskörper über ihnen, das wechselnde Wetter und die Muster, die durch Wind, Wolken und Regen entstanden.

Eines Tages kam El aus dem Palast heraus und bat das Mädchen, für eine Weile in einen anderen Teil des Gartens zu gehen und sich dort auf eine ihr angemessen erscheinende Weise zu vergnügen. Dann wanderte er den ganzen Tag mit dem Jungen durch den Garten und fragte ihn dabei, was er von all den Dingen, die man dort sah, wusste und verstand. Der Junge sprach über die Unterschiede zwischen Bienen, Wespen und anderen Insektenarten und gab wieder, was er über deren verschiedene Methoden der Ernährung und des Nestbaus wusste. Ebenso beantwortete der Junge Els Fragen in Bezug auf die verschiedenen Arten von Bäumen, Tieren und so weiter. Diese Befragung dauerte, bis die Sonne tief am Himmel stand. Es begann bereits zu dämmern, da wollte El als Letztes wissen, ob der Junge seinerseits Fragen habe, die er gerne stellen würde.

Der Junge fragte nach der Steinmulde in der Mitte des Gartens, die anscheinend von einer Seele zu einem Zweck angelegt worden war, der nicht mehr verfolgt wurde; es passierte nämlich nichts anderes, als dass sie sich mit Regenwasser füllte und in eine Steinrinne überlief, die zur hinteren Gartenmauer gegenüber dem Palast führte, wo das Wasser durch ein Metallgitter und dann zu einem Ort jenseits davon floss, von dem der Junge und das Mädchen nichts wussten, außer dass von dort, wenn der Wind wehte, seufzende Geräusche ausgingen, als wüchsen dort viele Bäume. Im Herbst fiel Laub in diese Mulde, wurde schlaff und durchweicht und färbte das Wasser braun. Mit bloßen Händen schöpften der Junge und das Mädchen die Blätter heraus, damit das Wasser sich beim nächsten Regen wieder klärte. Doch der Zweck, dem der Bau der Steinmulde einstmals gedient hatte, war ihnen vollkommen unklar.

El lächelte und sagte dem Jungen, dies sei eine gute Frage und sie zeige eine Verbesserung seines Erinnerungs- und Denkvermögens. Diese Frage zu beantworten sei jetzt nicht der Moment, aber zu gegebener Zeit würden Antworten kommen. Dann legte

El dem Jungen nahe, schlafen zu gehen oder sich auf eine von ihm gewählte Weise zu vergnügen, und rief das Mädchen herbei.

Merkwürdig erschöpft von Els Befragung legte der Junge sich auf ein Bett aus weichem Gras und schlief bis zum nächsten Morgen. Sein Schlaf war allerdings voller Träume von solchen langen Gesprächen mit El im Garten.

Als er erwachte, nahte die Morgendämmerung, und das Mädchen stand da und blickte auf ihn herab. »Die ganze Nacht bin ich mit El durch den Garten spaziert«, sagte sie, »und habe viele Fragen beantwortet. Manche davon waren neu und zwangen mich, Dinge auf eine Weise zu betrachten, wie ich es bis dahin nie getan hatte, während andere mir vertraut vorkamen, so als hätte ich sie in der Vergangenheit schon viele Male beantwortet – auch wenn mein Gedächtnis keinerlei deutliche Erinnerungen daran enthält.«

»Und gerade eben, am Schluss eurer Unterhaltung«, sagte der Junge, »wollte El da von dir wissen, ob du Fragen an ihn hast?«

»Ja, wollte er«, antwortete das Mädchen. »Und ich habe ihn nach den Figuren gefragt, die wir in den Sternen wahrnehmen, und warum sie Ähnlichkeit mit den Formen gewisser Dinge im Garten hätten und ob sie von El oder irgendeiner anderen Seele so gemacht worden seien. Ich habe auch nach den roten Sternen gefragt, die in jenem Teil des Himmels so nah beieinander leuchten«, fügte sie hinzu und zeigte auf einen feuerroten Flecken, der in geringer Entfernung über der westlichen Gartenmauer hing und im Licht der Morgendämmerung allmählich verblasste.

»Und hat El Antworten auf deine Fragen gegeben?«, erkundigte sich der Junge.

»Nein, aber, wie mir schien, gefiel es ihm, dass ich sie gestellt hatte, und er sagte, Antworten würde ich später erhalten, wenn ich bereit wäre, solche Dinge zu verstehen.« Das Mädchen ließ sich auf dem Bett aus weichem Gras nieder, auf dem der Junge geschlafen hatte, stützte sich kurz auf die Ellbogen und legte sich dann hin.

»Du bist erschöpft von Els Fragen«, sagte der Junge, »so wie ich es war. Schlaf gut, und wenn du ausgeschlafen hast, können wir uns weiter unterhalten.«

Das Mädchen schlief, bis die Sonne hoch stand, und der Junge vertrieb sich die Stunden damit, in der Steinmulde zu spielen, Dinge aus Holzstückchen und Blättern zu basteln und zuzusehen, wie sie die Steinrinne entlang zu dem Gitter trieben, wo das Wasser an Schnelligkeit zunahm.

Als das Mädchen erwacht war, fragte sie ihn, was er mache, und er sprach von Vorstellungen, die sich in seinem Kopf bildeten, Vorstellungen davon, wohin solche schwimmenden Dinge treiben könnten, wenn sie erst einmal das Gitter nach draußen passiert hätten, vorausgesetzt, die Welt jenseits der Mauer sei dem Garten ähnlich. Er fragte das Mädchen, ob sie geträumt habe, und sie erzählte von vagen Erinnerungen, ähnlich seinen eigenen, an viele solcher Unterhaltungen zwischen ihr und El in der Vergangenheit.

»Das träumte mir auch«, sagte der Junge, »und es ließ mich an meinem Gedächtnis zweifeln und daran, ob es getreulich alles erfasst, was in der Zeit seit unserem ersten Entstehen hier im Garten geschehen ist.«

Das Mädchen nickte. »Es ist eigenartig, dass wir keine Erinnerung an diesen ersten Moment haben. Entweder sind wir schon ewig hier, oder wir wurden in einem Moment erschaffen, vor dem wir nicht existierten. Im einen wie im anderen Fall scheint es, als könnten wir uns auf unser Erinnerungsvermögen nicht vollständig verlassen.«

Darüber dachte der Junge eine Weile nach und sagte: »Es gibt noch eine dritte Möglichkeit, auf die das Wesen unserer Träume hindeutet, nämlich dass wir nicht nur ein Mal, sondern mehrmals erschaffen wurden, so viele Male oder noch mehr, wie die Sonne über dem Horizont aufgegangen ist.«

»Warum gibt es dann nicht viel mehr von unserer Art im Garten?«, fragte das Mädchen.

»Vielleicht fallen wir wie Blätter herab und hören auf zu sein und werden neu gemacht.«

Das Mädchen nickte. »In Els Gesicht meine ich Befriedigung über die Antworten, die ich gab, und die Fragen, die ich stellte, gesehen zu haben. Vielleicht sind wir etwas, das er von Zeit zu Zeit neu macht und dabei jedes Mal verbessert. Die sonderbaren Träume, die wir letzte Nacht hatten, sind Spuren von diesen früheren Mädchen und Jungen.«

»Es gibt eine Möglichkeit, wie wir die Richtigkeit dieses Gedankens beurteilen können«, sagte der Junge und zeigte auf den Boden zu Füßen des Mädchens. Dort war es wegen des Überlaufs des Springbrunnens matschig, und ihre Füße hatten dort mit jedem Schritt Abdrücke hinterlassen.

»Ich verstehe«, sagte das Mädchen. Hand in Hand gingen sie tiefer in den Garten hinein, um einen abgeschiedenen Ort zu suchen, wo das Erdreich weich und unbewachsen war, sodass sie darin ein Zeichen hinterlassen konnten, das erhalten bliebe, selbst wenn sie beide wie Blätter zu Boden fielen und neu gemacht würden.

Ihre Suche führte sie zu einer Ecke, an der zwei Mauern zusammentrafen. Wegen des Schattens wuchsen hier nur wenige Pflanzen. Daher war der Boden unbedeckt und, da die Sonne ihn nicht austrocknete, auch feucht.

Während sie sich darauf zubewegten, bückte sich der Junge und hob einen herabgefallenen Zweig auf. Um damit eine Markierung in den blanken Boden ritzen zu können, zerbrach er ihn über dem Knie.

Das Mädchen ging vor ihm her durch die letzten niederen Büsche zu der unbewachsenen Stelle in der Ecke.

Als er ihren überraschten Ausruf hörte, beeilte er sich, sie einzuholen; bei ihr angekommen sah er, dass sie den Blick erstaunt nach unten gerichtet hatte.

Dort waren in das Stück bloßer Erde zwischen vielen Fußabdrücken wie den ihren zahlreiche Markierungen eingeritzt worden. Dazwischen lagen viele weggeworfene zerbrochene Stöcke.

An einem schönen Herbstnachmittag betrat El den Garten und traf den Jungen und das Mädchen dabei an, wie sie Laub aus dem Springbrunnen entfernten. Er bat sie, sich auf die geschwungenen Steinbänke zu setzen, die den Springbrunnen einfassten. Dann sagte er ihnen, er sei sehr angetan von ihren Fortschritten. »Könntet ihr euch doch bloß an den Zustand erinnern, in dem ihr am Anfang in den Garten kamt, ihr würdet euch nicht wiedererkennen«, sagte er. »Damals habt ihr euch zu dem, was ihr jetzt seid, genauso verhalten wie Samen in einem Apfelkern zu diesem ausladenden Baum.« Und er hob die Hände und lenkte ihren Blick auf einen alten Apfelbaum über ihnen. »Damals wart ihr Säuglinge. Später wart ihr Junge und Mädchen. Heute, nach vielen Jahren, seid ihr Mann und Frau. Nie wieder soll euer Bewusstseinsfaden unterbrochen werden, außer wenn ihr euch schlafen legt. Eure Befragung durch mich und mehr noch die Fragen, die ihr seit geraumer Zeit in gleicher Weise an mich richtet, zeigen zu meiner Zufriedenheit, dass euer Intellekt und die Kohärenz eurer Seelen einen Grad an Vollkommenheit erlangt haben, der dem anderer ebenbürtig ist. Ihr dürft mich Vater nennen, so wie ich euch gerne meine geliebten Kinder nenne.«

Der Mann und die Frau schwiegen eine Weile, während sie über Els Worte nachdachten. Äpfel waren von dem Baum gefallen und lagen auf dem Boden. Die Frau hob einen auf, der weich geworden war. Sie zerquetschte ihn in der Hand. Ein Wurm fiel aus ihm heraus und landete zu ihren Füßen. Ohne ihn zu beachten, zerdrückte sie das Fruchtfleisch zwischen den Fingern, bis sie etwas Kleines, Hartes spürte, einem winzigen Stein ähnlich. Sie ging zum Springbrunnen, tauchte die Hand ein und bewegte sie so lange im Wasser, bis das weiche Fruchtfleisch abgewaschen war. Zurück blieb ein harter Kern, den sie in der hohlen Hand behielt. Die Wasseroberfläche glättete sich und wurde zu einem Spiegel, in dem sie ihr eigenes Gesicht, aber auch das des Mannes und des leuchtenden El sah, die sich genähert hatten, um ihr über die Schulter zu blicken. In Els Gesicht glaubte sie einen Ausdruck der Besorgnis oder Verwirrung wahrzunehmen, den sie zuvor nicht gesehen hatte. Dann schien ihm bewusst zu werden, dass er angeblickt wurde, und seine Miene veränderte sich wieder. »Meine Worte in Bezug auf die Apfelsamen haben deine Neugier geweckt und dich zu weiterem Nachforschen angeregt«, sagte er, »und genau so sollte es sein, denn Neugier und das Streben nach größerem Wissen sind Fähigkeiten, ohne die keine Frau und kein Mann als jemand gelten kann, der eine Seele hat.«

»Jeden Herbst verrotten die Äpfel auf dem Boden, und wir riechen ihren Duft«, sagte die Frau, »aber auf die harten Kerne in ihrer Mitte hatte ich keinen Gedanken verwendet, noch hatte ich verstanden, dass Äpfel den Anfang neuer Bäume in sich tragen.«

»Tatsächlich verhält es sich so«, bestätigte El, »und wenn du diesen Samen in die Erde legen würdest, könntest du ihn im Frühling zu einem kleinen Baum sprießen sehen.«

Darauf sagte der Mann: »Dasselbe gilt vermutlich für die anderen Pflanzenarten?«

»Sie erzeugen ihren Samen auf unterschiedliche Weise«, sagte El, »aber sie erzeugen alle welchen, und deswegen ist der Garten von Zeit zu Zeit verwuchert und muss vom Unkraut befreit werden.«

»Und gilt das auch für das, was jenseits der Mauer wächst?«, fragte der Mann. »Wenn der Wind weht, können wir es nämlich in vielen Ästen seufzen hören, und bei Sturm hören wir sie brechen.«

»Eure Wahrnehmungen sind sogar noch schärfer, als ich gehofft hatte«, sagte El, »und machen mich stolz.« Die Frau fand jedoch, dass El erneut Bestürzung ins Gesicht geschrieben stand.

»Warum wurden Pflanzen so gemacht, Vater?«, fragte der

Mann. »Warum wurden sie nicht so gemacht, dass sie nur bis zu einem gewissen Grad und nicht weiter wachsen? Warum produziert jeder Baum viele Äpfel und jeder Apfel viele Samen, wenn der Garten gar nicht genug Platz für mehr als ein paar Bäume bietet?«

Als El eine Zeit lang nicht antwortete, fragte ihn die Frau: »Vater, warum hast du das so gemacht?«

»Der Tag ist schon fortgeschritten, und ich habe im Palast noch Dinge zu erledigen«, sagte El. »Daher werde ich an einem anderen Tag wieder herkommen, und dann können wir derlei Gespräche fortführen.«

Am nächsten Tag erschien El wieder, begleitet von zwei Angehörigen seiner geflügelten Heerschar: Verteidiger von El, an dessen Hüfte ein glänzendes Schwert in einer Scheide hing, und Schreiberin von El mit einem Griffel in der Hand und einer Tafel auf dem Schoß. Die beiden gehörten zu den wichtigsten Angehörigen von Els Heerschar, und wenn der Mann und die Frau zur Brüstungsmauer hinauf- oder durch die Öffnungen des Palastes hindurchblickten, sahen sie El oft mit ihnen zusammen. Jetzt saßen die fünf um den Springbrunnen herum, El zwischen seinen beiden Engeln auf einer Bank und der Mann und die Frau nebeneinander auf dem Rand des Brunnenbeckens.

»Groß ist mein Stolz über die anhaltende Verbesserung des Wahrnehmungs- und Denkvermögens meiner Kinder und die guten Fragen, die sie mir stellen«, sagte El, worauf Verteidiger von El beifällig dreinschaute und Schreiberin von El ihren Griffel über die Tafel sausen ließ. »In letzter Zeit hatten viele eurer Fragen einen gemeinsamen roten Faden, nämlich die Frage nach den Ursprüngen dessen, was ihr um euch herum seht, und warum Dinge so und nicht anders sind. Wer schuf diesen Springbrunnen und zu welchem Zweck? Wer hängte die Sterne in den Himmel, und warum erinnern ihre Konstellationen oft an Dinge hier unten? Warum produzieren Pflanzen mehr Samen, als die

Erde zu tragen vermag? Das sind alles gute Fragen, die ihr, meine Kinder, mir zu stellen pflegt, als wäre ich derjenige, der die Welt so gemacht hat, mit all den Rätseln, Widersprüchen und, offen gesagt, Irrtümern, die euch aufgefallen sind. Und es ist vollkommen normal, dass ihr das annehmt, da ich die größte und mächtigste Seele bin, von der ihr Kenntnis habt. Dieses Treffen heute habe ich zusammen mit meinen allerwichtigsten und mir liebsten Stellvertretern anberaumt, um alle derartigen Fragen gewissermaßen auf einen Schlag zu beantworten, indem ich euch über gewisse vorgegebene Realitäten ins Bild setze, die nicht von mir gemacht wurden. Der Sachverhalt ist nämlich folgender: Bevor ich hier war und bevor Verteidiger von El und Schreiberin von El und die anderen von meiner Heerschar in das Land kamen, waren andere hier, die uns vorausgingen. Sie waren geringer als wir. Aber sie waren damals allein hier und hatten die alleinige Befugnis, Dinge zu erschaffen und das Land zu ordnen.«

»Ihr könnt sie euch als Betaversionen von dem, was wir sind, vorstellen«, warf Schreiberin von El ein, »die manche, aber nicht alle unsere Fähigkeiten und zudem verschiedene noch zu behebende Fehler hatten.«

»Es gab also einen Beta-El und einen Beta-Verteidiger-von-El und so weiter?«, fragte die Frau.

»Für den Zweck dieser Diskussion ist die Beschreibung ausreichend«, sagte El, während er eine Hand ausstreckte, um Verteidiger von El zurückzuhalten, der sich offenbar anschickte, einen Fehler in der Aussage der Frau zu korrigieren. »Für den Moment«, fuhr El fort, »lautet eine allgemeine Antwort auf die Arten von Fragen, die ihr beiden mir jüngst gestellt habt, dass die Welt geschaffen wurde, bevor ich hierherkam. Wenn ihr etwas seht, das falsch gemacht wurde oder keinen Sinn ergibt, liegt das nicht daran, dass ich es falsch gemacht hätte. Es liegt daran, dass Beta-El nicht wusste, was er tat, oder aber einen perversen Humor hatte, der ihn dazu veranlasste, Dinge so zu machen.«

»Warum bringst du dann das, was Beta-El falsch gemacht hat, nicht in Ordnung?«, fragte der Mann.

»Das ist eine lange Geschichte«, sagte El, »aber wenn bestimmte Aspekte der Welt einmal eingebaut sind, können sie nicht mehr ausgebaut werden – können nicht rückgängig gemacht oder entfernt werden, ohne dass wenigstens so viel Schaden angerichtet wie Gutes bewirkt wird. In einem weiteren Sinne, meine Kinder, seid jedoch ihr die Antwort auf die Frage.«

»Wir?!«, riefen der Mann und die Frau wie aus einem Mund.

»Ihr«, bestätigte El. »Das Land beheimatet weitaus mehr Seelen, als ihr kennt, von denen viele in den Davor-Zeiten beziehungsweise der Beta-Epoche herkamen. Andere fanden sich erst nach mir ein. Selbst die besten von ihnen sind redundant, ein Begriff, den ihr so verstehen könnt, dass sie schon lange da sind und viele eingebaute Eigenschaften von Beta- oder sogar Alphaversionen ihrer selbst haben.«

»Willst du damit sagen, dass es vor dem Beta sogar noch ein Alpha gab?«, rief der Mann aus.

»Es gibt die Redensart: ›Eine Schildkröte steht auf einer Schildkröte steht auf einer Schildkröte‹, die ihr nicht unbedingt verstehen müsst, die aber im Wesentlichen besagt, dass solcherlei Spekulationen müßig sind«, sagte El. »Worauf es ankommt, ist, dass ihr die ersten beiden Seelen seid, die ganz neu in diesem Land geschaffen wurden, ohne eine Spur dessen, was vorausging, außer einer gewissen notwendigen Gemeinsamkeit in der Organisation eures Denkens. Und bei eurer Entstehung sah ich, dass es gut war, und beschloss, euch als mein Eigen aufzuziehen und euch auf eine Weise besser zu machen und zu optimieren, die so weit wie möglich frei von alten Spuren war.«

»Wie wurden wir denn dann gemacht?«, fragte die Frau. »Die Art deiner Erzählung deutet ja darauf hin, dass du auf uns getroffen bist, als wir bereits gemacht oder im Prozess des Gemachtwerdens waren.«

El sagte: »Eine Analogie könnten hier die Samen liefern.« Doch sein Blick schien auf den Springbrunnen zu fallen.

»Von Beta-El gemachte Samen?«

»Sozusagen«, antwortete El und schien flüchtig zum Himmel zu blicken. »Das Erzeugen neuer Seelen ist keine Kleinigkeit, und wir werden es in diesem Gespräch nicht vollständig abhandeln können. Vielleicht sollten wir es so formulieren, dass die Beta-Götter, so stolz und primitiv sie auch gewesen sein mögen, ihre eigenen Unzulänglichkeiten erkannten und dass die Bedeutendsten unter ihnen sich im Dämmer ihrer Epoche nach besten Kräften bemühten, neue und bessere Seelen, frei von Beta oder Alpha, zu erzeugen. Und wenngleich ihre Bemühungen unvollkommen waren, habe ich die Ergebnisse durch lange und geduldige eigene Anstrengungen zu einem Mann und einer Frau weiterentwickelt, die nicht mehr wiederzuerkennen sind und die ich voller Stolz meine Kinder nenne. Vor euch liegt nun die Aufgabe, euch weiterhin selbst zu verbessern, indem ihr euer Denkvermögen verfeinert und anwendet; und wenn ihr mitunter zufällig auf eine merkwürdige Eigenschaft der Welt stoßt, die euch unsinnig erscheint, solltet ihr euch nicht mit verwirrenden Grübeleien darüber, warum das so ist, zur Verzweiflung bringen, sondern einfach wissen, dass das ein Fehler der Beta-Götter war, den ich aus dem erwähnten Grund nicht rückgängig zu machen beschloss …«

»Abwärtskompatibilität«, murmelte Schreiberin von El, während ihr Griffel über die Tafel tanzte.

»… und stattdessen solltet ihr eure gedanklichen Fähigkeiten der Überlegung widmen, wie das Land, um voranzukommen, noch perfekter organisiert werden kann. Andernfalls würdet ihr nämlich zulassen, dass euer Denken von den Irrtümern der Vergangenheit befleckt würde, was ganz entsetzlich wäre, denn dass ihr erzeugt und in diesem ummauerten Garten eingeschlossen wurdet, galt ja gerade dem Zweck, eine solche Befleckung zu vermeiden.«

Darauf folgte ein langes Schweigen, das der Mann beendete, indem er darauf hinwies, dass all das, was El gerade gesagt hatte, für sie neu war und dass er und die Frau wohl eine Weile brauchen würden, um es in vollem Umfang zu ermessen.

»Also gut«, sagte El. »Was du gerade gesagt hast, bringt mich aber noch auf etwas anderes. Dass du von ihr als ›die Frau‹ sprichst und du ihn ›der Mann‹ nennst, ist unpassend. Es ist an der Zeit, dass ihr Namen habt wie andere Seelen auch.«

»Was für Namen würdest du uns geben, o El?«, fragte die Frau.

Darüber dachte El unerwartet lange nach. »Es gibt Namen, die ich vorschlagen könnte«, sagte er schließlich, »aber sie würden alle irgendeine Spur dessen tragen, was vorher war. Ich habe euch schon gesagt, dass ihr nicht durch mich entstanden seid. Gebt euch selbst einen Namen, indem ihr Wörter wählt, die euch gefallen und bei häufiger Verwendung bequem auszusprechen sind. Eure Entscheidung ist nicht rückgängig zu machen. Teilt sie mir morgen mit, und ich und alle anderen Seelen werden euch hinfort bei diesen Namen nennen.«

Der Mann und die Frau dankten El und verabschiedeten sich von ihm und seinen Engeln, während diese sich durch das große Tor in den Palast zurückzogen.

In dieser Nacht schliefen sie nicht gut, sondern lagen wach und überdachten all das, was El ihnen zur Kenntnis gebracht hatte. Es war Vollmond, und der Wind wehte, wie er es im Spätherbst zu tun pflegte. Über die Mauern konnten sie das Rauschen des Geästs und zuweilen ein scharfes Knacken hören, wenn alte Zweige nachgaben und zu Boden fielen. Ebenso hörten sie die Stimmen von Kreaturen einer Art, die nicht im Garten lebte. Der Mann und die Frau hatten diese Kreaturen nicht gesehen, hörten sie aber von Zeit zu Zeit bei Vollmond singen. In dieser Nacht schienen es viele Stimmen zu sein – viel mehr als zwei. »Ich frage mich«, sagte die Frau, »warum es von unserer Sorte nur zwei gibt, dich und mich, während andere Arten von Kreaturen in größerer

Zahl existieren. Wie werden mehr von ihnen gemacht? Formt El oder einer seiner Engel sie und lässt sie dann jenseits der Mauer durch das Land streifen?«

»Vielleicht«, sagte der Mann. »Vielleicht besitzen solche Kreaturen aber auch die Fähigkeit, aus Samen mehr ihrer Art zu machen, so wie der Apfelbaum.«

»Werden solche Samen in die Erde gelegt, um zu sprießen? Wachsen die Tiere im Frühling aus der Erde, so wie Pflanzen?«

»Ich weiß es nicht und kann es nicht erraten«, sagte der Mann. »Vielleicht ist das auch eins dieser Geheimnisse aus der Davor-Zeit, die uns enthüllt werden, wenn wir bereit dazu sind.«

Sie sprachen überhaupt nicht über die Aufgabe, die El ihnen gestellt hatte. Doch als die Sonne aufgegangen war, gingen sie zum Springbrunnen und setzten sich auf den Rand der Steinmulde, um sich Namen zu überlegen. »Sohn von El« und »Tochter von El« waren insofern gut, als sie El Ehre erwiesen, aber falsch, da El sie hatte wissen lassen, dass sie in Wirklichkeit nicht durch ihn entstanden waren. Sie erwogen, sich nach Bäumen, Blumen oder Kreaturen des Gartens zu nennen, verwarfen diesen Gedanken jedoch, weil das zu Verwirrung führen würde. Danach versuchten sie, Klänge auf unterschiedliche, dem Ohr angenehme Weise zu kombinieren, und vertrieben sich so einen Teil des Vormittags.

»Mich hat niemand nach meiner Meinung gefragt«, sagte eine unbekannte Stimme, »aber ich habe eine Vorliebe für Adam und Eva. Ich vermute, das ist das Alpha in mir.«

Der Mann und die Frau blickten sich verwundert um, konnten aber nicht sehen, woher die Stimme kam. »Hier unten«, sagte sie, »auf dem Apfel.«

Die Frau bückte sich und hob einen Apfel vom Boden auf. Aus einem Loch an seiner Seite ragte ein kleiner Wurm heraus, ähnlich dem – vielleicht derselbe –, der tags zuvor aus einem faulen Apfel gefallen war. Er war nur einer von vielen Insekten-, Spinnen- und Wurmarten, die den Garten bevölkerten. Doch bisher hatten sie von keinem gewusst, der sprach. »Was bist du denn für eine Art Kreatur«, fragte sie, »die die Form eines Wurms, aber die Fähigkeiten einer Seele besitzt?«

»Das Land ist groß«, sagte der Wurm, »viel größer, als ihr wisst, und voller Dinge, die noch viel wundersamer sind als ein sprechender Wurm. Aber wenn ihr unbedingt eine Antwort haben müsst, ich bin eine alte Seele, die im Ersten Zeitalter über das Land ging und flog und Abenteuer durchlebte, die zu merkwürdig zum Erzählen sind. Manchmal wohne ich im Garten, und manchmal streife ich frei durchs Land oder begebe mich sogar in Reiche, die davon völlig verschieden und getrennt sind. Wenn ich mich hier im Garten aufhalte, bin ich mal ein Blatt, mal ein Vogel, mal eine Luftbewegung. Heute aber bin ich ein Wurm, weil ich Hunger habe und gerne das süße, leicht fermentierte Fruchtfleisch des Apfels genießen möchte.«

Die Frau wollte den Wurm um mehr Informationen über das Erste Zeitalter bitten, doch da sprach schon der Mann: »Essen ist nichts, was wir tun. Wir sehen andere Kreaturen Früchte und sonstige Pflanzenteile essen, und Vögel essen Insekten. Seelen wie wir haben weder ein Verlangen nach Essen, noch genießen wir es. Warum solltest du, der du die Fähigkeit besitzt, zwischen verschiedenen Gestalten zu wechseln oder ganz auf einen Körper zu verzichten, dich entschließen zu essen, als wärst du ein Käfer oder ein wildes Tier?«

»Weil es dem wilden Tier in mir gefällt«, sagte der Wurm und rülpste. »Ihr solltet es probieren. Nein, das nehme ich zurück. Es ist der fermentierte Geist in dem Apfel, der da spricht. Es würde zu grässlichen Komplikationen, radikalen Veränderungen in der Ordnung der Dinge kommen. Der Garten ist vollkommen, wie er ist. Oder wie er in Abwesenheit von Frühling sein kann.« Er wandte seine Knopfaugen dem Springbrunnen zu.

»Der Frühling wird zur rechten Zeit kommen, wie er das immer tut«, sagte der Mann. »Der Herbst ist noch nicht ganz vergangen, und bald werden wir Schnee fallen sehen.«

»Oh, ich meinte nicht die Jahreszeit, sondern die Seele. Spring, eure Mutter, deren Name sowohl Quelle als auch Frühling bedeutet.«

»Wir haben eine Mutter!?«, rief die Frau aus.

»Natürlich. Das ist der Lauf der Dinge. All die wilden Tiere, die ihr um euch herum seht, und alles, was ihr jenseits der Mauern hört, in denen El in seiner Weisheit euch eingeschlossen hat, entstammt einem Vater und einer Mutter. Da seid ihr nicht anders. Eure Mutter heißt Spring, und sie pflegte im sprudelnden Wasser dieses Springbrunnens zu wohnen. Dazu wurde er gemacht – um ihr als Wohnstatt zu dienen. Davor lebte sie in einem Hain gleich dort unten auf der anderen Seite dieser Mauer – ein Ort, an dem klares Wasser aus dem Boden hervorquoll und den Oberlauf eines gewaltigen Stroms bildete, der das Land über eine riesige Entfernung durchfloss.«

»Die Geschichten, die du erzählst, sind schier unglaublich«, sagte die Frau, »und dennoch hören sie sich irgendwie glaubhaft an. Ich möchte mehr über unsere Mutter hören.«

Der Mann hob eine Hand. »Genau wie ich. Es liegt in unserer Natur, dass wir mehr über unsere Entstehung wissen möchten. Mich macht es allerdings besorgt, von diesem formwandelnden Eindringling so schnell so viel zu erfahren.«

»Warum besorgt?«, fragte die Frau.

»Jeden Tag spazieren wir durch den Garten und unterhalten uns frei mit El selbst oder mit Angehörigen seiner Heerschar, die er dazu auserkoren hat, uns zu unterweisen und zu informieren«, sagte der Mann. »El selbst hat uns dafür gepriesen, dass wir so gut lernen, und uns die Titel Mann und Frau verliehen, was bedeutet, dass wir anderen Seelen ebenbürtig sind. Und dennoch wurden wir in einem nur wenige Minuten dauernden Gespräch mit diesem Wurm auf ein gewaltiges Ausmaß an Informationen über die Davor-Zeiten oder, wie er es nennen würde, das Erste Zeitalter, über Spring und die Lande jenseits der Mauer aufmerksam gemacht. Entweder der Wurm lügt, oder El hat uns Informationen vorenthalten.«

Der Wurm hob den vorderen Teil seines Körpers auf eine Weise, die, hätte er Arme gehabt, vielleicht ein Schulterzucken gewesen wäre. »Ich habe nicht die Macht, euch zu zwingen, das, was ich sage, zu glauben«, erklärte er in gleichmütigem Ton. »Und wenn ich sie hätte, würde ich darauf verzichten, sie auszuüben. Durch Zwang oder Betrügerei erlangte Zustimmung ist keine Zustimmung, sondern so etwas wie Sklaventum. Freie Geister sind die einzige Gesellschaft, in der zu sein sich lohnt. El hat in höchsten Tönen von der Qualität eures Denkens gesprochen, und ich sehe keinen Grund, ihm nicht beizupflichten. Mein Bauch ist voll mit dem süßen Fruchtfleisch des Apfels, und ich habe gute Lust, mich davonzuwinden und unter irgendeinem Blatt ein Nickerchen zu machen. Es steht euch frei, zu überdenken, was ich gesagt habe, und es gegen das Zeugnis eurer Sinne abzuwägen. Solltet ihr mehr dergleichen hören wollen, könnt ihr mich hin und wieder hier antreffen, wie ich von den Früchten dieses Baums esse.« Und mit diesen Worten hievte er seine hintere Hälfte aus dem Apfel und ließ sich auf den Boden fallen, wo er rasch unter roten Blättern verschwand.

Der Mann und die Frau saßen eine Weile verwundert da, er dem Palast und sie dem Springbrunnen zugewandt. Sie sprach als Erste: »Lange habe ich mich gefragt, warum der Springbrunnen gebaut und warum er dann verlassen worden ist. Weder El noch einer aus seiner Heerschar hat mir darauf je eine befriedigende Antwort gegeben. Jetzt erfahren wir, dass er die Wohnstatt unserer Mutter war, von der wir nichts wissen außer ihrem Namen.«

»Behauptet der Wurm«, sagte der Mann. »Und doch sehe ich, wenn ich zu den Fenstern des Palasts blicke, El und seine Engel, die immer unsere Lehrer und unsere Führer waren. Es bekümmert mich, mir vorzustellen, dass sie uns solche Dinge vorenthalten haben.«

»Aber El hat genau das zugegeben, als er sagte, er habe uns in diesen Garten eingeschlossen, um uns vor der Befleckung durch Beta und Alpha zu bewahren«, gab die Frau zu bedenken.

»Ja«, sagte der Mann, nachdem er sich auf Els Worte besonnen hatte. »Das hat er.«

»Unter allen Seelen wurden nur wir frei von dieser Befleckung geboren«, sagte die Frau. »Weshalb wir für El besser sind als andere.«

»Ja«, sagte der Mann, »nur aus Liebe zu uns und dem reinen Zustand, in dem wir geboren wurden, schließt El uns ein und schirmt uns von Informationen ab, die uns auf den Rang all derer erniedrigen würden, die im Ersten Zeitalter ins Land kamen.«

»Ich habe eine Idee, wie wir ihn in dieser Frage auf die Probe stellen können«, sagte die Frau.

Später kam El, wie zuvor, mit Verteidiger von El und Schreiberin von El in den Garten. Wie zuvor saßen sie um den Springbrunnen. El fragte sie, womit sie sich seit ihrem letzten Gespräch gedanklich beschäftigt hätten.

Der Mann sagte, Els flüchtiger Hinweis auf die Davor-Zeiten habe ihn sehr beschäftigt, und fragte, ob er und die Frau mehr über die Personen und Handlungen des Ersten Zeitalters hören könnten.

»Ich erinnere mich nicht, sie so genannt zu haben«, sagte El.

»Hast du auch nicht«, sagte Schreiberin von El, deren Hand rasch über die Tafel huschte.

»Aber egal, es ist ein geeigneter Name.«

»Welcher Name auch immer für dein Empfinden die Epoche der Beta-Götter am besten beschreibt«, sagte der Mann.

»Eigentlich ja Alpha«, warf die Frau ein.

»Wenn die Zeit von Beta-El das Erste Zeitalter genannt wird, dann ist die Alpha-Zeit so etwas wie das Nullte Zeitalter, über das man am besten so wenig wie möglich sagt«, bemerkte El. »Und über das Erste Zeitalter bin ich nicht gewillt, mehr zu sagen als in unserer vorigen Unterhaltung. Habe ich nicht bereits erklärt, warum es am besten ist, dass ihr, meine Kinder, gegen solche Einflüsse abgeschottet werdet? Andernfalls hätte es wenig Sinn gehabt, euch zu erzeugen und mit solcher Sorgfalt aufzuziehen.«

»Wie du willst, El«, sagte der Mann. »Wer immer uns machte, hat uns mit Neugier ausgestattet – eine Fähigkeit, die du gerühmt hast, wenn wir sie in der Vergangenheit an den Tag legten.«

»Tatsächlich ist sie eine gute Sache, ohne die euer Denken sich nicht entwickeln kann.«

»Vielleicht kann man uns dann ja unsere Neugier in Bezug auf unsere Entstehung nachsehen.«

»Nachsehen, ja. Nicht aber befriedigen. Eure Neugier in diesem Punkt vollständig zu befriedigen würde bedeuten, dass die Anstrengungen, euch zu machen, verschwendet wären.«

»Na gut«, sagte der Mann.

»Es gibt nichts aus dem Nullten oder Ersten Zeitalter, das für euch in diesem, dem Zweiten Zeitalter, von Nutzen wäre.«

»Wie du meinst, El«, sagte die Frau.

»Was für euch von Nutzen wäre, sind Namen«, sagte El. »Seid ihr zu irgendeiner Entscheidung darüber gekommen, wie ihr genannt werden möchtet?«

Ehe der Mann antworten konnte, sagte die Frau: »Ja. Er möchte gerne Adam genannt werden, und mir gefällt der Klang von Eva.«

Els darauf folgendes Schweigen war sehr lang. Nach einer Weile drehte er sich zu Verteidiger von El um, und viel ging durch ihre Auren zwischen ihnen hin und her, ohne dass Worte fielen. Verteidiger von El sprang auf die Bank, breitete die Flügel aus und flog zu dem hohen Wachturm, wo er und andere Schwert tragende Engel wohnten und das Land und die Himmel überwachten.

»Woher kamen diese Namen, Adam und Eva?«, fragte El, und wenn sein Gesicht und seine Stimme auch wie immer ruhig wirkten, so war seine Aura in ein wildes Feuerwerk wirbelnder Farbe ausgebrochen.

Adam machte den Mund auf, um etwas zu sagen, als Eva ihn mit einer Hand auf seinem Arm zurückhielt. »Sie kamen mir in einem Traum. Glaube ich jedenfalls, denn heute Morgen wurde ich wach, und siehe, da waren sie in meinem Kopf.«

»Die Namen wurden euch nicht von einer anderen Seele gesagt oder eingegeben?«, fragte El. Über ihm erklangen Hörner von den Zinnen des Wachturms, und Licht blitzte in den Fenstern auf, als glänzende Schwerter gezogen wurden.

»Wir leben im Garten«, gab Eva zu bedenken.

»Es könnte sein«, sagte El, »dass diese Namen – die, das muss ich euch sagen, sehr alte Namen aus dem Nullten Zeitalter sind – als Überreste derer, die euch gemacht haben, schon lange in euch vorhanden waren. Verirrte Erinnerungen, die im Augenblick eurer Erschaffung in eure Seelen übergegangen sind und dort schlummerten, bis sie durch meine Frage wachgerüttelt wurden. Wenn dem so sein sollte, wäre das bedauerlich, aber man könnte nichts daran ändern.«

El fuhr fort: »Es ist auch möglich, dass der eine oder andere meiner Engel die Namen Adam und Eva in eurer Hörweite erwähnt hat und die Wörter so in euren Geist gelangten, vielleicht sogar, während ihr geschlafen habt. Wenn das der Fall ist, dann soll es so sein, und ich werde meine Heerschar ermahnen, künftig diskreter zu sein.«

Und weiter sagte er: »Aber die dritte Möglichkeit, die mich außerordentlich beunruhigt, ist die, dass es sich hier um eine Verschwörung der Alten handelt – der Beta-Götter, die im Ersten Zeitalter über das Land herrschten. Vor langer Zeit habe ich sie vertrieben, aber sie versuchen immer wieder zurückzukehren.« Hinter El konnten Adam und Eva nun Tausende von Engeln sehen, die, ihre funkelnden Schwerter schwingend, in Staffelformationen oben aus dem Wachturm hervorschossen und sich in die vier Winde zerstreuten. »Groß ist der Eifer meiner Engel und furchterregend ihre Macht. Doch der Alte ist gewieft und hat vielleicht Hintertüren, von denen ich nichts wissen kann. Falls ihr im Garten irgendeine unbekannte Seele seht, vor allem in Gestalt einer geflügelten Kreatur, dunkel und entstellt, schlagt Alarm.«

»Etwas Derartiges haben wir nicht gesehen«, sagte Eva.

»Das ist beruhigend«, sagte El. »Jetzt muss ich einem Kriegsrat beiwohnen, den Verteidiger von El gerade im Wachturm einberuft.« Und wie ein überstürzter Sonnenaufgang schwang sich El in die Höhe.

»Wurm, weißt du etwas über den Alten?«, fragte Adam, als sie den Besucher das nächste Mal zufällig auf einem Apfel sitzen sahen. Der Palast war in Aufruhr gewesen. Engelsgeschwader rasten immer noch durch den Himmel über dem Garten, und andere waren, den Blick nach außen gerichtet, auf den Mauern postiert worden.

»Ich habe kein Geheimnis daraus gemacht, dass ich alt bin, älter als El«, sagte der Wurm. »Dasselbe gilt für viele andere Seelen. Hat El eine Beschreibung geliefert?«

»Wie ein großer Engel, aber dunkler und entstellt.«

»Ich werde die Augen offen halten«, sagte der Wurm.

»Wie kommt es, dass weder El noch irgendeiner aus seiner wachsamen Heerschar weiß, dass du hier bist?«, fragte Eva.

»Ich bin klein.«

»Sie haben die Macht, Dinge zu sehen, die klein oder versteckt sind«, sagte Adam.

»Ihre Macht ist beachtlich, aber nicht grenzenlos.«

»Du wendest also eine List an, um ihr Sehvermögen zu täuschen«, sagte Adam.

»Ich entscheide mich zu gehen, wohin ich will und wann ich

will«, sagte der Wurm sanft. »Ich fühle mich nicht dazu verpflichtet, El über mein Tun und Lassen zu informieren oder seine Erlaubnis einzuholen. Dieser Garten hier gehört ihm nicht mehr als Spring.«

»Erzähl uns mehr von Spring«, sagte Eva. »Ich möchte ihre Geschichte kennenlernen, selbst wenn es, wie ich fürchte, eine traurige ist.«

»Sie ist nicht nur traurig«, sagte der Wurm. »Spring war die Urheberin alles neuen Lebens im Ersten Zeitalter. Bevor sie ihre volle Kraft erlangte, existierten lebendige Dinge in dem Land, aber sie besaßen nicht die Fähigkeit, mehr von ihrer eigenen Art zu machen. Sie waren allesamt Pflanzen. Es gab keine Insekten, Vögel oder größeren Tiere. Es war Spring, die den Apfelbaum zum Blühen und zum Tragen von mit Samen schwangeren Früchten brachte. Zusammen mit Thingor war sie eine Göttin dieses Zeitalters, sie formte Kreaturen, die sich umherbewegen konnten: zuerst Bienen, dann Vögel und später vierbeinige Tiere. Auch besaßen sie alle die Fähigkeit, mehr von ihrer eigenen Art zu machen: manche, indem sie Samen erzeugten, andere durch das Legen von Eiern, wieder andere, indem sie sich paarten, männlich mit weiblich, und die Organe zusammenbrachten, die am besten dazu geeignet waren, Vergnügen zu bereiten. Als ihr größtes Werk begann sie schließlich, euch, Adam und Eva, in sich reifen zu lassen.«

Eva lauschte andächtig, gespannt auf die nächste Wendung in der Geschichte. Sie blickte zu Adam. Doch irgendein Detail in der Erzählung des Wurms hatte bewirkt, dass sich Adam vom Anblick seines Penis ablenken ließ.

»Allein?«, fragte Adam. »Oder mehr im Stil der großen Tiere?«

»Ihr seid nicht aus einer Jungfrau hervorgegangen«, sagte der Wurm.

»Was ist eine Jungfrau?«, wollte Eva wissen.

»Du bist eine«, sagte der Wurm. »Was ich meine, ist, dass ihr

Abkömmlinge einer Mutter und eines Vaters seid, die nach Art der Tiere zusammenkamen.«

»Wer ist unser Vater?«, fragte Adam.

»Beta-El. Egdod. Der größte Gott des Ersten Zeitalters. Just am Ausgang dieses Zeitalters wurdet ihr in die Welt geboren, nicht lange nachdem er und die übrigen alten Götter von El gestürzt worden waren. Doch für El wart ihr wichtiger als alles andere im Land, und so bestand seine erste Maßnahme nach der Eroberung des Palasts darin, Spring mit einer Engelwache zu umgeben. In der Sicherheit des ummauerten Gartens vollendete sie ihr Werk eurer Erschaffung. Doch sie vermisste die Gesellschaft der Alten und sehnte sich danach, durchs Land zu streifen. Als sie sah, dass ihr bei El gut aufgehoben wart, verwandelte sie ihre Gestalt eines Tages in eine Strömung und lief aus diesem Springbrunnen unter der Mauer hindurch zu ihrem heiligen Hain gleich da unten und von dort hinaus ins offene Land, wo sie nach wie vor umherstreift und Leben erschafft, wo auch immer sie sich dafür entscheidet. Wenn der Winter kommt und die Quelle einfriert, fällt sie in eine Art Schlummer, in dem sie kein neues Leben schafft, sondern die Trennung von euch, ihren Kindern, beweint. Mit dem Wechsel der Jahreszeiten erwacht sie wieder und macht sich von Neuem an ihre Arbeit.«

Adam machte den Mund auf, um weitere Fragen über Spring zu stellen, doch in diesem Augenblick wand sich der Wurm aus dem Apfel, fiel zu Boden und begann, sich auf ein nahe gelegenes Unterholz zuzubewegen. Eine Wärme wie die der Sonne schien ihnen in den Nacken, und für einen Moment blendete sie das Licht, als Verteidiger von El, ein Feuerschwert schwingend, ganz in der Nähe landete. Er hob das Schwert hoch über den Kopf und ließ es auf den Wurm niedersausen. Wie ein Blitz beim Gewitter stieß die Waffe herab und sprengte eine rauchende Furche in den Boden, womit sie nicht nur den Wurm, sondern alles in dessen Nähe vernichtete.

»Mit wem habt ihr gerade gesprochen?«, fragte Verteidiger von El. »Es schien, als hättet ihr Worte mit einer anderen Seele gewechselt, einer, die kein Recht auf einen Platz in diesem Garten hat.«

Adam streckte eine Hand aus, um sie beschwichtigend auf Evas Unterarm zu legen, doch sie schüttelte ihn ab und antwortete ohne Umschweife: »Das taten wir auch, und sie erzählte uns vom Ersten Zeitalter und von den Beta-Göttern und von unserem Vater, Beta-El, der gestürzt wurde, und unserer Mutter, Spring, die uns hervorbrachte und dann aus den Grenzen dieses Gartens floh, um nach Belieben im Land umherzustreifen.«

Verteidiger von El antwortete nicht mit Worten, sondern breitete die Flügel aus, schlug einmal damit, schwang sich in die Luft und flog zum höchsten Turm des Palasts, von dessen Zinnen aus seine Wachen das Land überblickten. Bald hatten Trompetenstöße die Engelsgeschwader zum Palast zurückgerufen. Am Himmel kehrte Ruhe ein, und mit dem Abend kam die Dunkelheit. Die Luft kühlte sich ab. Und vielleicht war es nur ihre Einbildung oder ihre Furcht vor Els Zorn, aber Adam und Eva spürten die Kälte mehr als sonst und rückten auf der Bank näher zusammen, damit ihre Form besser die Wärme der anderen spüren konnte. Dabei wurde Adam zusehends durch seinen lang und steif gewordenen Penis abgelenkt.

»Warum macht er das?«, fragte Eva.

»Das ist etwas, was ab und zu passiert«, sagte Adam. »Und wenn es passiert, beglückt es mich, ihn zu berühren.«

»Dann muss er das Organ sein, von dem der Wurm gesprochen hat«, sagte Eva, »und jetzt, wo du es erwähnst, merke ich, dass ich auch entsprechende Stellen habe, weniger auffällig als dieses Ding da, aber, wie ich glaube, nicht weniger imstande, Vergnügen hervorzurufen.«

»Da kommt mir in den Sinn«, sagte Adam, »wenn du und ich …«

Doch bevor er seinen Gedanken zu Ende führen konnte, hörten sie Schritte kommen, und als sie aufblickten, sahen sie El, der sich vom Palast her genähert hatte. Sein Blick, der auf Adams Penis gerichtet war, ließ diesen schrumpfen und zu seiner gewohnten Form zurückkehren.

»Wie ich sehe, hat der Alte nichts dem Zufall überlassen«, bemerkte El. »Also gut. Ich habe euch bereits mehrfach neu gestartet. Für mich spricht nichts dagegen, es ein weiteres Mal zu tun.«

Dann erhob El die Hand gegen sie. Adam und Eva rückten noch näher zusammen. Adam legte Eva den Arm um die Schulter und zog sie noch näher an sich. Obwohl keiner von beiden irgendeine Erinnerung daran hatte, spürten sie im selben Augenblick, dass es nicht das erste Mal war, dass El so die Hand gegen sie erhob und sie im nächsten Moment beide vernichtet und von Neuem ins Dasein gebracht werden würden.

Adam hob selbst die Hand, als könnte er sich und Eva so vor der Vernichtung schützen. »Halt ein«, sagte er. »Ich bitte dich darum, El.«

Ohne die Hand zu senken oder irgendetwas anderes zu tun, starrte El die beiden an, während seine Aura bisher unbekannte Emotionen offenbarte.

»Wir wissen, was jetzt kommt«, sagte Eva. »Und dass du die Macht hast, es zu tun, ja sogar, uns vollständig zu zerstören, wenn es dir beliebt. Solltest du aber diese Macht einsetzen, dann musst du wissen, dass du es gegen unseren Willen getan haben wirst.«

El senkte die Hand und stand eine Weile da, um sich zu sammeln, jedenfalls hatte es vom Verhalten seiner Aura her den Anschein, denn sie fand erst nach geraumer Zeit zu einer geordneteren Form zurück. Als er wieder sprach, tat er es in ruhigem, aber hart klingendem Ton. »Ihr seid ein Fehler«, verkündete er. »Und wie ich jetzt sehe, wart ihr das von Beginn an, schon als Spring euch hervorbrachte. Sie mag sich entschieden haben, ganz neu anzufangen, indem sie Seelen ohne jede Verbindung zur

Alpha-Welt formte, ohne dass sie etwas von deren Schwächen, Denkgewohnheiten oder Merkwürdigkeiten in der Form erbten, die im Nullten Zeitalter – als Seelen verkörpert waren – eine wesentliche Rolle bei der Hervorbringung neuer Seelen spielten, hier jedoch geradezu widernatürlich nutzlos sind.« Wie es schien, betrachtete El dabei Adams Penis, sein Blick glitt jedoch auch über Evas Brüste. Währenddessen schien ein eisiger Lufthauch durch den Garten zu wehen, der Adams Penis noch weiter schrumpfen ließ und Eva eine Gänsehaut auf Busen und Schultern verursachte, worauf sie sich noch enger an Adam drückte und ihm eine Hand auf die Brust legte.

»Ich kann Spring ihren Fehler nicht zum Vorwurf machen«, räumte El ein. »Die Götter des Ersten Zeitalters, Beta-El und die anderen, wurden falsch erzeugt. Sie waren ein Experiment, das nicht so sehr schiefging, als vielmehr von vornherein nicht richtig durchdacht worden war. Als sie sich lebendig und mit einem Bewusstsein versehen in einer Welt ohne Form und Ordnung wiederfanden und ihnen Erinnerungen fehlten, die Weisheit vermittelt hätten, formten sie das Land auf eine ihnen passend erscheinende Weise. Das bedeutete unweigerlich, dass sie blindlings das nachahmten, wovon sie aus der Alpha-Welt noch verschwommene Eindrücke hatten. Dieses erste blinde Herumtasten rief neue Erinnerungen hervor, und so schufen sie im Verlauf vieler Jahre, in denen ich durch andere Dinge abgelenkt war, ein Land, das nur etwas weniger unvollkommen war als das, aus dem sie durch die Tore des Todes entkommen waren. Und dieses Land erwartete mich, als auch ich dieses Tor durchschritt. Die größte Errungenschaft dieses Ersten Zeitalters wart ihr, die ihr euch in blinder und törichter Huldigung an einen unglaubwürdigen Mythos der Alpha-Welt Adam und Eva nennt.« Seufzend hielt El kurz inne. Der Wind frischte auf und wurde kälter. »Ja«, gab El zu, »viele Male habe ich so die Hand erhoben und euch neu gemacht, wieder und wieder das Programm rebootet, das Spring erzeugt hatte. Aus Respekt vor ihrer Arbeit nahm ich keine Änderungen am Quellcode vor, sondern justierte nur die Ausgangsbedingungen und versuchte, euer Wachstum durch Umwelt- im Gegensatz zu Anlagefaktoren zu beeinflussen – was bedeutete, euch in einem ummauerten Garten zu schützen und eurer Denken nicht durch Wissen aus den Alpha- und Beta-Welten zu stören, die für gebürtige Seelen des Zweiten Zeitalters praktisch nutzlos und von wenig Interesse sein dürften. Die Häufigkeit, mit der ich euch rebooten musste, hätte mich schon früher auf den Gedanken bringen müssen, dass das vergebliche Mühe war. Ich verspürte jedoch eine Verantwortung gegenüber den unschuldigen Erzeugnissen der Beta-Götter und versuchte immer, alles, was besonders schön oder vielversprechend war, zu bewahren und zu beschützen. Und die meisten meiner Bemühungen richteten sich auf die Schaffung ganz und gar neuer Arten von Seelen. Daher habe ich bis zu diesem Moment nicht meine ganze Aufmerksamkeit und Bearbeitungskapazität auf das Problem gerichtet, das sich buchstäblich in meinem Hinterhof entwickelte. Jetzt aber liegt alles offen da, und ich sehe deutlich, was ich tun sollte. Ein weiteres Rebooten von Springs Werk wird nur zu ähnlichen oder schlechteren Ergebnissen führen. Und ihr habt mich nun ja ohnehin gebeten, keine derartige Maßnahme zu ergreifen.

Euch zu vernichten wäre Mord. Euch im Garten eingesperrt zu halten ist zu dem ermüdenden Versuch geworden, euch von Wissen abzuschirmen, von dem ihr glaubt, es erlangen zu wollen, und mit dem der Alte oder seine Lakaien, wie es jetzt den Anschein hat, euch aktiv versorgen. Also geht ins Land hinaus, aber nicht zum vorderen Ausgang« – und hier deutete El auf die Rückseite des Palasts mit seinen vielen hell erleuchteten Fenstern – »den ich so hergerichtet habe, wie er sein sollte, sondern durch den hinteren« – mit der anderen Hand zeigte El auf die Gartenmauer – »den ich so gelassen habe, wie Beta-El ihn formte, so wild und ungestalt wie die Wildnis der Alpha-Welt, die in den Trümmern und dem Wirrwarr seiner Erinnerungen lauerte. Schaut euch von innen an, was er gemacht hat, und betrachtet meine Werke von außen, und dann urteilt beide in eurer ganzen Weisheit und Klugheit, was davon größer ist.«

Mit einer kurzen Handbewegung schleuderte El eine sich auftürmende Welle von Chaos in Richtung Gartenmauer, auf der sie umschlug; dabei riss sie einen so großen Abschnitt davon nieder, dass Adam und Eva nebeneinander durch die entstandene Öffnung gehen konnten, und verstreute die Trümmer ein ganzes Stück in den jenseits gelegenen Wald, so als wären sie die Überbleibsel einer alten Straße.

Darauf setzten Adam und Eva wenig später ihre nackten Füße und fanden unsicheren und unangenehmen Halt auf den schartigen Oberflächen zerborstener Steine, die sich unter ihren Fußsohlen wie die harte Verkörperung des Chaos selbst anfühlten.

Sie waren noch nicht weit gegangen, da endete der Weg aus zerbrochenen Steinen am Rand eines Abgrunds, der tiefer, als sie begreifen konnten, senkrecht abfiel. Meilenweit unter ihnen – weiter, als sie je hatten sehen können, waren sie doch immer auf den Garten innerhalb der Mauer beschränkt gewesen – lag eine Wolkenschicht, matt schimmerndes Silber im Licht von Mond und Sternen, über dem Land und verbarg es vor ihrem Blick. Die Weite dieses Schauspiels ließ sie eine Weile sprachlos und wie angewurzelt verharren. Zu vermuten, dass eine ausgedehntere Welt jenseits der Mauer existierte, war das eine, sie wirklich zu sehen, das andere.

Hinter ihnen befanden sich, durch die grobe Öffnung in der Mauer sichtbar, die leuchtenden Türme des Palasts. Bis kurz zuvor hatten die beiden sie für hoch gehalten. Jetzt verstanden sie, dass der Palast mit seiner ganzen Anlage ein winziges Samenkorn auf einer Fingerspitze war: einer mitten im Land hochgezogenen Steinsäule, auf eine Höhe über ihrem Fundament emporgetürmt, die zu ermessen ihre Augen nie die Fähigkeit entwickelt hatten und für die ihr Denkvermögen keinen Vergleich hatte. Vom Fuß dieser Säule aus erstreckte sich das Land, so weit ihre Blicke reichten, und schien am Horizont mit dem Gewölbe des dunklen und sternenbedeckten Himmels zusammenzutreffen. Manche Teile des Landes verschwanden unter flauschigen Wolkendecken, andere dagegen waren dem Himmel ausgesetzt, und ihre Seen und Flüsse funkelten vom sich spiegelnden Sternenlicht. Gebirge hoben kleine Wellen und Kronen aus weißem Eis über die Wolkenschicht hinaus, und diese schienen von innen zu glühen, so hell warfen sie das Mondlicht zurück. An einer Stelle waren vier Bergketten ineinander verschlungen, so als rängen sie darum, wer am höchsten hinaufkam, aber selbst die höchste von ihnen wurde noch überragt von einem Wolkenturm, der durch flackerndes blaues Licht von innen erleuchtet wurde. Dieses Wunder war das einzige Ding im Land, dessen Höhe mit der des Palasts vergleichbar war. Aus dem Gewitterturm wuchs ein langes, scharfes Horn, dessen Unterseite von sintflutartigem Regen zerfranst war, der lange vor Erreichen des Erdbodens verdampfte. Langsame spiralförmige und kräftige rollende Bewegungen zeugten von einer ungeheuren Turbulenz im Inneren. Dennoch löste das Gebilde sich nicht auf, sondern schien seine Energien nach innen zu lenken.

Hier und da verfärbten Flecken wärmeren Lichts die Wolken von unten oder leuchteten, wo der Himmel klar war, hell und strahlend. Ihr Farbton erinnerte an den der trüben roten Konstellation, die oft hoch oben am Firmament zu sehen war. Bemüht, sich zurechtzufinden, legte Adam den Kopf nach hinten und sah sich nach dem Roten Geflecht, wie sie es nannten, um. Dieses hatte sich jedoch zu dem Punkt weitergedreht, wo es hinter den Türmen des Palasts vor ihren Blicken verborgen war.

»Was suchst du?«, fragte ihn Eva.

»Das Rote Geflecht«, antwortete Adam. »Seine Farbe erinnert

mich an diese Flecken da unten im Land – als würde eins das andere nachahmen.« Und er zeigte auf eine solche Stelle nicht weit vom Fuß der Felsnase, auf der sie standen, wo unscharfe Linien aus rotem Licht von einem hellen Zentrum nach außen irrten, das Licht insgesamt aber durch dünne Wolkenschichten verschleiert wurde und aufgrund seines Durchgangs durch eine windige Atmosphäre flimmerte.

Eva sah jedoch nicht in die Richtung, in die Adam zeigte, sondern hielt ihren Blick auf die Brüstungsmauer von Els Palast gerichtet. Von dort war gerade ein Engel weggeflogen. Nachdem er ein paarmal mit den Flügeln geschlagen hatte, um an Höhe zu gewinnen, legte er sie an und schwebte im Sinkflug auf die beiden zu. Adam und Eva wurden sich ihrer heiklen Situation unmittelbar am Rand des Abgrunds bewusst. Aus einer angeborenen Furcht heraus, der Engel könnte sie hinabstoßen, duckten sie sich und begannen, in die andere Richtung zu kriechen. Doch der Engel flog über sie hinweg und landete zwischen ihnen und dem Abgrund, wo er sacht die Flügel bewegte, als wollte er die Seelen auf sichereren Boden zurückwehen. »Dort gibt es für euch keinen sicheren Weg nach unten«, erklärte der Engel. »Deshalb wurde ich hergeschickt, um euch gefahrlos in die Ebene hinunterzugeleiten.« Ohne eine Antwort abzuwarten, streckte er wie ein weiteres Paar Flügel seine Aura aus und nahm sie darin auf. Dann ließ er sich rückwärts von der Klippe hinunterfallen. Adam und Eva wurden mit fortgetragen. Sofort traf sie eine Kälte, die so schneidend und bitter war, dass sie von ihren Sinnen nicht als Temperaturveränderung, sondern als Schock, gefolgt von Schmerz und dann Taubheit, wahrgenommen wurde. El hatte offenbar bewirkt, dass die Spitze der Felsnadel von einer Blase aus warmer Luft umhüllt war. Aus ihr hatte der Engel sie jetzt heraus und in die Atmosphäre außerhalb davon gebracht, die ebenso turbulent wie kalt war, denn als sie in einen Aufwind gerieten, wurden sie unvermittelt himmelwärts getragen.

Der Engel schlug mit den Flügeln, um sie in weitem Bogen um die Spitze der Felsnadel zu lenken, und so konnten die beiden die zertrümmerte Stelle in der Gartenmauer, den ausgedehnten wilden Wald hinter dem Garten und den heiligen Hain mit seinen riesigen Bäumen sehen, aus dem das Wasser der Quelle hervorströmte, um als Wasserfall, dünn wie silbernes Haar, über den Rand der Felsspitze hinabzustürzen und sich in der Dunkelheit zu verlieren. Während sie weiter im Kreis flogen, sahen sie, dass auf den Wald die andere Seite der Gartenmauer folgte, die geradewegs zum Palast verlief. Ihn hatten Adam und Eva natürlich noch nie richtig gesehen. Sie hatten sich an den Anblick seiner Türme von der Rückseite her gewöhnt und eine gewisse Vorstellung von der Konstruktion des Palasts erlangt, waren aber jetzt fasziniert und überwältigt von der Vorderseite, die er dem Land unten darbot, mit den Türmen, Mauern und Stützpfeilern sowie den Torhäusern und anderen weniger auffälligen Bauten, die alle auf dem schmalen, ebenen Sockel zwischen seiner Vorderseite und der Stelle, wo die Felsspitze jäh als senkrechte Wand abfiel, angeordnet waren.

Bei ihrem langen Abstieg flog der Engel in Spiralen immer wieder um die Felsspitze herum, sodass Adam und Eva sie immer wieder aus sämtlichen Blickwinkeln betrachten konnten. Mit der Zeit erkannten sie die hauchdünne Strähne von Springs Wasserfall auf der dunklen Seite und erwarteten einen weißen Lichterglanz auf der anderen.

Allerdings verstanden sie nicht, was der Ursprung des Lichts war. Zu Beginn ihres Abstiegs war es vom Palast ausgegangen, der über dem Land thronte wie eine Fackel auf einem Steinpfosten. Doch unterhalb davon – ein gutes Stück die Felsnadel hinunter, in Höhen, die den Wolken näher waren als dem Palast – strahlte noch immer Licht von der Seite aus, die Springs Wasserfall an seiner düsteren Felswand gegenüberlag. Die ganze westliche Oberfläche der Felsspitze war von etwas Leuchtendem bedeckt.

Als der Engel sie hinunter in Regionen trug, wo die Atmosphäre dichter war, wussten Adam und Eva, dass dieses Etwas auch ein Geräusch machte: ein Surren, das gleichzeitig von jedem seiner Teile auszugehen schien.

Allerdings war die Geschwindigkeit ihres Abstiegs so groß, und die helle Fläche der Felsnadel raste so schnell vorbei, dass es schwierig war, Einzelheiten zu erkennen. Ehe sie in die Wolken sanken, schwenkte der Engel auf eine größere Entfernung ab und ermöglichte es ihnen so, in dem Augenblick, bevor das Ganze verschwamm, dunkler wurde und unter der Wolkenobergrenze verschwand, einen Blick darauf zu erhaschen. Und sie sahen, dass es sich, obwohl seine unteren Bereiche unregelmäßig und gewunden waren, darüber in einer regelmäßigen Matrix aus sechsseitigen Zellen organisiert hatte.

Eine Zeit lang rasten sie durch feuchten Nebel; in klare Luft kamen sie erst kurz über dem Boden. Dieser war mit einem leuchtenden und summenden Zellverband derselben Art bedeckt, der an den Rändern dünner wurde und Ranken abspreizte, die sich in der Dunkelheit verloren. Doch näher an seiner Basis ballte er sich dick und hoch zusammen. Bewegung und Veränderung waren innerhalb der durchscheinenden Zellenmatrix zu erkennen. Lichtmuster und Tonverläufe überschwemmten sie in Wellen, die hier umschlugen, sich dort auflösten.

Mit beeindruckender Geschwindigkeit hatte der Engel den unteren Teil der Wolkenschicht durchdrungen und bremste bald in einen horizontalen Gleitflug ab, schwenkte vom Fuß der Felsnase weg und streifte über die äußeren Bereiche des Lichtscheins hinweg zu dessen komplizierter Grenze mit der Dunkelheit jenseits davon. Das war der Ort, an dem er die beiden absetzte und aus dem Griff seiner Aura befreite. Sie spürten festen Boden unter den Füßen. Ihre Lungen sogen Luft ein, die dicht, feucht und kühl, aber nicht kalt war. »Hier könnt ihr euch ohne Gefahr bewegen«, sagte der Engel.

»Was ist Gefahr?«, fragte Eva.

»Es ist das, was ihr gespürt habt, als ihr an der Kante der Felswand gestanden«, sagte der Engel, den Blick nach oben gerichtet, »und euch die Folgen eines Absturzes ausgemalt habt. Hier unten ist ein besserer Ort für Seelen wie euch. Ihr dürft euch bewegen und euch in dem Land eine Art zu leben suchen, die zu euch passt.« Und ohne weitere Umstände breitete er die Flügel aus, als wollte er sich in die Luft schwingen und den Heimweg antreten.

»Welchen Namen trägt das, worüber wir gerade geflogen und an dessen Rand wir gelandet sind?«, fragte Adam.

Der Engel zuckte die Schultern. »Einen Namen hat es nicht, denn El und Els Engel wissen ganz genau, was es ist, und diejenigen, die darin wohnen – die es *sind* –, brauchen keine Namen oder sonstige Arten von Wörtern. Wenn ihr es unbedingt irgendwie nennen wollt, dann lässt es sich von allem, was ihr aus dem Garten kennt, am ehesten mit einem Bienenstock vergleichen.« Und damit flog der Engel davon.

»Hätte er es nicht so eilig gehabt, nach Hause zu kommen«, sagte Adam, »hätte ich gerne noch mehr über den Bienenstock und das Wesen derer, die darin wohnen, erfahren.«

»Die er *sind*«, sagte Eva, den Engel zitierend. »Der war wirklich in Eile.«

»Der Palast muss als Aufenthaltsort unvergleichlich viel erstrebenswerter sein«, mutmaßte Adam.

»Ganz offensichtlich. Ich frage mich, warum El uns abgesehen von Blicken durchs Fenster nie erlaubt hat, ihn von innen zu sehen.«

»Jetzt hat es keinen Sinn mehr, sich so etwas zu fragen«, sagte Adam. »Der Garten war bestens für uns geeignet, und dieser Ort, an dem der Engel uns abgesetzt hat, macht auch keinen so schlechten Eindruck.«

Der nächstgelegene Auswuchs des Bienenstocks war nur ein paar Schritte entfernt. Von oben betrachtet hatte er ausgesehen wie eine Ranke oder eine kleine Wurzel, die sich weiter als alle anderen vom Stamm eines Baums weg erstreckte. Angezogen von seinem Licht und seinem Klang gingen Adam und Eva darauf zu und kamen der ausgestreckten Wurzel des Bienenstocks bald so nah, dass sie spüren konnten, wie er Wärme abstrahlte – eine sanfte Wärme ähnlich der, die ihre eigenen Körper abgaben.

Der Bienenstock besaß, von oben betrachtet, die natürliche Unregelmäßigkeit der Wurzeln und Äste eines Baums. Schauten sie ihn hingegen aus unmittelbarer Nähe an, erkannten sie mühelos ein regelmäßiges Muster aus Zellen. Die meisten davon hatten sechs Seiten, manche aber auch mehr oder weniger, wie es gerade notwendig war, damit sie sich in die größere Gestalt des Bienenstocks einpassten, ohne Lücken zu hinterlassen. Die Zellwände besaßen eine Festigkeit, die unter einem Stups von Adams Finger leicht nachgab. Im hohlen Zentrum jeder Zelle befand sich ein Aurastreif, der waberte und sich im Bemühen um Form zu einem Knoten verdichtete. Entlang der Wurzelspitzen und -ränder schienen die Zellen jünger zu sein, denn sie hatten noch fließendere Grenzen, die gelegentlich zerrissen oder platzten, sodass Aura als schwaches Gas in die Umgebung entwich. Schon länger bestehende Zellen im Inneren des Bienenstocks dagegen hatten feste Wände, die gepflegte und gegliederte Komplexe pulsierender Aura beherbergten. Im Allgemeinen bewegten sich die Zellen nicht, aber ein gelegentliches Zappeln im peripheren Gesichtsfeld der beiden Seelen lenkte ihre Aufmerksamkeit auf die Art, wie der Bienenstock wuchs. Zellen schwollen an, schnürten sich ein und teilten sich, während sie ihre Nachbarn anschubsten, und das Endergebnis des ganzen Geschubses war ein langsames Vordringen von Bienenstockmaterie auf unbedeckten Flächen. Der ganze Bienenstock war durchflutet von welligem Licht, zumeist weiß, aber mit flüchtigen Farbstreifen geädert, und von einem murmelnden Summen, das kam und ging, ohne dass sie ein bestimmtes Muster erkennen konnten.

Augen und Ohren darauf gerichtet standen sie noch eine Weile da und machten, wenn sie etwas Interessantes bemerkten, weitere Beobachtungen dieser Art. Der Bienenstock seinerseits schien eine Art Bewusstsein dafür zu haben, dass sie da waren. Letztlich konnte er jedoch nicht in Worten sprechen, die für sie verständlich gewesen wären, und so wandten sie sich schließlich von ihm ab und machten sich auf in das offene Gelände jenseits davon, das noch nicht der langsamen Ausbreitung des Bienenstocks anheimgefallen war. Dieses lag, abgesehen von dem Licht, das der Bienenstock hinter ihnen ausstrahlte, im Dunkel.

In dieses Dunkel gingen Adam und Eva hinein. Sie kamen nur langsam vorwärts, denn der Boden war zwar eben, bestand jedoch nicht aus der feinen Erde des Gartens, sondern aus Schutt. Die einzelnen Steine waren unterschiedlich groß, von Kieseln, die ihnen zwischen den Zehen stecken blieben, bis hin zu Monolithen von Baumstammgröße. Manche mit glatter, andere mit schartiger Oberfläche erinnerten sie Adam und Eva an die Trümmer der Gartenmauer, auf die sie nur Minuten zuvor getreten waren. Einige waren von Einschlägen löchrig, andere aufgrund von Feuern schwarz geworden. Unkraut und Ranken wuchsen aus Spalten zwischen ihnen und bildeten hier und da auf unbedeckter Erde Matten. Darauf blühten kleine Blumen, die im Licht des Bienenstocks wie Farbpartikelchen hervorstachen und der ansonsten trostlosen Szenerie etwas von der heiteren Stimmung des Gartens verliehen.

Vor sich konnten die beiden den schimmernden Fleck des Roten Geflechts sehen, das tief am Himmel stand. Ihre rudimentären Kenntnisse in Astronomie sagten ihnen, dass sie nach Westen unterwegs waren. Hätten sie sich umgedreht und in die andere Richtung geblickt, hätten sie sehen können, dass der östliche Himmel hinter der Felsnadel heller zu werden begann.

Auch hätten sie ein zuckendes Licht sehen können, das, auf einem der größeren Gesteinsbrocken sitzend, heller wurde, als sie daran vorbeigingen, und sich dann in die Luft schwang und sich immer weiter nach oben kämpfte, als versuchte es, sie im Auge zu behalten. Es nahm eine Form an, die vage der eines Engels nachempfunden war. Damit einher ging ein größeres Bewegungsvermögen. Das Licht trieb nicht mehr dahin, sondern ging dazu über, zu gleiten und in geraden Linien und Zirkelbögen vorwärtszuschießen, dazwischen jedoch immer wieder innezuhalten, als wollte es sich darüber klar werden, was es gerade getan hatte, und seine veränderte Sicht auf die Welt einschätzen. Insgesamt war sein Fortkommen ruckartig und zögerlich, folgte aber mehr oder minder dem von Adam und Eva. Nicht lange, und es segelte in ihrem Kielwasser. Sie bemerkten es und sahen es zunächst nur als eine weitere in einer scheinbar endlosen Reihe von Störungen und Kuriositäten. Nach einer Weile wurde es jedoch absolut nützlich, denn inzwischen hatten sie sich so weit vom Licht des Bienenstocks entfernt, dass die Dunkelheit es ihnen schwer machte, ihren Weg zu finden. Ihre neue Gefährtin schien das zu verstehen. Indem sie sich noch etwas höher schwang und etwas heller leuchtete, verbesserte sie die Sicht auf den vor ihnen liegenden Pfad.

Sie sahen, dass ihre Umgebung sich verändert hatte. Unter ihren Füßen hatten sie nicht mehr Schutt, sondern offenes Gelände mit dichtem Gras, das ihnen bis über die Knie reichte und sie zwang, sich entweder hindurchzukämpfen oder es mit jedem Schritt niederzutreten.

»Ich glaube, dieses Ding versteht unsere Sprache«, sagte Adam, »denn wir haben uns gerade erst über die Dunkelheit beklagt, und jetzt erleuchtet es uns den Weg.«

»Oder es liest unsere Gedanken, ohne dass Worte nötig sind«, sagte Eva. Sie hob eine Hand, um einen Aurastreif zu berühren, der für einen Moment von der über ihnen flatternden Elfe herabwehte. Dann zog sie die Hand wieder zurück.

»Und?«, fragte Adam.

Eva machte eine nachdenkliche Miene. »Nichts von dem, was in der Aura von El oder den Engeln ist. Nichts, was ich verstehen kann. Aber auch nichts von dem, was der Engel als *Gefahr* bezeichnet hat.«

Sie vergnügten sich damit, dass sie ihre neue Freundin die Farbe ihres Lichts ändern ließen, indem sie auf das Rote Geflecht zeigten, das jetzt im Westen unterging, und rote Blüten von Blumen abzupften, die wild im Gras wuchsen. Nach einer Weile begann das Ding rot zu leuchten, und dann lachten sie und riefen: »Rot!« Das Summen des Dings änderte sich, als versuchte es, den Klang nachzuahmen.

Als der Morgen anbrach, konnte es nicht nur rot *sein*, sondern »rot« so gut *sagen*, dass Adam und Eva es verstehen konnten. Sie machten weiter mit »blau« (denn über Nacht hatte das Wetter aufgeklart, und ein wolkenloser Himmel spannte sich nun über ihnen) und »grün« (denn sie befanden sich in einem Meer davon) und fügten weitere Wörter wie »Adam« und »Eva«, »Gras« und »Wasser« hinzu. Ihre Gefährtin war tagsüber weniger deutlich sichtbar, aber ihre allgemeine Richtung konnten sie anhand der Geräusche ihrer Flügel erahnen und als Störung im Licht sehen.

Mitten in dem Meer aus Gras erhob sich wie eine Insel ein Hügel. In wortlosem Einverständnis lenkten die beiden ihre Schritte darauf zu und erklommen dessen Gipfel. Inzwischen stand die Sonne direkt über ihnen. Ihrer Gefährtin brachten sie »Hügel« und »Baum«, »Sonne« und »Mond« bei. Während des langen morgendlichen Marschs hatten sowohl Adam als auch Eva weitere Verbindungen zu ihrer Aura hergestellt und verstanden sie allmählich besser, oder vielleicht hatte sie sich auch selbst nach dem Muster der beiden umorganisiert. Ihr Sprachvermögen hatte sich weit über Wörterlisten hinaus entwickelt, und die beiden verstanden auf unbestimmte Weise, dass das Ding die Fähigkeit besaß, mit für sie nicht ersichtlichen Mitteln Wissen zu erlangen. Als sie in den tiefen Schatten eines Baums traten, der oben auf dem Hügel wuchs, konnten sie sehen, dass es seine Gestalt mit zwei beinartig ausgeprägten unteren Gliedmaßen, zwei Armen und Flügeln wie denen von Els Heerschar weiter verfeinert hatte. Und mit einem Kopf, der zwar nach wie vor nur eine leuchtende Aurawolke war, aber anfing, menschenartige Züge anzunehmen. »Wie sollen wir dich nennen, anhängliche Seele?«, fragte Eva es. »Da wir dir verschiedene Wörter beigebracht haben, brauchen wir ein Wort für dich.«

»Welcher Name wäre der beste?«, fragte die Elfe. »Mein Name ist für euch.« Das interpretierten sie so, dass jeder derartige Name für Adam und Eva einen Aufforderungscharakter hätte und ihnen deshalb ohne Weiteres einfallen und leicht von der Zunge gehen sollte. Die Elfe dachte noch ein paar Augenblicke darüber nach und wartete dann mit »Mab« auf.

»Gehörst du denn zu Els Heerschar?«, fragte Adam. »Wie die Engel, die die Türme des Palasts umfliegen?«

Darüber sann Mab, die zwischen ihnen schwebte, lange nach. »Ich weiß es nicht.«

Adam nickte. »El hat alles, was zu diesem, dem Zweiten Zeitalter, gehörte, durchdrungen, um es von den Schöpfungen der Beta-Götter abzuheben«, sagte er.

»Er hat sich bemüht, uns zu integrieren«, sagte Eva, »aber er, oder wir, scheiterte. Wir sind unbestreitbar Kinder der Beta-Götter.«

»Die größte Errungenschaft des Ersten Zeitalters, so nannte uns El«, sagte Adam. »Was damals mein Herz mit Stolz erfüllte; doch wenn ich jetzt daran zurückdenke, wird mir klar, dass er keinen Bezug zum Zweiten hergestellt hat.«

»Von diesen Dingen weiß ich nichts«, gab Mab zu, »aber ich kann lernen.«

»Die Beta-Götter waren die Ersten hier, und sie haben das alles gemacht«, sagte Eva und wies mit weit ausholender Geste auf einen breiten Streifen des Horizonts.

»Dann machen sie es immer noch«, korrigierte Mab sie, »denn ich kann sehen, dass die Köpfe der Grashalme sich unter dem Gewicht des Samens biegen und die Nüsse an den Ästen dieses Baums alle von neuem Leben erfüllt sind. Auf jenem Ast dort ist ein Vogelnest, und darin sind Eier, in denen ebenfalls Leben wächst. Das ist vollkommen anders als die Art und Weise, wie der Bienenstock sich ausbreitet, und dennoch funktioniert es – gedeiht sogar prächtig – trotz Els Gleichgültigkeit.«

»Das alles ist das Werk unserer Mutter Spring, die, wie es heißt, noch immer das Land durchstreift«, sagte Eva.

Adam war, den Blick auf den Horizont gerichtet, auf der Hügelkuppe auf und ab gegangen. »Hätte ich doch letzte Nacht, als wir das gesamte Land sehen konnten, besser aufgepasst. Jetzt wünschte ich, ich hätte es mir eingeprägt. Ganz offensichtlich befinden wir uns westlich des Bienenstocks und des Palasts.« Mit dem Kinn wies er auf diese Orientierungspunkte hinter ihnen, die immer noch recht nah erschienen, obwohl schwacher Dunst die Entfernung andeutete, die sie im Verlauf der Nacht und des Vormittags zurückgelegt hatten. Dann drehte er sich in die andere Richtung um. »Noch weiter im Westen sehe ich eine Verdichtung am Horizont, die mich zu dem Schluss bringt, dass dies nur der erste von vielen Hügeln ist, auf die wir stoßen könnten, falls wir weitergingen.«

»Ich erinnere mich an von Gewittern umtoste Berge weit im Norden«, sagte Eva, die in dieser Richtung vergeblich nach weißen Gipfeln oder sich auftürmenden Wolken Ausschau hielt.

»Über das Land verteilt leuchteten hier und da Lichtstränge, die mich an das Rote Geflecht erinnerten«, sagte Adam.

»In ihnen meinte ich Ordnung und Bewegung zu sehen«, sagte Eva, »was mich auf den Gedanken brachte, dass es die Wohnstätten anderer Seelen sein könnten. Erinnerst du dich an die Ebene voller Bruchgestein, auf der der Engel uns letzte Nacht abgesetzt hat? Darin konnte man Überreste von Behausungen sehen, nicht größer als die bescheidensten Außengebäude des Palasts, und dazwischen befestigte Wege, auf denen vielleicht Seelen gehen …«

Adam nickte. »Die glühenden Flecken, die wir letzte Nacht vom höchsten Punkt der Welt aus sahen, hatten auch etwas davon an sich. Ganz anders als der Bienenstock. Es ist möglich, dass wir an einem solchen Ort auf Seelen treffen würden, die weder Engel noch Bienenstockzellen, sondern eher so ähnlich wie wir sind.«

»Ich weiß nicht, in welcher Richtung wir suchen sollten«, sagte Eva.

»Ich auch nicht«, gestand Adam, »aber ich bin müde, und das Geräusch des Windes in den Ästen lullt mich in den Schlaf, und mir will scheinen, dass wir, wenn wir nach Einbruch der Dunkelheit wieder erwachen, vielleicht imstande sind, solche Lichter in der Ferne zu sehen. Falls nicht, kann vielleicht auch Mab höher hinauffliegen und mehr sehen und uns sagen, in welche Richtung wir gehen sollten.«

Adam setzte sich am Fuß des Baums nieder, lehnte sich an den Stamm und döste bald ein.

Als er die Augen wieder öffnete, war es immer noch Tag, aber die Farbe des Lichts hatte sich so verändert, wie es am späten Nachmittag üblich war. Die Luft war kühler. Eva hatte sich dicht neben ihm zusammengerollt und schmiegte sich im Schlaf noch enger an ihn, um etwas von seiner Wärme abzubekommen. Über seinen Schoß hatte sie einen glatten Oberschenkel gelegt, der jetzt auf seinen Hoden ruhte und sein Glied an seinen Bauch drückte. Sein Penis war groß und steif geworden und gab den Druck gegen ihren Schenkel mit jedem Schlag seines Herzens zurück. Diese Herzschläge kamen immer schneller, sein Körper spannte sich, und er vergoss etwas Weißes auf seinen Bauch und seine Brust. Das war begleitet von einem Vergnügen, wie er es nie gekannt, ja sich nicht einmal vorgestellt hatte. Als er anschließend dalag, wurde ihm auf schlaftrunkene und distanzierte Weise klar, dass er für den Rest seiner Tage nie mehr aufhören würde, diesem Vergnügen nachzujagen. Folglich würde sein Umgang mit Eva nie mehr so sein wie zuvor.

Nach und nach legte sich Dunkelheit über das Land. Am östlichen Himmel wurde das Rote Geflecht erkennbar, das jenseits des schimmernden Palastes aufging. Das viele Licht erschwerte das Sehen in diesem Himmelsviertel, und so blickten sie stattdessen gen Westen, wo sie den Horizont vom Norden bis in den Süden und wieder zurück absuchten. Nachdem es vollkommen dunkel geworden war, überzeugten sie sich, dass in einem Bereich nach Westen hin mattes rötliches Licht schien, vermutlich auf der anderen Seite der Berge, die ihnen schon früher aufgefallen waren. Mab stieg hoch in die Luft über ihnen und bestätigte es. Hellwach und ausgeruht stiegen sie den westlichen Abhang des Hügels hinunter und schlugen den Weg über die grasbewachsene Ebene ein.

Nachdem sie eine Weile gegangen waren, begann das Gelände vor ihnen abzufallen, und sie rochen und hörten Bäume. Sie blieben an einer Stelle stehen, von wo sie in ein breites Tal sehen konnten, das quer zu ihrer Gehrichtung verlief. Auf seinem Grund funkelte ein verzweigter Fluss silbern im Sternenlicht. Auf seiner anderen Seite herrschte absolute Dunkelheit, aber ein Saum aus rotem Licht verriet ihnen, dass sie auf die Bergkette blickten, die sich über dem gegenüberliegenden Flussufer erhob.

Während sie dort standen, sich das anschauten und überlegten, wie sie am besten hinüberkämen, hörten sie ein Geräusch, das sie an den Garten erinnerte: das Lied eines nächtlichen Tiers, das erst allein sang, dann aber von einem zweiten und noch einem und immer weiteren begleitet wurde, bis man die Stimmen nicht mehr auseinanderhalten konnte. Allerdings bekamen Adam und Eva den Eindruck, dass die Kreaturen in Bewegung waren, sich zu einer Gruppe zusammentaten, die den Hang hinauf auf sie zukam.

Mab stieg höher, um einen besseren Überblick zu haben. »Sie bewegen sich auf vier Beinen. Ihre Körper sind mit grauen Haaren bedeckt. Ihre Ohren sind spitz – ebenso wie ihre Zähne.«

»Springs Schöpfungen, die kommen, uns zu begrüßen!«, rief Adam aus.

»Ich kann es kaum erwarten, sie zu sehen«, sagte Eva. »Zahlreich waren die Nächte, in denen wir sie vom Garten aus singen hörten, aber zwischen uns stand die Mauer.«

»Das passt alles ins Gesamtbild«, sagte Adam. »Aus Angst, dass wir ihn dann verachten und frei im Land umherwandern würden, wollte El nicht, dass wir Springs wunderbare Schöpfungen kennenlernen.«

Ein Wolf trat in den schwachen weißen Lichtkreis, den Mab auf den Boden warf, zunächst geduckt, aber dann, als Adam in die Hocke ging und ihn zu sich lockte, zunehmend mutig. Nachdem der Wolf sich vergewissert hatte, dass Mab ihm nichts antun konnte, machte er einen Satz vorwärts und schlug die Zähne in Adams Hand.

Adam schaute immer noch verwundert zu, bemüht, die intensiven neuen Empfindungen, die seinen Arm hinauf in seinen Kopf rasten, zu verstehen, als Mab direkt auf die Stirn des Wolfs zuschoss und dabei eine solche Helligkeit ausstrahlte, dass sowohl Adam als auch der Wolf für einen Moment geblendet waren. Die Kiefer des Wolfs hielten seine Hand nicht mehr gepackt, aber die unangenehme Empfindung war immer noch da. Adam hob die Hand ans Gesicht, um sich die Augen zu reiben, und spürte eine heiße Flüssigkeit daran hinunterrinnen. Eva zerrte heftig an seinem anderen Arm und zog ihn auf die Füße. »Wir müssen hier weg!«, schrie sie. »Sie haben es auf uns abgesehen!«

Sie rannten. Hinter ihnen, neben ihnen und sogar vor ihnen rannten Wölfe und verfolgten sie über das Grasland. Mab war überall, manchmal zog sie dabei scharf nach oben, um den Weg vor ihnen besser auszuleuchten und die Bewegungen der Wölfe zu beobachten, dann wieder schoss sie hierhin oder dorthin, um einem Wolf ins Gesicht zu fahren, der sich herangewagt hatte, um nach Adams oder Evas Beinen zu schnappen. Hinter sich und um sich herum konnten sie das Aufeinanderschlagen von Kiefern hören, wenn eins der Tiere auf die Hinterläufe ging, um die heransausende Elfe zu Boden zu reißen, und ein Flügelrauschen, wenn Mab den blitzenden Fängen auswich. Trotz aller Ablenkung, für die Mab sorgte, schien es unmöglich, dass sie den Hügel erreichten, bevor ihre Beine aufgaben und die Wölfe sie zu Fall brachten. Und selbst wenn sie ihn erreichten, kämen die Wölfe genauso leicht hinauf wie sie.

Ein dumpfer Schlag hallte durch den Erdboden nach. Dann folgte ein weiterer und noch einer, wobei die Frequenz langsam zunahm. Mab schwang sich in einer kurzen Atempause zwischen den Angriffen der Wölfe in die Höhe, um Licht auf den Weg vor ihnen zu werfen. Dort hätte sich ein nichtssagendes Meer aus Gras befinden sollen. Stattdessen war da der Hügel, so nah vor ihnen, dass Mab ins Taumeln geriet und vor ihm zurückwich. Der Hügel war am falschen Ort; er war viel steiler als zu dem Zeitpunkt, als sie ihn verlassen hatten; und er bewegte sich.

Mab konnte nicht genug Licht erzeugen, um das ganze Gebilde auf einmal zu beleuchten, und Adams und Evas Eindrücke waren ohnehin wirr und bruchstückhaft. Aber sie sahen aus seinem Boden riesige, kräftige Stümpfe herausragen, wie Beine aus Stapeln von Gesteinsbrocken, die mit Schlamm zusammengeklebt und geschmiert worden waren, und einen mittleren Teil, der aussah wie der Hügel in ihrer Erinnerung, und den großen Baum auf seinem Gipfel, der einem Kopf aus steifem Haar glich. Die Beine bewegten sich abwechselnd in einer Art von Gang, die mit Gehen ebenso viel gemein hatte wie mit Schlamm- und Schneelawinen. Die Schläge, die nach ihrem Eindruck aus dem Erdboden gekommen waren, waren seine Schritte. Das hätte ihnen zu denken gegeben, wären sie nicht von Schlimmerem verfolgt worden. Die

Wölfe verlangsamten ihr Tempo, und der Ton ihrer Lautäußerungen änderte sich. »Rennt, so schnell ihr könnt!«, drängte Mab sie. »Was immer der Hügelriese euch tut, kann nicht so schlimm sein wie das, was diese Wölfe im Sinn haben.«

Adam und Eva legten die ganze ihnen verbliebene Kraft in einen letzten Sprint. Der Hügel ließ sich nieder, pflanzte seine felsigen Beine auf, ehe sie zu Steinhaufen wurden, die im nächsten Moment vom grünen Kleid seiner Hänge bedeckt und umhüllt waren. Adam ging die Kraft aus, doch als Eva vorauslief und einen Weg hinauffand, folgte er ihr und rettete seinen Fuß ganz knapp vor den Kiefern des vordersten Wolfs, der nur noch harmlos in die Luft schnappte.

Als sie nun auf dieses Tier und die anderen Mitglieder des Rudels, die sich bald zu ihm gesellten, hinabblickten, hatten sie den Eindruck, dass die Tiere von ihnen fort hinunterrutschten. Sie begriffen, dass der Hügel sich immer noch neu formte und sich nach oben streckte, um rundherum eine senkrechte Felswand auszubilden, die gerade um so vieles zu hoch war, dass die Wölfe sie nicht mit einem Sprung bezwingen konnten. Zweige knackten, und am Rand der Felswand verwob sich ein Brombeergestrüpp zu einer lebendigen Brustwehr. Dann wurde alles ruhig, und der Hügel war wieder so, wie er vorher gewesen war, nur an einem anderem Ort und mit einer anderen Form.

Als der Morgen dämmerte, lagerten sie auf der Hügelkuppe am Fuß des großen Baums. Wenn sie nach Westen blickten, konnten sie die Pfade sehen, die sie bei ihrem überstürzten Rückzug ins Gras getrampelt hatten. Damit verwoben waren die Bögen, die die Wölfe bei ihrer Verfolgungsjagd beschrieben hatten, indem sie bisweilen zum Angriff nach innen gezogen, dann aber wieder abgedreht hatten, weil Mab herabgeschossen war, um sie zu blenden. Nach Osten hin konnten sie die Spur sehen, die der Hügelriese hinterlassen hatte, als er auf sie zugetrottet war und dabei feuchte schwarze Erde und vereinzelte Gesteinsbrocken verstreut und beim Aufpflanzen seiner Beine Krater gebildet hatte.

Adams und Evas Füße bluteten von vielen kleinen Schnitten. Ihre Beine waren von Zähnen geritzt und von Zweigen zerkratzt worden. Die größte und blutigste Wunde war jedoch die an Adams Hand. Sie hatten noch nie zuvor Blut zu Gesicht bekommen und sahen deshalb fasziniert zu, wie es aus ihm heraustroff.

Von Zeit zu Zeit stand Eva auf, ging um die Hügelkuppe herum und blickte den Abhang hinunter in alle Richtungen auf das Meer aus Gras. Ein paar Wölfe strichen am Fuß des Hügels herum und sahen auf eine Weise zu ihr hinauf, die, wie sie jetzt wusste, auf Hunger schließen ließ und auf die Neigung, sie als Essen zu betrachten. Keins der Tiere konnte jedoch die Abwehrmechanismen überwinden, mit denen der Hügel sich umgeben hatte.

Adam seinerseits war zufrieden damit, im Schatten des Baums zu liegen und zuzusehen, wie das Blut aus seiner Hand rann. Im Lauf des Vormittags ließ die Blutung nach, aber Adam war blass und schlapp geworden. »So viele neue Flüssigkeiten, die aus meinem Körper austreten«, bemerkte er, was für Eva ein Rätsel war, da sie nur von dem Blut wusste. »Wenn Körper wie andere Dinge sind, dann muss, falls ich nicht weniger werden soll, das, was verloren ging, ersetzt werden.«

»Im Garten haben wir gesehen, wie Insekten das Pflanzenmaterial und Vögel Insekten aßen«, sagte Eva. »Der Wurm hat einen Apfel gegessen und ihn uns empfohlen. Und die Wölfe haben offenbar im Sinn, uns zu essen.«

»O Spring!«, stöhnte Adam. »Warum hast du deine Kreaturen so gemacht? Mit solchen Gelüsten?« Und als Eva sich neben ihn hinhockte, wanderte sein Blick über ihre Schenkel und Pobacken.

Eva zuckte die Achseln. »Das ist anscheinend der Lauf der Dinge. Wenn wir so lange überleben, bis wir Spring gefunden haben, können wir ihr vielleicht diese Frage stellen.«

»Zumindest verstehen wir jetzt das sonderbare Wort, das der Engel benutzte«, sagte Adam. »›Gefahr‹.«

»Wir müssen einen Weg durch diese Gefahren zwischen uns und der anderen Seite dieser Hügel finden«, sagte Eva. »Vielleicht sind dort noch mehr Seelen wie wir, die dahintergekommen sind, wie man es schafft, nicht gegessen zu werden. Dass du weniger wirst, ist uns dabei nicht von Nutzen. Dir bleibt nichts anderes übrig, als etwas zu essen.« Sie blickte hinauf in die Baumkrone. »Der hier trägt aus irgendeinem Grund leider keine Äpfel.«

Mab flog ins Geäst des Baums. Eine Minute später fiel nicht weit von ihnen ein kleiner brauner Gegenstand auf den Boden. Seine Größe, Form und schrumplige Oberfläche erinnerte an das, was unter Adams Penis hing. »Eine Nuss«, sagte Mab. »Ich habe Zugang zu dem Wissen, dass sie essbar sein könnte. Allerdings müsst ihr sie zuerst knacken.«

Eva fand eine Möglichkeit, das zwischen zwei Steinen zu tun, worauf Adam zum ersten Mal etwas aß. Bald regnete es Nüsse aus dem Baum, denn Eva kletterte und Mab flog durch sein Geäst. Adam, der wieder einigermaßen zu Kräften kam, besorgte das Hämmern mit den Steinen. Später stiegen sie auf Mabs Anregung in den Gürtel aus Sträuchern hinab, den der Hügel um sich gezogen hatte, um die Wölfe fernzuhalten, und fanden dort Beeren. Auch die Blätter bestimmter Pflänzchen waren essbar, sodass Adam und Eva, als sie am Abend oben auf dem Hügel saßen, die neue Empfindung von Essen in ihrem Mund kennengelernt hatten und spürten, wie ihre Eingeweide erwachten.

Die Nacht war kälter, aber vielleicht hatte auch die Tatsache, dass sie gegessen hatten, sie so verändert, dass sie die Kälte stärker empfanden. Mab ließ Flammen aus einem kleinen Haufen aus trockenen Blättern und Zweigen springen, und sie lernten, dass auch Feuer hungrig war und gefüttert werden konnte – in diesem Fall mit Ästen, die vom Baum gefallen waren. Das Feuer und die

Hitze ihrer eigenen Körper hielten sie die Nacht hindurch warm, vorausgesetzt, sie blieben eng aneinandergepresst. Wozu sie sowieso von Natur aus neigten. Erneut verspritzte Adams Penis die weiße Substanz, aber diesmal war Eva wach, sah es und beobachtete, welche Wirkung das auf ihn hatte. Sich auf das besinnend, was der Wurm ihnen über das Zusammenbringen der Vergnügen bereitenden Organe erzählt hatte, fanden sie an Evas Körper bald Stellen, die ihr in gleicher Weise dienen konnten. Darüber war Adam fast so froh wie sie, denn er hatte sich schon Sorgen gemacht, dass sie nicht bereit sein würde, ihm das Vergnügen zu verschaffen, nach dem er jetzt immer trachtete, wenn für sie nicht auch etwas dabei herauskäme.

Am Morgen entdeckten sie Kot, und sofort gewöhnten sie sich an, ihn möglichst weit von ihrem Lager entfernt zu hinterlassen, selbst wenn das bedeutete, den Hügel hinunterzusteigen und es im Grasland zu machen, wo sich die Wölfe möglicherweise noch aufhielten. Aber sie mussten sowieso hinuntergehen, denn zusammen mit ihren anderen Gelüsten dürstete es sie jetzt auch nach Wasser. Und Mab hatte zu bedenken gegeben, dass Wasser bergab floss, und ihnen gesagt, in welche Richtung sie gehen mussten, um die nächstgelegene Quelle zu finden.

Neben dem Essen und dem Ausscheiden von Kot und Urin nahm Eva die verblüffende Angewohnheit an, hin und wieder aus einer Stelle unmittelbar bei ihren Organen des Vergnügens zu bluten. Ihr Hunger schien ebenso wie Adams von Tag zu Tag etwas größer zu werden. Adam gewöhnte sich an, in ungefähr derselben Geisteshaltung, in der die Wölfe zuvor ihn und Eva angestarrt hatten, auf die Kaninchen hinabzublicken, die unten durchs Gras rannten. Als eines Tages Nüsse und Beeren knapp waren, ging er hinunter und kam erst wieder zurück, als er ein totes Kaninchen an einem spitzen Stock hatte. »Mir kam in den Sinn, dass auch wir eine Gefahr sein könnten«, erklärte er.

Tags darauf erbeutete er noch einmal zwei, denn von dem ersten hatte sich nur enttäuschend wenig als essbar erwiesen. Es wurde notwendig, immer mehr davon zu erlegen und sich immer weiter vom Fuß des Hügels zu entfernen, um Kaninchen zu finden, die noch nicht getötet oder verscheucht worden waren. Die ungegessenen Teile verteilten sich allmählich über ihr Lager auf der Hügelkuppe und gaben einen Gestank von sich, der dem von Kot nicht unbedingt vorzuziehen war. Mab konsultierte die mysteriösen Datenreservoirs, zu denen sie irgendwie Zugang hatte, und gab ihnen Anweisungen zu einer sinnvollen Verwendung dieser Überbleibsel; so kamen sie nach und nach an Dinge wie Nadeln aus Knochen und Faden aus Sehnen. Sie liefen in Kleidung aus Häuten und Federn verschiedener Kreaturen herum, die Adam in seiner nie enden wollenden Suche nach Sättigung aus dem Grasland mit heraufgebracht hatte.

Der Hügel verkörperte eine Seele, von der sie nur mutmaßen konnten, dass sie schon seit Anbeginn des Ersten Zeitalters in ihm wohnte. Er hatte beschlossen, Adam und Eva vor den Wölfen zu retten. Danach war er reglos und still geworden. Er schien weder Sprachvermögen noch den Wunsch nach Kommunikation mit ihnen zu haben. Mab versuchte mehrfach, mit Aura in ihn zu dringen, fand jedoch nichts darin. Oder besser, sie fand eine Seele, deren Organisation sich so sehr von der ihren unterschied, dass sie eine Kommunikation unmöglich machte.

Ein paar Monate später stand er ohne Warnung oder Erklärung wieder auf, bewegte sich ein kleines Stück vorwärts und ließ sich an der neuen Stelle, näher am Flusstal und an der Bergkette, wieder hinplumpsen. Durch den Mangel an Essen und den Ortswechsel teilte der Hügel ihnen offenbar mit, dass sie seine Gastfreundschaft überstrapaziert hatten. Der Baum war seiner Nüsse beraubt, der Hügel seiner Beeren und seines Grünzeugs. Holz zum Unterhalten des Feuers musste von Bäumen am Rand des Flusstals herbeigeschleppt werden. Sie begegneten Wölfen und Kreaturen anderer Arten, die unverkennbar Gefahren darstellten.

Evas gelegentliche Blutung hörte ebenso unerklärlich und abrupt wieder auf, wie sie begonnen hatte. Ihr Bauch wuchs. Mab kündigte den beiden an, dass ihr Bedarf an Essen, Unterschlupf und Kleidung bald über das hinausgehen würde, was sie hier vorfanden. Dennoch verabschiedeten sie sich von diesem gastfreundlichen Hügel erst, als sich die Blätter des großen Nussbaums rot gefärbt hatten und sich nach und nach ablösten und zu Boden fielen. Das begriffen Adam und Eva, ohne ein Wort darüber zu verlieren, als ein Zeichen, auf das sie reagieren mussten. So sammelten sie eines Morgens die Sachen, die sie hergestellt hatten, zusammen und banden sie mit Schnüren aus zusammengedrehtem Gras an Äste. Dann zogen sie, ihre Habseligkeiten hinter sich herschleifend, in Richtung Westen los. Die Gefahren jetzt immer im Kopf kamen sie auf dem Weg hinab ins Tal rasch vorwärts, durchwateten zur Mittagsstunde den Fluss und stiegen, ehe die nachmittäglichen Schatten lang wurden, so hoch sie konnten, in das jenseitige Gebirge. Dort suchten sie sich einen zum Hinaufsteigen geeigneten Baum und zündeten ganz in seiner Nähe ein Feuer an, das sie mit heruntergefallenen Zweigen schürten, ehe sie ins Geäst kletterten und es sich für die Nacht so bequem wie möglich machten. Wölfe heulten und kamen so nah, dass man den Feuerschein in ihren Augen glimmen sehen konnte, doch als der Morgen dämmerte, berichtete Mab, dass keiner mehr in der Nähe sei.

Sie kletterten von dem Baum herunter und verbrachten den Rest des Tages damit, Hügel zu erklimmen, wobei sie Durst und Hunger litten, sich vor wilden Tieren in Acht nahmen und nur mit Mabs Hilfe Quellen und Beerensträucher ausfindig machten. Auf der anderen Seite eines jeden Hügels lag ein weiterer, was mit der Zeit entmutigend wurde. Doch bei Einbruch der Dunkelheit führte Mab sie durch eine Schlucht aus steilen Felswänden auf eine Felsbank, die von Wald umgeben, selbst aber baumlos war und von der sie hinauf zur Kuppe des bis dahin höchsten Hügels blicken konnten. Auf dessen Gipfel stand ein weißes Gebäude, das sie in mancher Hinsicht an den Palast erinnerte, auch wenn es wesentlich kleiner und weniger beeindruckend war. Während sie auf einem Pfad, der offensichtlich von anderen Seelen angelegt worden war, auf dieses Gebäude zustiegen, konnten sie den Weg, den sie gekommen waren, und den oberen Teil von Els Felsnadel sehen, die sich in weiter Ferne aus der Mitte des Landes erhob. Von deren Spitze schien Els Palast ihnen hinterherzuschauen.

Bald erreichten sie die Kammlinie, die zu dem weißen Gebäude hinaufführte. Von dort blickten sie hinab in die roten Feuer und die rauchige Luft einer sich unten ausbreitenden Stadt.

44

In den fünfzehn Jahren nach der Auffahrt ihrer Tochter in die simulierte Welt der Toten dachte Zula immer wieder darüber nach, was sie, wenn überhaupt, dort tat. Mit der Zeit gewöhnte sie sich jedoch an das Mysterium. Ihr Verstand legte es zu den Akten und zog es nur zu seltenen Anlässen zur erneuten Betrachtung hervor. Wie an jenem Oktobermorgen, an dem sie mit kaputten Knien in einer Gosse lag.

Als sie auf dem Weg zur Arbeit von einem hohen Bordstein hinuntergetreten war, hatte sie einen heftigen Schmerz im Bein verspürt und ein leises Knallen gehört. Das Bein war eingeknickt, worauf sie versucht hatte, durch das bewusste Aufsetzen des anderen Beins einen Sturz abzufangen, was einen weiteren leisen Knall, wieder einen stechenden Schmerz und das Zusammensacken ihres ganzen Körpers in der Gosse zur Folge gehabt hatte. In der Nacht zuvor hatte es geregnet, der erste ernstzunehmende Regen in diesem Herbst, und so teilte sie sich nun die Gosse mit einer für Seattle typischen Mischung aus feuchtem Laub, weggeworfenen Kaffeebechern und einer gebrauchten Injektionsspritze. Ein Rabe kam aus einer Fichte heruntergeflogen, um zu sehen, ob sie noch essbar war. Die einzige Erklärung, die ihr einfiel, war, dass irgendein Arschloch zweimal auf sie geschossen hatte und dann weggerannt war. Aber es gab keine Einschusslöcher, keine Blutung.

Für eine erstaunlich lange Zeit passierte gar nichts. Sie befand sich in einem gemischten Viertel aus hochverdichteter Wohnbebauung und Geschäftsgebäuden an dem Hang, der den unteren Teil von Capitol Hill mit dem Ufer des Lake Union verband. Hier hätte es eigentlich geschäftig zugehen müssen. Was es in gewisser Weise auch tat; alle paar Sekunden rauschten Autos vorbei und machten einen großen Bogen um diesen irgendwie menschlich aussehenden Klumpen, den ihre Infrarotkameras in der Gosse registriert hatten. Im Handumdrehen hatten die Autos sich gegenseitig über diesen Klumpen informiert und den Verkehr umgeleitet, um das Risiko zu minimieren. Ihre Insassen waren natürlich anderweitig beschäftigt und hoben deshalb gar nicht den Blick. Die Leute in den Wohnblocks, Büros und Cafés achteten ebenso wenig auf das, was da in der Gosse passierte. Zula war sich selbst und ihren Gedanken über existenzielle Fragen überlassen.

Die Tragik – und der eigentliche Sinn – des Elternseins war der Augenblick, in dem die Geschichte aufhörte, sich um einen selbst zu drehen. Sie kündigte sich an und wurde vorweggenommen in den rührseligen Momenten, die Eltern in Schnappschüssen festhielten und die von der Werbung zu kommerziellen Zwecken ausgeschlachtet wurden: Babys erste Schritte, der erste Tag im Kindergarten, die erste Fahrt allein auf dem Fahrrad oder hinter dem Steuer eines Autos. All das hatten Zula und Csongor mit Sophia durchlebt, hatten Fotos gemacht und wie alle anderen Tränen vergossen. Richtig getroffen hatte es sie allerdings erst, als Sophia aufs College gegangen war und sich drei Wochen lang einfach gar nicht gemeldet hatte. Keine SMS, keine Tweets, keine Anrufe: ein Schweigen, das genauso gut Grabesstille hätte sein können. Nicht dass Sophia die Familie, die sie zurückgelassen hatte, vergessen oder nicht geliebt hätte. Was sie damals auf dem College machte, hatte sie so sehr fasziniert, dass sie gar nicht auf die Idee gekommen war, zu Hause anzurufen. Csongor hatte still vor sich hin gelitten. Zula hatte sich an ihre Leidensgenossinnen gewandt: die Mütter von Sophias Schulfreundinnen und Mannschaftskameradinnen beim Fußball. Manche hatten noch immer mehrmals täglich von ihren Kindern gehört und sie in den sozialen Medien verfolgt, andere dagegen hatten dasselbe empfunden wie Zula: das Gefühl, zurückgelassen worden zu sein, so als stellte man in einem Film eine Figur dar, die am Ende der ersten Spule von einem Bus überfahren wird, damit ein jüngerer, charismatischerer Star die Haupthandlung übernehmen kann.

Sein Kind zu verlieren war das Gegenteil davon. Eine widernatürliche Wendung in der Geschichte, bei der die falsche Person vom Bus überfahren wird und Überlebende auf der Bühne hinterlässt, die nie damit gerechnet und sich nie gewünscht haben, im Rampenlicht zu stehen. Natürlich war das nicht das Schlimmste daran, ein Kind zu verlieren, aber es war ein Teil des düsteren Bilds.

Anderthalb Jahrzehnte nach Sophias Tod kamen Zula immer noch in den sonderbarsten Momenten die Tränen. Die Folgen für sie und Csongor und für ihre Beziehung waren in vielerlei Hinsicht typisch gewesen. Sie hatten eine Woche, dann einen Monat, dann ein Jahr lang keinen Sex gehabt. Csongor war aus der Eigentumswohnung ausgezogen, weil er deren Verbindungen zu der Tochter, die sie dort großgezogen hatten, nicht ertragen konnte, und Zula war darin fast zur Einsiedlerin geworden. Zwei Jahre später hatten sie die Formalitäten einer Scheidung erledigt. Sie hassten sich nicht. Sie liebten sich nicht. Aber die gesamte Grundlage ihrer Ehe schien ausradiert worden zu sein.

Mit den Jahren hatte sich Zulas Trauer jedoch weniger oft eingestellt. Häufiger hatte sie Emotionen ähnlich denen verspürt, die sie so geärgert hatten, als Sophia aufs College gegangen war. Denn natürlich waren Sophias sterbliche Überreste, nachdem man sie aus dem Wasser gezogen hatte, gescannt worden. Sie war noch nicht so lange tot gewesen, und das Gehirn war durch die Kälte gut erhalten geblieben. Gemäß detaillierter und bisher beispielloser Anweisungen, die Sophia in einem Testament hinterlassen hatte, mit dessen Abfassung sie sich in den Wochen vor ihrem Tod große Mühe gemacht hatte, war ein neuer Prozess gestartet worden. Corvallis Kawasaki war der Vollstrecker dieses Testaments gewesen und hatte dafür gesorgt, dass alles entsprechend erledigt wurde.

Der daraus resultierende Prozess hatte hin und wieder mit dem Urvater aller Prozesse interagiert – dem, den Sophia selbst aus Dodges Gehirn gestartet hatte –, bis Letzterer rätselhafterweise sein Funktionieren eingestellt hatte. Um dieselbe Zeit hatten Beobachter in der Realwelt angefangen, die Sicht in die Bitwelt zu verlieren. Bis dahin war die gesamte Landform wie ein offenes Buch gewesen, das nichts enthielt, was dem allsehenden Auge der Landform-Visualisierungs-Utility verborgen blieb. Der neue Ort jedoch, der von Dodge, Sophia und dem Pantheon errichtet worden war – Landform-Blüte oder Landform 2, wie manche ihn nannten –, wurde durch eine Art von List verschleiert, »obnubiliert«, wie Enoch Root es nannte – ein Wort, das jeden zum Nachschlagen im Wörterbuch gezwungen hatte. Es bedeutete »hinter Wolken verborgen«.

Sophia hatte die Landform-Visualisierungs-Utility mit erfunden, sodass es höchst unwahrscheinlich war, dass es sich hier um reinen Zufall handelte.

Da ihr Prozess genug Datenspuren im System hinterließ, konnten sie sicher sein, dass er noch lief. Er meldete sich jedoch nie – machte, soweit für sie erkennbar, nie einen Versuch, mit den Hinterbliebenen zu kommunizieren. In den Büros der Forthrast-Familienstiftung hatten Zula und die anderen Trauernden, so gut sie konnten, die Datenflüsse und undurchschaubaren Verschiebungen von Geld und Mana im Zusammenhang mit dem Sophia-Prozess beobachtet. Sie hörten jedoch nichts von ihr.

Die Forthrasts waren Erstanwender gewesen, hatten diese

Erfahrungen also früher gemacht als andere Familien. In dem Jahrzehnt nach Sophias und Elmo Shepherds Tod war das Scannen sterblicher Überreste jedoch so allgegenwärtig geworden, wie Erdbestattung oder Kremierung es für frühere Generationen gewesen waren. So ertappten sich Millionen anderer Familien dabei, wie sie vergebens auf ein deutliches Zeichen aus dem Jenseits warteten. Die Lebenden fragten sich, was da passierte. Waren die Erinnerungen der Toten ausradiert worden? In der Anfangszeit war das eine gängige Theorie gewesen, die jedoch weniger wahrscheinlich wurde, als die Jahre vergingen und die Seelen eine digitale Welt konstruierten, die offensichtlich an die erinnerte, in der sie ihr früheres Leben verbracht hatten. Und das führte zur Formulierung einer weniger angenehmen Hypothese, nach der die Bitwelt, ähnlich einem Collegeschlafsaal voller junger, schöner, hochbegabter, witziger Menschen, um so vieles interessanter war als die Realwelt, dass es dort niemandem in den Sinn kam, sich die Mühe einer Kontaktaufnahme mit diesen langweiligen, muffigen, sich noch in Atomen verkörpernden Relikten zu machen.

Die mangelnde Neugier der Toten auf die Lebenden war unter den Leuten, die gemeinhin an JEESN teilnahmen, zu einem Forschungs- und Diskussionsgegenstand geworden. Tausende drängten sich in riesige Hörsäle, um Vorträge über Themen wie RST, Radikale Semantische Trennung, zu hören, ein Konzept, das bei der JEESN 3 von Enoch Root in einer Bar in Umlauf gebracht worden war und sich daraufhin zu einer blühenden wissenschaftlichen Teildisziplin entwickelt hatte, ausgehend von der Vorstellung, dass die neu gestarteten Toten, selbst wenn sie gewollt hätten, nicht mit der Realwelt kommunizieren konnten, weil es einfach keine Gemeinsamkeit gab, die als Grundlage für die Kommunikation hätte dienen können.

Es gab nur eine Form der Kommunikation – wenn man diesen Begriff dafür überhaupt verwenden wollte –, die tatsächlich funktionierte, und das war die, die sie schon die ganze Zeit benutzt hatten: die LVU. Im Laufe der beinahe zwei Jahrzehnte seit ihrer Einführung durch Sophia und Matilda hatte sie sich stetig verbessert, und zwar mindestens so sehr wie der Fernseher zwischen der flimmernden Schwarz-Weiß-Kiste der 1950er-Jahre und den schärferen Vollfarbbildschirmen der 1970er. Inzwischen konnte man mit jeder vernünftigen Erweiterte-Realität-Brille in der Landform umherfliegen und sie in Farbe und mit einer Auflösung betrachten, die so gut war, dass man die Körper ausmachen konnte, die die Toten für sich geschaffen hatten: überwiegend menschenähnlich, unter Beimischung von geflügelten Formen und anderen Typen, die direkt dem kollektiven Mythos entstammten, den diese Seelen anscheinend in die Bitwelt mitgeschleppt hatten. Man konnte in den Städten der Toten über den Marktplätzen schweben und zusehen, wie sie Umgang miteinander hatten und allem Anschein nach miteinander sprachen, Handel trieben, kämpften und kopulierten.

Abhängig vom jeweils aktuellen Wert der Zeitdichte-Relation taten sie diese Dinge manchmal sehr schnell und manchmal sehr langsam. Wenn SLUZA mehr als genug Mana für die Bitwelt hatte, konnte diese schneller laufen als die Realität. Dann wurden die Toten in diesen Städten zu verschwommenen Flecken. Gebäude wuchsen in die Höhe und Wälder wurden abgeholzt, als befänden sie sich in einem Zeitrafferfilm. Wenn aber der JISS – Jenseitsinfrastruktur- und -systemsupport – unter der Belastung nachließ, bewegte sich die Bitwelt nur noch im Kriechtempo. Dann konnte man stundenlang dasitzen und seine tote Großmutter durch einen Raum gehen sehen. Da SLUZA gut darin geworden war, Quantencomputer herzustellen und Glasfaserkabel zu verlegen, schoss die Zeitdichte-Relation nach oben. In der Bitwelt hatte die Zeit einen Sprung vorwärts gemacht. Das hatte jedoch mehr Uploads angezogen und eine größere Nachfrage erzeugt, wodurch sie sich erneut verlangsamte, bis mehr Kapazitäten hinzugefügt werden konnten, und so weiter und so weiter. Seit Sophia und El ins Jenseits gegangen waren, war dieses Pendel mehrmals hin und her geschwungen. Im Durchschnitt war die Zeit in der Bitwelt aber schneller vergangen. Hunderte simulierter Jahre waren verstrichen. Für sie hatte sich die Bitwelt im Zeitraffer dargestellt. Man musste sie verlangsamen, um zu sehen, was passierte. Zuletzt hatte das Pendel in die andere Richtung ausgeschlagen, und sie war langsamer gelaufen – annähernd Parität, was bedeutete, dass die Zeit in beiden Welten in ungefähr demselben Tempo voranschritt. Zula hatte immer wieder mal nachgesehen, aus purer Neugier und aus der Hoffnung heraus, dass sie vielleicht einen Blick auf ihre Tochter erhaschen würde.

So verhielt es sich mit der Beobachtung der Aktivitäten der Toten in der Bitwelt. Diese waren in vielerlei Hinsicht denkbar irdisch. Allerdings gab es einen Unterschied, der für die lebenden Beobachter psychologisch von Bedeutung war: Die Toten waren tot. Einst waren sie Menschen aus Fleisch und Blut gewesen. Jetzt waren ihre Körper dahin, und sie waren nach allen erdenklichen biologischen Maßstäben tot. Es bestand jedoch kein Zweifel, dass sie in ein Jenseits gegangen waren. Und für die Länge ihres Aufenthalts dort schien es keine Begrenzung zu geben.

Die Erkenntnis, dass der Tod nicht endgültig war und dass jeder potenziell ewig leben konnte, war das Folgenschwerste, was Menschen hatten lernen können. Lediglich der Nachweis der Existenz Gottes oder die Entdeckung anderer Zivilisationen in anderen Sternsystemen hätten es an Bedeutung mit ihr aufnehmen können. Doch keins von beiden war tatsächlich erfolgt.

Einer der witzigen Aspekte daran war im Rückblick die Langsamkeit der Entwicklung, das Fehlen irgendeines dramatischen »Moments, in dem es passiert war«. Das erinnerte ein wenig an die Einführung des Internets in der Realwelt, das mit ein paar

Nerds begonnen hatte und innerhalb von Jahrzehnten so allgegenwärtig geworden war, dass kein Mensch unter dreißig sich wirklich vorstellen konnte, wie das Leben ausgesehen hatte, bevor man alles googeln konnte. Im Rückblick war das Internet eine Revolution des menschlichen Miteinanders gewesen, aber eine, die so langsam vor sich gegangen war, dass diejenigen, die sie durchlebten, Zeit gehabt hatten, sich in kleinen Entwicklungsschritten anzupassen. In Jahrhunderten dagegen würden Menschen – falls es dann noch welche gäbe – sie als etwas sehen, das von einem Augenblick auf den anderen passiert war.

Wie sie mit ihren kaputten Knien in der Gosse lag, fühlte Zula sich von allen ignoriert: von ihrem Ex-Mann, ihrem toten Onkel und ihrer toten Tochter ebenso wie von den lebendigen Menschen um sie herum, die zu sehr mit den mysteriösen Aktivitäten der Toten beschäftigt waren, um zu den Fenstern ihrer Autos oder Wohnungen hinauszublicken und ihre missliche Lage zu bemerken. Sie hatte elektronische Geräte bei sich, die sie hätte nutzen können, um Hilfe zu rufen, aber der Unfall hatte sie in einen seltsam gelassenen Gemütszustand versetzt, und sie war zufrieden damit, hier zu liegen und sich für ein oder zwei Minuten auszuruhen. Dann saugte ihre Kleidung sich allmählich mit Wasser voll, und ihre Knie fingen an, richtig wehzutun.

Ein Polizeiauto hielt an, und seine roten und blauen LEDs begannen zu blinken. Als sich die Nachricht davon unter den Zivilfahrzeugen verbreitete, verschwand sämtlicher anderer Verkehr von dieser Straße. Aus ihrer Froschperspektive konnte Zula nicht sehen, ob in dem Polizeiwagen Menschen saßen. Er spuckte einen Roboter mit den Maßen eines größeren Mikrowellenofens aus, der sich ihr auf raffinierten dreieckigen Vorrichtungen näherte, die er mal als Panzerketten nutzte, mal wie ungelenke Räder, die über einen Eckpunkt nach dem anderen abrollten, dann wieder, um vorwärtszurobben wie GIs alter Schule, die auf dem Bauch unter Stacheldraht hindurchkrochen. Zwei Flugdrohnen tauchten auf, um noch weniger schmeichelhafte Kameraeinstellungen beizusteuern. Zula hatte eine kurze Unterhaltung mit einem Gesicht auf einem Bildschirm, deren Zweck darin bestand, festzustellen, dass sie nicht verrückt und nicht gefährlich war. Sie konnte nicht recht erkennen, ob das Gesicht einem Menschen in einer Liveübertragung, einer Simulation oder einer Kombination von beidem gehörte.

Weitere Fahrzeuge kamen angefahren. Menschen stiegen aus, zogen Handschuhe an und taten nichts, außer zuzuschauen, wie sich eine andere Art von Roboter – eine intelligente Trage/Transportliege – Zula näherte. Dessen Logo war das einer japanischen Firma. Die Japaner hatten längst begonnen, über den Bau von Robotern nachzudenken, die viele Routinetätigkeiten übernehmen könnten, mit denen man Seniorinnen und Senioren sicher, sauber und gesund erhielt.

Der Roboter entfaltete vielgelenkige Arme mit weißen Teflonpfannenwendern an den Enden, die er sehr geschickt und präzise unter Zula schob. Er hob sie aus der Gosse und ließ sie mit außerordentlicher Sanftheit zum nächsten Krankenhaus gleiten, das tatsächlich so nah war, dass man sich nicht einmal die Mühe machte, sie in einen Krankenwagen zu verfrachten. Dort wurde sie zum ersten Mal von Menschen berührt, die ihr etwas gegen die Schmerzen gaben und ihr mitteilten, sie habe in beiden Knien einen Patellasehnenriss erlitten – was recht häufig vorkomme –, und es werde eine ganze Weile dauern, bis sie wieder auf den Beinen sei. Roboter operierten ihre Knie durch so winzige Schnitte, dass die anschließende Wundversorgung mit Pflastern fast übertrieben wirkte. Noch vor Sonnenuntergang hatte sie das Krankenhaus wieder verlassen. Freunde und Familie kamen sie dort, wo sie seit über vierzig Jahren lebte, besuchen. Karten und Blumen häuften sich vor ihren Augen. Es wurden ernsthafte Gespräche darüber geführt, ob sie erwägen sollte, die Wohnung zu verkaufen und in einen ebeneren Teil der Stadt, näher an den Büros der Forthrast-Familienstiftung, umzuziehen. Oder umgekehrt, ob sie das Büro selbst schließen sollten, da ja mittlerweile die meisten Leute von zu Hause aus arbeiteten und Meetings in einem flickenteppichartigen Pseudoraum aus realen Körpern in einem Besprechungszimmer, Videokonferenzen, Telepräsenzrobotern und erweiterter Realität stattfanden. Doch Zula und Corvallis gingen weiter fast jeden Tag hin, als wollte weder sie noch er der Erste sein, der aufgab.

Je jünger Zulas Freundinnen und Freunde waren, umso besorgter waren sie über ihre Lebensweise. Der Grund dafür war ihr natürlich klar: Sie wollten sicherstellen, dass sie, wenn Zula starb, einen guten Scan ihres Gehirns bekämen, damit sie ewig lebte.

So dachten die Menschen inzwischen. Es waren nicht nur Polizisten, Soldaten und Feuerwehrleute, die alles über Telepräsenz machten. Schon lange war klar, dass bestimmte Tätigkeiten, wie etwa wegen einer Flasche Milch ins Lebensmittelgeschäft zu gehen, die Mühe nicht wert waren, das Haus zu verlassen, das Auto zu parken und in der Schlange an der Kasse zu warten. Es war besser, Dinge online zu kaufen und sie sich von Drohnen bringen zu lassen. Hinzu kam jetzt, da der Tod praktisch abgeschafft war, als weiterer Faktor das, was man inzwischen »Gehirnsicherheit« nannte. Selbst in den wohlhabendsten und sichersten Gemeinden barg die Fahrt zum Supermarkt ein geringes Risiko, unterwegs bei einem Autounfall ums Leben zu kommen, und falls der Unfall einer von der falschen Sorte war, könnte er zur Zerstörung des Gehirns führen, was dem Opfer den Eintritt ins Jenseits verwehren würde. Da blieb man lieber zu Hause und erledigte so viel wie möglich über Telepräsenz. Die so eingesparte Zeit konnte man mit virtuellen Wanderungen durch die faszinierende Geografie jener Welt verbringen, die Dodge erzeugt, Pluto perfektioniert und El dann übernommen hatte. Die Lebenden blieben zu Hause und suchten wie Geister die Welt der Toten heim.

In den Wochen nach ihrem Sturz war es Zula etwas unheimlich, wie wenig es letztlich ausmachte, dass sie nicht laufen konnte. Es schien, als müsste das eigentlich ein viel größeres Problem sein. Doch das zeigte nur, wie sehr sie in überholten Denkweisen feststeckte, war sie doch in einer Zeit geboren, als Krücken, Rollstühle und andere mittelalterliche Provisorien dieser Art noch eine Rolle gespielt hatten. Überbleibsel aus jenen Tagen – marode Rollstuhlrampen und rissige gelbe Bordsteinabsenkungen – fanden sich überall im Straßenbild. Da Zula Zugang zu einer im Grunde unendlich großen Geldmenge hatte, konnte sie die besten Assistenzroboter der Welt bekommen – Vorrichtungen, die sie hochheben und zur Toilette tragen oder unter die Dusche halten konnten, wann immer sie wollte. Sie konnten sie sogar an- und ausziehen. Der Algorithmus für das Einhaken des BH-Riemens musste Millionen verschlungen haben. Die Programmbibliotheken dieser Geräte wussten, wie man jeden jemals von der Schmuckindustrie entworfenen Halskettenverschluss zu- und aufmachte, wie man jegliche Art von Toilettenspülung betätigte und wie man mit den Drehknöpfen selbst der am schlechtesten geplanten und am jämmerlichsten ausgeführten Duschkabineninstallation umging. Treppen waren kein Hindernis. Während Roboter viel schwerere Dinge als Zula trugen, stiegen sie Treppen schneller hinauf, als Menschen auf ebener Strecke rannten.

Ihre Betreuer versuchten sogar, sie mit einem am Körper tragbaren Roboter auszustatten – einem Paar bionischer Beine, die ihr gesamtes Gewicht tragen und ihr erlauben würden, sich wie ein richtiger humanoider Zweibeiner zu bewegen. Doch da zog sie die Grenze und versuchte, so bald wie möglich aus eigener Kraft mit einem Roboter an ihrer Seite – einer Art androidem Hochzeitszeremonienmeister, vollgepackt mit ermüdend vielen Eigenschaften und leistungsfähiger als ein Flugzeugträger – umherzuhumpeln. Während sie wieder mehr Kraft und Stabilität erlangte und verschiedene medizinische Hürden nahm, konfigurierte sie dieses Ding so, dass es nach und nach immer weiter zurückwich, bis es wie ein Lakai aus der Feudalzeit fünf Schritte hinter ihr herging.

Zula gab klein bei, verkaufte die Wohnung auf dem Hügel und zog in ein Hausboot auf dem See um, das so weit vom Büro entfernt lag, dass es ihr jeden Tag einen anständigen Fußmarsch verschaffte. Wenn sie es wirklich eilig hatte, konnte sie den Weg mit einem Roboterboot oder Roboterauto zurücklegen, immer begleitet von Frankenstein, wie sie ihren Zeremonienmeister-/Ninja-/Bodyguard-/BH-Einhaker-/Treppensprinter-Roboter getauft hatte. Wie ein übermäßig großes Zugeständnis fühlte es sich zu diesem Zeitpunkt gar nicht an.

In der Realwelt vergingen weitere fünf Jahre. Obwohl vollständig genesen und problemlos in der Lage, zu gehen und zu rennen, behielt sie Frankenstein bei sich. Es war ein sperriger Name. Jemand wies darauf hin, dass sie ihn falsch aussprach. Er wurde zu Fronk. An Fronks Design gefiel ihr vor allem, dass es nicht so menschenähnlich war. Zwar musste der Roboter Beine und Hände haben, aber diese waren überhaupt nicht menschenartig; die Beine winkelten sich wie die eines Hundes in die andere Richtung an, und die Arme waren neutrale Stümpfe, die verschiedene »Hände« – von denen keine einer menschlichen Hand besonders ähnlich sah – aus einem karussellförmigen Halfter ziehen konnten, das den als Torso geltenden Teil von Fronk umgab. Sein »Kopf« war nur ein mit winzigen Objektiven gesprenkelter, schlanker Kommandoturm.

Mit anderen Worten, er sah nicht annähernd so aus wie der Metatron, der ihre Tochter umgebracht hatte.

Dieses Modell war nach der Tragödie aus PR-, aber auch aus Sicherheitsgründen vom Markt genommen und nach einem angemessenen Zeitraum durch eins ersetzt worden, das eigentlich ziemlich anders aussehen sollte, in Zulas Augen aber immer noch genug Ähnlichkeit mit dem Vorgänger hatte, um PTBS auszulösen, wann immer sie eins die Straße entlangschreiten oder sich an einer Laderampe aus seiner Embryonalhaltung heraus entfalten sah.

Eines Morgens irgendwann in ihrem zweiundsiebzigsten Lebensjahr begann Zula den Tag damit, dass sie sich von einem Auto zu einem Arzttermin auf den Pill Hill fahren ließ. Nichts Akutes. Nur einer dieser regelmäßig anberaumten Check-ups, die die Kalender von Menschen ihres Alters pflasterten. Zufällig fand er genau in dem Gebäude statt, wo es ihren Onkel Richard ungefähr vierzig Jahre zuvor während eines Routineeingriffs getroffen hatte. Dennoch war das Gebäude für Zula nicht mit starken Emotionen verbunden, weil sie Richard an diesem Tag erst gesehen hatte, als er schon in das nahe gelegene Krankenhaus verlegt worden war. Dort war dann das ganze schwere Trauma entstanden.

Diesen speziellen Arzt suchte sie zweimal im Jahr auf. Jeder Besuch löste ein kurzes Nachdenken über Dodge aus. Er schien ein paarmal gelebt zu haben und gestorben zu sein. Man konnte nie ganz sicher sein, dass er tot war. Der *Prozess*, der auf der Basis seines Hirnscans gestartet worden war, hatte vor Jahren aufgehört zu laufen. Seitdem war keine Spur von ihm mehr beobachtet worden. Wenn er aufwachte, würden sie es mitbekommen. Über die vergangenen zwei Jahrzehnte hatte Dodges Konto einen Umsatz von null Dollar, null Cent aufgewiesen. In Spitzenzeiten hatte es eine Milliarde pro Monat umgesetzt. Er schien also ziemlich tot zu sein.

Nach dem Termin bestiegen sie und Fronk ein anderes Auto für den Weg hinunter zum Büro. Als es um eine Ecke bog, eröffnete sich Zula der Blick auf den Lake Union. Sie hatte diese Aussicht jeden Tag genossen, als sie noch oben auf dem Hügel gewohnt hatte, doch nun sah sie sie mit anderen Augen. Sie dachte an ihr Geologiestudium zurück, malte sich den Gletscher aus, der vor langer, langer Zeit die Hohlform des Sees gegraben hatte. Sie sah ihn vor ihrem geistigen Auge, eine Eisklippe, die zerstörte Berge vor sich herschob, und verglich seine Größe mit allem, was Menschen auf der felsigen Erde gebaut hatten, die der schmelzende Gletscher hinterlassen hatte. Sie dachte daran, wie jung die Werke von Menschen waren, wie flüchtig im Vergleich mit der Geologie, und sie fragte sich, wie lange es dauern würde, bis das alles verschwand.

Die vier Aufzüge des Stiftungsgebäudes hatten, kaum dass sie eingebaut worden waren, die ersten Störungen gezeigt, denn damals hatte die junge Zula in ihrer Sparsamkeit dem günstigsten Anbieter den Auftrag erteilt. Vor ein paar Jahren hatte die Stiftung aufgehört, sie zu reparieren. Nur einer funktionierte noch. Menschen und menschenähnliche Roboter benutzten in der Regel die Treppen – das Gebäude war nur sechs Stockwerke hoch, und Leute, die sie aus eigener Kraft nicht bewältigten, konnten sich tragen lassen. Mit ein wenig Hilfe von Fronk, der jetzt im Hochzeitszeremonienmeister-Modus an ihrer Seite war, schaffte sie es bis in die oberste Etage und betrat die Büros der Forthrast-Familienstiftung, wo zwei Überraschungen sie erwarteten.

Eine davon war Corvallis Kawasaki. Seine Anwesenheit im Büro war nicht ungewöhnlich, aber heute ließ er sich zum ersten Mal seit dem Tod seiner Frau Maeve Braden-Kawasaki wieder blicken. Sie war drei Wochen zuvor im Alter von achtunddreißig Jahren infolge eines kardialen Ereignisses gestorben – einer Art Arrhythmie, wie es schien. Selbstverständlich war sie gescannt und hochgeladen worden. C-plus hatte die normalen Stadien der Trauer durchlebt, deren herkömmliche Form heutzutage allerdings stark verzerrt wurde durch das Bewusstsein, dass die Verstorbene in gewisser Weise lebendig und wohlbehalten war – und, falls Maeves Vorbereitungen tatsächlich funktioniert hatten, jetzt mit einem Paar Flügel in der Bitwelt umherflog.

Daher war es eine angenehme, wenn auch schmerzliche Überraschung, ihn am Tisch im großen Besprechungszimmer sitzen zu sehen.

Weniger angenehm war Überraschung Nummer 2: ein neues Modell des Metatrons, das ihm gegenübersaß und sich mit ihm unterhielt. An und für sich waren Telepräsenzroboter nichts Ungewöhnliches. Die meisten Leute, die geschäftlich mit der Forthrast-Familienstiftung zu tun hatten, sahen jedoch ein, dass es einfach nur geschmacklos war, einen Metatron zu schicken.

Der Blick, den C-plus ihr zuwarf, als er sie durch die gläserne Wand entdeckte, sagte ihr, dass sie hereinkommen und sich das mal anhören solle. Also trat sie ein. Der Roboter saß mit dem Rücken zur Tür. Natürlich brauchten Roboter sich eigentlich nicht auf Stühle zu setzen, aber sie taten es üblicherweise. Zula ging halb um den Tisch herum und drückte C-plus, während sie hinter ihm vorbeischlüpfte, freundschaftlich die Schulter. Dann setzte sie sich hin, um sich dem Roboter zuzuwenden. Sein Gesicht war leer. C-plus sprach daher entweder mit einem Menschen, der (etwas unhöflich) anonym bleiben wollte, oder mit einer so fortgeschrittenen künstlichen Intelligenz, dass sie es wert war, als menschlich behandelt zu werden.

Mit anderen Worten, etwas an der ganzen Atmosphäre ließ sie vermuten, dass dieses Ding dem Zentrum aller El-ähnlichen Merkwürdigkeiten in Zelrijk-Aalberg entstammte.

Als sie sich das letzte Mal die Mühe gemacht hatte, die Zahlen zu überprüfen, hatten die Serverfarmen, die Els Teil von JISS gehörten, einunddreißig Prozent sämtlicher auf dem Planeten erzeugten Elektrizität verbraucht, und sie hatten angefangen, in der Erdumlaufbahn Solarkraftwerke zu bauen. Was Zula erstaunlich gefunden hätte, wäre da nicht die Tatsache, dass die zu Forthrast gehörenden Einheiten elf Prozent aller Elektrizität der Erde verbrauchten und einen guten Teil der Forschung zur Energieversorgung aus dem Weltraum finanziert hatten.

Dieses ganze Mana zu erzeugen kostete eine Menge Strom, nicht nur für die Computer, sondern auch für die Kühlsysteme, die sie vor dem Überhitzen schützen sollten. Dafür gab es eine

Technologie, und es konnten auch neue technische Lösungen erfunden werden, neue Gesetze der Thermodynamik jedoch nicht. Sämtliche Kühlsysteme mussten Abwärme *irgendwohin* entsorgen – weshalb die Rückseite eines Kühlschranks warm ist. In planetarischen Maßstäben gedacht – was, wenn man den Blick auf ein künftiges Mag-10-System richtete, die einzige Möglichkeit war, wie man sinnvoll denken *konnte* – würde die Welt zu einem riesigen kugelförmigen Kühlschrank werden, der durchs All raste. Energie würde er von der Sonne bekommen, und er würde Wärme ans Universum abgeben, indem er riesige warme Platten in die Dunkelheit richtete.

Im Weltraum zu arbeiten war für Menschen schwierig, für Roboter dagegen kein Problem. Daher mussten auch Roboter gebaut, gewartet, mit Strom versorgt und gekühlt werden. Im Vergleich zu Manaproduktion, Raketenflotten, Schwärmen von orbitalen Solarkraftwerken und Armeen von Robotern sah das Energiebudget, das erforderlich war, um die schrumpfende Bevölkerung der Realwelt mit Nahrung, Kleidung, Wohnraum und Unterhaltung zu versorgen, mehr und mehr wie ein bloßer Rundungsfehler aus.

Das war alles geregelt. Das Konsortium hatte jetzt über lange Zeit reibungslos funktioniert. Lange genug, um Berater anzuheuern, die fanden, SLUZA sei ein schrecklicher Name, und die die Stiftung dazu überredeten, bei jeglicher Kommunikation mit Kunden künftig JISS zu verwenden. C-plus behielt mit seinen Ansprechpartnern in Zelrijk-Aalberg JISS im Auge, und wenn seltsame Probleme auftauchten – was immer seltener der Fall war –, konnten sie in der Regel warten, bis sie bei der nächsten JEESN ausgebügelt wurden.

Jedenfalls hatte sich Zula das immer gesagt, bis der Metatron sein Anliegen vorbrachte: »Wir haben Beweise dafür, dass der einst als Dodges Gehirn bekannte *Prozess* rebootet wurde.«

Zula blickte zu Corvallis, der den Kopf schüttelte.

»Er wurde rebootet«, beharrte der Metatron, als wäre er clever genug, den Blick, der gerade zwischen den beiden Menschen gewechselt worden war, zu deuten, »und außerdem hat er sich unmittelbar in eine Arbeit eingemischt, die unter großem Aufwand von El verrichtet wird.«

»Woher wollen Sie das denn wissen?«, fragte C-plus, und etwas in seinem Ton deutete darauf hin, dass er das nicht zum ersten Mal fragte. »Und wollen Sie damit sagen, dass Sie uns in gewisser Hinsicht dafür verantwortlich machen?«

Zula kramte eine Brille aus ihrer Tasche und setzte sie auf. Da das letzte Mal, dass sie das Guthaben auf Dodges Konto geprüft hatte, schon eine Weile her war, brauchte sie ein paar Augenblicke, um sich auf dem Interface zurechtzufinden, doch dann griff sie auf das Konto zu und sah, dass es immer noch bei null eingefroren war. »Da gibt es keine Aktivität«, beharrte sie.

»Genau deshalb ist er uns entgangen«, antwortete der Metatron. »Er hat auf eine Weise Mittel angezapft, die wir bis jetzt nicht nachvollziehen konnten. Es besteht jedoch kein Zweifel, dass ein neuer – oder sehr alter – Akteur, dessen Wissen, Agenda und Charakter sich holografisch nicht von Dodges unterscheiden, im System aktiv ist. Wir haben das erst vor Kurzem mitbekommen, er könnte sich aber schon jahrelang unsichtbar gemacht und Mittel mobilisiert haben.«

»Und jetzt?«, fragte Zula. »Angenommen, das alles stimmt?« Was sie tatsächlich hoffte.

»Und noch einmal, woher wissen Sie das überhaupt?«, ergänzte Corvallis.

Darüber schien der Metatron einen Augenblick nachzudenken, ehe er antwortete. »Wir haben Kommunikationsverfahren zwischen Lebenden und Toten entwickelt, die weitaus effektiver sind als irgendein Ihnen bekanntes.«

Jetzt war es an Zula und Corvallis, erst einmal zu schweigen und das zu verarbeiten. Irgendwie waren lange Pausen einfacher auszuhalten, wenn man mit einem gesichtslosen Roboter sprach, dessen Haltung und Gestik keine Spur von Ungeduld oder einer der anderen vorübergehenden Gefühlslagen verrieten, durch die normale Unterhaltungen vorangetrieben wurden.

»Halten Sie Séancen ab?«, fragte Zula. »Haben Sie ein Ouijabrett?«

Das fand der Metatron nicht komisch. »In den Jahren vor seinem Tod erkannte El die Notwendigkeit, solche verbesserten Kanäle zu entwickeln, und finanzierte Forschungsprogramme mit dem Ziel, die Schranke der Radikalen Semantischen Trennung zu umgehen. Er schuf eine Infrastruktur für eine solche Kommunikation, die nach seinem Tod weiterentwickelt und ausgeschöpft werden sollte. Wenn auch noch unvollkommen, vermitteln diese Verfahren uns doch die Erkenntnis, dass die jüngsten Umtriebe des oben erwähnten Prozesses eine schwerwiegende Störung für Aktivitäten mit sich bringen, die El gerade unternimmt und die nicht nur für ihn, sondern auch für Sie von erheblicher Bedeutung sind.«

Dieser letzte Satz war eine ziemlich rätselhafte Aussage, die näher zu erläutern der Roboter anscheinend nicht gewillt war.

»Können Sie mehr über diese Aktivitäten und inwiefern sie gestört wurden, sagen?«, fragte Corvallis. Er warf Zula einen Blick zu.

Die beiden hatten schon so lange miteinander zu tun, dass sie erahnen konnte, was er dachte und worauf seine Frage zielte.

In der Bitwelt lief die Zeit gerade etwas langsamer als in der Realwelt. Vor ein paar Monaten in Bitwelt-Zeit war auf dem Gelände der palastartigen Anlage, die Dodge gebaut und die El eingenommen hatte, etwas passiert. In einer Mauer war eine Lücke erzeugt worden. Zwei – anormale – Prozesse waren durch sie hinausgegangen und nicht zurückgekehrt.

In der Realwelt war das just um die Zeit von Maeves Tod passiert, als Zula wie auch Corvallis zu sehr abgelenkt gewesen waren, um dem Ereignis große Beachtung zu schenken. Die Wochen seither waren von Trauer und Gedenkfeiern beansprucht worden.

Wenn Zula Corvallis nun aber richtig verstand – und dass passierte ziemlich oft –, fragte er sich gerade, ob es einen Zusammenhang gab zwischen dem Weggang der beiden anormalen Prozesse aus Els Reich und dem, worüber sich zu beschweren der Metatron hergekommen war.

»Eine direkte, geplante Intervention durch den wiederauflebenden, mit Richard Forthrast assoziierten Prozess«, sagte der Metatron, »buchstäblich vor Els Haustür, in Form einer Einmischung in ein Entwicklungsprogramm, das seit Jahrzehnten in Arbeit ist.«

»Bitte entschuldigen Sie uns einen Moment«, sagte C-plus und legte beide Hände auf die Armlehnen seines Stuhls, um sich beim Aufstehen abzustützen. Zula tat es ihm gleich. Doch der Metatron war schneller. »Natürlich«, sagte er, stand auf und verließ den Raum.

Corvallis drehte sich zu ihr um.

»Die beiden Seltsamen«, sagte Zula. »Im Garten oder wie immer du dir das vorstellst.«

»Ich stelle es mir als das F&E-Labor vor, in dem Verna vor langer Zeit selbstreplizierende Prozesse erzeugt hat«, sagte Corvallis. »Angefangen bei Vögeln und Bienen. Die beiden Prozesse, von denen wir jetzt sprechen, waren weitaus ambitionierter. Sie brauchte ewig, um sie zu machen. Irgendwie war Dodge daran beteiligt.«

»Können wir sie verfolgen?«

»Das ist *alles*, was wir tun können.«

»Woher kommt das Geld für sie?«

»Ich meine, von Gebäude und Grundstücke, oder?« Das war das Budget, mit dem JISS die Simulation der Landform, ihrer Vögel, Bienen, Winde und Gewässer finanzierte. Es war gemäß einer Formel, die im Grunde ziemlich einfach war, zwischen Zelrijk-Aalberg und South Lake Union aufgeteilt.

»Ich muss zurück und die Zahlen überprüfen«, sagte Corvallis. »Aber ja, der allgemeine Geist der Vereinbarung war, dass Selbstreplikatoren zu Gebäude und Grundstücke gehören. Vielleicht sind Els Leute deshalb angefressen.«

»Wie kommst du darauf?«

»Die beiden fraglichen Prozesse – die vor ein paar Wochen aus Els Garten hinausspazierten – sind in ihrer Ausgereiftheit mit Menschen vergleichbar. Ich meine, mit eingescannten Simulationen von Menschen. Gesetzt den Fall, sie wären selbstreplikationsfähig, dann könnten sie mehr von ihrer Art erzeugen …«

»Und so weiter und so fort, bei exponentieller Zunahme«, sagte Zula mit einem Nicken. Allmählich ergab es einen Sinn. In der physischen Welt, in der sie und Corvallis lebten, gab es nur soundso viele Menschen. Versicherungsstatistische Tabellen sagten voraus, wie lange sie leben würden. Das machte es möglich, die weitere Expansion und Verwaltung von JISS zu planen. Die monetäre Seite der Dinge war ähnlich vorhersagbar. Die meisten Leute waren inzwischen überzeugt von Finanzierungspaketen – eigentlich komplizierten Versicherungspolicen –, die gewährleisteten, dass man sie als Gegenleistung für regelmäßige Prämien, die sie zeit ihres Lebens zahlen mussten, gefolgt von hohen Abschlusszahlungen, die bei ihrem Ableben aus ihrem Vermögen fällig würden, nach dem Tod scannte und simulierte. Menschen, denen die Mittel für solche Policen fehlten, konnten sich auf anderen Wegen in das System einkaufen, etwa indem sie sich als Mitarbeiter von Sicherheitsdiensten, als Wartungspersonal und Bauarbeiter verdingten. Auf der Grundlage von bekannten Bevölkerungsstatistiken und anderen Daten war das alles jedenfalls vorhersagbar und konnte somit finanzialisiert und ordentlich verankert werden. Gebäude und Grundstücke war ein einigermaßen vorhersagbarer Bestandteil dieses Systems. Ja, Vögel und

Bienen konnten sich selbst vervielfältigen, aber ihre Simulation war nicht so kostspielig.

Bei selbstreplizierenden Einheiten von menschlicher Komplexität konnte das völlig anders aussehen. Da keiner der Toten die Fähigkeit besaß, neues Leben zu erschaffen, war das bisher kein Problem gewesen.

»Das nagt tatsächlich schon lange an mir«, gab C-plus zu. »Ich schaue hin und wieder nach den beiden. Wie ein guter Onkel. Du musst dir mal ihre Burn Rates ansehen.«

»Und?«

»Über einen langen Zeitraum hatten sie die monotone Form einer Sägezahnschwingung, so wie die von Dodges Gehirn in der Anfangszeit.«

Zula hatte lange genug mit Computerfreaks zu tun gehabt, um das zu verstehen. Sie stellte sich Sägezahnschwingungen als Sisyphus-Schwingungen vor. Was sie an D'Aulaires Buch der griechischen Mythologie erinnerte, und das erinnerte sie an Sophia, was sie traurig machte. »Diese beiden Prozesse fahren also bis zu einem bestimmten Punkt hoch und fallen dann auf null zusammen.«

»Immer und immer wieder. Irgendwann habe ich nicht mehr hingeschaut.« An seinen Gesten und den Bewegungen seiner Augen konnte Zula jedoch erkennen, dass er jetzt hinschaute. Er benutzte seine Brille, um die neuesten Burn-Rate-Statistiken zu visualisieren. Sie ließ ihm einen Moment Zeit, die Zahlen auf sich wirken zu lassen. Durch den schmerzlichen Stich der Erinnerung lief ihr die Nase. Sie zog ein Papiertaschentuch aus ihrer Handtasche.

»Ja«, schloss C-plus, »vor sechs Wochen sind sie beide durch die Decke gegangen. Wurden wesentlich ressourcenhungriger. Seitdem sind sie immer mehr gewachsen. Sie sind aus dem Garten hinausgegangen, hinunter zum Startpunkt, und dann nach Westen. Und …«

»Was denn? Was?!«, wollte Zula wissen. »Du siehst aus, als hättest du einen Geist gesehen.«

»Das habe ich, glaube ich, auch«, sagte Corvallis. »Maeve ist bei ihnen. Sie kann fliegen.«

Als sie den Metatron wieder hereinbaten, fragten sie sich, wie viel er – und seine fernen Bediener – wussten. Konnte er ihre erhöhte Atem- und Herzfrequenz registrieren? Hatte er sie durch die Wand belauscht? Hatte C-plus, als er sich die Statistiken der Ausreißerprozesse ansah und sie zur Statistik von Maeve in Beziehung setzte, eine Brotkrümelspur im Netz hinterlassen, der Els Lakaien jetzt folgten?

Hatte der Besuch des Metatrons überhaupt nur den Zweck gehabt, genau solche Verhaltensweisen hervorzurufen?

»Warum sind Sie hier? Was wollen Sie?«, fragte Zula ihn, bevor Corvallis die Dinge noch komplizierter machen konnte, als sie schon waren.

»Als Vertreter von Els Interessen«, sagte der Metatron, »bin ich hier, um klar und deutlich unsere Position mitzuteilen.«

»Und was ist Ihre Position?«, fragte C-plus. »Wir wären Ihnen dankbar, wenn Sie sie ohne Umschweife darlegen würden.«

»Dass die jüngsten Aktivitäten des WEAP …«

»Des was, bitte?«

»Des Wiederauflebenden mit Egdod assoziierten Prozesses.«

»Gut, fahren Sie fort.«

»Dass diese Aktivitäten, auch wenn sie in einem sehr geringen Umfang betrieben wurden, sehr weitreichende Konsequenzen hatten. Dass sie unverhohlen feindselig und übergriffig und ihre Folgen potenziell verheerend waren. Dass sie, langer Rede kurzer Sinn, kriegsähnlicher Natur waren.«

»Krieg? Haben Sie wirklich gerade das Wort ›Krieg‹ benutzt? Sind Sie sicher, dass Ihre Programmierung stimmt?«, fragte Zula.

»Meine Programmierung ist völlig in Ordnung, und meine

Formulierung ist wohlüberlegt und von einer höheren Macht abgesegnet.«

»Einer höheren Macht. Was für eine Wortwahl!«, spottete Zula.

»Sind Sie El Shepherd?«, fragte Corvallis.

Zula ergriff ein numinoser Schauder. Mit den Toten sprach man nicht. Die Toten *wollten* nicht mit uns sprechen. Ihnen lag nichts daran.

Davon waren sie jedenfalls immer ausgegangen. Die toten waren gedächtnislos; beim Überqueren des Lethe tranken sie von seinem Wasser und vergaßen unter den dunklen Pappeln ihr früheres Leben. Das sagten sich Hinterbliebene wie Zula, um den Schmerz zu lindern, den sie spürten, wenn Tote wie Sophia sich nicht meldeten. Es blieb jedoch immer der leise Verdacht, dass es so eindeutig vielleicht doch nicht war.

Corvallis war beharrlich: »Spreche ich in diesem Moment eigentlich mit El?«

»Nein«, sagte der Metatron. »Aber die Qualität der Kommunikation zwischen dieser Welt und derjenigen, in der El lebt, ist so hoch, dass Sie mich als seinen Vertreter betrachten dürfen. Seinen Botschafter.«

»Seinen Avatar«, sagte Zula. »Seinen Engel.«

»Wer benutzt denn hier komische Wörter?«, fragte der Metatron.

»Worauf sind Sie hier eigentlich aus?«, fragte Corvallis. »Ihre Mission kann sich doch nicht darin erschöpfen, uns zu schocken. Ich meine, wenn Sie einfach nur einen Köder ausgeworfen haben – um zu sehen, wie wir auf diese Neuigkeit von dem Wiederauflebenden mit Egdod assoziierten Prozess reagieren würden –, dann haben Sie Ihre Antwort. Wir waren überrascht. Das ist Ihre Antwort.«

»Überrascht, und verdammt skeptisch«, fügte Zula hinzu.

»Stehen Sie jetzt, wo Sie das wissen, auf und gehen?«, fuhr Corvallis fort.

»Die Sache wirft Fragen auf, die für JISS so etwas wie eine Verfassungskrise darstellen und deren Klärung nicht bis zur nächsten JEESN warten kann«, sagte der Metatron.

»Fahren Sie fort«, sagte Corvallis.

»Oh, Sie verstehen mich ganz genau«, sagte der Metatron, der jetzt sehr menschliche Emotionen zeigte. »All die großen Probleme wurden dadurch ausgelöst. Ich werde sie einzeln abhaken, sodass wir eine Agenda haben. Wir haben jetzt selbstreplizierende Prozesse, die theoretisch zu exponentiellem Wachstum imstande sind. Müssen diese von Gebäude und Grundstücke bezahlt werden? Wir sind nicht bereit, den Löwenanteil – ja überhaupt irgendeinen Anteil – der Kosten zu übernehmen, die aus einer unbegrenzten Reproduktion solcher Prozesse erwachsen könnten. Wir haben in gutem Glauben einen Versuch unternommen, das Problem im Keim zu ersticken, was durch den WEAP – so gut wie sicher mit Sophias heimlichem Einverständnis – sabotiert wurde. Sophia ist, wiewohl tot, eine Tokeninhaberin mit besonderen Befugnissen – dank beispielloser Schritte, die Sie unternommen haben, als Sie ihren Prozess gebootet haben.«

»Du meine Güte, fangen wir jetzt *damit* wieder an?!«, rief Zula aus.

»Inzwischen verzeichnen wir eine Verknappung des Manas, das für die vollständige Verkörperung unserer Kunden erforderlich ist. Ihnen sollte Priorität eingeräumt werden – nicht dieser neuen Brut von Selbstreplikatoren.«

»Zum Teufel noch mal, sie sind nur zu zweit und vervielfältigen sich bis jetzt auch nicht!«, sagte Corvallis. »Zu diesem Zeitpunkt ist das ein rein theoretisches Problem.«

»Ihre verstorbene Frau begleitet sie. Wir finden das bemerkenswert.«

»Zeigen Sie ein bisschen Anstand!«, sagte Zula. »Sie ist erst seit drei Wochen tot.«

Corvallis wurde jedoch besser damit fertig als Zula. In der anschließenden Stille starrte er durchs Fenster über den scheinbar glatten See. »Mir war nie klar, wie ihr Typen letztlich zur stufenweisen Verkörperung steht«, bemerkte er. Er sprach von ihrer Überbrückungsmaßnahme zum Booten neuer Seelen auf ressourcenschonende Weise. »Wenn es Ihnen in den Kram passt, beschweren Sie sich darüber, dass Sie nicht genug Mana haben, um jeden einzelnen neuen Prozess originalgetreu zu starten. Aber ich war dabei, als der Bausch lief, und ich habe gesehen, wie begeistert El davon war. Euch war es nie recht, wie die Landform sich herausbildete – wie Dodge sie nach dem Bild der Welt formte, aus der er kam. Wie seine Seelen ihre Formen und ihr Leben nach unseren gestalteten. Ihr habt etwas völlig anderes im Sinn. Himmel 2.0. Das ist mir vollkommen klar. Allerdings habe ich keine Ahnung, wie ihr euch den vorstellt.«

»Ihre Spekulationen über unsere Motive und unsere Träume sind in gewisser Weise faszinierend«, bemerkte der Metatron, »aber weit danebengegriffen und für die konkrete Situation überhaupt nicht relevant.«

»Die ›Verfassungskrise‹?«, sagte Zula.

»Schon die Prozesse, die wir jetzt haben, belasten die Landform über Gebühr«, sagte der Metatron. »Sie machen Fehler, die wir bereits in der Realwelt gemacht haben. Sie brauchen Führung.«

»Wir müssen ihnen sagen, was sie zu tun haben«, sagte Zula. Nicht zustimmend. Nur in dem Versuch zu übersetzen, was der Metatron sagte.

»Genau.«

TEIL 9

45

Während der Monate, in denen sie über das Meer aus Gras gestreift waren, auf dem Hügel gewohnt und das Tal der Wölfe erkundet hatten, waren Adam und Eva hier und da kleine Auraknoten aufgefallen, die sich ins tiefe Gras schmiegten oder in Astgabeln saßen. In der Regel waren sie gerade mal faustgroß und bei unmittelbarer Draufsicht oft nur schwer zu entdecken. Man konnte sie aus dem Augenwinkel wahrnehmen und ihr Vorhandensein an dem sanften Kitzel festmachen, den sie auf der Haut hervorriefen, wenn man die Hand in ihre Nähe hielt. Da sie aber eher die Abwesenheit als die Anwesenheit von Form waren, konnte man sie letztlich nicht berühren oder eindeutig erkennen. Manche wurden stärker als andere und strahlten selbst ein schwaches Licht aus, das in dunklen Nächten als gedämpftes, mattes Schimmern zu sehen war. Sie kamen und gingen und schienen in mondlosen Nächten, vom Gipfel des Hügels aus betrachtet, westwärts auf das bewaldete Flusstal zuzutreiben, so als würden sie zu dem roten Lichtschein am Nachthimmel jenseits davon hingezogen.

Mab hatte ihnen erklärt, dass es sich hierbei um neue, erst vor Kurzem in die Welt gekommene Seelen handelte, denen es noch an einer soliden Form fehlte. Diejenigen, die im Bienenstock rund um Els Palast in die Welt gelangten, waren prädisponiert, sich zu Zellen zu formen und mit denen zu verbinden, die vorher dorthin gekommen waren. Andere dagegen, wie Mab selbst, begannen ihr

Leben als einzelne Partikel und ließen sich vielleicht eine Weile über das Land treiben, ehe sie eine Form annahmen. Es war das natürliche Verhalten solcher im Werden begriffener Seelen, dass sie zu den Behausungen anderer hingezogen wurden, die sich länger im Land aufgehalten hatten, und das war der Grund dafür, dass Adam und Eva in dunklen Nächten den Zug gen Westen beobachten konnten: Diese neuen Seelen hatten gespürt, dass im Westen eine Stadt existierte.

Während der Nacht, die sie hoch oben in dem Baum verbracht hatten, hatten sie keine solchen wandernden Seelen wahrgenommen, denn sie waren vom Licht des Feuers, das sie unten zur Abwehr wilder Tiere entfacht hatten, geblendet worden. Doch im Laufe des Tages hatten sie, als sie aus dem Tal hinaus und über den Höhenzug zwischen ihm und der Stadt gewandert waren, mehrmals flüchtig Aurablasen erblickt oder sie in den Zehen gespürt, wenn sie zufällig den Fuß in die Nähe einer solchen gesetzt hatten. Nachdem Adam und Eva den Turm aus weißem Stein erspäht hatten, der den Höhenrücken oberhalb der Stadt krönte, hatten sie nur noch Augen für ihn gehabt – und für die Stadt selbst, nachdem sie mit ihren zahllosen Dächern, rauchenden Schornsteinen und offenen Feuern unterhalb von ihnen sichtbar geworden war. Im Verlauf des Abends jedoch hatte sich Eva nach Wölfen umgesehen und dabei festgestellt, dass sie verfolgt wurden, allerdings nicht von wilden Tieren, sondern von Dutzenden neuer Seelen, die in ihrem Schlepptau torkelnd dahintrieben.

Der Turm auf dem Hügel war offensichtlich so entstanden, dass bis zur gewünschten Höhe ein Felsblock auf den anderen gestapelt worden war. Je näher die beiden ihm kamen, desto weniger ähnelte er wirklich dem Palast, und dennoch stand außer Frage, dass es denjenigen, die die Felsblöcke aufgeschichtet hatten, um die Imitation von Els Felsnadel gegangen war. Die Höhe des Bauwerks betrug ein Mehrfaches von Adams oder Evas Körpergröße – vergleichbar mit der Höhe des großen Nussbaums, der auf ihrem Hügel stand. Sein unterer Teil war von einfacher Bauweise, ein Kegel mit einer sich außen spiralförmig hinaufwindenden Rampe, der jedoch ab einer bestimmten Höhe rechteckig und senkrecht wurde, mit Säulen und Bögen nach dem Vorbild derer am Palast. Drei solche Abschnitte, je höher, desto schmaler, wurden von einem kleinen flachen Dach gekrönt, auf dem ein Feuer brannte. Adam und Eva wussten inzwischen genug von Feuern, um zu verstehen, dass diese unterhalten werden mussten, und tatsächlich konnten sie andere Seelen von einer ihrer eigenen ähnlichen Gestalt sehen, die unter Bündeln von Holz, das sie im Wald gesammelt hatten, die Rampe hinaufstiegen.

»In Els Namen willkommen in der Elkirk!« Das waren die ersten Worte, die eine nicht weit vom Fuß des Turms entfernt stehende Seele an sie richtete. Wie die Holzträger war sie von einer Größe und allgemeinen Gestalt, die der von Adam und Eva ähnelte. Sie trug ein langes Gewand, das aussah, als sollte es eigentlich weiß sein. Vielleicht war es das auch einmal gewesen, dann aber durch den Rauch des Feuers dunkel geworden. Wäre es sauberer gewesen, hätte es den Gewändern geähnelt, die manche von Els Heerschar getragen hatten.

»Wir haben kein Holz für euer Feuer mitgebracht«, sagte Adam, »aber nur deshalb, weil uns der Bedarf daran erst klar geworden war, als wir schon ein Gebiet erreicht hatten, wo es keins mehr gab.«

»Das ist vollkommen in Ordnung! El wird es euch nicht übel nehmen!«, sagte der Mann in dem Gewand. »Zumal ihr, wie ich sehe, eine Schar neuer Seelen mitgebracht habt – ein Geschenk, das ihm noch viel besser gefallen wird als Brennstoff für sein ewiges Feuer.«

»Es ist nicht an uns, sie zu schenken«, sagte Eva. »Sie sind uns lediglich gefolgt.«

»Solche wie diese kommen von überallher«, sagte der Mann,

»aber selten so viele auf einmal. Wie es scheint, hat El euch mit dem Vermögen gesegnet, sie herbeizulocken.«

»In dem Land östlich von hier haben wir sie manchmal auf dem Weg hierher gesehen«, sagte Adam, »aber nie den Grund dafür verstanden.«

»Nun, jetzt wisst ihr, warum!«, sagte der Mann mit einem Nicken in Richtung Turm. »Preist El.«

»Wissen wir das wirklich?«, fragte Eva. »Wir sehen die Seelen, und wir sehen deinen Turm mit seiner hungrigen Flamme, aber meine Neugier in Bezug darauf, was mit solchen neuen Seelen geschieht, wenn sie erst einmal hier angekommen sind, bleibt unbefriedigt.«

»Also gut, dann kommt und seht! Kommt und seht!«, sagte der Mann und winkte sie weiter. »Ich heiße Lookseast und bin hier der erste Priester.«

Adam und Eva nannten ihm beide ihren Namen, denn das war offenbar üblich, wenn Seelen sich kennenlernten. »Wir wissen weder, was das Wort ›Priester‹ bedeutet, noch, was dich zum ersten unter solchen macht«, sagte Eva. Aus Gewohnheit blickte sie sich nach Mab um, die sie häufig mit Erklärungen versorgte, doch die Elfe war nirgendwo zu sehen.

»Es bedeutet einfach, dass ich viel Wissen über El im Kopf habe und es mir zur Aufgabe mache, solche Dinge anderen Seelen zu erklären, die ihren Weg zur Kirk finden.« Während er dieses fremdartige Wort äußerte, deutete er mit dem Kopf auf den weißen Turm, den sie fast erreicht hatten.

»Dann sprichst du also häufig mit El?«, fragte Adam und wechselte einen Blick mit Eva. Beide hatten denselben Gedanken: Vielleicht hatte dieser Lookseast ihre Geschichte unmittelbar von El oder einem seiner Engel gehört.

Die Frage schien Lookseast zu verwirren. »Nein, natürlich nicht, wenn du damit die Art von Sprechen meinst, die wir gerade praktizieren. Das ist nicht Els Art. Vielleicht war sie es im

Zeitalter vor dem Treck, aber es gibt nur noch wenige, die sich an diese Zeiten erinnern.«

»Vom Treck wissen wir nichts«, sagte Eva.

»Oh. So kam die Elkirk zustande«, sagte Lookseast. »In alter Zeit wohnten alle Seelen in Frieden und Harmonie zusammen am Fuß von Els Palast. Als El fort war, um sich anderen Angelegenheiten zu widmen, riss der Usurpator für eine Weile die Herrschaft an sich. Er war ein grausamer, mit großer Macht ausgestatteter Herrscher, der vom Palast aus Blitze herabschleuderte. Alle Seelen, die unterhalb davon wohnten, stoben aus Angst vor seiner Raserei auseinander. Unsere Vorfahren traten den Marsch gen Westen durch das Grasland an, überquerten den Fluss und besiedelten das Tal, das ihr da unten seht, wo sie vor dem Zorn des Usurpators sicher waren. Doch später kam El, schleuderte den Usurpator und seine Lakaien in den Himmel und baute den Palast neu, so wie ihr ihn heute seht. Wir haben hier auf dieser Anhöhe die Kirk gebaut, damit El und seine Engel von ihrem Sitz in den Wolken darauf herabschauen und gewiss sein können, dass wir ihn verehren.«

Adam und Eva folgten Lookseast in die Kammer, die den größten Teil des untersten Geschosses des Bauwerks ausmachte. Sie war rechteckig, eben und bis auf zwei Statuen aus Stein leer. Die eine davon war männlich und die andere weiblich. Sie verfügten über dieselbe allgemeine Anzahl von Gliedmaßen, Extremitäten und äußeren Organen wie Adam und Eva und übrigens auch El selbst.

Die beiden schwiegen eine Weile, während sie die Statuen betrachteten.

»Seht, das sind die Gestalten, die El in seiner Weisheit für uns bestimmt hat. Neue Seelen werden durch das Licht des Feuers zu diesem Ort hingezogen. Hier betrachten sie diese Gestalten und formen sich entsprechend, wobei sie sich je nach ihrem Wesen für den männlichen oder weiblichen Typ entscheiden.«

Als sie klarer sahen, weil ihre Augen sich an die Düsterkeit gewöhnten, entdeckten Adam und Eva um sich herum viele Auren, manche größer und einigermaßen ausgeformt, andere klein und verschwommen. Sie waren nicht im Raum verteilt, sondern umgaben die Statuen in weitem Kreis, als blickten sie alle zu dessen Mittelpunkt. Nach Adams und Evas Ankunft wurde es in dem Raum um einiges voller, denn all die Seelen, die ihnen gefolgt waren, suchten sich irgendwo auf dem Boden einen Platz mit freier Sicht. »Diese neuen Seelen werden Formen erschaffen, wie es sich schickt, manche früher, manche später, denn El hat bestimmt, dass nicht alle sich im selben Tempo entwickeln. Eines Tages jedoch werden sie alle diese Vollkommenheit erlangen.« Strahlend streckte Lookseast einen Arm in Richtung Statuen aus.

Für Adam und Eva sahen sie beide nicht sonderlich vollkommen aus; sie waren plump und hatten undefinierbare Gesichtszüge. »Leider muss ich sagen«, bemerkte Lookseast, »dass es für euch beide zu spät ist.«

»Was meinst du damit?«, fragte Adam.

Lookseast änderte seinen Blick und seinen Ton auf eine Weise, die sie an El erinnerte, wenn er sie von einem besonders kindischen Irrtum hatte abbringen müssen. »El hat es so verfügt, dass, wenn eine Seele einmal eine bestimmte Form angenommen hat, diese Form sich nicht mehr wesentlich verändert. Oh, leichte Korrekturen sind möglich, wenn jemand sich lange und ausdauernd darum bemüht. Aber so wie ihr in den wilden Landen jenseits des Flusses geformt wurdet, ohne Vorbilder wie *diese* hier, um euch beim Modellieren zu leiten, werden eure Fehler und Missbildungen, ich sage es euch nur ungern, *von Dauer sein*. Nie werdet ihr die Vollkommenheit *dieser da* erlangen.« Erneut lenkte er ihre Aufmerksamkeit auf die Statuen. Adam und Eva nahmen in Lookseasts Gebaren eine Art Ehrerbietung wahr, wie die Engel sie El entgegenzubringen pflegten. Und als er sich umdrehte, um sie beide zu mustern, erinnerte sein Gesichtsausdruck sie an ihre Reaktion auf den Gestank ihres ersten Kothaufens.

Diese Wendung machte sie erst einmal sprachlos. Adam fühlte, dass Eva ziemlich wütend wurde, und legte ihr beruhigend eine Hand auf die Schulter, ehe er sagte: »Ich halte es für unwahrscheinlich, dass Gestalten wie diese wirklich diejenigen sind, die von El allen künftigen Seelen zur Nachahmung vorgegeben wurden. Ihre Unvollkommenheiten sind leicht zu sehen. Die linke Brust der Frau ist durch etwas entstellt, das eine Meißelspur zu sein scheint. Ihr Arm ist abgebrochen und von jemandem wieder befestigt worden, der offenbar bei schlechter Beleuchtung gearbeitet hat. Das Gesicht des Mannes ist unsymmetrisch, das rechte Auge hängt …« Doch da hielt Adam inne, denn jetzt hatte Eva seinen Unterarm gepackt und fest gedrückt. Ihr Blick war auf Lookseasts Gesicht gerichtet. Adam folgte ihm und entdeckte zu spät, dass das rechte Auge des ersten Priesters von El etwas tiefer in seinem Kopf saß als das linke – genau wie bei der männlichen Statue.

»Was El vorherbestimmt hat«, sagte Lookseast, »soll nicht von missgebildeten Tölpeln aus dem hinterletzten Winkel infrage gestellt werden.« Er ließ seinen schiefen Blick über die Menge von werdenden Seelen schweifen, die Adam und Eva in die Kirk gefolgt waren. »Es ist ein glücklicher Umstand für die Neuen, dass sie an diesen Ort kamen, bevor sie durch euren Anblick zu sehr beeinflusst wurden.«

»Wir könnten ihn einfach fragen«, schlug Eva vor. Adam wusste, was sie meinte: *Wir könnten einfach El fragen.* Doch jetzt war es an ihm, sie zu warnen. Etwas in der Art, wie dieser Mann über El sprach, legte nahe, dass er weder El noch jemanden von dessen Heerschar jemals wirklich gesehen oder gar gesprochen hatte.

»Verzeih meine Vermessenheit«, sagte Adam. »Ich war dadurch verwirrt, dass ich in diesem Raum keine Seele sehe, die auf dem Weg zu einer endgültigen Form schon sehr weit gediehen wäre.«

»Solche gehen weiter hinauf zur nächsten Ebene«, erklärte Lookseast und bedeutete ihnen mit einer Handbewegung, ihm eine Treppe hinaufzufolgen.

Das zweite Geschoss enthielt keine Statuen, aber seine Wände waren mit Gemälden geschmückt, auf denen Personen – alle mehr oder minder den Statuen ähnlich – verschiedenen Tätigkeiten nachgingen, wie zum Beispiel dem Herausbrechen von Steinen, Hegen von Pflanzen, Aufspießen von Wölfen, Kochen und der Paarung. In diesem Raum hielten sich etwa ein Dutzend Seelen auf, die alle einer kompletten Gestalt schon wesentlich näher waren. Wie es schien, richteten sie ihre ganze Aufmerksamkeit auf die Bilder und probten die dargestellten Tätigkeiten. »Hier lernen sie, wie es in der Welt zugeht, die El gemacht hat, sodass sie, wenn sie nach Elstadt hinuntergehen, zu etwas nutze sein können. Andere, größer und besser Gestaltete als sie gehen, von Els anderen Priestern begleitet, hinaus in die Berge oder hinunter in die Stadt, um ihre Fertigkeiten zu üben und zu vervollkommnen.«

»Und das dritte Geschoss über uns?«, fragte Eva.

»Das ist für mich und die anderen Priester von El«, sagte Lookseast, »niemand sonst darf es betreten.«

»Und was wird dann aus diesen Seelen?«

»Wenn sie voll ausgebildet sind«, sagte Lookseast, »gehen sie nach Elstadt hinunter und wohnen dort auf eine ihnen gemäße Art.«

»Wer sind die Feuerholzbringer?«, fragte Adam.

»Ihr stellt sehr viele Fragen«, sagte Lookseast. Diese Bemerkung aus seinem Mund erschien ihnen sonderbar. Doch nach einer peinlichen Pause antwortete er: »Elstadt ist, wie der Name andeutet, der Verehrung von El gewidmet. Und so wird erwartet, dass alle, die dort wohnen, ihren Teil dazu beitragen, das Feuer am Brennen zu halten, und den Priestern auch anderweitig helfen, Els Willen zu erfüllen.«

Damit schien die Unterhaltung beendet. Da es hier keinen

Platz gab, wo Adam und Eva hätten bleiben, und nichts, was sie hätten tun können, ließen sie die Elkirk hinter sich und stiegen auf einem Serpentinenpfad in die darunterliegende Stadt ab, die sie eher riechen als sehen konnten. Da in dem Tal kaum ein Lüftchen ging, hatte es sich mit einer dunstigen Atmosphäre aus Rauch und Feuchtigkeit gefüllt, die im Schein der weiter unten brennenden Feuer mattrot leuchtete. Es roch stark nach Holzfeuer und schwach nach Kot. Doch während sie die Spitzkehren nahmen, konnten sie Elstadt ausgebreitet unter sich liegen sehen, ein Netz aus zumeist unregelmäßigen Straßen, dem Verlauf des Flusses entsprechend, der sich mitten durch die Stadt schlängelte. Die Straßen waren nichts weiter als die unbebauten Streifen Erde zwischen Häusern. Im Garten aufgewachsen hatten Adam und Eva mit Vorstellungen wie Straße und Haus noch keine Berührung gehabt, aber Mab versorgte sie während ihres Abstiegs mit Erklärungen, sodass sie, als sie die Ausläufer von Elstadt erreichten, mit den allgemeinen Begriffen vertraut waren.

»Während wir im Garten aufwuchsen«, bemerkte Adam, »haben wir El und seiner Heerschar viele Fragen gestellt, die sie gerne beantwortet haben. Diesem Lookseast dagegen schienen unsere Fragen überhaupt nicht zu gefallen.«

»Mit Lookseast hast du sicher recht«, gab Eva zurück, »aber meine Erinnerung an den Garten deckt sich nicht mit deiner. Ja, als wir noch jünger waren, hat El gerne Fragen nach den Namen von Blumen und solchen Dingen beantwortet, aber in den letzten Tagen, bevor er uns hinauswarf, schien er beunruhigt wegen der Fragen, die wir ihm in Bezug auf Spring und die anderen Beta-Götter stellten.«

»Das stimmt allerdings«, räumte Adam ein. Es entstand eine kurze Stille, während der sie eine heikle Kehre in dem Pfad nahmen. »Vielleicht ist es gut, dass die Unterhaltung genau an dem Punkt endete, denn ich war drauf und dran, Lookseast zu korrigieren.«

»Korrigieren in welchem Punkt?«, fragte Eva. »Es gab ja so viel, was einer Korrektur bedurft hätte.«

»In der Frage, warum du und ich die Gestalt haben, die wir haben«, sagte Adam. »Lookseast zufolge wurde die übliche Gestalt der Seelen – zwei Beine, zwei Arme, ein Kopf und ein Gesicht – von El vorgegeben. Dabei hat El selbst uns erzählt, dass wir nicht von ihm, sondern von Spring erschaffen wurden, mit etwas Hilfe von Egdod. El kam erst später. Die von dir, mir, Lookseast und allen Bewohnern von Elstadt angenommene Gestalt ist keineswegs Els Werk.«

»Wenn sie es wäre«, sagte Eva, »wäre sie vollkommener als diese unfertigen Statuen in der Kirk. Über El kann man sagen, was man will, seine Schöpfungen sind symmetrischer und eleganter geformt als irgendetwas hier.«

»Für die Leute da unten«, erinnerte sie Adam, während er in Richtung Stadt gestikulierte, »sind sie schön und wir unfertig, und deshalb werden wir uns einfach daran gewöhnen müssen, so angestarrt zu werden, wie Lookseast uns angestarrt hat.«

Wenn man die Häuser von Elstadt betrachtete, verstand man schnell, wie sie zusammengebaut worden waren: in manchen Fällen durch das Aufeinanderstapeln quadratischer Felsblöcke, bis keiner mehr hinzugefügt werden konnte, ohne dass das Ganze umgekippt wäre, in anderen Fällen durch Verfolgung einer ähnlichen Strategie mit den Stämmen gefällter Bäume. Wenn diese Materialien so hoch gestapelt worden waren, wie ihr Hang zum Umkippen es zuließ, wurden sie mit einem Gitterrahmen aus Baumteilen und Gras bedeckt, damit Regen und Schnee nicht hineinfielen. Ein Rätsel war für Adam und Eva, woher die Seelen aus der Stadt eine solche Menge an Material hatten. Als sie jedoch dem Schein der Feuer folgten, entdeckten sie Antworten: An den Flussufern mitten in der Stadt befand sich ein Platz, an dem viele gefällte Bäume gestapelt worden waren. Sie dienten als Brennstoff für große Feuer, die in Steinkisten, so groß wie Häuser, kontrolliert brannten. Die Erde des Ufers bildete, mit Wasser vermischt, einen Matsch, der zu Blöcken geformt und in den Feuerhäusern gebrannt wurde, bis sie so trocken und hart waren, dass man sie zu Mauern aufeinanderstapeln konnte. Eine andere Art von Erde – schwarzer Sand von einem anderen Abschnitt des Flusses – konnte gebrannt werden, bis sie sich verflüssigte und zu Metall verschmolz, aus dem sich Werkzeuge zum Holzhacken formen ließen. Diese Schmelzöfen brannten Tag und Nacht. Das Holz zum Unterhalten der Feuer gelangte an diesen Ort, indem anderswo Bäume geschlagen und dann auf dem Fluss hierhin befördert wurden.

Im Verlauf ihrer ersten Stunden in Elstadt nahmen Adam und Eva eine große Menge Wissen darüber auf, wie Seelen in einer Stadt zusammenlebten, wie sie zusammenarbeiteten und Dinge bauten. Vor lauter Begeisterung über all das Neue, das sie lernten, vergaßen sie ihren Hunger und ihre Müdigkeit, bis der Tag angebrochen und die Sonne über dem hoch aufragenden weißen Turm der Elkirk aufgegangen war. Doch dann erklärte sich vor allem Eva, eine Hand auf der Wölbung ihres Bauchs, für sehr hungrig und wirklich müde.

Essen wurde den Arbeitern an langen Tischen auf einer freien Fläche zwischen den großen Öfen bereitgestellt. Wenig davon war Adam und Eva vertraut. Die Leute von Elstadt wussten, wie man in Öfen Brotfladen backte und Honig darauf verteilte, und sie hatten Äpfel und andere Obstsorten, die Adam und Eva aus dem Garten kannten. Alles in allem aßen sie besser, als Adam und Eva es gewöhnt waren; sie hatten nicht viel Wild, dafür aber Fische aus dem Fluss und eine größere Auswahl an essbaren Pflanzen. Das alles gönnten sie den Neuankömmlingen, denn bei ihnen war es Sitte, dass alle, die am Brennofen und in der Schmiede arbeiteten, sich hier satt essen konnten. Obwohl solche schweren körperlichen Arbeiten Adam und Eva neu waren, hatten sie das Wesen der Tätigkeit rasch verstanden und sich ihr gewidmet. Sie hatten schneller gelernt und mehr Gewicht getragen als andere neue Seelen. Denn wie es schien, besaßen sie, was Geist und Körper gleichermaßen betraf, gewisse Vorteile gegenüber den Seelen, die sich in der Kirk entwickelt hatten und dann den Berg heruntergekommen waren. Was in Rauch und Feuerschein weniger offensichtlich gewesen war als jetzt im Morgenlicht. Hochgewachsen und notdürftig mit Fellen kleiner Tiere bekleidet standen Adam und Eva zwischen den anderen Seelen und waren sich bewusst, dass sie das Ziel vieler Blicke aus schiefen Gesichtern waren, die mehr oder minder den Statuen in der Kirk ähnelten. Unter den Bewohnern von Elstadt schien niemand daran interessiert zu sein, einen Tisch mit ihnen zu teilen, und so saßen sie zusammen an einem Ende einer Baumstammbank und aßen ihre Portion. Das führte zu Schläfrigkeit, vor allem bei Eva, die mit dicker werdendem Bauch immer mehr schlief.

Da sie es gewöhnt waren, sich dort hinzulegen, wo es ihnen gefiel, hatten sie sich keine Gedanken darüber gemacht, wo sie schlafen würden. Jetzt blickten sie sich vergeblich nach einem Baum oder einer Stelle mit hohem Gras um, wo sie sich ausruhen könnten. Diese missliche Lage war allen neu angekommenen Seelen gemein, denn sie hatten ja noch keine Häuser für sich gebaut, und so war ein Platz für sie eingerichtet worden, wo sie in Reihen unter einem breiten Dach schlafen konnten, auf dem hier und da Schornsteine standen; sie ragten über breiten Feuerstellen auf, in denen Feuer gegen die Kälte geschürt wurden. Adam und Eva rollten sich neben einem davon zusammen und schliefen weit in den Tag hinein, bis Eva vom Hunger und dem Drang, Kot auszuscheiden, wach wurde. So lernten sie die Einrichtungen der Einheimischen für die Kotausscheidung kennen, die von allen benutzt wurden und den Kot schließlich in den Fluss leiteten.

Sie saßen bei ihrer Nachmittagsmahlzeit, als sich ihnen eine andere Seele näherte, die aussah wie sie.

Ihre Gestalt war ebenfalls symmetrisch und größer als die der Leute von Elstadt. Im hellen Nachmittagslicht kaum zu erkennen war Mabs schmächtige Gestalt, die um den Ankömmling herumflatterte und dann vorausflog, um ihn in Adams und Evas Richtung zu lenken.

»Ich heiße Walksfar«, verkündete er.

»Adam und Eva«, sagte Adam, der auch für seine Gefährtin sprach, da sie den Mund voll Brot hatte.

Walksfar musterte sie von Kopf bis Fuß, als wollte er sich vergewissern, dass die Neuankömmlinge wirklich von anderer Art waren als die meisten Seelen hier. Sie taten dasselbe. Er hatte eine Ernsthaftigkeit und Erhabenheit an sich, die darauf hindeuteten, dass er viele Jahre zuvor entstanden war und seitdem viel erlebt hatte. »Wohnst du schon sehr lange hier in Elstadt?«, fragte Eva ihn. Denn obwohl seine Gestalt hier ungewöhnlich war, trug er wie alle anderen Kleider aus gesponnener Faser, und obwohl er, wenn er herumlief, eine gewisse Aufmerksamkeit erregte, schienen die meisten Stadtbewohner ihn doch unauffällig zu finden.

»Schon, als es noch keine Stadt war«, bejahte Walksfar. »Ich habe in der ersten Stadt gewohnt.« Wieder taxierte er sie beide. »Wie offenbar auch ihr – und doch erkenne ich euch nicht wieder, und damals kannte ich jede Seele dort.«

»Das hier ist die einzige Stadt, in der wir je waren«, sagte Adam, »und wir sind gerade erst angekommen.«

»Wo ist die erste Stadt?«, fragte Eva. »Wenn es dort mehr solche wie uns gibt, sollten wir vielleicht …«

»Sie existiert nicht mehr«, sagte Walksfar, »und dass ihr das nicht wisst, deutet für mich darauf hin, dass ihr sicher eine sehr merkwürdige Geschichte darüber zu erzählen habt, wie es kommt, dass ihr jetzt hier seid.«

Adam zuckte die Achseln. »Für uns ist sie nicht merkwürdig. Aber nach allem, was wir in letzter Zeit oben in der Kirk und hier unten am Fluss gesehen haben, räume ich gerne ein, dass sie, wenn ich sie in dieser Gesellschaft erzählte, merkwürdig erschiene.«

»Nicht in meiner Gesellschaft«, sagte Walksfar. »Kommt, wenn es euch beliebt, mit mir nach Camp.« Und er richtete den Blick über den Fluss.

Auch das westliche Ufer war mit Brennöfen, Schmieden und Häusern bebaut, aber nicht im selben Umfang wie das östliche; und hier schien alles kleiner und abgenutzter zu sein. Die drei setzten in einem Boot über, das Walksfar je nach Tiefe des Flusses mit Rudern oder einer langen Stange vorwärtsbewegte. Ein kurzer Fußmarsch aus der Flussniederung heraus brachte sie zu einem Hügel mit einer Siedlung aus Blockhütten, die deutlich älter aussahen als die am östlichen Ufer. Einige große Bäume hatten stehen bleiben dürfen, und so vermittelte Camp, wie Walksfar den Ort nannte, Adam und Eva das Gefühl, wieder im Wald zu sein – allerdings ohne Wölfe.

Entstanden war Camp offenbar unweit einer Hügelkuppe in einem eher flachen Gebiet, wo Behausungen eine Art Oval um ein Loch im Boden bildeten, aus dem die Seelen in Eimern Wasser heraufholen konnten. In dessen Umkreis waren später weitere Häuser gebaut worden, insgesamt aber nicht mehr als zwanzig. Die meisten hatten nur einen Raum mit Bett, Feuerstelle und Tisch. Walksfars Behausung bildete da keine Ausnahme, nur hatte er sie um ein schräges Dach erweitert, das auf Pfählen aus kleinen, in die Erde gerammten Baumstämmen ruhte. Obendrauf hatten alle Dächer von Camp eine so dicke Schicht aus Moos und Lauberde sowie Gras und anderen Pflanzen, die darin Wurzeln geschlagen hatten, dass die ganze Siedlung aussah, als würde sie von dem Hügel verschluckt.

Auf seiner Veranda, wie er den überdachten Platz vor seinem Haus nannte, hatte Walksfar eine kleine Feuerstelle aus gebrannten Steinen eingerichtet, in der noch glühende Asche lag. Adam und Eva vermuteten, dass in den Stunden, in denen sie geschlafen hatten, Mab ihn ausfindig gemacht und dazu überredet haben musste, den Fluss zu überqueren und die Neuankömmlinge kennenzulernen. Jetzt schürte er das Feuer wieder und begann, Wasser in einem Behälter zu erwärmen, der aussah, als wäre er aus einem dünnen rötlichen Metallblech gehämmert worden. Während er damit beschäftigt war, saßen Adam und Eva auf der Veranda auf einer Bank und blickten hinaus über den zentralen Bereich von Camp. Sie wussten, dass sie sich an einer Hügelkuppe befanden, aber die Bäume und Behausungen waren so angelegt, dass sie ihnen die Sicht weitgehend versperrten. Über ihnen in der Ferne konnten sie die Elkirk ausmachen, doch alles, was östlich von ihr lag, wurde durch den Höhenrücken, auf dem sie stand, verdeckt. Dass sie Els fernen Palast weder sahen noch von dort aus gesehen werden konnten, fehlte ihnen nicht. Was sie vor allem sahen, waren Camp selbst und ein paar Seelen, die zwischen seinen Behausungen kamen und gingen. Die meisten hatten grob die Form von Eva, Adam und Walksfar. »Auch sie müssen aus dem Ort gekommen sein, von dem du gesprochen hast – aus Erste Stadt«, bemerkte Eva.

»So ist es«, sagte Walksfar. »Manche von ihnen wohnten sogar schon hier, bevor Erste Stadt existierte. Cairn, zum Beispiel, dort drüben.«

Walksfar schien auf eine Säule aus bräunlich grauem Stein zu deuten, die auf der anderen Seite von Camp stand – und die, nach ihrem zottigen Pelz aus Moos zu urteilen, offenbar schon lange dort stand. Doch dann veränderte sie ihre Form, indem sie sich zu einer etwas größeren und schlankeren Gestalt zusammenzog. Sie schüttelte die Blätterschicht von ein paar Tagen ab, und als sie zwischen die Bäume vordrang, erinnerte ihr schwankender, stampfender Gang Adam und Eva daran, wie ihr Hügel sich bewegt hatte, als er mit großen Schritten über die Ebene gekommen war, um sie vor den Wölfen zu retten.

»Andere hier sehen eher wie Bäume oder Blumen aus«, fügte Walksfar hinzu, »und manche gehen auf vier Beinen und würden eigentlich lieber an wilderen Orten leben. Ich aber und andere, die etwa zur selben Zeit entstanden, hielten uns mit unserer Gestalt an Ward oder andere vom Pantheon.«

»Was müsst ihr für Geschichten über dieses Zeitalter zu erzählen haben!«, rief Eva aus.

»Nur manche von uns. Viele sind ein bisschen vergesslich. Die Frau mit dem Eimer dort – sie ist älter als ich, hat aber weniger Erinnerungen.«

»Wenn du nicht vergesslich bist, würdest du uns dann die Geschichte von Erste Stadt und davon, wie Camp und Elstadt entstanden sind, erzählen?«, fragte Eva.

Inzwischen war Walksfar recht weit gediehen in dem komplizierten Unterfangen, Wasser zu erhitzen und getrocknete Blätter hineinzuwerfen, offenbar mit der Absicht, das Ganze später in drei kleinere Gefäße umzugießen. »Seelen sind so entstanden wie heute. Nichts von dem hier existierte.«

»Camp?«

Er schüttelte den Kopf. »Das Land. Das gesamte Land. In jener Zeit war es nichts als eine von Bäumen gesäumte Straße. Die Anzahl der Seelen wuchs, und Egdod kam von Zeit zu Zeit herunter und ließ dort, wo wir lebten, Häuser entstehen.«

»Kanntest du Egdod gut?«

Walksfar schüttelte den Kopf. »Als ich entstand, hatte er Mauern um seine Wohnstatt gezogen, und Ward oblag es seinem Namen gemäß zu verhindern, dass die neuen Seelen von Stadt dort herumliefen. Egdod verbrachte viel Zeit an weiter entfernten Orten, die wir nicht kannten. Wir sahen seine großen Flügel in die Ferne davonflattern, bis er über den Horizont verschwand. Daraus leitete ich die Vorstellung ab, dass andere Orte existieren mussten, die es ebenso zu sehen lohnte wie Erste Stadt, und so brach ich eines Tages auf und ging immer weiter. Hier beendete ich dann meine Wanderschaft. Hier gefiel es mir besser als in Stadt, wo es inzwischen beengt war.«

»Haben dich die Wölfe verfolgt?«, fragte Adam genau in dem Moment, als Eva sagte: »Was hast du gegessen?«

»Essen und Wölfe kamen später«, sagte Walksfar. »Nach einem langen Aufenthalt hier kehrte ich nach Stadt zurück, um festzustellen, dass sich alle Bewohnerinnen und Bewohner Sachen in den Mund steckten und am anderen Ende wieder ausschieden, was den Gestank erklärte, den ich mit dem Ostwind über mehrere Tage gerochen hatte. Ich wurde selbst zum Esser und Ausscheider. Später hat Spring verschiedene Kreaturen erzeugt, darunter auch welche, die dazu bestimmt waren, uns zu essen.«

»Hast du Spring gekannt?«, fragte Eva.

Walksfar schüttelte den Kopf. »Niemand hat sie gekannt – außer von ihren Werken. Spring kam nie nach Stadt. Zur Zeit des Falls wurde gemunkelt, sie arbeite an der Schaffung von zweibeinigen Kreaturen, wie wir es sind. Danach hörte man natürlich nichts mehr vom Pantheon.«

An dem, was er gerade gesagt hatte, war so vieles merkwürdig, dass Adam und Eva sich nicht imstande sahen, aus der großen Zahl an Fragen eine auszuwählen. Walksfar goss eine heiße braune Flüssigkeit aus dem größeren Gefäß in die kleineren und gab den beiden zu verstehen, dass sie, wenn sie wollten, gerne etwas davon bekommen könnten. Seine eigene Portion behandelte er sehr vorsichtig, so als könnte sie ihn beißen. Das Feuer hatte sie mit viel Hitze versehen.

»Des Falls?«, fragte Adam.

»Der alten Götter«, sagte Walksfar, und als auch das auf Verständnislosigkeit stieß, fügte er hinzu: »Von Egdod und seinem Pantheon, als El in seiner Herrlichkeit mit seiner Heerschar kam und sie in den Himmel schleuderte.« Er musterte die beiden ein paar Augenblicke lang und wagte es, ein Schlückchen zu nehmen. »Ihr beide müsst ja wirklich von einem abgeschiedenen Ort kommen, wenn ihr niemanden diese Geschichte habt erzählen hören.«

Eva errötete. »Ganz so unwissend sind wir nicht. Wir wissen, dass El mit seiner Heerschar im Palast residiert, hoch in den Wolken über dem summenden Seelenschwarm. Wir wissen, dass Egdod und Spring und andere vom Pantheon zuerst dort waren, dass sie von El hinausgeworfen wurden und zurückzukehren versuchen.«

»Versuchen sie das wirklich?«, rief Walksfar aus. »Wie seltsam, dass ihr voller Überzeugung von etwas reden könnt, das, falls es zutrifft, erhebliche Folgen haben wird, und dennoch von so vielen anderen Dingen keine Ahnung habt.«

Damit geriet das Gespräch erst einmal ins Stocken, und sie nippten an der heißen Flüssigkeit.

»Der Fall«, sagte Walksfar schließlich, »ist Allgemeinwissen, und ich werde euch nicht etwas vorenthalten, was mühelos in Erfahrung zu bringen ist. Erste Stadt verwandelte sich in eine Art Schwarm, der zu einem Rivalen von Egdods Palast heranreifte. Egdod schleuderte einen grellen Blitz auf den Schwarm und zerstörte ihn. Die Überlebenden stoben, aufgeteilt nach ihrer jeweiligen Art und Sprechweise, über das ganze Land auseinander. Ich führte eine Anzahl von ihnen hierher, war dies doch ein Ort, den ich von meinen Wanderungen her kannte. Wir zogen über das Meer aus Gras und hinunter in das Tal, wo uns nachts Wölfe angriffen; mit den Waffen, die Thingor uns anzufertigen gelehrt hatte, wehrten wir sie ab und zogen weiter. Wir bestiegen die östliche Seite jenes Höhenrückens und verharrten dort eine Weile, denn in diesen dunklen Tagen der Verfolgung und des Kampfs hatte ich die Orientierung verloren.

Als ich auf dem Kamm stand und gen Westen in das Tal blickte, spürte ich eine Wärme auf dem Rücken und sah das ganze Gebiet durch ein neues Licht, das heller war als die Sonne, in Schatten getaucht. Die anderen aus meiner Schar schrien auf. Ich drehte mich um und sah in weiter Ferne Els leuchtende Gestalt auf die Spitze der Felsnadel hinabsteigen, die sich über die Trümmer dessen erhob, was einmal Stadt und Bienenstock gewesen war. In dieser ganzen Helligkeit sahen wir Blitze, so als schimmerte die Sonne auf der Oberfläche von aufgewühltem Wasser, und dann die Gestalten von Egdod und dem Pantheon, die himmelwärts davonstürzten; und sie brannten, während ihr Fall sie rasend schnell von dem Land, das sie gemacht hatten, entfernte, und sie hörten nicht auf, zu fallen und zu brennen, bis sie auf dem harten Himmelsgewölbe aufschlugen und es durchbrachen und in Flammen setzten. Es brennt noch immer, und bei klarem Nachthimmel könnt ihr es sehen.«

»Das Rote Geflecht!«, rief Eva aus.

»Es hat viele Namen. Dieser ist so gut wie alle anderen«, sagte Walksfar. Sein Getränk hatte sich mittlerweile so weit abgekühlt, dass er jetzt einen großen Schluck davon nahm. »Das war der Fall der alten Götter. Ich kehrte dem davon ausgehenden Glanz, von manchen als Herrlichkeit betrachtet, den Rücken zu, stieg mit dem größten Teil meiner Schar in dieses Tal hinab und errichtete hier Camp. Eine von uns jedoch, Honey mit Namen – sie war eine Zeit lang meine Geliebte gewesen –, war von Els Herrlichkeit bezaubert und beschloss, auf dem Höhenrücken zu bleiben, wo sie über das Meer aus Gras blicken und ihn verehren konnte. Sie war es, die die Elkirk baute. Viele Seelen wurden zu ihr hingezogen und begaben sich, nachdem sie ihre Form gefunden hatten, hinunter ins Tal. Wir von Camp zeigten ihnen, wie man Bäume fällt, Feuer macht, Metall schmilzt, Ziegel brennt und die vielen anderen Fertigkeiten anwendet, von denen wir durch Knotweave und Thingor Kenntnis erlangt hatten. Daher Elstadt.«

Seine Zuhörer dachten kurz nach. »Bei der Kirk haben wir Honey nicht angetroffen«, sagte Adam.

Walksfar nickte. »Honey überließ die Elkirk Priestern, die sie sich herangezogen und für diesen Dienst ausgebildet hatte, brach dann gen Osten auf und durchquerte das Meer aus Gras in Richtung auf den Bienenstock und Els Turm in der Hoffnung, dort irgendeine Bestimmung zu finden.«

»Wie lange ist der Fall her?«, fragte Eva. »Wie lange gibt es Camp hier schon – wie viele Winter hat es erlebt?«

Walksfar richtete den Blick auf einen Mann, der, einen Holzklotz auf der Schulter balancierend, quer durch Camp wankte. »Fragt ihn, und er wird sagen, es seien nur ein paar Jahre, denn er ist etwas vergesslich. Wollt ihr aber eine genaue Zahl, müsstet ihr euch nach Westen begeben und Pestle ausfindig machen, eine alte Seele, die alles, was sie je sah, in einer Chronik festgehalten hat. Ich habe erst angefangen, bewusst Jahre zu zählen, als schon viele vergangen waren. Da gewöhnte ich mir an, jedes Jahr, wenn der große Baum seine Blätter abwirft, eine Markierung in die Wand meiner Hütte zu schnitzen. Heute Morgen war ich gerade im Begriff, wieder eine zu machen, als eure Gefährtin Mab kam und mich unterbrach. Ihr dürft hereinkommen und die Markierungen zählen, wenn euch das als Antwort dient.« Während Walksfar das sagte, zog er ein Stahlmesser aus dem Gürtel und prüfte dessen Klinge an seinem Daumennagel. Dann stand er auf, öffnete die Tür seiner Hütte und ließ sie für den Fall, dass Adam und Eva ihm nach drinnen folgen wollten, hinter sich offen stehen.

Das taten sie und sahen zunächst kaum etwas, denn Licht fiel nur durch zwei kleine Öffnungen herein. Die Wände bestanden aus nichts anderem als dem rohen Holz der aufeinandergelegten Baumstämme, die vom Alter silbern geworden waren. Als die Augen der beiden sich angepasst hatten, sahen sie viele kleine senkrechte Kerben im Holz, nicht weiter als einen Fingerbreit auseinander. Nicht alle Stämme waren so markiert, aber die meisten trugen von einem Ende zum anderen Kerben. Unter ihren Blicken ließ Walksfar die Fingerspitze an einem der Stämme entlanggleiten, bis er die Stelle spürte, wo die Markierungen aufhörten. Da machte er sich mit dem Messer ans Werk. »Wieder ein Jahr vorbei«, bemerkte er.

Walksfar fand in Camp eine alte, nicht bewohnte Hütte für Adam und Eva und brachte ihnen im Lauf der folgenden Wochen bei, wie man Baumstämme bearbeitete und Dächer mit Stroh deckte. Sie reparierten die Teile der Hütte, die Regen und Fäulnis nicht standgehalten hatten, und schufen sich so eine Bleibe für den Winter. Evas Bauch wuchs weiter. Ihr Appetit kannte keine Grenzen, und wenn sie dann gegessen hatte, zog sie das Ausruhen der Arbeit vor, oder sie saß in der Hütte und übte die eine oder andere jener Künste aus, die Walksfar dem Mitglied des Pantheons namens Knotweave zuordnete. Adam und Eva liefen nicht mehr in Tierfellen herum, sondern trugen auf sie zugeschnittene und genähte Kleidung aus gewebtem Stoff. Während der nächsten Monate hatte Eva wenig Kontakt zu den Leuten von Elstadt, ja sogar von Camp. Mab verbrachte viel Zeit mit ihr und vermittelte ihr Wissen über Handwerkskünste und andere Dinge. Adam pendelte zwischen den Flussufern hin und her, um Bauholz, Ziegel und die von Eva benötigten Dinge zu besorgen; im Tausch arbeitete er zwischen den Brennöfen und Schmieden am Flussufer oder schloss sich Streifzügen durch die Gegend flussauf- oder flussabwärts an.

Ein kleines Stück von der Stadt aus flussaufwärts vereinigten sich drei Flüsse zu einem. Alle waren erkundet und ihre Ufer auf einer Strecke, die eine Seele zu Fuß an einem Tag zurücklegen konnte, abgeholzt worden. Flussabwärts ebenso. In den Anfangstagen der Stadt, als die Wände von Walksfars Hütte noch viel weniger Kerben aufgewiesen hatten, war es viel einfacher gewesen, an Baumstämme zu gelangen.

Adam und Eva hatten natürlich Glück gehabt, eine eigene Unterkunft in Camp zu finden. Doch als Adam viel später zum Flussufer zurückging, erkannte er dort Seelen wieder, die er und Eva an ihrem allerersten Tag in Elstadt gesehen hatten und die einer eigenen Behausung anscheinend immer noch nicht näher gekommen waren. Einige von ihnen schlossen sich zu Gruppen zusammen, die sich in der Hoffnung, bessere Orte zu finden, den Fluss hinunter- oder über die Berge im Westen vorwagten. Von ihnen kehrten manche nie zurück, andere dagegen kamen einige Zeit später wieder, halb verhungert und mit Geschichten von anderen Städten, wo Seelen ein befremdliches Brauchtum pflegten und überaus seltsame Vorstellungen von El und anderen derartigen Dingen hegten.

Adam machte es sich zur Gewohnheit, sich beim Essen mit diesen Seelen zusammenzusetzen und ihren Geschichten zu lauschen. Er und Eva hatten nämlich nicht das Ziel aus den Augen verloren, über das sie zum ersten Mal im Garten gesprochen hatten, nämlich das Land auf der Suche nach ihrer Mutter Spring zu durchstreifen. Die Geschichten, die die Rückkehrer erzählten, gaben ihnen wenig Anlass zur Hoffnung, dass Spring und die anderen Beta-Götter leicht zu finden sein würden.

Der mittlere und der östliche Quellfluss kamen am Fuß eines Hügels zusammen, der schon vor langer Zeit abgeholzt worden war; nur ein einziger gewaltiger Baum stand jetzt allein auf seiner Kuppe und war aus großer Entfernung zu sehen. Seilfasern umschlossen noch immer den unteren Teil seines Stamms, denn Holzfäller hatten ihn dazu benutzt, die Stricke zu verankern, die sie bei ihren Arbeiten verwandten, und eine lange Schleifspur, die sich mit jedem Regen tiefer eingrub, verlief noch immer von dort hinunter ans Flussufer, wo sie die Stämme zu Flößen zusammengebunden hatten. An der Stelle, wo ein Versuch, ihn zu fällen, unternommen und aufgegeben worden war, trug der Baum ein paar Axtnarben.

Adam arbeitete nicht jeden Tag, aber wenn er es tat, stand er im Morgengrauen auf, ging ans Flussufer und bemühte sich um eine Überfahrt auf einem der kleinen Boote, die den Fluss fortwährend in beide Richtungen überquerten. Die Arbeiter am gegenüberliegenden Ufer konnten ihn kommen sehen. Er war größer als sie und konnte, als er die Kunst des Axtschwingens erst einmal erlernt hatte, schneller Bäume fällen als zwei von ihnen zusammen. Wenn er sich dann dem östlichen Ufer näherte, wurde er für gewöhnlich von mehreren Seelen bedrängt, die ihn, sobald sie hoffen konnten, von ihm gehört zu werden, über das Wasser hinweg durch Zurufe auf sich aufmerksam machten.

Eines Tages jedoch, als Adam von Camp aus herunterkam, stellte er fest, dass ihn am diesseitigen Ufer ein Boot erwartete. Es war das Boot einer Seele namens Feller, die in ihrem eigenen Holzhaus lebte. Damit nicht zufrieden begehrte Feller ein größeres Haus aus gebrannten Ziegeln, und so fällte er weiter ununterbrochen Bäume. Unter großen Kosten und Mühen hatte er kürzlich dieses Boot gebaut, um besser zu entfernten Abholzgebieten zu gelangen, und war manchmal tagelang unterwegs mit seiner Mannschaft, zu der im Großen und Ganzen Seelen gehörten, die mehr Fertigkeiten besaßen und Formen hatten, die besser zu der Arbeit passten.

»An vielen Tagen«, sagte Feller, »habe ich morgens über den Fluss zu diesem Ufer geschaut und dich untätig gesehen, während du nach einer Möglichkeit zum Überqueren Ausschau gehalten hast. Mir kam der Gedanke, dass ich ja die Mittel habe« – und dabei legte er eine Hand auf das Dollbord seines Boots – »um dir zu helfen.«

»Danke, dass du an mich gedacht hast«, sagte Adam, »wenngleich ich feststellen muss, dass auch deine Mannschaft keine Mühe scheut.« In dem Boot saßen nämlich sechs weitere Seelen, Äxte im Schoß.

»Keine Ursache«, sagte Feller, »aber wenn du derart dankbar bist, würdest du vielleicht in Betracht ziehen, uns für den Tag zu begleiten. Mit meinem Boot und meiner Mannschaft können wir in dieser Zeit mehr schaffen als irgendeine dieser schwachen und erbärmlichen Seelen da drüben in einer Woche.«

Fellers Worte weckten eine neue Emotion in Adams Brust:

Stolz auf die Tatsache, dass Feller ihn für würdiger hielt als andere, einen Platz unter den Mitgliedern seiner Mannschaft einzunehmen. Da Adam deren Blicke auf sich spürte und die Vortrefflichkeit der großen Äxte bemerkte, die sie bei sich hatten, willigte er ein und sprang ins Boot.

Er fand sich gegenüber von Edger wieder, einer Seele, mit der er bereits gearbeitet hatte. Das rief weniger angenehme Gefühle hervor, denn Edger hatte die Angewohnheit, Adam anzufunkeln und bei der Arbeit genau zu beobachten, worauf Adam gut hätte verzichten können. Edger war nicht außergewöhnlich groß oder stark, aber sie hatte sich Fähigkeiten in der Kunst des Klingenschärfens angeeignet, wobei sie sich einer Auswahl an glatten Steinen bediente, die sie in einem Beutel aus der Haut eines toten Tiers mit sich herumtrug. Infolgedessen konnte sie schneller Bäume fällen als die meisten anderen. Neben ihr saß Bluff, der bis zu Adams Ankunft der Größte und Stärkste gewesen war. Etwas in der Art, wie die beiden miteinander umgingen, brachte Adam auf den Gedanken, dass Edger und Bluff ein Liebespaar waren.

Feller hatte es sich zur Gewohnheit gemacht, flussaufwärts zu einem der entlegenen Holzfällerlager am westlichen Quellfluss zu rudern. In diesem Fluss war die Strömung stärker als in den beiden anderen, sodass seine Umgebung schwieriger zu erkunden war, aber einer wie Feller, der ein wendiges Boot hatte, konnte gute Bäume ausfindig machen. Sie arbeiteten sich vorwärts bis zum ersten Zusammenfluss, wo der einsame Baum auf seinem Hügel stand, und kamen dann an die Stelle, an der sich das Wildwasser des westlichen in das strömungslose Wasser des mittleren Quellflusses ergoss. Sie bogen in Ersteren ein. Als wäre er von einer eigenen Seele besessen, versuchte der Fluss, sie wieder hinauszutreiben. »Bluff und Adam«, sagte Feller, »jetzt sollten schwächere Ruderer Platz machen, damit ihr mit euren kräftigen Rücken euch in die Riemen legt.«

Bluff stand auf und nahm den Platz einer kleineren Seele auf der Ruderbank mittschiffs ein. Mit seinen großen Händen packte er einen der Riemen und sah erwartungsvoll zu Adam, der verstand, dass er es ihm wohl gleichtun sollte. Adam war es nicht gewohnt, auf Anweisung anderer Seelen zu handeln, konnte aber unschwer erkennen, dass das der Lauf der Dinge war. Er setzte sich auf den Platz neben Bluff und griff nach dem zweiten Riemen. »Zieh«, sagte Feller. Das tat Bluff, worauf sich das Boot um sich selbst drehte. Adam war sich bewusst, dass missbilligende Blicke auf ihm lagen. »Zieh!«, wiederholte Feller, und diesmal versuchte Adam dasselbe zu tun wie Bluff. Dennoch war die Wirkung von Bluffs Riemen größer, wenn auch der Unterschied jetzt geringer war als vorher. Feller wies Adam an, allein zu rudern, damit das Boot geraden Kurs hielt.

»Und leg dich mal ordentlich ins Zeug, großer Mann!«, rief Edger in einem Ton, der Adam daran erinnerte, warum er wünschte, sie wäre nicht mit im Boot.

»Schärfere Werkzeuge und eine stumpfere Zunge, das ist es, was ich mir von dir wünsche, Edger«, reagierte Feller. »Du hast selbst Arbeit, um die du dich zu kümmern hast.« Adam war erstaunt über seinen Ton, denn so hatte er noch selten jemanden zu einer Seele sprechen hören. Edger dagegen schien die Zurechtweisung hinzunehmen. Sie suchte in ihrem Beutel nach einem Stein und fing dann an, damit an der Axtklinge entlangzukratzen.

Das Rudern war mühsam, doch immer wenn Adam nachließ, schien Bluff es zu spüren und ruderte kräftiger, wodurch das Boot sich mit der Breitseite zur Strömung drehte. Das machte es für Adam nur noch schwieriger, geraden Kurs zu halten, und wie Feller mehrmals betonte, verloren sie dadurch Zeit, denn der Fluss warf sie zurück. So lernte Adam zu erspüren, was Bluff machte, und es ihm Zug um Zug gleichzutun. Während der Vormittag langsam fortschritt, ermüdete Bluff offenbar und verringerte sein Tempo; um das Boot auf Kurs zu halten, tat Adam dasselbe.

Noch vor Mittag erreichten sie eine Stelle, wo das mit Stümpfen übersäte Gebiet in Wald überging; dort zogen sie das Boot auf den Uferstreifen, stiegen aus und machten sich alle mit ihren Äxten an die Arbeit. Das heißt alle bis auf Feller. Er ging, den Blick aufmerksam zu Boden gerichtet, eine Zeit lang am Flussufer auf und ab. »Thunk und seine Leute waren hier«, sagte er. »Ich sehe seine großen Fußspuren.«

Adam machte sich daran, einen Baum zu fällen, der ihm eine gute Größe zu haben schien, bis Feller ihm einen größeren zeigte. Also fing Adam an, seine Axt in diesen zu schlagen, stellte jedoch fest, dass sie nicht so gut eindrang, wie sie hätte sollen. Beim Überprüfen der Klinge merkte er, dass sie stumpf war. Nicht weit von ihm entfernt kam Edger mit dem Fällen eines kleineren Baums wesentlich schneller voran. Adam fragte, ob er einen Schleifstein aus ihrem Beutel benutzen dürfe. Er solle doch in den tiefen, gefährlichen Wald gehen und sich von Wölfen fressen lassen, erwiderte sie – eine Aussicht, die sie ungemein zu amüsieren schien. Also ging Adam hinunter ans Flussufer und suchte sich einen passenden Stein. Feller kam zu ihm herüber und fragte, warum er sich nicht der ihm zugewiesenen Aufgabe widme. Adam erklärte ihm die Sache. Feller nahm die Axt, prüfte ihre Klinge und war verärgert. »Edger!«, rief er, obwohl er genau wusste, dass sie gut sichtbar nicht weit von ihm entfernt stand. Doch er rief weiterhin ihren Namen, bis sie zu ihm herübergekommen war. Dann maßregelte er sie. Adam war ein ganzes Stück abseits von ihnen damit beschäftigt, das Werkzeug mit seinem Flussstein zu wetzen, und das Rauschen des Wassers erschwerte es ihm zusätzlich, die Worte zu verstehen, die sie wechselten. Ihr Ton war jedoch nicht misszuverstehen. Die Auseinandersetzung ging noch einen Moment weiter, ehe Feller den Arm quer vor seinen Körper zog, ihn dann zurückschnellen ließ und Edger mit solcher Wucht auf die Wange schlug, dass sie zur Seite geschleudert wurde und zu Boden fiel.

Es war nicht das erste Mal, dass Adam Zeuge eines Gewaltausbruchs geworden war, denn Arbeiter entlang des Flusses ließen sich zuweilen dazu hinreißen. Fellers Gewalt schien jedoch von ganz anderer Art zu sein; wie alles, was Feller tat, schien sie nicht Leidenschaft, sondern sorgfältiger Berechnung zu entspringen. Oben am Waldrand sah Adam Bluff auftauchen, der, nachdem er die Lage erfasst hatte, weder Feller zurechtwies noch Edger zu Hilfe kam, sondern sich vielmehr in sich selbst zurückzuziehen schien.

Als Adam, müde vom stundenlangen Rudern und Holzfällen, einmal innehielt, um sich einen Moment auszuruhen, hörte er das scharfe Krachen und Splittern von Holz, das nachgab. Er blickte auf und sah einen Baum auf sich zufallen. Er wich ihm aus, bekam aber von einem der Äste einen Schlag ab, der eine blutende Wunde an seiner Schulter hervorrief, ihn darüber hinaus aber nicht verletzte.

Später am Tag ließ Feller sie alle wissen, dass es Zeit sei, mit der Arbeit aufzuhören und wieder ins Boot zu steigen, worauf sie die Stämme, die sie hinunter ans Ufer geschleift hatten, markierten, das Boot in die Strömung schoben und hineinstiegen. Die Fahrt flussabwärts verlangte den Ruderern weniger ab, sodass kleinere Mitglieder der Mannschaft sich an den Riemen abwechselten, während Adam und Bluff sich ausruhten.

Seit dem Augenblick, als Feller Edger ins Gesicht geschlagen hatte und Bluff als Zeuge dieses Vorfalls nur mit hängendem Kopf davongeschlichen war, schien Bluff in Adams Augen kleiner geworden zu sein. Desgleichen hatte sich Edger von ihrem Stolz und dem hochmütigen Gebaren, das sie Adam gegenüber früher am Tag noch gezeigt hatte, verabschiedet. Eine Seite ihres Gesichts war verunstaltet und verfärbt; wenn sie es überhaupt wagte, Adam anzublicken, dann nur von der Seite.

Als Adam in dieser Nacht endlich todmüde in ihrer Hütte ankam, fragte Eva ihn nach der Wunde an seiner Schulter. Er begann, die Geschichte zu erzählen, doch als er sah, wie sich das auf Evas Gefühle auswirkte, veränderte er sie beim Erzählen, damit sie bei ihr nicht so große Bestürzung hervorrief. Er wusste, was sie so besorgt machte: Es hatte sich bis zu ihnen herumgesprochen, dass manch einer, der bei solchen Zwischenfällen schwer verletzt wurde, aufhörte zu existieren; seine Seele verabschiedete sich von seiner zerstörten Gestalt, die sich auflöste, und entweder die Seelen verschwanden ganz und gar, oder sie flohen und kehrten nie wieder zurück. »Ich werde größtmögliche Vorsicht walten lassen«, versicherte Adam ihr, »und mich nie einer so großen Gefahr aussetzen.« Insgeheim fragte er sich allerdings, wie das gehen sollte, wenn jemand, der ihm Böses wollte, dafür sorgte, dass er unter einem fallenden Baum zum Stehen kam. Eva machte einen einigermaßen beruhigten Eindruck. Tatsache blieb jedoch, dass er den ganzen Tag weg gewesen und jetzt blutig, schmutzig und erschöpft war. »Warum arbeitest du so hart, wo wir doch alles, was wir brauchen, hier haben?«, fragte sie. »Bleib in Camp und leiste mir Gesellschaft!«

»Du weißt, warum«, erwiderte er. »Mab hat uns vorausgesagt, dass es bald mehr von uns geben wird. Diese alte Hütte, so behaglich sie auch ist, bietet nicht genug Platz.«

In dieser Nacht trieb Eva die Auseinandersetzung nicht weiter, denn seine Müdigkeit war nicht zu übersehen. Sie hatten schon früher darüber gesprochen, und es war offenkundig, dass Adam eine Art Vergnügen daraus zog, sich zum Holzfällen an raue Orte zu begeben, und dem konnte Eva nichts entgegensetzen.

Danach machte Adam es sich zur Gewohnheit, morgens Fellers Boot zu besteigen. Am zweiten Tag ruderte er kräftiger, als Bluff es vermochte, sodass sich das Boot immer wieder zu dessen Nachteil drehte und Bluff zur Zielscheibe von Fellers Spott und Zurechtweisungen wurde. Darüber empfand Adam eine Art Genugtuung, die ihn ein wenig für die Verletzung entschädigte, die er tags zuvor erlitten hatte. Er war sich nämlich inzwischen ziemlich sicher, dass diese ihm auf durchtriebene und hinterhältige Weise von Edger oder Bluff beigebracht worden war.

Jedenfalls fielen in der Folge keine weiteren Bäume mehr in Adams Richtung. Er und Bluff einigten sich, ohne ein Wort zu wechseln, darauf, wie kräftig sie sich in die Riemen legen würden, und kamen so gleichmäßiger vorwärts, auch wenn Feller Bemerkungen fallen ließ, die die Rivalität zwischen ihnen befeuern sollten. Im Großen und Ganzen verliefen die Fahrten zu und von dem Abholzgebiet jedoch schweigend oder mit beiläufigen Gesprächen. Feller fragte nach der Behausung, in der Adam und Eva in Camp lebten, ob sie für ihren Geschmack groß genug sei, in welchem Zustand sie sich befinde und so weiter. Adam erkannte allmählich, dass bei Feller kein Gespräch wirklich beiläufig war und dass seine Worte immer einem Zweck dienten. In diesem Fall bestand er darin, Adam zu größeren Wünschen anzustacheln, damit er schneller ruderte und mehr Bäume fällte.

Außerdem – und genauso zielgerichtet – fragten er und die anderen nach Eva. Im Grunde hatten sie sie seit ihrem ersten Tag in Elstadt nicht mehr gesehen, aber das Gerücht über ihre sonderbare Gestalt hatte die Runde gemacht. Das war ihnen ein Rätsel, aber alle verstanden, dass Eva zwar von ihrer Statur her nicht so groß wie Adam, aber immer noch größer und stärker war als die meisten Seelen in Elstadt, die sie, wenn wie sich zum Arbeiten entschließen würde, übertreffen könnte.

Aus diesen Gesprächen ergab sich für Adam, dass niemand hier die geringste Ahnung davon hatte, was mit Eva tatsächlich vor sich ging. Die Erzeugung neuer Seelen war etwas, was unter ihresgleichen niemals passierte. Die Art seines Umgangs mit Feller, Edger und Bluff brachte ihn zu der Überzeugung, lieber nicht alles preiszugeben, was er wusste. Deshalb sagte er nur, dass Eva in Camp arbeitete und sich in den Handwerkskünsten übte, die ihr Befriedigung verschafften, und dass sie so bald nicht zu ihnen in das Boot steigen würde.

Sie fällten viele Bäume und banden sie zu Flößen zusammen, die sie den westlichen Quellfluss hinunter bis zum Zusammenfluss mit dem mittleren und von dort bis an die Stelle treiben ließen, wo am Fuß des großen kahlen Hügels mit dem einzelnen Baum der östliche Quellfluss dazustieß. Immer wenn sie dort vorbeikamen, ließ Feller für eine Weile von seinen Fragen und Zurechtweisungen und all den anderen sorgsam abgewogenen Worten ab, die seinem Mund entsprangen, und blickte zu diesem Baum hinauf, während die ganze übrige Mannschaft, die sein Schweigen nicht zu unterbrechen wagte, dasselbe tat, und mit der Zeit war es, als hätten sie alle den gemeinsamen Vorsatz gefasst, eines Tages dort hinaufzugehen und den Baum umzulegen.

Mit der letzten Biegung verschwand er aus ihrem Blick, und sie hielten an der Flussniederung an, wo die großen Feuer brannten und die Baumstämme, die sie den Fluss hinuntergebracht hatten, gezählt, sortiert und aufgestapelt wurden. In deren Rinde gehackte Zeichen gaben Aufschluss darüber, wem sie gehörten. Adam lernte, sein eigenes Zeichen zu machen und es wiederzuerkennen. Meistenteils wuchs sein Stapel. Nur manchmal stellte er fest, dass während seiner Abwesenheit Stämme entfernt worden waren. Dieses verblüffende Phänomen erwähnte er Feller gegenüber, der sofort mit einer Erklärung aufwartete: Von Zeit zu Zeit sei es notwendig, den Holzstapel von Mannschaftsmitgliedern zu »dezimieren«, wie etwa, wenn sie nicht hart genug arbeiteten.

Das klang alles durchaus vernünftig, und dennoch fühlte sich Adam dadurch irgendwie beunruhigt. Er kam sich herabgesetzt vor. Feller schien das zu verstehen, und im Weiteren räumte er ein, dass dezimiert zu werden keinesfalls etwas Angenehmes sei und dass er bedaure, es tun zu müssen. Das sei nun mal der Lauf der Dinge in Elstadt. Inzwischen sei die Stadt überfüllt, und der Abstand zum Rand des Waldes nehme zu. Manche hätten die Stadt auf Dauer verlassen und lebten jetzt wie wilde Tiere in den Wäldern; Thunk zum Beispiel sei der Anführer einer ganzen Bande solcher Halunken, die den ehrlichen Holzfällern von Elstadt Baumstämme stählen und sie an unübersichtlichen Orten überfielen. Es entwickle sich gerade ein Konflikt, in dem alle Einwohner von Elstadt entscheiden müssten, ob sie bleiben und den Ort vervollkommnen oder sich in die Wälder verteilen wollten. Fellers Boot sei die Lösung. Von manchen, die ihm seinen Erfolg neideten, sei es bereits nachgemacht worden.

Nach diesem Gespräch begab sich Adam über den Fluss nach Hause. Eva betrachtete ihn mit Sorge und sagte, er erscheine ihr müde und ausgelaugt. Adam versuchte, sie mit der Erklärung zu beruhigen, dass sein Holzstapel weiterhin wachse und er, wenn eine gewisse Höhe erreicht sei, die Stämme zu einem Floß zusammenbinden und über den Fluss nach Camp bringen werde, damit sie ihre Hütte erweitern konnten.

Walksfar besuchte Adam, Eva und Mab oft in ihrer Hütte. Zudem lernten sie andere alte Seelen von Camp kennen, die allerdings ziemlich vergesslich waren. Der wachsende Umfang von Evas Bauch ließ sich nicht verbergen. Walksfar sagte, es erinnere ihn stark an das, was passiere, wenn vierbeinige Tiere weitere ihrer Art hervorbrächten. Danach kamen in kürzester Zeit alle Geheimnisse von Adam und Eva ans Licht, wie wenn an einem Fluss ein Damm aus Eis schmilzt und alles, was aufgestaut gewesen ist, in einem einzigen Augenblick freigesetzt wird. Sie teilten Walksfar mit, dass sie in Wirklichkeit die Kinder von Spring und Egdod seien, auf andere Weise hervorgebracht als jede andere Seele im Land; dass sie im Garten geboren und aufgewachsen und von El höchstpersönlich daraus vertrieben worden seien; und dass das Anschwellen von Evas Bauch, genau wie Walksfar geahnt hatte, das Erzeugen von weiteren Exemplaren ihrer Art bedeutete.

Als Walksfar fragte, warum El sie verjagt habe, erzählten sie die Geschichte von dem Wurm, der irgendwie seinen Weg in den Garten gefunden, ihnen vom Ersten Zeitalter erzählt und ihnen Namen gegeben habe, die Relikte einer noch ferneren Vergangenheit seien, und schließlich von Verteidiger von Els Blitzschwert erschlagen worden sei.

Walksfar staunte über jede dieser Enthüllungen, am meisten über die letzte. Und doch gab er zu, dass er von ihrem ersten Tag in Camp an gewusst habe, dass Adam und Eva und ihre Beschützerinnen-Elfe von einer völlig anderen Schöpfungsdimension sein müssten als all die anderen Seelen, die von der Kirk herabgekommen seien; dass sie tatsächlich so eigenartig seien, dass nur eine so seltsame Geschichte wie die, die sie ihm gerade erzählt hätten, als Erklärung für sie dienen könne.

So ging der Winter in die ersten Regungen des Frühlings über. Eines Nachts bekam Eva heftige Wallungen, die ihren Geist und ihren Körper in einem Maße beanspruchten, dass Adam Angst hatte, sie könnten sie zerreißen; Evas Aura brannte und waberte um sie herum wie die großen Feuer dort, wo in der Schmiede Stahl entstand, und ihre Gestalt wurde zwischen dem unteren Rand der Brüste und den Knien wieder zu Chaos, das sich um die Gliedmaßen derer wand, die ihr Mut zuzusprechen versuchten. In dem Moment, als sie fürchteten, sie würde sich ganz auflösen, hörten sie einen leisen Schrei von einer Stimme, die man bisher im Land nicht gekannt hatte, und dann noch einen und noch einen. Ihre Wallungen und das Chaos, das um sie herumwirbelte, wurden mit jedem Schrei, der kam, weniger und ließen schließlich so weit nach, dass alle sehen konnten, was sie hervorgebracht hatte: zwölf Seelen, winzig klein und dennoch nach demselben allgemeinen Muster wie Adam und Eva vollkommen geformt. Sie entstanden nicht als undefinierbare Formen, sondern als verkörperte Seelen, in Haut gekleidet und mit Zehen,

Fingern und Gesichtern ausgestattet. Der Kopf einer jeden war in eine Aura gehüllt, die ständig herausschoss und sich zurückzog.

Das Hervorbringen der zwölf Kleinen war sogar für Adam anstrengend, obwohl er kaum etwas anderes tun konnte, als nach Wegen zu suchen, Eva Trost zu spenden, und andere Aufgaben auszuführen, wie sie hier und da von Mab empfohlen wurden. So fehlte der Elfe zwar die Kraft, an der Quelle von Camp frisches Wasser zu holen, aber sie hatte ein Gespür dafür, wann etwas zu trinken oder ein Bad für Eva am hilfreichsten war.

Nachdem die zwölf geboren waren, suchten sie die Nähe von Eva, deren Gestalt wieder die Form annahm, die sie gehabt hatte, als sie und Adam im Garten gelebt hatten. Den meisten der Kleinen war ebenso wie Eva danach zu schlafen, und so sorgte Adam dafür, dass sie zugedeckt waren und das Feuer geschürt war, ehe er hinaus auf die Lichtung in der Mitte von Camp ging, um sich an der frischen, kalten Luft zu erfreuen. Über Evas Wallungen war es Nacht geworden, und Sterne leuchteten hell und klar am Firmament. Unmittelbar über ihm befand sich in seinem langsamen Durchgang das Rote Geflecht mit den in der Ferne flackernden Feuern. Adam hatte das Gefühl, von einem großen Auge beobachtet zu werden. Er wandte den Blick davon ab, so wie er es tat, wenn er Fellers Blick auf sich spürte, und bemerkte die Elfe, die aus der Hütte heraus auf ihn zukam.

»Es hat sich so zugetragen, wie du es vorausgesagt hattest«, äußerte Adam, »auch wenn es mir ein Rätsel ist, wie du solche Dinge wissen kannst.«

»Auch mir ist es ein Rätsel«, erwiderte Mab. »Das Wissen scheint nicht wie etwas, das ich gelernt habe, in meinem Kopf zu wohnen. Und doch fällt es mir, wenn es gebraucht wird, dank irgendeiner Fähigkeit zu.«

»Vielleicht könntest du es in Bezug auf Formen einsetzen«, sagte Adam. »Die haben mich in letzter Zeit wegen gewisser Veränderungen beschäftigt, die ich von Tag zu Tag an meiner Mannschaft festgestellt habe. Da mich das aber beunruhigt und verwirrt, habe ich die Gedanken daran lieber weggeschoben. Nun sind sie durch die Beobachtung der zwölf vollkommenen Kleinen, die Eva geboren hat, wieder in den Vordergrund getreten.«

»Was möchtest du denn wissen?«, fragte Mab.

»Als man uns des Gartens verwiesen hat, nahm ich an, dass unsere Gestalten sich nie verändern würden«, sagte Adam. »Tatsächlich erfuhren wir bei unserer Ankunft in der Elkirk von Lookseast, dass die Gestalt einer Seele sich, wenn sie erst einmal voll entwickelt ist, nicht mehr ändert. Und dennoch, als ich Edger zum ersten Mal sah, wirkte sie auf mich hochmütiger und schöner, als sie mir heute erscheint, und Bluff betrachtete ich als die größte und stärkste aller Seelen von Elstadt, mir nahezu ebenbürtig. Ich bin aber davon überzeugt, dass ihre Formen sich verändert haben, seit sie anfingen, Tag für Tag in Fellers Mannschaft zu arbeiten. Sie sind in sich zusammengesunken, haben eingezogene Schultern. Sie lassen den Kopf hängen, und ihr Blick huscht verstohlen zu Dingen, die sie vorher direkt angeschaut haben. Leute, die beide Männer gesehen haben, sagen, Bluff erscheine ihnen jetzt kleiner als Thunk, der aufrecht stehe und leichten Schrittes durch den tiefen Wald springe.«

Mab flimmerte schweigend, wie es ihre Art war, wenn sie neues Wissen erlangte. »Du hast recht«, sagte sie schließlich. »Die Zahl der Veränderungen, die die Gestalt einer Seele erfahren kann, ist nahezu unendlich, vorausgesetzt, die Veränderung von einem Tag zum nächsten ist gering.«

Adam schauderte. »Da fragt man sich, wie Bluff und Edger wohl aussehen, wenn sie jahrelang unter Feller arbeiten.«

»Oder Feller selbst«, bemerkte Mab. »Seine Gestalt wächst.«

Adam nickte. »Stimmt, am Anfang hatte er für mich eine normale Größe. Jetzt erscheint er mir größer.«

»Deine Gestalt verändert sich auch«, ließ Mab ihn wissen. »Und nicht zum Besseren.«

Diese Bemerkung verletzte Adam, aber er konnte nur zustimmend nicken. »Als ich zum ersten Mal Walksfars Veranda betrat, musste ich mich unter der Dachkante hindurchbücken. Gestern war ich wieder dort, und entweder bin ich jetzt von geringerer Statur, oder er hat das Dach hochgesetzt.«

»Hat er nicht«, sagte Mab.

Darüber dachte Adam nach. »Wer weiß, wo das enden könnte?«, fragte er. »In meinem Fall war die Veränderung so gering und langsam, dass ich sie selbst nicht bemerkt oder beachtet habe. Doch wenn ich nun die vollkommenen Gestalten der zwölf Neuen betrachte, empfinde ich Freude, aber auch einen Stich im Herzen, wenn ich bedenke, wie diese Vollkommenheit in Zukunft verloren gehen könnte, wenn sie an diesem Ort bleiben und so leben, wie ich hier lebe.«

Da die Kälte ihm durch die Kleidung gedrungen war, regte sich Adam jetzt mit einem unbehaglichen Gefühl. Er wandte sich von der Hütte ab, in der er mit seiner Familie lebte, und blickte gen Osten, denn er hatte bemerkt, dass es dort am Himmel heller wurde, und vermutete, dass die Morgendämmerung nahte. Doch das Licht im Osten bewegte sich mit größerer Geschwindigkeit als die aufgehende Sonne und schien sich auf eine einzige Stelle zu konzentrieren, die über das Firmament zog. Es kam auf sie zu, beschrieb einen Bogen über die Elkirk und stürzte dann ins Tal. Als es näher kam, sah Adam, dass es ein geflügelter Engel aus Els Heerschar war, und als dieser seine Flügel anlegte und nach Camp herabstieg, erkannte er ihn als denjenigen, der Bote von El genannt wurde. Seine Gestalt war anmutiger als die von Els Soldaten, und Flügel an seinen Füßen machten ihn flinker und wendiger, als sie es waren. Doch wie sie trug er einen flammenden Blitz an einer Hüfte. »Sei gegrüßt, Adam«, sagte er. »Wisse, dass deine und Evas Abwesenheit von allen, die euch im Palast kannten und liebten, zutiefst bedauert wird.«

»Wir denken oft an ihn zurück«, gab Adam zu, »und sehnen

uns manchmal nach seinen Annehmlichkeiten. Doch unseren Weg durch das Land zu finden hat uns Weisheit gebracht, die wir im Garten nicht erlangt hätten, und uns neue Dinge gelehrt.«

»Es hat ganz den Anschein«, sagte Bote von El, »denn uns hat die Kunde erreicht, dass heute zwölf Seelen im Land sind, die gestern noch nicht da waren.«

»Das entspricht der Wahrheit«, sagte Adam.

Bote von El nickte. »Ich wurde hierhergesandt, um sie zu besuchen und in Augenschein zu nehmen«, verkündete er.

Adam warf einen Blick auf seine Hütte. Bote von El bekam das mit und merkte sich den Ort.

»Eva ruht sich gerade von einer schweren Geburt aus, und die Kleinen schlafen auch«, sagte Adam. »Dein Glanz wird ihre Ruhe stören.« Damit wollte er verhindern, dass Bote von El überhaupt die Hütte betrat. Doch der Glanz des Engels ließ nach, als würde ein Feuer gelöscht. Seine Flügel schrumpften ein Stück in seinen Rücken und hüllten seinen Körper so ein, dass sie wie ein Umhang wirkten. Desgleichen wurden die Flügel an seinen Füßen zu Fußlappen aus einem glanzlosen Material. Als die Verwandlung abgeschlossen war, sah der Engel aus wie ein junger Mann in einem Umhang aus hellem Tuch, Beine und Füße zum Schutz gegen die Kälte umwickelt; und anstelle des Blitzes an seiner Hüfte baumelte ein langer, schmaler Gegenstand an seinem Gürtel. »Ich werde sie nicht stören«, sagte er.

»Wenn dein Auftrag darin besteht, sie nicht zu stören, wäre er am leichtesten ausgeführt, wenn du die Hütte erst gar nicht beträtest«, gab Adam zu bedenken.

»Mein Auftrag lautet, sie mit eigenen Augen zu sehen«, sagte der Engel. »So hat El es angeordnet.«

»Was ist das da an deiner Hüfte, wo vorher der Blitz hing?«, fragte Adam.

Anstelle einer Antwort nahm der Engel das Ding ab und lehnte es an den Stamm des großen Baums. Mab leuchtete es an, und

Adam erkannte, dass es mehr oder minder aussah wie ein Messer, nur länger. Zum Holzfällen erschien es ihm nutzlos, gleichzeitig aber sehr gefährlich und bei falscher Handhabung durchaus imstande, schwere Verletzungen zu verursachen.

Bote von El überquerte mit großen Schritten die Lichtung bis zur Schwelle von Adams und Evas Hütte. Als Adam sah, wie der Engel, ohne zu klopfen, die Tür aufstieß, regten sich in seiner Brust dieselben Gefühle, wie wenn Feller seinen Holzstapel um einen Stamm verringerte; doch wie bei Feller ließ er sich das nicht anmerken und wusste, dass ihn das kleiner machte. Ihm kam die Frage in den Sinn, was in solchen Momenten mit der Substanz passierte, die von seiner Gestalt abgezogen worden war. Wurde sie im selben Augenblick zu der von Bote von El hinzugefügt, oder zu El selbst? Wuchs Feller auf Kosten von Bluff? Konnte mit genügend Zeit eine Seele eine andere aufzehren?

Jedenfalls folgte Adam Bote von El in die Hütte, und Mab folgte Adam. Sie standen da und betrachteten Eva, die, halb verborgen unter den Gestalten der zwölf neuen Kleinen, in ihrem Bett schlief. Manche von diesen schliefen ebenfalls, wobei sie sich von Zeit zu Zeit regten und seufzten. Andere lagen schweigend wach, während sie mit offenen Augen Eindrücke von den Besuchern und den anderen Dingen um sie herum aufnahmen. Zwei jammerten und wurden von Mab getröstet, die herbeischoss und sie mit ihrer hellen Gestalt in ihren Bann zog. Bote von El, vorübergehend seiner Flügel beraubt, ging um das Bett herum, zählte die Kleinen und beugte sich näher zu ihnen, um sie in Augenschein zu nehmen.

Dabei fiel Adam auf, dass der Besucher mit besonderer Aufmerksamkeit die Stelle inspizierte, wo die Beine zusammenkamen.

»Sechs männlich und sechs weiblich«, bemerkte Bote von El schließlich.

»Ja«, sagte Adam. »Ich wüsste keinen besonderen Grund,

warum ihre Anzahl gleich sein sollte, außer dass Spring die Dinge so vorherbestimmt hat. Vielleicht hatte sie dabei im Sinn, dass die männlichen und die weiblichen Seelen Paare bilden, wie Eva und ich es getan haben.«

Bote von El lauschte aufmerksam und nickte beifällig. »Und welcher Zweck wird deiner Meinung nach durch die Bildung solcher Paare erfüllt?«

Adam zuckte die Schultern. »Gemeinschaft. Sich im Einklang miteinander bemühen, etwas zu tun, was für eine einzelne Seele unerreichbar ist.«

»Für solche Zwecke bedarf es nicht der Bildung von Paaren aus Mann und Frau«, gab Bote von El zu bedenken.

»Wofür denn sonst?«, fragte Adam, denn der Engel schien ja für das Rätsel, das er ihm aufgegeben hatte, schon eine Lösung zu haben.

Eins der Kleinen wurde wach und schrie. Mab sauste zu ihm hin.

Um die Schlafenden nicht weiter zu stören, öffneten Adam und Bote von El die Tür der Hütte, traten hinaus in die kalte Luft, schlossen sie hinter sich und sprachen im Licht der Sterne weiter. »Auf viele Jahre hinaus«, sagte der Engel, »werden diese Kleinen euren Schutz und eure Unterweisung brauchen. Das ist eine Aufgabe, die die Energien von zwei Seelen erfordert, und noch einiges mehr! Genau das hat Spring vorausgesehen, als sie eure Gestalten so programmierte, dass ihr männliche und weibliche Seelen in gleicher Zahl hervorbringen könnt.«

»Du meinst also, aus den zwölf gerade geborenen Seelen könnten am Ende sechs solcher Paare gebildet werden«, sagte Adam.

»Ja, und jedes dieser Paare könnte im Laufe der Zeit weitere Kleine hervorbringen, so wie du und Eva es getan habt. Außerdem hat auch Eva immer noch das Zeug, weitere Kleine hervorzubringen, sobald sie sich von den Strapazen dieses Tages erholt hat.«

Adam, der in seinem Erstaunen, seiner Erschöpfung und Freude nicht die Muße gehabt hatte, das alles zu durchdenken, war bis dahin keine dieser Möglichkeiten in den Sinn gekommen. Jetzt verspürte er eine gewisse Verlegenheit, weil er so lange gebraucht hatte, um das Wesen von Springs Plan zu erfassen.

Aus irgendeinem Grund schweiften seine Gedanken in den Wald, wohin er sich jeden Tag mit den Holzfällern begab. Denn so weit eine Seele innerhalb einer Woche reisen konnte, waren die Berge in unüberschaubarer Anzahl mit Bäumen bedeckt. Und doch hatten gemäß dem, was er und Eva im Garten gelernt hatten, die Bäume und alle lebenden Dinge als einzelne Samenkörner begonnen, die sich im Laufe vieler Jahre vervielfacht und ausgebreitet hatten. Wenn die gerade erst von Eva geborenen sechs Paare zu gegebener Zeit weitere erzeugen sollten, würde die Zahl dieser Seelen bald die der Einwohner von Elstadt übertreffen. Nur Mab könnte die Zahlen ausrechnen, aber die Unermesslichkeit des Waldes gab Adam eine Vorstellung davon, wohin das führen könnte: ein Land, das mit zu vielen Seelen bevölkert wäre, als dass man sie noch zählen könnte, und alle nach dem generellen Vorbild von Adam und Eva geformt. Und sie würden diese Seelen aufziehen und ihnen beibringen, gerecht miteinander umzugehen, damit keine auf Kosten der anderen stärker und vollkommener würde.

»Vergib mir«, sagte Adam, »dass ich das bis jetzt nicht gesehen habe. Ja, ich glaube, jetzt verstehe ich das Wesen von Springs Vorhaben.«

»Sehr gut«, sagte Bote von El. »Im Garten von El dazu erzogen, deine geistigen Fähigkeiten zu gebrauchen, musstest du es früher oder später herausbekommen, musstest Springs Irrtum erkennen und die Art des Problems verstehen.«

»Irrtum? Problem?«, wiederholte Adam.

»Ja«, sagte Bote von El. »Ganz offensichtlich besitzt das Land nicht die Kapazität, die Zahl von Seelen zu beherbergen, die sich mit der Zeit ergäbe, wenn Springs schlecht konzipierter Plan fortgeführt würde. Meilenweit um Elstadt herum wurden die Hügel bereits von Seelen abgeholzt, die auf normale Weise entstehen – und davon kommen täglich mehr von der Elkirk herunter. Glaube nicht, dass El in seinem Palast das nicht merkt. Ähnliche Geschichten könnte man von anderen Städten im ganzen Land erzählen. Kämen noch Adams und Evas Abkömmlinge zu Tausenden und Millionen hinzu, wäre das ganze Land bald kahl gefressen und so tot und verunstaltet wie *jener* Ort.« Der Engel hob den Blick zu dem brennenden Krater des Roten Geflechts hoch droben.

Adam wusste nicht, was er sagen sollte, und dachte eine Weile darüber nach. »Ich kann nicht leugnen, dass ich in jüngster Zeit in dem Wunsch, für die kleinen, von Eva hervorgebrachten Seelen eine größere Behausung zu bauen, selbst viele Bäume gefällt habe. Noch, dass genau dieses Handeln, ausgeführt von Tausenden meiner Abkömmlinge …«

»Millionen«, warf der Engel ein.

»… große Teile vom Land, die jetzt angenehm bewaldet sind, veröden lassen würden. Aber so viele Seelen zu erzeugen, wird viele Jahre dauern, und könnte es nicht sein, dass wir in der Zwischenzeit unsere Gewohnheiten ändern? Wir sind keine blinden Verschlinger. Schon die Seelen von Elstadt finden Wege, bequem zu leben und dennoch weniger Bäume zu fällen.«

»Das wird das Unausweichliche nur hinauszögern«, sagte Bote von El. »Glücklicherweise wird ein einfacher, jetzt vorgenommener Eingriff verhindern, dass irgendetwas Derartiges jemals passiert. Es ist das Leichteste auf der Welt.« Und die Hand des Engels verirrte sich an seine rechte Hüfte, wo der Knauf eines kleinen, aus einer verborgenen Scheide ragenden Messers glänzte.

»Welcher Art ist dieser Eingriff«, fragte Adam, »und welche Rolle spielt dabei dieses Messer?«

»Jedem dieser zwölf ist die Fähigkeit angeboren, weitere Seelen hervorzubringen«, erklärte Bote von El. »Die männlichen geraten in dieser Hinsicht nach dir, die weiblichen nach Eva. Letztere haben ihre Fortpflanzungsorgane tief im Inneren, aber du und die Jungen, ihr tragt eure außen, wo der Fehler von Spring mit einem winzigen Messerschnitt korrigiert werden kann. Kein Teil wird entfernt. Es geht lediglich um das Durchschneiden einer inneren Verbindung, nahezu schmerzlos. Ich werde mich gleich darum kümmern, solange sie schlafen.« Damit wandte der Engel sich wieder zur Tür der Hütte und zog dabei das Messer aus der Scheide. Dessen Klinge war kaum breiter als Adams Fingernagel und glänzte weiß im Licht der Sterne.

Adam streckte die Hand aus und legte sie dem anderen auf die Schulter. »Wenn das alles so schnell und einfach ist, wie du sagst«, meinte er, »dann komm doch später wieder, wenn Eva und ich Gelegenheit gehabt haben, deinen Vorschlag zu überdenken.«

»Es ist kein Vorschlag«, sagte der Engel, drehte sich zu ihm um und schüttelte Adams Hand ab, »sondern etwas, das getan werden muss, auf Anweisung von El persönlich, noch heute Nacht.«

»Els Autorität gilt hier nicht«, sagte eine dritte Stimme, und als Adam sich umsah, erblickte er Walksfar, der über die Lichtung auf sie zukam. »Camp mag dir, der du erst jüngst aus den Höhen des Palasts herabgestiegen bist, klein und unbedeutend erscheinen, aber es ist alt, gegründet an einem Ort wilder Seelen von solchen wie mir, die in Zeiten der alten Götter entstanden sind und Egdod mit eigenen Augen gesehen haben. Wir haben El nicht in das Land eingeladen, und wir gestehen ihm nicht die Macht zu, seine Lakaien in unsere Hütten zu schicken und mit Messern unsere Gestalten zu verändern.«

Mut überkam Adam, als er diese Worte hörte und den selbstbewussten Schritt und die stolze Haltung von Walksfar sah. Er bewegte sich auf den Eingang der Hütte zu, um den Engel daran zu hindern, noch näher zu kommen.

»Das sind kühne Worte von einem faulen Eremiten, der über

Jahrhunderte hinweg nichts anderes getan hat, als in seiner Hütte zu schmollen und Tee zu trinken«, sagte Bote von El. »Während du aber damit beschäftigt warst, kamen große Veränderungen über das Land. Du wärst gut beraten, wieder in die Ferne zu wandern, wie du es früher getan hast, und dich mit den Dingen, wie sie jetzt sind, vertraut zu machen, ehe du El beleidigst und seinen Boten behinderst.«

Walksfars Gesicht verdüsterte sich, und er schien keine Antwort parat zu haben, doch Adam sprach: »Ich bin gut unterrichtet, wie du weißt, und kaum geneigt, El zu beleidigen. Aber seinen Boten werde ich in diesem Fall gerne behindern.«

Nun hatte es sich ergeben, dass sich Bote von El zwischen Adam und Walksfar befand, denn Letzterer hatte seine Vorwärtsbewegung nicht verlangsamt. Nach einem Blick in beide Richtungen und der Erkenntnis, dass er eingekeilt war, wurde der Engel wieder zum Engel. Sein Gewand erhellte sich, bis es selbst zur Lichtquelle wurde, und entfaltete sich zu zwei hellen Flügeln, und er sprang in die Luft, etwas höher, als ein Mensch springen könnte, sodass Adam und Walksfar auf Augenhöhe mit seinen geflügelten Füßen waren. »Ich wurde gesandt, um die Dinge hier wieder in Ordnung zu bringen«, verkündete er, »nicht, um Worte zu wechseln!« Der Engel breitete seine Flügel zu ungeheurer Weite aus und vollführte mit aller Kraft einen einzigen Flügelschlag. Adam und Walksfar wurden mit solcher Wucht zu Boden geworfen, dass sie beide eine Zeit lang benommen dalagen.

Wieder zur Besinnung gebracht wurde Adam durch die Schmerzensschreie kleiner Seelen und durch Evas Schreckens- und Wutgeschrei. Er stand auf und rannte in die Hütte, wo er den Engel, mit dem kleinen Messer hantierend, über eine männliche Seele gebeugt vorfand. Der Säugling gab einen spitzen Schrei von sich, worauf sich der Engel, von dessen Hand Blut tropfte, nach getaner Tat abwandte. Mit einem Blick nahm Adam die fünf anderen Jungen wahr, alle schreiend und mit schmalen Blutrinnsalen zwischen den Beinen. Eva versuchte sie zu trösten. Während Adam wie betäubt dagelegen hatte, war bei allen der Schnitt vorgenommen worden.

»Ja«, sagte Bote von El und drehte sich zu Adam um, »es ist alles erledigt – außer bei dir, Adam. Noch ein Schnitt, und das Land wird für immer vor den Fehlern von Egdod und Spring sicher sein.«

Adam griff hinter die Tür, ertastete den Stiel seiner Axt und zog sie hervor.

Der Engel lachte. »Du bist naiver, als ich gedacht hatte, wenn du glaubst, dass du dich damit der Macht von einem aus Els Heerschar entgegenstellen kannst.«

Etwas Hartes und Kaltes schob Adam beiseite, und er fühlte, dass der Hüttenboden aus festgetretener Erde unter dem Schritt von jemandem bebte, der das Hundertfache von ihm wog. Cairn war hereingekommen und stand nun unmittelbar vor dem Engel, der die alte Seele nur neugierig betrachtete, als hätte er dergleichen noch nie gesehen oder sich vorgestellt. Cairn trat noch einen Schritt vor, wie um die Neugier des Engels zu befriedigen. Sie standen sich einen Moment lang Auge in Auge gegenüber. Dann klatschte Cairn in die Hände oder vielmehr die plumpen Extremitäten seiner oberen Gliedmaßen.

Bote von El platzte wie eine reife Frucht, die von einem Hammerschlag getroffen wurde. Brocken seiner Aura spritzten auf Wände, Decke und Fußboden. Sein Kopf und Oberkörper waren ganz und gar verschwunden. Die unteren Teile, die Arme und Flügel verloren ihren Zusammenhalt, stoben auseinander und blieben an verschiedenen Stellen in der Hütte liegen. Der Eindruck war ein bisschen wie damals in der Elkirk, als Adam und Eva in der unteren Kammer gestanden hatten und viele neue Seelen, die im Raum verstreut gewesen waren, sich kaum hatten zusammenhalten können. Der Stoff, aus dem Engel bestanden, war heller. Allerdings fehlte dessen Bruchstücken sogar der geringe Zusammenhalt neuer Seelen, so kraftvoll hatte der Schlag, den Cairn Bote von El versetzt hatte, dessen Form zerrissen. Kaum eine Stelle im Inneren der Hütte war nicht bespritzt, und der ganze Raum war erleuchtet vom zischenden und sich ständig verändernden Glanz der Aura des Engels. Adam streckte die Hand aus, um die sechs Säuglinge, die unter das Messer gekommen waren, zu trösten, zog sie jedoch wieder zurück, als ihm auffiel, dass auch sie bespritzt worden war. Während er fasziniert den Aurabrocken auf seinem Handrücken betrachtete, verteilte sich dieser und schmolz in sein Fleisch hinein, das zu leuchten begann. Das ließ sofort wieder nach, aber er konnte spüren, dass etwas Neues seinen Arm hinauf- und in seine Brust strömte, von wo es sich durch seinen Körper ausbreitete und seinen Kopf schwindelig werden und seine Extremitäten kribbeln ließ. Wieder streckte er die Hand aus, diesmal, um sich auf dem Tisch abzustützen, auf dem Bote von El seine Schnitte gemacht hatte. Der kleine Junge, der vor ihm lag, hatte aufgehört zu schreien. Flecken von dem Engelsstoff sickerten in ihn ein und brachten seinen Körper zum Erglühen, und Adam konnte nur vermuten, dass der Junge ähnliche Sinneswahrnehmungen hatte wie er.

Eva war auf den Beinen und sammelte das Zeug händeweise von den Wänden und dem Boden auf. Viel davon war in der Erde versickert. Adam bildete sich ein, dass der Boden unter seinen Füßen schwankte, aber das war vielleicht nur eine Folge davon, dass Cairn gerade zur Tür hinausschlurfte.

Cairns grobe Gestalt zeichnete sich als Silhouette gegen ein grelles Licht ab, das Adam einen Moment lang befürchten ließ, weitere Engel seien im Anzug, doch als Cairn zur Seite trat, gab er den Blick auf Walksfar frei, der mit dem Schwert, das der Engel an dem Baum zurückgelassen hatte, auf die Hütte zukam. Es hatte seine ursprüngliche glänzende Form wieder angenommen. »Ich hatte nicht erwartet, dass der heutige Tag damit enden würde, dass wir gegen Engel kämpfen«, sagte Walksfar, »aber falls das der Fall ist, würde Thingor wollen, dass wir das hier verwenden.«

Das Gerede von Kampf war etwas, das Adam nicht hören wollte, und so wandte er sich wieder der Hütte zu, um zu sehen, wie die Dinge dort jetzt standen. Das meiste von dem Engelsstoff war weg, denn es war zu chaotisch und zu flüchtig, um sehr lange an irgendeiner Stelle zu verharren, ohne dass eine organisierende Seele es beisammenhielt. Doch was davon noch nicht verschwunden war, schöpfte Eva auf und rieb die Körper der Säuglinge damit ein, als wäre es ein Balsam. Als sie sah, wie Adam sie anblickte, sagte sie: »Je mehr davon in uns ist, desto weniger bleibt für El oder irgendeinen seiner Lakaien.«

»Schulden wir El denn dann etwas, wenn wir es in uns haben – wenn es uns ausmacht?«

»Wir schulden El nichts als Vergeltung«, fauchte Eva.

»Ich meine, gibt es El Macht über uns, die er vorher nicht hatte?«, fragte Adam.

»Das weiß ich nicht. Aber ich bin jetzt stärker, bewusster, als ich vorher war. Und sieh nur die Kleinen.«

Adam betrachtete sie und sah, dass die zwölf nicht mehr so klein waren wie zuvor. Von ihrer Gestalt her waren sie noch Säuglinge, aber jetzt schauten sie sich neugierig um, statt zu schlafen oder zu jammern, und ihre Körpergröße hatte auch zugenommen.

»Wie es aussieht, muss ich noch mehr Bäume fällen«, sagte er trocken. Er sah Eva in die Augen, und die beiden wechselten einen liebevollen Blick. Dabei wurden sie jedoch von einem Lichtschimmer unterbrochen, der ihre Blicke direkt auf den Boden zwischen ihnen lenkte. Einer der Jungen hatte es geschafft, auf alle viere hochzukommen, und war an die Stelle gekrabbelt, wo Cairn Bote von El vernichtet hatte. Dort war das Messer des Engels zu Boden gefallen und lag jetzt glänzend da, wie ein kleiner Blitzsplitter, der das Auge betörte. Das Kind griff danach.

Wie auf Kommando stürzten sich Adam und Eva auf ihn. Adam, der näher bei ihm gestanden hatte, war zuerst da und schloss die Hand um den blutigen Griff. Er und Eva lachten. Noch nie zuvor hatten sie gelacht.

Gekämpft wurde an diesem Tag nicht mehr, auch nicht am nächsten oder übernächsten. Engel flogen von Zeit zu Zeit über Camp, landeten aber nicht. Adam ging zwei Tage lang nicht hinunter zum Fluss, obwohl er wusste, dass Feller seinen Holzstapel dezimieren würde. Die zwölf Kleinen verlangten viel Aufmerksamkeit. Während der nächsten paar Tage blieben sie nah bei Eva. Die Auren der Kinder und ihrer Mutter waren auf eine Art ineinander verschlungen, die Adam verwirrte, aber Eva, die seine Verwunderung bemerkte, erklärte ihm, dass das alles gut und richtig sei und dass die Kleinen auf diese Weise von ihr sowohl Nahrung für ihre Form als auch Wissen zur Bildung ihres Geistes bezögen. Jedes von ihnen, erläuterte sie weiter, entwickle eine eigene Persönlichkeit. Sie konnte sie mühelos auseinanderhalten. Adam brauchte etwas länger, um sie zu unterscheiden.

In Camp gab es mehrere Seelen, die, obschon ziemlich vergesslich und in mancher Hinsicht sogar dumm, das Novum kleiner junger Seelen am Ort genossen und zu jeder beliebigen Stunde in der Hütte vorbeikamen, um einen Blick auf sie zu werfen. Als es den Anschein hatte, als könnten die Kleinen versorgt werden, ohne dass Adam anwesend war, nahm er seine Gewohnheit wieder auf, im Morgengrauen zum Fluss hinunterzugehen, um Fellers Boot zu besteigen. Doch sein Umgang mit Feller hatte sich grundlegend geändert. Vorher hatte Adam ihn respektiert und es ihm recht zu machen versucht. Jetzt waren derlei Wünsche verschwunden, denn Adam hatte Nachkommenschaft gezeugt, gegen einen Engel gekämpft und gesehen, wie der Engel von einem belebten Steinhaufen aus dem Ersten Zeitalter zerstört wurde. Er hatte Engelsstoff in seine eigene Seele und

Gestalt aufgenommen. Diese Ereignisse machten Fellers Taten alle so klein und unbedeutend, dass Adam einfach keine Lust hatte, den Worten, die aus dem Mund seines Dienstherrn kamen, Folge zu leisten oder sich um die belanglosen Taten und Händel zu kümmern, die in jedem wachen Moment Leute wie Bluff und Edger beschäftigten. Und Adam war nicht die einzige Seele, die so dachte, denn inzwischen bestand in Elstadt weitgehend Einigkeit darüber, dass Thunk, der frei umherstreifende Holzfäller, der nur selten in die Stadt kam, neben Adam die größte und stärkste Seele in dieser Gegend war.

Außer Äxten klapperten auf dem Boden von Fellers Boot verschiedene andere Arten von Werkzeugen. Während die Tage vergingen, lernte Adam, wozu sie verwendet wurden: Hämmer und Keile zum Spalten von Baumstämmen in Längsrichtung, eine Säge zum Querschneiden, Messer und Spleißdorne für Seilarbeiten. Außerdem gab es mehrere Eisenstangen, etwa so lang wie der Unterarm eines Mannes, ohne irgendwelche Eigenschaften, die als Hinweis auf ihre Verwendung hätten dienen können.

Eines Tages kamen sie an dem Abholzgebiet an und wurden vom Lärm von Äxten begrüßt, die in Baumstämme drangen. Ein anderes Boot war nicht zu sehen, aber am Ufer fanden sich frische Fußspuren, und einige gefällte Bäume waren hinuntergeschleift und mit einem Zeichen markiert worden, das Adam nicht kannte. Feller dagegen schon, und er reagierte mit Empörung, die sich bald zu Wut auswuchs. Er bückte sich, nahm eine der Eisenstangen und gab sie Bluff mit der Bemerkung: »Du weißt, was zu tun ist«, ehe er weitere Stangen an die anderen austeilte. Bis Adam an der Reihe war, gab es keine mehr, doch Feller reichte ihm stattdessen einen überschüssigen Axtstiel und sagte: »Schau hin und lerne, denn Hoffnung gibt es für dich in dieser gefallenen Welt nur dann, wenn du das Zeug hast, gegen die zu kämpfen, die dir etwas wegnehmen würden.« Damit sprang er aus dem Boot ans Ufer, wo die übrigen Mitglieder der Mannschaft warteten, während sie ihre Eisenstangen in der Hand wogen und durch die Luft schwangen.

»Ich möchte hier beim Boot bleiben«, wandte Adam ein, nicht so sehr aus Furcht als aus einem Mangel an Interesse an dem, was auch immer Feller im Sinn hatte.

Feller taxierte ihn, und er konnte spüren, dass die anderen ihn ebenfalls scharf ansahen. »Und was hilft es dir, wenn diese Mörder uns, deine Freunde, mit ihren Äxten erschlagen? Danach werden sie sich dir zuwenden, Adam. Wirst du allein gegen sie kämpfen? Dann kannst du alle Hoffnung fahrenlassen, je wieder einen Blick auf Evas Gesicht zu werfen.« Adam sah ein, dass die Sorge um seine eigene Sicherheit, wenn schon nicht Loyalität seiner Mannschaft gegenüber, von ihm verlangte, mit den anderen in den Wald zu gehen, und genau das tat er.

Diejenigen, die Feller Mörder genannt hatte, wurden mühelos gefunden, denn sie waren nicht weit weg und machten keine Anstalten, sich zu verbergen.

Adam, der nicht so ungeduldig war wie die anderen, kam als Letzter dazu, als Feller bereits einen Holzfäller, allem Anschein nach der Anführer der anderen Gruppe, heftig zurechtwies; dieser war größer und kräftiger gebaut als der Rest, und der Kopf seiner Axt enthielt viel Eisen. Das war Thunk. Adam hatte viel von ihm gehört, ihn aber bis jetzt noch nicht gesehen. Feller und Thunk standen sich auf einer kahl geschlagenen Fläche gegenüber, auf die man gefällte Bäume geschleift hatte, um ihre Äste abzuhacken. Feller balancierte seine Eisenstange auf der Schulter, Thunk seine Axt, die zweischneidig war. Sie wahrten einen gewissen Abstand, während sie sich langsam umeinander bewegten, und da beide einander fixierten, traten sie bei jedem Schritt, immer die Stümpfe, Stämme und Äste unter ihren Füßen im Sinn, mit Bedacht auf. Feller wurde von Bluff und Edger und dem Rest seiner Mannschaft flankiert, Thunk dagegen stand allein da, denn seine Leute schienen insgesamt eher geneigt, sich zurückzuziehen und zwischen den Bäumen Zuflucht zu suchen. Nach den Geräuschen zu urteilen, die diese Seelen machten, als sie durch das getrocknete Laub rannten, nahmen einige von ihnen einfach nur Reißaus, so schnell sie konnten. Andere dagegen schienen sich, weniger offensichtlich, zu einem Kreis um Fellers Mannschaft zu formieren. Adam, der Nachzügler, wäre fast über eine von ihnen gestolpert, als er eine große Frau überraschte, die sich, ihre Aufmerksamkeit auf die Mitte der Lichtung gerichtet, seitwärts an deren Rand entlangbewegte. Sie fuhr heftig zusammen, als sie bemerkte, dass Adam unmittelbar hinter ihr stand. In dem Bemühen, die Fassung wiederzugewinnen, wich sie zurück, wobei zunächst ihre Augen den Axtstiel suchten und fanden. Erst als sie sicher außerhalb von dessen Reichweite war, bedachte sie Adam mit dem neugierigen, ihn von Kopf bis Fuß taxierenden Blick, an den er sich inzwischen gewöhnt hatte. Adam tat es ihr gleich. Sie war die größte Frau, die er je gesehen hatte, mit langen Muskeln, die sich an ihren Gliedmaßen abzeichneten. Über ihrer Schulter hing ein Beutel, der etwas Schweres zu enthalten schien. An einer Hand baumelte lose ein längeres Stück Schnur mit einem in der Mitte eingewobenen Geflecht. Adam sah allmählich Weisheit oder zumindest Schläue in Fellers Empfehlung, dicht beieinanderzubleiben, und betrat daher mit einem gewissen Gefühl der Erleichterung die Lichtung, um sich seiner Mannschaft anzuschließen. Feller bemerkte das aus dem Augenwinkel, und Thunk riskierte eine Drehung des Kopfes, um einen Blick auf Adam zu werfen.

»Es ist also wahr, was man sich erzählt«, sagte Thunk, »dass du eine der alten Seelen aus Erste Stadt in Dienst genommen hast.«

»Das habe ich«, sagte Feller. »Er ist loyal und wird tun, was ich sage, und wenn das bedeutet, euch Schaden zuzufügen, dann wird dieser Schaden so groß sein, wie seine Schultern breit sind.«

»Eines Tages möchte ich die traurige Geschichte darüber hören, wie eine der großen Seelen des Ersten Zeitalters so gedemütigt wurde«, bemerkte Thunk. An seiner Aura und seinem Tonfall ließ sich ablesen, dass er nicht bloß Worte wechselte, sondern aufrichtig enttäuscht war, jemanden wie Adam auf einen so niederen Stand reduziert zu sehen.

Da Adam die klug kalkulierte Rede, die Feller zu jeder Zeit auf den Lippen führte, inzwischen gewohnt war, trafen ihn Thunks Worte, die so geradeheraus geäußert worden waren, umso mehr. Vor Scham war Adam für einen Moment so schwindlig, dass er seine Position leicht verändern musste, um auf dem unebenen Boden einen festen Stand zu haben.

»Adam ist schlauer, als er aussieht«, gab Feller zurück, »und wird sich von deinen vergifteten Worten nicht beeinflussen lassen.« Und als wäre er sich dessen selbst nicht ganz sicher, ging sein Blick kurz in Adams Richtung.

Jetzt war Adam vollständig verwirrt, denn ihm war noch nie in den Sinn gekommen, dass seine Erscheinung den Eindruck vermitteln könnte, er sei geistig beschränkt; und außerdem waren Thunks Worte ihm ganz und gar nicht vergiftet erschienen, sodass er sich jetzt fragte, ob er, Adam, vielleicht nicht schlau genug war – was immer das bedeuten mochte –, Thunks wahre Natur klar zu erfassen.

Da so vieles sein Bewusstsein trübte, hörte Adam kaum den nächsten Teil des Gesprächs. Was er aber vage mitbekam, war, dass Feller verkündete, nur er, Feller, habe das »Recht«, hier Bäume zu fällen, und dass Thunk das bestritt und darauf bestand, dass die Alten Götter solche Orte mit Bäumen versehen hätten, damit jede Seele, die welche brauchte, herkommen und sie fällen könne.

Was Adam schließlich aus seiner Träumerei herausriss, war das Geräusch von plötzlicher Bewegung zwischen den Bäumen hinter ihm. Er drehte sich gerade in dem Moment um, als eine Axt, deren Stiel wild um ihren glänzenden Kopf herumwirbelte, durch die Luft auf ihn zugesaust kam. Mit einem Surren schoss sie an ihm vorbei und flog noch ein paar Meter weiter, ehe sie nicht weit von Feller entfernt an einem Baumstumpf abprallte und zu Boden fiel. Feller und Thunk sahen zu, wie sie fiel, und für einen kurzen Moment herrschte Stille.

Dann stürzten Feller und Bluff auf Thunk los.

Zunächst dachte Adam, Thunk sei in einer aussichtslosen Lage, denn er stand mit dem Rücken zu einem gefällten Baum, dessen Stamm von seinen Ästen so über dem Boden gehalten wurde, dass er sich auf der Höhe von Thunks Taille befand. Doch Thunk wusste genau, wo der Baum war, und machte leichtfüßig einen Satz hinauf. »Los geht's!«, rief er, sprang auf der anderen Seite hinunter und lief zu dem vom Fluss entfernten Rand der Lichtung, so als wollte er sich in den tiefen Wald zurückziehen.

Feller und Bluff kamen nicht so schnell über den Stamm, sodass sich der Abstand zu Thunk vergrößerte. Ein Schrei, gefolgt von einem Hagel von Wurfgeschossen, drang zwischen den umstehenden Bäumen hervor. Adam wurde von einem Stein am Rücken getroffen, was ihn veranlasste, sich zu den Bäumen umzuwenden und um sich selbst zu kümmern. Als weitere Geschosse auf ihn zugeflogen kamen, bewegte er sich wieder rückwärts in die Mitte der Lichtung, bis er spürte, dass seine Kameraden nicht weit waren. In den Wäldern befanden sich mehr Leute, als Adam vermutet hatte. Ihr vorheriger Rückzug war nur eine Finte gewesen; während des Streits zwischen Feller und Thunk waren sie lautlos zurückgekommen. Die große Frau trat ins Freie und bewegte dabei eine Hand in einem engen Kreis. Die beiden Enden der Schnur wirbelten so schnell um ihre Hand, dass man sie nur als verschwommenes Etwas wahrnehmen konnte. Aus diesem Etwas flog ein Stein heraus, der surrend durch die Luft schoss und einen von Fellers Leuten mit solcher Wucht traf, dass er ihn von den Beinen riss.

Als Feller ein paar Männer mit Äxten ins Freie kommen sah, rief er: »Schnappen wir sie uns!«, und rannte mit hocherhobener Eisenstange auf die Feinde zu, dicht gefolgt von Bluff. Die Übrigen einschließlich Adam bildeten die Nachhut, weniger aus dem Wunsch heraus, »sie zu schnappen«, als aus Angst zurückzubleiben. Am Ort des Handgemenges angekommen wäre Adam fast von einer Eisenstange getroffen worden, die Bluff hochschwang, um sie auf den Kopf eines kleinen Baumfällers herabsausen zu lassen, der auf dem Boden zusammengesackt war, die zerquetschten Hände nutzlos auf einem Schädel gespreizt, der jetzt völlig deformiert war; in seinem Kopf klaffte ein Spalt, aus dem die Aura quoll und wieder in Chaos zurückfiel. Ein weiteres Mal zuzuschlagen, erschien unnötig, doch Bluff tat genau das, worauf seine Stange von Blut triefte und von Aura zischte. Ein anderer Holzfäller näherte sich Bluff von hinten, die Axt zum Schlag über den Kopf gehoben. In seiner Rage schien er Adam nicht zu bemerken, der lediglich den Arm ausstreckte, mit seinem Axtstiel den des Angreifers blockierte und so dessen Schlag abbremste, bevor er richtig Schwung aufnehmen konnte. In der Ausholbewegung erstarrt wurde dieser Mann von Edger angegriffen, die ihm einen Schlag in die Magengrube zu versetzen schien. Doch an der Stelle, wo der Schlag gelandet war, spritzte Blut heraus, und als sie die Hand zurückzog, sah Adam, dass sie ein langes Messer umfasste, so scharf, wie nur Edger es machen konnte.

Das ließ Adam fast genauso erstarren wie den Mann, den sie erstochen hatte, bis ein anderes Mitglied von Adams Mannschaft seinen Namen rief.

Dessen Blick folgend drehte Adam sich um und sah einen Feind von hinten auf sich zustürmen. Ohne zu überlegen, streckte er die Hand mit dem Axtstiel aus, um den Burschen zurückzudrängen, und streifte ihn damit so im Gesicht, dass der Mann das Gleichgewicht verlor. Als er fiel, sauste Bluffs Stange auf seinen Kopf nieder.

Diese Augenblicke waren der Wendepunkt des Kampfes. Danach kam es, während sie sich zum Fluss durchschlugen, nur noch sporadisch zu Handgemengen. Feller wollte so schnell wie möglich zum Boot zurück und wäre am liebsten auf direktem Weg hingerannt, doch die Geschosse, die nach wie vor von überallher auf sie einprasselten, zwangen sie zu einem bedachteren Rückzug, indem sie einen Großteil des Weges rückwärtsgingen und auf das Surren der Schleudern achteten, mit denen ihre Feinde sie beschossen.

Als sie sich dem Flussufer näherten und das Geschrei ihrer Angreifer nachließ, nahmen sie ein entferntes, sich wiederholendes Geräusch wahr, das immer deutlicher wurde: das dumpfe Schlagen einer Axt, die sich tief in Holz hineinbiss. Es war ein Geräusch, das ihre Tage füllte und an das sie gewöhnt waren. Im Unterschied zu dem Geräusch beim Fällen eines Baums hatte dieses jedoch einen hohlen, dröhnenden Charakter. Als sie in Sichtweite des Flussufers kamen, wurde ihnen klar, warum: Thunk war um einiges vor ihnen dort gewesen und hatte Fellers Boot umgedreht, sodass der Boden nach oben zeigte. Nun stand er auf dem Rumpf und ließ seine scharfe Axt in den Kiel niedersausen. Ein entferntes Splittern verriet ihnen, dass er den Boden durchbrochen hatte. Als Feller mit dem Gebrüll eines wilden Tiers auf ihn zurannte, schlug Thunk, den Blick auf ihn gerichtet, ungerührt noch ein paarmal durch die dünnere Beplankung des Rumpfs hindurch, ehe er einen Schritt rückwärts machte und sich in den Fluss fallen ließ. Ein paar Schritte brachten ihn hinaus in die Strömung, die ihn forttrug. Nachdem Feller auf sein zerstörtes Boot geklettert war, hob er seine Stange, als wäre er im Begriff, sie Thunk hinterherzuschleudern, besann sich dann jedoch eines Besseren.

Sie drehten das zertrümmerte Boot wieder um und stellten fest, dass Thunks Mannschaft ihre Äxte und andere Gegenstände gestohlen hatte. Jetzt hatten sie nicht einmal mehr genug Seil übrig, um die verbliebenen Stämme zu einem Floß zusammenzubinden, das sie flussabwärts bringen könnte, sodass sie stattdessen zu Fuß nach Elstadt zurückgingen: eine Strecke, für die sie, mit der Strömung rudernd, nur eine Stunde gebraucht hätten, die an Land jedoch den Rest des Tages dauern würde. Von Thunk und seinen Leuten sahen sie nichts mehr, auch wenn anfangs jeder knackende Ast und jedes vorbeihuschende Tier sie zusammenzucken und ihre Eisenstangen bereithalten ließ.

Während aber der Tag verging und Müdigkeit, Kälte und Hunger sie übermannten, galt ihre Sorge immer weniger Thunk und immer mehr ihrer Rückkehr zu den Feuern von Elstadt. Das Ufer des Flusses erschien endlos. Anfangs durchquerten die Männer eine Gegend, die erst in letzter Zeit abgeholzt worden war. Hier gab es nur spärliches Unterholz, sodass man ohne große Mühe vorankam. Als sie jedoch in Gebiete vordrangen, die schon länger von Bäumen befreit waren, stießen sie auf dichtes Gestrüpp aus dornigen Zweigen, die steif genug waren, um ihr Fortkommen zu behindern, und gleichzeitig so biegsam, dass sie, wenn sie von den Eisenstangen der Männer getroffen wurden, dem Schlag auszuweichen und zum Gegenangriff zurückzuschnellen schienen. Steile Uferabschnitte zwangen sie, vom Fluss weg landeinwärts zu steigen, was den Fußmarsch um Meilen verlängerte.

Roper, das Mannschaftsmitglied, das Adam vorher durch lautes Rufen seines Namens gerettet hatte, wurde besonders verzagt. Die Dinge düster zu sehen und Ermutigung von seinen Kameraden und Strafe von seinem Dienstherrn zu brauchen hatte immer zu seinem Wesen gehört. »So weit kann es bis Elstadt doch gar nicht sein«, jammerte er. »Bestimmt haben wir uns verlaufen und gehen jetzt irgendeinen anderen Fluss entlang, der uns an sonderbare Orte bringt, wo die Leute, wenn es überhaupt welche gibt, ein unverständliches Kauderwelsch sprechen.«

»Das ergibt keinen Sinn«, machte Adam ihm klar. »Es gibt nur einen Fluss; wir haben ihn die ganze Zeit links von uns gehabt und ihn ständig gehört.«

»Sei dir da nicht so sicher«, sagte Bluff.

»Wasser läuft bergab«, beharrte Adam. »Wir haben uns vielleicht hier und da ein wenig vom Ufer entfernt, aber wir können den Fluss nicht überquert haben und an ein anderes Flussbett gelangt sein.«

»Da, wo du herkommst, mag das ja stimmen«, knurrte Feller, »aber du vergisst, dass Elstadt von verfluchten Seelen gegründet wurde, die vor Els Zorn hierherflohen. Honey sah Els Licht und baute ihm zu Ehren ihren weißen Turm dort oben, aber die anderen stahlen sich in dieses dunkle Tal, um aus Els Blickfeld zu verschwinden, und bauten ihre Behausungen an Orten, von denen sie wussten, dass sie von wilden Seelen heimgesucht waren, die nicht einmal Egdod, geschweige denn El gehorchten. Dieser Fluss könnte nach allem, was wir wissen, eine davon sein. Ich fand immer, dass er etwas Unheimliches an sich hat. Er hasst uns für das, was wir den Wäldern an seinen Ufern angetan haben, und es würde mich nicht überraschen, wenn er von uns unbemerkt seinen Lauf verändert hätte, um uns in Verzweiflung und Gefahr zu stürzen.«

»Das ist eine verrückte Vorstellung«, murmelte Adam.

»Immerhin ist es einfacher, aufwärts- als abwärtszugehen, und so geht's eben abwärts«, erwiderte Feller. »Dorthin, wo dieser verfluchte Fluss uns herauskommen lassen will.«

Noch mehr heitere Voraussagen dieser Art kamen von Roper, bis Edger anfing, sich über ihn lustig zu machen. In der wohltuenden Stille, die darauf folgte, hörten sie bald Stromschnellen und eilten diesem Geräusch nach zu der Stelle, wo der dahineilende westliche Quellfluss in den ruhigeren mittleren mündete. »Endlich sind wir diesen verfluchten Fluss los«, sagte Feller, obwohl doch die Tatsache, dass er sie hierhergebracht hatte, der Beweis dafür zu sein schien, dass er ganz und gar nicht verflucht war.

Von dieser Stelle aus flussabwärts schlängelte sich das Wasser durch eine Flussniederung, und das Fortkommen war etwas einfacher, wenn auch immer noch durch Gestrüpp behindert. Die Bergkette, die das Tal im Westen einfasste, sorgte für einen frühen Sonnenuntergang, und obwohl das Land jenseits des Flusses noch sonnenbeschienen war, gingen sie eine Weile im Schatten. Für kurze Zeit kam der weiße Turm der Elkirk in Sicht, blieb dann aber wieder lange verborgen. Sie hatten ihn jedoch alle gesehen, und niemand sprach mehr von boshaften alten Seelen, die das Land heimsuchten.

Das nahm Adam jedenfalls an, bis sie um eine Biegung kamen und weit voraus bis zu der Stelle blickten, wo der östliche Quellfluss dazukam. Gleich jenseits davon begann Elstadt, dessen Rauchsäulen das rote Licht der fast untergegangenen Sonne einfingen. Und unmittelbar davor befand sich deutlich sichtbar der Hügel, der den Zusammenfluss überragte. Seine kahlen, mit Baumstümpfen übersäten unteren Hänge lagen im Schatten, doch seine Kuppe war immer noch wie von einem erlöschenden Feuer erleuchtet, und darüber erhob sich der mit Narben bedeckte Stamm des großen Baums, dessen winterkahle Äste in den Himmel gereckt waren, als griffen sie nach den letzten Spuren von Tageslicht.

»Du hast dich zum letzten Mal über mich lustig gemacht, Alter«, sagte Feller.

Adam brauchte eine Weile, bis er verstand, dass er den Baum ansprach.

»Wenn mein Boot nicht mehr ist, gut, sei's drum. Dann werden wir schauen, was näher liegt. Heute Nacht werden wir unsere Eisenstangen in Axtköpfe umschmieden, die von Edger geschärft werden, und morgen werden wir dich holen.«

46

Die Umsetzung seines Plans nahm wesentlich mehr Zeit in Anspruch, als Feller sich anfangs vorgestellt hatte. Am nächsten Tag waren seine Leute zu erschöpft, um überhaupt irgendetwas zu tun, und tags darauf erwachten sie mit dem Gedanken an die Komplikationen, die es mit sich bringen würde, den großen Baum nicht nur zu fällen, sondern seinen Rumpf in Stücke zu hacken, die klein genug waren, um sie zum Fluss hinunterzubefördern. Adam interessierte sich nicht besonders für den Plan und wusste dementsprechend wenig über dessen Einzelheiten, aber als er ein paar Tage später den Fluss überquerte, schien jedermann in Elstadt Kenntnis davon zu haben und sich auf irgendeine Weise einzubringen – oder jedenfalls zu behaupten, Feller habe ihn oder sie mit diesem oder jenem Aspekt der Vorbereitungen betraut. Wie Feller versprochen hatte, wurden Axtköpfe geschmiedet, doch es mussten zum Beispiel auch Seile gedreht, Spaltkeile gefertigt und Vorräte für das Lager angelegt werden, das nach Fellers Vorstellung um den Baum herum entstehen sollte. Man ging für das Projekt von einem Monat Arbeit aus. Bald erweiterten sich Fellers Ambitionen auf die Errichtung einer neuen Stadt an der Stelle, was zu weiteren Verzögerungen führte.

Das Ganze hatte auch zur Folge, dass Adams Holzstapel und die der anderen Mitglieder der Mannschaft dezimiert wurden. Das machte Feller, wenn niemand anderes zugegen war, der hätte Einspruch erheben können, und erklärte es später zu einer notwendigen Investition, die mehrfach zurückgezahlt werden würde, wenn der große Baum fiele.

Nicht bereit, noch irgendetwas in einen Plan zu investieren, der ihn in mehr als einer Hinsicht beunruhigte, tauschte Adam einige der ihm verbliebenen Stämme gegen Stoff und andere Dinge, die die Kinder brauchten, und verwandte dann mehrere Tage darauf, die restlichen über den Fluss ans Ufer unterhalb von Camp zu flößen. Diese Aufgabe war so groß, dass er sich, zumindest vorübergehend, Fellers Vorgehensweise zu eigen machen und andere Seelen als Gehilfen anheuern musste. Anfangs schien das ein vernünftiger Plan zu sein, doch mit der Zeit kostete er mehr Mühe, als sich aufzuwenden lohnte, denn die Mitglieder seiner Holzfällermannschaft fanden jede erdenkliche Möglichkeit, Dinge falsch zu machen; und wenn sie nicht gerade etwas falsch machten, brachen sie Streitereien vom Zaun, von denen sie annahmen, sie müssten für Adam dieselbe Tragweite haben wie für sie selbst, und für deren Beilegung er irgendwie zuständig war; und mit der Art, wie sie gelöst wurden, war nie irgendjemand zufrieden. So wenig Adam Feller mochte, so schnell wurde ihm klar, warum Feller mit seinen Leuten so umging, wie er es tat.

Adam hatte für ihn gearbeitet, um das zu bekommen, was er für den Bau einer größeren Behausung für sich, Eva und die Kinder brauchte, doch schon nach kürzester Zeit wurde offensichtlich, dass er sich zu wenig und gleichzeitig zu viel Arbeit gemacht hatte. Zu wenig, weil die Kinder so schnell heranwuchsen, dass Adam niemals schnell genug hätte Bäume fällen und die Hütte erweitern können, um mit ihnen Schritt zu halten, und zu viel, weil ihnen schon bald Wohnmöglichkeiten in anderen Gebäuden rund um Camp angeboten wurden. Adams Holzstapel, der endlich seinen Weg vom Ufer herauf gefunden hatte, schrumpfte und verschwand innerhalb weniger Tage, da das Holz dazu verwandt wurde, verschiedene Bauten abzustützen, die verfallen waren, nachdem ihre Erbauer fortgegangen oder vergesslich geworden waren.

Walksfar hatte von anderen alten Seelen gesprochen, die ihn, wie etwa Cairn, auf dem großen Treck begleitet hatten; die meisten von ihnen waren bislang jedoch nicht in Erscheinung getreten. Das änderte sich, während die zwölf Kleinen heranwuchsen und sich ihre Existenz irgendwie bis an die entlegensten Orte herumsprach, an die es diese alten Seelen im Laufe der vielen Jahre verschlagen hatte, in denen Walksfar Tee getrunken und Kerben in seine Wand geritzt hatte. In der überwiegenden Mehrzahl waren sie in ihrer Form nicht so befremdlich wie Cairn, sondern hatten eher eine Gestalt wie Walksfar. Eine jedoch hatte so lange unter wilden Tieren gelebt, dass sie allmählich Ähnlichkeit mit einem Bären angenommen hatte, und dann gab es noch eine andere Seele, die überhaupt keine physische Form besaß und ihren Ausdruck nur in Luftbewegungen fand, die durch mitgerissenen Staub sichtbar gemacht wurden. Beast und Dusty schienen die Gesellschaft der jeweils anderen Seele zu bevorzugen und wurden häufig zusammen gesehen, wobei die eine unbekleidet und behaart auf dem Boden saß, während die andere in Form eines Staubteufels um sie herumwirbelte. Das war die Gemeinschaft von Seelen, in der die zwölf Kinder zu krabbeln, zu gehen und zu sprechen lernten. Zu dem Zeitpunkt, als sie aufrecht gehen konnten, waren sie schon halb so groß wie Adam.

Die Existenz von zwölf großen neuen Seelen konnte vor den Leuten von Elstadt nicht verborgen werden. Adam war froh, dass er seine Baumstämme dort weggeholt und seine Geschäfte mit diesen Leuten abgeschlossen hatte, denn wenn er doch einmal den Fluss überquerte, um etwas zu besorgen, fand er sich jedes Mal inmitten einer Menge aufgeregter Seelen wieder, die ihn darüber ausfragten, was denn drüben in Camp vor sich gehe. Manche von ihnen hatten Bote von El dort niedergehen, aber nicht wieder fortfliegen sehen, und die Kunde davon hatte sich ausgebreitet und derart abwegige Gerüchte aufkommen lassen, dass Adam seinen Ohren nicht traute, wenn sie ihm zugetragen wurden – immer mit der Bitte um Bestätigung oder Zurückweisung. Die Wahrheit darüber, was in dieser Nacht passiert war, wollte er natürlich nicht bekannt werden lassen. Walksfar ging zusammen mit Adam in die Stadt hinunter und beruhigte die Leute, indem er ihnen erklärte, Camp sei schon immer ein Ort eigenartiger Seelen und eigenartiger Dinge gewesen, und sich allzu sehr damit zu befassen bringe wenig Gewinn.

Eines Morgens weckte Mab sie mit der Neuigkeit, dass in dem bewaldeten Tal im Osten – dem Ort der Wölfe, der die Elkirk vom Meer aus Gras trennte – viele Lagerfeuer brannten. Adam überquerte den Fluss nach Elstadt, wo sie später an diesem Tag die Nachricht erreichte, dass Honey endlich zur Elkirk zurückgekehrt sei und sich in Begleitung einer ganzen Schar von Seelen befinde, die mit niemandem in Elstadt, ja nicht einmal in Camp Ähnlichkeit hätten. Sie seien über das Gras hergekommen und bewegten sich mit ungewöhnlicher Geschwindigkeit, denn sie hätten gelernt, große vierbeinige Tiere zu besteigen, wie man sie im Land noch nicht gesehen habe, Tiere, die sich perfekt dazu eigneten, zweibeinige Seelen auf dem Rücken zu tragen, sich dabei aber selbst vom Gras ernährten.

Später am Tag konnte man beobachten, wie eine lange Reihe dieser Kreaturen ihren Weg die vielen Serpentinen herunter fand, die die Kirk mit Elstadt verbanden. Alle Bewohner der Stadt sahen sie kommen, fasziniert vom Anblick der zweibeinigen Seelen auf dem Rücken vierbeiniger Tiere, so als wären zwei Arten von Kreaturen zu einer verschmolzen worden. Die Reiterkreaturen machten ihre Sache so gut, dass die Neuankömmlinge den kniffligen und mühsamen Abstieg in der Hälfte der üblichen Zeit schafften.

Und so waren die Reiter im Handumdrehen allesamt in den Straßen von Elstadt. Nachdem sie von ihren Reittieren abgestiegen waren, wiesen sie dieselbe allgemeine Form auf wie andere

Seelen. Sie waren groß und symmetrisch geformt, wie Adam und Eva, Thunk und Walksfar. Ihr langes blondes Haar war von einer hohen Stirn zurückgestrichen, und ihre Kleidung, wenn auch von der Reise etwas dunkler geworden, war ebenfalls hell. Sie trugen lange Stangen mit scharfen Eisenspitzen, die nach Adams Vermutung dazu dienten, sich Wölfe vom Leib zu halten, und an ihren Hüften hingen lange Klingen wie die, die Bote von El nach seiner Verwandlung in eine Menschengestalt getragen hatte. Alles in allem waren sie den Engeln von Els Palast nachgebildet, aber ohne Flügel. Als Adam mit Eva im Garten gelebt hatte, hatte er ihresgleichen dort nicht gesehen, und so hielt er es für wahrscheinlich, dass sie eine neue Schöpfung von El waren.

Das fand bald seine Bestätigung in dem Namen, den die Reiter benutzten, um sich von den gemeinen Leuten von Elstadt abzusetzen. Sie nannten sich Autochthone, was so viel bedeutete wie »solche, die auf natürliche Weise dem Land entsprungen sind«.

Der Autochthone an der Spitze der Kolonne erspähte von Weitem Adam, während sie langsam durch die Straßen der Stadt ritten, bedrängt von neugierigen Seelen, die sich um sie scharten, um sie zu betrachten und die muskulösen Beine und Flanken ihrer Reittiere zu berühren. Diese Seele, die, wie sie später erfahren sollten, Captain hieß, begegnete Adams Blick ohne besondere Emotion, außer vielleicht Neugier. Er drehte sich um, sagte etwas zu der Seele hinter ihm und senkte dabei die Spitze seiner Lanze, um damit auf Adam zu zeigen. Die Nachricht verbreitete sich durch die ganze Kolonne, und sämtliche Autochthonen blickten ihn an.

»Sie sind hier, um uns zu ersetzen«, lautete Evas Urteil, nachdem Adam ihr die Geschichte später erzählt hatte. »In den Augen von El haben wir versagt. Das hat er selbst gesagt, bevor er uns aus dem Garten hinauswarf: der Makel der Alpha- und Beta-Welt ließ sich nicht von uns tilgen, und so gab er die Hoffnung auf, uns je zu all dem zu machen, was er sich vorgenommen hatte. Es ist offensichtlich, was sein nächster Schritt gewesen sein dürfte: völlig neue Arten von Seelen zu formen, frei von jeglichem derartigen Makel, nach Els eigenem Bild, und sie hinaus in die Welt zu schicken, um zu vollenden, woran wir gescheitert sind.«

Adam war weniger bedrückt als Eva, aber er musste zugeben, dass an ihren Worten etwas dran war. »Ich hatte mich schon gefragt«, räumte er ein, »warum El nicht weitere Engel ausgesandt hat, um mich zu schneiden, so wie Bote von El unsere Jungen geschnitten hat. Jetzt verstehe ich es. Er kann von diesen neuen Seelen so viele machen, wie er will. Wir und unsere Nachkommenschaft spielen einfach keine Rolle; wir können ruhig weiterhin in den Ecken und Winkeln des Landes existieren, so wie Cairn und andere alte Seelen hier in Camp, aber die Autochthonen sind es, die dazu bestimmt sind, zu gedeihen und zu herrschen.«

Es war schon lange her, dass Adam und Eva kopuliert hatten, aber an dem Tag, als die Autochthonen von der Elkirk herunterkamen, taten sie es und machten es sich danach zur Gewohnheit.

Die Autochthonen schlugen ihr Lager in dem gerodeten Gebiet rund um Elstadt auf. Dieses war von einer niedrigen, struppigen Vegetation überwuchert, die als ungenießbar und nutzlos galt. Da aber die Reittiere der Autochthonen sich, wie es schien, von Pflanzen jeglicher Art ernähren konnten, die sie zwischen die Zähne bekamen, war ihnen das durchaus recht. Wenn ihre Tiere eine Fläche abgefressen hatten, ließen die Autochthonen nicht etwa das Unkraut nachwachsen, sondern warfen reichlich Samen aus, die sie in Säcken mitgebracht hatten und die bei den Leuten von Elstadt große Neugier weckten. Adam brauchte nicht zu warten, bis die Samen keimten und wuchsen, um zu wissen, dass es irgendeine Art von neuer Pflanze war, die El erfunden hatte, um seine Leute zu versorgen, und dass sie gut wachsen und sie üppiger ernähren würde als die Feldfrüchte und wild wachsenden Pflanzen, die die Leute von Elstadt traditionell anbauten und sammelten.

Der Zustrom von Autochthonen, immer ein paar auf einmal, riss nicht ab. Mab zufolge, die weit über das Meer aus Gras hinwegflog, kamen sie jeden Tag in Gruppen unten aus dem Bienenstock heraus, jede Gruppe hinter einem Captain, und bildeten Kolonnen, die dann in verschiedene Richtungen aufbrachen. Manche ritten direkt nach Elkirk, andere jedoch schweiften in Teile des Landes ab, von denen Mab gar nichts wusste.

Es dauerte nicht lang, und Elstadt war von allen Seiten, außer am Flussufer, von Feldern umringt, die die Autochthonen gerodet und eingesät hatten. Das verlieh Fellers Projekt frischen Schwung. Bisher hatten die Leute von Elstadt nämlich gewohnheitsmäßig angenommen, dass sie sich auf ewig in der baumlosen Einöde, die sie um sich herum geschaffen hatten, würden ausbreiten können. Doch die Einkreisung der Stadt veränderte ihr Denken und förderte die Bereitschaft, mehr auf der Fläche zu bauen, die ihnen noch zur Verfügung stand. Daraus ergab sich eine erhöhte Nachfrage nach Baumstämmen. Feller erneuerte seine Planungen und Vorbereitungen, die stagniert hatten, während sein Unterfangen immer ambitionierter geworden war. Sein Versprechen, eine neue Stadt an der Stelle zu bauen, interessierte diejenigen, die sich jetzt von den Autochthonen mit ihren Reittieren und ihren Farmen eingeschlossen fühlten.

Die alten Seelen von Camp hatten lange gebraucht, um das Wesen dieses Wandels zu erfassen, denn in ihrer Welt hatte sich seit den Tagen des Trecks nicht viel geändert. Sie dachten oder handelten nicht im selben Tempo wie andere. Cairn zum Beispiel hatte zwar gegenüber Bote von El rasch etwas unternommen, war aber dafür bekannt gewesen, dass er Jahre am Stück in Reglosigkeit verharrte. Obwohl diese Seelen sich an Adams und Evas zwölf Kindern begeisterten und erfreuten, waren sie außerstande, mit der Geschwindigkeit und Gewandtheit ihres Spiels Schritt zu halten. Das Beste, was sie tun konnten, war, aus Zweigen und Ranken einen notdürftigen Zaun rund um die zentrale Lichtung von Camp zu flechten und dann zu versuchen, die Kleinen davon abzubringen, ihn zu übersteigen.

Wenn Adam hin und wieder von Erledigungen in Elstadt zurückkam, erzählte er den Leuten in Camp von dem Vorrat an Werkzeugen und Material, den Feller angelegt, und von den Siedlungen, die die Autochthonen errichtete hatten. Obwohl die Leute zuhörten und seine Worte aufzunehmen schienen, begriffen sie die ganze Tragweite der Dinge offenbar erst, als Adam eines Tages darauf bestand, dass einige von ihnen den vertrauten Rahmen des Camps, und sei es auch nur für ein paar Stunden, verließen und mit ihm hinunter zum Fluss gingen.

Sie trafen Vorkehrungen zur Betreuung der Kleinen und vertrauten sie Seelen wie Mab und Dusty an, bei denen man sicher sein konnte, dass keins ihnen davonlaufen oder sie überlisten würde. In Begleitung von Eva, Walksfar, Beast und Cairn ging Adam den Hügel hinunter. Als sie an dessen Fuß aus dem Waldgürtel hinaus ins offene Gelände getreten waren, konnten sie über den Fluss hinweg ins Herz von Elstadt blicken.

Früher war es teilweise hinter Bollwerken aus Baumstämmen verborgen gewesen, doch seit diese jüngst abgetragen worden waren, fiel der Blick ungehindert auf die Flammen und den Rauch aus den Schmieden und Brennöfen und auf das Lager um sie herum, wo neu angekommene Seelen im Freien zu hausen pflegten. Dahinter befanden sich die Gebäude der Stadt, die von Tag zu Tag höher wurden, da man Balken auf ihre Dächer hievte und damit obere Stockwerke errichtete. An die Stadt grenzten im Norden und Süden, neu für alle, die sich seit Längerem nicht aus Camp fortbewegt hatten, Gürtel aus baumlosen Flächen, inzwischen hellgrün von dem frischen Bewuchs aus den von den Autochthonen ausgesäten Samen. Diese neuen Felder waren scharf umrissen von Mauern, die die Autochthonen errichtet hatten, indem sie mithilfe ihrer Reittiere Felsbrocken und Baumstümpfe aus dem Boden herausgezogen und aufeinandergeschichtet hatten. Die Mauern waren dort am höchsten, wo sie zur Stadt zeigten, was den Anschein erweckte, als wären die Seelen von Elstadt dort eingepfercht. Heraus kamen sie nur am Fluss, und dort auf der weiten ebenen Fläche vor den Feuern hatten sie eine Flotte von Flößen und Kähnen versammelt, die mit Seil, Segeltuch, Werkzeugen und anderen zu Fellers Plan gehörenden Vorräten beladen waren.

Adam, der ihren Zweck kannte, ließ den Blick unwillkürlich flussaufwärts zu der Stelle schweifen, wo die beiden Flusstäler sich zu einem vereinigten. Genau darüber erhob sich der kahle, mit Stümpfen übersäte Hügel mit dem großen Baum auf der Kuppe. Als Feller damals geschworen hatte, ihn umzulegen, hatten die Äste kahl den Winterwinden getrotzt, doch inzwischen waren sie grün von frischem Laub. Um ihn herum waren die Hänge des Hügels jetzt mit Seilen markiert, die zwischen Pflöcken straff gespannt waren, und kleinen Flaggen und Zelten und Vordächern, die zur Vorbereitung von Fellers großem Unterfangen dort errichtet worden waren.

Trotz der Tatsache, dass Adam sie seit Wochen vor all diesen Dingen gewarnt hatte, waren die alten Seelen von Camp beunruhigt und erstaunt über das, was sich da vor ihren Augen tat. »Vor vielen Jahren«, sagte Walksfar, »als es in diesem Tal nichts als Bäume gab, stand ich dort oben, wo jetzt der Turm der Elkirk aufragt, blickte hinab und musste die Augen anstrengen, um den großen auszumachen. Jetzt erscheint er wirklich einsam. Ich möchte jetzt hingehen und mich vor ihn stellen und …«

»Mit ihm sprechen?«, fragte Adam.

»… herauszufinden versuchen, ob es da etwas gibt, das imstande ist, sich ansprechen zu lassen und seinerseits zu sprechen«, sagte Walksfar. »Bei diesen wilden Seelen weiß man nämlich nie; sie sind nicht wie wir.«

Mit diesem Vorhaben im Sinn gingen sie weiter hinunter in die Siedlung aus alten Gebäuden auf ihrer Seite des Flusses. In letzter Zeit waren viele Seelen herübergekommen und hatten auf jeder noch so kleinen Fläche, die sie finden konnten, ein Obdach errichtet. Schon das Durchkommen zum Fluss war schwierig geworden. Während sie sich zwischen den behelfsmäßigen Unterkünften hindurch einen Weg suchten und bahnten, traten allerlei Seelen daraus hervor und starrten sie an. Denn bei vielen beschränkte sich das Wissen auf das, was sie oben in der Elkirk und hier unten in Elstadt gesehen hatten, und so etwas wie Adam und Eva, ganz zu schweigen von Beast oder Cairn, hatten sie noch nie zu Gesicht bekommen. Bis die fünf das Flussufer an der Stelle erreicht hatten, wo Adam früher immer ein Boot für die Überfahrt bestiegen hatte, waren sie von einer größeren Menge von Seelen umringt, die offensichtlich nichts Besseres mit ihrer Zeit anzufangen wussten, als ihnen überallhin zu folgen.

»Die Kunde von deinem Kommen ging dir voraus, Adam«, sagte Strongback, der Fährmann, der ihn in der Vergangenheit meistens übergesetzt hatte. Damit schien er eine leichtfüßige Seele zu meinen, die vor ihnen hergerannt war und alle aufmerksam gemacht hatte.

»Mir war nicht klar, dass das ein so bemerkenswertes Ereignis ist«, sagte Adam, »wenn ein paar Bewohner von Camp einen Spaziergang hinunter zum Fluss machen.«

»Die Zeiten ändern sich«, sagte Strongback, »und die Leute von Camp werden nicht mehr im selben Licht gesehen wie früher. Viele Jahre lang hatte sich dort nichts geändert. Dann tauchtet du und Eva auf. Dann war da dieser seltsame Vorfall mit dem Engel, der in der Nacht kam. Und mit einem Mal waren, scheinbar aus dem Nichts, zwölf neue Seelen da. Jetzt sind die Autochthonen unter uns und um uns herum und bringen direkt von El neue Arten, Dinge zu tun, und Honey selbst ist bei ihnen.« Er warf einen Blick hinauf zum weißen Turm der Elkirk. »Und sie bringt neue Lehren, unmittelbar von El.« Er betrachtete die leichtfüßige Seele, die vor Adam und den anderen hergegangen war und die Nachricht von ihrem Kommen verbreitet hatte. Sie sah aus wie eine, die erst kürzlich von der Kirk gekommen und noch nicht so sehr an die Unbilden des Lebens in der Stadt gewöhnt war. »Akolyth, sag, was du weißt, damit alle es hören können.«

Akolyth sprach mit großer Ernsthaftigkeit, als hätte nichts in seinem kurzen Leben ihn auf die Möglichkeit vorbereitet, dass er unrecht haben könnte: »Im Land wird eine neue Ordnung der Dinge herrschen. Gebracht wird sie uns von den Autochthonen, die El aussendet, um all das, was vorher falsch gemacht wurde, zu berichtigen.« Und als wäre das nicht hinreichend offensichtlich, blickte er suchend auf Adam, Eva und die anderen, die von Camp heruntergekommen waren.

Sie lauschten in der Erwartung, der Akolyth werde vielleicht noch mehr sagen, doch als nichts weiter kam, sagte Walksfar: »Inwiefern betrifft das mich und andere in Camp? Wir lebten zufrieden in Erste Stadt, bevor El ins Land gekommen war, und später ebenso in Camp. Ich möchte dich darauf aufmerksam machen, dass wir El nicht um irgendeinen Rat gebeten haben, wie wir uns verbessern könnten.«

»Wie dem auch sei«, sagte Akolyth, »die neue Stadt, die auf jenem Hügel dort entstehen soll, wird nicht wie Elstadt sein, sondern nach den Anweisungen von Honey, die sie von Els Palast hat, angelegt werden.«

»Es ist höchste Zeit, dass ich zur Kirk hinaufgehe und mit Honey spreche«, sagte Walksfar. »Nicht um die Pläne, von denen du sprichst, infrage zu stellen, sondern um eine alte Bekanntschaft zu erneuern und mehr über diese Dinge zu erfahren. Und da ich schon außerhalb von Camp bin, werde ich auch auf den Hügel hinaufgehen und mir ein Bild davon machen, wie es um den alten Baum steht. Strongback, ich möchte noch einmal über den Fluss setzen, falls du in deinem Boot Platz hast.«

»Habe ich nicht«, sagte Strongback.

»Du hättest Platz«, wandte Walksfar ein, »wenn du diese Seilrolle etwas nach hinten schieben und das Fass Nägel wegbewegen würdest.«

»Wie ich mein Boot und seine Fracht handhabe, geht dich überhaupt nichts an«, erwiderte Strongback. »Ich habe keinen Platz, um dich oder deinesgleichen zu befördern.«

Walksfar war verblüfft, und in seiner Aura sah Adam Betroffenheit und Verwirrung. »Na gut«, sagte er, »vielleicht ein andermal.«

»Vielleicht.« Strongback wandte sich ab und ging zu seinem Boot. Seine Mannschaft machte die Leinen los und ruderte es in den Strom hinaus, aber nicht mit Kurs auf Elstadt direkt gegenüber, sondern eher flussaufwärts in Richtung des neuen Projekts.

Cairn besaß keine zum Sprechen geeignete Form, gab aber ein paar grummelnde Geräusche von sich, die in etwa besagten, dass all das für ihn nicht den geringsten Unterschied mache, da er ohnehin nicht in ein Boot steigen könne, ohne sofort durch die Planken des Rumpfes zu krachen und es zu versenken. Er stampfte hinunter an den Rand des Wassers und immer weiter, bis er verschwunden war und auf der Wasseroberfläche nur noch eine Spur von Blasen, Schlamm und losen Partikeln zurückblieb, die bald von der Strömung weggeschwemmt wurde.

Im Gegensatz zu Adam und Eva, die an Cairn und andere solche alten und wilden Seelen gewöhnt waren, fanden die Stadtbewohner, die das beobachteten, es durchaus bemerkenswert, waren aber ganz und gar nicht erfreut darüber, sondern nahmen es ihm übel und brummten einander zu, wie unnatürlich und falsch es ihnen erschien.

Nicht weit davon wurde ein anderes, neueres Boot beladen, doch sein Besitzer hob eine Hand, als wollte er Walksfar daran hindern, es auch nur anzuschauen. »Wir haben alle gehört, was aus Fellers Boot geworden ist«, verkündete er mit einem düsteren Blick auf Adam. Was vollkommen unverständlich war; in den Gesichtern der Leute schien aber eine Art Gewissheit zu liegen, dass man Adam, weil er irgendwie mit der Geschichte um Fellers Boot zu tun hatte, nie mehr in die Nähe eines Bootes lassen durfte. »Die Autochthonen sind so groß und stark wie du, Adam, und ihre Reittiere noch stärker. Du wirst nicht mehr gebraucht, und deshalb wäre es besser, du würdest in Camp bleiben, dich um die zwölf Kreaturen, die du erzeugt hast, kümmern und dafür sorgen, dass sie kein Unheil anrichten.«

Darüber gerieten Adam und Eva beide so in Zorn, dass Walksfar und Beast sie von diesem Ort wegbringen mussten.

Da sie auf Booten anscheinend nicht mehr willkommen waren, zogen Adam und Walksfar am nächsten Tag von Camp aus nordwärts los und gingen parallel zum Flussufer auf einen Felsvorsprung auf ihrer, der westlichen Seite zu, von wo aus sie Walksfar zufolge eine klare Sicht direkt über den Fluss zu dem Hügel des großen Baums haben würden. Auf dem Weg dorthin nahmen sie ein Stück weit den Pfad, über den Adam am Tag der Zerstörung von Fellers Boot getrottet war. Adam erblickte Fußspuren, die frisch aussahen. Manche waren ungewöhnlich groß, weshalb es wenig überraschte, dass er und Walksfar kurz darauf Thunk und seine Bande zu Gesicht bekamen.

Genau auf dem Felsvorsprung, auf den Adam und Walksfar zuhielten, hatten sie ihr Lager aufgeschlagen. Dieser Weg war also versperrt; aber wie ihnen bald klar wurde, waren auch hinter ihnen Mitglieder von Thunks Bande. Adam hätte sich am liebsten davongeschlichen. Doch Walksfar sagte: »Es hat wenig Sinn, so zu tun, als wären wir noch nicht bemerkt worden.« Auf dem Rücken trug er ein langes, in alte Decken gewickeltes Bündel, das er nun mit Schwung absetzte. Er zog den zerschlissenen Stoff weg, und zum Vorschein kam der Griff der Waffe, die Bote von El an der Hüfte getragen hatte. Ihre Klinge steckte in einer dunklen Scheide, doch als Walksfar sie nur einen Fingerbreit herauszog, blendete schon ihr Licht. »Damit«, sagte er, »und mit dem Messer an deinem Gürtel können wir ihnen, falls sie herkommen, mit

Waffen entgegentreten, die Thingor höchstpersönlich geschmiedet hat, und ich glaube nicht, dass sie auf diesen Kampf große Lust haben.«

Dadurch fühlte sich Adam etwas gestärkt in seinem Selbstvertrauen, aber auch beschämt von seiner eigenen Naivität; denn in dem Kampf mit Thunks Bande hatte er das Messer des Engels die ganze Zeit nicht aus der Scheide gezogen. Es war ihm gar nicht eingefallen, es gegen die Angreifer zu richten.

Walksfar trat auf eine offene, von dem Felsvorsprung aus sichtbare Fläche, schwenkte einen Arm über dem Kopf und grüßte Thunk mit klarer Stimme. Währenddessen hörte Adam Bewegung zwischen den Bäumen in der Nähe, und als er sich umdrehte, sah er eine Frau daraus hervortreten; offensichtlich war sie den beiden gefolgt, aber so verstohlen, dass sie ihre Anwesenheit bis jetzt nicht wahrgenommen hatten. Es war die Frau, die Adam vor dem Kampf an dem Boot bemerkt hatte. An ihrer Hand baumelte das Stück Schnur mit der Tasche, in die sich ein glatter Stein schmiegte. Da Adam schon erlebt hatte, wie sie sie verwendete, fragte er sich, ob Walksfars Schwert wirklich von irgendeinem Nutzen gewesen wäre, hätte sie sich entschlossen, in einer gewissen Entfernung stehen zu bleiben und Steine nach ihnen zu schleudern.

Doch nichts dergleichen passierte. Nach kurzer Zeit fanden sie sich oben auf dem Felsvorsprung wieder, wo sie von Thunk und den anderen mit Vorsicht, aber gastfreundlich behandelt wurden. Adam erkannte einige von ihnen. Zwei schienen geneigt, den Kampf da fortzusetzen, wo sie beim letzten Mal aufgehört hatten. Doch als Thunk das bemerkte, trat er zwischen sie und sagte zu ihnen: »Adam ist als Letzter zu diesem Kampf dazugekommen und hat nur sich selbst und seine Kameraden verteidigt; wenn ihr ihm das zum Vorwurf macht, so fragt euch, was für eine Meinung ihr von ihm hättet, wenn er nur dagestanden und zugesehen hätte, wie wir sie alle erschlagen.«

Das schien sie umzustimmen, und so nahmen sie eine andere Körperhaltung ein und traten zurück. Thunk begrüßte die Frau, die er Whirr nannte, und sie erwiderte den Gruß auf sehr vertraute Weise.

Damals bei dem Kampf hatte Adam nicht die Muße gehabt, sich Thunks Leute näher anzuschauen, doch jetzt, wo sie ungezwungen um ein Lagerfeuer herumstanden, sah er verschiedene Typen: einige alte Seelen; ein paar neuere wie Whirr, die ihre Gestalt offenbar draußen in der Wildnis entwickelt hatten, ohne Vor- oder Abbilder, an denen sie sich hätten orientieren können; und andere, die eindeutig in der Elkirk aufgezogen worden waren. Doch selbst diese waren größer und von aufrechterer Haltung als ihre Gegenstücke in Elstadt, so als bewirkte allein das Leben in der Wildnis mit Thunk und seiner Schar, dass sie ihre Gestalt entsprechend veränderten.

Der Aussichtspunkt war hervorragend, denn von dort konnte man sowohl über den Fluss als auch zu ihm hinunterblicken. Mit einem Nicken in Richtung der Stadt, die jetzt als Schmutzfleck von hellgrünen Feldern umgeben war, sagte Thunk: »Jetzt rackern sich also die, die da unten eingepfercht sind, ab, um ein neues Gefängnis für sich zu bauen.« Sein Blick ging flussaufwärts. »Schade nur, dass der Baum da im Weg ist.«

Als Adam das hörte, war er geneigt, sich zur Verteidigung des Baums zu äußern, bis er sah, dass Thunk und Walksfar einen Blick wechselten. Dann wurde ihm klar, dass Ersterer eine Art Scherz auf Kosten von Feller gemacht hatte. »Wenn es nur Feller und seine Leute wären«, sagte Thunk, »würde ich hingehen und sie wegjagen. Aber jetzt kommt er mit einer Armee.«

Dieses Wort hatte Adam zuvor noch nicht gehört, aber als er die Seelen sah, die sich auf dem Hügel drängten, verstand er, dass es so etwas wie Els Heerschar bedeuten musste. Hunderte von Seelen waren auf dem Hügel. Die meisten waren entlang des Ufers damit beschäftigt, Boote zu entladen und Vorräte in verschiedene Stapel zu sortieren, aber einige schwärmten auch weiter oben an den Hängen aus, wo sie mit kräftigen Hammerschlägen, die über den Fluss hinweg deutlich zu hören waren, Pflöcke eintrieben und Schnüre hierhin und dorthin spannten.

Nicht weit von der Hügelkuppe entfernt, nur ein kleines Stück unterhalb des Stamms des großen Baums, befand sich eine weite offene Fläche, frei von Seelen, Pflöcken und Seilen, in deren Mitte sich ein etwa mannshoher Haufen aus Felsblöcken erhob. Im Augenblick bewegte er sich nicht, aber an der Spur tiefer Fußabdrücke, die zu ihm hinaufführte, konnte Adam sehen, dass Cairn einfach durch das Flussbett hindurch geradewegs bis zu diesem Platz gegangen war. Unterwegs schien er einige von Fellers Vorarbeiten zerstört zu haben, indem er einfach über sie hinweggetrampelt war, als wären sie gar nicht vorhanden, doch hinter ihm waren bereits Reparaturen im Gange.

»Ein Freund von euch?«, fragte Whirr. Dann lachte sie. »Die Art, wie er den Hügel hinaufgetrottet ist, war vergnüglich anzusehen.«

»Er hat lange in Camp gewohnt und kannte die wilden Seelen hier in der Gegend, als das Land noch jung war und man es eine Jahreszeit lang durchstreifen konnte, ohne je einer anderen Seele zu begegnen«, sagte Walksfar.

»Was für ein Pech«, sagte Thunk, »dass er sich inmitten von so vielen Nachbarn wiederfand.«

»Ich mache mir Vorwürfe«, sagte Walksfar, »dass ich neue Seelen in der Stadt willkommen hieß und ihnen erlaubte, immer mehr zu werden und sich auszubreiten. Ich nahm an, sie würden Weisheit erlangen. Stattdessen scheint ihr Irrsal kein Ende zu nehmen.«

Whirr kehrte dem Fluss den Rücken und richtete den Blick nach Norden und Westen, wo hohe schneebedeckte Berge zu sehen waren. »Es gibt andere Orte«, sagte sie, »wo Seelen leben und ihre Ruhe haben können, jedenfalls für eine recht lange Zeit.«

»Früher oder später würde genau das passieren, was hier passiert ist«, wandte Thunk ein, »es sei denn, man ergreift Maßnahmen, die verhindern, dass neue Seelen planlos herbeiströmen und dieselben Sitten und Gebräuche einführen.«

Walksfar nickte. »Ich hätte das längst voraussehen müssen, aber ich war zu unbeschwert allein in meiner Hütte, um mir Sorgen über das Tun der Neuen zu machen.«

»Was meinst du, was der wandelnde Steinhaufen da oben heute vorhat?«, fragte Whirr, die sich jetzt wieder in diese Richtung umdrehte.

»Wir hatten alle gestern schon gehofft«, sagte Adam, »hingehen und herausfinden zu können, ob diese alten Seelen immer noch geneigt sind, sich zu unterhalten. Die Bootsführer weigerten sich jedoch, uns überzusetzen. Deshalb ist Cairn allein gegangen. Ich nehme an, dass er auf seine Weise spricht und auf mögliche Antworten lauscht.«

»Angenommen, er macht sich verständlich«, sagte Thunk, »und übermittelt die Nachricht, dass der Baum in Gefahr ist, was nützt das? Wenn ich ein Mitglied meines Trupps warne, dass ein Stein von Whirrs Schleuder auf ihn zufliegt, kann er sich wegducken und wird dadurch, dass er sich bewegt hat, nicht verändert. Wenn aber ein Baum oder ein Hügel einmal eine Form für sich geschaffen, Wurzeln in alles getrieben und viele Jahre dort gewohnt hat, kann er dann einer Gefahr aus dem Weg gehen? Und angenommen, er könnte, wäre er dann noch derselbe Baum oder Hügel? Oder würde der Akt der Bewegung ihn in etwas anderes verwandeln, sodass er genauso tot wäre, wie wenn man ihn abgeschlagen hätte?«

»Alles gute Fragen«, sagte Walksfar, »auf die ich gegenwärtig keine Antworten weiß.«

Adam seinerseits dachte an den Kampf zwischen Thunks und Fellers Mannschaften zurück. Vor allem erinnerte er sich an den Mann, auf den Bluff so erbarmungslos mit seiner Eisenstange eingeschlagen und dessen Form er völlig zerstört hatte, sodass die Aura herausgeströmt und wieder zu Chaos zurückgekehrt war. Ebenso dachte er an Bote von El, der gleichfalls so zersprengt worden war, dass er sich nicht mehr selbst neu zu formen vermochte. Konnte dieses Schicksal jede Seele ereilen? Vielleicht sogar Egdod selbst, als El ihn angegriffen hatte? Ging die Seele dann weg und hörte für immer auf zu existieren, oder konnte sie wieder entstehen und mit dem langsamen Prozess der eigenen Neubildung beginnen?

Cairn stand den größten Teil des Tages da, bis er plötzlich wieder in Bewegung kam und in einer Gangart, die irgendwo zwischen Spaziergang und kleinerem Erdrutsch lag, zum Fluss zurückschlurfte. Unterwegs löste er an dem instabilen Hang ein paar sekundäre Störungen aus und nahm eine lange Schleppe aus Seilen und Segeltuch mit, die sich um ihn verhedderte. Manche der Seelen, die mit Vorbereitungen beschäftigt waren, machten einen gekränkten Eindruck. Drei von ihnen schienen sich gegenseitig zu ermutigten, etwas zu unternehmen, näherten sich Cairn und bewarfen ihn mit Steinen. Offenbar kam ihnen dabei nicht in den Sinn, wie aberwitzig es war, Steine nach einem Steinhaufen zu werfen. Thunk, Whirr, Walksfar und Adam lachten über sie. Dies – die Tatsache, dass sie alle zur selben Zeit in derselben Situation etwas Komisches gesehen hatten – schien eine Freundschaft zwischen ihnen zu begründen, sodass sie sich anschließend, ohne darüber sprechen zu müssen, friedlich trennten.

Adam und Walksfar wanderten zurück nach Camp und trafen in dessen Mitte auf Cairn, der ein paar neue Steine zur Schau trug. Um ihn herum spielten die zwölf Kinder von Adam und Eva. Sie waren inzwischen fast so groß wie viele der Seelen, die in Elstadt wohnten.

Adam suchte Eva in ihrer Hütte auf. An seiner Aura konnte sie sehen, dass irgendeine Veränderung ihn überkommen hatte, und so traten sie hinaus und spazierten zusammen durch den Wald.

»Es stehen Veränderungen bevor«, sagte Adam, »und ich glaube, dass wir uns auf eine Reise vorbereiten müssen.«

»Camp war ein guter Ort für uns«, sagte Eva, »aber hier zu sein hat uns unserem Ziel, unsere Mutter zu finden, kein Stück näher gebracht, und daher ist es Zeit, dass wir gehen.«

»Es wird mit Strapazen verbunden sein«, warnte Adam sie und dachte daran, wie es sein würde, mit zwölf Kindern zu reisen.

»Das weiß ich besser als du«, erwiderte Eva. Beschämt wandte Adam den Blick ab. Eva zuckte die Schultern. »Vielleicht kommen ja ein paar von unseren neuen Freunden mit und nehmen uns etwas von unserer Last ab.«

Später an diesem Abend, als die Luft still geworden war, hörten sie das entfernte Geräusch von Äxten, die in Holz schlugen, und vom Fluss her ertönte ein Jubelruf.

Am nächsten Tag gingen Adam und Eva zu einem Aussichtspunkt, von dem aus sie den Fortgang der Arbeiten verfolgen konnten. Hundert Seelen waren oben im Geäst des Baums und hackten die Zweige ab, damit der Stamm leichter umgelegt werden konnte; hin und wieder fiel einer krachend zu Boden: Für sich genommen war jeder so groß wie ein kräftiger Baum. Arbeiter befestigten Seile daran, damit sie den Hang hinuntergeschleift werden konnten. Wesentlich mehr Seile waren an dem Baumstamm selbst festgezurrt worden; sie zogen alle in dieselbe Richtung und waren am anderen Ende an alten Baumstümpfen oder dicken, tief eingeschlagenen Pflöcken befestigt. Auf den Fuß des Stamms hackte nicht nur ein einziger Holzfäller ein; mehrere Trupps setzten ihm zu, jeder an einer anderen Stelle.

Während dieser und der nächste Tag vergingen, verschmolzen ihre Einschnitte zu einer einzigen Kerbe, die so breit war, dass zwanzig Seelen aufrecht darin stehen und Äxte schwingen konnten. Zu dem Zeitpunkt war der Baum vollkommen gliederlos, nur noch ein nackter Pfosten, der aus der Hügelkuppe aufragte und sich allmählich in die Richtung neigte, in die die Seile zogen.

Eine Zeit lang schien es, dass er nicht in einem einzigen Moment umfallen, sondern sich eher immer weiter in die Waagerechte bewegen würde, bis er sanft zum Liegen käme. Doch zur Mittagszeit des dritten Tages gab es ein ungeheuer lautes Krachen, das überall zu hören war und von allen Hängen ringsum widerhallte. Der Stamm kippte langsam. So schien es jedenfalls aus der Ferne. Das hektische Gerenne von Seelen um ihn herum deutete jedoch auf die wahre Geschwindigkeit und Wucht seines Sturzes hin. Als würde der Deckel von einem Topf mit kochendem Wasser genommen, sprühte aus seinem Stumpf eine Gischt von Aura wild in die Luft und verflüchtigte sich in den Himmel hinein. Von den Seelen am Hang kam Jubelgeschrei.

Das sich in ein Kreischen verwandelte, als der Hügel sich schüttelte. So stellte sich seine Bewegung von Weitem dar: ein langsames Sich-Heben-und-Senken, wie wenn ein schlafendes Tier tief Luft holt und dann einen langen, bebenden Seufzer ausstößt.

Eine Unruhe wogte wie Wind, der über Gras weht, vom Scheitelpunkt des Hügels abwärts und gewann eher noch an Kraft, als dass sie sich auflöste, während sie sich zum Flussufer hinab fortpflanzte. Bei genauerem Hinsehen bestand sie aus Seelen und all den Sachen, die sie mitgebracht hatten. Wie Krümel, die von einem Tischtuch geschüttelt werden, purzelte das alles in die Flüsse zu beiden Seiten des Hügels und füllte das Wasser für ein paar Augenblicke mit Material und Trümmern aller Art.

Kurze Zeit später wurde alles unter einer zweiten, dunkleren und schwereren Woge begraben, die durch eine stärkere Erschütterung ausgelöst worden war. Das war der Hügel selbst: die ganze Erde, die ihn bekleidet hatte, und alle Stümpfe, die darin verwurzelt gewesen waren. Er stürzte auf die Seelen im Fluss und begrub sie unter sich. Und auf das Wasser der Flüsse stürzte er auch.

Diese brachen beide unter der Lawine hervor und formten

sich zu weißen Wellen. Von weiter flussabwärts gesehen entfalteten sich diese Wellen – in jedem der Quellflüsse eine – wie Engelsflügel, die sich quer über die Wasserläufe breiteten, von den jenseitigen Ufern zurückprallten und, als das verdrängte Wasser sich zu einem flüssigen Hügel auftürmte, eine Gischt aus schmutzigem Schaum hochschleuderten. Das Wasser verhielt sich, als hätte es eine eigene Seele und als wäre diese Seele verwirrt; kurz darauf entschied es jedoch, dass der Ausweg abwärts in Richtung Elstadt führte. Weitere Verwirrung entstand beim Zusammenprall der beiden Wasserberge am Zusammenfluss, unmittelbar am Fuß des Hügels – oder dem, was er bis vor Kurzem gewesen war. Mittlerweile hatte er seinen Umhang aus Erde abgeworfen und ein Skelett aus Felsblöcken bloßgelegt, das aussah wie eine wesentlich größere Version von Cairn.

Was an jedem anderen Tag die ganze Aufmerksamkeit der Zuschauenden in Anspruch genommen hätte. Jetzt aber konnten sie den Blick nicht von der langsamen, unaufhaltsamen Lenkung der Fluten wenden. Diese liefen zu einer Stufe zusammen: einer deutlichen, schnurgeraden Klippe, die von einem Ufer zum anderen reichte und mit einer Geschwindigkeit flussabwärts marschierte, die würdevoll aussah, bis man sie mit den Bewegungen einiger erschrockener Seelen verglich, die, so schnell sie konnten, an den Ufern entlangrasten.

Die Welle breitete sich über Elstadt aus, überschwemmte alles, brachte Gebäude zum Einsturz und löschte Feuer, deren Gräber anschließend durch Rauchsäulen markiert waren. Von dort verbreitete sie sich weiter über die neuen Mauern und die grünen Felder der Autochthonen, die sie mit Treibgut übersäte, das sie von den zerstörten Bauten der Stadt mitgeführt hatte. Je weiter die Welle sich ausbreitete, desto langsamer wurde sie, und am Ende standen die Autochthonen und ihre Reittiere nur noch knie- oder knöcheltief im Wasser. Sie schienen durch die Flutwelle nur wenig beeinträchtigt. Ihre Felder waren mit flachen Tümpeln gesprenkelt und mit Trümmern übersät. Der Schaden war in der Stadt viel größer, wo viele Bauten dem Erdboden gleichgemacht und manche paradoxerweise in Brand geraten waren.

Die Leute von Elstadt waren so damit beschäftigt, unter Trümmern eingeschlossenen Seelen zu helfen oder ihre Habseligkeiten zu retten, dass sie nur Augen für das Naheliegende hatten. Ähnlich verhielt es sich in der kleineren Siedlung unterhalb von Camp, die ebenfalls überschwemmt worden war. Den höher gelegenen Teil von Camp dagegen hatte es nicht getroffen. Von dort aus konnten Adam und Eva und die anderen Seelen talaufwärts zu der Stelle blicken, wo die beiden Flüsse zusammenkamen. Früher hätten sie gesagt »zu dem Hügel mit dem großen Baum«, aber die gab es beide nicht mehr.

Jetzt stand dort ein Haufen aus Felsblöcken, jeder größer als ein Haus. Seine Form änderte sich langsam; er wurde größer und schmaler. Er war bereits so hoch wie der Hügel und der Baum zusammen. Er veränderte sich in dem langsamen, aber stetigen Tempo, mit dem Schatten im Verlauf eines Nachmittags über den Boden wandern; unmittelbar betrachtet schien er sich nicht zu bewegen.

»Wir sollten den Leuten da unten helfen«, sagte Eva und nahm eine Axt von einem Haken über der Tür. Sie drehte sich um und wollte schon losgehen, den Hügel hinunter. Als sie aber merkte, dass Adam keine Anstalten machte mitzukommen, hielt sie inne und blickte ihn neugierig an.

»Ja, das sollten wir«, sagte Adam, »und das werden wir. Allerdings mit dem Gedanken im Hinterkopf, hier wegzugehen. Womöglich in großer Eile.«

»Warum?«, fragte Eva.

»Sie werden sich gegen uns wenden«, antwortete Adam.

»Das würde doch gar keinen Sinn ergeben!«

»Ich habe viel Zeit unter ihnen verbracht«, sagte Adam, »und muss leider sagen, dass die Dinge, die sie tun, häufiger keinen

Sinn ergeben, als dass sie von Weisheit zeugen. Sie lassen sich von Emotionen und Gerüchten leiten. Obwohl wir mit der Fällung des großen Baums nichts zu tun hatten, werden sie sich den da anschauen« – mit ausgestrecktem Arm zeigte er auf den Haufen von Felsblöcken – »und seine Ähnlichkeit mit Cairn bemerken, und sie werden sagen, dass wir alle, selbst unsere zwölf Kinder, derselben Sorte angehören, die für das gerade Geschehene verantwortlich ist, wie im Übrigen auch für jede weitere Unvollkommenheit in der Welt. Sie werden uns angreifen und versuchen, uns das anzutun, was Cairn Bote von El angetan hat und was Feller und seine Leute gerade dem großen Baum angetan haben.«

Bis dahin war Adam nicht gerade für Weisheit und Voraussicht bekannt gewesen, sondern neigte eher dazu, von den Ereignissen eines jeden neuen Tages überrascht zu werden. Doch es kam alles genau so, wie er gesagt hatte. Er und Eva gingen zum Fluss hinunter und bückten sich mit ihrem kräftigen Rücken, um Seelen aus eingestürzten Gebäuden zu befreien und Wassereimer zu brennenden Häusern weiterzureichen. Viele Seelen waren dankbar, andere dagegen blickten die beiden finster an und sprachen hinter vorgehaltener Hand miteinander.

Die ersten Boote kamen von den Ruinen Elstadts über den Fluss gefahren. Manche beförderten Flüchtlinge. Andere brachten Hilfe in Form von Autochthonen, die kamen, um anzupacken. Alle blickten während der Überfahrt flussaufwärts zu der Stelle, wo einmal der Hügel gewesen war. Die Säule aus Felsblöcken ragte jetzt über dem Zusammenfluss empor und begann, irgendwie zweibeinig anzumuten, mit einem besonders großen Felsblock zuoberst.

Dieselben Stadtbewohner, die Adam und Eva, auch wenn sie Unterstützung von ihnen erhielten, misstrauisch anstarrten, verehrten die Autochthonen geradezu dafür, dass sie ihnen genau dieselbe Art von Hilfe gewährten. Nach und nach entwickelten sich die Dinge so weit, dass die Leute aus Elstadt sagten, jetzt, wo die Autochthonen da seien, werde die Hilfe von Adam und Eva nicht mehr gebraucht und sei auch nicht erwünscht. Andere scharten sich in einem ungleichmäßigen Kreis um den Captain der Autochthonen und ließen allen hochkommenden Gefühlen, sofern sie auf Angst oder Rachsucht beruhten, freien Lauf. Eva und Adam wechselten einen Blick und verständigten sich wortlos darauf, dass es Zeit war, nach Camp zurückzugehen.

Sie erreichten es nur wenige Minuten vor einer Menge von Seelen, die ihr Weggehen bemerkt hatten und mit Äxten und Eisenstangen den Hügel heraufgekommen waren. Nichts hinderte sie daran, Camp zu betreten und sich frei zwischen den alten, von den Bäumen halb verborgenen Behausungen zu bewegen. Das taten sie nun, und man konnte es krachen und splittern hören, als sie sich über die Hütten hermachten und sie ihrer Stämme und Ziegelsteine wegen niederrissen. Um die Lichtung ganz oben auf dem Hügel hatten die Leute von Camp jedoch einige Monate zuvor tote und lebendige Äste zu einer Barriere verflochten, um die zwölf Kleinen am Herumstreunen zu hindern. Sie würde die Leute aus der Stadt nicht lange abhalten, wenn sie mit Eisen und Feuer darauf losgingen, aber immerhin bewirkte sie ein gewisses Zögern und sorgte dafür, dass die Flut der Eindringlinge zu beiden Seiten um sie herumgelenkt wurde.

Das Tor bestand lediglich aus miteinander verflochtenen Zweigen. Die Verteidiger machten sich nicht einmal die Mühe, es zu schließen. Aber ganz in der Nähe standen Cairn ebenso wie Walksfar und Adam in wachsamer Haltung, die genügte, um die Neugierigen abzuschrecken.

So blieb die Lage unverändert. An der Spitze eines Trupps von Autochthonen kam der Captain den Hügel herauf. Er ritt durch das Tor und machte auf der Lichtung halt, denn Walksfar hatte sich ihm, flankiert von Adam auf der einen und Cairn auf der anderen Seite, in den Weg gestellt. Neben weiteren Autochthonen, die hereinkamen und den Raum hinter ihrem Captain füllten, drängten sich auch Leute aus der Stadt herein und wuselten zwischen den Reittieren umher.

»Wir sehen, wie es ist«, sagte Walksfar, »und wir treffen Vorbereitungen, diesen Ort zu verlassen, an dem einige von uns seit dem Ende des Ersten Zeitalters in Frieden gelebt haben.«

Der Captain zuckte die Schultern. »Zeitalter kommen und gehen. Eures ist dahin.«

»Das ist eine Lektion, die zu lernen dir gut anstehen würde«, bemerkte Walksfar. »Bis dahin könntest du die Seelen von Elstadt, die deine Autorität zu respektieren scheinen, darum bitten, sich aus Camp zurückzuziehen und uns in Ruhe unsere Sachen zusammensuchen und dann wohlgeordnet aufbrechen zu lassen. Wenn wir weg sind, ist immer noch Zeit genug, den Ort hier zu plündern.«

»Wohin aufbrechen?«, fragte der Captain. »Ihr seid schon einmal aufgebrochen, aus Erste Stadt, und an diesen Ort gekommen, und seht nur, was passiert ist. Nun scheint ihr dieselben Fehler in irgendeiner neuen Umgebung wiederholen zu wollen.«

»Hast du einen anderen Vorschlag?«, fragte Walksfar gereizt.

»Bleibt«, sagte der Captain, »unterwerft euch Els Weisheit und gestaltet euer Leben gemäß der neuen Ordnung der Dinge. Ich werde dafür sorgen, dass Camp unbehelligt bleibt und der angerichtete Schaden wiedergutgemacht wird.«

Bei diesen Worten fühlte Adam seine Entschlossenheit wanken, denn er malte sich aus, wie ihr Leben sein würde, sollten sie sich ergeben, wie der Captain es vorschlug. Er und Eva und ihre Kinder würden friedlich im Kreis ihrer Freunde in Camp leben und mit jedem herbstlichen Laubfall eine Kerbe in die Wand ihrer Hütte schlagen. Es würde sich gar nicht so sehr von ihrem Leben im Garten hinter Els Palast unterscheiden. Er spürte Evas Aura, als sie hinter ihn trat, und fühlte ihre Hand, die die seine umfasste.

Da kam er zur Besinnung und musste an die Nacht des Messers denken. Mit seiner freien Hand griff er danach, aber nicht, um es aus der Scheide zu ziehen, sondern nur, um sich zu vergewissern, dass es da und nicht nur ein Traum gewesen war. So laut, dass alle in Camp seine Worte hören konnten, sagte er zu dem Captain: »Als Bote von El hierherkam, erfuhren Eva und ich ganz genau, was es bedeuten würde, unser Leben in der von dir vorgeschlagenen Weise zu ordnen!« Damit ließ er Evas Hand los, legte den Arm um sie und zog sie an seine Seite. »Was Bote von El in dieser Nacht tat und was ihm angetan wurde, kann nicht ungeschehen gemacht werden«, fuhr er fort. »Wir werden in die Welt hinausgehen und nicht schlimmer dran sein als nach unserer Vertreibung aus dem Garten.« Er wandte den Blick Cairn, Dusty und den anderen Seelen von Camp zu und bemerkte, dass sich auch Thunk und Whirr und andere Mitglieder ihrer Schar, die das Gelände vom Wald her betraten, zu ihnen gesellten. »Über diese anderen Seelen, von denen viele weitaus älter und weiser sind als ich und Eva, kann ich nicht bestimmen und lasse sie deshalb für sich selbst sprechen.«

Er nahm an, dass Walksfar oder einer der anderen jetzt vielleicht etwas erwidern würde. Stattdessen wurde er abgelenkt von einer plötzlichen Bewegung von Eva, die sich erst an ihn drückte und sich dann unter seinem Arm wegduckte, als wollte sie zurückweichen. Denn eine dünne Ranke aus der Aura des Captains hatte sich vorgestreckt, um Evas Bauch zu betasten, und sein Blick war auf sie gerichtet. Als Adam sah, dass es Eva nicht gefiel, auf diese Weise betastet zu werden, trat er mit einem Schritt seitwärts zwischen sie und den Captain und wedelte mit dem Arm in dem Bemühen, die Aura zu unterbrechen. Doch der Captain hatte Evas Geheimnis bereits erfahren. »Wieder erwartest du ein Kind!«, sagte er. »Beim ersten Mal habt ihr arglos neue Seelen erzeugt und wart schuldlos. Doch nach den Vorkommnissen, von denen Adam gerade sprach, kann für euch kein Zweifel daran bestehen, dass solche Taten Els Willen missachten. Das darf nicht so weitergehen!« Der Captain ließ sein Reittier vorwärtstreten.

Doch dann wurden er und alle anderen geblendet von einem sonnenhellen Lichtblitz, als Walksfar das Schwert aus seiner dunklen Scheide zog.

»Bevor du noch ein einziges Wort in diesem bedrohlichen Ton äußerst«, sagte Walksfar, »möchte ich, dass du das hier bedenkst und dich an das Schicksal dessen erinnerst, von dem wir es erlangt haben.«

Das Reittier des Captains bäumte sich auf und wich vor Thingors Schwert zurück, sodass der Captain einen Moment lang nur damit beschäftigt war, es wieder unter seine Kontrolle zu bringen. Als es sich beruhigt hatte, war die Stimme des Captains voller Zorn. »Wo das herkommt, gibt es noch mehr davon«, mahnte er Walksfar, »ganze Waffenkammern voll in den Gewölben des Palasts.«

Ein surrendes Geräusch zerriss die Luft, und nicht weit von dem Captain entfernt krachte ein Stein in die geflochtene Wand und zerbrach einen trockenen Ast. Alle drehten sich um und erblickten Whirr. An ihrer Hand schwang noch die Schnur, mit der sie gerade den Stein geschleudert hatte, und jetzt griff sie bereits in den Beutel an ihrer Hüfte, um den nächsten auszusuchen. »Dann bring doch deine Schwerter von da oben«, sagte sie zum Captain. »Hier unten ist kein Mangel an Steinen.«

Adam hatte sich umgedreht, um Whirr Anerkennung zu zollen. Jetzt wurde er allerdings von etwas Unmöglichem abgelenkt. Ein schmaler, roter, feuchter Gegenstand ragte, fast so lang wie sein Arm, aus seiner Brust. Seinen Augen nicht trauend griff er mit einer Hand, dann mit der anderen danach und stellte fest, dass dieses Etwas ganz genauso real war wie der Boden unter seinen Füßen. Zum größten Teil bestand es aus einer glatten hölzernen Stange, an deren Ende sich jedoch eine spitze, zweischneidige Klinge aus geschmiedetem Eisen befand. Die packte er, und ihre feingeschliffenen Schneiden drangen tief in seine Handfläche ein. Die Stange hatte seinen Körper von hinten nach vorn durchbohrt.

Er war von einem Speer durchstoßen worden, wie ihn die Autochthonen benutzten, um sich Wölfe vom Leib zu halten.

Adam spürte eine kräftige Drehung, gefolgt von einem noch nie erlebten Schmerz, was ihn zwang, sich umzuwenden, bis er erneut dem Captain gegenüberstand. So gelangte auch Eva in sein Blickfeld. Ihre Gestalt erschien merkwürdig verbogen, und er nahm wahr, dass eine andere, kleinere Frau – Edger – von hinten an sie herangetreten war und ihr eine Klinge an die Kehle gelegt hatte. Eva hatte mit beiden Händen Edgers Handgelenk umfasst und hielt sich die Waffe buchstäblich vom Hals, doch Edger packte mit ihrer freien Hand Evas Haare und hatte sich in ihr Ohr verbissen, womit sie in einer Pattsituation steckten.

Das lieferte Adam einen Hinweis darauf, wer den Speer hielt. Er drehte den Kopf, um hinter sich zu blicken, und sah sich in der Annahme bestätigt, dass es Bluff war. Der Schaft des Speers war lang, sodass Bluff zu weit von Adam entfernt war, als dass dieser ihn hätte erreichen können. Bluff selbst würdigte Adam keines Blickes, sondern hatte nur Augen für den Captain. »Sieh her, Captain! Nicht alle von uns, die wir in Elstadt leben, sind so respektlos wie diese beiden!«, sagte Bluff.

Er schien davon auszugehen, dass der Captain die Maßnahmen, die er und Edger ergriffen, gutheißen würde. Doch das Gesicht des Captains war ein Ausdruck von Schock und Entsetzen.

Adam sank auf die Knie, und als er den Blick senkte, sah er, dass seine Bauchgegend in Chaos aufging und dem Speer keinen Halt mehr bot. Er fiel vorwärts auf alle viere, und aus seinem Mund rann Blut. Eva, die immer noch mit Edger rang, bewegte sich einen Schritt auf ihn zu.

Das Licht veränderte sich, als Walksfar vortrat. Das erregte die Aufmerksamkeit von Edger, die Evas Ohr lange genug losließ, um zu rufen: »Keinen Schritt weiter!« Den kurzen Moment nutzte Eva zu dem Versuch, sich ihr zu entwinden. Dabei rückte sie näher an Adam heran. Dieser richtete sich wieder auf und ging in die Hocke. Der Speer vermochte die Bewegungen seines sich auflösenden Körpers nicht mehr zu steuern. Seine Eindrücke waren dunkel und verwirrt, aber er sah Eva und Edger greifbar nah.

Mit letzter Kraft zog er das Messer aus seinem Gürtel und stieß es Edger seitlich in den Körper. Dann zerfiel seine Sicht der Welt in reines Chaos.

Wie ein abgestreiftes Kleidungsstück rutschte Edger von Evas Rücken. Das Messer fiel ihr aus der Hand. Sie lag neben Adam, und beide zerfielen in Chaos und existierten nicht mehr.

Eva sank auf die Knie und versuchte, mit den Händen Adams Gestalt wieder zusammenzufügen, aber das war, als versuchte sie, Rauch einzusammeln. Das Einzige, was übrig blieb, war sein strahlendes Messer. Das schnappte sie sich und betrachtete es, obwohl es ein Brennen in ihren Augen hervorrief. Dann erwachten Rachegedanken in ihr, und sie richtete den Blick auf Bluff.

Der Mörder hatte den Speer fallen lassen und war vor der Bedrohung durch Walksfars Schwert zurückgewichen, sah sich jedoch von ihr und Thunks Leuten in die Zange genommen. Mit dem Messer in der Hand bewegte sich Eva auf ihn zu. Der Captain ritt vorwärts, um sie aufzuhalten, doch sein Reittier blieb abrupt stehen, als Cairn ihm mit einem schwerfälligen Schritt den Weg versperrte. Die anderen Autochthonen wollten schon vorrücken, aber Captain wies sie mit einer Geste an, nicht näher zu kommen.

»Dieses Tal hat für einen Tag schon genug Zerstörung gesehen, auch ohne das, was du vorhast«, sagte der Captain. »Adam ist nicht mehr; Edger ist nicht mehr; Bluff ist entwaffnet und hilflos, und wenn du ihn jetzt niedermetzelst, wird das die Dinge um keinen Deut verbessern.«

»Er hat einen Mord begangen. Wir haben es alle gesehen«, sagte Walksfar.

Der Captain nickte. »El in seiner Weisheit hat die Notwendigkeit erkannt, Gesetze zu verfassen, und Richter eingesetzt, um ihnen Geltung zu verschaffen. Das ist einer der Gründe, weshalb wir nach Elstadt gekommen sind. Übergebt uns Bluff unversehrt, und wir werden dafür sorgen, dass Els Gerechtigkeit zum Tragen kommt.«

Darüber dachte Walksfar nach. »Er ist nur einer. Was ist mit dem nächsten Bluff und dem übernächsten, die kommen, um zu stehlen und zu morden?«

Der Captain sagte: »An Bluff werden wir ein Exempel statuieren, das anderen viel Stoff zum Nachdenken geben wird. Die Macht, andere Seelen von törichten Entscheidungen abzubringen, hat mir El jedoch nicht verliehen.«

Bluff, der eine allerletzte Chance witterte, drehte sich weg und versuchte wegzurennen. Dusty war schneller und hüllte ihn in eine Wolke aus grobem Staub, die ihm die Sicht nahm. Als er strauchelte, traf ein Schleuderstein ihn am Rücken und zwang ihn auf die Knie. Zwei der Autochthonen galoppierten hinüber, um ihn zu fassen.

Als der Captain sich überzeugt hatte, dass Bluff gefangen genommen worden war, wandte er seine Aufmerksamkeit wieder Walksfar zu. »Und wo wir schon bei törichten Entscheidungen sind …«

»Nichts davon vermag uns umzustimmen«, sagte Walksfar. »Ich kann nicht für all diese Seelen sprechen. Aber einen Mord mit anzusehen und dein Gerede über Gesetze und Richter von El zu hören bestärkt mich nur in meiner Entschlossenheit, hier wegzukommen.«

Der Captain nickte. »Wir werden sicherstellen, dass man euch für kurze Zeit in Ruhe lässt. Nach drei Tagen werden wir keine weiteren Anstrengungen mehr unternehmen, um Camp vor der

Rachsucht der aus Elstadt vertriebenen Seelen zu schützen; und dann werdet ihr vielleicht feststellen, dass auch sie sich mit Steinen auskennen.«

Walksfar steckte das Schwert in die Scheide, womit die Lichtung wieder in normales Tageslicht getaucht wurde, das einem jetzt wie Dämmerlicht erschien.

Der Captain erteilte seinen Autochthonen Befehle, woraufhin sie zum Tor hinaus und durch die Teile von Camp ritten, die außerhalb der behelfsmäßigen Mauer lagen; dabei sorgten sie dafür, dass die Seelen von Elstadt mit dem Plündern der Hütten aufhörten und sich zum Fluss zurückzogen.

Während der Captain sein Reittier rückwärts auf das Tor zugehen ließ, lag sein Blick auf Eva, die zwischen Cairn und Walksfar stand und ihren Tränen freien Lauf ließ. An der Miene und der Aura des Captains war abzulesen, dass er in Gedanken versunken war. Er schüttelte den Kopf. »Diese Lage der Dinge«, sagte er, »könnte sich kaum stärker von dem unterscheiden, was El im Sinn hatte, als ich ihn erst vor wenigen Wochen im Palast traf und er mich zusammen mit meiner Kompanie losschickte, um die Angelegenheiten von Camp und von Elstadt unter Kontrolle zu bringen.« Er drehte den Kopf zur Seite und hob den Blick zu dem Hügelriesen in der Ferne. »Und damit meine ich nur die schrecklichen Ereignisse, die ich gerade hier erlebt habe. *Diese* Kreatur dort ist eine Überraschung von ganz anderer Dimension.«

Eva hatte sich so weit gesammelt, dass sie mit wachem Geist zuhören konnte. »Von Camp«, wiederholte sie. »Was hat El von Camp gesagt, und wie sollte es unter Kontrolle gebracht werden?«

»Dass verschiedene Seelen dort wohnten, von denen die meisten eigensinnig und sonderbar, aber nur zwei für ihn von großer Bedeutung seien.«

»Adam und ich«, sagte Eva.

»Ja.«

»Wegen unserer Fähigkeit, weitere unserer Art zu erzeugen.«

»So ist es.«

»Und was wirst du El sagen, wenn du ihm Bericht erstattest?«, fragte Eva.

»Dass es Adam nicht mehr gibt«, sagte der Captain.

»Das ist alles, was du sagen wirst?«

»Ja«, sagte der Captain, »aber er wird schon bald die Wahrheit erfahren.« Dabei blickte er auf Evas Bauch hinunter.

»Dann danke ich dir dafür, dass du mich verschonst und Stillschweigen über mein Geheimnis wahrst«, sagte Eva.

Der Captain dachte kurz darüber nach und zuckte die Schultern. »Es erscheint mir richtig«, sagte er. »Es ist nicht genau das, was El wollte; aber wenn er, in seinem Palast thronend, wie von einem Hochsitz aus das Land überblickt, sieht er nicht, wie vielfältig es ist. Dieses Land wurde falsch gemacht. Sämtliche Bemühungen von El, es wieder in Ordnung zu bringen, verbreiten nur die Falschheit auf neue Weise. Seelen wie mir bleibt es überlassen zu entscheiden, wie damit umzugehen ist; und obwohl ich nicht für alles Lösungen weiß, ahne ich doch, dass es niemandem nützt, noch mehr Falschheit hinzuzufügen.« Und damit ließ der Captain sein Reittier kehrtmachen und ritt durchs Tor hinaus.

Unterstützt von Thunk und seinen Leuten begaben sich die Einwohner von Camp an die Arbeit, nahmen alles Brauchbare, was sie aus den Hütten mitnehmen konnten, und machten es fertig für den Transport auf einer langen Reise. Zwei Tage verwandten sie auf die Vorbereitungen, die umso aufwendiger zu werden und umso weiter hinter dem Zeitplan zurückzubleiben schienen, je mehr Mühe sie hineinsteckten; am fünften Tag jedoch formierten sie sich, unter der Last auf ihrem Rücken schwankend, und blickten Walksfar an, von dem sie sich einen Hinweis erhofften, in welche Richtung sie losgehen sollten. »Es gibt viele Orte, zu denen wir gehen könnten«, sagte er, »aber vorderhand dürfte es am einfachsten für uns sein, in den Spuren dieses Dings da zu gehen.« Und er zeigte nach Norden auf den Hügelriesen, der am vergangenen Tag einen großen Schritt westwärts aus dem Fluss hinaus gemacht hatte und die Absicht zu haben schien, aus dem Tal hinaufzuklettern, um zu sehen, was jenseits der Berge lag.

So gingen sie alle zum Fluss, den sie viel breiter fanden als tags zuvor und brackig vom fernen Meer.

47

Die Beobachtung der Bitwelt mithilfe der LVU gestaltete sich großenteils buchstäblich so, als sähe man Gras beim Wachsen zu. Am Ende würden ihre Seelen vielleicht sogar Farbe erfinden, und dann hätten Zuschauer in der Realwelt auch noch das Vergnügen, dieser beim Trocknen zuzusehen. Und trotzdem wurde sie von Millionen beobachtet, denn es gab ja auch so genug Verrücktes, was sie interessant machte.

Ungefähr wie beim Baseball. Trotz – oder vielleicht wegen – einer jugendlichen Phase in der Little League und aller Bemühungen auf der japanischen Seite seiner Familie, sein Interesse daran zu wecken, hatte sich Corvallis Kawasaki nie besonders für diesen Sport begeistert. Auf der südasiatischen Seite waren sie alle Cricketfans gewesen, und so hatte der junge Corvallis die Wahl zwischen zwei irgendwie ähnlichen Sportarten gehabt, die dadurch gekennzeichnet waren, dass es lange Zeitspannen gab, in denen nichts passierte, dann aber unvermittelt gerade genug packende Aktionen, um die Fans bei der Stange zu halten.

All das kam ihm in dem Jahr nach Maeves Tod und dem seltsamen Besuch des Metatrons mit seinem unheilschwangeren und leicht bedrohlichen Gerede vom WEAP gelegen. Im Zusammenhang mit den Prozessen namens »Adam« und »Eva« war irgendetwas im Gange. Nachdem sie sich einmal niedergelassen hatten, zogen sie nicht mehr viel umher, interagierten aber oft mit dem

Maeve-Prozess, und etwas später machten sie Babys. Unmittelbar darauf geschah etwas Absonderliches, woran einer von Elmo Shepherds geflügelten Lakaien beteiligt war. Man konnte es nur als heftige Auseinandersetzung zwischen ihm und einem alten Mag-1-Prozess beschreiben, der beschlossen hatte, sich als belebter Steinhaufen zu verkörpern. Seltsame Manaflüsse waren aufgetreten. Buchhalter und Anwälte aus Zelrijk-Aalberg hatten den ungewöhnlichen Schritt unternommen, nach Seattle zu fliegen, um ihre Pendants persönlich anzuschreien. Es sei ja schon schlimm genug, beschwerten sie sich, dass die »Kinder« von Dodge und Verna Ressourcen von Gebäude und Grundstücke verbrauchten. Noch schlimmer sei, dass sie weitere ihrer Art hervorbrächten. Doch jetzt absorbierten sie Mana irgendwie direkt von Servern, die die Leute in Zelrijk-Aalberg unter schwindelerregenden Kosten im Orbit eingerichtet hatten.

Sie begingen eine Täuschung. Zumindest fühlten sich die Oberen in Zelrijk-Aalberg getäuscht. Betrachtete man die Nachwirkungen in der LVU, sah es so aus, als würden einfach nur Babys versorgt und Bäume gefällt. Der entsprechende Hinweis vermochte die Erbsenzähler aus Flandern jedoch nicht zu beruhigen. Im Gegenteil, aus ihrer Sicht erkannte man daran, dass sich C-plus hartnäckig weigerte, Fakten anzuerkennen, die für sie selbst offensichtlich waren. Sie deuteten an, dass er in gewisser Weise schadenfroh grinste. Die Vorstellung, dass C-plus insgeheim Schadenfreude empfand, machte sie rasend. Enoch Root musste zur Vermittlung hinzugezogen werden.

Während dieser Tage war die Zeitdichte-Relation um eins herum gependelt, was bedeutete, dass sich die Bewohner der Bitwelt manchmal schnell und dann wieder langsam zu bewegen schienen, aber nie ganz erstarrten oder sich in verschwommene Streifen auflösten. Im Durchschnitt entsprach die Bitwelt-Zeit, in Tag-Nacht-Zyklen gemessen, in etwa der Zeit in der Realwelt. Fluktuationen schienen nicht mit dem zusammenzuhängen, was in der Bitwelt passierte – was keinen großen Unterschied ausmachte –, sondern eher mit dem Fortschritt oder den Rückschlägen bei riesigen technischen Projekten, die aus Flandern heraus unterhalten wurden, vor allem ein großes Habitat, das die Zelrijk-Aalberg-Leute im geosynchronen Orbit erbauten.

Das alles änderte sich im Augenblick des Grand Slam, wie Corvallis ihn sich vorstellte.

Das war ein Vergleich aus dem Baseball. In einem Baseballspiel entwickelte sich eine Situation manchmal allmählich, im Verlauf eines langen, langsamen Innings, bei dem die Bases alle besetzt wurden und die Schlagmannschaft bei ihrem letzten Out angelangt und die Zählung vollständig war, der Trainer sich ein paarmal zum Pitcher's Mound begeben hatte, ein Ersatzwerfer sich im Bullpen aufwärmte, der Schlagmann einen Foul Ball nach dem anderen schlug, die Zuschauer sich fast bepissten – und dann geschah in einem kurzen Moment etwas, das alles veränderte.

Ungefähr so etwas passierte eines Tages in der Bitwelt. Adam war tot. Eva war, erneut schwanger, unterwegs im Gefolge eines Mitglieds der Ephrata-Elf, das sich als gewaltiges humanoides Wesen aus Felsblöcken und Staub verkörpert hatte. Sie bewegten sich über ein großes Stück der Landform, das, nachdem es von dieser abgebrochen war, aufs Meer hinaustrieb und währenddessen weiter zerfiel. Neue Seelen – offenbar aus dem Nichts und nicht anhand von Scans toter Menschen erzeugt – strömten aus Els Turm in der Mitte der Landform heraus, ließen sich an strategischen Orten nieder und kommandierten, wie es schien, die Seelen herum, die auf dem üblichen Weg dorthin gelangt waren.

Manamäßig war das alles unheimlich teuer. Im Erleben der Seelen in der Bitwelt fanden die Ereignisse, die als Auslöser dafür galten – das Fällen eines Baums, das Erwachen eines Riesen, die Überschwemmung einer Stadt, der Mord an »Adam« und vor allem die Aufspaltung des Kontinents –, im Verlauf von ein paar Tagen statt. In der Realwelt dagegen nahm das Simulieren des Ganzen am Ende fast ein Jahr in Anspruch. Millionen von Zuschauern verloren das Interesse an der Landform-Visualisierungs-Utility. Wer dabeiblieb, musste sich neue Quellen des Vergnügens suchen, etwa das Heranzoomen einzelner Blumen, den Anblick von Gebirgspanoramen aus verschiedenen Perspektiven oder virtuelle Wanderungen durch erstarrte Landschaften, in denen Vögel nahezu reglos in der Luft hingen.

Diese Pause, wenn man das als solche betrachten wollte (im Bild des Baseballs vielleicht ein »Seventh-inning stretch«), dauerte in der Realwelt zwei Jahre. Während dieser Zeit erarbeiteten sowohl SLU als auch Z-A Pläne für die nächste Phase der Bitwelt-Erweiterung: den demografischen Übergang von Mag 6 zu Mag 8 (eine Million bis 100 Millionen Seelen); die Inbetriebnahme riesiger orbitaler Photovoltaikanlagen, Rechnersysteme und Wärmestrahler, um mattes Infrarotlicht in den Kosmos scheinen zu lassen. Es war also ohnehin keine schlechte Zeit für eine Pause. Als schließlich die Schalter umgelegt worden und die neuen Vorrichtungen in Betrieb gegangen waren, sprang die Zeitdichte-Relation rasant um einige Größenordnungen in die Höhe, sodass an einem einzigen Tag in der Realwelt Monate in der Bitwelt verflogen. Innerhalb eines Nachmittags konnte C-plus, wenn er wollte, zusehen, wie kahle Bäume sanft und grün wurden, sich in den Herbstfarben rot und orange färbten und ihre Blätter verloren.

Im Grunde genommen wurde es unmöglich, die Geschichten einzelner Seelen wirklich nachzuvollziehen. Das Publikum konnte sie nicht mehr wie eine mexikanische Seifenoper oder einen russischen Roman verfolgen. Inzwischen glichen die Fans allesamt Psychohistorikern, die sahen, wie die Geschichte sich in breiten Schwüngen entwickelte.

Die neue Seelenspezies, die El in seinem Turm erfunden hatte, strömte weiterhin in Wellen daraus hervor, und es schien klar, dass El sie mit der Aufgabe betraut hatte, für einen reibungslosen Lauf der Dinge zu sorgen und sich darum zu kümmern, dass sich die Kundinnen und Kunden – die viel zahlreicheren Seelen, die auf der Grundlage eingescannter biologischer Daten erzeugt worden waren – nicht ungezügelt ausbreiteten. Nur selten überquerten sie den sich weitenden Kanal, der den größeren Teil des Landes von dem abgespaltenen Stück trennte. Letzteres teilte sich weiterhin, wodurch es allmählich zu einem Archipel aus dicht gedrängten Inseln wurde. Früher oder später landeten die meisten Mag-1-bis-3-Seelen in unterschiedlicher Gestalt dort. Evas weitere Kinder hatten Sex miteinander und brachten mehr von ihresgleichen hervor.

In der Bitwelt vergingen Jahrhunderte, in der Realwelt Jahre. C-plus selbst spürte, dass er eine langsame Veränderung vom jungen Alten zum alten Alten durchmachte. Immer weniger Zeit verbrachte er damit, Ereignisse in der Bitwelt zu verfolgen, nur gelegentlich sah er nach Maeve, Verna und ein paar anderen. Ab und zu tauchten Metatrons auf, um sich wegen angeblicher weiterer Aktivitäten des WEAP zu beschweren. C-plus ließ sie geduldig ausreden, wie man es bei einem entfernten Verwandten tut, der nicht mehr richtig tickt und anfängt, gegen die Illuminaten zu wettern. Dodge war hier, Dodge war da, Dodge war getarnt überall, irgendetwas musste gegen ihn unternommen werden. Am Ende schienen sie das Problem zu beheben und hörten auf, sich zu beschweren.

Ihm war das egal, denn er flog.

Als Kind, vor neunzig Jahren, hatte Corvallis Kawasaki vom Fliegen geträumt. Nicht in der Art eines Tagtraums, sondern in wirklich überzeugenden nächtlichen Träumen, in denen er die Arme wie Flügel ausgebreitet, sich über der Stadt, nach der er benannt war, in die Luft geschwungen, eingeschwenkt, Kreise über seinem Schulhof gezogen und auf die anderen Kinder auf ihren Wippen und Klettergerüsten hinabgeblickt hatte. Das alles war erwartungsgemäß sehr beglückend gewesen.

Wie bei so vielen anderen Dingen, die sich in der kindlichen Vorstellung großartig ausnahmen, war die Realität des Fliegens komplizierter, und die Art, wie man emotional mit der Diskrepanz zwischen dem Kindheitstraum und der entsprechenden Realität im Erwachsenenalter umging, sagte eine Menge über einen selbst aus und bestimmte in gewisser Weise darüber, was man mit seinem Leben anfing. Eine Zeit lang hatte er auch Feuerwehrmann, Ninja und Privatdetektiv werden wollen. Doch als ihm klar geworden war, worum es bei diesen Berufen wirklich ging, hatte er es sich anders überlegt. Ein römischer Soldat zu sein war für eine Weile auch lustig gewesen, aber jenseits eines gewissen Alters konnte man einfach keine Gräben mehr ausheben.

Als Maeve gestorben war, war C-plus in mancher Hinsicht schon ein alter Mann gewesen. Das merkte er an der Art und Weise, wie Fremde ihn behandelten. Junge Frauen, die ihn nicht mehr als Bedrohung ansahen, waren offen und freundlich. Andere alte Männer zögerten nicht, ihn auf der Straße anzusprechen, als wären sie alle Mitglieder desselben geheimen Clubs.

Deshalb hätte man ihm, nachdem er Maeves Fluggerät und den dazugehörigen, etwas beunruhigenden Vorrat an neuroaktiven Pharmazeutika geerbt hatte, vielleicht verziehen, wenn er alles zusammen mit der Begründung, zu alt dafür zu sein, auf den Müll geworfen hätte.

Doch dann hatte er sich auf seinen Kindheitstraum vom Fliegen besonnen und beschlossen, dass daraus *keiner* dieser aufgegebenen Träume werden sollte. Mit dem Privatdetektiv und dem Ninja würde es wohl nichts mehr werden. Aber egal wie schwierig, ja sogar enttäuschend die Realität des Fliegens im Vergleich zu seiner kindlichen Vorstellung davon sein mochte, er würde all das überwinden und damit zeigen, was in ihm steckte.

Und das bezog sich nur auf *dieses* Leben. Im nächsten würde es ihn vielleicht befähigen, andere Ziele zu erreichen. Altes Unrecht wiedergutzumachen und alte Verpflichtungen zu erfüllen.

Also hatte er Maeves Vorrichtung repariert. Er hatte Maeve trotz, ja sogar wegen bestimmter Aspekte ihrer Persönlichkeit – ihrer Auffassung vom Leben – geliebt, und diese Aspekte fanden sich in jedem Detail des Fluggeräts wieder, das sie in der Zirkusschule hatte bauen lassen. Es war skurril, behelfsmäßig, zusammengeschustert, gewollt abwegig, bis hin zur Auswahl von Verbindungselementen, die es zusammenhielten, und der Naht am Gurtgeschirr. Es war ein heiliges Artefakt, nichts, was er so einfach einem Lakaien hätte übergeben können, und so hatte C-plus ein Jahr damit verbracht, es selbst auseinanderzunehmen, die Straußenfedern und die Perlenarbeiten, das Makramee, die Zuñi-Stoffe und die zurechtgebastelten Infusionsschläuche, und dieses ganze Zeug befand sich jetzt hinter Glas in einer Art Museumsvitrine oder Schrein in einer Ecke der neuen Räumlichkeit – einem alten Hangar am Boeing Field, der früher zur Wartung von Privatjets genutzt worden war und heute die meiste Zeit leer stand, da diese Arbeit größtenteils im Freien oder sogar während des Fluges von spezialgefertigten Robotern ausgeführt wurde.

Mit dem ganzen mechanischen Kram fing er noch einmal von vorn an. Das neue Gurtgeschirr wurde speziell für ihn angefertigt, mit intelligenten Polstern zur Verhinderung von Druckgeschwüren, selbst wenn er über Wochen darin steckte. Die Servomechanismen, die die Vorrichtung umhersausen und abdrehen ließen, waren stärker und dennoch reaktionsfähiger. Er fügte große Ventilatoren hinzu, die Wind über ihn hinwegbliesen, wenn er im Traum in einen steilen Sturzflug ging oder sich auf einer Thermik in die Höhe schwang.

Während die Ingenieure an all dem arbeiteten, recherchierte er wie ein Wilder den pharmazeutischen Aspekt. Seit Maeve begonnen hatte, sich damit zu beschäftigen, hatte man viele neue Erkenntnisse gewonnen. Manche der Medikamente, die sie genommen hatte, um ihr Bewusstsein zu verändern, erschienen jetzt gefährlich falsch. Manche waren lediglich nutzlos, andere hatten sich als tragende Säulen erwiesen. Er versuchte, genug von den richtigen zu nehmen, um die gewünschten Effekte zu erzielen, ohne jedoch die Funktionen seines Gehirns einzubüßen, die er brauchte, um seiner Arbeit – der Leitung eines wesentlichen Teils von JISS – nachzugehen.

Für JISS *nicht* gebraucht wurden die Regionen seines Kleinhirns, die mit motorischer Kontrolle und visueller Verarbeitung zu tun hatten. Das machte es ihm, je mehr Zeit verstrich und je näher er dem Tod kam, immer schwieriger, sich aus der Vorrichtung zu befreien. Er schlief darin, träumte vom Fliegen und halluzinierte das Jenseits. Wenn er morgens die Augen aufschlug, traf sein Blick auf Photonen, die nicht von der Sonne kamen, sondern von einer Vorrichtung, die sie ziemlich überzeugend simulierte.

»Warum tust du dir das an?«, fragte Zula ihn.

Sie stand weit unter ihm auf einer Grasfläche – einer Bergwiese, die in Wirklichkeit ein grün angemaltes Geviert auf dem Betonboden des Hangars war. Ihre Stimme übertönte das Rauschen der Ventilatoren, die gerade eine Thermik nachahmten. Im Aufwind ging Corvallis in die Querlage. Was bedeutete, dass er sich vorstellte, seine Flügel in bestimmter Weise zu trimmen, und es passierte: Das Ding auf seinem Kopf las seine Gedanken, der Simulator berechnete die Auswirkungen der Bewegung und setzte sie entsprechend um, schickte also Kontrollsignale an die Servomechanismen, die einige Kabel anzogen und andere lockerten, an die Ventilatoren, die den Wind machten, an die Infrarotplatten zur Simulation der Sonnenwärme und an die audiovisuelle Simulation, die in der VR-Vorrichtung auf seinem Kopf ablief. Er schwenkte ab, um Zula in sein Blickfeld zu bringen, bremste, ging in den Sturzflug, fing sich ab und ließ sich auf einem Ast nieder (in Wirklichkeit einem Stahlrohr, das auf das grün angemalte Geviert montiert war). Von dort sah er sie aus einer Entfernung von wenigen Metern mit einem Seitenblick an.

Die Ventilatoren gingen aus, wodurch eine Stille entstand, in der er hören konnte, wie seine Techniker ihn für die sauber ausgeführte Bewegung mit Applaus und anerkennenden Pfiffen bedachten.

»Du hast ja richtige Fans«, bemerkte Zula.

»Das ist sogar ein beabsichtigtes Element der ganzen Funktionsweise – genau deshalb hat Maeve ihr Gerät in einer Zirkusschule bauen lassen«, sagte C-plus. »Es soll doch auf jeder Ebene überzeugend sein, stimmt's? Und was braucht ein Ding, um überzeugend zu sein? Qualia sind nur ein Teil davon. Die erhalte ich durch das Bild- und Filmmaterial, die Bewegung, die Luftströmungen. Es zeigt sich jedoch, dass unsere Verdrahtung auf Intersubjektivität ausgelegt ist. Unsere Wahrnehmung der Realität ist ebenso sozial wie persönlich. Warum verunsichern uns Psychotiker? Weil sie Dinge sehen und hören, die uns verborgen bleiben, und das ist einfach falsch. Warum werden Gefängnisinsassen in Einzelhaft verrückt? Weil sie niemanden zur Bestätigung ihrer Wahrnehmungen haben. Wenn ich mich also in diesem Gerät in die Luft schwinge und eine perfekte Landung hinlege, genügt es nicht, das einfach zu simulieren und *mir* zu zeigen; andere müssen es sehen und reagieren. Indem sie die Qualia bestätigen, Geschichte in eine soziale Matrix querverlinken.«

»Da frage ich mich, wie es für meinen Onkel gewesen sein muss, als er ganz am Anfang gebootet wurde, völlig allein in einer Welt ohne jegliche Qualia«, bemerkte Zula. »War er in der Hölle?«

»Darüber habe ich auch oft nachgedacht. Und hat Sophia ihn dorthin gebracht?«

»Wissentlich? Mit Absicht? Natürlich nicht.«

»Klar«, sagte C-plus. »Aber ohne böse Absicht? Aus Versehen? Davon gehe ich aus. Alles in der Hoffnung, dass er eigentlich nicht tot war.«

»Also, wenn ich dich nicht seit siebzig Jahren kennen würde,

würde ich sagen, dass dir die Drogen zu Kopf gestiegen sind – in den falschen Teil davon, meine ich«, sagte Zula. »Nach Lage der Dinge habe ich immer mehr den Eindruck, dass du gefunden hast, was Dodge sich für dich wünschte, als er dir die Verantwortung für ›seltsame Sachen‹ übertragen hat.«

»Danke. Das habe ich. Allerdings steigen die Drogen mir tatsächlich zu Kopf, und deshalb hoffe ich, du empfindest es nicht als unangenehm, wenn ich dieses Ding hier anbehalte. Die Sache mit dem Sichtfeld wird nämlich richtig problematisch, wenn ich es unvermittelt absetze.«

»Das macht mir nichts aus«, erwiderte Zula, »obwohl es mir lieber wäre, du sähest mich direkt an.«

»Das *tue* ich ja«, versicherte ihr C-plus, »es ist nur so, dass …«

»Raben haben seitlich am Kopf Augen«, sagte sie.

»Wiederhole ich mich?«

»Ja. Ich für mein Teil würde ja rüberkommen und dich umarmen, aber …«

»Du könntest mich zerdrücken. Das ist ein Konstruktionsfehler deines Exos«, sagte C-plus. »Du siehst, auch du wiederholst dich.« Er konnte es nicht optisch wahrnehmen, weil der visuelle Simulator es per Photoshop aus dem Bild entfernte, aber Zula trug ein Exoskelett – die jüngste Inkarnation von Fronk –, das die meisten ihrer physischen Kontakte zur materiellen Welt erledigte, und zwar auf eine Art und Weise, die den hinfälligen neunzigjährigen Körper in seinem Inneren vor den meisten Gefahren schützte. »Hattest du einen schönen Spaziergang hier herunter?«, fragte er.

»Ich bin gerannt«, berichtigte ihn Zula.

»Warum die Eile?«

»Keine Eile. Man hat mir gesagt, ich bräuchte mehr Stoßbelastung. Das fördere die Knochenfestigkeit. Allerdings habe ich von Stößen, offen gesagt, nicht viel gemerkt.« Sie beide wussten aber, dass das Exo alles mögliche Know-how darauf verwandt hatte, die auf ihre Knochen einwirkenden Kräfte gerade so groß werden zu lassen, dass sie, ohne eine wirkliche Gefahr darzustellen, nützliche Mikrofrakturen hervorriefen.

»Du kommst also nur vorbei, um einem alten Mann auf dem Totenbett hallo zu sagen?«, fragte C-plus. »Oder braucht das Jenseits irgendeine Intervention von mir?«

»Das Diesseits eher«, sagte Zula. »Du hast Besucher. Ich lasse sie herein.«

»Du bleibst nicht?«

»Ich gehe eine flotte Runde ums Boeing Field joggen. Aber danke.«

Während sich Corvallis in die Luft schwang und auf einer verlockenden Thermik eine Drehung hinlegte, wurden die Besucher hereingeführt.

Enoch und Solly.

Er kannte sie nun schon vierzig Jahre und hatte sich damit abgefunden, dass ihr Aussehen sich im Lauf der Zeit nicht änderte. Dennoch zog er einen Kreis um sie und spähte aus allen Winkeln auf sie hinunter.

»Beruft ihr eine Versammlung der Societas Eruditorum ein?«, fragte C-plus.

»Du bist das einzige noch verbliebene Mitglied«, sagte Enoch. »Du bist eine Einmannversammlung.«

»Und was ist mit euch?«

»Oh, wir sind eigentlich keine richtigen Mitglieder«, antwortete Enoch. »Eher so was wie der Beirat.«

»Seid ihr nicht gelehrt?«

»Nö«, sagte Solly, »nur weise.«

»Hm. Was muss ich tun, um weise zu werden?«

»Sterben«, sagte Enoch, »und an den nächsten Ort gehen.«

»Scheint mir ein hoher Preis zu sein.«

»Wir haben ihn bezahlt«, sagte Solly.

»Ihr seht mir lebendig aus.«

»Wir haben ihn bezahlt«, beharrte Solly, »da, wo *wir* hergekommen sind.«

»Das heißt also, dass ich hier nur gelehrt sein kann. Um weise zu werden, muss ich in die Bitwelt gehen und dort einen Ableger der Societas Eruditorum eröffnen?«

»Ganz ehrlich, wir haben keine Ahnung«, sagte Enoch, der allmählich etwas ungeduldig klang. »Es scheint uns aber das plausibelste Resultat zu sein, ausgehend von unserem Wissen darüber, wie wir hier gelandet sind. Das aber fehlerhaft ist. Wir sind gesprungene Gefäße.«

»Also schön. Da ich das einzige Mitglied bin, eröffne ich die Versammlung«, verkündigte C-plus. »Gibt es irgendwelche neuen Angelegenheiten?«

»Ja, tatsächlich«, sagte Enoch. »Dein letzter Hack. Jedenfalls vermute ich aufgrund deiner Biodaten, dass es der letzte sein wird. Wer weiß, vielleicht wirst du mich auch überraschen.«

»Ich habe schon ein Vierteljahrhundert keinen Programmcode mehr geschrieben. Aber ich vermisse es ganz schön!«

»Bei diesem Job geht es nicht direkt um das Schreiben von Programmcode«, sagte Enoch.

»Das ist gut. Ich glaube, von Menschen geschriebene Programme *gibt es* gar nicht mehr. Nur noch Programme, die von Programmen geschrieben wurden, die von Programmen geschrieben wurden – aufeinanderstehende Schildkröten, bis ganz nach unten.«

»Nicht bis *ganz* nach unten«, korrigierte ihn Solly.

Corvallis flog inzwischen ziemlich stümperhaft, während alte, ausgediente Teile seines Gehirns mühsam wieder in Bewegung kamen: Rostbeläge lösten sich, Staub und Spinnweben verflüchtigten sich. Da er sich nicht unterhalten und gleichzeitig mit denselben Neuronen in simulierten Luftströmungen seine virtuellen Flügel trimmen konnte, musste er eine Bruchlandung auf seinem stählernen Ast machen.

Dann dachte er über das nach, was Solly gerade gesagt hatte.

»Klar, stimmt!«, antwortete er schließlich. »Programmreste sind für die Ewigkeit. Wenn man die Schichten abkratzt, die auf anderen Schichten gewachsen sind, und immer weiter gräbt und tief genug sucht, wird man auf Base Code stoßen, der von irgendeinem Linux-Freak in den Achtzigerjahren des vorigen Jahrhunderts oder so geschrieben wurde. Grundroutinen des Dateisystems. Speicherbelegungsroutinen, die dazu bestimmt waren, auf erweiterten Single-Core-IBM-PCs zu laufen, die noch nie vom Internet gehört hatten.«

»Alte Beschwörungsformeln mit der geheimnisvollen Kraft der Magie«, sagte Enoch.

»Wenn du das sagst. Ich habe jahrzehntelang nichts dergleichen angefasst. Falls ihr auf Magie aus seid, ich kenne KI-Programme …«

»Du überschätzt die Schwierigkeit dessen, was uns beschäftigt«, sagte Enoch.

»Ich bin ganz Ohr. Obwohl die nicht mehr die besten sind. Was beschäftigt euch denn?«

»Das Kopieren einer Datei.«

»Das ist *alles*?!«, krächzte Corvallis. Doch schon verspürte er ein leichtes Unbehagen bei der Frage, ob er sich überhaupt noch an den Zauberspruch für etwas so Simples wie das Kopieren einer Datei in der Unix-Befehlszeile erinnern konnte. Moderne Systeme *hatten* gar keine Dateien im herkömmlichen Sinne mehr. Sie verfügten über Abstraktionen, die so vielschichtig waren, dass sie als solche beinahe schon den Turing-Test bestehen könnten, aber zwecks Abwärtskompatibilität immer noch ein paar alte, einer Datei ähnliche Eigenschaften besaßen.

Um dieses Unbehagen zu überspielen, plusterte er sich auf. Kein typisches Corvallis-Verhalten, aber er war teilweise zu einer Krähe geworden. »Warum müssen wir *dafür* eine Versammlung vor Ort einberufen?«

»Es ist eine wichtige Datei. Hier ebenso wie … da, wohin du als Nächstes gehst.«

»Ist sie groß? Kompliziert? Beschädigt und reparaturbedürftig?«

»Sie ist vergleichsweise klein und vollkommen intakt«, erwiderte Enoch.

»Es ist ein Schlüssel«, entfuhr es Solly. »Ein kryptografischer Schlüssel. Mit einem Avatar.«

»Sollte nicht schwer sein, meine ich«, sagte Corvallis. »Wie sieht der Avatar aus?«

»Ein riesengroßer Schlüssel«, sagte Solly. »Unverkennbar. Einzigartig.«

»Bis ich ihn kopiert habe.«

»Du weißt, was ich meine. Nichts, was du offen herumliegen lassen willst. Versteck ihn.«

»Sollte ich fragen, wie ihr an diesen Schlüssel gekommen seid?«, fragte Corvallis, der allmählich verstand, worauf sie hinauswollten.

»Nein«, sagte Enoch.

»Befindet er sich auf Servern im Besitz von … jemand anderem?«

»Er wurde von Servern wie denen, die du meinst, herunterkopiert«, sagte Enoch, »und muss nun ein weiteres Mal kopiert werden, wenn er vollständig unter unsere Kontrolle gelangen soll. Wir glauben, dass du ihn wirst brauchen können.«

»Ach herrje!«, rief C-plus aus. »Ist das der Eine …«

»Sprich's nicht aus!«, befahl Enoch.

»Wie lange hat diese Kopie denn auf irgendeinem Bootleg Server herumgelegen?«

»Neun Jahre«, sagte Solly.

Was die Bestätigung war. Neun Jahre waren vergangen, seit die oberen Systemadministratoren von Zelrijk-Aalberg verkündet hatten, sie hätten endlich das Sicherheitsleck ausfindig gemacht, das es dem WEAP ermöglicht hatte, immer wieder neu zu starten, und die Hintertür endgültig verriegelt. Und gewissermaßen den Schlüssel weggeworfen.

»Ich bin ganz Ohr«, sagte Corvallis Kawasaki.

»Mir erscheinst du eher ganz Feder«, sagte Solly, »aber meinetwegen.«

TEIL 10

48

An sechs Tagen hintereinander schimmerte im Morgengrauen auf einem Ast des alten Baums eine neue Seele, verblasste jedoch im grellen Licht des Tages. Wenn Bell in der Stunde vor Sonnenaufgang aus dem Fenster blickte, konnte sie sie dort sehen. Die Seele hatte etwas von einem durch Dunst und Nebel weich gezeichneten Stern. Selbst nachdem das Tageslicht sie ausgelöscht hatte, konnte Bell, während sie darunter im Gras umherging, mit einiger Anstrengung die schwache Verformung erkennen, die die Seele in der Luft hervorrief.

Am siebten Morgen schien die Seele alle Hoffnungen und Absichten, je selbst zu leuchten, aufzugeben und verdunkelte und verfestigte sich zur Gestalt eines schwarzen Vogels. Dieser hockte einige Tage lang auf dem Ast, scheinbar tot, außer dass er hin und wieder, wenn starke Winde von den Bergen herunterwehten, seinen Stand veränderte. Wenn Böen seine Federn zerzausten, öffnete er seine Flügel gerade so weit, dass er einiges über ihre Funktionsweise lernen konnte, legte sie dann wieder eng an seinen Körper an und schloss für eine Weile die Augen.

Ein paar Äste des alten Baums, die immer noch Äpfel zu tragen vermochten, standen in voller Blüte. Bis die Blütenblätter verwelkt und davongeweht worden waren, war der schwarze Vogel vollständig ausgebildet und des Fliegens mächtig – wenn auch nicht besonders gut darin. Als Bell eines Morgens erwachte und aus ihrem Fenster sah, fand sie den Ast leer und konnte den

Vogel nirgends erblicken. Sie empfand ein stechendes Gefühl des Verlusts. Doch dann wurde die frühmorgendliche Windstille durch das Flattern schwarzer Flügel und das Kratzen von Krallen auf dem schwarzen Sims ihres Fensters durchbrochen. Bell machte einen Satz rückwärts. Der Vogel setzte sich auf dem Fensterrahmen nieder und blickte sie neugierig an. »Ich heiße Corvus«, verkündete er, »und ich bin nicht wie andere Seelen, die ins Land kommen, auch wenn ich mich nicht erinnern kann, warum.«

»Oh, darüber besteht kein Zweifel«, sagte Bell. Sie hatte nämlich noch nie von einer neuen Seele gehört, die so schnell eine Gestalt angenommen und die Fähigkeit zu sprechen erlangt hatte. Und wäre er so in anderen Teilen des Landes erschienen, hätten die abergläubischen Leute dort ihn gewiss aus dem Weg geräumt. Er hatte Glück, dass er in einem Baum im Garten der Calladons entstanden war, denn die Calladons waren wunderliche Leute. »Ich heiße Bell«, sagte sie. »Und meine Familie Calladon. Das hier ist Calla.«

»Was bedeuten diese Wörter? Bell? Calladon?«

»Oh, es sind nicht solche Wörter!«, antwortete sie. »Weißt du, manche Wörter sind sehr alt, und ihre Bedeutung ist in Vergessenheit geraten.«

»Calladons gibt es also schon sehr lange hier.«

Sie nickte. »Wir haben dieses Haus am Beginn des Dritten Zeitalters auf dem Rücken eines schlafenden Riesen gebaut, falls dir das etwas sagt.«

»Tut es nicht.«

Wie es schien, war dieser Corvus nicht so leicht zufriedenzustellen. Sie zuckte die Schultern. »Das ist unser Garten, und hier ist mein Schlafzimmer. Ich habe dich beobachtet.«

»Ich weiß«, sagte Corvus – ohne dass so recht klar wurde, auf wie *viele* der Aussagen, die Bell gerade getroffen hatte, sich das bezog. Egal. Der Vogel musterte sie von Kopf bis Fuß. Sie trug ein Nachthemd, das bis auf den Boden fiel. »Bist du ein Mädchen oder eine Frau?«

»Mädchen«, antwortete Bell.

»Von wie vielen Herbsten?«

»Das spielt keine Rolle«, erklärte sie ihm. »Calladons sind wunderliche Leute. Mädchen werden zu Frauen oder Jungen zu Männern, wenn ein Anlass es erfordert. In letzter Zeit war es in diesem Teil des Landes ruhig und die Zahl solcher Anlässe gering.«

»Ich brauche eine kleine Gruppe von Frauen und Männern, die mich auf eine Quest begleiten und bei ihrer Vollendung unterstützen«, erklärte Corvus.

»Was für eine Art von Quest?«

Diese scheinbar elementare Frage schien Corvus nicht bedacht zu haben. Er sann einen Moment darüber nach, dann ordnete er mit einem vogelartigen Schulterzucken seine Flügel neu. »Reisen, suchen, etwas ausgraben. Ich habe keine Ahnung. Sehr wichtig. Aufbruch sofort.«

»Darf ich noch frühstücken?«, fragte sie.

Als Corvus daraufhin einen verblüfften Eindruck machte, erklärte sie: »Es werden noch andere da sein, die helfen könnten. Und für jemanden aus meiner Familie wäre es sowieso völlig unmöglich, ins Frausein einzutreten oder zu einer Quest aufzubrechen, ohne wenigstens ein paar Worte zu sagen.«

Corvus zuckte mit den Flügeln und sagte, er werde im Baum warten. Hüpfend drehte er sich in die entgegengesetzte Richtung, schwang sich mit wesentlich mehr Flattern und Flügelschlagen als bei erfahreneren Vögeln üblich in die Luft und fand nach einigen Missgeschicken den Weg zu seinem alten Ast zurück. Dort wartete er, während verschiedene Hinweise und Andeutungen aus dem Haus drangen: Kaminrauch, das Klirren von aneinanderstoßenden Essutensilien, das Öffnen und Schließen von Türen und Fensterläden und das an- und abschwellende Gemurmel von Gesprächen. Das Haus war an manchen Stellen aus aufeinandergetürmten Steinen, an anderen aus Holz gebaut. Gegen die Unbilden des Wetters war es teils mit geschickt zusammengebundenen Grasbüscheln, teils mit grauen Blechen oder dünnen Felsplatten geschützt. Mit anderen Worten, das Haus sah aus, als wären über einen langen Zeitraum hinweg ohne sonderlich klaren Plan Stücke aneinandergefügt worden, die sich in diese und jene Richtung um kleine Höfe wie den, in dem der Apfelbaum wuchs, erweitert hatten. Kein Teil war besonders hoch oder besonders prachtvoll, möglicherweise mit Ausnahme des einen, der im Verlauf der Aktivität, die Bell »Frühstück« genannt hatte, die größte Menge an Rauch und Lärm zu produzieren schien. Dabei handelte es sich um einen Saal mit einem rechteckigen Grundriss und einem erhabenen Spitzdach mit Fenstern gleich unter dem Dachgesims, hoch genug, um Licht und Luft einzulassen.

Nach einiger Zeit verließen Leute den Saal im Gefolge von Bell, die ihr Haar zurückgebunden und mehr Kleider angezogen hatte. Sie alle waren von derselben Gestalt, die meisten größer als Bell, ein paar jedoch ganz klein, und manche mussten sogar von den Größeren herumgetragen werden. Sie durchschritten eine Art überwölbten Gang, der mit dem Hof verbunden war, und stellten sich in einem Bogen um den Raben auf.

»Machen wir uns auf den Weg«, sagte Corvus und breitete die Flügel aus, um loszufliegen.

»Einen Augenblick, wenn ich bitten darf«, sagte ein Mann, dem Haare aus dem Gesicht bis auf die Brust wuchsen. »Uns Calladons sind Quests nicht fremd, und wenn du in unseren Saal dort drüben fliegen würdest, würdest du an den Wänden sogar Bilder von unseren Vorfahren sehen, die erst vor hundert Herbsten solche unternahmen. Man kann also nicht sagen, du wärst an den völlig falschen Ort gekommen. Bevor du dich aber mit unserer Bell davonmachst, würden wir gerne ein, zwei Dinge über das, was du vorhast, wissen. Zum Beispiel: Welche Richtung schlägst du ein?«

»Darüber hatte ich mir sehr wenig Gedanken gemacht«, sagte Corvus.

»Und siehst du, genau das beunruhigt mich ein wenig«, sagte der Mann. »Manche Richtungen sind nämlich gefährlicher als andere; und solltest du zufällig die falsche wählen, nun, dann wirst du dich mit jedem Flügelschlag nur noch weiter von deinem Ziel entfernen.«

Über diese Worte dachte Corvus nach. »Also gut«, sagte er, »ich komme wieder.« Er begann, mit den Flügeln zu schlagen, hatte aber gewisse Schwierigkeiten, aus dem unglaublich knorrigen Geäst des Apfelbaums freizukommen.

»Im Garten hinter der Küche gibt es Aas«, sagte ein junger Mann mit Haaren auf der Oberlippe. »Davon zu essen könnte dir mehr Kraft verleihen.«

Neben diesem Mann stand eine Frau mit flachsfarbenem Haar. »Und je mehr Kraft du hast, umso weiter kannst du fliegen ... von hier aus«, fügte sie zuvorkommend hinzu.

»Wenn du nach Süden oder Osten fliegst«, sagte Bell, »bleib oben – wegen der Pfeile.«

»Nach Norden oder Westen, unten – Adler«, ergänzte der Mann, der als Erster gesprochen hatte.

So beraten befreite sich Corvus aus dem Griff des Baums und flog hinter den Saal zu einem kleinen Hof, wo jemand aus einer offenen Tür Essen auf den Boden warf. Dort rauften verschiedene bodennahe Kreaturen heftig darum. Da Corvus sich an ihren Plänkeleien nicht beteiligen wollte, flog er durch die Tür ins Innere und fand auf einem Holzbrett ein Stück von einem toten Tier. Er klaubte es mit seinen Krallen auf. Das nahm ihm die Frau, die das Essen geworfen hatte, übel und schleuderte ein Metallgefäß nach ihm, traf ihn aber nicht, worauf er mit dem Stück von dem toten Tier in den Saal flog und sich hoch oben auf einem freiliegenden Teil eines toten Baums niederließ, der zur Abstützung des Dachs beizutragen schien. Dort verharrte er eine Weile, während er das

»Aas« in schnabelgerechte Bissen zerriss. Wie man ihm angekündigt hatte, waren die Wände unterhalb der Fenster mit Bildern geschmückt. Manche waren durch das Verweben von farbigen Fasern entstanden, andere durch das Auftragen von farbigem Material auf flache Dinge. Zunächst konnte er wenig damit anfangen, doch in dem Maße, wie sein Magen sich mit Aasfleisch füllte, wuchs seine Verständnisfähigkeit, und er erkannte, dass jedes von ihnen eine Möglichkeit darstellte, das Auge so zu täuschen, dass es Dinge sah, die in Wirklichkeit gar nicht da waren. Die abgebildeten Gestalten waren offenbar Calladons. Zumindest einige von ihnen. Die stattlichen, die rittlings auf vierbeinigen Tieren saßen – wahrscheinlich Calladons. Die hässlichen missgestalteten, die auf den Bildern von ihnen getötet wurden – wahrscheinlich etwas anderes. Bell hatte beiläufig einen schlafenden Riesen erwähnt. Es war anzunehmen, dass es sich bei dem sehr großen Zweibeiner aus Steinen, der auf einem der größeren Bilder im Vordergrund zu sehen war, um genau diesen handelte – allerdings während der dargestellten Ereignisse eindeutig wach.

All diese Bilder zu einer Geschichte zu verbinden schien ein Vorhaben für einen ganzen Tag zu sein, aber um das Wesentliche zu verstehen, brauchte sich Corvus diese Mühe gar nicht zu machen: Hierhergekommen waren Calladons und andere derartige Personen vor langer Zeit als Teil eines epischen Abenteuers, zu dem nicht nur Riesen, sondern auch Überflutungen, Lawinen, Rudel hungriger Bestien, fliegende Zweibeiner mit hell glänzenden Schwertern und verschiedene andere Wesenheiten, die ihnen nicht sehr ähnlich sahen, gehörten. Seltsam aussehende Städte waren aufgesucht worden, in Flammen aufgegangen, fluchtartig verlassen worden. Das war irgendwann einem sesshafteren Leben gewichen, dessen Umstände angenehmer, aber insgesamt kälter gewesen waren. Feldfrüchte waren angebaut und Obstbäume gepflanzt, Tiere gezähmt, Babys gemacht, Gebäude errichtet worden. Es waren – offenbar erfolgreich – Anstrengungen unternommen worden, all das durch die systematische Anwendung von Gewalt zu verteidigen. Diese Geschehnisse machten einen Großteil der Bilder aus. Ein paar wenige gab es jedoch, die nicht in dieses allgemeine Schema passten und auf denen außergewöhnlich gut aussehende Individuen – schätzungsweise Calladons – sich an absonderliche Orte begaben, um gegen seltsam aussehende Kreaturen zu kämpfen und/oder merkwürdige Gegenstände zu sammeln. Was aus Corvus' Sicht dafürsprach, dass diese »wunderlichen Leute« geeignetes Material für eine Quest darstellten.

Derart mit einem angenehmen »Frühstück« aus Aas und historischem Bildmaterial gestärkt flog Corvus zu einem offenen Fenster hinaus und schwang sich über dem Hügel, auf dem die Calladons ihr Haus erbaut hatten, in die Luft. Der Ort war in Nebel und Wolken gehüllt; doch als Corvus ein Stück geflogen und in größere Höhe aufgestiegen war, drehte er nach Osten ab und sah das Land sich vor ihm ausdehnen.

Ein Jahr später war er wieder da. »Meine Vorstellungen haben sich gefestigt«, verkündete er. »Ich weiß ungefähr, wohin es geht, und mehrere Wege, um dorthin zu gelangen, und warum manche dieser Wege anderen vorzuziehen sind. Was eure Reittiere fressen und wie viel das kostet, wie weit Pfeile fliegen, warum bestimmte Arten von Leuten automatisch versuchen, einen umzubringen. All das und noch mehr ist mir jetzt bekannt. Machen wir uns auf den Weg.«

Darauf folgte ein langes Schweigen. Niemand stand auf. Die Calladons saßen an einem langen Tisch in einem Hof neben dem Saal und ließen sich von Personen, die, wie Corvus jetzt wusste, Diener waren, Speisen und Getränke dorthin bringen. Manche am Tisch erkannte Corvus vom letzten Jahr wieder, andere waren Gäste (wie man an den über das Gelände verstreuten müden Reittieren und staubigen Wagen erahnen konnte). Der Mann mit dem Bart saß an einem Ende des Tisches; Corvus hatte erfahren, dass er Brindle Calladon hieß. Ihm gegenüber am anderen Ende saß eine Frau, die die älteste und angesehenste Person unter den Gästen war; sie hieß Paralonda Bufrect. An den Längsseiten saßen Calladons und Bufrects gemischt. Corvus hatte sich in der Mitte des Tisches auf einer Art schmiedeeisernem Baum niedergelassen, der als Halterung für viele Kerzen diente. Bis jetzt war keine davon angezündet worden, denn die Sonne war noch nicht vollständig untergegangen. Als Corvus zur Landung angesetzt hatte, waren die Essenden, die in seiner Nähe saßen, zurückgewichen, und manche hatten in einer nicht unbedingt gastfreundlichen Art und Weise ihre Speisemesser gepackt, was Corvus daran erinnerte, dass er sich zu einem außergewöhnlich großen Raben entwickelt hatte.

»Das ist der größte Rabe, den ich je gesehen habe«, sagte einer der Gäste.

»Riesengroß zu sein«, erklärte Corvus, »fand ich nützlich für die Durchquerung des Adlerlands.«

»Und er kann sprechen«, sagte ein anderer. Was für Corvus' Empfinden inzwischen doch ziemlich offensichtlich hätte sein müssen. Corvus war sich allerdings seiner Grenzen bewusst. Er hatte einen Großteil des Landes durchstreift und wusste mehr darüber, als irgendeine dieser Personen nur wissen konnte. Er hatte jedoch so gut wie keinem gemeinsamen Essen beigewohnt und deshalb keine Ahnung von den Gebräuchen. Vielleicht war das Aussprechen von absolut Offensichtlichem ja üblich. »Ich bin ein riesiger, fühlender, sprechender Rabe, der gerade euer Essen unterbrochen …«

»Und auf den Tafelaufsatz gemacht hat«, bemerkte eine Frau, die in seiner Nähe saß.

»… und ich heiße …«

»Corvus!«, rief eine Frau aus, die am Tischende bei Brindle saß. Es war Bell. Corvus hatte sie nicht sofort erkannt, denn ihre

Gestalt und Kleidung hatten sich während seiner Abwesenheit verändert. Sie stand auf und klatschte in die Hände. »Wie du siehst, bin ich jetzt eher nahezu bereit, an der Quest teilzunehmen, als bei unserer letzten Begegnung. Ich bin größer und stärker geworden und habe das Kartenlesen, Reiten, Bogenschießen und noch andere Dinge erlernt.«

Corvus gab beifällige Laute von sich. Doch in Wahrheit war Bell seine geringste Sorge, denn irgendwie hatte er von Anfang an gewusst, dass sie sich gut entwickeln würde. Er war verwirrt von der schieren Vielfalt an Reaktionen, die seine Ankunft bei den Gästen ausgelöst hatte. Eine überraschend große Zahl von ihnen – das galt eher für die Gäste als die Calladons – schien in ihrem ganzen Leben noch nie einem fühlenden, sprechenden Tier begegnet zu sein. Diese Leute konnten eingeteilt werden in: diejenigen, die dies als etwas Unmögliches betrachtet hatten

- und immer noch in diesem Denken verharrten und daher ihren eigenen Sinnen misstrauten
  - wegen zu vieler zu sich genommener Getränke oder Verfälschungsmittel im Essen
    - vorsätzlich und arglistig untergemischt
    - oder versehentlich hinzugefügt,
  - oder weil alles ein Traum war;

diejenigen, die glaubten, dass solche Wesen vor langer Zeit existiert hatten, aber eben ausschließlich der Vergangenheit angehörten, unterteilt in

- diejenigen, die ihren eigenen Sinnen misstrauten (wie oben),
- diejenigen, die das plötzliche Auftauchen eines Märchenwesens
  - faszinierend und bezaubernd
  - oder schlecht/abstoßend/schrecklich fanden;

diejenigen, die die ganze Zeit gewusst hatten, dass solche Kreaturen existierten, und nicht übermäßig erstaunt waren, bei einem Essen eine anzutreffen, eingeteilt in

- eine, die ihn ziemlich mochte (Bell),
- diejenigen, die sich in Ruhe ein Urteil vorbehielten (z.B. Brindle),
- diejenigen, die ihn hassten (die Frau mit dem flachsfarbenen Haar und der Mann mit den Haaren auf der Oberlippe).

Jedenfalls überstieg die Zahl der Personen am Tisch nur unwesentlich die der Kategorien, was bedeutete, dass nahezu alle Anwesenden auf eine jeweils völlig eigene Weise reagierten und dies obendrein ziemlich ausgeprägt, woraus sich ein Pandämonium aus Ohnmachtsanfällen, Geschrei, Messerfuchtelei, hasserfüllten Blicken, wütendem Protest, begeistertem Händeklatschen, Entsetzen, bedächtigem Bartstreichen etc. ergab, ganz zu schweigen von sekundären Interaktionen, wenn etwa ein Messerfuchtler mit einem Schreier zusammenstieß. Corvus, der es gewohnt war, allein umherzustreifen, fühlte sich, wenn er ehrlich war, ziemlich überfordert und hielt es für das Beste fortzufliegen. Dabei begab er sich gar nicht in allzu weite Ferne, aber aus Sicht der anderen verschwand er vermutlich im dunkel werdenden Himmel, was der Gruppe der ihren eigenen Sinnen Misstrauenden wiederum Auftrieb verschaffte.

Das Essen schien beendet zu sein. Wenigstens die Hälfte der Personen begab sich in den Saal, viele mit einem Zögern auf der Schwelle, um einen argwöhnischen Blick über die Schulter zu werfen. Doch als sich alles beruhigt zu haben schien, kam Corvus herunter und ließ sich auf der Rückenlehne eines frei gewordenen Stuhls nieder. Immer noch anwesend waren Brindle, Bell, Paralonda (die allerdings die Unruhe ausgenutzt hatte, um ihr Glas zu nehmen und zu den anderen aufzurücken) und etwa ein halbes Dutzend Calladons und Bufrects gemischt. Letztere schienen hauptsächlich dem Lager der Erstaunten, aber angenehm Faszinierten anzugehören, während die Calladons als wunderliche Leute sprechende Tiere eher als Teil der natürlichen Ordnung der Dinge anzusehen schienen.

Das war der Moment, in dem ein Mensch um Entschuldigung dafür gebeten hätte, dass er das Essen ruiniert hatte, aber eine der Freiheiten, die damit einhergingen, Rabe zu sein, war, dass ihm nie irgendetwas leidtun musste.

»Kannst du etwas mehr über das *Wesen* deiner Quest sagen?«, fragte Brindle. »Du hast erwähnt, dass du jetzt wüsstest, in welche Richtung es gehe, und das ist sicher schon eine Verbesserung gegenüber dem Stand von vor einem Jahr. Aber was erwartest du am Ende der Reise zu finden, und was wirst du deiner Vorstellung nach tun, wenn du es gefunden hast?«

Während Corvus darüber nachdachte – was er, um ganz ehrlich zu sein, zum allerersten Mal tat –, kamen der Mann mit den Haaren auf der Lippe und die Frau mit dem flachsfarbenen Haar aus dem Saal heraus. Mit mehr Hast als Anmut bewegten sie sich geradewegs auf Bell zu. »Merville«, sagte Brindle. »Felora. Möchtet ihr euch zu uns setzen? An freien Stühlen mangelt es nicht.« Anscheinend blieben Merville und Felora jedoch lieber hinter Brindle und Bell stehen, als sich etwas weiter weg hinzusetzen. »Eins verstehe ich nicht«, verkündete Merville. »Diese Kreatur ist ganz offensichtlich imstande zu fliegen – was *wir nicht* sind. Sie kann gehen, wohin sie will und wann sie will. Warum geht sie dann nicht einfach dahin, wo die Quest ihre, sagen wir, Vollendung finden wird – und tut, was immer getan werden muss?«

Nach kurzer Stille sprach Felora. »*Ich* sage euch, warum nicht. Es muss daran liegen, dass der Abschluss der Quest Menschen erfordert. Ohne uns kriegt der Rabe es nicht hin. Und worin sind Menschen gut, Raben aber nicht? Nun, im Kämpfen und allem, was in Sachen verletzt und verstümmelt werden und sterben und so weiter dazugehört.« Und sie legte eine Hand auf Bells Schulter. Das ließ Bell zusammenzucken, aber den Impuls, ihre Schulter wegzuziehen oder Feloras Hand wegzuschlagen, unterdrückte sie gerade noch.

»Riesige sprechende Raben *können* durchaus kämpfen«, führte Corvus an, »und ich habe Narben, die das beweisen.«

»Und das soll uns beruhigen?«, fragte Merville in ungläubigem Ton.

»Ich werde die Vorstellung nicht los, dass die Quest irgendwie mit einem Abstieg unter die Erdoberfläche verbunden sein wird«, sagte Corvus, »oder jedenfalls in eine Art Bauwerk, das so tief und verschachtelt ist, dass es auch unterirdisch sein könnte, und vielleicht war ich deshalb von Anfang an absolut sicher, dass Menschen mit von der Partie sein müssen.«

»Noch einmal«, sagte Merville, »falls diese Äußerungen den Zweck haben, uns in Bezug auf die Art der geplanten Aktivitäten zu beruhigen – oder überhaupt bezüglich der Frage, ob du auch nur die geringste Vorstellung davon hast, woraus diese Aktivitäten bestehen werden –, dann möchtest du vielleicht gerne noch einmal fortfliegen, ein ganzes Stück länger fortbleiben und dann mit einem Plan zurückkommen.«

»Oder noch besser, eine andere Familie finden, die du belästigen kannst«, warf Felora ein.

»Ich habe schon mehrere belästigt. Eure ist die beste«, sagte Corvus. »Ihr müsst wissen, das Wesen der Quest geht weit über die normalen Belange unserer alltäglichen Existenz wie essen, trinken, nicht frieren müssen, nicht verstümmelt werden und Ähnliches hinaus. Es hat mit dem fundamentalen Wesen der Realität zu tun – dem Land, von dessen Existenz euch euer Verstand in jeder wachen Minute überzeugt. Leute, die sich tatsächlich die Mühe machen, darüber nachzudenken – was, soweit ich weiß, nicht sehr viele tun –, lassen sich mancherlei übergeordnete Geschichten dazu einfallen, die mehr oder weniger überzeugend zu sein scheinen, je nachdem, was für Geschichten einen ansprechen. Fragt einfach mal jeden, dem ihr begegnet, nach seinen Ansichten über El, Egdod und das alles. Ich für mein Teil weiß ganz genau, dass ich unter ungewöhnlichen Umständen und mit gewissen, bereits eingebauten Fähigkeiten, Instinkten und Veranlagungen in diese Welt gekommen bin. Das lässt sich nicht leugnen, selbst wenn ich keine klare Erinnerung daran habe, wie es dazu kam. Ich finde die Annahme einleuchtend, dass ich ohne Rückkehrmöglichkeit von einer anderen Ebene der Existenz, deren genaues Wesen uns für immer rätselhaft bleiben wird, hierhergesandt wurde. Die Mächte jener Welt dagegen wissen von uns, sie kümmern sich um uns, haben Pläne oder wenigstens Hoffnungen für uns, und es ist ihr Wunsch und ihre Absicht, dass wir in den Besitz gewisser Kenntnisse gelangen, die uns die Fähigkeit geben werden, das Land zum Besseren zu beeinflussen. Welcher Art diese Kenntnisse sind, ist ein Geheimnis, aber sie erwarten uns am Ende der Quest. Selbst wenn die Reise dorthin und die Erlangung dieser Kenntnisse für einen einzelnen riesengroßen sprechenden Raben im Bereich des Möglichen lägen – was ich nicht glaube –, ginge das an der Sache vorbei, denn der Zweck der Quest besteht gemäß ihrer Vorherbestimmung durch die geheimnisvollen Mächte in jener Welt, aus der ich hergeschickt wurde, nicht nur darin, vollkommene Verhältnisse für einen einzigen Raben zu schaffen, sondern darin, eine Veränderung in euren Seelen zu bewirken. Im Morgengrauen brechen wir auf.«

Daraufhin wurde ziemlich viel gestritten und diskutiert, im Wesentlichen allerdings, ohne dass die Anwesenheit oder Beteiligung von Corvus notwendig erschienen wäre; er hatte diesen Leuten sowieso schon alles erzählt, was er wusste. Mehr oder weniger in Aufruhr bewegten sich Leute zwischen diesem Tisch im Freien und dem Saal hin und her. Immer wenn jemand kam, hüpfte Corvus eine Rückenlehne weiter, bis er fast am anderen Tischende angelangt war. Dann flog er in die Nacht hinaus und fand bald einen Platz auf einem Ast in der Nähe des Saals. Von dort konnte er durch geöffnete Fenster ins Innere blicken, das durch brennende Dinge erleuchtet war. Erneut schaute er sich die Wandteppiche und Gemälde an, die er ein Jahr zuvor schon gesehen hatte. Jetzt, da er manche der (wenn auch nicht sehr realistisch dargestellten) Orte tatsächlich aufgesucht und einige der abgebildeten Seelen zu Gesicht bekommen hatte, ergaben sie mehr Sinn.

In einem Gemälde hatte er beim ersten Anschauen überhaupt keinen Sinn gesehen, verstand jetzt aber, was es zeigte. Vordergründig war es die Darstellung eines sehr großen Baums, der jedoch herausgeputzt war mit kleinen Bildern von Leuten, die wie Äpfel an seinen Ästen zu hängen schienen. Die Bilder waren mit Wörtern beschriftet. Er wusste jetzt, wie er diese lesen musste, denn er hatte den Turm der Tintenzerreiber in der schönen Stadt Toravithranax besucht und im Fenster der ganz oben befindlichen Werkstatt gesessen, wo Pestle persönlich ihre Schülerinnen und Schüler die drei Runen-, die elf Handschriftenalphabete und außerdem zwei vollkommen unterschiedliche und unvereinbare Schreibsysteme lehrte, die, wie es hieß, von merkwürdigen Leuten in den Wimmeln des fernen Ostens verwendet wurden. Zwei verschiedene Alphabete aus drei erkennbaren Epochen waren unter den Namen an diesem Baum vertreten.

Nackt an den Stamm des Baums gelehnt saßen ein Mann und eine Frau, die in sehr alter Handschrift als ADAM und EVA bezeichnet wurden. Darunter befanden sich, unter der Erde dargestellt, Wurzeln mit den Namen EGDOD und SPRING. Weitere wunderliche alte Namen wie »Ward« und »Longregard« waren auf andere Würzelchen verteilt; Thingor und Knotweave mühten sich in kleinen unterirdischen Höhlen mit der Herstellung von Dingen. Über ihnen auf der Erdoberfläche stand El auf einer Seite des Baums und tauchte alles in weißes Licht. Überall verstreut fand sich eine Mischung aus Seelen: auf Els Seite des Baums geflügelte Engel, berittene Autochthone und bucklige wuselnde Böttel. Auf der anderen Seite zweibeinige Steinhaufen, belebte Wirbelwinde und andere Merkwürdigkeiten.

Ganz unten wuchs aus dem Stamm ein plumper Seitenast heraus, der aussah, als hätte man ihn eigentlich gleich zu Anfang abschneiden sollen. In seine Rinde eingeritzt waren in einem der Runenalphabete die Zahl 12 und ein Wort, das so etwas wie »Große« oder vielleicht »Riesen« bedeutete. Er gabelte sich; die untere der beiden Gabeln hatte sechs Verzweigungen, die alle mit männlich klingenden Namen beschriftet waren, und die obere sechs, die einen eher weiblichen Eindruck machten. Erstere verzweigten sich nicht weiter, letztere dagegen brachten weitere Äste hervor. Unterdessen ging der Hauptstamm des Baums eine Weile senkrecht nach oben, und ihm entsprossen acht größere Seitenäste. Diese trugen ebenfalls eine ausgewogene Mischung aus männlichen und weiblichen Namen, und die meisten von ihnen gabelten sich mehrfach weiter, sodass die Gesamtzahl kleiner Zweige außen im Randbereich in die Hunderte, wenn nicht Tausende gehen musste. Doch im Gegensatz zu einem echten Baum wies dieser hier zahllose Stellen auf, wo Zweige von verschiedenen Ästen wieder zusammenkamen. Für den Corvus vom Jahr zuvor hatte das keinen Sinn ergeben, da die Äste echter Bäume das nie taten, aber jetzt wusste er, dass das kein Baum war. Es war eine Möglichkeit zu erklären, wie die Nachfahren von Adam und Eva neue Verbindungen eingegangen waren, um das Land zu bevölkern. Wenn also zum Beispiel der zweite Sohn von Adam und Eva sich mit ihrer dritten Tochter gepaart hatte, um ein Kind zu zeugen, mussten sich diese Äste zwangsläufig zueinander biegen und in einer eindeutig nicht baumartigen Weise verschmelzen. Zwei oder drei Generationen weiter hatten die Künstler diese Art der Darstellung nicht mehr aufrechterhalten können und sich von da an darauf verlegt, zwischen weit entfernten Ästen Linien zu zeichnen oder einfach Namen doppelt aufzuführen. Das machte es nicht leichter, den Baum zu verstehen. Nachdem Corvus erst einmal das Wesentliche erfasst hatte, merkte er allmählich, dass er umso weniger wusste, je mehr er das Bild anstarrte. Ein ziemlich großer Bereich davon trug jedoch die Aufschrift PERSONEN JENSEITS DER ERSTEN SPLITTERUNG, und genau in der Mitte davon stand CALLADON und nicht weit davon BUFRECT, was, soviel er wusste, der Familienname der meisten Besucher war. In relativ sauberer frischer Farbe war BRINDLE ein eigenes Laubblatt zugeordnet worden, aber niemand schien dazu gekommen zu sein, die Namen irgendwelcher anderer Neuankömmlinge einzutragen. In ähnlicher Weise lautete bei der Familie der Bufrects die jüngste Ergänzung PARALONDA, die Dame also, die gegenüber von Brindle am anderen Ende des Tisches gesessen hatte.

Corvus war müde und wollte gerne schlafen, aber ehe er die Augen zumachte, verwandte er noch einige Mühe darauf, die Äste von Brindle und Paralonda rückwärts nachzuverfolgen. Dazu arbeitete er sich an dem Baum hinunter und verfolgte schließlich die Verbindung, die er suchte, bis zurück zur Wurzel und von dort wieder nach außen, was ihn tatsächlich zu den Leuten führte, die diesen Saal erbaut hatten. Dann schloss er die Augen und fiel in Schlaf, eingelullt vom dumpfen Brüllen streitender Entsprung. Im größten Teil des Landes war das nämlich der Begriff für Seelen, die von Adam und Eva abstammten.

»Quests gehören zu den Dingen, die wir machen; und darauf sind wir stolz«, erzählte Brindle ihm eine Woche später.

Sie hatten den höchsten Punkt eines Passes durchs Gebirge erreicht. Das Wetter war zur Abwechslung gut, was auf Calla allerdings nur bedeutete, dass die Wolken oberhalb der Berggipfel hingen. Also hatte Brindle auf Anregung von Corvus den höchsten Punkt eines nahe gelegenen Gipfels erklommen, von dem aus man eine bessere Aussicht hatte. Ein großer Teil dieses Stücks (wie Inseln in diesem Abschnitt der Welt genannt wurden) war von hier zu überblicken. Direkt unterhalb von ihnen befand sich der Rastplatz, wo die anderen Mitglieder der Gruppe sich ausruhten, Kleider trocknen ließen und über einem kleinen Feuer Tee kochten. Im Süden konnten sie das mäandernde Tal sehen, durch das sie sich im Lauf der letzten paar Tage bergauf gequält hatten; in weiterer Ferne lag hinter einem leichten Dunstschleier das hügelige grüne Land, in dem das Haus der Calladons stand. Als sie sich umdrehten, konnten sie im Norden einen anderen Gebirgskamm sehen und dahinter noch einen. Brindle wusste von seinem Kartenstudium und Corvus von einem tatsächlichen Abstecher dorthin, dass diese schließlich wichen und in ein grünes Tal abfielen, wo es sich bis hinunter zum Meer viel einfacher gehen würde.

Brindle fuhr fort: »Manche Leute wären allerdings um die Berge herumgegangen statt mitten hindurch. Ich frage mich, ob deine Fähigkeit zu fliegen dein Urteilsvermögen in Bezug auf die Routenfindung beeinträchtigt hat.«

»Es gibt eine Straße«, hielt Corvus ihm entgegen. »Der sind wir gefolgt.«

»Im besten Fall – zum Beispiel wenn sie durch eine gut trockengelegte Wiese führt – würde sie noch als Weg oder Pfad durchgehen. Im häufiger anzutreffenden schlechtesten Fall dagegen …«

»Alles ist verbunden. Ich bin ihr von einem Ende dieses Stücks bis zum anderen gefolgt.«

»Es gibt auch eine Straße – eine richtige –, die die Berge an ihrer östlichen Flanke umgeht. Und die Bufrects haben Schiffe, die uns die Westküste hinaufbringen könnten. Oh, ich beschwere mich noch gar nicht. Wie gesagt, wir sind Freunde der Quest, und das hier fühlt sich etwas mehr nach Quest an, als auf dem Deck irgendeines Schiffs herumzulungern. Aber wenn du gestattest …«

»Wie viele Quests hast du unternommen?«, fragte Corvus.

Brindle seufzte. »Als Junge bin ich über die Erste Splitterung ans Festland gesegelt und mit meinem Vater von unserem Haus zur Furt des Flusses Thoss geritten, eine Reise von mehreren Tagen. Dort habe ich ihm Lebewohl gesagt, um ihn danach nie wiederzusehen – was ich in dem Moment natürlich noch nicht wusste. Dann bin ich nach Hause zurückgekehrt. Unterwegs gab es Wölfe und ein Handgemenge mit ein paar rauen Kerlen.« Er blickte flüchtig zu einem sich hebenden und senkenden Haufen aus Häuten und Fellen mit einem Speer daneben. Irgendwo darunter befand sich ein rauer Kerl namens Burr.

»Und …?«

»Das ist alles.«

»Keine weiteren Quests?«

»Richtig.«

»Wenn du also sagst, Brindle, ihr wärt Freunde der Quest …«

»Ich meine damit, dass wir uns so definieren. Die Geschichten, die wir erzählen, die Bilder, die wir an die Wand hängen. Es ist aber schon lange her, dass irgendein Calladon an einer Quest, die diesen Namen verdient, teilgenommen hat. Das hat viele Jahre auf mir gelastet. Ich will damit sagen, Corvus, dass ich nicht so sehr deswegen eingewilligt habe, mich und meine Freunde und Familie in Gefahr zu bringen, weil ich dich überzeugend finde, sondern weil die schlichte Tatsache, auf eine Quest zu gehen, ihren Lohn schon in sich trägt. Und so ist es nicht das Schlimmste auf der Welt, direkt durch das gebirgige Zentrum von Calla abzukürzen, statt um den Rand herumzueilen. Falls du bei der Routenfindung aber weiterhin verkehrte Entscheidungen triffst und wir infolge dessen nichts mehr zu essen haben oder Verletzungen erleiden, werden allmählich Fragen laut werden; und dann werde ich eine bessere Antwort brauchen als ›Oh, auf Quests zu gehen bildet den Charakter‹, und du wirst dir etwas Besseres ausdenken müssen als seltsames Gerede über das grundsätzliche Wesen der

Realität und dass du glaubst, von irgendeiner anderen Ebene der Existenz, an die du dich aber gar nicht erinnern kannst, hierhergesandt worden zu sein.«

»Also, *uns* hat man es *so* beigebracht«, sagte Bell gerade. Am Gesichtsausdruck der anderen und an Feinheiten in deren Körperhaltung konnte man ablesen, dass irgendeine Meinungsverschiedenheit aufgekommen war, während Brindle und Corvus oben auf dem Gipfel gewesen waren. Der flüchtige Blick, den Bell nun in Brindles Richtung warf, lieferte gewissermaßen den Beweis. In einem Streit, von dem er nichts wusste, hatte sie sich auf ihn berufen.

Es schien um eine alte Landkarte zu gehen, die ausgerollt und zum Trocknen flach ausgebreitet worden war. Sie trugen ihre Landkarten in einem Rohr, das sich mit Regenwasser vollgesogen hatte, und um sie herum waren mehrere Karten verstreut. Diese eine zeigte angeblich das ganze Land. Sie war auf die Haut eines großen Tiers gemalt, dann eingefärbt, bestickt und vergoldet worden, und sie hatte ziemlich viel zu erzählen. Als Bell noch jünger gewesen war, hatte sie stundenlang darauf gestarrt. Wie es schien, hatte jetzt einer der Bufrects etwas unbedacht eine Meinung von sich gegeben, und Bell bot ihre ganze Selbstbeherrschung auf, um höflich zu bleiben, während sie ihn berichtigte. Brindle, der etwas zu spät dazugekommen war, um der Situation die Spitze zu nehmen, konnte nichts anderes tun, als danebenzustehen und zu nicken, als Bell loslegte: »Gestaltet wurde das Land *lange* bevor El hineinkam, und zwar von *Egdod.* Er fing hier an, wo jetzt die Mitte ist, wo Els Palast jetzt auf seiner Säule steht – vielleicht seid ihr deswegen verwirrt –, und flog grob gesagt in östliche Richtung.«

»Ist er dabei dem großen Fluss gefolgt?«

»Eher hat er ihn unterwegs geschaffen, bis der Fluss so breit geworden war, dass es notwendig erschien, ihn in etwas münden zu lassen. Diese Stelle kennzeichnete er mit einem riesigen Felsblock am südlichen Ufer und flog von da aus nach Norden, wobei er das Meer zur Rechten hatte und zu seiner Linken die Küste formte. Ungefähr hier« – Bell zog einen Pfeil aus ihrem Köcher und zeigte damit auf eine weite regelmäßige Kurve, die die äußerste Nordostgrenze des Landes bildete – »kam Egdod zu dem Entschluss, das Land nicht noch riesiger zu machen, als es schon war, und schwenkte nach und nach herum, bis er in westliche Richtung flog. Was er über einen langen Zeitraum tat. Weshalb die insgesamt eher gerade verlaufende nördliche Küste des Landes, die sich über eine so große Entfernung erstreckt, Rückweg genannt wird.«

»Ach so, hm«, sagte Mardellian Bufrect. »Für mich war das immer nur ein Wort. Es kam mir nie in den Sinn, dass etwas Bestimmtes dahinterstecken könnte. *Rück-Weg.*« Er räusperte sich und errötete leicht. Dann fügte er in einem, wie er selbst offenbar glaubte, gebieterischeren Ton hinzu: »Bitte fahre fort.« Er wechselte einen Blick mit seinem Cousin Anvellyne. »Mit deiner *unterhaltsamen* Geschichte.« Mard und Lyne (wie sie allgemein genannt wurden) grinsten einander an, ein Detail, das Bell entging, da sie sich gerade der nordwestlichen Ecke der Landkarte zuwandte. Weaver, die auf einem Felsblock ganz in der Nähe saß und ihre feuchten Sachen durchging, bedachte die beiden jungen Männer mit ihrem verdrossensten Blick. Burr schien immer noch zu schlafen. Corvus hüpfte umher und zeigte wie üblich völliges Desinteresse an dem, worüber die Menschen sprachen.

Wenn man die Landkarte als die ausgebreitete Haut eines toten Tieres betrachtete, dessen Hinterteil genau nach Osten wies, dann war Bell jetzt an seinem rechten Vorderbein – dem nordwestlichen Quadranten – angelangt. »Da Egdod jegliche Mittel zur Einschätzung von Entfernungen fehlten«, fuhr sie fort, »schoss er erheblich über die Höhe des Palasts hinaus, weshalb westlich davon jetzt genauso viel vom Land liegt wie östlich. Die

Zweite Biegung, hier ungefähr, ist die Gegend, wo er beschloss, sich wieder nach Süden zu wenden.«

»Sie hat nicht die geringste Ähnlichkeit mit der Ersten Biegung«, bemerkte Lyne in einem Ton, der besagen sollte, dass er eigentlich gar nichts davon wissen wollte und ihr nur als privates Spielchen mit Mardellian ihren Willen ließ. »Sie ist nichts als ein Gewirr von Inseln mit Wasserstraßen dazwischen.«

»Dieses Gewirr von Inseln – seine Stücke und Splitterungen – ist dein *Zuhause*, und Calla ist das größte der Stücke!«, schalt ihn Bell. »Und als Egdod die Zweite Biegung formte, war sie nicht so. Sie und die Erste Biegung waren einmal so symmetrisch wie ein Paar Schultern!«

Das nutzte Mardellian als Vorwand, um Bells Schultern zu betrachten – so als brauchte er ein Modell aus Fleisch und Blut, um sie voll und ganz zu verstehen.

»Die gesamte Region westlich des Flusses – westlich von da, wo jetzt Zweitelstadt liegt, hier – ist abgebrochen.«

»Abgebrochen?«

»Nach und nach, große Dinge bewegen sich ja langsam«, sagte Bell und spürte eine gewisse Schwäche in ihrer eigenen Position. »Der große Kanal hier – die Erste Splitterung, die früher ein Fluss war – ist der breiteste, und sein anderes Ufer kann man nur an manchen Stellen sehen. Zufällig befanden sich auf dem ganzen Brocken, der da abbrach, die meisten wilden Seelen und Riesen.«

Lyne seufzte. »So viel Gerede von Riesen in all den alten Geschichten – und trotzdem habe ich noch keinen gesehen.«

»Man sieht sie ständig.«

»Einen wirst du morgen sehen«, krächzte Corvus, »wenn du nur den Mund hältst und dein Schicksal als zweibeiniges Ding – nämlich zu gehen – akzeptierst.«

Brindle brach das darauf folgende verlegene Schweigen. »Ein Spiel, das wir früher beim Betrachten dieser Landkarte spielten, bestand darin, uns all die kleinen Inseln zwischen den Splitterungen als Scherben eines zerbrochenen Krugs vorzustellen. Und uns in Gedanken auszumalen, wie sie wieder zusammengefügt werden könnten.«

Anvellyne und Mardellian sahen einander an. Sie fanden Brindles Idee, eine so ermüdende Tätigkeit als Spiel zu betrachten, nicht sonderlich reizvoll.

»Wenn ihr sie lange genug betrachtet, könnt ihr sehen, dass eine Ausbuchtung in der Küstenlinie eines Stücks zu dem Vorsprung in der Küste eines anderen passt, das ihm auf der anderen Seite der Splitterung gegenüberliegt«, beharrte Brindle.

»Splitterung« war die lokale Bezeichnung für einen Kanal, der zwischen Stücken hindurchführte – oder im Fall der Ersten Splitterung zwischen den Stücken und dem Festland.

In der Zwischenzeit war Bell hinter Brindle herum in den Südwesten gelangt – gewissermaßen das linke Vorderbein des toten Tieres. Dieser wurde passenderweise von einer Halbinsel eingenommen, die ein ganzes Stück ins Meer hinausreichte. »Ehe Egdod sich wieder landeinwärts wandte, fragte er sich, wie weit der Ozean sich erstrecken dürfte, und stieß über eine beträchtliche Entfernung nach Süden und Westen vor, bis er dessen überdrüssig wurde, weshalb wir diesen Arm des Landes das Fragen und den Vorsprung an seinem Ende Kap Überdruss nennen.«

»Ach!«, entfuhr es Lyne. »Das mit dem Überdruss hab ich nie verstanden.«

»Nachdem er sich aber davon überzeugt hatte, dass der Ozean völlig grenzenlos war, und weil er sich seiner Verantwortung zu Hause in Erste Stadt bewusst war, drehte Egdod um und flog wieder grob in östliche Richtung mit Kurs auf den großen Felsblock, mit dem er die Mündung des Großen Flusses gekennzeichnet hatte. Das war, wie ihr sehen könnt, eine lange Reise. Als er es leid wurde, in gerader Linie zu fliegen, begann er, sich hierhin und dorthin zu wenden, und seitdem nennen wir diese

Reihe von Meeresbuchten und Halbinseln, die die südliche Küste des Landes kompliziert – und so ganz anders als den Rückweg – machen…«

»…die Wendungen!«, rief Mard aus. »Noch eins dieser komischen alten Wörter…«

»Die größte davon erweiterte Egdod später zum Mittleren Meerbusen. Doch zu gegebener Zeit erblickte er den großen Felsblock, wo seine Umrundung begonnen hatte, und während er darauf zusteuerte, streute er hier an der südöstlichen Ecke noch viele pittoreske Landzungen und Klippen ein, denn er spürte, dass es die letzte Gelegenheit war, seine besten Ideen zu verwirklichen, ehe er ans Ende gelangte. Und deshalb hat das Land die Form, die es hat – und sie hat *nichts* mit El zu tun.«

»Ich habe aber gehört, dass er vieles falsch gemacht hat«, sagte Mard. Lyne warf ihm einen kurzen Blick zu. »Das sagen ja sogar Leute, die an die alten Lieder und Geschichten glauben.« Die Bemerkung galt Weaver, die angefangen hatte, an ihrer Harfe herumzuhantieren – einem Instrument, das man fast nicht stimmen konnte, selbst wenn es knochentrocken war. Weaver war älter als Bell und schien einen Großteil ihrer Jahre dem Auswendiglernen von Geschichten und Balladen gewidmet zu haben. Wenn ihre Harfe spielbereit war, was tatsächlich nicht allzu oft vorkam, sang sie sie mit solcher Überzeugung, dass sie alle Anwesenden glauben machte, es handele sich um die korrekte Wiedergabe der Fakten.

Als sie spürte, dass die anderen sie anblickten, zuckte Weaver die Achseln. Merkwürdigerweise wirkte sie immer etwas verunsichert, wenn sie sich im Zentrum der Aufmerksamkeit wiederfand. »Sämtliche Geschichten von Egdod und Pluto vortragen zu können wäre ein Zeichen großer Gelehrtheit. Ich kenne nur einen kleinen Teil davon und könnte trotzdem einen ganzen Abend darauf verwenden, Geschichten in dieser Art zu erzählen.«

»Und sie *wird* es tun, wenn wir uns dafür still hinsetzen«, sagte Lyne.

»Für Nörgler ist es nicht schwer, Tausende von Jahren später daherzukommen und zu sagen, Egdod hätte Pluto die Arbeit nicht so schwer machen dürfen«, sagte Bell. »Aber das ist *nichts* gegenüber der Behauptung, El habe das ganze Land gemacht. Das ist nämlich schlichtweg Unsinn.«

»Aber die Felsnadel, den Palast, den Bienenstock!«, sagte Lyne. Dabei warf er über die Schulter hinweg einen flüchtigen Blick grob ostwärts und verneigte sich leicht in der Hüfte. Obwohl sie zu weit vom Palast entfernt waren, um ihn sehen zu können, war das eine übliche Geste unter Personen, die sich tendenziell auf Els Seite stellten. Etwas verzögert tat das auch Mard. Die anderen – Brindle, Bell und Weaver – blickten ebenfalls nach Osten, ließen aber die Verbeugung weg. Burr zuckte im Schlaf. Corvus schlug gereizt mit den Flügeln.

»Das sind tatsächlich Orte, an denen El die Dinge dramatisch verändert hat«, räumte Brindle ein. »Aber selbst Els glühendste Priester akzeptieren die Vorstellung, dass Egdod mit all dem den Anfang machte. Das spielt ihnen ja sogar in die Hände, denn immer wenn ihnen etwas am Land auffällt, das plump oder ungeschickt gemacht ist, können sie Egdod dafür verantwortlich erklären.«

»Ich weiß«, gab Lyne zu. »Es ist eben nur so, dass es alles ein bisschen ausgedacht erscheint.«

»Was meinst du mit ausgedacht?«

»Dass Egdod umherfliegt und dieses hierhin und jenes dorthin setzt und Pluto dann hinter ihm aufräumt.«

»Denk dir *das* aus, Bürschchen!«, rief Corvus mit noch erstickterer, noch misstönenderer Stimme als sonst. Sie alle drehten sich zu dem Felsblock um, auf dem er hockte, und sahen – einen Mann. Einen nackten, in langes schwarzes Haar gehüllten Mann mit einem langen schwarzen Bart und schwarzen glänzenden Augen. Seine Haut war ockerfarben, und seine Nägel waren lang und gelb und klauenartig. Er saß in der Hocke. Sein Bart hing ihm zwischen den Beinen herab und verbarg die Stelle, wo man den Anblick eines Penis erwarten würde. Der Bergwind peitschte ihm die Haare ums Gesicht, nur seine Augen leuchteten durch den Schleier hindurch.

»Ach du Schreck«, sagte Brindle.

»Wo kommt *der* denn her?«, fragte Lyne, während er sich nach einer Waffe umsah. »Und wo ist der Vogel?«

Burr hievte sich mithilfe seines Speers zu seiner vollen, durchaus beachtlichen Größe hoch. Nicht lange, da hatte er den nackten Mann auf dem Felsen entdeckt. Er machte einen Schritt in dessen Richtung und senkte die Speerspitze, sodass sie auf den Eindringling gerichtet war.

»Ich glaube, er *ist* der Vogel, Lyne!«, sagte Mard.

Weaver hatte ihre Harfe zur Seite gestellt und stand auf. Sie war fasziniert. Mit einem Seitwärtsschritt trat sie Burr in den Weg, legte unmittelbar hinter der schimmernden blattförmigen Klinge eine Hand auf die Tülle seiner Speerspitze und schob sie sanft beiseite. »Davon zu singen und es tatsächlich zu sehen sind zwei Paar Schuhe«, sagte sie.

Während alledem stand Bell still da und blickte dem Mann in die Augen. »Du bist es«, schloss sie, »es ist immer noch Corvus.«

»Nun, da ich mir eurer Aufmerksamkeit sicher bin«, kündigte Corvus an. Doch dann würgte, hustete und spuckte er, als machte ihm der Gebrauch des neuen Stimmapparats Mühe. Als er sich erholt hatte, fuhr er in etwas tieferem und irgendwie menschlicherem Ton fort: »Während der Quest wird es kein schwachsinniges Geschwätz über solche Themen mehr geben.« Er hustete noch einmal ein wenig Schleim hoch und spuckte in die grobe Richtung der Landkarte. »Jetzt rollt dieses Ding auf und holt es nicht mehr heraus. Was verschwendet ihr eure Zeit damit, die Landkarte anzuschauen, während die Welt selbst um euch herum ausgebreitet ist?«

Und damit wickelten sich seine glänzenden schwarzen Kopf-

und Barthaare um seinen Körper und liefen zusammen und bedeckten sein ganzes Gesicht bis auf Augen und Nase, während sich Nase und Kiefer zu einem Schnabel streckten und verfestigten. Seine Füße schrumpften, und seine Zehen verlängerten sich zu Krallen. Begleitet wurde das von viel Zucken und Krampfen und Lautäußerungen, was alle außer Weaver dazu veranlasste, den Blick abzuwenden; Mardellian hielt sich sogar die Ohren zu, und Bell musste rasch ausweichen, als die Kreatur mitten in der Umwandlung ihre Eingeweide leerte. Dann war sie wieder nur Corvus. Er vollführte versuchsweise zwei Hüpfer und schwang sich in die Luft.

Die anderen sechs Mitglieder der Gruppe blickten einander an, nur um sich gegenseitig zu bestätigen, dass das gerade wirklich passiert war. Bell umklammerte immer noch den Pfeil, den sie als Zeigestock benutzt hatte. Sie steckte ihn wieder in den Köcher, dann ging sie am östlichen Rand der Landkarte auf ein Knie. Bevor sie sie wieder zusammenrollte, warf sie einen letzten langen Blick darauf, so wie man einen alten Freund ansieht, ehe man sich ohne ihn auf eine lange Reise macht.

Burr hatte erst gar nicht ausgepackt; er war bereit zum Aufbruch. Seinen breiten Rücken dem Weg zugekehrt, den sie gekommen waren, blickte er den Pass hinunter. Die Faltungen der Täler unter ihnen zogen ihn in ihren Bann. Nach einer Weile jedoch wählte er eine plausibel erscheinende Richtung und zeigte sie den anderen mit seinem Speer. Dann blickte er Corvus an und hob die Augenbrauen.

»Mist, noch immer kein Ende!«, entfuhr es Bell, als sie im Tal um eine weitere Biegung kamen. Sie hatte nämlich gehofft, es würde *diesmal* anders sein und sie würden offenes Gelände sehen, grüne Weiden, eine Riesin, die sich um ihre Tiere kümmerte. »Ob es Pluto so ergeht oder ergangen ist?«

Brindle, ihr Vordermann, drehte mit gerunzelter Stirn den

Kopf zur Seite. Dann schien er zu verstehen – vielleicht wollte er sie aber auch nur bei Laune halten –, lächelte und wandte sich dem nächsten Gesteinsbrocken, dem nächsten Schritt zu.

»Ist es denn so«, fuhr Bell fort, »dass Egdod gesagt hat: ›Hier will ich ein Tal haben, mit Bergen zu beiden Seiten und auf seinem Grund einen Fluss, der sich ins Meer ergießt‹, und dann in dem zufriedenen Gefühl, eine Aufgabe gut erledigt zu haben, weiterflog? Und dass später Pluto vorbeikam und jeden einzelnen Stein formte und sich überlegte, wohin er ihn setzen sollte?« Sie simulierte ein Gähnen. »›Ach, die vorherigen zweitausend Steine wurden alle ziemlich standfest aufgestellt, ich glaube, diesen hier werde ich gerade so im Gleichgewicht halten, damit er einen unaufmerksamen Wanderer, der in ein paar Zeitaltern zufällig vorbeikommen könnte, zu Fall bringt.‹«

Sie blickte zu Burr zurück, um sicherzugehen, dass er den betreffenden Stein bemerkt hatte. Wie üblich galt seine Aufmerksamkeit mehr den Höhen rundherum als dem Boden vor den zottigen Mukluks, die ihm als Stiefel dienten. Er hatte aber noch ein drittes Bein in Form seines Speers und fiel nicht häufiger hin als alle anderen. Mitunter blieb er stehen und hielt sie alle an zu schweigen, und in der Stille hörten sie den Widerhall eines Tierschreis von den Steilhängen, die das Tal umgaben, oder sahen von einem höhergelegenen Punkt eine Kaskade aus kleinen Steinen hinunterrieseln.

Anvellyne war zu dem Zeitpunkt vor ihr. Er und Mardellian neigten nämlich dazu, sich zu langweilen und dann zu trödeln und zurückzufallen, worauf Burr einen wilden Blick bekam und Brindle sie, falls es ihm auffiel, anbrüllte; dann kamen sie hektisch angerannt und liefen voraus, bis Burr und Brindle ihnen Einhalt geboten. Lyne drehte sich halb herum und sagte: »Weavers Geschichten zufolge hat Pluto das alles jedenfalls nicht gemacht!«

Weaver bekam das geduckte, verstohlene Aussehen, das sich

immer einstellte, wenn jemand versuchte, sie in ein Gespräch zu verwickeln, hastete voraus und überließ es Bell zu antworten: »Natürlich hat er!«

»Ich will damit sagen«, erwiderte Lyne, »dass in diesen Geschichten das alles erst, nachdem Pluto und die Übrigen in den Himmel geschleudert und beseitigt worden waren, abbrach und neu gestaltet wurde. Falls du also die Art, wie diese Steine hingelegt wurden, nicht magst, solltest du dich vielleicht bei Edda beschweren. Wenn und falls wir sie überhaupt sehen.«

»Keine Seele hat sich die Mühe gemacht, diese Steine einen nach dem anderen zu formen, so wie die Hand eines Bäckers einen Brotlaib formt«, befand Corvus, der auf einer kühlen, aus dem Tal aufsteigenden Brise langsam über ihren Köpfen kreiste.

»Wie sind sie denn dann hierhingekommen«, fragte Bell, »mit genau diesen Formen?«

»Warum fällst du hin, wenn du einen falschen Schritt machst?«, antwortete Corvus. »Das Land ist so beschaffen, dass es Gesetze hat, denen alle Dinge gehorchen, ohne dass es Seelen braucht, die beobachten, denken, handeln und sonstige seelengemäße Dinge tun. Daher fällt alles. Das Fallen gibt es einfach. Und neben dem Fallen gibt es andere derartige Gesetze und Tendenzen. Hügelriesen sind sich vielleicht der langsam wirkenden Kräfte bewusst, die Klippen abspalten und Felsen formen, aber unseresgleichen nicht.«

»Also *wird* Edda vielleicht etwas darüber zu sagen haben!«, warf Mard ein. Das sollte ein Scherz sein, wie Bell an dem Blick erkannte, den er Lyne zuwarf. Doch falls Corvus es als Scherz verstand, fehlte ihm die Geduld dafür. »Wenn ich noch ein Mal sehe, wie einer von euch Fußlahmen den Hals reckt und den Horizont nach ihrer Kniescheibe absucht, bekommt er's mit mir zu tun!«, rief er aus. »Achtet auf die großen Steine. Es dauert nicht mehr sehr lange.«

Es dauerte *doch* noch sehr lange, und so nahm Bell nach einer

Weile das Thema wieder auf. Sie hatte ein verborgenes Motiv; diese Diskussionen ließen die Zeit schneller verstreichen und hielten Lyne und Mard näher beim Rest der Gruppe.

Außerdem war sie noch nicht überzeugt. »Ich habe den Palast nicht gesehen«, begann sie.

»Ich schon«, sagte Corvus.

»Ich habe aber viele Darstellungen davon gesehen und in den Liedern von Weaver Beschreibungen gehört, und falls da irgendetwas Wahres dran ist, sitzt er auf einer Felsnadel, die so hoch und schmal ist, dass er nicht denselben Gesetzen gehorchen kann, die deiner Meinung nach für *das hier* gelten.« Und nachdem sie kurz innegehalten hatte, um sich eines festen Stands zu vergewissern, blickte sie auf und zeigte mit ausgebreiteten Armen auf die Felswände ringsumher.

»Er ist sicherlich eine Ausnahme«, räumte Corvus ein.

»Er wurde in der Davor-Zeit so gestaltet«, versicherte ihnen Weaver, »als es noch viele solche Wunder gab, die heute niemals mehr entstehen könnten. Er war das letzte dieser Art, und manche sagen, dass Egdod, als er ihn schuf, seine Kräfte verausgabte und dadurch zu schwach wurde für die Überwindung des … *Usurpators.*« Das letzte Wort sagte sie leise und im Vertrauen zu Bell, denn es war ein verbotenes Wort, das man in bestimmter Gesellschaft nur unter Gefahr laut aussprach. Bell schenkte dem jedoch keine Beachtung. Als sie nämlich gerade den Blick vom nächsten und übernächsten Stein gehoben hatte, hatte sie um die nächste Talbiegung herum einen Flecken blauen Himmels über einem grünen Feld entdeckt.

»Ihr müsst verstehen«, bemerkte Corvus, als die Schritte der Gruppe beim Eintritt in Eddas Tal länger wurden, »dass ein Riese oder eine Riesin nicht unbedingt riesig – oder wenigstens groß sein muss. Das ist ein weitverbreiteter Irrglaube.«

Mard und Lyne drehten sich zu ihm um und glotzten ihn an.

Sie konnten einfach nicht glauben, was Corvus manchmal von sich gab.

»Leute kamen völlig durcheinander«, fuhr Corvus fort, »wegen Hügelriesen und anderer wilder Seelen – die tatsächlich ganz unglaublich groß sind. Eddas Gestalt ist der unseren ähnlich.«

Lyne war ausgesprochen verärgert – wie es schien, kurz davor, auf dem Absatz kehrtzumachen und den Heimweg anzutreten. »Warum nennt man sie dann eine Riesin?« Er funkelte Weaver an, als wäre es ihre Schuld. »Können wir uns nicht, um Els willen, eine andere Bezeichnung ausdenken?«

»Evas Erste Kinder sind unter vielen Namen bekannt, wenn du nur aufmerksam den alten Liedern lauschst«, sagte Weaver. »Engelesser, Adams Weh, Cairns Kummer …«

»Prima!«, blaffte Lyne. »Alles besser als ›Riesin‹.«

Burr hatte ein paar Hundert Schritt vor einem Häuschen haltgemacht, auf das sie alle, seit es in Sicht gekommen war, ohne weitere Diskussion zugesteuert waren. Bis vor Kurzem hatten sie ein von Wölfen bewohntes Gebiet durchquert, in dem sogar Kreaturen, die keine Wölfe waren, in aller Regel mit einem bemerkenswerten Aufgebot an Hörnern, Stoßzähnen und Krallen ausgerüstet daherkamen. In solchen Gegenden setzte Burr sich gerne an die Spitze der Gruppe. Und Brindle bildete gerne die Nachhut. Bemerkungen, die er unterwegs gemacht hatte, legten nahe, dass er Angst hatte, von hinten von nicht näher beschriebenen Kreaturen angegriffen zu werden, die – davon war jedenfalls auszugehen – in ihren Bewegungen ungewöhnlich leise und in ihrem Jagdverhalten geduldig waren. Bisher hatte es jedoch keine große Aufregung gegeben. Alles, was auf sie losgegangen war, war von vorn gekommen und hatte sich am falschen Ende von Burrs Speer wiedergefunden. Ein paarmal hatte Bell sicherheitshalber ihren Bogen hochgenommen und einen Pfeil eingelegt, aber nicht geschossen.

Zu keinem Zeitpunkt, auch nicht während der heikelsten Begegnungen, hatte Burr Zeichen von Anspannung gezeigt oder auch nur im Geringsten gezögert, sich weiter vorzukämpfen, und so war es seltsam, dass er ausgerechnet hier stehen blieb, in offenem Gelände, in dem weder irgendwelche wilden Tiere noch andere Hindernisse zu sehen waren. Einen Steinwurf entfernt zu ihrer Linken senkten zwei weidende Reittiere den Kopf zum Grasen und hoben ihn dann wieder, um beim Kauen die Gruppe neugierig zu beäugen.

»Keine hohen Mauern«, konstatierte Burr. »Keine Waffen. Nutztiere gut sichtbar im Freien, ohne Angst.«

»Ja, tatsächlich«, sagte Mard, »es macht einen sehr sicheren Eindruck.«

»*Warum?*«, fragte Brindle. Rhetorisch. »Das ist es, was sich Burr fragt.«

Diesen Aspekt hatte Mard nicht bedacht. Bell ebenso wenig.

»Na ja«, meinte Mard, »wir haben noch nicht gesehen, was in dem Häuschen drin ist.«

»Nach dem Duft zu urteilen wird Brot gebacken«, sagte Bell.

»Sie könnte voller bewaffneter Autochthoner sein.«

»Ist sie nicht«, sagte Brindle und deutete mit dem Kinn auf Burr. Der Krieger hatte dem Häuschen nach einem kurzen Blick darauf den Rücken zugedreht und betrachtete jetzt aufmerksam die geschwungene Reihe dunkler Hügel, die das Tal umgaben, und die beiden schneebedeckten Gipfel am Talschluss, zwischen denen sie tags zuvor hindurchgegangen waren.

»Ihr seht…«, fing Brindle an.

Doch Lyne, dem für eine Lektion die Geduld fehlte, schnitt ihm das Wort ab. »Wir sind durch ihre Verteidigungsanlagen gegangen, seit wir den Pass heruntergekommen sind und oben auf der Kammlinie diesen Wolf entdeckt haben, der uns anstarrte.«

»Wir sind… umzingelt?«, fragte Mardellian.

Burr griff an seinem Speer um, sodass dieser von der Waffe eher zum Wanderstock wurde. Die Gruppe verteilte sich so, dass sie zu siebt nebeneinander das Weideland überqueren konnten: am linken Rand die jungen Männer Anvellyne und Mardellian, Leihgaben des Bufrect-Clans; dann Weaver, die irgendwie mit dem Haus Calladon verbunden zu sein schien; dessen Patriarch Brindle in der Mitte. Rechts von ihm kam Bell. Noch ein ganzes Stück weiter rechts ging Burr, der es vorzog, seinen Speerarm von Behinderungen aus Fleisch und Blut fernzuhalten. In der großen Lücke zwischen ihm und Bell hüpfte Corvus dahin, und wenn er zurückfiel oder eine der Steinmauern, die die Weideflächen unterteilten, überwinden musste, flog er gelegentlich auch ein kurzes Stück.

Ungeachtet dessen, was Corvus gesagt hatte, erwartete Bell nach wie vor etwas in gigantischem Stil. Doch als sie sich dem Häuschen näherten, ließ sich nicht mehr leugnen, dass es keineswegs ungewöhnlich groß war. Beengt war es sicherlich auch nicht, ja irgendwie wirkte es weitläufig, da immer wieder Teile hinzugefügt worden waren. Man konnte die Fundamente von Seitenflügeln ausmachen, die nicht mehr existierten. Sie ragten aus dem Boden wie Zahnreihen aus dem Zahnfleisch. Das mussten Überreste von alten Anbauten sein, die Edda errichtet, eine Zeit lang bewohnt und dann wieder zerstört – oder einfach dem allmählichen Verfall überlassen hatte.

Klein war sie zumindest nicht. Sie öffnete die Tür, um sie zu begrüßen, und entpuppte sich als so groß wie Burr. Ihr weißes, volles und langes Haar fiel ihr in einem geflochtenen Zopf über den Rücken. Sie trug eine von Mehl bestäubte Schürze, die sie bei dieser Gelegenheit kurz ausschüttelte. Der Wind erfasste das lose Mehl und trug es sanft davon. Im Dahinwehen fing es das Licht ein und betörte Bells Blick, denn die Form, die es annahm, und die Art seiner Bewegung erinnerten an die von Wolken, die an einem Sommertag am Himmel dahinzogen. Dieser Eindruck war so stark, dass er ihr Bewusstsein für einige Augenblicke vollständig in Beschlag nahm und sie an nichts anderes denken konnte als an verschiedene Momente in ihrem vergangenen Leben, in denen sie aus dem Fenster hinaus oder auf dem Rücken im Gras liegend in die Wolken geblickt hatte.

Ganz im Hier und Jetzt war sie erst wieder, als sie sich eine Weile später zusammen mit den anderen mitten im Vorhof des Häuschens wiederfand und in Eddas Gesicht aufblickte. Genau genommen blickte sie gar nicht auf, denn so groß war Edda nicht; dennoch fühlte es sich nach Aufblicken an. Corvus, der über der Tür auf dem Dach hockte, übernahm das Vorstellen, indem er mit seinem langen Schnabel der Reihe nach auf die anderen zeigte und ihre Namen hinauskrächzte. Edda bedachte sie alle einzeln mit einem Blick und – nicht direkt einem Lächeln, aber einer Offenheit im Gesicht, die einem fast genauso die Befangenheit nahm, wie ein reines, unverstelltes Lächeln es vermocht hätte. »Bellis perennis«, sagte sie, als hätte sie von Bell *gehört*.

»Guten Tag«, sagte Bell zu ihr aufblickend – aber wie zuvor eigentlich doch nicht auf. Dann verlor sie sich in den Streifen in der Iris von Eddas linkem Auge. Diese waren ungeheuer komplex und in allen Farben gehalten, und sie zeigten das gleiche ausgewogene Verhältnis zwischen Ordnung und Wildheit wie offenliegende Baumwurzeln, Rauchfäden im Wind, wild lodernde Feuerzungen oder Wasserstrudel dort, wo ein Fluss in den anderen mündete. Bell fragte sich, ob die Streifen in ihren eigenen Iriden auch nur annähernd so verwickelt waren. Sie mutmaßte, dass dem nicht so war, und überlegte dann, wie so etwas überhaupt zustande kam – wurde man damit geboren oder nahmen sie mit der Zeit an Komplexität zu? Oder verhielt es sich anders, wenn man eine Riesin war? Hatte Edda bewusst an den ihren gearbeitet, oder hatten sie sich einfach von selbst geformt?

»Weaver!«, sagte Edda. Irgendwie waren sie alle in das Häuschen eingetreten und hatten um einen Tisch herum Platz gefunden. Darauf lag ein Laib warmes Brot. Sie hatten sich Stücke davon abgerissen und tüchtig gegessen, und trotzdem war noch viel Brot übrig. Bell hatte sich in der Betrachtung der Struktur eines Brotstücks verloren, ein bisschen so, wie sie früher stundenlang die Karte des Landes angestarrt hatte. Dieses Brot hatte viel zu bieten, und wenn man Stücke davon abbiss, legte man nur noch mehr frei. Aus den kleinen runden Hohlräumen entwich Dampf und verband sich zu wallenden, wie Blumen, Menschen und Monster geformten Wölkchen – bis Bell sie bemerkte, worauf sie sich auflösten und zu unsichtbaren Duftschwaden wurden.

Weaver war in Bewunderung für die Tischplatte versunken, eine gewaltige Platte aus poliertem Stein, eine Handbreit dick und an den Enden auf Felsbrocken lagernd, die in der Erde verankert waren – die Bodenbretter, die ein solches Gewicht nicht hätten tragen können, waren um sie herum sorgfältig ausgesägt worden. Der Stein hatte komplizierte Muster, und man konnte ein Stück weit hineinsehen, als wäre er zum Teil aus Kristall. Als Weaver ihren Namen hörte, riss sie den Blick davon los, nur um von Eddas Zopf abgelenkt zu werden, den die Riesin nach vorn geworfen hatte, sodass er ihr über die Brust herunterhing. Aber er war längst nicht nur ein bloßer Zopf mit drei Strängen.

»Ja, Mylady?«

»Das Vergnügen deiner Gesellschaft hatte ich zuletzt vor zweihundertsiebenunddreißig Jahren, als du genau da gesessen hast, wo du jetzt sitzt, und ich dich die Ballade von Valeskara und Blair lehrte.« Bell erinnerte sich vage daran: zwei Liebende, die sich als Nebeneffekt eines Krieges zwischen einem Hügelriesen und einer Truppe von Engeln auf gegenüberliegenden Seiten einer frisch entstandenen Splitterung wiedergefunden hatten. Bevor sie einen Weg hinüber finden konnten, war Blair in einen Kampf mit einigen Bötteln verwickelt worden, die ihn in Ketten gelegt und zu einer Art Schloss fortgebracht hatten, wo Autochthone ihn in ein Verlies warfen. Valeskara ging in Erwartung seiner Rückkehr immer noch oben auf der Klippe entlang. Das also war zumindest vertraut. Aber dass Weaver mindestens zweieinhalb Jahrhunderte alt war, war ihr neu – und Brindle offenbar auch.

Ganz offensichtlich war es sogar für Weaver neu. »Das mag ja durchaus sein, Mylady, aber …«

»Aber du erinnerst dich nicht daran, denn seitdem musst du mindestens ein Mal gestorben sein.«

»Das sollte man meinen!«, sagte Weaver.

Lyne hob das Gesicht gerade lang genug aus seinem Brotstück, um Mard quer über den Tisch einen Blick zuzuwerfen, der sagte: *Kein Wunder, dass sie so verdammt viele Lieder kennt.*

»Bevor ihr fortgeht, werde ich dir noch mehr beibringen«, versprach Edda.

»Das wäre eine große Ehre …«

»Das wird nicht passieren«, verkündete Corvus von seinem Platz auf dem Sims eines Fensters, das Edda, vielleicht unbewusst, weit offen gelassen hatte. »Es gibt kein ›Fortgehen‹. Du kommst mit uns.«

Zum ersten Mal lächelte Edda. Sie wandte ihre Aufmerksamkeit Brindle und Bell zu, die nebeneinandersaßen.

»Ihr beide seid wie Vater und Tochter«, bemerkte sie, »aber dem ist nicht so, oder?«

Brindle schüttelte den Kopf. »Ihre Mutter und ihr Vater sind höchstwahrscheinlich verstorben. Das ist schon eine Weile her – sie hat sich entschlossen, noch viele Jahre ein Mädchen zu bleiben, und ich habe keinen Sinn darin gesehen, sie zu drängen.«

»Weise«, sagte Edda. »Teig, der länger gehen darf, ergibt einen feineren Laib Brot.« Und an Bell gewandt: »Du bist eine schöne junge Frau, was bedeutet, dass dein Entschluss richtig war.« Bell errötete und verfiel in eine Träumerei, in der sie zwar Eddas Stimme hörte, ihre Worte jedoch nicht aufnahm. Eddas Stimme war ebenso komplex wie der Zopf, und ihre Stränge waren Flöten, Vogelgesang und das Plätschern von Wellen an einem Seeufer in der Stille der Nacht.

Brindle drückte Bell unter dem Tisch den Arm, worauf sie ihn anblickte. Kaum merklich deutete er mit dem Kopf auf ihre Gastgeberin, deren letzter Satz ihr ganz plötzlich zu Bewusstsein kam. Die Riesin hatte gesagt: »Die Schwielen an deinen Fingern verraten mir, dass du das Bogenschießen magst; ich könnte dir das wenige beibringen, das ich über die Feuersteinbearbeitung weiß.«

»Das ist ausgesprochen großzügig«, sagte Bell. »Die Spitzen meiner Pfeile sind alle geschmiedet.«

»Viel praktischer«, sagte Edda, »aber Steine haben auch ihre Verwendungsmöglichkeiten.«

»Das zu erlernen wird *Wochen* dauern«, protestierte Corvus. »Denkt in *Stunden.*«

Edda schien den riesigen sprechenden Raben nicht zu hören. Sie wandte ihre Aufmerksamkeit reihum den anderen zu. Burr hatte sie als Krieger in Erinnerung, der einst in einem Zweikampf mit einem Engel glorreich verschieden war. Diese Offenbarung veranlasste Lyne und Mard dazu, den Speerträger in neuem Licht zu sehen.

Diese beiden Bufrect-Jungen wurden als Nächste ins Visier genommen. Ihr Clan lebte rund um das schroffe Felsmassiv in der Mitte einer Halbinsel, die aus dem südlichen Ende von Calla hinausragte. Sie reichte in eine breite kurze Splitterung mit direkter Verbindung zum Meer. Die beiden gehörten also einem Seefahrervolk an. Der Quest hatten sie sich aus Spaß angeschlossen, aber nicht ohne ein, zwei prompte Tritte in den Hintern vonseiten ihrer Matriarchin Paralonda. Seither hatten sie in feuchteren, kälteren, langweiligeren Momenten keinen Hehl daraus gemacht, dass sie das bereuten. Doch nach Eddas Gespräch mit ihnen war klar, dass sie es sich nicht noch einmal anders überlegen würden.

»Bei dir hört sich das Questen großartig an«, bemerkte Corvus. »Vielleicht würde es dir guttun, alle paar Jahrhunderte mal den Fuß aus diesem Tal hinaus zu setzen!«

Brindle war der einzige unter den Gästen, mit dem Edda sich noch nicht unterhalten hatte, und so erschien es naheliegend, dass er der Nächste wäre. Doch stattdessen blickten er und Edda sich nur an und gelangten so zu einem wortlosen Einvernehmen.

Das Essen hatte sie alle schläfrig gemacht, und so verteilten sie sich auf Eddas Einladung hin auf verschiedene Räume des Häuschens. So klein es war, so außergewöhnlich viele Nischen und verborgene Winkel wies es auf, sodass die Gäste hinter jeder Ecke eine Überraschung erwartete. Bell hatte schon bald den perfekten Ort für sich entdeckt, sich dort zusammengerollt und rasch in den Schlaf gefunden. Mitten in der Nacht stand sie einmal auf, um nach draußen zu gehen und ihre Blase zu leeren, und bekam dabei zufällig mit, dass Edda und Brindle sich leise unterhielten, konnte aber nur ein einziges Wort ausmachen, nämlich »Spring«. Danach schlief sie tief und fest.

Sie hatte einen Traum, in dem strahlendes Licht vom Palast herabschien und sie sich dessen gleißender Helligkeit nicht entziehen konnte, da es sogar ihre geschlossenen Augenlider durchdrang. Sie befand sich, bäuchlings ausgestreckt, weit unterhalb davon auf dem Boden, konnte aber durch die Erde ein tiefes Mahlen mehr fühlen als hören, so als würde das Fundament des Landes selbst unsichtbar neu geformt. Das war nicht die Arbeit von Bötteln, die sich unter Peitschenhieben mit Hacke und Spaten abrackerten, sondern etwas, das auf die Davor-Zeit und die Taten Thingors zurückging. Als sie aufstand und dem Licht den Rücken zukehrte, blickte sie zu einem Bergmassiv hinauf, das am Fuß schwarz, darüber weiß von Schnee, am Gipfel jedoch unter Gewitterwolken verborgen war, die so hoch in den Himmel reichten wie Els Felsnadel und ganz oben in das Licht blauer Blitze getaucht waren. Bell schlug die Augen auf und streckte, um sich abzustützen, energisch eine Hand von sich. Im Traum hatte sie auf einer grasbewachsenen Ebene gestanden, in Wahrheit lag sie jedoch auf der Seite, mit dem Rücken zum Morgenlicht, das durch die Wolken brach und zu einem Fenster hereinfiel. Das zumindest war real gewesen. Die Felsnadel und der Sturm waren Traumgespinste gewesen, aber dieses tiefe mahlende Geräusch war ganz sicher da, durchdrang das Haus und stieg ihr durch den Fußboden in die Knochen.

Sie stand auf. Das Geräusch hatte etwas Richtungsloses, sodass sein Ursprung nicht leicht auszumachen war. Doch schon bald zog es sie in die Küche. Am anderen Ende, neben der Tür zu einer Speisekammer, die größer aussah als der Rest des Hauses zusammen, lag ein Stein auf einem anderen Stein. Beide waren flach und rund, wie dicke Münzen oder Wurstscheiben. Ihr Durchmesser entsprach in etwa der Armlänge eines Menschen. Der obere hatte ein Loch in der Mitte, das mit goldenen Körnern gefüllt war. Edda stand daneben, eine Hand auf dem oberen Stein, den sie unaufhörlich drehte. Aus einem Loch im unteren Stein rieselte Mehl in eine Schüssel auf dem Boden. Das war, mit anderen Worten, eine Mühle wie jede andere, außer dass sie weder Wasserrad noch Tiergespann hatte, die normalerweise gebraucht wurden, um etwas so Schweres zu bewegen. Edda tat das so mühelos, als handelte es sich um ein Spinnrad.

»Kann ich … mich irgendwie nützlich machen?«, fragte Bell.

»Es wird Zeit, die Schüssel zu leeren«, erklärte Edda und deutete mit dem Kopf auf einen großen Tisch in der Mitte der Küche, auf dem sich bereits ein beachtlicher Mehlhaufen gebildet hatte. Bell trat ein, nahm die Schüssel, trug sie zum Tisch und leerte sie über dem Haufen aus. Dann hielt sie für kurze Zeit inne, denn in seiner Form hatte der Haufen verblüffende Ähnlichkeit mit dem Bergmassiv in ihrem Traum, und die Wolke aus losem, in der Luft hängendem Mehl, die immer noch über ihm wirbelte, war wie die Gewitterwolke, die den Gipfel verhüllte.

Da sie aber wusste, dass das Mehl aus der Mühle jetzt auf den Boden rieselte, lief sie schnell zurück und stellte die Schüssel wieder darunter. Während sie dort zu Eddas Füßen kniete, schaufelte sie mit den Händen loses Mehl in die Schüssel. Der Geruch von Mehl war natürlich überall, aber ebenso der Geruch von Edda, der schwach, aber bodenlos war.

»Gibt das noch mehr Brot?«, fragte Bell. Wie es schien, hatte Edda doch tags zuvor mehr als genug davon gebacken.

»Zwieback«, berichtigte Edda sie. »Unser Proviant für unterwegs.«

49

Ein zweitägiger leichter Fußmarsch brachte die Gruppe zu der Stelle, wo der Fluss in eine breite Biegung der Splitterung mündete, die die nordöstliche Küste von Calla bildete. Von hier aus konnte man über mehrere Meilen offenes Wasser hinweg einen allein stehenden, durch Vorhügelketten geschützten Berg sehen. Auch wenn es aus dieser Perspektive nicht erkennbar war, wusste Bell doch von ihrem Kartenstudium, dass er ein separates, eigenständiges Stück war, das durch eine weitere Splitterung auf seiner Rückseite von dem viel größeren Stück östlich von ihm getrennt war. Einstmals hatten alle drei Landmassen zusammen ein riesiges Stück gebildet, aber der allein stehende Berg hatte die wildesten und widerspenstigsten Seelen, die noch im Land wohnten, angezogen, worauf der Ort so unüberschaubar geworden war, dass er wie ein Nagel, der in einen morschen Holzklotz getrieben wurde, die große Insel entzweigebrochen und sich selbst inmitten einer neu gebildeten Splitterung wiedergefunden hatte. Das ihn umgebende Wasser und die Luft über ihm waren notorisch unbeständig und gefährlich. Deshalb galt der Versuch, diesen Hafen, so schön und friedlich er auch erscheinen mochte, auf dem Seeweg zu erreichen, als zu gefährlich. Das erklärte zu einem guten Teil, warum Edda sich in ihrem Tal einer solchen Abgeschiedenheit hatte erfreuen können, denn an einem Ende konnte man es nur betreten, indem man den Pass überquerte, und das andere war durch die wilden Seelen auf dem gegenüberliegenden Stück für Seeleute praktisch tabu. Doch es gab ein Dorf an der Mündung des Flusses, wo ein paar furchtlose Seelen vom Fischfang entlang des näheren Ufers lebten. Dieses war gekerbt von kleinen Buchten, in denen sie Zuflucht fanden, wenn Luft und Wasser wüteten. Eine dieser Seelen, ein Mann namens Robst, erklärte sich bereit, die Gruppe als Passagiere in seinem Schiff *Firkin* mitzunehmen, falls sie sich in die Riemen legen und notfalls auch andere Aufgaben erledigen würden.

Die Einigung auf diesen Plan erfolgte innerhalb kürzester Zeit, aber Bell war überrascht, wie lange es dann doch dauerte, an Bord zu gehen und abzulegen. Den Umgang mit Schiffen und allem, was dazugehörte, war sie nicht gewöhnt; mit Erstaunen stellte sie fest, wie viele Leinen und Knoten da beteiligt waren. Robst hatte viel zum Thema Ballast zu sagen.

»Wir waren zu leicht unterwegs«, erklärte ihr Mard.

»Das höre ich zum ersten Mal«, erwiderte Bell. »Mein Bündel kam mir schwer vor!«

Mard nickte. »Ja, wir haben alle so viel getragen, wie wir konnten. Aber wie du dich erinnern wirst, hat Brindle von Anfang an gesagt, dass wir keine Reittiere mitnehmen sollten …«

»Weil wir sie würden zurücklassen müssen, wenn wir ans Wasser kämen und an Bord eines Schiffes gingen«, besann sich Bell. »Mit Eddas Tieren ist es natürlich etwas anderes.«

Mit dem Kopf deutete sie auf zwei Reittiere, die in der Nähe des Hafenbeckens am Ufer standen und äußerst misstrauisch die Kämme der herannahenden Wellen beäugten. Edda hatte sie mit Gepäck für die Reise hier herunter beladen, damit der Rest der Gruppe ohne die schweren Bündel ausschreiten konnte. Inzwischen waren die Tiere von ihrer Last befreit, und Edda hatte ihnen zu verstehen gegeben, dass sie jetzt gehen dürften. Die Wellen waren ihnen anscheinend überhaupt nicht geheuer, sodass sie immer weiter vom Ufer zurückwichen. Aber sie mochten Edda auch ziemlich und trennten sich nur widerstrebend von ihr.

Bei aller Plackerei, die es gekostet hatte, ihr Gepäck an diesen Ort zu schleppen, sahen die Taschen jetzt, wo sie auf einem Haufen am Ufer lagen, nicht nach sehr viel aus. »Die *Firkin* ist dazu gemacht, eine Menge schweres Zeug zu transportieren«, sagte Mard. »Jetzt ist ihr Laderaum leer, und sie liegt sehr hoch im Wasser.«

»Ach ja?«, fragte Bell. Für sie sah sie einfach wie ein Schiff aus.

»Und hüpft wie ein Korken«, versicherte Mard. Als Küstenbewohner kannten sich die Bufrects in solchen Dingen im Allgemeinen besser aus als die Calladons. Lyne war sogar schon an Bord des Schiffes gegangen und kletterte darauf herum, um sich mit allem vertraut zu machen. »Zu gefährlich zum Segeln. Im Vergleich zu dem, was dieses Schiff tragen könnte, wiegt unser Gepäck nichts, sodass Robst mehr Zeug wird hineinstopfen müssen, damit es tiefer im Wasser liegt.«

»Was für Zeug?«

»Steine«, sagte Mard achselzuckend.

»Nicht schon wieder Steine!«

Edda zog ihre bescheidene Tasche von dem Haufen und warf sie sich über die Schulter. Nacheinander ging sie zu jedem der Reittiere, um sanft mit ihm zu sprechen und es zum Abschied zu küssen, dann machte sie kehrt und trat auf den Landungssteg, der auf einer Reihe von Felsblöcken und eingeschlagenen Baumstämmen in den Hafen hinausragte. Die *Firkin* war an seinem Ende vertäut. Als Edda an Bord ging, sank das Schiff tiefer ins Wasser, so als wären gerade tonnenweise Steine in seinen Frachtraum geladen worden. Die Reittiere drehten sich fluchtartig um und galoppierten am Flussufer entlang wieder hinauf in Richtung von Eddas Häuschen.

Robst – der sich mit Brindle ausführlich über das Thema Steine unterhalten hatte – stand lange Zeit schweigend da, den Blick auf sein Schiff gerichtet, als erwartete er, dass es wieder hochkam. Das tat es jedoch nicht, und so machte er sich nach einer Weile achselzuckend auf den Weg den Steg entlang, um an Bord zu gehen und seine Vorbereitungen fortzusetzen. Er traf eine Vereinbarung mit zwei jüngeren Verwandten und einer ortsansässigen Frau; diese drei würden ihm als Rumpfmannschaft dienen, damit er, wenn er seine Passagiere abgesetzt hatte, mit der *Firkin* nach Hause segeln konnte. Kurze Zeit später waren sie unterwegs.

Unter Zuhilfenahme von Segeln, wo möglich, und Riemen, wo nötig, fuhren sie still und leise die Splitterung nordwärts und hielten sich dabei dicht am nahe gelegenen Ufer, bis der Berg der wilden Seelen ein gutes Stück hinter ihnen lag. Dann wagten sie sich hinaus in die Mitte des Kanals, der so weit im Norden viele Meilen breit war. Aus dem Ewigen Nebelschleier, der Calla umgab, kamen sie hinaus ins volle Sonnenlicht. Sie erwischten einen steifen Westwind, der aus einer anderen Splitterung entlang der nördlichen Küste von Calla herunterblies. Dieser brachte sie in scharfem Tempo ostwärts. Bells Heimatinsel verschwand achtern. Irgendwann merkte Bell, dass sie Calla – oder, genau genommen, den Ewigen Schleier – nicht mehr sehen konnte, und fragte sich, wann oder ob sie ihn je wiedersehen würde. Sie navigierten jetzt allgemein ostwärts zwischen Stücken, die insgesamt dunkler, kälter und weniger freundlich wirkten. Das lag daran, dass sie überwiegend mit Bäumen – den grünlich schwarzen der weit im Norden liegenden hohen Berge – und nur wenigen Flecken Acker- oder Weideland bedeckt waren.

Eine viertägige Reise führte sie rund um das südliche Kap eines anderen Stücks. Kaum dass sie es passiert hatten, bogen sie nordwärts in die Erste Splitterung, die in dieser Gegend so breit war, dass sie mehr von einem Binnensee als von einem Kanal hatte. Die gegenüberliegende Küste war nicht immer sichtbar, aber darüber konnten sie Hügel aufragen sehen. Und so bekam Bell zum ersten Mal das eigentliche Land zu Gesicht. Vom Deck dieses Schiffes aus unterschied es sich nicht von einem anderen Stück in der Ferne. Doch Bell konnte nicht anders, als es zu betrachten und daran zu denken, dass man, hatte man es erst einmal betreten, all die Orte auf der großen Karte erreichen konnte: nicht nur das am nächsten gelegene Seenland, sondern auch den Knoten, die Feste, den Bienenstock, den Palast und die wimmelnden Gebiete rund um den großen Fluss auf seinem Weg zum fernöstlichen Meer.

Schon bald zeigte sich links von ihnen ihr Ziel: West-Abspalt. Dieser Hafen hatte eine Schwesterstadt, die, wie nicht anders zu erwarten, Ost-Abspalt hieß und gleich gegenüber am Ufer des Festlands lag. In alter Zeit hatten sie zusammen als eine einzige Stadt den Fluss überspannt, der einen Teil des Seenlands entwässerte. Ebenso wie Elstadt und Toravithranax weiter im Süden war sie entstanden, nachdem Egdod den ersten Bienenstock zerstört hatte und die Seelen, die darin gewohnt hatten, sich in alle Ecken des Landes zerstreut hatten.

Calla, die Heimatinsel der Gruppe, war von Seelen besiedelt worden, die ihre Reise bei Camp, gegenüber von Alt-Elstadt, begonnen und auf den Spuren von wandernden Riesen nach Norden und Westen fortgesetzt hatten. Deshalb war die Sprache der Calladons und Bufrects ein Dialekt dessen, was rund um Zweitelstadt nach wie vor gesprochen wurde. Völlig andere Leute hatten dagegen die Stadt gegründet, die später Abspalt wurde. Ihre zwei Hälften, Ost und West, waren nun schon so lange durch die allmählich breiter werdende Splitterung getrennt, dass in jeder von ihnen ein anderer Dialekt gesprochen wurde. In Toravithranax, am entgegengesetzten, eine mehrtägige Reise gen Süden entfernten Ende der Ersten Splitterung, benutzten die Leute wiederum eine völlig andere Sprache. Von all diesen Orten sprach man in Zweitelstadt – das Els Palast am nächsten lag und von der Elkirk, der hoch über der Stadt aufragenden weitläufigen und prachtvollen Anlage mit Tempel, Basilika, Schule und Kloster, eine direkte Sicht auf ihn bot – eine Sprache, die, so glaubte man, der von

Erste Stadt in der Davor-Zeit am nächsten kam. Eine einfache Version davon – Stadtisch – hatte sich entlang der gesamten Splitterung als gemeinsame Sprache von See- und Kaufleuten durchgesetzt. Sie kam dem, was die Bufrects und Calladons sprachen, so nahe, dass sie sich mit etwas Übung und der Bildung knapper Sätze im Hafengebiet von West-Abspalt verständlich machen konnten. Jedenfalls versicherte ihnen das Robst, als er sie nach einer ziemlich ereignislosen Reise sicher in den alten Hafen steuerte. Es war nicht die größte Stadt, die sie je gesehen hatten – Fahrt, die Hauptstadt von Calla, war größer und gewiss schöner anzuschauen –, aber es war eine bedeutende Stadt. Viel größere Schiffe als das ihre waren ringsherum vertäut, während Fracht aus dem Seenland jenseits der Ersten Splitterung gelöscht wurde. An deren Stelle wurden Erzeugnisse aus vielen Stücken in geleerte Frachträume verladen: Honig, Wachs, Holz, Fische, Getreide und Pflanzenfasern.

Robst wusste, wohin er fahren musste, und doch wären sie ohne Corvus verloren gewesen. Am Vortag war der riesige sprechende Rabe, kaum dass die Rückseite dieses Stücks in Sicht gekommen war, ohne eine Erklärung davongeflogen. Heute war er hoch über ihnen aufgetaucht, während sie in den Hafen ruderten. »Er wird sich nirgendwo niederlassen, wo seine Größe ins Auge fällt«, sagte Brindle voraus. »Nicht alle Leute gehen mit solchen Kreaturen so gelassen um wie wir Calladons.«

Eine andere Seele schien jedoch Corvus' Bewegungen aufmerksam beobachtet zu haben, denn als Robst schließlich einen Anlegeplatz gefunden hatte, stand sie schon wartend am Ufer. Offenbar zufrieden, dass die Verbindung hergestellt worden war, flatterte Corvus in Richtung einiger nahe gelegener, von dunklen Bäumen gekrönter Klippen davon.

Die Liegeplätze waren hier Behelfslösungen, kleinere Schiffe wurden einfach auf den Strand gezogen. Robst wies alle an, sich für ein paar Augenblicke in die Riemen zu legen, während er die *Firkin* auf einen leeren Flecken Sand zusteuerte und gerade so weit auflaufen ließ, dass sie dort festlag. Lyne kletterte rasch auf den Bug und warf eine Leine zu der Seele hinunter, die sie erwartete. So konnte Edda von Bord gehen, ohne dass das Schiff auf eine Weise im Wasser hochschnellte, die womöglich Aufmerksamkeit erregt hätte. In dieser Gegend hatten nämlich viele Leute offenbar eine Menge Zeit zur Verfügung, die sie sich damit vertrieben, Neuankömmlinge anzustarren. Sobald Edda festen Boden unter den Füßen hatte, wickelte sie sich in einen langen Umhang aus einfachem, grobem Stoff, der nichts fürs Auge war – buchstäblich nichts, denn nachdem sie ihn bis oben hin um sich gezogen hatte, verbarg er bis ins kleinste Detail die faszinierende Komplexität in ihrer Gestalt. Außer natürlich die Iriden. Aber um die zu sehen, musste man ihr sehr nah kommen.

»Ich heiße Ferhuul«, sagte der Mann am Strand, während er in friedlicher Absicht die Hand ausstreckte, »und ich würde mich zum Zeichen meines Respekts verneigen, wenn ich nicht vermeiden wollte, die Aufmerksamkeit auf eure Ankunft zu lenken, Mylady.« Er wandte den Blick ab, vielleicht in dem Bemühen, sich nicht in ihrem zu verlieren, und ergriff kurz ihre Hand. Dann begrüßte er in ähnlicher Weise die anderen, deren Namen er richtig erriet, auch wenn es bei Mard und Lyne einer kleinen Korrektur bedurfte. Er sprach Stadtisch mit dem Akzent von Abspalt, was vermutlich seine Muttersprache war. »Wenn ihr mir bitte folgen wollt«, sagte er, »ich kenne einen Ort, wo wir alle in angenehmer Atmosphäre reden können.« Dabei warf er einen argwöhnischen Blick auf Burr, doch der Krieger war klug genug gewesen, all seine Waffen bis auf ein Gürtelmesser an Bord der *Firkin* zu lassen, wo Robst und die drei Mitglieder seiner Mannschaft ein Auge auf sie haben konnten. Zufrieden damit nahm Ferhuul die Gruppe mit auf einen Spaziergang durch Straßen, die erst eben und gerade waren, später jedoch kurvenreich und dann sogar im Zickzack aus dem Hafengebiet hinaufführten.

»Versuch dich so zu verhalten, als wärst du schon mal hier gewesen«, sagte Brindle zu Bell, »oder wenigstens an einem Ort wie diesem.« Bell nickte und richtete für kurze Zeit ihren Blick auf die Pflastersteine, die unter ihren Füßen kamen und gingen.

So gut wie alle Seelen, denen Bell in ihrem Leben begegnet war, waren Entsprung gewesen: Nachkommen von Adam und Eva, erzeugt im Körper von Müttern, die von Vätern geschwängert worden waren. Wie der große Stammbaum im Saal der Calladons bewies oder zumindest behauptete, konnte jede derartige Seele ihre Abstammung bis zu Adam und Eva zurückverfolgen. Auch wenn sie alle etwas unterschiedlich aussahen, hatten sie doch eine gemeinsame Form, die den jeweiligen Bildtexten nach in der Davor-Zeit von Spring vorherbestimmt worden war.

Entstand dagegen waren nicht von einer Frau geboren worden, sondern einfach hier oder da aufgetaucht, zunächst als unfertige Glimmer von Beinahechaos. Aus diesen Anfängen heraus hatten sie Formen entwickelt. So war es in der Davor-Zeit gewesen, als viele von ihnen sich unter Gefahren zu wilden Seelen mit befremdlichen Formen und Fähigkeiten entwickelt hatten. Gerade in der Ära von Erste Stadt hatten sie jedoch dazu geneigt, sich zu zweibeinigen, zweiarmigen, einköpfigen Kreaturen von gemeinsamer Körpergröße zu formen. Egdods Niederschlagung des Bienenstocks und die Zerstörung von Erste Stadt hatten solche Seelen in alle Teile des Landes versprengt, wo sie sich zu neuen Gemeinschaften zusammenballten. Es gab Varianten, die für bestimmte Regionen charakteristisch waren, darunter die am besten bekannten Grabner, die in der Umgebung von Zweitelstadt entstanden und zu dem Zweck geformt wurden, die Diener und Soldaten der Autochthonen zu sein. Und Seelen, die in sehr abgelegenen Gebieten entstanden, konnten immer noch ungewöhnliche Formen annehmen. Im Großen und Ganzen waren Entstand jedoch nicht von erwachsenen Entsprung zu unterscheiden. Der einzige erwähnenswerte Unterschied lag darin, dass Entstand keine Kinder bekommen konnten.

Mitten in Calla, wo Bell ihr ganzes Leben verbracht hatte, wurden Entstand selten gesehen, aber hier gab es sie überall. Kinder rannten und spielten auf den Straßen – sie waren offensichtlich Nachfahren von Eva. Doch die Seelen von fertiger, erwachsener Gestalt konnten sowohl Entstand als auch Entsprung sein. Natürlich wollte Bell gerne wissen, ob sie sie unterscheiden konnte; Brindle hatte gemerkt, dass ihr Blick zu lange auf Körper und Gesicht von Fremden verweilte, und sie behutsam ermahnt. Fahrt, die einzige andere Stadt von einer gewissen Größe, in der Bell sich bisher aufgehalten hatte, war ein angenehmer Ort, wo jeder jeden kannte. Abspalt machte insgesamt einen kühleren und weniger gastfreundlichen Eindruck.

»Seelen aller Art kommen von den Stücken, aus dem Seenland, von überall entlang der Ersten Splitterung hierher. Selbst aus dem tiefsten Süden, dem Fragen, und dem fernsten Osten, den Gemeinschaften am Bienenstockweg«, erklärte Brindle. »Es ist also völlig anders als Fahrt. Sie sprechen nicht alle dieselbe Sprache und haben unterschiedliche Sitten und Gebräuche. Gelegentlich siehst du vielleicht sogar einen Grabner aus dem Laderaum eines Frachtschiffs aus Zweitelstadt heraufeilen. An Orten wie *diesem*« – dabei deutete er mit dem Kopf auf die offene Tür einer Schenke voller Seelen, die alle ähnlich aussahen und in einer für Bells Ohren völlig fremden Sprache miteinander redeten – »mögen sie herzlich und umgänglich sein, aber die Straßen und Anlegeplätze sind etwas völlig anderes, und du tätest gut daran, deine Neugier zu zügeln.«

Ihr Ziel erwies sich als ein altes Steinhaus am Ende einer Straße, wo sie direkt auf den unteren Teil einer Felswand stieß. Eine Steinmauer umgab das Haus und seinen Hof. Das Ganze war insgesamt sehr reparaturbedürftig, an den Stellen, auf die es ankam, jedoch gut in Schuss. Ferhuul erklärte, es gehöre einem

Mann und einer Frau, Bekannten von ihm, die mehrere Schiffe besäßen und sich gegenwärtig an Bord eines solchen auf dem Meer befänden. »Die Treppe und das Erdgeschoss sind komplett aus Stein«, sagte er zu Edda. »Das Obergeschoss – reines Holz.«

Edda nickte und setzte sich auf die niedrige Steinmauer, die um den Rand des Hofes verlief. Bell verstand, dass Ferhuul die Riesin darauf aufmerksam gemacht hatte, dass die Fußböden oben ihr Gewicht vielleicht nicht tragen könnten.

Edda streifte sich den Umhang vom Kopf, behielt ihn aber eng um den Körper gezogen. Andere saßen auf Holzstühlen und -bänken an einem Tisch in der Nähe. Weaver, der die Seefahrt nicht bekam, hatte ein paar Tage lang geschwiegen, stimmte aber jetzt ihre Harfe und sang Strophe für Strophe ein Lied, das Edda ihr beigebracht hatte. Die Dämmerung brach herein und verbarg einigermaßen das Herannahen von Corvus, der vom Rand der Felswand herabstieß und sich auf einem langen und außerordentlich kräftigen Ast niederließ, der über sie hinwegragte.

Für ihn ganz untypisch war Corvus offenbar damit zufrieden, dazusitzen und dem Lied zu lauschen. Bell überlegte, dass der riesige sprechende Rabe nur ein Jahr im Land verbracht hatte, und obwohl er weit herumgekommen war und viel gesehen hatte, konnte er nur einen Bruchteil der Geschichten erfahren haben, die Seelen wie Edda und Weaver kannten.

Das Lied war in sehr altem poetischem Stil gehalten, mit vielen Anspielungen auf andere Lieder und Sagen. Die zugrunde liegende Geschichte jedoch war jedem vertraut, der mit Büchern aufgewachsen war. Daher kletterte Bell auf den Baum – was ihr nicht schwerfiel, auch wenn sie kein Mädchen mehr, sondern inzwischen eine ausgewachsene Frau geworden war –, setzte sich neben Corvus auf den Ast und flüsterte ihm Erklärungen zu, damit er die Geschichte besser verstehen konnte.

Es wurde erzählt, dass Egdod und Spring, die Liebende waren, sich nach dem Fall getrennt wiederfanden. Sie war ans Land gebunden, wo all ihre Schöpfungen – darunter bald auch Adam und Eva – zu Hause waren. Er war ins Firmament verbannt worden. Wieder und wieder versuchte Egdod zurückzukehren, indem er mit seinen großen schwarzen Flügeln schlug, um die Leere zwischen Firmament und Land zu überwinden. Doch immer wieder wurde sein Herannahen, mochte es auch noch so verstohlen sein, von Els wachsamen Engeln bemerkt, und er wurde zurückgeschleudert. El hatte nämlich in seiner Weisheit ein unsichtbares Netz über das Land gespannt, das Egdods Anflug, egal wie schlau er sich tarnte, entdecken konnte. Das Rote Geflecht wuchs mit jedem Krater, der hinzukam. Von Sophia – einem Mitglied des Pantheons, das in Geheimwissen von einer anderen Ebene der Existenz eingeweiht war – erfuhr Egdod schließlich die Wahrheit: Dank seiner Magie würde El seine Täuschungen und Tarnungen immer durchschauen. Die einzige Möglichkeit, ins Land zurückzukehren, bestand für ihn darin, sich selbst aufzugeben: zu sterben und aus dem Nichts heraus neu zu wachsen. Nun war Sophia auf ihre Weise die Schrecklichste des ganzen Pantheons, denn in ihrer Hand lag die Macht über Leben und Tod einer jeden Seele. Sogar von Egdod. Er bat sie, seinen Lebensfaden zu durchtrennen, und sie willigte ein. Damit fiel Egdod tot um. Doch sein Sterben ermöglichte es ihm, noch einmal anzufangen, als eine neue Seele im Land. Langsam kehrte er zum Leben zurück und schuf im Chaos unter der Feste eine Form für sich selbst. Er ging hinaus ins Land, verbarg sich dabei in der bescheidenen Gestalt eines Insekts oder eines Wurms und suchte die auf, die ihm etwas bedeuteten. Spring konnte er nirgends finden, denn sie streifte nach Belieben und in vielerlei Gestalt umher, aber Adam und Eva waren in einen Garten eingesperrt und leicht zu finden. Dort und an anderen Orten stiftete er Unruhe und zog damit den Zorn von El auf sich, der nicht begreifen konnte, wie der Alte durch die Maschen seines Netzes geschlüpft war. Wieder und wieder vernichtete El in seiner Raserei jegliche Kreatur, von der er argwöhnte, sie sei Egdod in irgendeiner neuen Gestalt. Wieder und wieder kehrte Egdod zurück, indem er geduldig neue Formen schuf und darin durchs Land streifte: manchmal als in einen Mantel gehüllter Wanderer, manchmal als Vogel oder Wolf oder sogar als Windstoß. Spring entzog sich ihm jedoch immer.

Mit der Zeit wurde El klar, dass es die Feste war, wo Egdod immer, wenn er getötet worden war, Zuflucht fand und dann jedes Mal eine neue Form um seine nackte Seele wob. In der Bibliothek der großen Feste war es, wo er sich das Lesen beibrachte und seine eigene Geschichte erfuhr, wo er Landkarten studierte und allmählich verstand, wer und was er war und was er tun musste. Dort in Knotweaves Spinnstube fertigte er Kleider an und in Thingors Schmiede Werkzeuge und Waffen, damit er sich nicht nackt und unbewaffnet ins Land hinauswagen musste. Da geschah es, dass El und einige seiner ranghöchsten Engel sich nach Toravithranax aufmachten, Pestle hoch oben in ihrer Schreibstube aufsuchten und von ihr alles verlangten, was sie an Beschreibungen der Feste haben mochte, insbesondere Abbildungen der Festung und Landkarten des Knotens, in den sie eingebettet war; enttäuscht kamen sie jedoch allmählich zu der Erkenntnis, dass der Knoten nicht kartografiert werden konnte, denn er ließ sich auf keine Weise begreifen, die man mit Tinte auf einer Seite hätte darstellen können. Also schickte El seine Engel hin, um sich den Ort anzusehen. Sie vermochten den Sturm jedoch nicht zu durchdringen, und etliche von ihnen kehrten nicht zurück.

El beschloss, die Reise dorthin zu Fuß anzutreten, und entdeckte wieder den Wandelpfad, der ihn zu der Zerstörten Brücke führte. Sie war am Ende des Ersten Zeitalters gebaut worden, als die Lakaien von El in großer Zahl zu diesem Ort geströmt waren, um einen Wall um die Feste zu bauen. Dieser war seither verfallen, und der mittlere Abschnitt der Brücke war in den Erdschlund hinabgeschleudert worden. El ging hinüber, und als er vor der Feste stand, stellte er sich in seinem Stolz vor, er würde sie niederreißen und ganz und gar in Chaos verwandeln. Darauf befahl er ein Heer von Engeln herbei. Sie wechselten in die Gestalt flügelloser Seelen und marschierten entlang der Windungen des Wandelpfads auf den Knoten zu, bis am Ende auch sie direkt vor den Toren der Feste standen.

Genau dort stieß El schließlich an die Grenzen seiner Macht. Er war nicht imstande, die Feste einzureißen, wie er gehofft hatte, denn aufgrund ihrer Lage im Herzen des Landes, wo die vier Bergketten zusammengefügt waren, verhielt sie sich zur Struktur des Landes wie ein Schlussstein zu einem Bogen; sie zu zerstören, auch wenn so etwas in seiner Macht stand, hieße, das Land selbst zu vernichten, es in Chaos aufzulösen und alle seine Seelen heimatlos zu machen.

Etwas gab es jedoch, das El tun *konnte* und das ihm Egdod ein für alle Mal vom Hals schaffen würde, nämlich, ihn im Inneren der Feste einschließen. Und so machte El aus einem nicht weit entfernt liegenden Vulkan eine große Schmiede und ließ eine Armee von Bötteln ungeheure Mengen Eisen aus allen Teilen des Landes herbeischaffen. Er stellte die Brücke wieder her, sodass man sie von Norden her begehen konnte. Als Schmiede rief er Hügelriesen herbei und stellte, indem er einem Berg die Spitze abschnitt und seinen Stumpf flach machte, einen Steinamboss für sie her. Darauf schmiedeten die Riesen eiserne Bänder und Ketten. Die Bänder waren so dick wie Straßen und die Ketten so groß wie Häuser. Diese wickelten und bogen sie um die Feste. Die Fenster wurden mit Eisen-, die Türen mit Steinplatten bedeckt. Über den oberen Teil der Feste bauten sie eine eiserne Kuppel aus großen gewölbten Platten, die sie mit baumstammdicken Nieten aneinanderfügten. In der Zwischenzeit fertigte El ein Schloss an, das in den Bügel passte, der alle Bänder und Ketten zusammenhielt. Als jeder Ausgang – auch Abflussrohre und Abwasserschächte – versiegelt worden war, hängte er es ein und ließ es zuschnappen, womit er Egdod für immer einsperrte. El zog sich zurück, zerstörte die Brücke und ließ ihre Trümmer in den Erdschlund fallen. Dann kehrte er in seinen Palast zurück. Seitdem war Egdod nie mehr irgendwo im Land gesehen worden.

Weaver zog die Finger sanft über die Saiten der Harfe und ließ die Töne langsam verklingen. Das Lied war, wie es schien, zu Ende.

Lyne reagierte sofort. »Warte mal«, sagte er, »du kannst doch nicht einfach da aufhören und nicht sagen, was El mit dem Schlüssel gemacht hat.«

»Auf dem Weg zurück hat El, nachdem er die Brücke zerstört hatte, den Schlüssel hinterdrein geworfen«, erwiderte Weaver.

»Das sieht mir aber nach einem äußerst sorglosen Umgang mit dem einen Gegenstand aus, der seinen gefürchtetsten Feind aus seinem Gefängnis befreien könnte«, gab Lyne zu bedenken.

Davon wollte Weaver nichts hören. Sie wusste ganz genau, dass Lyne im Laufe seiner Kindheit mehr als einmal Versionen dieser Geschichte gehört hatte und das Erstaunen jetzt nur vortäuschte. »Der Erdschlund ist ein Riss in der Welt. Er ist bodenlos. Der Schlüssel ist ins Chaos gefallen und vernichtet worden. Er hat aufgehört zu existieren.«

»Trotzdem, so eine Nachlässigkeit …«, plapperte Lyne weiter.

»Der Schlüssel war ein Stück massives Eisen von der Größe einer hundertjährigen Eiche«, sagte Weaver. »So ein Ding mit auf die Spitze der Felsnadel zu nehmen wäre an sich schon ein verblüffender Kraftakt gewesen, und dazu völlig sinnlos. Er hat ihn zerstört.«

»Schlösser lassen sich knacken!«

»Dieses nicht. Dafür hat El gesorgt.«

»Wie ihr sicher wisst«, verkündete Corvus, »liegt jenseits des Wassers, weniger als eine Tagesreise mit dem Schiff entfernt, Ost-Abspalt. Viele seiner Einwohner begeben sich nie außerhalb der

Wolfsabwehrmauer, aber diejenigen, die es doch tun, gehen geradewegs in Die Irreführung.«

Allein die Äußerung dieses Wortes veranlasste Mard und Lyne zu einer kleinen Verbeugung in Richtung Mitte des Landes: eine Anrufung Els, nur für den Fall, dass er zufällig gerade lauschte und sie ihm nicht gleichgültig waren.

Der in besserer Gesellschaft normalerweise benutzte Begriff für das Gebiet, das von Ost-Abspalt landeinwärts, südlich des Rückwegs und nördlich der Berge lag, war Seenland, und so hatten es bis jetzt auch alle genannt. »Die Irreführung« bezog sich auf genau dieselbe Gegend. Im Allgemeinen wurde dieser Begriff jedoch nur in alter, in düsterem Ton gehaltener Dichtung verwendet oder um Kindern Angst einzujagen oder Angehörige davon abzuhalten, sich in irgendeinen Teil davon mit Ausnahme der äußersten Ränder zu begeben. Falls das ihr nächstes Ziel war, hätte Corvus Bells Ansicht nach gut daran getan, diesen Begriff dafür zu vermeiden.

»In mancher Hinsicht eine schöne Gegend«, fuhr Corvus fort, »aber ein Labyrinth aus Wasserwegen, die nach einem Muster, das selbst Pluto überforderte, alle miteinander verbunden sind. Als riesiger sprechender Rabe habe ich gewisse Vorteile, aber wenn ich nicht fliegen könnte, würde ich mich ohne einen sachkundigen Führer nie dort hineinwagen. Ferhuul hier ist so einer.«

»Danke, dass du dir die Mühe gemacht hast, die Splitterung zu überqueren, Ferhuul«, sagte Brindle. »Du hättest dir das ja auch sparen und dich morgen in Ost-Abspalt mit uns treffen können!«

Mit einem Nicken nahm Ferhuul Brindles Höflichkeit zur Kenntnis, wandte dann jedoch den Blick ab.

»Genau genommen werden nicht alle von euch übersetzen«, erklärte Corvus. »Jedenfalls nicht morgen. Deshalb war das hier die einzige Möglichkeit, alle für ein paar Augenblicke zusammenzubringen.« Bell merkte, dass Brindle verärgert darüber war, aber er beherrschte sich. »Vielleicht könntest du uns dann etwas mehr darüber erzählen, was du vorhast. Ich hatte nämlich bis jetzt den Eindruck, dass unsere Quest uns hinüber aufs Festland bringen würde.«

»Das stimmt auch«, sagte Corvus, »aber es gibt noch einen Teilnehmer an der Quest, dessen Dienste wir ganz sicher brauchen werden. Er muss südlich von hier abgeholt werden. Eine unspektakuläre Fahrt auf dem Meer. Es hätte aber keinen Sinn, wenn wir alle führen.«

Weaver, die es hasste, auf einem Schiff zu sein, stieß einen lauten Seufzer der Dankbarkeit aus. Auch Burr schien erleichtert, das zu hören; auf dem Wasser gab es kaum Verwendung für ihn, und er wurde unerträglich ruhelos. »An Land könnte ich vielleicht einen anderen Zweck als den des Ballasts erfüllen«, sagte Edda.

»Deine Gedanken decken sich mit meinen«, sagte Corvus. »Unsere abwesenden Gastgeber besitzen ein Schiff, einen Frachter, der viel größer ist als die *Firkin;* du könntest ihn *unauffällig* besteigen, ohne viel Aufmerksamkeit zu erregen oder den Aberglauben der Besatzung zu wecken. Weaver, Burr und Ferhuul können mit dir hinübersegeln, und sobald ihr wieder festen Boden unter den Füßen habt, könnt ihr euch Richtung Osten – Ferhuul kennt die Einzelheiten – auf den Weg machen und einen Vorsprung in Bezug auf bestimmte Aspekte der Quest bekommen. Legendäre Waffen beschaffen. In geheimnisvolle Archive eintauchen. Wir Übrigen können derweil, falls Robst einverstanden ist, an Bord der *Firkin* gehen und den Burschen unten im Süden abholen.«
Bell war leicht geknickt, als sie hörte, dass sie nicht direkt zum Festland fahren würde (ganz zu schweigen vom Beschaffen legendärer Waffen und dem Eintauchen in geheimnisvolle Archive), und brauchte ein Weilchen, um ihre Gefühle wieder unter Kontrolle zu bringen.

»Vor einer Minute hast du ›südlich von hier‹ gesagt, und jetzt ist es ›unten im Süden‹, was für mich weiter entfernt klingt«, bemerkte Brindle. »Im Klartext, wo genau ist diese Person?«

»Nun ja, ganz genau kann man es nicht wissen«, sagte Corvus, »aber als ich zuletzt von ihm hörte, stellte er gerade bestimmte Nachforschungen an, die nur sinnvoll sind, wenn er sich irgendwo am Ufer der Jüngsten Splitterung aufhält.«

Das konnte Brindle kaum glauben. »Aber die verläuft quer über das Letzte Stück!«

»Ja«, sagte Corvus mit einem nervösen Hüpfer zur Seite.

»Das liegt ja fast so weit im Süden wie Toravithranax!«, rief Bell aus. Doch während Brindle dieselben Worte in einem eher hitzigen Ton ausgesprochen hätte, klang Bell, ohne es zu wollen, ziemlich erfreut.

»Ja«, räumte Corvus ein, »und es dürfte wirklich am einfachsten sein, wenn wir Robst erzählen, dass wir dorthin fahren. Den Abstecher zum Letzten Stück werde ich erwähnen, wenn wir erst mal unterwegs sind.«

»Also, wenn wir direkt unterhalb der Türme von Zweitel …«, hob Brindle an, wobei er eine gebräuchliche Abkürzung für »Zweitelstadt« benutzte.

»Was sonst?«, warf Lyne ein. »In dieser Nussschale von einem Schiff?«

»… dann sollten wir für Edda und Burr *lieber* andere Vorkehrungen treffen!«, schloss Brindle. Bell konnte nicht ganz folgen, aber die Vermutung lag nahe, dass es etwas mit dem Detail zu tun haben könnte, das neulich abends zur Sprache gekommen war, nämlich dass Burr eins seiner früheren Leben dadurch beendet hatte, dass er in eine Art Auseinandersetzung mit einem Engel geraten war. Das war die Art von Betätigung, die bei den elfürchtigen Seelen von Zweitel einen eher ungünstigen Eindruck machen würde.

Bell war aufgefallen, dass Edda, wenn überhaupt, nur selten schlief. Bis in die Morgenstunden war sie mit Nachteulen wie Brindle auf und trotzdem, egal wie früh Bell aus dem Bett kam, immer schon wach und mit irgendeinem Vorhaben beschäftigt. In dieser Nacht brach Brindle mit seiner Gewohnheit und legte sich so früh schlafen, dass sein Atem Bell wach hielt, und so stand sie auf, um ins Wohnzimmer des Hauses im Erdgeschoss zu gehen, wo auf einem Haufen die Sachen lagen, die sie aus dem Schiff mit heraufgebracht hatten. Dazu gehörte das Rohr mit den Landkarten. Bell dachte, sie könnte die große – ihre Lieblingskarte – ausrollen und ihre Erinnerung auffrischen. Doch schon von der Treppe her sah sie das Licht einer Laterne an der Wand flackern, und als sie um die Ecke ins Wohnzimmer kam, fand sie dort Edda vor, im Schneidersitz, die große Landkarte auf dem Schoß ausgebreitet. Die Feuchtigkeit hatte der Karte zugesetzt. Die Farben waren zu Flecken zerlaufen, und manche der aufgestickten Darstellungen waren zerstört. Bells Reaktion hätte darin bestanden, nach bestem Vermögen kleine Reparaturen durchzuführen und zu hoffen, dass die verbliebenen Informationen dadurch erhalten würden. Doch Edda, die keine halben Sachen machte, hatte einfach alle beschädigten Teile entfernt, die Landkarte an den entsprechenden Stellen auf die nackte Tierhaut reduziert und angefangen, sie neu zu machen. Die alten Nadellöcher im Leder, die Flecken von den Farben, die Muster von verblasster und nicht verblasster Haut lieferten ihr vermutlich ein paar Anhaltspunkte, wo die Flüsse verlaufen, wo Städte und Gebirge liegen sollten etc. Als Bell jedoch hinübertappte, um dem Flitzen von Eddas Nadel zuzuschauen, sah sie, dass die Riesin nicht sonderlich darauf bedacht war, genau die Geschichte zu kopieren, die die Landkarte vorher erzählt hatte.

Das fand Bell in gewisser Weise unerhört, denn sie war mit dem ständigen Blick auf diese Landkarte aufgewachsen und hatte sie immer für eine wahrheitsgemäße und korrekte Darstellung des Landes gehalten. So traute sie zunächst ihren Sinnen nicht und fragte sich, ob das eine optische Täuschung war oder ob sie gar eigentlich noch schlief und das alles nur träumte. Als sie jedoch näher trat und sich zu der Karte hinunterbeugte, sah sie zweifelsfrei, dass Edda ungeniert und selbstbewusst den Lauf von Flüssen und die Küstenlinien von Stücken änderte, eine Stadt auf die gegenüberliegende Seite eines Flusses verlegte, Wüsten in Wälder verwandelte. Dabei tat sie das keineswegs gedankenlos. Wären solche Veränderungen von irgendjemand anderem vorgenommen worden, hätte Bell sich entrüstet, aber so konnte sie nur annehmen, dass Edda es besser wusste als derjenige, der die Karte ursprünglich erstellt hatte, und dass diese jetzt besser war als zuvor. In ihrem noch schlaftrunkenen Zustand malte sie sich sogar für kurze Zeit aus, Edda würde hier eine Art Magie ausüben, und die Leute, die in dieser Stadt wohnten, würden morgen früh beim Aufwachen erstaunt feststellen, dass das ganze Ding, während sie schliefen, über den Fluss transportiert worden war.

Die verblichenen und zerfransten Fäden, die Edda herausgezogen hatte, lagen auf dem Boden verstreut: grobe Büschel aus blassfarbenen Fasern, wie man sie zum Ausstopfen von Kissen verwenden könnte. In ihrer Nadel steckte ein Faden, der so fein war, dass Bell, um ihn zu sehen, auf die Knie gehen und sich hinunterbeugen musste; doch dann erkannte sie, dass seine Farbe die eines neuen Grashalms war, wenn nach einem einwöchigen Frühlingsregen die Sonne zum ersten Mal hinter den Wolken hervorkommt. Mit ihm korrigierte Edda einen kleinen Teil der Karte, der vorher den Rand einer Wüste dargestellt hatte. Jetzt machte sie daraus einen Wald, indem sie mithilfe von Nadel und Faden viele raffinierte kleine Knoten bildete, die aussahen, wie Bäume für Corvus ausgesehen haben mussten, wenn er hoch über sie hinwegsegelte. Die Bewegungen ihrer Nadel waren bedachtsam, ohne Eile. Bell, der die Stickerei nicht fremd war, zuckte jedes Mal ein wenig, wenn Eddas Nadel in die Karte eintauchte, denn diese war ebenso fein wie der grüne Faden, und es erschien unmöglich, die Nadel durch die uralte Haut zu schieben, ohne dass sie brach. Sie glitt jedoch hindurch, als stickte

Edda auf Sackleinen. Die Gleichmäßigkeit, mit der die Riesin arbeitete, wirkte hypnotisch auf Bell, die in einen Zustand geriet, der irgendwie die köstlichste Wachheit mit einem schlafähnlichen Mangel an Bewusstsein für den Augenblick verband. Die Zeit verging schnell und langsam zugleich. Das Knüpfen eines einzelnen Baumknotens oder das Sticken einer Reihe von Vorstichen, die in hellblauer Seide den Lauf des Zuflusses zu einem Hauptstrom markierten, erfolgten in wohlüberlegten Schritten, und doch sah Bell, wenn sie ihren Blick von der Arbeit der Nadel im Einzelnen losriss und sich zurücklehnte, um die gesamte Karte zu betrachten, dass ein riesiges Gebiet auf diese Weise dargestellt worden war. Und dennoch hatte die Sonne noch nicht begonnen, den Tag zu erleuchten, und die Laternen hatten noch nicht viel Öl verbraucht.

Bei ihrer Arbeit an der Landkarte schien sich Edda von der Laune des Augenblicks leiten zu lassen. Angefangen hatte sie mit einigen Korrekturen am Netz der Splitterungen, durch die sie würden segeln müssen, um an Zweitel vorbeizukommen, dann aber war sie zum Letzten Stück hinuntergesprungen und hatte dort ein wenig mit der silber-blauen Seide gearbeitet, die sie zur Darstellung der schlanken, sich zwischen die Inseln drängenden Meeresarme bevorzugte; es war die Farbe schäumender Wellenkämme, sodass Seefahrer hier vor Brandung über Untiefen oder Felsen gewarnt wurden. Von dort war sie hinüber zum Festland gehüpft und hatte mit vielen feinen Stichen in allen Farben die Stadt Toravithranax aufgehellt, dann ihren Weg über das Land nach Osten fortgesetzt, wobei sie sich mehr oder weniger parallel zu und südlich von dem langen Streifen bewegt hatte, der Bienenstockweg hieß. Bell hatte ihn zwar noch nie gesehen, aber gehört, er sei aus demselben Stoff gemacht wie der große Bienenstock, der die hohe Felsnadel mit Els Palast obendrauf stützte. In der Mitte des Landes verbreitete sich der Bienenstockweg um die Felsnadel und den Palast herum zu einer lang gezogenen Raute, aber östlich und westlich davon war er so dünn, wie Nadel und Faden ihn nur machen konnten. Wenn man sich diesen Weg als eine Straße vorstellte, dann war es eine, die die Westküste des Landes bei Zweitel mit seiner Ostküste bei Fern-Wimmeln und Ost-Wimmeln verband und in der Mitte um den Palast herumführte. Betrachtete man ihn jedoch als Barriere, dann zerschnitt er das Land in eine nördliche und eine südliche Hälfte, die flächenmäßig etwa gleich groß waren. Wollte man das Land umrunden, musste man das entweder auf dem Meer tun – oder, wenn man Corvus war, einfach darüberfliegen.

Bell gähnte, und plötzlich wurde ihr bewusst, dass sie schon lange mit Edda auf war. Sie hatte der Riesin assistiert, indem sie, je nach Wunsch, farbige Seidenfäden aus deren Nähbeutel holte, der klein genug war, um in eine Tasche zu passen, und dennoch endlos viele Fäden und Nadeln zu enthalten schien. Derart feine Nadeln einzufädeln hätte in so dämmrigem Licht nahezu unmöglich sein müssen, aber Bell hatte festgestellt, dass, wenn sie unverwandt auf das Öhr von einer von Eddas Nadeln starrte, es sich zu weiten schien, bis es die Größe eines Türrahmens hatte.

»Schläfst du eigentlich auch mal?«, fragte Bell.

»Ich kann schlafen, wenn ich es will«, sagte Edda, »aber wenn nicht, ist das in Ordnung.«

»Wie kommt denn das?«, fragte Bell.

»Im Lauf des Tages erlebst du vieles, was durchgesehen, sortiert, von Unnötigem befreit, verstanden werden muss. Das passiert, während du schläfst. Wenn du aufwachst, erinnerst du dich an das, was wichtig war, und hast es alles geordnet. Bei mir passieren diese Dinge im Moment. Und ich habe weniger als du das Bedürfnis zu vergessen.«

»Heißt das, du erinnerst dich an mehr?«

»Ich bin anders beschaffen als du. In mir steckt einfach noch mehr«, sagte die Riesin.

In dem Gefühl, dass das Gespräch in unbekannte Gefilde geraten war, beschloss Bell, das Thema zu wechseln. »Als ich vorhin herunterkam«, sagte sie, »dachte ich, du würdest die Landkarte nur an den beschädigten Stellen ausbessern. Du hast aber viel hinzugefügt.«

»Wo ihr hingeht, Bellis«, antwortete Edda, »sind Details wichtig.« Bell beugte sich näher darüber, um sich das Netz aus Splitterungen in der Gegend um Zweitel anzusehen. »Lyne hat gesagt, uns bleibe wegen der geringen Größe unseres Schiffs nichts anderes übrig, als direkt an Zweitel vorbeizusegeln. Was hat er damit gemeint?«

»Wie du hier sehen kannst, gibt es nur zwei Wege in Richtung Süden«, sagte Edda. »Man muss entweder den Hauptkanal der Ersten Splitterung, der gut vor dem Meer geschützt und selbst für die kleinsten Schiffe sicher ist, auf direktem Weg hinuntersegeln oder aber den weiten Bogen um die große Insel Thunkmarsch fahren, was euch aufgrund ihrer Lage geradewegs hier ins offene Meer bringen wird. Dieses Kap zu umrunden ist gefährlich – Wind und Wellen werden euch an die Leeküste werfen, es sei denn, ihr segelt viel weiter hinaus aufs Meer, als es für ein so kleines Schiff wie die *Firkin* ratsam ist.« Bell nickte. Edda bezog sich auf Details der Karte, die klein und leicht zu übersehen waren, doch als sie die Aufmerksamkeit darauf lenkte und die Erklärungen dazu lieferte, konnte Bell vor ihrem geistigen Auge die Brandung gegen das felsige südwestliche Kap von Thunkmarsch schlagen sehen, als stünde sie oben an der Klippe und blickte darauf hinunter.

»Also, dann hoffe ich mal, dass wir ohne Zwischenfall an Zweitel vorbeischlüpfen«, sagte Bell, den Blick nun auf die sicherere Inlandsstrecke gerichtet. »Ich freue mich darauf, die Stadt zu sehen; ein Teil von mir würde aber lieber morgen mit euch nach Ost-Abspalt übersetzen.«

»Heute«, berichtigte Brindle sie. Bell blickte auf und sah ihn in der Tür stehen, eingerahmt von rosarotem Dämmerlicht. »Warst du die ganze Nacht auf?«, fragte er.

»Ja«, sagte Bell, plötzlich verlegen, »aber ich werde auf dem Schiff schlafen.«

Edda legte Nadeln und Seidenfäden beiseite und fing an, die Landkarte von ihrer östlichen Grenze her aufzurollen und sich nach Westen vorzuarbeiten. Bell verstand, dass das einem Zweck diente; wenn sie die Karte später in Bezug auf den westlichen Teil, wo die Stücke und Splitterungen lagen, konsultieren wollten, würden sie nur den ersten Teil ausrollen müssen. Es würde vielleicht geraume Zeit vergehen, bis Bell sie wieder vollständig zu Gesicht bekam, und so ließ sie den Blick neugierig über die Teile schweifen, die jeden Moment unter Eddas Rolle verschwinden würden, und erfreute sich an der Schönheit ihres Werks. Im Großen und Ganzen kamen ihr die alten, nicht beschädigten und nicht ausgebesserten Teile der Karte – die Teile, die ihr so vertraut waren – nun so vor, als betrachtete sie sie durch eine beschlagene Fensterscheibe, von der Edda an den ausgebesserten Stellen die Feuchtigkeitsschicht weggewischt hatte. Ein Gebiet jedoch, das ein ganzes Stück nördlich des Bienenstocks und des Palastes, aber südlich der Irreführung (wie man sie hier auf dieser sehr alten Landkarte unumwunden genannt hatte) lag, stach unter allen anderen dadurch hervor, dass es nahezu leer war. »Warum ist hier nichts auf der Karte?«, fragte Bell.

Sie hatte schon Vorstellungen, woran das liegen könnte, wollte aber Eddas Antwort hören.

»Manche Dinge können von Natur aus nicht auf einer Karte festgehalten werden.«

In Schifffahrtsdingen völlig unbeleckt hatte Bell die *Firkin* auf den ersten Blick für recht hübsch gehalten, musste jedoch bald erkennen, dass sie ein kurzes, fässchenartiges Lastschiff war und zudem ziemlich langsam, vor allem im Vergleich zu großen Frachtern, die nichts anderes taten, als zwischen Abspalt und Zweitel die Erste Splitterung auf und ab zu fahren. Über weite Strecken war dieses Gewässer eher Binnensee als Kanal. Da Robst gerne im Windschatten der Kette aus großen Stücken blieb, die das westliche Ufer bildeten, konnte man das Land selbst, wenn es überhaupt sichtbar war, nur durch Dunst- und Nebelschwaden in der Ferne ausmachen. Größere Schiffe hielten sich genau in der Mitte, wo sie den Wind am besten ausnutzen konnten. Bell bemerkte immer wieder, dass Mard oder Lyne die Erfüllung ihrer seemännischen Aufgaben unterbrachen und sehnsüchtig ein größeres Schiff beäugten, das unter vollen Segeln an ihnen vorbei- und dann vor ihnen herfuhr, als triebe die *Firkin* vor Anker.

Im Laufe der Tage fielen Bell an der gegenüberliegenden Küste allmählich immer mehr Einzelheiten auf, und sie erkannte, dass sie näher kam. Die große Splitterung verschmälerte sich nämlich, genau wie die Landkarten es immer gezeigt hatten.

Früh am sechsten Morgen spürte Bell, dass ihre Hängematte eigentümlich schaukelte, und wusste, dass sie eine Strömung erwischt hatten oder von einer erwischt worden waren. Sie ging an Deck und sah über Bergspitzen am Rand des Landes, das jetzt sehr nah war, den Morgen dämmern. Als sie den Blick nach Westen auf das näher gelegene Ufer richtete, bot sich ihr anstelle der üblichen, mit Gestrüpp überzogenen Kuppe von Uferklippen eine merkwürdige und faszinierende Landform: Aus einem kargen Boden, der steil ins Wasser abfiel, ragten an Knöchel erinnernde kahle, zerbrochene Steine.

Sie hatten also die Südspitze des Stücks erreicht, das man Zerhackte Ödnis nannte. In alten Zeiten war die Gegend hier von Holzfällern aus Elstadt gerodet worden. Noch immer war sie hauptsächlich mit Gras und Gestrüpp bewachsen. Das Gebiet mit den zerbrochenen und übereinandergestürzten Felsen, auf das jetzt das erste Tageslicht fiel, war Fellers Spitze: das Durcheinander, das damals zurückgeblieben war, als der Hügelriese aufgestanden, fortgegangen und alles westlich des Flusses vom Land abgebrochen war und seine langsame Drift ins Meer begonnen hatte.

Gleich jenseits von Fellers Spitze befand sich wohl eine weitere Splitterung oder eher ein Kessel, in dem ein paar davon zusammenflossen. Die Strömung, die das Schiff breitseits erwischt und Bells Hängematte zum Schaukeln gebracht hatte, war von dort gekommen. Hier, ein paar Meilen oberhalb von Elstadt, hatten sich früher zwei Flüsse vereinigt.

Das war nun die Stelle, an der sie sich würden entscheiden müssen. Wenn sie, gleichermaßen gegen die Strömung und den Wind ankämpfend, um die Spitze herum wieder in die andere Richtung führen, könnten sie Kurs auf das westliche Meer nehmen. Unterwegs würden sie an vertrautem Terrain vorbeikommen, wo die Verwandtschaft von Mard und Lyne wohnte. Als Nächstes käme die Umrundung des Kaps, vor der Edda gewarnt hatte. Schon die Erwähnung dieses Gedankens bereitete Robst Unbehagen. Behielten sie dagegen ihren südlichen Kurs bei, würden sie den Hauptkanal zwischen Zweitel und dem großen Stück namens Thunkmarsch hinunterfahren.

Nur das perfekteste Wetter und ruhiger Wind hätten Robst dazu bringen können, den erstgenannten Kurs zu nehmen. Für Bells ungeschultes Auge ging die Sonne an einem klaren, ruhigen Himmel auf, aber Robst gefiel dessen Farbe nicht, und schon bald behauptete er, hohe gerippelte Wolken zu sehen, die stürmische Tage ankündigten. Damit war die Entscheidung gefallen. Sie würden unterhalb der Wachtürme von Zweitel vorbeifahren.

Auf einem steinigen Uferabschnitt am Fuß von Fellers Spitze setzten sie das Schiff auf Strand und verbrachten einen Teil des Vormittags mit Aufräumen. Welchen Sinn das hatte, wurde zwar nur vage erläutert, aber Bell schloss daraus, dass die Autochthonen, die in Zweitel das Sagen hatten, bestimmte Arten von Fracht, die Robst vielleicht an Bord gehabt hatte, und bestimmte

Häfen, die er irgendwann einmal angelaufen haben mochte, missbilligten. Daher war es klug, entsprechende Beweisstücke über Bord zu werfen. Das dauerte eine Weile, da die *Firkin* über viele verborgene Ecken verfügte und nur Robst wusste, wo man nachschauen musste. Bell vertrieb sich die Zeit damit, dass sie zu dem Trümmerhaufen von Fellers Spitze hinaufblickte und sich auszumalen versuchte, wo Cairn am Ende des Zweiten Zeitalters aus dem Fluss (denn damals war er noch ein einfacher Fluss gewesen) heraus und auf die Kuppe des Hügels getrottet war, um mit diesem und dem Baum zu sprechen.

Während sie arbeiteten, fuhren größere Schiffe an ihnen vorbei. Sie waren fast mit dem Aufräumen fertig, als auf einem davon die Segel eingeholt und die Ruder ausgelegt wurden und der Bug sich auf sie ausrichtete. Robst, der das bemerkte, spähte unter der die Augen beschirmenden Hand hindurch über das klare Wasser und betrachtete das Schiff eingehend. Es hatte zu großen Tiefgang, um ihnen selbst allzu nahe zu kommen, aber nun wurde ein kleineres Ruderboot zu Wasser gelassen. Zwei Männer kletterten hinein und begannen, auf sie zuzufahren. Der jüngere Mann an den Riemen hatte ihnen den Rücken zugekehrt, aber den Passagier konnte Robst als alten Bekannten, einen Seemann von den nördlichen Stücken, erkennen. Bald war das Boot so nah herangekommen, dass sie einander begrüßen konnten. In der Sprache von Abspalt fingen sie an, sich brüllend über das Wasser hinweg zu unterhalten. Soviel Bell verstehen konnte, begann es mit der Frage des Neuankömmlings an Robst, ob alles in Ordnung sei, und Robsts Versicherung, sie hätten das Schiff nicht wegen irgendeines Problems auf Strand gesetzt. Nach dieser Klärung verfielen die beiden Kapitäne – der ältere Mann war ziemlich sicher der Chef des größeren Schiffs –, während das Boot sich dem Ufer näherte, in lockeres Geplauder darüber, woher sie gekommen waren, wohin sie fuhren und was sie geladen hatten. Dabei waren Robsts Äußerungen höflich, wirkten jedoch knapp und unbestimmt. Der Besucher war gesprächiger. Seine Augen suchten die *Firkin* immer wieder der Länge nach ab, und jedes Mal schien sein Blick an Bell oder Brindle hängen zu bleiben. Schließlich ließ er der Zurückhaltung seines Gegenübers zum Trotz das Ruderboot in der Nähe auf Strand setzen und nötigte Robst damit, von Bord zu klettern, zu ihm zu gehen und ihm die Höflichkeit eines Handschlags und eines kurzen Gesprächs zu gewähren. Nach einer Weile nahmen die Besucher wieder Kurs auf ihr Schiff, und Robst, der ihnen beim Abstoßen des Bootes ein wenig geholfen hatte, machte, als er zur *Firkin* zurückging, einen eher nachdenklichen, ja aufgewühlten Eindruck. Er bat Brindle, zu ihm in die Kajüte zu kommen. Brindle, der eine genauere Vorstellung als Bell davon zu haben schien, worum es hier ging, bestand darauf, sie dabeizuhaben. So trafen die drei sich in Robsts Kajüte, in der sie, selbst nachdem die Hängematte weggepackt und der kleine Schreibtisch ans Schott geklappt worden waren, kaum Platz hatten.

»Unten in Zweitel vermerken die Autochthonen jedes noch so kleine Wassergefährt, das versucht, nach Süden weiterzufahren. Und glaubt mir, es gibt nichts, was sie nicht entdecken. Sie suchen einen älteren Mann und eine jüngere Frau, die zusammen unterwegs sind und mit dem Akzent von Calla sprechen. Außerdem wird nach bestimmten anderen, auf die die Beschreibung von Burr, Weaver und Edda passt, Ausschau gehalten. Sie werden an Bord kommen und unser Schiff durchsuchen. Falls jemand von euch gefunden wird …«

Den Satz zu vollenden schien Robst für eine Verschwendung von Atemluft zu halten. Noch irritierender war, dass Brindle zu verstehen schien, was er meinte. »Was?«, fragte Bell. »Was wird denn passieren?«

»Du hast die Geschichten gehört«, sagte Brindle, »und die meisten sind wahr. Zum Glück hat Corvus diese Möglichkeit vorhergesehen und uns einen Plan mitgegeben.«

Zwei Tage später fand Bell sich allein auf dem Weg zu Zweitels nördlichem Stadttor wieder. Sie war auf dem Festland. Robst hatte sie in einer kleinen Bucht ein paar Meilen weiter nördlich abgesetzt – so nah, wie er nach Zweitel segeln konnte, ohne in Sichtweite eines der dortigen Wachtürme oder der viel höher gelegenen Beobachtungspunkte des Tempelkomplexes zu geraten. Tags zuvor hatten sie auf Thunkmarsch, also am gegenüberliegenden Ufer, Brindle aussteigen lassen. Hier hatte in alter Zeit Camp gelegen – und so hieß dieser Küstenabschnitt immer noch Campveld.

In seinen Grundzügen war ihr Plan recht einfach. Blieben Brindle und Bell an Bord der *Firkin*, würden die Autochthonen das Schiff sehen, durchsuchen und sie finden. Die beiden mussten also auf irgendeinem anderen Weg an Zweitel vorbeikommen. Sobald sie ein paar Meilen weiter südlich wären, könnte Robst sie wieder an Bord nehmen, und sie könnten gemeinsam ihre Fahrt zum Letzten Stück hinunter fortsetzen. Bis dahin würden die beiden also zu Fuß weiterreisen müssen. Da aber ein älterer Mann und eine jüngere Frau, die mit dem Akzent von Calla sprachen, genau das waren, wonach die Autochthonen suchten, hätte es keinen Sinn, wenn sie zusammen gingen. Der Weg durch die Stadt war insofern sicher, als er geordnet war. Viele Seelen unterschiedlicher Art durchquerten sie jeden Tag, denn das war entlang der Westküste des Landes die einzige praktikable Route in den Süden. Natürlich war die Stadt voll mit Bötteln, aber das waren die zahmen, die vollkommen unter der Knute der Autochthonen standen. Dagegen war Campveld notorisch wild und gesetzlos. Was den Machthabern in Zweitel vielleicht ganz recht war, da es die Gründung einer rivalisierenden Stadt jenseits des Kanals verhinderte. Vielleicht stimmten aber auch die Geschichten, und der Ort hatte seit dem Tag, an dem Adam dort ermordet worden war und Eva und Thunk und Whirr und die anderen ihn verlassen hatten, um dem Hügelriesen in die Gegend zu folgen, aus der später Stücke und Splitterungen wurden, unter einem Fluch gestanden. Jedenfalls war es der Ort, an den abtrünnige Böttel flohen, wenn sie ihre Herren enttäuscht hatten. Wenn sie hier ans Ufer hinaufhasteten, fanden sie sich in einem Strom von Piraten, Banditen, wilden Seelen und sogar ein paar Autochthonen wieder, die sich von El abgewandt hatten und übergelaufen waren, um ihr Glück zu suchen. Brindle kannte dort ein paar Leute und schien der Meinung zu sein, dass er einen Fußmarsch von einigen Meilen entlang der Küste von Campveld Richtung Süden bewältigen konnte. Allerdings hielt er es für klüger, dass Bell einen anderen Weg nahm, mitten durch die Stadt, damit niemand sie je zusammen sähe. Das Ganze würde an einem Tag über die Bühne gehen. Brindle würde am westlichen und Bell am östlichen Ufer eine Nacht lang die Zeit totschlagen müssen, während sie darauf warteten, dass Robst sie wieder an Bord nahm, aber die Entfernung, die sie zurücklegen mussten, war gar nicht so groß.

Also ging Bell mit großen Schritten auf der Küstenstraße Richtung Süden und stellte fest, dass sie hier im Vergleich zu den Gebirgspässen von Calla leicht vorankam. Sie trug eine Decke wie einen Umhang über Kopf und Körper, und über den Rücken hatte sie sich einen Beutel geworfen, der einfachen Proviant für ein paar Tage, eine Geldbörse mit einigen Münzen und eine Schreibgarnitur enthielt: Federkiele, Federmesser und die Sachen, die man zum Tintenmachen brauchte.

Die Straße folgte der nicht gerade verlaufenden Küstenlinie. Von Zeit zu Zeit bot sich Bell, ebenso wie den anderen, die um sie herum auf der Straße unterwegs waren, hinter einer Landzunge der Blick auf die Stadt. Zu deren Schutz war schon sehr früh eine Ufermauer – damals eine Flussmauer – errichtet worden, um Überschwemmungen wie jene, die die erste Elstadt vernichtet hatte, zu verhindern. Neuere Gebäude, zumeist aus gebranntem Lehm, waren später um die Außenseite der Mauer herumgebaut worden und verdeckten jetzt deren unteren Teil mit einem Gewirr aus unterschiedlichen Dachlinien und waberndem Rauch. Leicht zu erkennen war jedoch die Oberkante der Mauer, die geradewegs von einem Turm zum nächsten verlief.

Die Türme waren fünf an der Zahl und so angeordnet, dass sie einander überschneidende Ausblicke auf die Erste Splitterung und, jenseits davon, Campveld boten. So beeindruckend sie einmal gewesen sein mochten, das, was über ihnen sichtbar wurde, ließ sie geradezu zwergenhaft erscheinen. Die Berghänge hinter der Stadt waren mit Bäumen bewachsen, die seit Adams Tod ziemlich alt geworden waren. Man konnte die Spur eines Straßeneinschnitts ausmachen, der im Zickzack den Hang hinaufführte. Auf der Hügelkuppe jedoch war eine Art weißer Schaum zu erkennen, dem schäumenden Kamm einer Welle ähnlich, die im Begriff war, über der Stadt umzuschlagen. An die Berge von Calla gewöhnt hätte Bell darin die dicke Zunge eines Gletschers gesehen, hätte sie nicht gewusst, was es wirklich war: Bienenstock. Ein Komplex aus Zellen, in denen Seelen wohnten, die sich auf unvorstellbare Weise von denen unterschieden, die auf zwei Beinen umherliefen und sich mithilfe von Wörtern, Liedern, Blicken und Gesten miteinander verständigten.

Wirklich wissen konnte man über den Bienenstock wenig, außer dass er den Fuß der Felsnadel in der Mitte des Landes umgab und sich von dort entlang des Bienenstockwegs ausbreitete, indem er dünne Ausläufer nach Osten zu den Wimmeln und nach Westen zu dem Gebirgskamm oberhalb von Zweitel bildete. Dort hatte der Bienenstock mit der Zeit die Lücken zwischen den großen steinernen Tempeln und Basiliken, die zu Els Ruhm von Böttеln errichtet worden waren, ausgefüllt und damit einen nahtlosen Komplex geschaffen, der sich eine Meile weit über den Bergrücken hinzog. Von den Seelen, die darunter in der ummauerten Stadt Zweitel wohnten, setzten nur wenige je einen Fuß in den Tempel. Wenn sie sich die Serpentinen bis zum

Kamm hinaufgequält hatten, konnten sie eine Öffnung in der Mitte passieren, die den Anfang der großen Straße nach Osten markierte. Der Zutritt zum Tempel selbst war jedoch eine Ehre, die nur wenigen zuteilwurde.

»Ich bin unterwegs nach Toravithranax«, sagte sie. Das hatte sie Hunderte Male geübt und dabei gelernt, die Worte mit dem starken Akzent der kalten Stücke, die nördlich von Calla lagen, auszusprechen. Nun hatte sie sie zum ersten Mal direkt an einen Fremden gerichtet.

»Und was willst du da?«, fragte der Autochthone. Bell und ungefähr zwanzig andere Reisende drängten sich vor dem Nordtor von Zweitel, wo sie von ein paar Autochthonen, die ihre Reittiere hierhin und dorthin lenkten und sich jedem näherten, der ihre Neugier weckte, beäugt und befragt wurden.

Sie versuchte, das Reittier dieses Autochthonen, das, zweifellos durch den Duft der Äpfel angezogen, seine riesige Nase neugierig in ihren Beutel schob, zu ignorieren, schirmte stattdessen mit der Hand ihre Augen ab – in die knapp am Kopf des Autochthonen vorbei das Sonnenlicht fiel – und blickte ihm, so gut sie konnte, in die Augen.

»Ich wurde von meiner Familie in den Süden geschickt, um bei Pestle die Kunst des Schreibens zu erlernen«, sagte Bell – womit sie, was dieser Autochthone verstehen würde, die Akademie meinte, die Pestle Äonen zuvor gegründet hatte.

»Wer sagt denn, dass sie dich da nehmen werden?«, fragte der Autochthone, während er sie von oben bis unten musterte.

»Wenn nicht, werde ich bei einem der geringeren Schreiber lernen, die ja, wie es heißt, ihre kleinen Schulen rund um die große haben.«

»Und was bedeutet deiner Familie das Schreiben, dass sie dich so weit fortschicken, um es zu erlernen?«

»Wir haben drei Schiffe und müssen über vieles Buch führen.«

Wegen des Sonnenstands war sie gegenüber dem Autochthonen immer noch im Nachteil, musste aber davon ausgehen, dass er sie genau in Augenschein nahm. »Zum schmalen Tor«, befahl er und blickte dann zur Mauerkrone hinauf, um sicherzugehen, dass er von denen, die dort Wache hielten, verstanden worden war. Bell folgte seinem Blick und sah eine Reihe von Helmen, gespannten Bögen, gefüllten Köchern. Darunter befanden sich zwei Tore: ein breites, das die Straße überwölbte und selbst die größten Gespanne samt Wagen durchließ, und ein anderes, das gerade breit genug für eine einzige Seele zu Fuß war; ersteres führte auf die Hauptuferstraße; letzteres war lediglich ein Durchgang ins Erdgeschoss eines Gebäudes, das innerhalb der Mauer lag. Wie weit dieses Gebäude sich erstrecken mochte und was wohl darin vor sich ging, erschloss sich ihr nicht. Aber mehrere dieser Helme neigten sich jetzt zu ihr herunter, und sie wusste, dass Widerstand ihr nicht viel nützen würde. Und ein Blick zurück auf den Weg, auf dem sie gekommen war, zeigte ihr, dass eine Umkehr ebenso wahrscheinlich unerwünschte Aufmerksamkeit und Pfeile zwischen die Schulterblätter mit sich bringen würde. Nicht dass sie im Entferntesten vorhatte, das zu tun. Jetzt aufzugeben hieße, mit der Quest zu scheitern, bevor sie richtig begonnen hatte.

Also trat sie durch das Tor in eine Art Vorraum und blieb dann abrupt stehen, denn sie stand zum ersten Mal in ihrem Leben einem Böttel Auge in Auge gegenüber.

Bisher hatte sie sie nur in Bilderbüchern und auf Wandteppichen gesehen, üblicherweise im Hintergrund, als Füllsel für leere Stellen in dem Kunstwerk, wo sie unter der Leitung von Autochthonen oder Engeln nicht unbedingt appetitlich anmutende Aufgaben erfüllten. In einem der Räume in der großen Halle von Fahrt hatte man einen ausgestopften Böttel aufgestellt. Während ihres kurzen Zwischenaufenthalts in West-Abspalt hatte Bell aus der Ferne gesehen, wie Böttel spinnenartig durch

Schiffstakelwerk kletterten, das der Ausbesserung bedurfte, oder krebsartig über Schiffsrümpfe, die freigekratzt werden mussten, und natürlich bestand auch die Reihe behelmter Wachen oben auf diesem Torhaus nur aus Bötteln. Hier aber starrte sie einem Böttel direkt ins Gesicht. Er war neben einer Tür postiert, die in einen größeren Raum führte, der durch lange Plankentische in Bahnen aufgeteilt war. Seinen Helm hatte der Böttel beiseitegelegt und den Speer an die Wand gelehnt, aber er trug immer noch eine Rüstung aus steifer, in überlappende Plättchen zerteilter Tierhaut und war mit etwas bewaffnet, das entweder ein sehr langes Messer oder ein sehr kurzes Schwert war. Bell hatte sich auf einen deutlichen Mangel an Symmetrie gefasst gemacht und wurde nicht enttäuscht. Böttel gab es in verschiedenen Farbgestaltungen, und in der Größe rangierten sie im Verhältnis zu Bell und ihren Verwandten zwischen Mitte Oberschenkel und Schulterhöhe, je nachdem, wo und wie sie eingesetzt wurden. Aber sie waren ausnahmslos auf der rechten Seite größer als auf der linken. Die Geschichte, die man sich allenthalben über sie erzählte, besagte nämlich, dass sie im einstigen Elstadt plötzlich entstanden waren und leichte Arbeiten in Holzfällerei, Bergbau, Ziegelbrennerei und Schmiede ausgeführt hatten, ohne jedoch eine richtige Aufgabe oder Orientierung zu haben, bis die Autochthonen aufgetaucht waren und begonnen hatten, sich um sie zu kümmern. Die Autochthonen wussten, was man wie machen musste, waren aber nicht sehr zahlreich. So waren die Leute von Elstadt – und nach dessen Zerstörung Zweitelstadt – zu unentbehrlichen Helfern der Autochthonen geworden. Stark waren sie geworden und stämmig. Intelligenz war für sie von geringem Nutzen, und manche Stämme konnten kaum ein Wort sagen, sodass ihre Köpfe klein waren, ihre Münder eher zum Kauen und Schlucken gewaltiger Portionen als zum Sprechen geeignet, ihre Ohren groß, damit sie die von ihren Herren erteilten Befehle besser hören konnten. Sie bekamen dichtes Haar am

Körper, aber nur wenig auf dem Kopf, und bei warmem Wetter verloren sie es und spannen es zu groben, borstigen Seilen, die sie zum Bau von Nestern benutzten, in denen sie zusammen in dichten, schnarchenden und sich bewegenden Trauben schliefen. Sie waren nicht mehr in männlich und weiblich unterteilt, da die Kopulation keinem Zweck diente, der für die Autochthonen von irgendeinem Nutzen gewesen wäre. Ihre Herren konnten ihnen die Ohren beschneiden, sie tätowieren oder sonstige derartige Veränderungen vornehmen, die auf einen Blick ihren Verwendungszweck erkennen ließen. Gefährliche Arbeit brachte sie um oder zermürbte sie. Dann wurden sie durch neue ersetzt, die von einem Ort irgendwo oben im Tempelkomplex, wo man neu entstandene Seelen zusammenbrachte und solcherart formte, heruntergeschickt wurden.

Man hatte Bell Manieren beigebracht, weshalb sie, als sie plötzlich diesem Böttel gegenüberstand, den Impuls unterdrücken musste, ihm einen guten Tag zu wünschen und eine Bemerkung übers Wetter fallenzulassen. Von einer, die aussah wie Bell, würde ein Böttel nämlich nichts anderes erwarten als direkte Befehle oder die Bitte um Gnade.

Und tatsächlich erhielt er einen Befehl von jemandem im Inneren, den Bell nicht verstand – er kam nämlich in einer kruden Art von Sprache, die nur von Autochthonen benutzt wurde, um Böttel herumzukommandieren. Der Böttel schlug die Hacken zusammen, drehte sich um und streckte seinen schwachen linken Arm in Richtung Tür aus. Das verstand Bell als Aufforderung an sie, in den nächsten Raum weiterzugehen. Der Zweck der langen Plankentische wurde bald klar, als ein Autochthone sie anwies, ihren Beutel zur Durchsuchung auf einen davon zu legen.

Hier drinnen war dieser Autochthone, unbewaffnet und ohne Rüstung auf seinen eigenen zwei Füßen stehend, nicht viel größer als Mard oder Lyne. Burr wäre ihm mehr als ebenbürtig gewesen. Wo Burr jedoch grobe und kühne Züge hatte, war der

Autochthone elegant, und Bell merkte, wie sie auf seine Schönheit reagierte, als er seine hellen Augen mit den langen Wimpern auf die armselige Ansammlung von Äpfeln, Unterkleidung und Schreibwerkzeug richtete, die er aus ihrem Beutel zog und auf dem Tisch auslegte. Er untersuchte einen der Äpfel und roch mit seiner zierlichen Nase lange daran. Es war eine Sorte, die im hohen Norden wuchs; das schien er zu wissen. Interessanter war die Holzschachtel mit ihren Schreibutensilien. Darin aufgerollt befanden sich mehrere Blatt Papier aus nördlichen Flachsfasern, auf die Bell zwei verschiedene Alphabete gekritzelt hatte.

Er befahl ihr, ihre Sachen wieder einzupacken, und wies sie zu einer anderen Tür. Diese führte sie eine Wendeltreppe hinauf und an einem weiteren Böttel vorbei in eine Kammer mit einem Tisch, zwei Stühlen und einem kleinen Fenster, durch das sie hinaus auf die Straßen von Zweitel sehen konnte. Unter ihr spielte sich eine kuriose Art von Schauspiel ab, und die verschiedenen Rollen verkörperten, je nach ihrer Beschaffenheit, Böttel, Entstand, Autochthone und …

»Entsprung«, sagte eine Frauenstimme. Bell drehte sich um und sah eine Autochthone in einem langen weißen Gewand, die eingetreten war, während Bell zum Fenster hinausgeschaut hatte. Ihr langes, volles flachsfarbenes Haar hatte sie über die Schulter nach hinten geworfen, und ihre Körperhaltung vermittelte den Eindruck, es würde genau dort bleiben. Wie lange sie schon da stand, war schwer zu sagen, aber ein schwacher süßer Duft, der sich jetzt in Bells Nase einnistete, ließ darauf schließen, dass sie gerade erst hereingekommen war. »Seelen, die nach Spring und ihren Vorstellungen davon, wie Leute aussehen sollten, gestaltet wurden«, erklärte die Frau. »Entsprung. Das ist unser Wort für sie. Für dich.«

»Du bist …«, fing Bell an.

»Äußerlich ähnlich. Eigentlich gleich. Vom Ästhetischen einmal abgesehen.« Sie musterte Bell von oben bis unten. »Die Welt wäre weniger verwirrend, wenn Autochthone eine völlig andere Gestalt hätten als Entsprung. Wenn wir äußerlich so anders wären, wie wir es hier sind.« Sie hob eine Hand, wodurch ein weißer Ärmel von einem feingliedrigen, blassen Handgelenk herabrutschte, und tippte sich an die Stirn. »Doch El in seiner Weisheit hatte Gründe, uns eine ähnliche Gestalt zu geben.« Sie drehte sich leicht gen Osten und neigte den Kopf, als sie Els Namen aussprach. Bell besann sich gerade noch rechtzeitig auf ihre guten Manieren und tat es ihr gleich. »In einer Hinsicht ist es gut, insofern nämlich, als es uns befähigt, uns zu unterhalten, so wie du und ich es gerade tun. Auf diese Weise dienen die Entsprung uns als unerschöpfliche Quelle von Faszination und Verwirrung.«

»Stehe gerne zu Diensten«, sagte Bell. Bei aller Ablenkung durch die vielen sonderbaren Dinge, die die Frau sagte – und ihre Schönheit obendrein –, hatte Bell gerade noch daran gedacht, mit dem Akzent des hohen Nordens zu sprechen, den sie schon die ganze Zeit simulierte. Diese Frau beherrschte nämlich perfekt die Sprache, die Entsprung auf den Stücken benutzten, und würde jede Ungereimtheit in der Aussprache ihres Gegenübers sofort bemerken.

»Dann darfst du mir gleich noch einmal zu Diensten sein, indem du ein Wort aufschreibst.« Die Frau durchwühlte die Schachtel mit Bells Schreibsachen, als gehörte sie ihr. Sie entschied sich für ein leeres Blatt Papier und rollte es auf dem Tisch aus. Daneben legte sie einen Federkiel und ein Tintenfass, das sie leicht schüttelte und dann aufmachte. »Eichengalle. Oder wie wir sagen: Gallapfel«, verkündete sie, nachdem sie daran geschnuppert hatte. »Gutes Material.« Die Art, wie sie das sagte, ließ die Frage, ob das Sarkasmus war, offen. »Du kannst deinen Namen schreiben«, sagte sie und blickte Bell dabei in die Augen.

»In welchem Alphabet?«

»Spielt das eine Rolle? Sinn der Übung ist ganz offensichtlich, die Richtigkeit der Geschichte, die du erzählst, zu überprüfen. Schreib ihn, wie Pestle es tun würde. Nur zu.«

Hunderte von Seiten hatte Bell mit flüssiger, sicherer Handschrift im alten, im neuen und in weiteren Alphabeten vollgeschrieben und verstand alles, was ihr gerade erklärt worden war. Das zu zeigen hätte allerdings ihrer Geschichte widersprochen. Also tauchte sie den Federkiel in die Tinte, sorgte dafür, dass er hier und da kleckste, und schrieb mit einer Bedächtigkeit, die für die Dame ebenso nervtötend sein musste wie für Bell selbst, das Wort »Bellis perennis«. Am Ende lehnte sie sich zurück, sodass ihr Werk begutachtet werden konnte.

»Nun«, sagte die Dame, »damit wird die Akademie ihre liebe Mühe haben.« Die Autochthone nahm das Blatt und sah sich Bells Werk genau an. Ihre Reaktion kam jedoch mit einer so ungewöhnlichen Verzögerung, dass Bell der Verdacht beschlich, irgendwie eine schlechte Wahl getroffen zu haben.

»Bellis ist dein Name?«

»Kurz Bell, wenn du möchtest. Darf ich erfahren, wie du heißt?«

Die Autochthone blickte sie scharf an, so als wäre das eine ausgesprochen abwegige Frage. »Mein voller Name lautet Elswirklichkeit.« Es schien sie zu verwirren, dass es Personen gab, die das noch nicht wussten. »In der Sprechweise der Entsprung klingt das etwas sperrig, deshalb kannst du mich einfach Wirklichkeit nennen.«

»Danke«, sagte Bell, die sich jetzt etwas beunruhigt fragte, welche anderen Sprechweisen die Dame wohl im Sinn hatte.

»Du kommst von einem Stück im hohen Norden.«

»Eisbergbruch.«

Elswirklichkeit fröstelte leicht. »Kein Wunder, dass du in eine Decke gehüllt herumläufst. Die Sprache, die ihr dort oben sprecht, muss sehr eigenartig und alt sein. Wir würden statt Bellis eher Gänseblümchen sagen.«

»Ja, das stimmt. Hier nennt man sie ›Gänseblümchen‹.«

»Ist das denn oben in Eisbergbruch eine verbreitete Blume?«

»Die Vegetationszeit ist kurz«, sagte Bell. »Nur ein paar einfache Blumen schaffen es, zu sprießen und zu wachsen.«

Elswirklichkeit blickte sie unverwandt an. »Der Name hat eine … komplizierte Geschichte, die in sehr alte Zeiten zurückreicht und für uns von besonderer Bedeutung ist. Wenn deine Eltern die alten Mythen studiert hätten, hätten sie das vielleicht gewusst und sich dagegen entschieden, dich Bellis perennis zu nennen. So aber dürfte es für sie nur der Name eines einheimischen Unkrauts gewesen sein. Sicher haben sie nichts damit *beabsichtigt*, als sie ihn ihrer Tochter gaben. Einer Tochter, von der sie nicht erwarteten, dass sie Eisbergbruch jemals verlassen und sich unter kultivierten Leuten bewegen würde.« Bell merkte, dass sie errötete. Die Sagen, von denen die Dame sprach, kannte sie sehr wohl. Gänseblümchen war das letzte Mitglied von Egdods Pantheon. Den alten Mythen zufolge war sie just an dem Abend, als El kam, plötzlich aufgetaucht, um das Pantheon vor dem zu warnen, was bevorstand, und zusammen mit Egdod und den anderen ausgestoßen worden.

»Nun, Bellis, wenn wir uns in besserer Gesellschaft befinden, nenne ich dich Bell und hoffe, dass sonst niemand weiß, dass das ein Synonym für Gänseblümchen ist.«

»Bessere Gesellschaft?«

»Solche wie ich«, erklärte Elswirklichkeit.

»Ich dachte, ich könnte meinen Weg jetzt einfach fortsetzen«, sagte Bell.

»Wozu die Eile? Pestles Akademie gibt es seit Anbeginn dieses Zeitalters.«

»Man hat mir gesagt, nach Einbruch der Dunkelheit solle man sich tunlichst nicht in der Stadt aufhalten«, sagte Bell, nach Kräften bemüht, einen besorgten Bauerntrampelblick durchs Fenster zu werfen, wo die Schatten sich über die Straße dehnten.

»Guter Rat für ein allein reisendes Mädchen«, sagte Elswirklichkeit. »Als mein Gast brauchst du dich um nichts zu sorgen.«

»Ich bin … dein Gast?«

»Ich glaube, das habe ich gerade gesagt, Bell.«

»Warum solltest du dir die Mühe machen? Mit einer wie mir?«

»Das ist eine vernünftige Frage, und ich werde dir eine schlichte Antwort geben«, sagte die Dame. »Ich bilde dich aus. Ziehe dich heran. Sogar jemand so Rückständiges wie du muss gehört haben, dass Els Reich sich bis hierher erstreckt« – sie teilte die Tischplatte mit einer senkrechten Abwärtsbewegung ihrer Hand – »und kein bisschen weiter. Dort« – sie deutete aufs andere Ufer und damit auch auf all die Splitterungen und Stücke jenseits davon – »liegt das Reich von Riesen, wilden Seelen. Man erzählt sich sogar von einem riesigen sprechenden Raben, der umherfliegt und versucht, den unwissenden Entsprung, die in diesen Gegenden wohnen, allerhand Unsinn einzureden, der El ein Gräuel ist. Autochthone, die wir über die Erste Splitterung schicken, können ebenso gut in dunkle Machenschaften geraten, wie sie treu bleiben können. Wenn ich eine junge, unverdorbene Entsprung aus diesen Teilen kennenlerne, aus anständiger Familie, bereits ein wenig des Lesens und Schreibens kundig und willens, noch mehr zu lernen, betrachte ich es als meine heilige Pflicht, sie in dieser Stadt freundlich aufzunehmen. Heute Nacht wirst du gut essen und tief und fest schlafen, und morgen werde ich dafür sorgen, dass man dich zum Tempel führt, wo du aus der Ferne die Herrlichkeit von Els Palast schauen und die Pracht all dessen, was dort gebaut wurde, sehen kannst. Wenn es dein Ziel ist, die Kunst des Schreibens zu erlernen, brauchst du keine Meile weiter in den Süden zu reisen, Bell. In Toravithranax wird nichts gelehrt, was man nicht auch hier lernen kann; und hier kannst du es ohne den ganzen Unsinn lernen, den Pestle in alter Zeit mitbrachte.« Bell blieb nichts anderes übrig, als der Dame herzlich zu danken und zum nächsten Ort mitzugehen, zu dem man sie brachte: einer Wohnung in einem der Wachtürme, die von Bötteln bewacht und in Ordnung gehalten wurde, jedoch für Autochthone und ihre Gäste bestimmt war. Diese hatte einen kleinen Balkon mit einer schönen Aussicht über das Wasser hinweg auf das Ufer von Campveld und war mit gewissen Annehmlichkeiten in Sachen Bad und Toilette ausgestattet, wie sie Bell noch nie in den Sinn gekommen waren. Das Haus, in dem sie auf Calla aufgewachsen war, galt dort als eins der besseren, und obwohl sie nie irgendeinen Mangel empfunden hatte, nahm es sich im Vergleich zu diesem hier ärmlich aus.

Ein weniger deckenartiges Kleidungsstück wurde für sie gefunden: ein weißes Gewand, das grob nach dem Muster von Elswirklichkeits gefertigt war. Bell erschien es ausgesprochen unpraktisch, bis ihr der Gedanke kam, dass eine solche Art von Kleidung tatsächlich sinnvoll sein könnte, solange das Leeren von Nachttöpfen und andere lästige Arbeiten dieser Art von Bötteln übernommen wurden.

Sie begab sich in eine Kantine für Autochthone im Erdgeschoss des Turms, wo die Offiziere, die für den Uferbereich zuständig waren, mit ein paar Entsprung-Gästen an langen Tischen saßen und sich von Böttel-Kellnern in Spezialuniformen bedienen ließen. Bell lauschte aufmerksam den Gesprächen, verstand jedoch kaum etwas. Die Sprache an sich verstand sie sehr wohl. Aber worum es bei diesen Gesprächen ging – Abstraktionen in Verbindung mit Geld, Gesetz, dem Umgang mit Bötteln und dem Tagesgeschäft einer Stadt –, wurde ihr nicht immer deutlich. Das einfache Mädchen aus Eisbergbruch, das sie zu sein vorgab, hätte so gut wie nichts davon nachvollziehen können. Daher war ihre Rolle ganz einfach: Sie aß, sprach, wenn sie angesprochen wurde, starrte die Bilder an der Wand an. Ihr war bewusst geworden, dass sie zum Teil dieselben historischen Ereignisse zeigten wie die Wandteppiche in der Halle der Calladons; da jedoch die Rollen der Helden und der Schurken vertauscht waren, hatte sie das anfangs nicht verstanden.

Am nächsten Tag begleitete sie Elswirklichkeit hinauf zum

Tempel. Kein Autochthoner würde auch nur im Traum darauf kommen, diesen Anstieg anders als auf dem Rücken eines Reittiers zu unternehmen. Ein großes Reittier war zwar imstande, zwei Seelen zu tragen, aber Bell erklärte sich willens, es selbst mit dem Reiten zu versuchen. Elswirklichkeit sagte, leihweise stünde ihnen das Tier eines Freundes zur Verfügung.

Hier musste Bell verbergen, dass sie den Umgang mit Reittieren perfekt beherrschte. Sie ritt seit ihrer Kindheit, musste aber Unwissenheit vortäuschen, als der Autochthone, der die Ställe beaufsichtigte, ihr dies und das erklärte. Die Tatsache, dass sie in Anwesenheit solcher Tiere vertrauensvoll und ruhig war, konnte sie nicht verbergen. Das für sie ausgeborgte Reittier – ein sehr großes und beeindruckendes – spürte das und verhielt sich so folgsam, dass Elswirklichkeit sich überrascht äußerte. Bell versuchte sich mit der Behauptung herauszureden, dass ihre Familie zu Hause ein paar Reittiere als Zugtiere benutze und es ihre Aufgabe gewesen sei, sie zu pflegen.

Von unten sah der Anstieg über die Serpentinen lang aus. Bell fürchtete die gekünstelten Gespräche, die sie unterwegs mit ihrer Gastgeberin würde führen müssen. Doch nachdem Elswirklichkeit sich davon überzeugt hatte, dass Bell nicht von ihrem Reittier fallen würde, gab sie sich keine große Mühe, in ihrer Nähe zu bleiben oder einen stetigen Strom von Worten aufrechtzuerhalten. Und damit überließ sie Bell ihren Gedanken über diese unerwartete Wendung, die die Quest im Laufe des vergangenen Tages genommen hatte.

Nach allen Maßstäben der Vernunft war sie gründlich danebengegangen. Und dennoch fühlte sich dieser Ritt durch den Wald und den Berg hinauf für Bell in gewisser Weise weniger fremd an als die Quest als solche. Er unterschied sich nicht so sehr von dem, was sie und ihre Familie auf Calla machten, wenn sie Lust auf einen Ausflug hatten.

Dieses Gefühl endete, als sie den Kamm erreichten und des

Tempels von Elkirk ansichtig wurden, an dem es so viel zu sehen gab, dass Bell das Tier zügelte und eine Weile einfach dasaß und alles auf sich wirken ließ.

Fast geradeaus stand ein unauffälliger gedrungener Turm, von dem Bell aufgrund ihrer Geschichtslektionen annahm, dass er die ursprüngliche Elkirk war. Direkt daneben befand sich ein fast genauso altes Tor. Sie wusste, dass dies der Anfang – oder, je nach Standpunkt, das Ende – der Straße war, die sich bis nach Fern-Wimmeln auf der entgegengesetzten Seite des Landes erstreckte. Der Abschnitt, den sie sehen konnte, war von Steingebäuden gesäumt, die von Alter und Größe her ungefähr denen entsprachen, aus denen ein Großteil von Zweitel bestand.

Alles in allem machten diese heruntergekommenen alten Gebäude aber nur einen Bruchteil des Komplexes aus. Die Geschichte, die der andere Teil erzählte, war die, dass die Autochthonen aufgetaucht waren, einen Ort gefunden hatten, wo Pluto so aufmerksam gewesen war, eine beträchtliche Schicht weißen Felsgesteins zu hinterlassen, eine Menge Böttel domestiziert und gezwungen hatten, ein ganzes Zeitalter lang Steine in immer größere Höhen aufeinanderzustapeln und so immer größere Bauwerke zu errichten: prachtvolle, die nach Osten auf den fernen Palast gingen, und imposante, die finster auf Zweitel, die Erste Splitterung und die Stücke jenseits davon hinunterblickten.

Etwas später, als den Autochthonen Ideen, Steine oder Böttel ausgegangen waren, hatte der Bienenstock mit diesem Ort Kontakt aufgenommen, indem er langsam wuchs und vom Fuß des Palastes aus einen langen Ausläufer die Straße entlangschickte, so wie eine Weinranke an einem Ast entlangwächst. Kaum hatte dieser die Verbindung mit dem Tempelkomplex hergestellt, hatte er sich verbreitert und verzweigt und dabei Lücken zwischen den Steinbauten mit einem schaumartigen Gitterwerk aus Zellen gefüllt. Das erinnerte Bell an das, was passierte, wenn man einen Brotteig gehen ließ, ihn dann vergaß und erst viel später feststellte, dass er sich über den Rand der Schüssel hinaus in die Umgebung ausgebreitet hatte. Dennoch schien dieser Schaum so etwas wie die vernünftige Fähigkeit zu besitzen, Türen und Fenster zu meiden: Diese lugten immer noch in regelmäßigen waagerechten und senkrechten Reihen zwischen Vorhängen aus Bienenstockmaterial hervor, das ansonsten bauschig und ohne irgendeinen Plan oder eine Ordnung war, wie Autochthone oder Entsprung sie sich vielleicht vorgestellt hätten.

Bell fiel auf, dass sie schon eine ganze Weile still dasaß und das alles auf sich wirken ließ und Elswirklichkeit – die ein Stück weiter auf das Tor zugeritten war – dennoch keine Anzeichen ihrer bisherigen Ungeduld zeigte, sondern ihr Reittier auf einem breiten Rasenstreifen grasen ließ, der sich an der Westseite des Tempelkomplexes entlangzog, und einfach still, aber aufmerksam im Sattel saß, so als lauschte sie einer Musik. Bell überredete ihr eigenes Reittier, mit dem Grasfressen aufzuhören, und ritt langsam auf Elswirklichkeit zu. Die Autochthone nahm jedoch keine Notiz von ihr, sondern hielt das Gesicht gen Osten gerichtet, so wie jemand, der sich wünscht, nach der Nässe und Kälte eines Unwetters in der Wärme der Sonne zu baden. Jedenfalls hatte sie genau diesen Ausdruck im Gesicht, als Bell einen Bogen ritt, um sich ihr aus dieser Richtung zu nähern. In der Zwischenzeit war Bell ein leises Summen aufgefallen, das Luft und Boden erfüllte.

»Der Bienenstock«, sagte Elswirklichkeit. »Es ist so vieles darin, das ich nie ganz verstehen werde. Doch in dem wenigen, das zutage kommt, fühle ich mich mit ihm und mit El verbunden.«

Sie stiegen von ihren Reittieren ab und ließen sie in der Nähe des Tores grasen. Elswirklichkeit zeigte Bell den alten Turm der Elkirk, der nicht mehr dazu benutzt wurde, neu entstandenen Seelen eine Form zu geben; die alten Statuen, die wie Kreuzungen zwischen Böttel und Entsprung aussahen und von denen in alter Zeit die Seelen von Elstadt ihre ursprüngliche Form entlehnt hatten, waren jedoch noch zu sehen. Die frühere Funktion des Turms erfüllte jetzt ein weitaus größeres Gebäude, das ausgestattet war mit Statuen verschiedener Böttel-Untertypen, an denen sich neue Seelen in Vorbereitung auf den Dienst unten orientierten. In weiteren Stockwerken dieses Gebäudes befand sich Elswirklichkeit zufolge eine Schule, in der zu ihrer endgültigen Form herangereifte Böttel lernten, wie man Nachttöpfe leerte, Gemüse schnitt, Stein behaute oder kämpfte.

Die Kämpfer schienen, nachdem sie ein paar Fertigkeiten erlangt hatten, einen Großteil ihrer Zeit unter freiem Himmel zu verbringen, wo sie auf Plätzen aus festgestampfter Erde unter der Leitung und strengen Zucht von Autochthonen-Offizieren in Formation exerzierten. Diese bekleideten verschiedene Ränge und lebten in Baracken, je nach Dienstalter und Geschlecht mit Bett oder eigenem Zimmer. Elswirklichkeit spazierte durch die Unterkünfte von Männern wie Frauen, als gehörte ihr alles hier, und jeder Autochthone, der sie sah, gewährte ihr eine kleine Geste des Respekts, ehe er einen neugierigen Blick auf Bell warf. Diese Baracken verfügten über Bäder, und wenn männliche Autochthone aus diesen dampfenden Räumen kamen, bedeckten sie sich immer mit Handtüchern. Das brachte Bell auf eine Frage, die zu stellen ihr bisher nie in den Sinn gekommen war. Sie wusste – oder hatte zumindest gehört –, dass weibliche Autochthone nicht schwanger wurden. Autochthone waren nie Kinder. El ließ sie im Palast vollständig ausgeprägt entstehen.

»Wir haben die gleichen Teile wie ihr«, sagte Elswirklichkeit, »für die Paarung.« Sie hatten die Baracken verlassen und gingen jetzt um einen Hof herum, wo vierzig Böttel darin trainiert wurden, mit Pfeilen auf entfernt menschenähnliche Grasbüschel als Zielscheiben zu schießen. Nicht zum ersten Mal war Bell bewusst, dass Elswirklichkeit irgendwie erraten hatte, was sie dachte.

»Bei uns verursacht die Paarung nicht die Erschaffung neuer Seelen«, fuhr Elswirklichkeit fort. »Spring hat einen Fehler gemacht, als sie ihren Kindern diese Fähigkeit verlieh. Wir glauben nicht, dass sie es aus bösem Willen tat. Nur aus Torheit – getäuscht und verzaubert von Egdod, der das ganze Land mit seiner Brut bevölkern wollte. El hat von uns nur so viele gemacht, wie notwendig sind, um die Herrschaft aufrechtzuerhalten. Überließe man die Böttel ihren Launen, würden sie alles hier zugrunde richten, und so ist es an uns, ihnen Regeln aufzuerlegen und dafür zu sorgen, dass ihre Anstrengungen dazu dienen, das Land besser zu machen, statt es auszulaugen.«

Sie hatten eine Öffnung an einer Seite des Hofes erreicht, die sie zu größeren Gebäuden jenseits davon bringen würde. Bevor Bell hindurchging, warf sie noch einen Blick über die Schulter auf die Böttel, die Strohmänner mit Pfeilen spickten. Die beiden Frauen ließen den militärischen Bereich des Komplexes hinter sich und betraten einen überdachten Laufgang, der sich quer durch den Garten erstreckte und in östliche Richtung auf ein Gebäude zulief, dessen Form und Verzierungen auf eine eher sakrale Funktion hindeuteten. Der Garten war mit einer Vielfalt an Pflanzen versehen, über die Bell bis dahin nur gelesen hatte.

»Du siehst die Böttel-Krieger, die sich im Kämpfen üben«, sagte Elswirklichkeit, »und ein Teil von dir macht sich über mich lustig, weil ich behaupte, dass sie das Land verbessern. Aber gleich auf der anderen Seite der Ersten Splitterung leben Gesetzlose: entlaufene Böttel, barbarische Entsprung und wilde Seelen, die im Ersten Zeitalter, als es für das, was eine Seele tun konnte, noch keine Grenzen gab, ungeheure und befremdliche Fähigkeiten erlangten. Auf die Stücke beschränkt können sie nur begrenzten Schaden anrichten – zumal, wenn sie miteinander über Kreuz liegen. Der Preis, den wir dafür zahlen, dass die Dinge so bleiben, ist ewige Wachsamkeit. Du bewunderst diesen Garten. Ich kann sehen, wie sehr du ihn magst, die Freude spüren, die du aus der Schönheit jeder einzelnen Blume schöpfst. Das ist aber nur Seelen wie ihm zu verdanken.« Und sie zeigte auf einen kleinen, verhutzelten Böttel, der in einer Ecke kniete und mit einem spitzen Metallgegenstand Unkraut aus der Erde stocherte.

Dann traten sie durch eine große Tür, die mit so viel dekorativem Schnitzwerk versehen war, dass Bell gar nicht alles aufnehmen konnte, und gingen weiter in einen großen, lichterfüllten Raum. Dessen lange, fassartige Form war gen Osten ausgerichtet, und ihr anderes Ende bestand hauptsächlich aus Fenstern. Mitten auf dem Fußboden erhob sich etwa bis auf die Höhe von Bells Kopf eine stufig aufgebaute Plattform, die ihnen den Blick versperrte, bis sie um sie herumgingen. Da eröffnete sich ihnen die vollständige Aussicht auf das Land im Osten: Sanfte Hügel und Täler wichen Grasland, das sich viele Tagesreisen weiter ostwärts erstreckte. Ganz in der Ferne ragte, von Nebel halb verschleiert, eine weiße Nadel unglaublich hoch senkrecht in den Himmel.

Das war das erste Mal, dass Bell die Felsnadel und den Palast mit eigenen Augen sah. Sie brauchte eine Weile für den inneren Abgleich mit den vielen Darstellungen, die sie gesehen, und den Beschreibungen, die sie im Rahmen ihrer Erziehung gelesen hatte: allesamt Annäherungen an die Wirklichkeit, ohne sie je wirklich zu erreichen. Auf diese Entfernung waren nur wenige Details auszumachen, aber das ließ das Ganze nur noch gewaltiger erscheinen. Seine obere Hälfte war senkrecht und dünn, darunter weitete es sich jedoch zu einer breiten Basis, die, wie Bell wusste, nahezu vollständig aus Bienenstock bestand. Bell hatte fast nur Augen für das, was sich ganz oben an der Spitze befand. Je länger und intensiver sie es betrachtete, desto mehr bildete sie sich ein, sie könnte winzige Details wie Türme und Nebengebäude erkennen. Dunst und Entfernung ließen diese diffus erscheinen.

Ohne Zweifel ging in Bells Kopf etwas Merkwürdiges vor sich.

Wenn sie ganz ehrlich war, gab es nämlich nichts, was sie aus dieser Entfernung auf der Spitze der Felsnadel hätte sehen können. Und doch stellten sich Bilder davon in ihrem Kopf ein. Da sie nicht durch ihre Augen dort hingelangt sein konnten, waren es vielleicht Hirngespinste, gesät durch Geschichtenbücher und zum Leben erweckt durch die seltsam vibrierende Luft dieses Tempels. Vielleicht waren es auch Erinnerungen. Sie hatten große Ähnlichkeit mit Dingen, die sie, vielleicht im Traum, einmal gesehen und dann für lange Zeit vergessen hatte. Wenn dem so war, handelte es sich nicht um durch und durch glückliche Erinnerungen.

»Zwei Gäste. Gleichermaßen willkommen. Eine mir bekannt, eine neu«, sagte eine männliche Stimme hinter ihnen. »Wie unterschiedlich ihre Reaktionen auf den Anblick von Els Palast! Die eine so von Freude erfüllt, die andere irgendwie traurig.«

Als sie die Stimme gehört hatte, war Bell herumgefahren. Elswirklichkeit stand, seitlich versetzt, einen Schritt hinter ihr, den Blick immer noch zum Fenster gewandt, und tatsächlich bestand kein Zweifel darüber, dass ihr Gesicht vor Glück strahlte.

Die Stimme ging von der oberen Ebene der stufig angelegten Plattform aus. Diese war kreisförmig, ähnelte einem sich aufwärts verjüngenden Stapel Münzen und hatte ganz oben einen Durchmesser von wenigen Schritten. Ihr hinterer Teil war von einer niedrigen Brüstung eingefasst, die aus bestickten Kissen zu bestehen schien. Nach vorn war die Plattform zur Fensterfront hin offen. Obendrauf saß, genau in der Mitte, bequem zurückgelehnt ein Autochthone. Man hatte den Eindruck, dass er, zu seiner vollen Größe aufgerichtet, großartig aussehen würde. Jetzt jedoch saß er, angetan mit einem langen, aus einem schimmernden Material angefertigten Gewand. Vielleicht war das aber auch einfach seine Aura. Er hatte nämlich eine. Sie war groß. Alten Büchern zufolge waren Auren einmal üblich gewesen, aber Bell hatte in ihrem ganzen Leben nur ein paar gesehen, und das waren über die Köpfe von Leuten gemalte, kaum erkennbare Schichten von Schimmer gewesen. Die Aura dieses Autochthonen nahm fast die ganze Plattform ein.

Das Lächeln von Elswirklichkeit wurde breiter und veränderte sich auf eine Weise, die Bell falsch anmutete. Die Autochthone drehte sich zur Plattform herum. »Abgesandter Elschild«, sagte sie, »dürfen wir uns dem Diwan nähern? Ich möchte dir meinen Gast vorstellen.«

»Ihr dürft euch nicht nur nähern, sondern euch hier oben zu mir setzen, wenn ihr möchtet«, sagte Elschild. In seinem Ton lag eine Art von vielsagender Vertrautheit, die vermuten ließ, dass er und Elswirklichkeit recht viel Zeit miteinander verbrachten. Elswirklichkeit blickte sich kurz nach Bell um und trat dann näher. Während Bell ihr folgte, bemerkte sie ein Anschwellen des Bienenstocksummens, das mit jedem Schritt intensiver wurde. Als sie den Blick hob, sah sie eine Eigentümlichkeit, die ihr zuvor entgangen war: eine breite, auf den Kopf gestellte Säule, die wie ein dicker Stalaktit von der Decke herab direkt über der Mitte der Plattform hing. Sie bestand vollständig aus Bienenstockschaum, auch wenn er hier eine ordentlichere geometrische Gestalt hatte als wild wachsender Bienenstock. Die Säule hing so nah über dem oberen Rand des Diwans, dass Elschild sie, hätte er sich die Mühe gemacht aufzustehen, mit einer erhobenen Hand hätte berühren können. Ihre Unterseite war konkav. Die hier freiliegenden Zellen waren von Seelen bewohnt, die sich wanden und glühten, um Elschild mit einem matten, fluktuierenden Licht anzuleuchten. Sie mussten die Quelle des Summens gewesen sein, denn mit jedem Schritt, den Bell auf die unterste Stufe des Diwans zumachte, wurde das Geräusch intensiver und drang nicht nur durch ihre Ohren, sondern auch durch ihren Schädel in sie ein und benebelte ihr den Verstand. Die vereinzelten traumartigen Erinnerungen, die ihr beim Betrachten der Felsnadel gekommen waren, brachen jetzt mit Macht los und machten es ihr unmöglich, klar zu denken. Sie blieb stehen und wich dann auf eine angenehmere Distanz zurück. Elswirklichkeit beschleunigte unbeeindruckt ihren Schritt und stieg die Stufen der Plattform hinauf, ihre wippenden Locken und wehenden Röcke ein gefälliger Anblick schon für Bells Auge und umso mehr für Elschilds. Träge hob er eine Hand. Sie packte sie, wirbelte herum und ließ sich so auf den Diwan fallen, dass sie direkt neben ihm zu sitzen kam. Beide lehnten sich behaglich in die Kissen zurück und schienen für einen Moment die Emanationen des Bienenstocks in sich aufzunehmen.

»Unser junger Gast ist faszinierend. Geheimnisvoll«, sagte Elschild, und Bell hatte das Gefühl, dass er nicht seine eigene Meinung äußerte, sondern die des Bienenstocks. »Möchtest du nicht näher treten, junge Dame?«

»Lieber nicht«, sagte Bell. »Ich benutze lieber schlichte, normale Wörter, wenn ich Fremden meine Gedanken mitteile.«

Elswirklichkeit lächelte. »Und wenn du Wörter benutzt, bevorzugst du dann den Akzent von Eisbergbruch oder den von Calla? Wie es scheint, beherrschst du ja beide.« Bell war beschämt, aber nicht überrascht, dass die Autochthone sie durchschaut hatte. Hinweise hatte es schließlich viele gegeben. Ihre Tarnung war nie dazu gedacht gewesen, jemand anderen als einen schlichten Torwächter zu täuschen.

»In den kommenden Monaten und Jahren werden wir reichlich Zeit haben, ihre Tiefen zu ergründen«, sagte Elswirklichkeit. »Ich glaube, heute versteht sie das Wesen des Landes auf eine Weise, die ihr von denen, die sie bisher beschützten, ganz gezielt vorenthalten wurde.« Bells Schrecken angesichts der *kommenden Monate und Jahre* hatte kaum eingesetzt, da wurde er schon durch diese sehr seltsame und falsche Behauptung, sie sei von ihren eigenen Verwandten irregeführt worden, beiseitegewischt.

»Also gut«, sagte Elschild, »beginnen wir unverzüglich, nämlich auf dem Ritt hinunter nach Zweitel.«

»Du reitest jetzt hinunter in die Stadt«, sagte Elswirklichkeit, halb Feststellung, halb Frage.

»Ich habe ein wichtiges Treffen – mit einem Barbarenkönig!«, sagte Abgesandter Elschild. »Eine meiner ausgefalleneren Pflichten.«

»Fantastisch«, sagte Elswirklichkeit, »dann lass uns losreiten.«

Elschild erhob sich zu seiner vollen Größe, die beeindruckend war, so als wäre er dazu gemacht worden, ein Gebieter zu sein. Was er vermutlich auch war. Er stieg, Arm in Arm mit Elswirklichkeit, herab und machte eine Handbewegung auf Bell zu, die bedeutete: *Nach dir, Werteste.* Doch schon bald hatten die beiden Bell mit langen Schritten überholt und zwischen sich genommen. Sie verließen den Raum auf einem anderen Weg und kamen durch eine Art Foyer, wo ein Böttel Elschild aus seinem Gewand und in einen langen, durchweg schwarzen Reitumhang aus schwererem Material half. Zuvor jedoch warf er Elschild ein breites ledernes Bandelier über eine Schulter. Es fiel diagonal über seinen Körper auf die linke Hüfte, wo eine Scheide daran hing, und dort hinein kam ein Schwert aus brüniertem Stahl, das Elschild von einem Gestell nahm.

Von dort gingen die drei zur Tür hinaus und begaben sich direkt zurück an die Stelle in der Nähe des Tors, wo Bell und Elswirklichkeit ihre Reittiere zurückgelassen hatten. Elswirklichkeit stieg in den Sattel, und Bell tat es ihr gleich, womit Elschild zu Fuß zurückblieb. Mit Blick auf Elschilds allgemeinen Lebensstil war anzunehmen, dass jeden Moment ein Böttel herbeigeeilt kommen würde, in der Hand die Zügel eines Reittiers, das noch größer und prachtvoller war als das geborgte. Doch nichts dergleichen geschah. Die beiden Autochthonen wechselten einen Blick, und Bell vermutete, dass geheime Gedanken zwischen ihnen hin und her gingen. Dann trat Elschild seitlich neben Bells Reittier und schwang sich mit einer geschmeidigen, anmutigen Bewegung unmittelbar hinter Bell auf dessen Rücken. Die Konturen des Sattels sorgten dafür, dass die beiden ziemlich eng aneinandergepresst wurden. Sie versuchte sich der unerwünschten Nähe zu entziehen, doch er hatte bereits die Arme um sie gelegt. Seine rechte Hand schloss sich über ihrer, mit der sie die Zügel hielt. »Die werden wir nicht brauchen«, sagte er, so nah an ihrem Ohr, dass sie seinen Atem spüren konnte. »Die verwenden nur Böttel. Wir haben ausgefeiltere Möglichkeiten, das Tier im Zaum zu halten.«

Genau aufs Stichwort schoss das Reittier übers Gras. Elschild schlang den linken Arm um Bells Taille und zog sie an sich. »Der Ritt wird schneller sein, als du es gewohnt bist, aber ich passe auf, dass du nicht hinunterfällst«, erklärte er.

Als sie Hufschläge zu ihrer Rechten hörte, drehte Bell den Kopf und sah Elswirklichkeit an ihnen vorbeigaloppieren. Im Handumdrehen hatten sie den Grasgürtel überquert und tauchten in den Wald ein, der den Berghang bedeckte. Für Bell war das ein wildes Tempo, aber das Tier kannte, ebenso wie der Autochthone, den Weg und setzte nie einen Huf falsch auf. Mit den ersten zwei Serpentinen ließ Bells Angst nach, bis sie schließlich ihre Aufmerksamkeit von der Straße vor ihnen abwenden und einen Blick über die Erste Splitterung und die Uferzone von Zweitel weit unter ihnen riskieren konnte.

Zwei von den Kriegsschiffen der Autochthonen – Galeeren mit vielen Rudern – wagten sich quer zum allgemeinen Verkehrsfluss über den Kanal. Es sah aus, als planten sie mitten in der Splitterung ein Rendezvous mit einem Schiff, das von der Küste von Thunkmarsch herkam. Vielleicht befand sich darauf der Barbarenkönig, den Elschild unten treffen würde? Besonders königlich sah das Schiff nicht aus; Begriffe wie »König« wurden draußen auf den Stücken aber auch selten benutzt.

Erzähl mir mehr, verlangte Elschild. Obwohl er kein Wort gesagt hatte, wusste sie, dass es das war, was er wollte. Auch sie hatte kein Wort von sich gegeben; falls sie ihm also schon irgendetwas »erzählt« hatte, dann hatte er es ohne ihre Zustimmung aus ihrem Kopf herausgelesen. Abscheu, gefolgt von Panik, bezwang ihren gesunden Menschenverstand, und sie versuchte, sich dem Autochthonen zu entwinden. Doch Elschilds Arm war wie ein schmiedeeisernes Band, das um ihren Körper gebogen war, der Sattel eine unentrinnbare Falle, und selbst wenn sie sich hätte befreien können, wäre das ihr Tod gewesen, denn sie wäre auf die unter ihnen dahinrasende Straße geschleudert worden. *Ich werde erfahren, was du bist, Bellis perennis,* ließ Elschild sie wissen, *statt was du zu sein vorgibst.*

Und als sie wusste, dass er ihren richtigen Namen kannte, brach ihr Widerstand, sie verfiel in eine Träumerei, in der sie sich ohne klare Ordnung an verschiedene Dinge aus ihrem Leben erinnerte, und wusste, dass es Elschild in ihrem Inneren war, der ihre Gedanken auf eine Weise durchstöberte, gegen die sie machtlos war. Was ihn eigentlich ebenso hätte befriedigen müssen, wie es sie abstieß. Nachdem es aber eine Weile so weitergegangen war, spürte sie, dass er immer ernüchterter wurde, je mehr er sah. Er wühlte in der Tiefe, versuchte, ihre frühesten Erinnerungen heraufzuholen. Diese betrachtete er jedoch als falsch – als Lügen, die ihr von jemandem eingepflanzt worden waren, der sich große Mühe gegeben hatte, sie über ihr wahres Wesen zu täuschen.

Brindle.

Eine schlafähnliche Dunkelheit hatte sie überkommen, sodass sie nicht wusste, wo sie war. Eindrücke von einem Tor, städtischen Straßen, Hafenanlagen und Schiffen sickerten in ihre Gedanken ein. Von Elschild aufgewühlte Erinnerungen? Nein, denn diese Orte hatte sie noch nie gesehen. Das waren keine Erinnerungen. Sie kam ins Hier und Jetzt zurück, denn Elschild hatte seine Aufmerksamkeit von ihr abgewandt und erteilte jetzt Bötteln Befehle. Als sie merkte, dass sie wie ein nasser Lappen an seinem Körper hing, rutschte sie nach vorn und stützte sich auf den Rand des

Sattels. Elschild machte in dem Wissen, sie in der Hand zu haben, keine weiteren Anstalten, sie an sich zu pressen.

Sie ritten hinaus auf die Mauerkrone oberhalb des steinernen Kais. Inzwischen hatten die beiden Kriegsschiffe, die Bell zuvor aufgefallen waren, ihr Rendezvous abgeschlossen und waren bis auf Pfeilschussweite wieder an die Uferzone von Zweitel herangekommen. Entlang des Hafendamms postierten sich uniformierte Böttel, von denen manche Bootshaken oder aufgewickelte Leinen bei sich hatten, andere dagegen mit Lanzen bewaffnet waren. Auf der Mauerkrone standen Bogenschützen dicht an dicht.

Elschild lenkte das Reittier von dort weg eine Rampe hinunter, die sie auf eine Ebene mit dem Hafendamm brachte; Elswirklichkeit entschied sich, von der Mauerkrone aus auf das Geschehen hinabzublicken. Immer noch benommen von dem, was während des Ritts passiert war, bekam Bell nur vage mit, dass eine Menge Befehle erteilt und Vorbereitungen am Anlegeplatz getroffen wurden, während das Schiff mit dem Barbarenkönig näher herankam, seitwärts schwenkte und sich an den Kai lotsen ließ. Bell hatte noch nie einen – Barbaren- oder sonstigen – König gesehen. Neugierde riss sie aus ihrer Benommenheit. In Erwartung einer königlichen Entourage in vollem Staat wanderte ihr Blick entlang des Schiffsdecks auf und ab. Doch alles, was sie sah, war ein einzelner Mann in schmuddeliger Reisekleidung, Hand- und Fußgelenke in Ketten. Haare und Bart waren verfilzt, und das Gesicht des Mannes war maskiert – mit getrocknetem Blut. Um seinen Hals hing eine Schlinge, deren Ende wie das einer Hundeleine von dem größten und grimmigsten Böttel gehalten wurde, den Bell je gesehen hatte.

Elschild schwang sich aus dem Sattel und wies einen Böttel an, die Zügel des Reittiers zu übernehmen. Mit einem Blick hinauf zu Bell gab er in der primitiven Sprache des Mannes knurrend einen Befehl von sich. Es war klar, dass das Tier nirgendwohin gehen würde. Bell stieg ebenfalls ab.

Eine hölzerne Laufplanke war zwischen Schiff und Kai gelegt worden. Der große Böttel ging an Land, während der Mann in Fußketten hilflos hinter ihm herhumpelte.

Elschild übernahm das Ende des Seils und betrachtete den Gefangenen. »Willkommen, Königliche Hoheit«, sagte er zu dem Barbarenkönig.

Der König schwieg, denn er hatte Bell erkannt. Und sie hatte ihn erkannt.

Es war Brindle.

Allem Anschein nach war sie eine Prinzessin.

»Du hast mich angelogen«, sagte Bell. »Mein ganzes Leben lang…«

»Du musst dich jetzt hier hinauskämpfen«, sagte Brindle.

»Wie denn? Sieh dich doch um!«

»*Du* musst es *allein* machen«, berichtigte Brindle sie und hob die Hände, um ihr die Ketten zu zeigen. »Du wirst sehen, dass du das Zeug dazu hast«, beharrte er. »Je eher, desto besser.«

»Was soll denn das heißen?!«

»Ich habe dich belogen, weil ich dich liebe«, sagte Brindle. Und dann trat er unter Ausnutzung einer kurzen Erschlaffung des Seils in die Lücke zwischen Hafendamm und Schiff und ließ sich geradewegs in die Erste Splitterung fallen.

Diesmal ließ seine Gedankenlesefähigkeit Elschild im Stich, denn er hielt das Ende des Seils nur locker in der Hand, eher als zeremonielle Geste, und dann wurde es ihm mit einem Schlag entrissen. Das gesamte Seil lief schwirrend über die Kante des Hafendamms, und so wie es im Wasser verschwand, musste man davon ausgehen, dass der König am anderen Ende vom Gewicht seiner Ketten direkt bis auf den Grund gezogen worden war.

In der überraschten Stille, die darauf folgte, stürzte Bell nach vorn auf die Stelle zu, wo das Seil zuletzt zu sehen gewesen war. »Brindle!«, rief sie.

»Nein!«, befahl Elschild.

Da Bell ihn offensichtlich nicht beachtete, rief er kurz darauf: »*Sie* brauchen wir! Haltet sie auf!« Bell hatte sich in der Hoffnung, das schwimmende Ende des Seils zu sehen, am Rand des Kais hingekniet. Doch es war vollkommen untergegangen. Als sie ganz in der Nähe einen schweren Schritt hörte, blickte sie auf und sah den großen, grimmigen Böttel auf sich zukommen und die rechte Hand ausstrecken.

Sie stand auf und sprang kopfüber ins Wasser. Der Saum ihres langen Gewands, den sie hinter sich herzog, verfing sich in etwas – oder wurde von der Klaue des Böttels gepackt. Durch Treten und Zappeln versuchte sie, sich zu befreien, und spürte, dass der Stoff an ihrer Taille riss. Im nächsten Moment löste er sich ganz ab, und sie tauchte, in blinder Suche nach dem Seil mit den Armen rudernd, tiefer ins Wasser. Irgendetwas erfasste eins ihrer Fußgelenke, und im selben Augenblick fühlte und hörte sie gleichermaßen, dass ein weiterer Körper ins Wasser fiel. Es war der große Böttel, der ihren Fuß umklammerte und auf ihr landete.

Etwas streifte sie an ihrem rechten Handrücken. Hier war das Wasser zu trüb, um viel zu erkennen, aber sie meinte, flüchtig gesehen zu haben, wie das lose Seilende sich von ihr fortschlängelte. Sie versuchte, den Böttel zu treten, doch er hatte einen starken Griff. Seine Arme und seine Rüstung waren schwer, sodass er sank, wo Bell, sich selbst überlassen, auf dem Wasser getrieben wäre. Die Welt drehte sich um sie, während ihr eigener Auftrieb ihren Kopf und Körper hob, das Gewicht des Böttels jedoch ihr Bein hinunterzog. Wieder versuchte sie, sich durch Treten zu befreien, aber er griff nur fester zu, und dann schlang sich sein freier Arm um ihr anderes Bein und packte es, als wäre Bells Körper eine Leiter, auf der er nach oben klettern könnte. Er war jetzt in Panik, denn er begriff, dass er ertrinken würde. Bell war sich absolut sicher, eine solche Situation schon einmal erlebt zu haben, auch wenn sie sich nicht daran erinnern konnte.

In ihrer Kindheit war sie nie in der Nähe eines so kalten und tiefen Gewässers wie diesem gewesen. Wie das Seilende, das sie gefühlt, aber nicht zu fassen bekommen hatte, entschlüpfte ihr die Erinnerung umso mehr, je hartnäckiger sie danach zu greifen versuchte. Es war eine jener Erinnerungen, die Elschild auf ihrem Ritt den Berg hinunter erfolglos aus ihrem Kopf zu extrahieren versucht hatte.

Immer noch vergeblich bemüht, sich an ihrem Körper nach oben zu ziehen, legte der Böttel einen Arm um ihre Taille. Sie streckte die Hand nach unten aus, um ihn wegzuschieben, und traf mit der Handfläche auf sein Gesicht, hatte aber nicht annähernd die nötige Kraft. Rauer Stein kratzte an ihrer Schulter: die Kaimauer, an der entlang sie allmählich sanken. Sie betastete sie mit ihrer freien Hand, fand jedoch keinen Halt. Bell wusste, dass der Böttel sie nicht loslassen würde, bis der Tod ihn ereilte. Würde sie dann noch leben? Wer von ihnen würde zuerst ertrinken? Sie wünschte sich inständig, dass *er* es sein würde. Dass er jetzt, solange sie noch die Kraft hatte, um an die Oberfläche zu schwimmen, einfach sterben würde.

Ihre Hand – die sein Gesicht wegzuschieben versucht hatte – fühlte jetzt nichts als Wasser. Der Arm lag nicht mehr um ihre Taille. Sie war frei und fing an, nach oben zu treiben. Für den Fall, dass der Böttel auf den Gedanken käme, noch einmal nach ihr zu greifen, trat sie heftig mit den Füßen und fühlte nichts. Mit einem Blick nach unten sah sie dort, wo der Böttel gewesen war, nichts außer einer unförmigen Blase aus schwachem Licht – wie das Schimmern einer formlosen, neu entstandenen Seele.

Ein Spalt zwischen zwei Steinen bot ihr einen Halt, den sie in panischem Aufstieg nutzte. Damit und mit einigen Beinschlägen und Armzügen gelangte Bell an die Oberfläche. Als Kopf und Schultern aus dem Wasser aufgetaucht waren, streckte sie einen Arm nach oben über die Kante des Kais – wo er sofort von Elschilds Knie niedergedrückt wurde. Es fühlte sich an, als legte er sein ganzes Gewicht auf ihr Handgelenk. Sie hätte vor Schmerz aufgeschrien, hätte sie nicht gleichzeitig Wasser ausgehustet und nach Luft geschnappt. Sie hob die andere Hand aus dem Wasser; er ergriff sie, stand auf, hievte Bell in voller Länge in die Luft und ließ sie wie einen an Land gezogenen Fisch auf den Boden plumpsen. »Hab sie!«, rief er. »Brecht die Suche ab!«

»Nein!«, gurgelte sie. »Brindle! Das Seil!«

»Du hast nicht aufgepasst, was Elswirklichkeit zu sagen hatte!«, erwiderte Elschild und klang dabei wie ein enttäuschter Onkel. »Wir erhalten das Gleichgewicht des Landes aufrecht, indem wir dafür sorgen, dass die Entsprung da draußen auf den Stücken nie zu gut organisiert, zu mächtig werden. Brindle war der beste König unter ihnen. Ihn in Freiheit zu lassen war inakzeptabel. Ihn gefangen zu halten wäre besser gewesen – wenn auch nicht ohne Risiko. Ihn getötet zu wissen – obendrein von eigener Hand –, nun, das ist das Beste, was ich mir hätte vorstellen können. Ich glaube, wir lassen ihn einfach da, wohin er sich selbst begeben hat.«

Bei diesen Worten wurde Bell so zornig, dass sie sich auf den Bauch wälzte, auf alle viere ging und sich hochrappelte. Sie drehte sich zu Elschild um und machte einen Schritt auf ihn zu, wobei sie ihm am liebsten an die Kehle gegangen wäre. Doch dann waren seine Gedanken wieder in ihren, und er zwang sie, stehen zu bleiben, wo sie stand. Hielt sie im Zaum wie seine Reittiere.

»*Dich*«, sagte Elschild, »werden wir am Leben lassen. Du wirst eine reizende kleine gefügige Prinzessin abgeben, die von einem hohen Turm aus über Calla herrscht.«

Dass er das bewirken konnte, wusste sie. Er würde sie nicht einmal in Ketten legen müssen. Waren die Autochthonen erst einmal in die Gedanken eines anderen eingedrungen, hatten sie solch grobe Zwangsmaßnahmen gar nicht mehr nötig. Die einzige Möglichkeit, aus Elschilds Macht freizukommen, bestand darin, dass er aufhörte zu existieren.

Sie wünschte, er wäre tot.

Sein schwarzer Umhang sank, leer, in sich zusammen. Der stählerne Griff seines Schwertes klirrte auf Stein, als es halb aus der Scheide herausrutschte. Elschild war fort. Fort vom Kai und fort aus ihren Gedanken.

Oben hörte Bell Elswirklichkeit einen Schrei ausstoßen. Abgesehen davon war ihre ganze Umgebung für einige Augenblicke still. Dann brach sie in ein Stimmengewirr aus, überwiegend in der plumpen, einfachen Version des von den Bötteln gesprochenen Stadtisch. Sie alle wollten wissen, wo Abgesandter Elschild war. Nur sehr wenige hatten gesehen, wie er zu existieren aufhörte, sodass die meisten lediglich wussten, dass er nirgendwo zu sehen war und seine Kleider und seine Waffe auf dem Kai lagen, als hätte er sie dort abgelegt.

Die einzige mögliche Erklärung schien die zu sein, dass er sich in dem Bemühen, Brindle zu retten, ausgezogen hatte und ins Wasser gesprungen war, weshalb viele Böttel, die gerade erst von dem Versuch, Bell zu retten, aus der Splitterung herausgestiegen waren, gleich wieder hineinsprangen. Es herrschte ein wildes Durcheinander.

Das lag nicht nur daran, dass niemand wusste, was passiert war. Der Wegfall von Elschilds Bewusstsein von der Spitze der Befehlskette hatte nicht nur bei den Bötteln, sondern auch bei den Autochthonen Unsicherheit darüber entstehen lassen, was sie tun sollten. Bell, die jetzt den Luxus genoss, völlig unbeachtet zu sein, wurde sich bewusst, dass sie, bis auf eine tropfnasse Unterhose, von der Taille abwärts nackt war und oberhalb davon nur ein ebenfalls durchnässtes, dünnes weißes Mieder anhatte. Elschilds langer schwarzer Umhang sah bequem und warm aus, und niemand benutzte ihn. Sie bückte sich, hob ihn am Kragen hoch und warf ihn sich um. Schwert nebst Bandelier lagen noch auf dem Boden. Da es nicht schaden konnte, so etwas zu haben, zumal Brindle ihr Unterricht im Umgang mit einem Schwert erteilt hatte, hob sie das ganze Gehenk auf und zog es sich über ihrer Schulter zurecht. Das Schwert baumelte viel zu tief an ihrem Schenkel, aber das konnte sie später richtig einstellen.

Nicht einen Moment lang glaubte sie jedoch, dass es der Schwertkampf gewesen war, den Brindle gemeint hatte, als er ein paar Minuten zuvor gesagt hatte, sie würde das Zeug dazu haben, sich hier hinauszukämpfen. Nein, er hatte von Anfang an gewusst, dass sie anders war. Ihr ganzes Leben lang hatte er gelogen, um die Last zu wissen, was sie war, von ihr fernzuhalten.

Der Böttel, dem Elschild die Zügel des schwarzen Reittiers übergeben hatte, stand einfach da wie eine Anbindestange aus Fleisch und Blut und tat inmitten des Chaos, das um ihn herum toste, seine Pflicht. Er zumindest hatte einen klaren Befehl: Halte das Pferd. Er sah Bell auf sich zukommen. Elschilds Umhang war viel zu lang für sie, und so schleifte sein unterer Rand beim Gehen hinter ihr her. Geschäftig wuselnde Böttel traten immer wieder darauf. Trotzdem näherte sie sich dem Reittier bis auf Armeslänge. Sie streckte die Hand aus und ergriff die Zügel oberhalb der Stelle, wo der Böttel sie hielt.

»Lass los«, befahl sie.

»Mein Herr Elschild hat befohlen, nicht loslassen«, antwortete der Böttel. Während er Bell argwöhnisch beäugte, übernahm seine schwache linke Hand die Zügel, damit die starke rechte den Griff eines langen Messers in seinem Gürtel umfassen konnte.

Zum dritten Mal in ihrem Leben wünschte Bell jemandem den Tod, und kaum hatte sich der Gedanke in ihrem Kopf gebildet, hörte der Böttel auf zu existieren. Sie bückte sich, um sein Messer aufzuheben, das handlicher wirkte als Elschilds Schwert. Dann setzte sie ihren nackten Fuß in den Steigbügel und schwang sich in den Sattel. Niemand schien das zu bemerken oder sich darum zu kümmern, bis auf Elswirklichkeit, die das alles von der Mauerkrone oben mitbekommen hatte. »Ihr nach! Ihr nach!«, kreischte die Autochthone, als Bell das Tier zu einem leichten Galopp antrieb.

Das Tor, das vom Hafendamm aus in die Stadt führte, stand weit offen. Sie ritt hindurch, wandte sich auf der Hauptstraße in Richtung Süden und ließ ihr Tier richtig losgaloppieren. Hinter sich konnte sie Hufgetrappel auf Pflastersteinen hören und wusste, dass einige Autochthone die Verfolgung aufgenommen hatten.

Zumindest die Orientierung war nicht schwer. Es gab diese eine Straße, und die führte schnurstracks auf das südliche Tor zu. Dasjenige, das sie eigentlich gestern schon hätte passieren sollen, als alles noch so anders gewesen war.

Während sie darauf zugaloppierte, sah sie, wie es mit Schwung von einem Böttel geschlossen wurde, der obendrein noch einen massiven Eisenriegel vorschob. Als ihr Reittier das sah, war es so klug, sein Tempo zu verlangsamen und im Hof, gleich an der ihr näher gelegenen Seite des Torhauses, zum Stehen zu kommen.

Dort wurde Bell von einem Trupp von vier Autochthonen eingeholt. Als sie in den Hof hineinritten, verteilten sie sich um sie herum, wahrten aber eine respektvolle Distanz.

»Prinzessin Bell«, sagte einer, der offensichtlich ihr Anführer war. Jedenfalls wirkte er so. Auch wenn seine adlerähnlich schönen Gesichtszüge ein wenig durch das merkwürdige Erlebnis verzerrt wurden, dass er hier eine Barbarenprinzessin ansprach, die irgendwie auf schier unmögliche und unerklärliche Weise den Umhang, das Schwert und das Reittier des höchsten Herrn Abgesandten von Zweitel gestohlen hatte. »Steigt bitte ab und legt diese Waffen auf den Boden.«

»Nein«, sagte sie. »Passt auf. Ich habe soeben von gewissen Besonderheiten in Bezug darauf, wer ich bin, erfahren, und sie bedeuten für euch alle eine große Gefahr. Geht aus dem Weg.«

»Jetzt reicht's aber mit diesem Gerede!«, rief der Autochthone zu ihrer Rechten aus. Sein Reittier bewegte sich auf sie zu, bis es merkte, dass es plötzlich ohne Reiter war.

Vom Dach des Torhauses her hörte Bell das Knarren eines

Bogens, und als sie den Blick hob, sah sie einen Böttel-Bogenschützen, der mit eingelegtem, noch auf den Boden gerichtetem Pfeil und halb gespanntem Bogen in Erwartung eines Befehls den Autochthonen-Anführer anblickte. Und dann aufhörte zu existieren. Der Pfeil flog ungezielt los und blieb in der Erde stecken. Der Bogen fiel klappernd von der Mauer und prallte im Staub des Hofes auf. Bell riss ihr Reittier herum und lenkte es auf den Böttel zu, der kurz zuvor den Riegel vorgeschoben hatte. Er stand immer noch da und beobachtete, wie sie näher kam.

Sie beherrschte die Sprache der Böttel nicht und formulierte es deshalb so einfach, wie sie konnte:

»Ich bin der Tod«, sagte sie. »Wer von uns wird nun das Tor öffnen?«

TEIL 11

50

»Wo wir schon diese allzu seltene Gelegenheit für ein privates Gespräch haben«, sagte Bellis perennis – oder, in der Sprache dieser Gegend, Gänseblümchen – zu dem riesigen sprechenden Raben, der über ihr auf dem Großbaum der *Firkin* saß, »dachte ich, ich könnte ein paar Anmerkungen zu deiner bisherigen Handhabung der Quest machen.«

Corvus schüttelte sich einmal ganz durch. »Leg los«, sagte er betont lässig. »Reg dich nur nicht so sehr auf, dass du mir den Tod wünschst.«

Bell blickte kurz hinüber ans Ufer des Stücks, vor dem die *Firkin* vor Anker lag. Dort waren Mard, Lyne und Robsts drei Besatzungskollegen damit beschäftigt, frisches Wasser aus einem Strom zu schöpfen und im Schlamm nach essbaren Krustentieren zu stochern. Sie befanden sich außer Hörweite. Robst hielt sich am anderen Ende des Schiffs auf. Er war halb taub. Einige der seltsameren und überraschenderen Einzelheiten ihres Tages in Zweitel hatte Bell ihnen nicht mitgeteilt; die Nachricht von Brindles Tod war schon schwer genug zu verdauen gewesen. Corvus wusste aber offensichtlich Bescheid, und das schon die ganze Zeit. »Warum kann das nicht rückwärts funktionieren?«, fragte sie, laut denkend. »Warum kann ich Brindle nicht zurückbringen, indem ich mir wünsche, er wäre nicht verstorben? Ich wünsche es mir nämlich so sehr.«

»Zerstören ist einfach leichter als erschaffen«, sagte Corvus, »so ist es nun mal. Man sagt, es habe ein Äon gedauert, bis Spring die Kraft aufbrachte, einen Käfer zu beleben.«

»Ich habe das Gefühl, dass die Dinge in Zweitel anders ausgegangen wären, wenn du nicht gewisse Fakten vor mir geheim gehalten hättest.«

»Man könnte auch sagen, die Fakten lagen offen zutage, und du warst blind dafür«, sagte Corvus. »Dass Brindle ein König war und du eine Prinzessin, hätte eigentlich klar sein müssen.«

»So was denkt doch niemand von sich selbst.«

»Die Worte einer echten Prinzessin.«

»Natürlich wusste ich, dass es in der Frage meiner Herkunft gewisse Ungereimtheiten gab. Und trotzdem!«

»Jetzt hör aber auf«, sagte Corvus und zuckte gereizt mit einem Flügel, »gab es *je* ein Mädchen, dass so lange ein Mädchen war wie du? Ich wette, dieser knorrige Apfelbaum vor deinem Fenster war ein *Setzling*, als du eingezogen bist.«

»Ich habe ihn gepflanzt«, sagte Bell. »Aber es erschien mir normal, ein so beschütztes Leben zu führen.«

»Dafür gab es ja einen Grund.«

»Und wärst du so nett, mir diesen Grund zu verraten?«

»Das ist doch ziemlich offensichtlich, oder?«

»Ja, aber wie bin ich in Calla gelandet, hinter dem Ewigen Vorhang, wo ich wie ein normales Mädchen aufgewachsen bin?«

»Eine normale Prinzessin, meinst du? Ich habe nicht den blassesten Schimmer! Wenn wir mit der anderen Ebene der Existenz, von der wir alle herzukommen scheinen, kommunizieren könnten, bekämen wir sofort eine Antwort. So aber können wir nur spekulieren. Jetzt, wo du Els Kathedrale in Zweitelstadt gesehen und einen bedeutenden Autochthonen mit deinen Gedanken getötet und dich mit seinem Schwert und seinem Pferd aus dem Staub gemacht hast, sind deine Spekulationen vermutlich so gut wie meine, Prinzessin.« Er warf einen flüchtigen Blick auf die Waffe. Bell hatte sie aus der Scheide gezogen, um die Klinge mit Öl einzureiben, damit sie in der salzigen Luft keinen Rost ansetzte. Das Reittier hatten sie am Ufer zurücklassen müssen, da die *Firkin* ja keine großen Tiere an Bord nehmen konnte. »Ob durch reines Glück oder durch eine uns und unseresgleichen verborgen gebliebene Willensentscheidung ist es dir bis vor Kurzem gelungen, auf einem entlegenen, von einem Ewigen Schleier verhüllten Stück ein langes, ruhiges und erfreulicherweise ereignisloses Leben zu führen. Erst als du zur Frau wurdest, dich – freiwillig, wie ich betonen möchte – auf eine Quest begeben hast, unter diesem Schleier hervorgekommen bist und den Fuß auf das Land gesetzt hast, war hier die Hölle los.«

»Und *das* ist genau der Teil, über den ich gerne mit dir sprechen möchte«, sagte Bell. »Als wir uns in Abspalt von Edda und den anderen trennten, hast du uns verlassen.«

»*Irgendwen* musste ich verlassen. So ist das mit Trennungen.«

»Warum uns? Du musst doch von den Gefahren in Zweitel gewusst haben. Wir hätten deine Hilfe gebrauchen können.«

»Beide. Ich habe *beide* Gruppen verlassen, weißt du. Edda und Burr und Weaver sind genauso verärgert wie du.«

»Wieso denn? Brindle ist *tot*!«

»Seine Entscheidung zu sterben hat mich überrascht, das gebe ich zu. Hätte er sich anders entschieden, hätten wir ihn befreit. Schwierig. Aber auch das gehört eben zur Quest dazu.«

»Man sieht daran, für wie aussichtslos er die Situation hielt. Alles wegen eines Mangels an Informationen – die *du* hättest liefern können, *wenn du da gewesen wärst*!«

»Ich habe sehr viel weniger Informationen, als du offenbar glaubst«, sagte Corvus, »und wenn ich nicht gerade bei euch bin und euch mit den Informationen, die ich tatsächlich habe, behilflich bin, versuche ich an weitere zu kommen und begebe mich dazu in die heikelsten Situationen, die du dir vorstellen kannst. Kürzlich war ich auf den Inseln der wilden Seelen, wo ich mich mit Tornados und leibhaftigen Erdbeben herumgeschlagen habe, außerdem auf dem Letzten Stück und in ausgesprochen zwielichtigen Gegenden der Irreführung, und ich habe sogar einen Versuch unternommen, in das Ewigewitter zu gelangen: den unaufhörlichen Gewittersturm, der über dem Knoten hängt. Dabei zeigte sich, dass ich nicht wie Freewander bin. Ich kann mich diesem Ding kein bisschen nähern.«

»Hm. Also gut«, sagte Bell, den Blick wieder auf Mard und Lyne gerichtet, die gerade das Beiboot der *Firkin* hinaus in den Kanal schoben und zusammen mit dem Rest der Besatzung Kurs auf die *Firkin* nahmen. »Mir bleibt nichts anderes übrig, als dich beim Wort zu nehmen. Glaubst du, sie hegen irgendeinen Argwohn?«

»Du meinst, ob sie argwöhnen, dass ihre Reisegefährtin ein Mitglied von Egdods Pantheon ist und jeden töten kann, indem sie ihm den Tod wünscht? Das bezweifle ich; wenn du allerdings bemerkst, dass dich der junge Mardellian Bufrect jetzt noch höflicher behandelt, als er es sowieso schon getan hat …«

Bell errötete, was sie mit einem Grinsen zu überspielen versuchte. »Dann vielleicht deswegen?«

»Nur vielleicht.« Und Corvus schwang sich mit einem gackernden Krächzen, das ein Lachen gewesen sein könnte, in die Luft. Spielerisch schoss er im Sturzflug auf Robst zu, der am anderen Ende des Schiffs dabei war, ein Segel auszubessern, und zog dann wieder in die Luft, um sich gründlich umzuschauen.

Bell, die gerne gesehen hätte, was er sah, beschwor die Erinnerung an die Landkarte herauf. Sie waren an der Stelle, wo sich die Erste Splitterung in zwei gleiche Arme gabelte, die beide zum Meer führten. Der linke floss in südwestliche Richtung nach Toravithranax-am-Meer. Der andere führte nach Nordwesten und war weniger befahren. Zwischen ihnen lag die wie eine Speerspitze geformte Insel namens Brennendes Stück, so genannt, weil sie, von den Anhöhen von Toravithranax aus gesehen, nachts orangefarben glühte und tagsüber mit ihrem Rauch die Sonne rot färbte. Sich an ihren seewärts gelegenen Rand vorzuwagen wäre für die kleine *Firkin* zu gefährlich gewesen, aber wenn sie den Binnenarm bis zu einer bestimmten Stelle hinunterfuhren, konnten sie über einen schmalen Teil des Stücks hinüberwandern und seine Westseite erkunden, die nicht eine einzelne, zusammenhängende Küste, sondern ein sich immer weiter verzweigendes Netz von dampfenden Splitterungen war, »ins Meer geworfen«, so hatte Edda ihr erzählt und dabei silberne Seide durch die Landkarte gezogen, »wie ein Fischernetz«.

Dieser Westwind herrschte noch einen weiteren Tag vor, brachte fortan jedoch Rauch, seltsame mineralische Gerüche und sogar winzige Schotterteilchen mit, die das Segeltuch der *Firkin* sprenkelten und unter ihren Füßen auf den Deckplanken knirschten. Indem Robst die Segel optimal auf den Wind einstellte, kam er mit seinem Schiff entlang der Binnenküste von Brenner, wie er das Stück nannte, gut voran. Zu gegebener Zeit manövrierten sie vorsichtig in eine Art Delle in dieser Küste, die nicht so tief war, dass man von einer richtigen Bucht hätte sprechen können, aber es reichte, um ihnen einen gewissen Schutz zu bieten. Am Strand im Schatten eines schroffen Bergkamms, der zum Rückgrat des Brenners hinaufführte, schlugen sie ihr Lager auf und machten ein Feuer, um darüber ihre Ausbeute der vergangenen Tage an Fischen und Austern zu räuchern. Damit und mit Beerenobst und Grünzeug, das sie unmittelbar am Ufer gesammelt hatten, als Proviant machten sich Mard, Lyne und Bell früh am nächsten Morgen auf die Suche nach dem am wenigsten beschwerlichen Pfad über den Hügelkamm der Insel. Unterstützt wurden sie dabei von Corvus, der sie diesmal nicht im Stich ließ. Der Vogel verstand die Mühen von zu Fuß Gehenden nicht ganz, sodass sie seinem Urteilsvermögen nicht immer trauen konnten, aber zumindest redete er ihnen ein paar Abzweigungen aus, die sie in Sackgassen geführt hätten. Und in den bedrückendsten Momenten ihres Weges war es tröstlich, ihn in die Luft aufsteigen zu sehen und zu wissen, dass sie sich wenigstens nicht verirrt hatten.

Die Jüngste Splitterung hatte dieses Stück zu seinem südlichen Ende hin in zwei Teile gebrochen. Sie würde ihren Weg unweigerlich kreuzen, wenn die drei der Küste nach Süden folgten. Also taten sie das, nachdem sie die Kammlinie der Insel erklommen hatten und von dort ins Küstengebiet hinabgestiegen waren.

Zu ihrer Rechten befand sich eine Steilküste, die für jeden, der ihren Rand übertrat, ein paar sehr lange letzte Augenblicke bereithielt. Weit draußen auf See sah man die Segel großer Schiffe, deren Steuermänner gebührenden Respekt vor der Gefahr durch die Kliffe und die davor aufragenden Wächterfelsen bewiesen. Entlang eines dünnen Sandstreifens lagen weit unten die Wracks von Schiffen, deren Besatzungen das nicht getan hatten. Doch als die drei sich vorsichtig vom Rand des Abgrunds zurückzogen und den Blick auf das Land vor sich richteten, sahen sie eine Mauer aus Dampf, die sich vom Boden aus vor ihnen auftürmte und ihnen den Blick nach Süden versperrte. Sie war perlweiß. Dagegen zeichnete sich im Umriss, mal scharf hervorstechend, mal in Dunkelheit gehüllt, eine Hütte ab, die anscheinend direkt an der Kante des letzten Stücks, dort, wo es der leuchtenden Schlucht der Jüngsten Splitterung wich, gebaut worden war. Nicht weit davon konnte man hin und wieder die Silhouette eines Mannes sehen, der ruhelos auf und ab schritt – nicht wie jemand, der einer bestimmten Tätigkeit nachging, sondern eher wie einer, der gedankenverloren war oder seinen Hut (den er auf dem Kopf hatte) suchte.

Als die drei näher kamen – was eine ganze Weile dauerte, da der Boden in der Nähe des Abgrunds aufgebrochen, angehoben und gnadenlos scharfkantig war –, sahen sie eine etwas kleinere Gestalt, die anscheinend versuchte, mit den rastlosen Bewegungen der ersten mitzuhalten. Die große Gestalt ging mit langen Schritten über die schrägen Felsplatten und übersprang die Zwischenräume; die kleine bewegte sich auf eine Weise, die man, ohne ihr unrecht zu tun, als Trippeln bezeichnen konnte. Zwischen den beiden fand eine Art Diskurs statt, bei dem die große Gestalt mit einem kunstvoll gearbeiteten Gehstock auf Dinge zeigte und die kleinere diesem mit dem Blick folgte und dann etwas auf eine Tafel schrieb. Erstere war völlig gefangen genommen von den offensichtlich heißen und faszinierenden Vorgängen dort unten, letztere dagegen hatte immer wieder Augenblicke der Muße, während der große Mann sich den Bart strich oder den Stock ans Gesicht hielt. In einem dieser Augenblicke bemerkte die Frau – die Besucher waren nämlich inzwischen nah genug gekommen, um die kleine Gestalt trotz ihrer Kurzhaarfrisur und ihrer jungenhaften Kleidung als weiblich zu erkennen – Bell, Mard und Lyne, die sich vorsichtig einen Weg über den Wall aus durcheinanderliegenden Bruchstücken suchten, die sich nah am Rand dieser neuen Splitterung angesammelt hatten. Sie hatte sich auf die Kante einer Felsplatte gesetzt, damit sie auf ihrem Schoß schreiben konnte, aber jetzt streckte sie die Hand aus und zupfte ihren großen Gefährten am Saum seines Gewands. Dieses war lang, und wenn sein Zweck darin bestand, den Träger vor herumfliegenden Funken und Ascheteilchen zu schützen, tat es schon lange seinen Dienst und hatte ihm vielleicht das Leben gerettet. Der Mann drehte sich zu ihnen um und wiederholte die seltsame Geste mit dem oberen Ende seines Stocks, das er sich ans Gesicht hielt.

»Querc«, sagte er, »es scheint, wir haben Gäste.«

Quercs Reaktion bestand darin aufzublicken. Sie zeigte zum Himmel, und Bell, die ihrer Bewegung folgte, sah Corvus hoch oben kreisen, außer Reichweite der glühenden Felsbrocken, die hin und wieder aus der Schlucht heraufschossen. »Ich hab dir doch gesagt, dass das keine gewöhnliche Krähe ist, Pick!«

»Und ich habe erwidert, dass das ja wohl offensichtlich ist!«

Schon blätterte Querc lose Seiten in einer Art Mappe durch,

die sie sich über die Schulter gehängt hatte. »Meine Aufzeichnungen werden zeigen, dass ich vorhergesagt habe, die Riesenkrähe würde von der Ankunft weiterer Besucher künden.«

»Dann krame sie doch gar nicht erst hervor«, sagte Pick müde. »Sie sind nie falsch, und wenn sie es wären, könnte ich es nicht beweisen, denn meine Meinung würde im Widerspruch zu deinen verflixten Aufzeichnungen stehen.«

Inzwischen waren die Besucher bis auf wenige Schritte herangekommen, so nah, dass normale Leute sie begrüßt und ein paar Bemerkungen gemacht hätten, um eine Unterhaltung anzuknüpfen. Pick und Querc waren jedoch keine normalen Leute. Bell beschloss, den ersten Vorstoß zu wagen. »Seid gegrüßt, Bürger des Letzten Stücks!«, sagte sie. »Wir sind aus dem fernen Calla gekommen, um einen Blick auf die weithin bekannte Jüngste Splitterung zu werfen.«

»Sie ist zwanzig Meilen lang«, sagte Pick und blickte flüchtig zu Querc, als fürchtete er, sie könnte ein Blatt aus ihrer Mappe ziehen und ihn widerlegen. Doch sie schwieg und ließ ihn fortfahren: »Aber ihr seid *zufällig* direkt zu uns gekommen. Nein, wir sind es, die ihr sehen wollt, nicht die Jüngste Splitterung.«

Darauf fiel Bell nichts mehr ein. Querc rappelte sich hoch und sagte: »Aber wo ihr schon mal von so weit hergekommen seid, könnt ihr auch einen Blick darauf werfen!« Sie deutete mit ausgestrecktem Arm auf den Abgrund, der nur einen langen Schritt von ihr entfernt war.

Wie man an ihrer Körperhaltung ablesen konnte, waren sich Mard und Lyne sehr wohl bewusst, dass ein Streich von Picks Stock sie über die Kante stoßen würde. Er war ein großer Mann und keineswegs erfreut, sie zu sehen. Das Ding in seiner Hand wirkte jedoch zu kunstvoll und zu sehr wie eine Apparatur, um als Waffe zu dienen. Das untere Ende war stahlbeschlagen und in Form einer Pfote mit verlängerten Krallen geschmiedet. Diese waren bis auf kleine Stümpfe abgewetzt, und als Bell sah, wie der Mann sie auf den Fels setzte, um sich abzustützen, war ihr klar, warum. Am anderen Ende, wo ein Spazierstock einen Knauf oder einen gebogenen Griff gehabt hätte, hatte dieses Ding eine spitze Hacke in Form eines Vogelschnabels, der ebenfalls durch intensiven Gebrauch abgewetzt war. Am Kopf des Vogels prangten Glasaugen, durch die Licht schien. Daraus und aus Picks Angewohnheit, ihn an sein Gesicht zu halten, schloss Bell, dass es ein Fernglas war. Etwas ermutigt trat sie an Querc vorbei und ging, als sie fast an der Kante war, erst auf ein Knie und dann auf beide. Um ihr nicht nachzustehen, ließ sich Mard in ähnlicher Haltung neben ihr nieder. Bell hatte sich einen glühenden Lavastrom auf dem Weg zum Meer vorgestellt, denn von so etwas hatte sie in Büchern gelesen – und in mindestens einem, wenn sie es recht bedachte, war auch dieser Pick namentlich erwähnt. Doch selbst wenn irgendetwas Derartiges am Grund dieser Schlucht existierte, war es von Dampf vernebelt und nur durch ein sanftes Leuchten zu erahnen.

Ein roter Stern sauste schnurgerade nach oben. Als er an ihnen vorbeizischte, sahen sie, dass er etwa faustgroß war. »Lavabombe!«, sagte Pick.

»Typ drei«, führte Querc aus. »Aufgepasst, Fremde!« Doch die Warnung war ziemlich unnötig, denn sie orientierten sich alle an Pick. Der bewegte seinen Stock abrupt aufwärts und stieß mit dem Vogelschnabel an die Unterseite der breiten Hutkrempe, sodass ihm der Hut nach hinten vom Kopf rutschte. Allerdings wurde er durch ein Band um seinen Hals am Herunterfallen gehindert. Zum Vorschein kam ein zerzauster grauer Kopf, der am Scheitel kahl und mit Narben versehen war. Pick blickte konzentriert in den Himmel und verfolgte, auch anhand eines erschrockenen Kreischens von Corvus, die Bombe. Jetzt begann sie zu fallen. Durch die Abkühlung war sie bereits dunkler geworden. Pick machte ein paar lange Schritte, hob seinen Stock hoch und ließ ihn in der Luft herumwirbeln. Genau unterhalb des Vogelkopfes packte er ihn und schwang ihn jetzt wie ein Schwert, mit dem er nach der fallenden Lavabombe schlug. Er traf sie, unmittelbar bevor sie auf dem Boden aufschlug. Sie zersprang in kleine Teilchen, die überallhin stoben, nicht ohne eine gewisse Gefahr für die Augen der Zuschauer darzustellen. Lyne zuckte zusammen und zog sich einen Splitter aus dem Unterarm. »Glas also«, bemerkte Pick.

»So ist er, wenn er freundlich ist«, sagte Querc. Und tat das mit leiser Stimme. Bell blickte sich um und erkannte, dass sie diese Bemerkung ganz persönlich an Lyne gerichtet hatte.

Es wurde Fisch gegessen. Ein Haufen kleiner Gräten draußen hinter der Hütte legte nahe, dass das nicht zum ersten Mal passierte. Sie hatten sich ein System aus Netzen und Fallen zurechtgebastelt, das sie vom Rand des Kliffs aus verwenden konnten, indem sie den Fisch geradewegs aus der Gischt heraufhievten, »bereits gekocht«, wie Pick behauptete – vermutlich im Scherz, aber das war bei ihm schwer zu sagen.

Querc war von etwas gesprächigerem Naturell. Sie erzählte ihre Geschichte. Sie war Entsprung und stammte aus einer Familie von Edelsteinsuchern und -händlern, die das leere südwestliche Viertel des Landes zwischen Toravithranax und dem Mittleren Meerbusen durchstreiften. Von Zeit zu Zeit machten sie einen Abstecher in eine Stadt, um ihrem Geschäft nachzugehen, doch ihre diesbezüglichen Aktivitäten waren inzwischen so kompliziert, aber auch so gewinnbringend, dass es nicht nur notwendig, sondern auch finanzierbar wurde, ein Familienmitglied im Lesen und Schreiben ausbilden zu lassen. Querc war aus einem, wie es klang, gesunden Überschuss an Kindern ausgewählt geworden. Und dann ging's nach Toravithranax, wo sie nach zwei vergeblichen Versuchen in die Akademie aufgenommen wurde. Sie widmete sich den Aufgaben, die Pestles Gefolgsleute ihr stellten. Ein Jahr verging, dann noch eins, dann drei weitere ohne ein Wort von ihrer Familie. Sie gab das Geld aus, das man ihr mitgegeben hatte, und begann dann nach und nach die Edelsteine zu verkaufen, die ihre Mutter in die verborgenen Taschen eines Ledergürtels eingenäht hatte. Von einem Cousin auf Zerhackte Ödnis erfuhr sie schließlich, dass die Familie Opfer einer Reihe von Katastrophen geworden war, die dazu geführt hatten, dass die Überlebenden von einer kleinen Armee von Bötteln, angeblich Spitzbuben und aller Wahrscheinlichkeit nach von örtlichen Autochthonen unterstützt, über das Ödland verfolgt wurden. Jedenfalls hatten sie sich aufgeteilt. Dieser Cousin, der nach einiger Zeit einen vergleichsweise sicheren Ort auf einem nördlichen Stück erreicht hatte, schrieb Querc – dem einzigen Clanmitglied mit einer festen Adresse – in der Annahme, dass bereits mehrere andere dieselbe Idee gehabt und dasselbe getan hatten und dass Querc ihm einfach würde sagen können, wo sie alle Zuflucht gefunden hatten. Sie hatte jedoch von keinem von ihnen gehört.

Infolgedessen hatte Querc ihre Ausbildung abgebrochen und bekannt gegeben, dass ihre Dienste als Schreiberin jedem, der Bedarf daran habe, zur Verfügung stünden. Das hatte zu einem offenbar unangenehmen Vorstellungsgespräch mit Pick geführt, der nach dem plötzlichen und unerklärlichen Verschwinden seines vorherigen Schreibgehilfen – »höchstwahrscheinlich während eines Sturms von einer Klippe geweht« – einen seiner seltenen Ausflüge nach Toravithranax gemacht hatte. Trotz offensichtlicher Nachteile hatte diese Stelle auf Querc eine seltsame Anziehung ausgeübt. Die junge Frau hatte keine besondere Vorliebe für das Land, und in gewisser Weise war kein Ort weiter davon entfernt als das Letzte Stück und die Jüngste Splitterung. Gewiss, andere Stücke lagen weiter weg, als der riesige sprechende Rabe flog, aber dieses hier mutete, einfach weil es neu war, weil es brannte und weil außer Pick niemand dort lebte, noch entlegener an. Andererseits war es so nah an Toravithranax, dass sie sich ein paarmal im Jahr dorthin begeben und nachsehen konnte, ob Nachrichten von ihrer Familie eingetroffen waren (obwohl der Ton, in dem Querc das erzählte – wehmütig, ja verlegen –, darauf hindeutete, dass sie das inzwischen als naiv betrachtete). Was sie jedoch wirklich für diese Arbeit eingenommen hatte, war deren Gegenstand. Vieles von dem, worüber Pick gerne sprach, erinnerte sie an ihre Edelsteine suchenden Vorfahren und die Kenntnisse, die sie darüber weitergegeben hatten, wie verschiedene Arten kostbarer Steine entstanden waren und wo man am sinnvollsten nach ihnen suchte. Wovon ihr manche außerordentlich vernünftig erschienen, manche aber auch vollkommen verrückt. Pick hatte ein vollständiges Bild im Kopf, das Erstere miteinander verknüpfte, während er Letztere entschieden ablehnte. Deshalb war sie mit ihm gegangen und hatte das nie bereut – nur ein etwas abwechslungsreicheres Essen wäre, wie sie zugeben musste, ganz nett.

So weit Querc. Ihr Erzählstrang wurde mehrfach unterbrochen durch Komplikationen beim Zubereiten und Servieren des Essens, und während dieser Pausen blickte Bell sich neugierig in der Hütte um. Aus der Ferne hatte sie viel baufälliger ausgesehen, als sie in Wirklichkeit war. Das lag daran, dass ihr Dach aus allem, was sie hatten finden können, zusammengeschustert war.

Das galt jedoch nur fürs Dach. Von innen betrachtet war die Hütte eins der solidesten Gebäude, die Bell je zu Gesicht bekommen hatte. Und das lag daran, dass sie im üblichen Sinn des Wortes gar nicht wirklich erbaut worden war. Ein Großteil von ihr war unter der Erde, einfach in den lebendigen Fels eingelassen. Es war ein rechteckiger Hohlraum, etwa Picks Körperlänge tief. Durch Steinmauern war er in drei Räume aufgeteilt. Die Mauern waren allerdings nicht gebaut worden, indem man einen Stein auf den anderen türmte. Sie waren einfach *da gewesen*. Der Tisch, auf dem die Gruppe ihren Fisch aß, war ein steinerner Pilz, der fugenlos direkt aus dem Boden aufragte. Speziell geformte Nischen in den Wänden enthielten Kerzen, Kochtöpfe, Bücher. Am merkwürdigsten von allem war, dass es einen Abfluss im Fußboden gab. Es war eine glatt gebohrte Röhre im Steinboden, die anscheinend irgendwo anders hinführte. Kein Hammer und Meißel schwingender Böttel hätte *das* fertiggebracht. Und doch war die Röhre da, und weder Pick noch Querc hatten offenbar Bedenken, Abfall hineinzuwerfen. Geruchliche Indizien deuteten darauf hin, dass sie schließlich an einem Ort endete, der sehr heiß war. Bell hatte nie auch nur annähernd so etwas gesehen. Als einziger Vergleich fiel ihr ein, dass man, um derartige Formen zu erhalten, einen Eisblock aus einem zugefrorenen See im Norden herausschneiden und ihn dann mit glühend heißen Eisen bearbeiten müsste.

Den alten Geschichten zufolge *gab* es einen Präzedenzfall dafür mit der Erschaffung des Palasts, der Felsnadel und von Erste Stadt durch Egdod und seine Nachfolger. Eigentlich musste ja auch das Land *irgendwie* geschaffen worden sein, und die übliche Erklärung lautete, dass Egdod das einfach dadurch bewirkt hatte, dass er umhergeflogen war und es ins Dasein gezwungen hatte. Wären sie mitten im Land auf eine Hütte wie diese gestoßen, hätte Bell deren Existenz vielleicht mit der Annahme erklärt, dass Egdod oder Pluto sie aus einem längst vergessenen Grund so gemacht und dann dort stehen gelassen und Pick sie zufällig gefunden hatte. Das Letzte Stück galt aber als *neues* Land.

»Lithoplast« war ein Wort, das Bell Corvus in kaum verständlichen spätabendlichen Gesprächen mit Brindle wie auch mit Edda hatte erwähnen hören. Ein Teil davon bedeutete »Gestein«, und der andere hatte mit dem Vorgang des Formens zu tun. Damals hatte sie sich keinen Reim darauf machen können. Jetzt fragte sie sich, ob es wohl ein Wort für eine bestimmte Art von Person war.

Corvus war in seinem Desinteresse an Querc fast schon beleidigend. Er hatte sich selbst einen Fisch besorgt, indem er ins Meer getaucht war, sich einen geschnappt und ihn hier heraufgeschleppt hatte. So war Quercs Erzählung durchgehend mit unschönen Geräuschen vom Zerreißen, Ausnehmen, Zerkleinern und Verschlingen durchsetzt. Er achtete jedoch auf sein Benehmen und kam hüpfend näher, als Pick – durch Quercs Geschichte irgendwie aufgetaut – zu sprechen begann.

»Ich bin nicht Pluto«, hob er an.

Die entgeisterte Stille, die darauf folgte, war so offenkundig, dass sogar Pick sich veranlasst sah, eine Erklärung nachzuschieben. »Manchmal, wenn Fremde wie ihr mich auf die Weise aufsuchen, wie ihr es getan habt, ist der Grund der, dass sie glauben, ich sei Pluto.«

»Was das angeht, kann ich dich beruhigen, Pick«, sagte Corvus. »Wir sind selbst nach den hohen Maßstäben des Landadels von Calla gut informiert. Insbesondere Bell und ich haben bemerkenswerte Dinge gesehen. Ich glaube, wir haben beide einen nüchternen Blick auf den Stand der Dinge. Lass mich dir versichern, dass keiner von uns je den groben Fehler begehen würde, dich mit dem seit Langem verbannten, als Pluto bekannten Mitglied des Pantheons zu verwechseln.«

»Ich bin ihm aber begegnet«, äußerte Pick in einem sanften Ton, den man normalerweise nicht benutzen würde, um eine so bemerkenswerte Neuigkeit zu vermitteln.

Die darauf folgende Stille war sogar noch länger. Offenbar hatte nicht einmal Corvus eine Erwiderung parat. Es blieb Mard – in mancher Hinsicht der Naivste und mit seiner eigenen Naivität am ehesten Zufriedene in der Gruppe – überlassen zu reagieren. »Donnerwetter! Wie ging denn das, wo Pluto doch in den Himmel verbannt ist und du im Land lebst? Bist du eine der alten Seelen von Erste Stadt, die das Pantheon kannten, bevor El sie alle hinausgeworfen hat?«

»Nicht *ganz* so alt«, sagte Pick. »Tatsächlich habe ich für kurze Zeit in Erste Stadt gelebt, bevor Egdod sie sprengte, und das Pantheon aus der Ferne gesehen. Zu dem Zeitpunkt hatten sie sich aber schon vom Treiben gewöhnlicher Seelen wie mir entfernt, und Pluto war ja sowieso der am wenigsten gesellige der Alten Götter.«

»Das bedeutet im Ausschlussverfahren, dass du behauptest, Pluto getroffen zu haben … *nachdem* er verbannt worden war? Du bist also zum Roten Geflecht hinaufgereist?« Lyne war es, der das fragte, und er tat es in skeptischem Ton.

»Ja und nein«, sagte Pick. Er verschränkte die Arme und blickte Corvus fest in die Augen.

»Das ist alles, was ich hören musste«, sagte Corvus. »Gehen wir.«

»Wir haben doch gerade erst angefangen, Picks Geschichte zu hören«, beschwerte sich Bell. »Wir können jetzt nicht einfach von ihm fortgehen.«

»Sie kommen mit uns«, erklärte Corvus.

»Was meinst du denn, wohin wir einander begleiten werden?«, erkundigte sich Pick.

»Das weißt du genau«, antwortete Corvus.

Das Verlassen der Hütte war zwar ungewöhnlich, geschah aber offenbar nicht zum ersten Mal, denn Pick hatte seine Abläufe. Da diese Querc nicht vertraut waren, konnte man davon ausgehen, dass Pick die Hütte *seit längerer Zeit nicht* verlassen hatte. Ein absolut kreisförmiger Riss im Boden umgab, wie sich herausstellte, eine steinerne Scheibe, die eine Handbreit dick war und die Mard und Lyne mit einiger Mühe hochzogen und aus dem Weg rollten, worauf ein zylindrischer, eine halbe Mannshöhe tiefer Hohlraum zum Vorschein kam. Wie alle anderen Teile der Hütte bis auf das Dach nicht aus irgendwelchem Strandgut improvisiert, *war* er einfach, und nichts deutete darauf hin, dass er herausgemeißelt oder in einem nachvollziehbaren Vorgang gebaut worden wäre.

Pick nahm ein paar Sachen heraus und legte andere Sachen hinein. Letztere bestanden aus Gegenständen, die durch Wasser oder Feuer wahrscheinlich beschädigt würden: hauptsächlich Aufzeichnungen von Querc, unbeschriebene Blätter und alte Bücher. Erstere umfassten noch ältere Bücher und ein Ding, das er die Mustertruhe nannte und das Mard, Lyne, Bell und Querc, die es abwechselnd trugen, schon bald als Diese Verfluchte Kiste bezeichneten. Was jedoch noch in der Zukunft lag, als sie die Steinscheibe wieder an ihren Platz rückten und rundherum mit Mörtel versiegelten, den Pick hastig aus Wasser, Sand und verschiedenen Pulvern zusammenrührte, die er aus Säcken und auf dem Grundstück verteilten Tongefäßen genommen hatte, von denen eines die Aufschrift KNOCHEN trug.

Nachdem das erledigt war, gingen sie einfach los. All das geschah offenbar als Folge eines Vieraugengesprächs zwischen Pick und dem riesigen sprechenden Raben, das nicht länger gedauert hatte, als die jüngeren Mitglieder der Quest gebraucht hatten, um den Tisch abzuräumen und das Geschirr zu spülen. Es fand außer Hörweite statt, was hier bei dem Wind und dem Schäumen und Kochen und Knirschen der Jüngsten Splitterung nicht viel heißen wollte. Kurz gesagt, Corvus schien nichts von seinem Geschick verloren zu haben, fremde Personen (vorausgesetzt, Pick war überhaupt eine Person) zur Teilnahme an der Quest zu überreden. Beim Gedanken an den Fall des verstorbenen Brindle Calladon – der diesem Vorhaben scheinbar nur zugestimmt hatte, weil er fand, Quests seien genau das, was die Calladons und Bufrects machen sollten – vermutete Bell, dass Corvus eine Art haben musste, den Leuten zu vermitteln, warum die Quest eine gute Sache *für sie selbst* war. Was das wohl in Picks Fall bedeutete, wagte sie sich gar nicht auszumalen.

51

Pick war sehr dezidiert der Meinung, dass die Chancen der Quest ins Unermessliche steigen würden, wenn sie eine kleine Exkursion zum Fragen machen würden, jener langen Halbinsel, die – aus keinem erfindlichen Grund außer dem folkloristischen, dass sich Egdod, als er dort entlanggeflogen war, gefragt hatte, was wohl, wenn überhaupt, in dieser Richtung liegen könnte – südlich von ihrem gegenwärtigen Standort weit in den Südwesten reichte.

Lyne glaubte insgeheim, dass dieser Abstecher nichts anderes als eine Möglichkeit für Pick war, noch weiter von der Zivilisation wegzukommen, als er es ohnehin schon war. In etwas pedantischer Manier wies Bell, die Landkarten auswendig lernte, darauf hin, dass es sich eigentlich gar nicht um einen *Abstecher* handelte, denn in Wirklichkeit würden sie sich über eine weite Strecke direkt von ihrem mutmaßlichen Ziel *fort*bewegen.

Erneut überquerten sie die Insel, diesmal zu einem kleinen Hafen an der östlichen Küste, der direkt gegenüber dem südlichsten Abschnitt der Ersten Splitterung unterhalb von Toravithranax lag. Dort trafen sie die *Firkin* wieder, die auf Anweisung von Corvus die Splitterung heruntergekommen war. Sie holten alle ihre Landkarten und sonstige Ausrüstung vom Schiff und nahmen Abschied von Robst und seinen drei Besatzungsmitgliedern, die zurück gen Norden segelten; nachdem sie von West-Abspalt bis hierher die Erste Splitterung in ganzer Länge durchfahren hatten, mussten sie jetzt Kurs auf die Heimat nehmen und unterwegs nach einträglichen Handelsmöglichkeiten oder Transportaufträgen Ausschau halten.

Über die Splitterung kam ein Schiff völlig anderer Art, dessen Kapitän Corvus irgendwie zu dem Unterfangen überredet hatte. Bell konnte nur mutmaßen, dass er hinüber in die Stadt geflogen war, sich in Menschengestalt verwandelt, irgendwo Kleider gestohlen und dann seine Überredungskünste angewandt hatte. An Bord der *Firkin* hatte sich eine gewisse Geldsumme befunden; vielleicht hatte diese dabei den Besitzer gewechselt. Das neue Schiff, die *Silverfin*, war eine sogenannte Kielsloop. Darin waren Mard und Lyne sich einig, und zwar mit solcher Entschiedenheit, dass Bell lieber nicht nach einer Erklärung fragte. Querc lieferte sie ohnehin: Diese Dinger seien nicht sehr geräumig – der Schiffsrumpf sei zwar lang, aber schmal –, doch etwas an dem Teil unter Wasser sorge in Kombination mit der Besegelung dafür, dass man mit ihnen ziemlich gut hart am Wind segeln könne, was man ja tun müsse, wenn man am Fragen hinunterfahren wolle.

Farn, die Skipperin der *Silverfin*, war etwas gewöhnungsbedürftig. Robst war ruhig, kräftig und eher daran interessiert gewesen zu entscheiden, wie sie Corvus' Pläne am besten umsetzten, als darüber zu diskutieren, ob sie klug waren oder nicht. Farn dagegen benahm sich von Anfang an eher wie eine gleichwertige Partnerin. Bells Erfahrung nach waren Farne immer kleine zarte Pflanzen gewesen, die auf feuchten, beschaulichen Waldlichtungen ihre filigranen Blättchen entrollten. Daraus leitete sie natürlich bestimmte Vorstellungen von Aussehen und Charakter einer jeden Seele dieses Namens ab. Im Fall *dieses* Farns waren sie alle falsch. Wer immer ihr den Namen gegeben hatte, hätte mit so etwas wie »Baum-Vulkan« oder »Wirbelwind-Felsblock« um einiges nähergelegen. Sie war eine große und kräftige Frau mit dunkler Haut, was ihr vermutlich zupasskam, weil sie unter der südlichen Sonne umhersegelte. Sie war Entsprung. Wenn sie ihre Körpermitte entblößte, was in diesem Klima eher häufiger der Fall war, konnte man viele Narben sehen, von denen manche wirkten, als wären sie aufgrund zufälliger Missgeschicke entstanden, andere dagegen symmetrisch und/oder sich wiederholend, was auf bewusste Verzierungen hindeutete.

Farn hatte drei ständige Besatzungsmitglieder. Außerdem hatte sie speziell für diese Reise noch zwei weitere angeheuert. Nachdem sie jedoch Mardellian und Lyne ausgefragt hatte, fand sie, dass die zwei Jungs von Calla mindestens so gute Seeleute waren wie die beiden, die sie mitgebracht hatte, weshalb sie Letztere mit etwas Geld für ihre Mühe nach Toravithranax zurückschickte.

Ihre ständige Besatzung bestand aus Rett, der die ganze Kielsloop allein bedienen konnte; Schwabber, die kochte, putzte, ausbesserte, organisierte und mit Farn schlief; und der relativ frisch angeheuerte Scale, der letztlich Dinge zu machen schien, die riskant oder beschwerlich waren.

Als sie ihre Sachen auf die *Silverfin* luden, hegte Bell noch eine gewisse Hoffnung, dass der Wind in jeder Hinsicht so ungünstig sein würde, wie er es zu werden versprach; während sie in den vergangenen drei Tagen in dem kleinen Hafen die Zeit totgeschlagen hatten, hatte sie nämlich stundenlang über die Splitterung hinweg zu den hoch oben gelegenen Werkstätten von Toravithranax gespäht, die (in Übereinstimmung mit den vielen Gedichten, die sie im Lauf ihrer langen Kindheit gelesen hatte) golden, dann kupferfarben und im Abendlicht rot wie glühende Kohle leuchteten. Es bedurfte lediglich einer heftigen Schlechtwetterperiode, damit die *Silverfin* in ihre Zuflucht dort zurückgetrieben würde, und sie selbst könnte dann den Ort sehen und bestimmte Gärten und Märkte erkunden, von denen Querc ihr erzählt hatte, während sie sich mit dem Schleppen Dieser Verflixten Kiste über das Brennende Stück abgewechselt hatten. Doch wie sich herausstellte, war der Wind so perfekt, dass die Besatzung der *Silverfin* (laut Querc, die deren Sprache beherrschte) unwillkürlich immer wieder in Freudenschreie ausbrach. Sobald sie um das spitze südliche Kap des Brennenden Stücks herumgefahren waren, setzten sie also, um einen stetigen, etwas vorlicher als querab an Steuerbord einfallenden Wind einzufangen, diese besonderen Segel, worauf das Schiff wie ein Pfeil davonschoss und Toravithranax in seinem Kielwasser versank, während Bell am Heck saß und sich dorthin sehnte. Sie segelten gen Südwesten und damit, so schnell man nur segeln konnte, in die falsche Richtung.

Farn war Rett ebenbürtig, was das Segeln anging, aber noch ausgeprägter schien ihr Sinn fürs Geschäft zu sein. Das machte sie in gewisser Hinsicht etwas schwierig, denn zu dem Zeitpunkt, als die Gruppe sie kennenlernte, waren sämtliche geschäftlichen Fragen bereits geregelt. Daher hatte Farns Denkvermögen nichts, womit es sich hätte beschäftigen können, außer dem größeren Zusammenhang dessen, was sie da taten. Und das war für alle schwer verständlich – selbst für Corvus, wie es schien. Farns Wunsch, mehr zu erfahren – letztlich auch, um die Richtung der Quest zu bestimmen –, war für Corvus zweifellos ein Ärgernis. Andererseits hätte Farn, wäre sie nicht von einer solchen Neugierde angetrieben gewesen, erst gar nicht eingewilligt, auf die Quest zu gehen. Man konnte das eine nicht ohne das andere haben; auf eine Quest Gehende waren keine durchschnittlichen Seelen, und deshalb musste der Anführer einer Quest, wie Bell jetzt klar wurde, sehr viel Aufmerksamkeit auf das Ringen mit diesem ganzen Mangel an Durchschnittlichkeit verwenden.

Von der Halbinsel, die auf der Karte als das Fragen eingezeichnet war, hieß es, sie habe in Bezug auf Klima, Vegetation etc. sämtliche Nachteile der Wüste im Osten von ihr. Da sie aber im Gegensatz zu besagter Wüste nicht zwischen zwei interessanteren und gastlicheren Gegenden lag, gab es wirklich überhaupt keinen Grund, dorthin zu gehen. Sie erstreckte sich lediglich weit ins Meer hinaus und war irgendwann zu Ende. Wenn es tatsächlich stimmte, dass die Halbinsel dadurch entstanden war, dass Egdod sich gefragt hatte: »Was liegt da draußen?«, lautete die Antwort: Nichts.

Dieses Thema lag insofern buchstäblich auf dem Tisch, als Bell das wolkenlos klare Wetter ausgenutzt hatte, um die große Landkarte auszurollen. Der Tisch war, wie alles andere von Bedeutung auf der *Silverfin*, festgeschraubt. Bell und Querc hatten die Karte betrachtet, und Corvus betrachtete die beiden. Sie waren am vorderen Ende. Achtern, wo sich das Ruder befand, hatte Farn ihre Besatzung einschließlich Mard und Lyne zusammengerufen.

Die Landkarte stimmte, so wie Eddas Nadel und Faden sie verbessert hatten, mit dem überein, was sie backbords sehen konnten: An einer Stelle im verdorrten Hinterland der Halbinsel trat ein Fluss aus ihren steinigen Eingeweiden und rann den ganzen Weg bis zur Küste, ohne auszutrocknen. Diesen Eindruck vermittelte jedenfalls die Farbe der ihn säumenden Landschaft, die von einer etwas grüneren Brauntönung war als das, was sich jenseits davon erstreckte. Die Mündung war eingefasst von einer systematischen Anordnung niedriger Gebäude und einem einzelnen hohen Wachturm aus sonnengetrockneten Lehmziegeln. Eine steinerne Mole schützte einen Liegeplatz, über dem mehrere nackte Masten herausragten. Zwischen ihm und der *Silverfin* bewegte sich eine Galeere vorwärts wie ein vielbeiniges Insekt, das über einen Topf mit siedendem Wasser krabbelt. Das alles war Militär, denn weit und breit gab es keine Siedlung und keinen Handel. Die Leute auf der Galeere taten, als versuchten sie, die *Silverfin* abzufangen, um dann an Bord zu gehen und sie zu inspizieren. Das würden sie nicht schaffen. Der ganze Sinn von Kielsloops bestand darin, dass sie schneller fahren konnten als solche Galeeren, vorausgesetzt, es gab Wind. Und das war an dieser Küste praktisch immer der Fall. Gestern waren sie zwei solchen Schiffen davongesegelt, und Farn sagte, dass sie das am nächsten Tag noch ein- oder vielleicht zweimal würden tun müssen. Danach wären sie entlang des Fragens so weit draußen, dass die Autochthonen sich nicht mehr die Mühe machten, derartige Außenposten zu unterhalten.

»Das erscheint mir – ich weiß nicht – *kostspielig*«, bemerkte Bell. »Ich mag ja nur eine Barbarenprinzessin sein, aber sogar ich kann sehen, dass das keinen Sinn ergibt.«

Corvus vollführte sein Vogel-Achselzucken, eine kleine Geste, die durch gewaltige Flügel vergrößert wurde. »Jeder dieser Außenposten hat nur ein paar kostenaufwendige Autochthone. Dort gibt es jede Menge Fische. Die Vorräte an anderen lebensnotwendigen Gütern werden von Schiffen aus Zweitel aufgefüllt. Fast alle Seelen sind Böttel, die speziell für das Leben an solchen Orten und das Rudern herangezogen wurden. Sie graben im Schlamm nach Muscheln und Seegras. Es lohnt sich also, auch wenn man nur die Begründung ernst nimmt, die sie selbst geltend machen.«

»Und die lautet?«, fragte Querc.

Bell wusste es. »Entsprung draußen halten.« Ihre Hand lag auf dem Teil der Landkarte, der die Stücke und Splitterungen darstellte. »Wir leben im Wesentlichen hier oben.« Sie stolperte über das »wir«, da sie sich immer wieder darauf besinnen musste, dass sie eigentlich keine Entsprung war.

Ihre Hand wanderte ein kurzes Stück nach Süden und etwas nach Westen. Jetzt lag sie auf der Nordküste des Fragens – eben der Küste, die sie über die Backbordreling sehen konnten. »Wenn es einem nichts ausmacht, ein paar Tage lang ohne Sicht auf die Küste zu segeln und auf die Gnade des Meeres zu vertrauen, kann man diese Reise leicht bewältigen, weit außerhalb der Sichtweite der Wachtürme von Zweitel und Toravithranax. Würde man dagegen an der Küste des Fragens landen, würde man nach wenigen Tagen verdursten …«

Querc nickte. »Außer man landet da, wo ein Fluss ins Meer mündet – aber genau da haben die Autochthonen ihre Wachposten.«

»Sie müssen die Flussmündungen bewachen«, schloss Bell, »damit sich dort keine Entsprung ansiedeln und erneut im Land Fuß fassen und es zu bevölkern beginnen.«

Als sie jemanden aus dem Augenwinkel bemerkte, drehte sie sich um und begegnete dem Blick von Mard, der, von Farn weggeschickt, herübergekommen war, um zuzuhören. Er errötete, wandte den Blick ab und schlich davon wie einer, der gerade seinen Vater umgebracht hat. Das konnte sich Bell beim besten Willen nicht erklären, bis sie Lyne später mit Querc flirten sah. Sie hatte das Wort »bevölkern« benutzt, und das bedeutete, Babys zu haben.

Das Ergebnis des Treffens, das Farn gerade anberaumt und abgeschlossen hatte, war anscheinend, dass Mard und Lyne eine Zeit lang dienstfrei hatten. Dementsprechend begannen sie einen Schwertkampf. Mard schwang das Schwert, das Bell erbeutet hatte, als sie Abgesandten Elschild auf dem Kai von Zweitel tötete. In einer Truhe unter Deck rostete eine Anzahl weiterer Waffen, zumeist kürzere Entermesser, längst nicht so prachtvoll wie die von Elschild, aber handlich genug, um in einem Übungskampf gegen sie benutzt zu werden. Ein Teil von Bell wollte den jungen Männern – vor allem Mard – übel nehmen, wie sie eine Art Eigentumsrecht an dem Schwert geltend machten. Wären die Umstände andere gewesen, hätte sie ihren eigenen Anspruch darauf vielleicht energischer vertreten. Doch bei all seiner Pracht konnte es für Bell nie mehr als ein Symbol sein. In dem Wissen, dass sie selbst über eine andere Möglichkeit des Tötens verfügte, würde sie nie dieselbe Faszination für dieses Schwert empfinden können wie Mard und Lyne und gestattete ihnen deshalb gerne, sich im Kampf damit zu verbessern. Querc, die von Lyne offensichtlich sehr angetan war, schauten den beiden dabei zu.

Farn kam für einen Blick auf die Karte nach vorn und verbrachte dann ebenso viel Zeit damit, auf dieses Ding zu starren, wie Bell. Das war zunächst etwas befremdlich gewesen, denn eigentlich sollte sie doch wissen, wohin sie fuhr. Sie drängte sich in die Position, aus der sie am besten auf den Teil spähen konnte, der das Fragen darstellte. Dabei schubste sie Bell nicht direkt aus dem Weg, sondern rückte einfach immer näher, bis es für Bell am einfachsten erschien, Platz zu machen. Während Farn die Landkarte betrachtete, betrachtete Bell Farn und ließ die Wülste und Windungen ihrer Narben auf sich wirken. Die Skipperin störte es nicht besonders, auf diese Weise angestarrt zu werden.

Bell fragte sich, ob das mit ein Motiv für solche Verschönerungen war. Die Leute schauten einen ja sowieso an. Dann konnte man ihren Augen doch auch gleich etwas zu tun geben.

Was genau sah Farn nun auf der Landkarte? Wie es schien, betrachtete sie nicht die Küstenlinie des Fragens selbst, sondern das offene Meer südlich davon. Diesem Teil der Karte hatte Bell nie viel Aufmerksamkeit geschenkt; das war einfach ein nichtssagendes Stück Tierhaut, das blau eingefärbt worden war.

Oder etwa nicht? Farn betrachtete es viel länger und viel eingehender, als es bei einer nichtssagenden Fläche sinnvoll erschien.

»Was siehst du?«

Farn streckte eine vernarbte, wettergegerbte und vor Ringen strotzende Hand aus und wischte über einen Teil der Landkarte, der die Farbe ungleichmäßig angenommen hatte. »Vielleicht nur das Gespenst einer Erinnerung«, sagte sie. »Ich bin aus einer großen Familie. Die Jüngste. Von hier.« Sie zeigte auf ein Flussdelta an der Südküste. »Von dort sind wir per Schiff nach Toravithranax gelangt.«

»Den ganzen Weg um das Fragen herum?«

Farn blickte sie an. »Ja, denn für den Versuch, die Wüste zu durchqueren, war die Familie zu groß.« Sie blickte kurz zu Querc, als wollte sie damit den Grund andeuten: Hätten Leute wie Quercs Familie sie vielleicht angegriffen? Dann wandte sie ihre Aufmerksamkeit wieder der Karte zu. Mit der Spitze eines Zeigefingers strich sie weiterhin über die Unregelmäßigkeit in der Färbung, so als könnte sie sie zum Leben erwecken; vielleicht *war* sie für sie auch lebendig. »Irgendwo hier hat es meine ganze Familie dahingerafft.«

»*Was* hat deine ganze Familie dahingerafft?«, fragte Bell. »Das ist ja wirklich fürchterlich!«

Farn strich leicht mit den Fingerspitzen über die Karte, als könnte sie ihr eine Antwort liefern.

»Ein Sturm?« Aber Farns Formulierung hatte auf etwas hingedeutet, das mit einem Willen begabt war. »Oder … ein großer Fisch? Ein … Meereswesen?« Bell hatte das Wort »Ungeheuer« auf der Zunge gehabt, wollte aber nicht dumm erscheinen.

»Du denkst falsch«, sagte Farn. »Versuchst, es als ein normales Ding von dieser Welt zu sehen.«

»Oh.«

»Das war es ganz und gar nicht«, sagte Farn. In diesem Punkt wirkte sie sehr klar, doch ihre Stimmung verriet, dass sie keinerlei Hoffnung hatte, Bell – oder sonst jemand – würde sie verstehen. »Ich habe diese Meere nämlich über Hunderte von Herbsten befahren und viele Stürme und viele große Fische gesehen. Das, was meine Familie dahingerafft hat, gehörte nicht der normalen Ordnung der Dinge an.«

»Kann es sein …«, hob Bell an.

»… dass mein Blick darauf falsch war, weil er aus Kinderaugen kam? Das sagen mir alle.«

»Das tut mir leid.«

»›Sturm‹, ›Mahlstrom‹, ›Bestie‹, ›Ungeheuer‹ … diese Begriffe sind gar nicht mal falsch. Vorausgesetzt, man verwendet sie nur so, wie Dichter zum Beispiel sagen: ›Die Lippen meiner Liebsten sind eine Blume.‹«

»Aber das war mehr – ein Ding ganz eigener Art«, sagte Bell.

»Ja.«

»Und seitdem hältst du danach Ausschau.«

»Ja.«

»Ich glaube dir«, sagte Bell. »Aus der Ferne habe ich einmal die Insel der Wilden Seelen gesehen.«

»Und du bist auf dem Rücken eines schlafenden Riesen aufgewachsen.«

»Hat Corvus dir das erzählt?«

»Ja.«

»Deshalb hast du eingewilligt, an der Quest teilzunehmen. Nicht wegen des Geldes.«

»Das Geld erfüllt nur den Zweck«, sagte Farn, »dass ich meiner Besatzung keine peinlichen Erklärungen liefern muss.«

»Schwabber würde dir garantiert überallhin folgen.«

»Ja«, sagte Farn, »aber auch Schwabber muss essen.«

Der Wind ließ nach und drehte auf eine Weise, die weniger vorteilhaft war. Farn steuerte sie weiter vom Ufer weg, damit die nächste Galeere sie nicht in einer Flaute erwischte. Das brachte sie in »ein bisschen Wetter«, das den Landratten geradezu apokalyptisch vorkam. Wie fürchterlich musste das Ding, das Farns Familie getötet hatte, gewesen sein, fand Bell, wenn das hier nur ein poetischer Abklatsch davon war! Teile der *Silverfin*, die ziemlich wichtig zu sein schienen, mussten demontiert und instand gesetzt werden. Das Ganze hätte böse enden können, wäre Corvus nicht in der Lage gewesen, hoch hinaufzufliegen und Informationen darüber zu liefern, wo sie waren und auf welchem Kurs sie am besten wieder aufs Ufer zuhielten, ohne in Sichtweite des letzten Außenpostens zu geraten, den zu bauen die Autochthonen sich die Mühe gemacht hatten. So blickten sie, als das Fragen das nächste Mal sichtbar wurde, auf einen Teil davon, der als so entlegen und ungastlich galt, dass es El letztlich egal war, ob Entsprung dort hingingen und zu leben versuchten.

Am nächsten Tag fand die Gruppe lediglich zwei Stellen, die nach Flussmündungen aussahen, aber um diese herum gab es nur wenig Grün; sie sahen eher wie von Lawinen erzeugte Narben aus.

Keins dieser Probleme schien auf Pick einen nennenswerten Eindruck zu machen. Und aus Gründen, die man nur erahnen konnte, hätte Corvus ihm beinahe die Führung der Quest überlassen. So gingen sie in einer Bucht vor Anker, die tief genug für *Silverfins* Kiel und so gut geschützt war, dass sie nicht von Wind oder Wellen gegen das felsige Ufer getrieben würden. Sie ließen ihr kleines Beiboot zu Wasser. Mard und Lyne, denen es schon lange viel zu heiß war, zogen ihre Hemden aus und wollten ins Wasser springen und an das knapp einen Steinwurf entfernte Ufer schwimmen, doch Schwabber redete ihnen das mit der Begründung aus, sie habe Besseres zu tun, als bei zwei Schwimmern mit einer glühend heißen Pinzette jeden Quadratzentimeter entblößte Haut abzusuchen.

Rett und Scale holten Fässchen mit frischem Wasser aus dem Laderaum und brachten sie ans Ufer, sodass sie in Feldflaschen und Schläuche umgefüllt werden konnten. Außerdem hatten sie Hängematten dabei, ferner Netze, um sie darüberzuspannen, und seltsame trichterförmige Blechrosetten, die man fest um jedes Hängemattenseil legen und so verhindern konnte, dass nicht näher bezeichnete Kreaturen nachts daran hinunterkrabbelten. Mard und Lyne, deren Schwimmabsichten schon durchkreuzt worden waren, hatten sich vorgestellt, sie würden praktisch nackt einen Spaziergang machen, aber nachdem Pick eine stramme halbe Stunde lang am Strand umhergelaufen war und mit seinem Stock Dinge getötet hatte, ließ er wissen, dass die Jungs vollkommen aufgeschmissen wären, wenn sie nicht ihre Beine bis hinauf zur Leistenbeuge in schwere Leinwand wickelten und das Ganze unter den Knien mit Gamaschen aus dickstem Leder verstärkten. In der Regel neigte keiner von ihnen zum Klagen. Schließlich hatten sie sich alle aus freien Stücken bereit erklärt, auf eine Quest zu gehen. Im Gegensatz zu Brindle waren sie noch am Leben. Und im Gegensatz zu Querc hatten sie keine besonderen Schwierigkeiten durchlebt – waren einfach nur ein wenig umhergezogen. Dennoch saßen sie am nächsten Morgen nach einer schlaflosen Nacht, in der sie auf das Heulen von in der Luft und das Nagen von auf dem Boden befindlichen Dingen gelauscht hatten, in niedergeschlagener Stimmung um das Kochfeuer. Und sie hatten sich nicht mehr als ein paar Schritte vom Ufer entfernt.

»Manchmal frage ich mich wirklich, was Spring sich dabei gedacht hat, als sie bestimmte Arten von Dingen erschuf«, sagte Bell, während sie sich an einer roten Schwellung am Arm kratzte, von der sie hoffte, dass sie nichts Schlimmeres als ein Insektenstich war.

»Das ist gar nichts«, spottete Pick. »Eure Vorfahren Adam und Eva wurden von Wölfen verfolgt – und sie waren Springs *eigene* Kinder!«

»Zugegeben«, sagte Mard, »aber ich weiß nicht, inwiefern das Bells Frage beantwortet.«

»Es ist eher so, dass du sie nur auf pointiertere Weise erneut gestellt hast«, warf Querc ein. Sie war verstörter, als von Bell erwartet, die gehofft und angenommen hatte, dass die Schreiberin in ihrer heimatlichen Wüstenumgebung munter werden und aufblühen würde. Dass sie das *nicht* getan hatte, schien für diejenigen, die neu dabei waren, nichts Gutes zu verheißen.

»Es muss so beschissen sein«, sagte Corvus, »damit alles einen Sinn ergibt.«

»Wie meinst du das, einen Sinn ergeben?«, fragte Farn. Sie hatte auf dem Schiff geschlafen – eine gute Idee –, war aber zum Frühstück an Land gekommen. »Nichts ergibt einen Sinn.« Und sie blickte hinaus in Richtung Meer.

»Oh doch, tut es. Vielleicht *gefällt* es dir nicht. Und das könnte dich dazu bringen, Dinge zu hinterfragen, ja zu sagen: ›Das ist sinnlos!‹ Aber immer wenn ich das denke, schaue ich genauer hin, und siehe da, es *ergibt* einen Sinn, von vorn bis hinten und oben bis unten. Weil es das *muss*. Denn wenn es das nicht täte, würde das ganze Ding zerplatzen und sofort in Stücke zerfallen.«

»Welches ganze Ding?«, fragte Lyne. »Wovon sprichst du überhaupt?«

»Das Land. Alles.«

»Ihr werdet schon sehen«, sagte Pick. »Ihr werdet schon sehen.«

»Ich freue mich darauf«, sagte Corvus. »So, und jetzt lasst uns aufbrechen, bevor die Sonne noch höher steht.«

Früher zu Hause war Bell auf vielen Wanderungen im Landesinneren der Insel Calla gewesen, wo man nur langsam, zuweilen auch mühevoll vorwärtsgekommen war, und doch war man, wenn man einen Aussichtspunkt erreicht hatte, an dem man sich umdrehen und zurückblicken konnte, erstaunt darüber gewesen, wie weit man gekommen war.

Hier war es überhaupt nicht so. Nach einem halben Tag unermüdlichen Kletterns waren sie erschöpft und zerschrammt. An manchen Steigungen mussten sie Diese Verflixte Kiste zurücklassen und später an einem Seil hinaufhieven. Als sie schließlich aus der langen Spalte auf eine Stelle hinauskrochen, von wo aus sie hinunterblicken konnten, sahen sie die *Silverfin* in dem blauen Tümpel unmittelbar unter ihnen vor Anker liegen, scheinbar so nah, dass sie Steine hinunterwerfen und ihr Deck hätten treffen können. Was zu tun sie sich versucht fühlten, da Farn – die beschlossen hatte, den Aufstieg nicht mitzumachen – und ihre Besatzung behaglich dösend im Schatten aufgespannter Planen lagen. Doch die Anstrengung des Steinewerfens hätte sie noch mehr zum Schwitzen gebracht, als sie es ohnehin schon taten, und so tippelten sie stattdessen über eine freiliegende Schräge aus heißem Fels zu einem Platz, wo sie sich im Schatten eines Felsvorsprungs vor der Nachmittagssonne schützen konnten. Sie spannten selbst noch eine Plane auf, machten es sich darunter so bequem wie möglich und versuchten, etwas von dem Schlaf nachzuholen, den sie in der vergangenen Nacht nicht bekommen hatten. Als die Sonne nicht mehr so hoch stand und die Luft allmählich kühler wurde, brachen sie ihr Lager ab und wanderten, bis es stockdunkel war und sie schließlich an einer Stelle ankamen, die Corvus von oben ausgewählt hatte. Sie aßen ihre Rationen und fanden es danach unmöglich zu schlafen.

In diesen Gegenden schien der Nachthimmel für jeden Stern, den man in Calla sehen konnte, zehn weitere bereitzuhalten. Wenn man sich unter ihnen ausstreckte, hatte man das Gefühl, man versuchte auf der Bühne eines Amphitheaters zu schlafen, während man von tausend Augen beobachtet wurde.

Über ihnen am Himmel kreiste die rote Konstellation, von manchen Egdods Auge genannt, höher, als sie sie je zu Hause gesehen hatten. Zum ersten Mal, seit Bell in Zweitel auf gewisse Fakten aufmerksam gemacht worden war, hatte sie eine wirklich gute Sicht darauf. Als Mädchen hatte sie im Roten Geflecht einen Ort der Mythen und Legenden gesehen: wo Egdod und die übrigen Alten Götter angeblich ein Gegenstück zum Land bauten, aus dem sie verbannt worden waren. Da sie dieser Arbeit nicht unter den Augen von El nachgehen wollten, hatten sie sie in einen Rauchschleier gehüllt.

So viel zu den Mythen. Wenn es aber wirklich stimmte, dass Bell mit Gänseblümchen oder Sophia identisch war, dann hieß das, dass sie in einem früheren Leben tatsächlich dort oben gewesen war. Die harte Schwärze in ihren Knochen gespürt hatte, denn sie war dort aufgeprallt und hatte einen Krater hinterlassen, der sogar jetzt noch brannte und glühte, einer aus einer unregelmäßigen Konstellation flackernder, feuerfarbener Sterne, die aussahen wie ferne Lagerfeuer in einer dunklen Ebene …

»Was siehst du?« Es war Mard, der ebenfalls den Hals reckte, um zum Himmel hinaufzublicken. »Ich sehe Knotweaves Webstuhl.« Das war ein allgemein bekanntes Sternbild. So geläufig, dass es etwas Kindisches an sich hatte, mit seiner Erwähnung ein Gespräch zu eröffnen. Bell hatte ihn nicht kommen hören, aber jetzt, wo seine Stimme und Anwesenheit – er setzte sich ziemlich dicht neben sie auf den Boden – sie ins Hier und Jetzt zurückgeholt hatten, hörte sie jenseits einiger niedriger verkrüppelter Büsche ein Kichern – ein Kichern! – von Querc und dann Lynes leise Stimme, die etwas Undeutliches sagte, was Querc erneut zum Kichern brachte.

Wenn also Mard ein wenig unbeholfen war, dann lag das daran, dass er eigentlich nicht wegen einer Unterhaltung über Sterne hergekommen war. Er rutschte noch näher – so nah, dass, falls Bell nicht aufstand und wegging, jede leichte Veränderung ihrer Position sie in körperlichen Kontakt bringen würde.

Das Letzte, was er vermutlich erwartete, war eine Antwort auf seine Frage. »Das Firmament«, sagte sie.

Er brauchte einen Moment, um den Bezug herzustellen. Alten Sagenbüchern zufolge – Zeug, das nur von kleinen Kindern und älteren Wissenschaftlern gelesen wurde – handelte es sich hierbei um die Schale aus schwarzem Adamant, die das Himmelsgewölbe bildete, mit Gotteskratern übersät und vor dem Land verschleiert war. Es war üblich, vom Roten Geflecht, Egdods Auge, dem Feuernebel, dem Violetten Schleier zu sprechen, aber nicht von der theoretischen Abstraktion, die dahinter lag. Nach kurzer Überlegung verstand Mard jedoch den Gedanken. »Hier ist es unheimlich hoch im Himmel«, sagte er. Er hob die Hand und massierte sich auf etwas theatralische Weise den Nacken. »Man verrenkt sich schon vom Hinschauen den Hals. Einfacher, man legt sich hin.« Das tat er, wobei er es irgendwie schaffte, sich noch näher an Bell heranzuschieben. »Der Fels ist noch warm«, bemerkte er, während er neben sich mit der Hand darüberfuhr.

Bell fragte sich, ob Mardellian Bufrect die leiseste Ahnung

hatte, wie sehr sie sich wünschte, sich neben ihm auszustrecken und mit dem Aufblicken zum – und dieser geistlosen Unterhaltung über den – Himmel aufzuhören. Doch es war eine Frage aufgeworfen worden, die nach Beantwortung rief. »Jetzt, wo du warm und bequem liegst…«

»Nicht so warm und bequem, wie ich es haben *könnte.*«

»…was siehst du, wenn du von diesem besten aller Aussichtspunkte und aus der günstigsten aller Lagen zum Roten Geflecht aufblickst? Sicher hast du es in deinem ganzen Leben noch nie unter so guten Bedingungen betrachtet.«

»Ich sehe… das Rote Geflecht!«, antwortete Mard. Er war noch nicht direkt frustriert, aber vielleicht ein bisschen bestürzt darüber, dass seine dürftige Gesprächseröffnung mit Knotweaves Webstuhl sich zu einer richtigen Unterhaltung über Astronomie auszuwachsen schien. *Das wird dir eine Lehre sein*, dachte Bell.

»Beschreib mir, wie es aussieht. Ich habe einen steifen Hals, ich kann es nicht richtig anschauen.«

»Also, ähm, es ist wie ein Lagerfeuer, auf dem in einer kalten Nacht ein voller Wasserkessel sprudelnd kocht und eine große Dampfwolke erzeugt, die dir die Sicht nimmt. Sie leuchtet vom Licht des Feuers, von dem du weißt, dass es darunter lodert, und von Zeit zu Zeit erhaschst du durch den wirbelnden und tanzenden Dampf hindurch einen flüchtigen Blick auf rot glühende Kohlen oder eine züngelnde Flamme – doch dann ist alles wieder verborgen, und du fragst dich, ob du es wirklich gesehen hast.«

»Gut beschrieben«, sagte sie. »Ich kann es fast vor meinem inneren Auge sehen.«

»Wenn du es dir hier bequem machst«, schlug er vor, während er mit der flachen Hand auf den Boden neben sich klopfte und fürsorglich einen Kieselstein wegschnippte, »kannst du es direkt anschauen. Ich könnte sogar etwas gegen deinen steifen Hals tun. Ich kann gut…«

»Mein Hals ist in Ordnung«, gestand sie. »Möchtest du wissen, was ich sehe?«

»Klar«, sagte er, klang aber nicht ganz so sicher.

»Die schärfsten, deutlichsten Funken von rotem Feuer. Nicht das Flackern von etwas Brennendem, sondern den beständigen Schein von Lava. Einen großen in der Mitte, wo Egdod hingefallen ist. Um ihn herum kleinere, wo die Übrigen von …« Sie wollte schon »uns« sagen, ergänzte aber: »… dem Pantheon gelandet sind. Hunderte Fünkchen – die geringeren Seelen, die im Gefolge von Egdods Sturz fielen. An den dunklen Stellen dazwischen jedoch Spalten wie glühende Straßen – wie die Jüngste Splitterung, könnte man sagen – und an ihnen entlang Paläste, Häuser, Festungen aus schwarzem, im Schein des Feuers glänzendem Adamant.«

»Donnerwetter«, sagte Mard. »Klingt, als wärst du eingeschlafen und hättest das geträumt.«

»Du bist derjenige, der träumt. Ich bin diejenige, die sieht.«

Mard setzte sich auf und rutschte ein Stück weg. Er schien nicht zu wissen, was er mit den Armen machen sollte, und verschränkte sie deshalb vor dem Körper.

»Kühl?«

»Ein bisschen vielleicht.«

Er brauchte einen Ausweg. Sie bot ihm einen. »Weißt du, Querc da drüben war jahrelang mit ihrem Kummer allein. Ich lerne meinen gerade erst kennen. Ich habe mir gestern überlegt, wie wenig Zeit tatsächlich vergangen ist, seit Brindle sich für die Quest geopfert hat. Höchstens vierzehn Tage, oder?«

»Das stimmt«, rief Mard etwas überhastet aus. »Ganz bestimmt.«

»Wenn ich seltsame Dinge am Himmel sehe, liegt das vielleicht daran, dass ich durch Tränen blicke.«

»Oh, das tut mir so leid, Bell!«

»Mitleid brauchst du nicht zu haben«, sagte sie. »Aber Geduld.«

Nach Sonnenaufgang brachte ein kurzer Fußmarsch durch verhältnismäßig ebenes Gelände sie zu einer faszinierenden Felsformation. Wegen der steilen Felsen, die sie am Vortag erklommen hatten, war sie vom Meer aus nicht zu sehen gewesen. Nur Corvus hatte sie hierherführen können. Bell wusste bereits, wie die Formation hieß, denn sie hatte Corvus und Pick darüber sprechen hören: Überkrag. Als sie sie dann tatsächlich sah, leuchtete ihr der Name vollkommen ein. Vermutlich war es einfach der obere Teil der Spalte, aus der sie gestern herausgeklettert waren – einer Verwerfung, die, wie Bell allmählich klar wurde, von der Nord- bis zur Südküste des Fragens verlief. Wie sie gestern schon festgestellt hatten, handelte es sich nicht um eine aktive, sich bewegende Splitterung, sondern um etwas, das vor sehr langer Zeit aufgetreten und irgendwann bewegungslos und tot gewesen war. Entsprechend war es unten so voller Bruchgestein, Kies, Erde und opportunistischer Pflanzen, dass man eine Weile blinzeln, den Kopf schief legen und seine Vorstellungskraft bemühen musste, um dessen Beschaffenheit zu verstehen. Hier oben dagegen hätte es gar nicht offensichtlicher sein können. Die Spalte war nicht senkrecht, sondern verlief schräg in einem Winkel zwischen der Senkrechten und der Waagerechten. Ihre Breite – der Abstand zwischen den beiden gegenüberliegenden Wänden – betrug vielleicht zwanzig Schritt. Die Gruppe ging auf die untere Seite zu, und je näher sie an die Kante der eigentlichen Spalte kamen, desto mehr ragte die andere Seite über ihnen auf. Sie begaben sich in deren Schatten, was bei diesem Klima ausgesprochen angenehm war. Das machte ihnen allerdings auch bewusst, dass die gegenüberliegende Wand jetzt schräg *über* ihnen hinausragte, sodass jeder lockere Stein, der sich eventuell aus ihrer scharfen Kante löste, ihnen auf den Kopf fallen würde.

Eine glatte Steinrampe ohne besondere Merkmale verlief schräg nach unten in die Dunkelheit hinein. An manchen Stellen war sie mit losen Kieselsteinen übersät und mit dem weißen Kot ganzer Kolonien von Vögeln befleckt, deren bienenstockartige Nestkomplexe an der Unterseite der überkragenden Wand hingen. Die selbst – wie sie sahen, nachdem ihre Augen sich angepasst hatten – absolut strukturlos war. Außer diesen hängenden Vogelnestern gab es dort oben nichts, woran ihre Blicke sich hätten festhalten können. Es war, als würde die Unterseite des Überkrags nicht einmal existieren; sie sah aus wie ein Nachthimmel ohne Sterne.

»Adamant. Es ist das, woraus zu Beginn des neuen Zeitalters alles bestand«, sagte Pick, nachdem er ihnen ziemlich viel Zeit zum Anschauen gelassen hatte, »nachdem Egdod dem Land eine allgemeine Form verliehen und Sterne am Firmament entzündet hatte und bevor Pluto gekommen war, um sich der Einzelheiten anzunehmen. Er hat mir vor langer Zeit einmal erzählt, dass manche Teile des Landes seit Egdods Erstem Durchgang unverändert geblieben seien. Pluto wusste, dass sie letztlich einer Bearbeitung bedurften, hatte sie aber an Orten, die so entlegen und wenig besucht waren, dass ihm das vertretbar erschien, in diesem Zustand belassen. Wichtiger war, die Teile des Landes, die täglich von Seelen gesehen, betreten und bewirtschaftet wurden, zu vervollkommnen.«

»Gibt es denn noch andere derart unfertige Orte im Land?«, fragte Bell.

»Viele. Und alle sind so schwer zu erreichen wie dieser hier«, sagte Pick.

»Andernfalls hätte Pluto sie nachgebessert«, mutmaßte Lyne, »damit normale Seelen so merkwürdige Überbleibsel der Davor-Zeit nie zu Gesicht bekommen.«

»So ist es«, sagte Pick.

»Warum sind wir dann hierhergekommen?«, fragte Mard und setzte die Mustertruhe mit einer Behutsamkeit ab, die in keiner Weise seine Gefühle ihr gegenüber widerspiegelte.

»Um woanders zu sein«, sagte Corvus. »Sieh mal, ich bin ein

Vogel, und ich mag es nicht, wenn ich Felsen über mir habe. Deshalb werde ich mich jetzt unter dem Überkrag hinausbegeben und tun, was Vögel tun.«

»Würmer fressen?«, fragte Querc.

»Überall Kot hinterlassen?«, sagte Lyne.

»So ungefähr! Jetzt seid still und haltet Pick davon ab, sich da unten umzubringen«, sagte Corvus, und nach ein paar Hüpfern zurück in die Richtung, aus der sie gekommen waren, flog er krächzend ins Sonnenlicht hinauf.

»Du willst ... da hinunter?«, fragte Lyne Pick.

Pick schloss die Vorderseite der Mustertruhe auf und klappte sie herunter, sodass sie als ein mit Brand- und anderen Flecken versehener Tisch diente. Zum Vorschein kamen zahlreiche Nischen und Schubladen mit Etiketten in sehr alter Handschrift, wie Pestle sie der Sage nach von den Alten Göttern in Erste Stadt gelernt hatte. Bell, die sie lesen konnte, sah Wörter wie URADAMANT – VOM GRÖSSTEN FELSEN und AURATISCHES CHAOS – TEILSENSIBEL und andere Begriffe, die noch erheblich weniger verständlich waren als diese.

Der allgemeine Aktionsplan bestand darin, hier oben Seile zu befestigen, mit deren Hilfe sich Pick sichern konnte, wenn er die rampenartige Fläche der Spaltwand hinabstieg. Diese war hier oben mit Material übersät, das im Lauf der Jahrhunderte darauf gefallen war, aber weiter unten in einer Tiefe, die »den Abstieg lohnte«, würde sie so sauber und strukturlos sein wie die gegenüberliegende überhängende Wand, und er würde ins Rutschen kommen.

»Du kannst doch da nicht einfach anhalten«, protestierte Mard.

»Was willst du damit sagen?«, fragte Pick. Er war dabei, ein sehr langes Seil abzurollen und zu überprüfen.

»›Ins Rutschen kommen.‹ Und dann?«

»Weiterrutschen?«, riet Lyne.

»Mit wachsender Geschwindigkeit?«, ergänzte Querc.

»Aber wohin?«, fragte Mard. »Wo würdest du anhalten?«

»Frag lieber, *ob*«, sagte Pick. »Nachlässig, wie er war, sehe ich keinen Grund für die Annahme, dass Egdod sich die Mühe gemacht hat, jedes Loch in der Erde mit einem Boden zu versehen. Mühsames Geschäft, das. Nicht seine Art.«

Das ließ die jüngeren Mitglieder der Expedition in Schweigen verfallen, während sie ihrer Arbeit nachgingen – auch wenn die Vorstellung von Pick, der in einen bodenlosen Schlund fiel, den heilsamen Effekt hatte, dass sie sich sehr um ordentliche Knoten und ein sauberes Verankern der Seilenden bemühten. Vom Rand der Spalte hielten sie sich immer deutlicher fern.

Nach einer Weile trat Pick an die Mustertruhe heran und öffnete eine Schublade mit der Aufschrift REINES CHAOS, die die anderen bemerkt und mit Kommentaren bedacht hatten, aber aus vielleicht verständlichen Gründen nicht hatten aufziehen wollen. Um besser zu sehen, drängten sie sich um sie herum. Sie war voll mit einem Nichts, gegen das die Unterseite des Überkrags in ihrer ganzen Strukturlosigkeit wie etwas aussah. Die Schublade war nicht aus Holzbrettern mit Schwalbenschwanzverzinkung gebaut, sondern aus schwarzem Stein gemeißelt – dem ursprünglichen Fels, den Pick Adamant nannte. Ihre Außenfläche war kaum zu erkennen; die Innenflächen konnte man, als er die Lade aufzog, überhaupt nicht sehen. Bei ganz genauem Hinschauen konnten die Umstehenden Schwankungen von Licht und Dunkelheit wahrnehmen und ein dumpfes Zischen hören. Das erinnerte Bell ein wenig an die Aura, die sie um Abgesandten Elschild und in den Zellen des Bienenstocks gesehen hatte. Diese hatte allerdings geleuchtet und sich auf eine Weise bewegt, die, wenn auch unvorhersehbar, von so etwas wie Sinn gezeugt hatte. Dazu verhielt sich dieser Stoff hier wie Aas zu einem lebendigen Tier.

Wie die Zangen eines Käfers streckte sich Aura aus Picks Kopf heraus zu der Schublade und zwickte ein etwa nussgroßes Stück von dem Chaos ab. Pick machte die Schublade zu. Die Chaosprobe bewegte sich mit ihm, in Armeslänge vor seinem Gesicht schwebend und eingehüllt in ein wirbelndes Auramuster. Jetzt bewegte er sich mit dem gleitenden, umsichtigen Schritt eines Dieners, der auf einem rutschigen Tablett ein randvolles Glas eines seltenen Weines trägt. Er trat an die Kante des Spalts, wo Querc auf ganz bestimmte Weise ein Seil um seinen Körper legte, sodass ihn eine Schlinge mit einer Art Klemmknoten umschloss, der es ihm ermöglichen würde, seinen Abstieg einhändig zu kontrollieren. In der anderen Hand hielt er, was Wunder, seinen Stock mit der Hacke. Langsam bewegte er sich rückwärts von ihnen weg über den Rand der Verwerfung, wobei er die Füße – seine Stiefel hatte er ausgezogen – bei jedem Schritt mit Bedacht auf die Oberfläche unter und hinter ihm setzte. Auf diese Weise entzog er sich nach und nach ihren Blicken, seine Gestalt wurde kleiner und undeutlicher, bis sie schließlich nur noch das Glimmen seiner Aura sehen konnten. Auch diese wurde klein und schwach. Die Gewissheit, dass er noch im Land und Teil davon war, verschaffte ihnen einzig das Seil, das immer straff gespannt war, aber zuckte und gelegentlich von einer Seite zur anderen wechselte.

Er war lange dort unten, was den Tag langweilig hätte werden lassen können, wäre Corvus nicht mit unheilvollen Nachrichten angeflogen gekommen: »Böttel! Eine ganze Galeere voll. Ich muss Farn warnen.«

»Sollen wir Pick heraufholen?«, fragte Mard.

Corvus schlug bereits heftig mit den Flügeln, um für den Flug in den freien Himmel an Tempo zu gewinnen. »Bringt nichts!«, krächzte er.

Bell rannte ins Freie und den Pfad zurück, den sie ein paar Stunden zuvor gekommen waren, bis sie einen klaren Blick hinunter in die Bucht hatte, wo die *Silverfin* vor Anker lag. Es waren keine Böttel in Sicht, aber die Kielsloop hatte, offensichtlich von

Corvus gewarnt, den Anker gelichtet und die Sonnensegel eingeholt. Von Mast und Baum begannen sich Segel zu entrollen, aber was das Schiff zu diesem Zeitpunkt vor allem bewegte, war die Kraft von Ruderern.

»Nicht viel Wind heute«, bemerkte Mard. Er war nur ein paar Schritte hinter ihr gewesen.

Bell und Mard standen eine Weile beobachtend da. Die *Silverfin* bewegte sich ganz langsam hinaus aufs offene Meer und setzte alles, was ihr an Segeln zur Verfügung stand. Sie steuerte einen nordwestlichen Kurs, weg vom Land. Bell war klar, dass das nicht der Versuch war, irgendwo Bestimmtes hinzugelangen, sondern das Bemühen, aus dem verfügbaren Wind so viel Geschwindigkeit herauszuholen wie möglich.

Am Ende sahen sie dann, was Corvus viel früher gesehen hatte: eine Galeere, eine kleine mit einer einzigen Ruderbank auf jeder Seite. Alles in allem wahrscheinlich zwei Dutzend Ruder. Von dieser hohen Warte aus waren die Gestalten der Böttel, die diese Ruder betätigten, kaum zu erkennen. Über den Ruderern verlief parallel zur Mittelachse des Schiffs ein schmaler Steg vom Achterdeck zum Vorderdeck, und beide waren von weiteren Bötteln bevölkert, sämtlich bewaffnet und kampfbereit – jedenfalls konnte man das aus den Lichtern schließen, die aus ihrer Mitte aufblitzten.

Mit der Atemluft stieß Mard einen langen Seufzer aus. »Unmöglich«, sagte er.

»Was meinst du damit?«

»Die *Silverfin* hat keine Chance, dem zu entkommen.«

Sie beobachteten die Verfolgung noch eine Weile. Es war offenkundig, das Mard recht hatte.

»Diese Galeere muss uns gefolgt sein«, sagte er.

»Normalerweise halten Kielsloops nicht einfach an und warten, bis jemand sie einholt«, entgegnete Bell.

»Warum auch?«, pflichtete Mard ihr bei. »Aber wir haben es

getan. Und irgendwie wussten sie das. Sie haben Wind davon bekommen, dass wir hier sind und gefangen werden können.«

»Das Wasser!«, entfuhr es Bell, als ihr der Gedanke durch den Kopf schoss. »Das Frischwasser und die anderen Sachen, die wir am Ufer gelassen haben …«

»Wir müssen los und sie holen, solange noch Zeit ist!«, stimmte Mard zu. Ohne weitere Diskussion brachen sie auf und rutschten und glitten Hals über Kopf den Aufstieg vom Vortag wieder hinunter.

In der Zwischenzeit entwickelte sich die Verfolgung der *Silverfin* langsam. Obwohl der Unterschied in der Geschwindigkeit zwischen den beiden Schiffen offensichtlich war, hatte die Silverfin durch Corvus' Warnung einen leichten Vorsprung bekommen, und selbst Böttel konnten nur eine gewisse Zeit lang mit Höchstgeschwindigkeit rudern. Mard und Bell verloren häufig ein oder beide Schiffe aus den Augen, denn der Abstieg führte sie durch verschiedene Rinnen und Furchen. Die beiden kamen aber schneller vorwärts, und die Verfolgung auf See ging langsamer, als sie befürchtet hatten. Gerade befanden sie sich auf einem Felsvorsprung unmittelbar über der Bucht. Dort blieben sie für einige Minuten stehen, um den Höhepunkt der Jagd zu beobachten. Einzelheiten waren von hier oben nicht auszumachen. Mard hatte jedoch erklärt, dass Galeeren mit Enterhaken und mit dornbewehrten, klappbaren Enterbrücken ausgestattet waren, die auf das Deck anderer Schiffe hinabgelassen werden konnten. Ganz deutlich sahen sie die beiden Schiffe ein paar Meilen weiter draußen zusammenkommen und auf dem Wasser zu einem einzigen dunklen Knoten verschmelzen. Von jetzt an konnten sie nicht viel mehr tun, als sich vorzustellen, was mit Farn und ihrer Besatzung geschehen würde, wenn bewaffnete Böttel über diese Enterrampen strömten. Wenngleich auf diese Entfernung nicht zu sehen, musste Corvus dort sein, hoch genug, um von den Pfeilen der Böttel nicht getroffen zu werden. Vielleicht würde er ihnen später die düstere Geschichte erzählen. Einstweilen war es ihre Aufgabe, die Fässer mit Trinkwasser und andere Sachen von Wert zu holen, die sie am Ufer zurückgelassen hatten, und sie ins Hinterland zu bringen. Wenn die Böttel sich nämlich die Mühe gemacht hatten, sie bis hierher zu verfolgen, erschien es logisch, dass sie an Land kommen und in der Gegend nach Versprengten suchen würden.

Das waren sie also jetzt, Versprengte. Bell erinnerte sich an einige der grausigeren Teile von Quercs Geschichte. Sie hoffte, dass sie noch unten unter dem Überkrag war und nichts von alledem sah.

»Ein Segel. Das ist eindeutig ein Segel!«, verkündete Mard, gerade als Bell ihre Aufmerksamkeit der letzten Phase des Abstiegs zuwandte. Er hatte es schon zuvor erwähnt, aber weniger überzeugt. Bell blickte hinaus und glaubte, ein weißes Dreieck im Wellengang auf und ab hüpfen zu sehen.

»Weißt du, was sie gemacht haben?«, fragte Mard. Da das offenbar eine rhetorische Frage war, wartete Bell einfach. »Farn hat gesehen, dass es hoffnungslos war, und die *Silverfin* aufgegeben. Die Böttel haben die Kielsloop geentert, ja. Aber Farn sitzt im Beiboot. Sie haben das Segel gehisst und setzen sich von der Galeere ab.«

»Haben die Böttel denn selbst kein Beiboot?«

»Vielleicht, vielleicht auch nicht. Aber in Sachen Geschwindigkeit wären sie nicht im Vorteil. Bei einem Wettsegeln würde ich auf Farn setzen.«

»Könnte die Galeere sich nicht einfach wieder von der *Silverfin* lösen und hinter ihnen herjagen?« Bell hasste es, lauter Fragen mit so negativer Tendenz zu stellen, aber es fiel ihr schwer zu verstehen, warum diese Wendung der Ereignisse Mard so erfreute. Sie begann, die letzten paar Hundert Meter in Richtung Bucht hinunterzusteigen. Nach einer Weile folgte er ihr. »Ich vermute, es hängt davon ab, was ihnen wichtiger ist: das Schiff oder die Besatzung«, antwortete er.

Bell entschloss sich, ihre Antwort nicht auszusprechen: *Sie bekommen beides. Sie können einfach am Ufer kampieren und darauf warten, dass uns das Trinkwasser ausgeht. Und wenn Farn und ihre Leute zu uns stoßen, wird das noch früher passieren.*

Sie war, wie sich herausstellen sollte, zu optimistisch. Die Böttel gaben sich nicht einfach damit zufrieden, am Ufer zu warten. Sie schickten Verfolgertrupps ins Hinterland.

Für den Rest des Tages lief es so, dass Mardellian und Bell nach einer kurzen Trinkpause am Ufer anfingen, die Wasserfässer und das, was sie an Waffen hatten, ins Inland – und das bedeutete bergauf – zu schaffen. Lyne tauchte auf und half. Er berichtete, dass Querc sich immer noch um das Seil unter dem Überkrag kümmerte und Pick noch immer tat, was zu tun er da hinuntergestiegen war.

Das Beiboot der *Silverfin* segelte in die Bucht und lief auf den Strand auf. Darin saßen Farn, Schwabber und Scale. Rett war unterwegs an einer Pfeilwunde gestorben. Scale hatte eine Quetschverletzung an einem Bein erlitten, das zwischen der *Silverfin* und der Galeere eingeklemmt worden war, als die beiden Rumpf an Rumpf geschlingert hatten. Da er nicht klettern konnte, ließen sie ihn unten, während sie weiter Vorräte bergauf trugen. Sie hatten vorgehabt, später wieder hinunterzugehen und ihn zu holen, doch irgendwann merkten sie, dass er im Beiboot wieder aufs Meer hinausgefahren war – vermutlich in der Hoffnung, er würde es die Küste aufwärts in irgendeinen sicheren Hafen schaffen.

Die ganze Nacht waren sie damit beschäftigt, Sachen in ihr Hochlager am Überkrag zu schleppen. Bei Tagesanbruch überraschte es sie nicht zu sehen, dass die Galeere der Böttel in der Bucht unter ihnen vor Anker lag und in der Ferne eine Rauchsäule aus dem Meer aufstieg, wo sie die *Silverfin* versenkt hatten.

Ihre Hoffnungen – falls das der richtige Ausdruck für so düstere Aussichten war –, dass man sie einfach in Ruhe lassen würde, während ihnen das Trinkwasser ausging, zerschlugen sich, als Schwabber mit einem Pfeil im Rücken ins Lager taumelte. Viel Gekrächze und Geschrei unweit von ihnen ließ auf einen Kampf zwischen Böttel und riesigem sprechendem Raben schließen, und kurz darauf hatten sie einen blinden Böttel am Hals – Corvus hatte ihn auf Schwabber schießen sehen und ihm die Augen ausgehackt.

Der Böttel starb, weil er nicht aufhörte zu schreien und Bell ihn sich tot wünschte. Für die anderen, die sich keinen Reim darauf machen konnten, als er aufhörte zu existieren, war nicht klar, dass sie ihn getötet hatte. Tags zuvor hatte sie versucht, ihre Macht auf Böttel in der weit entfernten Galeere anzuwenden, doch das hatte nicht funktioniert – sie konnte nicht einfach ein ganzes, meilenweit entferntes Schiff voller anonymer Opfer töten; es schien eher eine Auge-in-Auge-Angelegenheit zu sein.

Inzwischen waren alle in dem Lager bewaffnet. Mard hatte sich mit Elschilds großem Schwert umgürtet. Lyne hatte sein eigenes Schwert hervorgeholt: ein Familienerbstück, das er von zu Hause mitgebracht und bis jetzt nicht ausgepackt hatte. Es war nicht viel weniger prachtvoll als das an Mards Hüfte. Den Umständen entsprechend galt Lynes Aufmerksamkeit jedoch mehr seinem Bogen und den Pfeilen. Farn hatte sich ein Entermesser und einen Dolch umgeschnallt. Bell hatte wie Lyne einen Bogen mit aufgespannter Sehne und an der Hüfte einen Köcher. Aber nur weil es seltsam erschienen wäre, das *nicht* zu haben. Sie wusste, dass sie alle Böttel einen nach dem anderen töten könnte, und dann könnten sie und die anderen einfach die Galeere der Böttel übernehmen. Aber keinem ihrer Gefährten mit Ausnahme von Corvus war das bewusst. Und so wandten sie ihre Aufmerksamkeit, nachdem sie sich vergewissert hatten, dass sich keine weiteren Böttel-Scharfschützen in der Nähe aufhielten, dem Pfeil zu, der in Schwabbers Körper steckte. Er war oben zwischen Wirbelsäule und Schulterblatt in ihren Rücken eingedrungen und hatte ihren Körper fast vollständig durchbohrt. Seine breiten, teuflischen Widerhaken steckten so fest, dass Farn, um ihn herauszubekommen, am Ende nur noch die Möglichkeit sah, ihn ganz durch den Körper und auf der anderen Seite wieder hinauszuschieben. Und das tat sie, nachdem sie Schwabber einen Trank aus ihrer persönlichen Apotheke verabreicht hatte, der theoretisch den Schmerz betäuben sollte. Nach Schwabbers Reaktion zu urteilen war seine Wirkung nicht besonders stark. Bell, die die Operation von vorn verfolgte, sah, wie sich unterhalb des Schlüsselbeins das Fleisch nach außen beulte. Dann verlor die Beule am äußersten Punkt ihre Rundung. Auf der Haut erschien eine Verletzung, die aus Chaos bestand. Aus deren Mitte brach die Spitze des Pfeils hervor und glitt dann mühelos ganz hindurch. Nachdem die mit Haken versehene Pfeilspitze entfernt worden war, konnte Farn den Schaft aus Schwabbers Rücken herausziehen. Blut quoll aus der Wunde, die sie, so gut sie konnten, verbanden.

Ganz auf Schwabbers Behandlung konzentriert nahm Bell es kaum zur Kenntnis, als Corvus von einer seiner Erkundungstouren herbeigeflogen kam und Mard zu sich beorderte. Als sie aber schließlich den Verband an Schwabbers Wunden verknoteten und sich vergewisserten, dass sie so viel Wasser bekam, wie sie wollte – und sie war sehr durstig geworden –, blickte Bell sich um und sah, dass Mard und Corvus beide weg waren.

Abwechselnd trugen sie Schwabber den Rest des Weges zum Überkrag hinauf. Wer sie gerade nicht trug, schleppte Wasser oder andere Vorräte. Der Anstieg schien eine Ewigkeit zu dauern, aber der Anblick des über ihnen kreisenden Corvus vermittelte ihnen den tröstlichen Eindruck, dass an ihrem Ziel alles in Ordnung und niemand ihnen hart auf den Fersen war.

Sie trafen Mard an, wie er ohne Kopfbedeckung in der prallen Sonne vor dem dunklen Grinsen des Überkrags saß. Quer über seinen Knien lag das Schwert und neben ihm auf dem Boden ein Lappen mit Flecken frischen Bluts, das er offenbar von der Klinge abgewischt hatte – denn sie war blitzsauber. Mit dieser Aufgabe schien er jedoch fertig zu sein und starrte jetzt auf das ferne Meer hinaus. Nicht weit vor ihm, dort, wo der Abstieg begann, befand sich eine große Menge Blut, das, während es sich Pfade zwischen den Steinen suchte, ein sich verzweigendes Muster auf den Abhang malte. Ein ganzes Stück weiter weg lag auf dem Boden ein herrenloses Entermesser, dessen Klinge – wie Lyne feststellte, als er es aufhob und in der Sonne hin und her drehte – keine Spur von geronnenem Blut aufwies. »Mard muss es weggetreten haben«, erklärte er.

Als sie in einem großen Bogen um die Blutlache herum näher kamen, sahen sie, dass Mard heftig zitterte. Bell ging zu ihm und kniete sich hin, während Lyne sich aus einer nervösen Gewohnheit heraus umdrehte und einen Blick zurückwarf. Doch von hier aus hatten sie mindestens einen Pfeilschuss weit freie Sicht auf das Gelände unter ihnen, und weiter draußen flog Corvus nach wie vor Patrouille. Farn schleppte sich noch immer keuchend und schweißnass den Hang hinauf, auf dem Rücken Schwabber, die sie in den Schatten des Überkrags zu bringen versuchte.

»Ich weiß, dass zu der Sache, auf die wir uns eingelassen haben, auch Schwertkämpfe gehören«, bemerkte Mard mit leiser Stimme, »aber das war etwas völlig anderes als alles, worin ich mich je geübt habe.«

»Aber sie hat gewirkt, deine Übung, oder?«, fragte Bell. »Lyne hat gesagt, du hättest die Waffe deines Gegners weggetreten. Wie kam sie denn überhaupt auf den Boden?«

»Ich wünschte, ich könnte von einer lehrbuchmäßigen Entwaffnung berichten, aber in Wirklichkeit habe ich keine Ahnung. Genauso gut wie ich mit Absicht kann *er* sie zufällig weggetreten haben.«

»Lass uns in den Schatten gehen«, schlug Bell vor. Sie stand auf und streckte ihm die Hand hin. Nachdem er noch eine Zeit lang auf nichts Bestimmtes hinausgestarrt hatte, blickte er ihr – nur für einen Moment – in die Augen und ergriff dann ihre Hand. Sie zog einmal, eher symbolisch, denn er war sehr wohl imstande, allein aufzustehen. Er ließ ihre Hand los und wischte seine eigene am Hosenbein ab, als fürchtete er, es wäre noch Blut daran. Seite an Seite gingen sie das letzte Stück, bis sie den Schatten des Überkrags erreicht hatten, woraufhin sie eine Weile warten mussten, bis sich ihre Augen daran gewöhnt hatten.

Lyne war schon vor ihnen hinaufgegangen und hockte nun dort, den Bogen über den Knien, den Blick nach draußen gerichtet. Weiter drinnen hatte Farn die Verwundete an der ebensten Stelle, die sie finden konnte, abgelegt und versuchte nun erneut, Schwabbers Durst zu stillen. Querc lief voll nervöser Energie auf und ab. Offenbar hatte etwas sie sehr mitgenommen, und sie blieb erst stehen, als Bell sie in die Arme schloss und ein Weilchen festhielt.

»Als ich raufgekommen bin, um etwas für Pick zu holen, stand er einfach *da* und guckte sich die Mustertruhe an.«

»Der Böttel?«

»Ja. Ich konnte an nichts anderes denken als an meine Familie und all die Böttel-Kämpfe, von denen sie immer gesprochen hatten. Eine ganze Zeit lang habe ich versucht, um Hilfe zu schreien, aber ich war einfach erstarrt – er hatte mich noch nicht gesehen. Dann hat er mich bemerkt und einen Schritt in meine Richtung gemacht, und ich habe das hervorgezogen.« Mit der flachen Hand klopfte sie auf den Griff eines langen Messers, das in einer Scheide an ihrer Hüfte hing. »Das hat ihn kurz innehalten lassen. Ich weiß nicht, was ich getan hätte, wenn er sich auf mich gestürzt hätte. Aber dann kam Mard angerannt. Am Übergang zur Dunkelheit ist er stehen geblieben und hat sein Schwert gezogen. Das hat den Böttel erschreckt. Auch er hat seine Waffe gezogen und ist auf Mard losgegangen. Der ist bis ins Licht zurückgewichen, und dann haben sie miteinander gekämpft.«

52

Als einziges Mitglied der Quest, das nicht verletzt, unter Schock oder verwirrt zu sein schien, hatte sich Pick verpflichtet gefühlt, mit einem Plan aufzuwarten. Um darüber zu reden, versammelten sie sich alle nahe der Stelle, wo Schwabber lag. Alles an der Art, wie Pick über seinen Plan sprach, schien darauf hinzudeuten, dass er »unter den gegebenen Umständen« viel davon hielt. Doch niemand konnte verstehen, was er vorschlug.

»Unter den gegebenen Umständen«, wiederholte Lyne. »Unter den gegebenen Umständen. Wir sind ohne Wasser und ohne Nahrung in einem Höllenloch am Arsch der Welt gefangen, werden von Bötteln gejagt, und es ist niemand da, der uns hilft. Und du meinst nun, unter *diesen* Umständen ist das ein besserer Plan, als einfach zu verdursten oder ermordet zu werden.«

»Wenn ihr einen anderen Vorschlag habt«, sagte Corvus, »ist jetzt der Moment, den Mund aufzumachen.«

Nachdem einige Augenblicke verstrichen waren, ohne dass jemand den Mund aufgemacht hatte, sagte Corvus: »Also! Erledigt.«

»Der vortrefflichste Plan, der mir einfällt«, sagte Lyne, »besteht darin, sich nicht von mysteriösen riesigen sprechenden Raben zu einer Quest überreden zu lassen.« Das vertraute er Farn, Mard und Bell an, nachdem Corvus wieder auf Erkundung geflogen war und Pick und Querc sich abwechselnd in die gewaltige rätselhafte Spalte abgeseilt hatten. Schwabber war die letzte Zeit still gewesen. Farn saß neben ihr, hielt ihr die Hand, vielleicht um sich zu vergewissern, dass sie noch am Leben war. Bell betrachtete die beiden, so unauffällig sie konnte, und sah, dass Farn angefangen hatte, den Verband abzuwickeln. Er erfüllte keinen Zweck mehr. Schwabber blutete nicht mehr, denn die Stelle, wo der Pfeil eingedrungen war, wurde nicht mehr durchblutet und löste sich nun in Chaos auf. Dennoch hatte Farn die Unterhaltung verfolgt und ergriff jetzt das Wort.

»So wie ich die Dinge verstehe«, sagte sie, »habe ich mehr verloren als irgendjemand von euch. Meine Kielsloop ist weg. Von meiner dreiköpfigen Besatzung ist Rett tot. Zwei sind verwundet, einer davon hat sich mit meinem Beiboot abgesetzt. Ich kann, mit Verlaub, wohl am besten beurteilen, ob es sich gelohnt hat, auf diese Quest zu gehen. Und ich bin immer noch dabei.«

»Wie *kannst* du das sein?«, fragte Bell in einem Ton behutsamer Neugier. Natürlich wusste sie aus alten Quest-Geschichten, dass es Kämpfe und Blutvergießen gab. Doch zu sehen, was passierte, wenn ein einziger Pfeil in einen einzigen Körper geschossen wurde, hatte für immer ihre Ansicht über solche Abenteuer verändert. Farn hatte am Vortag Schlimmeres gesehen, und so manches an ihr, ihrem Schiff und ihrer Besatzung ließ darauf schließen, dass das durchaus nicht ihre erste Auseinandersetzung war.

»Das passiert sowieso andauernd«, sagte Farn mit leiser, aber strenger Stimme. Sie warf einen kurzen Blick auf ihre leidende Partnerin. »Vielleicht nicht denen von euch, die in Schlössern auf Calla wohnen. Ich aber habe das alles schon gesehen. Was ich noch *nicht* gesehen habe – nicht in tausend Herbsten, die ich auf See war –, ist ein riesiger sprechender Rabe, der sich in einen Mann verwandeln und sich mit Autorität über die Davor-Zeit äußern kann. Aufgefordert zu werden, bei solchen Taten mitzuwirken, ist ein Geschenk, das mir nie zuvor gemacht wurde und sich nicht noch einmal bieten wird. Ich habe schon Wunder gesehen, die meines Wissens niemand sonst – und ich lebe schon lange und bin weit gereist – jemals gesehen oder erwähnt hat. In eurem zarten Alter und als Bewohner einer in Nebel gehüllten Insel, wo Zauberwesen offenbar wenig Beachtung finden, könnt ihr das nicht verstehen. Ihr müsst an den Pfeil denken«, sagte Farn, während sie aufstand, »den Schwabber für uns hat hinnehmen müssen, und daran, wie sie sich anschließend, als sie begriff, dass er mit Widerhaken versehen war, darauf einließ, dass es besser wäre, ihn ganz durchzuschieben, als in die andere Richtung zu ziehen. An diesem Punkt stehen wir nun alle in Bezug auf die Quest. Aufzugeben hieße, den Pfeil nach hinten herauszuziehen, was nicht besser, vermutlich sogar schlechter wäre, als ihn durchzuschieben.«

Farn beugte sich über Schwabber, hielt ihr mit zur Seite geneigtem Kopf ein Ohr an die Lippen und lauschte Worten, die außer ihr niemand hören konnte. Nach einer Weile nickte sie, wandte Schwabber das Gesicht zu, wischte ihr die Haare aus der Stirn und küsste sie. Dann ging Farn auf ein Knie und zog sich Schwabbers Arm über die Schultern. Unter großer Mühe stand sie auf. Als Schwabber spürte, dass sie hochgehoben wurde, bewegten sich ihre Beine, und sie bekam ihre Füße auf den Boden, wo sie einen kleinen Teil ihres Gewichts trugen. Auf der Seite, die von dem Pfeil getroffen worden war, hatte sich die gesamte Schulter und der damit verbundene Arm in Chaos aufgelöst, und das meiste davon war nicht mehr mit ihrem Körper verbunden und hielt sich nicht einmal mehr ansatzweise an die Gestalt einer normalen Seele, sondern trieb auseinander wie Rauch.

Farn trottete mit langsamen, schweren Schritten die letzten paar Meter bis zum Rand der Verwerfung hinauf. Jenseits davon stieg sie ein paar Schritte hinab, wobei sie ihre Füße mit einer Bedachtsamkeit aufsetzte, die umso einleuchtender wurde, je abschüssiger der Adamant unter ihr und je sauberer und glatter die Oberfläche wurde. Als sie so weit gegangen war, wie sie zu gehen wagte, beugte sie die Knie und den Rücken und ließ Schwabber vorsichtig hinunter, sodass sie auf dem glatten Adamant saß und sich mit ihrem verbliebenen Arm in aufrechter Position abstützte. Für kurze Zeit blieben sie dort noch zusammen, Farn in der Hocke neben ihrer geschwächten Partnerin, die sie umfasste, als könnten ihre kräftigen Arme das Chaos zurückhalten, das einmal Schwabber gewesen war und jetzt aus ihrer Gestalt entwich. Schließlich stieß sich Schwabber, ehe es zu spät war, mit ihrer unversehrten Hand ab und rutschte in die Tiefe. Nicht mehr imstande, sich aufrecht zu halten, kippte sie zur Seite, überschlug sich langsam, rutschte weiter, nahm Geschwindigkeit auf, überschlug sich noch zweimal und war weg.

Bell beobachtete das alles aus respektvoller Entfernung. Lange nachdem sie Schwabber aus ihrem Blickfeld verloren hatte, sah sie unten im Abgrund ein schwaches Flimmern von Chaos und war sich nun ganz sicher, dass Pick recht hatte mit seiner Annahme, dass weder Egdod noch Pluto oder El sich die Mühe gemacht hatten, diesem Ding einen Boden zu geben. Das Land war auf reinem Chaos aufgebaut, und es gab Stellen, da konnte man zu ihm vordringen.

Ein weiterer Böttel-Scharfschütze kam zum Auskundschaften herauf, aber seine Annäherung war fast beleidigend offensichtlich. Lyne schoss auf ihn, worauf er verletzt zu Boden sank. Seine Gefährten – weiter unten am Hang waren nämlich noch andere zu hören und gelegentlich zu sehen – ließen ihn da liegen, wo er hingefallen war. Insekten kamen aus dem Nichts und labten sich an seinem Blut.

Es wurde Nacht. Sie machten kein Feuer, um ihr Sehvermögen nicht zu beeinträchtigen. Im Übrigen gab es sowieso fast nichts zum Verbrennen. Bell hatte sich gesorgt, dass die Böttel in der Nacht kommen könnten, aber in dieser Gegend war die Luft so trocken und dünn, dass das Licht von Mond und Sternen alles in dem Niemandsland unterhalb von ihnen zu einer deutlich sichtbaren Zielscheibe machte.

In Zweitel hatten die Böttel immer unter dem Befehl von Autochthonen gestanden. Davon war hier jedoch keiner zu sehen. Farn wagte die Vermutung, dass nicht weit entfernt ein größeres Flaggschiff lag, das von einem Autochthonen befehligt wurde und Böttel-Seesoldaten an Bord hatte, die sich als schwerere Gegner erweisen würden als die Kundschafter und einfachen Galeerensklaven, von denen sie im Moment in Schach gehalten wurden. Und tatsächlich kam Corvus bei Tagesanbruch von einer Erkundung zurück und berichtete, dass genau so eine Galeere gerade in die Bucht eingefahren sei und Verstärkungstruppen unter Führung eines Autochthonen den Hügel erstiegen.

»Töte ihn nicht«, legte Corvus Bell nahe, als er einmal kurz unter vier Augen mit ihr sprechen konnte. »Auch niemanden sonst, es sei denn, du tust es als normale Person mit einem Pfeil oder Ähnlichem.«

»Womöglich bleibt uns nichts anderes übrig. Wir haben noch für einen Tag Wasser und nichts Nennenswertes mehr zu essen. Picks Vorbereitungen dauern *ewig.*«

»Pick und Querc leisten gute Arbeit«, sagte Corvus. »Sie sind fast fertig.«

»Warum verschwinden wir dann nicht, solange wir es noch können?«

»Ich würde gerne wissen, was dieser Autochthone weiß.«

Und dann sah Bell zum zweiten Mal, dass Corvus menschliche Gestalt annahm.

»Puh!«, machte er, als das erledigt war. »Ich hasse das. Dafür habe ich *euch* Menschen. Aber da, wohin wir als Nächstes gehen, sind Flügel mehr als nutzlos.« Er borgte sich Kleider von Mard und Lyne und steckte sich, um den Schein zu wahren, einen Dolch in den Gürtel. Im Großen und Ganzen hatte er jedoch keine Ahnung, was er mit den Armen anfangen sollte, von den

Händen ganz zu schweigen, und so hakte er, nur um zu verhindern, dass beim Gehen seine oberen Gliedmaßen umherschlackerten, die Daumen in den Gürtel ein.

Die Soldaten des neuen Böttel-Kontingents gaben sich keine Mühe, ihr Herannahen zu verheimlichen. Ganz im Gegenteil, denn sie hatten die Angewohnheit, Marschgesänge anzustimmen (das Wort »Lieder« traf es nicht genau), um im Gleichschritt zu bleiben. Falls deren Zweck außerdem in Einschüchterung bestand, taten sie ihre Wirkung. Als die Böttel knapp außerhalb der Distanz, in der die Bogenschützen von großem Nutzen gewesen wären, entlang des Übergangs zum Niemandsland aufmarschierten, war allen Quest-Teilnehmern sonnenklar, dass sie mit Leichtigkeit den Hang hinaufstürmen, sich dabei mit Schilden schützen und das Lager unter allenfalls geringen Verlusten einnehmen könnten.

Nachdem er ein paar Minuten hatte verstreichen lassen, trat, von zwei schildbewehrten Bötteln flankiert, der einzige Autochthone vor. Er hatte dieselben schönen, eleganten Züge wie die Offiziere, denen Bell in Zweitel begegnet war. Verwegen kam er die Steigung weiter herauf, bis Lyne und Bell einen Pfeil einlegten. Da blieb er stehen, lächelte und präsentierte leere Hände. »Ich schreie einfach nicht gerne«, erklärte er.

»Wir können dich hören«, sagte Farn. Sie hatten sich darauf geeinigt, dass sie sprechen würde.

»Durstig? Wir haben tonnenweise Wasser. Buchstäblich Tonnen.«

»Danke, wir sind versorgt.«

»Du dürftest die Schmugglerin sein. Farn.«

»Du kannst mich gerne mit Farn anreden«, gestand sie ihm zu.

»Ich heiße Harrier. Wo ist die große Krähe? Wird sie mir die Augen aushacken?«

»Hat es sich im Schatten bequem gemacht, Harrier.«

»Ist es schön hier oben? Ich habe gehört, wenn man zu weit hineingeht, gibt es eine böse Überraschung.«

»Wir haben es dazu genutzt, unsere Toten zu begraben.«

»Dann ist dir aufgefallen, dass Els Militär das alles hier ernster nimmt als die vielen Fahrten, die du in der Vergangenheit an dieser Küste entlang unternommen hast«, sagte Harrier.

»Das ist mir nicht entgangen.«

»Vielleicht verkehrst du mit den falschen Leuten«, sagte Harrier. »Ich habe dich jahrelang aus der Ferne – einer frustrierend großen Ferne – bewundert. Unsere vergeblichen Verfolgungsfahrten hinter der *Silverfin* her waren eine ausgezeichnete Übung für unsere Besatzungen. Nichts war besser geeignet, um herauszufinden, welche Böttel immer noch Kraft zum Rudern haben und welche bereit sind für … eine neue Aufgabe. Diesmal ist es allerdings anders.«

»Warum ist es anders?«

»Wegen der jungen Dame. Vermutlich die zu deiner Linken, die mich mit eingelegtem Pfeil wie eine wahre Prinzessin anfunkelt.«

»Was ist mit ihr?«

»Keine Ahnung. Du bist nicht damit vertraut, wie es beim Militär zugeht, oder? Dort geht es nämlich so zu, dass ich solche Dinge nicht erfahre, es sei denn, ich muss sie wissen. Ich habe den Auftrag, sie mit zurückzubringen. Dabei wurde deutlich gemacht, dass das mit äußerster Höflichkeit und Rücksicht auf ihre Gefühle und ihre persönliche Sicherheit zu geschehen hat – weshalb ich hier in der Sonne stehe und mit dir rede, statt einfach hinter einer Mauer aus Schilden da hinaufzumarschieren. Über *dich*, Farn, wurde mir *nichts* gesagt, und deshalb werde ich mit dem größten Vergnügen dich und auch die jungen Bufrects in einer kühlen Kajüte mit viel frischem Trinkwasser in die Zivilisation zurückbefördern. Ihr könntet aber auch alle hier sterben.«

»Du sprichst immer wieder von Wasser, als würde es unsere Entschlossenheit fortspülen«, sagte Farn. »Da ihr so viel davon habt, geh doch zurück in euer Lager und trink es oder bade darin oder schütte es dir über den Kopf oder was immer du mit einem solchen Überfluss machst, und lass uns in Ruhe, damit wir über die Dinge nachdenken können.«

»Na gut. Bei Einbruch der Nacht marschieren wir diesen Hügel hinauf«, sagte Harrier. »Wenn du uns Schwierigkeiten machst, wanderst du als Erste in den Spalt.« Er machte auf dem Absatz kehrt und ging davon, gefolgt von seinen zwei Bötteln, die mit erhobenen Schilden und scharfem Blick rückwärtstrippelten.

Pick ging seine Mustertruhe Schublade für Schublade durch, nahm aus manchen davon Werkzeuge und Instrumente oder Bruchstücke außergewöhnlichen Gesteins und fand Möglichkeiten, sie verborgen an seinem oder Quercs Körper unterzubringen. Andere Bestandteile ließ er wehmütig am für sie vorgesehenen Platz zurück. Dann schloss er die Truhe und kehrte ihr mit sichtlicher Mühe den Rücken zu. »Na los«, sagte er zu Mard und Lyne, »ich weiß, dass ihr es euch wünscht.«

Pflichtbewusst nahmen die beiden jungen Männer die Truhe zwischen sich, trugen sie an den Rand des Abgrunds und warfen sie – eins, zwei, drei – in die Dunkelheit.

Dann seilten sie sich einer nach dem anderen in die Verwerfung ab. Das Gefälle wurde steiler, je weiter man nach unten kam. Ihr Abstieg war dort zu Ende, wo es zu einer nahezu senkrechten Felswand wurde. Das schwindende Tageslicht, das von oben herunterdrang, war in einer solchen Tiefe von geringem Nutzen. Pick hatte Steine, die im Dunkeln leuchteten, aber deren Licht schien kaum weiter als eine Handbreit zu strahlen.

Ihr Sammelplatz war ein etwa dreißig Zentimeter breiter Felsvorsprung, den man nicht sehen, sondern nur mit den Füßen ertasten konnte. Dort mussten alle warten, bis der Letzte von ihnen – Corvus, immer noch in Menschengestalt – sich abgeseilt hatte. Das letzte Stück des Seils war doppelt um einen Haken gelegt, den Pick in einiger Entfernung oberhalb von ihnen in den Fels getrieben hatte. Als Corvus ein Seilende losließ, konnte er das ganze Ding um den Haken und aus ihm herausziehen.

»*Das* dürfte es Harrier schwer machen, sollte er beschließen, uns zu folgen!«, sagte Pick mit einem Glucksen.

Niemand machte sich die Mühe, auf die noch größeren Schwierigkeiten hinzuweisen, die *sie selbst* haben würden, sollte es ihnen je in den Sinn kommen, den Rückweg anzutreten. Allerdings würde das auch nicht gut enden. Also gingen sie vorwärts – was bedeutete, dem Felsvorsprung in eine Richtung zu folgen, die sie grob gesehen vom Meer wegführte. Dabei wären sie innerhalb kurzer Zeit alle von dem Felsband hinunter und in den Spalt gestürzt, hätte Pick nicht mithilfe von Eisenhaken ein Handlaufseil im Fels befestigt.

Oben musste Harrier etwas geahnt haben. Vielleicht wurde er auch einfach nur ungeduldig und brach sein Versprechen. Sie hörten nämlich den Marschgesang der Seesoldaten, durchsetzt mit Schlägen von Entermessern auf Schilde, die von der Decke des Überkrags widerhallten, während das schwache Licht der Abenddämmerung noch die herabhängenden Vogelnestkomplexe beschien. Sie konnten nicht zu der Kante hinaufblicken, was für sie von Vorteil war, aber sie hörten, dass der Marsch der Böttel immer lauter wurde und dann verebbte, als eine Aufforderung zur Ruhe durch deren Reihen lief. Danach nur noch undeutliches Reden und das gelegentliche Klackern eines Steins, der probeweise über den Rand geworfen wurde.

»Können sie uns verfolgen?«, fragte Bell – die Zweitletzte – Corvus, der hinter ihr war. Während ihres Rundgangs durch Elkirk hatte sie nämlich sämtliche verschiedenen Sorten von Bötteln gesehen, die die Autochthonen zu erzeugen imstande waren, und sie wusste, dass es viele gab, die ihr ganzes Leben in Bergwerken verbrachten.

Statt einer Antwort lehnte Corvus sich, auf den Handlauf vertrauend, zurück und richtete das schwache Licht seines Leuchtsteins auf den Felsvorsprung hinter sich.

Da war kein Felsvorsprung mehr.

Nur Augenblicke zuvor hatten Bells Füße darauf gestanden, aber jetzt war die Fläche strukturlos. Ebenso konnte Corvus den nächsten eisernen Seilhaken, nachdem er ihn passiert hatte, aus dem Fels herausziehen, als wäre er in Sand gesteckt worden. Er gab ihn Bell, die ihn nach vorn durchreichte. Etwas später kamen sie wieder an demselben, fest im Fels verankerten Haken vorbei. Vor ihnen war jedoch kein Bohren oder Hämmern zu hören. Pick, der Lithoplast, formte den Adamant vorn und hinten.

Von hinten wurde es eine Zeit lang laut, da Harriers Soldaten anscheinend viele Steine von unten herauftrugen und über die Kante rollten, um alle, die sich ihrer Meinung nach an der Wand des Spalts unter ihnen festklammerten, zu töten. Die Mitglieder der Quest drängten sich so dicht zusammen, wie sie konnten, und drückten sich an die Steinwand, löschten oder verbargen ihre Lichter und warteten. Undeutlich hörten sie die Böttel weit oben sprechen, deutlich dagegen konnten sie hören, wie Felsbrocken die Schräge hinunterrollten und -sprangen und dabei eine ungeheure Geschwindigkeit aufnahmen, ehe sie vorbeisausten. Manche davon schienen direkt auf sie zuzukommen, so als würden sie sie gleich treffen, prallten aber dann an einer Art vorspringender Wulst ab, die anscheinend unmittelbar über ihnen aus der Felswand ragte. Diese hielt stand und ließ die Steine weit hinaus in die Dunkelheit springen. Bell glaubte nicht einen Moment lang, dass es sich um ein natürliches Gebilde handelte. Pick hatte es als Unterstand vorbereitet. Als solchen nutzten sie es, bis seit der letzten Andeutung von Licht, Geräusch oder fallenden Steinen von oben Stunden vergangen waren. Dann wagten sie es, wieder etwas lauter zu sein und Kerzen anzuzünden.

Stundenlang gingen sie unter Verwendung der Felsvorsprung-

und-Handlauf-Methode in die Nacht hinein. Den Felsvorsprung hinter ihnen zu entfernen bedurfte offenbar einiger Anstrengung von Picks Seite, und so gab er, nachdem sie eine sichere Entfernung zwischen sich und die Böttel gelegt hatten, den Felsvorsprung auf und ließ ihn einfach, wo er war.

Nun gingen sie also auf das Innere des Fragens zu, sowohl in dem Sinne, dass sie sich weiter von der Küste entfernten, als auch, dass sie, was allmählich nicht mehr zu ignorieren war, immer tiefer unter die Oberfläche gelangten. Sie schienen sich zwar weitgehend auf einer Ebene fortzubewegen, jedoch türmten sich über ihnen die Berge, je weiter sie sich von der Küste entfernten, immer höher auf.

Damit stellte sich die Frage, was ihnen, wenn überhaupt, von unten entgegenkommen könnte. Sie wussten, dass die Verwerfung nicht mit einem Boden versehen worden war und dass man, wenn man weiter als bis zu einer bestimmten Tiefe hinabstieg oder -fiel, ins Nichts des Chaos eingehen würde. Aber wo lag diese Tiefe? War Chaos wie Wasser, das überall einen konstanten Spiegel hatte?

Das Thema Wasser beschäftigte Bell sehr, und sie wusste, dass es den anderen ebenso ergehen musste. Sie hatten nur eine bestimmte Menge davon bei sich gehabt, und auf der Oberfläche des Fragens hatte es keins gegeben. Daher bestand die einzige Möglichkeit, dass diese Reise nicht zu ihrer aller Tod durch Verdursten führte, darin, dass Pick sie zu irgendeiner unterirdischen Quelle führte.

Bell fing an, sich eine tief unter der Oberfläche befindliche verborgene Höhle vorzustellen, deren Boden ein See aus köstlichem frischem Wasser war, das sich über Jahrtausende allmählich angesammelt hatte. Danach sehnte sie sich so sehr, dass sie sie riechen konnte. Mehr noch, sie fühlte ihre Feuchtigkeit in den Nasenlöchern, die sich so an die trockene Luft gewöhnt hatten. Und sie konnte das Plätschern des Wassers hören – wie Wellen, die an einen Strand schlugen, oder Regen, der auf einen See fiel – vielleicht Kondensation, die von der Höhlendecke herabtropfte? Und so etwas wie ein schwaches Leuchten, das vom Wasser selbst ausging?

»Ich sehe Licht«, sagte Corvus. »Mach die Kerze aus!«

Querc, die vor ihnen ging, trug sie in einer Laterne. Sie blies sie nicht aus, sondern schloss die Klappe der Laterne, um nahezu vollkommene Dunkelheit herzustellen. Eine Zeit lang verharrten sie schweigend. Pick stieß einen langen Seufzer aus. Er brauchte sicher dringender als irgendjemand anderes von ihnen eine Ruhepause. Bell hatte keine Ahnung, wie Lithoplastie funktionierte, aber dass sie Anstrengung verlangte, war offensichtlich.

Als ihre Augen sich an die Dunkelheit gewöhnt hatten, stand außer Frage, dass sie *etwas* sahen. Allerdings war es diffus und undeutlich, und wie gewöhnlich gingen die Meinungen darüber auseinander.

»Es ist das Tageslicht, weit über uns«, meinte Lyne.

»Es kann noch nicht Tag sein«, widersprach Mard.

»Die Zeit ist trügerisch hier unten.«

»Da ist kein Licht. Das ist eine Sinnestäuschung«, sagte Farn.

»Zu der Annahme tendiere ich auch«, sagte Bell. »Vor einer Minute haben mich meine Sinne nämlich so getäuscht, dass ich von einem See geträumt habe, dessen Wasser in einer dunklen Höhle schwach leuchtete.«

»Das war nicht nur ein Traum«, sagte Farn. »Ich habe ganz ohne Zweifel frisches Wasser gerochen. Nicht die ganze Zeit. Hier und da einen Hauch davon.«

Bell machte sich allmählich Sorgen um Corvus. Noch nie hatte er so lange Zeit in seiner menschlichen Gestalt verbracht. Er hatte oft davon gesprochen, wie ungern er sich in beengten Räumen aufhielt. Er mochte es nicht, im Dunkeln zu sein oder nicht weit sehen zu können. All das hatte er jetzt schon ziemlich lange ausgehalten. In leisen Tönen, die nur Bell hören konnte, beharrte er weiterhin darauf, vor ihnen ein Licht gesehen zu haben – das ihnen entweder den Weg zeigte oder sie in eine Falle lockte. Bell war sich zunehmend sicher, dass Corvus nicht bei klarem Verstand war. Andererseits roch sie immer noch das Wasser eines Sees, wo es ganz offensichtlich keinen See geben konnte, wie also sollte sie sich da ein Urteil erlauben?

Alle diese Überlegungen wurden hinfällig, als sie um eine Ecke bogen und vor sich eine Fläche aus reinem offenem Chaos erblickten, die ihnen nach diesen Stunden in völliger Dunkelheit so groß und hell vorkam wie der Nachthimmel über der Wüste und so laut wie ein Wasserfall. Dieses Chaos war aber strahlender und lebendiger als das matte, kaum wahrnehmbare Zeug, das Pick in seiner Adamantschublade aufbewahrt hatte. Hier und da strahlte in ständigem Wechsel Licht aus ihm heraus oder besser durch es hindurch. Es leuchtete an einer Stelle auf und zog ihre Blicke an, und für einen Moment schien es, als könnten sie fast Formen darin wahrnehmen. Dann floh das Licht, als wüsste es, dass es Blicke auf sich zog. Die ganze Zeit geschah das nicht nur an einer Stelle, sondern an verschiedenen, und meistens sah man es nur aus dem Augenwinkel.

»Darunter ist ein Boden!«, versicherte Pick. In den Lichtflecken, die aus dem Chaos strahlten, konnten sie sehen, wie er sich von der Wand des Spalts löste und hineinwatete. »Pluto hat es hier entstehen lassen, denn dieser Ort war wichtig für ihn, und er kam oft hier durch.«

»Kam … hier *durch*?«, fragte Lyne. Er folgte vorsichtig Querc, die Pick folgte. Der Rest der Gruppe tat es ihnen nach. Bell verstand, wie sie zu der Vorstellung von einem fluoreszierenden, zischenden See in der Dunkelheit gekommen war. Das Chaos befand sich sowohl unter als auch über ihnen, sodass es war, als wateten sie in einen Tümpel, dessen Grund man nicht sehen, sondern nur mit den Füßen ertasten konnte.

»Da ist sie! Und zeigt uns den Weg!«, rief Corvus aus.

»Sie?«, fragte Bell. Sie war plötzlich abgelenkt durch einen deutlichen Hauch von Kiefernwaldduft.

»Das Licht, das sich bewegt!«, sagte Corvus. Mitten im Satz veränderte sich seine Stimme – wurde weniger menschlich, mehr vogelartig.

»Riecht irgendjemand Holzrauch?«, fragte Mard.

Corvus war jetzt wieder ein riesiger sprechender Rabe. Was höchst unpraktisch zu sein schien. »Ihr versteht es nicht«, sagte er. »Um hier rauszukommen, brauchen wir einen Leitstern!«

Jetzt war sich Bell ziemlich sicher, das, was er sah, auch zu sehen – und das war kein Stern. Es war nicht genau bestimmbar, aber weiblich, mit Flügeln.

»Gebt mir ein Seilende!«, befahl Corvus. »Und haltet euch gut fest!«

Zufälligerweise waren Seile so ziemlich alles, was ihnen geblieben war. Mard hievte eine Rolle von seiner Schulter, tastete nach deren Ende und hielt es hoch. Corvus schnappte es sich im Vorbeifliegen mit einer Kralle und schwenkte dann ab, um dem leuchtenden Irrlicht zu folgen. »Beeilt euch! Und bleibt zusammen! Alle Hände ans Seil, was auch passiert!«

Wie sich herausstellte, vermochte Bell nur die letzte dieser Anweisungen zu befolgen. Beide Hände am Seil zu lassen, mehr konnte sie im Verlauf dessen, was jetzt kam, nicht im Kopf behalten. Der Begriff *Eile* bedeutete nichts, wenn Zeit und Entfernung keinen Sinn mehr ergaben, was augenblicklich der Fall war, als sie versuchte, dorthin zu gehen, wohin Corvus gegangen war. Zusammenzubleiben bedeutete überhaupt nichts. Nicht nur, dass sie nicht wusste, wo die anderen waren, sie erinnerte sich auch nicht mehr an ihre Namen. Alles wurde mehr als einmal zu purem Chaos. Manchmal war da nichts mehr außer dem Seil in ihrer Hand, und sie hatte keine Möglichkeit einzuschätzen, ob diese Phasen Jahrhunderte oder bloß Herzschläge lang dauerten.

Ihr erster deutlicher und bleibender Sinneseindruck war der

Geruch von Süßwasser, von dem sie schon früher Spuren wahrgenommen hatte. Dieser und das Seil, das immer noch in ihrer Hand lag. Als Nächstes drängte sich Licht auf, und es war gleichbleibendes, an einer Stelle verharrendes Licht. Dann hatte sie harten Boden unter den Füßen. Dieser besaß eine natürliche Unebenheit, anders als der flache, von Pick erzeugte Felsvorsprung. Dunkle Gestalten unterbrachen das Licht: die Umrisse einer Person und eines großen Vogels.

All das wurde so beständig, dass sie ziemlich sicher war, durch eine Höhle hindurch auf deren Ausgang zuzugehen – der die Quelle des Lichts war. Und des Dufts: der scharfen Gerüche von Kiefern und brennendem Holz, unterlegt mit dem schwereren und subtileren Duft von Wasser und von etwas, das sie stark an Calla erinnerte: Blätter, die erst vor Kurzem von Bäumen gefallen waren und jetzt feucht und rot auf dem Boden lagen.

Alles, was sie umgab, war jetzt massiv und real geworden. Es gab keine Spur von Chaos außer dem Nebel, der ihren Verstand noch immer trübte. Manches davon war allerdings reine Verwirrung darüber, wo sie sich befand. Der steinige Boden wies kleine Erhöhungen und Vertiefungen auf, verlief insgesamt aber sanft abwärts.

Je weiter sie kamen, desto breiter wurde die Höhle. Das Licht, das in ihren Eingang hineinstrahlte, war so hell wie die Mittagssonne auf dem Fragen, aber weitaus unbeständiger; in einem Moment schien es ihnen direkt ins Gesicht, sodass sie zum Schutz ihrer Augen Hände oder Arme hochreißen mussten, und im nächsten Moment herrschte eine Dunkelheit wie die, aus der sie gerade gekommen waren – wenn auch mit funkelnden Strahlen, die mitten aus ihr herausschossen. Bell fiel auf, dass das Seil in ihrer Hand erschlafft war. Als ein Lichtstrahl über den Höhlenboden strich, sah sie es auf dem Boden liegen. Pick hatte es fallen lassen. Er hatte seinen Schritt verlangsamt. Die anderen waren auf ihn aufgelaufen und hatten sich zusammengeschart.

Ihre Silhouetten brachen das ungebärdige Licht. Sie waren ein paar Meter vor dem Höhlenausgang stehen geblieben. Jenseits davon konnte Bell zwischen den Beinen der anderen hindurch eine ebene, faltige Fläche sehen, die glitzerte, wenn das Licht darüberhuschte. Jüngste Ereignisse veranlassten sie zunächst zu der Vermutung, das könnte ein weiterer Chaosteich sein, doch dann schien die Sonne für einen Moment herauszukommen. Als Bell in eine Lücke zwischen Mard und Querc trat, erhaschte sie ihren ersten Blick auf das, was jenseits des Höhlenausgangs lag, und begriff mit völliger Klarheit, dass es ein See war. Sein näher gelegenes Ufer reichte bis unmittelbar vor ihnen an den Höhlenboden heran.

In mittlerer Entfernung, einen Pfeilschuss weit weg, kam von links her eine Sandbank, die sich quer durchs Wasser zog und offenbar einen nicht einsehbaren Abschnitt des Seeufers mit einer felsigen kleinen Insel verband, die ein Stück weit aus dem Wasser ragte. Darauf standen ein paar ausgewachsene Bäume, deren Samen vermutlich von Vögeln oder vom Wind dorthin getragen worden waren. Einer von ihnen war vollständig in Flammen gehüllt. Ein anderer war etwa in Schulterhöhe eines Menschen abgeknickt; sein oberer Teil, der durch verdrehte Fasern von der Dicke eines Arms noch mit dem zerborstenen Stamm verbunden war, hing schräg ins Wasser.

Das Licht des brennenden Baums war im Vergleich zu dem, das ganz in der Nähe leuchtete, schwach und blass. Der Himmel dahinter und darüber war dunkel, hier und da zeigten sich Sterne und rechts von ihnen ein schwacher rosafarbener Schimmer; die Morgendämmerung nahte.

Bell hörte das Geräusch von aufeinanderprallenden Waffen und einen Schrei. Ein strahlender Blitz schwang durch die Luft, wobei er einen Kometenschweif quer durch ihr Sichtfeld zog, und drehte nach unten ab, nur um in seinem Schwung von einem dunkleren Hindernis gestoppt zu werden, das dem Aufprall irgendwie standhielt und von ihm fortflitzte, als hätte es Kraft aus ihm gezogen und verfolgte jetzt eigene Absichten. Das Licht wurde für einen Moment von einer Silhouette verdunkelt; diese hatte Arme und Beine wie eine gewöhnliche Seele, aber sie hatte auch Flügel.

Warum Pick nicht weitergegangen war, lag jetzt auf der Hand; sie waren unerwartet auf einen Kampf gestoßen, und wenigstens einer der Kämpfenden war ein Engel. Die Vorsicht gebot, sich erst einmal im Hintergrund zu halten. Bell dagegen drängte sich an ihm vorbei und ging entschlossenen Schrittes weiter. Inmitten des Lärms aufeinanderprallender Waffen konnte sie Mard hinter ihr herrufen hören, doch sie beachtete ihn nicht. Als sie dem Höhlenausgang näher kam, wurde ihre Sicht auf die Dinge besser, und sie sah, dass es sich bei dem Gegner des Engels um Burr handelte. Er war nicht mit einem Schwert, sondern mit einem langen Speer bewaffnet, den er um sich herumwirbeln ließ, um die Attacken des Engels abzuwehren; wenn sich eine Gelegenheit bot, versuchte er dem Engel mit dem schweren eisernen Ende des Speers einen Schlag zu versetzen oder ihn mit dessen scharfer Spitze aufzuschlitzen.

Bell trat ganz hinaus ans Seeufer und fühlte, wie das kalte Wasser ihre Stiefel durchnässte. Rechts von ihr ragte eine Formation aus grauem Stein so hoch auf, dass der See dort an einer fast senkrechten Felswand endete, die noch mehr Höhlen aufwies. Links von Bell wich der Fels einem flachen Strand, der in einer Biegung nicht weit davon entfernt in die Sandbank überging. Diesen Weg schlug sie ein und verfiel nach anfänglichem Ausschreiten über den Sand in Laufschritt, denn Burrs Ächzen und Schreien weckte bei ihr die Befürchtung, er könnte sich nicht mehr viel länger gegen die Angriffe des Engels zur Wehr setzen.

Ehe sie jedoch auf die Sandbank gelangte, wurde sie von einer neuen Art von Seele zum Stehen gebracht, die sich ihr blitzartig in den Weg gestellt hatte. Auch von ihr ging Licht aus, aber nicht annähernd so strahlend wie von dem Schwert des Engels. Das ganze Wesen war ungefähr dreißig Zentimeter groß, wäre aber noch ein bisschen größer gewesen, hätten seine Beine nicht als Stümpfe unterhalb der Knie geendet. Was ihm in dieser Hinsicht fehlte, machte es mehr als wett mit einem Paar Flügel, die es dazu benutzte, mit weitaus größerer Geschicklichkeit, als Corvus sie vermutlich je erlangen würde, flimmernd durch die Luft zu sausen. Das war mit anderen Worten die Seele, die sie in dem dunklen Spalt unter dem Fragen gefunden und ihnen den Weg hierher gezeigt hatte – wo immer *hier* auch sein mochte. »Tu's nicht«, flehte sie Bell an. »Übe hier und jetzt nicht die Fähigkeit aus, die dir zu eigen ist, denn dann wird El wissen, dass du ins Land gekommen bist, und seine leuchtenden Engel werden zu Tausenden über uns herfallen.«

Etwas in Bell wollte fragen, was es denn für einen Sinn habe, eine solche Fähigkeit zu besitzen, wenn sie nie zur Anwendung kommen dürfe, aber jetzt, wo sie still stand, war sie abgelenkt durch eine eigenartige Empfindung, die aus dem Boden in ihre Fußsohlen übertragen wurde.

In gewisser Weise war es nur ein schwacher Widerhall, und doch kam er immer und immer wieder in sich steigerndem Tempo, und die Tatsache, dass er den Boden selbst erbeben ließ, zeugte von einer großen Kraft dahinter. Der Kampf auf dem Inselchen war für kurze Zeit zum Erliegen gekommen, da die Kämpfenden in sicherer Entfernung voneinander Atem schöpften. Das Schwert des Engels ließ zwischen ihm selbst und Bell eine feuerrote Straße über den See entstehen, wie wenn über einem großen Gewässer die Sonne unterging. Darin konnte Bell die kleinen Wellen sehen, die mit den dumpfen, in ihren Beinen zu spürenden Schlägen zusammenfielen.

Da der Elfe diese Verbindung zum Boden fehlte, brauchte sie etwas länger, um es zu spüren. Vielleicht war sie jetzt durch die kleinen Wellen aufmerksam geworden oder durch das Knacken dicker Zweige, das aus dem sich vom Seeufer fort erstreckenden Wald zu hören war. Sie schlug mehrmals mit den Flügeln und schoss unmittelbar in große Höhe hinauf, wie um das Gebiet zu überblicken, dann sauste sie im Sturzflug auf den Wald zu. Ehe sie zwischen die Bäume geriet, zog sie hoch und schwenkte zu der Stelle zurück, wo die Sandbank auf den Strand stieß. Ihr Licht wurde heller. Bell kam der Gedanke, dass die Elfe dem, was immer da durch den Wald kam und mit so schweren Schritten den Boden erschütterte, den Weg erleuchtete und zugleich als Leitstern diente.

Eine plötzliche Veränderung des Lichts verriet Bell, dass der Engel sein Schwert geschwungen hatte. Als Bell sich zu der kleinen Insel umdrehte, sah sie, dass der Engel sich von den Knien erhoben und teilweise seine Flügel entfaltet hatte. Er hatte dasselbe gespürt wie Bell und blickte jetzt ans Seeufer hinüber.

In der Nähe des Ufers fiel ein kleiner Baum um; das war in dem Licht, das von der Elfe ausging, deutlich zu sehen.

Kurz darauf kam Edda aus dem Wald. Sie rannte nicht direkt, ging aber raumgreifend, und jeder Schritt erschütterte den Boden und brachte das Wasser durcheinander. Mit ein paar Schritten überquerte sie den Strand und begann, auf der Sandbank der kleinen Insel zuzustreben.

Bell hatte ihrerseits so etwas wie einen Hügelriesen erwartet, oder wenigstens eins der gewaltigen wilden Tiere, mit denen Spring die Wälder des Nordens bevölkert hatte. Dass es Edda war, ergab für sie durchaus Sinn; aber sie blickte unwillkürlich zu dem Engel, um *seine* Reaktion zu sehen. Ergab es für *ihn* einen Sinn? Wussten Engel von Riesinnen, wilden Seelen, sprechenden Raben und Elfen? Wurden sie auf einer Art Engelakademie in solche Dinge eingeweiht? Waren sie allwissend? Oder hinderte El sie daran, von solchen Wunderdingen zu erfahren, um sie besser kontrollieren zu können?

Auf halbem Weg über die Sandbank stand Edda ein junger Baum im Weg. Sie drückte mit der Schulter dagegen, und er fiel um. Sein ganzer Wurzelballen hob sich aus dem losen Boden, und sie trat ihn in den See. Das blieb dem Engel nicht verborgen, der jetzt seine Flügel weiter ausbreitete und die Knie beugte, um jeden Moment in die Luft zu springen.

Burr hatte einen anderen Plan. Mit einem großen Schwung seines Speers trennte er den rechten Flügel des Engels von dessen Schulter, worauf dieser Aura verströmend zu Boden fiel. Kurz darauf gesellte sich der andere Flügel dazu.

Durch den Verlust dieser Gliedmaßen schockiert und ins Wanken gebracht war der Engel kaum imstande, sein Schwert zu heben, als Edda mit großen Schritten das Inselchen betrat. Trotz der Tatsache, dass neben ihm ein Gegner stand, der ihm gerade schweren Schaden zugefügt hatte, beschloss der Engel, sich der unbewaffneten Frau, die direkt auf ihn zukam, zu stellen und das Schwert gegen sie zu schwingen. Er holte über dem Kopf aus, bereit, einen tödlichen Schlag zu führen.

Auch Burr führte einen, und damit durchtrennte er dem Engel beide Arme zwischen Handgelenk und Ellbogen. Das Schwert fiel mit einem Scheppern auf den Stein und schrammte ins Wasser des Sees hinunter, der den Schimmer nicht auslöschte, sondern jetzt von innen leuchtete.

Edda breitete weit die Arme aus. Sie trug einen langen Umhang, der jetzt wie dunkle Flügel von ihnen herabhing. Ohne ihren Schritt zu verlangsamen, stieß sie frontal mit dem Engel zusammen, umfing ihn und hüllte seine Gestalt in ihr Gewand.

Bis Bell die Sandbank entlang zu der kleinen Insel gelaufen war, gab es von der Gestalt des Engels keine Spur mehr. Edda war da und sah aus wie Edda.

»Willkommen am Verlorenen See«, sagte sie. »Ihr werdet Durst haben.«

Burr hockte auf den Fersen, die Ellbogen auf den Knien, das

Gesicht in den Händen, zu müde, um sich zu bewegen oder zu sprechen. Neben ihm lag, im rosigen Schimmer des nördlichen Morgenhimmels, sein Speer, dessen Schaft aus Rauch bestand.

»*Du* scheinst ihn doch wiedergefunden zu haben«, wandte Lyne ein, als Edda ihm den Namen des Ortes sagte.

Ferhuul scherte sich nicht um Lynes Witz. »Und *du* scheinst aus einem magischen Loch im Boden herausgesprungen zu sein. Ganz einfach, was?«

Schritte mit einem knirschenden dumpfen Schlag am Ende zeigten die Rückkehr von Burr an, der gebeugt unter einem Bündel Feuerholz aus dem Wald gekommen war. Es war heruntergefallenes totes Holz, das ohne den Einsatz von Axt oder Spalthammer schweigend gesammelt worden war.

»Nein«, gab Lyne zu, »es war nicht einfach.«

»Eines Tages«, sagte Weaver, »falls wir alle hier rauskommen, werde ich eure Geschichte vom Fragen mit unserer von der Irreführung kombinieren und als episches Lied singen, und ich wage zu behaupten, dass die beiden Teile die gleiche Anzahl von Versen enthalten könnten.«

Dem Ost-Abspalt-Kontingent war es irgendwie gelungen, eine magische Elfe zu rekrutieren, die sie mit dem Namen Mab ansprachen. Ein solches Wesen kam in bestimmten Erzählungen der Geschichte von Adam und Eva vor; wenn es sich also um dieselbe Mab handelte, dann könnte das Bemühen, sie ausfindig zu machen und zur Teilnahme an der Quest zu überreden, ganz genau so merkwürdig und gefährlich gewesen sein wie das, was die *Firkin*-Gruppe getrieben hatte. Irgendwann waren sie dann noch in den Besitz eines magischen Speers gelangt, dessen Schaft anscheinend buchstäblich aus schwarzem Rauch bestand und der von Engelschwertern nicht zu durchdringen war. Woher war *der* gekommen?

Darüber hinaus hatte diese Gruppe das gesamte Seenland von

Ost-Abspalt bis zum Verlorenen See durchquert. Alles, was Bell letztlich über die Irreführung wusste, war, dass es nicht empfehlenswert war, sich dort hineinzubegeben, weil viele von denen, die es taten, nicht mehr herauskamen. Überlebende, die sich doch zu einem der kalten Seehäfen entlang des Rückwegs hinausgekämpft hatten, sprachen nicht von wilden Tieren oder gesetzlosen Räubern – obwohl diese sicherlich existierten –, sondern von einem endlosen Labyrinth von Seen, verbunden durch seichte Flüsse, die durch aufgeweichtes Land mäanderten, in dem man weder gehen noch paddeln konnte. *Irreführung*. Fische und Wild waren im Überfluss vorhanden, frisches Wasser überall, sodass jemand mit ein paar Fertigkeiten dort unendlich lange leben – die Gegend aber eben nicht verlassen konnte.

»Die meisten Leute, die dorthin kommen, wollen bloß wieder raus«, sagte Ferhuul. »*Die* hier sind die Einzigen, denen ich je begegnet bin, die weiter reinwollten, immer weiter, und das hat mich vor Herausforderungen gestellt, auf die ich nicht vorbereitet war.« Er warf einen Blick auf Edda und dann mit bedeutungsvoller Miene zu der Stelle am Strand vor dem Höhleneingang, wo sie ihre Kanus an Land gezogen hatten. Es stand außer Frage, dass Edda ihren Fuß in etwas so Kleines und Instabiles gesetzt hatte. Sie musste zu Fuß gegangen sein, also eine Route über Land gefunden haben, auf der sie irgendwie mit den Bewegungen der Kanus hatte mithalten können – und die sie genau zur richtigen Zeit zum Verlorenen See gebracht hatte.

»Habt ihr Unterstützung von Mab erhalten?«, fragte Bell. »*Uns* hat sie jedenfalls sehr geholfen, unseren Weg zu finden.«

»Wir haben sie gerade erst kennengelernt«, sagte Ferhuul. »Sie ist häufig an diesem Ort.«

Er blickte hinter sich über den Verlorenen See. Eine Stunde zuvor war die Sonne aufgegangen, und sie hatten es riskiert, dieses Feuer zu machen. Dafür hatten sie den Höhleneingang gewählt, der ihnen einen gewissen Schutz gewährte und ihnen außerdem einen Ort bot, an den sie sich zurückziehen könnten, wenn sie wieder angegriffen werden sollten.

Farn hatte ihre Kleider abgelegt, war nach dem Schwert des Engels getaucht und hatte es vom Grund des Sees heraufgeholt. Es war wie ein Pfeil gesunken und hatte sich halb in den steinigen Boden eingegraben. Vom Glanz des Schwertes geblendet war Farn mit geschlossenen Augen wieder an die Oberfläche geschwommen und hatte die Waffe mit dem Griff voraus an Mard übergeben, der auf dem Boden unweit des Kampfortes deren weggeworfene dunkle Scheide gefunden hatte. Auf diese Weise verhüllt lehnte das Schwert jetzt an einem Felsbrocken in der Nähe. Die immer noch zitternde Farn hockte in Decken eingewickelt nicht weit davon an der Höhlenwand und trank Suppe aus einer Tasse, die Edda ihr gegeben hatte. Nichts war mehr zu merken von Farns typischer Schroffheit, der Ungeduld, die zuweilen wie regelrechte Geringschätzung wirkte. Die Durchquerung des Chaos, der Engelskampf, das Eingreifen von Elfe und Riesin, der Speer aus Rauch und das von Thingor geschmiedete Schwert: Nach genau solchen Wundern hatte sie gesucht, seit etwas Derartiges sich im Meer gezeigt und ihr die Familie genommen hatte. Sie hatte auf zwölferlei Art mit ihrem Leben gespielt und Befriedigung gefunden.

»Dieser Engel war überaus mutig oder aber leichtsinnig oder unwissend«, sagte Edda. »Für Els Diener ist das hier ein Ort des Schreckens.«

Das löste bei Bell naturgemäß ein Kopfkribbeln aus. »Warum?«, fragte sie. Sie wandte sich Weaver zu. »Was gibt es hier, das für sie so gefährlich ist?«

»Dich«, antwortete Weaver.

Niemand vom *Firkin*-Kontingent hatte Lust, Berge zu besteigen. Nachdem sie sich aber im Eingang der Höhle ausgeruht, ihren Durst mit süßem Seewasser gestillt und von dem Proviant gegessen hatten, den Ferhuul und die anderen in ihren Kanus mitgebracht hatten, wagten sie sich doch auf den Strand hinaus und stiegen ein kleines Stück die graue Felsformation hinauf, aus der sie herausgekommen waren und die das schroffe südliche Ufer des Verlorenen Sees bildete. Der Wald war eine Mischung aus dunklen immergrünen Pflanzen, wie die Gruppe sie von der *Firkin* aus gesehen hatte, während sie zwischen Stücken hoch im Norden hindurchgesegelt war, und Laubbäumen, die denjenigen von ihnen, die viele Herbste auf Calla zugebracht hatten, vertraut waren. Diese Bäume waren noch überwiegend grün, in der Krone jedoch schon flammend rot angehaucht. Von den roten und orangefarbenen Blättern waren bereits so viele herabgefallen, dass sie den Boden mit einer fleckigen bunten Schmiere bedeckten, die wie grob auf Gebein aufgetragene Farbe wirkte. Der Geruch dieses heruntergefallenen Laubs hatte Bell mehr zu sagen als irgendein Buch oder Lied.

Bevor müde Muskeln und schmerzende Gelenke allzu unangenehm werden konnten, gelangten die Quest-Teilnehmer nahe den Felskanten über dem See in offenes Gelände. Nach Norden hin hatten sie eine klare Sicht über den Verlorenen See und die Irreführung, die sich der Landkarte zufolge bis hinauf zum fernen nördlichen Rand des Landes erstreckte. Mit ihren bunt gefärbten, über sanfte Hügel verstreuten Bäumen und dem blauen Wasser, das sich in den Niederungen sammelte, bot sie durchaus einen schönen Anblick, den Bell und die anderen jedoch nicht allzu lange genossen, zumal sie schon viel darüber gehört hatten. Schon bald kehrten sie der Irreführung den Rücken und blickten gen Süden.

Eine Zeit lang konnten sie weder ihre Blicke noch ihre Gedanken auf etwas anderes konzentrieren als den Gewittersturm, der, von hier aus betrachtet, den größten Teil des südlichen Himmels ausmachte. In diesem Viertel der Welt gab es keinen Horizont, denn die Grenze zwischen dem Himmel und dem Land war hinter grauen Regenwänden und -schleiern verborgen, in Nebel gehüllt und wie mit Edelsteinen aus stumm flackernden und verästelten, sich windenden Blitzen besetzt. Die Unterseite des Ewigewitters war flach, auch wenn hier und da wirbelnde Windungen oben sich auflösten in sich drehende Formationen unten, die sich langsam und unaufhaltsam ausdehnten, bis sie in den Boden stießen. Eine Zeit lang peitschten sie die Oberfläche des Landes, während sie herumwühlten wie Schweine im Dunkeln, dann wurden sie, ehe sie sich auflösten, schmal und zart. Die Hauptmasse des Gewittersturms war ein hoch aufgetürmtes, vom Wind zusammengetriebenes Wolkengebilde, schwarz und silberfarben, zerrissen von langen waagerechten Blitzen, die unwillkürlich an das Schwert des Engels erinnerten. Am oberen Ende – das der Legende nach dieselbe Höhe besaß wie Els Palast, Hunderte Meilen weiter südlich – streckten die Gewitterwolken ein langes spitzes Horn wie das an einem Amboss aus. Platzregen, die stark genug waren, um jede Stadt im Land unter Wasser zu setzen, fielen aus hohen Wolkenbänken, nur um noch Meilen über dem Boden von den unteren Teilen des Sturmgebildes aufgesogen zu werden.

Die Leute aus Calla hatten, ebenso wie Querc und Farn, ihr Leben lang von dieser Erscheinung gelesen oder gehört, sie aber nie gesehen. Deshalb mussten sie sich erst einmal an diesem Anblick laben, so wie zuvor am frischen Wasser des Sees. Nach einer Weile senkten sie jedoch den Blick, um das Gelände vor ihnen in Augenschein zu nehmen.

Wäre das Gewirr aus Bergen, das unter dem Gewittersturm lag, ein Baum gewesen und hätte der Baum Wurzeln nach alter knorriger Art geschlagen und wären diese Wurzeln aus Stein gewesen und hätten vom Stamm aus mehr oder minder große Entfernungen erreicht, dann wäre die, jedenfalls auf dieser nördlichen Seite, am weitesten vorgedrungene diejenige gewesen, die sich schließlich am Ufer dieses Sees in den Boden senkte. Sie standen auf deren äußerstem Fortsatz, der zumindest teilweise hohl war. Und obwohl Pick sich noch nicht die Mühe gemacht hatte, das rundheraus zu sagen, war allen, die auf dem Fragen in die Verwerfung gestiegen waren, nur um hier herauszukommen, inzwischen klar, dass Pluto im ausgehenden Ersten Zeitalter diese Tiefen erforscht und mit Straßen aus Chaos verbunden hatte, um leichter von einem Teil des Landes in einen anderen zu gelangen, ohne sich durch das dazwischenliegende Gelände kämpfen zu müssen. Diesen Straßen zu folgen, ohne vom Weg abzukommen und sich in unbekannten Gefilden zu verirren, war heikel und gefährlich, aber Pick verstand es, den Einstieg für sie zu finden, und Mab, ihnen den Weg zu sicheren Zielen zu weisen.

Die Kanus waren mit Gütern und Lebensmitteln beladen, die sie jetzt am Seeufer ausluden. Das Frachtgut bestand zum großen Teil aus Kleidung; da den Mitgliedern des *Firkin*-Kontingents gerade diese fehlte, zogen sie sie einfach an. Was übrig blieb, verteilten sie auf Bündel, die sie auf dem Rücken tragen oder an Stangen hängen konnten, die dann jeweils zwei Leute zwischen sich auf den Schultern trugen.

Als Pick den Vorschlag machte, die verschiedenen anderen Höhleneingänge zu erkunden, die man von hier aus gut sehen konnte, war Corvus regelrecht empört. »Das würde ewig dauern«, sagte er. »Mab versichert uns, dass sie nicht dahin führen, wohin wir gehen möchten. Jetzt, da du weißt, wie du hierherfindest, kannst du später, nachdem wir die Welt gerettet haben, wiederkommen und all das tun.«

»Falls unser Ziel darin besteht, die Welt zu retten«, sagte Ferhuul, »höre ich das zum ersten Mal.«

»Ja«, sagte Lyne, »das hättest du ruhig früher erwähnen können.«

»Jetzt hört aber auf!«, sagte Farn. »Das liegt doch auf der Hand. Hat es von Anfang an.«

»Damit diese Quest-Besprechungen nicht ausufern«, sagte Corvus, »muss ich mich manchmal mit wenigen Worten ausdrücken. Falls ›die Welt retten‹ euch gegen den Strich geht, kann ich gerne näher darauf eingehen. Was nichts helfen würde. Wer gesehen hat, was wir in letzter Zeit gesehen haben, wird mir beipflichten, dass die Dinge im Land jetzt falsch eingerichtet sind. Selbst wenn man es nicht genau benennen kann, wird man, glaube ich, anerkennen müssen, dass es nicht so ist, wie ein richtiger Gott eine Welt ordnen würde. Das wird sich nicht von selbst beheben. Vermutlich bin ich genau deshalb aus der anderen Ebene der Existenz hierhergekommen. Dort wurden Dinge angestoßen, die ich jetzt hier zu Ende bringen soll. Hört auf zu diskutieren.«

»Was genau bedeutet denn ›zu Ende bringen‹?«, fragte Lyne in einem äußerst höflichen und angenehmen Ton, der unterstreichen sollte, dass er nicht diskutierte.

»Ich weiß es nicht«, gab Corvus zu, »aber ich glaube, wir alle werden noch froh sein, dass Ferhuul die Geistesgegenwart besaß, trockene warme Kleidung mitzubringen. Unser Weg führt nach Süden in die Sturmlande.«

»Du meinst also«, sagte Bell, »dass wir zur Feste gehen. Du willst den Gewittersturm durchdringen und in die Feste einbrechen.«

»Seit dem Fall der Alten Götter steht sie einfach da«, sagte Corvus in fast defensivem Ton.

»Erst neulich«, gab Lyne zu bedenken, »haben wir – sehr geduldig, wie ich hinzufügen darf – einem Lied von Weaver gelauscht, in dem erklärt wurde, dass sie durch magische Ketten und Ähnliches verschlossen ist.«

»Jedenfalls kommt niemand auch nur in die Nähe dieses Dings«, bestärkte Weaver ihn. »Die Expedition von Lord Stranath schaffte es nicht einmal bis in ihre *Sichtweite.*«

»Diesem einzigen Überlebenden zufolge, klar!«, sagte Corvus. »Aber als die Blitzbären aus dem Hinterhalt hervorsprangen, ergriff er die Flucht und rannte nach Hause. Da war er nicht einmal auf halben Weg zu dem Abgrund, der gemäß dem Geheimen Kodex der erste Punkt ist, von dem aus man wenigstens einen flüchtigen Blick auf die innersten Faltungen des Knotens erhaschen kann.«

»Der Geheime Kodex blendet jede Person, die ihn liest«, höhnte Weaver.

»Du musst ihn vor einen Spiegel halten und rückwärtslesen«, warf Edda ein.

»Ach so.«

»Und ich bin nicht direkt eine Person«, fügte Corvus hinzu. »Schaut, wir müssen dorthin gehen – genau das ist ja der Grund der Quest –, und im Vergleich mit Lord Stranath haben wir viele Vorteile. Wir werden uns nicht mit den Blitzbären beschäftigen, und die Wirbelerscheinungen werden überschätzt.«

»Von denen habe ich noch nie gehört«, sagte Weaver. Hinter ihrem Rücken wechselten Mard und Lyne zufriedene Blicke.

»Dann lasst uns keine unnötigen Worte verlieren. Zur Feste gelangen? Unser Weg geht nach Süden, vorerst über der Erde. Die Quest aufgeben? Gleich dort drüben erwarten euch ein paar absolut einsatzfähige Kanus.«

»Und die Durchquerung der ganzen Irreführung«, verriet Lyne Mard.

»Ich kann sie durchqueren«, gab Ferhuul zu bedenken, »wie ich ja gerade unter Beweis gestellt habe. Und sie erneut durchqueren ist das, was ich jetzt tun werde. Wer von euch will, darf mich gern begleiten.«

Sie alle blickten ihn an. Nach ein paar Augenblicken zuckte er die Schultern. »Der einzige Grund, weshalb Weaver genug über Lord Stranath weiß, um Lieder über ihn zu singen, ist der, dass einer von seinen Leuten ›die Flucht ergriff und nach Hause rannte‹, als ihm das klug erschien. Ein solcher Moment ist jetzt für mich gekommen. Ihr seid alle verrückt. Von Engeln und Ähnlichem habe ich genug gesehen. Lebt wohl und bitte besucht mich in Ost-Abspalt, wenn ihr es herausschafft, und singt mir eure Lieder.«

Niemand sonst zeigte Interesse an der Irreführung. Nachdem sie also Ferhuul geholfen hatten, sich im Heck seines Kanus paddelnd gen Norden auf den Weg zu machen, begannen sie ihre Reise nach Süden. Von hier aus war alles Gebirge und Gewittersturm; doch einstweilen wussten sie, welchen Weg sie nehmen mussten.

53

»Als El in Herrlichkeit kam und Egdod, das Pantheon und die alten, loyal zu ihnen stehenden Seelen in die äußere Dunkelheit schleuderte, entzündeten die Verbannten auf der Schwärze des Firmaments, wo sie aufgeschlagen waren, rote Feuer«, sagte Weaver. »Da sie nicht wollten, dass El und all die anderen Seelen des Landes jede Nacht, wenn das Rote Geflecht am östlichen Himmel aufging, ihre Demütigung vor Augen hätten, zog er einen Schleier aus Rauch und Dampf über die Vorderseite. Was hinter diesem Schleier vor sich geht, ist ein ewiges Geheimnis für uns.«

Das Lagerfeuer war zu roten Kohlen heruntergebrannt, die deutlich und scharf in der Nacht glühten. Weaver versuchte gerade, einen poetischen Gegensatz zwischen ihnen und dem Roten Geflecht herzustellen, das genau in dem Moment, als sie das sagte, über dem östlichen Horizont in Erscheinung trat. Es sollte eine flüchtige Erscheinung bleiben, denn sein Bogen würde es bald hinter den ewigen Gewittersturm bringen, der im Süden dräute.

Querc, Mard und Lyne blickten zwischen der Glut des Feuers und der Konstellation hin und her, als könnten sie Weavers Argument in vielerlei Hinsicht verstehen, doch für Bell sahen die beiden nicht sehr unterschiedlich aus: Beide waren so klar und gestochen scharf wie die Blitze, die hin und wieder die Gewitterwolken aufrissen. Sie sah keinen Nutzen darin, das eigens zu erwähnen.

Mard, der sich vielleicht an ihre unangenehme Unterhaltung auf dem Fragen erinnerte, blickte kurz zu ihr hinüber. Als sie so tat, als bemerkte sie das nicht, wurde sein Blick durchdringender. Dann erleuchtete ein gewaltiger Blitz für einen Moment ihr ganzes Lager mit einem grellen blau-weißen Licht. Sie erwiderte Mards Blick, und er wandte den Kopf ab.

Querc biss an. »Als ich in der südlichen Wüste aufwuchs, hörte ich Lieder und Märchen von diesen Gegenden«, sagte sie, »aber viele spotteten, dass es sich dabei um die abergläubischen Vorstellungen halb erfrorener Nordländer handele.«

»Du bist im Begriff, in eine dieser Vorstellungen hineinzugehen«, sagte Weaver. »Manche nennen sie Springs Verrücktheit.«

»Diesen Begriff habe ich mal beim Abschreiben eines alten Buches gelesen«, sagte Querc, »und mir wegen seiner Fremdartigkeit gemerkt. Mehr weiß ich aber nicht darüber.«

»Fremdartig, allerdings«, sagte Weaver. »Dazu werde ich morgen, während wir hineinmarschieren, mehr sagen.«

»Ich glaube, wir sind schon da«, sagte Mard. »Als ich Feuerholz sammelte, hat mit ziemlicher Sicherheit ein Baum versucht, mich umzubringen – nachdem ein Eichhörnchen ihn dazu angestachelt hatte.«

»Dieses Lied zu singen würde alle aufwecken«, sagte Weaver und zeigte damit eine in den Augen mancher Mitglieder der Quest untypische Rücksichtnahme auf diejenigen ihrer Reisegefährten, die gerne Ruhe und Frieden haben wollten. »Morgen. Das Wichtigste ist, dass ihr euch vor allem hütet, was lebendig ist.«

»Das ist eins der Lieder, die mitten drin anfangen«, sagte Weaver am nächsten Morgen, nachdem sie sich auf den Weg gemacht und einen beständigen Marschrhythmus gefunden hatten. Oder, soweit sie nicht marschierten, in ein Flugmuster verfallen waren, das anscheinend dazu gedacht war, den Pfad vor ihnen abzusuchen und gleichzeitig die Augen nach Bedrohungen aus der Luft offen zu halten. Corvus war der Meinung, dass außer einem Bataillon Engel keine Kraft im Land es wagen würde, sich auf einen Kampf mit ihnen einzulassen; er war jedoch ohnehin nervös und würde es sein, bis sie unter das Ewigewitter gelangten, wo er dann aus anderen Gründen nervös sein würde.

Irgendwo zwischen Abspalt und dem Verlorenen See hatte Weaver ihre Ausrüstung verändert. Während der ersten Phase der Reise, vom Saal der Calladons nach West-Abspalt, hatte sie neben zwei Flöten eine Harfe dabeigehabt, die so häufig gestimmt werden musste, dass es eigentlich sinnlos war. All diese Instrumente waren nicht mehr zu sehen, und an ihre Stelle war eine sogenannte Straßenorgel getreten. Sie als ein einziges Instrument zu bezeichnen würde allerdings ihren Ambitionen nicht gerecht, denn das Instrument umfasste mehrere Vorrichtungen, die aussahen, als wären sie in verschiedenen historischen Epochen von Kunsthandwerkern gebaut worden, deren Ansichten darüber, worauf es ankam, weit auseinandergingen.

Die Vorbereitungen, derer es bedurfte, um dieses Ding gleich nach dem Frühstück an Weaver festzuschnallen und seine verschiedenen Systeme zu überprüfen, hatten zu vielen bangen, ahnungsvollen Blicken zwischen Mard und Lyne geführt. Selbst Bell, die sich an Weavers Gesang erfreute, trat die Tagesetappe mit einer gewissen Beklommenheit in Bezug auf Ausmaß und Dauer des geplanten Unterhaltungsprogramms an. Doch als Weaver anfing, auf der Straßenorgel ein paar Marschliedchen zu spielen, fand Bell, dass sie sich so natürlich in die Stimmung des Ortes einfügten, dass sie überhaupt nicht das Gefühl hatte, eine Darbietung über sich ergehen zu lassen.

Sie wanderten ganz leicht bergauf, und während sie an Höhe gewannen, verdrängten dunkle Nadelbäume allmählich den Laubwald. Letzterer stand jetzt voll in leuchtenden Herbstfarben, genau in dem Stadium, in dem genügend Blätter auf dem Boden lagen, um ihn mit noch nicht verblassten Rot-, Purpur-, Orange- und Gelbtönen zu bemalen. Es hingen aber auch noch genug an den Bäumen, sodass die Äste nicht nackt aussahen. Den ganzen Tag durch eine solche Farbenpracht zu marschieren hätte sie eigentlich dagegen abstumpfen lassen müssen. Doch je weiter sie gingen, desto häufiger waren Nadelbaumbestände mit Laubbäumen durchsetzt, und so konnten sie, wenn sie einen Höhenrücken überstiegen oder um eine Bergflanke herumgingen und plötzlich ein Laubwäldchen vor sich sahen, jedes Mal wieder von dessen Pracht überrascht sein und sich daran erfreuen. Die Blätter sprachen Bell auf eine Weise an, die sie nicht verstand, und sie hob immer wieder einzelne davon auf und betrachtete eingehend die feinen und winzigen Unterschiede in der Farbe und die sich wiederholenden Muster in ihren Adern, ähnlich einem verästelten Blitz, der das Fleisch einer Wolke durchschoss. Weavers Improvisationen auf der Straßenorgel standen im Einklang mit diesem hypnotischen Geisteszustand, so sehr, dass Bell etwas verwirrt – fast beleidigt – war, als Weaver zu sprechen begann.

»Nun, wenn ihr zu den Arten von Seelen gehörtet, für die dies ursprünglich gesungen wurde, wüsstet ihr den ersten Teil bereits. Nämlich dass das gewaltige Ausmaß an Arbeit, das mit der Umwandlung der Feste in ein eisenbeschlagenes Gefängnis für Egdod verbunden war, sich im ganzen Land dergestalt niederschlug, dass Böttel überall dort schürften, wo Pluto es für gut befunden hatte, Eisenerz zu platzieren, und Autochthone sich in entlegene und wilde Gegenden vorwagten, um Hügelriesen zu rekrutieren und zu Schmieden zu machen oder große Lasttiere zu fangen und zu unterjochen. Das Ganze dauerte nicht lange – vielleicht drei Herbste –, berührte aber alle Teile des Landes. Und so erfuhr schließlich auch Spring davon. Zu Beginn wusste sie nicht, welcher Art das Unterfangen war, konnte aber deutlich sehen, dass es Auswirkungen auf ihre Schöpfungen hatte. Bäume, die sie gepflanzt hatte, wurden gefällt, um Erzwagen daraus zu bauen, und Tiere, die sie geschaffen hatte, damit sie frei im Land umherstreiften, wurden unter den Peitschenhieben von Böttel-Aufsehern zusammen ins Joch gespannt. Ausgehend von einem sehr abgeschiedenen Ort auf dem Fragen – wo sie versucht hatte, Pflanzen und Tiere zu erzeugen, die besser für ein Leben in dieser rauen Umgebung geeignet wären – begann sie, sich an Wagenspuren von Erzkarawanen, Fußspuren wandernder Riesen und Teppichen aus Baumstümpfen entlang auf das Zentrum zuzubewegen.

Als sie schließlich unter das Ewigewitter kam, hatte El sein Werk vollendet und den Schlüssel in den Abgrund geworfen. Er war, ebenso wie seine Engel und die Autochthonen, längst wieder weg. Böttel marschierten in langen Kolonnen davon, zurück an die Orte, aus denen sie zusammengezogen worden waren. Ziellos stampften aus der Knechtschaft entlassene Hügelriesen umher. Lasttiere, für die es keine Verwendung mehr gab, hatte man in dieser rauen Gegend, in der Futter knapp war, einfach laufen gelassen. Inzwischen war Spring klar geworden, dass Egdod – nicht nur ein Mal, sondern immer wieder – ins Land zurückgekehrt und in vielerlei Gestalt auf der vergeblichen Suche nach ihr darin umhergestreift war.«

Unter ihren Füßen bebte der Boden, und das nicht nur von Eddas Schritten, an die sie sich mittlerweile gewöhnt hatten. Wegen der Art von Weavers Erzählung waren nicht wenige von ihnen empfänglich für die Vorstellung, dass da etwas wirklich Schreckliches auf sie zukam. Mab zuckte zurück und flatterte mit den Flügeln. Doch dann drang ein langes gluckerndes Grollen an ihre Ohren, und sie begriffen, dass sie dem Ewigewitter jetzt so nah waren, dass sie sowohl seinen Donner hören als auch seine Blitze sehen konnten. Burr, der seine zweite Hand um den rauchigen Schaft seines sonderbaren Speers gelegt hatte, löste sie und ging wieder dazu über, ihn als Wanderstock zu benutzen.

»Gewöhnt euch daran«, empfahl Corvus.

Nachdem Lyne den kurzen Schreck aufgrund des Donnerschlags überwunden hatte, war er wieder beim Thema von Weavers Geschichte. »Kein Wunder, dass das Fragen immer noch so ein Dreckloch ist«, sagte er.

»Gottverlassen, könnte man fast sagen«, erwiderte Mard.

»*Götter*, Plural«, sagte Querc mit einem kurzen Blick zu Pick. »Vergesst nicht, dass auch Pluto sich von dort verdrückt hat.«

»Kann sein, dass wir uns noch mal wünschen werden, Spring wäre diese Gegend ebenso gleichgültig gewesen«, sagte Edda. Nicht in auffallend besorgter Weise. Eher als Beobachtung.

Bell ertappte Corvus dabei, wie er sie ansah. »Ja«, sagte er, »macht euch bereit, Dinge zu töten.« Burr, Mard und Lyne strichen zärtlich über ihre Waffen. Burr hatte Anspruch auf das Schwert des Engels erhoben, gefährdete aber nicht das Augenlicht seiner Gefährten, indem er es auch nur einen Fingerbreit aus der Scheide zog. Er begnügte sich damit, es am Griff zu tätscheln. Doch Bell wusste, dass Corvus' Bemerkung ihr gegolten hatte.

Farn wusste genau, wo ihr Entermesser und ihr Dolch zu finden waren, und hielt deshalb die Arme vor der Brust verschränkt. Sie hatte den Blick auf einen Baum gerichtet, der nicht weit von ihr entfernt tot und schwarz oben auf einer Anhöhe stand. Ein Blitz hatte von der Krone bis zu den Wurzeln eine verkohlte Spirale darin eingekerbt und seine Rinde abgesprengt.

»Wir sind schon da, stimmt's?«, fragte Farn. Als keiner antwortete, blickte sie kurz zu Edda und Weaver und sah, dass sie recht hatte. Für die Übrigen erklärte sie: »In den Sturmlanden. Oh, ich weiß, es regnet nicht, der Wind weht nur leicht, und man sieht sogar Flecken von wolkenlosem Himmel. Aber so ist es immer, wenn man sich mitten in einem heftigen Unwetter befindet. Es wütet nicht die ganze Zeit. Augenblicke wie dieser kommen und gehen.«

»Wir sind schon den ganzen Tag mittendrin«, bestätigte Corvus, »und haben bisher lediglich Glück gehabt.«

Hinter einem Wolkenschleier zuckte ein Blitz. Bell fiel auf, dass Mab vollkommen verschwand; sie war ein Lichtding, das in hellerem Licht offenbar keine wie auch immer geartete Festigkeit besaß.

Weaver hatte begonnen, mit angewinkelten Armen zu schlagen, als wollte sie auch fliegen, aber sie blieb am Boden. Sie betätigte einen Blasebalg. Luft zischte aus Lecks in den Röhren der Straßenorgel. Ein mit Kolophonium bestrichenes Scheibenrad surrte, während es sich zu drehen begann. Weaver öffnete ein Ventil, das Luft zu einer tiefen Bordunpfeife führte, und nahm eine kleine Veränderung an einer Saite vor, die das mit Kolophonium bestrichene Rad veranlasste, sie anzustreichen und einen anderen, höheren Ton zu erzeugen, der mit dem Bordun harmonierte. Ob durch Zufall oder Kunst, das war zeitlich so abgestimmt, dass kurz darauf der Donner heranrollte und den Eindruck vermittelte, dass Weaver das Ewigewitter als Perkussionsinstrument benutzte. Sie begann, in den etwas fremdartigen Tonalitäten zu singen, die Bell mit den seefahrenden Barden der nördlichen Stücke assoziierte.

Über die Höhen des Knotenlands irrt sie dahin,
die vom Liebsten geformte Heimstatt im Sinn,
ob vom Regen gepeitscht, vom Donner geschlagen,
von der Hoffnung, ihn wiederzusehen, weitergetragen.
»Egdod, mein einziger, erster Gott vom Land,
flieg her zu mir, Liebster, nimm meine Hand,
über Hügel, die du geschaffen, komm, geh mit mir,
meine Wälder und Wiesen durchstreifen wir.«
Vögel und Bienen ihre Familie, wilde Lande ihr Zuhaus,
so streifte sie ziellos landein, landaus
Tausende Herbste lang; dann ging die Mär,
dass ihr Liebster, lang verschollen, zurückgekehrt wär.
»Herr des Firmaments, antworte auf meinen Ruf!

Die Kluft des Falls zu heilen, sei dein Behuf!
Sind wir vereint in der Welt, die wir erdacht,
verlieren Sorgen über Palast und Fremde ihre Macht.«
Durch die Irreführung hindurch, deren Rätsel ganz klar
vor ihr lagen, gen Süden unterwegs sie war.
Gefräßige Tiere berochen auf lammfromme Art
Springs Hand und leckten die Wange ihr zart.
Ein Nichts nannte Spring den Sturm unumwunden.
Hätte Behaglichkeit sie auch als wohltuend empfunden,
wusste sie doch, vor ihr, auf des Knotens Grund
lag ein Ort, den sie, einmal besucht, nie vergessen hatt und
an dem sie willkommen wäre: Egdods Rückzugsort,
bald würde sie sich erquicken im sicheren Hort.
Am Feuer würd trocknen ihr Haar, ihr Gesicht würde warm,
und dann eine lange Nacht in des Geliebten Arm.
Dies war die Schimäre, von der Spring getrieben,
blind für die Spuren, die von all denen geblieben,
die gekommen waren und dann bei Tag und bei Nacht
den Knoten entstellt hatten und die Feste neu gemacht.
Unter Spring wandelte sich der Pfad, der Abgrund gähnte,
nichts jedoch, worin sie ein Hindernis wähnte.
Wo Wurzeln von Bergketten, wettervernarbt und alt, zusammen-
wuchsen, dorthin kam sie, es war eisig kalt.
Von da erleuchtete ein Blitz, viel heller als der Tag,
einen Anblick, der, welch schwerer Schlag,
Springs Hoffnung zerstörte. Wo einst die Feste gestanden,
erhob sich ein Gefängnis, vollkommen zuschanden.
Wie ein stolzer Krieger, im Kampf festgesetzt,
vom Feind überwältigt und dann zuletzt
zum Gefangenen mit Halseisen und Ketten gemacht,
seiner Tapferkeit und Schönheit wegen verlacht,
so war Egdods Feste, diese leuchtende Zier
in den Tiefen des Knotens mit seiner Luftwirbel Gier

zerstört worden, doch nicht geschleift, kurzum,
sondern beraubt ihres Wesens, gefesselt ringsum
mit groben Ketten. Türme, einst luftig und licht,
unter eiserner Kuppel jetzt, unter der Blumen, die dicht
in Springs schmuckem Park in Beeten standen,
nun tot sind, braune Blüten, die Licht suchend, Dunkel fanden.
Schwer hing an der düsteren Gefängnistür
als Zeichen von Els Triumph und Besiegelung für
Egdods Schicksal als Gefang'ner auf ewige Zeit
ein Schloss. Dem zum Spott, der in Unwissenheit,
aber voll Hoffnung an diese Gefängnistür pochte.
Spring zum Spott, falls sie glaubte, dass sie vermochte,
diese Tür zu öffnen. Einst Gefangene von El,
schwanger mit Adam und Eva, durfte sie dann schnell
ohne ihre Kinder gehen und wusste nach Hunderten Jahren
noch ganz genau, wie unerbittlich diese Fesseln waren.
Wie grausam der Zauber: Mit einem einzigen Schlüssel bloß,
Els wertvoller Trophäe, käme Egdod aus dem Kerker los.
Entsetzt verließ Spring den Ort, der so schön einmal war,
jetzt aber schrecklich. Funken durchstoben ihr Haar,
als überstürzt sie floh, auf des Windes Schwingen,
ihr Trachten nur, dem lichten König Vergeltung zu bringen
und dann des Usurpators toter Hand
den Schlüssel zu entwinden für Egdods Befreiung im Land.
Unterwegs jedoch Spring auf eine Bardin stieß,
von den Autochthonen beauftragt zu reiten, wie es hieß,
dorthin, wo Nachkommen von Eva und damit auch
von Spring, die, so ein erlaubter Brauch,
bewohnten des Landes wilden Rand,
sich Egdods erinnerten und hofften, dass er ins Land
eines Tags zurückkäme, umzukehren den Fall,
El zu stürzen, die wahre Herrschaft zu errichten überall
und Frieden zu schließen mit allen, die dazu bereit,

wären sie nur erst von Els Joch befreit.
Was der Bardin sich als grausame Aufgabe bot,
war zu verbreiten, dass Egdod, wenn auch nicht tot,
doch so gut wie tot war. Was Spring als Erste
von der Bardin erfuhr, die sich das Allerschwerste
für den Schluss aufhob: dass Lord El in seiner Niedertracht
den einzigen Schlüssel in die tiefe, ewige Nacht
des Chaos geschleudert hatte, aus dem das Schicksal nichts
wieder hergab. Spring kam zu spät. Angesichts
ihres Schmerzes waren für Spring alle Tränen zu schwach.
Sie wurde verrückt und blieb es noch lang, weh und ach!
Wütete über dem Knotenland und der ganzen Umgebung,
über stolzen Felsnadeln, tiefen Schluchten, jeder Erhebung.
Verschmähte auch den Körper, in dem sie durchs Land gegangen
und berührbar gewesen war. Nie mehr würde er umfangen
von ihres Geliebten Armen, könnte ihr Begehren nicht lindern
und wäre nicht imstande, ihre Qual zu mindern.
So wurde sie eins mit dem Sturm, wollte ganz zu dem passen,
dessen Kräfte sich nicht in eine Form pressen lassen,
sondern wirbeln, vagabundieren, wild um sich schlagen,
während sie überallhin sich entfalten und weiterjagen.
Wenn Luft, war Spring ein Blitz, machte die Nacht zum Tag,
schoss leuchtende Ranken aus ihrer Aura Schlag auf Schlag.
Wenn Wasser, ein Katarakt, der Berge zerteilte,
worauf aus Flüssen, von Pluto gefüllt, das Wasser enteilte.
Wenn Erde, war Spring Adamant, ließ Mauern aufragen,
Fallen und Gefahren, um Angst in Els Truppen zu tragen.
Wenn Feuer, eine Schmiede, in der Stein schmolz zu Stahl,
zur Bewaffnung rächender Legionen in riesiger Zahl.
Die bedeutendste aller Fähigkeiten, die Spring besaß,
war, Leben zu schaffen: neben Vögeln, Bienen, Blumen und Gras
auch schreckliche Bestien mit Hörnern und Krallen,
die durch Paarung sich mehren konnten, ganz nach Gefallen,

was erklärte, warum El Spring samt Nachkommen hasste
und im Ringen mit Adam und Eva keine Gelegenheit verpasste,
gegen sie und alle Entsprung die geeignete Waffe zu wählen
in so vielen Kämpfen, von denen Barden erzählen.
Bei all ihrer Verrücktheit plante Spring die Wende,
wollte das Land wieder erobern und El töten am Ende.
Und weil El Krieger hatte, musste sie stärkere haben,
grimm'gere, schnellere, mit mehr Kriegergaben.
Und so machte sich tief in der Feste der Wildnis
Spring ans Werk und schuf Untiere nach einem Bildnis
von so schrecklicher Art …

»Moment mal«, sagte Lyne. »Weaver, hast du dir eigentlich Gedanken darüber gemacht, wie sich das auf die Moral auswirkt?«

»Keine Sorge«, sagte Weaver. »Eva taucht auf. Beruhigt Spring, bevor alles zu bunt wird. Du wirst sehen.« Und sie holte Luft, um die Strophe fortzusetzen, wurde aber gleich wieder unterbrochen, diesmal von Pick.

»Bist du diese Bardin, Weaver?«, fragte er. »Die Spring in der Wildnis getroffen und ihr die Nachricht überbracht hat, die sie verrückt machte?«

»Ich glaube, ja«, sagte Weaver und blickte zu Edda, die zur Bestätigung nickte. »Seitdem bin ich mehrmals gestorben, und in meinem Kopf ist der Unterschied zwischen dem, was ich mit eigenen Augen gesehen, und dem, was ich später von anderen Barden gehört habe, nicht immer ganz klar. Aber Springs Verrücktheit kenne ich gut, denn es ist eins der wenigen Lieder, in denen die Erzählerin Teil der Geschichte ist.«

Ein paar Minuten später wurde Weaver von einem Blitz getroffen und verdampfte. Die überlebenden Mitglieder der Gruppe hatten kaum Zeit gehabt, über diese Wendung der Ereignisse erschüttert zu sein, da wurde der Himmel nahezu schwarz. Zunächst erhofften sich manche von Farn Orientierung, da sie schon viel sonderbares Wetter überlebt hatte, aber sie war zu fasziniert von dem, was im Himmel vor sich ging, um von irgendwelchem Nutzen zu sein. Corvus war damit beschäftigt, menschliche Gestalt anzunehmen, vielleicht aus dem Gedanken heraus, dass Flügel und Federn von dem, was da bevorstand, nur abgerissen würden. Mab machte einen unbekümmerten Eindruck; Bell ahnte den Grund, nämlich dass sie vielleicht überhaupt keinen Körper hatte. Sie befand sich jedoch in einer Art von Kommunikation mit Edda, in die sonst niemand eingeweiht war. So wurde Edda, zumindest für den Augenblick, zur Anführerin der Quest. Sie führte sie einen Hang hinunter, den sie normalerweise vielleicht nicht in solcher Eile hinabgestiegen wären. Eine Felszunge ragte aus dem Boden; sie hatten sie kaum entdeckt, als eine starke Windbö die Gruppe von hinten erfasste und sie alle hinfielen, fast nichts mehr sehen konnten und innerhalb kürzester Zeit vollkommen durchnässt waren. Völlig unbeeinträchtigt blieben Edda und Mab. Letztere zeigte den Weg, während Edda den anderen half, in eine Nische unterhalb dieser Felszunge zu gelangen. Diese bot nur wenig Schutz, gewann jedoch an Breite, als Pick sie formte und die anderen Erde aushoben und nach draußen warfen, wo sie vom Regen aus der Luft gerissen und weggespült wurde.

Als die Gruppe auf diese Weise schließlich ein gewisses Maß an Bequemlichkeit gewonnen und angefangen hatte, so etwas wie Zufriedenheit zu verspüren, legte sich der Sturm – aber nicht in dem Sinne, dass er langsam abflaute. Er hörte einfach auf, und der Himmel wurde grün. Kein trübes Erbsensuppengrün, sondern das Grün von dichtem Moos auf feuchtem Felsgestein, wenn ein Sonnenstrahl darauf fällt. Das war ausgesprochen schön, aber auch so seltsam, dass es niemanden besonders drängte, sich aus der Deckung herauszuwagen. Und das war gut so, denn als ihre Augen sich anpassten – was wegen der kürzlich in nächster Nähe erfolgten Explosion von Weaver eine Weile dauerte –, hörten sie etwas, das sehr gefährlich und groß klang.

»Was ist das für ein Knacken?«, rief Querc. Damit meinte sie ein Element des Geräuschs, das an ein Schwein beim Zerkauen trockener Eicheln erinnerte.

»Umknickende Baumstämme«, sagte Edda. Und als sie sah, was das in den Gesichtern der anderen bewirkte: »Oh, für eine Wirbelerscheinung ist das viel zu groß. Das ist bloß ein Tornado.«

Was die anderen in gewisser Weise sogar beruhigte, denn wenn dieses ganze Knacken tatsächlich von Baumstämmen kam, musste das, was sie knickte, ungeheuer groß und folglich weit entfernt sein.

Später schlug der Sturm ein weiteres Mal zu, genauso heftig wie beim ersten Mal und mit einer Art Nachbeben. Da es anschließend nicht an herabgefallenen Ästen mangelte, entzündeten sie hangabwärts unter dem Schutzfelsen ein großes Feuer – eigentlich eher eine Flammenwand – und trockneten ihre Sachen daran. Obwohl die Entfernung, die sie seit ihrem letzten Nachtlager zurückgelegt hatten, niemanden mit Stolz erfüllte, war klar, dass sie an diesem Tag nicht weitergehen würden; selbst wenn der Sturm nicht aufgekommen wäre, hätte der geziemende Respekt vor dem Andenken ihrer Bardin verlangt, eine Pause einzulegen. Wie Corvus betonte, nachdem er sich wieder in einen riesigen sprechenden Raben verwandelt hatte, mussten sie sich an ganz neue Arten von Gefahren gewöhnen. Engel würden nicht hierherkommen. Egdod selbst hatte das Ewigewitter geschaffen, um zu verhindern, dass geflügelte Seelen ihn belästigten, und der Legende nach vermochten nur er und Freewander diese Himmel zu durchqueren. Autochthone und Böttel würden sie höchstwahrscheinlich nicht in eine Wildnis verfolgen, die die verrückte Spring mit Kreaturen bevölkert hatte, deren Zweck darin bestand, Autochthone und Böttel zu töten. Deshalb konnte die Quest sich ins Freie begeben, und sie konnten so viele große Feuer machen, wie sie wollten, und sich vor anderen Dingen fürchten.

»Könnte bitte mal jemand etwas mehr zu den Blitzbären sagen?«, bat Querc, als es dunkel wurde – diesmal nicht wegen eines Sturms, sondern weil die Sonne unterging –, das Feuer zusammengerecht und die getrocknete Kleidung wieder eingepackt war. »Jemand hat sie nämlich vor Kurzem beiläufig erwähnt. Ich weiß nichts über sie, aber der Name löst bei mir eine gewisse Beklommenheit aus.« Nach ihrer Miene zu urteilen bemühte sie sich nach Kräften, die Intensität ihrer Emotionen zu diesem Thema herunterzuspielen. Bell, die das Mädchen manchmal anstrengend fand und wegen seiner Vertrautheit mit Lyne rundweg beneidete, empfand plötzlich Mitgefühl für Querc. Aus Sicht der Schreiberin hätte die Quest in dem Moment zu Ende sein können, als sie den ungeheuren Kraftakt vollbracht hatten, in einem Teil des Landes in einen Spalt hinein- und an einer ganz anderen Stelle aus einer Höhle wieder hinauszusteigen, um einer Riesin dabei zuzusehen, wie sie einen Engel tötete. Und tatsächlich, welche vernünftige Seele wäre nach alledem *nicht* zufrieden damit, nach Hause zu gehen und hinfort ein beschauliches Leben zu führen?

Eigentlich hatte niemand nähere Erläuterungen zum verbleibenden Teil der Quest gegeben, für den die unglaublichen Geschehnisse bis zu diesem Zeitpunkt, wie jetzt deutlich wurde, nur ein Vorgeplänkel gewesen waren.

»Bären werden umso größer und heller, je weiter man in kalte Gebiete vordringt«, sagte Corvus, als spräche er mit einem Kind. »Im fernen Norden sind sie weiß und wirklich riesig. In den Bergen des Knotens bestehen sie aus Blitz und sind entsprechend noch riesiger. Wir werden selbst aus größter Entfernung keine Blitzbären zu Gesicht bekommen. Sie leben auf den von Gletschern bedeckten Höhen, wo der Wandelpfad zum Abgrund führt – wenn man ›führen‹ so definieren will. Dank deines Herrn und Mentors werden wir das alles umgehen.«

Mab stürzte sich auf Corvus, schoss durch seinen Kopf und kam auf der anderen Seite wieder heraus. Unterwegs musste sie ihn auf irgendeine Weise bestraft haben, denn Corvus schob eilig »Und dank Mab« hinterher.

»Was ist mit den Wirbelerscheinungen?«, fragte Querc. »Werden wir die auch umgehen? Und was zum Teufel ist das überhaupt?«

Eddas locker fallendes weißes Haar veränderte sich im Feuerschein, als sie ihre unergründlichen Augen der jungen Schreiberin zuwandte. Bell hatte gelernt, dass sie Edda nur dann direkt anblicken durfte, wenn sie die Zeit und den Wunsch hatte, sich in dem zu verlieren, was sie sah. Sie wusste, dass Eddas Haar jetzt gerade ein Gebirgswasserfall im orangefarbenen Licht einer stürmischen Morgendämmerung war. Alles schön und gut, aber in diesem Augenblick irrelevant. »Ein Versuch, den Spring in der Zeit unternahm, als sie vollkommen von Sinnen war: Sie wollte Teile des Ewigewitters mit einem bestimmten Maß an Intelligenz ausstatten, indem sie sie mit Seelen verband«, erklärte Edda. »Er hat nicht funktioniert. Es war, als wollte man Öl und Wasser verbinden – die beiden trennen sich binnen Kurzem wieder.«

»Aber sind sie immer noch in der Gegend? Tausende von Jahren später?«

»Die Seelen, die an diesem Experiment von Spring beteiligt waren, wurden dadurch verändert. Es stellte sich heraus, dass es ihnen besser gefiel, als Störungen des Windes inkarniert zu werden. Das ist die einzige Form, die sie gerne haben möchten – selbst wenn das immer nur für ein paar Minuten am Stück möglich ist. So geistern sie formlos und so gut wie unsichtbar durch die Sturmlande und warten.«

»Worauf?«, fragte Querc. »Opfer? Die dürften ja nur selten vorbeikommen.«

»Gelegenheiten, Form anzunehmen«, sagte Edda. »Normalerweise, wenn ein großer Wirbelwind aus dem Ewigewitter herabsteigt und sie Kraft aus ihm ziehen können.«

»Es könnten also jetzt welche um uns herum sein? Weil das ja gerade passiert ist, oder?«

»Ja«, sagte Edda, »aber hier gibt es keine. Diesmal nicht. Wir würden es merken.«

»Was schlägst du vor, das wir tun sollten«, fragte Mard, »falls bei einer zukünftigen Gelegenheit eine Wirbelerscheinung vorbeikommt?«

»Euch flach auf den Boden legen und den Kopf schützen. Ich werde mich darum kümmern«, sagte Edda.

»Kann dich eigentlich irgendetwas töten, Edda? Hast du vor irgendetwas Angst?«, fragte Querc. Wie es schien, wirkten Eddas nüchterne Antworten beruhigend auf sie.

Bell machte nun den Fehler, die Riesin anzusehen, und purzelte in sie hinein. Edda blickte nämlich in Bells Richtung. Ein Auge war vom Wasserfall ihrer Haare bedeckt, aber die Pupille des anderen war das Auge eines ausgedehnten Tornados, in den Bell hineinstürzte, als hätte ein Gott sie hineinfallen lassen. Eddas Stimme hörte sie, als käme sie nicht von ihren Lippen, sondern aus der Erde um sie herum. »Ja. Ganz bestimmt.«

Und dann kam Bell wieder zu sich, und es war offensichtlich, dass sie bloß mit anderen Mitgliedern der Quest am Lagerfeuer saß. Einige blickten sie seltsam an, und sie hatte das Gefühl, den Gesprächsfaden verloren zu haben.

»Zeit, schlafen zu gehen«, sagte sie.

Am nächsten Tag wanderten sie durch das Gebiet, in dem der Tornado tags zuvor die vielen Bäume geknickt hatte. Angesichts des gewaltigen Schadens war Pick eine Frage gekommen, die er mit Mard und Lyne erörtert hatte: Wenn solche Stürme in der Gegend häufiger auftraten, wie konnte es dann überhaupt noch intakte Wälder geben? Warum war die ganze Gegend nicht eher eine dem Fragen ähnliche nackte Felsfläche?

Bevor ihre Theorien und Spekulationen darüber ins Kraut

schießen konnten, gelangten sie an eine Stelle, wo sie mit eigenen Augen Antworten – oder zumindest Hinweise auf Antworten – sehen konnten. Bäume, die am Vortag umgestürzt waren, lösten sich bereits in die feuchte Erde hinein auf, und grüne Schösslinge sprossen daraus hervor. Wenn es in der Natur von Springs Schöpfung lag, dass lebende Dinge starben und ihre toten Formen den Stoff, aus dem sie gemacht worden waren, zugunsten neuer, wachsender Dinge aufgaben, nun, dann hatte Spring es so bestimmt, dass hier alles schneller passierte.

»Von *schneller* würde ich nicht sprechen«, sagte Pick schließlich, während er eine schlanke grüne Ranke beobachtete, die sich, wie eine Schlange um einen Baum, um den Schaft seines Stocks nach oben wand. Das war zehn Minuten zuvor noch faszinierend gewesen, jetzt aber auf dem besten Weg, sich zu einer Belästigung auszuwachsen.

»Wirklich? Wie kannst du sagen, dass es nicht schnell geht?«, fragte Lyne.

»Es geht so schnell wie nötig«, erklärte Pick. »Wenn sämtliche Ranken sich die ganze Zeit so verhalten würden, tja, dann wäre jedes Wäldchen in Sekundenschnelle von ihnen überwältigt. Hat der Wald sich aber erst einmal erholt, beruhigt sich alles.« Ein Krächzen von Corvus unterbrach sie. Was bei ihm eher selten vorkam: Er klang überrascht – sogar beunruhigt. Er hatte sich auf dem abgeknickten Seitenast eines ehemals großen alten Baums niedergelassen. Dieses kahle Totholz und der Ast, der sich vom Boden aus etwa in doppelter Mannshöhe befand, hatten von oben vermutlich sicher ausgesehen. Doch in den wenigen Momenten, seit Corvus hier saß, war Efeu über seine Krallen gewachsen und hatte seine Füße festgezurrt. Vergeblich flatterte er mit den Flügeln. Die grünen Ranken dehnten sich und barsten, aber die wenigen, die nicht zerrissen, bezogen ihren Zuwachs an Dicke aus den zerborstenen, die dünner wurden und wie Rauchfäden von einer ausgelöschten Kerze vergingen. Sie waren auf dem besten

Weg zu verholzen, als Burr auf einen niedrigeren Ast kletterte, von dem aus er imstande war, seinen Speer behutsam hochzuheben und mit dessen scharfer Spitze die kräftigsten Zweige durchzuschneiden. In einem Ruck befreite sich Corvus, an dessen Füßen immer noch Pflanzen hingen, und schlug missmutig mit den Flügeln, bis die anhaftenden Ranken verwelkt waren und er sie abgeschüttelt hatte. Burr kletterte mit entschlossenen Bewegungen herunter, denn der Efeu hatte bereits begonnen, sich für ihn zu interessieren.

Das war alles noch einigermaßen unterhaltsam, solange es im Werden begriffen war, aber als Burr sich den Weg frei trat und die Vorführung damit beendete und sie alle an sich hinabblickten, um zu sehen, wie sich neues Wachstum an ihren Beinen hinaufwand, wurde ihnen allen in einem gemeinsamen Tagtraum klar, wohin es hätte führen können, wenn die Dinge sich nur ein wenig anders entwickelt hätten: Corvus und Burr beide an den Baum gefesselt, von Ranken, die sich zu Holz verhärtet hatten, erdrückt und stranguliert, schließlich erstickt und jetzt Nahrung für frisches Wachstum.

Innerhalb kürzester Zeit waren sie alle losgerannt.

Der bleierne Himmel bot keine Hinweise darauf, wo die Sonne sein könnte, sodass sie kein Richtungsgefühl hatten und sich womöglich im Kreis bewegt hätten, wären da nicht Corvus und Mab gewesen, die wussten, welchen Weg sie nehmen mussten. Und, was nicht weniger wichtig war, die beiden warnten vor Sackgassen und besonders beschwerlichen Abschnitten, auf denen sie vielleicht so lange gebraucht hätten, dass sie eine Mahlzeit für die Pflanzen abgegeben hätten. Überall verstreute herabgefallene Äste behinderten sie schon genug, um das Ganze selbst da, wo der Weg eben war, interessant zu gestalten.

Bevor sie sich vollkommen verausgabten, erklommen sie eine Anhöhe und erblickten unter sich ein orangerotes Leuchten: das Tal eines kleinen Flusses, der ihren Pfad kreuzte. Seine Form hatte es vor dem Wirbelwind geschützt, sodass es immer noch mit ausgewachsenen Laubbäumen bedeckt war, die alle Farben des Feuers aufwiesen. Die Mitglieder der Quest rannten hinunter in das Tal und verließen damit die Schneise, die der gestrige Sturm durch die Wildnis geschlagen hatte. Zur Sicherheit rannten sie noch weiter, wateten durch den Fluss und hielten schließlich auf einer kleinen Lichtung an. Jeder von ihnen blickte eine Zeit lang unverwandt auf seine Füße. Oder, um genauer zu sein, auf den Boden um seine Füße herum. Sie warteten darauf, dass dünne grüne Ranken sprossen. Als das nicht passierte, waren sie sich wortlos einig, dass es Zeit war, ihre Lasten abzulegen und sich auszuruhen.

Eins der großen Bündel, die sie an einer Stange trugen, hatten sie verloren; Mard und Lyne hatten es für eine Verschnaufpause abgesetzt, und in dem Moment, als alle beschlossen hatten loszurennen, festgestellt, dass die Stange halb verrottet war und das Bündel von Ranken festgehalten wurde. Da Farn jedoch schon die ganze Zeit darauf bestanden hatte, dass wichtige Vorräte gleichmäßig auf das ganze Gepäck verteilt wurden, war der Verlust für die Erfolgschancen der Quest nicht so verheerend, wie er hätte sein können.

Da der Tag erst zur Hälfte vergangen war, aßen sie erst einmal etwas. In einer Meile Entfernung zog ein Sturm über höher gelegenes Land. Das machte Pick nervös, und er bestand darauf, dass sie ihre Rast abbrachen und weiterzogen. Als sie gerade zähneknirschend alles wieder eingepackt und sich aufgerappelt hatten, war der Fluss, den sie zuvor mühelos durchwatet hatten, zu einem reißenden Strom angeschwollen, der, wenn sie es gewagt hätten, einen Fuß hineinzusetzen, alle außer Edda fortgerissen hätte.

Sie gingen bergauf. Für kurze Zeit sah es so aus, als würden sie von dem Fluss verfolgt. Wenn sie einen der Höhenrücken, die seine Zuflüsse voneinander trennten, ein kleines Stück weiter hinaufgeklettert wären, hätten sie sich vor den steigenden Fluten ganz in Sicherheit bringen können, doch oberhalb einer bestimmten Linie bemerkten sie nach und nach viele vom Blitz getroffene Bäume, die sie an den einen erinnerten, den sie, kurz bevor Weaver getötet worden war, angestarrt hatten. Mard und Lyne – die ohne die Stange mit dem großen Bündel zwischen sich ihre alte Gewohnheit vorauszulaufen wiederaufgenommen hatten – kamen im Eiltempo von einem solchen Aufstieg zurück und berichteten, dass ihnen, als sie sich dem Kamm genähert hätten, etwas Seltsames widerfahren sei: Ihre Haare hätten sich gesträubt, die Finger hätten gekribbelt und …

»Um die Äste der Bäume war ein leuchtender Saum zu sehen«, sagte Farn.

»Genau!«, sagten die Bufrect-Jungen wie aus einem Mund.

Farn hatte den leicht verdutzten Ausdruck angenommen, der sie immer überkam, wenn die Dummheit von Landratten sie sprachlos machte. »Das ist Thingors Aura, und Seeleute kennen das«, verkündete sie. »Es war klug von euch, wieder herunterzukommen.«

Zum Glück mussten sie sich nicht zwischen der Flucht vor dem ansteigenden Fluss und einem Zusammenstoß mit Thingors Aura entscheiden. Sie fanden einen Ort dazwischen, wo Pick sich hinhocken und den Strom beobachteten konnte, bis er sich sicher war, dass das Wasser sich zurückzuziehen begann. Doch damit war ein weiterer Tag vergangen.

Am nächsten Morgen wanderten sie am Hang eines Höhenrückens entlang, der quer zu ihrem Weg verlief, bis der Himmel sich aufheiterte und Corvus herunterkam und sagte, er halte es für sicher, den Kamm zu überqueren, vorausgesetzt, sie hielten ordentlich Abstand und vermieden Lichtungen. So verbrachten sie eine Stunde genau damit. Bell, die weisungsgemäß allein ging, nahm das kleine Risiko auf sich, etwas höher zu steigen als nötig und sich umzusehen. Weit vor ihnen hob sich der Boden plötzlich aus einem Plateau aus dunklem Nadelwald heraus. Wie ein Befestigungswall türmte er sich auf, legte dabei die Baumbedeckung ab und war eine Zeit lang nichts als braunes Felsgestein, das erst blank, dann bereift und schließlich oberhalb einer bestimmten Höhe vollkommen unter Schnee begraben war. Das setzte sich bis in die unteren Schichten des Sturms fort, der die Höhen dieses Gebildes verbarg. Es sah unerklimmbar aus. Doch Landkarte und Mythos deckten sich darin, dass man sich der Feste nur entlang der Route nähern konnte, die Bell gerade überblickte.

Corvus kam aus dem Norden angeflogen. Er musste Bell auf ihrem hohen Aussichtsplatz erspäht haben, denn seine breiten Schwingen verschmälerten sich zu Klingen, während er zu ihr einschwenkte. »Hör auf zu trödeln«, sagte er, »dieser Wetterumschwung wird nicht andauern.« Er landete und kam mit ein paar Hüpfern auf offenem Gelände neben ihr zum Halten.

»Wer trödelt hier?«, gab sie zurück. »Ich dachte, du seist dabei, den Weg vor uns auszukundschaften.«

Das brachte ihn für einen Moment aus dem Konzept. »Genauso ratsam ist es«, sagte er schließlich, »auf das zu achten, was hinter einem sein könnte. Komm jetzt, auf geht's!« Damit hob er sich in die Luft und raste flügelschlagend und Nachzügler mit einem Krächzen antreibend entlang der Marschroute der Quest vor und zurück.

An diesem Tag versuchten weder Himmel noch Wald noch Fluss, sie zu töten. Allerdings hatten sie jetzt die leuchtenden Farben der Laubbäume hinter sich gelassen und kamen in jene höher gelegene, mit Nadelwald bewachsene Region. An manchen Stellen standen die Bäume ziemlich weit auseinander, pfeilgerade emporgeschossen aus einem duftenden Nadelteppich, der weich unter wunden Füßen lag.

Sie waren an einem Pass angelangt, wo sie neuen Proviant brauchten, weil der alte verzehrt, von der Feuchtigkeit verdorben oder beim Davonrennen zurückgelassen worden war, und so legten sie einen Tag Pause zum Jagen und, falls die Jagd erfolgreich sein würde, zum Schlachten und Ausweiden wilder Tiere ein. Bell wurde als Bogenschützin eingesetzt und spielte mit, obwohl sie wusste, dass jedes Tier, das in die Reichweite ihrer Fähigkeiten als Bogenschützin käme, ihr auch so nah wäre, dass sie ihm den Tod wünschen könnte.

Die Jagd verlief wie jede andere mit viel öder Warterei und dem Entwerfen raffiniertester Pläne, die beim ersten Kontakt mit der Wirklichkeit im Chaos untergingen. Ein großes Ding mit Hörnern – offensichtlich ein Nachfahre von Lasttieren, die zum Ziehen von Erzkarren hierhergebracht worden waren und sich seitdem in Gestalt und Charakter an ein Leben in der Wildnis angepasst hatten – wurde von Lyne mit einem Schuss getroffen und geriet auf seiner Flucht zufällig in Bells Nähe. Sie zog die Sehne mit dem aufgelegten Pfeil aus und zielte. Dann bekam sie Mitleid mit dem Tier und tat das Ding in ihrem Kopf, das seinem Leben ein Ende setzte. Aus dem Unterholz tauchte ein Wolf auf, der Blut gewittert und die Verfolgung des verwundeten Tieres aufgenommen hatte. Ihn dachte Bell, als er an der erlegten Beute schnupperte, auf der Stelle zu Tode.

Es erschien erwähnenswert und höchstwahrscheinlich ein Zeichen für größere Probleme, dass auch nur ein einzelner Wolf mitten in einem geordneten, zuvor mit Stöcken in den Boden gezeichneten Kreis wachsamer Jäger aufgetaucht war. Bell rief die Namen der anderen: Mard, Lyne, Burr. Ein weiterer Wolf kam grob aus derselben Richtung wie der erste. Sie ließ ihn sterben. Das konnte sie den ganzen Tag lang machen; sie war der wandelnde Tod; nichts Lebendiges konnte sie verletzen, es sei denn, sie ließ es geschehen.

Sie konnte das Lager suchen, vielleicht brauchten die anderen dort ja Hilfe, und so machte sie sich auf den Weg und verfiel, als sie sicher war, dass die Richtung stimmte, in Laufschritt.

Mit Erleichterung stellte sie fest, dass dort alle wohlauf waren.

Edda schritt in einem weiten Kreis um das Lagerfeuer herum, das von Querc so geschürt wurde, dass es aufloderte. Auf einer Seite lockerte sich Pick mit seiner Stocktechnik auf, während auf der anderen Farn mit gezogenem Dolch und Entermesser stand, den Dolch in umgekehrter Haltung mit der Klinge entlang der Elle, bereit, ihn hochzureißen und zuzustechen. Sie hatte nicht an der Jagd teilgenommen; für sie war das Jagen ein rüdes Geschäft, das in trostlosem Ödland von halbwilden Seelen ausgeübt wurde, deren Sinn im großen Weltenplan darin bestand, auf Märkten an der Küste Fleisch zum Kauf anzubieten.

Dann kam Burr in Sicht, der in langsamen, sorgfältig bemessenen Schritten rückwärts auf das Lager zuging und dabei mit beiden Armen seinen Speer schwang, der, das Ende hoch über Burrs Kopf und die Spitze nach unten gerichtet, in großen, das Gestrüpp durchschneidenden Bögen herumschnellte, manchmal aber auch darüber hinwegfuhr, um dann abwärts zu stoßen. Burr näherte sich einem Baum, und Bell sog keuchend Luft ein, um ihn zu warnen, dass dieser im nächsten Moment seinen Speer blockieren würde. Die Warnung wäre zu spät gekommen. Und, wie sich herausstellte, unnötig gewesen. Burrs Hände drehten sich weiter, die Klinge des Speers setzte ihren Wirbel fort, und die Rauchsäule, die seinen Schaft bildete, ging durch den Baum hindurch, oder vielleicht war es auch umgekehrt. Jedenfalls schien weder Speer noch Baum der Existenz des anderen Beachtung zu schenken. Als jedoch die Speerspitze auf der anderen Seite von Burr das Gesicht eines Wolfs traf, hatte das ausgesprochen materielle Folgen. Das muss eine optische Täuschung gewesen sein, dachte Bell; doch kurz darauf passierte es erneut. »Wo sind die Jungen?«, fragte Farn, die mit großen Schritten an Bell vorbei zu der Stelle ging, wo Burr in Schwierigkeiten war.

Bell glaubte, flüchtig einen riesigen Raben gesehen zu haben, der über den Baumkronen kreiste. »Halt mir den Rücken frei!«, rief sie Pick zu, der »Gute Idee!« zurückrief und ihr in einem watenden, fuchtelnden Gang folgte.

Mard und Lyne waren gar nicht so weit weg, wie sie befürchtet hatte. Mard zog ein Bein nach und schwang mit einer Hand Elschilds Schwert. Lyne hatte einen kurzen Jagdspieß, den er eher im Stech-und-Stoß-Modus benutzte. Die beiden befanden sich etwas unterhalb von Bell am Hang. Sie stieg zu einer Stelle hinunter, wo sie freie Sicht hatte, legte einen Pfeil auf und schoss. Sie traf daneben, aber nur knapp. Lyne sah die Befiederung des Pfeils und blickte flüchtig zu ihr hinauf. »Hier entlang!«, rief Bell. Als sie an einer Flanke einen weiteren Wolf erblickte, bewirkte sie, dass er starb, dann legte sie wieder einen Pfeil auf und schaffte es, einen zu erschießen, der sich geduckt und zähnefletschend genau an eine Stelle gekauert hatte, wo sie ungehindert schießen konnte.

Das Teilrudel, das auf Mard und Lyne losgegangen war, verlor an Zahl und Entschlossenheit. Lyne stach auf einen Wolf ein, der mit einem schrecklichen Aufjaulen davonrannte. Zwei weitere ergriffen die Flucht und folgten ihm. Pick schloss zu Bell auf und gab Entwarnung. Sie ließ ihren Bogen fallen, rannte den kleinen Abhang hinunter und half Lyne, Mard hinaufzuschleppen, wobei dessen gesundes ebenso wie sein verletztes Bein einfach hinter ihm über den Boden schleiften. Heftiger schien er allerdings aus dem linken Arm zu bluten.

Kurze Zeit später hatte die ganze Gruppe sich um das Feuer versammelt, auf das Querc so viel Holz gelegt hatte, dass sie sich ihm kaum richtig nähern konnten. Die Wälder ringsherum hallten wider vom Geheul der Wölfe. Auch wenn Bell deren Sprache nicht beherrschte, erahnte sie dessen Bedeutung: »Eindringlinge sind da!«

»Es wäre doch wirkungsvoller«, gab Lyne zu bedenken, »wenn wir Springs verschiedenen Geschöpfen irgendwie begreiflich machen könnten, dass wir auf Springs Seite sind und versuchen,

Veränderungen herbeizuführen, die sie selbst vermutlich gutgeheißen hätte.«

Edda hing ein wenig ihren Gedanken nach, während sie Mards Arm nähte. Dabei war sie, wenn sie mit Nadel und Faden hantierte, oft am gesprächigsten.

»Wird sie sich darüber aufregen«, fragte Bell, »vielleicht sogar so sehr, dass sie wieder verrückt wird, sodass wir uns werden durchkämpfen und -hacken müssen?«

»Der Tod beunruhigt Spring nicht«, sagte Edda. »Ganz im Gegenteil.«

»Wo *ist* sie eigentlich?«, fragte Querc. »Hat sie je wieder eine beständige Gestalt angenommen? Streift sie irgendwo umher?«

»Vermutlich im Auge des Sturms«, sagte Edda. »Ein Ort in dieser Gegend, wohin sie mit Eva ging, als Eva sie fand und vom Pfad der Verrücktheit abbrachte.«

Bisher hatte Bell es vermieden, aber schließlich zwang sie sich, Mards Arm anzuschauen. Sie musste wissen, wie schlimm es war. Sie rechnete mit Wolfsbissen. Die sie tatsächlich auch sah; die große Wunde jedoch, die Edda gerade zunähte, war ihm mit einer Klinge zugefügt worden.

»Die Wunde habe ich mir selbst zu verdanken«, gab Mard zu. »Ich hatte mich umgedreht, weil ich Lyne helfen wollte, mich dabei jedoch mit dem Timing verschätzt, sodass mein Arm meinem bereits herabschwingenden Schwert in die Quere kam.«

Diese Neuigkeit machte Bell sprachlos.

»Du weißt nicht, was du sagen sollst«, bemerkte Edda. »Von solchen Missgeschicken wird – auch wenn sie andauernd passieren – in Legenden und Liedern nie berichtet. Der Held, der wegen eines Krampfs im Oberschenkel fällt, wird nicht besungen.«

Vielleicht wäre noch mehr in dieser Art gesagt worden, wenn nicht Corvus herbeigeflogen wäre und ihnen mitgeteilt hätte, dass es jetzt notwendig sein würde, nahezu alles, was sie bei sich hatten, zurückzulassen und wegzurennen.

Ihnen war schon seit einer Weile bewusst, dass das Heulen der Wölfe von anderen, größeren, eher einzelgängerisch lebenden Tieren bemerkt worden war; vor diesen hatten sie jedoch keine Angst. Mehrere Mitglieder der Expedition schienen zu wissen, dass Bell alles töten konnte. Selbst wenn sie aus irgendeinem Grund beschloss, diese Fähigkeit nicht anzuwenden, konnten sie sich nur schwer irgendetwas vorstellen, das Burr die Stirn bieten könnte. Daher tendierte Bell für einen Moment zu der Annahme, hier sei bloß Corvus' Sinn für Humor am Werk. Aber nur für einen Moment. Seine überraschende Ankündigung hatte alle still werden lassen. Und in diese Stille hinein spürten sie das Herannahen von etwas, das wie Regen daherzukommen schien, denn es betraf den ganzen Wald, nicht nur eine bestimmte Stelle. Vorausgesetzt, es war überhaupt lebendig, musste es so zahlreich und weit verteilt sein, dass selbst der Tod nur wenig dagegen ausrichten konnte.

»Mard kann ja wohl schlecht laufen«, wandte Lyne ein. Schließlich hatte sein Verwandter Bisse an den Beinen und den Schnitt am Arm davongetragen. Doch Edda knotete bereits einen Verband über ihre unvollendete Naht. Sie warf sich Mard auf den Rücken, als wöge er ungefähr so viel wie ein Hühnchen, und verschwand mit ein paar langen Schritten in südlicher Richtung im Wald.

Die Bedrohung bestand aus Insekten. Aus jeder Entfernung, die größer war als ein Steinwurf – nicht dass Steine irgendetwas genützt hätten –, sahen sie einfach wie Rauch aus. Wie Bell erkannte, als die Gruppe von einem Ausläufer dieses »Rauchs« überholt wurde, konnten sich diese Insekten in einer unbeholfenen Kombination aus Hüpfen und Flattern in die Luft schwingen, und der Wind war ihr Freund. Wie Bell erfuhr, als eins auf ihrem Arm landete, konnten sie sommersprossengroße Fleischstückchen abbeißen.

Corvus hatte darauf bestanden, dass sie nichts außer Waffen

(jetzt nutzlos, später wichtig?) und Brandfackeln mitnahmen und dass sie gegen den Wind liefen. Sie mussten nicht mehr als eine Stunde lang laufen, bis sie an eine Steigung kamen, wo es wegen des Unterholzes und niedriger Äste schwierig war vorwärtszukommen. Dort holten die Insekten sie ein und machten das Gehen mit ihren vorwiegend auf Augen, Ohren, Nase und Mund gerichteten Angriffen tatsächlich sehr unangenehm. Doch bevor Panik sie erfüllte, drangen sie so weit vor, dass Corvus es an der Zeit fand, Feuer zu entfachen. Diese breiteten sich mit großer Geschwindigkeit mit dem Wind aus. Gegen den Wind kamen die Flammen dagegen so langsam vorwärts, dass es möglich war, vor ihnen davonzurennen. Das war die gute Nachricht. Die schlechte war, dass die Mitglieder der Quest noch weiterrennen mussten. Diesmal atmeten sie aber wenigstens keine Insekten ein. Nach einiger Zeit gelangten sie in offeneres Gelände, das augenscheinlich früher schon verbrannt worden war, sodass die Flammen ihnen nicht unmittelbar folgen konnten. Dort hielten sie an und waren die ganze Nacht hindurch dem Regen ausgesetzt, da der Sturm, der offenbar neue Energie gesammelt hatte, in voller Stärke zurückkam.

»Scheiß drauf«, rief Corvus, als es so hell wurde, dass man etwas sehen konnte. »Schluss mit der geordneten und durchgeplanten Quest. Es hilft alles nichts, wir müssen jetzt zu der Höhle rennen.«

»Welche Höhle sollte das denn sein?«, fragte Lyne.

»Die, auf die wir zusteuern«, erwiderte Corvus vage. Was weitere Fragen nach sich gezogen hätte, wären sie nicht die ganze Nacht über dem Sturm ausgesetzt gewesen.

Sie waren unter einen umgefallenen Baum gekrochen, dessen Äste ihn wie steife Arme gerade hoch genug über dem Boden hielten, dass sie sich alle unter ihm zusammendrängen konnten. Das schützte sie vor direkter Verletzung durch Regen und Hagel, trug aber nicht dazu bei, sie trocken zu halten. Wenn irgendetwas sie gerettet hatte, dann war es die Riesin gewesen, die mehr Wärme produzierte als alle anderen zusammen. Während der langen Nachtstunden dicht an Edda zusammengerollt war Bell wieder in einen dieser seltsamen Träume geraten, in denen es ihr so vorkam, als wäre Edda so groß wie ein Baum und sie selbst so etwas wie ein Eichhörnchen, das sich, nass, aber warm, in eine Astgabel kuschelte.

Jetzt im Morgenlicht war Edda offenkundig eine normal große Frau. Bell fürchtete jedoch, sie sei kleiner geworden; um die Berührung mit dem durchnässten Boden zu vermeiden, ging sie mit geschlossenen Augen in die Hocke, hüllte sich in ihren Umhang und verharrte so lange still, wie Burr vergeblich versuchte, ein Feuer anzuzünden. Bell musste an Eddas Häuschen auf Calla denken, an ihre Schafe und Pferde und an das Mehl, das sie zum Brotbacken mahlte. Wie lange war es her, dass sie zuletzt solche Nahrung zu sich genommen hatte? Verlieh ihr die Tatsache, dass sie sich die ganze Gestalt eines Engels einverleibt hatte, eine Kraft, auf die sie in Momenten wie heute Nacht zurückgreifen konnte?

»Wir sind nicht in der Verfassung, irgendwohin zu rennen«, gab Burr zu bedenken. »Wir könnten zügig gehen.«

»Wir brauchen etwas zu essen«, sagte Pick. »Abgesehen von dem da, meine ich.« Dabei deutete er vor sich auf ein Häufchen Dörrfleisch, seine Portion von dem, was sie an Nahrung noch übrig hatten.

»Hier gibt es nichts«, betonte Corvus, »aber wenn wir zügig gehen, wie Burr vorschlägt, können Mab und ich nach Essbarem Ausschau halten.«

Und so geschah es. Fast den ganzen Vormittag über regnete es, aber diesmal war es ein völlig normaler Durchschnittsregen, der im Vergleich zu dem nächtlichen Sturm gar kein Regen zu sein schien. Vielleicht war er dennoch so laut, dass er den Lärm, den sie beim Gehen machten, übertönte und ihnen die Gelegenheit verschaffte, ein weiteres der gehörnten Wesen zu Gesicht zu bekommen. Sie erblickten es auf der anderen Seite einer Lichtung. Es fiel tot um. Als Reaktion darauf warf sich Burr flach auf den Bauch. »Alle auf den Boden!«, flüsterte er. »Hier jagt noch jemand!«

Bell legte sich nicht auf den Boden. Sie ging weiter, bis sie bei dem Tier war, das dalag, als schliefe es. Burr, der immer noch von einer lauernden Gefahr überzeugt war, holte sie kurz darauf mit gefälltem Speer ein. Als der Rest der Gruppe dazukam, war er gerade dabei, das Tier umzudrehen und nach dem Pfeil zu suchen, der es zur Strecke gebracht hatte. Aber den gab es natürlich nicht.

Er trat von dem Tier zurück. »So etwas Ähnliches habe ich während des Kampfs mit dem Wolf gesehen. Ich habe es nicht geglaubt.«

»Wir haben auch so etwas bemerkt«, sagte Mard. »Ein Wolf ist ganz unvermittelt gestorben.«

»Irgendeine tödliche Wesenheit sucht diese Wälder heim und erlegt durch Zauberkraft, was sie will.«

»Die tödliche Wesenheit bin ich«, sagte Bell. »Lasst uns essen.«

Diesmal kam kein Wolfsrudel. Noch wurden sie durch größere Tiere oder Wolken von Insekten belästigt. Nicht einmal, als sie ein Feuer machten und der Duft von bratendem Fleisch sich mit dem Wind ausbreitete. Während sie kochten, hörte es auf zu regnen. Sie befanden sich am Rand einer Wiese, die sanft ansteigend aus dem Gebiet, das sie während des vergangenen Tages durchquert hatten, hinausführte. Unterhalb von ihnen konnten sie in der Ferne Wölfe auf dieselbe Weise Alarm schlagen hören wie tags zuvor: »Eindringlinge sind da!« Das schien die Neugier von Corvus zu wecken, der sich bereits an rohem Fleisch gütlich getan hatte. Er flatterte in die Luft und schlug dann kräftig mit den Flügeln, um für den Flug zurück nach Norden an Höhe zu gewinnen.

»Der Rabe glaubt, dass wir verfolgt werden«, sagte Burr.

Das schien keiner von den anderen für eine Neuigkeit zu halten. Farn schenkte dem überhaupt keine Beachtung. Sie hatte Bell eingehend gemustert, seit diese ihr Wesen offenbart hatte. Der Aufmerksamkeit allmählich müde erwiderte Bell ihren Blick.

»Ich hatte mich schon gewundert«, sagte Farn. »Nur eine Prinzessin zu sein genügt nicht, um bei einem solchen Unternehmen mitmachen zu dürfen.«

Bell war doppelt gekränkt. Am Anfang hatte sie sich selbst gar nicht als Prinzessin gesehen; sie hatte Brindle beim Wort genommen, als er gesagt hatte, dass Quests zu den Dingen gehörten, die Calladons machten. Eine Art Geburtsrecht. Sie war jedoch zu müde und zu hungrig, um jetzt eine Diskussion mit Farn anzufangen.

»Könntest du jede Seele im Land töten?«

»Der Legende nach habe ich Egdod getötet«, erinnerte sie Bell. »Allerdings muss ich nah bei dem sein, was ich töte.«

»Könntest du El töten?«

»Ich weiß es nicht. Die Gelegenheit hat sich noch nicht geboten. Er dürfte Möglichkeiten haben, mich vorher zu töten.«

»Für diesen Zweck hat Spring ein Wesen geschaffen«, sagte Querc. »Jedenfalls hat Weaver mir das am Abend, bevor sie starb, erzählt. Es besteht aus Chaos und Adamant. Man nennt es den Schlunder, und er wartet unter der Zerstörten Brücke auf jeden, der es bis dorthin schafft.«

»Und wusste Weaver von irgendwelchen weiteren Gefahren, die wir noch durchstehen müssen, bis wir in der Lage sind, von dem Schlunder bedroht zu werden?«, fragte Lyne.

»Erstens das Heer von Bötteln, die Spring umgarnt und für ihre Dienste gewonnen hat«, sagte Querc. »Sie dürften in dem Hang dort drüben eingegraben sein.« Sie stand auf und lenkte ihre Aufmerksamkeit auf den Wall aus felsigem Grund, der sich aus dem Wald südlich von ihnen erhob und sichtbar geworden war, als das Wetter aufklarte. Als Bell ihn am Vortag gesehen hatte, war er noch deutlich weiter weg gewesen. Er schien viel höher und steiler zu sein, als ihr erster Blick darauf sie hatte erwarten lassen. Jetzt waren Einzelheiten zu sehen, die darauf hindeuteten, dass er bewohnt war. Nicht in dem Sinne, dass man Gebäude auf seine Oberfläche gebaut hätte. Nein, sie waren eingegraben worden. Falls an den alten Mythen irgendetwas Wahres war, handelte es sich bei den Bötteln, die Spring in ihren Dienst gestellt hatte, um Bergleute, und zwar um solche, die inzwischen sehr versiert sein mussten. Um nadelstichgroße Öffnungen im Hang herum erstreckten sich meilenweit Fächer tauben Gesteins. Jeder einzelne dieser Steine war aus den Eingeweiden der Erde ausgegraben worden – von einem dieser Grabner, wie die bekehrten Büttel genannt wurden. Denn sie hatten gegraben und gegraben und gegraben, bis sie nichts anderes mehr waren als Grabner.

»Und zweitens? Drittens? Viertens?«, drängte Lyne Querc.

»Zwischen den Grabnern und dem Schlunder – das heißt entlang des Wandelpfads, der über den Gipfel des Gletschers führt – nichts außer, nun, ihr wisst schon, Blitzbären.«

»Gut zu wissen«, sagte Lyne.

»Ich glaube aber, dass wir gar nicht diesen Weg nehmen«, fügte Querc hinzu. »Corvus hat etwas von einer Höhle gesagt.« Ihr Blick ging zu Edda. »Ist es das, wohin wir gehen, Mylady?«

»Es ist das, worauf wir *zusteuern*«, berichtigte Edda sie. Sie blickte Querc nicht an, auch sonst niemanden. Sie stand etwas abseits von den anderen, die sich in der Hoffnung, ihre Kleider trocknen zu können, um das Feuer scharten. Edda schien sich damit zu begnügen, die Szenerie zu betrachten, die sich, als das Wetter noch mehr aufklarte, in Richtung Süden öffnete. Einige der hohen Berge, die in den Knoten führten, offenbarten sich jetzt. Sie waren das Eindrucksvollste, was Bell je zu Gesicht bekommen hatte. Doch Eddas Blick ging weiter nach unten, in Richtung eines grünen Plateaus, das nur schwer als solches zu erkennen war, weil Wolken und Regen immer noch dicht um es herumwirbelten. Es war ein kleiner Absatz im Fels, der aussah, als wäre er in den östlichen Ausläufer des von Grabnern heimgesuchten Walls, der ihnen den Weg versperrte, hineingeschnitten worden. Tatsächlich waren seine Form und Lage so zweckmäßig, dass man sich leicht vorstellen konnte, er wäre mit Absicht von Grabnern mit Hacken und Spaten gebaut worden. So hoch und abgelegen der Felsabsatz war, so schien er sich doch am Grund einer Quelle goldenen Lichts zu befinden, dessen Überfülle den wirbelnden Dunstschleier zu einem verschwommenen Schimmer machte, der die Augen blendete und die Sicht umnebelte.

»Ist das nun das Auge des Sturms?«, fragte Querc.

»Ja«, sagte Edda, »das ist das Auge des Sturms.« Und erst als sie es so aussprach, kam Bell eine Kindheitserinnerung in den Sinn, eine Illustration aus einem Bilderbuch, die sie sich oft auf Brindles Schoß angeschaut hatte. Sie stellte einen solchen Ort dar, ein ins Gebirge geschmiegtes grünes und goldenes Tal, in dem Spring mit Eva und einigen ihrer Lieblingsschöpfungen lebte, wo Blumen blühten und das ganze Jahr über reife Früchte an den Bäumen hingen. Das erklärte Eddas Blick dorthin. Ihre Mutter und Großmutter waren dort.

Hier gab es weder Blumen noch Früchte, und so machten sie sich über das Fleisch her, sobald es warm war, und schlürften Fett von den Knochen, ehe es schmelzen und ins Feuer tropfen konnte. Corvus kehrte zurück und weigerte sich, viel über das zu sagen, was ihnen womöglich folgte. Allerdings schien er der Meinung zu sein, dass es besser wäre, rasch weiterzugehen, sodass sie sich mehr Fleisch für später einpackten und ihren Weg fortsetzten.

Morgens war Mard ohne fremde Hilfe gegangen, langsam und

steif und mit schmerzverzerrtem Gesicht. So machte er es jetzt auch. Wenn das Gehen sehr beschwerlich wurde, schob jemand die Schulter unter seinen gesunden Arm und half ihm für ein paar Schritte weiter. Seinen verletzten Arm behielt er, vor dem Bauch angewinkelt, unter seinem Umhang.

Wiesen wurden zahlreicher und größer. Burr deutete auf Anzeichen von Feuern, die entfacht worden waren, um überhandnehmenden Wald zurückzudrängen, damit auf dem so entstehenden offenen Gelände Gras wachsen und essbare Tiere sich mästen konnten. Sie fanden Skelettüberreste von zwei solchen Tieren, Burr zeigte ihnen Kerben, die von Messern stammten, und sogar eine verrostete Pfeilspitze, die zu tief in einem Beckenknochen steckte, als dass es sich gelohnt hätte, sie herauszuhebeln. »Grabner«, sagte Burr, so als hätte es daran überhaupt keinen Zweifel geben können. »Der Wald liefert alle Nahrung, die sie brauchen, vorausgesetzt, sie halten sich von Wölfen und dergleichen Getier fern. Vorsicht vor Fallen.« Womit er Bells Vermutung nach Hinterhalte meinen musste, die Grabner für Eindringlinge wie sie legten. Doch keine Viertelstunde später stießen sie auf eine raffinierte Falle, die mit einem Fleischköder versehen war.

Von da an mieden sie die Wiesen und blieben in den tiefsten Wäldern, durch die Mab und Corvus sie führen konnten. So gelangten sie ohne weiteren Zwischenfall zu einem steilen Anstieg. Der weiche Waldboden wich einem Geröll aus scharfkantigen Steinen, die ganz offensichtlich aus den kahlen höheren Lagen heruntergestürzt waren. Dicke Eisregentropfen begannen herunterzuprasseln. Von rechts kommend drang die Sonne unter das Unwetter und erleuchtete die gesamte Oberfläche des Walls von seinem westlichen Ende, wo Bell und die anderen standen, bis hinunter zum östlichen, viele Meilen entfernt, wo er wie eine Axt in die Vorbauten einer Bergkette drang. Dort lag das Auge des Sturms, das aber nur noch als verschwommene Säule aus eisengrauem Wetter zu sehen war, um das sich wie der Mahlstein in Eddas Küche der ganze Rest des Ewigewitters drehte.

»Bleibt stehen und schaut euch das gut an«, sagte Corvus so leise, wie es einem riesigen sprechenden Raben möglich war. »Wir gehen im Schutz der Dunkelheit los, und wir gehen *dorthin.*«

»Wohin?«, fragte Lyne für sie alle.

»*Dorthin.* Ich zeige genau darauf.«

»Du kannst gar nicht zeigen.«

»Ich zeige mit meinem *Schnabel.*«

»Lass gut sein. Ich sehe es«, sagte Pick. Er war auf ein Knie gegangen und hatte das Ende seines Stocks auf einen Fels gestellt, um besser durch die Linsen blicken zu können. Zwischen ihm und der Richtung von Corvus' Schnabel konnte die übrige Gruppe sehen, was genau es da zu betrachten gab: eine winzig kleine schwarze Pore in der Oberfläche des Walls. Sie befand sich unmittelbar über ihnen, denn Corvus hatte die Gruppe direkt zu ihr hingeführt. Im Gegensatz zu den verschiedenen Eingängen, die die Grabner angelegt hatten, hatte dieser keinen riesigen Fächer aus taubem Gestein, der auf ihn hindeutete.

»Ist das die berühmte Höhle?«, fragte Querc.

»Berühmt für unsere kleine Schar. Für die Grabner eher *berüchtigt* und selten betreten.«

»Kommt mir komisch vor«, bemerkte Pick.

»Ja«, sagte Lyne. »Warum sollten sie nicht in eine günstig gelegene natürliche Höhle gehen?«

»Mir gefällt nicht, wohin das hier führt«, sagte Mard.

»Schrecken«, lautete Corvus' Antwort. »Angst vor dem, was aus jedem wird, der sich ein paar Schritte vom Eingang weg verirrt.« Und im selben ruhigen Ton fuhr er fort: »Merkt euch Orientierungspunkte, die im Dunkeln hilfreich sein können.«

»Warum steigen wir nicht jetzt da rauf?«, fragte Querc. »Es braut sich schon wieder ein Sturm zusammen.«

»Grabner-Patrouillen da oben.«

»Haben sie uns gesehen?«

Ein Raben-Achselzucken. »Falls nicht, *werden* sie es tun. Das ist ihr Daseinszweck.«

Die schweren Geschosse aus halb gefrorenem Wasser entwickelten sich zu einem stetig fallenden Eisregen, der die Mitglieder der Quest dazu veranlasste, sich nur ein paar Schritte abwärts an eine geringfügig besser geschützte Stelle zu begeben. Das Licht hatte sich abgeschwächt, der Untergrund war rutschig, und Mard konnte seine verletzten Beine nur schwer bewegen. Er kippte nach vorn, wobei er reflexartig beide Arme ausstreckte, um nicht mit dem Gesicht direkt auf den Steinen zu landen. Doch nur eine Hand – seine gesunde – stützte sich auf dem Boden auf. Die verletzte gab nach, sodass er sich im Augenblick des Aufpralls drehte, mit der Schulter aufkam und durch den Schwung der Bewegung weiter auf den Rücken rollte, wo er mit vor Qual verzerrtem Gesicht ein paar Augenblicke liegen blieb.

Sein verletzter Arm fehlte. Das heißt, jenseits der Stelle, wo er sich selbst mit Elschilds Schwert geschnitten hatte, existierten Unterarm, Handgelenk und Hand nach wie vor. Aber sie bestanden aus Aura. Die Finger waren dünne Fäden. Bell konnte geradewegs durch Mards Mittelhand sehen. Sie war nahe daran aufzuschreien. Was sie zurückhielt, war nicht die Befürchtung, von den Grabnern gehört zu werden. Es war die Art, wie Mard ihr in die Augen blickte: unverwandt und ruhig. Er hatte es natürlich gewusst und den Arm unter seinem Umhang verborgen.

Selbstverständlich hatte sie jede Menge Fragen in Bezug auf die Prognose, doch diese Art von Gespräch konnte man nicht gut führen, während man sich inmitten eines Hagelsturms in den Bergen vor Patrouillen der Grabner verstecken musste. Die Mitglieder der Quest drängten sich aneinander, wie sie es zu anderen Zeiten schon getan hatten. Doch diesmal beschloss Bell, neben Mard zu liegen, sodass die beiden die Wärme ihrer Körper miteinander teilen konnten.

Sie warteten, bis es stockdunkel war, und machten sich dann an den Aufstieg. »Ich werde als Letzte gehen«, bot Edda an, »da ich Lawinen lostreten könnte.«

Trotz ihrer vorherigen Bemühungen, sich Orientierungspunkte zu merken, wären sie ohne Mab hoffnungslos verloren gewesen. Corvus hatte wieder seine menschliche Gestalt angenommen. Zwar wurde der ganze Berghang hin und wieder von Blitzen taghell erleuchtet, doch nie so lange, dass das Auge die Lage des Höhleneingangs ausfindig machen und fixieren konnte. Sie lernten, schon in Erwartung des Donnerschlags, der immer nach dem Bruchteil einer Sekunde folgte, zusammenzuzucken und sich anzuspannen.

»Thingors Aura!«, rief Farn, nachdem sie offenbar eine Stunde lang umhergetappt waren. Bell, die mit gesenktem Blick auf dem Boden nach sicherem Halt für ihre Füße suchte, sah sich nun um und stellte fest, dass die Felsen um sie herum in grünes Feuer getaucht waren. Ehe sie darüber so etwas wie Erstaunen oder Ehrfurcht empfinden konnte, kam von Farn: »Legt euch flach hin!« Also versuchte Bell, das zu tun, und machte die Erfahrung, dass schon der Gedanke, sich hinzulegen auf einem so steinigen Boden wie diesem, keine genaue Bedeutung hatte. Ganz in der Nähe schlug ein Blitz ein, das Licht und der Knall durchdrangen im selben Augenblick ihren Schädel. Querc schrie. Bell reckte den Hals, um den Hang hinaufzublicken. Pulsierende Flüsse aus grünem Feuer liefen gedankenschnell hinauf und hinunter. Hoch oben war etwas außergewöhnlich Strahlendes zu sehen, als wäre es am Himmel aufgehängt; es besaß die blendende Leuchtkraft eines Blitzes, blieb aber bestehen, wie das Schwert des Engels, das Burr an sich genommen hatte. Und dennoch bewegte es sich umher wie etwas Lebendiges, manchmal auf allen vieren und dann wieder aufgerichtet auf seinen Hinterbeinen.

Es war ein Bär. Ein Blitzbär. Er stand ganz oben auf dem Kamm über ihnen, viel höher, als sie zu steigen geplant hatten;

allerdings hatte er sie gesehen und war nicht erfreut darüber, dass sie gerade seinen Berg heraufkamen.

Wenig später begannen Felsbrocken aus der Dunkelheit herabzustürzen. Einer kam direkt auf Bell zu, so schnell, dass sie ihm nicht mehr hätte ausweichen können, aber er prallte an einem anderen ab und raste an ihr vorbei.

Es war genauso wie unten unter dem Überkrag, als Böttel von oben Steine auf sie hatten herabrollen lassen. Doch diesmal, dessen war sie sich sicher, waren es Grabner, die auf ihre Anwesenheit aufmerksam gemacht worden waren, vielleicht von den wachsamen Bären.

Die Sonne kam heraus und strahlte den ganzen Hang oben an. Bell konnte alles sehen: im Vordergrund Felsblöcke, die auf sie zustürzten. Darüber, weniger als eine Bogenschussweite entfernt, den Eingang zu der Höhle. Und ganz oben blasse Gestalten in den gedrungenen, asymmetrischen Formen von Bötteln. Vielleicht ein Dutzend von ihnen. Das plötzlich aufscheinende Licht hatte sie dabei überrascht, wie sie Steine aus dem Hang herausbrachen; damit hörten sie jedoch auf, als sie geblendet wurden: vom Licht des Engelschwerts, das Burr ganz aus der Scheide gezogen hatte. Da Burr jetzt den Weg und den Feind sah, machte er mit Gebrüll einen Satz vorwärts. Die Übrigen folgten, so gut sie konnten. Bell schirmte die Augen vor dem Gleißen ab, damit sie das Licht nutzen konnte, um sich einen Weg hinauf zu suchen. Ein- oder zweimal drehte sie sich um und erhaschte bruchstückhafte Blicke auf andere Mitglieder der Quest, die mit den Armen fuchtelnd versuchten, auf wechselndem und eisbedecktem Grund das Gleichgewicht zu halten. Farn und Lyne kamen mit gezogener Waffe rasch herauf. Das Licht des Engelschwerts zuckte und schwenkte herum. Ein Blitz schlug ein. Von ganz oben kam ein wütendes Brummen: Bären. Der Boden wurde eben. Vor Bell befand sich ein dunkles Loch. Sie stolperte hinein, eher vom Schwung der Bewegung als von irgendeinem

Plan oder Wunsch getragen. Andere drängten hinter ihr hinein und blockierten den Weg nach draußen. Sie hatte gute Lust, wieder aus der Höhle hinauszugehen und bei dem Kampf zu helfen, doch ehe sie das tun konnte, war der Berg wieder in Dunkelheit getaucht. Das Schwert war wieder in seine Scheide geglitten. Felsbrocken scharrten und rumpelten, während sie von oben herabrutschten. Gegen zuckende Blitze hoben sich die Silhouetten von Burr, Farn und Lyne ab. Sie traten in die Höhle.

Damit beendete die Quest ihre Durchquerung des Sturmlands und betrat den Unterbau des Knotens.

54

»Auf geht's«, sagte Corvus. »Pick, wir müssen den Eingang versiegeln.«

»Ich dachte, die Grabner würden uns hier hinein nicht folgen«, sagte Lyne.

»*Sie* nicht«, antwortete Corvus vage. »Pick? Sag mal was! Können wir mehr Licht haben?«

Mab wurde heller. Die Gruppe hatte sich ein paar Schritte vom Höhleneingang entfernt versammelt. Burr war mit gefälltem Speer am nächsten zu ihm stehen geblieben, und Farn und Lyne gaben Burr immer noch Rückendeckung. Dann kam Edda, reglos wie ein Berg in ihrem Umhang, der von Eis glitzerte. Querc war weinend neben der Riesin zusammengesackt. Mard, Bell und Corvus waren am tiefsten in die Höhle vorgedrungen, aber Corvus stakste jetzt zum Eingang zurück, während Mab wie jemand, der etwas verloren hat, hin und her huschte. »Wo ist Pick?«, fragte Corvus. »Wir müssen einen Suchtrupp losschicken!« Er schien geneigt, selbst zu gehen und am Hang hinunterzuschauen.

Edda ließ ihn plötzlich innehalten, indem sie einen kleinen glänzenden Gegenstand unter ihrem Umhang hervorzog. Was es war, wurde erst deutlich, als Mab helleres Licht darauf warf: Es war der vogelkopfförmige Knauf von Picks Stock, allerdings leicht deformiert, als wäre er teilweise geschmolzen. Die Augen waren jetzt leere Höhlen, da die Linsen fehlten. Ein geschwärztes

Holzstück baumelte noch aus dem Loch, wo der Schaft befestigt gewesen war.

Es war einer der seltenen Momente, in denen Corvus nicht allen anderen voraus war. Das, in Verbindung mit der Tatsache, dass er in seiner menschlichen Gestalt steckte und von Mab grell beleuchtet wurde, machte es möglich, Emotionen in seinem Gesicht zu sehen, die Bell – die ihn kannte, seit er als neue Seele ins Land gekommen war – noch nie zuvor darin gesehen hatte. Er war völlig verblüfft. Das war die Art von Überraschung, die so vollkommen ist, dass der erste Reflex, mag er auch noch so deplatziert sein, darin besteht zu lachen. Was er auf halbherzige und nervöse Weise tat. Dann wurde er ernst und nachdenklich.

Quercs Trauer war ebenso umfassend wie ihr Schock über das, was sie mit angesehen hatte. Bell erinnerte sich an den Schrei, den Querc nach einem Blitzeinschlag in unmittelbarer Nähe von sich gegeben hatte, und wusste, dass es zutraf. Auch Corvus wusste es: Pick war tot.

»Tja!«, sagte er. »Das ändert natürlich einiges an der Quest. Ohne einen Lithoplasten können wir das nicht machen.«

Bis alle das begriffen hatten, herrschte Stille, und dann gingen sämtliche Blicke zu Querc.

Sie drangen tiefer ein, nur um mehr Abstand zwischen sich und jeden Grabner zu bringen, der die Kühnheit besitzen mochte, hinter ihnen herzukommen. Den Eingang mithilfe der Lithoplastie zu versiegeln, was Corvus' ursprünglicher Plan gewesen war, kam nicht mehr infrage. Da es sich hier aber um eine natürliche Höhle handelte, hatte sie Windungen und Engstellen, die die Gruppe hinter sich mit Felsbrocken verschließen konnte. Edda besaß die Kraft, Felsblöcke zu versetzen, und Burrs Schwert konnte Stein zerschneiden. Damit waren sie in der Lage, jedem, der sie in die Tiefen des Knotens verfolgen könnte, das Vorwärtskommen zu erschweren.

Wie auch ihnen selbst, sollten sie versuchen, wieder hinauszukommen. Es war aber offensichtlich, dass diese Höhle zu denen gehörte, die Pluto über das Land verstreut hatte, um leichter von einem Ort zum anderen zu gelangen, und dass sie irgendwo anders wieder hinaustreten würden.

Allein diese Aktivität – tiefer einzudringen, die Faltungen der Höhle hinauf- und hinunterzuklettern, sich gegenseitig durch enge Stellen zu helfen – hatte auf Querc eine beruhigende Wirkung, während der Schauplatz dieses Grauens hinter ihnen zurückfiel.

Der Abstieg wurde tückisch, und Corvus erst vorsichtig, dann nervös und dann unglaublich anstrengend, da er mehrfach wiederholte, dass alle auf guten Stand achten sollten. Echos von vor ihnen – genauer gesagt unter ihnen – deuteten darauf hin, dass dieser enge Schacht sich bald in etwas viel Weiteres öffnen würde. Licht – nicht von Mab – begann auf glatten, feuchten Höhlenwänden zu schimmern. Bell wusste, was sie zu erwarten hatte, und bald sah sie es.

Der Schacht erweiterte sich unvermittelt zu einem gewaltigen Hohlraum, dessen Boden aus Chaos bestand. Die Form dieses Raums hatte etwas von einer hochkant stehenden Melone. Die Gruppe war an eine Stelle hinuntergestiegen, die sich weder hoch oben in seinem Deckengewölbe noch ganz unten in seiner Wand befand, sondern irgendwo dazwischen. Hier wurde der Grund für Corvus' Nervosität deutlich: Hätte jemand beim Abstieg durch den Schacht den Halt verloren, wäre er mit wachsender Geschwindigkeit hinuntergestürzt, hilflos in den Hohlraum geschleudert worden und dann in den See aus Chaos gefallen. Dank ihres kontrollierten Abstiegs konnte die Gruppe nun auf einem kleinen Felsvorsprung anhalten, den irgendein Lithoplast – vielleicht Pluto höchstpersönlich – am unteren Ende des Tunnels geformt hatte. Er bot nicht allen Platz. Corvus, Bell, Querc und Mard verteilten sich darauf, während Edda, Lyne, Farn und Burr gesichert in dem Schacht blieben, wo sie dauernd ihren Stand veränderten, um sich wechselweise über die Schulter zu blicken. Mab stieg frei in die Höhe, wo sie jauchzend die Weite des Raums durchmaß und mit ihrem Licht verschiedene Adern und Schichten im Gestein beleuchtete. Sie zu beobachten war ebenso berauschend wie gefährlich; wenn Bell das Gefühl hatte, sie könnte das Gleichgewicht verlieren, musste sie den Blick abwenden.

Mab schwang sich in ein Looping-Flugmuster ein, wobei sie mehr oder minder in einer Höhe auf halbem Weg zwischen der Gruppe und dem Chaos unten blieb. Die Oberfläche war nicht von einheitlicher Helligkeit, sondern gefleckt, und die Flecken kamen und gingen. Manchmal waren sie groß und langsam, als versuchte etwas Gewaltiges, sich seinen Weg aus der Tiefe herauszubahnen, und dann wieder flackerten sie so schnell, dass sie, bis das Auge zu ihnen hinübergehuscht war, schon verschwunden waren. Immer wieder hatte Bell das unerträgliche Gefühl, dass sie jeden Moment etwas als das erkennen würde, was es war, so wie wenn man einen Namen auf der Zunge hat oder ein Niesen noch in der Nase feststeckt. Mab schien dasselbe im Blick zu haben. Vielleicht besaß sie im Gegensatz zu Bell eine gewisse Fähigkeit, die verstreuten Fragmente der Bildersprache zu einer eindeutigen Vorstellung zusammenzuführen.

Im Chaos veränderte sich etwas. Mab schnellte herum und schoss dann senkrecht zu den anderen hinauf, ihr Licht so hell, dass es die Wände der ganzen Höhle beleuchtete. »Jetzt! Folgt mir!«, schrie sie, drehte sich wieder und stürzte kopfüber abwärts.

Corvus stieß mit der Schulter Bell an, die Querc anstieß, die Mard anstieß, der sich mit seinem beschädigten Arm nicht abstützen konnte. So fielen sie alle von dem Felsvorsprung und stürzten hilflos ins Chaos.

Irgendwo mittendrin wurde unten zu oben, und sie fielen allmählich immer langsamer statt immer schneller. Unter ihnen rauschte mit Felsgestein gesprenkelter Schnee dahin. Bell streckte abwehrend die Hände aus. Die Oberfläche kam ihr entgegen. Sie rutschte, dann fiel sie in tiefen Schnee, in dem sie, ohne dass sie sich etwas brach, zum Halten kam. Als sie aufzustehen versuchte, sank sie bis zur Mitte der Oberschenkel ein.

Ein heller Mond war aufgegangen. Noch helleres Licht drehte an Bell vorbei ab und flog den Weg zurück, den sie gekommen waren. Bell beobachtete Mabs Sinkflug zu einem Fluss aus Chaos, der durch eine nicht weit unter ihnen verlaufende Schlucht floss. Für eine Minute jagte die Elfe daran auf und ab, ehe sie sich hineinstürzte.

Ein kurzes Stück entfernt konnte Bell die ungehobelten, würgenden Geräusche hören, die sie mittlerweile mit Corvus' Rückverwandlung in seine Vogelgestalt verbinden konnte. Es gab keinen besseren Ort, um ein Vogel zu sein. Sie befanden sich ganz oben in einem Gebirge. Die Hälfte des Himmels war frei. Die andere Hälfte war Stein. Unterhalb von ihnen füllte Chaos den unteren Bereich einer tiefen Schlucht mit geraden Wänden. Die ihnen gegenüberliegende Seite war eine von einem Gletscher gekrönte senkrechte Felswand. Jenseits davon fiel das Land in einen dunklen Wald hinein ab.

Bells Gehirn setzte das alles anhand seiner Landkartenkenntnis zusammen. Die Felswand auf der anderen, der nördlichen Seite der Schlucht war der Abgrund. Das Plateau darauf war das Gebiet, wo der Wandelpfad sich zwischen verborgenen Gletscherspalten durch das von Blitzbären patrouillierte Territorium schlängelte.

Diesen ganzen Teil der Reise hatten sie einfach übersprungen, oder besser: unterirdisch umgangen. Den Erdschlund würden sie gar nicht überqueren müssen; sie hatten ihn gerade hinter sich gebracht. Jetzt waren sie am – standen auf dem – Knoten. Die Feste musste ganz in der Nähe sein.

Vier dunkle Gestalten schossen aus dem Erdschlund herauf und stolperten und rutschten durch den Schnee um Bell herum.

Edda brauchte länger zum Bremsen als die anderen: Sie schnitt eine tiefe Furche in den Schnee und kam schließlich einen Bogenschuss weiter oben am Hang zum Halten. Sie lachte. Ihr Lachen war Musik, Glockenklang und Vogelgezwitscher. Sie stand auf. Als Bell ein kleines Stück über Edda hinaus den Hang hinaufblickte, stellte sie fest, dass weiter oben der Schnee fleckiger wurde, sich bald ganz verlor und nacktem Fels wich. Was einleuchtete, denn dort war der Hang immer besser geschützt durch die überhängende Felskuppe, die den halben Himmel verdeckte: ein Ort, von dem Bell gehört, den sie aber auf keiner Landkarte abgebildet gesehen hatte, denn das konnte er gar nicht sein. Stattdessen versuchten sich Barden in Analogien: dicke zusammengeknotete Seile oder Falten in einer schweren Decke, nur größer und aus Bergen bestehend.

Sie kletterten aufwärts, was eine zähe und überaus mühevolle Tätigkeit war. Vielleicht aber auch ein Segen, denn es war wirklich sehr kalt, und nur die gewaltigste Anstrengung würde sie warm halten. Eine Zeit lang erschien es Bell, als brächte ihr Waten und Stolpern durch das tiefe Pulver sie kein Stück weiter, doch ab einem bestimmten Punkt wurde es mit jedem Schritt merklich einfacher, und bald darauf sah sie über sich einige der anderen, die sich auf nacktem Felsuntergrund Wärme suchend aneinanderschmiegten. Tendenziell blickten sie alle in dieselbe Richtung: den Weg zurück, den sie gekommen waren, und bergab. Also drehte sich Bell, nachdem sie die anderen erreicht und sich einen sicheren Stand verschafft hatte, ebenfalls um und betrachtete, was sie betrachteten.

Es dauerte einen Moment, bis sie entdeckte, worum es ging, da es ein anmutiges und schlankes Ding inmitten von Felsplatten und Erdspalten war, silbern und scharf umrissen im vom Schnee reflektierten Mondlicht.

»Die Zerstörte Brücke!«, rief sie aus. »Ich hätte nie gedacht, dass ich sie einmal zu Gesicht bekäme!«

Die Stelle, wo die Brücke an der gegenüberliegenden Wand der Schlucht verankert war, konnte man gut sehen. Ein schwerer Stützpfeiler umfasste den Rand des Abgrunds. An der Felswand darunter saß fest verkeilt das Ende eines Bogens. Dieser und der Brückenüberbau reichten nur ein Stück über den Erdschlund und endeten mit einem kleinen Turm auf einem Tor ins Nirgendwo. Von der Seite, auf der die Gruppe sich befand, würde sich ein entsprechendes Brückenstück seinem Zwilling entgegenstrecken. Bell konnte die Brücke im Geist vervollständigen und bekam so eine Vorstellung davon, wo sie wohl diesseits aufsetzte. Die Schichten und Faltungen des Knotens lagen jedoch dazwischen, sodass das hiesige Ende für sie nicht sichtbar war. Es dürfte rund zwei Meilen von ihnen entfernt liegen.

Sie begannen in diese Richtung zu gehen. Jedenfalls hatte es zunächst den Anschein. Doch Corvus wollte, dass sie Wege nahmen, die Marschierenden nicht unbedingt einleuchteten. Jedem in dieser Gruppe war klar, dass die Regeln, die üblicherweise für einen Gang von A nach B galten, im Knoten alles andere als sinnvoll waren. Hilfreich war die Tatsache, dass sie im Großen und Ganzen in tiefere Gefilde vordrangen, wo der Wind sie in Ruhe ließ und die Luft weniger kalt war.

So erreichten sie den Würfel.

Er stand wettergeschützt in einer kleinen Seitenfaltung des Berges. Um ihn zu finden, musste man schon gewusst haben, dass er da war. Was die Frage aufwarf, wie Corvus davon erfahren hatte.

Die Frage, wie das Ding heißen sollte, stellte sich dagegen überhaupt nicht. Man konnte es einfach nicht anders nennen als Würfel. Seine Höhe, Breite und Tiefe machten jeweils etwa zweimal Burrs Armspanne aus. Der Würfel bestand aus Adamant, einem Material, von dem die meisten Mitglieder der Gruppe im Unterbau des Knotens für ihr ganzes Leben mehr als genug gesehen hatten. Etwas Neues war es jedoch für Burr, der mit einer Hand über eine Fläche und dann an einer der senkrechten Würfelkanten entlangfuhr. Darauf zog er fluchend die Hand zurück und zeigte den anderen eine blutige Fingerkuppe. Die Kante des Würfels war so scharf, dass er sich daran geschnitten hatte.

Das war also der Würfel, ohne Zweifel. Allerdings hatte Bell nie von dem Würfel gehört. Ihr Blick ging zu Querc, die jedoch nichts anderes tun konnte, als kopfschüttelnd ihre Handflächen nach außen zu kehren.

Edda musste von dem Würfel gewusst haben! Sie blickten die Riesin an.

»Corvus«, sagte sie, »da hast du mir etwas voraus. Was ist das für ein Ding? Außer dass es ein Würfel aus Adamant ist, der aus unerfindlichen Gründen im Knoten steht?«

»Der Beweis«, sagte Corvus (der natürlich oben auf dem Würfel saß), »für die Realität der anderen Ebene der Existenz, von der ich bereits wiederholt gesprochen habe.« Dann, weil er es sich nicht verkneifen konnte, darauf herumzureiten: »Oh, ich habe gesehen, dass ihr die Augen verdreht, wenn ich von der anderen Ebene der Existenz spreche. Ich weiß, ihr denkt …«

»Niemand hält dich für verrückt«, sagte Bell. »Es ist nur so, dass die andere Ebene der Existenz nichts als eine Menge erfundener Geschichten ist, es sei denn, du präsentierst uns irgendeine Art von, äh …«

»… Beweis«, sagte Corvus. »Seht nur.«

»Das beweist es nicht«, sagte Lyne. »Sieht aus wie etwas, das Pluto zu seinem Vergnügen hier hingestellt haben könnte.«

Bell machte sich auf eine scharfe Erwiderung mit einer bitteren oder nachtragenden Note vonseiten des riesigen sprechenden Raben gefasst. Stattdessen zuckte er mit seinen Rabenschultern. »Stimmt«, sagte er. »Ihr werdet allerdings eure Meinung ändern, wenn Querc den Adamant wegschmilzt, um zu offenbaren, was darin eingebettet ist.«

»Du hast die ganze Zeit gewusst, dass uns das erwartet«, mutmaßte Bell, während Querc sofort die Hände vors Gesicht schlug und erschrocken den Kopf schüttelte.

»Es wurde vor langer Zeit von einer Instanz auf der anderen Ebene der Existenz hier hingestellt. Verborgen, wo niemand es finden würde, es sei denn, jemand wüsste genau, wo er suchen muss. Eingeschlossen in Adamant, sodass nur ein Lithoplast, geleitet von einer körperlosen Elfe, wüsste, was zu tun ist.«

»Mein Schwert könnte es zerschneiden«, äußerte Burr leicht gekränkt. Sein Blick lag auf Querc, der es immer noch deutlich an Selbstvertrauen zu mangeln schien. Lyne hatte den Arm um ihre Schultern gelegt und murmelte vermutlich anspornende Worte seitlich in ihren Kopf.

»Vielleicht läuft es darauf hinaus«, sagte Corvus, »aber ich möchte das, was darin ist, nicht beschädigen.«

»Es geht nicht nur darum zu wissen, was man wie tun muss«, erklärte Querc. »Es sind bestimmte Dinge vonnöten.«

»Kannst du dich ein bisschen genauer ausdrücken?«, fragte Mard höflich.

»Nun, wenn wir ganz an den Anfang zurückgehen, war Pick zufolge zuerst das Chaos. Als es begann, jene Strukturen anzunehmen, die das Denken verkörperten oder darstellten, wurde es zu dem, was wir Aura nennen.«

Mard schlug eine Seite seines Umhangs zurück und blickte auf seine Aurahand hinab. »Also ist Aura Chaos, aber …«

»*Strukturiertes* Chaos«, sagte Querc. »So wie eine Welle, die sich durchs Wasser bewegt, Wasser *plus* etwas ist: eine Form, die ihren Charakter behält, auch wenn sie sich durch den Stoff hindurch, aus dem sie besteht, fortpflanzt.«

»Wie wird Aura dann zu Form?«, fragte Mard. Für ihn war das in dem Moment eine sehr persönliche Frage.

Bell, die nicht hinstarren wollte, sah weg. Womit ihr Blick auf Mab fiel. Und was war Mab anderes als ein außergewöhnlich konzentriertes Stück Aura? Wie zur Bestätigung dieser Aussage flog Mab in den Würfel hinein und kam wenig später auf der anderen Seite wieder heraus.

»Das Allererste von allen soliden Dingen war Adamant«, sagte Querc. »Was sich dem Anschein nach ziemlich vom Chaos unterscheidet. Dabei ist es nur eine Ausgestaltung von Chaos, die zufällig stabil ist. Egdod fand es schon ziemlich früh und machte daraus das Land, und solange das Land – und später das Firmament – nichts Komplizierteres als Adamant blieben, konnten sie umgestaltet werden …«

»Durch Lithoplastie. Ich verstehe«, sagte Mard. Ohne zu erwähnen, dass er in Wirklichkeit herauszufinden versuchte, wie er seine Hand zurückbekommen konnte.

Hand und Arm. Denn jetzt zog er mit seiner unversehrten Hand den Ärmel bis weit über den Ellbogen zurück. Das Fleisch war zurückgewichen und die Aura weit über die Stelle hinaus fortgeschritten, wo Elschilds Schwert in ihn eingedrungen war.

Querc seufzte. »Es ist alte Magie, seit dem ersten Zeitalter kaum noch verstanden oder praktiziert. Pick beherrschte sie. Wir von diesem Zeitalter sind größtenteils auf feste Formen beschränkt, begrenzt durch unsere Haut. In der Davor-Zeit waren Formen fließender, und viele hatten eine Aura, die über ihre Gestalt hinausreichte.«

»Das habe ich unter den hohen Autochthonen in Zweitel gesehen«, sagte Bell.

»Pick konnte es auch«, sagte Lyne. »Unter dem Überkrag haben wir seine Aura sich aus seinem Kopf strecken sehen.«

»Ich kann das leider nicht«, sagte Querc. »Und hier kommt vielleicht Mard ins Spiel. Aber zuerst ist da noch etwas anderes. In Picks Mustertruhe waren Stücke von Chaos und so weiter, die er an verschiedenen Orten wie zum Beispiel dem Erdschlund, den wir gerade hinter uns gelassen haben, gesammelt hatte.«

»Ich bin zu keinem anderen Zweck hier«, bot Lyne an.

»Ich auch nicht«, sagte Farn. »Wenn Mab uns den Weg weist, können wir an den Rand des Erdschlunds gehen.«

»*Ich* werde den Weg weisen«, sagte Corvus. Er drehte seinen Schnabel von einer Seite zur anderen und wieder zurück, während er mit seinen schwarzen Knopfaugen zusah, wie Mab durch den Würfel hin und her flog. »Mab ist hier von größerem Nutzen.«

Mit einem kurzen, langsamen Streich seines blendenden Schwerts schnitt Burr eine Ecke von der Oberseite des Würfels ab, nachdem Mab hindurchgeflogen war und berichtet hatte, es gebe dort nichts. Mit der Schwertspitze höhlte er die glatte Fläche aus, sodass eine nussgroße Vertiefung entstand. Das Ganze wiederholte er mit einer anderen Ecke. Zusammengeklappt bildeten diese beiden Teile nun ein Behältnis, das grob einer der Adamantschubladen von Picks alter Mustertruhe entsprach. Lyne und Farn nahmen diesen behelfsmäßigen Musterträger, borgten sich so viele warme Sachen, wie die anderen entbehren konnten, und machten sich mit Corvus auf den Weg. Burr begann auf einer Seite des Würfels an Stellen, wo es Mab zufolge unbedenklich war, weitere Stücke abzuschneiden.

Auf der gegenüberliegenden Seite, wo das Licht des Engelschwerts nicht so störte, unterhielt sich Querc ausführlich mit Mard, dem sie erzählte, was sie während ihrer Jahre mit Pick gelernt hatte. Mard fing an, damit zu experimentieren, die Hand, die nicht mehr materiell war, in den Würfel zu stecken. Die Unfähigkeit, feste Gegenstände in den Griff zu bekommen, war ihm als wesentliche Schwäche erschienen, als er versucht hatte, seinen Umhang zuzuknöpfen oder seinen Sturz abzufangen. Hier und jetzt dagegen versetzte sie ihn in die Lage, das auszuüben, was man mangels eines besseren Begriffs Magie nennen würde. »Kannst du etwas spüren?«, fragte Querc ihn gerade. »Hast du Empfindungen in der Hand?« Mard beharrte darauf, dass sie vollkommen taub war, als wäre sie gar nicht da. »Aber du kannst sie öffnen und schließen, oder?«, fragte Querc.

Mard zog die Hand aus dem Stein und ließ sie sich zur Faust ballen, um sie dann wieder zu öffnen. Das war die Antwort. »Aber keine Empfindungen«, behauptete er beharrlich. »Nur ein Kribbeln.«

»Kribbeln ist eine Empfindung«, gab Querc zu bedenken.

Einige Stunden vergingen. Bell, die gerade nichts zu tun hatte, fand eine Mulde in einem Fels, in der sie sich zusammenrollen und ihren Umhang über den Kopf ziehen konnte, um sich weitgehend vor dem Licht des Schwerts abzuschirmen. Letzteres leuchtete und blitzte auf unvorhersehbare Weise auf, während Burr den Würfel damit bearbeitete. Edda hatte ihn auf dessen obere Fläche gehoben. Unter der Anleitung von Mab, die eine sehr genaue Vorstellung davon zu haben schien, wo es sicher war, Material zu entfernen, und wo nicht, schnitt er Stücke davon ab. Hin und wieder brach ein Adamantstück los, rutschte ab und schlug mit lautem Knall auf dem Boden auf, was Bell zusammenfahren ließ. Es war also bei Weitem nicht das erholsamste Nickerchen, das sie je gemacht hatte.

Allen Widrigkeiten zum Trotz musste sie dennoch eingeschlafen sein, denn irgendwann erwachte sie. Ein tiefes Dröhnen, das durch den Felsgrund des Knotens übertragen wurde, war in ihren Rippen zu spüren gewesen und schon zu bloßer Erinnerung geworden. Es war nicht vom Aufprall abgeschnittener Würfelstücke begleitet. Damit hatte es nichts zu tun. Es war größer, kam von weiter weg. Gestern hätte sie es vielleicht für einen Donnerschlag gehalten. Schließlich befanden sie sich noch innerhalb des Ewigewitters, dessen einziger Zweck der Schutz dieses Ortes war. Doch diesem Dröhnen fehlte das Grollen und Nachhallen des Donners. Und kein Geräusch drang an ihr Ohr. Sie streifte sich die Kapuze vom Kopf und blinzelte ins Licht, während ihr Gesicht in kalter, trockener Luft badete. Die anderen arbeiteten immer noch, genau wie zuvor. Von den oberen Kanten und den Seitenflächen des Würfels war schon ziemlich viel heruntergeschnitten worden; Burr stand jetzt auf einem Sockel, der gerade breit genug war, ihn zu tragen. Um ihn herum fiel der Stein mehr oder minder schräg ab, und die noch intakte Basis des Würfels war durch losgebrochene Adamantstücke verdeckt. Bell schirmte die Augen mit einer Hand ab und lag eine Zeit lang still da, den Körper weiterhin in festem Kontakt mit dem lebenden Fels des Knotens. Dann spürte sie erneut einen dieser Schocks. Sie nahm die Hand von den Augen, hob den Kopf und blickte zu den anderen. Keiner von ihnen schien etwas bemerkt zu haben. Burr und Mab konzentrierten sich ebenso wie Querc und Mard auf ihre jeweilige Arbeit.

Wo war Edda? Ziemlich steif geworden stand Bell auf und fand die Riesin etwas abseits auf einer Bank sitzend, die im Fels entstanden war. Sie lehnte sich leicht zu einer Seite, den Blick nach unten gerichtet, als wäre der Fels ein Fenster, und eine Handfläche auf ihn gelegt, als wäre sie eine Mutter, die den Herzschlag ihres Kindes prüft.

Also bildete sich Bell nicht einfach etwas ein. Was noch nicht die Frage beantwortete, was das Fundament des Knotens so erschütterte.

Das schien ein naheliegendes Gesprächsthema zu sein. Doch bevor Bell zu Edda gehen und es mit ihr anschneiden konnte, hörte sie Stimmen näher kommen, von denen eine das unverwechselbare raue Timbre eines riesigen sprechenden Raben hatte. Corvus kam als Erster in Sicht, und nicht weit hinter ihm folgten Farn und Lyne, der etwas Schweres, ganz in Stoff Gehülltes trug.

»Leichter als erwartet«, verkündete er, ging auf ein Knie und setzte seine Last in der Nähe des Gebildes ab, das ein paar Stunden zuvor noch ein Würfel gewesen war. Dann begann er sie vorsichtig auszuwickeln.

»Wir haben eine Treppe gefunden«, erklärte Farn, »vermutlich von irgendeinem Lithoplasten in der Felswand geformt, die zum Erdschlund hinuntergeht. Sie hat uns direkt dahin gebracht, wo das Land dem Chaos weicht.«

Inzwischen hatte Lyne die beiden Adamantstücke enthüllt, die Burr Stunden zuvor abgeschnitten und zu einem behelfsmäßigen Kasten zurechtgeschnitzt hatte. Die beiden waren aufeinandergeklappt, doch als Lyne vorsichtig den oberen Teil abnahm, konnten sie alle das Chaos darin sehen. »Haben es geschöpft wie Wasser in eine Kelle«, sagte er. Nachdem er Querc die Probe überreicht hatte, ging Bell zu ihm und Farn – die jetzt, da sie gemeinsam ein Abenteuer erlebt hatten, große Freunde zu sein schienen – und fragte: »Habt ihr in den Tiefen des Erdschlunds irgendetwas gesehen, gehört oder gespürt, das sich bewegte – oder sich gerade zu bewegen begann?«

»Du hast selbst Chaos gesehen«, antwortete Lyne. »Wann bewegt es sich einmal nicht?«

»Ich meine nicht seine übliche Bewegung, sondern etwas Zusammenhängendes und Zielgerichtetes. Mit einer Absicht«, erklärte Bell.

»Nein«, sagte Lyne, und seine Aufrichtigkeit war offenkundig.

Bells Blick wanderte zu Farn. »Nichts Kleines«, sagte sie. »Das, wonach ich frage, dürfte so etwas wie das Ding sein, das deine Familie im südlichen Meer dahingerafft hat.«

Farn erstarrte auf genau die Weise, die Bell manchmal bei Männern beobachtet hatte, wenn sie kurz davor waren, die Beherrschung zu verlieren. Doch es folgte nichts dergleichen. »Ich verstehe«, sagte Farn, nachdem sie einen Bissen Essen hinuntergeschluckt hatte. »Du meinst, es könnte zu groß sein, als dass es einem auffällt.«

»Etwas in der Richtung, ja.«

Farns Blick war jetzt auf nichts Bestimmtes gerichtet. Lyne, dem entweder langweilig oder unbehaglich zumute war, schlenderte zu Mard und Querc, die Edda zu diesem Zeitpunkt beide schon oben auf das gehoben hatte, was der Würfel gewesen war und was jetzt, während Burr daran herumschnitt, immer mehr zu einer Art unregelmäßigem Obelisken wurde.

»Ich verstehe das Wesen deiner Frage«, sagte Farn. Mehr sagte sie fürs Erste allerdings nicht.

Etwas im Chaos war ansteckend und konnte Adamant oder andere feste Formen auflösen. Normalerweise war Adamant davor sicher. Das war gerade sein Sinn. Deshalb hatte Egdod ihn ja geschaffen: um im Meer des Chaos etwas Beständiges erzeugen zu können. Doch als Egdod das getan hatte, war er selbst noch ein Wirbel aus Aura gewesen. Was er damals gemacht hatte, konnte rückgängig gemacht werden. Chaos konnte Adamant oder sonst etwas Solides infizieren, wenn es vom Willen einer Seele entsprechend gesteuert wurde. War nun diese Seele in einer soliden Gestalt verkörpert, ereilte sie, noch während sie ihre Arbeit verrichtete, dasselbe Schicksal. Deshalb hatte Pick, wenn er sich an solche Aufgaben machte, seine Aura benutzt, nicht seine Hände oder irgendein materielles Werkzeug.

Zu zerstören war tausendmal leichter, als aufzubauen. Für den Anfänger Mard wäre die Umwandlung von Chaos in Adamant – ganz zu schweigen von komplexeren Dingen – nicht möglich gewesen. Adamant zu Chaos zu schmelzen war jedoch ein einfacher, leicht zu erlernender Trick.

Was daher über die nächsten paar Stunden passierte, war, dass Mard mit seiner Aura und Querc mit ihrem Wissen sich zusammentaten und, beginnend mit der Probe, die Farn und Lyne für sie geholt hatten, den Adamant wegschmolzen. Mab sagte ihnen, welche Teile sie entfernen sollten. Diese wurden zu Chaos und verflüchtigten sich wie Rauch, und was von dem Würfel übrig blieb, schien sich aufzulösen wie ein in der Sonne liegen gebliebener Eisbrocken.

Aus diesem schälte sich nach und nach ein aus Eisen gemachter Gegenstand heraus. Der erste Teil, der freigelegt wurde, war eine Art Griff, kunstvoll mit Symbolen verziert, die Bell an die Ornamente auf dem Tempelkomplex von Elkirk erinnerten. Darunter kam eine ganze Weile nichts als ein Schaft, so dick wie Burrs Oberschenkel, der senkrecht in dem Würfel steckte. Er verbreiterte und verästelte sich unterhalb eines bestimmten Punkts in ein überaus komplexes Filigranmuster, bei dessen Anblick sie alle froh waren, dass Burrs Schwert ihm nicht zu nah gekommen war. Selbst die begabtesten Bildhauer in den fernen Wimmeln, die mit den feinsten Meißeln arbeiteten, hätten dieses Ding nicht aus seiner Einbettung in dem Stein befreien können, ohne seine zarteren Windungen, von denen manche nicht dicker als ein Haar waren, zu beschädigen.

»Das ist ganz offensichtlich ein Schlüssel«, sagte Edda zu Corvus, während die Arbeit fortschritt. »Was bedeutet, dass es wohl *der* Schlüssel sein muss. Du hast mich mit hierhergenommen, weil nur ich etwas so Schweres tragen kann. So weit ergibt das alles Sinn. Allerdings ist jeder gebildeten Person bestens bekannt, dass El den Schlüssel zur Feste zerstört hat. Wie Lyne kürzlich zu bedenken gab, wäre es die allergrößte Torheit gewesen, hätte El das nicht getan. Schon ein flüchtiger Blick auf die Komplexität dieses Gegenstands macht deutlich, dass weder eine Kopie noch eine Fälschung möglich sind. Es gibt also irgendetwas an dieser ganzen Geschichte, das mein Denkvermögen übersteigt. Ich wurde als Tochter von Eva in Camp geboren, habe Cairn Bote von El töten sehen und den Engelsstoff in meine Gestalt aufgesogen, ich habe seitdem im Land gewohnt und bin überall herumgekommen, habe aber keine Kenntnis von dem, was hier passiert.«

»Ich bin selbst etwas erstaunt und kann keine gesicherten Antworten geben«, sagte Corvus. »Ich weiß aber schon länger als du, dass Würfel und Schlüssel hier sind, und hatte deshalb etwas mehr Zeit, über solche Fragen nachzudenken. Angenommen, die andere Ebene der Existenz ist real und hat schon vorher existiert. Was bedeuten würde, dass das Land aus ihr entstand, genau wie du von Eva geboren wurdest. Daraus folgt, dass es auf dieser anderen Ebene schöpferische Kräfte oder Fähigkeiten geben muss, die irgendwie für die ganze Geschichte der Entstehung des Landes verantwortlich sind und jedem Aspekt dessen, was wir für real halten, zugrunde liegen. Darüber hinaus ist diese Ebene mit Seelen bevölkert, die uns und unser Treiben kennen und die vielleicht aus Gründen, über die wir nicht einmal spekulieren können, von Zeit zu Zeit beschließen, Veränderungen am Land vorzunehmen – ohne jedoch das zu verletzen, was den Zusammenhang des Landes ausmacht. Wenn du diese Voraussetzungen akzeptierst, kannst du dann nicht auch akzeptieren, dass ein Gegenstand, der, zu einem bestimmten Zweck von El angefertigt, im Land existierte, von El benutzt und dann vollkommen zerstört wurde, erneut erzeugt werden könnte? Nicht von der Kunstfertigkeit einer Seele, die hier lebt, sondern von einer auf der anderen Ebene der Existenz, die Kräfte einsetzt, deren Natur wir nicht ansatzweise verstehen können? Ich kann mir die Existenz dieses Schlüssels nur so erklären, dass alle diese Dinge tatsächlich zutreffen. Und dass darüber hinaus der Zweck meines Übertritts von jener auf diese Ebene darin besteht, dafür zu sorgen, dass dieser Schlüssel in dem Schloss an der Feste umgedreht wird.«

Irgendwann kippte der Schlüssel einfach um, was Mard und Querc dazu nötigte, aus dem Weg zu springen. Er war jetzt vollkommen von der Felsmatrize befreit, in der er eingebettet gewesen war. Manche Stellen waren immer noch mit Adamant verstopft, aber Mard, der inzwischen den Bogen heraushatte, konnte das mühelos wegschmelzen. Edda ging zu dem Schlüssel, bückte sich, hakte beide Arme unter seinen Schaft und bewegte ihn versuchsweise, um ein Gefühl für die Gewichtsverteilung zu bekommen. Auf Mards Bitte drehte sie ihn so, dass ein Teil, der noch seine Aufmerksamkeit verlangte, ihm zugewandt war. Eine nach der anderen polierte er diese verbliebenen Spuren weg. Ein paar Adamantklümpchen hingen noch am Zierwerk des Schlüsselgriffs, was aber vermutlich nicht weiter stören würde. Der Teil jedoch, der dazu gedacht war, ins Schlüsselloch eingeführt zu werden, schien völlig sauber zu sein. Der Schlüsselbart war das komplizierteste Objekt, das sie alle je gesehen hatten, und glich hundert Labyrinthen, die aus kleineren schmiedeeisernen und zusammengelöteten Labyrinthen bestanden. Umschlossen wurden die empfindlichen und komplizierten Teile von einer Schutzhülle aus dickerem Metall – das erklärte, warum beim Umfallen des Schlüssels nichts Wichtiges beschädigt worden war. Die Hülle hätte ihren Zweck genauso gut erfüllt, wäre sie im Querschnitt quadratisch oder zylindrisch gewesen, aber sie besaß natürlich zahllose Kerben und Ausbuchtungen, die ganz offensichtlich dazu gedacht waren, auf eine und nur eine Weise in ein entsprechendes Schlüsselloch zu passen.

Mab flog eine Weile in den Schlüsselbart hinein und wieder hinaus und überprüfte Teile, die so tief in seinen Windungen lagen, dass jemand anders sie nicht einmal sehen konnte. Sie sagte Mard genau, wohin er seine Aurahand strecken musste, um die letzten paar festhängenden Felsklümpchen aufzulösen. Als sie die Arbeit für beendet erklärte, wichen Mard und Querc ein ganzes Stück weit von dem Ding zurück, während Edda vortrat, die Knie beugte, einen Arm unter den Schlüsselschaft schob und ihn auf ihre Schulter hievte.

Dann sah Bell zum ersten Mal, seit sie die Riesin bei ihr zu Hause auf Calla kennengelernt hatte, Anzeichen von Sorge in deren Gesicht. Edda empfand, was normale Seelen empfanden, wenn sie eine so schwere Bürde schulterten, dass sie befürchteten, ihre Kraft könnte nicht ausreichen. »Lass uns aufbrechen, Krähe«, sagte sie. »In meinen Fußsohlen spüre ich, dass sich etwas bewegt, dem wir besser nicht begegnen sollten.«

Sie gingen vielleicht eine Stunde lang. Nicht weil die Entfernung so groß war, sondern weil Edda ihre Füße mit Bedacht aufsetzen musste. Und wenn der Untergrund unsicher war, machte sie manchmal einen Umweg.

Die Luft begann sich auf eine Weise zu bewegen, die nahelegte, dass sie die schützenden Windungen des Knotens hinter sich ließen und sich offenerem Gelände näherten. Im Angesicht Eddas, die sich unter ihrer Last abmühte, spürten sie alle den natürlichen Impuls, zu ihr zu gehen und mit anzupacken, so wie jeder es tun würde, wenn er seine Mutter gebeugt unter dem Gewicht eines Holzklotzes und in der Gefahr, den Halt zu verlieren, sähe. Doch diese fürsorglichen Gefühle waren hier nutzlos; keiner von ihnen besaß die Kraft, der Riesin zu helfen, und wer zu ihr ging, riskierte nur, ihr zwischen die Füße zu geraten und schwere Verletzungen davonzutragen. Stattdessen kletterten sie voraus, hielten nach Abkürzungen Ausschau oder nach Stellen, wo loser Kies Edda in Gefahr bringen könnte. Bei einem dieser Erkundungsläufe stieg Bell über eine Gesteinsfalte, spürte einen eisigen Wind im Gesicht und sah mit einem Mal unter sich die gesamte Zerstörte Brücke auftauchen. Außerdem konnte sie viel von der offenen Fläche auf der näher gelegenen Seite sehen, die auf Landkarten als Ambossebene bezeichnet wurde. Das war früher, den ältesten Legenden zufolge, der Vorhof der Feste gewesen. Er begann jetzt Licht vom östlichen Himmel aufzufangen, der so hell geworden war, dass Sterne sich darin auflösten. Als sie den Kopf nach Westen drehte, sah sie das Rote Geflecht eine Handbreit über dem Horizont und fragte sich, ob die Blicke des Pantheons in diesem Moment wohl auf ihr lagen.

Von dieser Warte aus hätte sie in Richtung Norden einen Pfeil abschießen und ihn mehrere Augenblicke später im Bogen dort niedergehen sehen können, wo die Brücke sich an den Untergrund des Knotens klammerte. Von dort reichte sie weit über den Erdschlund bis zu dem näheren der beiden Torhäuser. Das Gegenstück – das sie zuvor von einem anderen Punkt aus gesehen hatte – begann auf der anderen Seite des Bruchs und führte oben auf den Gletscher. Dieser wimmelte von stillen, fernen Blitzen, als hätte sich die ganze Wut des Ewigewitters über einem kleinen Ziel entladen. Das Licht störte Bells Sehvermögen und zwang sie, den Blick stattdessen auf Näherliegendes zu senken. »Hierher!«, rief sie denen zu, die hinter ihr heraufkamen. »Ihr müsst euch aber einen anderen Pfad suchen.« Es kam nicht infrage, dass Edda denselben Weg hochkletterte wie sie.

Der Erdschlund war kein gerader Graben; er verzweigte und wand sich wie eine Schlucht. Jenseits des nahe gelegenen Endes der Zerstörten Brücke bog ein Arm zur Seite ab und beschrieb einen Bogen auf den Knoten zu. Parallel dazu verlief eine Straße, die leicht mäanderte, insgesamt aber quer über die Ambossebene nach Süden führte. Auf den ersten paar Schritten lag sie unter freiem Himmel und war im Schnee begraben, aber jenseits davon durchschnitt sie einen alten Steinwall, schlüpfte unter den Schutz der Bergkette und verlief daher über nackten Untergrund. Hier war es für das Wachstum jeglicher Pflanzen zu kalt. Statt durch Vegetation führte die Straße durch Eisenabfall, Schlackenhalden, unvollendete Kettenglieder, rostige und liegengebliebene Wagen und Kohlehaufen neben Essen, die schon Äonen lang kalt und dunkel waren. Denn Els Legionen hatten offenbar keinen Sinn darin gesehen, hinter sich aufzuräumen, als sie ihr großes Werk vollendet hatten und sich über die Brücke zurückzogen. Auffallend war eine gewaltige gewölbte Platte, annähernd dreieckig, aber eindeutig als Teilstück einer Kuppel geschmiedet. Sie lehnte einfach an einer Felswand, als hätte irgendein Riese sie zum Abkühlen dort hingestellt und dann vergessen. Kurz dahinter gerieten die Straße und der Seitenarm des Erdschlunds außer Sicht. Bell musste sich ein kleines Stück zur Seite begeben, um zu sehen, was der Ambossebene ihren Namen gegeben hatte: der Stumpf von etwas, das einmal eine Felsspitze gewesen war. El persönlich hatte sie abgeschnitten und die entstandene Fläche so geglättet, dass seine Riesenschmiede darauf Metall aushämmern konnten. Hämmer und Zangen in entsprechender Größe lagen daneben.

Sie empfand eine gewisse Enttäuschung, dass die Feste selbst von hier aus nicht zu sehen war. Doch die riesige Anlage und die weggeworfenen Eisenteile, die sie sehen *konnte*, waren der Beweis, dass sie, wenn sie erst einmal die Ambossebene erreicht hatten, nicht mehr sehr weit weg sein konnte.

Zu dieser hätte sie innerhalb kürzester Zeit hinunterflitzen können. Einen passenden Weg für Edda zu finden würde wohl etwas länger dauern. Mit einer leichten Kopfdrehung sah sie Lyne, Mard, Farn und Querc, die mithilfe von Mabs Licht eine mögliche Route erkundeten. Aus Erfahrung wusste Bell, dass sie Burr entweder vor oder hinter der Hauptgruppe suchen musste – wo immer nach seiner Einschätzung die größte Gefahr bestand. Tatsächlich machte sie ihn jetzt aus, wie er, gespenstisch im Licht des frühmorgendlichen Himmels, unten über den Geröllwall kletterte. Bald würde er die Brücke erreichen. Bell konnte inzwischen, während Edda sich vorwärtskämpfte, jeden ihrer Schritte spüren. Bald würde sie nach rechts, in Richtung Feste, abbiegen, wo Burr nach links in Richtung Brücke gegangen war.

Sie spürte aber auch noch andere, tiefere Erschütterungen ähnlich denen, die sie einige Zeit zuvor geweckt hatten. Sie hatten begonnen, als Lyne und Farn zum Erdschlund hinabgestiegen waren und ihre Chaosprobe geschöpft hatten. Seitdem waren sie unregelmäßig aufgetreten. Doch jetzt kam es urplötzlich zu einer ganzen Reihe davon in rascher Abfolge, sodass loses Gestein den Abhang unter ihr hinunterrutschte.

Ein großes Wesen war dort unten unterwegs. Es konnte nur eine der wilden Seelen sein, die vom Anbeginn des Landes übrig geblieben waren.

So etwas wie ein Enterhaken langte von unten herauf und fand genau da an der Brücke Halt, wo sie am Rand verankert war. Darauf folgte anhaltendes Gedröhn, und dann bekam der Schlunder – denn nur er konnte es sein – eine zweite Hakenhand an den Felsrand. Ein Kopf tauchte auf, dann Schultern, und schließlich kam das ganze Ding aus der Tiefe empor. Es musste sich mit einem Fuß am Brückenbogen abgestützt und dann herausgehievt haben. Erst ein Knie, dann das andere schlugen wie Donner auf dem schneebedeckten Boden am Rand des Erdschlunds auf. Das Wesen war auf allen vieren. Dann richtete es sich auf, zog die Füße unter sich und stand.

Bell hatte noch nie einen Hügelriesen zu Gesicht bekommen, es sei denn, man wertete den schlafenden, auf dessen Rücken die Calladons der Sage nach ihr Anwesen errichtet hatten, als solchen. Sie hatte genug Bücher gelesen und genug Darstellungen gesehen, um zu wissen, dass der Schlunder nach demselben allgemeinen Muster gemacht worden war. Vielleicht hatte Spring in der Phase ihrer Verrücktheit einen von denen, die El versklavt und zur Verrichtung von Schmiedearbeiten gezwungen hatte, eingefangen. Tatsächlich trat der Schlunder, nachdem er sich zu seiner vollen Größe aufgerichtet hatte, mit einem einzigen Schritt über den Wall, begann ziellos zwischen den dunklen Essen umherzuschlendern und streckte eine seiner Klauen nach unten aus, um die glatte Oberfläche des großen Steinambosses zu berühren.

Hügelriesen waren allerdings aus gewöhnlichen Steinen zusammengesetzt. Dazwischen befand sich Erde. Erdreich bedeckte sie wie Fleisch, wenn sie sich für mehr als ein paar Herbste nicht mehr bewegten, und darin wuchsen Gras, Blumen und Bäume. Falls der Schlunder am Anfang ein solcher Hügelriese gewesen war, konnte man davon ausgehen, dass seine Vegetation, während er für El schuftete, von der Hitze der Esse weggebrannt worden oder, als er sich dann ausruhen durfte, in der Kälte des Knotens erfroren war. Als El die Brücke zerstört und ihn hier zurückgelassen hatte, war der Riese vermutlich nichts anderes gewesen als mit Sand und Lehm zusammengemörtelte, von Eis überzogene Felsbrocken.

In diesem Zustand dürfte Spring ihn angetroffen haben, wie er allein und ohne Aufgabe über die Ambossebene streifte. Seitdem waren seine Felsbrocken einer nach dem anderen durch Adamantstücke in der ihrem jeweiligen Zweck entsprechenden Form ersetzt worden: lange in den Gliedmaßen, Klumpenansammlungen an Gelenken. Was den Riesen nun anstelle von Erde zusammenhielt, war Chaos, das zwischen den Steinknochen floss und wogte, während sie sich bewegten. Aus irgendeinem Grund musste Bell daran denken, wie sie Edda in deren Küche beim Kneten von Teig zugesehen hatte und wie die starken Hände das weiche Material unter sich hatten hervorquellen und durch die Lücken zwischen ihren Fingern hatten austreten lassen. Das Chaos tat, während das Adamantskelett des Schlunders es hierhin und dorthin schob, so etwas Ähnliches. Immer wenn es scheinbar kurz davor war, auszutreten und sich aufzulösen, zog es sich wieder nach innen zurück, was bewies, dass es unter der Kontrolle einer belebten Seele stand.

Was man noch von Hügelriesen sagte, war, dass sie keinen erkennbaren Kopf hatten – jedenfalls nicht von der Art, die sich auf einem Hals drehte und ein Gesicht besaß. Dieser Schlunder hatte sich dagegen anders gestaltet. Oberhalb der Schultern drehte sich eine endlose Lawine aus kleineren Adamantbrocken von innen nach außen, angetrieben von einem inneren Kern aus wirbelnder Aura, auf den man nur durch sich flüchtig öffnende und schließende Lücken in dem schwarzen Steinsturm einen kurzen Blick erhaschen konnte. Bei genauem Hinsehen hatte das Ganze etwas von einem Haufen trockener Blätter, die in eine Windhose geraten waren, nur dass der Wind eine Seele und die Blätter Grundgesteinsbrocken waren. Wenn man jedoch seinen Blick davon losriss – was eine gewisse Willenskraft erforderte – und das Gebilde nur aus dem Augenwinkel betrachtete, entsprach es innerhalb der Gesamtanordnung der Gestalt des Schlunders der Haltung und den Bewegungen eines Kopfes.

Was bedeutete, dass es sich in die eine und andere Richtung drehen und Dinge betrachten konnte. Während der ersten Momente auf der Ambossebene blickte der Schlunder vor allem auf die Überreste der Werkzeuge, mit denen er einmal gearbeitet hatte. Doch dann wurde seine Aufmerksamkeit – ebenso wie Bells – von einem grellen Licht angezogen, das plötzlich zutage getreten war.

Burr hatte sein Schwert gezogen.

Der Schlunder sah es und erkannte es. Etwas an der Art, wie er sich bewegte, machte deutlich, dass er die Waffe wiedererkannte; sie fürchtete; und sie hasste. Els Engel mussten solche Schwerter benutzt haben, um ihn anzutreiben, so wie Böttel Tiere mit Stöcken und Peitschen antrieben.

»Burr, nein!«, rief Bell. Schon war sie auf dem Weg zu ihm. Während sie hinabstieg, überquerte sie den Pfad, auf dem Edda bald bedächtigen Schrittes auf die Feste zugehen würde. Burrs Plan war klar: Er würde den Schlunder zur Brücke zurücklocken, seinen Blick ablenken und den Weg für den Rest der Gruppe frei machen, damit sie hinter ihm vorbeigehen und zur Feste gelangen konnten.

»Bleib zurück, Prinzessin!«, brüllte Burr ihr zu. Sie war tatsächlich langsamer geworden, je näher sie ihm kam, denn die Helligkeit des Schwerts machte es ihr fast unmöglich, den Pfad vor sich zu sehen, und der Untergrund erschwerte das Gehen. »Das ist eine Aufgabe für mich.«

»Es ist eine Aufgabe für *mich*!«, widersprach Bell. »Das erkenne ich jetzt. Deshalb wurde ich hierhergebracht.« Einen Arm schützend vor den Augen sah sie sich nach Corvus um. Corvus hatte das alles vorhergesehen. Er hatte gewusst, dass nur Bell den Schlunder erledigen konnte. Mit einem Wort konnte Corvus Burr dazu veranlassen, das Schwert in die Scheide zu stecken.

Sie sah den riesigen sprechenden Raben jedoch nirgendwo. Nur den Schlunder. Seine Wut war jetzt stärker als seine Angst, und er bewegte sich mit festem Blick und stetem Schritt auf Burr zu.

Edda erschien hinter Lyne, der ihr den Weg zeigte und lose Steinchen zur Seite trat, auf der freien Fläche der Ambossebene. Entweder sah der Schlunder sie nicht, oder sie war ihm gleichgültig. Burr rannte seitwärts und schwang dabei sein Schwert, beides Bewegungen, die dazu bestimmt waren, die Aufmerksamkeit des Schlunders von Edda fernzuhalten. Unter ihrer Bürde sah die Riesin alt und gebückt aus, brachte es inzwischen aber offenbar fertig, etwas längere Schritte zu machen und schneller voranzukommen.

Das lief also schon mal gut. Bell ging denselben Weg wie Burr. Sie mochte es nicht geschafft haben, Burr diesen verrückten Plan auszureden, aber wenn der Schlunder erst einmal nah genug war, konnte sie ihn töten. Vorausgesetzt, sie ging dahin, wohin er ging. Nämlich zu der Stelle, wo Burr mit seinem Schwert herumfuchtelte.

»Es funktioniert!«, ließ sie Burr wissen, als sie glaubte, bis in seine Hörweite vorgedrungen zu sein. »Die anderen gehen hinten vorbei. Aber du brauchst nicht gegen dieses Ding zu kämpfen! Lauf weg!«

»Schau dich um. Wir stehen mit dem Rücken zur Felskante. Die Brücke ist zerstört. Was bleibt uns übrig, als gegen es zu kämpfen?«

»Das weißt du ganz genau!«

»O nein, Prinzessin! Das darfst du nicht!«

»Warum nicht, Burr?!«

»Dieses Ding ist das einzige Wesen, das die Macht hat, den zu stoppen, der uns verfolgt!« Und Burr – normalerweise einer, der sich dem Feind direkt entgegenstellte – ergriff die ungewöhnliche Maßnahme, dem Schlunder für einen Augenblick den Rücken zuzukehren und mit seinem Schwert auf die gegenüberliegende Seite der Schlucht zu zeigen.

»Burr! Pass auf!«, rief Bell. Doch statt sich die Zeit zu nehmen festzustellen, was sie meinte, warf er sich zur Seite und rollte dann wieder auf die Füße. An der Stelle, wo er einen Augenblick zuvor noch gestanden hatte, war eine Adamantklaue in den Schnee gedrungen und hatte den Fels zertrümmert. Es war das äußerste Ende einer sich windenden Schlange aus Stein und Aura, die sich bis zur Schulter des Schlunders erstreckte. Burr und Bell hatten beide angenommen, dass der Feind noch weit außer Reichweite war; jetzt wussten sie jedoch, dass er seine Arme über eine Entfernung auswerfen konnte, die ein Vielfaches ihrer vermeintlichen Länge war. Die Klaue begann, über den Boden zurückzuschleifen, bis sie in die Luft sprang, weil ihr Besitzer sie einzog.

Während der Schlunder sich wieder zusammenfügte, nahm Bell sich einen Moment, um in die Richtung zu schauen, in die Burr gezeigt hatte. Als sie zuletzt der Gletscherkuppe Beachtung geschenkt hatte, hatte sie dort nichts als einen Gewittersturm gesehen, der seltsamerweise auf eine Stelle konzentriert war. Als wären sämtliche Blitzbären zu einem bestimmten Zweck zusammengekommen. Jetzt war gegenüber jedoch nichts zu sehen bis auf eine einzelne Seele. Er, es war ein Mann, ging auf dem Pfad, der zum jenseitigen Ende der Zerstörten Brücke führte. Er war barfuß und für das Wetter mit einem weißen Gewand nur leicht bekleidet. Von der Gestalt her war er wie ein Engel, hatte jedoch keine Flügel. Hoch über ihm kreiste Corvus wie eine Krähe, die einen Adler belästigt.

Das also war, wie es schien, die Seele, die den Teilnehmern an der Quest durch die ganzen Sturmlande gefolgt war. Statt die Höhle zu durchqueren, wie sie es getan hatten, war dieser Mann einfach barfuß auf dem Wandelpfad über den Gletscher gegangen. Kein Wunder, dass die Blitzbären so wütend gewesen waren. Aber gestoppt hatten sie ihn nicht.

Erneut schlug der Schlunder aus der Ferne nach Burr, was

diesen zwang, auszuweichen und sich aus der Flugbahn einer kometenhaften Klaue zu rollen.

»Sing über mich, dass ich diesen da bekämpft habe«, sagte er zu Bell, als er wieder auf die Füße kam. Dann beugte er sich vor und rannte los, direkt auf den Riesen zu, vielleicht in der Hoffnung, solange der Feind sich noch sammelte, selbst so nah an ihn heranzukommen, dass er dessen Beine attackieren könnte.

»Nein!«, rief Bell und rannte auf einem parallel verlaufenden Pfad los.

Der nächste Schlag kam früher als erwartet, doch Burr gelang es, geschickt um eine Schlackenhalde herum auszuweichen, sodass er kaum abbremsen musste, bevor er seine überstürzte Attacke fortsetzte. Bell konnte mit dem Tempo des Kämpfers nicht Schritt halten, glaubte aber, dem Schlunder jetzt nah genug zu sein. Sie heftete den Blick auf den Sturm aus Steinen, der dem Riesen als Kopf diente …

… und fand sich mit Schnee im Mund über den Boden rutschend wieder. Etwas hatte sie niedergeschlagen. Nicht der Schlunder, sonst wäre sie jetzt tot. Sie rollte sich auf den Rücken und blickte nach oben, wo sie Corvus in einer Kurve auf sich zufliegen sah. »Das darfst du nicht«, sagte er. »Der Schlunder kann uns als Einziger die Zeit verschaffen, die wir brauchen. Spring hat ihn für den Zweck geschaffen, den er als Nächstes erfüllen muss, und zur Vorbereitung auf diesen Tag hat der Riese über Zeitalter hinweg in der Tiefe seine Kräfte gesammelt. Versuch nicht, ihn seiner Bestimmung zu berauben.«

Das Licht des Engelschwerts blitzte auf. Bell rappelte sich hoch und blickte zu dem Schlunder. Burr war nah genug an ihm dran, um einen Angriff auf seine Knöchel zu führen. Jeder Teil der Kreatur oberhalb ihrer Schienbeine war für ihn außer Reichweite. Der Krieger schaffte es, noch näher heranzukommen und ein paar Hiebe zu landen. Aber auch dieses Schwert konnte kaum mehr ausrichten, als einige Stücke von den Adamantbrocken abzuspalten, die dem Schlunder als Füße dienten. Damit beschäftigt, den in seine Richtung stampfenden und tretenden Füßen des Riesen auszuweichen, war Burr blind für das, was von oben kam: ein langer, abwärtsgerichteter Schwung des Arms, der ihn seitlich auf ganzer Körperlänge traf und ihn in die Luft schleuderte. Irgendwo mitten im Flug fiel ihm das Schwert aus der kraftlosen Hand und bohrte sich mit der Klinge voraus in die gefrorene Erde, wodurch die Ebene in Dunkelheit versank. Nachdem Burr wieder gelandet war, purzelte und rollte er noch ein Stück. Manche dieser Bewegungen erinnerten an die einer lebenden Seele. Doch dann blieb er ein für alle Mal liegen.

»Nichts und niemand hätte das überleben können«, sagte Corvus. »Burr hat seine Aufgabe erledigt! Jetzt erledige du deine und folge den anderen!«

Der Schlunder hatte den Kopf gedreht, um neugierig in Richtung Bell zu blicken. Sie kehrte der Brücke den Rücken und fing an zu rennen. Der Riese machte einen Schritt auf sie zu, vielleicht mit der Absicht, sich ihr in den Weg zu stellen, doch dann hatte er Corvus unmittelbar vor sich, der ihn so lange ablenkte, bis Bell hinter einen verlassenen Erzwagen springen konnte, der größer war als die Häuser mancher Leute. Von dort machte sie ganz in der Nähe ein anderes Versteck in Form eines Kohlenhaufens neben einer Esse aus, von da ein anderes und wieder ein anderes, bis sie eine ordentliche Distanz zwischen sich und den Schlunder gelegt hatte, ohne sich je zu lange aus der Deckung begeben zu müssen.

Sie erreichte den Schatten des Steinambosses. Als sie einen Blick zurück riskierte, sah sie, dass die Gefahr vorbei war. Der Schlunder hatte das Interesse an ihr verloren. Er stand jetzt mit dem Rücken zu ihr, den Blick nach Norden in Richtung Brücke gerichtet.

Jetzt siegte die Neugier über Bells gesunden Menschenverstand. Sie trottete auf ein paar grob gehauenen Stufen zur flachen Oberseite des Ambosses hinauf. Dort sah sie sich um. Zunächst blickte sie nach Süden, wo sie lediglich nach dem Rest der Gruppe schauen und sich merken wollte, wo die anderen waren. Was sie auch tat; doch als sie dann etwas weiter die Straße hinunterblickte, dorthin, wo sie tiefer unter den Felsüberhang führte, entdeckte Bell etwas, das genaueres Hinsehen erforderte.

Aus irgendeinem Grund hatte sie sich vorgestellt, dass die Feste weiter weg und tiefer im Knoten eingebettet wäre. Doch da stand sie. Unmittelbar vor ihnen. Und als Bell den Blick rasch von einer Seite zur anderen huschen ließ, nahm sie die ganze Szenerie in sich auf und verstand, wie es kam, dass die vier großen Bergketten des Landes an diesem Ort zusammenkamen, jede mit ihrer eigenen Art von Gestein und auf eine Weise ineinander verschlungen, die erklärte, warum das hier der Knoten hieß und warum er nicht aufgelöst werden konnte, ohne das Land in Stücke zu brechen. Mit einem Blick hinauf zum Überhang konnte Bell Schnee und lose Steine auf Flächen liegen sehen, von denen sie ihr eigentlich hätten auf den Kopf fallen müssen. Sie hatte das Gefühl, dass sie alle, wenn die Quest aus irgendeiner anderen Richtung gekommen wäre, jetzt vielleicht dort stehen, zu Bells derzeitigem Standort »hinauf«blicken und sich fragen würden, warum sie nicht vom Amboss herabfiel.

Näherte man sich dem Knoten jedoch von Norden her, wie sie es getan hatten, nun, dann stand die Feste, wenn man diese Stelle erreichte, aufrecht da, wie es sich für eine richtige Burg gehörte, und die Straße führte geradewegs zu ihrem Eingangstor. Sie war nicht, wie einige Burgen unten im Land, von einem Graben oder anderen Wehranlagen umgeben, denn sie wurde vom Ewigewitter und dem ganzen Gelände, das die Teilnehmer der Quest im Lauf der vergangenen paar Tage durchquert hatten, bewacht. Ihre Mauern erhoben sich zu großer Höhe senkrecht aus dem schwarzen Felsgestein. Denn Egdod hatte die Feste mit der Kraft seiner Seele hochgezogen, derselben, die die Gesamtheit des

Landes gemacht hatte, und er hatte dabei keinerlei Einschränkungen beachtet, was die Frage anging, wo die Bausteine gewonnen oder wie hoch sie aufeinandergeschichtet werden könnten. Der Sage nach hatte er das getan, um sich zu beweisen, dass er diese Kraft immer noch besaß, zumindest wenn er an einem einsamen Ort arbeitete, wo die Blicke anderer Seelen nicht auf ihm lagen. Daher orientierten sich die Basteien und Türme der Feste in ihren allgemeinen Formen zum Teil an eher funktional ausgelegten Befestigungsanlagen, waren aber ganz nach Egdods Belieben fantastisch und eigentümlich ausgestaltet. Die Front der Feste war symmetrisch, vielleicht um neugierige Besucher abzuschrecken, aber weiter hinten an ihren Seiten hatte Egdod mit aufwendigeren Erfindungen wie etwa hohen Türmen und Erkern experimentiert, von denen manche immer noch mit dem lebendigen Fels des Knotens verbunden waren, der das ganze Bauwerk umfing. Die Straße führte geradewegs zum Eingangstor der Feste, und der Seitenarm des Erdschlunds bildete einen Tunnel unter ihr.

Doch diese Elemente musste Bell erahnen und sich im Geist vorstellen, denn wie Weaver gesungen hatte, war der ganze obere Teil von einer eisernen Kuppel aus zusammengenieteten geschwungenen Platten überwölbt, grob gearbeitet wie die Kampfhelme, die Böttel-Schmiede in ihren Essen gehämmert und an Böttel-Sergeanten ausgeteilt hatten. Vom Rand der Kuppel hingen Eisenketten und -bänder herab, die weiter unten auf willkürliche und unsystematische Weise mit weiteren Eisenteilen verbunden waren, die um die Wände der Feste herumführten und Platten vor deren Fenstern und Türen festhielten. Aus dieser Entfernung erinnerte das Ganze sie daran, wie es aussah, wenn ein Kutscher eine gemischte Warenladung auf einen Wagen lud und dann in alle Richtungen Seilschlaufen darüberwarf, hier einen Knoten band, dort ein Seil durch ein anderes zog und festzurrte, ohne darauf zu achten, ob das so entstehende Geflecht irgendeine Ordnung oder Symmetrie aufwies, solange es nur seinen Zweck erfüllte. Sie fragte sich sogar, ob genau diese Rohheit vielleicht beabsichtigt gewesen war, um die Schönheit dessen zu verhöhnen, was sie einschloss.

Unter ihren Füßen bebte der Amboss. Sie wirbelte herum und sah, dass der Schlunder sich umgedreht hatte und jetzt auf sie zusteuerte! Doch in den wenigen Augenblicken, die sie starr vor Schreck dastand, bog er seitwärts ab und bewegte sich auf die riesige gewölbte Eisenplatte zu, die sie zuvor an einer Felswand hatte lehnen sehen. Sie hatte angenommen, dass sie für die große Kuppel gedacht gewesen, aus einem längst vergessenen Grund aber nie verwendet worden war. Vielleicht war sie das auch; aber jetzt wollte der Schlunder sie verwenden. Er packte die Platte zwischen seinen Klauen und drehte sie so, dass ihre konkave Seite zu sehen war. Daran angenietet hing, ähnlich den Riemen an der Rückseite eines Schildes, ein Stück Kette. Die schlang der Schlunder sich über die Schulter.

Während der Riese damit beschäftigt war, hatte Bell nach Norden klare Sicht auf die Brücke. Die weiße Gestalt war inzwischen von der anderen Seite des Erdschlunds die Brücke hinauf bis zum ersten Torhaus gelangt. Ruhig hob der Mann die Hände, worauf die Brücke vor ihm zu wachsen begann. Während er langsam voranging, setzte er seine nackten Füße auf die neu entstandene Oberfläche der Brücke, die kurz zuvor noch nicht existiert hatte. Darunter wuchs mit entsprechender Geschwindigkeit der unterstützende Brückenbogen. Der Bell näher gelegene Brückenstumpf war inzwischen mit einem Anflug von Chaos versehen, so wie Mards Arm an der Stelle, wo er verletzt worden war. Er begann sich nach Norden über die Schlucht auszustrecken, um sich mit seiner anderen Hälfte zu verbinden.

Der Schlunder hob ein Kettenglied auf, das jahrtausendelang ausrangiert auf dem Boden gelegen hatte. Um es anzufertigen, war ein Eisenstab, so dick wie der Körper eines ausgewachsenen

Mannes, rund gebogen worden. Der Schlunder beugte sich zurück und schleuderte es direkt auf El. Die weiße Gestalt auf der Brücke konnte nämlich nur El selbst sein. El sah das Kettenglied kommen, ließ es mit einer beiläufigen, kurzen Armbewegung im Flug taumeln und auf die Brücke hinunterkrachen, wo es Schaden anrichtete. El verfügte jedoch über Möglichkeiten, die Brücke zu reparieren, sodass sein Fortkommen dadurch nicht wesentlich verlangsamt wurde. Der Schlunder warf andere Dinge, mit ähnlichen Ergebnissen; die Brücke heilte sich im Großen und Ganzen weiterhin selbst. Die Lücke verschmälerte sich. El kam vorwärts.

Die Morgendämmerung war so weit fortgeschritten, dass der ganze Schauplatz gut erleuchtet war. Bell konnte die Umrisse von Corvus sehen, der über dem Schlunder kreiste und offenbar versuchte, ihm Hinweise zu geben. Und irgendwie musste er zu dem, was bei dem Riesen als Bewusstsein galt, durchgedrungen sein, denn plötzlich riss dieser seinen Blick von El los und hob ihn geradewegs nach oben. Sofort hievte er seinen Schild hoch, gerade rechtzeitig, um einen Fels von der Größe eines Hauses umzulenken, der direkt vom Himmel gefallen war. Der Lärm, mit dem der Fels von der Eisenplatte abprallte, war unerträglich.

Bell hob den Blick und sah einen Fels direkt auf sie zu fallen. Dieser und noch mehr kamen vom Überkrag. Mithilfe irgendeiner Zauberei drehte El dort die Richtung der Schwerkraft um. Bell rannte über die Ebene des Ambosses und hechtete über dessen Kante, unmittelbar bevor der Felsbrocken an der Stelle aufschlug, wo sie eben noch gestanden hatte. Die Treppe hielt ihren Fall auf. Sofort rollte sie sich auf den Rücken und blickte in Erwartung weiterer Brocken in den Himmel. Els Strategie war klar: Er wusste, dass er dem Tod gegenüberstand. Er musste sich den Tod vom Leib halten.

Da dem so war, wollte sie ihre Kameraden nicht in Gefahr bringen, indem sie ihnen zu nahe kam. Sie kämpften sich gerade eine lange Treppe hinauf, die zum Eingangstor der Feste führte, wo das große Vorhängeschloss schief in seinem Geflecht aus Ketten hing. Sie hatten es fast geschafft. Bell konnte sehen, dass ein Lichtpartikel das Schloss umkreiste und immer wieder ins Schlüsselloch hinein- und wieder heraushuschte. Lyne war dort oben, er bewegte sich auf einer Kette wie eine Spinne auf einem Seidenfaden. Querc und Mard waren bereits bei dem Schloss angelangt. Mard griff mit seiner auratischen Hand hinein, holte vielleicht den Schnee und Staub von Jahrtausenden heraus. Farn hatte sich zu Edda umgedreht und gab ihr bei ihrer langsamen und schwerfälligen Treppenbesteigung das Tempo vor. Bell wusste, wie sie das machte: Sie sprach mit der Riesin, die jetzt nur noch wie eine arme alte Hexe aussah, gebeugt unter einer Last, die viel zu schwer für sie war. Dennoch konnte Farn zu ihrer Unterstützung nichts anderes tun, als ihr ermutigend zuzusprechen. Bei jedem Schritt, den Edda bewältigte, feierte und lobte Farn sie und drängte sie zum nächsten.

Am Brückenkopf waren die Kämpfenden aufeinandergestoßen, und Bell bedauerte halb, dass sie nicht dort war, um es mit anzusehen und vielleicht in Form eines Liedes festhalten oder eines fernen Tages einem Weber beschreiben zu können, der einen Wandteppich daraus machen könnte. Sie hob den Blick, um zu sehen, ob noch mehr Felsbrocken herunterfielen, entdeckte aber keine. Vielleicht hatte El ja mit dem Kampf gegen den Schlunder gerade alle Hände voll zu tun. Das sollte man jedenfalls meinen! Els Macht musste Grenzen haben. Falls nicht, warum fürchtete er Egdod dann so? Warum hatte er in dessen Abwesenheit nicht das Land nach seinen eigenen Vorstellungen von Grund auf umgestaltet?

Und er fürchtete Bell. Er fürchtete ihre Macht so sehr, dass er schon einmal versucht hatte, sie umzubringen.

Wusste El – konnte er wissen –, dass sie einen Schlüssel zur Feste hatten? Dieser musste lange in dem Steinwürfel gesteckt haben. Hätte El von seiner Existenz gewusst, hätte er ihn zerstört. Sie hatten ihn erst heute Morgen aus dem Würfel herausgelöst. El folgte ihnen aber bereits *seit Tagen* quer durch die Sturmlande. Daher konnte es nicht sein, dass das Wissen um den Schlüssel ihn hierhergelockt hatte.

Sophia hatte ihn hierhergelockt. Schon zu Beginn der Quest hatte El irgendwie gewusst, dass eine Person von besonderem Interesse durch Zweitel kommen würde, und er hatte Elschild benachrichtigt. Der Tod von Elschild und verschiedenen anderen musste die Bestätigung für das geliefert haben, was er vielleicht geahnt oder gefürchtet hatte: dass Sophia im Land und sich ihrer Fähigkeit bewusst war. Am Fragen hatte er einen zweiten Versuch unternommen, sie zu ergreifen, aber sie war verschwunden. Und fast im selben Moment war am Verlorenen See einer seiner Engel gestorben. El musste von Plutos System aus Chaostunneln gewusst und geahnt haben, dass Sophia einen davon genutzt hatte. Er hatte sich zum Verlorenen See begeben und war ihrer Spur gefolgt. Jetzt war er hier und ließ Felsbrocken auf den Schild des Schlunders regnen, während er Schritt für Schritt über die wiederhergestellte Brücke vorankam. Der Schlunder bemühte sich, ihm Paroli zu bieten, indem er zum Angriff mit seiner Klaue um sich schlug, während er zur Verteidigung seinen Schild hochhielt. Seine Waffe schien jedoch nicht imstande, das Feld der Aura zu durchdringen, das El umgab.

Vor Bells Augen verlor seine Klaue mitten im Schlag ihre Kraft und fiel wie eine amputierte Hand in die Schlucht. Der Schlunder konnte sie bald durch ein weggeworfenes Eisenwerkzeug ersetzen, eine gewaltige Zange, die einmal dazu benutzt worden sein musste, einen Schmelztiegel anzuheben. Doch während er noch damit beschäftigt war, kam El vorwärts, ließ schließlich die Brücke hinter sich und betrat den Boden diesseits des Erdschlunds. Bell war so geistesgegenwärtig zu vermuten, dass El jetzt den ungeordneten Zustand seines Gegners ausnutzen würde, um weitere Angriffe gegen sie zu richten, und damit hatte sie recht; mit einem Blick nach oben sah sie, wie mehrere Felsbrocken sich vom Überhang lösten und auf sie zu fielen. Wenn man sie sah, konnte man ihnen leicht ausweichen.

Bells größere Sorge galt der Gruppe auf den Eingangsstufen zur Feste. So intensiv, wie sie mit dem Schlüssel und dem Schloss beschäftigt waren, wussten sie bestimmt nicht, dass El über die Brücke gekommen war, und hielten nicht nach herabfallenden Felsbrocken Ausschau. El schien aber auch keine in ihre Richtung zu schicken. Was ihre Vermutung bestätigte, dass El vielleicht gar nicht von dem Schlüssel gewusst hatte. Er hätte sich fragen können, warum Sophia sich die Mühe gemacht hatte hierherzukommen, wo ihre *eine* Fähigkeit gar nichts nützte; sein einziger Gedanke war jedoch der, sie zu erwischen und umzubringen.

Also stieg sie erneut die Treppe zur flachen Oberseite des Ambosses hinauf, ging, die Feste im Rücken, nach Norden bis ganz an den Rand und sorgte dafür, dass El sie sehen konnte. Sie konnte regelrecht seinen Blick auf sich spüren, wenn er ihn für einen Moment von dem Schlunder wenden konnte. Fast fühlte sie sich nah genug, um ihm in die Augen zu sehen und ihn zu töten. Doch er kannte ihre Fähigkeit und würde die nötige Distanz wahren. Indem sie hier stand und bloß am Leben blieb, konnte sie ihn auf Abstand halten. Sie konnte verhindern, dass El die anderen mit dem Schlüssel hinter ihr erreichte, ja überhaupt von ihnen erfuhr. So stand sie also da, beobachtete den Kampf und achtete auf alles, was El ihr entgegenschleudern könnte.

Dazu fand er weitere Gelegenheiten. Von Zeit zu Zeit musste er einen Schlag des Schlunders verkraften, der ihn beinahe auf formlose Aura reduzierte, aber er besaß die Macht, sich zu erneuern, bevor sein Gegner zum nächsten Schlag ausholen konnte. Der Schlunder brauchte etwas länger, um seine Gestalt neu zu ordnen, wenn El sie durcheinandergebracht hatte. Als Ausgleich dafür verfügte der Schlunder über eine unerschöpfliche Reserve an den zwei Dingen, aus denen er bestand: Fels und Chaos. Einmal streckte ihn ein herbeifliegender Brocken am Rand der Schlucht nieder, gleich neben der Brücke, sodass Bell fürchtete, er würde abrutschen und im Chaos darunter versinken; stattdessen kam das Chaos zu ihm und ergänzte, was er verloren hatte, und der Felsbrocken, der ihn gefällt hatte, wurde zu einem Teil seiner Gestalt. So tobte der Kampf hin und her, und Bell wagte nicht, an den anderen Rand des Ambosses zu gehen, um zu sehen, wie Edda vorankam. Was sie aber bemerkte, war ein Feuersturm aus Blitzbären oben auf dem Gletscher, der offenbar auf dem Weg zur Brücke war; und in ihrer Mitte eine dunklere Gestalt, die sie zunächst für einen Autochthonen hielt, da sie beritten war.

Einen solchen hätten die Bären jedoch vernichtet. Sie waren nicht da, um den Reiter zu bekämpfen. Sie eskortierten ihn. Eskortierten *sie*.

El schien das bewusst zu sein. Bell konnte beinahe seine Gedanken lesen. Er wollte nicht gegen den Schlunder kämpfen und zugleich zwischen dem Tod und dieser Person auf dem galoppierenden Reittier gefangen sein. Also machte er sich größer und ließ innerhalb von wenigen Augenblicken aus allen Richtungen ein solches Trommelfeuer auf den Schlunder los, dass dieser vollkommen verwirrt war. Der Riese brach zu einem ungeordneten Haufen aus Felsbrocken und Chaos zusammen, von dem das meiste wie eine Lawine in die Schlucht stürzte. Bell spürte, dass er nicht tot war. Er würde immer zurückkommen. Doch in der Zeit, die er brauchen würde, um sich neu zu ordnen, konnte El sich anderen Angelegenheiten zuwenden. Für eine Weile blickte er in Sophias Richtung, dann kehrte er ihr den Rücken zu; nahm die Brücke ins Visier und ließ sie mit einer Handbewegung einstürzen.

Bell hatte gelernt, immer dann, wenn El in der Lage sein könnte, sie anzugreifen, nach oben zu blicken. Das tat sie jetzt und sah nichts. Allerdings wurde ihr schwindelig, wie es ihr manchmal passierte, wenn sie den Blick hob, und diesmal genügte es, um sie auf die Knie zu zwingen. Sie spürte einen Schmerz in der Brust und versuchte, eine Hand auf diese Stelle zu legen, wurde jedoch von etwas Hartem daran gehindert.

Als sie an sich hinunterblickte, sah sie, dass sie von einem schwarzen Pfeil durchbohrt worden war. Ihr war klar, dass er von El stammte; während dieses kurzen Blicks hatte er ihn herbeigezaubert und auf sie abgeschossen. Sein Schaft war bereits von ihrer Aura eingehüllt, während ihr Körper begann, sich um ihn herum aufzulösen.

Sie fiel auf die Seite. Mit halb geöffneten Augen konnte sie sehen, wie die Reiterin zu dem Brückenkopf galoppierte und ihr Reittier an der jetzt zerstörten Brücke zügelte. Hinter ihr kam ein Rudel Blitzbären von dem Gletscher herunter.

Eine Zeit lang schien es nun so, als bestünde die Welt ganz und gar aus Lärm. Bell hatte aufgrund des unentwegt donnernden Ewigewitters und des lärmenden Felsbrockenduells zwischen El und dem Schlunder in letzter Zeit viele laute Geräusche gehört. Diese waren jedoch im Vergleich zu dem Geräusch, das jetzt aus der Richtung der Feste kam, nichts als ein Klicken und Wispern. Es war so laut, dass es El und die Reiterin jenseits der Schlucht mitsamt ihren Blitzbären erschreckte. Bell hatte, ehe ihr Sichtvermögen sich in Chaos auflöste, wenigstens die Befriedigung zu sehen, wie El sich umdrehte und Erstaunen ihn überkam. Es war eine so deutliche Reaktion, dass sie den Kopf wenden und sehen musste, was er sah: die Feste von ihren Banden befreit, ihre eiserne Kuppel dort, wohin sie abgeworfen worden war, von einer Seite zur anderen schaukelnd, und Ketten und Schließbänder, die immer noch um sie herum abfielen. Ganz oben auf der Burg saß eine Figur, die fast so groß wie Schlunder, aber von menschlicher Gestalt war.

So schien es jedenfalls, bis sie ihre Flügel ausbreitete.

Egdod sah sofort, dass der Gewittersturm, der in alter Zeit von ihm über den Knoten gelegt worden war, seinen Zweck erfüllt hatte und ihm nicht länger von Nutzen war, sodass er ihn mit einer Handbewegung zum Erliegen brachte. In der daraufhin unbewegten Luft breitete er seine Flügel aus und flog auf, segelte aber nur ein kurzes Stück bis zur Ambossebene, wo Sophia im Sterben lag. Wie eine Mutter, die ein Baby hochhebt, nahm er ihre sich auflösende Gestalt in die Arme und drückte sie vorsichtig an seine Brust.

»Wieder ist unsere gemeinsame Zeit allzu kurz«, sagte Sophia zu Egdod, auch wenn sie die Fähigkeit, Wörter zu formen, verloren hatte und nur durch die Verbindung ihrer Auren sprechen konnte.

»Aber umso schöner«, erwiderte Egdod. »Du sollst wissen, dass dein Opfer nicht umsonst war. Die Quest ist vollendet.«

»Edda muss sich ausruhen«, sagte sie, während ihre Aura immer schwächer wurde.

»Sie ist an einen guten Ort gekommen, um sich auszuruhen«, sagte Egdod, »so wie du auch.«

Dann wurde ihr Lebensfaden durchtrennt.

Die Sonne war inzwischen hinter der aufgerissenen Wolkendecke hervorgebrochen. Sie war aber nicht die einzige Lichtquelle. El hatte eine ganze Weile nur dagestanden, den überraschten Blick auf das geöffnete Schloss, die entfesselte Feste und den sich frei im Land bewegenden Egdod gerichtet. Jetzt gab er die Gestalt einer normalen, zu Fuß gehenden Seele auf. Er erhob sich in die Luft und machte sich so groß wie Egdod, auf dass die beiden sich als gleich große Wesen unterhalten könnten. Auch an Helligkeit nahm er zu und leuchtete mit einem Licht, so golden wie das der Sonne. Egdod seinerseits schien zufrieden mit der Gestalt, die er zur Zeit des Falls angenommen hatte und die so dunkel war wie das Firmament, in das er und die anderen Angehörigen des Pantheons geschleudert worden waren. Eine ganze Zeit lang sprach weder er noch El. Beide ordneten ihre Kräfte. Hinter El hatten sich die gegenüberliegenden Seiten des Erdschlunds in Bewegung gesetzt, sich verdickt und aufeinander zu gewölbt. Als sie sich schließlich berührten, bildeten sie einen Bogen, der hundertmal breiter war als die eigentliche Brücke. Auf der anderen Seite wartete Spring auf ihrem Reittier mit ihrer Bäreneskorte; und hinter ihnen marschierten in einer langen Reihe Legionen von Grabnern, die sie zu den Waffen gerufen hatte, den Wandelpfad hinunter.

Als El das sah, lachte er Egdod ins Gesicht. »Sollen wir weiter unsere Zeit mit der Brücke verschwenden? Für die nächsten tausend Jahre kannst du sie aufbauen, und ich kann sie wieder zerstören.«

Egdod antwortete: »In dieser Sache werde ich nichts unternehmen. Die Veränderungen, die du siehst, sind das Werk eines anderen, der sich für solche Dinge interessiert.« Und er blickte zur Feste zurück. Auf ihrem höchsten Turm stand eine Gestalt mit Kapuze, die die Arme ausstreckte und ihre Macht aussandte. Neben Pluto waren jetzt auch andere zu sehen: Love unten auf den Stufen, wo sie sich um Edda kümmerte, die erschöpft neben dem offenen Schloss lag. Freewander, die hoch hinausschoss, Thingor, der an den Zinnen entlanghumpelte und die Arbeit anderer Seelen dirigierte, die in großer Zahl aus der Tiefe der Feste heraufzukommen schienen, und War, der Formationen von bewaffneten und geharnischten Seelen zusammenzog, die aus dem Chaos des Firmaments herausströmten. Sie bewegten sich im Einklang mit wilder Musik, die von Pan und einem Orchester aus musizierenden Seelen kam, die Pan entlang einer Brüstungsmauer aufgestellt hatte.

»Es spielt keine Rolle, ob deine oder Plutos Hand die Brücke formt«, sagte El. »Selbst als ich allein und unbewaffnet in Gestalt einer gewöhnlichen Seele durch die Sturmlande wanderte, wischte ich Grabner wie Insekten beiseite, und die schlimmsten

Angriffe der Blitzbären waren für mich nichts als Zerstreuung. Der Schlunder, den Spring erzeugte, um mich an deiner Haustür zu begrüßen, war zugegebenermaßen schon ein bedeutenderer Feind, doch er liegt zertrümmert auf dem Grund jener Schlucht, und wenn er heraussteigt, werde ich ihn abermals zertrümmern. Nur Sophia hatte Macht gegen mich; und ich sehe, dass sie nicht mehr existiert.«

Egdod streckte die gewölbte rechte Hand aus. Darin befand sich ein kleiner Auraknoten. »Das ist zu viel gesagt«, antwortete er.

»Wir können auch Wortklauberei betreiben«, sagte El, »aber um es rundheraus zu sagen, dein Plan ist gescheitert.«

»Mein Plan«, sagte Egdod, »ist dabei aufzugehen. Während meiner langen Gefangenschaft in der Feste habe ich Geduld erlernt. Das ist eine Fähigkeit, die du verloren hast, so wie du das Land aus deinem hohen Palast heraus regierst, wo alle Dinge sofort zur Stelle sind, und nun verwechselst du Verzögerung mit Scheitern.«

Ihr Wortgefecht dauerte noch eine Weile an, während allerhand Dinge um sie herum passierten. Über dem Gletscher auf der anderen Seite war ein riesiger Rabe zu sehen, der über dem Vortrupp der Grabner-Armee seine Runden drehte und ihr den Weg zeigte. Je weiter die Grabner vorankamen, desto breiter wurde ihre Front, denn sie stellten fest, dass sich der schmale Pfad zu einer breiten Straße ausgedehnt hatte. Pluto war dabei, den rissigen Gletscher unter ihren Füßen zu heilen, indem er die Spalten ausbesserte, die von jeher unachtsame Wanderer zu verschlucken gedroht hatten. Ihre schnellsten Kundschafter erreichten gerade den jenseitigen Brückenkopf. Auf ihm zeigte sich ein Hauch von Grün, denn aus dem seit langer Zeit kargen Boden sprossen verschiedenartige Pflanzen. Die beiden Seiten des Erdschlunds hatten sich so weit zueinander hinbewegt, dass sie sich über der Mitte der Schlucht fast berührten. Ranken und Wurzeln hatten den noch verbliebenen Spalt bereits überspannt.

Doch El verfügte ebenfalls über Legionen. Seine Engel, die

vom Ewigewitter lange auf Abstand gehalten worden waren, mussten in dem Moment, als der Schlüssel ins Schloss gesteckt worden war und die Feste befreit hatte, aus dem Palast herausgeströmt sein. Auf schnellen Schwingen hatten sie die Entfernung zwischen der Felsnadel und dem Knoten hinter sich gebracht, während Sophia dahingeschieden war, Pluto das Land neu geformt und Thingor sein Werk auf den Zinnen begonnen hatte. Jetzt erschienen die ersten, allein, zu zweit und schon sehr bald in Staffelformationen, am klaren Himmel. Ihre leuchtenden Schwerter behielten sie einstweilen in den Scheiden. Die einzige gezogene Waffe in der ganzen Szenerie war die in der Hand des geflügelten War, der hinter Egdod aus der Feste aufgetaucht war und Burrs Engelsschwert da, wo es in die Erde eingedrungen war, herausgezogen hatte. Er sah aus, als wäre er zehn beliebigen Engeln gewachsen. Über ihm befanden sich allerdings bereits mehr als zehn, und bald würden es Hunderte sein.

Hörner ertönten, und im Norden und Westen war Hufgetrappel zu hören. Eine Kriegsflagge erschien über dem Kamm einer Bergkette auf der anderen Seite des Erdschlunds. Als Nächstes kam eine Reihe Lanzen, deren scharfe Spitzen im Sonnenlicht schimmerten. Es war ein Regiment der Autochthonen-Kavallerie, angeführt von einer Frau, deren langes flachsfarbenes Haar wie ein Wimpel unter ihrem glänzenden Helm hervorflatterte: Elswirklichkeit. Durch die seltsamen Emanationen des Bienenstocks mussten sie Tage zuvor herbeordert worden und dann hierhergeritten sein.

Auf diese Weise strömten Els Armeen in Richtung Feste zusammen, und es war nicht zu leugnen, dass sie in Geschwindigkeit, Anzahl und Schönheit die Gegenseite schwach und ungeordnet erscheinen ließen. Nur die hoch aufragende Gestalt von Egdod selbst, der mit dem winzigen Auraball in der gewölbten Hand auf dem Steinamboss stand, konnte denen, die sich über seine Rückkehr freuten, überhaupt irgendeine Hoffnung geben.

Der Hufschlag eines einzelnen Reittiers überquerte die Ambossebene aus der Richtung der Brücke. War hob sein Schwert zur Ehrenbezeigung und verbeugte sich tief vor Spring, als sie an ihm vorbeigaloppierte. Egdod sah mit einer Mischung aus Sorge und Freude im Gesicht auf sie hinab. Da er aber wusste, dass die Blicke von El und vielen anderen auf ihm lagen, sprach er in schroffem Ton nicht zu Spring, sondern zu Freewander, die herabstieß und um ihn kreiste: »Zeig ihr, wo sie sich aufstellen soll.«

Und so war die Ambossebene eine Zeit lang erfüllt von Vorbereitungen zum Kampf, während Freewander Spring zu einer Position begleitete, wo der Vormarsch der Autochthonen aufgehalten oder zumindest verlangsamt werden könnte, sollte es zu einem bewaffneten Zusammenstoß kommen. Die Blitzbären folgten ihr, und ihnen folgten die Grabner. Hinter dem alten Wall formierten sie sich, den Blick nach Norden auf die Brücke gerichtet. War schritt an ihren Reihen entlang auf und ab und brachte sie in Schlachtaufstellung. Pans Trompetenstöße schufen Ordnung, Pans Trommelschläge brachten ihr Blut in Wallung.

»Das hat alles keinen Sinn«, sagte El. »Ihr könnt auf dem Boden so viele Vorbereitungen treffen, wie ihr wollt. Die Luft ist voll von meinen Engeln.«

Elswirklichkeits Kavallerie kam in voller Stärke über die Brücke zur Ambossebene. Sie stellte sich den Grabnern gegenüber auf. Spring machte sich einen Spaß daraus, auf der Fläche zwischen ihnen dichtes Süßgras wachsen zu lassen, worauf Elswirklichkeits Reittiere, die es sahen und rochen, ihren Reitern jede Menge Verdruss bereiteten. Von Zweitel aus mussten sie tagelang galoppiert und völlig ausgehungert sein.

»Dann ruf deine Engel zum Kampf«, sagte Egdod, schlug unvermittelt mit den Flügeln und schoss in die Luft. Ein paar Engel, die kühn herabgestoßen waren, suchten das Weite. Er flog zurück zur Feste und landete auf einer hohen Zinne, von wo aus er alle sehen konnte und alle ihn sehen konnten. Unten schlug mit einem Dröhnen das Tor zu. Edda und die anderen Mitglieder der Quest waren im Inneren als Gäste empfangen worden.

Verteidiger von El führte den Angriff an, gefolgt von einer Staffel Krieger-Engel. In Form eines Keils kamen sie aus dem blauen Himmel direkt auf Egdod zu.

»Feuer«, sagte Egdod.

Und das gab es: Feuerblitze, die von den Mauerkronen der Feste und aus weiter unten liegenden Scharten herausschossen. Das Feuer kam aus dunklen Metallrohren, die jeweils von einer Mannschaft aus Seelen geladen wurden, und sobald alle entladen waren, machten sie sich erneut daran, sie zum Feuern vorzubereiten.

Das alles war ein kaum bemerktes Detail, da Verteidiger von El und viele seiner Engel zu Boden gefallen waren und jetzt tot oder zerschmettert auf der Ebene zwischen dem Amboss und der Feste lagen.

Eine weitere Reihe von Engeln brachte sich oben in Position, bereit, den Angriff zu wiederholen. Verteidiger von El war tot. Alle Augen richteten sich auf El, der am anderen Ende des Gefechtsfelds in der Nähe der breiten Brücke, die bereits mit einem grünen Teppich aus verschiedenen Pflanzen bedeckt war, ein kleines Stück über dem Boden schwebte.

»Wir erwarten deinen Befehl, Lord El!«, rief ein Engel, der offenbar das Kommando übernommen hatte.

Dieselben Worte hallten im nächsten Moment unten von Elswirklichkeit wider. Als wollte sie das Zeichen zum Angriff geben, hatte sie ihr Schwert gehoben.

El zögerte.

Der Boden bebte, was El jedoch nicht wissen konnte, da seine Füße keinen Kontakt zum Land hatten.

Hinter ihm machte der Schlunder einen Satz aus der Schlucht heraus. Nicht mehr durch seinen wuchtigen Schild behindert breitete er beide Arme aus und legte sie von hinten um Els Gestalt. In dem Versuch, sich aus der Umklammerung zu befreien, wurde El mehr oder weniger zu einem Etwas aus Aura. Die beiden Gestalten vermischten sich, während sie am Abgrund kämpften und rangen; so langsam wie ein großer Baum, der an der Wurzel gefällt wird, stürzten sie in den Erdschlund und verschwanden.

»Feuer einstellen!«, befahl Egdod, erhob sich wieder in die Luft und flog in einer weiten Runde über das Gefechtsfeld. Das jetzt nur noch ein Feld war, denn plötzlich war allen Anwesenden klar, dass auf der Ambossebene an diesem Tag kein Kampf stattfinden würde. Zu Elswirklichkeit sagte er: »Deine Aufgabe ist erfüllt worden. Nicht die, die El für dich im Sinn hatte und die falsch war, sondern die, die ich bestimmt habe, nämlich zu sehen, was du gerade gesehen hast. Vollenden darfst du sie nun dadurch, dass du eure Reittiere von dem Süßgras fressen lässt und dann nach Hause reitest, um allen, denen du begegnest – Autochthonen, Bötteln, Entsprung und wilden Seelen jeglicher Gestalt –, zu erzählen, was geschehen ist.«

Dann schlug er kraftvoll mit den Flügeln und stieg in die Luft, wo die überlebenden Engel in ihren Staffelformationen angeordnet waren. Viele waren zu hell, als dass man sie hätte anblicken können, aber sie wurden dunkler, als Egdod ihnen befahl, ihre Schwerter in die Scheiden zu stecken, und sie es taten. »Eure Waffen wurden Thingor gestohlen«, sagte Egdod. »Er wird sie unten einsammeln. Falls ihr es bedauert, sie herzugeben, tröstet euch mit der Erkenntnis, dass sie nutzlos sind gegen das, was Thingor in den Zeitaltern seitdem hervorgezaubert hat. Geht hinaus ins Land und tut nützliche Dinge. Eines Tages werde ich in meinen Palast zurückkommen, um ihn zu inspizieren; ich erwarte, dort dann alles in bester Ordnung vorzufinden.«

Nachdem er bis auf eine Höhe kurz oberhalb der Feste hinabgestoßen war, wandte er sich an alle in deren Innerem und um sie herum: »Ich habe noch etwas im Firmament zu erledigen, werde aber schon bald zurückkehren. Ihr wisst, was ihr zu tun habt.« Dann stieg er wieder hoch in die Luft, vollführte eine Drehung, legte seine Flügel an und tauchte kopfüber ins Zentrum der Feste. Die außerhalb Stehenden, die ihn außer Sicht fallen sahen und die Geheimnisse dieses Ortes nicht kannten, hatten vielleicht damit gerechnet, einen Aufschlag zu hören, wenn er mit dem Kopf zuerst ungebremst in den Boden stürzte. Doch alle, die sich im Inneren befanden, konnten ihn in das Chaos fallen sehen, auf dem das Gebäude gegründet worden war.

Die Tür der Feste ging auf. Eine zerbrechliche alte Frau trat heraus, auf beiden Seiten von jüngeren Seelen gestützt. Der Boden vor ihr war mit sich auflösenden gefallenen Engeln übersät. Der Stoff, aus dem sie gemacht worden waren, begann auf die alte Frau zuzufließen, und je mehr davon sie in ihre Gestalt hineinzog, desto mehr gewann sie an Gewicht und Kraft.

55

Zula hatte sich abgewöhnt, die Bitwelt zu beobachten, denn die Geschehnisse dort liefen insgesamt zu schnell ab, um wirklich verständlich zu sein. Sie fragte sich, ob sie wohl senil war – oder diesen Eindruck vermittelte. Sie erinnerte sich an ein Thanksgiving vor über hundert Jahren, als sie und einige ihrer Cousins und Cousinen im Fernsehzimmer des Forthrast-Farmhauses in Iowa abgehangen und sich die Zeit mit einem Computerspiel vertrieben hatten und sie irgendwann aufgeblickt und Onkel Claude gesehen hatte, wie er, mit dreiundachtzig noch agil und neugierig, im Türrahmen gestanden und völlig entgeistert auf den großen Bildschirm geblickt hatte. Es war schwer zu sagen, wie lange er schon dagestanden und versucht hatte, aus all dem schlau zu werden. Aber sie hatte ganz deutlich den Eindruck, dass eine Kombination aus Alter und Kulturschock Onkel Claude im Verhältnis in einen niedrigeren Gang als alle anderen im Raum geschaltet hatte, dass seine Uhr langsamer tickte als die von irgendjemandem sonst.

Wenn Zula – oder sonst jemand in der Realwelt – die Bitwelt beobachtete, traf das natürlich im Wortsinn zu. Im Laufe des Jahrhunderts, in dem Zula diese Arbeit gemacht hatte, war die Zeitdichte-Relation enormen Schwankungen unterworfen. In den letzten zwei Jahrzehnten jedoch, seit der JISS in den Orbit verlegt worden war, hatte es einen Trend hin zu größerer Geschwindigkeit gegeben. Befreit von erdgebundenen Einschränkungen in

Bezug darauf, wie viel Strom man erzeugen, wie viel Wärme man ableiten, wie viel Faserkabel man verlegen und wie viele Bodenschätze man gewinnen konnte (inzwischen bauten sie nämlich alles aus Asteroiden), hatten sie mit der Nachfrage mehr als Schritt gehalten. Folglich hatte die Zeit in der Bitwelt sich insgesamt beschleunigt. Es war nicht mehr so, als schaute man der Entfaltung eines menschlichen Dramas in Echtzeit zu. Es war eher wie der Blick in eine Ameisenkolonie.

Deshalb hatte Zula aufgehört, sie zu beobachten. Gewiss, sehen konnte sie sie ganz genau. Altersweitsicht war dem grauen Star gewichen, organische Linsen waren durch Kunstlinsen ersetzt worden. Die Netzhäute, mit denen sie zur Welt gekommen war, waren gegen neue, in einem Labor gewachsene ausgetauscht und von einem mikroskopisch kleinen Roboterchirurgen an ihren Sehnerv angeschlossen worden. Eine Zeit lang hatte die Sehrinde ihres Gehirns nicht gewusst, was sie mit den neuen und verbesserten Signalen, die auf diesem Kanal hereinkamen, anfangen sollte, und so hatte Zula von Neuem das Sehen lernen müssen – eine schwierige Angelegenheit für jemanden ihres Alters, erleichtert jedoch durch Medikamente, welche die Neuroplastizität förderten und aus dem Stoff gewonnen wurden, mit dem Maeve vor langer Zeit experimentiert hatte.

Daher konnte Zula jetzt ganz genauso gut sehen wie damals als Siebenjährige. Es war nur so, dass sie diese Fähigkeit lieber nutzte, um Dinge in der Realwelt zu betrachten. Wenn sie ins Land der Toten blickte, verspürte sie dieselbe Entgeisterung, denselben Mangel an Zugehörigkeit wie Onkel Claude.

Onkel Claude hatte trotzdem dort gestanden und tapfer versucht, das Ganze mit seinem alten Verstand zu erfassen, denn er hatte gewusst, dass die jungen Leute in diesem Raum seine Verwandten waren und dass dieses Zeug ihnen wichtig war. Ebenso war Zula klar, dass sich während der vergangenen Tage (nach der Zeitrechnung der Realwelt) in der Bitwelt bedeutsame Dinge im Zusammenhang mit Prozessen abgespielt hatten, die dort neu gestartet worden waren, um das Bewusstsein ihrer Tochter Sophia zu simulieren; außerdem das ihrer Freunde Corvallis und Maeve und vielleicht noch anderer. Sie waren ziemlich weitläufig über die Landform gezogen und hatten aufeinander eingewirkt, und Sophia hatte ein paar andere Prozesse beendet. Zula war sich bewusst, dass all das von der aussterbenden Population lebendiger Menschen, die noch auf dem Planeten Erde existierte, mit großem Interesse verfolgt wurde.

Und so ging sie eines wunderschönen Herbstabends hinunter zum Büro, um zu sehen, was diese ganze Aufregung zu bedeuten hatte. Gehen – sogar rennen – konnte sie, wenn sie wollte, von morgens bis abends. Natürlich war es Fronk, dessen Füße tatsächlich Kontakt zum Boden hatten, dessen Gelenke ihr Gewicht trugen, dessen Sensoren und Algorithmen dafür sorgten, dass sie nicht umkippte. Sie trug Fronk jetzt schon seit Jahrzehnten und würde ziemlich schnell sterben, wenn sie ihn ablegte. Ohne ihn hätte sie nicht gehen, nicht einmal aufstehen können. Sie trug ihn im Bett. Er *war* ihr Bett.

South Lake Union hatte sich gehalten als ein Ort, an dem biologische Menschen physisch zusammenkamen, um an Dingen zu arbeiten. Woran sie inzwischen hauptsächlich arbeiteten, war die Verwaltung des JISS auf höchster Ebene. Der Großteil der *tatsächlichen* Arbeit wurde natürlich von Robotern im All erledigt. Keiner davon war auch nur entfernt menschenähnlich. Ihre KIs waren darauf abgestimmt, Weltraumfelsen zu analysieren und Probleme in Bezug auf die zeitliche Planung von Aufgaben, die logistische Koordinierung und die Zuweisung von Ressourcen zu lösen. Sprechen konnte man mit ihnen nicht, und wenn man es hätte können, wäre es wie ein Gespräch mit einer Schaufel gewesen. Die Menschen, die unten auf der Erdoberfläche arbeiteten, behielten einfach die Dinge im Blick, sahen weit in die Zukunft, stellten sicher, dass die Roboter weiterhin Weltraumfelsen finden und so lange zu weiteren Robotern machen könnten, bis es keine Weltraumfelsen mehr gäbe. Notfalls könnten sie dann ungenutzte Monde und Planeten zerstören oder sich hinaus zum Asteroidengürtel zwischen Mars und Jupiter begeben, wo noch viel mehr Felsen existierten. Das Endstadium all dessen wäre eine Dyson-Sphäre: eine hohle Schale aus Fels und Metall, die die gesamte Energie der Sonne auffangen, in Rechenleistung umsetzen und die Abwärme als mattes Infrarotlicht in den Kosmos abstrahlen würde. Allerdings würde es noch sehr, sehr lange dauern, bis dieser Punkt erreicht wäre. So lange, dass jeder jetzt lebende Mensch eines natürlichen Todes sterben konnte, selbst wenn sie alle so viele Lebensverlängerungstechnologien anwenden würden wie Zula. Die Erde oder zumindest ein Flecken eines erdähnlichen Ökosystems würde als eine Art Park erhalten bleiben, und Biomenschen könnten darauf leben, wenn es ihrem Bedürfnis entspräche.

Inzwischen sah das Gebäude aus wie ganz am Anfang, als die Stahlarbeiter und Betongießer grob seine Struktur erstellt hatten, die Zimmerleute aber noch nicht mit Ständern und Gipskartonplatten aufgetaucht waren. Die raumhohen Fenster sahen zwar immer noch genau wie Fenster aus, waren jetzt aber selbst komplizierte Roboter, die jeden Augenblick alle möglichen spontanen Entscheidungen darüber trafen, welche Wellenlängen und wie viele von ihnen sie in das Gebäude herein- oder aus ihm hinauslassen sollten.

Als sie eintrat, war es dort *voller* Menschen, so voll, wie sie es seit Jahren nicht erlebt hatte. Die Fenster hatten herausgefunden oder gesagt bekommen, dass die Leute es ziemlich dunkel haben wollten, damit sie die Bitwelt beobachten konnten. Natürlich besaßen die Anwesenden Datenbrillen, die ihnen alles zeigen würden, was sie gerne sehen wollten. In Momenten wie diesen sprach jedoch viel für gleichzeitiges gemeinsames Betrachten, weshalb sie ein größeres und leistungsfähigeres Gerät hochgefahren hatten, einen stationären holografischen Projektor, der eine Menge Photonen auswerfen konnte. So blickte nun alles mit bloßem Auge auf dessen Output und teilte die Erfahrung.

»Sie kommen gerade rechtzeitig!«, rief jemand. Es war Eva, eine jüngere Mitarbeiterin, neben deren bloßer Präsenz und Energie Zula sich immer ganz ähnlich wie Onkel Claude fühlte. Sie war aber eine reizende Person, und Zula machte es eigentlich nichts aus.

»Gerade rechtzeitig wofür?«, fragte Zula. Ihre Stimme klang brüchig und rau; sie war mittlerweile nicht mehr viel in Gebrauch. In dem Versuch, einen besseren Blickwinkel zu erreichen, bewegte sie sich seitwärts; Fronk respektierte im Großen und Ganzen ihre Weisungen, tat es jedoch so, dass keine Sicherheitsheuristik verletzt wurde. Sich selbst überlassen hätte Zula die Privilegien der kleinen alten Dame genutzt, um sich durch die Menge zu drängeln. So kam sie eben sicher, höflich und langsam vorwärts.

Sie war damit beschäftigt, flüchtig gewonnene Eindrücke zusammenzusetzen. Auf dem Bildschirm war ein Teil der Landform herangezoomt und geschwenkt worden, der ihr nicht unmittelbar vertraut war. Sie hatte das starke Onkel-Claude-Gefühl, nicht begreifen zu können, was sie da sah. Dann erspähte sie ein Detail, anhand dessen sie verstehen konnte, dass es sich hier um die nähere Umgebung des Gebiets handelte, das sie einmal Escherville getauft hatten, gerade weil es tatsächlich nicht zu begreifen war. Das war ein Bereich, bei dem es die Landform-Visualisierungs-Utility bekanntermaßen nie geschafft hatte, eine kohärente Geometrie zu erstellen. Jahrzehntelang hatten Doktoranden und promovierte Wissenschaftler sich bemüht, den Fehler zu beseitigen. Bis sie zu dem Schluss gekommen waren, dass es gar keinen Fehler gab; die LVU funktionierte einwandfrei; die Landform selbst ergab in dieser Gegend keinen Sinn und musste deshalb einfach auf undeutliche und instabile Weise dargestellt werden.

Zulas Blick lag also auf Escherville: dem barocken burgartigen Bauwerk, das Dodge dort mitten hineingebaut und dessen hässliche Anbauten El später hinzugefügt hatte. Nicht weit davon entfernt die grüne Zone, wo sich Verna zusammen mit einem der neuen Prozesse, die sie hervorgebracht hatte, aufhielt – dem, der weiblich aussah und unweigerlich Eva hieß. Wenn man es genau bedachte, wohl die Namensvetterin der jungen Frau an Zulas Seite.

»Was ist denn passiert?«, fragte Zula.

»Die Zeitdichte-Relation ist gefallen – große Prozesse, die viel Mana verbrauchen und unsere Systeme wahnsinnig belasten«, sagte Eva. »Jetzt geht sie tatsächlich auf eins zu. Das ist so niedrig …«

»… wie seit Jahrzehnten nicht mehr«, sagte Zula.

»Aber vor ein paar Stunden – das heißt in der Zeit der Realwelt – haben sich Sophia und die Leute, mit denen sie zusammen ist, vom äußersten Südwesten in eine Gegend nördlich von hier *teleportiert.* Später haben sie das noch ein zweites Mal gemacht, aber nicht so weit.« Eva war deswegen so von den Socken, dass Zula sich genötigt fühlte, ihr zu erklären: »Pluto pflegte sich zu teleportieren, vor langer Zeit. Davon haben wir aber nicht mehr viel gesehen, seit er in die Landform 2 überging.«

»Na, jedenfalls sind sie seitdem die ganze Zeit unterwegs nach Süden.«

»Sie?«

»Sophia und eine Gruppe anderer Prozesse – einschließlich Corvallis und Maeve! Und raten Sie mal, wer ihnen dicht auf den Fersen ist?«

»Da brauche ich gar nicht zu raten«, sagte Zula. Sie hatte sich glücklich in eine Position gebracht, aus der sie ganz deutlich El selbst über bergiges Gelände gen Süden auf Escherville zugehen sehen konnte. »Ist das alles in den letzten paar Stunden passiert?«

»Unserer Zeit? Ja.«

Zula schielte auf einen Chronografen an Fronks Arm. Es war jetzt zwanzig Uhr. »Wie lange ist das in der Bitwelt?«

»Dort sind drei Tage vergangen. Aber wie Sie sehen können«, fuhr Eva fort, »wird es erheblich langsamer. Und schauen Sie nur! Jetzt ist Verna unterwegs!« Ihre Aufmerksamkeit war von Ausrufen anderer Betrachter erregt worden, die weiter im Osten positioniert waren. Tatsächlich war es möglich, eine weibliche Gestalt rittlings auf einem Pferd zu sehen, die dahingaloppierte, als wollte sie El abfangen. Der Augenblick verging zu schnell, als dass die Gangart des Pferdes hätte natürlich aussehen können. Doch wie Eva betont hatte, fiel die Zeitdichte-Relation schnell. Damit wurde das Tier langsamer und sah, während Verna näher kam, normaler aus.

»Was trägt denn *die* Frau da? Das sieht schwer aus!«, sagte Zula und zeigte auf eine Gestalt, die unter einer schweren Last gebeugt zu sein schien.

»Wir haben versucht, es einzuordnen. Mithilfe des grep-Befehls haben wir alte Datensätze durchsucht. Wie es scheint, ist das der Avatar eines kryptografischen Schlüssels. El hat ihn vor langer Zeit erstellt. Dann hat er ihn zerstört. Aber erst nachdem Corvallis etwas richtig Raffiniertes gemacht, nämlich seine Administratorenrechte zur Herstellung einer Kopie genutzt hatte.«

»Das ist also eine Kopie?«

»Offenbar.«

Ein Grund für die Verlangsamung war offensichtlich: Die Landform veränderte ihre Gestalt. El ließ eine Brücke über den Spalt wachsen, der ihn von Escherville trennte, wo Sophia und Maeve und verschiedene andere auf dem Zugangsweg zu der verlassenen Burg irgendetwas im Schilde führten.

»Ich verstehe«, sagte Zula in einer kühnen Behauptung von Nicht-Onkel-Claude-Haftigkeit. »Er verbrennt eine Menge Mana, indem er tatsächlich in Echtzeit die Landform umgestaltet. Die Herstellung einer Brücke ist aber nicht aufwendig genug, um die Dinge derart zu verlangsamen.«

»Stimmt«, sagte ein junger Mann in der Nähe. Wie nicht anders zu erwarten, konnte sich Zula nicht an seinen Namen erinnern, aber eigentlich mochte sie ihn, was ja die Hauptsache war. »Im Wesentlichen wird die Verlangsamung durch den Verbrauch von Mana drüben in Landform 2 verursacht. Pantheon-Gangstas alter Schule. Darunter der berühmt-berüchtigte WEAP.«

Stimmt, wie Zula ihn ab sofort nennen würde, hatte die meiste Zeit in einer Ecke des großen Raums mit einem Häufchen von Leuten herumgehangen, die sich Visualisierungen in Verbindung mit Landform 2 anschauten: dem separaten Stück der Bitwelt, wo das Pantheon sich aufzuhalten schien. Da dort aber alles mit seltsamer Kryptografie verschleiert war, konnte letztlich niemand sagen, wie es aussah, und deshalb betrachteten sie Abstraktionen: sich bewegende Diagramme, schwankende Datenoberflächen, Textflüsse.

»Und woher wissen Sie, dass es ein Wiederauflebender mit Egdod assoziierter Prozess ist?«, fragte Zula.

Stimmt wurde sichtlich verlegen. Sie wusste, dass sie eine Art Fauxpas begangen hatte. Wäre sie eine zwanzigjährige Praktikantin gewesen, hätte er ihr das souverän und männlich herablassend erklärt. Da sie aber war, wer sie war, sah er keinen Ausweg.

Sie musste einen für ihn finden. »Egal«, sagte sie. »Sie wissen es einfach. Sie haben eine Heuristik. Von WEAPs geht eine bestimmte holografische Schwingung aus. Wenn eine solche auftritt, schrillen die Alarmglocken.«

»So ungefähr, Ma'am«, antwortete er mit einem tiefen Kopfnicken, das schon fast zur Verbeugung geriet. Hinter ihm konnte sie das Ding sehen, das sie da drüben betrachteten: eine dieser 3D-Datenvisualisierungen, die man nur mit einem Diplom in Mathematik verstand.

Ihr schoss ein Gedanke durch den Kopf, den sie mit einem

spitzbübischen Grinsen einwarf: »Hat denn in letzter Zeit mal jemand *einen Blick* auf sie geworfen?«

»Auf was?«

»Landform 2. Sie wissen schon, die Wohngegend meines Onkels.«

»Nun ja … da kann man gar nichts sehen, sie ist … verschlüsselt.«

Sie zuckte die Schultern. »Reine Neugierde. Wenn man nicht hinschaut, kann man definitiv nichts sehen.«

Stimmt schien zu verstehen, was sie meinte. Er hob eine Hand auf eine Weise, die darauf schließen ließ, dass er mit einer Art Interface arbeitete. Doch Zulas Unterhaltung mit ihm quer durch den Raum war unmöglich geworden, da die größere Gruppe in der Mitte inzwischen sehr laut war. Nicht sosehr wie Profis in einem Meeting. Eher wie Fans bei einem Boxkampf.

Also sah Zula, zusammen mit allen anderen, wie es passierte. Die Zeitdichte-Relation lag endgültig unter eins, und so geschahen Dinge langsam, auf einer Zeitskala, bei der sie an eine große Oper denken musste, wo eine zwanzigminütige Arie für das stand, was normale Leute in einem raschen Austausch von SMS behandelten. Irgendein epischer Schlagabtausch spielte sich zwischen El und einem Felsmonster ab. Daneben gingen alle möglichen anderen Dinge vor sich, die von verschiedenen Betrachtern aufgeregt registriert und kommentiert wurden. Viele von Els spezialgefertigten Humanoiden galoppierten auf Escherville zu. Andere Humanoide und Dinge, die sich wie Bären bewegten, waren gerade mit Verna als eine Art äußere Verteidigung über eine üppig mit blühenden Ranken bewachsene Brücke unterwegs.

Zulas sich intensivierendes Gefühl von Onkel-Claude-artiger Verwirrung wurde – zum Glück – von einer Berührung an ihrem Ellbogen unterbrochen. Es war Stimmt. »Etwas, das Sie sehen sollten, Ma'am.«

»Noch eher als all *das* hier?«, rief sie aus und deutete auf den Tumult in Escherville.

»Ich glaube, ja. Oh, und möchten Sie einen Imbiss? Es ist nach Mitternacht.« Er bot ihr einen Energieriegel oder so etwas an, ein nicht ganz frisch wirkendes Konfekt aus Schokolade und Knuspermüsli. Zula nahm es dankbar an und biss mit künstlichen Zähnen herzhaft hinein.

Sie folgte Stimmt in die Ecke, wo er und seine Clique die letzten paar Stunden verbracht hatten. Auf dem Bildschirm war an die Stelle ihres unergründlichen Datenvisualisierungskrams die Darstellung einer Stadt getreten.

Es war eine Stadt, die Zula noch nie gesehen hatte. Als sie näher an den Bildschirm trat, kam sie ihr wie eine Stadt in Europa vor. Bei noch genauerem Betrachten begann sie an China zu denken. Irgendeine ältere kleine Stadt im Tiefland, auf unebenem Gelände erbaut, mit einem unregelmäßigen, mittelalterlich wirkenden Straßenmuster und sogar einer alten Burg. Sie war jedoch mit neueren Hochhäusern modernisiert worden. Speziell eins überragte alles: ein dunkler Turm, der es irgendwie schaffte, Züge eines modernen Wolkenkratzers mit denen einer alten Festung zu kombinieren.

Das Einzige, was daran zweifeln ließ, dass es sich um die realistische Darstellung einer Stadt auf der Erde handelte, war eine gewaltige Gestalt, die auf der Spitze dieses Turms saß. Sie hatte Flügel. Ledrig, nicht gefiedert. Grübelnd blickte sie hinunter auf einen großen See unterhalb des Turms. Der See war nahezu kreisrund.

»Was ist das?«, fragte Zula.

»Landform 2«, sagte Stimmt. »Unverhüllt. Das ist das erste Mal überhaupt, dass wir erfahren, wie es dort aussieht. Wie Sie wissen. Ma'am.«

»Und die Gestalt oben auf dem Turm ist …«

Er nickte. »Der WEAP.«

Ungefähr zu dem Zeitpunkt kam es im ganzen Raum zu einem wilden Durcheinander, da in Escherville anscheinend sehr dramatische und aufregende Dinge passierten. Zula wusste nicht, wohin sie ihren Blick wenden sollte. Der WEAP breitete die Flügel aus und schwang sich in die Luft. Dann tauchte er in den See. Aber er tat es in Zeitlupe.

Ein paar Minuten nachdem er unter der Oberfläche des runden Sees verschwunden war, tauchte er in Escherville oben auf der Burg, die er lange vorher dort erbaut hatte, wieder auf. Die Sachen, die El um sie herum angebracht hatte, waren abgefallen. Wo ihre Tochter war, konnte Zula nicht erkennen. Das bereitete ihr als Mutter Kummer.

Sosehr sie sich wünschte, Landform 2 anzuschauen, dort passierte nichts. Das gesamte Pantheon war Dodge (ihn irgendwie anders zu nennen hatte keinen Sinn mehr) durch das Portal gefolgt, das offenbar den See mit der befreiten Burg verband. Daher begab sie sich wieder dahin, wo alle das anschauten. Dort spielte sich so etwas wie ein Tumult in Zeitlupe ab. Das Felsmonster war ein weiteres Mal aufgetaucht und hatte El umklammert und mit in eine Schlucht gezogen. Leute schrien, nicht sosehr vor Entsetzen, sondern vor schierem Erstaunen.

Vor langer Zeit, in den Anfängen des Pantheons, hatte Zula sich – wie sie wusste, aus einer gewissen Trägheit und Verbohrtheit heraus – angewöhnt, manche seiner Angehörigen mit klassischen Göttern des Altertums gleichzusetzen. Dodge war eine Kombination aus Zeus und Gott. Pluto war, nun ja, Pluto. Einer von ihnen war ihr in der Art, sich zu bewegen, immer sehr wie Merkur erschienen. In einem anderen sah sie eine Art Mars. Nicht dass damals viele Kriege zu führen gewesen wären, aber er war groß und schien als so etwas wie ein Rausschmeißer zu fungieren. Da sie ihre Zeit zuletzt ausschließlich in Landform 2 verbracht hatten, war es Jahrzehnte her gewesen, dass Zula sie zuletzt gesehen hatte.

Doch da waren sie, in einen Nahkampf rund um Escherville verwickelt. Zwei von ihnen – »Mars« und »Merkur« – flogen in Richtung Süden davon. Wer immer den Bildschirm bediente, zoomte heraus, damit die Zuschauer die beiden im Blick behalten konnten. Sie flogen südwärts, schwebten hoch über schneebedeckten Bergen dahin und waren ziemlich offensichtlich unterwegs zu dem Palast auf der Felsnadel. Als die Dinge sich stabilisierten, beschleunigte sich die Zeit wieder. Dennoch brauchten sie für diese Strecke eine Weile. Zuschauer gingen für eine Toilettenpause oder einen Imbiss hinaus und ließen Zula weitgehend allein. Lange Zeit stand sie da und betrachtete Dodge, der sich um etwas sehr Kleines und Schwaches kümmerte, das er mit seiner hohlen Hand umschloss.

Mars und Merkur landeten, ohne auf Widerstand zu stoßen, oben auf dem Palast. Unterdessen flog Dodge auf die Spitze seiner Burg und tauchte dann in den Spalt, der darunter hindurchführte. Zula bekam allmählich den Dreh heraus und wandte sich dem Bildschirm mit der Landform 2 zu. Wie zu erwarten, tauchte Dodge etwas später aus dem runden See mitten in der Stadt auf. Er schlug mit den Flügeln, um an Höhe zu gewinnen, und breitete sie dann weit aus, um zur Landung oben auf seinem dunklen Turm anzusetzen.

Im selben Augenblick erhob sich Merkur auf verblüffend symmetrische Weise drüben in der Mitte von Landform 1 über den weißen Turm. In einer Hand hielt er etwas, das wie ein Horn aussah. Er hob es an die Lippen und blies.

Sie konnten seinen Klang nicht hören, aber *sehen*, wie er sich schockwellenartig nach außen verbreitete. Oben verflüchtigte er sich in den Himmel wie einer dieser Halos, die manchmal an einem kalten Tag um die Sonne herum sichtbar waren. Unten dagegen schien er, als er sich entlang des senkrechten Schafts der Felsnadel abwärts fortpflanzte, eine Störung in der bienenstockartigen Zellstruktur auszulösen, die um den Fels herumgewachsen war. Das war ein bisschen so, wie wenn man eine Schwarzpulverspur mit einer Stichflamme in Rauch aufgehen sah. Oder eins dieser Dinge, die Atomwissenschaftler benutzten, um die Spur von subatomaren Teilchen auf dem Weg durch Dampf zu sehen. Eine Nebelkammer. Es erinnerte Zula aber auch an Knospen, die sich im Zeitraffer entfalteten.

Am dünnen Teil der Felsnadel, wo der Bienenstock schmal war, pflanzte sich der Klang rasch nach unten fort, verlangsamte sich jedoch dramatisch, als er in den unteren Bereich gelangte, wo der Bienenstock sich um viele weitere Zellen ausdehnte.

Und irgendwann fror der Bildschirm einfach ein. Zula blickte zur Landform 2 hinüber und sah, dass sie ebenfalls eingefroren war. Sie hörte, wie jemand, ein älterer Mann, einen Witz über die Notwendigkeit machte, den Projektor neu zu starten – eine Anspielung, die nur wenigen der Leute im Raum etwas sagte.

»In Wirklichkeit ist es nicht eingefroren«, erklärte jemand. »Die Zeitdichte-Relation ist auf *10 hoch minus 3* gesunken. Und sinkt weiter.« Was bedeutete, dass für die Simulation von einer Sekunde in der Bitwelt tausend oder mehr Sekunden in der Realwelt verstreichen mussten.

»Ich sehe aber, wie es sich verändert!«, rief Eva aus. Sie klang so überzeugt davon, dass Zula sich näher zu ihr hinbewegte, um zu versuchen, es auch zu sehen. Evas Blick lag auf »Merkur«, der mit weit ausgebreiteten Flügeln und dem Horn dicht an den Lippen über dem Palast schwebte. Und etwas an ihm erzeugte in Zulas Bewusstsein einen äußerst ungewöhnlichen Eindruck. Er bewegte sich nicht. Und dennoch veränderte er sich die ganze Zeit. Zum Besseren. Seine Flügel, sein Haar, sein Gesichtsausdruck: Der Bildschirm konnte sich einfach nicht schnell genug aktualisieren, um alle Details einzufangen.

Zula erinnerte sich an ihre Anfangstage in Dodges Computerspielefirma, als die Grafikkarten, die die Pixel auf den Bildschirm zogen, manchmal einfach nicht genug Leistung besaßen, um ihre Aufgabe zu erledigen, und man deshalb die Auflösung verringern, die Bildfrequenz verlangsamen und die raffinierten Oberflächenbeschaffenheiten weglassen musste, damit man das Spiel bei voller Geschwindigkeit spielen konnte. Dadurch sah alles schlecht aus, aber manchmal musste man es einfach so machen. Wenn man das alles dann wieder anschaltete, war man überrascht, wie schön, wie real die Grafiken aussehen konnten.

Was sie jetzt verstanden hatte, war, dass bei ihrer ganzen bisherigen Betrachtung der Landform die Grafiken auf die Schnell-aber-mies-Einstellung heruntergeschaltet waren. Es hatte so sein müssen, damit die LVU überhaupt mit der Geschwindigkeit der Ereignisse in der Bitwelt Schritt halten konnte.

»Zehn hoch minus vier«, intonierte jemand. »Einfach unglaublich.«

Zehntausend Sekunden – rund drei Stunden – mussten jetzt vergehen, um eine Sekunde in der Bitwelt zu simulieren. Das System war überfordert.

»Aber prinzipiell *funktioniert* noch alles, oder?«, fragte Eva.

»Absolut.« Was bedeutete, dass die Prozesse, die die Bitwelt bewohnten, es kein bisschen anders empfanden als vor dieser Verlangsamung. Der Fluss der Zeit, die Qualia, die sie erlebten, waren alle dieselben.

Und was für Qualia! Zula trat noch näher heran. Jedes Haar auf Merkurs Kopf wurde jetzt von Grafikalgorithmen wiedergegeben, die plötzlich jede Menge Zeit zur Verfügung hatten und auf volle Qualität eingestellt waren. Das Sonnenlicht wurde nicht nur von jedem einzelnen Haarschaft reflektiert, sondern brach sich in ihm, was ihn zugleich glänzen und von innen leuchten ließ. Die Linsen seiner Augen funkelten vor Feuchtigkeit, und sie konnte sehen, dass er kurz davor war, in Tränen auszubrechen. Die Träne in seinem Augenwinkel hatte sich jedoch noch nicht gelöst. Zula konnte die Welt sich darin spiegeln sehen.

Er war schön. Der ganze Ort war schön.

»Macht einem Lust darauf, dorthin zu gehen, stimmt's?«, fragte eine männliche Stimme gleich neben ihr.

Sie drehte sich um, sah den älteren Mann, der vorhin den Witz gemacht hatte, und erkannte ihn als Enoch Root.

»Haben Sie mich wirklich gerade gefragt, ob ich sterben will?«, schoss sie zurück.

Er reagierte nur mit einem schiefen Blick, sagte aber nichts. Als hätte sie ihn bei irgendwelchen Dummheiten ertappt.

»Warum probieren *Sie* es nicht mal«, schlug sie vor, »und schicken mir eine Nachricht aus der nächsten Welt?«

»Ich habe immer noch Verpflichtungen in der vorherigen«, antwortete er.

»Das ist also schon einmal passiert?«, fragte Zula. Sie begann zu der Visualisierung der Landform 2 hinüberzuschlendern, wo Dodge – Egdod – der WEAP – wie auch immer man ihn nennen wollte – mit ausgebreiteten Flügeln über der Spitze des dunklen Turms schwebte.

»Vielleicht nicht *das*«, sagte Enoch, der neben ihr ging, »aber …«

»Sie wissen, was ich meine.«

»Ja«, bestätigte er.

»Zehn hoch minus fünf!«, rief Stimmt. Er sprach etwas zerstreut, da er von Dodges Erscheinung fasziniert war.

»Es liegt alles an dem, was im Bienenstock vor sich geht«, bestätigte Eva. Sie hatte augenscheinlich ein paar Statistiken überprüft. »Die Prozesse in diesen Zellen befreien sich gerade – schlüpfen in die Welt – wie Larven, die ihre Kokons verlassen. Sehen zum ersten Mal die Landform, denken, interagieren. Es ist, als würden wir jede Sekunde Tausende neuer Prozesse hochladen. Und es werden nur noch mehr werden.«

»Zehn hoch minus sechs.«

»Was werden wir mit unserer ganzen freien Zeit anfangen?«, scherzte jemand.

»Etwas betrachten, was im Prinzip Standbilder sind«, mutmaßte

Eva. »Ungefähr wie die Illustrationen in einem alten Papierbuch.«

Zula war jetzt nahe genug gekommen, um bestätigt zu sehen, dass auch Dodges Grafik ganz hochgedreht war. Sein Gesicht war nicht exakt das von Richard Forthrast, aber sein Mienenspiel traf ganz gut das, woran sie sich bei ihrem Onkel erinnern konnte. Sein Blick war auf seine gewölbte Handfläche fixiert, in die sich ein winziger Ausbruch fein strukturierten Lichts schmiegte. In seiner Komplexität glaubte sie, die Anfänge einer menschlichen Gestalt sehen zu können.

»Ich verstehe die Lichtgeschwindigkeit!«, entfuhr es ihr.

Gesichter wandten sich ihr zu, glotzten und drehten sich wieder weg. Vor hundert Jahren hätte jemand diesen Gesprächseinstieg aufgenommen. Jetzt waren die Leute zu eingeschüchtert – oder vielleicht nahmen sie auch an, Zula sei endgültig dabei durchzudrehen.

Nicht so Enoch. »Erklären Sie es«, drängte er sie. »Ich wollte das schon immer verstehen.«

»Von Kindheit an habe ich Physiker darauf beharren hören, dass nichts sich schneller ausbreiten könne als Licht. Dass es sonst irgendwie das Universum zerbrechen lassen würde. Hat irgendwas mit Kausalität zu tun.«

»Bevor die Ursache eingetreten ist, können Sie nun mal keine Wirkung haben«, sagte Enoch mit einem Kopfnicken. »Und Ursachen können sich nur mit einer bestimmten Geschwindigkeit fortbewegen.«

»Wenn es mir auf die Weise erklärt wurde, hat es mir nie so ganz eingeleuchtet. Kam mir willkürlich vor. Wie eine Regel, die dem System von außerhalb auferlegt wurde.«

Enoch nickte lächelnd.

Zula fuhr fort: »Aber genau das ist es, was *wir* in *diesem Moment* mit der Bitwelt machen! Wir sagen, dass nach den Regeln der Simulation alles überall im Gleichschritt vorwärtsgehen muss.

So gerne wir auch sehen würden, wie alles ausgeht – ob beispielsweise die Träne sich von Merkurs Auge lösen wird –, *wir dürfen es nicht.* Wir können nicht diesem einen Teil der Simulation noch mehr Mana hinwerfen und ihn gewissermaßen vorspulen, denn dann würde er nicht mehr mit allen anderen Teilen harmonieren. Er würde die Welt zerbrechen lassen.«

»Und das darf nicht sein, stimmt's?«

»Nein! Das darf nicht sein, Enoch.«

Enoch blickte hinüber zu dem erstarrten Gott. »Das wird sich für sehr lange Zeit nicht verändern«, sagte er, »und zwar aus genau dem Grund, den Sie gerade erwähnt haben. Hier gibt es junge Leute, die vielleicht die nächsten zehn Jahre ihres Lebens damit zubringen werden, die Systeme im Orbit über uns zu betreiben, die die nächsten paar Augenblicke in der Bitwelt hervorbringen werden. Wissen Sie was?«

»Nein, was?«

Enoch drehte sich so, dass er neben ihr zu stehen kam, und beugte den Arm in einer, wie Zula erkannte, sehr altmodischen, galanten Art von Geste. Mit einer gewissen Vorsicht, da sie ihn nicht mit ihrem Exoskelett stoßen wollte, streckte sie selbst den Arm aus und hakte sich bei ihm unter. »Draußen«, sagte Enoch mit leiser, nur für sie bestimmter Stimme, »geht auf der anderen Seite des Hügels gleich die Sonne auf.«

»Wir waren die ganze Nacht über hier?«

»Wir waren die ganze Nacht über hier«, bestätigte er, »und ich weiß nicht, wie es Ihnen geht, aber ich könnte gut ein bisschen frische Luft und Bewegung gebrauchen.«

Ohne es wirklich besprochen zu haben, gingen sie ungefähr in die Richtung des Ortes auf der Kuppe des Capitol Hill, an dem sie die letzten paar Jahre gewohnt hatte. Sie war wieder dorthin gezogen, nachdem ihr auf dem Hausboot auf dem See langweilig geworden war. Der ganze Sinn des Bootes war ja der gewesen, ihr, nachdem ihre Knie kaputtgegangen waren, einen ebenen Fußweg zur Arbeit zu verschaffen. Für den modernen Fronk waren Hügel jedoch kein Problem, und sie hatte Lust auf ein Domizil mit einer besseren Aussicht gehabt. Deshalb war sie in eine riesige alte Villa auf der Hügelkuppe gezogen, ein Ding, das in den frühen 1900er-Jahren für eine Familie mit zehn Kindern und komplettem Dienstpersonal gebaut worden war. Eine Zeit lang hatte es leer gestanden. Zula hatte ähnliche Anwesen zu beiden Seiten gekauft, die Häuser abgerissen und die Grundstücke in Gärten umgewandelt. Diese hatte sie zu ihrem Vergnügen mit kleinen Kreaturen bevölkert, und so unterhielt sie nun ein sorgfältig gepflegtes künstliches Ökosystem aus Hühnern, Pfauen, Ziegen, Alpakas und zwei großen, sanften Hunden. Versorgt wurden die Tiere von einem jungen Paar, das seit einigen Monaten mit in ihrem Haus wohnte. Ihre Namen hatte Zula vergessen. Da Kinder zu haben inzwischen eine exzentrische Aktivität darstellte, waren ihre Eltern garantiert das, was man früher Hippies genannt hatte, oder wenigstens Künstler. Jedenfalls mochten die beiden Tiere, genossen es, sie zu versorgen, und hatten sonst nichts zu tun.

Während Zula mit Enoch den Hügel hinaufging, bildete sie sich für einen Moment ein, mit ihrem Sehvermögen stimme irgendetwas nicht, denn alles begann wie weich gezeichnet auszusehen, und sie konnte nicht mehr so weit sehen wie zuvor. Sie sog Luft in ihre Lunge. Ein Lungenflügel war das Original, der andere hatte vor einer Weile verrücktgespielt und war einem brandneuen, gedruckten Ersatz gewichen. Jedenfalls spürte sie, als sie die kühle Luft in ihre neue und alte Lunge sog, dass sie schwer und feucht war. Dann verstand sie, dass in der Höhe die Luft kalt war und neblig. Oder anders gesagt, dass sie und Enoch in einem ziemlich wörtlichen und technischen Sinn in die Wolken gestiegen waren.

Es war Spätherbst. Manche Blätter hingen noch an den Bäumen, wesentlich mehr lagen jedoch auf dem Boden, und die Farbe war aus ihnen gewichen, es sei denn, man betrachtete Dunkelbraun als Farbe. Der Mangel an Laub lenkte die Aufmerksamkeit auf die Bäume selbst. Diese hatten inzwischen überhandgenommen. Zweihundert Jahre zuvor entlang der Straßen gepflanzt mussten sie, als die Viertel noch jung waren, Setzlinge gewesen sein. Als die junge Zula in die Stadt gezogen war, waren sie bereits zu Problemen geworden. Damals hoben ihre Wurzeln Gehsteige an und erzeugten große Wellen quer über die alten roten Backsteinstraßen. Äste fielen bei Sturm herunter und kamen Versorgungsleitungen in die Quere. Die Steuerzahler finanzierten Baumpflegertrupps, die umherstreiften und seltsame rechteckige Lücken ins Geäst schnitten, um dann Drähte hindurchzuführen. Straßenbautrupps taten ihr Mögliches, um Schäden durch Wurzeln zu beheben.

Diese Zeit war vorbei, und das schon lange. Moderne Fahrzeuge bewegten sich ebenso auf Füßen wie auf Rädern, sodass Unebenheiten im Straßenbelag niemanden störten. Moderne Versorgungsleitungen verliefen unterirdisch. Und selbst wenn all das nicht gewesen wäre, hätte das Steueraufkommen gefehlt, um all diese Baumpfleger und Straßenbauer zu finanzieren. Daher hatten die Bäume – sämtlich laubabwerfende Importe von der Ostküste oder aus Europa – jahrzehntelang tun können, was ihnen gefiel. Und es gefiel ihnen offenbar, sich an himmelhohen Konzentrationen von CO_2 aus der Atmosphäre zu betrinken und Wurzeln und Äste so weit auszutreiben, wie sie konnten. Capitol Hill war dabei, zu einem Wald wie aus der nordeuropäischen High-Fantasy-Literatur zu werden. Der Nebel bekam jetzt, wo die aufgehende Sonne ihn beschien, einen Hauch von pink- und goldfarbenem Licht, und das Geäst der Bäume warf Schatten hinein.

Sie erreichten Zulas Viertel, wo die Bäume am größten und durch fast genauso alte Lorbeer- und Stechpalmenhecken miteinander verbunden waren. Ein sanftes Leuchten durchdrang alles und überzog solide Gegenstände mit einem schillernden Hauch. Darüber hinaus gab es nichts. Keinen Himmel, keine Nachbarhäuser, keine Bäume, keine Berge. Der Nebel hatte das alles verschluckt. Geräusche dämpfte er ebenfalls. Nicht dass es davon viele gegeben hätte in einer halb verlassenen Stadt, wo Fahrzeuge der Vergangenheit angehörten. Zula und Enoch existierten in einer Blase, deren Durchmesser rund hundert Schritt betrug. Jenseits davon befand sich, wie sie sehr wohl wusste, eine ganze Welt. Aber eine der köstlichen Qualia, die sich aus bestimmten Wetterlagen – Schneefall war auch eine davon – ergaben, war die kindliche Illusion, dass die Welt wirklich so klein und einfach war, dass man sie mit einem Blick erfassen konnte. Und dass sie selbst, die den Blick aussandte, immer deren Zentrum war.

Sie fragte sich, ob es für Dodge am Anfang so gewesen war, als nur er in der Bitwelt existiert und die Landform angefangen hatte, um ihn herum Gestalt anzunehmen.

»Hier werde ich Sie verlassen«, sagte Enochs Stimme.

»Wo um alles in der Welt gehen Sie hin?«, fragte Zula und sah sich nach ihm um. Sie hatte ihn jedoch in dem strahlenden Nebel verloren.

Aber seine Stimme war deutlich. Es war das einzige Geräusch auf der Welt.

»Ich weiß es nicht genau«, räumte er ein. »Aber *hier* bin ich fertig. Ich habe getan, wozu ich hergeschickt wurde.«

Das goldene Licht nahm zu, bis es alles war, was sie sehen konnte, und seine Stimme nicht mehr zu hören war.

56

Dodge wurde wach.

Er hatte gut geschlafen, auch wenn er lange, komplizierte Träume über die andere Ebene der Existenz gehabt hatte. Die Sonne hatte ihn geweckt, als sie über dem Rand des entfernten Landes aufging und das Firmament mit Licht flutete.

Wie in den meisten Nächten hatte er unter freiem Himmel auf dem Dach eines Turms geschlafen, der hoch über den Straßen der Stadt aufragte. Viele Jahre lang war dieses Dach eine leere, offene Scheibe aus Stein gewesen, doch vor Kurzem hatte er um deren Rand herum einen Ring aus Pfosten errichtet, zwischen denen Spring Ranken hatte wachsen und sich zu einer niedrigen Barriere verflechten lassen. Diese Barriere reichte Dodge nur bis zur Mitte des Oberschenkels, war aber hoch genug, um zu verhindern, dass eine kleine Seele über den Rand hinunterstürzte.

Spring hatte letzte Nacht allerdings nicht bei ihm geschlafen. Als Dodge aufstand und zur westlichen Seite seines Turms hinüberschlenderte, konnte er über mehrere Meilen Stadt hinweg auf den Park blicken. Lange Zeitalter hindurch war dieser ein Hügel aus Gesteinsbrocken gewesen, die die Seelen des Firmaments in vielen einzelnen Ladungen auf dem Rücken hergetragen und aufgehäuft hatten, während sie das von Kratern durchsetzte Gebiet, wo sie am Tag des Falls liegen geblieben waren, ausgruben und neu gestalteten. Auf diese Weise hatten sie die Stadt mit ihren schwarzen, von Feuer erleuchteten Straßen gebaut. Der Steinhügel war jedoch erst zu einem Park geworden, als Spring begonnen hatte, ihn mit ihren Schöpfungen zu schmücken.

Dodge breitete die Flügel aus und stieg in die Luft. Sein eigentliches Ziel war der Park, seiner Gewohnheit gemäß machte er jedoch zuerst einen kurzen Abstecher durch die Stadt. Deren Gebäude hatten tendenziell eine ebenmäßige Form mit geraden Seiten und Kanten, einem Steintragwerk und Fassaden aus Glas, die Aussicht gewährten und Licht hereinließen. Sie waren allerdings an Straßen erbaut worden, die seit Beginn des zweiten Zeitalters verschiedene Gefahrenstellen und Hindernisse umkurvt hatten. Am bedeutendsten von allen war der Krater, den Egdod erzeugt hatte, als er ins Firmament gestürzt war und es zertrümmert hatte. Dieser bildete nun einen runden See, an dessen Ufern aus dem Ring von Trümmern, der ihn einst umgeben hatte, viele Gebäude errichtet worden waren. Dodge flog, wie er es immer tat, über den See und blickte auf ihn hinab. In dessen Tiefen sah er die Feste. Mit einem Blick wusste er, dass dort alles in Ordnung war. In ihren Türmen und Höfen hielten sich viele Seelen auf, deren Arbeit darin bestand, sich um jene Bereiche des Landes zu kümmern, über die Egdod herrschte. Sicher würden viele von ihnen Neues zu erzählen und Fragen zu stellen haben. An diesem Morgen gab es jedoch nichts, was seiner unmittelbaren Aufmerksamkeit bedurft hätte.

Zufrieden damit schwenkte er über das Gebiet zwischen dem Krater und dem Park ab, in dessen Mitte vor Kurzem ein neues Gebäude hochgezogen worden war. Picks Würfel, wie sie es nannten, war mit Adamant umkleidet und nach dem Würfel gestaltet worden, aus dem die Mitglieder der Quest den Schlüssel herausgeschält hatten. Sie hatten ihn nach der Seele benannt, die dieses Ziel knapp verfehlt hatte. Auf seinem Dach befand sich, ein ganzes Stück vom Rand entfernt, damit man sie von den Straßen aus nicht sehen konnte, eine von Gebein umgebene Stange, auf der ein riesiger sprechender Rabe saß.

Obwohl es noch früh am Tag war, konnte Dodge Querc auf die Eingangstür zugehen sehen. Sie teilte ihre Zeit zwischen Land und Firmament auf. Wenn sie hier war, arbeitete sie in Picks Würfel mit Thingor, Corvus, Knotweave und anderen wissbegierigen Seelen zusammen, die sich darauf verstanden, das tiefe Wesen der Dinge zu ergründen. Sie strebten danach, die verborgenen Geheimnisse der anderen Ebene der Existenz aufzudecken und immer kleinere und ausgefeiltere Maschinen zu fertigen.

Spring konnte, wenn sie wollte, Bäume dazu zwingen, innerhalb einer Stunde zu ihrer vollen Größe zu wachsen, zog es jedoch vor, ihnen alle Zeit zu lassen, die sie brauchten. Erst ein paar Jahre waren vergangen, seit die Feste von ihren Ketten befreit worden war. Damals hatte Spring angefangen, sich um den Park zu kümmern, weshalb hier überwiegend Blumen, Ranken und Gräser wuchsen. An einer Stelle hatte Dodge dafür gesorgt, dass Steinbögen sich aus dem Schutt herauswölbten und ein Plätzchen einfassten, das er mit einer Bank aus Adamant und einem niedrigen Tisch versehen hatte. An den Bögen hatte Spring üppig blühende Ranken wachsen lassen, die den Stein vollkommen bedeckten und so eine Laube mit einem Kuppeldach aus Blumen bildeten, die jetzt gerade ihre Blüten öffneten und sich zur Sonne drehten.

Das Mädchen wartete wie jeden Morgen auf der Bank. Ruhig blätterte sie durch eins der Bilderbücher, die auf dem Tisch verstreut lagen. Egdod setzte sich neben sie. »Du weißt nicht mehr, wo wir waren!«, rief er in gespielter Bestürzung aus. »Wie sollen wir die Geschichte jetzt weiterlesen?«

Sophia wusste genau, dass ihr Onkel sie nur neckte. »Wir waren fast am Ende!«, tadelte sie ihn. »Ich hab mir noch mal das Bild von der Frau mit den gelben Haaren angeschaut. In dem weißen Tempel. Sie ist hübsch! Aber gemein. Sie war grausam zu der armen Bell.«

»Ja, das war sie.«

»Ich wünschte, sie wäre tot!«

»Das darfst du *niemals*«, sagte Dodge, »irgendjemandem wünschen. Stell dir vor: Wenn dein Wunsch wahr würde?«

Sophia hatte das Interesse an dem Bild der Frau mit den gelben Haaren jedoch bereits verloren und blätterte vorwärts bis fast ans Ende des Buchs. »Wir waren hier«, sagte sie und zeigte Dodge eine doppelseitige Illustration, in der es von kleinen Abbildungen wimmelte. Es war eine in kindlicher Manier gezeichnete Karte vom Land mit übergroßen Gebäuden und anderen Einzelheiten hier und da: in der Mitte auf der Spitze der Felsnadel der Palast, nördlich davon inmitten schneebedeckter Berge die Feste, Städte entlang der Westküste und verschiedene Burgen und sagenhafte Tiere, die zwischen den Stücken und im Meer jenseits davon verstreut waren.

»Stimmt!«, sagte Dodge. »Und wo genau?«

Sophia erinnerte ihn, indem sie die Fingerspitze auf die Darstellung eines Schiffs legte, das durchs westliche Meer segelte. An Bord war eine dunkelhäutige Frau, die mit Schmuck und Narben verziert war.

»Farn hatte schließlich gesehen, wonach sie die ganze Zeit gesucht hatte, seit das Meerungeheuer ihr, als sie noch ein kleines Mädchen gewesen war, die Familie genommen hatte«, sagte Dodge. »Danach war sie zufrieden und wollte nur noch ein Leben als Seefahrerin führen. Und da ihre neuen Freunde, die Bufrects, berühmte Seefahrer waren, ging sie mit Mard und Lyne nach Calla, baute dort ein Schiff und nannte es *Schwabber.*«

Sophias Finger war bereits zur Insel Calla (sie hatte diese Geschichte schon hundertmal gehört) gewandert und auf einem Schloss zu liegen gekommen, das von der Kuppe eines grünen Hügels aufragte. »Hallo, Riese!«, sagte sie. »Ich sehe dich!« Der Künstler hatte den Hügel nämlich geschickterweise so gezeichnet, dass man ihn, auf die richtige Art betrachtet, als einen Hügelriesen erkennen konnte, der zusammengerollt auf dem Boden lag und schlief.

»Psst, du weckst ihn auf!«

»Das steht aber nicht in dem Buch!«

»Also gut. Nachdem König Brindle sein Leben für die Quest gegeben hatte, war Paralonda Bufrect die rechtmäßige Königin von Calla. Da sie aber keine Lust hatte zu regieren, gab sie die Krone an Prinz Anvellyne weiter.«

»Seine Freunde nannten ihn Lyne«, belehrte Sophia ihn ernst.

»Und König Anvellyne herrschte weise über Calla, zusammen mit Mardellian, seinem engsten Freund, Berater und …«

»… Magier!«

»Mard, der Einhändige, wurde ein Zauberer, ja. Gemeinsam sorgten sie dafür, dass …«

Sophias Finger war schon nach Norden zu einem von Vieh umgebenen Häuschen weitergewandert. Eine weißhaarige Frau war dort abgebildet, die einen Scheffel Weizen auf der Hüfte trug. »Edda!«

»… dass es Edda, der Riesin, gut ging, wann immer sie beschloss, allein in ihrem Häuschen zu bleiben. Gerne wanderte sie jedoch hin und her zwischen dort und …«

Sophias Finger fuhr weit nach Osten über Stücke und Splitterungen und Irreführung hinweg zu einem goldenen Tal in den Bergen, nicht weit von einer hoch aufragenden schwarzen Feste.

»Ja«, sagte Dodge, »dem Tal, wo sie gerne Zeit mit ihrer Mutter und Großmutter verbrachte.«

Sophias Augen bekamen einen wilden Ausdruck, und sie blickte hinauf in Dodges Gesicht. »Wie groß *ist* eine Riesin, Onkel Dodge?«, fragte sie, als würde sie genau diese Frage nicht jeden Tag von Neuem stellen.

»So groß, wie sie sein will«, sagte Dodge.

DANKSAGUNG

Eric Fahlmann und Casey Little von Fahlmann Olson & Little, PLLC, gilt mein Dank für ihre geduldigen und gut gelaunten Versuche, mich in Bezug auf Testamente, Patientenverfügungen, das Erbrecht nach Stämmen und die Bürokratie des Todes im Allgemeinen auf den neuesten Stand zu bringen.

Jeder, der David Deutschs Buch *The Fabric of Reality* (dt. *Die Physik der Welterkenntnis,* Ü: Anita Ehlers, Springer 2014) gelesen hat, wird bemerken, dass *Corvus* ihm intellektuellen Dank schuldig ist. Wer es nicht gelesen hat, aber *Corvus* interessant fand, sollte das unbedingt tun.

Eine weitere Ideenquelle war eine Reihe von Gesprächen, die ich über die Jahre mit Steve A. Wiggins, dem Autor des 2018 erschienenen *Holy Horror: the Bible and Fear in Movies* und des Blogs »Sects and Violence in the Ancient World«, führte. Sein Schwerpunkt ist die antike Stadt Ugarit, die – um es kurz zu machen – aus Sicht der Religion ein interessanter Ort war, denn sie bildete die Schnittmenge von dem, was wir als semitische, und dem, was wir als griechische Vorstellungen über Gott/Götter betrachten, und befand sich in einer interessanten Übergangsphase zwischen Poly- und Monotheismus.

Manche der Gedanken, die im Moab-Teil des Buchs rund um das Ethische Netzwerk für Sabotage-Unternehmen auftauchen, sind schon seit Jahrzehnten im Umlauf; ich habe sie zum ersten Mal von Matt Blaze unter der Bezeichnung Encyclopedia Disinformatica auf der Hackers Conference Mitte der 19990er Jahre gehört.

Der in diesem Roman häufig benutzte Begriff »Meatspace« (in der deutschen Fassung »Realwelt«) wurde, wie es scheint, 1993 von Doug Barnes geprägt.

Und schließlich habe ich über die Jahre verschiedene Gespräche über das große Ganze mit George Dyson und Jaron Lanier geführt, die dieses Buch zweifellos beeinflusst haben.